KIEZEN OF DELEN

EN DE MINNAAR IS...

Van Jill Mansell is verschenen:

Solo [e]
Open huis [e]
Tophit [e]
Kapers op de kust [e]
Hals over kop [e]
Geknipt voor Miranda [e]
De boot gemist [e]
Millies flirt [e]
Niet storen! [e]
Kiezen of delen [e]
Gemengd dubbel [e]
Geluk in het spel [e]
De prins op het verkeerde paard [e]
Schot in de roos [e]
En de minnaar is... [e]
Ondersteboven [e]
Scherven brengen geluk [e]
Eenmaal andermaal verliefd [e]
Versier me dan [e]
De smaak te pakken [e]
Drie is te veel [e]
Vlinders voor altijd [e]
Huisje boompje feestje [e]
Rozengeur en zonneschijn [e]
Je bent geweldig [e]
Lang leven de liefde [e]
Ik zie je op het strand [e]
Stuur me een berichtje [e]

[e] Ook als e-book verkrijgbaar

Jill Mansell

Kiezen of delen
En de minnaar is...

UITGEVERIJ LUITINGH-SIJTHOFF

Kiezen of delen
© 2002 Jill Mansell
All rights reserved
© 2004, 2018 Nederlandse vertaling
Uitgeverij Luitingh ~ Sijthoff B.V., Amsterdam
Alle rechten voorbehouden
Oorspronkelijke titel: *Nadia knows best*
Vertaling: Marja Borg

En de minnaar is...
© 2006 Jill Mansell
All rights reserved
© 2006, 2018 Nederlandse vertaling
Uitgeverij Luitingh ~ Sijthoff B.V., Amsterdam
Alle rechten voorbehouden
Oorspronkelijke titel: *Making Your Mind Up*
Vertaling: Marja Borg

Omslagontwerp: Marlies Visser
Omslagfotografie: Getty Images
Omslagillustratie: Ingrid Bockting

ISBN 978 90 210 22 512
NUR 343

www.boekenwereld.com
www.lsamsterdam.nl
www.jillmansell.nl

INHOUD

Kiezen of delen 7

En de minnaar is... 387

KIEZEN OF DELEN

Voor Lydia en Cory, met al mijn liefde.
En nee, dit betekent niet dat ik nog een spelletje monopoly doe.

I

'Oooohh... ieeee...' Tot haar afschuw besefte Nadia dat ze een Bambi-moment beleefde. Een eng, uitgerekt Bambi-op-het-ijsmoment om precies te zijn. Alleen kon ze het niet zoals Bambi stoppen door zich gewoon op haar achterste te laten vallen.

De auto bleef in slow motion over de levensgevaarlijk gladde, met sneeuw bedekte weg door glijden. Hoewel ze – in theorie – wist dat het de bedoeling was om je voet van het rempedaal te halen en mee te sturen, deden haar handen en voeten koortsachtig alle verkeerde dingen omdat meesturen tijdens een slip net zoiets was als proberen te schrijven terwijl je in een spiegel keek en... o, god, een muur!

Krak.

Stilte.

Oef, ik leef nog, applaus.

Terwijl Nadia haar ogen opendeed, haalde ze haar trillende in handschoenen gestoken handen van het stuur en feliciteerde zichzelf dat ze niet dood was. De auto lag in een beetje vreemde hoek, dankzij de greppel vlak voor de muur, maar ondanks de fanatieke pogingen van de sneeuw had ze niet hard genoeg gereden om de auto of zichzelf echt spectaculaire schade toe te brengen.

Maar ja, wat nu?

Ze trok haar muts over haar wenkbrauwen en terwijl ze zich wapende tegen de kou, klauterde ze uit de oude zwarte Renault om de ingedeukte zijkant te bekijken. Maar goed dat ze niet haar oma's trots voor deze reis had geleend – voor het kleinste krasje op Miriams Maserati zou ze stokslagen hebben gekregen en weken in de hoek hebben moeten staan.

Met haar gezicht samengetrokken tegen de stekende aanval van laagvliegende – en eerlijk gezegd nogal moordlustige – sneeuwvlokken, stapte ze weer in de auto. In elk geval had ze haar mobieltje bij zich. Ze kon het alarmnummer bellen en de politie vra-

gen om haar te komen redden... maar, als ze dat deed, dan zouden ze vast willen weten waar ze was.
Hm.
Misschien moest ze dan maar naar huis bellen, om haar familie te laten weten dat ze in een greppel lag, in een sneeuwstorm, ergens in de diepste, donkerste binnenlanden van Gloucestershire. Of, om preciezer te zijn, de diepste, witste binnenlanden.
Hoewel het binnenkort donker genoeg zou zijn.
Haar dilemma werd netjes opgelost door de ontdekking dat de telefoon niet werkte, wat haar opties tot twee terugbracht. Zou ze de auto verlaten en door de steeds diepere sneeuw op zoek gaan naar de beschaafde wereld?
Of moest ze hier blijven in de hoop dat iemand – bij voorkeur een Sherman-tank of een helikopter – toevallig zou langskomen om haar te redden?
Aangezien de beschaafde wereld wel kilometers ver weg kon zijn en haar voeten nog als een gek pijn deden van het dansen van gisteravond, pakte ze haar slaapzak van de achterbank, wurmde zich er als een reusachtige worm in en bereidde zich voor op wachten.
Arme Laurie, hij had een fantastisch feest gemist. Ze glimlachte bij zichzelf toen ze terugdacht aan het telefoontje van gisterochtend. Ze vroeg zich af hoe warm het nu in Egypte zou zijn, of Laurie er wel aan dacht om alleen gebotteld water te drinken en of het hem zou lukken om nog even een bezoek aan het graf van Toetankamon te brengen voordat hij doorvloog naar Milaan.
Gossie, wat had ze een honger. Voorzichtig haalde ze een hand uit de cocon van de slaapzak en maakte het handschoenenvakje open. Een rolletje Rolo's en een halfleeg zakje winegums. Zou ze zichzelf op rantsoen zetten, zoals mensen die vastzaten op bergen deden, bij voorbeeld één Rolo per dag? Of gewoon toegeven aan de verleiding en de hele boel in een keer naar binnen werken?
Maar ze zat niet vast op een berg en ze zou niet doodgaan van de honger. Als compromis at ze drie Rolo's en zes winegums en zette toen voor de gezelligheid de autoradio aan, net op tijd om een dj opgewekt te horen aankondigen dat er nog veel meer sneeuw aankwam.
Dat was het punt met Sherman-tanks, die waren nooit in de buurt als je ze nodig had.

Nog geen halfuur later – hoewel het veel langer leek – slaakte Nadia ineens een gil en stopte met het meezingen met Stings 'Don't Stand So Close To Me'. Wat een heel toepasselijk liedje was eigenlijk, want degene die op het raampje had geklopt, stond aardig dichtbij.
Man of vrouw? Moeilijk te zien met die muts half over het gezicht getrokken. Gehuld in een jack, dikke trui en spijkerbroek was het óf een man óf een monsterlijk grote vrouw.
Voorzichtig draaide ze het raampje naar beneden, en meteen wou ze dat ze iets aantrekkelijkers droeg dan een groene nylon slaapzak bestrooid met goudkleurige stukjes folie van de Rolo's.
Ze hoopte ook dat ze niet al te vals had gezongen.
Niet dat dat erin zat.
'Alles goed met je?'
Hij had donker haar, lichtbruine ogen, en sneeuwvlokken sierden zijn zwarte, stekelige wimpers.
'Prima. Lekker warm. Ik ben geslipt en van de weg geraakt,' legde ze uit, nogal overbodig gezien de hoek waarin de auto zich bevond.
Hij knikte. 'Dat zag ik.'
Ze tuurde naar de lege weg achter hem. 'Heb jij ook een ongeluk gehad?'
'Nee, ik ben verstandig geweest.' Hij leek geamuseerd. 'Ik ben uitgestapt voordat dat gebeurde. Mijn auto staat onder aan de laatste heuvel.'
'Een Rolo?' Ze bood hem er eentje aan door het open raampje. Niet haar laatste natuurlijk.
'Nee, dank je. Weet je, zo'n zeshonderd meter verderop is een dorp. Wil je met me meelopen?'
'Woon je hier in de buurt?' Ze klaarde op, maar aarzelde toen. Wacht eens even, een volslagen onbekende die haar midden in de rimboe onderdak aanbood, terwijl hij zich heel normaal en vriendelijk voordeed tot aan het moment waarop hij terugkwam uit de schuur met waanzin in zijn ogen en een scherpe bijl in zijn hand?
Hoe vaak had ze die film ook alweer gezien?
Hij schudde zijn hoofd, sneeuwvlokken in het rond strooiend. 'Nee, ik woon in Oxford.'

'Hoe weet je dan dat daar een dorp is?' Ze had echt geen zin om voor niets door een sneeuwstorm te ploeteren.
De waanzinnige bijlmoordenaar leek de achterdochtige blik in haar ogen wel vermakelijk te vinden. 'Ik ben paranormaal begaafd.'
O god, hij was echt knettergek.
'Fijn voor je.' Ze haalde diep adem. 'Hoor eens, ben je weleens eerder in dit deel van Gloucestershire geweest?'
'Nee.' Glimlachend klopte hij op de zak van zijn jack. 'Maar, anders dan jij blijkbaar, heb ik een kaart.'

'Ik voel me net een vluchteling,' mompelde Nadia, terwijl ze over de smalle weg ploeterden. De sneeuw kraakte onder hun voeten. Aangezien het niet erg praktisch was om als een tienjarige in een zakkenloopwedstrijd rond te hopsen, droeg ze haar opgerolde slaapzak onder één arm en haar weekendtas onder de andere.
'Je ziet er ook uit als een vluchteling.' Hij keek even naar haar en stak toen grijnzend zijn arm uit. 'Geef hier, ik draag die tas wel.'
Ze wist zijn naam inmiddels. Jay Tiernan. Hij had zich voorgesteld toen ze zich uit haar slaapzak had proberen te wurmen. Ze had gevraagd: 'Waar staat die J voor?'
'Nergens voor. Het is gewoon Jay.'
Hm, vast. Het was waarschijnlijk een afkorting van iets gênants als Jethro of Jasper. Of Josephine.
Wat dat betreft kon ze met hem meevoelen. De keren dat ze op de middelbare school de vraag 'Ben je al nat, Nad?' naar haar hoofd geslingerd had gekregen, waren niet te tellen.
Maar dat hoefde Jay Tiernan natuurlijk niet te weten. Dankbaar overhandigde ze hem haar weekendtas. Haar neus werd langzamerhand roze, haar ogen waterig en in haar tenen had ze geen gevoel meer. Ranulph Fiennes hoefde zich niet druk te maken over concurrentie – de noordpool zou ze nooit bedwingen.
'Je hebt gelogen,' hijgde ze veertig minuten later. 'Dat was geen zeshonderd meter.'
'Wat maakt het uit? We zijn er nu toch?'
'En het is ook geen dorp.'
'Jawel,' zei Jay. 'Het is alleen... klein.'
Nadia tuurde door de vallende sneeuwvlokken naar de verlaten

enige straat. In geen van de huizen brandde licht. Er waren geen winkels. Alleen een brievenbus, een bushokje en een telefooncel. En een kroeg.

'De Willow Inn,' kondigde Jay aan, met samengeknepen ogen het krakkemikkige uithangbord lezend. 'Laten we het daar proberen.'

De voordeur was op slot. Na een paar minuten op het hout te hebben gebonkt, hoorden ze het gerammel van sleutels en het geluid van grendels die werden weggeschoven.

'Kijk nou eens,' sliste de kroegbaas, een wolk whisky-adem over hen uitblazend. 'Maria en Jozef en het babytje Jezus. Dat jullie nu uitgerekend hier terecht moeten komen.'

Nadia, met de opgerolde slaapzak nog steeds onder haar arm, besefte dat hij dacht dat ze daar een baby in had. Maar ja, die vent was zo dronken dat je hem waarschijnlijk alles kon wijsmaken.

'Hallo,' begon Jay. 'We vroegen ons af of...'

'Kop dicht. Gesloten. Zes uur weer open.' De man van middelbare leeftijd tikte vaag op zijn horloge. 'Kom dan maar terug. Maar geen kinderen, hè, dit is geen crèche. Kinderen moet ik niet.'

'Hoort u eens, de wegen zijn onbegaanbaar, we konden niet verder rijden en zijn al uren aan het lopen,' flapte Nadia er uit, 'en we moeten ergens slapen.' Haastig ontrolde ze de slaapzak om hem te laten zien dat hij leeg was. 'En we hebben echt geen baby.'

Normaal gesproken hoefde ze maar te knipperen met haar wimpers en haar grote bruine ogen op te zetten, en ze kreeg gedaan wat ze wilde, maar de kroegbaas van de Willow Inn was daar duidelijk te ver voor heen.

'Hier wordt niet geslapen of gegeten.' Hikkend van het lachen wapperde hij met zijn arm en zei: 'Een eindje verderop is een stal, misschien kunnen jullie het daar proberen.'

Even vroeg ze zich af of het zou helpen als ze in tranen uitbarstte. En mocht dat niet lukken, dan konden ze de kroegbaas altijd nog een klap voor zijn kop geven, hem vastbinden en in zijn eigen kelder opsluiten.

Jay, die gelukkig wat beschaafder was, zei: 'We hebben echt een slaapplaats nodig en zouden ook graag wat willen eten. We betalen u er natuurlijk voor.'

De bloeddoorlopen ogen van de kroegbaas klaarden meteen op.

'Honderd pond.'
'Prima.'
'Contant, hè? En vooruitbetalen.'
Jay knikte ernstig. 'Afgesproken.'
De elektriciteitsstoring die elk huis van het dorp in het duister hulde, was om negen uur 's avonds nog steeds niet verholpen. De kroeg, verlicht door flakkerende kaarsen, was langzamerhand gevuld geraakt met dorpsbewoners die uit hun huizen waren verdreven door het gebrek aan tv, en door een stuk of tien andere gestrande automobilisten die onderdak nodig hadden.
Door een of ander wonder was de kroegbaas, Pete, nog steeds aan het drinken en nog steeds bij bewustzijn. Nog net. Cindy, de barjuffrouw, vertrouwde Nadia toe dat Petes laatste vriendin drie weken geleden bij hem was weggelopen, waarmee dit drankgelag in werking was gezet. Op dit moment, duidelijk opgevrolijkt door het geld dat hij de gestrande reizigers uit de zak kon kloppen, zat hij gevaarlijk te schommelen op een barkruk en liet Cindy al het werk opknappen.
Het avondeten bestond, dankzij de stroomuitval, uit dikke hompen brood die waren geroosterd boven een open vuur, ravioli uit blik, brokken kaas, ingelegde uien zo groot als sinaasappelen en oude volkorenbiscuitjes.
Nadia, die de uien links had laten liggen, zei: 'Lekker.'
'Een dineetje bij kaarslicht, heel romantisch, vind je niet?' Jay wees op hun wankele houten tafeltje. 'Ja, ik weet hoe je een vrouw moet verwennen. Wil je een ingelegd ei?'
Ze glimlachte; hij had een mooie stem. Ze viel wel op mooie stemmen. 'Nee, dank je. We moeten het over de kamer hebben. Je kunt moeilijk hier beneden slapen.'
Dat ze van Pete contant vooruit hadden moeten betalen voor zijn enige logeerkamer, had Nadia met een dilemma opgezadeld. Ze had maar vijftien pond bij zich gehad, dus Jay had de rest van het geld moeten ophoesten. Toen Pete hun de kille kamer had laten zien die vol troep stond en bijna volledig in beslag werd genomen door een hobbelig onopgemaakt tweepersoonsbed (Honderd pond? Een koopje!), had Jay gemompeld: 'Oké, ik slaap wel beneden.'
Maar dat was geweest voor de komst van de anderen die de klei-

ne kroeg in een geïmproviseerd vluchtelingenkamp hadden veranderd. Twee van hen hadden ook nog nare hoestjes. Het was niet eerlijk om de kamer te nemen, terwijl Jay het meeste had betaald.
'Neem jij het bed maar,' zei ze tegen hem. 'Echt, ik red me wel hier beneden.'
'Vast wel, maar van slapen zal niet veel terechtkomen.'
'Maar anders voel ik me schuldig.' Ze zag dat hij hun glazen bijvulde met rode wijn.
'We kunnen ook allebei in het bed slapen,' zei hij.
Ze aarzelde. Het was de meest praktische oplossing natuurlijk. Het was alleen jammer dat hij niet aardig-maar-veilig-lelijk was in plaats van aardig-en-beslist-aantrekkelijk.
Gevaarlijk aantrekkelijk zelfs.
Niet dat ze de aanvechting had om iets ondeugends te doen, maar ze wilde ook niet dat Jay dacht dat ze die had. Haar ervaring was namelijk dat aantrekkelijke mannen dat altijd als vanzelfsprekend aannamen.
'Alleen slapen.' Ze keek hem recht in de ogen. 'Geen rare dingen. We houden allebei onze kleren aan. En ik ga in mijn slaapzak liggen,' voegde ze er voor de zekerheid aan toe.
'Natuurlijk.' Zijn mondhoeken gingen iets omhoog.
O god, hij dacht toch niet dat ze een oogje op hem had?
'Ik heb een vriend,' legde ze uit, 'en we houden echt heel veel van elkaar.'
Hij knikte om te laten zien dat hij het begreep. 'Ik ook.'

2

Goh, wat waren homo's toch leuk! Ze hadden echt iets, dacht Nadia opgetogen toen ze twee uur later samen in bed lagen. Je kon je ontspannen en over van alles en nog wat kletsen in de veilige wetenschap dat er niets achter zat. Ze had Jay verteld over haar baan bij het tuincentrum, haar familie in Bristol en het feestje van gisteravond in Oxford.

Nu vroeg hij haar naar Laurie. Maar al te blij om hem antwoord te geven, steunde ze op een elleboog en zei: 'O, hij is gewoon fantastisch, de beste vriend ter wereld. Als je hem zag, zou je ook op hem vallen. Hij is model.' Trots voegde ze eraan toe: 'Hij stond vorige maand op de cover van GQ.'

'Ik ben diep onder de indruk.' Jay glimlachte bij de blik op haar gezicht. 'Hoe hebben jullie elkaar eigenlijk leren kennen? Op een of ander superhip feest? Of hadden Madonna en Guy je te eten gevraagd en was hij er ook? Of werkte je in het tuincentrum en stond hij op een dag voor je neus wanhopig op zoek naar een clematis?'

'Nou zeg.' Vanuit haar slaapzak schopte ze hem speels tegen zijn scheenbeen. 'We kennen elkaar al bijna ons hele leven, we zijn zo'n beetje samen opgegroeid. Hij woonde schuin tegenover ons. We gingen altijd samen kikkervisjes vangen. Laurie heeft me leren fietsen zonder handen, en ik heb hem geleerd hoe je snoep bij Woolworth's kon stelen...'

'Net een film,' vond Jay. '*Cider With Rosie* ontmoet *Bonnie and Clyde*.' Hij trok een wenkbrauw op. 'Dus hoe lang zijn jullie al bij elkaar? Sinds jullie zevende of zo?'

'O nee, we waren toen alleen maar vrienden. Ik ben op mijn achttiende uit huis gegaan om te gaan studeren en Laurie een jaar later. Toen hij twee jaar geleden terugkwam, keken we elkaar aan en het was meteen raak.' Ze klapte in haar handen. 'Bam! Zo simpel. We konden zelf nauwelijks geloven dat het zo snel ging. En sinds die dag zijn we samen.'

Jay schudde zijn hoofd. 'Ik snap het niet. Wanneer is hij dan met dat modellenwerk begonnen?'

Hij leek oprecht geïnteresseerd. Ze vroeg zich af of hij zelf soms ambities in die richting had – niet dat het hem zou lukken op zijn negenentwintigste. O jeetje, zou ze hem soms voorzichtig moeten vertellen dat voor hem de uiterste houdbaarheidsdatum al ruimschoots was verstreken?

'Ik had hem ingeschreven voor een wedstrijd,' legde ze uit. 'Een tv-programma had als prijs een contract met een modellenbureau. Ze interviewden de winnaar van vorig jaar en die haalde het niet bij Laurie, dus heb ik gewoon een foto in een envelop gedaan en hem verstuurd, zonder het aan Laurie te vertellen. Een maand la-

ter belden ze hem met de mededeling dat hij was toegelaten tot de finale.'
'Schrok hij?'
'Of hij schrok? Hij werd woest! Hij vond modellenwerk iets voor miet... O sorry, maar dat vond hij nou eenmaal.'
'Maakt niet uit.' Jay schudde zijn hoofd.
'Hoe dan ook, het lukte ons om hem ervan te overtuigen dat dat niet zo was,' zei ze snel, 'en Laurie is toen naar de finale gegaan. Vooral omdat hij genoeg had van mijn gezeur, geloof ik. Maar toen hij de organisatoren leerde kennen en hoorde hoeveel geld ermee te verdienen viel, bedacht hij dat het misschien de moeite van het proberen waard was. En toen won hij en dat was dat. Het modellenbureau nam hem onder contract en daarna ging het razendsnel. Voor die tijd was hij in opleiding voor effectenmakelaar en dat haatte hij. Nu reist hij de hele wereld over als fotomodel voor bladen en reclamecampagnes en zo. Het is gewoon fantastisch, helemaal een nieuwe carrière.'
'Dankzij jou,' zei Jay vriendelijk. Hij zweeg even. 'Heb je er ooit spijt van gehad?'
Nadia had die vraag eerder gehoord. Ongeveer duizend keer.
'Waarom zou ik er spijt van hebben? We zijn nog steeds bij elkaar, Laurie is niet veranderd. Misschien zien we elkaar minder dan vroeger, maar hij komt zo vaak mogelijk naar huis. We houden nog steeds van elkaar. En het is niet voor eeuwig, dat weten we allebei. Tegen de tijd dat je dertig bent, ben je er echt te oud voor.' Zo, dat had ze toch mooi even gezegd, voor het geval Jay nog steeds droomde van een nieuwe carrière. 'Als mijn telefoon het deed, dan zou ik hem nu kunnen bellen,' ging ze verder. 'We bellen elkaar de hele tijd. De afgelopen paar dagen was hij in Egypte, voor een reclamecampagne voor Earl-spijkerbroeken.'
Jay keek lichtelijk sceptisch. 'En je vertrouwt hem?'
Het was ook niet de eerste keer dat ze die vraag hoorde.
'Natuurlijk. Voor honderd procent.'
'En hij? Vertrouwt hij jou?'
'Laurie weet dat ik hem nooit zou bedriegen.' Bij zichzelf glimlachend, schudde ze haar kussen wat op en veranderde van onderwerp. 'Nu is het jouw beurt. Vertel me eens over jouw vriend?'
De kaars op het nachtkastje flakkerde, wat een werveling van

schaduwen op de muur veroorzaakte.
'Eerlijk gezegd ben ik geen homo,' zei Jay.
O, allemachtig.
'Waarom zei je dan dat je dat was?'
'Om jou gerust te stellen.' Zijn ogen glansden geamuseerd. 'En het heeft gewerkt.'
'Dat is vals spelen,' mopperde ze. 'Ik vertrouwde je. Je hebt tegen me gelogen.'
'Tja, wat kan ik zeggen? Ik ben een man, zo zijn we nu eenmaal.'
Wacht eens even, insinueerde hij nu dat Laurie... Ze stoof op.
'Als je daarmee soms wilt zeggen dat...'
'Oké, het spijt me.' Lachend hield hij zijn handen omhoog. 'Maar het heeft je wel gerustgesteld toch? Je was niet meer zo panisch bij het idee een nacht in bed te moeten doorbrengen met een onbekende man die je misschien wel zou proberen te verleiden.'
'En nu vertel je me dat je helemaal geen homo bent. Was het niet logischer geweest om het nog even vol te houden? Je had toch op zijn minst tot morgenvroeg kunnen wachten met het me te vertellen?'
'Dat was ik ook van plan. Totdat je me naar mijn vriend vroeg. Maar je hoeft je geen zorgen te maken,' zei hij, 'ik ga je heus niet proberen te verleiden. Dus je bent helemaal veilig bij me.'
'O. Nou, prima dan.' Ze schoof wat dieper in haar slaapzak, onverschilligheid voorwendend, maar diep in haar hart wou ze dat hij een vriend had verzonnen. Ze had liever dat hij homo was. Dat ze had gezegd dat ze Laurie nooit ontrouw zou zijn, betekende nog niet dat ze zich niet aangetrokken kon voelen tot een leuke man.
'Je mag me wel naar mijn vriendin vragen,' bood hij aan.
'Oké, vertel maar over je vriendin.'
Hij knipoogde. 'We hebben het een paar maanden geleden uitgemaakt.'
Ja hoor, ze had het kunnen weten.
'Zie je wel?' Ze zuchtte. 'Je begint er nu al mee. Je had dat nooit gezegd als je nog steeds homo was geweest.'
'Omdat ik dan geen vriendin had gehad met wie ik het had uitgemaakt,' wees hij haar erop. 'Toe zeg, doe niet zo flauw. Ik heb je toch gezegd dat ik je niet zou proberen te verleiden?'

'Maar je flirt wel met me,' klaagde ze. 'En zeg niet dat het niet zo is, want het is waar.'
'Nou en? Ik mag toch wel flirten? Jij deed het daarstraks ook,' merkte hij op, 'toen je nog dacht dat ik homo was.'
'Ik flirtte helemaal niet.' Ze voelde dat ze bloosde en was blij dat er weinig licht was. 'Waarom zou ik?'
'Omdat je dacht dat het veilig kon bij mij.' Zijn kastanjebruine ogen glansden vrolijk.
O jeetje, had hij gelijk? Had ze met hem geflirt? Iets in haar maag deed gealarmeerd 'ping'. Ze was zich er niet eens bewust van geweest.
'En nu doe je het niet meer,' vervolgde hij. 'Je krabbelt als een gek terug. Wat betekent dat je me op zijn minst aardig vindt, ongeveer...' hij hield zijn hand op, met een centimeter ruimte tussen zijn duim en wijsvinger, 'zoveel.'
Niet eerlijk, gewoon niet eerlijk!
'Als ik je niet een beetje aardig zou vinden, zou ik hier niet zijn.' Ze knikte naar de andere slaapkamer waar Pete de kroegbaas lag te snurken als een reusachtige zeehond. 'Ik zou nog liever in de sneeuw slapen dan een bed met die daar te moeten delen.'
Jay knikte ernstig. 'Nou, dank je. Geloof ik.'
'Hoewel, misschien snurk jij ook wel.'
'Helemaal niet. Ik ben een echte heer in bed.' Hij schonk haar een ondeugende grijns. 'Ik heb nog nooit klachten gehad over mijn bedgedrag.'
Haar mond werd droog. Ze twijfelde er geen seconde aan. Iedereen zou zich tot hem aangetrokken voelen. Hij was leuk gezelschap, brutaal en charismatisch. Ze kon niet ontkennen dat ze, als ze Laurie niet had gehad, wel in de verleiding was gekomen om een gokje bij hem te wagen. Waarom ook niet? Hier waren ze dan, afgesloten van de buitenwereld, gestrand in een ingesneeuwde kroeg. Niemand zou het ooit te weten hoeven komen. O allemachtig, ze zag het nu zelfs al voor zich. Ze zou haar hand naar hem uitstrekken en onder die dikke donkerblauwe trui van hem laten glijden... Wat had ze toch? Ze was gewoon een schaamteloze slet, hou op, hou op. Hou op!
Wissen die fantasie.
Ze had Laurie. Wat kon een vrouw zich nog meer wensen?

Geschrokken van haar eigen gedachten leunde ze snel naar voren en blies de kaars uit. Heel dankbaar dat Jay geen gedachten kon lezen – en nog veel banger dat hij dat wel kon – zei ze: 'Ik ga slapen. Welterusten.'

Pete, de kroegbaas, werd de volgende ochtend tot zijn stomme verbazing wakker met een heftige kater – nou ja, dat snapte hij nog – en een kroeg vol vreemdelingen met wazige blikken in hun ogen. Hij hielp zichzelf gauw aan een groot glas whisky en ging toen maar eens uitzoeken wat die lui hier deden.
Boven poetste Nadia haar tanden en dankte de hemel op haar blote knieën dat ze gisteravond niet had toegegeven aan haar moment van zwakte. Ze durfde te wedden dat niet veel meisjes zulk hoogstaand moreel gedrag zouden hebben getoond wanneer ze een bed hadden moeten delen met Jay Tiernan. Aan de andere kant, niet veel meisjes zouden met hem naar bed zijn gegaan in spijkerbroek, sokken, twee truien en een nogal oubollig vest.
Toen ze op haar laarzen naar beneden kloste, merkte ze dat er een poolwind door de lege kroeg blies en dat de voordeur wagenwijd openstond. Iedereen had zich buiten verzameld om de sneeuwruimer toe te juichen die grote wolken sneeuw door de lucht joeg, terwijl hij zich statig een weg door de hoofdstraat baande.
Ze vond Jay in de menigte. 'We zijn gered. We zullen elkaar niet hoeven opeten. Wat een opluchting. Maar hoe krijg ik mijn auto uit de greppel?'
'De hulptroepen zijn gearriveerd.' Jay wees naar een tractor die achter de sneeuwruimer aan hobbelde. Hij kwam tot stilstand voor de kroeg, en er stapte een stevig gebouwd boerentype uit.
'Ik zag wat auto's staan die weggesleept moeten worden.' Toen de man Nadia's hoopvolle gezicht zag, vroeg hij: 'Is die van jou er soms ook bij, schat? Hulp nodig?'
Ze had hem wel kunnen kussen. Haar 50+-ridder op een smerige tractor! Zo gaat dat nog op het platteland, dacht ze dankbaar. Iedereen hielp elkaar. Er waren zoveel aardige mensen, miskende helden, die bereid waren om anderen te helpen puur uit de goedheid van hun hart.
'O, ja,' zei ze opgelucht. 'De zwarte Renault is van mij. Ik vind het zo aar...'

'Geen enkel probleem, schat. Ik sta altijd voor je klaar. Dat is dan vijftig pond.'
Allemachtig, dit was een moderne vorm van struikroverij. Plattelandslieden waren helemaal niet lief en aardig.
'Als het maar niet contant hoeft,' waarschuwde ze de inhalige, egoïstische, op geld beluste boer. 'Niet contant, want dat heb ik niet.' Met een betekenisvolle blik naar Pete, de kroegbaas, voegde ze eraan toe: 'Maar ik kan wel een cheque uitschrijven.'
'Kun je je identificeren?' vroeg de botte boer.
Nadia, die ook bot kon zijn, vroeg: 'Op wiens naam zal ik hem uitschrijven? Boertje van buut'n?'
'Ik heb je er zo uit, schat.' Totaal niet in verlegenheid gebracht knipoogde de boer naar haar. Zaken waren zaken. Plotselinge sneeuwstormen mochten dan ellende en ongemak voor veel mensen betekenen, voor hem waren ze altijd een leuke bijverdienste.

Tegen de tijd dat de Renault uit de greppel was getrokken, gedeukt, maar verder onbeschadigd, was Jay ter plekke verschenen op weg naar zijn eigen auto.
'Rij voorzichtig,' zei hij tegen Nadia toen ze de motor startte.
'We zijn maar vijf kilometer van de snelweg. Over een uurtje ben ik thuis.'
'Het was leuk om je te leren kennen.' Om Jays ogen verschenen lachrimpeltjes terwijl hij naar haar keek. 'Het had natuurlijk nog leuker kunnen zijn, maar ach, we hebben in elk geval lol gehad.'
Ze knikte. In het koude daglicht was lol zeker te prefereren boven seks. Als ze gisteravond aan de verleiding had toegegeven, zou ze nu gebukt gaan onder schuldgevoel. God, ze zou een ramp zijn tijdens een groepsvakantie op Ibiza.
'Bedankt voor alles. Dag.'
De aangekoekte sneeuw kraakte onder haar banden toen ze de auto in de goede richting stuurde.
'Die vriend van jou is een geluksvogel.' Jay legde zijn hand even op het dak. 'Vertel hem dat maar.'
Heel even vroeg ze zich af of hij zich zou bukken om haar op de wang te kussen; hij keek alsof hij dat wilde. Ze wachtte, hem de kans gevend om het te doen en merkte dat ze haar adem inhield.

Gewoon een vriendschappelijk kusje, niet een frontale zoen op haar mond, een vriendschappelijk kusje op de wang, daar zou ze helemaal tevreden mee zijn...
Tenminste, als het was gebeurd.
'Draai het raampje maar dicht,' zei hij. 'Anders krijg je het koud. En probeer om uit de greppels te blijven.'
'Ja, baas. En jij ook.' Terwijl het raampje zoemend dichtschoof, salueerde ze grinnikend en wapperde met haar vingers naar hem. 'Tot ziens dan maar.'
Waarom zeiden mensen dat eigenlijk altijd tegen elkaar, terwijl ze wisten dat ze elkaar nooit meer zouden zien?

3

De vlucht van Barcelona naar Bristol Airport was een kwartier geleden geland, en Nadia hupte in de aankomsthal ongeduldig van de ene voet op de andere. Ieder moment nu konden de passagiers door de getinte schuifdeuren komen stromen. Ze had vlinders in haar buik – enorme, opgewonden tropische vlinders, niet van die saaie Engelse – en haar knokkels waren wit, zo stevig hield ze de chromen leuning vast. Adrenaline klotste door haar lichaam als gratis bier op een studentenfeest. Was er ook een dokter in de zaal? Voelden andere mensen die op hun geliefden wachtten zich ook zo? Waren er veel die ter aarde stortten met een hartaanval en... o, de deuren!
Ze staarde als verlamd naar een supervlotte zakenvrouw die op haar superhoge hakken naar buiten triptrapte, gevolgd door een stoet vakantiegangers, daarna wat studentikoze types, een paar zakenlui en een haveloos uitziend meisje van in de twintig met een gillende baby op haar arm en een peuter achter haar aan.
Bij het geluid van een schreeuw achter haar draaide het meisje zich om en slaakte een kreet van opluchting toen Laurie door de deuren kwam aanrennen met een versleten speelgoedgiraffe in zijn hand.
'Die lag op de vloer bij de bagagekarren.' Hij zwaaide met de gi-

raffe naar de baby, die hem meteen teruggriste en Laurie een bijzonder ondankbare boze blik toewierp.
'Daarom gilde ze zo. Ik had niet eens gemerkt dat ze hem had laten vallen. Dank je wel.' Het gezicht van het meisje straalde van dankbaarheid.
'Graag gedaan.' Laurie schonk haar zijn bekende brede glimlach en Nadia, die van nog geen drie meter afstand toekeek, besefte dat dit de reden was waarom ze van hem hield. Hij was aardig en attent en zou iedereen helpen. Heel veel mannen zouden een speelgoedgiraffe oprapen en achter een mooi meisje met een baby aan rennen, maar hoeveel van hen zouden de moeite nemen om hetzelfde te doen voor een nogal lelijk, mager meisje met een slecht gebit en futloos, vettig haar?
Voor Laurie maakte zoiets helemaal niet uit. Zo was hij nu eenmaal.
En nu kwam hij met gespreide armen op haar af.
'Nad?'
Weeïg van verliefdheid gooide ze haar armen om hem heen. Ze voelde haar voeten loskomen van de grond toen hij haar optilde en in de rondte draaide. Een fractie van een seconde, voordat Lauries mond de hare vond, ving ze de jaloerse blik van het lelijke meisje op. Toen kuste hij haar, en ze wist dat ze in het middelpunt van de belangstelling stonden. Iedereen keek naar hen, genietend van de aanblik. Niets mooiers dan een romantisch weerzien op een vliegveld, het gaf weer vertrouwen in de mensheid. Als ze niet oppasten, kregen ze zo nog applaus.
'Ik heb je zo gemist.' Hij omhelsde haar stevig, deed toen een stap naar achteren en liet zijn blik over haar heen glijden. 'God, wat zie je er fantastisch uit.'
'Jij ook. Slordig, maar fantastisch.' Grijnzend bracht ze een hand naar zijn verfomfaaide, zongebleekte haar en legde hem toen op zijn met gouden stoppeltjes bezaaide wang. Voor een beroepsmodel was Laurie totaal niet ijdel. Maar hij kon ermee wegkomen. Hij droeg een wijde zwarte broek die eruitzag alsof hij een fabrieksrestant was, maar die ongetwijfeld een fortuin had gekost. De lichtgrijze trui met gaten op de ellebogen was ooit van zijn vader geweest. Zijn gympjes waren het nieuwste van het nieuwste en smerig. Op zijn linkeronderarm had hij een grote blauwe plek

en op de rechtermouw van zijn trui zat iets wat leek op een limonadevlek.
'Ik weet het, ik weet het, ik zie er niet uit.' Zijn groene ogen keken haar vol berusting aan; hij was gewend dat er op zijn uiterlijk werd gelet door zijn vertegenwoordiger bij het modellenbureau, door overspannen fotoredacteuren en door jachtige casting-agenten.
'En die blauwe plek?' Ze raakte hem zacht aan.
'O, dat is niets. Ik ben van een jetski gevallen en tegen een rotsblok aan gestoten.' Laurie, die weliswaar onverschrokken was, maar ook altijd ongelukken kreeg, kuste haar nog een keer. 'Laten we gaan. Hoe gaat het met iedereen? Leeft die stomme papegaai nog?'
Harpo, de papegaai van Nadia's oma Miriam, had een langdurige haat-liefdeverhouding met Laurie.
'Natuurlijk leeft hij nog. Je stelt die vraag nog als we tachtig zijn, denk ik.' Terwijl Laurie ervaren zijn tassen over zijn schouder wierp, vervolgde ze: 'Hij heeft je heel erg gemist.'
'Heeft hij mijn kaartje gekregen?' Hij had Harpo een ansichtkaart gestuurd van een papegaai in een miniligstoel met een klein zakdoekje om zijn kopje geknoopt.
'We hebben de kaart vastgemaakt aan zijn kooi. Hij heeft er gaatjes in gepikt en zei iets over schandelijk misbruik en wreedheid tegenover papegaaien.'
'Hij heeft gewoon geen gevoel voor humor,' zei Laurie luchtig. 'Als we thuis zijn, dan wikkel ik plakband om zijn snavel.'
Ze liepen de aankomsthal uit en gingen naar het parkeerterrein voor kortparkeerders, terwijl ze de laatste nieuwtjes uitwisselden. Toen ze bij Nadia's Renault aankwamen, bleef Laurie even staan om de deuk aan de voorkant te bewonderen. Ze had nog geen tijd gehad om hem te laten repareren.
'Niet slecht.' Hij bukte om wat beter te kunnen kijken. 'Dus daar lag je, op de kop in een greppel, en ineens duikt er een onbekende man op uit het niets die je overhaalt om de nacht met hem door te brengen. Was dat een hobby van hem, denk je? Zoiets als naar vogeltjes kijken?'
Nadia, die haar arm nog steeds om Lauries middel had onder de versleten trui, kneep hem onder de ribben.

'De auto slipte in de sneeuw. Ik kon er niets aan doen. En toen kwam hij me redden. Ik was hem heel dankbaar en vond dat ik iets terug moest doen, dus ben ik maar met hem naar bed gegaan. Au!'
'Heel grappig.' Grinnikend kneep hij haar ook. 'Kom, laten we gaan.'
'Die gaan ook.' Met een scheef hoofd volgde ze een vertrekkend vliegtuig.
Zijn ogen volgden het toestel tot het was verdwenen achter de metaalgrijze wolken. 'En morgen ik weer. Naar Parijs.' Hij klonk berustend.
Ze knuffelde hem. 'Maar dat is pas morgenavond. We hebben nog anderhalve dag.'
Hij keek haar aan. Met een half glimlachje zei hij: 'Ik weet het.'
Tijdens de twintig minuten durende rit naar Bristol kreeg Nadia, die achter het stuur zat, een raar gevoel in haar maag. Een nauwelijks te benoemen ongemakkelijke kriebeling waarschuwde haar dat er iets aan de hand was. Zoals altijd kletsten ze erop los, net als anders, maar onder de oppervlakte was een onderstroom die haar met angst vervulde.
Ze wachtte tot het gevoel zou verdwijnen, maar dat deed het niet. Toen ze eindelijk thuiskwamen, en ze de oprit bij haar huis opreed, had ze het teruggebracht tot twee mogelijkheden.
'Oké, laat me alleen dit zeggen. Dacht je dat ik het meende toen ik zei dat ik naar bed was geweest met die man in de kroeg? Ik bedoel, denk je dat ik echt seks met hem heb gehad? Want dat is niet zo, dat zweer ik je. Het was een grapje.'
'Dat weet ik ook wel. Natuurlijk dacht ik niet dat je het meende.' Duidelijk niet op zijn gemak haalde hij zijn vingers door zijn haar.
Ze bereidde zich op het ergste voor. Oké, nu moest ze vraag twee stellen, de vraag die ze echt niet wilde stellen.
'Jij dan? Heb jij iemand anders leren kennen, bedoel ik?'
'Nee.' Hij schudde zijn hoofd. 'Nee. Dat zou ik nooit doen.'
Oef. Nou, dat was een opluchting. Beseffend dat haar vingers waren gaan tintelen, ademde ze diep uit.
'Maar er is wel iets,' hield ze vol.
'Niets aan de hand. Ik voel me prima.'

Fantastische woorden, precies wat ze wilde horen. Helaas kwamen ze uit de mond van de slechtste leugenaar ter wereld. Misschien dat Laurie niet iemand anders had leren kennen, maar het ging beslist niet prima met hem.
'Laurie, je kunt niet doen alsof er niets is, zeg me gewoon...'
'Daar is hij eindelijk! Lieve jongen, laat me eens goed naar je kijken!' Miriam trok het portier aan de passagierskant open en klemde Lauries gezicht tussen haar dunne handen. Enorme diamanten schitterden aan haar vingers, er zat aarde onder haar gelakte nagels, en voor een slanke zeventigjarige vrouw had ze een verbazend stevige greep.
Maar Miriam was dan ook niet een gemiddelde zeventigjarige te noemen. Ze kon met dezelfde zwier designkleren dragen of een oude corduroy broek of mannenoverhemden. Haar glanzende zwarte haar had ze in een knotje en zoals altijd waren haar donkere ogen zwaar aangezet met zwarte kohl. Terwijl de auto zich vulde met de geur van Guérlains L'Heure Bleue, werd Nadia eraan herinnerd dat Miriam misschien de hele dag kon tuinieren, heggen aanvallen vanaf een ladder, uitgegroeide struiken woest aanpakken, maar ze zou er niet over peinzen om dat te doen zonder eerst haar lievelingsparfum op te spuiten.
Hoeveel zeventigjarigen zouden zijn aangehouden door de politie wegens te hard rijden op de snelweg? En hoeveel zouden onder een boete zijn uitgekomen door met hun lange wimpers naar de politieman in kwestie te knipperen?
'Mooi als altijd,' verklaarde Miriam, nadat ze met haar rode lippenstift een zoen op Lauries magere, gebruinde gezicht had geplant. 'Kom binnen. Heb je honger? Je vader is nog op de kliniek, maar hij kan er zo zijn. Lieve hemel, word je niet betaald voor al dat gezwaai met je heupen? Je kunt je toch zeker wel een betere broek veroorloven?'
Edward Welch, Lauries vader, was neuropsychiater. Nu, op zijn zesenzestigste, was hij officieel met pensioen, maar hij had een spreekkamer in een van Bristols privéklinieken aangehouden waar hij nog twee keer per week patiënten ontving. Het was om zijn hersens wakker te houden en om de verveling tegen te gaan, hield hij vol, en bovendien gaf het hem iets anders om handen dan het cryptogram uit de *Telegraph* op te lossen.

En hopeloos achter Miriam aan te zitten, dacht Nadia, terwijl haar oma hen naar binnen voorging. Na de dood van zijn vrouw, Josephine, vijf jaar geleden – en rekening houdend met de verplichte rouwperiode – waren Edwards gevoelens voor Miriam algauw aan iedereen duidelijk geworden. Heel erg duidelijk zelfs. En welke aantrekkelijke, succesvolle intelligente oudere man zou zich niet tot haar aangetrokken voelen?
De enige spelbreker was Miriam met haar vasthoudende weigering om zijn gevoelens te beantwoorden. Wat haar betreft was hij een fantastische man, een dierbare vriend en buurman, maar meer ook niet. Ze genoten van elkaars gezelschap, speelden fanatiek canasta, bezochten de schouwburg, maakten eindeloze wandelingen en werden overal samen uitgenodigd, maar Miriam had duidelijk gemaakt dat hun relatie nooit meer dan dit zou worden. En aangezien Edward daarover geen zeggenschap had, was hij gedwongen om zich erbij neer te leggen. Miriams vriend zijn en een belangrijk deel van haar leven uitmaken, was in elk geval te prefereren boven niet haar vriend zijn en uit haar leven te worden verbannen. Wanneer andere, gretiger vrouwen af en toe iets met hem probeerden, had hij gewoon geen belangstelling. Bij Miriam vergeleken waren ze geen partij.
'Laten we je eerst eens wat te eten geven. Ik kan biefstuk met champignons voor je maken, met gebakken aardappels.' Miriam haastte zich de keuken in en trok de deur van de koelkast open. 'Er is ook nog een restje van de kipschotel van gisteren over, of anders zo'n visding voor in de magnetron, maar dat is met een laag vetgehalte.' Aan haar stem was precies te horen wat ze dacht van visdingen voor in de magnetron met een laag vetgehalte. Niet goed genoeg voor Laurie. 'En er is ook nog appeltaart, die heb ik vorige week zelf gebakken...'
'Miriam, die kipschotel is prima.' Laurie probeerde niet te lachen. 'Ik heb in het vliegtuig al gegeten.'
'Maar je moet...'
'En ik neem Nadia mee uit eten, dus wil ik niet vol raken. Naar Markwick's,' voegde hij eraan toe, toen Nadia hem met opgetrokken wenkbrauwen aankeek. 'Ik heb al gereserveerd.'
Markwick's was een van haar lievelingsrestaurants. Ze vroeg zich af of dit etentje het equivalent was van de schuldige echtgenoot

die een bos rozen en een doos bonbons voor zijn vrouw koopt. Bij een benzinestation. Maar misschien was ze niet helemaal eerlijk; wanneer Laurie thuiskwam, nam hij haar altijd mee uit eten in schitterende restaurants.
Ze had er deze keer alleen niet zo'n goed gevoel bij.
Nou ja, wat er ook was, het zou een paar uur moeten wachten. Miriam was thuis en Edward zou zo ook wel komen, gevolgd door Clare en Tilly – Laurie was niet alleen van haar, hij was van de hele familie.

4

Toen James Kinsella met Leonie was getrouwd, was dat waarschijnlijk de eerste echt onbezonnen daad van zijn leven geweest. Op zijn eenentwintigste, hij was halverwege zijn accountantsopleiding, had hij haar zien staan liften op de Downs in Clifton toen hij op een avond van zijn werk naar huis reed. Geschrokken had hij zijn auto tot stilstand gebracht om haar op ernstige toon mee te delen dat liften niet alleen roekeloos was, maar ook ongelooflijk gevaarlijk.
Lachend om de serieuze uitdrukking op zijn gezicht, had Leonie haar lange blonde haar naar achteren geschud en gevraagd: 'Ben jij gevaarlijk dan?'
In het besef dat ze hem uitlachte, waarschijnlijk omdat hij een bril droeg en in een Morris Minor reed, had hij geantwoord: 'Natuurlijk niet, maar de man in de volgende auto die stopt misschien wel.'
Brutaal had ze het portier opengetrokken, was ingestapt en had gezegd: 'Dan kun je me maar beter een lift geven, voordat die man er aankomt.'
Drie maanden later had Leonie aangekondigd dat ze zwanger was. Nog weer twee maanden later waren ze getrouwd. James had nog nooit iemand als Leonie gekend. Hij had niet geweten dat er mensen als zij op de wereld bestonden. Ze was onverschrokken, een echte vrije geest, met een adembenemende levenslust. En James

was volkomen betoverd. Hij was ook gelukkiger dan hij ooit was geweest.

Het kostte James niet al te veel tijd om te ontdekken dat vrije geesten niet per se goede moeders zijn. Of goede echtgenotes. Toen Nadia werd geboren, stortte Leonie zich op haar moeder-aarde-fase, maar dat was niet van lange duur. Vlak voor Nadia's eerste verjaardag kwam James thuis van zijn werk en werd begroet door zijn vrouw die hem hun dochter in de armen duwde, terwijl ze schreeuwde: 'Waarom heeft niemand me verteld dat moeder zijn zo godsgruwelijk saai is?'

James had al zijn energie moeten aanwenden om haar te kalmeren en haar ervan te weerhouden om hen in de steek te laten. Op de een of andere manier slaagden ze erin om het nog anderhalf jaar uit te zingen met elkaar. Toen, hun huwelijk had inmiddels zijn dieptepunt bereikt en een scheiding leek onvermijdelijk, ontdekte Leonie tot haar afschuw dat ze weer zwanger was. Clare werd geboren en alles werd van kwaad tot erger. Leonie had het gevoel dat ze opgesloten zat in een kubus van plexiglas zonder lucht. Ze hield van haar kinderen, maar was niet in staat om aan hun onophoudelijke eisen te voldoen. Ze was drieëntwintig, getrouwd met – uitgerekend – een accountant, en moeder van twee kinderen. De werkelijkheid leek bedroevend weinig op haar vroegere idyllische fantasieën over het moederschap.

Op een ochtend, aan het eind van de lente, leerde ze in het Canford Park Kieran Brown kennen. Ze had Nadia en Clare meegenomen om met de kikkervisjes in de vijver te praten, maar was tot de ongelukkige ontdekking gekomen dat de driejarige Nadia alleen maar belangstelling had voor de smaak van kikkervisjes. Kieran, die er met zijn vierjarig zoontje was, had een gesprekje met haar aangeknoopt. Hij was een acteur die zonder werk zat en verschrikkelijk charmant. Leonie vergat meteen waar ze mee bezig was – Nadia ervan weerhouden om haar mond vol kikkervisjes te proppen – en maakte met Kieran een afspraakje om die avond samen wat te gaan drinken. Toen James haar vroeg waar ze naartoe ging, antwoordde ze op weg naar de voordeur: 'Ik ga met iemand praten die me begrijpt.'

Twee weken later pakte ze haar koffers en vertrok naar Kreta met

Kieran Brown, wiens eigen vriendin, eerlijk gezegd, blij was dat ze van hem af was.

Toen Miriam merkte hoe geschokt en wanhopig James was – bij zichzelf had ze al meteen voorspeld dat het huwelijk van haar zoon een akelig einde zou beleven – had ze meteen het heft in handen genomen en voorgesteld dat hij en de kinderen bij haar zouden intrekken. Ze was een rijke weduwe, haar huis was groot genoeg en voor Nadia en Clare zorgen zou haar iets om handen geven. Op zevenenveertigjarige leeftijd had Miriam nog de energie van een twintigjarige. En de kinderen aanbaden haar. Het was een logische oplossing, had ze haar zoon kordaat meegedeeld, dus hoefde hij zich verder niet het hoofd te breken over andere mogelijke oplossingen.

Aangezien James überhaupt geen oplossingen wist, was hij ingegaan op zijn moeders genereuze aanbod. De kinderen aanvaardden de veranderingen in hun jonge leventjes zonder enig probleem. Het was, besloot hij opgelucht, de juiste beslissing geweest. Over een paar jaar, misschien, zouden de moeilijkheden overwonnen zijn en zouden ze een eigen huis zoeken.

Drieëntwintig jaar later was dat nog steeds niet gebeurd, en in de tussentijd was hun ongewone gezin uitgebreid met Tilly, want Leonie had op een goede dag op de stoep gestaan met een eenjarige, vaderloze baby en was kort daarna weer vertrokken, zonder Tilly.

Nadia voelde zich net een wandelende bom, met explosieven om haar lichaam gesjord, terwijl iemand anders het ontstekingsmechanisme in handen had. Ze kon de spanning geen minuut langer verdragen.

'Je eet niet,' zei Laurie. 'Toe, probeer de eend eens. Die is fantastisch.'

'Ik wil de eend niet proberen.' Ze praatte zacht; per slot van rekening zaten ze in Markwick's. 'Ik wil dat je me de waarheid vertelt.'

Laurie legde over de tafel heen zijn hand op de hare. 'Kunnen we niet gewoon van het eten genieten?'

'Blijkbaar niet. Het lukt me niet om ook maar een hap door mijn keel te krijgen.' Het was klaarblijkelijk tijd om de bom zelf tot ontploffing te brengen. 'Laurie, óf je vertelt me nu wat er aan de hand is, óf ik ga op deze stoel staan gillen en met dingen smijten.'

Hij glimlachte. 'Doe dan.'

Hij geloofde haar niet. Scènes trappen en met dingen smijten waren geen dingen die mensen deden wanneer ze bij Markwick's aten. Haar hand onder de zijne uittrekkend, pakte ze het mandje met brood van tafel, schoof haar stoel naar achteren en stond op.

De blik in haar ogen vertelde Laurie alles wat hij moest weten.

'Oké, hou op, ga zitten,' zei hij snel, toen Nadia's linkerarm – de arm met het broodmandje – naar achteren zwaaide. 'Ik zal het zeggen.'

Laurie, die het tegenovergestelde van temperamentvol was, verafschuwde scènes in het openbaar.

Ze bevroor. Wilde ze dit eigenlijk wel horen? Maar aan de andere kant, ze kon er ook niet tegen om het niet te weten. Zich bewust van de nieuwsgierige blikken om haar heen ging ze krampachtig weer zitten.

God, het was vast niet normaal voor een hart om zo snel te kloppen.

'Vooruit met de geit.'

Laurie aarzelde en haalde zijn vingers door zijn haar. Maar deze keer was er geen Miriam die het portier opentrok en hem als Supervrouw te hulp schoot.

'Oké.' Weer een stilte. 'Ik vind dat we het moeten uitmaken. We zien elkaar bijna nooit. Het is niet eerlijk tegenover jou.'

Het was alsof je in een ijskoud zwembad dook terwijl je verwachtte dat het warm zou zijn. Er klonk hoog gerinkel in haar oren. Helaas niet luid genoeg om de woorden van Laurie in te laten verdrinken.

Maar ja, wat had ze dan verwacht? Dit was wat er gebeurde als je de ontsteker indrukte.

'Niet eerlijk tegenover mij of tegenover jou?' Ze kon bijna niet geloven dat ze er nog woorden uit kreeg.

'Tegenover geen van beiden.' Hij haalde ongelukkig zijn schouders op. 'Het spijt me, het spijt me zo. Ik wil dit echt niet doen.'

Doe het dan niet, dacht ze.

Hardop zei ze: 'Maar je doet het toch.'
'Het is het beste. Alles is anders nu. Onze levens zijn veranderd... Het is niet dat je iets verkeerds hebt gedaan,' zei hij hulpeloos. 'Het is alleen... O Nad, je snapt toch wel wat ik bedoel. Dit heeft niets met jou te maken.'
Ze was nu blij dat ze het broodmandje niet naar zijn hoofd had gegooid. Stukjes brood waren lang niet gemeen genoeg. Zware porseleinen borden, die waren nu nodig. Borden die met een bevredigende hoeveelheid kabaal zouden breken en het liefst ook nog pijn zouden veroorzaken en tussen de bedrijven door ook de zorgvuldig samengestelde sauzen in het rond zouden doen vliegen.
Maar zou het helpen?
Zo kalm mogelijk vroeg ze: 'Waarom heb je me dat vanmiddag niet verteld?'
Hij slaakte een zucht. 'Voornamelijk omdat ik ons laatste weekend samen niet wilde bederven. Wat had ik moeten doen, je uit Barcelona bellen en het je door de telefoon vertellen? Of meteen op het vliegveld? God, zo'n klootzak ben ik ook weer niet.'
'Was je dan van plan om het hele weekend normaal te doen? Dat meen je niet!'
Een spiertje vertrok in zijn kaak. 'Ik wilde het proberen. Ik dacht, dan hebben we tenminste deze paar dagen nog samen. Nou ja, een dag en nog wat,' verbeterde hij zichzelf.
'Dus wanneer wilde je het me dan precies vertellen? Morgenmiddag, op weg naar het vliegveld? Mijn god, ik kan bijna niet geloven dat we het hierover hebben. Ik dacht dat we gelukkig waren, maar al die tijd heb jij je zitten voorbereiden op dit!' Ongelovig schudde ze haar hoofd. 'Hoe lang loop je hier eigenlijk al mee rond?'
'Nad, alsjeblieft, ik voel me al rot genoeg. Een paar weken, denk ik.' Hij keek nu echt ongelukkig.
'Een paar weken? O, fantastisch. Dus toen ik twee weken geleden vastzat in de sneeuw en die man vertelde dat we zo supergelukkig waren samen, zat jij al te azen op een manier om me aan de kant te zetten! Heb je enig idee hoe stom ik me daarbij voel? Moet je nagaan,' ratelde ze door, 'als je me het in een e-mailtje had verteld, dan had ik toch met hem naar bed kunnen gaan. En dat had ik gedaan ook, hoor.'

'Luister, het spijt me, maar ik dacht echt dat dit de beste manier was.'
'O ja, het is volmaakt, volmaakt! Ik ben zo blij dat je voor deze manier hebt gekozen, ik geniet van iedere seconde! Mijn vriend is zo attent om me in mijn lievelingsrestaurant te dumpen. Ik weet bijna zeker dat er een ander is, hoewel hij te laf is om dat toe...'
'Er is niemand anders,' zei hij.
'En het fijnste is nog dat hij me vertelt dat het niet aan mij ligt! Dat is toch zo'n fijn gevoel! Echt.' Ze slikte. Ze trilde over haar hele lichaam en haar ogen voelden gevaarlijk warm aan. 'Fantastisch gewoon.'
'Maar zo kunnen we toch ook niet doorgaan? We zien elkaar bijna nooit. Het modellenbureau heeft me voor de eerstkomende acht maanden vol geboekt,' probeerde hij uit te leggen. 'Europa, Australië, Japan, Amerika...'
'Best. Je bent me geen uitleg verschuldigd. Ik ga heus niet smeken, als je daar soms bang voor bent.' Ze had er genoeg van. Ze voelde zich beroerd. Tot ze ineens iets bedacht waardoor ze zich nog beroerder voelde. 'Dus dat wilde je me pas morgen vertellen.' Zijn egoïsme verbaasde haar. 'Maar dan zouden we vannacht nog samen zijn geweest. Dan zouden we de... nee, niet de liefde hebben bedreven... dan zouden we seks hebben gehad, en jij had geweten dat het de laatste keer zou zijn, maar ik niet, omdat jij me dat niet had verteld. Nou, dat is bijzonder attent van je. Jammer dat het niet doorgaat. Nu lopen we allebei De Laatste Keer mis.'
Het zou leuk zijn geweest om nu met grote passen het restaurant uit te benen en in de donkere nacht te verdwijnen. Als dit een film was geweest, dan had ze het gedaan.
Maar het was geen film, dit was het echte leven, en het regende buiten. Eerlijk gezegd zou ze niet weten waarom ze ook nog een taxi zou moeten betalen.
Verdomme, ze had echt een zak van een vriend.
Ex-vriend.
O shit, dit werd echt maf.
'Ik wil weg. Ik moet met de taxi. Geef me twintig pond,' eiste ze.
'Nee.'
'Klootzak.'
Hij schudde zijn hoofd. 'Ik wil echt graag vrienden blijven.'

'Nou, ik niet, dus rot op.'
'Nadia, dit is heus niet gemakkelijk voor me. Ik doe het alleen omdat het het beste is.'
Heel origineel.
'O, alsjeblieft, zeg,' siste ze over tafel. 'Je dumpt me gewoon omdat je de eerstkomende acht maanden wilt kunnen rondneuken in Parijs en Milaan en New York en Sydney en Tokio, want je hoort nu bij de jetset en jetsetters hebben alleen seks met beroemdheden en supermodellen.'
'Dat is het niet,' zei hij.
'O, nee? Nou ja, het zal mij ook een zorg wezen.' Dat was natuurlijk hartstikke gelogen, maar het zou toch gebeuren, of het haar nu wat kon schelen of niet. Haar gelukkige leven verkruimelde voor haar ogen als suikerklontjes in hete koffie en de enige die ze de schuld kon geven, was zichzelf.
Die stomme, stomme modellenwedstrijd.
Ze liet haar hoofd voorovervallen. Het liefst was ze gaan huilen. Met veel kabaal en snot die uit haar neus liep. Woest en met overtuiging. Maar die lol gunde ze hem niet.
Hij kon er dan wel ongelukkig uitzien, maar hij had absoluut geen idee hoe klote zij zich voelde.
Geen Laurie meer. Het was gewoon nauwelijks te bevatten.
Ze deed haar hoofd weer omhoog en keek hem vanonder haar wimpers aan. Al die mascara, weggegooid geld.
'Oké, het is uit. Maar je wilde nog wel met me naar bed vanavond.' Ze wachtte, terwijl ze hem strak bleef aankijken. 'Voor de laatste keer.' Weer een stilte, gevolgd door een speels glimlachje. 'Nou? Wil je dat nog steeds?'
Het was alsof je aan een kleuter vroeg of hij zijn kerstcadeau een week eerder wilde openmaken. Ze zag de fonkeling van opluchting in zijn ogen toen hij over de tafel heen haar hand beetpakte. 'Natuurlijk wil ik dat nog steeds.'
Wanneer zou een man ooit eens nee zeggen?
Voor het eerst die avond voelde ze zich oppermachtig en ze besloot dat het soms de moeite waard was om voor een taxi te moeten dokken. Terwijl ze opstond, zei ze ijzig: 'Nou, jammer dan, want dat feest gaat mooi niet door.'

5

Wat kon een mensenleven toch veranderen in vijftien maanden. Nou, het leven van sommige mensen dan, dacht Nadia, terwijl ze in de rij voor de kassa in de supermarkt ging staan met in haar mandje een fles anti-klitshampoo – ja, haar krullen waren nog steeds een onontwarbare kluwen, op dat gebied geen verandering dus – een tube ontharingscrème en een doosje tampons. Dit was haar kostbare vrije dag en wat deed ze? Haar krullen aanpakken, haar benen gladmaken en kijken naar de vrouw voor haar die in een roddelblad bladerde.

Dankzij haar liefdevolle zus wist ze al dat in de OK! op pagina zevenentwintig een foto stond van Laurie die in smoking arriveerde bij de oscar-uitreiking, hand in hand met een van de genomineerden voor de beste vrouwelijke bijrol. Clare, die alle glossy's las die er waren, had de foto gisteren zien staan en was heel attent meteen naar beneden gerend om Nadia te laten zien dat Lauries leven wel heel erg was veranderd.

'Moet je nagaan! De oscar-uitreiking! Met een echte filmster! Die heeft haar jurk vast niet uit een boetiekje. En hij wordt beschreven als model die acteur is geworden. Nadia, ik probeer je iets te laten zien en je kijkt niet eens.'

Nadia was even in de verleiding gekomen om haar zusje met de strijkbout dood te slaan. Maar Clare was niet expres wreed, ze bezat alleen maar de aangeboren gevoeligheid van een dinosaurus. Het zou nooit in haar opkomen dat Nadia misschien liever niet haar ex-vriend in een tijdschrift tegen zou komen met zijn nieuwe vriendin die er sensationeel uitzag.

En dan ook nog genomineerd was voor een oscar.

O ja, Laurie leidde nu een geheel nieuw betoverend leven. Dankzij zijn volle agenda was hij al in geen maanden thuis geweest. Hij was met acteren begonnen, net zo toevallig als hij ooit modellenwerk was gaan doen, nadat hij in een muziekclip was opgetreden. Een paar weken later had hij een regisseur ontmoet die hem herkende uit de clip en meteen had verklaard dat hij Laurie een rol in zijn nieuwe film zou geven. Op feestjes in Hollywood stikte het van beginnende acteurs op zoek naar de kans voor hun grote doorbraak. Maar Laurie, die niet eens een kans wilde, kreeg hem. De rol was klein geweest, maar Lauries Engelse charme en zijn komische talent hadden voor de rest gezorgd. Mensen waren meteen opgeveerd en op hem gaan letten. En aangezien Laurie altijd geluk had, dacht Nadia droog, zou hij volgend jaar zelf wel op de nominatie staan voor een oscar.

'Vroeger ging ze met Johnny Depp.' Clare had maar doorgeleuterd over het begeleidende artikel. 'Te gek, hè? Jij bent naar bed geweest met iemand die naar bed is geweest met iemand die met Johnny Depp naar bed is geweest.'

'Ik kan altijd je oren nog verschroeien,' had Nadia gezegd met de strijkbout in de aanslag.

'O, wat is ze lichtgeraakt!' Clare had zich tot Harpo in zijn kooi gewend. 'Je zou juist denken dat ze zich gevleid moest voelen, hè, Harpo? Wat heeft Nadia dan, hè? Wat heeft Nadia?'

Het had haar uren gekost om hem deze te leren.

'Brrkk,' had Harpo manisch gekrijst. 'Nadia heeft een dikke kont.'

Nadat Nadia de supermarkt had verlaten, liep ze over Princess Victoria Street langs juwelierszaken, de galerie en de akelig dure schoenenzaak waarvan ze de glanzende etalages niet eens durfde te bekijken. In de verte zag ze Charlotte's Patisserie met zijn witte chocoladesoesjes die haar fluisterend probeerden te lokken. Natuurlijk waren die ook duur, maar vergeleken met Italiaanse sandaaltjes waren ze een koopje.

'Nadia!'

Ze was zo opgegaan in het hemelse vooruitzicht om zo meteen in een sappig, zijdezacht soesje te kunnen bijten dat het nauwelijks tot haar doordrong dat iemand haar riep. Ze gilde het dan ook uit toen er ineens een hand op haar schouder neerkwam.

O god, had ze per ongeluk iets gestolen bij de supermarkt? Had een of andere stevig gebouwde winkeldetective haar achtervolgd en zou ze worden meegesleept naar de supermarkt en gearresteerd worden en...

'O, jij bent het!' Een golf van opluchting overspoelde haar. Niet dat ze ooit iets in een winkel gestolen had (een rolletje snoep als kind telde niet), maar het enige dat ervoor nodig was, was een moment van onachtzaamheid. En als je zo afwezig was als zij, bestond die kans altijd.

Jay Tiernan schudde geamuseerd zijn hoofd. 'Ik zag je langs de galerie lopen. Nou ja, ik wist bijna zeker dat je het was. Wat toevallig, ik zat laatst juist aan je te denken.'

'O ja, waarom?' Gevleid trok ze haar buikspieren wat in.

'Mijn schoonzusje had een auto-ongeluk. De voorkant in elkaar, net als jij toen. Ze zat lippenstift op te doen en keek in de spiegel, toen een of andere stomme muur zomaar tegen haar op botste. Jouw gezicht,' vervolgde hij vrolijk, 'toen ik mijn hand op je schouder legde.'

'Ja, nou, ik dacht dat je een winkeldetective was.' Verontschuldigend hield ze haar tas van de supermarkt omhoog.

Hij trok zijn wenkbrauwen op. 'Heb je wat gestolen?'

'Nee! Ik dacht alleen...'

'Wel iets fatsoenlijks, hoop ik. Op zijn minst kreeft en kaviaar, geen goedkope bonen uit blik of kattenvoer. Als je toch wat steelt, dan kun je net zo goed meteen voor de goede spullen gaan – o.' Hij had de tas uit haar handen gegrist en bekeek de weinig glamoureuze inhoud. Droevig zijn hoofd schuddend zei hij: 'Je hebt geen idee hoe het moet, hè? Dit is hopeloos. Hopeloos. Waarom zou je überhaupt dit soort dingen willen stelen?'

'Heel grappig.' Terwijl ze de tas weer van hem afpakte – nou ja, het had nog veel erger kunnen zijn, ze had ook aambeienzalf kunnen kopen – vroeg ze: 'Wat doe je hier eigenlijk?'

'Hier in Bristol, of nu, op dit moment, in deze buurt?'

'Allebei.'

'Oké. Ik woon tegenwoordig in Bristol. Sinds een paar maanden. En op dit moment – nou ja, tot een halve minuut geleden stond ik voor twee schilderijen. Kijk zo,' hij hield zijn hand in een besluiteloos gebaar onder zijn kin, 'te overwegen welke van de twee ik zou kopen.'

'In de Harrington Gallery?' Ze besefte dat hij haar moest hebben gezien toen ze daar voorbij was gelopen. 'Had je niet gewoon de goedkoopste kunnen kiezen en de andere mee naar buiten smokkelen onder je jas?'

Zijn lichtbruine ogen glinsterden goedkeurend. 'Goed idee. Je leert snel. Helaas stond de eigenaar van de galerie er met zijn neus bo-

venop om ervoor te zorgen dat ik geen rare dingen zou doen. Aan de andere kant, als ik hulp zou hebben, zou het ons misschien lukken. Jij zou zijn aandacht kunnen afleiden, weeën krijgen bijvoorbeeld, en dan kon ik gewoon allebei de schilderijen pakken, ze onder mijn jas proppen en ervandoor gaan.'
'Allebei de schilderijen. Nu word je een beetje inhalig. Trouwens,' ze klopte zelfvoldaan op haar platte – nou ja, plat-achtige – buik, 'ik ben niet zwanger genoeg om weeën te krijgen.'
Zijn gelaatsuitdrukking veranderde heel iets. 'Hoe zwanger ben je dan wel?'
'Helemaal niet.' Ze grinnikte. 'Daar had ik je, hè?'
Keek hij opgelucht? Moeilijk te zeggen.
Hij pakte haar arm. 'Kom, het is vast het lot dat ik je voorbij zag komen. Nu moet je me ook helpen kiezen.' Hij zweeg. 'Of je moet haast hebben om thuis te komen.'
Ineens klonk hij bezorgd. Ze haalde haar schouders op en schudde nonchalant haar hoofd. 'Ik heb geen haast.'
'Zeker weten? Beloof je me dat je niet opeens weerwolfpoten krijgt?' Met opgetrokken wenkbrauwen keek hij naar de plastic tas met de tube ontharingscrème erin.
Ze zond hem een zonnig lachje. 'O, dat is niet voor mij. Altijd als ik een man leer kennen die zichzelf ontzettend grappig vind, sluip ik 's nachts zijn huis binnen om wat ontharingscrème in zijn fles shampoo te knijpen.'
Ze had Jay natuurlijk kunnen vertellen dat ze de Harrington Gallery heel goed kende. Niet goed in de zin van met-de-eigenaar-naar-bed-geweest, maar ze was al naar heel wat openingen mee op sleeptouw genomen.
Ze besloot om dat niet te zeggen toen hij haar mee naar binnen trok. Voor straf, vanwege de weerwolfpoten.
'Deze,' verkondigde Jay, terwijl hij voor het eerste schilderij ging staan. Even later werd ze aan haar elleboog naar links getrokken en stond ze voor een tweede doek. 'Of deze?'
Nadia deed haar mond open om iets te zeggen, maar sloot hem toen weer.
Ze had het kunnen weten.
Het schilderij rechts was het grootste, een dramatisch berglandschap met veel druifkleurige lucht en hier en daar een zuil van

zonlicht dat door de wolken brak. Heel somber. Bijna bijbels. Tot je blik werd getrokken naar de linkerbenedenhoek, waar een paartje elkaar stond te kussen in een ouderwetse rode telefooncel. Ze glimlachte bij zichzelf. Leuk detail. Het schilderij, dat te koop was voor zevenhonderdvijftig pond, was van een kunstenaar van wie ze nog nooit had gehoord.

De tweede, voor de prijs van vijfhonderdtwintig pond, was geschilderd door Clare, haar zusje.

Als Jay zich tot deze twee schilderijen aangetrokken voelde, dan had hij in elk geval gevoel voor humor. Clares stijl was eigenzinnig, onconventioneel en karakteristiek. Dit werk, uitgevoerd in felle kleuren gouache en inkt, toonde een bruiloftsreceptie compleet met de stoute bruidsjonkertjes, de hitsige bruidegom, roddelende gasten en de moeder van de bruid die, met een fles champagne in haar hand, bewusteloos met haar hoofd op tafel lag. De bruid ging er ondertussen bij de deur met een van de obers vandoor.

De titel van het schilderij was: *En ze leefden nog lang en gelukkig.*

Typisch Clare.

Niet dat Clare zo cynisch was. Helemaal niet. Ze genoot er alleen maar van om het ongeluk van anderen af te beelden.

'Nou?' vroeg Jay naast haar.

'Hm.' Bedachtzaam bestudeerde Nadia het schilderij van haar zusje van alle kanten. Aan zijn bureau achter in de galerie legde Thomas Harrington de telefoon neer en zag haar staan. Zijn blik vangend, schudde ze haar hoofd om hem duidelijk te maken dat ze liever niet had dat hij haar als oude vriendin kwam begroeten. Of als de zus van een van de exposanten.

Clare had er maar een beetje op los geleefd toen ze op de kunstacademie zat, en het was bijna oneerlijk dat ze met hoge cijfers was geslaagd, terwijl studenten die veel harder hadden gewerkt, met minder genoegen hadden moeten nemen. Toen Clare haar schilderijen was begonnen te verkopen – niet veel, maar genoeg – had het nog oneerlijker geleken. Hoeveel afgestudeerden lukte het nu nog om meteen al succes te hebben? Tien procent, dacht Nadia, hooguit. Typisch Clare; ze had nog nooit een dag van haar leven echt gewerkt.

Geen reden om verbitterd te raken.
'Welke?' drong Jay aan.
'Eerlijk?'
'Eerlijk.'
Nadia, die heel goed was in eerlijk zijn, zei: 'Als ik zoveel geld te besteden had, dan ging ik naar de schoenenzaak een eindje verderop om Italiaanse schoenen met hoge hakken met diamantjes erop te kopen.'
Ernstig zei hij: 'Maar zulke schoenen staan me niet.'
'En als je er niet aan gewend bent, kunnen hoge hakken ook heel lastig zijn.' Ze wierp een blik vol medeleven op zijn voeten. 'Misschien kun je het inderdaad maar beter bij schilderijen houden.'
'Dat denk ik ook.' Hij zweeg. 'Dus?'
'Het is jouw geld. Jij moet kiezen, vind ik.' Ze herinnerde zich Clares opmerkingen toen ze de foto's van Laurie in het tijdschrift had bekeken. 'Maar als je het dan toch wilt weten, dan zou ik die met de telefooncel nemen.'
'Echt?'
'Die is verrassend. Eerst valt het niet zo op. Die ander is meer helemaal grappig, slapstick-achtig.' Een beetje schuldbewust voegde ze eraan toe: 'Hij is wel goed, hoor. En goedkoper ook.'
'Nou, dan is het duidelijk. Als ik nu voor die kies, kom ik over als een vrek.' Zich tot Thomas Harrington wendend zei hij vrolijk: 'Ik moet die met de telefooncel wel nemen.'
Zodat Nadia met de vraag bleef zitten of hij die van Clare had gekocht als er een prijskaartje van negenhonderd pond aan had gehangen.

6

Nadat Jay het creditcardgebeuren had geregeld en Thomas Harrington in haar oor had gefluisterd: 'Het maakt mij niet uit, maar als je zus dit hoort, slaat ze je tot moes,' liet ze zich meetronen naar een terras om het te vieren.
Om te vieren dat ze nog geen moes was waarschijnlijk.

Nou ja, ook een goede reden.
'Vertel me eens wat je de afgelopen tijd allemaal hebt gedaan. Is het hier veilig trouwens?' Duidelijk geamuseerd wees Jay op het tijdschriftenrek aan de overkant van de smalle straat. 'Of springt je vriendje zo meteen van de pagina van GQ om me een klap te verkopen?'
Ze kon wel door de grond zakken. God, wat had ze opgeschept over haar fantastische relatie, over de liefde en het vertrouwen die Laurie en zij voor elkaar voelden.
'Dat was tijden geleden. We hebben het uitgemaakt. En als je zegt dat had ik toch voorspeld, dan strooi ik zout in je koffie. En als je me uitlacht ook,' voegde ze eraan toe, toen zijn mondhoeken – heel voorspelbaar – iets omhooggingen. 'Uitlachen mag ook niet. We zijn gewoon uit elkaar, en ik vind het prima. En jij?'
'Ik vind het ook prima.' Haastig bedekte hij zijn koffie met zijn hand. 'En ik lach niet. Het is gewoon leuk om je weer te zien.'
De eerstvolgende keer dat Nadia op haar horloge keek, was er ongelooflijk genoeg al een uur verstreken. Ze had gehoord dat Jay nu in Clifton woonde, om de hoek om precies te zijn, in Canynge Road. Hij deed nog steeds in onroerend goed, hij kocht verwaarloosde huizen in de buurt op en renoveerde ze – nou ja, hij had een stel mensen in dienst dat het vuile werk voor hem opknapte – en verkocht ze dan door met hopelijk een dikke winst. Hoewel, als hij het zich kon veroorloven om in een opwelling kunst te kopen, zoals het schilderij dat ingepakt in bubbeltjesplastic tegen hun tafeltje stond, moest hij wel iets goed doen.
'En hoe gaat het met jouw werk? Je werkte toch op een kwekerij – o, nee, wacht,' hij knipte in zijn vingers, 'bij een tuincentrum.'
Een beetje beledigd omdat hij het niet meteen precies had geweten, nadat ze hem had gevraagd of hij nog steeds in onroerend goed deed, knikte ze en probeerde het niet al te erg te vinden dat hij zich blijkbaar minder van haar herinnerde dan zij van hem.
'Ja, in Almondsbury. Daar werk ik nog steeds. Ik vind het fantastisch om te doen.'
Dat was behoorlijk overdreven. Ze kon niet echt klagen, maar het was wel een beetje saai. De planten en bloemen op zich waren leuk, maar wanneer klanten terugkwamen om zich erover te

beklagen dat de fuchsia die ze drie jaar geleden hadden gekocht net dood was gegaan – alsof zij de plant persoonlijk cyaankali had toegediend – tja, dan vroeg je je soms af of het niet beter was om sommige mensen helemaal te verbieden om planten te kopen. En wat de tuinkabouters betreft...

'Je vindt het daar fantastisch,' zei hij bedachtzaam. 'Jammer.'

'Hoezo? Waarom is dat jammer?' Ze ging wat meer rechtop zitten, terwijl ze probeerde te begrijpen wat dat spijtige schudden van zijn hoofd betekende. 'Zo leuk vind ik het nu ook weer niet.'

'Oké. Op een schaal van één tot tien. Hoe leuk vind je je werk?'

'Twee,' antwoordde ze meteen.

Hij floot zacht. 'Twee. Je hebt gelijk, zo leuk vind je het inderdaad niet.'

'Het komt door de tuinkabouters. We verkopen tuinkabouters.' Ze trok een gezicht, want ze wilde dat hij haar begreep. 'Bovendien wilde ik niet overkomen als een van die mensen die altijd maar klagen over hun saaie baan, maar die te beroerd zijn om van hun luie reet te komen en iets anders te zoeken.'

Hoewel dit eigenlijk precies op haar van toepassing was.

'Maar je hebt veel verstand van tuinieren?' vroeg hij.

'Ik weet alles van tuinieren.' Ze voelde een flakkering van hoop. 'Ik ben Charlie Dimmock uit dat tuinprogramma, maar dan met een beha aan.' Hoe het die vrouw lukte om zonder beha in de tuin te werken, was haar een raadsel. 'Hoezo?'

'Heb je er zelf weleens eentje ontworpen?'

'Een beha of een tuin? Toe,' smeekte ze, 'vertel, waarom vraag je me dat allemaal?'

Hij haalde zijn schouders op. 'Zomaar. Ik zoek een tuinman, meer niet.'

Hij zocht een tuinman? Meer hoefde ze niet te weten.

'Maar dat is fantastisch, dat lukt me wel, geen probleem. Ik doe het gewoon in mijn vrije tijd,' legde ze gretig uit. 'Ik bedoel, hoeveel uur denk je dat je me nodig hebt? Een paar uur per week?'

Hij schudde zijn hoofd. 'Veel meer.'

Jemig, dan moest hij een enorm grote tuin hebben. Zonder nadenken vroeg ze: 'Hoe groot is hij?'

Oeps. Zei de actrice tegen de bisschop.

Terwijl hij zijn lach probeerde te verbergen leunde hij achterover

in zijn stoel. 'Als ik een verwaarloosd huis koop, zit er meestal ook een verwaarloosde tuin bij. Ik heb iemand nodig die zo'n tuin kan omtoveren in iets prachtigs. Dit is geen kwestie van het gazon maaien en wat onkruid wieden. Ik heb het over ouwe troep weghalen, een ontwerp maken, de beplanting aanleggen, de hele rimram.'
'Maar dat kan ik!' Ze schoot overeind, haar huid begon te tintelen. 'Ik heb daar een opleiding voor gevolgd. Ik ben een harde werker en ik ben sterker dan ik eruitzie.'
Jemig, Jay had het over het lot gehad. Dit was echt het lot!
'Tot nu toe heb ik gebruik gemaakt van een bedrijf uit Winterborne, maar dat was niet zo betrouwbaar. Die lui hebben me een paar keer laten zitten.'
'Ik zou je nooit laten zitten.' Vaag was ze zich ervan bewust dat ze niet erg cool deed, dat ze zelfs walgelijk gretig klonk. Nou ja... 'Ik zou je echt nooit laten zitten, dat beloof ik je!'
Hij aarzelde. Blijkbaar had hij geen zin om haar die baan zomaar te geven. 'Ik heb vorige week een advertentie gezet. Daar heb ik aardig wat reacties op gekregen.'
'Dat kan zijn,' zei ze meteen, 'maar die zijn niet met je naar bed geweest, en ik wel.'
Verdomme, ze had toen echt seks met hem gehad moeten hebben.
Aan de geamuseerde blik in zijn bruine ogen zag ze dat hij hetzelfde dacht.
Ze hield haar adem in, inwendig haar trouw vervloekend. Als ze deze baan niet kreeg, dan was het Lauries schuld. Hij en zijn klotebeloftes dat ze altijd bij elkaar zouden blijven. God, ze wou dat ze hem echt kon haten. Dat verdiende hij.
'Alsjeblieft,' zei ze. 'Ik ben een heel goede tuinontwerper.'
Jay dacht even na. 'Kun je me ook een van je tuinen laten zien?'
Zijn derde kopje koffie, half opgedronken, stond koud te worden op het tafeltje. Hij had duidelijk geen dringende afspraken vanmiddag, en bovendien zou het niet veel tijd kosten. Behoorlijk zeker van haar zaak pakte ze de plastic tas, stond op en zei: 'Kom maar mee.'
Per slot van rekening was dit het lot. Dan kon je beter meteen toeslaan.

Het zou leuk zijn geweest als er niemand thuis was geweest, maar bij Nadia was bijna altijd wel iemand thuis. Zo zakelijk mogelijk, dus niet als een meisje dat voor het eerst haar vriendje mee naar huis neemt om hem verlegen aan haar familie voor te stellen, nam ze Jay mee naar de keuken en verkondigde: 'Oma, dit is Jay Tiernan, hij zoekt een tuinontwerper, en ik heb hem meegenomen om hem te laten zien wat ik kan. Jay, dit is mijn oma, Miriam Kinsella. En Edward Welch, onze buurman.'
Miriam en Edward zaten naar paardenrennen op tv te kijken onder het genot van een late lunch van knoflookbrood, salami en een fles Barolo. Op paarden gokken was Miriams laatste passie, en haar taalgebruik als ze verloor was spectaculair. Aangezien ze erop stond om alleen te gokken op paarden met jockeys wier kleuren pasten bij wat ze die dag toevallig droeg, konden ze vaak genieten van dat spectaculaire taalgebruik.
Vandaag droeg ze een smaragdgroene blouse en een witte broek. Zich omdraaiend in haar stoel, wapperde ze met haar vingers naar Jay. 'Ik kan geen hand geven, want ik heb vette vingers. En ze stinken ook naar knoflook. Nou, ik kan wel zien waarom Nadia graag voor je zou willen werken. Wil je soms ook een glas rode wijn, Jay? Edward, waarom maak je geen nieuwe fles open? Pak een stoel en kom erbij zitten. Schat, prima gedaan,' fluisterde ze behoorlijk hard tegen Nadia. 'En die ogen van hem. Precies wat je nodig hebt om je wat op te vrolijken. Waar heb je hem opgeduikeld?'
Nadia deed even haar ogen dicht en wenste dat de goede fee een normale lieve oma met appelwangetjes, een grijs knotje en een schort voor haar kon toveren. Het was maar goed dat ze van Miriam hield, anders had ze zich al jaren geleden genoodzaakt gevoeld om haar oma op zolder op te sluiten.
Jay grijnsde breeduit.
'Kun je nagaan hoe gênant het voor me was om iemand mee naar huis te nemen toen ik veertien was,' zei Nadia tegen Jay.
'Nog twee glazen,' zei Miriam tegen Edward. Ze had nogal de neiging om hem als bediende te behandelen.
'Nee, doe geen moeite.' Nadia schudde haar hoofd. 'We blijven niet. Een paar minuutjes in de tuin, en dan moet Jay alweer weg. Je paard is net gevallen,' voegde ze eraan toe, terwijl de tv-com-

mentator in een steeds hogere versnelling ging praten en een in elkaar gedoken jockey in smaragdgroen maar ternauwernood wist te ontsnappen aan de stampende paarden op de baan.

'Werkelijk,' riep Miriam vol afschuw uit – en met opvallende zelfbeheersing. 'Ik mag hopen dat hij zijn beide benen heeft gebroken.'

Nadia nam Jay snel mee naar de tuin. 'Sorry voor mijn oma. Ze heeft ook haar goede kanten, alleen kan ik daar nu niet zo gauw opkomen.'

'Ik zit er niet mee.' Hij liep het terras over en bekeek met zijn handen op de heupen de tuin die zich voor hem uitstrekte.

De achtergrond werd gevormd door een glooiend amfitheater van volgroeide bomen – beuken, essen en ceders. Op de voorgrond werd het smaragdgroene gazon begrensd door speelse borders van varens, klaprozen en ridderssporen. Vanaf de lelievijver aan de linkerkant stroomde een beekje als een slang naar een grotere vijver aan de rechterkant van de tuin. Fuchsiastruiken droegen hun roze en paarse bloemen als lampionnetjes. Alles was geplant alsof het toevallig was – het tuinequivalent van een supermodel met een net-uit-bedkapsel, waar in werkelijkheid vijf kappers drie uur op hadden staan zwoegen. Nadia, die Jay stiekem in de gaten hield, kruiste haar vingers achter haar rug. Ze had ontzettend haar best gedaan op deze tuin en wat haar betreft was hij volmaakt.

Maar zou Jay dat ook vinden?

Eindelijk sprak hij. 'Heb jij dit allemaal gedaan?'

'Ja. Eerst was het alleen een kaal grasveld. Ik kan je daar wel foto's van laten zien als je wilt. Ik heb de tuin drie jaar geleden aangelegd,' vertelde ze hem vol trots. 'Echt alles met mijn eigen handen. Zelfs deze flagstones heb ik zelf gelegd.' Ze stampte met haar hak op de honingkleurige stenen van het terras. Het was bijna haar dood geworden, maar dat hoefde hij niet te weten. Laat hem maar denken dat ze Supervrouw was en zwaar onder de indruk zijn.

'Ik ben behoorlijk onder de indruk.'

Oef. Ze slaakte een diepe zucht. 'Dat wist ik wel. Anders had ik je niet mee hiernaartoe genomen. Dus, krijg ik die baan?'

'Ik moet eerst die andere mensen nog spreken. De afspraken zijn al gemaakt.'

'Zeg ze maar af,' zei ze. 'Je hebt ze niet meer nodig. Je hebt mij al.'
Terwijl ze het zei, herinnerde ze zich een halfvergeten snippertje van een gesprek. Janey, een van de andere meisjes bij het tuincentrum, had bij de koffie verteld dat ze had gesolliciteerd op een baan die vorige week in de *Evening Post* had gestaan.
'Ik zou het eigenlijk niet moeten doen.' Hij keek haar aan en begon toen te grijnzen. 'Maar wat maakt het ook uit. Oké.'
Ja! Iemand van de vlotte actie, een snelle denker, niet bang om beslissingen te nemen, om zich niet aan regels te houden en anderen teleur te stellen. Met andere woorden, helemaal niet het soort man om iets mee te krijgen.
Om precies te zijn het soort man dat je alleen maar verdriet bezorgde. Het verstandige deel van haar brein noteerde dit feit nauwkeurig in haar lichtbruine leren agenda. Het hopeloze deel rilde van voorpret en vroeg zich af hoe haar nieuwe baas er naakt zou uitzien.
Want ze wist bijna zeker dat hij een oogje op haar had. Zoiets merkte je meestal wel.
'Prachtig,' zei ze blij.
Jay glimlachte. 'Ik ben blij dat jij blij bent. Nog wat, ik heb behoorlijk wat koffie gedronken.' Hij gebaarde naar het huis. 'Dus zou je me de richting naar de wc kunnen wijzen?'
Hem de richting wijzen? Jemig, wat had hij in zijn broek hangen, een brandweerslang?
Maar uit eerbied voor het feit dat hij haar nieuwe baas was, zei ze dat niet hardop.

7

Nadat Nadia Jay de weg had gewezen via de hal, keerde ze terug naar de zonnige tuin en ging op de houten bank zitten om in haar hoofd haar ontslagbrief op te stellen.

Geachte Mr. Blatt,
Met veel genoegen kan ik u meedelen dat mij een veel leukere baan is aangeboden dan de verschrikkelijke, saaie baan waar ik de afgelopen twee jaar mee zat opgescheept, en ik zal ook werken voor een veel aardiger...

'Nou?' Nadia schrok op van een vrouwenstem achter haar. 'Waar heb je hem gelaten?'
Verdomme, Clare had gezegd dat ze vanmiddag niet thuis zou zijn.
'Wie waar gelaten?'
'Mij is net meegedeeld,' zei Clare op ijzige toon, 'dat je hier met een man was. Met een behoorlijk spectaculaire man om precies te zijn. Natuurlijk wilde ik dat voor mezelf aanschouwen. Dus waar is hij? Begraven onder de composthoop? Vastgebonden aan een boom? Vastgeketend aan de grasmaaier en opgesloten in de schuur? Nad, hoe vaak heb ik je al niet verteld dat dit niet de manier is om ervoor te zorgen dat een man niet bij je wegloopt. Ze moeten uit vrije wil bij je willen blijven.'
Nadia wist wel wie ze aan de grasmaaier wilde vastketenen.
'Hij is naar de wc, en zodra hij terug is, gaan we weer.' Bij zichzelf nam ze zich voor om Jay in precies drie seconden het huis uit te werken. 'Trouwens, ik dacht dat je vanmiddag niet thuis zou zijn? Je zei dat je met Josie ging lunchen en daarna winkelen.'
'Dat waren we ook van plan, totdat haar baas haar het erover hoorde hebben door de telefoon.' Clare, die nog nooit van haar leven op kantoor had gewerkt, schudde vol afschuw haar hoofd. 'Hij zei dat ze ontslagen zou worden als ze nog een keer een middagpauze van drie uur nam. Ze mag maar vijftig minuten weg tussen de middag. Ik bedoel, dat is toch belachelijk? Wat kun je nu doen in vijftig minuten?'
Nadia, die alleen maar weg wilde, stond op en zei: 'Ik ga...'
'O, daar heb je hem al!' Clare was bijna nog sneller in de benen dan Nadia. 'We dachten dat je was ontsnapt!' riep ze. 'Hoi, ze heeft me net alles over je verteld.'
Nee, dat is niet zo, dacht Nadia, maar het was al te laat. Clare stelde zichzelf voor, terwijl ze Jay Tiernan van top tot teen opnam en wauwelde toen verder over handboeien en grasmaaiers.

Ze was nooit wat je noemt verlegen geweest.
Soms doe je in een opwelling iets stoms waar je de volgende zes maanden of volgende zes jaar spijt van hebt en waarvan je hoopt dat niemand erachter komt. Zoals een vrijwel onbekende man in een galerie overhalen om niet het schilderij van je zus te kopen. Want werkelijk, wie had nu kunnen denken dat ze dat ooit te weten zou komen?
Helaas duurde het in Nadia's geval nog geen zes seconden.
'Ik heb net dat schilderij in de woonkamer zien hangen,' vertelde Jay. 'Waarom heb je me niet verteld dat jullie ook een schilderij van dezelfde kunstenaar hebben?'
O shit.
Niet-begrijpend vroeg Clare: 'In onze woonkamer?'
'Niet dat ik nieuwsgierig was of zo, maar de deur stond open en ik zag het toevallig hangen.' Jay glimlachte naar Clare, terwijl Nadia hem koortsachtig telepathische berichten stuurde om Verder Zijn Mond Te Houden. 'Ik liep Nadia vanmiddag tegen het lijf in Clifton en heb haar mee de Harrington Gallery in gesleept, want ik kon niet kiezen tussen twee schilderijen. Zij heeft me verteld welke ik moest nemen.'
Blijkbaar had de telepathie niet gewerkt. Over haar woorden struikelend zei Nadia snel: 'Nee, dat is niet zo. Ik heb je niet echt verteld welke...'
'En?' onderbrak Clare haar. Haar ogen schitterden en haar gezicht was gevaarlijk bleek. 'Welk schilderij moest je van haar kopen? Dat van de kunstenaar van wie wij ook een schilderij hebben.' Afschuwelijke lange pauze. 'Of dat andere?'
Alsof ze het al niet snapte.
'Dat andere.' Nu was het Jays beurt om te aarzelen. 'Eh, sorry, maar heb ik iets stoms gedaan? Zijn jullie bevriend met de kunstenaar?'
'Ja, Nadia, vertel eens.' Clares toon was ijzig. 'Ben je bevriend met de kunstenaar?'
'Ik... ik...'
'Stomme trut die je bent!' ging Clare tekeer. 'Hoe kon je?' Zich tot Jay wendend, vervolgde ze woest: 'Ik ben de kunstenaar, ik heb die schilderijen gemaakt en dit is het soort steun dat ik van mijn bloedeigen zus krijg! Ik bedoel, waar heb ik dit aan verdiend?'

Waar ze dit aan had verdiend? Nou, Nadia kon wel een miljoen redenen verzinnen.

'Oké, oké, misschien had ik Jay moeten vertellen dat ik je kende. Maar dan had hij zich misschien verplicht gevoeld om jouw schilderij te kopen. Hij vroeg me welke ik mooier vond,' legde Nadia snel uit, 'en ik heb hem de waarheid verteld.'

'Trut! En welke vond je mooier?' Clare moest de vraag wel stellen, vanwege de professionele rivaliteit.

'Grote bergen, kleine telefooncel.'

'O, nee hè, dat kutding!'

'Ik wil het wel terugbrengen naar de galerie,' bood Jay aan, 'en omruilen voor dat van jou.'

'Zie je wel?' zei Nadia boos. 'Nu voelt hij zich schuldig. Hij vindt dat andere schilderij mooier, maar wil het omruilen omdat je je aanstelt als een klein kind. Je moest je schamen.'

'Ja, ik schaam me voor een zus als jij.' Met ogen die vuur spuugden wendde Clare zich weer tot Jay. 'Ze is gewoon jaloers, meer niet. Omdat ik kan schilderen en zij niet. Nadia verkoopt de hele dag plastic tuinkabouters en moet zakken grind in de kofferruimtes van auto's gooien. En het lukt haar ook niet om een vriend te houden, ze lopen allemaal weg, en wie kan ze dat kwalijk nemen? Dat is nog een reden waarom ze jaloers op me is. Als ik jou was, zou ik maken dat ik wegkwam. Wees blij dat je er op tijd achter bent gekomen hoe ze eigenlijk is.'

En na die woorden beende ze met grote stappen het huis in.

'Nou,' zei Jay na een tijdje. 'Dat was... interessant.'

'Sorry.' Nadia klemde haar kiezen op elkaar. Ze wist niet wat ze verder nog kon zeggen.

'Kunnen we niet beter gaan?'

'Ja.'

Om verder contact met haar familie te vermijden, leidde ze hem via de zijkant van het huis naar de oprit waar haar auto stond. Terwijl ze met haar autosleuteltjes klungelde, werd het raam van de woonkamer opengegooid, en Harpo krijste: 'Nadia heeft een dikke kont!'

Jay keek geschrokken. 'Allemachtig, is dat je zus?'

'De papegaai van mijn oma.' Zodra de woorden eruit waren, wou ze dat ze gewoon ja had gezegd.

En toen klonk Clares stem loeiend door hetzelfde raam: 'Ze is gewoon wanhopig op zoek naar een man om kindjes mee te krijgen, weet je!'
Oké, zo kon het wel weer.
'Een ogenblikje.' Nadia draaide zich ineens om. 'Ik ben zo weer terug.'
Zich bewust van Jays ogen in haar rug, knerpte ze over het grindpad en stormde het huis in, de voordeur hard achter zich dichtslaand.
'Au!' gilde Clare, terwijl ze naar haar wang greep. Ze wierp zich naar voren, maar Nadia was te snel voor haar. Als een commando was ze in vijf seconden binnen en buiten.
'Sorry, hoor.' Nadia nam plaats achter het stuur en startte de motor.
Geamuseerd zei hij: 'Volgens mij meen je dat niet.'
Gelukkig leek hij niet al te geschokt.
'Nou, het was haar verdiende loon. Soms helpt alleen een flinke lel.' Nadia zweeg. 'We zijn zusjes. Dan mag dat. Laurie noemde het onze Oasis-momenten.'
'Ik snap het.' Jay grinnikte. 'Jij bent Noel, en zij is Liam. Zij fokt je op, en jij reageert. Maar eigenlijk houden jullie van elkaar.'
'Dat zal wel. Maar het klopte niet,' zei Nadia, 'dat ik wanhopig op zoek ben naar een man om kinderen mee te krijgen. Niet dat het ertoe doet,' voegde ze er snel aan toe, 'maar het klopt gewoon niet.'
Dit zou een uitgelezen moment zijn geweest voor Jay om haar te vertellen dat ze ook geen dikke kont had – want dat had ze niet – maar hij knikte alleen maar.
De moed zonk haar in de schoenen en zwijgend reed ze hem terug naar zijn auto.
Toen hij het in bubbeltjesplastic verpakte schilderij van de achterbank tilde, zei ze: 'Ik neem aan dat je me die baan ook niet meer wilt geven? Je wilt vast niet iemand in dienst nemen die haar zus slaat.'
'Eén ding,' zei hij. 'Waarom wilde je dat ik dit schilderij kocht?'
'Wil je dat echt weten?'
'Ja.'
'Ik vond het mooier.' Ze stopte even. 'En Clare zat me vanoch-

tend ook te pesten met mijn ex-vriend. Ze wist dat ze me op de zenuwen werkte en daar genoot ze van. Maar ik vind dat schilderij echt beter.'
Hij knikte. 'Oké.'
'Wat oké?'
'Je kunt maar beter ontslag nemen bij dat tuincentrum.'
Ze haalde opgelucht adem. Een brede, niet tegen te houden glimlach verspreidde zich over haar gezicht. 'Weet je het zeker?'
'Hé, ik heb zelf een broer, ik weet hoe dat gaat. Wij hadden eeuwig ruzie.'
Heel knap wist ze de opwelling om hem om de hals te vliegen te onderdrukken. 'Hadden? Hebben jullie nu geen ruzie meer dan?'
Hij schudde zijn hoofd. 'Nee, nu niet meer.'
'O, dank je wel voor de baan!'
'Hier, bel me morgen of overmorgen maar.' Hij gaf haar een kaartje uit zijn portefeuille.
Het kaartje als een winnend lot tegen haar borst klemmend, zei ze fanatiek: 'Je krijgt hier geen spijt van. Ik beloof dat ik jouw klanten niet zal slaan.'
'Fijn om te horen,' zei hij. 'En misschien is het een goed idee om de zegel op de dop van je tube ontharingscrème te controleren. Voor je het weet, is die op mysterieuze wijze in je shampoo terechtgekomen.'
Ze wist dat ze het leuk zou gaan vinden om voor hem te werken. Nog steeds als een idioot grijnzend, liep ze terug naar haar auto.
'Nog één ding,' riep hij, terwijl hij haar nakeek.
Ze draaide zich om. 'Wat?'
'De papegaai had het mis.'

8

De brief was vanochtend bezorgd. Alleen in haar slaapkamer, gezeten achter haar kaptafel, vouwde Miriam hem voorzichtig open om hem voor de derde keer te lezen.
Dat was de pest van deze moderne tijden. Te veel informatie-

technologie. Iedereen had toegang tot computers, en de computers wisten veel te veel van alles.
Vijftig jaar geleden was alles zo eenvoudig geweest. Als je wilde verdwijnen, dan kon dat. Je deed het gewoon, je verhuisde naar een ander deel van het land en liet het verleden waar het hoorde, ver achter je. De wereld draaide door als altijd en je begon een nieuw leven voor jezelf. Een gelukkig leven.
En het was een gelukkig leven geweest, daar had ze wel voor gezorgd.
Wat had het voor nut om al die ouwe troep weer op te rakelen? Ze deed haar hoofd omhoog en staarde ongeduldig naar haar spiegelbeeld. Het kwam door haar ogen natuurlijk. Die hadden haar verraden. Ze was zeventig jaar oud en de rest van haar lichaam vertoonde alle gebruikelijke kenmerken van de ouderdom. Maar haar ogen waren hetzelfde gebleven.
Stomme Edward, het was allemaal zijn schuld. Hij en zijn illustere carrière in die verdomde neuropsychiatrie. Toen hij was uitgenodigd om de officiële opening te verrichten van een nieuw onderzoeksinstituut in Berkshire, was het geen moment bij Miriam opgekomen dat hem vergezellen zulke verregaande consequenties zou hebben. Toen een nieuwsfotograaf een foto van hen samen had genomen en naar haar naam had gevraagd, had ze die zonder enige aarzeling gegeven.
Wie had nu kunnen denken dat iemand haar gezicht in de krant zou zien staan, één en één bij elkaar zou optellen (zoals natuurlijk was gebeurd) en er ook nog in zou slagen om haar op te sporen via een of ander kiesregister op internet?
Ze slaakte een zucht van ergernis vermengd met angst. Betekende privacy dan helemaal niets meer tegenwoordig? Dachten de mensen die die sites opzetten weleens na over de moeilijkheden die ze daarmee konden veroorzaken?
Allemachtig, het was allemaal tweeënvijftig jaar geleden. Een foutje, meer niet. Je zou denken dat je na tweeënvijftig jaar wel veilig was voor de gevolgen van zo'n foutje.
Hoe verleidelijk het ook was om de brief te verscheuren en in de prullenbak te gooien, ze wist dat ze dat niet kon doen. Voorzichtig pakte ze haar vulpen, kopieerde het adres van de afzender op de voorkant van de envelop en streepte haar eigen adres door. Met

hoofdletters schreef ze RETOUR AFZENDER. ONBEKEND OP DIT ADRES. Daarna stopte ze de brief terug in de envelop en plakte hem dicht met plakband.

Het was beter om hem niet in de brievenbus aan de overkant van de straat te stoppen; wanneer hun postbode de bus kwam legen, zou hij nog denken dat ze knettergek was geworden en de brief aan haar teruggeven. Tevreden dat ze daaraan had gedacht, stopte ze de brief in de zak van haar blouse – ze zou hem later wel op de bus doen, ergens anoniem – en pakte haar rode lippenstift om haar mond van een vers laagje te voorzien.

De deur vloog open.

'Kun je iets zien op mijn gezicht?' schreeuwde Clare. 'Vingerafdrukken?'

'Nee, lieverd.'

'Hier!' hield Clare vol, terwijl ze dichterbij kwam en fanatiek op haar linkerwang wees.

Er was een vage plek te zien, een vleugje rood.

Miriam klopte op haar hand. 'O, arme schat. Laten we meteen naar de eerste hulp gaan. En we nemen alleen genoegen met de allerbeste plastische chirurg.'

'Dat is heus niet grappig. Het doet pijn.' In de spiegel turend, prikte Clare in haar wang om hem wat roder te maken. 'Nadia heeft me geslagen.'

'O ja? Maak je niet druk, lieverd, ik neem aan dat je het verdiende.'

'Ik verdiende het helemaal niet. Nou zeg,' ging Clare tekeer. 'Ik kwam hier voor een beetje begrip en nu kies je haar kant. Ik wou dat ik al haar haren er had uitgetrokken.' Ze kneep haar ogen samen. 'Wie was die vent eigenlijk die ze bij zich had?'

'Hm?' Terwijl ze zich wat dichter naar de spiegel boog, deed Miriam lippenstift op en drukte haar lippen even op elkaar. 'Je bedoelt die nogal aantrekkelijke man?'

'Dat is me niet opgevallen,' loog Clare.

'Nou, Nadia had het over een nieuwe baan. Ik moet zeggen, hij leek me bijzonder charmant.'

'Hij wilde een van mijn schilderijen kopen bij Harrington, maar die trut van een Nadia heeft hem overgehaald om dat niet te doen.' Clare was nog steeds witheet.

'Ik neem aan dat ze daar haar redenen voor had. Misschien heb je haar kwaad gemaakt?'
'Nietes!'
'Bijvoorbeeld toen je maar door bleef gaan over Laurie?'
'Toe zeg. Ik zei alleen maar dat hij naar de oscar-uitreiking was.'
'Je weet dat ze niet graag over hem praat.'
Clare haalde haar neus op. 'Ik kan er niets aan doen dat ze zo gauw aangebrand is.'
'Jij bent drieëntwintig en Nadia zesentwintig.' Miriam zweeg even om L'Heure Bleue op haar polsen en in haar hals te spuiten. 'En jullie vechten nog steeds als kinderen. De volgende keer gooi ik een emmer water over jullie heen.'
'Dat is omdat we niet helemaal normaal zijn. We hebben een moeilijke jeugd gehad.'
'Wat een onzin, jullie zijn gewoon verwend. En je zou eens met de aardappels kunnen beginnen – je vader en Tilly komen tegen zessen thuis.'
Clare gaf het op. Op medelijden van Miriam hoefde ze niet te rekenen. En wat dat aardappels schillen betreft, getver.
'Zal ik die voor je op de bus doen?' veranderde ze vaardig van onderwerp, wijzend op de envelop die half uit Miriams zak stak. Miriam legde beschermend een hand op de envelop, schoof haar stoel naar achteren en stond op. In elk geval woonde de afzender in Edinburgh, dat was veilig ver weg.
'Nee, dank je.'

Twee keer per week volgde Tilly naschoolse activiteiten in plaats van om vier uur de bus naar huis te nemen. Op dinsdag had ze Frans en op vrijdag korfbal. Na afloop liep ze dan de paar honderd meter van school naar het kantoor waar James als accountant werkte en reed om halfzes met hem mee naar huis.
Toen ze met deze regeling waren begonnen, had Tilly op de benedenverdieping van het kantoor gewacht, bij de receptie, waar dikke leren banken stonden en koele, professionele receptionistes met knotjes en hoge hakken werkten. Om de tijd te doden kon ze kiezen uit opwindende lectuur als de *Financial Times*, de *Telegraph* of het laatste nummer van *Accountancy Today*, allemaal keurig gerangschikt op een glazen salontafel.

Nee, ze hoefde zich echt niet te vervelen dus.

Tegenwoordig gaf Tilly er de voorkeur aan om een beetje rond te hangen in de tijdschriftenzaak op de hoek, zo'n honderd meter van kantoor. Ze kocht altijd iets kleins, kauwgom of TicTacs, om zichzelf een klantenstatus te verschaffen. Daarna bladerde ze wat in tijdschriften, er goed op lettend dat ze niets vies maakte of scheurde.

Het was een heerlijke plek om te wachten, propvol en vriendelijk, gezellig en hartelijk. Nadat de vrouw die er werkte tot de conclusie was gekomen dat Tilly er niet kwam om iets te stelen, zoals zoveel van haar leeftijdgenoten, liet ze haar rustig bladeren tot James een kwartiertje later verscheen om zijn avondkrant te kopen en Tilly mee naar huis te nemen.

Het liefst las Tilly de ingezonden brieven in tijdschriften voor tieners. Het was altijd heel troostend om over de niet al te volmaakte levens van anderen te lezen. Vergeleken met sommigen van hen, had ze niet te klagen.

Andere onderwerpen die ze boeiend vond, waren de waar gebeurde verhalen in vrouwenbladen, verhalen waarin moeders vertelden hoe ze op de een of andere manier hun leven hadden geriskeerd om hun kinderen te redden. Als een kleine masochist verslond ze deze dramatische verhalen vol moederlijke toewijding. Ergens benijdde ze kinderen met zulke moeders en werd ze bijna misselijk van jaloezie, maar tegelijkertijd fantaseerde ze dat op een goede dag haar misschien hetzelfde zou overkomen. Dat, als zij met haar moeder in een verongelukte auto zat en de brandweer alleen maar tijd had om een van hen te redden voordat de motor vlam zou vatten, Leonie zou gillen: 'Red mijn dochter, maak je geen zorgen om mij!'

Of, wat minder drastisch, stel dat ze een niertransplantatie nodig had en dat alleen de nier van haar moeder geschikt was, maar omdat Leonie allergisch was voor verdovingsmiddelen, bestond het gevaar dat ze de operatie niet zou overleven. Toch zou ze willen dat het doorging, omdat 'Lieve Tilly van me, jij voor mij het allerbelangrijkste op de wereld bent. Het enige wat ik wil, is dat jij beter wordt!' En in deze fantasie zou Leonies leven weliswaar even aan een zijden draadje hangen, maar uiteindelijk zou ze het (natuurlijk) redden, en ze leefden nog lang en gelukkig, net als al

die andere moedige, liefhebbende families uit de waar gebeurde verhalen.
Nou, het was niet verboden om fantasieën te hebben toch? Zelfs al fantaseerden alle andere meisjes op school alleen maar over Robbie Williams.
Tilly sloeg voorzichtig de bladzijden om van *Take-A-Break*, terwijl andere klanten kwamen en gingen. Ze wist dat de vrouw die hier werkte Annie heette, want de vaste klanten die hier hun kranten, tijdschriften, krasloten en sigaretten kochten, begroetten haar met die naam en bleven altijd een paar minuten babbelen, meestal over het weer of een of ander schandaal op de voorpagina of over het feit dat het lot dat Annie hun vorige week had verkocht waardeloos was geweest; ze hadden er helemaal niets mee gewonnen.
'Deze keer wat beter je best doen, Annie,' zeiden ze dan wanneer ze zich lachend verontschuldigde, en steeds weer reageerde Annie vrolijk op hun grapje.
Ze was oud, vast wel ergens in de veertig, dacht Tilly, maar ze had een vriendelijk lachend gezicht en blond, in een slordig staartje geknoopt haar dat maar niet leek te kunnen besluiten of het steil of krullend was.
Tilly draaide zich om toen de bel boven de deur 'ting' deed, in de verwachting dat het James was. Maar het was een echt heel oude vrouw in een bontjas tot op haar enkels die schuifelend binnenkwam en bezorgd naar Annie keek. 'Hallo, schat. Ik weet niet of je me misschien kunt helpen, maar ik zoek mijn man. Is hij hier geweest?' Ze had een grote boodschappentas bij zich en droeg rafelige slippers.
Annie kwam meteen achter de toonbank vandaan en liep naar de vrouw toe. 'Nee, Edna, het spijt me, ik heb hem niet gezien. De hele dag nog niet. Maar ik denk dat hij zo wel thuis zal komen.' Terwijl ze haar arm door die van Edna stak, vervolgde ze vrolijk: 'Zal ik je even naar de overkant helpen? En als je dan thuis bent, kun je een lekkere pot thee zetten voor jezelf.'
Tilly keek hen na, zich afvragend of dit een of andere truc was van een tv-programma om te zien of ze niet meteen chocoladerepen in haar zakken zou stoppen zodra ze alleen was. Om haar onschuld te bewijzen legde ze haar exemplaar van *Take-A-Break*

voorzichtig terug op het schap, bleef stokstijf staan waar ze stond en zorgde ervoor dat haar handen goed in beeld bleven.
Ze zag dan wel nergens een tv-camera in de winkel, maar je wist nooit. Vorige week was er op tv een documentaire geweest over iemand in Amerika die tot de elektrische stoel was veroordeeld en van wie drie jaar later was ontdekt dat hij eigenlijk onschuldig was.
Annie was binnen een minuut terug. Ze hijgde een beetje toen ze binnen kwam rennen.
'O, gelukkig, je bent er nog. Mijn baas zou woest zijn als hij wist dat ik de winkel onbeheerd had achtergelaten! Maar technisch gezien was dat niet zo, want jij bent er.' Glimlachend schudde ze haar hoofd. 'Arme Edna, ik heb zo'n medelijden met haar. Dit is al de vijfde keer deze week dat ze langskomt.'
'Waar gaat haar man dan naartoe?' vroeg Tilly.
'Maar dat is het juist, hij gaat nergens naartoe. Hij is dood.'
'Dood?' Geschrokken keek Tilly naar de deur. 'Maar kun je haar dat dan beter niet vertellen?'
'Dat heb ik ook gedaan,' verzuchtte Annie. 'De arme schat, haar geheugen werkt niet meer zo goed. Als ik het haar vertel, raakt ze steeds vreselijk van streek, dus is het gemakkelijker om het er niet over te hebben. Tegen de tijd dat ze thuiskomt, is ze het toch weer vergeten.'
Wat erg. Tilly vroeg zich af hoe de oude vrouw zich voelde, eindeloos over straat dwalend op zoek naar haar man. Zelf was ze een keer verdwaald in Debenhams, toen ze zes was; ze was gaan ronddrentelen toen Nadia en Clare veren boa's aan het passen waren. Ze kon zich nog steeds de verschrikkelijke, ijzige, groeiende paniek herinneren waarmee ze over de hoeden- en pettenafdeling had gedwaald. Haar hart was sneller en sneller gaan slaan, terwijl ze zich had afgevraagd of ze haar zussen ooit zou weerzien. Tot ongeveer een halve minuut later, opgeschrikt door haar hoge gegil, Clare haar bij de handschoenen had weggeplukt en een draai om haar oren had gegeven omdat ze zo'n herrie maakte.
Nu kwam een nieuwe klant de winkel in, een joviale man in werkmanskleren. Hij kocht een hengelsporttijdschrift en een lot, en Tilly hoorde hem het aloude grapje tegen Annie maken over het waardeloze lot van vorige week.

'Krijg je er geen genoeg van dat mensen dat steeds zeggen?' vroeg ze, zodra de man was verdwenen.
'Nou en of.' Annie rolde vermoeid met haar ogen. 'En ze denken allemaal dat ze grappig en origineel zijn. Ach, je hoeft alleen maar te glimlachen en het spelletje mee te spelen, gewoon doen alsof je het niet al honderdduizend keer hebt gehoord. Maar ze zijn heus wel aardig, hoor,' voegde ze er snel aan toe. 'Ze willen gewoon een lolletje maken. Beter dan dat ze helemaal niets zeggen.'
'Ik vind het leuk hier,' zei Tilly. 'Zo vriendelijk. Ik bedoel, als je het tenminste niet erg vindt dat ik hier wacht?'
'Doe niet zo gek. Natuurlijk vind ik dat niet erg. Het is beter dan buiten rondhangen, vooral als het regent. Kijk, daar is je vader al,' zei Annie, toen James binnenkwam.
'Oké, duifje? Klaar om te gaan?'
Tilly vond het heerlijk wanneer James haar duifje noemde, bijna net zo heerlijk als de manier waarop hij vaderlijk een arm om haar schouders sloeg. Ze wachtte naast hem, terwijl hij in zijn zak naar kleingeld zocht en een exemplaar van de *Evening Post* pakte.
Zo onschuldig mogelijk vroeg ze: 'Wil je geen lot kopen?'
'Ik koop geen loten. Zonde van het geld.' James trok een gezicht. 'Ik heb het één keer geprobeerd, maar niets gewonnen natuurlijk.'
Tilly en Annie grijnsden naar elkaar.
'Heb ik iets raars gezegd?' wilde James weten.
'Nee, hoor.'
'Kom, dan gaan we, eens kijken wat ze vanavond weer voor lekkers voor ons hebben gekookt.'
'Dag,' zei Annie.
Bij de deur draaide Tilly zich om, zwaaide en zei verlegen: 'Tot gauw.'

9

'Nou, wie is hij?' Clare verscheen in de deuropening van Nadia's slaapkamer. 'Behalve dan dat hij zo'n doetje is dat hij niet eens zelf een mening heeft, maar een meisje voor hem laat beslissen?' Aan Clares stem hoorde Nadia echter dat de ruzie voorbij was. Dit was haar zusjes manier om te laten merken dat ze bereid was om het haar te vergeven. Waarschijnlijk omdat ze vanavond met Piers uitging en kleren van haar wilde lenen.
'Hij heet Jay Tiernan en hij is mijn nieuwe baas.' Dat hoopte ze in elk geval, want ze was al bij het tuincentrum langsgegaan om haar ontslagbrief af te geven. 'En hij is geen doetje,' voegde ze eraan toe, want het was belangrijk om loyaal te zijn aan je werkgever. 'Hij zit in het onroerend goed.'
'O, nou, je had toch genoeg van dat tuincentrum. Al die kabouters.' Clare liep naar de klerenkast en begon tussen de kleren te snuffelen. 'Is hij getrouwd?'
'Dat weet ik niet. Ik heb het hem niet gevraagd.' Ik hoop van niet, dacht ze erachteraan.
'Heb je een oogje op hem?'
'Nee!'
Clare grijnsde. Dat was het irritante aan een zus, ze zagen het altijd aan je.
'Echt niet,' zei Nadia een beetje blozend.
'Hij is waarschijnlijk getrouwd,' verkondigde Clare, de expert. 'En rommelt er vast nog wel bij.'
Ja, zoals jij zelf zou doen, als je getrouwd was, dacht Nadia, maar ze zei het niet hardop. Als mannen honden waren, dan was Clare al jaren geleden aangegeven bij de dierenbescherming, met haar ridderlijke, behandel-ze-slechthouding tegenover het andere geslacht.
'Dit is niet slecht.' Clare trok een citroengeel topje met fluwelen randje uit de kast. 'Nieuw?'
'Ja, daarom hangt het prijskaartje er nog aan.' Nadia keek naar haar zus die het Monsoon-topje voor zich hield, en deed alsof ze niet wist wat er zou komen.

'Mag ik het vanavond aan?'
Het grote afkoopmoment was aangebroken. Clare had de eerste stap gezet, had een verzoenend gebaar gemaakt, en nu was het Nadia's beurt om in ruil daarvoor het topje uit te lenen. Ze zuchtte. 'Oké.'
'Fantastisch. En mocht je nog eens een vent tegen het lijf lopen die je een galerie in sleurt, denk dan ook eens aan je familie. Ik ben ook maar een arme, zwoegende kunstenaar.'
Clare was voornamelijk een aartsluie kunstenaar die nog nooit van haar leven een seconde had hoeven zwoegen. Maar Nadia had geen zin daar verder op in te gaan.
'Hij is niet een vent die ik zomaar tegen het lijf ben gelopen. Weet je nog dat ik vorig jaar in een sneeuwstorm vast kwam te zitten? Hij is die man met wie ik toen een kamer moest delen in de kroeg.'
Langzaam spreidde zich een glimlach uit over Clares gezicht. 'Meen je niet! Aha, dus zo ben je aan je nieuwe baan gekomen. Je hebt met de baas geslapen.'

Harpo schuifelde over de vensterbank in de woonkamer toen de telefoon begon te rinkelen.
'Neem die rottelefoon op!' krijste hij, Miriams stem perfect imiterend. 'Neem die rottelefoon op!'
'Doe zelf ook eens wat voor de kost,' mompelde Miriam, maar ze had iets gespannens over zich toen ze opnam.
Vanaf haar plekje op de vloer zag Tilly haar oma aarzelen voordat ze kortaf zei: 'Ja?'
Het volgende moment ontspande ze zich zichtbaar. Met de hoorn nog aan haar mond draaide ze zich om. 'Ja, ja, natuurlijk is ze er. Ik zal je haar geven. Tilly lieverd, het is je moeder.'
Jemig. Dit moest de eerste keer zijn dat Miriam opgelucht was om Leonies stem te horen. Meestal reageerde ze alsof een zwerver haar in het gezicht had gespuugd. Een beetje nieuwsgierig vroeg Tilly zich af of haar oma soms bang was geweest dat het Mrs. Trent-Britton was die belde. Die wilde haar namelijk wanhopig graag lid maken van de Vereniging voor Plattelandsvrouwen.

Tilly wist later precies hoe lang het telefoongesprek had geduurd

omdat *Eastenders* net was begonnen toen de telefoon rinkelde, en toen ze ophing, klonk de eindtune.
Leonie was een onregelmatige beller, soms belde ze wel drie maanden niet. Op andere momenten, vooral als ze een nieuwe vriend had met wie ze dweepte, belde ze haar jongste dochter wel twee keer per week. Tilly beantwoordde deze telefoontjes met net zo weinig enthousiasme als mensen die opnemen en horen dat ze speciaal zijn uitverkoren om mee te doen aan een diepte-onderzoek naar het gebruik van schoonmaakmiddelen.
Precies zoals te verwachten viel, was Leonie ook deze keer weer eens verliefd. Ze had blijkbaar een fantastische gozer (gozer – bah, Tilly wou dat haar moeder dat woord niet gebruikte) en was nog nooit zo gelukkig geweest. Hij heette Brian, hoorde Tilly, en deed iets in de muziekindustrie (hm, hij zou wel achter de kassa staan bij een platenzaak) en was echt een ongelooflijke man. En wat het mooiste van alles was, hij had ook een dochter van dertien, was dat niet helemaal te gek? En Brian wilde zo graag dat ze elkaar allemaal zouden leren kennen.
Er kwam nog veel meer, voornamelijk hetzelfde in andere bewoordingen. Wanneer Leonie enthousiast was, had ze de neiging om zichzelf te herhalen.
Met gemengde gevoelens had Tilly een tijdje later weer opgehangen. Ze was blij omdat haar moeder wilde dat ze kennismaakte met Brian en zijn dochter. Ze was bang dat die haar niet aardig zouden vinden. En ze voelde zich ongemakkelijk, omdat haar moeders relaties altijd zo wankel waren dat de geringste aanleiding voldoende was om het sprookje als een zeepbel uit elkaar te laten spatten. Voor de zoveelste keer.
'Alles goed, lieverd?' Miriam klopte naast zich op de bank.
'Mm.' Tilly knikte en ging zitten. Ze beet op haar nagel. 'Mama komt gauw langs met haar nieuwe vriend.'
'Leuk,' loog Miriam.
'Hij neemt zijn dochter mee. Ze is net zo oud als ik.' Tilly zweeg even. 'Ze heet Tamsin.'
Miriam hield haar gezicht in de plooi. 'Tilly en Tamsin. Net iets uit zo'n Amerikaanse soap.'
Tilly glimlachte, want het lukte haar oma altijd weer om haar op te vrolijken. Miriam was voor niets of niemand bang.

'Vooruit, kop op. Het spijt me dat ik niet kan doen alsof ik je moeder aardig vind.' Miriam kuste haar op het topje van haar hoofd. 'Je zou vast liever hebben dat het anders was. Maar ja,' voegde ze er schouder ophalend aan toe, 'zo ben ik nu eenmaal.'
'Ik weet het.' Miriam was niet alleen onverschrokken, ze was ook eerlijk, en daar bewonderde Tilly haar om. Goudeerlijk was Miriam. Tilly had geen idee waarom goud eerlijk was, maar ze had dat woord een keer in een boek gelezen.
'En ze heeft ook haar goede kanten,' vervolgde Miriam.
Verbaasd vroeg Tilly: 'O ja?'
'Lieverd, mijn zoon James is altijd een verstandige jongen geweest. Op een gegeven moment heeft hij zijn verstand verloren en was een tijdje knettergek toen hij met je moeder was getrouwd. Maar dankzij haar hebben we nu wel drie prachtige meisjes.' Op haar gezicht brak een glimlach door, terwijl ze door Tilly's fijne, donkerblonde haar woelde.
Ja, dacht Tilly, maar alleen twee daarvan zijn van hem.
Harpo, die zijn evenwicht verloor toen hij over de gordijnroede balanceerde, hervond zichzelf in een werveling van blauwe veren en krijste: 'O, verdomme.'
'Maffe vogel.' Miriam keek hem liefdevol aan.
'Kusje,' piepte Harpo. Met een scheef kopje voegde hij er bazig aan toe: 'Niet tongen.'
Miriam slaakte een diepe zucht. 'Ik vermoord Clare nog eens.'

In de taxi op weg naar huis moest Clare toegeven dat het niet helemaal volgens plan verliep. Toen ze Piers een paar maanden geleden op een feestje had leren kennen, had hij zich duidelijk aangetrokken gevoeld tot haar. En zij vond hem ook heel leuk.
Maar al haar relaties verliepen volgens een vast patroon, eentje waar ze tevreden over was. De mannen vonden haar leuker dan zij hen. Ze hield ervan om de touwtjes in handen te hebben. En het feit dat haar vervelingsdrempel nogal laag was, betekende dat ze altijd als eerste genoeg had van hen, meestal wanneer de man in kwestie net had besloten dat zij De Ware was. En als ze het dan uitmaakte, waren ze wanhopig.
Clare vond het fijn om de baas te spelen. Het maakte dat ze zich sterk en aantrekkelijk voelde. En terwijl haar exen instortten, was

zij alweer op zoek naar de volgende uitdaging. Net als Madonna.

Dus waarom werkte het verdomme deze keer dan niet? Waarom behandelde Piers haar zo klote?

En wat belangrijker was, waarom had dat de uitwerking dat ze hem steeds leuker vond in plaats van andersom?

In het donker op de achterbank van de taxi plukte ze tobberig aan de zoom van het citroengele topje – zouden die kerrievlekken er ooit nog uitgaan? – en overdacht de gebeurtenissen van de avond. Ze hadden om acht uur afgesproken bij Po Na Na in Whiteladies Road en Piers was pas tegen negenen komen opdagen, wat al heel beschamend was geweest. Ze had natuurlijk precies geweten wat ze had moeten doen, namelijk om kwart over acht weggaan, maar ze had zich er niet toe kunnen zetten. En toen hij eindelijk was gearriveerd, had ze hem natuurlijk een glas drinken in zijn gezicht moeten smijten en er daarna vandoor moeten gaan. Maar ook dat was niet gebeurd. In plaats daarvan had ze gedacht: oké. Hij is er nu. Dat is het enige dat telt. En was ze opgelucht geweest dat hij haar niet helemaal had laten zitten.

Ze beet op haar lip. Het was net alsof Piers haar betoverd had of zo, met zijn lichte luie corpsballenaccent, zijn sarcastische humor en dat donzige kostschooljongenshaar. O, en misschien ook met die metaalblauwe Ferrari van hem.

Niet dat hij ooit in die verdomde auto reed, dacht ze somber. Ze had er precies twee keer in gezeten. Piers stond erop om zich overal per taxi heen te laten vervoeren, want hij was panisch dat hij betrapt zou worden als hij een keertje dronken achter het stuur zat en dan zijn rijbewijs zou moeten inleveren.

Van Po Na Na waren ze naar Clifton Tandoori gegaan, hoewel ze helemaal niet zo van Indiaas hield. Toen ze dat had gezegd, had hij haar een spelbreker genoemd en verkondigd dat hij zonder curry geen stap meer zou verzetten.

En toen hij later speels met een vork kerriesaus over haar topje had gespetterd, had hij een grapje gemaakt over haar pogingen om het schoon te boenen met een servet. 'Wat een gedoe, zeg. Het is net alsof ik naar een huisvrouw uit de jaren veertig zit te kijken. Zo meteen ga je nog sokken zitten stoppen.'

Maar hij zei dat soort dingen altijd met humor, en niet per se op

gemene toon. En vreemd genoeg merkte ze dat ze zijn gedrag altijd probeerde goed te praten. Ze hield zichzelf voor dat hij het niet zo bedoelde, dat het gewoon corpsballengedrag was. Ze hadden toch lol samen, of niet? Dat was het enige dat telde.
Piers had op Eton gezeten. Hij was vijfentwintig en werkte als financieel adviseur. Hij had een scherp gezicht, ondeugende blauwe ogen en extreem rijke ouders in Surrey. Hij moest morgen ook vroeg beginnen, en dat was de reden dat Clare niet de nacht met hem doorbracht in zijn flat in Clifton, maar om halftwaalf in een taxi was gedropt en naar huis gestuurd.
'Zet maar op mijn rekening,' had Piers achteloos tegen de bestuurder gezegd, zodat Clare zich net een prostituee had gevoeld. Behalve dat ze niet eens seks hadden gehad.
Nou ja, natuurlijk wel. Heel vaak. Echt fantastische seks. Alleen vanavond niet.
Dat was een van de redenen waarom ze hem zo intrigerend vond, besefte ze. Het feit dat hij zo nonchalant met haar omging. Ze had aangeboden om te blijven en hij had haar afgewezen. Wat betekende dat ze de eerstvolgende keer dat ze wel mocht blijven, het gevoel zou hebben dat ze de hoofdprijs of zo had gewonnen. En dat ze extra haar best zou doen om hem te tonen dat hij de juiste beslissing had genomen.
Ze was niet stom. Ze wist dat hij een spelletje met haar speelde, dat hij de normale gang van zaken op de kop zette, zodat ze belangstelling voor hem zou houden, waarschijnlijk omdat hij had gehoord hoe ze meestal met mannen omging.
Nou, het werkte. Ze had belangstelling. En vroeg of laat zou ze het evenwicht herstellen en hem laten zien wie echt de baas was, hem...
'We zijn er, Latimer Road. Welk nummer?'
'Het huis aan het eind. Aan de linkerkant. Bij de derde straatlantaarn.'
De taxichauffeur bracht de wagen tot stilstand onder de derde straatlantaarn. 'Zo.'
'Dank u wel.' Het lampje in de auto sprong aan toen Clare het portier opendeed.
'Gewoon een tijdje weken in Ariel,' zei de te dikke man.
'Wat?'

Hij knikte naar haar borst. 'Kerrievlekken. Dan heb je de meeste kans. Maar het ziet er niet best uit. Waarschijnlijk zul je een nieuwe moeten kopen.'
Clare dacht aan Piers spottende opmerkingen van eerder die avond. Een voorbeeld aan hem nemend haalde ze haar schouders op en zei zorgeloos: 'Maakt niet uit. Het is toch niet van mij.'
Stomme bemoeiallen die taxichauffeurs. En hij hoefde al helemaal niet te denken dat ze hem een fooi zou geven.

10

Toen Nadia op maandagochtend kwam aanrijden bij het huis in Clarence Gardens stond Jay Tiernan al op de stoep op haar te wachten.
Wat heel oneerlijk was, want het was pas tien voor negen, en hij had gezegd dat hij om negen uur zou komen. Ze had als eerste willen arriveren, om een goede indruk te maken, en nu was hij toch nog eerder.
Het enige waar ze nu nog op kon vertrouwen, was haar klembord.
Ze stapte uit, stopte het fonkelnieuwe klembord zakelijk onder haar arm en liep naar hem toe. Hij droeg een wit T-shirt, de gebruikelijke spijkerbroek en Timberlands in de kleur van zand... o, misschien was dat de reden waarom die ook wel woestijnlaarzen werden genoemd!
'Je lijkt erg ingenomen met jezelf,' merkte Jay op.
Nadia vroeg zich af of hij eigenlijk wel wist waarom zijn laarzen zandkleurig waren en overwoog even of ze het hem zou vertellen. Aan de andere kant, als hij het wél wist, dan kwam ze nogal stom over.
Dus zei ze opgewekt: 'Ik ben in een goede bui. Ik heb zin in mijn nieuwe baan.'
'Kom, dan zal ik je alles even laten zien. Maar begin alsjeblieft niet meteen iedereen te slaan, hè?'
Het vrijstaande victoriaanse huis met vijf slaapkamers was het ei-

gendom geweest van een ziekelijke oude man die noch zichzelf, noch het huis had kunnen onderhouden. Kort nadat de man in een verpleeghuis was opgenomen, was hij gestorven. Twee maanden later was het huis geveild. Op dit moment werd het gerenoveerd door Jays eigen ploegje bouwvakkers – Bart, Kevin en Robbie. Nadia was opgelucht toen ze merkte dat die niet van het glurende, fluitende, schatje-schreeuwende soort bleken te zijn. Bart en Kevin waren vader en zoon, en Robbie, die in de twintig was, leek pijnlijk verlegen. Terwijl Jay haar het huis liet zien, werkten ze hard door. Ze sloegen muren weg en ruimden hoopjes puin op.

De achtertuin zag eruit alsof er een bom was gevallen. In de Tweede Wereldoorlog dan, zodat hij inmiddels was overwoekerd. Het was wel duidelijk dat de vorige eigenaar niet in staat was geweest tot enige vorm van onderhoud. Als er ooit al een gazon was geweest, dan was dat in de verste verte niet meer te zien. Het onkruid stond manshoog en het gedeelte het dichtst bij het huis was bezaaid met afval; in plaats van zijn lege blikken kattenvoer, kant-en-klaar-maaltijdenbakjes en melkpakken in de vuilnisbak te stoppen, had de oude man ze blijkbaar uit het keukenraam gegooid.

Heel normaal dus.

'Nou?' Jay keek naar haar, terwijl ze het slagveld overzag.

'Nou wat?'

'Ben je geschrokken?'

'Meen je niet. Ik vind het fantastisch. Het is alsof je van een monster een schoonheid mag maken. Heel bevredigend.'

Hij glimlachte. 'Denk je dat je het in je eentje aankunt?'

'Niet als het volgend weekend al af moet zijn.'

'Het doel is om het huis over anderhalve maand op de markt te brengen.'

'Dat lukt me wel.' Ze hoopte maar dat dat waar was en veegde haar klamme handen af aan haar spijkerbroek. 'Oké, dan begin ik meteen maar. Woensdagochtend heb ik een vrachtwagen nodig om het eerste afval op te komen halen.'

'Dat regel ik voor je. Als je alles bij de zij-ingang verzamelt, dan kunnen ze het daar inladen.'

'Zodra ik weet hoe de grond is, kan ik een ontwerp maken,' zei

Nadia. 'En dan moeten we het hebben over hoeveel je wilt uitgeven.'
Het was gewoon jammer dat ze haar superzakelijke klembord niet kon gebruiken om voor de vuist weg een ontwerp te maken, maar dat had geen zin zolang de tuin nog zo'n puinhoop was.
Wat eigenlijk maar goed was ook, want ze was vergeten een potlood mee te nemen.

Drie uur later kwam Robbie de tuin in en zei iets tegen haar. Nadat Nadia de kettingzaag had uitgedaan, duwde ze haar veiligheidsbril omhoog, trok haar leren handschoenen uit en veegde het zweet van haar kin. Wie durfde te beweren dat tuinieren niet glamoureus kon zijn?
'Sorry, ik verstond je niet,' zei ze.
'Eh...' Robbie aarzelde als een jongetje bij een schoolopvoering die zijn tekst was vergeten. 'Eh... we hebben net water opgezet. Bart vroeg zich af of je ook een kop thee wou.'
'O, graag.' Ze keek hem stralend aan, want ze wilde dat hij zich op zijn gemak voelde.
Binnen was de keuken zo'n beetje volledig gestript, maar op de grond stond een elektrische waterkoker. Daarnaast, op een stoffige cementzak, bevonden zich een doosje theezakjes, een geopend pak melk, een zak suiker en een smoezelige theelepel. Nadat Robbie het haar allemaal had aangewezen, verdween hij weer zonder nog een woord te zeggen.
Oké.
'Alles in orde?' Bart was in de deuropening verschenen met een pakje shag en een grote mok in zijn handen. 'Je hebt je te pletter gewerkt, hè? We zagen het door het raam. Man, het leek wel de *Texas Chainsaw Massacre*. Je zult wel dorst hebben gekregen.'
Ze schatte hem ergens midden vijftig. Hij had nog heel weinig haar en een vriendelijk gezicht. Nadat hij vol genot luidruchtig van zijn thee had geslurpt, veegde hij zijn mond af met een vlezige hand.
'Ja, inderdaad,' zei ze. 'Zijn er nog meer mokken?'
'Sorry, maar heb je zelf geen mok meegenomen? O, nou ja, geen probleem.' Nadat Bart de rest van zijn thee naar binnen had geklokt, schudde hij de mok uit en veegde hem toen af aan zijn stof-

fige T-shirt dat strak over zijn buik zat. Hij stak haar de mok toe en zei vrijgevig: 'Je mag die van mij wel nemen.'
Het was net als gaan eten bij een Arabische sjeik en een schaal schapenogen voorgezet krijgen. Of was dit soms een of andere test? Moedig pakte ze de gebarsten mok, liet er een theezakje in vallen en vulde hem met water uit de waterkoker.
Nu was ze echt een van de jongens.
Bart knikte goedkeurend toen ze het theezakje er met het lepeltje uit viste, in de gootsteen gooide en het lepeltje weer op de grond naast de ketel legde.
'Je bent een harde werker, jij. Jay heeft ook een tijdje naar je staan kijken, voordat hij wegging. Volgens mij was hij onder de indruk. Hij zal wel heel blij met je zijn na dat laatste stelletje. Mietjes waren het. Echte tuttebellen.' Hij haalde vol afkeer zijn neus op. 'Van die types die wel primula's willen planten, maar die in rook lijken op te lossen zodra er echt gewerkt moet worden.'
Uit zijn toon meende ze op te maken dat hij zijn mok niet met hen had gedeeld. Ze voelde zich idioot gevleid.
'Werk je al lang voor Jay?'
'Kevin en ik vier maanden. Sinds Jay in Bristol woont. Robbie is er twee maanden geleden bij gekomen.'
'Hij lijkt me nogal... stilletjes.' Stiekem dacht ze dat Robbie een beetje achterlijk was.
'Ach, het is best een aardige jongen. Hij praat niet veel, maar dat is best. Hij heeft natuurkunde gestudeerd,' voegde Bart er achteloos aan toe.
Jemig.
'Kon geen werk vinden,' vervolgde hij, tussen twee trekjes van zijn dungerolde shagje door. 'Tussen ons gezegd en gezwegen, ik denk dat sollicitatiegesprekken hem niet zo goed afgaan. Maar het is een harde werker. En wat wil een mens nog meer, hè?'
'En Jay? Hoe is hij? Ik bedoel, is hij een goede baas?' Ze hoopte maar dat ze niet bloosde.
'O, die is wel in orde.' Aan zijn knikken merkte ze dat dit als goedkeuring was bedoeld. 'Als je hem niet in de zeik neemt, dan neemt hij jou niet in de zeik. En hij werkt hard.' Bart hoestte en grinnikte. 'En hij speelt het ook hard. Je weet wel wat ik bedoel, vrijgezel met oog voor de meisjes. Dat mobieltje van hem heeft

het maar druk, dat kan ik je wel vertellen. Soms komen ze zelfs hiernaartoe, terwijl we aan het werk zijn. Dan zoeken ze hem. O ja, heel populair bij de vrouwtjes, onze Jay. Soms vraag ik me weleens af hoe mijn leven er zou hebben uitgezien als ze in mijn tijd al mobieltjes hadden gehad. Maar ja,' hij zuchtte spijtig, 'die had je toen niet. Ik heb mijn vrouw leren kennen op de jeugdsoos, we hebben een paar jaar verkering gehad – op de ouderwetse manier, als je snapt wat ik bedoel – en op ons negentiende waren we al getrouwd en was er een kindje op komst.'
Zo ouderwets dus ook weer niet.
'Maar hij is een goede zakenman, hoor.' Bart klaarde weer op. 'Hij weet hoe je geld moet maken. Daarom zal hij ook wel blij met jou zijn. Je bent vast een stuk goedkoper dan zo'n verwijfde tuinarchitect met glanzende brochures en een website.'
Moest ze dit als compliment opvatten? Ze hees zichzelf overeind van de betonnen vloer, dronk haar thee op en glimlachte. 'Dank je.'

De bovenste plank van het tijdschriftenrek was niet Annies favoriete gedeelte van de winkel. Ze haatte het wanneer mannen binnenkwamen en exemplaren van hun lievelingspornobladen kochten. Maar ze haatte het nog meer wanneer ze binnenkwamen, er tien of vijftien minuten zwijgend in bladerden en dan weer verdwenen zonder iets te kopen.
Het laatste nummer van *Playboy* was echter afgeleverd en het was haar taak om ze uit te stallen. Ze wachtte tot er geen klanten waren, pakte de kruk vanachter de toonbank en zette hem voor het rek. Met een stapel *Playboy*'s onder haar arm klom ze op de kruk en begon ze op de bovenste plank te leggen.
De winkeldeur werd opengegooid net toen de wesp Annies blikveld binnenkwam. Ze slaakte een gilletje van schrik en sloeg hem weg met haar vrije hand. Woest begon de wesp rondjes om haar heen te draaien en haar te bestoken als een minibommenwerper. Annie dook weg en deed paniekerig een stap naar achteren toen hij recht op haar wang afkwam.
'Rustig blijven,' zei een mannenstem, maar Annie was al te ver heen om rustig te blijven. Haar voet zocht naar steun die er niet meer was. De stapel tijdschriften gleed onder haar arm vandaan,

terwijl ze door de lucht klauwde als een ongeoefende zwemmer die de rugslag uitprobeert. Met een weinig waardige gil viel ze op de grond, haar rug raakte het rek vol snoepgoed. Marsen, rolletjes Fruit Pastilles en doosjes TicTacs dwarrelden als pijnlijke confetti op haar neer.
Annie kromp ineen toen de kruk, om het nog erger te maken, omviel en op haar scheenbeen belandde.
'Blijf liggen waar je ligt, niet bewegen,' beval de mannenstem achter haar. Dezelfde stem die haar, een paar seconden eerder, behulpzaam had verteld dat ze beter rustig kon blijven.
Toen ze haar hoofd omdraaide, zag ze dat de stem toebehoorde aan de vader van het meisje dat soms in de winkel op hem wachtte totdat hij klaar was met zijn werk. Als hij Superman was geweest, dan was hij natuurlijk op tijd komen aanzoeven om haar te behoeden voor de gênante landing.
'Ik heb niets.' Even sloot ze haar ogen. 'Geloof ik.'
'Je bloedt.' Voorzichtig over de rommel stappend, hurkte hij bij haar neer. 'Kijk eens naar je been.'
Ze deed haar ogen open en kromp weer ineen. Niet zozeer om de aanblik van het bloed dat door een gat in haar donkerblauwe panty sijpelde, maar vanwege de *Playboy*'s om haar heen, die stuk voor stuk waren opengevallen en naakte vrouwen met borsten zo groot als pompoenen en onfatsoenlijk kleine onderbroeken lieten zien.
Op degenen na die vergeten waren er eentje aan te trekken.

11

Annie, die een extreem degelijke onderbroek aanhad, trok voor de zekerheid toch maar haar rok een stukje verder naar beneden. Zich schamend voor het bloot dat haar omringde, probeerde ze zijn hulp weg te wuiven.
'Niets aan de hand. Gewoon een schram. Je wilde de *Evening Post*?'
Een stomme vraag, want dit was de man die iedere avond zon-

der mankeren de *Evening Post* kwam kopen.
'Dat doet er nu niet toe, laten we eerst de rommel maar eens opruimen.'
'De bladen,' mompelde ze blozend, terwijl haar blik op een ander naaktmodel viel, dat op een nogal eigenaardige manier over een wasmand was gedrapeerd. Dat kon toch echt niet prettig voelen, leek haar.
'Daar zorg ik wel voor.' Hoewel hij zelf ook een beetje gegeneerd leek, mat hij zich een zakelijke houding aan en sloeg snel de tijdschriften dicht. Hij legde ze op de onderste plank achter een stapel *Woman's Weekly*'s. Daarna begon hij de Marsen te verzamelen.
De deur ging klingelend open, en zijn dochter haastte zich naar binnen. 'Brr, een wesp.' Met een kreet vol afschuw zwaaide ze met haar schooltas en werkte de wesp behendig door de openstaande deur naar buiten. Haar ogen gingen wagenwijd open toen ze haar vader op zijn knieën Fruit Pastilles en TicTacs zag pakken van onder de gespreide benen van de vrouw die in de winkel werkte.
'De wesp zat ook achter mij aan.' Annie probeerde rechtop te gaan zitten. 'Ik ben van de kruk gevallen. Je vader helpt me met opruimen.' Om het te bewijzen, pakte ze de laatste Mars en gaf hem aan de vader van het meisje. Gelukkig waren de *Playboy*'s uit het zicht verdwenen.
'Heb je ergens pijn?' Het meisje liep naar hen toe, er hoopvol aan toevoegend: 'Heb je je been gebroken? Ik heb EHBO gehad op school.'
'Pas op met wat je zegt,' mompelde haar vader zacht. 'Ze is niet te houden zodra ze verband in haar handen heeft. Voordat jij Jamie Oliver kunt zeggen, heeft ze je toegetakeld als een kip die in de oven moet.' Zijn donkere ogen vonden die van Annie, en ze begon te glimlachen.
'Er is niets met mijn been,' zei ze tegen zijn dochter.
Het meisje keek teleurgesteld. 'Ook geen verstuikte enkel? Ik ben heel goed in koude kompressen.'
'Het is alleen maar een schaafwond. Ik ben tegen die metalen plank gevallen.' Het gat in haar panty vond ze nog het ergste, ze had net vanochtend een nieuwe aangetrokken, dat zou je altijd zien.

Nadat de man de rommel om haar heen had opgeruimd, hielp hij haar op de been. Haar achterste deed behoorlijk pijn – ze zou daar morgen een enorme blauwe plek hebben, wist ze – maar dat hield ze voor zich. Met sommige dingen liep je nu eenmaal niet te koop.
Behalve dan als je in de *Playboy* stond natuurlijk.
'Het is maandag,' zei de vader van het meisje. 'Waarom ben je niet met de bus naar huis gegaan?'
'Ik was vergeten dat we een extra korfbaltraining hadden. Toen ik op je werk kwam, zeiden ze dat je net weg was, dus ben ik hiernaartoe gerend om je in te halen voordat je naar huis zou rijden.' Ze aarzelde. 'Dat is toch wel goed?'
Hij woelde in haar haar. 'Natuurlijk is dat goed. Je weet dat ik hier altijd even naar binnen wip voor een krant.'
Terwijl Annie bij zichzelf dacht dat vader en dochter samen een plaatje waren, zei ze: 'Maar als ik niet van mijn kruk was gevallen, was je je vader misgelopen.'
Het meisje keek haar stralend aan. 'Een geluk bij een ongeluk.'
Dat zou je niet zeggen als je mijn achterste voelde, dacht Annie, terwijl ze naar de toonbank hinkte. In de la onder de kassa lag een doosje pleisters; met een papieren zakdoekje depte ze voorzichtig het bloed weg door het gat in haar vernielde panty.
'Kom, laat mij maar.' Als een bazige verpleegster griste het meisje de pleister uit Annies hand, trok het plastic aan de achterkant eraf en plakte hem op de wond.
Annie was blij dat ze geen hechtingen nodig had. Er lagen reisnaaisetjes op de toonbank naast de kassa.
'Zo.' Het meisje deed een stap naar achteren, tevreden over haar klus.
'Prachtig, Tilly. Goed gedaan.' Haar vader zweeg even, keek op zijn horloge en toen naar Annie. 'Je gaat toch om zes uur dicht? Lukt het je om thuis te komen of kunnen we je een lift geven?'
'O, dat is heel aardig aangeboden.' Ze vond het echt heel aardig, én verleidelijk. Toch schudde ze haar hoofd. 'Ik red me wel. Maar toch bedankt.'
Toen Tilly en haar vader de winkel hadden verlaten, was het ook tijd om te gaan afsluiten. Nadat dat was gebeurd, haalde Annie haar plastic boodschappentassen uit de ruimte achter de winkel,

draaide de deur driedubbel op slot en begaf zich op weg naar de bushalte. Haar knie voelde ze nauwelijks, maar haar achterste voelde aan als Mike Tysons boksbal. Bij iedere stap die ze deed, ging er vanuit haar onderrug een scheut van pijn door haar heen, en ze wou dat de bushalte niet zo ver weg was. Zou het zo voelen als je negentig was?

Een auto toeterde achter haar, maar ze draaide zich niet om; het was vast geen bewonderend getoeter dat voor haar was bedoeld. Toen remde de auto vlak naast haar en het raampje aan de passagierskant werd opengedraaid.

'Je hinkt,' verklaarde Tilly streng. 'Je kunt bijna niet lopen.'

Tilly's vader boog zich achter Tilly langs over de rugleuning, deed het achterportier open en zei: 'Hopla, instappen.'

Hopla instappen zat er niet in met die knie van haar, maar ze slaagde erin om zichzelf en haar tassen op de ruime achterbank van de Jaguar te hijsen.

'Dank je, maar jullie hadden echt niet op me hoeven wachten.'

'Dat hebben we ook niet.' Tilly draaide zich om en keek haar stralend aan. 'We moesten in de rij staan bij de parkeergarage, vandaar. En toen we de straat opreden, zag ik je hinken met je tassen.'

Wat gênant om ervan uit te zijn gegaan dat ze op haar hadden gewacht. Zwakjes zei ze: 'Het doet meer pijn dan ik dacht. Ik geloof dat het in mijn rug is geschoten.'

Tilly keek haar aan met een ik-heb-het-je-toch-gezegd-blik. 'Ik denk dat je beter een foto kunt laten maken.'

Annie werd afgeleid. Haar knie was weer gaan bloeden, en het bloed liep nu in een straaltje over haar been. Doodsbang dat ze de crèmekleurige bekleding van de auto zou bevuilen, sloeg ze snel haar benen over elkaar.

'Zeg het maar, waar moeten we heen?' Tilly's vader klonk vrolijk.

'Kingsweston.' Ze hoopte dat het niet kilometers omrijden zou zijn voor hem. 'En nogmaals bedankt, eh...'

'Hij heet James,' zei Tilly, er hoopvol aan toevoegend: 'En ik heet Tilly.'

'En ik ben Annie.'

'Het weesmeisje Annie! Ben je een weesmeisje?'

'Tilly?' In de achteruitkijkspiegel zag Annie dat de vader van het meisje zijn wenkbrauwen optrok.
'Wat? Dat mag ik toch wel vragen?'
'Nou, zo'n beetje wel,' beantwoordde Annie Tilly's eerdere vraag. 'Mijn vader is jaren geleden gestorven. En mijn moeder afgelopen januari. Maar ik denk dat ik te oud ben om nog een weesmeisje te kunnen worden genoemd.'
'Waarom? Hoe oud ben je dan?'
Nog meer gerol met ogen in de spiegel.
'Achtendertig,' antwoordde Annie.
'O.' Tilly klonk verbaasd. 'Ik dacht ouder.'
James schudde inmiddels droevig zijn hoofd.
'Ja, nou.' Ernstig zei Annie: 'Ik heb een moeilijk leven gehad, dat zal het zijn.'
'Ik heb ook geen vader meer,' verkondigde Tilly. 'Hij is bij mijn moeder weggelopen toen ik nog een baby was.'
O.
'O.' Annie was verbaasd en voelde zich opnieuw in verlegenheid gebracht. Wanneer ze met Tilly in de winkel had gepraat, had ze James steeds aangeduid als 'je vader'. 'O, sorry, ik dacht...'
'Dat James mijn vader was? Nee.' Tilly schudde haar hoofd.
'Dus hij is je stiefvader?' vroeg Annie belangstellend.
'Zelfs dat niet. Ik dacht altijd dat hij mijn stiefvader was, maar dat is niet zo. Het is nogal ingewikkeld. Maar hij doet net als een echte vader,' voegde Tilly eraan toe. 'Ik moet van hem altijd mijn huiswerk maken en hij zeurt over mijn muziek, dat soort dingen.'
Droog merkte James op: 'Ik heb ook jaren kunnen oefenen met je zussen.'
Nu was Annie echt de kluts kwijt, maar ze kon ze moeilijk bestoken met vragen. En, typisch iets voor een tiener, Tilly pakte nu een cd uit haar rugzak en haalde James over om hem te draaien.
De rest van de rit luisterden ze naar Amerikaanse rap, terwijl James continu klaagde dat hij er geen woord van kon verstaan en zich hardop afvroeg wat er mis was met liedjes waarmee je mee kon zingen.
Zich weer naar Annie omdraaiend, zei Tilly: 'Snap je nu wat ik bedoelde met dat hij net een echte vader is?'

'Mijn vader zei altijd precies hetzelfde over mijn lp's van David Bowie,' zei Annie.
Tilly fronste haar voorhoofd. 'Wat is een lp?'
In de achteruitkijkspiegel wierp James Annie een kun-je-nagaan-wat-ik-altijd-te-verduren-heb-blik toe.
Ze kwamen aan in Kingsweston. Glimlachend zei Annie: 'Daar is het, rechts, dat rijtje huizen. Ik woon op de hoek, naast de telefooncel.'

'O, allemachtig,' verzuchtte Miriam, terwijl ze James' exemplaar van de *Evening Post* weggriste. Met grote stappen liep ze door de kamer, richtte de krant op de vlieg die lawaaiig tegen het raam bonsde en – bam – vermoordde hem.
'Nog net zo snel als vroeger.' Tevreden over zichzelf gaf ze het opgerolde moordwapen terug aan James. 'Lieverd, ik snap niet waarom je die krant iedere dag koopt. De helft van de tijd lees je hem niet eens.'
'Wel waar,' loog James. Om het te bewijzen sloeg hij de krant open. 'Kijk, dit stuk over... over dat nieuwe restaurant in Stoke Bishop. Dat is een cliënt van ons.' Hij knikte serieus. 'Dus zoiets moet ik bijhouden.'
'Prima, prima.' Diamanten schitterden terwijl Miriam kalmerende gebaren maakte met haar handen. 'Als dat zo is, waarom nemen we dan geen abonnement? Dan hoef je niet iedere avond langs een winkel te gaan voordat je naar huis komt. Het is veel handiger om hem te laten bezorgen.'
Snel door de krant bladerend verborg James zijn hoofd in de overlijdensadvertenties. Hij wilde de *Evening Post* niet thuisbezorgd krijgen. Hij vond het leuk om zijn krant iedere dag bij de tijdschriftenzaak te kopen, of hij Tilly nu wel of geen lift naar huis moest geven.
'Zal ik dat dan maar regelen?'
'Nee, dank je, dat hoeft niet.'
'Maar...'
'Nee!' James wist dat hij zijn moeder dankbaar moest zijn, maar soms werd hij knettergek van haar. 'Ik blijf gewoon mijn eigen krant kopen, goed? Ik vind dat niet erg.'
'Als jij het zegt.' Miriams donker omlijnde ogen flakkerden be-

zorgd; het was niets voor James om zo uit te vallen. 'Ik wilde je alleen maar helpen.'

12

Nadia was erg ingenomen met zichzelf. Ze had een echt goed ontwerp voor de tuin gemaakt. Ze had zelfs fonkelnieuwe, dure viltstiften om de vereiste kleurenpracht te kunnen weergeven. Het had haar gisteravond uren gekost, languit op bed liggend, omringd door afgedankte ideetjes en lege chipszakken. Mensen begrepen gewoon niet hoeveel energie er ging zitten in een goed ontwerp maken.
En Jay Tiernan was er nu niet eens om het resultaat te bewonderen. Heel irritant.
Ze snapte best dat hij een druk bezet man was. Behalve de installatie van de keuken en badkamer regelen, was het ook zijn taak om ervoor te zorgen dat de electriciens en loodgieters en timmermannen gebeld werden om op het juiste moment hun werk te komen doen. Hij had ook afspraken met makelaars en notarissen ter voorbereiding op de verkoop van dit huis zodra het af zou zijn, en hij was al op zoek naar het volgende huis. Dit betekende dat hij veel onderweg was. Wat prima was natuurlijk, als hij maar niet zo vaak zijn mobieltje uit had staan.
'Nog steeds niet?' Bart kwam naar buiten, terwijl ze woest de toetsen van haar eigen toestel indrukte.
Ze schudde haar hoofd. Ze had al twee berichtjes ingesproken, maar Jay had nog niet teruggebeld. 'Hij zei dat hij voor een vrachtwagen zou zorgen.' Ze gebaarde naar de hoop tuinafval naast de zij-ingang. 'Het is al bijna twaalf uur en er is nog steeds niemand, en ik weet niet of hij nu wel of niet iets heeft geregeld.'
'Hij zei dat hij iets zou regelen, dus zal dat wel gebeurd zijn.' Bart haalde zijn schouders op en begon een shagje te draaien.
'Maar als hij het niet heeft gedaan? Bovendien wil ik hem mijn ontwerpen laten zien.' Boos wees ze op haar plastic tekenmap – ook nieuw. 'Ik moet hem spreken voordat ik verder kan. Ik be-

doel, waar kan hij nu zijn? Waar is hij mee bezig?' Haar pijpenkrullen dansten op haar schouders, terwijl ze ongelovig haar hoofd schudde. 'En waarom heeft hij die verdomde telefoon nooit aan?'
Bart knipoogde nog net niet naar haar, maar de blik op zijn gezicht vertelde haar precies waar Jay het volgens hem druk mee had. Hij stak zijn gerolde sigaret aan en inhaleerde helemaal tot aan zijn tenen.
'Dat zei ik toch, hij heeft het altijd druk. Populair bij de dames. Hij had iets met de vrouw die hem het laatste huis dat we hebben opgeknapt, had verkocht. Ik weet niet of hij nog steeds iets met haar heeft, maar zo niet, dan is er wel weer iemand anders.'
Wilde Bart haar waarschuwen om geen valse hoop te koesteren? Probeerde hij haar subtiel te laten merken dat iedere flirtpoging van Jay met een wagonlading zout genomen moest worden?
Over wagonladingen gesproken...
'Ik ben niet geïnteresseerd in zijn liefdesleven,' zei ze op afgemeten toon. 'Ik wil alleen die troep hier weg hebben, en Jay moet zijn toestemming geven voor het ontwerp dat ik heb gemaakt, anders kan ik niet verder.'
'Weet je wat,' zei Bart verzoenend, 'het is twaalf uur. Waarom neem je geen lunchpauze? Misschien is hij er tegen de tijd dat je terugkomt.'
Nadia bleef twintig minuten weg. Tegen de tijd dat ze terugkwam van de kruidenier in Henleaze Road met haar broodjes, chips en Snickers, was Jay alweer weg.
Beweerde Bart.
'Je bent hem net misgelopen,' zei hij. 'Hij kwam toen je net weg was.'
Verbijsterd zei ze: 'Dat meen je niet.'
'Ik heb hem gezegd wat je nodig had, en hij heeft het afvalbedrijf nog een keer gebeld. Ze komen om één uur. O, en hij heeft je ontwerpen meegenomen, maar je mag van hem al wel vast met het terras beginnen.'
Nadia voelde zich als een kind van zes dat vraagtekens begint te zetten bij het bestaan van de kerstman. Was Jay hier echt geweest, of zei Bart dat alleen maar om haar rustig te houden? Misschien had hij haar ijverig getekende ontwerpen wel onder in de rugzak

gepropt waarin hij zijn lunch en shag bewaarde?
Kevin, Barts zoon, was een van de muren in de woonkamer aan het plamuren. Haar hoofd om de hoek van de deur stekend, vroeg Nadia: 'Heb jij Jay gezien?'
'Wat?' Kevin leek verrast.
'Was hij hier net?'
'Eh, ja.'
Natuurlijk zei hij dat. Dat had Bart hem vast opgedragen.
Met samengeknepen ogen keek ze hem aan. 'Wat had hij dan aan?'
'Hè?'
Geen idee dus. Ha.
'T-shirt en spijkerbroek?' probeerde Kevin.
Briljant gevonden.
'Volgens mij was het een groen poloshirt en een zwarte broek,' zei ze.
'O, ja.' Hij knikte opgelucht. 'Dat is ook zo, nu weet ik het weer.'
Die beste brave Kevin. Niet al te slim, maar altijd bereid om je een plezier te doen.
Toen de vrachtwagen vlak na enen arriveerde, vroeg ze zich af of Bart misschien zelf had gebeld.

Miriam en Edward zaten bij Edward in de achtertuin toen hij haar ten huwelijk vroeg. Alweer.
Miriam sloot even haar ogen, wensend dat hij haar dit niet zou aandoen, zich afvragend waarom hij haar nee niet gewoon kon accepteren.
'Ik meen het,' zei Edward, terwijl hij de opgevouwen *Daily Telegraph* uit haar handen pakte en haar balpen op de tuintafel legde. 'Ik zie het probleem niet. Ik hou van je en ik wil dat je met me trouwt.'
'En ik wil dat je het me niet meer vraagt.' Intuïtief rechtte ze haar rug; haar schouders gingen naar achteren. 'Het gaat toch goed zo?'
'Ik wil graag dat alles volgens de regels gaat. En volgens de regels betekent trouwen.'
'Nou, dat gaat niet gebeuren, dus kunnen we nu weer verder met het cryptogram?'

Ze zou winnen natuurlijk. Ze won altijd, omdat ze haar besluit al lang geleden had genomen, en Edward kon haar niet dwingen om van mening te veranderen. Maar hij wilde dat ze begreep dat hij niet gelukkig was met de situatie. Hij deed dat nu door diep te zuchten, op te staan en van tafel weg te lopen. Met zijn handen stijf achter zijn rug gevouwen liep hij naar de tuinmuur, zogenaamd om de klimrozen te bewonderen die in de middagzon baadden.

Miriam, die naar hem keek, vroeg zich af hoe hij zou reageren als ze hem de echte reden vertelde waarom ze niet met hem wilde trouwen. Gek genoeg dacht ze dat het hem niet eens zou kunnen schelen, zodra hij eenmaal over de eerste schok heen was.

Maar de reden waarom ze nooit met Edward zou trouwen had niets te maken met of hij het nu wel of niet wist. Ze stond het zichzelf niet toe om te trouwen, dat was de straf die ze zichzelf had gegeven na... nu ja, nadat hét was gebeurd. En zodra je zo'n besluit had genomen, moest je je eraan houden.

Wat nog gekker was, was dat Edward precies op de plek stond waar het was gebeurd.

Haar ogen tegen de zon beschermend, pakte ze de krant weer op en riep: 'Schat, zo is het wel genoeg geweest, kom me helpen met het cryptogram.'

Wat ze eigenlijk bedoelde, was 'Niet zo pruilen', maar ze kon het niet over haar hart verkrijgen om dat te zeggen.

Arme Edward. Hij had al genoeg meegemaakt.

De volgende dag, donderdag, was het warm, maar regenachtig. Nadia, slechts gekleed in een hemdje en korte broek, werkte gewoon door in de regen aan het egaliseren van de grond op de plek waar de openslaande deuren aan de achterkant van het huis op de tuin uitkwamen. Regendruppels drupten gestaag uit de uiteinden van haar pijpenkrullen. Aan haar werkschoenen kleefden klonten modder. Ze zag er verschrikkelijk uit, maar het kon haar niet schelen. De zware inspanning deed haar goed, en bovendien was er toch niemand die haar zag. Niemand die ertoe deed dan. Jay had zijn mobieltje nog steeds uit staan. Misschien zat hij wel in Nieuw-Zeeland, wie zou het zeggen?

Hij verscheen om halféén. Nadia bleef doorwerken in de regen,

terwijl hij in het huis met Bart de stand van zaken besprak.
Eindelijk kwam hij naar buiten, met haar map met tekeningen in de ene hand en zijn mobieltje in de andere.
'Ze zijn prima. Ga maar gewoon verder. Ik heb een rekening geopend bij het tuincentrum, dus kun je gewoon alles wat je nodig hebt laten opschrijven.'
Geen vriendelijke begroeting. Geen: 'Hallo, hoe gaat het, sorry dat ik je gisteren ben misgelopen.' Hij glimlachte zelfs niet.
Ze stopte met graven en leunde op haar schop. Op de een of andere manier had ze een iets enthousiastere reactie verwacht op haar ontwerpen dan alleen maar 'prima'.
'Alles goed met je?' vroeg ze aan hem.
Hij zag er niet goed uit, vond ze, hij leek afstandelijk en afwezig.
'Natuurlijk is alles goed met me,' antwoordde hij koeltjes. Hij had ineens niets flirterigs meer. Het was alsof ze plotseling tegenover Jay Tiernans enge bankmanagerachtige tweelingbroer stond, de broer die in werkelijkheid een cyborg was.
Misschien zou het in het vervolg zo gaan, nu ze echt voor hem werkte.
'Oké.' Natuurlijk, overdreven loftuitingen waren misschien te veel gevraagd, maar toch vond ze dat hij wel iets opbouwenders over haar ontwerp had kunnen zeggen dan alleen maar 'prima'. 'Mag ik misschien iets zeggen?'
Haar verontwaardiging veranderde in woede toen ze zag dat hij eerst op zijn horloge keek en toen zijn schouders ophaalde. 'Ga je gang.'
Het was wel duidelijk dat hij totaal geen belangstelling had voor wat ze dan ook wilde zeggen.
'Het gaat ons niets aan waar je overdag uithangt, en het kan ons ook niets schelen wat je allemaal uitspookt als je niet hier bent.' Behendig betrok ze Bart en de anderen bij haar klacht. 'Maar je kunt niet de hele tijd je mobieltje uit laten. Ik probeerde je gisteren te bereiken, maar dat lukte niet. Vanochtend heb ik het weer geprobeerd en nog steeds lukte het niet.'
'O.'
Regen drupte van haar wimpers, terwijl ze hem ongelovig aanstaarde. Dat was het? Was dat zijn idee van een verontschuldiging?

'Ik meen het. Het is niet professioneel. Je moet bereikbaar zijn voor ons.'

Jay, met de harde, afstandelijke blik als van een indiaans opperhoofd op zijn gezicht, zei: 'Er is ook zoiets als eigen initiatief ontplooien. Als je zo wanhopig was, had je ook zelf wel een auto kunnen regelen. Hoe dan ook, ik moet ervandoor. Zeg Bart maar dat ik het morgen wel met hem over de elektricien heb.'

En zonder verder nog een woord te zeggen liep hij weer weg. Met haar handen op haar heupen keek ze hem na, terwijl hij door de zij-ingang verdween. Even later hoorde ze de motor van een auto starten. Voor hem was ze blijkbaar niet meer dan een mier onder zijn schoenzool.

Wat was er in vredesnaam aan de hand? Was Jay Tiernan een klootzak die zich eerder had voorgedaan als een aardige man? Verkeerde zijn zaak in moeilijkheden en stond hij op het punt om failliet te gaan?

Of wilde hij haar alleen maar niet al te subtiel laten weten dat ze, mocht ze een oogje op hem hebben, dat beter meteen kon vergeten en dat ze haar tijd verdeed?

Vanachter het keukenraam riep Kevin: 'Ik ga naar de patatzaak. Moet ik iets meenemen?'

Het was één uur. Nadia, die het idee had dat ze wel drie zakken patat naar binnen kon werken, voelde zich al iets vrolijker worden. Heel iets.

De eerste regel voor een werknemer: als je baas een complete zak blijkt te zijn, dan verdien je een lekkere lunch.

13

De volgende ochtend, op weg naar de keuken, pakte Nadia de net bezorgde post van de mat. Clare was al op, wat óf een regelrecht wonder was, óf betekende dat ze net thuis was gekomen. Miriam was bezig haar gebruikelijke blarentrekkende sterke koffie te zetten en James smeerde toast.

Terwijl Nadia de post als een stel kaarten uitdeelde, dreunde ze:

'Rekening, rekening, reclame, rekening.'
'Cuthbert, Dibble en Grubb,' zei James.
Iedereen in de keuken staarde hem aan.
'Grapje,' zei hij. 'Dat was iets voor kinderen op tv.'
'Ah.' Clare keek gespeeld verlangend. 'Die goede ouwe tijd van de zwart-wittelevisie.'
'Het was een heel beroemd programma,' verdedigde James zich.
'Nog meer reclametroep.' Nadia gooide een glanzende kaart naar Clare. 'Je hebt een half miljoen gewonnen.'
'Heerlijk.' Clare draaide de kaart om en trok een gezicht. 'O, jammer. Hier staat dat ze me een half miljoen wilden geven, maar dat mijn zus ze toen heeft overgehaald het aan iemand anders te geven.'
Nadia negeerde haar. 'Iets voor jou, oma. Een dikke. Hier, vang.'
Miriam ving de brief. Het hart klopte haar in de keel. Maar het was in orde, niets om je zorgen over te maken, gewoon een van Emily Paynes irritante kettingbrieven, geschreven op haar computer. Zo om het halfjaar vond Emily het leuk om opschepperige mijn-kinderen-zijn-beter-dan-jullie-kinderenbrieven te sturen aan tweehonderd van haar allerbeste vriendinnen. Afgelopen kerst had Miriam even overwogen om terug te schrijven met de mededeling dat James net een sekse veranderende operatie had ondergaan en van nu af aan Janice genoemd wilde worden.
'Pa, nog twee voor jou. Saaie folder van auto's en oh, deze ziet er opwindender uit.' Nadia wapperde uitdagend met de zware, crèmekleurige envelop onder zijn neus. 'Hm, zwaar papier, en met echte inkt geschreven. Heel chique.'
James wist meteen wat het was. Verscheidene andere mensen op kantoor hadden de hunne gisteren al ontvangen. Een kop koffie van Miriam aannemend, schoof hij de uitnodiging onder het schoteltje en richtte zijn aandacht op het openen van de glanzende BMW-brochure.
'Toe, pa, wat zit in die andere envelop?' Clare ging achter hem staan en legde haar armen om zijn schouders.
'Ik maak hem straks wel open.'
'Weet je wat, zal ik hem nu voor je openmaken?' Grijnzend griste ze de envelop onder het schoteltje vandaan en danste weg van de tafel.

James deed een poging om vaderlijk gezag uit te oefenen. 'Die is aan mij geadresseerd. Het is privé.'
'Oh, doe niet zo pietluttig, iedereen kan zo zien dat het een uitnodiging is.' Ze scheurde de envelop open en bestudeerde de bedrukte kaart. Vol afkeer trok ze haar neus op. 'Ik dacht dat het iets leuks zou zijn. Een dineetje bij Cedric en Mary-Jane – god, wat een nachtmerrie. Ik zou nog liever hondenvoer eten.'
James was het volledig met haar eens. Cedric Elson was zijn baas, de oprichter en directeur van Elson and Co. Chartered Accountants. Mary-Jane was zijn geliposuctieerde vrouw. En hun dineetjes waren het kruis van James' leven.
'Hier staat James en partner,' wees Clare hem erop.
Dat stond altijd op de uitnodigingen van Cedric en Mary-Jane.
'Ik heb al gezegd dat ik geen partner heb.' James zuchtte. 'Mary-Jane zei dat ik dan maar mijn best moest doen om er eentje te vinden.'
'Daar zit iets in.' Miriam draaide haar donkere haar in een knot en zette hem vast met haar balpen. 'Per slot van rekening nodigen ze je al jaren voor die etentjes uit en je hebt nog nooit iemand meegenomen.'
'Ik ken niemand die ik zou kunnen meenemen.'
In de hal zat Tilly op haar knieën gymschoenen en een gymrokje in haar al uitpuilende rugzak te proppen. Ze stopte even en hoorde Clare zeggen: 'Dan huur je iemand van zo'n bureau. Een van die escortmeisjes, maar dan echt een fantastisch mooie. Dan zul je ze eens zien kijken.'
'Ja, vooral als ze visitekaartjes begint uit te delen,' hoorde Tilly Nadia opmerken.
'Ik huur niet iemand in van een bureau.' James klonk gelaten. 'Ik ga niet eens naar dat etentje. Ik bel wel op het allerlaatste moment af omdat ik de griep heb.'
'Dat heb je vorig jaar al gedaan,' zei Miriam. 'Deze keer moet je gaan. Je kunt Eliza toch meenemen?'
'Niet Eliza.' James' kreun was zelfs in de hal hoorbaar. Het was niet de eerste keer dat werd gedreigd met Edwards secretaresse.
'Ze informeert altijd naar je,' verklaarde Miriam. 'Je weet best dat ze je aardig vindt. O, James, trek niet zo'n gezicht, je hoeft niet met haar te trouwen. Het is alleen een etentje.'

'Ik kom nog te laat op mijn werk.' Tilly hoorde een stoel naar achteren schuiven.
'Je moet iemand meenemen,' hield Miriam vol.
In de hal pakte James zijn aktetas en autosleuteltjes. Daarna drukte hij een kus op Tilly's gebogen hoofd.
'Dag duifje, tot vanmiddag.'
Tilly, die er eindelijk in was geslaagd om de rits van haar rugzak dicht te krijgen, zei: 'Je hebt verkeerde sokken aan.'
James keek naar zijn sokken; één blauw, één zwart.
'Vertel het maar niet aan oma.' Hij knipoogde met een blik van verstandhouding naar haar en deed de voordeur open. 'Dag.'

'Hoi, hoe gaat het met jou?' Annie begroette Tilly met een warme glimlach toen Tilly om tien voor halfvijf de winkel binnenkwam.
'Goed, nou ja, modderig.' Tilly wees op de modderspetters op haar benen, het gevolg van rondrennen op een zeiknat sportveld.
'Hoe gaat het met je knie? Al beter?'
'O ja, hoor.' De blauwe plek op haar achterste was echt bijzonder kleurig, maar dat vertelde Annie niet. 'Kauwgom?'
Tilly knikte en pakte geld uit een van de vakjes van haar rugzak. Ze telde de munten nauwkeurig, gaf ze aan Annie en haalde diep adem.
'Ik hoop dat je me niet brutaal vindt, maar heb je al iemand?'
Annie fronste haar wenkbrauwen. Waar ging dit over? Wilde Tilly hier komen werken?
'Iemand voor wat?'
'Sorry.' Blozend schudde Tilly haar hoofd. 'Ik bedoelde iemand, je weet wel, zoals een partner, of een man, of een vriend... Ik weet nooit hoe ik ze moet noemen.'
'O.' Op Annies gezicht brak weer een glimlach door. 'Nou nee, niet echt.'
'Wat betekent niet echt?'
'Eh... dat betekent... nee.' Verbaasd over de onverwachte ondervraging zei Annie: 'Hoezo?'
'Zomaar. Ik vroeg het me gewoon af.' Vrolijk maakte Tilly haar pakje Wrigley's Extra open. 'Dus in theorie, als een man je zou vragen om volgende week zaterdagavond mee te gaan naar het

dineetje van zijn baas, dan zou je wel kunnen?'
Annies hart ging sneller kloppen, als een oude auto die ineens gedwongen wordt om de snelheidslimiet te overschrijden.
'Nou, dat ligt eraan wie die man is.'
'Maar als hij echt heel aardig was, dan zou je ja zeggen?' Tilly's ogen glansden.
'Uh... nou ja, ik denk van wel, in theorie.'
'Dat is fantastisch. Echt hartstikke goed.' Stralend bood Tilly haar een kauwgompje aan. Achter haar zwaaide de deur open, en toen James binnenkwam, schoot Annies ongeoefende hart in Ferrariversnelling. Haar vingers grepen de rand van de toonbank beet, terwijl James zijn gebruikelijke krant pakte, het juiste bedrag op de toonbank legde, haar een glimlach toewierp en zei: 'Druk gehad?'
Annie maakte haar tong los van haar verhemelte. 'Eh, redelijk druk.'
'Oké, we kunnen maar beter gaan.' Speels tikte James met de opgerolde krant tussen Tilly's smalle schouderbladen en duwde haar naar de uitgang. 'Kom. Tijd om ons in de spits te begeven.' Over zijn schouder heen voegde hij er achteloos aan toe: 'Prettig weekend.'
Op de automatische piloot riep Annie: 'Hetzelfde.'
Het was als op je verjaardag wakker worden en de postbode je huis voorbij te zien lopen.
De winkeldeur viel achter hen dicht. Annie haalde haar vingers door haar haar. Nou ja, dat was dan dat, hoop om niets. Waar had Tilly het in vredesnaam over gehad?

'Dat meen je niet.' James verbleekte. 'Zeg me dat het een grapje is, Tilly. Alsjeblieft.'
Op weg naar de parkeergarage had Tilly haar bom tussen neus en lippen door laten vallen. James bleef abrupt staan; dit was vreselijk, gewoon vreselijk.
'Het is geen grapje, het is juist perfect. Jij zoekt iemand voor dat eetding en Annie zei dat ze het hartstikke leuk zou vinden om mee te gaan. Volgens mij is ze echt heel aardig.' Tilly stopte haar handen in haar jaszakken en hield voet bij stuk. 'En als je Annie niet meeneemt, dan regelt Miriam die akelige Eliza voor je.'

'Maar... maar...'
'Eliza is een paard,' zei Tilly bot. 'Ze heeft een paardenlach, ze heeft paardentanden en ze heeft paardenhaar. Je wilt haar echt niet meenemen. En je kunt niet nog een keer aankomen met die smoes van dat je ziek bent. Toe, ik heb het moeilijkste al voor je gedaan. Je hoeft Annie nu alleen nog maar officieel te vragen. Je weet al dat ze ja gaat zeggen.'
Als er een stenen muur in de buurt was geweest, dan had James zijn hoofd ertegenaan gebonkt.
'Tilly, je bent dertien. Ik weet dat je me probeert te helpen, maar dit is niet de goede manier. Ik ken die vrouw niet eens. Ik koop mijn krant bij haar, meer niet. Je kunt toch moeilijk bij de plaatselijke tijdschriftenzaak naar binnen lopen en de vrouw achter de toonbank uitnodigen voor een etentje bij je baas?'
Tilly bleef kalm. 'Waarom niet?'
'Omdat... o, allemachtig, omdat dat gewoon niet kan!' James sloot even zijn ogen in het besef dat, toen hij tien minuten geleden de winkel binnen was gegaan, Annie had verwacht dat hij het onderwerp zou aansnijden. Wat een toestand, wat een verschrikkelijke puinzooi. En nu moest hij het weer recht zien te breien.
'Ik moet het haar gaan uitleggen,' zei hij op vermoeide toon. 'Jij blijft hier. Ik ben over vijf minuten terug. God, wat gênant,' voegde hij eraan toe. 'Waag het niet me ooit nog eens zoiets aan te doen!'
Toen hij terugkwam in de winkel, stond Annie een andere klant te helpen. Toen ze opkeek en James zag, wendde ze blozend haar blik af. Net toen de klant eindelijk wegging en James zijn mond opendeed om wat te zeggen, kwam een jonge moeder met twee kinderen binnen, en hij was genoodzaakt om een paar minuten lang te doen alsof hij in autotijdschriften bladerde, terwijl de kinderen eindeloos weifelden en kibbelden over welk snoep ze zouden kiezen.
Eindelijk waren ze alleen in de winkel. Annie, met rode wangen, zei aarzelend: 'Nogmaals hallo.'
James wilde dat hij iets gemakkelijkers te doen had, zoals zijn eigen benen afzagen.
Zich schrap zettend, sprong hij meteen in het diepe. 'Oké, luister, dit is nogal gênant.'

'Dat hoeft niet per se.' Annie sprak aarzelend.
'Nou ja, Tilly heeft me net verteld wat ze tegen jou heeft gezegd. Ik had geen idee dat ze dit had bedacht. Het spijt me enorm,' zei hij, 'het moet heel moeilijk voor je zijn geweest. Mijn verontschuldigingen daarvoor. Hoe dan ook,' ging hij haastig verder voordat een nieuwe klant hen zou komen storen, 'ik heb Tilly uitgelegd dat dit soort dingen niet kunnen, en het spijt me vreselijk dat ze je in deze positie heeft gebracht. Vergeet alsjeblieft wat ze heeft gezegd. Denk er maar gewoon niet meer aan. En, nogmaals sorry.'
Annie had naar ieder woord geluisterd. Ze duwde haar weinig modieuze blonde haar zorgvuldig achter haar oren en zei: 'Goed. Oké.'
'Die kinderen van tegenwoordig.' James nam een joviale toon aan. 'Waar ze het vandaan halen!'
'O, vreselijk gewoon!' Fanatiek knikkend zond ze hem een brede glimlach toe, het soort glimlach dat mensen te voorschijn roepen wanneer een fotograaf ze opdraagt om *cheese* te zeggen. 'Je vraagt je af waar ze de volgende keer weer mee aan zal komen.'
'Tja. Nou.' James wist dat hij weg moest gaan, maar hij kon niet goed bedenken hoe, zonder bot over te komen. 'Ik bedoel, ik weet dat Tilly alleen maar probeert te helpen, maar ze snapt het niet. Je weet hoe dat gaat op die etentjes met collega's. Alle anderen zijn getrouwd, dus ze verwachten van je dat je ook iemand meeneemt, omdat je anders de hele tafelschikking overhoop gooit, van dat soort nonsens. Ik bedoel, stel je voor wat afschuwelijk, elf gasten in plaats van twaalf; misschien komen er wel twee mannen naast elkaar te zitten, daar moet je toch niet aan denken!'
'Heel erg,' beaamde Annie, met een nog steeds geforceerd lachje. 'Maar goed van je, hoor, dat je je niet laat dwingen om iemand mee te nemen.'
James besefte dat ze hem voor veel moediger hield dan hij eigenlijk was. Snel zei hij: 'O nee, ik zal nog steeds iemand moeten meenemen. Je kent mijn baas niet.' Hij trok een gezicht, zodat ze hem goed zou begrijpen. 'In mijn eentje komen opdagen is zoiets als professionele zelfmoord.'
Annie knikte. 'Nou, je zult je vast wel vermaken als het eenmaal zover is. Lieve hemel, is het al tien voor zes?' Druk begon ze de

kranten te tellen die nog op de toonbank lagen.
Hij begreep dat ze hem wegstuurde, draaide zich om en liep langs het tijdschriftenrek. Zijn blik werd getrokken door *Horse and Hound* en hij moest meteen aan Eliza denken. Verdomme, misschien had hij dan één probleem opgelost, maar hij zat nog steeds opgescheept met het dilemma wie hij dan wel mee kon nemen naar dat stomme etentje van Cedric.
Bij de deur draaide hij zich om.
Schraapte zijn keel.
'Maar als je zou willen meegaan, zou dat natuurlijk heel leuk zijn. Niet omdat je geen nee durft te zeggen, maar alleen als je denkt dat je het wel leuk zou vinden... eh... nou ja, dat zal wel niet... nee, laat maar...'
'Ik zou het leuk vinden om met je mee te gaan,' zei Annie. Tot haar eigen verbazing.
'Echt?' James kon nauwelijks geloven wat hij had gedaan. 'Weet je het zeker?'
'Waarom niet?' Voor het eerst sinds zijn komst ontspanden haar gezichtsspieren zich weer. 'Als je zeker weet dat je me mee wilt hebben.'
'Misschien wordt het wel niet zo leuk.' Hij vond het niet meer dan eerlijk om haar te waarschuwen.
'We kunnen zorgen dat het leuk wordt,' zei Annie.

James was tijden weggebleven, veel langer dan vijf minuten.
'Het spijt me,' flapte Tilly er uit, toen hij eindelijk verscheen.
'Oké.'
'Was het heel erg?'
'Ja.' James liep op topsnelheid verder.
'Vond ze het naar?'
'Ze deed haar best om het te verbergen.'
Beschaamd zei ze weer: 'Het spijt me echt heel erg.'
'Dat weet ik.'
Haar ogen vulden zich met tranen. Hoe boos James ook was, hij schreeuwde nooit tegen haar.
'Wie ga je nu dan vragen voor dat etentje?'
'Hm?' James keek haar verbaasd aan. 'O, ik ga met Annie.'

4

Het was halfzeven vrijdagavond en de bouwvakkers waren allang vertrokken, maar Nadia was nog aan het werk. Gebruik makend van het droge weer maakte ze de grond in orde voor de bestrating van het terras. Niet glamoureus, wel noodzakelijk. Maandag zou ze de stenen bestellen, een cementmolen huren en...
Het hek aan de zijkant klikte open en Jay verscheen, gekleed in een donkergrijs T-shirt, een zwarte spijkerbroek en met een zonnebril op. Hij leek net Darth Vader, alleen minder vrolijk.
'Hoi,' zei ze, haar handen schoonvegend. Ze vroeg zich af of hij was verleerd hoe je moest glimlachen.
'Ik dacht dat je al wel weg zou zijn.'
Net Darth Vader, maar véél minder vrolijk.
'Dit is het laatste. Is dat toegestaan?' Ze zei het luchtig, om hem de kans te geven ook iets luchtigs te zeggen. Hij leek het niet te merken.
'Natuurlijk is dat toegestaan. Ik kwam alleen maar even kijken hoever jullie zijn.'
Hij had zijn handen in zijn broekzakken en bekeek de pas geschilderde raamlijsten aan de achterkant van het huis. Geïrriteerd door zijn zonnebril, want nu kon ze niet eens zien of hij naar haar keek, vroeg ze: 'Sorry, heb ik soms iets verkeerds gedaan?'
'Wat?' De ondoorzichtige glazen schoten haar richting uit.
'Ik. Iets verkeerd gedaan. Vast.' Ze haalde half haar schouders op. 'Je deed altijd... anders.' Alsof je geen pook in je reet had gestoken.
'Niets om je zorgen over te maken.' Teruglopend naar het huis, speelde hij ongeduldig met zijn autosleuteltjes. 'Even binnen kijken, en dan ga ik weer. Tot maandag.'
'Gezellig,' mompelde ze zacht.
Nou, bijna zacht.
De donkere glazen schoten haar kant weer uit. 'Wat?'
Ze keek verbaasd. 'Niets.'
O jé, ze veranderde in een vijfjarig meisje, nooit een aangenaam trekje bij een volwassen vrouw.

Aan de andere kant, het was niet haar schuld dat ze zo deed.
Een kwartier later hield ze het voor gezien. Ze borg haar gereedschap op in de vervallen schuur en vertrok via de zij-ingang. Jays auto stond nog aan de overkant van de weg geparkeerd, hoewel ze ervan uit was gegaan dat hij inmiddels wel weg zou zijn.
Terwijl ze de korte oprit af liep, draaide ze zich om en keek naar het huis. Daar stond hij, voor het raam van de woonkamer, in zijn mobieltje te praten.
Dus af en toe had hij het wel aan. Ze kon alleen maar hopen dat de ontvanger van dat telefoontje begreep hoe vereerd en dankbaar hij of zij zich moest voelen voor dit rechtstreekse contact. Toen Jay opkeek en zag dat ze naar hem staarde, glimlachte of zwaaide hij niet; hij draaide zich alleen iets om en ging door met praten.
Het zou prettig zijn om te kunnen denken dat hij zich zo gedroeg omdat hij zijn toevlucht had genomen tot de behandel-ze-slecht-en-ze-kussen-je-voetentactiek van de hofmakerij. Helaas wist ze dat dat niet het geval was.
Nou ja, in elk geval was het vrijdag. Haar eerste week in dienst van Jay Tiernan zat erop. Van de akelig levensechte cyborg die zich voordeed als Jay Tiernan. Ze verheugde zich nu al op het vast erg gezellige kerstfeestje voor het personeel. Als ze tegen die tijd tenminste nog voor hem werkte.
Ze was al aan het eind van Clarence Gardens, toen ze zich ineens herinnerde dat ze bijna geen benzine meer had. Ze keerde op een oprit en reed terug. Hopelijk redde ze het tot aan de benzinepomp. Het gebeurde zonder enige waarschuwing; ze kwamen uit het niets als twee kogels van bont die over de weg schoten. Het was onmogelijk om ze niet te raken, en een gil van schrik slakend, trapte Nadia voluit op de rem. Een nachtmerrie van een seconde later klonk de onheilspellende bons van lichaam tegen bumper.
Met piepende remmen kwam de Renault met een schok aan de kant van de weg tot stilstand. Misselijk en geschokt klauterde ze uit de auto en legde een trillende hand op haar mond. De kat, rood en kortharig, lag op zijn zijkant in de goot.
Behoorlijk dood.
'O nee, o nee,' snikte ze. De tranen stroomden haar over de wangen, terwijl ze zich op haar knieën liet vallen. De groene ogen van

de kat waren halfopen. Hij was onmiddellijk dood geweest.
'Het is al goed,' klonk een geruststellende stem in haar oor. Het was Jay, die naast haar hurkte. Hij voelde onder de harige kaak van de kat naar een hartslag.
'Het is niet goed. Ik heb iemands kat vermoord.' Ze snikte en schudde haar hoofd vol afkeer over wat ze had gedaan.
'Tommy.' Jay bekeek het plaatje aan het riempje van de kat. 'Hij heette Tommy.'
'Moet ik me nu soms beter voelen?' Ze veegde haar tranen weg met haar mouw, trillend over haar hele lichaam.
'Nee, ik zeg alleen maar hoe hij heette. En je hebt hem niet vermoord. Hij rende gewoon de weg op, achter een andere kat aan. Ik zag het gebeuren vanachter het raam.'
'Hij is nog steeds dood.'
'Je kon er niets aan doen,' zei hij. 'Toe, niet huilen. Het was echt niet jouw schuld.'
Ze veegde met haar hand langs haar natte wangen, maar de tranen bleven komen. Tot haar verbazing legde Jay een arm om haar schouders en leek hij oprecht bezorgd.
Bijna... aardig.
'Ik heb nog nooit een beest doodgemaakt. Nou ja, alleen wormen, en zelfs dat vind ik vreselijk. O god, hij is echt dood.' Voorzichtig nam ze het dode dier op schoot en aaide het, terwijl ze heen en weer wiegde. Arm ding, zo had het nog vrolijk achter een andere kat aan gerend en zo... niets meer.
Op Jay na was niemand uit een van de huizen in de straat komen kijken. Misschien had niemand het zien gebeuren. Ze draaide het naamplaatje van de kat om en zag aan de andere kant een adres gegraveerd staan.
'Felstead Avenue,' las Jay hardop. 'Dat is de straat hierachter.'
'Goed.' Ze knikte. Ze voelde zich misselijk, terwijl ze zich probeerde voor te stellen hoe ze het nieuws aan Tommy's eigenaar moest vertellen. O, dit was een nachtmerrie, ze kon dat echt niet. Goed, denk na, rustig, concentreer je...
'Ik kan natuurlijk zeggen dat hij al dood was toen ik hem vond.' Ze keek Jay smekend aan. 'Ze hoeven toch niet te weten dat ik het was?'
Hij knikte langzaam. 'Dat zou kunnen. Maar wil je dat ook?'

Haar lip begon te trillen. Ze streelde de oren van de kat en schudde haar hoofd. 'Nee, ik zal ze de waarheid vertellen. O, kijk dat lieve kopje eens, vreselijk. Op welk nummer?'
'Veertien, maar je gaat er niet nu naartoe.' Terwijl ze de kat aaide, streelden Jays vingers haar nek. Zijn arm lag nog steeds om haar schouders, en het voelde eigenlijk heel troostend, vooral omdat het zo onverwacht was.
'Ze vragen zich vast af waar hij is.'
'Een paar minuten extra maakt geen verschil. Kom.' Hij nam de kat van haar over en ze liepen samen terug naar het huis. Hoewel er geen melk meer was, zette hij toch water op en maakte een kop zwarte koffie voor haar zodat ze wat kon kalmeren.
'Ik wil de kat wel brengen, als je dat liever hebt,' zei hij. 'Dan zeg ik gewoon dat ik het heb gedaan.'
Ze aarzelde; het was een enorm verleidelijk aanbod. Ze zag maar steeds voor zich dat ze het tragische nieuws zou moeten vertellen aan een zielige oude weduwe die helemaal alleen op de wereld was, of aan kinderen die dol op Tommy waren omdat hij al als jong katje bij hen was gekomen, en die haar met grote ogen geschokt aankeken.
'Nee.' Ze schudde haar hoofd. Dat zou laf zijn. 'Dank je voor het aanbod, maar ik doe het zelf.'
'Ik ga wel met je mee.'
'Oké.' Ze schonk hem een beverig lachje. 'Je bent echt heel aardig.'
Hij trok een wenkbrauw op. 'Je hoeft niet zo verbaasd te klinken. Ik ben geen monster.'
Het lag op het puntje van haar tong om hem te vertellen dat hij dat de afgelopen week eigenlijk wel was geweest, maar ze hield de opmerking voor zich. Blijkbaar besefte hij niet eens dat hij zich vreemd en afstandelijk had gedragen.
'Oké, ik ben er klaar voor.' Ze dronk haar mok leeg en gordde zich ten strijde – wat dat dan ook precies mocht betekenen. 'Laten we gaan.'

'Nou,' zei Nadia tien minuten later. 'Dat was... dan dat.'
Jay veegde een traan weg die over haar wang rolde. 'Je hoeft nu niet meer te huilen. Het is nu voorbij.'

'Ik huil niet om mezelf, ik huil om de kat! Die rotzak kon het helemaal niets schelen!'

De rotzak, degene die de deur van nummer veertien had opengedaan, was een kalende, norse man van middelbare leeftijd geweest. O, dus de kat was eindelijk de pineut geworden, logisch, zoals hij altijd tekeer was gegaan, dat stomme beest lette nooit op het verkeer.

Tegen de tijd dat Nadia klaar was geweest met haar stamelende uitleg, haar oprechte verontschuldigingen en het aanbod om zowel voor de begrafenis als voor een nieuwe kat te betalen, waren de ogen van de man belangstellend gaan glimmen.

'O. Nou. Ik denk dat ik met een paar honderd pond wel uit de kosten zal zijn.'

Op ferme toon had Jay gezegd: 'Honderd pond.'

Nadia, die de man inmiddels haatte, maar wist dat ze er nu niet meer onderuit kon, had een cheque uitgeschreven. De man had hem meteen in zijn zak gestoken, vrolijk, 'Nou, bedankt dan maar,' gemompeld en de deur weer dichtgedaan.

Ze zou nu bijna willen dat de eigenaar van de kat een huilend oud vrouwtje was geweest – alles zou beter te verdragen zijn dan de koele onverschilligheid van die man.

'Ik durf te wedden dat hij hem niet eens laat begraven. Hij stopt de kat vast gewoon in de vuilnisbak. Echt, sommige mensen zouden ze gewoon moeten verbieden om huisdieren te nemen.' O jeetje, nu zat ze zichzelf weer overstuur te maken. Het liefst had ze de man aangegeven bij de dierenbescherming, alleen was zij degene die Tommy had vermoord...

'Luister, de kroegen gaan open.' Jay keek op zijn horloge. 'Zullen we even wat gaan drinken zodat je een beetje kunt bekomen van de schrik?'

Hij deed nog steeds aardig. Dankbaar dat hij zo goed begreep hoe ze zich voelde, veegde ze haar ogen af aan de mouw van haar T-shirt en knikte. Iets drinken zou fijn zijn, precies wat ze nodig...

Jays mobieltje ging. In zijn haast om op te nemen, zag hij haar knikje niet. Met een knoop in haar maag zag ze zijn gezichtsuitdrukking veranderen. Na een paar korte wanneers, ja's en nee's verbrak hij de verbinding.

'Sorry, ik moet weg. Lukt het je om naar huis te rijden?'

Ze knikte. Eigenlijk maar beter ook zo.
'Oké. Tot ziens.'
En dat was dat, hij was weg. In zijn auto, over de heuvel en uit zicht.
Dus was hij aardig of niet? Ze wist het nog steeds niet.

15

Clare zat in haar atelier te schilderen en te wensen dat ze zich Piers uit het hoofd kon zetten. Niet permanent natuurlijk. Het was alleen irritant dat ze zich niet op het doek voor haar kon concentreren omdat ze zich steeds bleef afvragen waar hij nu was, wat hij deed en wanneer ze hem weer zou zien.
Het was zaterdag tussen de middag en het licht stroomde naar binnen door de schuine ramen op de bovenste verdieping van het huis. Buiten, op de oprit, hielp Tilly James met het wassen van zijn auto. Nadia lag nog in bed, de luie donder. Miriam was in de badkamer de laatste hand aan haar make-up aan het leggen, voordat Edward haar kwam afhalen voor een lunch in het Painswick Hotel in Stroud.
Clare ging iets achteruitzitten op haar kruk en bekeek het schilderij waaraan ze werkte. Het was de afbeelding van een troepje opgewonden vrouwen bij een paardenrace. Ze zou het *In vervoering* noemen. Er stonden geen paarden op het schilderij, omdat ze geen paarden kon schilderen – ze zagen er altijd uit alsof hun benen achterstevoren zaten. Maar op de voorgrond had ze een heerlijk smerige jockey geschilderd die verlekkerd onder de korte rokjes van de dames keek.
Wanneer Clare in de stemming was, kon ze uren doorgaan met schilderen. Maar vandaag lukte het gewoon niet. Ze was te veel afgeleid om ervan te genieten. Gisteren was Piers naar een conferentie in Londen geweest, en nu was het al middag en had hij nog steeds niet gebeld.
Ze staarde somber uit het raam; dit was ze niet gewend. Ze was nooit het type geweest om heel slap een vriendje te bellen – ze

had er juist van genoten om hen niet te bellen – omdat ze altijd had geweten dat ze haar toch wel zouden bellen.
En ze wilde Piers ook echt niet bellen, maar het begon ernaaruit te zien dat ze het toch zou moeten doen, want hij belde haar blijkbaar niet en hoe kon ze hem anders te spreken krijgen? Hij liet haar gewoon geen keus.
Ze veegde haar penseel af aan een oude theedoek, zette het in een pot terpentijn en gleed van de kruk af. Alleen de gedachte dat ze Piers zo zou bellen en zijn stem zou horen, was al voldoende om haar maag te laten dansen van voorpret. Dit soort gevoel was helemaal nieuw voor haar.
'Ja?'
'Hoi, met mij.' Bonk, bonk gingen Clares ingewanden, terwijl ze de hoorn stevig beetgreep. 'Ik vroeg me af wat je aan het doen was.'
Deze zin had ze ingestudeerd. Hij klonk vriendelijk en terloops, niet zielig, en redelijk koel. Nee, zij zou zich niet bezondigen aan de je-zei-dat-je-me-zou-bellenbeschuldigingen. O nee.
'Hé, hoi.' Piers klonk alsof hij in bed lag en glimlachte. Ze zag hem al voor zich, één arm onder zijn hoofd, en met gebruinde, blote borst. 'Ik dacht net aan je.'
Niet laten merken dat je je gevleid voelt, niet kwijlen.
'Hoe was het in Londen?'
'O, viel wel mee. Nogal slopend eigenlijk. Wat heb jij gedaan?'
'O, we zijn gisteravond uit geweest en terechtgekomen op een wild feest in Failand.' Ze ging hem echt niet aan zijn neus hangen dat ze thuis was gebleven en naar *Frasier* had gekeken. 'Ik ben ook behoorlijk kapot, dus heb ik geen zin om vanmiddag al te vermoeiende dingen te doen...' Ze stopte, om hem de kans te geven haar bedoeling te snappen.
Piers gaapte. 'Ik ook niet. Er is rugby op tv – dat is mij inspanning genoeg.'
'Rugby?' Clare haatte rugby. 'Ik ben gek op rugby! Weet je wat, zal ik langskomen met een flesje wijn, dan kunnen we samen kijken.'
Was dat opdringerig en overdreven gretig? Welnee! Ze deed gewoon in een opwelling een leuk voorstel. Naar sport kijken op tv was altijd gezelliger als je gezelschap had... God, alleen suffe mut-

sen zaten in hun eentje thuis naar rugby te kijken.
'Oké, als je wilt.' Piers klonk verbaasd, maar niet ontevreden. 'Ja, leuk, kom maar.' Hij wilde echt graag dat ze kwam, hield Clare zichzelf voor. Hij had gezegd 'als je wilt' en niet 'als het moet'. Gerustgesteld zei ze: 'Heb je zin om me te komen ophalen?'
'Nee.' Hij grinnikte. Haar voorstel amuseerde hem duidelijk. 'Ik was niet van plan om me vandaag nog aan te kleden eigenlijk. Je kunt hier ook vast wel in je eentje naartoe komen. Neem maar een taxi.'
Zwierig verbrak Clare de verbinding. Nou, zo moeilijk was het toch niet geweest? Ze had Piers gebeld, en hij was heel blij geweest om wat van haar te horen, en nu zou ze de rest van de dag met hem doorbrengen. Als ze hem niet had gebeld, dan zou ze zich de hele dag hebben zitten opvreten en afvragen wat hij aan het doen was. Wat, laten we wel zijn, absoluut zielig zou zijn geweest.
Kleren, dacht ze vrolijk, haar handen afvegend aan haar veel te grote schilderskiel die onder de verfvlekken zat. Ze liep naar de klerenkast. Kleren voor een ontspannende middag met zijn tweetjes voor de tv. Iets gemakkelijks natuurlijk. Maar sexy. Spijkerbroek? Nee. Rok en kort topje? Beslist niet. T-shirt en lange broek? Saai, saai. Waarmee kon ze nu eens indruk op Piers maken? In welke kleren had hij haar nog nooit gezien?
Behalve dan in haar pyjama en op pantoffels.
En haar regenjas.
Toen ze onder de douche vandaan kwam, föhnde ze haar haar zo'n beetje halfdroog, bond het vast met een elastiekje, maakte haar gezicht op en trok haar leren muiltjes met hoge hakken aan. Daarna liet ze de handdoek die ze om zich heen had gewikkeld op de grond vallen, bespoot zichzelf met Eau Svelte van Dior en pakte haar regenjas uit de kast.
Ze ging voor de manshoge spiegel staan en bekeek zichzelf tevreden. O ja. Perfect. Uitdagend, maar onschuldig, sexy, maar grappig. Ze had hem nog nooit eerder aangehad, maar dit was eigenlijk een fantastische regenjas. Bleekroze plastic vanbuiten met een voering van namaakbont. Hij kwam tot net op haar knie. Met de knopen dicht en de riem stevig om haar middel getrokken, zou niemand vermoeden dat ze eronder naakt was.

Haar mondhoeken krulden toen ze zich Piers gezicht voorstelde wanneer ze de riem en de knopen losmaakte. Hij zou het prachtig vinden. Het zou een van die anekdotes worden die ze nooit meer vergaten. Over twintig jaar, wanneer ze knettergek werden van hun kinderen, zouden ze elkaar glimlachend aankijken en Piers zou zeggen: 'Weet je nog die keer dat je op de stoep stond met alleen een regenjas aan? Dat was de dag waarop ik wist dat jij de ware was.'
Oké, dat was een fantasie. Maar het kon gebeuren. Dat was het punt met mannen, je wist nooit wat er door hun manvormige hoofden heen ging.

'Zo, we zijn er, dat is dan acht pond zestig.' De taxichauffeur sprak met de tevreden blik van iemand die weet dat hij een tientje zal krijgen.
'Laat maar zitten,' mompelde Clare. Werkelijk, tien pond, pure diefstal.
Maar ze kon zich er niet al te druk over maken. Ze was er, bij Piers flat, en dat was het enige dat telde. Met de plastic tas tegen haar borst geklemd – bier voor Piers en wijn voor zichzelf – klom ze de paar treden op en belde aan.
'Hallo?' klonk Piers holle stem door de intercom.
'Ik ben het.'
'Hallo daar.' Zijn stem kreeg een zachtere klank. 'Heb je het bier?'
Ik heb nog wat veel beters dan bier, dacht ze blij. Hardop zei ze: 'O, ja.'
'Waar wacht je dan nog op? Kom boven.'
De eerste aanwijzing dat er iets niet helemaal klopte, kreeg ze toen ze de trap naar de eerste verdieping op liep. Er hing een vreemde geur, heel vaag, een geur die ze niet kon plaatsen.
Pas toen Piers de voordeur opentrok en de geur haar met volle kracht begroette, herkende ze hem. En als ze dat niet had gedaan, dan had het geluid van opgewonden mannenstemmen uit de kamer het wel verraden.
Het stonk er naar mannenlichamen die op alcohol liepen. Door de openstaande deur van de woonkamer zag Clare ze op stoelen, op de bank en op de grond hangen.
'Wat is hier aan de hand? Wanneer zijn die gekomen?' Ge-

schrokken deed ze een stap naar achteren.
'Gisteravond. Nou ja, vanochtend vroeg,' verbeterde Piers zichzelf met een jongensachtige grijns. 'Ik was om een uur of twaalf terug uit Londen, en ze hebben me overgehaald om nog even naar de club te komen. En toen zijn we naar mijn huis gegaan. We waren allemaal stomdronken, dus zijn ze blijven slapen. Hier, geef mij die maar.' Hij pakte de plastic tas en haalde het bier eruit. 'Precies wat we nodig hebben. Tegen de nadorst.'
'Ik dacht dat we alleen zouden zijn.' Clare had zin om te huilen, of te stampvoeten van frustratie. Dit was het tegenovergestelde van wat ze zich had voorgesteld. Of... 'Gaan ze zo naar huis?'
'Doe niet zo maf. De wedstrijd begint over tien minuten. Daar zitten we de hele tijd al op te wachten.'
'Oké. Zal ik dan later maar terugkomen?'
'Doe niet zo gek, je bent er nu toch? Je mag best blijven.' Hij snuffelde aan haar hals. 'God, wat ruik je zalig.'
In tegenstelling tot je andere gasten, dacht ze zuur. O verdomme, waarom moest het nu zo gaan? Ze wilde blijven, meer dan wat dan ook. Maar alleen met Piers. Waarom konden die walgelijke zuipschuiten en rukkers van een bankiersvriendjes van hem niet gewoon ophoepelen?
'Kom. Je blijft. Punt uit.' Piers duwde haar de kamer in en hield de plastic tas als een voetbaltrofee in de lucht.
'Kijk eens wat we hier hebben! Bier en... bah, wijn.' Met een gepijnigde uitdrukking op zijn gezicht wendde hij zich tot Clare. 'Ik zei nog: geen wijn. We zijn kerels, we drinken geen wijn.'
'Die is voor mij,' zei ze.
'Ik ben een vrouw die gevangenzit in een mannenlichaam,' verklaarde Eddie, een van Piers beste vrienden. Hij blies een kusje naar Piers. 'Niet zeiken, kerel, ik neem een glas wijn. Clare, kom naast me zitten.' Hij klopte op de crèmekleurige bank waarop hij hing, nog steeds in zijn verkreukelde kleren van gisteren. 'We laten de jongens gewoon naar dat nare, gemene rugby kijken, hè, en dan gaan wij gezellig babbelen over meisjesdingen zoals... eh, nagellak.'
Eddie was een grote, grijpgrage geilbak die geen kans voorbij liet gaan om aan haar te kunnen zitten. Clare had net zo goed meteen kunnen aankondigen dat ze naakt was onder de regenjas, want

Eddie zou er binnen tien seconden achter zijn en dan zou hij het iedereen wel vertellen.
'Ik zit hier goed.' Ze ging op een ongemakkelijke stoel bij het raam zitten, ver weg van Snelle Eddie.
'Waarom trek je je jas niet uit?' vroeg Piers, terwijl hij een blikje bier openmaakte. 'Heb je het niet warm?'
'Warm? Heet, denk ik.' Dat was Eddie in de bocht. Zoals hij naar haar gluurde, had ze gewoon zin om hem in zijn gezicht te slaan. 'Nee, ik heb het helemaal niet warm. Ik heb het koud. Ik houd mijn jas aan.'
De volgende negentig minuten werden een persoonlijke strijd. Zichzelf voorhoudend dat iedereen wel weg zou gaan zodra die stomme wedstrijd was afgelopen, was ze vastbesloten om het uit te zitten. Uit te zweten, om precies te zijn.
De zon stroomde naar binnen door het raam op het zuiden, en ze voelde zweetdruppeltjes over haar rug lopen. Het raam kon niet worden geopend, omdat iemand – niemand kon zich herinneren wie precies – gisteravond de sleutel had ingeslikt bij een weddenschap. De namaakbontvoering van haar jas plakte aan haar huid. Overal om haar heen brulden de mannen hun aanmoedigingen tegen de tv. Ze stootten bierblikjes omver en scholden de scheidsrechter uit voor mietje iedere keer dat hij een ingooi van de tegenpartij toestond.
Toen de wedstrijd eindelijk was afgelopen, stond Eddie op.
'Oké, als jullie me allemaal een tientje geven, ga ik nog wat drank kopen.'
Nee, nee, nee. Vuurrood van hitte en verontwaardiging zette Clare Piers klem in de keuken.
'Kun je er niet voor zorgen dat ze weggaan?' Ze had haar kiezen zo strak op elkaar dat ze de woorden er nauwelijks uit kreeg.
'Wat? Ze de straat op gooien?' Piers keek verbaasd. 'Dat kan ik niet maken.'
'Ik wil dat je dat doet.'
'Doe niet zo onredelijk. Schat, dit zijn mijn vrienden. Ze vinden het niet erg dat je er bent.'
'Ze zijn allemaal dronken. Ik dacht dat we gezellig met ons tweeën zouden zijn.'
Piers leek oprecht verbijsterd. 'Had dat dan gezegd.'

Nu had ze echt zin om te huilen. 'En ik had nog een speciale verrassing voor je ook.'
'O ja? Wat dan?'
Ze keek hem met een ben-je-helemaal-gekblik aan. 'Je krijgt het nu niet.'
'O, een das!' Hij grinnikte. 'Maakt mij niet uit, ik kom om in de dassen.'
'Het was geen das. Nou ja, doet er niet toe, ik ga.'
Piers haalde zijn schouders op. 'Mij best.'
Ze zou hem moeten haten. Waarom haatte ze hem niet om hoe hij haar behandelde? Zelfs nu nog, als hij haar zou smeken om te blijven, dan zou ze het doen.
Behalve dan dat Piers nooit smeekte.
'Hé hé, wat is hier aan de hand? Jullie doen toch geen stoute dingen?' Eddie kwam de keuken in marcheren, met een handvol briefjes van tien.
'Nee, ik stond net op het punt om weg te gaan,' zei Clare koeltjes.
'Ga je weg?' Spelend alsof hij schrok, klemde hij zijn grote handen tegen zijn borst. 'Maar je mag niet weggaan! Dat sta ik niet toe!'
Eddie was ook zo'n achterlijke stomkop. Om Piers te laten merken dat ze er echt schoon genoeg van had, rolde ze met haar ogen en zei kortaf: 'Dag.' Daarna draaide ze zich om en liep naar de keukendeur.
'Nee, ik kan er niet tegen! Blijf bij me!' jammerde Eddie melodramatisch. Zijn hand schoot uit naar haar regenjas. Terwijl hij haar naar zich toe sleurde, trok Clare gillend van schrik de jas terug tot op haar knieën.
Ze was een fractie van een seconde te laat. Een langzame, onnozele grijns spreidde zich uit over Eddies gezicht.
'O, wow. Hallo, schat!' Hij keek haar geil aan. 'Of moet ik je Sharon noemen? Zeg eens, heb ik echt gezien wat ik net dacht te zien?'
Piers, die niets had gezien, omdat Eddie voor hem had gestaan, vroeg: 'Wat gezien? Wie is Sharon?'
'Sharon Stone.' Eddie stompte zijn vriend in de zij. 'Weet je nog, *Basic Instinct*?' Met een nog bredere grijns wendde hij zich weer

tot Clare. 'Dus daarom wilde je je jas per se aanhouden.'
Tegen de tijd dat ze op straat was, brandden hete tranen van vernedering achter haar ogen. Ze hield een taxi aan. Het was nu officieel een rampzalige dag en die klotezon scheen feller dan ooit. Om het nog erger te maken rook het in de taxi naar kip-kerrie en de smerige geur van luchtververser.
'Allemachtig, je dacht toch niet dat het zou gaan regenen? Je zult wel koken in die kleren van je.' De chauffeur keerde zich om in zijn stoel toen ze het raampje opendraaide. 'Volgens mij kun je die jas beter uitdoen.'

16

Het ergerlijke aan elektronische agenda's was dat Nadia niet wist hoe ze werkten.
Jay had zijn Psion in de keuken op het nieuwe aanrecht laten liggen, voordat hij weer was verdwenen voor de middag. Terwijl Nadia hem oppakte en van alle kanten bekeek, dacht ze met weemoed terug aan de goede oude tijd van de filofax, toen je zo'n ding alleen maar hoefde open te slaan om vervolgens naar hartenlust rond te kunnen neuzen.
Waarom moesten Psions zo ontoegankelijk zijn? Echt, ze waren vast uitgevonden door de grootste spelbreker ter wereld. Wie weet wat voor heerlijke geheimen er in dit kleine metalen doosje schuilgingen? Nadia schudde eraan, wie weet was dat de truc om dat ding zover te krijgen om op onverklaarbare wijze allerlei vastgelegde roddelonderwerpen over zijn privéleven te spuien. Ineens hoorde ze echter voetstappen op de trap, en ze stopte de Psion snel in haar tas. Als Bart hem zag, zou hij misschien aanbieden om hem op weg naar huis even bij Jay langs te brengen.
En dat was werkelijk niet nodig, dat kon ze heel goed zelf.

Nadia reed vlak na zessen Canynge Road in. Jays auto stond er, wat goed was. Niet dat ze er een of andere verborgen agenda op na hield of zo. Het was gewoon altijd leuk... interessant... om te

zien hoe andere mensen woonden en hoe hun huizen er vanbinnen uitzagen. Misschien kon ze dan niet zijn elektronische agenda binnenkomen, maar zijn huis kwam ze wel in.
Want dat zou toch een heel logische reactie zijn? Als ze op de stoep stond met zijn Psion, moest hij haar toch op zijn minst uitnodigen voor een snelle kop koffie of zo. Dan kon ze meteen zien waar hij het schilderij met de telefooncel had opgehangen, de rest van zijn kunstwerken bekijken, ontdekken of hij ziekelijk netjes was of een vreselijke sloddervos...
Allemachtig.
O help, betekende dit dat ze veranderde in een stalker?
Behalve dan dat een echte stalker vast eerst haar haar zou kammen en een beetje make-up opdoen voordat ze aanbelde bij haar gestalkte.
Zichzelf geruststellend dat ze niet gek was, maar alleen gezond nieuwsgierig, stapte ze uit de auto.
Jays voordeur was glanzend donkergroen geschilderd, met een zware koperen brievenbus en klopper. Toen hij opendeed, leek hij verbaasd om haar te zien, alsof hij iemand anders had verwacht.
'O, hallo, wat kom je doen?'
Niet de meest enthousiaste begroeting die je je kon voorstellen, maar ondanks dat schonk Nadia hem een van haar zonnigste glimlachjes. Hij had zijn werkkleren uitgetrokken en droeg nu een donkerblauwe broek en een granaatappelroze poloshirt, iets waar niet veel mannen mee zouden kunnen wegkomen, en hij keek opnieuw geïrriteerd.
'Je had zeker niet gemerkt dat je dit was vergeten?' Vriendelijk tut-tut-zeggend, hield ze de Psion omhoog. 'Ik heb hem in de keuken gevonden.'
'O. Dank je.' Met een opgelucht knikje pakte hij de organizer aan. 'Bedankt voor het brengen.'
Jemig zeg, had de grote boze wolf hem dan niets geleerd? Waarom vroeg hij haar niet binnen? Verwachtingsvol zei ze: 'Graag gedaan, het was nauwelijks omrijden. En bovendien had ik toch geen haast om naar huis te gaan.'
Net toen ze overwoog om hem tussen neus en lippen door te vragen of hij van zijn nieuwe schilderij genoot, schraapte Jay zijn

keel en zei: 'Hoor eens, ik zou je best binnen willen vragen, maar ik sta net op het punt om weg te gaan. Ik heb een afspraak.'
'O nee, nee, maakt niet uit, hemeltje, ik heb toch geen tijd.' Ze merkte dat ze begon te wauwelen. 'Ik moet mijn zusje ophalen. We gaan een... een hamster kopen.'
Het was nogal schokkend om te moeten horen wat er allemaal uit haar eigen mond kwam.
Jay leek ook verbaasd. 'Je zusje de kunstenaar?'
Een hamster. Waarom? Waarom?
'Nee, niet Clare. Mijn andere zusje,' legde ze snel uit. 'Die is dertien. Je weet hoe meisjes van dertien zijn met hamsters. Tilly heeft er haar zinnen op gezet en ik had beloofd om haar naar die boerderij te rijden waar ze ze verkopen. Dus kan ik maar beter gaan, anders vraagt ze zich nog af waar ik blijf.'
Ze vraagt zich eerder af waarom ik me aanstel als een debiel, dacht Nadia, terwijl ze zich terughaastte naar haar auto. De volgende keer dat Jay iets in het huis liet liggen, zou ze het mooi laten liggen. Hamsters!
Toen ze even later het papiertje van haar kauwgom wikkelde, zag ze een taxi stoppen voor het huis van Jay. Terwijl ze het reepje kauwgom in haar mond vouwde, keek ze naar een vrouw met lang blond haar die uitstapte, de chauffeur betaalde en wachtte op wisselgeld. Van deze afstand leek de vrouw begin dertig en mooi op een strakke ijskonijnenmanier. Als een verveeld model dat over de catwalk loopt, dacht Nadia, terwijl de vrouw haar haar naar achteren schudde. Over ongelukkig gesproken. Wat ze nu nodig had, was iemand die haar een echt goede grap vertelde. Toen reed de taxi weg, zodat de vrouw volledig in beeld kwam, en Nadia zag wat ze daarvoor niet had kunnen zien.
De vrouw was zwanger.
Verbaasd bleef ze kijken, terwijl de vrouw naar de voordeur liep, aanbelde en wachtte. Toen de deur openging, keek ze naar Jay, zei een paar woorden en liep naar binnen. Daarna ging de deur achter hen dicht.
Aan de grootte van de bobbel onder de wijde gele jurk te zien, was ze zo'n zeven of acht maanden zwanger. Nadia liet zich tegen de rugleuning vallen, te verbijsterd om zelfs maar op haar kauwgom te kauwen. Als de blondine Jays vriendin was – voor-

al zijn zwangere vriendin – was het dan niet logisch geweest dat ze van haar bestaan hadden geweten? Jay had zelfs nooit de indruk gewekt dat hij een relatie had.
Ze kon natuurlijk ook zijn ex-vriendin zijn. Dat zou verklaren waarom ze niet al te vrolijk had gekeken. God, en wie kon haar dat kwalijk nemen? Ze stond op het punt om een kind te krijgen en de vader liet haar dik – letterlijk – zitten; dat was genoeg om iedereen diepongelukkig te maken.
Hou op. Nadia gaf zichzelf een standje, want ze liet zich weer eens meeslepen. Dat een zwangere vrouw Jays huis was binnengegaan, wilde nog niet zeggen dat het kind van hem was. Misschien was ze wel zijn werkster, of iemand die hij in dienst had genomen om voor hem te strijken, of zijn pianolerares die toevallig zwanger was...
De voordeur ging weer open.
Nog terwijl ze ineendook achter het stuur, vroeg ze zich af waarvoor ze die moeite eigenlijk deed. Als Jay deze kant uitkeek, zou hij haar auto toch meteen herkennen. Maar hij keek zelfs niet naar links. Hij had zijn arm om de zwangere vrouw geslagen en droeg een kleine weekendtas. Terwijl hij zijn auto openmaakte en de vrouw hielp instappen, kneep hij even in haar hand.
Nou, dacht Nadia toen Jays auto uit zicht was verdwenen. Waarschijnlijk toch niet zijn pianolerares.

'Maar ik wil geen hamster,' zei Tilly de volgende avond.
'Hoe weet je dat nou? Je hebt er nog nooit eentje gehad.' Nadia deed haar verkoper-van-dubbele-beglazingstukje. 'Je weet gewoon niet wat je mist.'
'Wel. Hamsterpoep uit een of ander oud stinkhok vegen.' Tilly trok haar neus op. 'En ze doen ook nooit iets leuks, als je seks niet meerekent, en daar heb je twee hamsters voor nodig.'
Nadia vroeg zich af waarom ze zo'n egoïstisch en weinig bereidwillig zusje moest hebben. Gisteravond had ze het zo druk gehad met zich Jay voor te stellen als vader in spe dat iedere gedachte aan een hamster haar volledig was ontschoten.
Toen Jay vanochtend op het werk was gekomen en had gevraagd: 'Heb je er eentje gekocht?' had ze geen flauw idee gehad waar hij het over had.

'Een hamster?' had hij uitgelegd toen ze hem niet-begrijpend had aangekeken.
'O! O ja. Ja, we hebben er eentje. Hij is heel leuk.' Ze had enthousiast geknikt. 'Tilly is in de wolken.'
'Fijn. Wat voor soort is het?'
Soort? Oeps.
'Eh, wit.' Bestonden witte hamsters eigenlijk wel of waren dat ratten? 'Nou ja, wittig. Meer lichtbruin eigenlijk.' Ze was gedwongen geweest om snel wat te improviseren. 'En heel harig. Hij heet Gerald. Hij... eh... poept heel veel.'
Jay had tevreden geleken met deze inlichtingen. Tilly aan de andere kant was ronduit lastig.
'Bah,' zei ze. 'Ik haat hamsters. Net ratten.'
'Oké.' Nadia gaf het op. 'Maar je moet me wel iets beloven. Als een onbekende man je ooit vragen begint te stellen over je hamster, doe dan gewoon alsof je een lichtbruine hebt die Gerald heet.'
'Je bent knettergek,' zei Tilly.
'Ik weet het. Maar verder heel lief. Jemig, wat moet Michael Schumacher hier?' Nadia keek door het raam van de woonkamer naar buiten toen iets testosteron-aangedrevens brullend de oprit op kwam.
'Dat is voor mij,' zong Clares stem van boven. 'Het is Piers. Wil iemand even opendoen?'
Dit was Clares manier om te laten merken dat ze veel te cool was om op tijd klaar te zijn.
Nadat Nadia de voordeur had opengetrokken, stond ze oog in oog met iemand die zichzelf duidelijk heel geslaagd vond. Onweerstaanbaar zelfs.
'Hoi, Clare komt zo.' Nadia had hem nooit eerder gezien, maar ze kende zijn soort. Iedere porie ademde zelfvertrouwen uit. Intuïtief wist ze dat ze hem niet mocht.
'Jij moet Nadine zijn.' Hij schonk haar een flitsende, jongensachtige grijns. 'Ik heb al heel veel over je gehoord.'
Het lag op het puntje van haar tong om hem Peter te noemen, maar ze deed het niet.
'En jij moet Piers zijn. Kom binnen, Clare is zo klaar.'
Tilly, die zich omdraaide op de bank, knikte hem vriendelijk toe.
'Ze kan nooit beslissen wat ze moet aantrekken.'

'Vertel mij wat.' Piers knipoogde naar Nadia. 'En soms trekt ze dan gewoon helemaal niks aan.'
Nadia keek hem nietszeggend aan.
'Heeft Clare je niet verteld over zaterdag?' Piers begon te lachen.
'Nee, wat had ze me moeten vertellen dan?'
Er klonk het geluid van daverende voetstappen op de trap, en toen kwam Clare buiten adem de kamer in stormen. 'Klaar! Laten we gaan!'

Terwijl de metaalblauwe Ferrari over Whiteladies Road reed, genoot Clare volop in de wetenschap dat ze in het middelpunt van de belangstelling stonden. Ze genoot ervan dat de mensen zich omdraaiden en staarden, zich afvragend wie ze was en wat ze had gedaan om een ritje in zo'n nekken-verrekkende wagen te verdienen.
Na de vernederende gebeurtenissen van zaterdagmiddag had ze er serieus over nagedacht om het uit te maken met Piers. Maar toen hij haar op maandag had gebeld, was hij charmanter dan ooit geweest en had hij zich uitputtend verontschuldigd. Plus, had Clare zichzelf er snel aan herinnerd, het was eigenlijk niet zijn schuld geweest. Ze kon hem moeilijk verantwoordelijk houden voor het gedrag van een idiote vriend.
Dus had ze ja gezegd tegen een afspraak voor vanavond, en nu was ze heel blij dat ze het had gedaan. Piers zette zijn beste beentje voor, hij was haar precies op tijd komen ophalen en zag er sensationeel uit in het witte overhemd en het rijke-jongen marineblauwe pak dat zo goed bij zijn ogen paste. Hoe kon ze nu niet gelukkig zijn als ze samen waren? Ze zagen eruit als een stelletje uit een glossy tijdschrift, dacht ze tevreden. En hij nam haar mee naar de opening van een nieuwe tent waar iedereen die ertoe deed hen samen zou zien. Ha, wat zouden ze allemaal jaloers zijn.
'Heb je een borstel bij je?' Piers knikte naar het kralentasje op haar schoot.
'Ja, wil je hem lenen?'
'Ik bedoelde voor jou.' Hij klonk geamuseerd. 'Ik vind je haren leuker naar beneden.'
Ze slikte de automatische reactie dat het haar haar was en dat ze er uren over had gedaan om het op te steken, in. Piers had oog

voor dit soort dingen; qua stijl en zo, wist hij hoe het moest. Als hij dacht dat ze er beter uitzag met haar haar los, dan klopte dat waarschijnlijk.
Ze pakte de borstel en begon de spelden uit haar knotje te halen. 'Brave meid.' Piers toeterde naar een groepje studenten dat de straat te langzaam overstak naar zijn smaak.
Een akelige gedachte kwam ineens bij haar op. 'Eddie komt toch niet, hè?'
Piers grinnikte. 'Nee, je bent helemaal veilig. Eddie bevindt zich nog steeds in toestand van shock. Trouwens,' zijn hand gleed ervaren over haar blote dijbeen, 'wat draag je onder dat strakke jurkje?'
'Een grote onderbroek. Een heel grote onderbroek. En ik moet vanavond terug naar huis,' voegde ze eraan toe om hem te laten zien dat ze zich ook weer niet zo gemakkelijk liet inpalmen.
Hij keek bezeerd. 'Je mag niet naar huis. Ik wil dat je bij mij slaapt.'
Ze glimlachte bij zichzelf, blij dat ze de touwtjes weer in handen had. Haar dij tintelde aangenaam onder zijn aanraking. 'Nou, we zullen wel zien.'

17

Tilly keek met een mengeling van angst en opwinding uit haar slaapkamerraam. Het was zaterdag, het was middag, en haar moeder kon nu elk moment de oprit op komen rijden met haar nieuwe vriend en de dochter van haar nieuwe vriend. Brian en Tamsin, hun namen goed onthouden. Ze waren nu dan misschien nog volslagen onbekenden, maar wie weet werden ze wel familie.
Tilly peuterde aan de schilfertjes afgebladderde verf van het kozijn en hoopte dat ze ze aardig zou vinden. Wanneer ze haar moeder maandenlang niet had gezien, was het zo gemakkelijk om de spot te drijven met Leonie en haar maffe, luidruchtige manier van doen. Maar wanneer ze er was, leek het allemaal ineens een stuk belangrijker.
Toen een auto de oprit op kwam denderen, haalde Tilly diep adem

om zichzelf tot kalmte te manen. Haar maag deed dat van-een-klif-vallengedoe. Hoe kwam ze erbij om zich er druk over te maken of ze Brian en Tamsin wel zou mogen? Stel je voor dat ze haar niet mochten?

'O, mijn schat, kom eens hier, geef me een dikke zoen, kijk nou toch eens hoe groot je bent geworden!' Armbanden rammelden terwijl Leonie haar armen uitspreidde. Ze droeg een wijde jurk met een puntige zoom die om haar enkels zwierde, zilveren oorringen als schoteltjes zo groot en had een kruidig parfum op. Toen Tilly haar moeder omhelsde, bedacht ze ineens dat ze haar nog nooit twee keer met hetzelfde parfum had meegemaakt.
Een beetje zoals met haar vriendjes.
'Moet je nou eens zien,' mopperde Leonie voor de grap, haar dochter op een armlengte afstand houdend. 'Een spijkerbroek en een maf oud T-shirt. En zo mager! Je eet toch wel goed?'
'Natuurlijk eet ik goed.' Tilly duwde haar haar achter haar oren. Ze voelde zich plotseling heel muizig en lelijk. Met haar lange geblondeerde haar, haar zwaar opgemaakte ogen en felle kleren zag Leonie er prachtig exotisch uit, op een flitsende, kermisachtige manier.
'Wat leuk om je weer eens te zien. Zijn de anderen er ook?' Leonies blik dwaalde af naar het huis, en Tilly zette zich schrap.
'Ze zijn in de keuken.'
'Tja, dan zal ik maar beleefd zijn en even gedag zeggen. O nee, eerst moet ik jullie nog aan elkaar voorstellen. Lieverd, dit is Brian.' Met haar arm door die van Tilly gestoken draaide ze haar om zodat ze de andere passagiers kon zien. 'En Brians dochter, Tamsin. Kijk, dit is nu Tilly, mijn mooie jongste dochter. Zo, als jullie nu even kennismaken, dan wip ik snel even binnen een babbeltje maken. Heeft James al een neusringetje?'
'Een wat?'
'Grapje, schat. Ik ben zo terug, dan kunnen we gaan.'
Tilly keek haar moeder na, die heupwiegend naar het huis liep. Ze haatte het wanneer Leonie haar voorstelde aan mensen en haar dan verder aan haar lot overliet. Een beetje verlegen wendde ze zich tot de twee passagiers. Brian had lang haar dat boven op zijn hoofd wat dunner begon te worden. Hij droeg een leren jasje, zo-

als paste bij iemand die zijn beste tijd had gehad en in de muziek zat. Tamsin, die haar met onverholen nieuwsgierigheid opnam, was opvallend leuk om te zien met haar schitterende groene ogen en hartvormige gezicht. Haar spijkerjasje was helemaal volgekalkt met teksten en ze zat met gekruiste benen op de achterbank met een walkman op haar schoot.
'Hallo,' zei Tilly een beetje wanhopig.
'Alles kits?' Brian trommelde met zijn vingers op het stuur op de maat van onhoorbare muziek.
'Ben je vegetarisch?' vroeg Tamsin.
'Eh, nee.' Tilly vroeg zich af of Tamsin nu een hekel aan haar zou hebben.
'O.' Het meisje klonk geamuseerd. 'Je ziet er anders wel zo uit.'

Het begon allemaal wat gemakkelijker te worden tijdens de lunch in een drukke pizzeria in Park Street. Leonie was in een opgewekte bui en hield het gesprek gaande. Zich wat ontspannend besloot Tilly dat Tamsin best meeviel; ondanks die spottende vraag of ze soms vegetarisch was, leek ze een stuk minder eng dan ze eerst had gedacht. Brian leek ook wel in orde, hoewel hij niet veel zei. Hij had echter wel een paar oude vrienden in Bristol die hij graag wilde opzoeken. Tilly was net bezig aan haar laatste hapje tiramisu toen Leonie het uitlegde.
'Dus wat we hebben bedacht, schat, is het volgende. Wij gaan zo een paar uurtjes bij ze langs, zodat jij en Tamsin de kans krijgen om elkaar echt te leren kennen, en dan zien we jullie hier weer om... o, een uur of vijf?'
Het was alsof je onverwacht met een blind date werd opgezadeld. Niet dat haar dat ooit was overkomen. Geschrokken vroeg Tilly: 'Wat moeten we dan al die tijd doen?'
'Schat, jullie zijn tieners, wat doen meisjes van jullie leeftijd normaal gesproken op een zaterdagmiddag?' Leonie streelde onder het praten Brians nek. 'Gewoon een beetje lol hebben. Over muziek kletsen. Winkelen.'
'Dat kan niet.' Tamsin zoog somber op haar ijslepel. 'Ik heb geen geld.'
'Dan geven we jullie toch geld,' verklaarde Leonie. 'En we zien elkaar hier weer om vijf uur.'

'Ieder tien pond.' Tamsin schudde vol afkeer haar hoofd toen ze het restaurant verlieten. 'Nog niet eens genoeg om de hele middag sigaretten te roken.'
'Het is beter dan niets.' Tilly vond tien pond eerlijk gezegd aardig veel.
'Man, wat ben jij snel tevreden. Mijn moeder zou je vast leuk vinden, ze klaagde altijd dat ik haar zoveel kostte. Maar jouw moeder is aardig. Echt te gek, vind je niet?'
'Ja, hoor.' Tilly voelde zich eerlijk gezegd een beetje aan de kant geschoven. Ze had zich twee weken mentaal proberen voor te bereiden op dit bezoek, en nu zat het er eigenlijk alweer op. Om vijf uur zouden ze elkaar weer treffen en samen ergens gaan eten. Tegen zevenen zou Leonie laten-we-gaangeluidjes maken en uitleggen dat het een heel lange rit terug was naar Brighton. Om halfacht zouden ze weer weg zijn.
'Ze wil weten of we met elkaar kunnen opschieten.' Tamsin bood haar een Marlboro Light aan. 'Vind je het niet maf dat je bij een gozer woont die niet eens je vader is?'
'Nee.' Tilly schoot meteen in de verdediging. 'Ik vind het fijn.'
'Hoe is het gekomen? Ik bedoel, Leonie heeft ons verteld dat jouw eigen vader ervandoor is gegaan toen je een baby was, maar over de rest was ze een beetje vaag.'
Goh, dacht Tilly.
'Mijn moeder kreeg eerst mijn zussen en die liet ze bij James toen ze met een of andere man naar Kreta ging. Toen dat uit was, leerde ze een andere man kennen, en toen dat uit was, weer een andere.' Plompverloren zei ze: 'Mijn moeder verveelt zich nogal snel. Hoe dan ook, ze woonde samen met een meubelmaker die Liam heette toen ze ontdekte dat ze zwanger was van mij. Na mijn eerste verjaardag ging Liam ervandoor. En toen liep het huurcontract af van het huis dat ze hadden gehuurd. Mama kon nergens naartoe, dus kwam ze hiernaartoe en heeft ze aan James gevraagd of we een paar dagen bij hem konden blijven. James is zo aardig dat hij het hart niet had om het te weigeren.'
'En toen kregen ze weer wat?' Tamsin leek oprecht geïnteresseerd.
'Nee. We waren hier drie maanden toen mama de volgende grote liefde van haar leven ontmoette, nog iemand zonder wie ze niet kon leven. Behalve dat hij niet zo'n zin had om ook mij op sleep-

touw te nemen. Mama was heel ongelukkig, ze wist niet wat ze moest doen, ze zei dat ze niet in haar eentje voor me kon zorgen... Nou, en tegen die tijd was ik al helemaal gewend bij James. Ik vond het leuk bij mijn zusjes – halfzusjes – en ik dacht dat James mijn vader was. Hij zei tegen mama dat ik wel bij hen kon blijven, dat hij met alle plezier voor me zou zorgen. Ik weet niet of hij bedoelde alleen maar voor een tijdje,' zei Tilly met een quasi-zielig lachje, 'maar ik ben nooit meer weggegaan. Mama vertrok met haar vriend – ik geloof dat het een paar jaar heeft geduurd, wat praktisch een record was voor haar. En ik was gelukkig waar ik was. Ik denk dat ik eraan gewend ben geraakt dat ze er niet is. Ze is gewoon niet zo'n moederlijk type.'
'Dan mag je van geluk spreken.' Tamsin gooide haar sigaret in de goot, terwijl ze verder wandelden. 'Die van mij wel, en dat is een ramp. Niet te geloven zo streng als ze is. Altijd maar zeuren, je mag dit niet aan, je mag dat niet aan – ik werd er knettergek van. Dus daarom woon ik nu bij mijn vader.' Ze schudde haar haar naar achteren, duidelijk ingenomen met zichzelf. 'Van hem mag ik doen wat ik wil.'
Met elk slechts tien pond te besteden, duurde hun tochtje langs de winkels niet erg lang. Toen Tamsin hoorde dat het maar een kwartiertje lopen was naar Tilly's school en dat het eerste cricketteam een wedstrijd tegen Bristol Grammar had, stond ze erop om daarnaartoe te gaan.
Tilly haalde haar neus op; cricket was ongelooflijk saai. 'Waarom?'
'Het is je plicht om ze aan te moedigen. En te kijken of er nieuw talent bij zit.'
'Je kent ons team niet.' Tilly schonk haar een blik vol medelijden. 'Wij hebben geen talent.'
'Dat zeg jij, maar ik kan ze met een frisse blik bekijken. En ze zullen me hartstikke leuk vinden, want dat vinden jongens altijd. Als ik nog een keertje kom, kunnen we wat met ze afspreken. O, kom nou, dat wordt hartstikke lachen,' drong Tamsin aan. 'Ik zal hetzelfde voor jou doen als je bij ons komt. Jongens die je niet kent, zijn altijd een stuk leuker dan die je wel kent.'
Op weg naar school kwamen ze langs de tijdschriftenzaak waar Annie werkte. Toen ze zich eerder die middag in de drukte van

Claire's Accessories in Broadmead hadden begeven, had Tamsin haar geld onmiddellijk opgemaakt aan namaaktatoeages, glitterplakplaatjes en een teenring. Om niet achter te blijven had Tilly negen pond zestig besteed aan een flesje nagellak en twee haarklemmen die ze niet eens wilde. Nu, met nog maar veertig penny's in haar zak, had ze er spijt van. Ze had dorst gekregen van al dat lopen; ze zou een moord kunnen doen voor een blikje coke.

Maar vanavond was de grote avond van Annie en James, de eetafspraak waar ze zo'n grote rol bij had gespeeld, dus zou het aardig zijn om even naar binnen te wippen en gedag te zeggen.

En misschien mochten ze van Annie wel een glaasje water nemen, zodat ze haar resterende geld aan kauwgom kon opmaken.

'Wil je daar even naartoe?' Tilly bleef voor de winkel staan.

'Ja, leuk, ik ben gek op tijdschriftenzaken. Kunnen we naar onszelf zwaaien op de beveiligingscamera.'

'Volgens mij heeft deze dat niet.'

'Nee? Jammer dan.' Vrolijk zei Tamsin: 'Na jou.'

Annie stond achter de toonbank in een roddelblad te bladeren. 'Je hebt me betrapt.' Met een stralende blik op Tilly wees ze naar de foto die ze had staan bestuderen, van Meg Ryan met een glamoureus nieuw kapsel bij een of andere filmpremière. 'Na mijn werk ga ik meteen door naar de kapper. Ik wil eigenlijk zoiets, maar het is een beetje gênant om een foto mee te nemen, vind je niet? Ik denk dan altijd dat die kapsters me uitlachen, omdat ze dan denken dat ik me verbeeld dat ik op Meg Ryan lijk.'

'Misschien kun je beter een foto meenemen van iemand van je eigen leeftijd.' Tilly stelde het alleen maar voor om Annie te helpen, maar zodra ze het had gezegd, wist ze dat ze beter haar mond had kunnen houden, want Annie probeerde opvallend niet-geschokt te kijken. O god, Meg Ryan was waarschijnlijk ouder dan zij.

Achter zich hoorde Tilly Tamsin snuiven van het lachen, wat ook niet echt hielp.

'Sorry,' mompelde ze. Waarom was het altijd haar mond die dat soort gênante dingen spuide?

'Het is helemaal niet erg. En je zult wel gelijk hebben. Ik neem die foto toch niet mee.' Annie sloeg het blad dicht. 'Ik zal ze gewoon zeggen dat ik mijn haar opgestoken wil hebben en dat ze hun best moeten doen. Maar wat doe jij hier eigenlijk op zaterdagmiddag?'

'Er is een cricketwedstrijd op school. We gaan kijken.' Met een blik over haar schouder zei ze: 'Dit is Tamsin. Mijn... eh... vriendin.'

Tot haar afschuw zag ze dat Tamsin snel iets in haar broekzak stond te proppen... Tilly kon haar ogen niet geloven. Ze was Tamsin nota bene aan het voorstellen, ze keek naar haar – als zij het had gezien, dan had Annie dat natuurlijk ook!

'Eh, een doosje oranje TicTacs graag,' zei ze veel te hard, 'en een pakje Juicy Fruit.'

Tilly negerend zei Annie kalm: 'Als ik jou was, zou ik die terugleggen.'

'Pardon?' Tamsin trok haar wenkbrauwen op, zogenaamd nietbegrijpend. 'Wat terugleggen?'

O god, o god. Tilly begon te zweten.

'Die pennen.' Annie bleef Tamsin strak aankijken. 'Die je net in je zak hebt gestopt.'

'Pennen? Wat zou ik met van die stomme pennen moeten?' Tamsin keek Annie aan alsof ze stapelgek was. 'Tilly, zullen we gaan? Anders missen we de wedstrijd nog.'

Tilly stond als aan de grond genageld. Het liefst zou ze als een klein meisje haar handen voor haar ogen slaan en doen alsof ze er niet was.

'Zie je dat daar?' Annie wees naar het bordje op de muur achter de toonbank dat vermeldde dat in geval van winkeldiefstal contact zou worden opgenomen met de politie. 'Dat doe ik echt. Dus wees verstandig en...'

'En als ik nu wegren, wie gaat me dan pakken? Jij?' Tamsin lachte zelfgenoegzaam. 'Lijkt me niet.'

'Ik weet waar je op school zit,' zei Annie kalm.

'Dat heb je dan mooi mis, want ik woon niet eens in Bristol. Dus je vindt me nooit.' Tamsins ogen glansden triomfantelijk. 'Of je moet de politie zover krijgen dat ze een composietietekening van me maken en overal in het land Gezocht-posters ophangen. Wie weet, misschien is het wel een geval voor *Opsporing verzocht*. Zie

je het al voor je? Dertienjarig meisje steelt balpennen uit armoedig winkeltje...'
'Leg terug,' flapte Tilly er uit.
Tamsin trok haar geëpileerde wenkbrauwen op. 'Pardon?'
'Leg die pennen terug.'
'O jezus, dit is gewoon zielig.' Met een overdreven zucht haalde Tamsin de pennen uit haar zak en gooide ze terug in de doos op de plank met kantoorartikelen. 'Zo. Nu blij?'
Tilly wendde zich tot Annie. 'Het spijt me. Het spijt me zo.'
'Jij kunt er niets aan doen,' zei Annie rustig.
'Wil je... wil je het alsjeblieft niet aan James vertellen?'
Annie aarzelde. Toen knikte ze. 'Goed.'
'Hallo?' zong Tamsin. 'Ik begin me hier een beetje te vervelen. Kunnen we gaan?'

18

'Hoe kon je dat nu doen?' siste Tilly zodra ze buiten waren.
Tamsin trok een spottend gezicht. 'God, maak je niet zo druk. Het was gewoon een lolletje.'
'Ik ken haar. Ze gaat vanavond met James uit.'
'Wat? Zij? Ha, dat zal Leonie nog eens geinig vinden. Toe, kom op, een beetje vrolijker.' Tamsin gaf Tilly een arm. Met een grappig gezicht zei ze: 'Ik wist toch niet dat je haar kende? Weet je wat, ik beloof je dat ik nooit meer mee naar binnen zal gaan in die winkel. De volgende keer blijf ik braaf bij de deur wachten. Als een hondje. En sorry, sorry, sorry... Zo, nou genoeg?'
Tegen vijf uur was Tilly officieel in de war. Na de akelige scène in de winkel was het haar duidelijk geworden dat Tamsin Echt Heel Slecht was. Behalve dan... een uur later had ze zo doeltreffend geflirt met de jongens op school dat Tilly, enkel en alleen door haar te kennen, met stip was gestegen in de top-tien van interessante meisjes.
Dit was iets wat haar nog nooit was overkomen. Niet dat ze iets te maken wilde hebben met dat zielige stelletje op school, maar

erbij horen was toch een verleidelijk vooruitzicht.
'Dat was best gaaf.' Tamsin leek heel ingenomen met zichzelf toen ze terugliepen naar de pizzeria. In het bezit van minstens tien mobiele nummers kon ze het zich veroorloven om tevreden te zijn. Ze zou de eerstkomende twee weken genoeg te sms'en hebben.
'Het zijn sukkels.' Tilly zou haar haar naar achteren hebben gegooid als dat had gekund. Maar stiekem was ze jaloers.
'Misschien wel. Maar wat maakt dat uit? Ze vonden me allemaal leuk.'
'Ja.' Dat was waar. Tilly wist dat ze maandag op school bestookt zou worden met vragen over Tamsin.
'Niet tegen mijn vader vertellen van die winkel, hoor.'
'Nee.'
'Gaaf.' Tamsin stootte haar aan. 'Hé, als je moeder met mijn vader trouwt, dan worden we zusjes.'
Dit was het, het gevoel ergens bij te horen, iets wat ze zolang niet had gehad. Met een geforceerd lachje zei Tilly: 'Ja.'
Leonie en Brian stonden voor de pizzeria in Park Street op hen te wachten.
Toen ze Tilly om zeven uur thuis afzetten, gaf Leonie haar een knuffel die naar patchoelie rook en zei: 'Ik wist wel dat jullie met elkaar zouden kunnen opschieten.'
'Nou...'
'Brian heeft me ten huwelijk gevraagd! Is dat niet fantastisch?'
Braaf, maar een beetje droevig, echode Tilly: 'Fantastisch.'
'Schat, dit is mijn grote kans. Deze keer moet het lukken. Je helpt me toch, hè? Je laat me toch niet in de steek?'
Een beetje misselijk en zich afvragend wat haar moeder bedoelde, zei Tilly: 'Nee, mama, ik laat je niet in de steek.'

Annie Healy veegde de stoom van haar badkamerspiegel en bekeek haar zachte-focusreflectie met een mengeling van angst en opwinding.
Nee, geen angst, dat was niet het goede woord. Ongerustheid misschien. Of algehele bezorgdheid.
Nee, het was angst.
Terwijl ze de spiegel droogwreef met haar badhanddoek, trok ze een gezicht. Allemachtig, ze was achtendertig. Wat zielig om bang

te zijn, terwijl ze alleen maar met een man naar een dineetje ging! Maar ze had ook helemaal geen ervaring meer. Al veertien jaar niet meer om precies te zijn. O god, gewoon niet aan denken. Tanden poetsen en make-up opdoen. Gelukkig is je gezicht niet rood van het douchen. Alles zal goed komen.

Toen James haar om zeven uur kwam afhalen, zag hij er heel vlot uit en helemaal niet ongemakkelijk. Terwijl hij haar in de auto hielp, zei ze: 'Hoor eens, het is vast niet normaal om dat te zeggen, maar ik wil dat je weet dat ik heel zenuwachtig ben.'

Zijn bril rechtzettend vroeg hij: 'O? Dat spijt me. Komt dat door mij?'

'Nee, je moet het niet persoonlijk opvatten.' Annie schudde haar hoofd. 'Ik zou bij iedereen zenuwachtig zijn. Weet je, ik ben hier niet aan gewend. Het is heel lang geleden.'

James nam plaats achter het stuur en stak het sleuteltje in het contact. 'Voor mij ook.'

'Heel erg lang.'

'Idem dito.'

'Oké,' zei ze, 'ik wil er geen wedstrijdje van maken, maar ik durf te wedden dat mijn lang geleden langer geleden is dan jouw lang geleden.'

Hij glimlachte. 'We worden pas om acht uur bij de Elsons verwacht. Zullen we eerst even ergens wat gaan drinken?'

'Graag,' zei ze opgelucht.

Ze gingen in de tuin zitten van een leuk café in Easter Compton, dat op de weg lag naar Pilning, waar Cedric en Mary-Jane woonden.

'Trouwens,' James schraapte zijn keel, 'je ziet er leuk uit vanavond. Sorry, van mijn dochter moest ik dat zeggen als ik je kwam afhalen, maar dat was ik vergeten. Maar het is zo,' verbeterde hij zichzelf snel. 'Je ziet er echt leuk uit. En... en je haar zit ook heel goed.'

Een beetje nerveus voelde ze aan haar haar, dat de kapper naar achteren had gekamd en hoog had opgestoken. Ze durfde haar hoofd nauwelijks te bewegen, uit angst dat de hele boel zou instorten.

Haar jurk maakte het er ook niet eenvoudiger op. Toen ze hem in de winkel had aangepast, had hij er prachtig uitgezien, glitte-

rend en glanzend als de staart van een zeemeermin. Hoe had ze in vredesnaam moeten weten dat, zodra je ging zitten, die driehoekige lovertjes als messen in je huid sneden? Iedere keer dat ze iets op haar stoel ging verzitten, was het alsof ze werd aangevallen door een school kleine piranha's.
O ja, een prachtbegin van de avond.
'Toe dan,' drong James aan. 'Vertel eens hoe lang het geleden is dat je zoiets als dit hebt gedaan.'
Daar gaan we.
'Veertien jaar,' zei Annie, verwachtend dat hij zijn drankje van schrik over tafel zou spugen.
Maar het enige dat James deed, was knikken. 'O, dan win ik met gemak. Voor mij is het zeventien jaar geleden.'
Jemig. Het was Annie die geschokt was. 'Zie ons nu toch eens zitten, we lijken wel een stel oude dinosaurussen. Hoe heeft het bij jou zover kunnen komen dan?'
'Nou, dat ligt nogal ingewikkeld.'
'O, sorry.' Gegeneerd wapperde ze met haar handen. 'Dat gaat me ook niets aan.'
Hij schudde zijn hoofd. 'Nee, nee, ik vind het niet erg. Je moet het toch weten als je met me meegaat naar het etentje van mijn baas. Mijn vrouw is drieëntwintig jaar geleden bij mij en mijn dochters weggelopen. Ze heeft sinds die tijd een nogal chaotisch leven geleid. Toen het uit was met Tilly's vader had ze een dak boven haar hoofd nodig, dus vonden we het goed dat ze weer een tijdje bij ons kwam wonen. En later, toen ze weer wegging, heeft ze Tilly bij ons gelaten.'
'Dat meen je niet,' zei Annie. 'Mensen laten geen kinderen achter, handschoenen ja... geen kinderen!'
'Leonie is een geval apart. Ze had het idee dat ze het niet aankon.' Hij aarzelde. 'In feite heeft ze ons voor het blok gezet. Of wij namen Tilly, of Tilly ging naar een tehuis. Nou, dat was duidelijk dus. We hielden allemaal al van Tilly. Trouwens, Tilly weet hier niets van.' Hij zweeg weer en nam nog een slokje. 'Zij denkt dat wij hebben aangeboden om haar op te voeden en dat Leonie het goed vond.'
Annie was oprecht geschokt. 'Ziet ze haar moeder nog weleens?'
'Af en toe. Wanneer het Leonie uitkomt. Vandaag is ze toevallig

nog hier geweest. Ze had haar nieuwste vriend en zijn dochter mee uit Brighton genomen om ze aan Tilly voor te stellen. De meisjes zijn blijkbaar van ongeveer dezelfde leeftijd.'
Oké. Annie knikte toen alles haar duidelijk werd. Ze was ook geroerd door James' houding; alleen een echt goed mens zou doen wat hij had gedaan, een kind in huis nemen voor wie hij op geen enkele manier verantwoordelijkheid droeg. De eenvoudige wijze waarop hij had gezegd: 'We hielden al van haar,' had haar een brok in de keel bezorgd.
'Je kunt trots zijn op Tilly.' Ze slikte de brok weg. 'Ze is een schat van een kind.'
'Dat is zo. Het was dus ook helemaal geen straf om haar bij ons te hebben.' James sprak vol liefde over haar. 'Wíj zijn eigenlijk degenen die geluk hebben gehad. Hoe dan ook, genoeg over ons. Mag ik nu nieuwsgierig zijn en jou wat vragen?'
'Vraag maar. Maar ik ben niet erg opwindend.' Haar ogen glinsterden. Nu ze echt samen een gesprek voerden, waren haar zenuwen al behoorlijk afgenomen. Ze voelde zich al een stuk beter op haar gemak.
Op die lovertjes na dan.
'Ik neem aan dat je getrouwd bent geweest.' Hij schraapte verontschuldigend zijn keel, alsof hij net had geopperd dat ze een seriemoordenares was. 'Sorry, dat gaat me eigenlijk ook niets aan.'
'Ik ben nooit getrouwd geweest.' Ze moest glimlachen. 'En ik heb ook geen partner gehad. Mijn moeder kreeg een hersenbloeding, veertien jaar geleden. Ze kon niet meer voor zichzelf zorgen, dus ben ik bij haar ingetrokken. Zes jaar geleden kreeg ze haar tweede hersenbloeding. In januari is ze overleden. Toen ze nog leefde, had ik het veel te druk met haar om iemand tegen te kunnen komen die misschien... je weet wel, belangrijk voor me had kunnen worden. Aan de bar hangen en mannen vertellen dat je om negen uur thuis moet zijn om je moeders luier te verschonen, werkt niet echt. Toch heb ik er geen spijt van, want mijn moeder was een schat, maar het is wel de reden dat ik een late starter ben. Achtendertig.' Ze trok een gezicht. 'En totaal geen ervaring. Gênant gewoon.'
'Vind je het echt niet erg?' vroeg hij. 'Dat je je leven hebt opgeofferd om voor je moeder te zorgen?'

'Ik heb mijn leven niet opgeofferd. Het is alleen... in de wacht gezet. Nee.' Ze schudde haar hoofd en glimlachte. 'Hoe kan ik dat nu erg vinden? Ze was mijn moeder.'
Het was tien voor acht en hun glazen waren leeg. Terwijl James ze pakte, stond hij op. 'Nog eentje?'
'Moeten we er niet om acht uur zijn?'
'Ik wil niet. Ik zou veel liever hier met jou blijven zitten praten.'
Dat was ook wat Annie wilde, maar ze had een hoogontwikkeld schuldgevoel.
'Ze verwachten ons. We moeten wel gaan.'
'Waarom doe je steeds zo?' Met een scheef lachje deed hij haar gewiebel na.
Verdomme, hij had het gemerkt.
'Dood door lovertjes,' zei ze op zielige toon. 'Ze prikken in mijn benen.' Op klaaglijke toon vervolgde ze: 'Jij hebt het mooi makkelijk, jij hoeft alleen maar een pak aan te trekken en... Au! Waar was dat voor?'
James had haar net geslagen. Bam, boven op haar hoofd.

19

Terwijl ze met beide handen haar pijnlijke hoofd beetgreep, keek ze ongelovig naar James. Allemachtig, nu deed hij over de tafel heen alweer zijn hand omhoog, klaar om haar nog een klap te geven.
James had slechts één woord nodig. 'Wesp.'
'O god, heb je hem geraakt? Ik ben allergisch voor wespen!' Ze slaakte een gilletje van angst toen ze onheilspellend gezoem uit de diepste krochten van haar knot hoorde komen – dit was nog veel alarmerender dan tegen het hoofd geslagen worden. Zichzelf zo'n beetje tegen James' borst aan gooiend, schreeuwde ze: 'Haal hem eruit! Haal hem eruit!'
De wesp zat gevangen in een massa haar die stijf stond van de haarlak. Terwijl Annie haar ogen dichtkneep, voelde ze dat James de schuifjes en haarkammen er uittrok, als een ontdekkingsreizi-

ger die zich met een kapmes een weg baant door het oerwoud.
'Ik zie hem.'
'Maak hem dood! Maak hem dood!' gilde ze, zich vagelijk bewust van het feit dat iedereen in de tuin inmiddels nieuwsgierig naar hen keek. Het volgende moment kreeg ze een grote dot haar in haar ogen toen James een greep deed naar de woedend zoemende wesp. Hij pakte hem en smeet hem in de struiken.
'Zo. Weg.'
'Godzijdank.' Annie rilde van opluchting. 'De laatste keer dat ik ben gestoken, kreeg ik een arm als van de *Elephant Man*. Stel je voor als ik in mijn hoofd was gestoken, dan had ik eruitgezien als een of ander buitenaards wezen uit een sciencefictionfilm. Je hebt mijn leven gered.'
'Maar niet je haar,' zei James met spijtige stem. 'Het spijt me.'
Behoedzaam bracht ze haar handen naar haar hoofd. 'O nee, niets zeggen. Ik zie eruit alsof ik net mijn vingers in het stopcontact heb gestoken.'
'Zo ongeveer. Sorry hoor, dat ik je heb geslagen,' voegde hij eraan toe. 'Maar ik was bang dat die wesp je zou steken.'
'Je had groot gelijk om me te slaan.' Ze glimlachte om hem te laten zien dat ze het niet erg vond om een klap op het hoofd te krijgen als daar een goede reden voor bestond. 'Maar ik heb geen borstel bij me.' Zich het incident in de winkel herinnerend toen ze van de kruk was gevallen, voegde ze er gespeeld zielig aan toe: 'Wat dat toch is met mij en wespen!'
De rit terug naar Kingsweston duurde nog geen tien minuten, maar het was toch een pijnlijke reis voor Annie.
James keek bezorgd. 'Ik hoop dat je hem niet speciaal voor vanavond hebt gekocht.'
O nee, ik heb wel tien glittergevallen in mijn kast hangen, ik draag ze elke dag onder mijn werkkleren. Mannen, werkelijk. Ze hadden geen flauw benul.
'Nee hoor,' loog ze, terwijl ze voor haar huis stopten. 'Kom maar even binnen. Dan ga ik mezelf snel even opknappen.'
'Je hoeft je niet te haasten.' Hij schudde zijn hoofd. 'Dat etentje wordt verschrikkelijk saai.'
Annie keek hem aan. 'Doe alsof je thuis bent, en bel je baas even om te zeggen dat we wat later komen.'

Boven, voor de badkamerspiegel, ontdekte ze hoe groot de ramp met haar haar was. Het pleitte voor James dat hij niet in lachen was uitgebarsten bij deze aanblik. Ze begon de plakkerige krullen te borstelen, die zo stijf stonden van de superhaarlak dat haar ogen traanden van pijn.

Eindelijk had ze alle haarlak eruit en was haar haar weer teruggebracht tot de gebruikelijke geen-modelschouderlengte, niet helemaal krullend, niet helemaal steil. Aangezien een nieuwe knot fabriceren boven haar macht lag, liet ze het maar zo en maakte ze de rits van haar jurk open. O, zalig om bevrijd te zijn van de prikkende lovertjes. Nooit meer zou ze zo onnozel zijn om te vallen voor een beetje glitter.

Het enige andere kledingstuk dat ermee door kon, was een eenvoudig zwart, hoog gesloten, mouwloos jurkje. Blij dat de keuze snel was gemaakt, trok ze het aan en deed er een ketting van namaakparels bij om.

'Dat staat je goed,' zei James toen ze weer beneden kwam.

'Dank je.' Even overwoog ze om hem te vertellen dat dit de jurk was die ze had gekocht voor haar moeders begrafenis.

Toch maar niet.

'Leg me nog eens uit waarom we eigenlijk ook alweer naar dat dineetje moeten?'

'Omdat je baas je ontslaat als je niet gaat.' Annie trok de voordeur open. 'Kom, misschien wordt het wel hartstikke leuk. Dat soort dingen vallen meestal reuze mee.'

Dat was natuurlijk waar. Maar soms vielen ze ook vreselijk tegen.

Cedric en Mary-Jane woonden in een groot gloednieuw huis dat bedoeld was om eruit te zien als een oude boerderij. Terwijl Mary-Jane de deur voor hen opendeed, bedacht James dat het bij haar net andersom was. Ze was achter in de veertig, maar deed haar uiterste best om door te gaan voor iemand van zesentwintig. Met haar ingesnoerde heupen en ingesnoerde gezicht zag ze eruit als Barbies oma. Ze had zulke maxi-hakken onder haar mini-voeten dat James altijd bang was dat ze om zou vallen.

Maar misschien viel Cedric daarop.

'Eindelijk, eindelijk!' kirde Mary-Jane, terwijl ze ze binnenliet. 'Jongens, ze zijn er, hoor!'

'Sorry dat we te laat zijn. Autopech.' James vermoedde dat Mary-Jane niet het type was om het wespenverhaal te waarderen.
'James, fijn dat je er bent, en dit is...'
'Annie Healy.' Terwijl James het zei, merkte hij dat Mary-Jane Annies voorkomen taxeerde en een min gaf.
'Schattig kettinkje,' mompelde ze.
'Welkom, Annie.' Cedric trok enthousiast aan zijn King Edward-sigaar. 'Kom, dan zal ik je aan iedereen voorstellen. Leuk om eindelijk eens een vriendin van James te leren kennen. Zijn jullie al lang samen?'
James verstijfde, maar Annie zei vrolijk: 'O, al een tijdje. Wat een mooi huis is dit.'
'Dank je. En mag ik opmerken dat James ook een bijzonder goede smaak heeft? Zo, wat kan ik je te drinken aanbieden?'
Terwijl ze aan tafel gingen, werd het duidelijk dat Cedric gecharmeerd was van Annie en dat Mary-Jane dat niet leuk vond. Ze vatte het duidelijk als een persoonlijke belediging op dat haar man viel voor een vrouw zonder kapsel in een jurk maat tweeënveertig en dan nog confectie ook. Tijdens het voorgerecht bracht Mary-Jane het gesprek op juwelen, liet haar nieuwste vierkaraats diamant zien en vroeg toen aan Annie waar ze haar parels had gekocht.
'Bij Claire's Accessories. Vier pond,' zei Annie blij. 'Net echt, hè?'
Mary-Jane glimlachte zelfgenoegzaam naar de andere vrouwelijke gasten. Haar mond trok samen als het achterste van een kat. 'Jeetje, krijg je daar geen uitslag van?'
Het werd nog erger. Terwijl het hoofdgerecht werd opgediend, knipte Ray Hickson ineens in zijn vingers en riep: 'Nu weet ik het weer!'
Ray was een collega-accountant van het scherp-gesneden-pakken-gore-opmerkingensoort aan wie James altijd al een hekel had gehad.
'Ik wist dat ik je ergens van kende.' Ray richtte zich tot Annie met een triomfantelijke glinstering in zijn ogen. 'Al sinds je binnenkwam, probeer ik het te bedenken, maar ik kon er gewoon niet opkomen.'
Mary-Jane legde haar vork neer. 'O, vertel!'
'Wacht.' Ray klopte overdreven op al zijn zakken. 'Verdomme,

ik zit zonder sigaretten. Maar maakt niet uit.' Hij pakte zijn portefeuille, nam er een tientje uit en wapperde ermee naar Annie. 'Een pakje Benson and Hedges en de *Financial Times* graag.'
James onderdrukte de neiging om hem over de tafel heen een stomp op zijn neus te verkopen. Hij werd niet snel kwaad, maar hij zou dat nu met alle plezier doen. Het punt was dat Ray met een onschuldig gezicht zou protesteren: 'Wat is je probleem? Het was maar een grapje.'
'Het spijt me, maar we zijn gesloten,' zei Annie. Zich tot Cedric wendend, die verbijsterd toekeek, legde ze kalmpjes uit: 'Ik werk in een tijdschriftenzaak, vlak bij jullie kantoor.'
'Wat bijzonder!' Mary-Jane begon te lachen. 'Hebben jullie elkaar zo leren kennen? James, ik had geen idee dat je wat had met een winkeljuffrouw!'
James werd rood van plaatsvervangende schaamte. Zijn blik vangend, schudde Annie langzaam haar hoofd.
Cedric zei galant: 'Mijn zusje heeft ook in een winkel gewerkt, voor haar trouwen.'
Mary-Jane snoof van het lachen. 'Schat, dat was bij een beroemde juwelier.'
Als hij nu met Annie het huis uit stormde, zou Cedric beledigd zijn. Volslagen blind voor de gemeenigheden van zijn vrouw zou hij James de schuld geven van het verpesten van zijn etentje. Discreet excuseerde James zichzelf en verliet de kamer.
Twee minuten later was hij terug, zijn hand vasthoudend. 'Cedric, het spijt me, we moeten helaas gaan. Er zat een wesp in je badkamer en die heeft me gestoken.'
'Een wesp?' Cedric keek verbaasd.
Annie legde haar mes en vork neer.
'Het is al in orde. Ik heb hem doodgeslagen, maar ik ben allergisch voor wespensteken.' Zwaar ademend, met zijn handpalm naar boven, liet hij hun de steek zien. 'Als ik niet op tijd mijn medicijnen inneem, dan kan het gevaarlijk worden. Annie, jij zult me naar huis moeten rijden. Cedric, het spijt me...' Hij begon te wankelen onder het praten. 'O hemeltje, ik voel me al licht in het hoofd, we moeten echt opschieten...'
Het was behoorlijk eng om te rijden in een auto waarin ze nog nooit had gereden, een auto die waarschijnlijk nog meer kostte

dan haar eigen huis. Zodra ze de hoek waren omgeslagen en veilig uit het zicht waren van Cedric en Mary-Janes nep-tudor misbaksel, verminderde Annie vaart en zei vol bewondering: 'Slim gedaan.'
'Het spijt me, ik had tegen Ray moeten optreden. Hij is echt ongelooflijk. Ik had zin om hem een klap in zijn gezicht te geven.'
Ze schudde haar hoofd. 'Het maakt niet uit. Ik ben blij dat je geen scène hebt gemaakt. En je baas was aardig.'
'Hij vond jou ook leuk. Daarom werd Mary-Jane zo giftig. Heb je nog honger?' vroeg hij, terwijl ze allebei uitstapten en van plaats verwisselden.
'En Ray heeft een oogje op Mary-Jane.' Annie maakte de veiligheidsriem vast. 'Wat heel interessant kan worden. Honger? Weet je waar ik ineens zin in heb? In een garnalen-curry.'
Op kantoor deden op het ogenblik allerlei roddels de ronde over Ray en Mary-Jane, en James vond het opvallend dat Annie het blijkbaar meteen had opgepikt. Hij glimlachte bij zichzelf; nu kon het toch nog een leuke avond worden.
'Ik ben blij dat we daar weg zijn.'
'Ik ook. Maar ik snap nog steeds niet hoe je dat voor elkaar hebt gekregen.' Nieuwsgierig pakte Annie James' hand en bestudeerde zijn handpalm in de schemer van de auto. 'Verbazingwekkend gewoon. Net een echte wespensteek. Heb je er een naald ingestoken om die bult te krijgen?'
Toen ze opkeek, zag ze dat zijn mondhoeken omhooggingen. 'Het is een echte wespensteek,' zei hij.
'Maar hoe... Ik snap het niet.' Ongelovig schudde ze haar hoofd en gleed toen nog een keer met haar vingers over de bult. 'O, mijn god, het is van die wesp die in mijn haar zat, hè? Je bent gestoken toen je hem pakte... En je hebt er niets van gezegd.' Geroerd dacht ze dat hij zich als een echte heer had gedragen.
'Het stelt ook niets voor. Ik ben niet echt allergisch voor wespensteken.' Hij keek geamuseerd. 'Het kwam wel goed uit.'
'Een geluk bij een ongeluk.'
'Zeg dat wel. Zo, op naar de garnalen-curry.' Vastbesloten startte hij de motor van de auto weer. 'Ik weet een leuk Indiaas restaurant in Redland.'
'Vinden ze het daar niet erg dat ik in een tijdschriftenzaak werk

en nepparels draag?'
Terwijl hij wegreed, zei hij: 'Zolang je geen vijftien glazen bier achter de kiezen hebt, zullen ze je met open armen ontvangen.'

20

De tweede brief was vanochtend gearriveerd. De strekking ervan was min of meer dat hij niet dacht dat hij zich had vergist. Tegelijkertijd geïrriteerd en van slag wachtte Miriam tot iedereen naar bed was voordat ze aan de keukentafel een antwoord opstelde – in een handschrift dat naar rechts overhelde en geen enkele gelijkenis met het hare vertoonde.

> Geachte heer,
> Ik vrees dat dit op een vergissing berust. U lijkt me voor iemand te houden die ik niet ben. Aangezien ik niet al te sterk ben en in slechte gezondheid verkeer, zou ik het op prijs stellen als u me geen brieven meer schrijft. Ik weet niet wie u bent en durf met zekerheid te verklaren dat wij elkaar niet kennen.
> Hoogachtend,
> M. Kinsella

Miriam adresseerde de envelop in hetzelfde schuine handschrift en stopte er toen het gevouwen vel papier in, samen met zijn brief. Terwijl ze haar handtas dichtklikte, hoorde ze het knarsen van autobanden op de oprit.
De uitdrukking op James' gezicht toen hij zijn hoofd om de deur stak, vertelde haar alles wat ze moest weten.
'En hoe laat denk je wel niet dat het is?' vroeg ze, stiekem opgetogen dat hij het blijkbaar leuk had gehad. Het was niet dat James zonder vrouwelijke bewonderaars zat, hij deed er alleen nooit wat mee. Het was alsof zijn huwelijk met Leonie hem zo had afgeschrikt dat hij het zelfs niet meer aandurfde een vrouw mee uit te vragen.

Maar ja, wie kon hem dat kwalijk nemen, na Leonie?
Op zijn horloge kijkend trok James een gezicht. 'Tien over één. Ik krijg toch geen huisarrest?'
Miriam had haar brief met behulp van een groot glas whisky geschreven. Dreigend met de fles zwaaiend, vroeg ze: 'Slaapmutsje? Dus het etentje was toch leuk.'
'Ik heb het leuk gehad,' beaamde James, terwijl hij een glas voor zichzelf inschonk. 'Maar niet tijdens het etentje.'
'Zijn jullie niet gegaan dan?'
'O, jawel. We zijn alleen niet gebleven. Uiteindelijk zijn we in een Indiaas restaurant terechtgekomen. Het was echt een heel leuke avond.'
'Met die vrouw die Tilly voor je had geregeld? Die uit de tijdschriftenzaak?'
Anders dan Mary-Jane Elson lachte Miriam hem niet uit. Gelukkiger dan hij zich in tijden had gevoeld, zei hij: 'Annie,' en voelde zijn hals rood worden. Het was alsof hij uit een tientallen jaren durende winterslaap was ontwaakt.
'Annie, o ja.' Terwijl ze naar hem keek, werd ze eraan herinnerd dat zij zich ook ooit zo had gevoeld, bij de schrijver van de brief die ze vanavond zo moeizaam had beantwoord.
In een klein hoekje van haar hart hield ze nog steeds van hem.
De rest van haar wilde dat hij dood was. Niet naar dood natuurlijk. Niets gewelddadigs of onprettigs. Gewoon een vredige wegdrijven-in-je-slaapdood.
Een beetje beschaamd over haar eigen gedachten – maar niet beschaamd genoeg om ermee op te houden – zei ze: 'Vertel me eens hoe ze is.'
'Nuchter. Oprecht. Ze is een goed mens,' antwoordde hij. 'Aardig. Ik voel me op mijn gemak bij haar.' Hij zweeg even. 'En ze is eerlijk. Net als jij.'
Eerlijk. Een goed mens.
'O ja, dat ben ik ten voeten uit.' Terwijl ze glimlachte, vroeg ze zich af wat hij van haar zou vinden als hij de waarheid kende. 'Ik ben gewoon een heilige.'

'Ik ben niet achterlijk, hoor,' verklaarde Tilly. 'Ik weet precies waar je mee bezig bent.'

Nadia keek verbaasd, terwijl Tilly haar schooltas achter in de auto gooide en voor instapte.
'Hoezo? Ik heb alleen maar aangeboden om je van school op te halen zolang pa weg is. Het is voor mij op mijn route en ik wist dat ik vandaag vroeg klaar zou zijn.' Gelogen. 'Wat is daar mis mee?'
Tilly trok haar wenkbrauwen op. 'Wie van ons is hier ook alweer dertien?'
Wijsneus.
'Ik dacht dat je blij zou zijn met de lift,' protesteerde Nadia.
'Neem één ding van mij aan.' Tilly keek heel zelfvoldaan. 'Probeer nooit iets te smokkelen. In die kijk-eens-hoe-onschuldig-ik-ben-blik van jou trapt nooit iemand.'
'Goed. Wil je een lift of niet?'
'Jawel.'
'En ook een ijsje?'
'Waarom?'
Ze reden inmiddels in de richting van James' kantoor. Nadia wapperde met de hals van haar T-shirt.
'Ik heb het warm, ik heb me een ongeluk gewerkt en ik heb zin in een witte Magnum. Daar is toch niets mis mee?'
'Je hebt thuis ook witte Magnums liggen,' wees Tilly haar erop. 'Verstopt onder de boontjes zodat Clare ze niet kan vinden.'
'Ik wil nu een ijsje. En een avondkrant.' Nonchalant vroeg ze: 'Naar welke tijdschriftenzaak ga jij altijd ook alweer?'
Net zo nonchalant antwoordde Tilly: 'Er zit hier links ook een benzinestation.'
'O, toe,' smeekte Nadia. 'Doe niet zo flauw, ik wil haar gewoon even zien! Is het daar?' Opgewekt wees ze naar een winkeltje waar een troepje schooljongens met skateboards rondhing.
'Nee, dus ik krijg een ijsje van je?'
'Als je zin hebt.'
'Eerlijk gezegd,' zei Tilly, die spaarde voor een nieuwe cd van Eminem, 'heb ik liever het geld.'
'Zeg nou maar waar ze werkt.'
'Voorbij het stoplicht, aan de linkerkant.'
De afgelopen jaren had Nadia James wel vaker naar afspraakjes zien gaan, tegen zijn zin, en zoals te verwachten viel, was er nooit iets uit voortgekomen.

Deze keer stonden de zaken er duidelijk anders voor. Na het eerste uitje met Annie Healy op zaterdagavond, hadden ze voor zondagmiddag afgesproken, daarna voor zondagavond en weer voor maandagavond. Vanochtend, dinsdag, was James vertrokken naar een tweedaagse conferentie in Liverpool, maar hij had alweer een afspraak met Annie gemaakt voor donderdagavond.
Barstend van nieuwsgierigheid en veel te ongeduldig om te kunnen wachten, had Nadia een slim plannetje bedacht en was wat vroeger gestopt met werken. Ze moest en zou haar vaders nieuwe vriendin met eigen ogen zien.
Ter ere van de gelegenheid stampte ze zelfs de modder van haar laarzen voordat ze de winkel betrad.
De vrouw achter de toonbank had golvend haar dat ze in een staartje droeg, vriendelijke blauwe ogen met nog een spoortje van blauwe oogschaduw in de rimpeltjes en mollige handen zonder ringen.
Tilly zei: 'Nadia, dit is Annie Healy. Annie, dit is Nadia, mijn zus.'
Bedenkend dat een toevallige ontmoeting veel minder eng voor Annie zou zijn dan een zorgvuldig voorbereide, zette Nadia haar verraste-maar-blije gezicht op en zei: 'O, echt? Nou, hallo. Wat leuk om je te leren kennen.'
'Ja, van hetzelfde.' Annie bloosde een beetje, maar ze glimlachte. 'We zijn hier omdat Nadia per se een avondkrant en een witte Magnum wilde.' Tilly telde de redenen voor hun komst op haar vingers af, fronste en voegde er toen vrolijk aan toe: 'O ja, en omdat ze nieuwsgierig was naar jou.'
Fantastisch.
'Dat mocht ze niet zeggen,' verontschuldigde Nadia zich bij Annie. 'Ik geef haar wel een pak slaag zodra we thuis zijn.'
'Het maakt niet uit, ik vind het niet erg. Hij is je vader.' Annie leefde mee. 'Ik zou ook nieuwsgierig zijn.'
Enorm opgelucht omdat ze merkte dat ze Annie Healy aardig vond, zei Nadia: 'Het is ook zo maf. Onze moeder heeft zoveel vriendjes versleten dat ik niet eens meer de moeite neem om ze te leren kennen. Maar met pa ligt het anders, hij... eh...'
'Ik weet het. Dat heeft hij me verteld. Nou, daar ben ik dan.' Annie trok een gezicht en gebaarde verontschuldigend naar haar

groene nylon stofjas. 'Ik hoop dat je geen Nicole Kidman verwachtte.'
'Hier.' Tilly, die in de vrieskist had gegraven, duwde Nadia een Magnum in haar hand. 'En vergeet je krant niet.'
Nadia wilde geen krant, maar ze kocht er toch een. Behulpzaam voegde Tilly eraan toe: 'Je kunt me het geld voor mijn ijsje wel geven als we thuis zijn.'
'Wanneer pa terug is van de conferentie, moet je een keer bij ons komen eten,' zei Nadia tegen Annie. 'Dan kun je ons allemaal leren kennen. Maar nu moeten we echt gaan,' vervolgde ze, want de arme vrouw keek nog steeds een beetje angstig, als iemand die door een keiharde journalist aan de tand werd gevoeld. 'Ik sta dubbel geparkeerd. Zo meteen krijg ik nog een wielklem.'
'Ik begrijp er niets van. Jij zegt altijd dat ik niet mag liegen en dan doe je het zelf ook,' klaagde Tilly, toen ze terugliepen naar de auto. 'Je staat helemaal niet dubbel geparkeerd.'
'Het was een leugentje om bestwil, om netjes weg te kunnen komen. Soms zijn smoesjes beter.' Met een betekenisvolle blik voegde ze eraan toe: 'Zoals toen ik deed alsof ik niet wist wie Annie was, voordat jij je grote mond opendeed. Wat is dat voor herrie?'
Tilly keek over haar schouder. 'Jongens van mijn school. Ze zijn aan het klooien.'
Terwijl het geschreeuw toenam, herkende Nadia het groepje skateboarders dat ze wat eerder voor de andere winkel had zien staan. 'Er ligt iemand op de grond. Is dat spelen of vechten?'
'Weet ik veel.' Het kon Tilly niet schelen; ze zaten in de tweede. Iedereen wist dat jongens uit de tweede zo hun eigen wetten hadden.
Iedereen behalve Nadia.
'Ze slaan hem!' Woedend pakte Nadia Tilly aan haar mouw beet.
'Nou en? Ze slaan altijd iedereen. Kom, de auto is die kant uit.'
'En nu schoppen ze hem ook nog!' Nadia negeerde Tilly's poging om haar weg te slepen. 'Zo is het genoeg.'
'Laat ze toch. Bemoei je er alsjeblieft niet mee,' smeekte Tilly. 'Dat staat zo stom.'
'Het is nog stommer als je straks op het journaal hoort dat er een schooljongen is doodgeschopt op straat en dat niemand een vinger heeft uitgestoken om hem te helpen. 'Hé!' schreeuwde ze, ter-

wijl ze begon te rennen, Tilly met zich mee trekkend. 'Hé, waar zijn jullie mee bezig? Hou op! Laat die jongen met rust!'
'O, wat ben ik bang,' spotte een van de tieners met een onbeschofte grijns naar Nadia. 'Pas op, jongens, daar heb je Batman en zijn hulpje.'
Tilly geneerde zich dood. Het groepje veertienjarigen kende haar misschien niet van naam, maar ze zouden haar ongetwijfeld van school herkennen. Het was allemaal goed en wel voor Nadia om zich te bemoeien met zaken die haar niet aangingen, zij hoefde die jongens morgen op het schoolplein niet onder ogen te komen.
'Ik zei: hou op!' brulde Nadia, toen een van de tieners de jongen die op de grond lag nog een schop gaf.
'Man, dat is Batman niet,' riep een andere jongen. 'Het is Clint Eastwood! Kijk, hij heeft zijn Magnum bij zich.'
Iedereen schoot in de lach. Ze begonnen aan imaginaire ijsjes te likken en joelden: 'Niet schieten, niet schieten!'
Nadia duwde haar halfopgegeten Magnum in Tilly's hand, keek kwaad naar de leider van het groepje en zei: 'Jullie zouden je moeten schamen.'
'Moet je horen wie het zegt,' reageerde hij met een grijnzende blik op haar bemodderde laarzen. 'Ik zou nog niet eens dood willen worden aangetroffen in die dingen. Is dat de nieuwe mode op het boerenland?'
'Hé, ik herken deze hier.' Het hulpje van de bendeleider wees naar Tilly, die inmiddels wel door de grond kon zakken van schaamte. En er liep ook nog een straaltje ijs over haar arm. 'Die zit bij mijn broertje in de klas.'
Tilly wou dat ze dood was.
'En wie ben jij?' De bendeleider keek naar Nadia. 'Haar moeder?'
'Ik ben haar zus.' Nadia wist zich slechts met moeite te beheersen. 'En jij verdient een flink pak op je donder!'
'Och heden, nog meer geweld? Is dat echt het antwoord?' De jongen stond met zijn handen op zijn heupen uitdagend kauwgom te kauwen. 'Weet je zeker dat je me niet gewoon met die Magnum wilt neerschieten voordat hij smelt?'
'Weg jullie! Allemaal weg, anders bel ik de politie,' blafte Nadia. Lachend draaiden ze zich om en zoefden weg op hun skateboards.
'Dacht hij echt dat ik je moeder was?' Nadia keek bezorgd. 'Mis-

schien is het tijd om een echt goede vochtinbrengende crème te kopen. Het is in orde, ze zijn weg,' vertelde ze tegen het opgerolde hoopje op de grond. Toen ze zich bukte om een hand op de schouder van de jongen te leggen, voelde ze hem schrikken. 'Rustig maar, ze doen je niks meer. Ze zijn weg.'
'Ga weg.' Het kwam eruit als een gedempte kreun. 'Laat me met rust.'
'Nee, ik wil eerst weten of alles goed is. Opstaan jij.' Ze sloeg haar armen om de jongen heen en tilde hem in een zittende positie. Hij was tenger gebouwd, had verward donker haar, een smal gezicht en een scheur in de knie van zijn schoolbroek. Zijn arm was op een paar plekken geschaafd en in zijn lip zat een snee. 'Het komt wel weer goed, ik heb een schone zakdoek. Hier.' Nadia probeerde de wond te deppen, maar de jongen stribbelde tegen. 'Wat een rotjongens, zeg, hoe konden ze je dat nou aandoen?'
'Hoe kon jij me dat nou aandoen?' siste de jongen, die Tilly nu herkende. Hij was nieuw op school. Ze had hem in de pauze weleens gezien, als hij in zijn eentje zat. Op dit moment duwde hij Nadia van zich af, kwam moeizaam overeind en gebruikte zijn mouw om het bloed van zijn lip te vegen.
'Ik weet heus wel dat je me wilde helpen,' mompelde hij, 'maar dat gaat niet op deze manier, oké? Dit overleef ik nooit, gered worden door een stel meisjes! Snap je dan niet hoe vernederend dat is?'
Met open mond staarde Nadia hem aan. 'Maar... Ze...'
'Ze schopten me, ja, dat weet ik. En over een paar minuten zou het allemaal voorbij zijn geweest. Maar nu niet meer, o nee.' Heftig schudde hij zijn hoofd. 'Dit krijg ik nog heel lang te horen. Dankzij jou pesten ze me nog als ik veertig ben.'
Nadia keek alsof zij degene was die net een pak slaag had gekregen. Aangezien het zonde was om het ijsje te verspillen, nam Tilly een grote hap van de bijna gesmolten Magnum. De jongen, bijna in tranen, veegde met zijn mouw over zijn gezicht en mompelde: 'Bemoei je er de volgende keer alsjeblieft niet mee, hè? Gewoon niet mee bemoeien.'
Toen draaide hij zich om en hinkte weg.
'Nou, graag gedaan, hoor, en geen dank,' zei Nadia toen hij buiten gehoorsafstand was.

Tilly haalde met een wat-had-je-dan-verwachtgezicht haar schouders op. 'Ik zei toch dat je ze met rust moest laten.'

21

Het ene moment was Piers fantastisch, maar het volgende moment speelde hij weer van die flauwe spelletjes. Clare werd er knettergek van. Ze hadden het hartstikke leuk samen, dus waarom deed hij zo? Waarom kon hij niet gewoon toegeven dat het eindelijk was gebeurd, dat hij eindelijk de ware had gevonden en niet meer van die belachelijke geintjes hoefde uit te halen?
Omdat hij een man was waarschijnlijk. Bang om voor lul te staan bij zijn vrienden – die alleen maar jaloers waren omdat ze zelf niet zo'n supervriendin hadden.
Het was één uur 's nachts, en Clare, te opgewonden om te kunnen slapen, zat te schilderen. Helaas was ze ook te opgewonden om te schilderen en dus ging het helemaal niet goed. Maar een beetje met haar penseel tegen het doek aan zitten prikken, zoiets als spelden in een wassen beeldje steken, werkte ook heel louterend.
Zondag hadden ze het zo heerlijk gehad, ze was ervan overtuigd geweest dat Piers eindelijk het licht had gezien. Ze hadden de dag doorgebracht met oude vrienden van hem in Cheltenham, een heel leuk getrouwd stel dat in een prachtig oud boerenhuis in de Cotswolds woonde. Na een uitgebreide lunch hadden ze samen kilometers gewandeld in de oogverblindende omgeving van hun huis. Piers was vrolijk, ontspannen en op een vanzelfspekende manier teder geweest. Hij had zijn arm om haar schouders geslagen en grappige kusjes op haar gezicht geplant, iets wat hij nooit deed wanneer zijn vrienden uit Bristol erbij waren. Ze had het gevoel gekregen dat hij echt van haar hield en was belachelijk gelukkig geweest. Tijdens de terugweg naar Bristol op zondagavond had ze gefantaseerd over samen buiten gaan wonen, in net zo'n Goed-Wonen soort boerderij als van zijn vrienden.
Toen Piers haar bij haar huis had afgezet, had hij haar langzaam

gekust voordat hij op die veelbelovende manier van hem had gemompeld: 'Ik bel je dinsdag.'
En – raar, maar waar – ze was zo stom geweest om dat nog te geloven ook.
Prik, prik ging het penseel, terwijl Clare met hernieuwde ergernis het doek aanviel. De hele avond had ze op zijn telefoontje zitten wachten, en hij had niet gebeld.
Toen ze naar zijn huis had gebeld, was er niet opgenomen. Zijn mobieltje stond overgeschakeld naar zijn voicemail. Uit trots had ze niet meer dan één bericht willen inspreken, maar hij had haar nog steeds niet teruggebeld.
Waarom, waarom deed hij dit? Het was allemaal zo onnodig. En als ze niet oppaste, verpestte ze dit schilderij ook nog; als ze het niet kon verkopen, was het zijn schuld.
Als een verslaafde die smacht naar nog een laatste shot, pakte ze de telefoon en toetste zijn nummer in.
Ze werd rechtstreeks doorgeschakeld naar zijn voicemail.
Ze sloot haar ogen, zich voorstellend dat Piers ergens dood op de Eerste Hulp lag, met dichtgetrokken gordijnen om zijn bed en omringd door verpleegsters die machteloos snikten van verdriet. Zijn jasje lag over een stoel en in een van de zakken begon zijn mobieltje te rinkelen. De verpleegsters keken elkaar aan, in de wetenschap dat een van hen zou moeten opnemen en het vreselijke nieuws vertellen aan wie het ook was aan de andere kant van de lijn. Zo jong, zo aantrekkelijk, wat zonde...
Clare deed haar telefoontje uit. Nou ja, je kon altijd hopen.

Het was de heetste dag van het jaar tot nu toe, en Nadia droeg alleen een kort wit haltertopje en een korte spijkerbroek. Haar haar had ze in een slordig knotje gebonden. De zon scheen fel en ze kreeg al aardig wat kleur, maar echt mooi zou het nooit worden. Aangezien een professionele tuinman niet in bikini en op blote voeten kon werken, waren de middengedeeltes van haar benen altijd bruiner dan de uiteinden. Het kwam er dus op neer dat je er weliswaar behoorlijk goed uitzag in je korte broek en schoenen, maar een beetje debiel zodra je die uittrok.
De grond egaliseren om een patio aan te kunnen leggen was niet echt goed voor je rug. En je kreeg er dorst van ook. Ze pauzeer-

de even om een paar slokken lauw water uit haar fles te nemen en trok een gezicht. Bah, smerig gewoon. Nou ja, binnen was nog meer water, in de mini-koelkast die Jay voor hen had gekocht nu de zomer echt was aangebroken.
Ze stond in de keuken echt ijskoud water naar binnen te klokken toen ze door het raam een taxi voor het huis zag stoppen.
De passagier stapte uit, en Nadia stopte ineens met drinken. Het was de zwangere vrouw die ze laatst bij Jays huis had gezien. Deze keer droeg ze een wijde, witte broek en een donker mannenoverhemd. Nadia vroeg zich af of het overhemd van Jay was. De vrouw zag er niet al te gelukkig uit, dat was een ding dat zeker was. En ze liet de taxi wachten, terwijl ze naar het huis liep. Bart en de jongens waren boven in de slaapkamers bezig, dus deed Nadia open en kwam oog in oog te staan met... nou ja, wie het dan ook was. Jemig, van zo dichtbij zag ze er nog ongelukkiger uit, bleek en afgetrokken, en haar schouders hingen moedeloos naar beneden.
Had Jay haar soms de bons gegeven? Had hij haar gezegd dat hij best wilde bijdragen in de kosten, maar dat van een relatie tussen hen geen sprake kon zijn?
Eerlijk gezegd kon Nadia hem geen ongelijk geven. Natuurlijk had ze medelijden met de vrouw, maar je kon niet zeggen dat ze erg haar best deed. Als ze nu eens wat vrolijker keek en wat make-up opdeed, dan zou dat een begin zijn. Goed, het was vast geen pretje om hoogzwanger gedumpt te worden door je vriend, maar waarom probeerde ze Jay niet van gedachten te veranderen? Ze moest die donkere kringen onder haar ogen eens wegwerken, wat leukere kleren aantrekken, breeduit lachen en hem laten zien wat hij allemaal miste.
Verdomme, wat ben ik hier goed in, dacht Nadia. Ik zou een brievenrubriek in een vrouwenblad moeten gaan doen.
'Ik ben op zoek naar Jay. Is hij hier?'
Nadia besefte ineens dat ze had staan staren. Die vrouw zou er zo'n stuk beter uitzien als ze haar lange touwachtige haar eens waste.
'Het spijt me, nee, hij is er niet.'
'Weet je ook waar hij is?'
Nadia haalde haar schouders op en schudde haar hoofd. 'Dat ver-

telt hij ons niet altijd. Ik geloof dat er een veiling is in Bishopton, maar eerlijk gezegd kan hij overal zijn. Heb je zijn mobieltje al geprobeerd?'
'Die staat uit.' De vrouw keek somber, en Nadia kreeg plotseling medelijden.
'Typisch. Dat ding staat altijd uit. Maar kan ik misschien een boodschap doorgeven?'
Nieuwsgierig? Wie, ik?
De vrouw keek op haar horloge. Ze zag er echt behoorlijk ellendig uit. 'Nee, ik blijf het gewoon proberen op zijn mobieltje. Maar mocht je hem zien, zeg hem dan dat het urgent is. Ik ben nu op weg naar het ziekenhuis.' Onder het praten gleed haar hand, zonder ring, over haar buik. 'Hij moet daar zo snel mogelijk naartoe komen.'
O god, ze bedoelde toch niet dat ze nu weeën had!
'Dat zal ik zeggen.' Nadia knikte heftig. 'En je naam is?'
Ze kon haar toch moeilijk aanduiden als de zwangere vrouw met de touwachtige haren.
'Belinda.'
'Belinda.' Nadia's glimlach was geruststellend. 'Geen probleem, ik zal het hem zeker zeggen. Ga jij nu maar naar het ziekenhuis. En maak je geen zorgen, Jay zal zo ook wel komen.'
Tja, je moest toch wat zeggen?
'Dank je.' De vrouw glimlachte niet. Ze draaide zich om en liep terug naar de wachtende taxi.
Brr, stel je voor dat de vliezen braken onderweg naar het ziekenhuis en dat ze het kind op de achterbank van de taxi kreeg...
Jay dook een uur later op. Tegen de tijd dat Nadia kwam aansnellen uit de tuin, stond hij met Bart en de jongens te praten over het werkschema voor de rest van de week.
'Jay, mag ik...'
'Wacht even.' Jay hield zijn hand op om haar het zwijgen op te leggen. 'Eerst dit even regelen.'
Opgewonden zei ze: 'Maar...'
'Alsjeblieft.' Hij wierp haar een boze blik toe. 'Ik ben met Bart aan het praten.'
'Je moet naar het ziekenhuis,' flapte ze er uit. 'Belinda was hier. Het is heel urgent, je moet meteen weg.'

Nu had ze zijn aandacht. Ze zag het bloed uit zijn gezicht wegtrekken. 'Belinda was hier?'
'Ze zocht je. Je mobieltje stond uit. Ze wilde je per se vinden.'
'Ik was op de veiling.' Jay streek zijn haar naar achteren, duidelijk geschrokken. 'Daar mocht ik hem niet aan hebben.'
Zag ze iets van schuld in zijn ogen?
'Ze is rechtstreeks doorgegaan naar het ziekenhuis met een taxi. Je kunt maar beter opschieten,' zei ze. 'Anders kom je nog te laat.'
Bart floot zacht nadat Jay was vertrokken. 'Waar ging dat allemaal over? Wie is Belinda?'
'Ze is negen maanden zwanger,' vertelde Nadia. 'En niet erg te spreken over onze baas.'
'Godallemachtig,' zei Bart.
'Ik denk niet dat hij een gezamenlijk cadeautje van ons op prijs zal stellen,' merkte Nadia op.
'Hoor je dat? Laat dat een les voor jullie zijn.' Bart draaide zich om en schudde een vinger naar Kevin en Robbie. 'Met meisjes rommelen, geen voorzorgsmaatregelen treffen – dit komt er nou van. Neem één raad van mij aan, hou je rits dicht.'
Kevin, niet echt de slimste van het stel, knikte braaf. Toen vroeg hij fronsend: 'Welke rits?'

22

Tilly zag hem 's middags toen ze elkaar in de gang passeerden, elk op weg naar hun eigen klas. Toen hij per ongeluk haar blik ving, wendde hij snel zijn gezicht af. Een van de jongens achter hem, die Tilly ook herkende, sloeg hem op de schouder en riep: 'Hé, Davis, moet je geen gedag zeggen tegen je vriendinnetje?'
Tot haar schrik bemerkte Tilly dat ze bloosde, waarna ze de jongen een vuile blik toewierp, wat hem alleen maar aanspoorde om verder te gaan.
'Hé, waar heb je Batman gelaten?' Door de gang springend richtte hij een ervaren kung-fu-achtige trap op haar rokzoom. 'Ik hoop dat je een slipje aanhebt, schoonheid. Oho, is dat sexy of...' Til-

ly's rok vloog de lucht in om een degelijke donkerblauwe onderbroek te laten zien. 'Nee dus.'
Het had geen zin om te proberen iets terug te doen. De jongen zat in de tweede klas, en tweedeklassers deden niets liever dan eersteklassers voor schut zetten. Terwijl ze ervoor zorgde dat haar rok weer netjes tot op haar knieën hing, schonk ze de jongen nog een moordenaarsblik. Daarna keek ze met dezelfde blik naar Davis om hem te laten merken dat hij niet de enige was die hier leed. Davis keek boos terug, haar duidelijk makend dat hij haar en haar zus nog steeds de schuld gaf van de hele toestand.
Vol afkeer liep Tilly met grote passen verder. Echt, op dit soort momenten kreeg je bijna zin in twee uur natuurkunde.

Hij hing nonchalant op haar te wachten toen de school om halfvier uitging. Tilly zag dat aan de manier waarop hij haar totaal negeerde toen ze langs hem heen liep op weg naar het hek.
Terwijl ze naar de bushalte liep, voelde ze hem achter zich. Pas toen er niemand van school meer in de buurt was, kwam hij naast haar lopen.
'Zeg, sorry hoor.'
'Wat?'
'Je hoorde me best.' Met grote passen liep hij naast haar, zijn handen in zijn broekzakken gestoken en met hangende schouders. 'Jij kon er niets aan doen, oké? Dat weet ik ook wel. En het spijt me dat Moxham jou nu ook te grazen neemt.'
Tilly haalde haar schouders op. 'Dat verveelt hem gauw genoeg, morgen heeft hij weer iemand anders om zich op uit te leven.' Ze zweeg. 'Hoe gaat het met je gezicht?'
'Gaat wel.' Hij raakte de blauwe plek op zijn jukbeen aan en daarna de snee eronder. 'En vandaag ben ik niet in elkaar geslagen, dus dat valt weer mee.'
Hij was pas een week geleden op school gekomen, herinnerde ze zich. Hij kende bijna niemand. Dat was vast niet leuk, om ergens helemaal nieuw te zijn.
Haar overvolle schooltas van de ene schouder naar de andere verplaatsend, vroeg ze: 'Hoe heet je?'
'Ik? Davis.'
Ze verborg een glimlach. 'Ik bedoel je voornaam.'

'O. Calvin.'
'Calvin?' Jemig, over gênant gesproken. Ze dacht dat die van haar al erg was.
'Mijn vrienden noemen me Cal. Nou ja,' verbeterde hij, 'de vrienden die ik had dan. Sinds we hier zijn komen wonen, noemt iedereen me Davis.' Stilte. 'Ik vraag steeds aan mijn moeder om daarmee op te houden, maar ze wil gewoon niet luisteren.'
Het drong tot Tilly door dat hij een grapje maakte, dat hij om zichzelf en zijn klotesituatie lachte. Als zijn ogen glansden, zag hij er veel leuker uit, vond ze. Nog steeds mager natuurlijk, en een beetje aan de slordige kant, maar veel minder sullig dan daarvoor. Het was vast niet fijn om helemaal opnieuw te moeten beginnen, dacht ze weer; mensen zagen je vanaf de zijkant de boel bekijken en vergaten dat je ook nog een persoonlijkheid had. Het kwam niet bij hen op dat je op je oude school misschien wel de populairste jongen van de klas was geweest, de gangmaker.
'Je mag me wel Cal noemen, als je wilt,' verkondigde Calvin. 'Of Calvin. Of Davis.' Even zag het ernaar uit dat hij zou gaan glimlachen. 'Multiple choice.'
'Oké.' Hij was niet wat je noemt fantastisch leuk om te zien of zo, maar hij was ook niet lelijk. Gewoon... gemiddeld, neigend naar niet slecht, besloot Tilly. Plus dat hij er natuurlijk een stuk beter uit zou zien wanneer die blauwe plekken en zo zouden zijn genezen. 'Ik heet Tilly.' Ze keek over haar schouder toen een bekend grommend geluid haar oren bereikte en zei: 'Daar heb je mijn bus.'
'Oké.' Cals grijze ogen kregen rimpeltjes toen hij toekeek terwijl ze op de bus sprong. 'Tot de volgende keer.'

Nadia was tevreden over zichzelf toen ze de volgende ochtend vroeg op haar werk kwam. Het beloofde weer een prachtige dag te worden en om dat te vieren was ze onderweg gestopt bij een kleine supermarkt. In een zak op de voorbank naast haar lagen vier Galaxy-ijsjes. Dankzij de koelkast waar Jay voor had gezorgd, met zijn minivriesvak, kon ze de jongens trakteren. O ja, ze zou vandaag erg populair zijn. Een ijsje voor haar, voor Bart, voor Kevin en voor Robbie. En niets voor Jay, want... Nou ja, eerlijk gezegd vond ze niet dat hij een ijsje verdiende. Bovendien bestond

er dikke kans dat ze hem vandaag toch niet zouden zien. Baby's floepen er niet uit zoals chocoladerepen uit een automaat; op dit moment lag Belinda misschien wel te puffen en te krijsen en met haar nagels gaten in Jays hand te boren. Jemig, je hoorde weleens over vrouwen die dagen aan het baren waren.
Jak. Stel je voor.
Maar toen ze met de bruine papieren zak in haar hand uit de auto stapte, zag ze achter een dubbel geparkeerde postbestelwagen Jays wagen staan.
Dus hij was er toch. Wat betekende dat óf Belinda de baby al had gekregen, óf dat het vals alarm was geweest.
Met de zak bezitterig tegen haar borst geklemd, besloot ze dat hij hoe dan ook geen ijsje zou krijgen.
Zo stil mogelijk maakte ze de voordeur open en liet zichzelf binnen. Op haar tenen liep ze naar de keuken. Het feit dat Jays auto er stond, betekende dat hij ergens in huis moest zijn, maar tot nu toe was hij nergens te bekennen. Met ingehouden adem opende ze zachtjes de deur van de koelkast om de zak met ijsjes zonder la...
'Wat ben je aan het doen?'
'Au!' piepte ze, toen haar vingers tussen het deurtje van het vriesvak kwamen, dat terugveerde. De ijsjes tuimelden op de grond. Schuldbewust draaide ze zich naar Jay om. 'Wil je me soms een hartaanval bezorgen of zo?'
'Ik vroeg alleen maar wat je aan het doen was.'
'Ik stopte wat spullen in de koelkast, meer niet. Dat is toch niet verboden, of wel soms?' Op haar knieën begon ze de ijsjes te verzamelen.
'Zijn die allemaal voor jou?'
'Nee, voor ons allemaal één. Ik had jou vandaag niet verwacht.'
Ze aarzelde even, want een sarcastische opmerking moest kunnen, maar Jay zag er eerlijk gezegd nogal beroerd uit. Zijn gezicht stond strak, en hij had wallen onder zijn ogen. Donkere stoppeltjes bedekten zijn kin en zo te zien had hij niet geslapen, want de kleren die hij aanhad, waren dezelfde als gisteren. 'Eh... is alles goed?'
'Of alles goed is?' Jay wreef met een hand over zijn gezicht. 'Eerlijk gezegd niet, nee.'

Zolang ze hem kende, had hij altijd alles onder controle gehad, had hij alles aangekund. Nu leek hij voor het eerst verslagen. Het was nogal eng.
Zenuwachtig vroeg ze: 'Heeft ze de baby gekregen?'
'Wat? O... Nee.' Hij schudde zijn hoofd. 'Ze is pas over een maand uitgerekend.'
O.
Toen hij verder geen uitleg gaf, zei ze voorzichtig: 'Hoor eens, als je er soms over wilt praten...'
'Ja.' Deze keer knikte hij. Langzaam herhaalde hij: 'Ja. Ik denk dat ik dat wil.'
'Wil ze met je trouwen?' Onder het praten stopte ze de ijsjes in het vriesvak, sloot de deur en ging rechtop staan.
Jay glimlachte heel kort. Alsof hij niet meer wist hoe dat moest.
'Belinda is mijn schoonzusje.'
Jemig. Het was nog erger dan ze had gedacht.
'Het is niet mijn kind,' vertelde hij. 'Belinda is met mijn broer getrouwd, Anthony.' Hij zweeg en keek uit het raam om zichzelf weer onder controle te krijgen voordat hij verder ging. 'Ze wás getrouwd met Anthony,' verbeterde hij. 'Hij is gisteravond gestorven.'

Ze zaten buiten op het stenen trapje dat naar de tuin leidde. Omdat Jay naast haar zat, hoefde hij Nadia gelukkig niet steeds aan te kijken terwijl hij vertelde over de eerste keer dat er kanker bij Anthony was geconstateerd, over de bestraling en de straffe dosissen chemo.
'Het was zwaar, maar hij overleefde het. De artsen waarschuwden hem wel dat het terug kon komen, maar Anthony was ervan overtuigd dat hij de kanker voor altijd had verslagen. Een halfjaar later ontdekte Belinda dat ze zwanger was. Dat was echt een wonder, want ze hadden te horen gekregen dat Anthony onvruchtbaar zou zijn na de bestralingen. Ze waren zo gelukkig.'
Hij raapte een steentje op en draaide het een paar keer om tussen zijn vingers voordat hij het over de geëgaliseerde grond keilde waar de patio zou komen. 'Een paar weken later was de kanker ineens met driedubbele kracht terug. Het zat overal, in zijn botten, in zijn lever, in zijn longen. Anthony maakte geen enkele

kans. Hij wist dat hij doodging, maar hij wilde zo vreselijk graag de baby nog zien. De artsen waren van plan om Belinda volgende week te laten opnemen voor een keizersnede, maar Anthony raakte gisteren in coma. Daarom was Belinda hier, ze zocht me. Hoe dan ook, het was te laat voor een keizersnee. En Anthony is gisteravond om elf uur gestorven. Hij was tweeëndertig,' zei hij op vaste toon, 'en nu is hij dood.'
Stilte.
Nadia had het gevoel alsof ze geweigerd had om geld te geven aan een bedelaar in een rolstoel, omdat ze dacht dat de man geen echte bedelaar was, maar alleen maar deed alsof hij een rolstoel nodig had. En nu kwam ze er, te laat, achter dat de bedelaar een dakloze oude soldaat was die beide benen had verloren tijdens een heldhaftige oorlogshandeling waarvoor hij het Victoria Cross had gekregen.
'Wat erg.' Ze bedoelde het niet alleen als de gebruikelijke condoleantie, maar ook voor alle slechte dingen die ze al die tijd over hem had gedacht. De afgelopen weken had hij iedere vrije minuut bij zijn broer in het ziekenhuis gezeten – geen wonder dat zijn mobieltje steeds uitgeschakeld was geweest. Diep beschaamd zei ze: 'We hadden geen idee. Je had iets moeten zeggen.'
Boven de boomtoppen kwam een geel-rode heteluchtballon in beeld. Terwijl Jay zijn ogen tegen de zon beschermde, keek hij de ballon na, die door de onbewolkte lucht dreef.
'Waarschijnlijk wel,' beaamde hij. 'Maar dat wilde ik niet. Een tijdje geleden ben ik zo stom geweest om het mijn buurvrouw te vertellen. Sinds die tijd komt ze iedere keer met een bezorgde blik naar buiten wanneer ze me ziet en wil ze weten hoe het met Anthony gaat en of die arme Belinda het nog wel redt. Ik durf bijna niet meer naar huis te gaan uit angst dat ik haar tegenkom. Vannacht ben ik zelfs niet eens thuis geweest. Toen we om vijf uur vanochtend uit het ziekenhuis kwamen, ben ik hiernaartoe gegaan. Het was gemakkelijker,' legde hij uit, 'dat jullie niet wisten wat er aan de hand was. Dat jullie me tenminste als een normaal mens behandelden.'
'Maar soms heb ik je als een klootzak behandeld,' flapte ze er uit. 'Vooral gisteren.' Ze kreeg het warm en koud tegelijk als ze eraan dacht.

'Toch was dat beter dan dat iedereen ongewoon vriendelijk tegen me zou doen omdat mijn broer doodging aan kanker.'
Ze pulkte aan de rafeltjes van haar afgeknipte spijkerbroek. Het was fijn om te weten dat hij het haar niet kwalijk nam, maar haar geweten werkte overuren. Haar tenen krulden toen ze zich herinnerde dat ze gisteren nog had gedacht dat Belinda haar haren weleens mocht wassen.
God, die arme vrouw.
'Waar is Belinda nu?'
'Haar ouders zijn gisteren uit Dorset overgekomen. Ze blijft bij hen tot de begrafenis. Ik regel alles,' vertelde hij. 'Dus mocht je me niet kunnen bereiken, dan weet je waar ik mee bezig ben.'
'En ik ben nog zo tegen je uitgevallen,' kreunde ze, 'omdat we je nooit te pakken konden krijgen. Niet te geloven dat je me dat gewoon allemaal liet zeggen.'
'Vanaf nu zal ik weer beter bereikbaar zijn. Ik hoef mijn mobieltje niet steeds uit te doen. Behalve wanneer we in de kerk zijn natuurlijk.'
Hij probeerde haar op te vrolijken, waardoor ze zich nog beroerder voelde. Nederig vroeg ze: 'Eh... heb je soms zin in een ijsje?'
De heteluchtballon dreef nu uit beeld. Terwijl de gasbranders opengingen, verlichtte een felblauwe vlam de binnenkant van de ballon, en toen verdween hij achter de boomtoppen. Jay, nog steeds naar de lucht starend, antwoordde: 'Nee, ik moet naar het gemeentehuis.'
O ja, natuurlijk, gemeentehuizen waren niet alleen om in te trouwen. Je moest er ook naartoe om de dood van je broer aan te geven.
'En je moet daar iets op doen,' vervolgde hij, haar een tikje op haar schouder gevend. Het mocht dan pas halfnegen zijn, maar de zon scheen al genadeloos op haar blote huid.
'Ik heb zonnebrandspul bij me.' Als een goochelaar toverde ze een tube Ambre Solaire uit haar broekzak te voorschijn.
'Zal ik je helpen?' Hij wees op de laag uitgesneden rug van haar topje.
Ze aarzelde en schudde toen haar hoofd.
'Ik red me wel, ik ben heel lenig.'

'Zeker weten?'
'Zeker weten.' Ze keek naar hem, terwijl hij opstond en het stof van zijn broek veegde. Al zou ze er haar armen voor uit de kom moeten draaien, ze zou het zonder zijn hulp doen. Het zou veel te intiem voelen als hij nu haar rug insmeerde. Eindelijk begreep ze waarom hij zo afstandelijk en bot had gedaan sinds ze voor hem was komen werken, waarom hij zo heel anders had geleken dan de Jay Tiernan die ze in de rimboe van Gloucestershire, in een haveloze, ingesneeuwde kroeg, had leren kennen.
Alles klopte ineens weer.
Alsof hij haar gedachten kon lezen, zei hij droog: 'Je weet maar nooit, misschien blijk ik toch niet zo'n beroerde baas te zijn als alles straks weer normaal is.'
'Ik reken nergens meer op.'
Ze zei het alleen maar om hem aan het glimlachen te maken. Het punt was dat alles nooit meer echt normaal zou worden. Voorlopig niet tenminste.
Belinda had de baby nog niet eens gekregen.

23

Het was James' idee geweest om een barbecue te houden in de achtertuin. Hij wilde Annie voorstellen aan de rest van de familie en dit leek hem de beste manier. Het weer was de hele week fantastisch geweest. Barbecues waren prettig informeel. Iedereen kon genieten en zich ontspannen. Veel beter, dacht James blij, dan een dineetje in de eetkamer. Leuker voor Annie en ook gemakkelijker voor de anderen.
Tenminste, dat was het idee geweest voordat Leonie ineens was opgedoken, en James zich voor de taak gesteld zag om Annie te moeten voorstellen aan meer familie dan hij in gedachten had gehad.
Clare, die een auto tot stilstand had horen komen en dacht dat het Piers was, rende door de gang en trok de voordeur open.
'Mam!' Clare staarde geschrokken naar Leonie, die uit een gloed-

nieuwe Renault Clio stapte – hoe ze die ooit voor een Ferrari had kunnen houden, was haar een raadsel. 'Wat doe je hier?'
'Mooi, hè?' Clares ongelovige blik opvangend, zei Leonie vrolijk: 'Van Brian gekregen.'
'Maar wat doe je hier?' Clare stond verbaasd. Ze wist dat Tilly dit weekend naar Brighton zou gaan, maar het plan was dat ze morgenvroeg de trein zou nemen.
'Het is een verrassing, schat! Tilly zei door de telefoon dat jullie een klein feestje hadden vanavond en ik had zo'n zin om mijn nieuwe auto uit te proberen. Bovendien moest Brian met Tamsin naar een of andere walgelijke schoolbijeenkomst, dus ik dacht, waarom niet? Kom, geef je moeder een kus. Zo, dat viel wel mee, hè? En daar heb je Nadia ook! Moet je jullie nu eens zien kijken! Echt, jullie lijken wel een stelletje uitsmijters bij een nachtclub. Jullie zouden best eens wat blijer kunnen zijn om me te zien.'
Clare voelde zich verscheurd. Hun moeder was een hopeloos geval – daar waren Nadia en zij het volkomen over eens – maar als ze helemaal hiernaartoe was komen rijden, konden ze toch moeilijk weigeren om haar binnen te laten?
Plus dat Clare niet echt uitkeek naar de ontmoeting met die Annie. Op een heel enkele blind date na, was James vrijgezel geweest zolang ze zich kon herinneren, en op een puur egoïstische manier was ze daar tevreden over. Wanneer je eraan bent gewend om je vader zo'n beetje je hele leven voor jezelf te hebben, was de gedachte dat hij ineens iemand had gevonden... Nou ja, een beetje bah, eerlijk gezegd. Oké, misschien hoorde ze zich niet zo te voelen op haar drieëntwintigste, maar ze kon er niets aan doen. Bovendien, iedereen kon dan wel doen alsof ze die vrouw aardig vonden, maar was het weleens bij hen opgekomen dat ze misschien achter zijn geld aanzat? James had een topbaan, een goed financieel inzicht en bezat een dikke aandelenportefeuille.
Wat Clare betreft, kon je maar beter je hoofd erbij houden tegenwoordig. Annie Healy werkte in een tijdschriftenzaak en zat duidelijk niet in de hogere belastingboxen. Ze moest hun vader gewoon wel als een goede vangst beschouwen.
En over vangsten gesproken, waar bleef die klote Piers?
Achter haar zei Nadia op vlakke toon: 'Dit is geen goed idee, mam. Papa wil vanavond zijn nieuwe vriendin voorstellen. Mis-

schien is het voor haar een beetje ongemakkelijk om...'
'O, doe niet zo belachelijk! Waarom zou dat ongemakkelijk zijn voor haar?' Leonie schudde van het lachen. 'Allemachtig, ik ben twintig jaar geleden bij James weggegaan. Het zit er niet echt in dat ik jaloers zal zijn, hè?'
Achter Nadia en Clare klonken Tilly's voetstappen over de eiken vloer. 'Oma zegt dat de kooltjes van de barbecue nu goed heet zijn en of iemand de gemarineerde steaks uit de keuken... O!'
'Mijn lieverd!' riep Leonie uit, haar twee oudste dochters opzij duwend om Tilly te omhelzen. 'Vind je het geen heerlijke verrassing? Ik had zo'n zin om je te zien, dus ben ik maar hiernaartoe gereden. Tamsin is zo blij dat je dit weekend komt – ze heeft het nergens anders meer over. Gemarineerde steaks,' voegde ze eraan toe met een blik op Nadia over Tilly's schouder. 'We kunnen Miriam niet laten wachten. Waar is James trouwens? Zal ik snel even met hem gaan praten? Ik denk dat hij me toch wel een steak gunt.'
Op dat moment hoorden ze nog een auto afremmen en de oprit op komen. Laat het Piers zijn, laat het Piers zijn, deed Clare een schietgebedje. Maar hij was het natuurlijk niet. Het was James' donkerblauwe Jaguar. Hij was Annie gaan ophalen en nu waren ze er.
Nadia zag de nauwelijks verholen blik van afschuw op haar vaders gezicht toen hij zijn ex-vrouw in de deuropening ontwaarde. Zijn lippen bewogen en nu was het Annies beurt om geschrokken te kijken.
'Dus dat is de befaamde vriendin?' Leonie, met haar arm om Tilly's schouders, keek geamuseerd toe, terwijl James en Annie uitstapten. 'Hoe zei je ook alweer dat ze heette, schat?'
'Annie.' Tilly klonk verscheurd, alsof ze niet goed wist wiens kant ze moest kiezen. Nadia vermoedde dat ze Leonie door de telefoon had verteld dat Annie vanavond op de barbecue zou komen.
'James, je ziet er fantastisch uit, aantrekkelijk als altijd.' Leonie spreidde haar armen en liet haar dochter in de deuropening staan. Nadat ze haar ex-man enthousiast had begroet, wendde ze zich vrolijk tot Annie: 'En jij moet Annie zijn, ik heb al zoveel over je gehoord, wat leuk om je eindelijk te leren kennen! En wat een prachtige oorbellen heb je in!'
'Leonie, wat doe je hier?' James' stem klonk vlak.

'Ik miste Tilly. Ze had het over de barbecue. De meisjes zeiden dat Annie zich misschien een beetje ongemakkelijk zou voelen, maar ik heb ze gezegd dat er heus niets aan de hand is. En dat is er toch ook niet?' Ze keek vrolijk van James naar Annie. 'Lieve hemel, er is toch niets om je ongemakkelijk over te voelen!'
Nadia zuchtte, beseffend dat ze, of ze het nu leuk vonden of niet, de rest van de avond met Leonie zaten opgescheept. Haar huid was dikker dan die van een brontosaurus en ze kende totaal geen schaamte.
Nou ja, had James maar niet met haar moeten trouwen.
'Het is al zeven uur geweest.' Nadia stootte Clare aan. 'Weet je zeker dat Piers komt?'
Een beetje knarsetandend zei Clare: 'Natuurlijk komt hij.'
Een paar minuten later, boven in haar kamer, belde ze Piers om te controleren of hij al op weg was.
Déjà vu. Zijn mobieltje stond uit. Ze haalde een paar keer diep adem en hield zichzelf voor dat hij er om halfacht wel zou zijn. Ze zou hem vermoorden als hij haar weer liet zitten.
Buiten in de tuin gedroeg iedereen zich heel beschaafd, voornamelijk voor Tilly, en deed alsof Leonie ook was uitgenodigd.
Nou ja, redelijk beschaafd dan.
'Wat wil jij op je steak, Leonie? Ketchup? Mosterd? Gif?'
Stralend pakte Leonie het bord van Miriam aan. 'Niets, dank je. Het ziet er allemaal heerlijk uit.' Nog steeds dezelfde flapuit als altijd, vervolgde ze: 'Heeft Tilly je al verteld dat ik weer ga trouwen?'
'Arme man,' zei Miriam.
'Hij is niet arm.' Leonies armbanden rinkelden terwijl ze haar geblondeerde haar uit haar gezicht veegde. 'Hij is juist erg rijk.'
'Dat is fijn.' Miriam knikte. 'Ik ben blij voor je. Beloof me alleen één ding, hè? Neem geen kinderen meer.'
Zelfs hieraan nam Leonie geen aanstoot. Kalmpjes zei ze: 'Ik heb gedaan wat het beste was voor mijn dochters. Ik kon ze niet het soort opvoeding geven die ze nodig hadden. Mm, lekker mals die steak, zeg. Het was veel beter voor ze om bij James te blijven. Clare? Kom eens hier, lieverd, je loopt rond met een gezicht als een donderwolk. Wat is er, engel van me? Je kunt het mij wel vertellen.'

'Er is niks.' Clare liet haar wijnglas bijschenken door Edward.
'Haar vriendje zou ook komen,' bemoeide Miriam zich ermee, 'maar hij is er niet. Heel onbetrouwbaar type,' voegde ze eraan toe met een nadrukkelijke blik op Clare. 'Volgens mij speelt hij een spelletje met je. Mannen zoals hij veranderen niet zomaar. Gewoon afschaffen zo eentje.'
'Hij is niet onbetrouwbaar.' Clare voelde dat ze rood werd; ze haatte het wanneer Miriam met een van haar levenslessen kwam aanzetten. 'Misschien had hij het druk en komt hij wat later.'
'Dan had hij wel even kunnen bellen,' zei Edward, die druk was met drankjes inschenken. 'Als ik weet dat het later wordt, dan bel ik altijd even. Alweer?' Hij keek geschokt toen Clare haar net leeggedronken glas voor hem ophield. 'Zou je niet eerst eens een hapje eten?'
Clare rolde met haar ogen, want Edward kon maar niet vergeten dat hij arts was. 'Ik voel me prima, ik eet straks wel wat.' Nadat ze het miezerige halve glas dat Edward haar had ingeschonken achterover had geslagen, zei ze vrolijk: 'Eerst naar de wc en dan is het tijd om kennis te maken met Annie.'
In de woonkamer maakte Clare gebruik van de gewone telefoon om haar mobieltje te bellen. Met alle ramen open zouden degenen die buiten stonden het vrolijke deuntje moeten horen. Nadat ze een paar keer had laten overgaan, legde ze de hoorn van de gewone telefoon neer en beantwoordde haar mobieltje, terwijl ze terugliep naar het terras.
'O, wat jammer! Wat verschrikkelijk voor je moeder... Piers, hoe kun je dat nu denken? Natuurlijk vind ik het niet erg. Blijf maar zolang als nodig is. En condoleer je familie van me. Ja, ja, ik hou ook van jou. Goed, bel me morgen maar. Dag.'
Ha. Daar kon Gwyneth Paltrow nog een puntje aan zuigen!
'Dat was Piers,' zei ze ten overvloede. 'Hij zit in Surrey. Zijn oma is vanochtend plotseling overleden en zijn moeder is in alle staten. Hij heeft me al eerder geprobeerd te bereiken, maar hij zat in de file en de batterij van zijn mobieltje was leeg. Een hartaanval, blijkbaar. Allemaal heel onverwacht. Arme Piers, hij probeert zijn moeder te troosten en zich tegelijkertijd bij mij te verontschuldigen omdat hij niet kan komen... Zo te horen is hij ook behoorlijk van slag. Hij hield heel erg veel van zijn oma.'

'O lieverd, wat jammer, ik had me er zo op verheugd om hem te leren kennen,' zei Leonie. 'Goh, wat zijn oude mensen toch egoïstisch, hè? Ze gaan op de onhandigste momenten dood.'

24

Annie had geen leuke avond. Van tevoren was het idee om voorgesteld te worden aan James' familie al eng geweest, eng in de zin van vijf op een schaal van tien. Nu ze hier was, werd het meer eng van acht op een schaal van tien. Tilly, die ze van tevoren als een bondgenote had beschouwd, voelde zich duidelijk verscheurd door de komst van haar moeder. Leonie, die aan de oppervlakte heel beleefd was, had een verontrustende manier van dingen op een grappige manier zeggen en er dan bij te kijken alsof ze wilde laten merken dat het niet echt als grap was bedoeld. Nadia, die een bondgenoot had kunnen zijn, had het druk met Miriam helpen met de barbecue. Edward leek wel aardig, maar Annie had geen idee wat ze tegen een neuropsychiater zou moeten zeggen – of hij moest het leuk vinden om haar te horen vertellen over haar steeds terugkerende droom waarin ze van grote hoogte in een klein plastic emmertje sprong en dat al haar tanden er dan uitvielen.

Ze haatte het wanneer dat gebeurde. Als ze dan wakker werd, sprong ze altijd uit bed om naar de spiegel te rennen en te controleren of ze haar tanden en kiezen nog had.

Maar dr. Welch – sorry, Edward – zou het vast ontzettend saai vinden. Gelukkig kreeg ze ook niet de kans om hem naar zijn mening over haar droom te vragen.

Minder gelukkig was het dat dat kwam omdat ze ondervraagd werd door Clare. En niet op een ontspannen manier.

'Annie, je moet die kebab gewoon proberen, die is fantastisch. O, voorzichtig, het is heet. Waar werk je ook alweer precies?'

Dit was wat Clare de hele tijd deed, Annie aansporen om de kebab te proberen, of de garnalen, of de geroosterde paprika's, en haar dan een vraag te stellen terwijl ze een volle mond had. Om

niet onbeleefd over te komen, werd Annie dus gedwongen om fanatiek te kauwen en veel te snel te slikken, zodat ze het eten zich een weg door haar keel voelde banen. Ze kon alleen maar hopen dat het er minder pijnlijk uitzag dan het voelde. Het was als in *Tom and Jerry*, wanneer Tom een vis overdwars inslikte en je de kop en de staart aan weerszijden uit zijn hals zag steken.
'De tijdschriftenzaak in Quorn Street,' slaagde ze er eindelijk in om te zeggen.
'O ja, een tijdschriftenzaak.' Clare trok een jij-liever-dan-ik-gezicht. 'God, is dat niet vreselijk?'
'Ik vind het leuk,' zei Annie.
'En je woont in Kingsweston? In een van die grote huizen bij het park?' Clares ogen schitterden. Ze was een aantrekkelijk meisje, benijdenswaardig slank in haar spijkerbroek en zwarte T-shirt dat haar middenrif bloot liet. Haar donkere haar viel als een waterval over haar rug. Maar haar vraag was beslist bedoeld als steek onder water.
'Nee,' antwoordde Annie, 'in een van de kleine huisjes bij de telefooncel.'
Clare trok haar geëpileerde wenkbrauwen op. 'Heb je de mosselen al geprobeerd? Hier, neem er eentje. Waarom moest pa je eigenlijk ophalen vanavond? Was er iets met je auto?'
Niet in de mosseltruc trappend, zei Annie kalm: 'Ik heb geen auto.'
'Geen auto? Hemeltje, wat erg! Aan de andere kant, het is natuurlijk ook leuk om in pa's Jaguar te worden rondgereden.'
Zelfs James, die net terugkwam nadat hij de lampen op het terras had aangedaan, kon de insinuatie deze keer niet ontgaan. 'Clare.' Hij gaf haar een waarschuwende blik.
'Wat is er?' Zogenaamd niet-begrijpend schudde ze haar hoofd. 'Ik zei alleen maar dat het vast leuk was. Beter dan een oude stinkbus te moeten nemen, hè?'
'Ik vind bussen niet erg. Ik ben eraan gewend.' Annie bleef weigeren om toe te happen. 'De mayonaise is trouwens heerlijk. Ik moet je oma beslist vragen waar ze die heeft gekocht.'
Clare snoof van het lachen. 'Gekocht? Ze gooit je nog op de barbecue als ze dat hoort. Miriam staat geen gekochte mayonaise in haar huis toe.'

Nu de lampen aan waren, zag de tuin er nog mooier uit. Wat jammer dat dat niet van Clares persoonlijkheid kon worden gezegd. Zich afvragend of iemand haar weleens het pak slaag had gegeven dat ze verdiende, en de mogelijkheid aangrijpend om van haar af te komen, zei Annie: 'In dat geval wil ze me misschien het recept wel geven. Ik denk dat ik het haar maar even ga vragen.'
Maar Miriam was in geen velden of wegen te bekennen, en ergens in huis ging een telefoon. Even later kwam Miriam naar buiten, met een schaal aardappelsalade en een draadloze telefoon in haar handen, waarin ze vol medelijden zei: 'En erg zeg, van je oma.'
Annie zag het bloed uit Clares gezicht wegtrekken.
'Ik versta je niet, je zult iets harder moeten praten.' Miriam verhief haar eigen stem. 'Zeg dat nog eens? O, goed. Nou, dat is goed. Hier komt Clare, ik zal je haar geven.'
Zonder iets te zeggen stak Clare haar hand uit naar de telefoon. 'Lieverd, fantastisch nieuws, Piers' oma heeft een wonderbaarlijke wederopstanding beleefd. Het gaat prima met haar, helemaal niet dood. Maar misschien moet je schreeuwen, want de verbinding is vreselijk. Het klinkt bijna alsof Piers vanuit een drukke kroeg belt.'
Clare kon het niet geloven. Haar hand was zo klam van het zweet dat ze de telefoon bijna liet vallen. Klote Piers, hoe kon hij haar dit aandoen? Hij had haar nog nooit eerder op dit nummer gebeld; tot nu toe had hij haar altijd op haar mobieltje gebeld.
'Ja?'
'Clare, sorry dat ik niet kon komen, ik werd opgehouden in Clifton. We zijn allemaal in de Happy Ferret, als je soms zin hebt om ook te komen?'
'Nee, dank je.' Ze spuugde de woorden er als kiezelstenen uit; ze had zich nog nooit zo geschaamd.
'Mij best.' Het kwam er nogal slissend uit. Zo te horen werd Piers al een tijdje opgehouden in de Happy Ferret. 'Trouwens, wat was dat net allemaal? Mijn oma is helemaal niet dood.'
Nee, maar Clare wenste dat ze zelf wel dood was.
Annie was behoorlijk opgevrolijkt. De manier waarop Miriam naar haar had geknipoogd toen ze de telefoon aan Clare had gegeven, had enorm geholpen. Ze vermoedde dat Miriam donders goed wist waar Clare mee bezig was.

Wat later, terwijl de hemel langzaam donkerder werd en de citronellakaarsjes in hun glazen kommen flakkerden, leunde Annie tegen de rugleuning van haar stoel op het terras en maakte stiekem de knoop van haar broeksband open. Ze had enorm veel gegeten, tot Miriams overduidelijke plezier. Ze had ook geleerd dat het geheime ingrediënt in de mayonaise verse dragon was. Ze was er zelfs in geslaagd om een levendig gesprek te voeren met Edward, die veel minder intimiderend bleek te zijn dan ze had verwacht. Hij wist dan misschien alles over hersens, maar, zo had Annie ontdekt, hij kon ook onderhoudend praten over tv-quizzen, de bizarre selectie tijdschriften in wachtkamers van ziekenhuizen en wilde feestjes die hij als student had bezocht, onder andere eentje waarbij hersens op sterk water op de een of andere manier uit de emmer waren gevallen, in het zwembad van de gastheer.
'Edward, dat is een walgelijk verhaal,' had Miriam geprotesteerd. 'Ik ben lamskoteletjes aan het eten!' Ze zweeg even, haar met kohl omrande ogen glansden van nieuwsgierigheid. 'Zonken ze of bleven ze drijven?'
Op dit moment dreef muziek uit de ramen van de woonkamer naar buiten, en Miriam en Edward dansten op het terras. James stond de laatste kebabs om te draaien op het vuur. Leonie schopte haar schoenen uit, greep Clares pols beet en trok haar mee het terras op om ook te gaan dansen. Tilly, die op het stenen trapje zat met haar armen om haar knieën geslagen, keek naar hen, terwijl ze met haar voeten de maat tikte.
'Bijvullen,' zei Nadia, terwijl ze wijn schonk in Annies bijna lege glas. Haar krullen naar achteren schuddend, liet ze zich in de stoel naast die van Annie vallen en vroeg: 'Viel het een beetje mee? Zijn we minder eng dan je had verwacht?'
Annie glimlachte. 'Ik heb genoten.' De meeste tijd dan.
'Miriam vindt je aardig. Dat is altijd een goed begin.'
'Volgens mij denkt je zusje dat ik op je vaders geld uit ben,' zei Annie.
Nadia keek verbaasd. 'Tilly?'
'Nee! Ik bedoel Clare.' Te laat zag ze Nadia's tanden glinsteren in het kaarslicht. 'O, oké, een grapje. Maar ze denkt dat echt, en ik vind dat niet fijn.' Op ernstige toon voegde ze eraan toe: 'Ik

ben echt niet op je vaders geld uit, hoor.'
'Je moet gewoon geen aandacht aan Clare besteden, die is in een pestbui omdat dat zogenaamde vriendje haar weer eens heeft laten stikken. Piers is een corpsbal.' Nadia trok een gezicht en zei toen: 'Een rijke corpsbal, heb ik gehoord. Anders dan wij, is Clare er niet aan gewend dat mannen een spelletje met haar spelen.'
Annie bedacht dat zij het ook niet gewend was, maar dat kwam alleen maar omdat ze het te druk met haar moeder had gehad om mannen de kans te geven om een spelletje met haar te spelen. En nu, op de ontzettend gênante leeftijd van achtendertig, had ze dat allemaal nog om naar uit te kijken.
'En jij?' vroeg ze aan Nadia.
'O god, heel veel ervaring! Het begon al op school toen jongens me uitlachten om mijn beugel en mijn puistjes en mijn snorretje.' Nadia grinnikte toen ze de blik op Annies gezicht zag. 'Om maar te zwijgen van mijn babyvet en mijn harige benen, omdat ik ze van Miriam niet mocht scheren. O ja, ik was gewoon eng om te zien. En toen werd ik zestien. De beugel mocht uit, de puistjes verdwenen, ik werd langer en dunner en, wat het mooiste was, ik leerde de geneugten van ontharingscrème kennen. Dus dacht ik, wow, dit is fantastisch, van nu af aan zullen de jongens me aanbidden, ik zie er zo prachtig uit dat ze nooit meer vervelend zullen doen of me slecht behandelen.'
'En?'
'Nou, ik had het natuurlijk mis.' Nadia glimlachte en schudde haar hoofd. 'Ze bleven gewoon vervelend doen en me slecht behandelen.'
Annie lachte. 'Tja, zo zijn jongens nu eenmaal. Maar hoe zit het nu?'
'Mijn laatste serieuze vriend heeft het anderhalf jaar geleden uitgemaakt. Edwards zoon,' voegde Nadia eraan toe met een knikje naar Edward en Miriam. Toen het pas uit was en het onderwerp ter sprake was gekomen, had ze er niet genoeg van kunnen krijgen om aan mensen die ze niet kende uit te leggen wie Laurie was, zodat ze begrepen dat ze niet door de eerste de beste aan de kant was gezet. Tegenwoordig deed ze er geen moeite meer voor. Sinds het uit was, had Laurie zijn vader maar een paar keer bezocht, en dan zorgde ze er altijd voor dat ze zo min mogelijk thuis

was. Niet omdat ze nog steeds verbitterd was, maar ze had geen zin om zich verplicht te voelen om aardig te zijn en te doen alsof ze nog steeds ontzettend goede vrienden waren.
Want het deed nog steeds pijn, diep vanbinnen. Natuurlijk.
'Edwards zoon. Goh,' zei Annie. Vriendelijk vervolgde ze: 'Dat moet lastig zijn.'
'Niet echt. Edward heeft het niet over Laurie als ik erbij ben. Niemand heeft het over Laurie als ik erbij ben, behalve Clare soms, omdat ze het leuk vindt om me te pesten. Hoe dan ook, hij zit nu in Amerika, dus dat maakt het een stuk gemakkelijker.'
'En je hebt in al die tijd nog niemand anders ontmoet?'
Nadia voelde zich ineens een oude vrijster en veegde snel een paar innerlijke spinnenwebben weg. 'Nou, nee, maar ik heb de moed nog niet opgegeven. Ze lopen gewoon harder dan ik, dat is het enige. Zodra ik eenmaal lasso kan werpen, kunnen ze niet meer voor me weglopen.' Ze speelde alsof ze een lasso boven haar hoofd ronddraaide en mikte op James, die met nog een bord vol lamskoteletjes naar hen toe kwam lopen.
Bang dat het misschien leek alsof ze meedeed aan een of ander mannenvangplan, zei Annie snel: 'Tilly wordt ook vast heel mooi als ze groot is.'
Het nummer waarop ze hadden gedanst, was afgelopen. Leonie, in haar fluwelen zigeunerrok die haar om de enkels zwierde, mompelde iets tegen Clare en verdween toen door de openslaande deuren naar binnen. Clare, die duidelijk in een al wat betere bui was, danste naar Tilly en trok haar overeind toen het nieuwe nummer inzette.
Anders dan veel dertienjarigen die zich vaak nog erger toetakelden dan travestieten droeg Tilly helemaal geen make-up. Ze bezat zelfs niet zoiets als lipgloss. Haar fijne blonde haar hing los op haar schouders en ze droeg een grijs T-shirt boven een wijde groene broek die tot op haar knieën kwam. Maar ondanks al haar slungelachtigheid kon ze dansen. Misschien niet op schoolfeestjes wanneer ze zich bekeken voelde en ze verlamd raakte van verlegenheid, maar hier op het met kaarsen verlichte terras, omringd door haar familie...
Met trots naar haar kijkend, zei Nadia: 'Die komt er wel.'

Leonie was naar de wc geweest en net op weg naar buiten toen de bel ging.
Uit de woonkamer krijste Harpo: 'Doe die deur verdomme open.'
Aangezien er niemand anders in de buurt was, deed Leonie wat Harpo zei.
Jemig. En nog heel leuk ook.
Speels glimlachend naar de bezoeker zei Leonie: 'Laat me raden. Jij bent de slechterik.'
De bezoeker vroeg: 'De slechterik?'
'De stouterd.' Leonie trok hem de gang in. 'O ja, ik heb al heel veel over je gehoord.' Ze schudde haar vinger naar hem. 'Nou ja, je bent er nu. Beter laat dan nooit. Trouwens, ik ben Leonie. Clares moeder. Kom verder, iedereen is buiten.'
'Volgens mij is dit een misverstand,' zei de bezoeker. 'Ik wilde alleen maar even rustig met Nadia praten.'
Aangezien de man niet verder kwam, vroeg Leonie: 'Ben je Piers dan niet?'
'Nee. Ik ben Jay Tiernan.'
'En je bent een vriend van Nadia? Dat is heel interessant,' plaagde ze, 'want ik heb absoluut niets over jou gehoord. Werd jij vanavond ook verwacht? Echt, wat dat toch is met mijn dochters en onbetrouwbare mannen! En vanwaar zo formeel?' vervolgde ze, met haar hand over de revers van zijn donkere pak glijdend. 'Ik bedoel, het is een erg mooi pak, maar niet echt iets voor een barbecue.'
'We hebben mijn broer vanmiddag begraven,' zei Jay. 'Ik heb me nog niet...'
'Ho! Stop! Opnieuw!' schreeuwde Leonie triomfantelijk. 'We hebben de dood van een naast familielid al gehad, dus zul je een andere smoes moeten verzinnen.' Ze prikte hem speels in de borst. 'Dood! Dat is wel zo onorigineel en saai. Vooruit, verzin eens wat beters.'
'Het spijt me,' zei Jay. 'Goed, ga haar maar vertellen dat mijn horloge stil is blijven staan en dat ik daarom te laat ben. Maar wil je alsjeblieft tegen Nadia zeggen dat ik er ben?'

25

Ieder ander zou zich hebben doodgeschaamd, maar het enige wat Leonie deed, was gieren van het lachen toen ze de waarheid te horen kreeg. Nadia liet haar moeder achter in de tuin en liep naar de hal. Toen ze onderweg even in de spiegel in de woonkamer keek en snel een hand door haar haar haalde, zag ze dat ze een klodder mayonaise in haar decolleté had.
Zie je nou? Daarom was het zo belangrijk om altijd even te kijken.
Jay stond in de hal te wachten. Hij zag er aantrekkelijk maar gespannen uit, alsof de dag zijn tol had geëist. Dankzij meerdere glazen wijn durfde ze hem te omhelzen. Niets erotisch, gewoon een van die arme-jij omhelzingen.
'Het spijt me.'
'Wat precies?'
'Alles. Gewoon alles. Vooral mijn moeder. Toen ik klein was, schaamde ik me ervoor dat ze er niet was, tegenwoordig schaam ik me als ze er wel is.'
'Dat is nergens voor nodig,' zei Jay met een half glimlachje. 'Toen ze zei wie ze was, ging ik er gewoon van uit dat ze al wist van mijn broer. Anders had ik de begrafenis niet eens genoemd.'
'Ik heb het met mijn moeder nooit over dat soort dingen.' Ze wapperde verontschuldigend met haar handen. 'We hebben nooit van die vrouwengesprekken. Ze was niet eens uitgenodigd voor vanavond. Ze stond gewoon ineens op de stoep.'
'Hoe dan ook, het maakt niets uit. Als Anthony het had kunnen horen, had hij het vast grappig gevonden.' Hij keek op toen gelach opklonk uit de tuin. 'Sorry, ik wist niet dat jullie een feestje hadden. Ik ga...'
'Nee, dat is nergens voor nodig.' Ze legde haar hand op zijn arm toen hij aanstalten maakte om weg te gaan. 'Wat kwam je eigenlijk doen?'
Hij aarzelde en haalde toen zijn schouders op. 'Na de begrafenis zijn we met zijn allen naar het Kavanagh Hotel gegaan. De afgelopen zes uur heb ik me precies gedragen zoals het hoort, heel

ernstig, niet drinken, condoleances in ontvangst nemen van allerlei mensen die ik niet eens ken. De laatste gasten zijn een halfuur geleden vertrokken. Belinda is met haar ouders mee naar Dorset gegaan. Ik heb een paar mensen een lift naar huis gegeven en het bleek dat ze hier in de buurt woonden, in Druid Avenue. Dus nadat ik ze had afgezet, kwam ik hier praktisch langs. Ik hoopte dat je misschien tijd zou hebben om iets met me te gaan drinken, want ik kan nu echt wel wat gebruiken.'
Het was vreselijk ongepast, maar Nadia kon er niets aan doen. Een knoopje van lust vormde zich in haar buik, want met die schaduwen om zijn ogen en die donkere stoppels en die sexy loshangende das zag Jay er echt fantastisch aantrekkelijk uit.
Natuurlijk had hij geen zin om alleen thuis te zijn, na alle ellende van vandaag. Hij had iemand nodig om zijn gedachten te verzetten en hem op te vrolijken.
En zij was daar precies de aangewezen persoon voor.
'Natuurlijk ga ik met je mee.'
'Maar de...'
'Die snappen het wel. Geef me twee minuten.'
Uiteindelijk liep Jay met haar de tuin in om haar familie te vertellen dat ze nog even wegging. Miriam wierp haar armen om hem heen en zei: 'Arme jongen, wat verschrikkelijk voor je. Echt heel erg.'
Leonie, in een fluistering die geen echte fluistering was, zei tegen James: 'Ik kan het allemaal niet bijhouden wat hier gebeurt. Clares vriend zou hier vanavond zijn, maar hij kon ineens niet. En nu staat deze plotseling op de stoep, terwijl niemand hem verwachtte. Is hij nu wel Nadia's vriend of niet?'
Clare zei bemoedigend tegen Jay: 'Weet je waar je van op zou knappen? Van een schilderij kopen van een arme kunstenaar.'
'Let maar niet op mijn zusje, die kent geen enkele schaamte.' Gehaast trok Nadia Jay weer mee in de richting van de openslaande deuren. 'Kom, dan gaan we.'

'Je ziet er anders uit,' merkte Jay op, terwijl hij Nadia voorging naar zijn keuken. De lampen flikkerden aan en hij deed de koelkast open om een fles Meursault te pakken.
'Dat komt omdat je me nog nooit in een jurk hebt gezien. Dank

je,' zei ze, het overvolle glas aanpakkend. Hij schonk een glas voor zichzelf vol en nam een paar grote slokken.
'Jemig, jij hebt vast nooit een cursus wijnproeven gedaan.'
Hij haalde zijn schouders op. 'Op dit moment kan het me geen bal schelen hoe hij smaakt. Ik wil alleen maar die godvergeten rotdag weg drinken. Sorry, ik denk niet dat ik zo'n leuk gezelschap ben vanavond. En ik kan je straks ook niet naar huis brengen.'
'Daarom bestaan er taxi's. En ik vind het helemaal niet erg,' zei ze, 'zolang jij maar betaalt.'
Hij glimlachte. Met de inmiddels al halflege fles in zijn hand wees hij haar de weg naar de woonkamer. 'Ga zitten. En let maar niet op de rommel.'
Zoals zoveel mannen had hij echt geen idee.
'Noem je dit rommel?' Ze liet haar blik door de kamer dwalen. Waarschijnlijk doelde hij op de trui over de rugleuning van een stoel, de kranten op de salontafel en – o, wat een ramp – het vuile kopje op de grond naast de bank. 'Jemig, je zou de slaapkamer van mijn zus eens moeten zien. Wanneer je al een halfjaar je vloerkleed niet hebt kunnen zien omdat je tot kniehoogte door kleren, cd's, tijdschriften en lege chipszakken moet waden, dan heb je het pas over rommel.'
'Dat is helemaal waar. Zo zag mijn slaapkamer er vroeger ook uit. En die van Anthony trouwens ook. Varkensstallen, noemde mijn moeder ze.' Hij trok een gezicht. 'Ik ben blijkbaar netjes geworden zonder het te merken. Ik kan me niet eens herinneren wanneer dat is gebeurd.'
De woonkamer was groot, had een hoog plafond en een rustige inrichting. Donkerblauw behang bedekte de muren, het tapijt en de gordijnen waren crèmekleurig en de marineblauwe banken zagen er comfortabel uit. Boven de haard hing het schilderij met de telefooncel. Andere, wat minder aanwezige doeken sierden de wanden. Nadia, die onderuitzakte op een van de banken, keek naar Jay, die zijn jasje uittrok, zijn das afdeed en de kleren op een stoel gooide. Daarna pakte hij zijn glas en nam nog een paar slokken. Zijn gebruinde keel bewoog mee terwijl hij slikte.
Jemig, als het in dit tempo doorging, kon ze beter nu vast een taxi bellen. Over een halfuur zou hij knock-out zijn.

'Kom, ga zitten.' Hoewel ze medelijden met hem had, lukte het haar niet om dat kriebelgevoel in haar buik helemaal te negeren. Ze bedoelde, kom en ga zitten in algemene zin, dat wil zeggen op een stoel of bank in de buurt, maar Jay beschouwde het als een uitnodiging en kwam naast haar op de bank zitten die links van de haard stond.

'Weet je wat me echt kwaad maakt? Dat het allemaal zo verdomd oneerlijk is. Twee broers, min of meer van dezelfde leeftijd. De een vrijgezel, de ander getrouwd met een baby op komst. De vrijgezel heeft vroeger gerookt, de getrouwde nooit. De vrijgezel drinkt, doet niet aan sport en heeft al heel wat vette snacks naar binnen gewerkt. En zoals te verwachten, de getrouwde heeft altijd goed voor zijn lichaam gezorgd. Dus wie van de twee gaat dood aan kanker? De getrouwde broer natuurlijk.'

Geschrokken vroeg ze: 'Bedoel je dat je liever had gehad dat jij dood was gegaan?'

Klok, klok, opnieuw bijvullen.

'Zo edelmoedig ben ik ook weer niet. Ik wou niet dat ik het was. Ik zeg alleen dat, statistisch gesproken, ik het had moeten zijn.' Hij hield de lege fles omhoog. 'Vast schuldgevoel. Omdat ik er nog ben, en Anthony dood is.'

'Dat is heel normaal.' Ze knikte wijs. Ze had genoeg afleveringen van Oprah gezien om dat te weten.

'Dat weet ik ook wel, maar dat maakt niet dat ik me minder schuldig voel. Je bent vast wel blij dat je met me mee bent gegaan,' voegde hij er droog aan toe.

'Ik vermaak me wel. Maak je maar geen zorgen om mij.'

'Je drinkt niet.' Hij wees naar haar nog bijna volle glas, en gehoorzaam sloeg ze het achterover. Het was eigenlijk best lekkere wijn.

'Zo is het beter.' Hij knikte goedkeurend. 'Denk je dat je nog weet waar de keuken is?'

'Hoezo?'

'Er ligt nog een fles in de koelkast.'

In de loop van het volgende uur nam Jays consumptiesnelheid af en ze spraken over Anthony. En over de dood. En over hoe het was om een zusje te hebben, en over of broers beter waren dan zussen. En over hoe de hemel er zou uitzien als je hem zelf mocht

ontwerpen. En over waar de kurkentrekker was gebleven. En over of de kroeg waar ze ingesneeuwd waren geraakt nog dezelfde eigenaar zou hebben, want als iemand het verdiende om dood te gaan, dan was het die vent wel.
Tegen elf uur was de tweede fles leeg. Nou ja, hield Nadia zichzelf voor, het zou onbeleefd zijn geweest om niet mee te doen. Ze was niet uitgenodigd om hier als een zuurpruim water te gaan zitten nippen.
'Zal ik je nu het goede nieuws vertellen?' zei Jay, met zijn hoofd tegen de kussens.
'Graag. Een beetje goed nieuws horen is nooit weg.' Ze knikte en merkte dat ze er bijna niet mee kon ophouden, wat altijd een teken was dat ze een beetje te veel had gedronken. 'Vertel me nu het goede nieuws. Vertel.'
Herhaling was een tweede teken.
'Het wordt vast leuker om voor mij te werken. Ik weet dat ik de afgelopen tijd niet echt aardig was. Het was zo moeilijk. Ik wilde niet dat Anthony doodging, maar diep vanbinnen wist ik dat het toch zou gebeuren. Dat gedeelte hebben we tenminste gehad. Over een tijdje wordt alles vanzelf weer normaal.'
'Dat heb je me al verteld.' Vaag herinnerde ze zich dat hij pas geleden ook zoiets had gezegd.
'En nu vertel ik het je weer. Toen ik je in dienst nam, kwam je werken voor iemand die je dacht te kennen, maar je kreeg er een heel ander iemand voor in de plaats. Ik voelde me daar schuldig over.' Hij raakte haar blote arm aan, en alle haartjes sprongen meteen in de houding; gelukkig had hij veel te veel wijn op om het te merken. 'Maar er zal verbetering in komen.'
'Je bedoelt dat je je niet meer als een monster zult gedragen?' Ze overwoog om haar arm weg te trekken, maar hij leek niet te willen bewegen.
'Was ik dat dan? Een monster? Echt?'
'Nee. Nou ja... nee.' Ze schudde haar hoofd, want eerlijk gezegd was het ook weer niet zo erg geweest. 'Maar het klopt dat het niet helemaal was wat ik had verwacht.'
'Het spijt me.' Zijn lachje was berouwvol en zijn hand lag nog op haar onderarm. Zonder het te merken streelden zijn vingers haar oververhitte huid. Nu zou het beslist een goed moment zijn

om haar arm weg te trekken, dacht ze duizelig. Maar het was zo'n zalig gevoel. En het zou ook bot zijn. De man had net zijn broer begraven. Nou ja, niet zelf natuurlijk. Maar hij was in de rouw. Ze was hier om hem op te vrolijken.

Jemig, dacht ze, wat zou ik hem kunnen opvrolijken!

'Wat denk je?' vroeg hij.

Ha, dat ga ik jou mooi niet vertellen.

'Niets.'

'Je moet toch iets denken. Toe, vertel,' drong hij aan, zich nog een glas inschenkend.

Haar blik werd getrokken naar de hand die het glas vasthield. 'Ik dacht, mooi horloge.'

'Fout. Nee, dat was het niet.'

'Ik vroeg me af hoe het was om harige polsen te hebben.'

Zijn mondhoeken gingen omhoog. 'Nee, dat dacht je ook niet.'

O ja, dit begon weer op de oude flirterige Jay Tiernan te lijken die ze zich zo goed herinnerde.

'Oké, wijsneus, als je het dan allemaal zo goed weet, dan moet jij me zelf maar vertellen wat ik dacht.'

Deze keer glimlachte hij echt. Hun ogen ontmoetten elkaar.

'Goed, ik zal het je vertellen. Maar alleen telepathisch.'

'Dat schiet lekker op.'

'Geloof me, we kunnen het. Ik vertel je wat jij denkt, dan vertel ik je wat ik denk, en dan mag jij zeggen of ik gelijk heb.'

'En dat doen we allemaal telepathisch?'

Hij knikte, met zijn ogen strak op de hare gericht. Donkerbruine ogen met vervaarlijk lange zwarte wimpers. Daaromheen gebruinde huid, met wat lichtere lachrimpeltjes in de buitenste hoeken. Schaduwen als vage blauwe plekken onder zijn ogen. Haakneus ertussen. Niet in staat haar blik van hem los te maken, wist ze precies wat hij dacht: je wilt met me naar bed.

Niet waar!

O jawel. En ik wil ook met jou naar bed, dus wat doen we hier nog?

Verdomme, jij bent wel erg zeker van je zaak, hè?

Alleen maar eerlijk. We vinden elkaar toch leuk? We zijn allebei volwassen. En we hebben niemand anders.

Tja.

Je klinkt niet erg enthousiast. Oké, vergeet dat ik het erover heb gehad...
Nee!

26

'Nou?' Om Jays mond speelde weer een vaag lachje, zijn wenkbrauwen had hij vragend opgetrokken. 'Wat is de uitslag?'
Omdat Nadia hem niet de kans wilde geven om terug te krabbelen, legde ze haar hand achter zijn nek. Ze trok hem naar zich toe en kuste hem, eerst zacht, toen harder. Tot haar vreugde voelde ze dat hij haar kus beantwoordde. De eerste stap zetten was niet iets waar ze veel ervaring mee had, maar hij had haar geprovoceerd, hij had ervoor gezorgd dat ze het deed.
Goh, en wat was ze blij dat ze het had gedaan. Hij kuste zalig. Zijn armen lagen om haar heen, zijn warme handen gleden over haar rug...
Rrrring, rrring, zong de telefoon op de tafel voor hen. Nadia bevroor in haar bewegingen.
'Allemachtig,' mompelde Jay zacht. Zuchtend maakte hij zich van haar los. 'Op iedere andere dag zou ik laten bellen...'
'Maar niet vandaag. Toe, neem op. Het is maar een telefoontje,' herinnerde ze hem eraan, en hij glimlachte.
'Je hebt gelijk. Maar niet weggaan, hoor.'
Hij had het als grapje bedoeld, maar het was in werkelijkheid gemakkelijker gezegd dan gedaan. Half zittend, half liggend op de bank, spelend alsof ze niet naar het gesprek luisterde, voelde ze zich met de minuut ongemakkelijker worden. Terwijl ze er als een soort losbollige sloerie bij hing, met haar roze jurk halverwege haar dijen en haar lippenstift uitgesmeerd, liep Jay door de kamer te ijsberen en te praten met een of ander radeloos familielid. Na een paar minuten zei hij luid: 'Wacht even, tante Maureen, ik moet even iets uitzetten in de keuken...'
Met zijn hand de hoorn bedekkend wendde hij zich tot Nadia: 'Mijn moeders zus, Maureen. Ze is drieëntachtig en woont in een

verpleeghuis in Toronto. Van haar arts mocht ze niet hiernaartoe vliegen voor de begrafenis. Ze is heel doof en verschrikkelijk ontdaan over Anthony's dood.'
Nadia kreeg een brok in haar keel. Ze schudde haar hoofd, terwijl ze zich een radeloos oud dametje in een Canadees verpleeghuis voorstelde die wanhopig graag wilde weten hoe de begrafenis van haar geliefde neef was verlopen.
'Maak je niet druk om mij,' zei ze tegen Jay, terwijl hij naar de deur liep. 'Praat maar zolang als nodig is. Ik vermaak me wel.'
Zonder nog te glimlachen wierp hij haar een dankbare blik toe en verliet de kamer.
Was dit soms hoe parende honden zich voelden wanneer er plotseling een emmer water over hen heen werd gegooid? Ze ging rechtop zitten en trok de zoom van haar jurk zo ver mogelijk naar beneden. Al haar verlangen was verdwenen, weggesmolten, samen met het bedwelmende, losmakende effect van al die Meursault.
Hoe waren ze in vredesnaam op het idee gekomen om zoiets egoïstisch te doen? Jays broer was dood, zijn begrafenis had net een paar uur geleden plaatsgevonden. Een beetje gaan liggen rollebollen op een bank... God, het was bijna heiligschennis, zoiets als iemand versieren in de sacristie, terwijl de dominee zondagsschool hield.
Ze kromp ineen, diep beschaamd over haar gedrag. Het was helemaal verkeerd. Jay was kwetsbaar. God, waarom was het zo stil in deze kamer?
Wanneer ze haar oren spitste, kon ze Jay vaag horen murmelen, terwijl hij met zijn tante praatte. Hij stond óf achter in de gang óf in de keuken. Omdat ze niet tegen de stilte kon, pakte ze de afstandsbediening en zette de tv aan. Typische vrijdagavondprogrammering, zag ze, veel te opgewonden meisjes in bikini's die rondhupsten in Spaanse bars, lurkend aan flesjes bier en verklarend dat ze met zoveel mogelijk jongens naar bed wilden voordat ze het bewustzijn verloren. De jongens, helemaal klaar voor de uitdaging, ontblootten hun achtersten voor de camera's en brulden als apen.
Zich akelig bewust van het feit dat wat zij en Jay bijna hadden gedaan ook weer niet zo heel anders was dan wat ze nu op het

scherm zag – minus de plassen kots – zette ze de tv weer uit.
Meer stilte.
Het was hier echt heel rustig.
Het verlangen was misschien verdwenen, maar de vier glazen wijn zwommen nog in haar aderen rond. Even zag ze voor zich hoe ze ronddobberden met hun zwembandjes om. Dat was het rare aan alcohol; als je opgewonden was, verhoogde het de opwinding. Als je niets zat te doen, was het effect slaapverwekkend.
Aangezien opstaan en naar huis gaan behoorlijk lomp zou zijn, schopte ze haar schoenen uit en trok haar benen onder zich. Het was echt een heel lekkere bank, wat hielp. En de fluwelen kussens onder haar hoofd waren zalig zacht...
Jemig, stel je voor dat ze het echt aan het doen waren geweest toen tante Maureen met haar looprekje naar de telefoon was gestrompeld om Jay te bellen om het over Anthony's begrafenis te hebben...
Lekkere zachte bank, mmm...

Nadia werd om zeven uur zaterdagochtend wakker met barstende koppijn en een blaas die op springen stond.
Jak.
Nadat ze naar de wc was geweest, stommelde ze terug naar de kamer en keek naar de verkreukelde deken op de bank. Jay had haar toegedekt met een donkerrode deken, wat echt helemaal niet kleurde bij haar roze jurk.
Het was nog steeds stil in huis.
Oef, gelukkig hadden ze het niet gedaan.
Met een prijzenswaardig kuis gevoel belde ze een taxi.
Toen ze om halfacht thuiskwam, had ze er eigenlijk op gerekend dat iedereen nog sliep. Tot haar grote schrik zag ze echter Tilly op de oprit staan, die bezig was een weekendtas in de kofferbak van haar moeders nieuwe auto te stoppen.
'Zeven pond vijftig,' gaapte de taxichauffeur, die nachtdienst had gehad en alleen maar blij was dat Nadia niet op zijn achterbank had gekotst.
Afwezig gaf ze hem een briefje van twintig en mompelde: 'Laat de rest maar zitten.'
Leonie kwam uit het huis lopen en riep: 'Schat, daar ben je! We

vroegen ons al af wat ervan je was geworden. Wat loop je erbij, zeg. De kleren van gisteravond... op zaterdagmorgen... Kind, als je je zo gemakkelijk laat versieren, dan zullen de mannen je nooit met respect behandelen.'
Soms was haar moeder echt niet te geloven, vond Nadia.
'Ik laat me niet makkelijk versieren.'
Leonie wierp een veelzeggende blik op haar verkreukelde roze jurk. 'Natuurlijk niet, lieverd. Maar ik vind wel dat hij je toch op zijn minst naar huis had kunnen brengen. Ik vind het altijd iets smoezeligs hebben als mannen hun laatste verovering op de achterbank van een taxi dumpen.' Wat zachter vervolgde ze afkeurend: 'En je geeft ook geen goed voorbeeld aan je zusje.'
Er stoven zoveel scherpe reacties door Nadia's hoofd (Ik! Nee, ik! Nee, nee, ik eerst) dat ze geen woord kon uitbrengen. Wat waarschijnlijk maar goed was ook, aangezien Tilly meeluisterde. 'Ik heb op de bank geslapen,' zei ze, en Leonie zei vrolijk lachend: 'O kijk, daar gaat een kat. Misschien kun je die dat wijsmaken.'
'Mam,' kreunde Tilly. 'Niet doen.'
'Wat niet? Ik probeer Nadia gewoon gezonde raad te geven. Ik wil niet dat mijn dochter goedkoop overkomt.'
Nadia had zin om haar moeder eraan te herinneren dat ze, door hen twintig jaar geleden in de steek te laten, helemaal niet wist hoe haar dochters overkwamen. Maar wat zou het voor zin hebben? Dus omhelsde ze alleen Tilly en zei: 'Veel plezier. Tot morgenavond.'
'Kom, lieverd, geef me een kus.' Terwijl Leonie achter het stuur plaatsnam, gebaarde ze haar dochter naar haar toe te komen. 'Sorry dat ik je heb beledigd, maar ik ben je moeder en ik wil je echt alleen maar helpen. Die vriend van jou ziet er goed uit, hij heeft de meisjes voor het oprapen. Een man als hij wil geen klit.'
Met haar kiezen op elkaar geklemd zei Nadia: 'Ik ben geen klit.'
O god, dat was ze toch niet?
'Je moet hem niet bellen om te vragen wanneer jullie elkaar weer zien,' raadde Leonie haar aan. 'Mannen hebben er een hekel aan wanneer ze worden achternagelopen.'
'Ik weet wanneer ik hem weer zie,' herinnerde ze haar moeder eraan. 'Hij is mijn baas. Ik zie hem maandagochtend weer.'
'Dat is nog iets dat je nooit moet doen. Iets met je baas begin-

nen.' Leonie draaide het contactsleuteltje om en maakte haar veiligheidsgordel vast. 'Dat is gewoon vragen om moeilijkheden, liefje. Voordat je het weet, ben je aan de kant gezet én zit je ook nog zonder werk.'

'Het is voor jou,' zei Miriam, terwijl ze de telefoon aan Nadia gaf.
Nadia vroeg zich af of het Leonie was om haar eraan te herinneren dat ze Jay niet mocht bellen.
'Je bent weggegaan.'
Dus niet Leonie. Haar buik kneep samen van plezier – zie je wel? Ik heb hem niet gebeld, hij heeft mij gebeld. 'En dan zeggen ze dat mannen nooit iets merken,' zei ze.
'Je had me wakker moeten maken, dan had ik je naar huis kunnen brengen.'
Hoor je dat, ma?
'Ik was vroeg wakker. Het spijt me dat ik op je bank in slaap ben gevallen.'
'En mij spijt het dat ik je in de steek moest laten. Die arme tante Maureen,' zei hij. 'Ik heb meer dan een uur met haar gebeld. Ik kon het onmogelijk afbreken.'
'Natuurlijk niet. Echt, ik vind het niet erg.'
'Nou, in elk geval bedankt voor gisteravond.'
'Waarvoor? Ik heb niets gedaan.' De telefoon ging, weet je nog? Die klotetelefoon ging toen het net interessant begon te worden.
'Je weet best wat ik bedoel.' Hij klonk alsof hij glimlachte. 'Wat doe je vanavond eigenlijk?'
Haar hart sloeg op hol. O jemig, een kans op herhaling, maar dan met de telefoon van de haak?
'Eh...' Een levendig beeld van Leonie verscheen voor haar geestesoog, tut-tuttend en afkeurend haar hoofd schuddend. Geïrriteerd haalde ze diep adem en probeerde het ongevraagde beeld uit haar hoofd te zetten.
Maar... maar... had ze zelf gisteravond ook geen besluit genomen? Toegegeven, pas nadat Jay het telefoontje van tante Maureen had aangenomen, maar toch. Ze was tot het inzicht gekomen dat met Jay naar bed gaan, zo vlak na de begrafenis van Anthony, verkeerd zou zijn. Hem vanavond weerzien zou dus te snel zijn.

Ze sloot haar ogen en zag haar moeder weer voor zich. Mannen als Jay konden krijgen wie ze maar wilden, ze waren eraan gewend dat vrouwen zich op hen stortten met de subtiliteit van een custardpudding in het gezicht. Het kon geen kwaad om ze aan het lijntje te houden.
Hoewel ze nauwelijks kon geloven dat ze Leonies raad opvolgde, zei ze snel: 'Ik heb al wat vanavond. En morgen ook.'
Zo. Ze had het gedaan. Ja!
'O, goed. Jammer.'
In paniek rakend, probeerde ze te ontdekken of Jay nu een gebroken hart had of alleen maar teleurgesteld was of misschien al in zijn adresboekje zat te bladeren. Met alleen die drie woorden die hij had gezegd, viel dat moeilijk uit te maken.
'Dit weekend is moeilijk. Eh, maar misschien volgend weekend... dan kan ik wel.' Uit haar ooghoeken zag Nadia Miriam breeduit glimlachen. 'Ik bedoel, ik denk dat ik dan wel kan... Maar ik zal eerst in mijn agenda moeten kijken.'
Voor het geval dat ik een etentje met Robbie Williams heb en dat me volkomen is ontschoten.
'Oké, nou, daar hebben we het van de week dan nog wel over,' zei Jay, die iets te nonchalant klonk naar haar smaak. 'En maandag zal ik je het geld voor die taxi terugbetalen.'
'Dat hoeft echt niet.'
'Dat hoeft wel. Hoeveel was het?'
'Nou ja, als je zo aandringt,' zei ze. 'Het was driehonderdvijftig pond.'

27

De telefoon ging twintig minuten later weer, terwijl Nadia een dikke boterham met Marmite naar binnen zat te werken. Clare, die zich inmiddels ook beneden had vertoond en chagrijnig in een mok koffie stond te roeren, reageerde alsof ze een stroomstoot kreeg.
'Ik neem hem wel!'

Nadia hoopte dat het niet Piers zou zijn.
Nadat ze de telefoon had opgepakt, zei Clare gretig: 'Ja?'
Haar schouders zakten naar beneden toen iemand die duidelijk niet Piers was, antwoordde.
'Een ogenblikje, ik zal haar even geven.'
Alsof de telefoon ineens vijftig keer zo zwaar was geworden, zwaaide Clare er slapjes mee naar Miriam. 'Oma, voor jou.'
Miriam, gekleed in een slank makende zwarte broek en zwart topje, stond aan de gootsteen met haar gebruikelijke energie de barbecueroosters te schrobben. Ze keek over haar schouder. 'Wie is het?'
'Weet ik veel.' Clare haalde ongeïnteresseerd haar schouders op. 'Dat zei hij niet.'
Terwijl Miriam haar rubberen handschoenen uittrok, vroeg Nadia zich af of ze geen zin had om Clare ermee om de oren te slaan. Diamanten glinsterden toen Miriam de telefoon pakte. 'Hallo?'
Stilte.
'Hallo, is daar iemand?'
Toen Nadia opkeek, zag ze haar oma verstijven.
Miriam drukte de telefoon uit.
'Wat was dat?' wilde Nadia weten.
De rubberen handschoenen gingen weer aan. Miriam richtte haar aandacht weer op de roosters en antwoordde: 'Hè? O, niets. Ik heb wat badhanddoeken bij John Lewis besteld, en ze zijn binnengekomen.'
Clare en Nadia wisselden een blik. Badhanddoeken. Ja, vast.
'Mocht Piers bellen,' zei Nadia tegen Clare, 'zeg hem dan dat hij naar de pomp kan lopen.' En dan in een diepe put vallen hopelijk. 'Jay belde me vanochtend voor een afspraak voor vanavond, en ik heb gezegd dat ik het hele weekend niet kon.' Ze kon er niets aan doen dat ze triomfantelijk klonk.
Clare haalde haar vingers door haar ongekamde haar en ritselde ergerlijk met de krant op zoek naar de horoscoop.
'Ik red me wel, hoor. Laat me het nu maar op mijn manier doen. Ik laat Piers hier heus niet mee wegkomen.'
Echt niet.
'Sorry,' zei Nadia, 'maar volgens mij is hij er al mee weggekomen.'

De metalen roosters vielen kletterend op het afdruiprek. Miriam, die de rubberen handschoenen voor de tweede keer uittrok, draaide zich om en liep met grote passen de keuken uit.
'Wie het ook was, oma was er niet blij mee.' Clare trok haar wenkbrauwen op. 'Zou ze een vriend hebben?'
Onwaarschijnlijk. Miriam had helemaal geen tijd voor een vriend.
'Een bookmaker dan?' opperde Nadia. 'Misschien heeft ze gegokt en heel veel geld verloren. Klonk hij als een man die misschien een stel zware jongens op haar af zou sturen?'
'Hij klonk Schots.' Clare kreeg een ingeving. 'Misschien een familielid dat ze uit het oog is verloren? Of een onwettige zoon van haar?'
'Een zoon? Hoe oud was hij dan?'
'Hoe moet ik dat nou weten? De volgende keer dat hij belt, zal ik naar zijn geboortedatum vragen, en of hij misschien een foto van zichzelf kan opsturen. Nee, nog beter, een DNA-profiel.'
'Hoe dan ook, niet van onderwerp veranderen.' Nadia was streng. 'Jij en Piers. Ik meen het serieus. Wordt het geen tijd dat je hem dumpt?'
Clare aarzelde, duidelijk verscheurd tussen zich stoer willen voordoen en de behoefte om iemand in vertrouwen te nemen, al was het dan maar de zus met wie ze zo'n beetje haar hele leven al kibbelde.
'Het punt is dat ik hem echt heel leuk vind.' Ze haalde hulpeloos haar schouders op. 'Ik kan er niets aan doen, het is gewoon zo.'
'Zelfs als hij je als een stuk stront behandelt?'
'Dat doet hij niet,' stoof Clare op. 'Hij was alleen de barbecue vergeten, meer niet.'
'Stront,' herhaalde Nadia. 'Hij speelt met je.'
'O god, alsof ik dat niet weet!' Een kreet van wanhoop slakend begroef Clare haar gezicht in haar handen. 'Maar dat maakt alleen dat ik hem nog leuker vind.'

Boven zat Miriam op bed en belde het nummer dat ze via Inlichtingen had gekregen. De parels om haar hals ratelden, terwijl ze haar schouders rechtte en daarna naar voren leunde om voor de derde keer te controleren dat de slaapkamerdeur dicht was.
Hij nam na de eerste keer overgaan al op.

'Miriam, ben jij dat?'
'Luister eens goed naar mij. Ik wil niet dat je dit nummer ooit nog belt, oké? Dat was mijn kleindochter die opnam. Jij hebt je eigen leven en ik heb het mijne. Ik wil je niet zien, ik wil je niet spreken. Dat is allemaal voorbij. Ik meen het.' Miriam merkte dat haar stem begon te breken. 'Laat me gewoon met rust!'

'Ha, te gek, je bent er.' Tamsin omhelsde Tilly alsof ze een verloren gewaande vriendin was. 'Welkom in Huize Saaigelegen. Ik heb me rot verveeld de laatste tijd.' Ze wierp een sluwe blik op haar vader. 'Kom, dan laat ik je zien waar je slaapt. Man, dit gaat fantastisch worden!'
Tamsins kamer was groot en lag op het zuiden. Er stonden twee eenpersoonsbedden, en de muren waren bezaaid met posters van popsterren.
'Papa heeft dat tweede bed speciaal voor jou gekocht.' Tamsin sprong op haar eigen bed, toverde een pakje sigaretten te voorschijn van onder haar kussen en gooide het raam open. 'Jij ook eentje? O, niet zo kinderachtig! Ik heb ook nog wat wodka voor straks. God, ouders zijn echt een ramp, hè? Ik heb al sinds maandag huisarrest. Het ene moment klagen ze dat ik ze de hele tijd voor de voeten loop, maar toen ik zondag met wat vrienden uit was en te laat thuiskwam, reageerden ze compleet hysterisch, zo van dat het de verkeerde vrienden waren en zo. Ik bedoel, dat slaat toch nergens op? Het punt is dat ze gewoon niet weten wat ze willen. De meeste meisjes uit mijn klas zijn zo saai dat je ze het liefst een speld in de kont zou steken, dat zegt mijn vader ook, maar zodra je een paar mensen tegenkomt met wie je echt kunt lachen, dan vinden ze weer dat die een slechte invloed op je hebben. Echt, ik snap er geen reet van. Maar wat maakt het uit, jij bent er nu.'
'Ja,' zei Tilly onzeker.
'Ja, verdomme ja!' verklaarde Tamsin.

'Moet je jullie nu eens zien.' Leonie keek liefdevol naar hen vanuit de deuropening. 'Net zusjes, zo goed als jullie met elkaar kunnen opschieten.'
Tilly dacht meteen aan Nadia en Clare die zo'n beetje de hele tijd

ruzie hadden. Tamsin, die geknield achter Tilly op het bed zat om ingewikkelde vlechtjes in haar haar te fabriceren, gaf haar een por tussen de schouderbladen.
'Eh, mogen Tam en ik straks naar McDonalds?' Tilly vroeg het op een toon alsof ze het net had bedacht.
'Nou... Heeft Tamsin je niet verteld dat ze huisarrest heeft? Vorige week zondag had ze om acht uur thuis moeten zijn, maar ze kwam pas om halfeen 's nachts opdagen.'
Halfeen? Jemig, dacht Tilly.
'Dan blijf ik toch gewoon hier,' stelde Tamsin behulpzaam voor, 'als Tilly wat bij McDonalds gaat halen? Maar misschien wil ze niet in haar eentje. Arme Tilly, het is net alsof zij ook straf heeft, terwijl ze niets heeft gedaan.'
'Ha, dat is mooi gelukt,' kraaide Tamsin toen ze even later naar de stad liepen. Ze kuste het biljet van tien pond dat ze hadden meegekregen.
'Maar we moeten om twee uur terug zijn.'
'Maak je niet druk! Ze vinden het vast niet erg als het wat later wordt, want ze weten dat we samen zijn. Jij bent mijn chaperonne.' Tamsin haakte haar arm gezellig door die van Tilly. 'Mijn eigen Mary Poppins.'
Behalve dat Mary Poppins echt de baas was, dacht Tilly. Mary poepte niet stiekem in haar broek uit angst voor wat het onhandelbare kind nu weer zou gaan doen.

'Jullie zijn laat,' zei Brian, en Tilly kreeg meteen klamme handen. 'Tilly wilde nog even wat winkelen,' loog Tamsin zonder blikken of blozen. 'Pap, maak je niet druk, we zijn er nu toch? Het is pas halfvier.'
'Je ziet toch dat er niets is gebeurd, schat?' bemoeide Leonie zich ermee. 'Ik zei toch dat je je niet zo druk moest maken. Kijk ze nou eens, ze hebben het hartstikke leuk gehad samen.'
Hartstikke leuk in een niet al te schone huurkamer die van een van Tamsins nieuwe vrienden was. Een van de vrienden waar haar vader op tegen was natuurlijk. Jif – Jif! – had beige dreadlocks, heel veel tatoeages en een nogal schokkend aantal gezichtssieraden. Met dat ding in zijn tong dat steeds in de weg had gezeten, was het nogal moeilijk geweest om hem te verstaan, en hij

rook ook niet erg fris, maar hij leek wel oké op een grunge-achtige manier. En Tamsin vond hem leuk.
Ze hadden niet echt veel gedaan op die kamer, alleen naar muziek geluisterd en heel veel gerookt. Het was eigenlijk nogal saai geweest, maar dat had Tilly niet tegen Tamsin gezegd. Jif was zeventien en – volgens Tamsin – hartstikke cool.
'Zijn er nog donuts?' Tamsin rommelde in de koelkast.
'Jullie zijn net naar McDonalds geweest,' protesteerde Brian.
Tamsin, die het biljet van tien pond veilig had opgeborgen in de kontzak van haar spijkerbroek, rolde met haar ogen over zoveel stomheid. 'We zijn in de groei, pap. Dat was twee uur geleden. We gaan allebei dood van de honger. Hier,' ze gooide een donut naar Tilly, 'vangen.'
Die avond gingen ze naar een gezellige familiekroeg waar een band Abba-nummers speelde en kinderen met hun ouders dansten. De jongere kinderen dan. 'Meen je niet,' riep Tamsin uit toen Brian haar plagend ten dans vroeg. 'God, dit is echt ouwelullenmuziek.' Ze trok vol afschuw haar neus op. 'Ik ga echt niet voor gek staan, hoor.'
Leonie sloeg een arm om Tilly's smalle schouders. 'Vermaak je je een beetje, schat?'
Tilly knikte en glimlachte, en Leonie trok haar even tegen zich aan. Tilly, blozend van plezier, dacht, kijk ons nu eens, mijn moeder en ik die samen lol maken. Het gaf haar een warm gevoel in haar buik en ze legde even haar hoofd tegen haar moeders borst.
'O, schattig!' Tamsin grijnsde. 'Snel, waar is mijn viool?'
'Niet zo flauw,' zei Leonie, terwijl ze Tilly in haar middel kneep. 'Dit is mijn liefje.'
Tilly's keel deed pijn van geluk.
'Kom.' Brian stak zijn hand uit naar Leonie toen de band 'Waterloo' begon te spelen. 'Tijd voor de oudjes om te gaan dansen. Hier,' hij diepte een handvol munten van een pond uit zijn zak op, 'gaan jullie maar biljarten. Dan kunnen jullie ons ook niet uitlachen.'
Terwijl Tamsin opstond, zei ze vrolijk: 'Wij zijn jong, wij kunnen meerdere dingen tegelijk. Biljarten en lachen.'

Nadia haalde Tilly zondagavond op bij het Bristol Temple Meads station.
'Was het erg?'
'Nee, het was leuk.' Tilly gooide haar weekendtas op de achterbank en stapte in de auto. 'We hebben het hartstikke leuk gehad. Kijk wat ik van mama heb gekregen.' Ze plukte aan haar zwarte coltrui. Daarna hield ze een zilveren ketting omhoog. 'En deze ook.'
'Te nden.' Nadia bestudeerde de gravering op rechterkant van een gebroken zilveren hartje. 'Waar slaat dat op?'
Tilly bloosde. 'Tamsin heeft de andere helft gekregen. Samen staat er Beste Vrienden.'
Oké dan.
'Dus op die van Tamsin staat Bes Vrie.' Nadia schakelde. 'Dan mag je van geluk spreken dat je die niet hebt gekregen. Geloof ik.'
'En we hebben vanmiddag een wedstrijd in de kroeg gewonnen. De familiequiz,' vertelde Tilly trots. 'Het ging over algemene kennis, wij tegen zes andere families, en we hebben ze allemaal verslagen! Ik heb ook een prijs gekregen.'
Nadia keek van opzij naar Tilly. Het was opvallend hoe vaak Tilly het woord familie gebruikte. Met een somber voorgevoel vroeg Nadia zich af waar Leonie nu weer mee bezig was.
'Leuk zeg, wat voor prijs?'
'Een cd.' Tilly trok haar trui naar beneden over haar navel, waar een plak-tatoeage op zat. Tenminste, Nadia hoopte dat het een plak-tatoeage was.
'Wat voor cd?'
Ze keken elkaar aan. Tilly zei op neutrale toon: 'Hear'Say.'
Nadia klopte haar op de knie. 'Nou ja, is niet erg.'

28

Op woensdagochtend verkondigde Miriam aan Edward dat ze ging winkelen. Ze reed door de stad naar een buitenwijk van Bris-

tol waar ze nog nooit eerder was geweest, vond het adres dat ze zocht en parkeerde haar auto voor het advocatenkantoor dat ze uit het telefoonboek had gekozen.
'Christine Wilson,' zei ze tegen de receptioniste. 'Ik heb om elf uur een afspraak met David Payne.'
Het kantoor was saai en nodig toe aan een opknapbeurt. David Payne, een man van midden veertig, paste er precies bij. Hij had ook, heel eigenaardig, ontzettend weinig haar, maar was toch in het bezit van een grote hoeveelheid roos. De schouders van zijn jasje waren gewoon ondergesneeuwd. Miriam vroeg zich af of het jasje soms van iemand anders was. Ze wist dat ze zich alleen maar met deze dingen bezighield om niet te hoeven denken aan het probleem dat haar naar dit kantoor had gebracht.
'Goed, Mrs. Wilson. Misschien kunt u me vertellen waarom u hier bent.'
Terwijl ze haar best deed om de roos te negeren, legde ze haar situatie uit. Toen ze klaar was, leunde David Payne achterover in zijn stoel en schudde zijn zeehondenkop.
'Och, hemeltje,' verzuchtte hij, met zijn pen op het bureau tikkend. 'Och, hemeltje nog aan toe.'
'En?' spoorde ze hem gespannen aan.
'Dit kan weleens heel onprettig worden. Heel onprettig zelfs.'
Ze vroeg zich af of het net zo onprettig kon zijn als haar eerste ingeving opvolgen en een huurmoordenaar in de arm nemen.
'Hoe bedoelt u? Kan ik ervoor in de gevangenis belanden?'
David Paynes gezicht was ernstig. 'Dat kan niet worden uitgesloten. Het is... eh... een mogelijkheid.'
Miriam knikte. De gevangenis, stel je voor. Terwijl ze naar haar vingers keek, die stijf op haar schoot lagen, vroeg ze: 'Dus wat denkt u dat ik het beste kan doen?'
'U kunt niet veel doen op dit moment. Die meneer waar u het over had, is aan zet. U kunt alleen maar afwachten.' Zijn pen aan- en uitklikkend zei hij: 'Ik zou niet graag in uw schoenen staan, Mrs. Wilson.'
Miriam probeerde haar misselijkheid te onderdrukken; ze wenste bijna dat ze niet was gekomen. Het was allemaal nog veel angstaanjagender dan ze had gedacht.

'Brr.' Nadia rilde en sprong naar achteren. Omdat ze haar ogen dichthield, gleed ze bijna uit op de stenige grond. Achter zich op het terras hoorde ze gelach.
Toen ze zich omdraaide, zag ze dat de loodgieter, de ambtenaar van bouw- en woningtoezicht en Jay haar stonden uit te lachen.
'Het is helemaal niet grappig.' Ze greep het handvat van de schop beet die ze had gebruikt om de grond wat losser te maken. Wormen waren de last van haar leven. Waarom gingen mensen er altijd automatisch van uit dat je, als je tuinman was, niet meer van wormen schrok? Normaal gesproken hield ze al niet van wormen, maar ze hield er helemaal niet van als ze ze per ongeluk met haar schop in tweeën hakte.
Waarom moesten wormen – vooral als ze in tweeën waren gehakt – altijd zo wriemelig zijn?
Het had waarschijnlijk allemaal nog te maken met die keer dat ze als kind in de tuin had gespeeld en Clare een handvol wormen onder haar T-shirt had gestopt.
'Een worm?' riep Jay; het was niet voor het eerst dat hij haar had zien rillen van afkeer. 'Een dikke engerd?'
'Een ratelslang,' riep ze terug. Bij haar linkervoet verdwenen de twee helften van de worm wriemelend uit zicht.
Nadat ze het haar uit haar ogen had geveegd, ging ze verder met spitten. Bij het terras verdwenen Jay en de twee andere mannen in het huis. Zichzelf dwingend om niet op haar horloge te kijken – verdomme, te laat – vroeg ze zich af of ze haar kans bij Jay had verkeken. Het was donderdagmiddag tien over vijf, en hij had het nog steeds niet over een nieuw afspraakje gehad. Als hij het niet was vergeten of van gedachten was veranderd, dan speelde hij het wel erg slim. Ze wachtte nu al vier hele dagen op een vraag van hem. En dat werkte niet echt rustgevend.
Het ergste was nog dat ze begon te begrijpen waarom Clare weigerde om die corpsbal van een Piers te dumpen en waarom ze meteen een afspraak met hem had gemaakt toen hij haar maandag had gebeld. Hoe langer het duurde voordat Jay haar mee uitvroeg, des te meer zin ze kreeg.
Gefrustreerd duwde ze de schop met haar hak de grond in en bleef doorspitten in wat uiteindelijk een bloemperk zou moeten worden. En nu – haar horloge lachte haar bijna uit – was het al

kwart over vijf. Wat als Jay van gedachten was veranderd? Hoe durfde hij! Verdomme, nog zestien minuten, want om half zes zat haar werk erop. Het zou niet moeten mogen dat mannen zeiden dat ze een afspraakje met je zouden maken en het dan niet deden. Ze zouden daar eigenlijk voor opgepakt moeten worden, het was gewoon niet eerlijk; konden ze niet worden beschuldigd van beloftebreuk of zoiets? En nu was het al zeventien minuten over vijf.
Ze sloeg de schop in de grond, ademde ongeduldig uit, keek naar het huis en besloot dat er nog maar één ding op zat.
Ze deed haar horloge af en stopte het in haar beha.

Jays stem achter haar deed Nadia opschrikken. Nou, niet echt natuurlijk, want ze had hem komen horen aanlopen over het terras. Maar het kon nooit kwaad om je baas de indruk te geven dat je zo opging in je werk dat je het zelfs niet zou merken als Russell Crowe naakt door de tuin rende.
Behalve dan dat hij zijn voeten zou kunnen bezeren aan de steentjes, dus misschien kon hij beter wel rubberen laarzen aantrekken...
Nou ja, hoe dan ook.
'Wat?' Ze keek op.
'Ik zei dat het bijna zes uur was. Iedereen is al naar huis.'
'Bijna zes uur al?' Ze deed een greep in haar beha – maar op een damesachtige manier – en pakte haar horloge. 'Sorry. Ik wilde dit even afmaken.'
'Zaterdag uit eten?' vroeg hij.
'Sorry?' In haar borstkas maakte haar hart een triomfantelijk dansje.
'Zaterdagavond. Tenzij je andere plannen hebt natuurlijk.' Hij trok zijn wenkbrauwen op. 'Want als dat zo is, dan is dat ook goed, ik...'
'Zaterdag is prima! Geen andere plannen,' flapte ze er uit, 'totaal geen andere plannen!' Die fout zou ze niet nog eens maken!
'Leuk.' Hij knikte. 'Zal ik je komen afhalen? Acht uur, lijkt je dat goed?'
'Acht uur, prima.' Ze zweeg. 'Ik dacht dat je het was vergeten.'
'Waarom dacht je dat?'

'Het is al donderdagmiddag.' Allemachtig, was hij achterlijk soms?
'O. Nou ja, je hebt mij ook laten wachten.' Zijn geamuseerde blik zond wellustige rillingen over haar rug. 'Dus het leek me wel geinig om hetzelfde bij jou te doen.'

'Willen jullie alsjeblieft stil zijn?' Zuchtend gooide Tilly Nadia's slaapkamerdeur open. 'Ik probeer beneden naar *Blind Date* te kijken en ik kan het bijna niet verstaan.'
'Ja, baas, nee, baas, sorry, baas.' Clare salueerde even voordat ze weer in zingen uitbarstte.
'Je kunt helemaal niet zingen. Je hebt geen muzikaal gehoor. Het is gewoon verschrikkelijk,' zei Tilly. Met haar handen op haar heupen wendde ze zich tot Nadia. 'En jij klinkt nog erger dan Harpo. Hij zit beneden in de kooi met zijn vleugels voor zijn oren.'
'Je moet ons niet de schuld geven, maar Cher.' Nadia wees naar de cd-speler waarop Cher kweelde dat ze geloofde in een leven na de liefde. 'Die zingt zo hard dat we onszelf niet kunnen horen. Het is haar schuld.'
'En wie was er zo aan het schreeuwen net?'
'Dat was Clare. Ik had de haardroger het eerst.' Nadia wapperde er triomfantelijk mee.
Tilly schonk hun allebei een lijdzame blik vol minachting. 'God, wat ben ik blij dat ik geen vriendje heb. En zet alsjeblieft die muziek wat zachter, oké?'
'Ja, baas. Nad, zet die muziek zachter.' Clare tuitte haar mond als een goudvis, terwijl ze lipgloss op haar al glanzende lippen deed. Toen ze Nadia in de spiegel zag, gilde ze: 'Dat zijn mijn oorbellen. Ik wilde die oorbellen vanavond in.'
'Mij staan ze beter. Bovendien heb je mijn riem om. O, hoor ik een auto?'
Als afleidingstactiek was het onovertroffen. Clare rende naar het raam. Tilly rolde met haar ogen en verliet de kamer. Cher ging vrolijk verder met haar gekweel op maximale geluidssterkte. Nadia, die voor de spiegel verder ging met haar haar, voelde een warme gloed door haar lichaam trekken, het soort voorpret dat je hebt als je weet dat het echt een fantastische avond zal worden.

Ter ere van de gelegenheid had ze zelfs – sloerig maar verstandig – een reserve-slipje en haar tandenborstel in het zijvakje van haar tas gestopt.
Het was halfacht, en Miriam was al met Edward naar de schouwburg vertrokken. James was ook uit, met Annie. Piers, die zich keurig gedroeg (deze week tenminste), had al gebeld om Clare te laten weten dat hij onderweg was. En om acht uur – zo ongeveer – zou Jay haar komen afhalen.
O ja, dit zou beslist een avond om nooit te vergeten worden. Grijnzend naar haar spiegelbeeld – want ze zag er behoorlijk oogverblindend uit, als zei ze het zelf – vroeg ze zich af naar welk restaurant ze zouden gaan, en of het ook verplicht was om daarnaartoe te gaan. Zou de hoofdkelner het heel erg vinden als ze hun reservering afbelden en in plaats daarvan rechtstreeks naar Jays huis zouden gaan?
'Ho!' Clare piepte van opwinding bij het geluid van banden op het grind. Deze keer was er echt een auto gearriveerd. Ze wierp zichzelf weer op het raam. 'Het is Piers! Ja, we gaan met de Ferrari!'
'Veel succes,' zei Nadia, terwijl Clare naar de deur rende.
'Jij ook,' riep Clare vrolijk terug, al halverwege de trap.
Volledig opgetut ging Nadia tien minuten later ook naar beneden. In de woonkamer lag Tilly languit op de bank een mandarijntje te pellen en naar *Blind Date* te kijken. Op het scherm trok de presentatrice rare gezichten, terwijl het paartje dat vorige week aan elkaar was gekoppeld steeds erger wordende beledigingen naar elkaars hoofden gooiden.
'Dus het was echt de ware liefde.' Nadia duwde Tilly's voeten opzij en ging zitten.
'O, ja.' Een stuk schil precies in de prullenmand mikkend, voegde Tilly eraan toe: 'Net zoals Clare en Piers de corpsbal. Behalve dan dat Piers alleen van zichzelf houdt.'
'Weet je zeker dat je het niet erg vindt dat je vanavond alleen thuis bent?' Nadia wreef liefkozend over Tilly's knokige enkel; het was pas sinds ze dertien was dat ze 's avonds alleen thuis mocht blijven. Tilly trok haar wenkbrauwen op.
'En wat als ik zou zeggen dat ik het wel erg vind? Neem je me dan mee naar het restaurant zodat ik jou geflirt met een of andere oude man moet aanzien?'

'Jay is dertig!'
'Oké, misschien niet oud. Middelbaar,' gaf Tilly toe.
'Als hij nu hier was, dan zou hij jou in de prullenmand gooien. Dertig is niet middelbaar.'
'Oké, als je broekje maar goed zit.'
Mijn ieniemienie onweerstaanbare broekje van zijde en kant, dacht Nadia tevreden.
'Maar je hoeft je over mij niet druk te maken.' Tilly peuterde nog een stuk schil van de mandarijn. 'Ik verheug me op een rustig avondje. Ik ga de bak Snickers-ijs opmaken en kan lekker tv-kijken zonder door wie dan ook te worden gestoord.'
Net toen ze Tilly wilde aanbieden om de bonbons voor haar mee te nemen uit het restaurant, herinnerde ze zich dat ze – hopelijk – vanavond niet meer thuis zou komen.
'Goed dan. Maar geen cocaïne, rustig aan met de tequila en geen wilde feestjes.'
'Mogen chips wel?'
'Niet meer dan twee zakken.' Nadia boog zich naar haar toe en woelde door Tilly's haar. 'O, wat ben ik toch blij dat ik je heb. Kom hier, geef je grote, oude, bijna middelbare zus eens een kus.'
'Bah, je stinkt.' Tilly wurmde zich los. 'Wat probeer je te doen met die man, hem te bedwelmen?'
Meteen schoot Nadia overeind. 'O god, is het te sterk? Ik rook niets, dus heb ik nog iets opgedaan, en toen schoot de fles een beetje uit – shit, het is echt te sterk.' Ze sprong op van de bank, een beetje in paniek rakend toen ze buiten een auto hoorde. Zodra je eenmaal per ongeluk te veel parfum had opgedaan, was het niet eenvoudig om de schade te herstellen. Behalve dan boenen met een schuursponsje, leek niets echt te helpen. Maar als ze Jay nu begroette, dan rook ze naar Amarige én gretigheid. Geen goed begin. Ze rende naar de bijkeuken en pakte de nagelborstel – want een schuursponsje zou een beetje te veel van het goede zijn – die Miriam gebruikte om haar handen schoon te maken nadat ze in de tuin had gewerkt. Nadat ze de borstel een paar keer stevig over het stuk zeep in het zeepbakje had gehaald, borstelde ze fanatiek haar polsen en spoelde ze af onder de kraan. Nu Tilly haar erop had gewezen, moest ze toegeven dat de parfumgeur nogal overweldigend was. Driftig boende ze haar hals – au – en gooide er

toen koud water op om de zeep af te spoelen. Daarna droogde ze zichzelf af met een handdoek. Nou ja, droog, niet helemaal, want de voorkant van haar witte topje was zeiknat – maar op een warme avond als deze zou dat vanzelf wel verdampen.
Rrring.
'De man van je dromen is er!' zong Tilly, een beetje te hard naar Nadia's smaak. 'Kan ik hem al binnenlaten of stink je nog?' Zogenaamd bezorgd voegde ze eraan toe: 'Zal ik een wasknijper voor zijn neus halen?'
'Ik doe wel open.' Aangezien het duidelijk niet veilig was om Tilly te laten opendoen, rende Nadia door de gang. Ze trok de deur open, klaar om Jay te vertellen dat hij tien minuten te vroeg was. Haar mond kreeg de woorden er niet uit.
O, grote goden.
'Nadia.' Lauries groene ogen namen haar liefkozend op. Hij schudde zijn blonde haar op een dat-is-lang-geledenmanier. 'Je ziet er fantastisch uit. Is dit een privé natte-T-shirt-wedstrijd of mag ik ook meedoen?'

29

De grootvadersklok in de hal tikte door, maar de seconden leken zich uit te strekken tot uren. Nadia probeerde adem te halen, maar merkte dat het niet lukte; de lucht zat vast in haar longen. Niet Jay. Laurie. Laurie, die ze het afgelopen anderhalf jaar had proberen te vergeten. En als haar dat niet was gelukt – want, geef toe, wie zou dat wel lukken – dan had ze in elk geval haar uiterste best gedaan om hem uit haar hoofd te zetten. Verdomme, ze had van niet-aan-Laurie-denken bijna een kunst gemaakt.
En nu was hij hier. Haar grote ex-liefde. Uit het niets verscheen hij op haar drempel en keek haar aan met een blik die ze zich maar al te goed herinnerde.
Was het een wonder dat ze niet kon ademhalen?
Laurie kuste of omhelsde haar niet. Het stond gewoon allemaal in zijn ogen te lezen.

Eindelijk vroeg hij: 'Wie zijn er nog meer thuis?'
'Eh... niemand.'
Achter haar gilde Tilly verontwaardigd: 'Nou, bedankt!' voordat ze door de gang aan kwam rennen en zichzelf in Lauries gespreide armen wierp. 'Wat leuk om je weer te zien!' Ze aanbad Laurie al sinds ze een baby was. 'Wat doe je hier?'
Terwijl Laurie Tilly omhelsde, zocht hij Nadia's blik over haar hoofd heen. 'Ik ben terug. Voorgoed.'
Nadia vroeg zich af waar haar knieën ineens waren gebleven. Ze kon geen woord uitbrengen.
'Iedereen is weg,' vertelde Tilly hem. 'Je vader is met oma naar de schouwburg.'
'Ja, ik zag dat er geen licht brandde. Daarom ben ik meteen hiernaartoe gekomen.' Hij kuste Tilly's magere wang. 'Mijn spullen staan nog op de stoep. Vind je het goed als ik alles naar binnen breng?'
Tilly, blozend van opwinding, hielp hem de diverse koffers en tassen in de gang te zetten. Toen, met een blik op Nadia's geschokte gezicht, zei ze opgewekt: 'Nou, dan ga ik maar naar mijn kamer. Ik moet nog huiswerk maken. Aardrijkskunde.'
Ze keken haar na, terwijl ze naar boven rende en hoorden haar slaapkamerdeur dichtslaan. Toen ze naar de woonkamer liepen, begon de grootvadersklok te brommen, bonzen en slaan. Het was acht uur.
'Dus,' zei Laurie. Terwijl hij even pauzeerde, besefte Nadia dat ze geen tijd hadden om te pauzeren.
'Wat dus?'
'Oké. Ik heb er de hele vlucht over de Atlantische Oceaan over na zitten denken, dus mag ik het gewoon zeggen? Nad, het spijt me. Ik kan bijna niet geloven wat ik heb gedaan en het spijt me echt, echt heel erg.' Hij keek dodelijk ernstig. 'Ik heb je gemist nadat we het uit hadden gemaakt, ik heb je heel erg gemist. Maar ik had zoveel andere dingen te doen. Mijn werk... een gekkenhuis gewoon... en ik dacht echt dat het voor ons allebei beter zou zijn.'
Hij kwam een stap dichterbij. Nadia had geen gevoel meer in haar vingers en tenen.
'En?'

'Ik ben gek geweest. Ik heb een verschrikkelijke fout gemaakt.'
Hij haalde zijn schouders op. 'Dat snap ik nu ook wel. Hollywood is een kutstad om in te wonen. De hele filmbusiness is kut. Ik kon er niet meer tegen, de mensen daar zijn gewoon zo onecht, zo leeg!'
'Je bedoelt dat ze geen werk meer voor je hadden?' Nadia kon het niet helpen; de vraag floepte er gewoon uit.
'Brrk,' krijste Harpo, met kraaloogjes naar zijn oude vijand kijkend. '*Gillette, the best a man can get.*'
Glimlachend negeerde Laurie hem. 'Integendeel. Ze bieden me steeds betere en grotere rollen aan. Ik heb alleen geen interesse meer. Ik wil daar gewoon niet zijn, want alles is daar zo betekenisloos.' Hij pakte een verkreukelde fax uit zijn broekzak. 'Hier, twijfelaarster.'
Ze las de fax van zijn agent. Geadresseerd aan Laurie stond er: Jongen, grote fout van je. Je zegt gedag tegen een grootse carrière. Bel me als je van gedachten verandert. Hyram.
'Ik zal niet van gedachten veranderen. Hyram wilde zelfs dat ik naar een psychiater zou gaan.' Zijn mondhoeken gingen omhoog. 'Zie je dat al voor je? Ik bij een psychiater? Hoewel ik het wel met jou heb uitgemaakt,' voegde hij er hoofdschuddend aan toe. 'Misschien had ik toen naar een psychiater moeten gaan. Wat is er trouwens met je nek gebeurd? Heeft Clare je proberen te wurgen?'
De nagelborstel had zijn sporen achtergelaten.
'Te veel parfum. Ik probeerde het eraf te krijgen.' Jay kon hier nu ieder moment zijn. Ze begon in paniek te raken.
'Avondje uit met vriendinnen?'
Pff, wat verbeeldde hij zich wel!
'Waarom weet je zo zeker dat het geen man is?' Rood van verontwaardiging hoopte ze dat Jay haar niet zou laten zitten.
Of hoopte ze dat niet?
'Niet zo boos worden. Ik heb pa vorige week gebeld,' vertelde Laurie volkomen op zijn gemak. 'Hij zei dat je niemand had.'
Nadia voelde haar korte nagels in haar handpalmen duwen. 'Nou, vanavond ga ik toevallig wel met iemand uit. En hij is een man.'
O ja, beslist een man.
'Wil je hem soms afbellen?'

'Nee!'
Daar was het trouwens toch te laat voor.
'Nee.' Laurie haalde kalm zijn schouders op. 'Nee, dat kun je natuurlijk ook niet maken. Dat is niet erg. Ik wacht hier gewoon op je tot je terug bent.'
O, fantastisch.
'Kijk me niet zo aan.' Laurie veegde zijn haar uit zijn gezicht en glimlachte weer op die hartveroverende, berouwvolle manier van hem. 'Nad, ik weet dat dit voor jou als een schok komt. Ik wil geen druk uitoefenen natuurlijk, maar we moeten wel praten. Ga jij nu maar gewoon uit en vermaak je. Ik hou Tilly wel gezelschap tot je weer terug bent.' Zijn hoofd iets schuin houdend naar de deur, voegde hij eraan toe: 'Zo te horen kan dat hem weleens zijn.'
Tilly, die schaamteloos luistervinkje had zitten spelen én uit het raam op de overloop had gekeken, kwam de trap af galopperen. 'Daar is hij! Ga maar gauw. Laurie en ik vermaken ons wel.' Ze keek gretig naar Laurie. 'Hebben ze ook monopoly in Amerika?'
'Ja, en ze hebben daar ook aardrijkskundehuiswerk.' Hij grinnikte en duwde haar naar de woonkamer.
'Ik had niet echt aardrijkskundehuiswerk.' Tilly schudde haar hoofd om zoveel naïviteit. 'Ik wilde discreet zijn.'
'Niemand in deze familie kent de betekenis van dat woord. Kom, dan zal ik je laten zien wat het betekent. We gaan ons verstoppen en doen alsof we er niet zijn, goed? We willen Nadia's afspraakje niet wegjagen.'
Nadia, die het hart in de keel klopte, wachtte tot de deur van de woonkamer stevig dichtzat. Hoewel ze wist dat het zou komen, schrok ze toch van het geluid van de bel. O god, het kon toch niet waar zijn dat haar dit overkwam?
En daar stond Jay op de stoep, aantrekkelijk gekleed in een pak en een geamuseerde blik werpend op de bagage achter haar.
'Gaat er iemand verhuizen?'
'Harpo.' Van ergens heel ver weg wist ze een gevat antwoord op te diepen. 'Hij zegt dat hij gek van ons wordt en dat hij teruggaat naar Madagaskar.'
'Nou ja, hij kan je altijd nog bellen.' Jay keek wat beter naar haar

hals toen ze haar handtas wilde pakken. 'Wat zijn die rode vlekken? Heb je weer gevochten met Clare?'
Door de gesloten deur van de kamer heen hoorden ze Harpo woest krijsen. '*Have a break, have a KitKat.*'
'Kom.' Jay ging opzij om haar erlangs te laten. 'Ik weet wel wat beters dan een KitKat.'

Nadia's hoofd zat te vol om zich ergens op te kunnen concentreren – ze voelde zich als een schaapherder in opleiding die schapen probeerde te hoeden die alle kanten op renden. Het restaurant waar Jay haar mee naartoe had genomen, was gezellig druk, maar zelfs iets uitkiezen van de kaart was haar te veel. Laurie was terug, Laurie was terug en had haar verteld dat hij een grote fout had gemaakt. Ze kon het allemaal niet zo snel bevatten.
'Nadia?' Jay trok zijn wenkbrauwen op, en ze merkte ineens dat de ober met pen en papier in de aanslag stond te wachten.
'Eh... ik neem hetzelfde als jij.'
Fout. Nadia kromp ineen toen het voorgerecht op tafel werd gezet. Hoe kon Jay nu denken dat ze van sardientjes hield?
'Ga je me nog vertellen wat er aan de hand is of niet?'
'Sorry?' O god, die lieve zilverige visjes met die oogjes in die kopjes. Ze kon ze niet opeten, ze kon zelfs niet naar ze kijken. Dacht Laurie echt dat hij zomaar terug kon wandelen in haar leven en dan met open armen ontvangen zou worden? En wat zat Tilly hem op dit moment allemaal te vertellen? Verdomme, had hij dan tenminste niet het fatsoen kunnen hebben om pas volgende week terug te komen?
Of morgen?
Jay liet zich tegen de rugleuning vallen. 'Hoor eens, hoe graag ik ook wil denken dat het komt omdat je opgewonden bent over ons avondje uit, ik geloof toch niet dat dat het is. Gaat het wel?'
Ze knikte heftig. Hij kon er niets aan doen. 'Sorry, ik was vergeten dat sardientjes geserveerd worden met hun oogjes er nog in.'
Hij geloofde haar duidelijk niet. Zijn donkere ogen fixeerden haar gezicht, haar uitdagend om hem nog meer op de mouw te spelden. 'Wat is er echt aan de hand?'
'Niets.'

'Nadia.' Dat was het, de derde en laatste waarschuwing.
Een diepe zucht slakend duwde ze de enge sardientjes opzij. 'De koffers. Die zijn van Laurie.' O, wat een opluchting om het eindelijk te kunnen zeggen. 'Hij is vanavond teruggekomen.'
Stilte. Aan hun tafel dan, verder nergens. Overal om hen heen gingen het gelach en de levendige gesprekken en het gekletter van bestek gewoon door alsof er niets aan de hand was.
'Hij is teruggekomen,' zei Jay. 'Bij jou?'
'Nee. Terug uit Amerika. Maar hij zegt dat hij er spijt van heeft. Het lijkt alsof hij weer... eh...'
'Iets met je wil?'
Ze schudde haar hoofd, knikte toen, en schudde weer. Maar goed dat haar hoofd stevig vastzat.
Hulpeloos zei ze: 'Ik weet het niet. Hij was er net toen jij kwam. Ik ben een beetje...'
'In de war?'
'Wil je ophouden met steeds mijn zinnen af te maken?' vroeg ze.
'Iemand moet het toch doen.'
Ze knikte naar haar weggeschoven bord. 'Wil jij mijn sardientjes?'
'Nee. Wil je dat ik je naar huis breng?' was zijn tegenvraag.
'Ja, graag.' Ze wachtte, terwijl hij de ober riep en de rekening betaalde. Nou ja, voor zover er wat op stond dan. Niemand kon zeggen dat ze mannen geld uit de zak klopte.
'Niet naar mijn huis,' zei ze tegen Jay, toen ze het restaurant verlieten. 'Naar jouw huis.'

30

'Nee,' zei Jay, toen ze bij zijn auto aankwamen.
'Alsjeblieft,' smeekte Nadia. Ondanks de warmte van de avond, rilde ze.
Binnen enkele seconden scheurden ze Park Street al op.
'Luister.' Jay klonk gelaten. 'Het loopt vanavond allemaal heel anders dan ik had verwacht. Ik had me erop verheugd.' Met een

korte zijdelingse blik op haar voegde hij eraan toe: 'En jij ook volgens mij.'
Niet in staat om een woord uit te brengen, knikte ze. Er zat een dikke brok in haar keel. In haar tas frommelend naar een zakdoekje – o god, niet huilen! – trok ze per ongeluk haar reserveslipje eruit. Haastig propte ze het er weer in.
'Maar je moet eerst uitzoeken wat je precies wilt. Ik wil graag dat mijn gasten me hun onverdeelde aandacht geven. Als ik je nu mee naar huis nam, zou je alleen maar aan hem denken.' Hij stopte even. 'Je moet een belangrijke beslissing nemen en dat kun je niet uitstellen.'
Hij had gelijk. Door de tranen in haar ogen zag ze bijna niets meer. Maar om echt te gaan huilen vond ze gezien de omstandigheden ook raar. Ze had nooit verwacht dat Laurie dit zou doen. Maar hij had het gedaan, en hij hield van haar, en hij wilde haar echt terug, hetgeen betekende dat ze zich verscheurd voelde tussen twee mannen, want Jay wilde haar ook.
Hoe lang hij haar zou willen, was natuurlijk de vraag.
In elk geval zou ze blij moeten zijn. Toch? Wat dilemma's betreft, was dit toch beslist de minder dramatische variant. Niet te vergelijken met de keuze hebben tussen opgegeten worden door een leeuw of in een van krokodillen vergeven meer te moeten springen.
Stom, ik ben stom. Ze schraapte haar keel, knipperde hard met haar ogen totdat de lichtjes van Park Street weer scherp waren en vroeg: 'Dus wat vind jij dat ik moet doen?'
'Dat moet je mij niet vragen.'
'Ik vraag het je toch.'
'Goed dan.' Hij klonk kortaf. 'In dat geval vind ik dat je je ex-vriend moet vragen waar hij verdomme het gore lef vandaan haalt, dat je het ongelooflijk vindt dat hij zo'n lage dunk van je heeft dat hij denkt dat je zelfs maar zult overwegen om hem terug te nemen. Ik vind dat je hem moet vertellen weer naar L.A. op te rotten en je nooit meer lastig te vallen.'
'Oké, oké, ik snap hem al.' Ze deed haar handen omhoog om hem te stoppen. Misschien was het fout geweest om hem om raad te vragen – wat had ze dan gedacht dat hij zou zeggen? 'Maar dat kan ik niet maken.'

'Natuurlijk wel.'
'Nee!'
'Omdat je het niet wilt.'
'Hoor eens, jij kent Laurie niet.'
'Ik hoef hem ook niet te kennen. Ik wou alleen dat jij hem ook niet kende.'
'Maar hij is...'
'Toe zeg,' zei hij op minachtende toon, 'je hoeft hem niet zo te verdedigen. Waar is je trots? Wie zegt dat hij het je niet nog een keer zal flikken?'
'Wie zegt dat ik hem terug wil?' Ze ging harder praten; ze maakten ruzie, en ze vond Jay niet eerlijk. 'Dat heb ik toch niet gezegd! Hij stond vanavond ineens op de stoep.'
'Dat is waar. Perfecte timing.' Hij schudde vol afkeer zijn hoofd. 'Oké, ik heb gezegd wat ik te zeggen had. De beslissing is aan jou.'
'Nou, dank je wel.'
'Je hoeft niet zo kattig te doen. Je vroeg me wat ik ervan vond en dat heb ik je verteld.'
Dat kan zijn, dacht ze, maar dat wil nog niet zeggen dat ik het leuk moet vinden.
De rest van de rit verliep in kil stilzwijgen. Jay stopte voor het huis en liet de motor draaien.
'Het spijt me,' zei ze onhandig.
'Jij kunt er niets aan doen.' Hij zei het zo kortaf dat het duidelijk was dat hij eigenlijk vond van wel.
'Goed. Nou, tot ziens dan maar.'
'Veel plezier nog.'
Ze stapte uit, met het gevoel dat ze aan de kant werd gezet. Jay scheurde weg. Op de manier van iemand, dacht ze bij zichzelf, die ontsnapt aan een meisje dat hem net heeft verteld dat ze een akelige seksueel overdraagbare ziekte heeft.
Ze rechtte haar schouders. Goed. Oef. De volgende.

'Ga weg,' riep Tilly boos toen ze de woonkamer binnenkwam. 'Je bent te vroeg. We hebben net zo'n lol.'
Nou, daar zou dan snel een einde aan komen.
'Jammer dan, Assepoester.' Nadia trok aan Tilly's slordige staar-

tje. 'Een van je lelijke zusjes is weer thuisgekomen, en het is tijd dat je naar bed gaat.'
Tilly en Laurie hadden Pictionary gespeeld; de grond lag bezaaid met volgekrabbelde blaadjes papier. Tilly trok een gezicht. Snel tekende ze een zielig kijkende kruisbes.
'Ga nu maar.' Laurie knuffelde haar even. 'Ik ben er morgen ook nog.'
'Als Nadia je tenminste niet in stukjes hakt en in de tuin begraaft.'
'Duim maar voor me,' zei hij grijnzend. 'Ik heb geen zin om te eindigen als plantenmest.'
Ze konden zo goed met elkaar opschieten die twee, dat was altijd al zo geweest. Nadia wist dat Tilly het liefst zou hebben dat zij en Laurie gewoon weer verder gingen waar ze waren gebleven, gewoon weer samen alsof ze nooit uit elkaar waren geweest. Terwijl Tilly haar armen om Nadia's nek sloeg om haar welterusten te kussen, fluisterde ze hard genoeg zodat Laurie het kon horen: 'Fijn, hè? Ben je niet blij?'
Nadia perste er een glimlachje uit. Blij was niet precies hoe ze zich voelde op dit moment.
'We dachten dat je pas tegen twaalf uur zou thuiskomen,' zei Laurie, toen ze alleen in de kamer waren.
'Ik was bijna helemaal niet thuisgekomen.'
'Kom, ga zitten.' Hij klopte naast zich op de bank. 'Maar je bent dus van gedachten veranderd.'
Ze ging niet zitten. En vertelde hem ook niet dat Jay niet had gewild dat ze bij hem bleef.
'Hé,' zei hij zacht. 'Het spijt me als ik je avond heb verpest. Maar ik kon niet weten dat je een afspraakje had, toch?'
'Misschien niet.' Hij had zijn vader vorige week gebeld, herinnerde ze zichzelf eraan. Een week geleden was zij, voor zover Edward wist, honderd procent single geweest.
'Tilly zei dat hij je baas is.'
'Dat klopt.'
'Misschien niet zo slim.' Hij trok een gezicht, een beetje zoals Leonie had gedaan. 'Kan de boel gecompliceerd maken.'
'Je wordt bedankt.' Ze vroeg zich af of het niet bij hem opkwam dat hij degene was die de boel gecompliceerd maakte. Omdat ze

geen zin had om te gaan zitten, zei ze: 'Ik ga thee zetten. Wil jij een kopje?'
Maar dat hielp ook niet. Laurie volgde haar naar de keuken en leunde tegen de kast, terwijl zij met mokken en lepeltjes en theezakjes in de weer was. Hij droeg een verkreukeld wit overhemd en de gebruikelijke afgedragen spijkerbroek die laag om zijn heupen hing. Zijn haar was blonder, zijn gezicht bruiner, zelfs zijn ogen leken groener dan ze zich herinnerde.
'Draag je soms gekleurde contactlenzen?' flapte ze er uit.
Hij leek geschokt. 'Dat meen je niet. Ik? Hier, kijk zelf maar.' Hij kwam vlak voor haar staan en staarde in haar ogen. 'Geen gekleurde contactlenzen. Geen botox. Geen enge implantaten.' Hij klonk geamuseerd. 'Nergens.'
'Fijn om te horen. Goed te weten dat je niet in een mietje bent veranderd.' Ze richtte zich weer op het thee zetten, wat ongeveer zo ingewikkeld voelde als een zevengangendiner koken en tegelijkertijd een openhartoperatie uitvoeren. Ze morste dan ook prompt suiker op het aanrecht. Verdomme. 'Nog steeds suiker?'
'O ja.' Hij grijnsde nu naar haar. 'Volgens mij was ik de enige in Hollywood die suiker nam. Je zou de gezichten van die lui eens hebben moeten zien. Maf, cocaïne snuiven is prima, maar,' hij speelde dat hij geschokt was, 'suiker in je thee!'
'Dan zullen ze ook wel niet erg onder de indruk zijn geweest van jouw voorkeur voor Marsen uit de diepvries,' merkte ze op. Het was haar gelukt om zonder verder geknoei suiker in de mokken te doen, maar ze was zich nog steeds scherp bewust van Lauries nabijheid.
'Een reden te meer om te maken dat ik daar wegkwam.' Hij haalde zijn schouders op. 'Dus, weet je het al?'
'Over die Marsen uit de diepvries? Nou, meer dan drie achter elkaar eet ik er nooit, maar...'
'Je weet best wat ik bedoel,' onderbrak hij haar, en een stroomstoot zigzagde langs haar rug. Het was veel gemakkelijker om te doen alsof ze het niet wist. Oké, concentreer je, roeren, de theezakjes eruit halen, de theezakjes in de suikerpot gooien...
'Over ons,' zei hij. 'Sorry, ik weet dat ik geen druk moet uitoefenen, maar ik vroeg me gewoon af of je al iets had besloten. Nu je over de eerste schok heen bent, bedoel ik.'

Eroverheen bent? Allemachtig, de eerste schok was nog in volle hevigheid voelbaar. Zich verbazend over zijn hoge dunk van haar, duwde ze hem een van de mokken in de hand.

'Als ik zou zeggen dat je weg moest gaan, zou je dat dan doen?'
'Nee.' Hij glimlachte en schudde zijn hoofd. 'Ik zou blijven en proberen je op andere gedachten te brengen.' Na een korte pauze voegde hij eraan toe: 'Nee, dat is niet helemaal waar. Ik zou blijven totdat je van gedachten was veranderd.'
'Waarom denk je dat dat zou gebeuren?'
Hij zette zijn thee neer, zonder een slok te hebben genomen – en dat na alle moeite die ze had gedaan.
'Dat denk ik gewoon.'
'Je hebt er wel erg veel vertrouwen in,' zei ze.
'Anders zou ik hier niet zijn. En dat bedoel ik niet verwaand of zo,' legde hij snel uit. 'Ik heb vertrouwen in jou. We hadden het hartstikke leuk samen, Nad, dat weet je best. En zodra je me hebt vergeven dat ik een lul ben geweest, kunnen we het weer hartstikke leuk hebben. Lepeltje?'
'Wat?'
'Lepeltje.' Hij wees op het lepeltje dat op het aanrecht achter haar lag. 'Je hebt het theezakje in mijn mok laten zitten.'

'Niet te geloven!' riep Miriam, toen Edward en zij om halfelf thuiskwamen.
Zeg dat wel, dacht Nadia, terwijl Miriam haar armen om Laurie heen sloeg en hem begroette als... nou ja, als de spreekwoordelijke verloren schoonkleinzoon.
Dit was helemaal niet zoals Nadia zich haar zaterdagavond had voorgesteld.
'Pa.' Nadat Laurie zich had losgemaakt van Miriam, draaide hij zich om om zijn vader te omhelzen. Geroerd zag Nadia dat Edward tranen in zijn ogen had.
'Wat een verrassing.' Edward schraapte zijn keel. 'Hoe lang blijf je deze keer?' Vanwege zijn drukke werkzaamheden waren Lauries laatste bezoekjes altijd erg kort geweest.
'Ik ben voorgoed terug, pa.'
Miriam keek Nadia vragend aan. Nadia haalde haar schouders op. Ze voelde zich door de mangel gehaald en was compleet ka-

pot. Wanneer dit soort dingen gebeurden met mensen in soaps, dan leken ze het altijd zoveel beter op te vangen dan zij nu deed.
'Dat is nogal een verrassing,' zei Miriam. Wat met recht *het* understatement van het jaar kon worden genoemd. Maar ja, Miriam liet zich nooit erg gauw van slag brengen.
'Voorgoed?' Edward fronste bezorgd zijn wenkbrauwen. 'Is er iets mis dan?'
'Er was iets mis,' beaamde Laurie. 'Pa, maak je geen zorgen, ik zit niet in moeilijkheden of zo. Ik heb gewoon mijn gezonde verstand weer teruggevonden.' Hij wendde zich tot Nadia. 'En zodra deze hier me vergeeft en me terugneemt, is alles weer goed.'
Nadia kromp ineen, zich bewust van alle ogen op haar. En dan te bedenken dat ze hier tijden van had gedroomd.
Alsof het de gewoonste zaak ter wereld was, voegde Laurie eraan toe: 'Ik hou van haar.'
O jeetje, dit werd wel heel erg Hollywood-achtig. Nadia had zin om haar vingers achter in haar keel te steken.
'Sorry.' Laurie begon te grijnzen. 'Beetje slap, net als de laatste zin uit een of andere superslechte film.'
'Je bent nu weer in Bristol,' herinnerde Nadia hem eraan.
'Oké. Jij bent mijn wijffie en ik zie je best wel zitten, dus wat zeg je ervan, schatje?'
'Veel beter. Heel gevoelig.' Lachend omhelsde Miriam hem nog een keer. 'En wat vindt Nadia van dit alles?'
Nadia voelde zich net een speldenkussen; ze konden honderden spelden in haar steken en ze zou het niet eens voelen. Geërgerd omdat ze over haar praatten alsof ze er niet bij was, zei ze: 'Nadia neemt nu geen beslissingen. Nadia gaat naar bed.'
'Koppig,' fluisterde Miriam. 'Altijd al geweest. Weten jullie nog die keer dat ze de kerstboom omgooide omdat ze de piek er niet recht op kreeg? Nou ja.' Ze kneep in Lauries gebruinde arm. 'Als iemand haar kan ompraten, dan ben jij het wel, lieverd.'
Nadia geloofde haar oren niet.
'Dit heeft helemaal niets te maken met pieken en kerstbomen.'
Diamanten schitterden toen Miriam haar vinger naar Nadia schudde.
'Liefje, geef nu maar toe dat je behoorlijk uit je slof kunt schieten. Je was twee uur bezig geweest met die boom versieren. En

toen je hem omgooide, zijn alle ballen gebroken.'
'Ja, dat weet ik ook nog,' bemoeide Tilly zich ermee vanuit de deuropening. Ontslagen van haar slaapkamerverbanning door de thuiskomst van Miriam en Edward, voegde ze er vrolijk aan toe: 'Ik was toen zes. Overal lag glas, en Nadia bleef maar huilen en huilen.'
'En wat dan nog?' Nadia spreidde wanhopig haar armen.
'Lieverd, ik zeg alleen maar dat je soms erg impulsief kunt zijn en dan je fout niet toe wilt geven en daar later spijt van hebt,' zei Miriam sussend. 'Dat noemen ze valse trots.'

Nadia kon de slaap helemaal niet vatten. Ze was nogal gepikeerd naar haar kamer gegaan en lag de eerste uren te woelen, terwijl ze luisterde naar de lawaaiige feestelijkheden die beneden onverminderd doorgingen. James, die rond middernacht was thuisgekomen van zijn uitje met Annie, had zich bij de anderen gevoegd. Harpo, die duidelijk over zijn toeren raakte, slingerde Laurie opgewekt beledigingen naar zijn hoofd. Toen Laurie en Edward eindelijk rond drieën weggingen, hoorde ze Miriam geruststellend zeggen: 'Maak je niet druk om Nadia, die komt gauw genoeg weer bij haar positieven. Ze heeft je echt ontzettend gemist, weet je.'
Tandenknarsend van frustratie had Nadia bijna een Harpo-achtige opmerking naar beneden geschreeuwd. Als iemand anders haar zo klote had behandeld, dan had haar familie zich tegen hem gekeerd, zoals het hoorde. Maar Laurie werd alles blijkbaar vergeven.
Betekende dat dat zij hem ook moest vergeven?
Wilde ze dat?
Poef, Nadia draaide haar kussen om en sloeg het in vorm. De rest van het huis was nu stil, maar ze kon nog steeds niet slapen.
Vier uur kwam en ging.
Toen vijf uur.
Wat zou Jay nu doen?
Nou, niets natuurlijk. Die lag te gewoon te pitten. Zoals ieder ander normaal mens.
Want de kans dat hij wakker lag en zich druk maakte om haar, was natuurlijk nul komma nul.

31

'Ik heb het net gehoord,' loeide Clare, terwijl ze de slaapkamerdeur opengooide en zich op bed stortte.
'Oee,' kreunde Nadia toen haar benen werden klemgezet in het matras. Als ze maar niet voor altijd uit vorm waren geraakt.
'Ik ben net thuis en papa vertelde het me. Toe, word nou wakker!' Clare pookte haar irritant in haar ribben. 'Vertel! Hoe kun je nu slapen na zoiets?'
Zich omrollend beschutte Nadia haar ogen tegen het zonlicht dat de kamer in stroomde. 'Hoe laat is het?'
'Tien uur. En volgens Miriam komt Laurie om halfelf.'
'Waarom?'
'Blijkbaar gaan jullie samen winkelen.'
'Winkelen.' Dit was echt te veel, en ook veel te vroeg. 'Wat gaan we kopen dan?'
'Wat kopen weggelopen vriendjes meestal wanneer ze je terug willen? Een supergrote verlovingsring met een steen zo groot als een kastanje.'
'Wat?' Het was meteen ochtendspits in Nadia's hoofd. Ze schoot overeind.
Clare grijnsde triomfantelijk naar haar. 'Grapje. Hij wil op huizenjacht.'
Nadia hoefde niet getrakteerd te worden op Clares beschrijving van de nacht die ze met Piers had doorgebracht – de schittering in haar ogen en haar irritante drukke Teigetje-gedrag waren meer dan voldoende om Nadia te laten weten dat het fantastisch was geweest.
Maar Clare vertelde het haar natuurlijk toch, gezeten op de vensterbank in de badkamer en boven het lawaai van de douche uit schreeuwend. Zelfs met haar oren vol shampoo was er geen ontsnappen aan, merkte Nadia.
'... hij is zo fantastisch... we hebben het zo verrukkelijk gehad... volgend weekend neemt hij me mee naar Schotland... ik wou dat het alvast zover was,' brulde Clare blij.
Hm.

'Heb je het wel gehoord?' vroeg Clare voor de zekerheid toen Nadia onder de douche vandaan kwam, gewoon voor het geval ze iets had gemist.
'Luid en duidelijk.' En schuimig, dacht ze bij zichzelf terwijl ze haar haren stevig begon te drogen met een handdoek.
'Hij heeft echt een nieuwe bladzijde omgeslagen.' Clare sloeg haar armen om haar knieën. 'Hij weet dat hij geen spelletjes meer met me kan spelen. Ik heb hem gezegd dat ik het niet meer pik. Nog één keer zo'n streek, en ik ben weg. Nou, dat was afdoende.'
'O, mooi.' Het leven thuis was in elk geval een stuk aangenamer wanneer Clare gelukkig was.
'Dus hoe ging het met dinges gisteravond? Jay.'
'Niet goed.' Nadia begon anti-klitserum in haar krullen te masseren. Ze had erg haar best gedaan om niet aan Jay te denken.
'O, nou ja, maakt niet uit. Je hebt nu Laurie.' Wat Clare betreft was het net zo eenvoudig als een nieuw kanariepietje kopen als je oude van zijn stokje was gevallen.
'Maar wat als ik Laurie niet meer wil?'
'Ben je gek? Wie zou hem nu niet willen? En zoals hij is teruggekomen!' Dramatisch spreidde Clare haar armen. 'Zo romantisch! Besef je dan niet hoeveel geluk je hebt? Laurie geeft je een tweede kans. Het zou stom zijn om die niet te grijpen.'
Toen Laurie twintig minuten later arriveerde, stortte Clare zich op hem als een opgewonden jong hondje.
'Ha!' Triomfantelijk maakte ze zich weer van hem los. 'Ik heb net iemand gekust die iemand heeft gekust die Johnny Depp heeft gekust.'
'Jemig.' Laurie leek onder de indruk. 'Wie heb je net gekust?'
'Jou, stomkop!' Clare stompte hem tegen de arm. 'Jij was bij de oscar-uitreiking met die actrice die vroeger met hem ging.' Haar ogen kregen een glans. 'Hebben jullie... je weet wel... het gedaan?'
'Clare,' zei Miriam bestraffend.
'Wat is er? Zulke dingen wil ik altijd graag weten.'
Grinnikend schudde Laurie zijn hoofd. 'Onze agenten hadden die avond geregeld. Ik heb haar met geen vinger aangeraakt – en dat bedoel ik letterlijk. Onze taak was om zo te poseren voor de pers.' Clare gebruikend om het voor te doen, legde hij een hand op een centimeter afstand van haar rug, hield zijn hoofd schuin naar haar

toe en grijnsde zijn tanden bloot tegen een denkbeeldige camera. 'Haar jurk had ze te leen van een of andere ouwe rukker van een mode-ontwerper. Geen lichamelijk contact toegestaan voor het geval dat ik een afdruk zou achterlaten met mijn smerige zweethandjes.'
'Ik vind ze er anders niet zo smerig uitzien.' Clare straalde. 'Bovendien hou ik wel van een beetje zweet. God, het is bijna niet te geloven dat je terug bent. Hoe kon je het nu niet leuk vinden in L.A.?'
'Ik had een appartement dat op het strand uitkeek,' vertelde Laurie. 'Dat betekende dat ik 's ochtends wanneer ik wakker werd, de oceaan kon zien en de waterskiërs en de windsurfers en de paragliders.'
Clare rolde met haar ogen. 'Goh, zielig.'
'Ik had ook een clausule in mijn contract bij mijn agent die me verbood om mee te doen aan iedere activiteit waarbij ik mogelijkerwijs verwondingen of littekens kon oplopen. Dat had mijn agent erin laten zetten nadat ik van mijn motor was gevallen,' legde hij uit, 'en een paar hechtingen in mijn wang kreeg. Daardoor kon een reclamecampagne niet doorgaan. Nou ja, het kwam erop neer dat ik, tegen de tijd dat ik een nieuw contract moest ondertekenen, alleen nog maar sinaasappelen mocht pellen. Het was gewoon belachelijk. Echt, die manier van leven daar is veel minder leuk dan het lijkt.'
'Maar je hebt vast heel veel beroemde mensen ontmoet.' Clare vond nog steeds dat hij knettergek was.
'Natuurlijk. Maar dat ze beroemd zijn wil nog niet zeggen dat ze leuk zijn. En ik miste Nadia. Nou ja, dat weten jullie al.' Hij pauzeerde even. 'Daarom ben ik ook teruggekomen. Waar is ze trouwens?'
Nadia, die in de hal had staan treuzelen, haalde diep adem en liep de keuken in. 'Hier ben ik.'

'Ik moet echt een nieuwe auto kopen.' Laurie trok aan het stuur van zijn vaders Volvo en sloeg rechts af Over Lane in. 'Over ongeveer zeshonderd meter is het. Aan de linkerkant. Barrel Cottage.'
Nadia had de stapel papieren van de makelaar op haar knieën

liggen. Het was halftwaalf zondagochtend. Als gisteravond volgens plan was verlopen, dan had ze nu misschien nog in Jays bed gelegen en wie weet wat allemaal uitgespookt.
Nou ja, ze had er een redelijk goed idee van.
Maar zo was het niet. Ze was hier met Laurie in de buitenwijken van Almondsbury, op weg naar een huis dat hij, mocht hij het leuk vinden, dreigde te kopen, min of meer ter plekke zelfs.
Ze stopten voor Barrel Cottage, een langgerekt, laag huis met vier slaapkamers, glas-in-loodramen, witte muren en – verrassing! – eiken tonnen met geraniums erin aan weerskanten van de voordeur.
'Hoe duur?' vroeg Laurie.
Nadia keek op het papier. 'Driehonderdduizend.'
'Wat vind je ervan?'
'Een beetje een bonbondoos.'
'Je vindt het niet mooi dus?'
'Laurie, wat doe ik hier eigenlijk?'
'Je helpt me met een huis uit te zoeken.'
'Maar jij bent degene die het huis koopt. Het is jouw beslissing.'
Hij knipoogde. 'Maar jij moet het ook leuk vinden. Als het weer wat wordt tussen ons, moet jij hier ook wonen.'
Tja, dat kreeg je ervan als je een stomme vraag stelde. Dat was typisch Laurie, hij zei altijd precies wat hij dacht.
'Wat doe je?' protesteerde ze, toen hij de auto weer startte.
'Je bent niet echt enthousiast.'
'Maar binnen is het misschien prachtig!'
Grijnzend zette hij de motor weer af. 'Oké. Laten we dan maar eens gaan kijken.'

'Oef.' Nadia hapte naar adem toen ze boven aan de trap uitgleed. Het volgende moment viel ze naar beneden. 'Au, shit, dat doet pijn.'
Ze waren het derde huis van de dag aan het bekijken, een leegstaand huis van vier verdiepingen in Redland waarvan ze de sleutel van de makelaar hadden gekregen. Laurie, die naar haar toe kwam snellen, zei dwingend: 'Niet bewegen. Leun maar tegen mij aan. Shit, waar zijn we ergens? Ik kan me het adres niet herinneren.'
Nadia sloeg het mobieltje uit zijn hand voordat hij het alarm-

nummer kon bellen. 'Heb je dat in Hollywood geleerd om zo dramatisch te doen? Ik hoef geen ambulance, ik ben alleen maar uitgegleden, meer niet.'
'Niets gebroken?' Lauries gezicht was wit van bezorgdheid. 'Zeker weten?' Hij zat geknield naast haar, zijn verkreukelde witte broek vies van het stof.
Ze knikte en bewoog langzaam haar heupen. 'Ik heb mijn rug een beetje verrekt, maar verder zit alles er nog op en aan.'
'Dat had ik je ook wel kunnen vertellen.' Om zijn spitsvondigheid kracht bij te zetten, legde hij een arm om haar schouders.
'Kom, dan proberen we je weer overeind te krijgen. Steun maar op mij.' Voorzichtig hees hij haar omhoog. 'Zeker weten dat je niets hebt?'
'Ja, zeker weten. Zeur niet zo.' Ze draaide haar hoofd weg; het was nogal verontrustend, zijn gezicht zo dicht bij het hare.
'Lag de vloerbedekking los? Gleed je daarom uit?'
'Ik gleed uit omdat ik niet oplette.'
Met een spijtig lachje zei hij: 'Als dit L.A. was geweest, dan zou ik nu mijn advocaat bellen en hem opdragen om de eigenaar van dit huis een proces aan de broek te doen.'
'Dat kan zijn, maar het was toch echt mijn eigen schuld.'
'Zie je? Daarom hou ik van je.' Hij klaarde op. 'In L.A. zal nooit iemand toegeven dat ze misschien ergens de schuld van hebben. Maar heb je echt geen pijn?'
Eerlijk gezegd behoorlijk veel. Maar Nadia veegde vastbesloten het stof van haar kleren. 'Niets aan de hand. Je kunt me nu wel loslaten.'
Zijn groene ogen boorden zich in de hare, net zo eerlijk en hartveroverend als altijd. 'Weet je wel hoe graag ik je wil kussen?'
Niet eerlijk. Niet eerlijk. Nadia voelde haar maag samenknijpen.
'Ik heb je gisteravond nog niet gekust,' fluisterde hij. 'Is dat je niet opgevallen?'
Hij stond zo dicht bij haar. Ze concentreerde zich op het nauwelijks zichtbare litteken op zijn wang. Gek genoeg was het haar inderdaad opgevallen dat hij haar niet had gekust.
'Ik wilde wel, meer dan wat dan ook,' vervolgde hij toen ze niet reageerde. 'En ik wil het nu ook weer.'
Oké, dit werd gewoon absurd...

'Maar ik doe het niet,' zei hij.
O.
'Alleen als je het echt wilt.'
Zijn adem was warm en zoet. Ze voelde zijn hart kloppen door zijn dunne leigrijze T-shirt heen.
Ze deed een stap naar achteren. Gekust worden was één ding; toegeven dat je gekust wilde worden, was heel wat anders. 'We hebben de benedenverdieping nog niet bekeken.'
Zijn mondhoeken gingen iets omhoog. 'Ik wist gewoon dat je zoiets zou zeggen.'
De kamers beneden waren enorm groot, wat versterkt werd door het ontbreken van meubels. Bij het raam van de woonkamer dat uitkeek over de tuin bestudeerde Laurie de gegevens van de makelaar en zei luchtig: 'De tuin is vijfentwintig meter diep. Groot genoeg voor je?'
'Te groot voor jou in elk geval,' zei ze, want Laurie en tuinieren was zoiets als prinses Anne en paaldansen. En dit huis kostte driehonderdzeventigduizend! Het was een belachelijk bedrag om zomaar even op tafel te leggen.
'Ik vind dit een mooi huis,' zei Laurie.
'Hou toch op. Waarom huur je niet gewoon een flat?'
'Omdat dat zo tijdelijk lijkt, en ik ben voorgoed terug. Misschien als ik een huis koop, dat je dat dan eindelijk eens gelooft.'
'Maar je kunt niet...'
'Nad, wind je toch niet zo op. Nu ik terug ben, kan ik net zo goed een beetje mooi gaan wonen.'
'En je kunt je dit echt veroorloven?'
'Ja, ik kan het me echt veroorloven.'
Goh.
'Oké.' Ze gaf het op.
'En ik vind dit mooi.'
'Zelfs als het te groot voor je is.'
'Zie je nou wat je doet? Het is zo pessimistisch om zo te denken. Kun je het nooit eens van de zonnige kant bekijken? Ik bedoel, denk je eens in hoe deze tuin er over vijf jaar zal uitzien.' Hij wees uit het raam. 'Daar, onder de appelboom, een schommel. Een glijbaan die in het kinderbadje uitkomt. Zo'n trampoline voor kinderen, een paar driewielers.'

'Ben je niet een beetje te oud voor driewielers?' vroeg ze.
'Het kan toch? Het is in elk geval wat ik wil. Jij, ik en een huis vol kinderen.' Hij begon te grijnzen toen hij haar gezicht zag. 'Oké, drie dan. Drie is ook goed, als je er niet meer wilt.'
'Wat ga je eigenlijk doen nu je terug bent?' veranderde ze abrupt van onderwerp. 'Qua werk, bedoel ik. Wil je weer effectenmakelaar worden?'
Hij trok een gezicht. 'Liever iets anders. Ik haatte dat. Maar als het niet anders kan, dan desnoods dat weer. Hoe dan ook,' ging hij nonchalant verder, 'daar denk ik voorlopig nog maar niet aan. Ik heb geld op de bank en ben van plan om de rest van de zomer een beetje te gaan genieten.'
Leuk werk, maar hoe kwam je eraan?
'Je zult het daar toch ook wel leuk gehad hebben,' veronderstelde ze. Die vraag zat haar al de hele ochtend dwars. Nee, die vraag zat haar al vijftien maanden dwars. 'Je hebt daar toch wel vriendinnen gehad?'
'Een paar.' Hij werd ernstig. 'Wat wil je weten, met hoeveel meisjes ik naar bed ben geweest? Oké, drie. Wat redelijk bescheiden is, naar L.A.-maatstaven. En in de eerste vijf maanden trouwens met niemand. Ik had gewoon geen belangstelling. Tot ik besefte dat ik moeilijk de rest van mijn leven als monnik kon doorbrengen. Maar geen serieuze relaties. Gewoon los-vast. En jij?'
'God, honderden. Iedere nacht een andere man,' zei ze. Nou ja, ze had het bijna met Stevie Granger van het tuincentrum gedaan op het kerstfeest van vorig jaar. Nog wel in de grot van de kerstman. Dat telde toch zeker wel als een echte verovering? Ze hadden het echt gedaan als iemand niet het brandalarm had af laten gaan.
'Honderden? Oei, dat is verontrustend. Waren er bij die aan mij konden tippen?'
Ze dacht even na. 'Zo'n tachtig.'
'Goed. En waren er ook... je weet wel, serieuze relaties bij?'
'Een stuk of twintig.'
'Een stuk of twintig,' zei hij. 'Nou, dat valt mee. Dat kan ik wel aan. Dus ik maak nog steeds kans?'
'Goh, je bent nog net zo bescheiden als vroeger,' merkte ze op, terwijl ze haar haar uit haar gezicht veegde. Ze had nu echt nog

in bed moeten liggen. Alleen wist ze niet in welk bed, dat van haar of van Jay.
'Dat heet niet bescheiden,' zei hij. 'Dat is optimistisch. Ik heb hoop. Per slot van rekening,' hij lachte zijn onweerstaanbare lachje naar haar, 'heb je nog geen nee gezegd.'

32

De patio in Clarence Gardens moest worden gelegd, en dat was wat Nadia betrof zowel goed nieuws als slecht nieuws.
Het was maandagmorgen, en de mogelijkheid om aan Laurie Welch' slijmcomité te ontsnappen, was haar zeer welkom. Aan de andere kant had ze echter behoorlijk last van haar rug. De trap af stuiteren als een grillige flipperbal zodat haar ruggenwervel tegen iedere tree was geknald, had geresulteerd in behoorlijk opzienbarende blauwe plekken. Zelfs haar T-shirt in haar spijkerbroek stoppen was zo pijnlijk geweest dat ze het had uitgegild. Ze bekeek zonder enig enthousiasme de stapel stenen, draaide de dop van haar Evian-flesje en nam een slok water. Ook dat deed pijn.
En Jay was nergens te bekennen, wat een teleurstelling was. Ze had het idee gehad dat hem zien haar zou helpen om haar dilemma op te lossen. Ze was van plan geweest om haar reactie op hem wanneer ze hem weerzag, te vergelijken met haar reactie op Laurie toen hij haar gisterochtend had opgehaald voor de huizenjacht. Haar lichaam had haar moeten vertellen wat ze wilde weten. Behalve dan dat haar lichaam het waarschijnlijk te druk had met 'au au' doen om haar behulpzaam te kunnen zijn.
Nou ja. Verder met het werk waarvoor ze werd betaald. Misschien zouden haar spieren na de eerste paar stenen wel ophouden met zich als kleine kindertjes aan te stellen en wat losser raken.

Toen het zijhek een uur later openklikte, draaide Nadia zich om – knarsend – en voelde haar hart sneller gaan slaan. Haar wan-

gen werden rood en haar maag kneep zich samen zoals een peuter een snoepje vastknijpt.
'Allemachtig.' Met moeite ging ze rechtop staan en veegde haar stoffige, zweterige handen af aan haar korte broek. 'Wat kom jij hier doen?'
Laurie zette zijn zonnebril af en wees op zijn verkreukelde T-shirt en spijkerbroek. 'Ik vroeg Miriam hoe het met je ging vanochtend, en ze vertelde me dat je zo'n beetje kruipend de keuken in was gekomen.'
'Dat is niet waar.' Nadia was beledigd; ze had alleen maar zin gehad om kruipend de keuken binnen te gaan.
'Nou ja, maar ik dacht dat je misschien wel hulp kon gebruiken, en ik heb toch niets te doen.' Hij maakte zwierige bewegingen met zijn hand. 'Dus daar ben ik dan. Zie je wel, ik ben er helemaal op gekleed zelfs.'
Lauries totale onverschilligheid wat betreft kleren en zijn befaamde slordige garderobe maakten dat dat moeilijk te zien was. De werkspijkerbroek van vandaag was niet te onderscheiden van de zaterdagse-net-terug-uit-L.A.-spijkerbroek. Als hij naar een filmpremière moest, zou hij waarschijnlijk gewoon de schoonste aantrekken die hij kon vinden.
'Maar dit is mijn werk,' zei ze.
'Maar ik kan je toch wel helpen? Je hoeft me heus niet te betalen.'
'Volgens mij is dit geen goed idee.' Het woord 'helpen' was anders wel heel verleidelijk. O god, maar wat als Jay ineens opdook?
'Ik vind het vrij logisch.' Hij haalde zijn schouders op. 'Ik kan net zo goed iets nuttigs doen met mijn spieren zolang ik ze nog heb.'
Een van de andere clausules in zijn contract, had ze gehoord, was dat hij verplicht was geweest om minimaal veertien uur per week door te brengen in een trendy sportschool in L.A.
'Als je je dan toch nuttig wilt maken,' zei ze, 'dan kun je misschien even naar een apotheek gaan en paracetamol voor me halen.'
'O ja, dat was ik bijna vergeten.' Laurie stak zijn hand in de zak van zijn gehavende spijkerbroek. 'Miriam vond dit toen je weg was. Ze dacht dat je het misschien wel kon gebruiken.'
Hij had een tube spierbalsem meegenomen. Haar neus rimpelde

bij de gedachte aan de penetrante geur, maar Laurie kneep al wat crème in zijn hand en liep naar haar toe.
'Vooruit, doe je T-shirt omhoog. Het helpt vast.'
Deed hij het expres? Haar mond werd droog. 'Ik doe het zelf wel.'
'Stel je niet zo aan. Je kunt er trouwens toch niet bij.' Hij trok haar T-shirt tot beha-hoogte omhoog en bestudeerde haar rug. Vol medelijden schudde hij zijn hoofd. 'Oké, maak je geen zorgen. Ik zal heel zachtjes doen.'
Dat was precies waar ze bang voor was.
Hij deed zachtjes. Met ingehouden adem sloot ze haar ogen en dacht aan... nou ja, aan iets anders, terwijl hij de stinkende crème voorzichtig in haar huid wreef. Ze dacht eraan hoe intiem het voelde, zo in deze zonovergoten tuin. Het was alsof ze door haar minnaar met baby-olie werd gemasseerd.
'Zo, klaar.' Hij deed een stap naar achteren, trok het T-shirt weer op zijn plaats en draaide de dop op de tube. 'Nou, wat moet er gebeuren? Stenen leggen? Dat kan ik wel.'
'Paracetamol,' herhaalde ze.
'Waarom ga je die zelf niet even halen? En neem dan meteen iets mee voor de lunch. Dan begin ik vast met de stenen.'
Het klonk logisch. De grond was al geëgaliseerd en afgetekend. Laurie zou heel goed stenen kunnen gaan leggen.
Maar... maar...
'Hoor eens, denk maar niet meer aan de reden waarom ik ben teruggekomen,' zei hij geduldig. 'Beschouw me gewoon als een goede vriend. Als we vrienden waren en ik zou hulp nodig hebben, dan zou jij me toch ook helpen?'
'Misschien.' Ze probeerde zich voor te stellen dat ze alleen goede vrienden waren. Zoals ze ooit, jaren geleden, waren geweest.
'Precies, dus meer zijn we niet. En nu heb jij toevallig hulp nodig, dus wees niet zo verdomde koppig en laat me mijn werk doen.'
'Goed. Dank je.' Een beetje aan de late kant vroeg ze ineens: 'Hoe wist je eigenlijk waar ik werkte?'
'Miriam zei dat het ergens in Clarence Gardens was. Dus ben ik op zoek gegaan naar een huis met een busje van een bouwbedrijf ervoor.'
'O. Goed. Paracetamol.'

Laurie, die al bezig was de eerste flagstone met een belachelijk gemak op te tillen, zei: 'En lunch.'

'Wie ben jij?'
Toen Laurie opkeek, zag hij een schooierachtige jongen staan, met haren die recht overeind stonden en een gezicht vol jeugdpuistjes.
Niet Jay, nam hij heel slim aan.
'Ik ben Nadia, de tuinman.'
'Nee, dat ben je niet.' De jongen zweeg. 'Ik ken je ergens van.'
'Ik ben een vriend van Nadia,' legde Laurie uit. 'Ze is boodschappen doen. Ik help haar een handje.'
'O.' De jongen knikte. 'Ik ben Kevin.'
'En ik ben Laurie.'
Kevin fronste zijn voorhoofd. De radertjes draaiden langzaam. 'Waar ken ik je toch van? Kom je weleens in de Prince?'
'Eh, nee.'
De radertjes vielen eindelijk op hun plaats. Kevin begon te lachen.
'Ik weet het al! Je lijkt precies op die vent uit die clip op MTV. Je weet wel... je weet wel...' Hij rammelde met zijn zilveren armband naar Laurie. 'Die van Cassie McKellen, waarin ze verdrinkt in zee en dan duikt die vent haar na en redt haar... Je lijkt echt precies op hem!'
'O ja?' vroeg Laurie.
'Jezus, ja. Mooie clip trouwens. Cassie McKellen in bikini, nou, dat is echt een lekker wijf – ha, daar zou ik geen nee tegen zeggen, jij wel?' Terwijl hij het zei, keek hij over zijn schouder, bang dat zijn vader hem zou horen. Het was algemeen bekend dat Cassie McKellen drugs gebruikte.
Laurie, die het aanbod om met haar naar bed te gaan van de hand had gewezen, zei: 'Tja, het zal je maar gebeuren.' Met een knipoog voegde hij eraan toe: 'Maar goed dat ik meer op brunettes val.'
'Dus jij en Nadia...' Kevin aarzelde, niet goed wetend hoe hij het zou zeggen. 'Sorry, ik bedoel, we wisten niet eens dat ze een vriend had.'
'O, maar ik ben haar vriend niet.' Terwijl Laurie de volgende steen van de stapel tilde en naar het afgezette terrasgedeelte droeg, zei

hij: 'Niet op dit moment tenminste.' Hij legde de steen op zijn plek en voegde er vrolijk aan toe: 'Maar er wordt aan gewerkt.'
Anders dan Kevin wist Jay meteen wie de onbekende man was. Een paar minuten observeerde hij hem ongemerkt vanuit de openslaande deuren, terwijl Laurie Welch doorwerkte.
Pas toen Laurie zich oprichtte en zijn T-shirt over zijn hoofd uittrok, draaide hij zich om en zag Jay staan.
'Waar is Nadia?' vroeg Jay.
'Wat spullen kopen. Ze heeft haar rug gisteren bezeerd. Ik help haar.' Lauries stem was vriendelijk, zijn ogen opvallend groen.
'Als je het niet erg vindt tenminste.'
'Ik vind het best,' loog Jay.
'Jij bent de baas, neem ik aan?'
'Inderdaad.' Tegen de muur stond een schop, en Jay vroeg zich even af of het misschien een idee was om Lauries kop in te slaan en zijn lichaam in de tuin te begraven.
'Ik ben haar ex-vriend. Laurie Welch.' Zijn handen aan zijn broek afvegend, liep Laurie naar Jay toe om hem de hand te schudden.
'Dat dacht ik al.'
'Hoor eens, het spijt me echt van zaterdagavond. Ik hoop dat ik het niet voor je heb verpest.'
Aangezien hier geen beleefd antwoord op mogelijk was, vroeg Jay: 'Hoe komt het dat Nadia haar rug heeft bezeerd?' Meteen had hij spijt van zijn vraag. Wilde hij het echt weten?
'We waren naar huizen aan het kijken. Ik had haar meegenomen naar een huis in Redland en daar viel ze van de trap. Ik schrok me dood,' gaf Laurie toe, 'maar ze overleeft het wel.'
'Oké.' Hem van de trap duwen was een tweede mogelijkheid en veel minder bloederig dan doodslaan met een schop. 'Welk huis in Redland?' vroeg Jay.
'Clarendon Raod. Vijf slaapkamers, prachtige tuin. Het staat leeg.'
'Dat huis op de hoek. Dat ken ik.' Jay hield bij wat er op de onroerendgoedmarkt gebeurde.
'Echt?' Lauries gezicht klaarde op. 'We vonden het heel mooi. Genoeg ruimte voor... nou ja, je weet wel. We willen allebei kinderen, dus heeft het weinig zin om een flat te kopen. Dus wat denk je, zou het een goede koop zijn?'

'Dat is aan jou.' Jay was niet van plan om gratis advies te geven. Laurie amuseerde zich kostelijk; hij was net op tijd teruggekomen naar Engeland en was ervan overtuigd dat Nadia uiteindelijk wel voor hem zou kiezen. Goed, dan was ze een beetje verliefd op haar baas, maar Nadia en hij hadden samen een hele geschiedenis. Laurie wist zeker dat hij zou winnen; hij beschouwde Jay Tiernan niet als een serieuze bedreiging.
En het was zo leuk om hem dat heel subtiel te laten merken.
'Volgens mij vragen ze niet te veel,' babbelde hij verder. 'Weet je, ik had gistermiddag al bijna een bod gedaan. Maar misschien dat Nad geen zin meer heeft, nu ze daar van de trap is gevallen.' Het hek klikte en Lauries blik gleed weg van Jay. 'Daar heb je haar al.'
Jay draaide zich om en zag Nadia met twee plastic tassen komen aanlopen. Laurie ging snel naar haar toe om de tassen van haar over te nemen.
'Ik vertelde Jay net over je ongeluk van gisteren. Heb je de paracetamol?'
'Eh, ja.'
'Mooi. Laat hem je blauwe plekken eens zien.'
'Dat hoeft niet, hij gelooft zo...'
'Zie je wel?' Voordat Nadia kon protesteren, had Laurie haar omgedraaid en haar T-shirt omhooggetrokken. Zijn gebruinde vingers gleden zacht over haar rug, langs de omtrekken van haar gezwollen blauwe plekken.
'Niks aan de hand,' spartelde ze tegen. Blozend bedekte ze haar rug weer met haar T-shirt.
'Heeft de spierbalsem geholpen?'
Spierbalsem. Jay zag al helemaal voor zich hoe Laurie de crème in haar huid masseerde.
'Ja, dat heeft geholpen. Maar nu ga ik eerst deze spullen naar binnen brengen.' Iets ineenkrimpend toen ze de plastic tassen weer optilde, keek ze naar Jay. 'Kan ik even met je praten?'
Jay verroerde zich niet. 'Zeg het maar.'
Ze keek hem aan met een plaag-me-niet-zo-blik. 'Privé.'

33

Moeizaam bukkend legde Nadia het eten en drinken voor de lunch in de koelkast. Hopelijk zou de koude lucht haar oververhitte wangen meteen wat afkoelen. De ontmoeting tussen Jay en Laurie was natuurlijk min of meer onvermijdelijk geweest, maar ze vond het nog steeds een beproeving. Toen ze de achtertuin was binnengekomen, hadden haar knieën de cancan gedanst. Ze wist niet of dit een reactie was omdat ze Jay weerzag, of omdat ze beide mannen samen zag.
En nu stond Jay achter haar in de deuropening van de keuken. Nadat ze langzaam overeind was gekomen, draaide ze zich om en mompelde: 'Sorry.'
'Wat zei je?'
'Ik heb Laurie niet gevraagd om me te komen helpen. Hij is uit zichzelf langsgekomen.'
'Maar goed ook. Hij kan het erg goed.'
'Dat weet ik. Maar toch vind ik het een ongemakkelijke situatie.'
Er viel een stilte. Boven in de grote slaapkamer hoorden ze Bart en Kevin timmeren en vals meezingen met 'It's Not Unusual' van Tom Jones op de radio.
Na een tijdje zei Jay: 'Het is niet ongemakkelijk. We zijn allemaal volwassen mensen. Hoor eens,' ging hij verder, 'je werkt voor me. We kunnen goed met elkaar opschieten. Je weet net zo goed als ik dat, als Laurie zaterdagavond niet was teruggekomen, de dingen verder zouden zijn gegaan tussen ons.'
Kippenvel prikte op haar armen. Oef, over er geen doekjes om winden gesproken.
'Misschien.'
'Onzin.' Zijn ogen glansden geamuseerd. 'Beslist.'
'Maar...'
'Maar hoe lang het zou hebben geduurd? Een week? Een maand? Tien jaar?' Hij haalde zijn schouders op, haar voor een voldongen feit stellend. 'Dat is het punt, hè? We weten het gewoon niet. En nu krijgen we ook niet de kans om erachter te komen, want

je vroegere vriend is terug. Het is een beetje een teleurstelling, maar geen ramp.'
'Goed.' Ze voelde het kippenvel gelaten afzakken. Dus geen duel bij zonsopgang.
'Als je hem niet terug wilde, dan had je hem dat ondertussen al wel verteld. Jullie delen samen een verleden,' vervolgde hij. 'Op de lange duur is hij waarschijnlijk een minder grote gok dan ik, heb je natuurlijk gedacht. De duivel die je kent versus de duivel voor wie je werkt. En je hoeft me niet zo aan te kijken, ik zeg alleen maar hoe het is. In principe heb je je besluit genomen, en dat is prima. Ik overleef het wel. Ik ga mezelf heus niet in huis opsluiten en dooddrinken.'
Aangezien hij haar blijkbaar plaagde, toverde ze een glimlach te voorschijn en zei: 'Nou, mooi.'
'Zo moeilijk is het niet om meisjes te leren kennen. Je hoeft alleen maar een keer naar een wijnbar te gaan. Je ziet iemand die je wel leuk lijkt, je raakt aan de praat, ze geeft je haar telefoonnummer. Missie volbracht.'
'Wijnbars? Dus daar gebeurt het.' Ze vond het steeds moeilijker worden om normaal te klinken; haar ademhaling werd steeds onrustiger.
'Niet altijd. Meisjes kun je overal ontmoeten. Op de sportschool,' zei hij. 'Of de squash-club. Of op veilingen, feestjes, bij galeries...'
Was het echt zo gemakkelijk? Ze stelde zich voor dat meisjes zich overal waar hij zich vertoonde, op hem stortten. Ze had misschien nog liever dat hij zich in zijn huis opsloot en dooddronk.
'Ik heb zelfs weleens een meisje in een greppel gevonden.'
O, humor, ja, geinig. Nu begon hij ook nog grapjes over de hele toestand te maken. Ze voelde zich een beetje op haar teentjes getrapt; blijkbaar was ze veel minder belangrijk voor hem dan ze had gedacht.
Aan de andere kant, zoals hij zelf al had gezegd, hij was de duivel die ze niet kende.
'Ik ga maar weer aan het werk,' zei ze ongemakkelijk. 'Morgen wordt het gras bezorgd.'
'Dan ben ik er niet. Er is een huizenveiling in het Aztec Hotel. Komt hij je helpen?' Hij knikte in de richting van de tuin.
'Dat weet ik niet.'

'Nou, wees in elk geval voorzichtig. Pas een beetje op met die rug van je.'
Bedoelde hij dat op een gazon-leggenmanier of seksueel? Even had ze de neiging om er uit te flappen: 'Ik ben niet met hem naar bed geweest.'
Maar dat deed ze niet. Het zou een beetje stom zijn om Jay dat nu te vertellen. Een jaloerse rivaal geruststellen was allemaal goed en wel, maar het was behoorlijk zinloos als hij niet jaloers was.
'En pas jij morgen ook een beetje op.' Zich herinnerend wat hij had verteld over het ontmoeten van het andere geslacht op veilingen, vervolgde ze spottend: 'Niet naar leuke meisjes knikken of knipogen, want voordat je het weet, heb je per ongeluk het verkeerde huis gekocht.'

Tilly kwam nogal geschokt de schoolkantine binnen. Toen ze met haar dienblad in de rij ging staan, zag ze Cal in zijn eentje aan een hoektafeltje zitten lezen en patat eten.
Met het volle blad liep ze even later naar hem toe. Cal leek op zijn hoede; een tafel delen met een meisje was vragen om moeilijkheden. Maar Tilly had het te druk om het te merken. Terwijl ze het dienblad luidruchtig op tafel neerzette – waterige spaghetti bolognese, patat, chocoladepudding en roze custardpudding – verkondigde ze buiten adem: 'Je raadt het nooit.'
'Dat zegt mijn moeder ook altijd. Daar word ik echt knettergek van.' Cal glimlachte een beetje om de beschuldiging wat te verzachten. 'Het kan van alles betekenen, dat een van de buren dood is neergevallen in de tuin, of dat de kat in het aquarium is gesprongen of dat de prijs van worteltjes met twee cent omhoog is gegaan.'
'Sorry. Mijn moeder doet het ook. Alleen, wanneer zij het zegt, betekent het dat ze verliefd is op weer een nieuwe man.'
Met gespeelde afschuw trok hij zijn wenkbrauwen op. 'Is dat wat er nu is gebeurd?'
Ze gaf zijn magere been een schop onder tafel. 'Nee, stommerd. Suzy Harrison ligt in het ziekenhuis. Ze is gisteravond aan haar blindedarm geopereerd.'
'Jemig,' zei Cal. 'Je gaat me hopelijk niet vertellen dat je verliefd bent op Suzy Harrison?'

Deze keer trok hij zijn benen weg voordat Tilly hem nog een keer kon schoppen.

'Ze had de hoofdrol in de musical van volgende week. Je weet wel, van Sandy in *Grease*. En Gemma Porter, haar vervangster, heeft haar enkel gisteren verstuikt bij tennis. Mrs. Durham heeft vanochtend een nieuwe auditie gehouden voor de rol van Sandy, en ik heb hem gekregen!'

'Wow, dat is fantastisch.' Hij was naar behoren onder de indruk.

'Het is eng.' Ze probeerde natte spaghetti om haar vork te rollen, maar die viel terug op haar bord. Haar maag zat toch in een knoop; de schooluitvoeringen werden altijd goed bezocht en er werd veel belang aan gehecht. Ze kon nog steeds niet geloven dat ze echt de moed had gevonden om aan de auditie mee te doen.

Cal zat ondertussen naar haar bord te staren. 'Waarom zit er koolraap in je spaghetti?'

Hij was nieuw op school. Hij wist het niet. 'Er zit altijd koolraap in de spaghetti. Ze stoppen overal koolraap in, zelfs in de fruitpudding. O god, ik ben Sandy.' Ze schudde haar hoofd en rilde met een mengeling van opwinding en angst.

'Je kunt het wel.'

'Het is al over acht dagen. Ik heb zoveel tekst! Wat als ik de tekst niet op tijd uit mijn hoofd ken?'

Cal doopte kalm een patatje in de plas tomatenketchup op zijn bord. 'Als je wilt, kan ik je wel helpen.'

'Echt? Dat zou fantastisch zijn.' Terwijl ze zich bukte om haar schooltas te pakken, zei ze: 'Ik heb het script...'

'Niet nu.' Cal knikte veelbetekenend naar een van de rumoeriger tafeltjes, waar een stel van zijn klasgenoten zat die hem net hadden ontdekt met Tilly. Terwijl ze de openingsmelodie van *Batman* begonnen te brullen, zei Cal zacht: 'Na school, goed? Ik wacht op je bij het hek.'

Cal had echt een talent voor stemmetjes.

'Jij zou Danny moeten spelen.' Tilly was diep onder de indruk. 'Waarom heb je geen auditie gedaan?'

Ze lagen op hun buik in het park onder een van de kastanjebomen naast de openbare tennisbanen. Het script lag open op het gras tussen hen in en Cal, die alle andere rollen las, veranderde

bij ieder karakter dat hij moest spelen, zijn stem. Het enige wat Tilly hoefde te doen, was zich concentreren op Sandy's tekst.
'Ik kan niet zingen en ik kan niet dansen,' vertelde Cal. 'Nou ja, technisch gesproken kan ik natuurlijk wel dansen, alleen ziet het eruit alsof ik geëlektrocuteerd word.'
'Ik ben zo bang dat iedereen me zal uitlachen.' Ze drukte een mier plat die over haar onderarm kroop. 'Ik zie er helemaal niet uit als Olivia Newton-John.'
'Wees blij. Die is inmiddels prehistorisch,' zei hij. 'Minstens vijftig.'
'Je weet best wat ik bedoel. Stel je voor dat ze allemaal gaan lachen omdat ik niet mooi genoeg ben?'
Hij keek haar zwijgend aan, en ze besefte ineens dat het leek alsof ze naar complimentjes hengelde. Ze kromp ineen, want ze wilde niet dat hij haar als een klein kind zou behandelen en zeggen dat ze heus wel leuk was om te zien. God, dat zou zo vernederend zijn.
'Je draagt dan een kostuum, en je haar zit in een staart, en ze doen je heel veel make-up op. Je komt er wel mee weg.' Hij grijnsde. 'Of anders moet je van tevoren gewoon blinddoeken uitdelen.'
De vlinders in haar maag smolten weg. Ze trok een grasspriet uit het gazon en kietelde ermee in zijn oor. Als vergelding pakte hij een verschrompelde kastanje en gooide hem naar haar. De kastanje schoot recht onder haar rok.
'Sorry!' Toen hij rechtop ging zitten, stopte hij ineens met lachen. 'Shit, lui van school.'
Zijn blik volgend zag ze een groepje meisjes uit de tweede klas hun kant uit komen. Meisjes uit de tweede klas waren minder eng dan jongens uit de tweede, maar ze leken er veel op.
'Ik kan maar beter gaan,' mompelde Cal.
'Nee, niet doen.' Zonder dat ze het van plan was geweest, legde ze haar hand op zijn arm.
'Wat zitten jullie hier te doen?' De aanvoerder van de meisjes kwam naar hen toe, gevolgd door haar vriendinnen. Ze heette Janice Strong en had een verbazingwekkende hoeveelheid make-up op haar gezicht. Met haar in strepen geverfde haar strak naar achteren getrokken deed ze Tilly altijd denken aan een travestiet in de maak.

'Cal helpt me met wat dingen te leren.'
'Cal? Je bedoelt Davis? Noem je hem zo?' Janice's spinachtige wimpers bedekten haar ogen toen ze een sigaret opstak. 'Wat voor dingen trouwens? Huiswerk?'
'Ik doe mee aan de musical. Ik moet de tekst leren.' Tilly was vastbesloten om zich niet te laten intimideren.
'Had je die ondertussen niet al eens moeten kennen?' Janice keek naar het script dat open op het gras lag, met Tilly's tekst aangegeven in fluorroze. 'Allemachtig, doe jij Sandy? Ben jij de vervangster van Suzy Harrison?'
Tilly knikte. Gespannen wachtte ze tot haar spottend zou worden verteld dat ze daar niet mooi genoeg voor was. Maar Janice begon te lachen. 'Yes! Die koe van een Colleen Mahoney heeft vanochtend ook auditie gedaan. Ze wist zeker dat ze de rol zou krijgen. Dus jij hebt haar verslagen – heel mooi, net goed voor die trut!'
Het volgende moment zaten Janice en haar discipelen in het gras naast hen. Tilly kreeg een sigaret aangeboden.
'Graag.' Aangezien een weigering vast als belediging zou worden opgevat, nam Tilly hem aan en hoopte maar dat ze niet zou gaan hoesten.
'Dus, Cal,' zei Janice met nadruk op de naam, 'jij helpt haar met de tekst te leren?'
Cal aarzelde.
'Hij leest alle andere rollen,' legde Tilly uit. 'Hij kan dat hartstikke goed.'
Speels duwde Janice met haar uitgestrekte tenen in Cals dij. 'Laat eens horen dan, Cal.'
Tilly zag dat Cal al zijn mogelijkheden overwoog; óf wegrennen met de kans dat ze hem uitlachten, óf lezen met de kans dat ze hem uitlachten.
Uiteindelijk sloeg hij een bladzijde van het script om en begon aan Rizzo's aanval op Sandy. Zijn Amerikaanse accent was feilloos en zijn gemene toontje precies goed.
Na afloop van de woordenwisseling floten Janice en haar vriendinnen en klapten in hun handen.
'Verdomd goed,' riep Janice uit. Ze staarde met nieuw respect naar Cal.

'Natuurlijk,' zei Tilly speels, 'ik heb hem alles geleerd wat hij kan.'
Een ijskarretje kwam het park in rollen. Toen het op zo'n veertig meter afstand rinkelend tot stilstand kwam, zei Cal: 'Ik ga een ijsje kopen.'
'Voor mij ook één?' Janice knipperde met haar ogen toen hij opstond.
'Sorry, ik heb maar één pond bij me.'
De kinderen die in de speeltuin speelden, waren eerder bij de ijskar dan Cal, en tegen de tijd dat hij terugkwam met twee Magnums, waren Janice en haar bende alweer weg.
'Ik dacht dat je maar één pond had,' zei Tilly, toen hij haar een van de Magnums gaf.
'Dat was gelogen.'
'Je hebt ze voor je gewonnen.'
'Volgens mij heb jij dat gedaan.'
Tilly ging rechtop zitten en scheurde het papiertje van het ijs. Nadat ze de buitenste korst chocolade kapot had gebeten, nam ze een hemelse hap.
'Volgens mij heeft Janice een oogje op je. Ze vertelde me dat ze je cool vond.'
'Ik heb zo mijn momenten.' Met glinsterende ogen vroeg hij: 'Vind jij me ook cool?'
Ze kreeg een warm gevoel achter haar ribbenkast. Was dit nu flirten?
Gelukkig koos de kastanje precies dat moment uit om onder haar rok vandaan te rollen. Ze pakte hem en gooide hem naar Cal. De kastanje kwam tegen zijn haren en viel op de grond.
'Je hebt me een Magnum gegeven. Als dat niet cool is, dan weet ik het niet.'

34

Toen het werk er voor die dag op zat en het terras af was, wilde Laurie graag de rest van het huis zien. Deze keer zorgde Nadia ervoor dat ze niet uitgleed op de trap.

'Wanneer is het klaar?' Laurie bekeek de badkamer op de eerste verdieping, gleed met zijn hand over de marmeren tegels en kwam toen weer terug in de slaapkamer.
'Over drie weken.' Nadia stond bij het raam naar de tuin te kijken. Vanaf deze hoogte waren de vormen van de omgespitte bloembedden duidelijker te zien; het verschafte haar een frisse blik.
'Hoeveel vraagt hij ervoor?'
'Weet ik niet precies. Toen de taxateur hier vorige week was, zei hij dat vierhonderdvijftig haalbaar moest zijn.' Ze zou stokrozen tegen die zonnige muur op het zuiden planten. Iedereen hield van stokrozen.
'We zouden dít huis kunnen kopen,' zei hij. Hij kwam achter haar staan, zijn warme adem streelde haar nek.
We? Nadia dacht aan haar laatste bankafschrift. 'Daar heb ik geen geld voor.'
'Zo bedoelde ik het niet. Ik heb het geld. O, toe zeg,' hij begon te grijnzen, 'niet zo serieus. Een huis kopen hoor je voor je lol te doen.'
Het gras kwam morgen. Zich concentrerend op het vooruitzicht om tachtig vierkante meter gras te moeten leggen, zei ze: 'Ik heb zin in een bad. Mijn rug doet te veel pijn om zelfs maar aan lol te kunnen denken.'
Zijn toon was speels. 'Zal ik er nog wat balsem op smeren?'
Ja.
O god.
Zich van hem wegdraaiend, zei ze: 'Nee.'

'Lieverd, dat is fantastisch.' Miriam knuffelde Tilly even. 'Maar volgende week dinsdag, dat is nu jammer. Dan zijn we er niet.'
Tilly's gezicht betrok. Ze begon zich langzamerhand als een kleuter te voelen die vrolijk uitnodigingen uitdeelt en dan merkt dat niemand op haar feestje kan komen. Op weg naar huis in de auto had James haar spijtig meegedeeld dat hij volgende week dinsdag en woensdag voor zijn werk op een of ander congres in Sheffield zou zijn. En nu konden Miriam en Edward ook niet naar de opvoering komen, omdat ze dinsdagavond vertrokken voor een week vakantie in Venetië.

'Ik heb zes kaartjes,' zei ze tobberig. Ze had ze gekregen van de familie van Suzy Harrison, die geen belangstelling meer had om te komen nu hun dochter niet meer meedeed.
Nadia, fris uit bad en gewikkeld in een badjas, hielp zichzelf aan een handvol koude worstjes uit de koelkast en zei: 'Nou, maar ik kom wel. Ik ben gek op *Grease*.'
'En op worstjes zo te zien. Daarom heb je ook zo'n dikke kont.'
Haar tong klakkend naar Harpo, zei Clare opgewekt: 'Wat heeft Nadia dan, Harpo? Wat heeft Nadia?'
'Houd de dief, houd de dief!' kakelde Harpo.
'Die vogel wordt echt knettergek.' Clare schudde haar hoofd.
'Volgens mij heeft hij alzheimer.'
'En Laurie wil ook vast wel komen,' zei Nadia.
'O hemeltje, Laurie zou ons dinsdag naar Heathrow brengen.' Miriam schudde verontschuldigend haar hoofd. 'Nou ja, dat is geen probleem natuurlijk. Dat hoeft niet per se.'
'Het is niet erg.' Tilly slikte de brok in haar keel weg. Als het zo doorging, dan werd ze net zo populair als de bruid die haar bruiloft op de dag van de cupfinale heeft gepland.
'En Clare komt ook,' zei Nadia, haar zus veelbetekenend aankijkend. 'Toch?'
'Ik zou het voor geen goud willen missen. Ik gooi mijn kaartje voor het optreden van Robbie Williams wel gewoon weg.'
Clare had helemaal geen kaartje voor een optreden van Robbie Williams. Omdat ze Tilly's bevende kin niet had gezien, maakte ze weer eens een van haar gebruikelijke slechte grappen.
'En Annie dan?' Nadia begon een beetje wanhopig te worden.
'Ik heb het haar al gevraagd.' Tilly's stem trilde. 'Maar ze kan de winkel niet eerder dan zes uur afsluiten, en de opvoering begint dan al. Vorig jaar werd Mrs. Durham helemaal gek omdat mensen te laat binnenkwamen en de opvoering verstoorden, dus dit jaar moet iedereen die te laat is in de hal wachten tot na de pauze.' Toen ze zich haar persoonlijke toewijzing van zes plaatsen op de voorste rij voorstelde, waar alleen Nadia en Clare zouden zitten, voelde ze tranen achter haar ogen branden. Met een iets overslaande stem zei ze: 'De vader van Suzy Harrison werkt in New York en hij zou speciaal voor de opvoering overkomen. Maar het maakt niet uit, maken jullie je maar geen zorgen, ik...'

'Tilly.' Miriam kon er niet tegen. 'Schatje, het is al goed, we komen wel naar de opvoering.'
'Maar jullie kunnen niet.' Tilly veegde over haar natte wangen.
'Jullie gaan naar Venetië.'
'Dat annuleren we wel.'
'Je k-kunt een vakantie n-niet annuleren.'
'Als het zoveel voor je betekent, dan doe ik dat gewoon.' Miriams donkeromlijnde ogen weifelden geen moment. Ze zweeg. 'Goed?'
Nadia glipte ongemerkt de kamer uit. Boven zocht ze haar moeders nummer op en toetste het in.
'Dinsdag, dinsdag,' peinsde Leonie hardop, nadat Nadia de situatie had uitgelegd. 'Hm, ik zou niet weten waarom niet. Klinkt leuk!'
Hoera. Nadia slaakte een zucht van verlichting. Ze kon zich niet herinneren dat ze haar moeder weleens eerder zo dankbaar was geweest.
'Fantastisch. Kun je Tilly over vijf minuten bellen? Gewoon vragen hoe het met haar gaat, en dan hoor je het vanzelf.'
Vrolijk zei Leonie: 'Oké, schat. Dag!'
Er vond een onmiddellijke gedaanteverwisseling plaats bij Tilly. Zodra ze had opgehangen, stormde ze de keuken in en gooide haar armen om Miriams nek, zich aan haar vastklampend als een koalabeertje.
'Het is al goed, oma, je kunt gewoon met Edward naar Venetië. Sorry dat ik zo lastig was.'
'Jij bent nooit lastig.' Miriams hart stroomde over van liefde. Dat was de helft van het probleem met Tilly; anders dan de meeste pubers deed ze niet aan woede-uitbarstingen of schreeuwpartijen of eindeloze norse buien.
Met stralende blauwe ogen gooide Tilly haar hoofd in haar nek en vertelde: 'Mama komt naar mijn opvoering! Meteen toen ik haar vertelde dat ik die rol had gekregen, vroeg ze of ze kon komen. Ze rijden dinsdagmiddag hiernaartoe, Brian, Tamsin – alle drie! Leuk, hè?' Tilly keek alsof ze zo uit elkaar zou barsten van trots.
Liefdevol streelde Miriam haar ongekamde blonde haar en trok er een droog grassprietje uit. 'Schat, je zult de sensatie van de avond zijn. Ik ben zo blij voor je dat je moeder komt.'

'Ik hoop maar dat ik de tekst niet vergeet en alles verpest.' Tilly kon nu niet meer ophouden met stralen. De zes plaatsen zouden niet meer vernederend leeg zijn. Ze zou niet meer de enige op het toneel zijn naar wie niemand kwam kijken.
'Ik hou van je,' vertelde Miriam haar.
'Ze zullen hier wel willen overnachten.' Tilly was druk bezig gelukkig-gezinnetjeplaatjes samen te stellen. 'Ik denk dat ze me na de opvoering wel mee uit eten willen nemen, dus dan is het te laat om nog terug te rijden. Ze mogen hier toch wel logeren?'
'Hier, bedoel je?'
'Waarom niet? Jij bent toch weg. Tamsin kan bij mij op de kamer slapen, ik slaap wel op de grond.'
Leonie en hoe-heette-hij-ook-alweer konden de logeerkamer krijgen, besloot Miriam. De gedachte dat die twee in haar eigen veel mooiere kamer zouden liggen rollebollen, maakte haar een beetje misselijk.
'Natuurlijk kunnen ze hier logeren,' zei ze tegen Tilly, want wat kon ze anders zeggen, gezien de omstandigheden? 'Dat is prima.'
Vijf mensen, dacht Tilly blij. Zes plaatsen. Ze zou haar laatste kaartje aan Cal geven.
Tamsin zou zwaar onder de indruk zijn.

De volgende ochtend was het grijsachtig, maar droog, volmaakt weer om gras te leggen. Om negen uur verscheen de vrachtwagen. Het gras werd snel uitgeladen, en Nadia maakte zich op om aan de slag te gaan. Geen Laurie natuurlijk, dacht ze onwillekeurig even. Gisteravond ook geen Laurie. Betekende dat dat hij zijn pogingen om haar terug te krijgen had gestaakt? Had haar weigering om in zijn armen te vallen, om maar te zwijgen van zijn bed, ervoor gezorgd dat hij zijn belangstelling had verloren?
Met droge mond vroeg ze zich af of hij gisteravond soms uit was geweest en een wat toeschietelijker vriendin had gevonden, een vriendin die hem niet de hele tijd ontweek wanneer hij in de buurt kwam, een vriendin die wel in zijn mooie woorden geloofde.
O lieve hemel, zou dat waar zijn?
Jammer dan, zong een gemeen stemmetje in haar hoofd, dat het dus blijkbaar helemaal niet jammer vond. Laurie is teruggekomen, hij heeft je verteld dat hij weer wat met je wil. Je hebt je

kans gehad, schat, en je hebt hem verknald.
De stem zonder lichaam behoorde waarschijnlijk toe aan het meisje dat er gisteravond in was geslaagd om Lauries aandacht te trekken. Slettebak.
Nadat ze de eerste rol gras op de goede plaats had gelegd, bukte ze zich om hem uit te rollen.
Klootzak.
Het was echt heel oneerlijk. Zoiets als iemand vertellen dat ze tot Miss World was verkozen en dan de prijs weer weggrissen omdat ze niet snel genoeg het toneel was opgeklauterd om gekroond te worden.
Als ze had geweten dat er een tijdslimiet zou zijn...
'Zit je vast?'
De vrachtwagenchauffeur die het gras had afgeleverd, had het hek niet achter zich dichtgedaan en daarom had ze Laurie niet horen aankomen. Toen ze zich omdraaide, voelde ze... wat? Opluchting? Liefde?
Niet meteen te hard van stapel lopen!
Hij was er, dat was het enige dat er nu toe deed.

35

'Dus je kunt je wel bewegen.' Laurie grijnsde. 'Toen ik je daar zo stil zag zitten, dacht ik even dat je misschien een hernia had.'
'Ik zat gewoon te denken.' Terwijl Nadia op haar hielen ging zitten, bewoog ze langzaam eerst de ene schouder en toen de andere.
'Waar is dat doosje paracetamol?'
'Ik heb nauwelijks last meer van mijn rug eerlijk gezegd.'
'Niet voor jou, voor mij.' Hij bracht een hand naar zijn hoofd.
'Kater.'
'O.' Ze kwam overeind en pakte haar tas met eten die over de lage muur hing. Ze gaf hem de paracetamol en een fles water.
Hij slikte de tabletten door, spoelde ze weg met het water en veegde zijn mond af. 'Zin in een bruiloft zaterdag?'

Ze had het gevoel alsof ze in een vijver vol ijskoud water was gegooid. Haar hart kletterde tegen haar ribben. 'Hoe bedoel je?'
Niet wat ze dacht dat hij bedoelde. Toch?
'Ik heb Nick Buckland gisteravond gebeld. Je weet wel.'
Ze knikte. Laurie en Nick hadden samen de opleiding voor effectenmakelaar gevolgd en waren goede vrienden gebleven. Met zijn middelmatige uiterlijk en uitbundige karakter had Nick altijd beweerd dat hij ervoor moest zorgen om stinkend rijk te worden, wilde hij ooit een mooie vrouw krijgen.
'Doet hij nog steeds hetzelfde werk?'
'Ja, en hij vindt het heerlijk. Hij doet het ook fantastisch, op alle fronten. En – niet te geloven toch – hij gaat zaterdag trouwen.'
'Leuk voor hem.' Nadia bloosde een beetje. 'Ik heb hem altijd gemogen.'
'O jeetje.' Hij keek haar ondeugend aan. 'Je dacht toch niet dat ik bedoelde of je zaterdag met mij wilde trouwen?'
Energiek begon ze de eerste rol gras te leggen en op zijn plaats te duwen. 'Pas maar op jij, zo meteen geef ik je een klap met mijn waterpas en krijg je nog meer koppijn.'
'Oké.' Grinnikend stak hij zijn handen op. 'Maar gisteravond hield hij zijn vrijgezellenfeest. Wat een timing, hè? Toen ik hem belde, was hij net op weg naar de Alpha Bar, en hij wilde per se dat ik ook zou komen. Je vroeg je zeker wel af waar ik was gisteravond, hè?'
'Nee,' loog ze. 'Maar vertel.'
'Nou, we hebben samen wat gedronken. En toen hebben we nog wat gedronken. En daarna hebben we nog behoorlijk wat gedronken.'
'Met wie gaat hij trouwen?'
'Ze heet Sophie. Ik heb kennis met haar gemaakt toen ze rond elven met haar vriendinnen langskwam. Ze is fantastisch,' vertelde hij. 'Lang, slank, mooi en blond natuurlijk. Nick viel altijd al op blondjes.'
Toen Nadia Nick kende, was Nicks grootste ambitie geweest om een meisje te versieren met haar. Succes maakte blijkbaar kieskeurig.
'Het was zo'n te gekke avond,' vervolgde Laurie vrolijk. 'Nou ja, op die kater na dan. Ze passen perfect bij elkaar. En ze hebben

ons uitgenodigd voor de bruiloft. Je krijgt trouwens de groeten van hem. Hij zei dat hij het leuk zou vinden om je weer te zien.'
Het zou ook leuk zijn om Nick weer te zien. Nadia vroeg zich af of een van de meisjes in de Alpha Bar gisteravond met Laurie had geflirt. De Alpha Bar was een chique glittertent waarvan de vrouwelijke clientèle nu niet bepaald bekendstond om haar verlegenheid.
'Dan moet je een pak aan.'
'Ik klem mijn kiezen wel op elkaar en denk aan het vaderland. Ik heb heus wel een pak, hoor.'
'Dat moet je dan vast nog strijken.'
'O nou, dan koop ik gewoon een nieuw pak.' Hij haalde zijn schouders op. 'Maak je geen zorgen, je staat heus niet voor schut met mij. Als ik wil, kan ik er erg goed uitzien.'
Ze wist dat van Laurie in een pak menige vrouwenmond zou openvallen. Overal waar hij ging, vielen monden open, zelfs wanneer hij zijn gebruikelijke slordige T-shirts en spijkerbroeken droeg.
'Was het druk in de Alpha Bar?'
'Stampvol.'
'Dus je hebt je wel vermaakt?'
Verdomme, dat had hij al verteld. En nu keek hij haar aan met een van die blikken. Dat was het punt met oude vriendjes; hij kende haar te goed.
'Je bedoelt of er meisjes met me hebben geflirt?'
'Ik vraag het alleen maar.'
'Of er meisjes met me hebben geflirt die veel leuker waren dan jij?'
Ja-aa!
Ze haalde haar schouders op. 'Dat gaat mij niets aan.'
'Natuurlijk werd er met me geflirt.' Hij rolde met zijn ogen. 'Logisch.'
Een wesp landde op Nadia's arm. Geërgerd sloeg ze hem weg.
'Maar ik heb geen belangstelling voor meisjes die me proberen te versieren in een bar,' zei hij. 'Er is maar één reden waarom ik ben teruggekomen. En die reden ken je.'
'Oké.' Vanuit haar ooghoeken zag ze Barts forse gestalte achter de openslaande deuren die op het terras uitkwamen. Niet echt het

juiste moment voor een romantisch... eh... moment. Terwijl ze haar haar van haar voorhoofd veegde, zei ze: 'Bart kijkt naar ons, ik denk dat hij zich afvraagt waarom ik veertig minuten doe over het leggen van een meter gras.'
'Maar je gaat wel mee naar Nicks bruiloft zaterdag?'
'Ja.' Ze glimlachte; natuurlijk ging ze naar Nicks bruiloft. 'Hoe ziet dat pak van je er eigenlijk uit? Waar heb je het gekocht?'
'God mag het weten. Top Man, geloof ik.' Hij krabde op zijn hoofd. 'Top Mannie?'
'Wat?'
'Nee, zo heet het niet. Aha, nu weet ik het weer.' Hij knipoogde.
'Arme Mannie.'
Armani.
'Pas op, hè?' zei ze. 'Niet te grappig, want dan plas ik nog in mijn broek.'
Samen begonnen ze het gras uit te rollen. Na een minuut of twee zei Laurie: 'Trouwens, nu we het toch over een mannie hebben...'
'O god, nee, niet nog meer van die flauwe grappen, hè?' Ze kreunde. 'Zo meteen valt mijn hoofd er nog af.'
'Eigenlijk bedoelde ik een bepaalde mannie. Jay. Je baas.' Laurie gooide zijn hoofd achterover. 'Maar als je het niet horen wilt, dan vertel ik het gewoon niet.'
Het was net alsof ze weer zestien was. Hoe vaak had hij haar, al die jaren geleden, niet op deze manier geplaagd, wetende dat ze zo'n beetje de nieuwsgierigste mens op aarde was?
Ze deed alsof het haar helemaal echt niets kon schelen – oké, het was niet erg overtuigend – en zei: 'Uh, wat zei je? Wat niet vertellen?'
'Niets.'
'Vertel.'
'Nee, echt, het interesseert je toch niet.'
'Hij is mijn baas. Het is je plicht om het me te vertellen.'
'Jammer dan.' Hij duwde tegen het gras, het afrollend als een rode loper.
Ze speelde haar troefkaart uit. 'Ik heb hier een pier, hoor.'
'Ach, zo interessant was het ook niet.'
'Een grote, dikke papa-pier, hij wriemelt en krioelt.'
'Oké.' Hij stak zijn handen in overgave op. 'Ik wou alleen maar

vertellen dat ik hem gisteravond in de Alpha Bar heb gezien.'
Nadia liet de worm vallen. Hij kroop opgelucht weg. 'Wat moest hij daar nou?' Haar stem klonk wat hoger dan de bedoeling was.
'Gewoon.' Laurie was druk bezig de randen gras tegen elkaar aan te drukken. 'Wat doen vrijgezellen zoal in een kroeg als de Alpha Bar? Behalve ik natuurlijk,' voegde hij er met een grijns aan toe.
'Ik moest mee van Nick.'
Nadia rolde het gras nu in hoog tempo uit. Het was stom om zich verraden te voelen, maar toch voelde het zo. Jay had gedaan wat hij had aangekondigd, en het was alsof ze een stomp in haar maag had gekregen.
'Met wie was hij?'
'Alleen. In het begin tenminste,' vertelde hij. 'Toen ik later weer keek, leek hij het aardig goed te kunnen vinden met een paar meisjes.'
Een paar!
'Hoe zagen ze eruit?'
'Lelijk. Net honden.' Hij hield zijn gezicht in de plooi.
'Echt?'
'Grapje. Tuurlijk niet. Waarom zou Jay zijn tijd verspillen aan honden?'
'En toen?'
'Je bedoelt, had hij beet? Geen flauw idee. We zijn vlak na twaalven weggegaan, naar de Alexander Club. Nick heeft daar nog op een tafeltje gedanst met een beha van veren om zijn hoofd.'
'Sommige dingen veranderen dus nooit.' Ze nam zich voor om niet meer aan Jay te denken; hij was vrij om te doen en laten wat hij wilde, met hoeveel vrouwen hij wilde.
'Pete heeft nog een foto van hem gemaakt.'
'Van wie? Van Jay?'
'Van Nick, met die beha om zijn kop. Hij zag eruit als een Spitfire-piloot met een veren vliegbril op. Pete is van plan om een foto in ieder programmaboekje in de kerk te leggen. Je mag wel met hem naar bed, als je wilt.'
Ze dacht dat ze het vast niet goed had gehoord. Maar aan de manier te zien waarop hij op een reactie wachtte, wist ze dat ze het wel goed had gehoord.
'Met Pete? Die ken ik helemaal niet!'

'Hij is Nicks getuige. Hij is heel aardig, ik denk dat je hem wel mag.' Laurie zweeg even. 'Maar ik had het niet over hem.'
Ze slikte. Dit was echt een bizar gesprek voor een dinsdagmorgen. Helemaal niet het normale doordeweekse weerpraatje.
De zon koos dat moment uit om achter de wolken vandaan te komen, Lauries groene ogen verlichtend en terugkaatsend van zijn slordige goudblonde haar.
'Jay Tiernan?' zei hij behulpzaam. 'Die vent voor wie je werkt? Met wie je bijna iets had gekregen als ik niet terug was gekomen en roet in het eten had gegooid?'
'Wie heeft je dat verteld?' Haar vingers tintelden, een teken dat ze veel te snel ademde.
'Toe zeg, ik ben niet achterlijk. Ik heb ook ogen in mijn kop.' Met een kort lachje voegde hij eraan toe: 'Plus dat Clare misschien zoiets heeft gezegd.'
Zusjes, zou je ze niet?
'Maar dat is niet...'
'Ze heeft me de details verteld, maar het meeste had ik zelf al geraden. En nu voel je je verscheurd. Je vraagt je onwillekeurig af wat je misloopt als je voor mij kiest. Dus probeer daar achter te komen,' zei hij. 'Ga met hem naar bed en beslis daarna.'
'Dit is belachelijk.' Ze schudde haar hoofd. 'Dat meen je niet.'
'Als dat ervoor nodig is. Ik meen het echt. Want als je dat niet doet, zul je het nooit weten. Ik denk dat ik uiteindelijk toch wel win.' Hij grinnikte zonder enig berouw. 'Sorry, maar dat denk ik echt. Ik wil alleen niet de rest van mijn leven doorbrengen met iemand die zich altijd, stiekem, blijft afvragen of ze wel de goede keus heeft gemaakt.'
Ze wist niet wat ze moest zeggen. Was hij gek geworden? Of was hij zo overtuigd van zichzelf dat het gewoon niet in hem opkwam dat hij zou kunnen verliezen?
'En als ik dat... dat deed? Wat zou je doen als ik besloot dat ik liever bij hem zou zijn dan bij jou?'
Hem. Ze durfde zelfs Jays naam niet hardop uit te spreken.
'Dat risico zal ik moeten nemen. Maar dan weten we het in elk geval wel.'
'Ik vind het onvoorstelbaar dat je wilt dat ik met een andere man naar bed ga.'

'Ik wil dat niet. Ik weet alleen dat het de enige manier is, anders zul je nooit weten wat je wilt.' Hij wachtte even. 'Dat wil zeggen, als hij nog belangstelling voor je heeft. Na gisteravond misschien niet meer. Weet je, dat is het punt bij mannen als hij, die blijven niet echt thuis zitten treuren. Als het met het ene meisje niks wordt, dan gaan ze verder met het volgende. Maar toch,' voegde hij er bemoedigend aan toe, 'je kunt het hem natuurlijk altijd vragen.'
Nadia was blij dat Jay vandaag naar een veiling was. Als hij nu zou verschijnen, was Laurie nog in staat om het hem zelf te vragen ook.
Bart gooide het keukenraam open en brulde: 'Ik heb water opgezet!'
'Zal ik vast verder gaan?' Laurie wees op de rollen gras bij zijn voeten. 'Ik zou een moord kunnen plegen voor een kop thee.'
Wat thee, dacht ze, terwijl ze de stenen treden op liep, ik zou een moord kunnen plegen voor een wodka-tonic.

36

Cal wachtte op Tilly bij het schoolhek. 'Janice glimlachte naar me in de gang.'
'Dat is nog niets,' reageerde Tilly grijnzend. 'Tijdens de pauze hield ze me tegen bij de wc's en zei dat ze je een schatje vond.'
Hij keek haar geschrokken aan. 'Een schatje? Dat is verschrikkelijk! Hoe komt ze erbij om me een schatje te noemen? Gisteren zei ze nog dat ik cool was! Hoe kun je nu tegelijkertijd cool zijn en een schatje?'
'Leuk toch? Ze valt op je.'
'Nu maak je me pas echt bang.'
'Val je dan niet op Janice?' vroeg ze gedurfd.
'Nee, helemaal niet.' Hij zei het met nadruk terwijl hij zijn schooltas over zijn schouder slingerde. Hij zweeg even. 'Wat ga je doen?'
'Ik? Ik wacht op Janice. Ik val wel op haar.'
Hij grijnsde op een manier die alleen een echt cool schatje voor elkaar kon krijgen. 'Zal ik je helpen met je tekst leren?'

Dankzij Janice waren Cals talenten blijkbaar algemeen bekend geworden, want de meisjes die langs hen heen stroomden, bekeken hem met hernieuwde belangstelling. Blozend van trots antwoordde Tilly: 'Oké.'
Cal schudde zijn hoofd. 'Sorry, maar dat klonk niet erg enthousiast. Lang niet enthousiast genoeg.'
'O, zou je dat voor me willen doen?' Zijn arm beetpakkend, keek ze hem met grote ogen opgetogen aan. 'O, mijn god, echt? Dat is echt fantastisch! Dank je, dank je. Ik kan bijna niet geloven dat dit me overkomt!'
'Al veel beter.' Zijn ogen boorden zich met onverholen geamuseerdheid in de hare.
Twee meisjes uit de tweede die langsliepen, stootten elkaar aan.
'Dat is hem, die jongen waar Janice het steeds over heeft,' siste degene met het donkerste haar.
'Hm, ze heeft gelijk, weet je. Hij heeft wel wat.'
'Zie je wel?' plaagde Tilly toen de meisjes waren verdwenen. 'Je hebt echt wel wat.'
Zijn ogen schitterden. 'Zolang ze me maar geen schatje noemen.'

De huwelijksplechtigheid verliep soepeltjes. De mooie blonde Sophie was precies op tijd gearriveerd, haar glanzende ivoorkleurige jurk was ongekreukeld en haar glimlach oogverblindend. Nick, dikker dan de laatste keer dat Nadia hem had gezien, zag er ongewoon snel uit en had er zelfs aan gedacht om de prijskaartjes van de zolen van zijn nieuwe schoenen te trekken voor het knielgedeelte. Iedereen had meegezongen, min of meer in de maat, met de opgewekte liederen. Niemand had iets gezegd op het cruciale moment waarop werd gevraagd of er bezwaren bestonden tegen dit huwelijk.
Nadia verwonderde zich erover dat buiten de rest van Clifton gewoon zijn gangetje ging. Het was één uur zaterdagmiddag en de mensen winkelden, dronken wat in cafés, namen hun kinderen mee naar de speeltuin en tankten benzine. Toch deden hier in de kerk Nick en Sophie hun trouwbelofte, beloofden ze van elkaar te houden in voorspoed en in tegenspoed tot de dood hen zou scheiden.
Raar eigenlijk, dacht Nadia, wanneer zoveel huwelijken tegen-

woordig niet langer standhielden dan de garantietijd van een wasmachine. Lichtgelovig, dat was het enige woord waarmee je mensen kon omschrijven die trouwden en echt dachten dat ze nog lang en gelukkig zouden leven. En het kostte handenvol geld om zo'n trouwpartij als deze te geven, over geld weggooien gesproken, waarom namen mensen eigenlijk nog de moeite?

'Hou op met dat gesnuf,' mompelde Laurie vanuit zijn mondhoek. 'O nee, hè, niet weer,' voegde hij eraan toe met een blik op Nadia, terwijl hij haar zijn zakdoek gaf.

Zichzelf vervloekend omdat ze niet kon huilen zonder te snuffen – nou ja, dat kon ze wel, alleen ging haar neus dan heel onaantrekkelijk lopen – veegde ze haar ogen droog en depte haar mascara. Waarom, o waarom, moest haar dit altijd overkomen?

'O, sentimenteeltje,' fluisterde Laurie, in haar arm knijpend.

Het was de triomf van de hoop op de bittere ervaring, dat wist ze inmiddels. Gecombineerd met de blote blik van aanbidding op Nicks blozende gezicht toen hij in Sophies ogen keek en de platina ring om haar slanke vinger schoof. Het was de onwankelbare innerlijke overtuiging dat, oké, het huwelijk van anderen misschien niets werd, maar dat van hen wel. Wanneer je zoveel van elkaar hield als zij, kon er niets misgaan...

'U mag de bruid nu kussen,' verkondigde de dominee.

'Hmmff.' Nadia dempte haar snik door haar gezicht in Lauries zakdoek te begraven. Ze kon er niets aan doen; Nick en Sophie hielden van elkaar. Nick, die gewoonlijk zo dubbelzinnig en cynisch was, keek alsof hij zelf ook ieder moment in huilen kon uitbarsten. Dit was het enige ter wereld dat hij wilde. O shit, nu begon haar mascara echt uit te lopen.

'Wij kunnen dit ook doen.' Lauries mond was maar een paar millimeter van haar oor.

Een rilling sidderde langs haar rug. 'Wat doen?'

'Dit. Dat hele kerk-gedoe. Je hoeft alleen maar ja te zeggen.'

Nadia keek recht voor zich uit naar Nick en Sophie die elkaar vol overgave kusten. Ze kon geen ademhalen.

'Ik wil met je trouwen,' vervolgde Laurie.

Over schaamteloos gesproken, dacht ze. Hij maakte misbruik van de situatie. Hij wist dat ze nu heel kwetsbaar was.

Het orgel begon te spelen; Nick en Sophie waren niet langer aan het kussen, ze grijnsden alleen maar naar elkaar als een stelletje... nou ja, pasgehuwden.

Daar zouden wij kunnen staan, dacht ze.

Hardop vroeg ze: 'Heb je weleens een carrière als vertegenwoordiger in dubbele beglazing overwogen?'

Toen de dienst was afgelopen, gingen de bruid en bruidegom de gasten voor naar de uitgang. Rij voor rij volgden de aanwezigen hen naar buiten, waar de zon fel scheen. Nadia en Laurie die op de vijf na laatste rij hadden gezeten, stonden op toen het hun beurt was en liepen door het gangpad.

Nadia bewonderde de boeketjes van witte rozenknoppen en bruidsbloemen die aan het eind van iedere rij waren bevestigd. Toen ze een vrouw met een barokke oranje hoed ter grootte van een schotelantenne op zag, vroeg ze zich af hoe duur die was geweest – alles boven de vijf pond was eigenlijk al te veel. O, maar in de rij achter haar zat iemand met een veel betere smaak, een lange vrouw met rood haar die een goudkleurige knielange satijnen jas over een rozige jurk van dezelfde stof droeg. De kleuren pasten prachtig bij elkaar en bij het koperen haar van het meisje, en haar ketting van amber paste weer bij haar schoenen. Dat was nog eens een manier om een goede indruk te maken op...

O, allemachtig. Terwijl Nadia mooie gedachten had gekoesterd over de smaak van het roodharige meisje, waren haar ogen terloops afgedwaald naar haar metgezel. Nu stokte haar blik, ze was totaal met stomheid geslagen toen ze zag dat het Jay was.

Wat? Wat moest hij hier? Wat?

'Wat?' vroeg Laurie.

'Niets.'

De roodharige kletste er lustig op los. Naast haar zat Jay te knikken en glimlachen alsof hij het met alles wat ze zei eens was. Toen dwaalde zijn blik af en bleef op Nadia rusten. Hij knikte weer kort, deze keer om te laten merken dat hij haar had gezien, en luisterde toen weer verder naar het meisje naast hem.

Hij had het afgelopen uur twee rijen achter haar gezeten. Geen wonder dat hij niet zo verbaasd was om haar te zien als zij hem. Ze hoopte maar dat hij dat gênante gesnik van haar in de zakdoek niet had opgemerkt.

Laurie, die haar blik had gevolgd, zei: 'Hé, kijk eens wie we daar

hebben.' Grijnzend wuifde hij naar Jay. 'Hoe kan dat nou? Heb jij hem soms uitgenodigd?'
'Natuurlijk niet.' Ze voelde zich helemaal verhit en merkte te laat dat Laurie haar alleen maar plaagde.
'Waar is je gevoel voor humor gebleven?' Hij stootte haar plagend aan. 'Ik weet al hoe het zit. Dat is een van de meisjes met wie hij gisteren in de Alpha Bar was.'
Nadia's maag deed een onhandige dubbele flikflak. 'Ja, en?'
'Nou, dat is vast een van Sophies vriendinnen. Sophie had ook een vrijgezellenavondje.'

De receptie werd in het Holborn Hotel gehouden, beroemd om zijn uitzicht over de hangbrug. Het was echt een leuk hotel, nogal deftig en heel volwassen.
Nadia daarentegen voelde zich verre van leuk. En het kostte haar ook erg veel moeite om zich als volwassene te gedragen. Alle anderen mengden zich in de hoteltuin, dronken champagne en gedroegen zich zoals bruiloftsgasten zich horen te gedragen. Uiterlijk deed Nadia dat ook. Maar vanbinnen had ze zin om haar voet uit te steken zodra Het Roodharige Meisje nog een keer langsliep en haar te laten struikelen.
Het was onlogisch, maar toch was het zo. Ze kon er niets aan doen; Het Roodharige Meisje irriteerde haar mateloos. De manier waarop ze haar hoofd in de nek wierp en lachte wanneer Jay iets zei wat ook maar vaaglijk grappig was. De manier waarop ze onzichtbare pluisjes van de revers van zijn jasje bleef plukken. En wat betreft de manier waarop ze met haar tong langs haar lippen gleed voordat ze iets zei, nou, dat was nog wel het allerirritantste maniertje van allemaal. Beetje doorzichtig. Iedere vrouw die dit pornoster-in-opleidingding deed, verdiende het gewoon om te struikelen.
'Nadia! Wat fantastisch om je weer te zien! Je ziet er schitterend uit!' Nadia voelde dat iemand haar vastpakte in een berenomhelzing die alle adem uit haar longen kneep. Nick had zijn eigen kracht altijd al onderschat.
Maar hij had wel gelijk, dacht ze met iets van voldaanheid. Vandaag zag ze er ook schitterend uit. Het donkerblauwe topje met de spaghettibandjes dat Clare vorige week had gekocht, paste

prachtig bij haar eigen lange indigo-en-zilverkleurige rok van Monsoon. En voor deze ene keer gedroeg haar haar zich ook. En, wonder boven wonder, haar sandaaltjes met hoge hakken zaten zelfs lekker genoeg om niet meteen de aanvechting te krijgen om ze uit te schoppen.
Ze hoopte alleen dat Nick niet de enige was die had gezien hoe schitterend ze er vandaag uitzag.
'Jij ook,' vertelde ze hem. 'En nu ben je nog getrouwd ook! Niet te geloven.' Over Nicks stevige schouder heen zag ze dat Jay het glas van Het Roodharige Meisje bijvulde. Hij droeg een donkergrijs pak, een paarsblauw overhemd en een das die... oeps, gauw de andere kant uit kijken.
'Jij bent de volgende.' Met een stralend gezicht zei Nick: 'Toen Laurie me vertelde dat jullie weer bij elkaar...'
'We zijn niet bij elkaar,' onderbrak ze hem. Verdomme, wat had Laurie hem allemaal wijsgemaakt?
'Dat heb ik ook niet gezegd.' Naast haar schudde Laurie zijn hoofd. 'Echt niet. Ik zei alleen maar dat we elkaar weer zagen. Op puur platonische wijze. Totdat ik Nadia kan overhalen om van gedachten te veranderen.'
'Ja, dat klopt. Absoluut.' Nick knikte fanatiek. 'Dat zei hij. Maar je verandert toch wel van gedachten, hè?' Hij greep Nadia's handen beet. 'Je zet hem toch niet aan de kant? Ik weet dat het een kloothommel is, maar diep vanbinnen is hij niet zo beroerd. Vooruit, gun hem het voordeel van de twijfel. Als jullie ook in het huwelijksbootje stappen, dan kunnen we van die getrouwde-stelletjesetentjes geven, net als echte volwassenen. Met bijpassend bestek, de hele rataplan.'
'Dat is een heel goede reden om te trouwen.' Ze knikte bedachtzaam. 'Dank je, ik zal het in gedachten houden.'
Zich naar voren buigend voor nog een onhandige kus, fluisterde Nick: 'Hij houdt echt van je, hoor.'
Zijn prille huwelijksgeluk was hem duidelijk naar het hoofd gestegen. Onder normale omstandigheden zou Nick nog eerder in *Het Zwanenmeer* dansen in Covent Garden dan praten over – jakkes – liefde. Hij was blijkbaar niet helemaal zichzelf vandaag.
Toen Nadia Sophies moeder hun kant uit zag komen lopen, zei ze: 'Je schoonmoeder komt eraan.'

'Jean!' Terwijl Nick Nadia losliet, zei hij vrolijk: 'Het is niet te geloven, maar ik mag mijn schoonmoeder wel. Is dat maf of wat?'

37

'Ken ik jou?'
Bij het horen van de onbekende stem draaide Nadia zich om en kwam oog in oog te staan met Het Roodharige Meisje.
O, shit.
'Sorry? Nee, ik geloof van niet.' Ze had net sorry gezegd. Wat verschrikkelijk Engels.
'Ken jij mij?'
'Nee.' Ik wilde je alleen maar laten struikelen.
'O. Raar.' De toon van het meisje was eerder uitdagend dan vriendelijk. 'Omdat je de hele tijd zo naar me staat te kijken. En als je me niet kent, dan vraag ik me af waarom je dat doet.'
'Ik kijk niet de hele tijd naar jou.' Dat was de waarheid. Ze keek naar Jay. Het probleem was dat ze, iedere keer als hij haar kant uit keek, gedwongen werd om snel haar blik af te wenden en te doen alsof ze ergens anders naar keek. Het was niet haar schuld dat dat ergens anders meestal dit meisje bleek te zijn met haar vlammend rode haar en belachelijke liklippen.
God, hoe kon Jay haar nu leuk vinden? Hij keek toch zeker wel door zo iemand heen?
'Nou, als ik al naar je heb gekeken, dan was dat niet expres. Ik had het zelf niet door.' Nadia had zin om eraan toe te voegen: Wil je soms dat ik de rest van de dag een blinddoek omdoe, maar ze wist zich te beheersen. Het zou erg gênant zijn als het meisje ja zei.
Waar was Laurie trouwens? Nu het eindelijk eens goed zou uitkomen dat hij steeds in haar buurt rondhing, was hij met zijn ex-collega's gaan praten.
'Oké.' Het Roodharige Meisje wachtte en hield haar hoofd schuin. 'Ik hoorde dat je voor Jay werkt.'
'Dat klopt. Wie heeft je dat verteld?'

'Jay.'
'Dus je weet wie ik ben.' Gewoonlijk had Nadia niet zo snel op het eerste gezicht al een hekel aan iemand, maar voor Het Roodharige Meisje maakte ze graag een uitzondering.
'Je bent tuinman. Jay heeft je aangenomen om de tuinen op te knappen van de huizen die hij renoveert.' Weer een pauze. 'Val je op je baas?'
O, hemeltje nog aan toe, waar bleef Laurie nou?
'Nee.' Zwetend schudde ze haar hoofd.
'Ik dacht gewoon, misschien kijkt ze daarom steeds naar ons. Omdat je Jay wilt en jaloers bent omdat ik hem heb en jij niet.'
Nadia werd woedend. Hoe durfde dit verschrikkelijke meisje gelijk te hebben?
'Dat is helemaal niet waar.' Met veel moeite slaagde ze erin om haar kalmte te bewaren. Gaan piepen van verontwaardiging zou alleen maar bewijzen dat ze zich schuldig voelde.
'Nou, ik ben blij om dat te horen.' De glimlach van het meisje reikte niet tot aan haar kille, scheve ogen. 'Want ik heb lang genoeg gewacht op een man als Jay. Hij is precies wat ik zoek, en ik ben van plan om hem te krijgen.'
Niet in staat om zich te beheersen vroeg Nadia glimlachend: 'O, echt? Weet Jay dat al?'
'Ik ben drieëndertig,' reageerde het meisje kalm. 'Dat is niet gemakkelijk. Zodra je eenmaal drieëndertig bent, zijn er niet zoveel fatsoenlijke mannen meer te vinden. Jij hebt geen klagen,' voegde ze eraan toe, 'jij hebt al een man.'

Nadia botste in de gang tegen Jay op toen ze terugkwam van de wc.
'Waarom heb je me niet verteld dat je op de bruiloft van Nick en Sophie zou komen?' Drie glazen Moët hadden haar tong losgemaakt. 'Als je Laurie op het vrijgezellenfeest hebt gezien, dan wist je best dat we hier vandaag zouden zijn.'
Jay keek lichtelijk verbaasd. 'Ik had wel verwacht dat hij uitgenodigd zou zijn, maar ik wist niet dat jij ook zou komen. Maakt het wat uit?'
Ze hadden elkaar deze week nauwelijks gezien. Jays bezoekjes aan het huis waren steeds kort geweest, en de enige keer dat hij

langer dan vijf minuten was gebleven, was ze zelf in het tuincentrum geweest.
'Natuurlijk maakt het niet uit.' Ze vroeg zich af of hij Het Roodharige Meisje echt leuk vond. 'Het zou alleen beleefd zijn geweest om het even te vermelden. Hoe kom jij trouwens aan een uitnodiging?'
Alsof ze dat al niet wist.
'Ik liep de meisjes tegen het lijf in de Alpha Bar. Andrea heeft een flat met Sophie gedeeld. Ze had niemand om mee te nemen naar de bruiloft, dus vroeg ze of ik zin had.'
'Ze is drieëndertig,' zei ze, hopend om iets van een schok te zien. Hij keek haar geamuseerd aan. 'Dat weet ik. Dat heeft ze me verteld.'
Shit.
'Ze heeft heel lang gewacht op een man als jij.' Ze vroeg zich af of ze al met elkaar naar bed waren geweest.
'Dank je. De tuin ziet er goed uit trouwens.'
Klootzak. Ze probeerde zich voor te stellen dat ze een onzichtbaar pluisje van zijn revers zou plukken. Of misschien uitdagend met haar tong over haar lippen zou glijden. Behalve dat ze dan, zichzelf kennende, zou eindigen met lippenstift op haar tanden. Om hem te ergeren zei ze: 'Andrea vindt je erg leuk. Heel erg leuk.'
'Echt?'
Hij werd nu echt heel vervelend, vond ze. 'Ik dacht dat dat wel duidelijk was.'
'Nou, mooi dan.' Zijn bruine ogen glommen geamuseerd. 'Want ik ben niet naar de Alpha Bar gegaan om vrouwen te ontmoeten die me stom vinden. Dat zou geen zin hebben, toch?'
Buiten klonk een bel.
'Gered door de bel,' zei hij.
'Gered van wat?' stoof ze op.
'O, sorry, maar ik dacht dat dit een verhoor was.'
Ze gaf het op. Het probleem van bekvechten met Jay was dat je nooit echt kon winnen. Hij had de woedend makende gewoonte om overal een antwoord op te hebben.
De bel ging weer.
'We gaan eten. Ik kan maar beter teruggaan naar Laurie.'

'Ja, en ik ga Andrea maar eens zoeken.'
Andrea en haar gillende drieëndertigjarige eileiders, dacht Nadia schamper. Ze durfde te wedden dat Andrea wanhopig graag een kind wilde.
God, stel je voor dat ze aan dezelfde tafel als Andrea en Jay kwamen te zitten. De pepermolens zouden door de lucht vliegen.
'Tot straks,' zei Jay.
Ja, leuk.

Ze zaten niet aan dezelfde tafel. Gelukkig vloog de tijd voorbij. Het was hartstikke leuk om Lauries oude collega's en hun wederhelften weer eens te zien. Hun tafel, een van de rumoerigste in de zaal, liet zich vrolijk gelden tijdens de toespraak door de getuige van de bruidegom. Het eten was perfect. Flessen werden in een ommezien leeggedronken en even snel weer vervangen. Nadia kreeg een steek in haar zij van het lachen toen Nicks baas Nick nadeed die ook een speech hield, compleet met trillende kin en scheve das.
Eerlijk gezegd, wanneer je zo hard lachte, was een steek nog tot daaraantoe. Bang om zichzelf voor schut te zetten – een natte plek achterlaten op je fluwelen stoelkussen was nooit erg deftig – stond Nadia op en zei: 'Ik ben zo weer terug.'
'Alweer?' Tania, die getrouwd was met Nicks baas, nam een grote slurp wijn. 'Jemig, ben je zwanger of zo?'
Weinig kans, dacht Nadia, terwijl Tania Laurie bulderend van de lach aanstootte en bijna op zijn schoot viel.
'Laten we hopen van niet,' zei Laurie met een wrang lachje dat alleen Nadia begreep.
Nadia zat net te plassen toen de deur van de dameswc's open- en dichtging. Duur klinkende hoge hakken kletterden over de zwarte en rode marmeren vloertegels. Twee paar hoge hakken. Het ene tiktakte twee wc's verderop naar binnen, terwijl het andere naar de wasbak liep. Nadia hoorde het geluid van een make-uptasje dat werd opengeritst, gevolgd door het gerammel van make-upspulletjes.
'Met wie gaat Hannah nu eigenlijk?' De vraag kwam van het meisje op de wc.
'Gisteravond is ze met Toby uit geweest. Hij heeft haar meege-

nomen naar dat nieuwe restaurant in Chandos Road.'
Donggg, Nadia spitste haar oren. Was dat Andrea's stem? 'Die Mexicaan? Ik heb gehoord dat die heel slecht is. Dus tussen haar en Piers wordt het niets meer?'
Piers? Piers wie?
'Ha, mocht ze willen! Piers haalt zijn oude streken weer uit.' De stem die mogelijkerwijs die van Andrea was, klonk minachtend en een beetje vervormd; ze klonk alsof ze haar mond rekte om een nieuw laagje lippenstift aan te brengen.
'Is hij daar ooit mee opgehouden dan? Het was sowieso stom van Hannah om iets met hem te beginnen.' Het meisje in de wc plaste luidruchtig, trok door en klikklakte naar de wasbak om haar handen te wassen.
'Hij is nu met een ander meisje, een of ander kunstzinnig typetje. Echt een doetje, volgens Piers.' Was het Andrea? Psst, psst, ging een parfumverstuiver. 'Maar toen ik hem zondag in Boom zag, hing hij compleet over Felicity Temple-Stewart heen.'
Nadia's hersens werkten op volle toeren. Zondag, zondag... Clare had Piers op zondag niet gezien. Hij had haar verteld dat hij naar zijn zus in Oxford ging, en Clare had de hele dag aan haar laatste schilderij gewerkt. Langzaam, stil, trok Nadia haar broekje op en ging toen op haar knieën op de vloer van de wc zitten. Gelukkig was het een brandschone vloer.
'Trouwens, hoe gaat het met jullie twee?' Dit van het meisje dat haar handen waste. 'Zo te zien wel goed.'
Nadia hield haar adem in. Nu moest ze het echt weten. Ze kroop naar de deur en deed haar hoofd naar beneden.
'Inderdaad erg goed.' De stem die waarschijnlijk bij Andrea hoorde, klonk zelfvoldaan. 'Echt, ik denk dat ik eindelijk een winnend lot heb. Zo zie je maar, het stikt van de sukkels, maar als je maar lang genoeg blijft zoeken, dan vind je altijd wel een... iehh!'
Verdomme. Nadia stootte haar hoofd tegen de wc-deur toen ze hem snel naar binnen probeerde te trekken. Turend door de smalle reep tussen de onderkant van de deur en de marmeren vloer, had ze ineens tegen Andrea's knokige benen in bleke kousen aan gekeken.
Andrea, die in de spiegel een paar donkere ogen onder de gesloten wc-deur achter haar had zien kijken, gilde nog een keer en

draaide zich als door een wesp gestoken om. Haar make-uptasje viel in de wasbak.
'Verdomme nog aan toe, wat is dit? Niet te geloven! Sta op,' schreeuwde Andrea, 'sta op en kom eruit! Wat denk jij verdomme dat je aan het doen bent?'
Nadia overwoog even om te doen wat Ewan McGregor in *Trainspotting* had gedaan, de wc-pot in duiken.
Nou ja, misschien ook niet. Onhandig stommelde ze overeind.
'Jij weer!' jouwde Andrea, toen Nadia schoorvoetend de wc uit kwam zetten.
Haar vriendin vroeg: 'Andy? Wie is dat?'
'Ze werkt voor Jay. Ze is... tuinman.' Andrea liet het klinken alsof dat iemand was die maden at. 'Ze geeft het niet toe, maar ze is jaloers op me omdat ik met Jay ben en zij niet. En nu kruipt ze ook nog rond op een wc-vloer, alleen om ons te kunnen afluisteren!' Om haar mond verscheen een triomfantelijk lachje. 'Heerlijk. Dat moet ik Jay zo vertellen.'
Sophie leek zo aardig, Nadia vond het ongelooflijk dat ze een flat met zo'n giftige slang als Andrea had gedeeld.
Maar misschien was dat wel de reden geweest dat Sophie zo graag had willen trouwen.
Het ergerlijkste was dat, als Andrea aardig was geweest, ze haar de echte reden van het afluisteren had kunnen vertellen. Dan had ze alles over Piers kunnen horen. Maar ze zou nog liever haar tong uitrukken dan dat ze Andrea ernaar zou vragen.
Met vooruitgestoken kin liep Nadia naar de deur. 'Je vertelt Jay maar wat je wilt. Ik kan er niet mee zitten. Behalve dat ik me er niet al te veel van zou voorstellen als ik jou was. Hij is pet in bed.'
Tevreden met zichzelf gooide ze de deur open en bereidde zich voor op een waardige aftocht.
Andrea's vriendin begon: 'O, je rok zit in je...'
'Stomkop,' viel Andrea woedend uit, terwijl Nadia – oef, opluchting – de schade herstelde. 'Waarom moest je haar dat nou vertellen?'

Tja, wat kon ze nu nog anders doen dan zich met volle overgave op de rest van de avond storten en Andrea laten zien dat ze inderdaad zelf een man had?

Tegen deze tijd loeiden Duran Durans grootste hits al over de dansvloer. Vastbesloten om niet te kijken – nog geen milliseconde – in de richting van Jay en Andrea's tafeltje, danste Nadia met Laurie, toen met Lauries ex-baas, toen met Nicks zweterig-gretige getuige, en toen weer met Laurie.

De dj, die het wat rustiger aan deed om het oudere deel van de aanwezigen wat adempauze te geven, begon iets afschuwelijks van Celine Dion te draaien. Toen Laurie automatisch terugliep naar hun tafel, trok ze hem terug.

Natuurlijk keek hij haar geschokt aan. 'Je wilt hier toch niet op dansen?'

'Jawel.' Ze duwde zich tegen hem aan, en hij grinnikte.

'Jemig, dan ben je echt dronken.'

Ze sloeg haar armen om zijn nek. Laurie kon goed dansen. Hij was lenig en bezat de eigenschap die de meeste mannen zo droevig ontbeerden, namelijk dat hij op de maat van de muziek kon bewegen. Hoe heette dat ook alweer? O ja, gevoel voor ritme.

En hij zag er fantastisch uit in zijn pak, nu hij het had opgediept uit zijn rugzak en er een broodnodig bezoekje aan de stomerij mee had afgelegd. Ja, Laurie zag er gewoon prima uit. Punt. Hij was verreweg de mooiste man in de hele zaal. Hij had het mooiste haar, besloot ze, terwijl ze onder het dansen met haar vingers door zijn haar woelde. De mooiste wimpers. En de aller- allermooiste jukbeenderen...

Hmm, misschien was ze ietsiepietsie aangeschoten.

Met haar hoofd tegen Lauries schouder waagde ze een snelle blik in Jays richting. Oké, een beetje kinderachtig, maar ze wilde zo graag weten of hij naar haar keek. Op een jaloerse manier het liefst.

Behalve dat het niet zo was. Hij was verdomme iets op een servet aan het schrijven, terwijl Andrea naast hem met haar lichaamstaal te koop liep. Ze grijnsde alsof ze de hoofdprijs had gewonnen.

Als Nadia's benen acht meter langer waren geweest, dan had ze haar kunnen schoppen. Ze hoopte echt dat Jay Andrea niet het nummer van zijn mobieltje gaf.

Celine Dion maakte plaats voor Michael Bolton. Het was dat soort bruiloftsfeest. God, wat een geluk dat ik met Laurie dans,

dacht ze. Wat een geluk. O! Jay staat op. Hoera!
Verdomme. Andrea stond ook op. Boe!
'Weet je,' zei Laurie gemoedelijk, 'een andere man zou nog denken dat hij beet had.'
Geschrokken besefte ze dat ze zich had overgegeven aan schaamteloos heupwrijven.
'Dat komt niet door jou, maar door Michael Bolton. Hij heeft die uitwerking nu eenmaal op me.'
'Ik weet precies wat je bedoelt.' Hij knikte begrijpend. 'Ik heb hetzelfde bij Eminem.'
Ze droeg haar heupen op om zich een beetje te gedragen. Na Michael Bolton dansten ze verder, wat netter, dat wel, op iets van Westlife. Toen ze uiteindelijk weer bij hun tafeltje terugkeerden, verdween Laurie naar de bar om nog wat te drinken te halen.
Jay en Andrea waren nergens meer te bekennen.
Nadia had het warm. Haar gezicht was vast rood en glimmend. Op zoek naar een zakdoekje, pakte ze haar tas, waar een servet overheen lag.
Toen ze het openvouwde, zag ze dat er iets op was geschreven. In wat onmiskenbaar Jays handschrift was, stonden de woorden: 'Nee, dat ben ik niet.'

38

Josh, een van de medewerkers van het tuincentrum, koesterde de droom om ooit stand-up comedian te worden. Toen hij was begonnen om naar de open podium-avonden van de Comedy Club vlak bij Whiteladies Road te gaan, had hij erop gestaan om zoveel mogelijk vrienden mee te nemen, die zich dan moesten voordoen als enthousiaste fans, hem toejuichen tijdens zijn tien minuten durende optredens en het boe-geroep van eventueel lastig publiek overstemmen. Omdat, in alle eerlijkheid, Josh gewoon totaal geen talent had.
Nadia bleef toch meegaan; ze genoot van de rumoerige, oneerbiedige zondagavondsfeer van de club en het gaf haar de gele-

genheid om op de hoogte te blijven van het reilen en zeilen bij haar vroegere werkgever. Janey, die terugkwam bij hun tafel met een rondje bier – dit was per slot van rekening de Comedy Club – liet zich op haar stoel vallen en nam de rol van roddelkoningin op zich.
'Oké, daar gaan we dan. Mandy heeft iets met een van de barmannen van de Old Duke – hij heet Ryan en is een complete jazzfreak, dat krijg je als je naar zo'n stom jazzcafé gaat. Eigen schuld, dikke bult. En hij heeft alleen maar een brommertje, dus moet zij hem in haar auto rondrijden als ze ergens naartoe gaan. Hij vond op een keer al haar S Club 7-bandjes in het handschoenenvakje en toen heeft ze gedaan alsof die van haar broer waren. Dat wordt dus nooit wat,' voorspelde Janey vertrouwelijk. 'Stevie Granger heeft trouwens een pesthekel aan zijn nieuwe baan. Toen hij besloot dat hij meer zou verdienen als bewaker, is het niet bij die stomkop opgekomen dat die nachtdiensten zijn sociale leven overhoop zouden gooien. O, en die schele acteur die vroeger in *East-Enders* zat, heeft vorige week een tuinhuisje bij ons gekocht. Hij woont nu in Easter Compton. Je had hem moeten zien toen een andere klant hem om een handtekening vroeg, ernaar keek en zei: "O, ik dacht dat je die timmerman van *Changing Rooms* was." Kwaad dat die was.'
'Wat doet Bernie hier eigenlijk alleen?' Nadia tuurde door de rokerige ruimte naar de bar. 'Waarom is Paula niet meegekomen?'
'Aha.' Janey keek triomfantelijk. 'Dat was mijn volgende nieuwtje. Ze hebben het drie weken geleden uitgemaakt!'
'Nee! Jemig.' Met gepaste verbazing keek Nadia naar Bernie Blatt, zoon van de eigenaar van het tuincentrum. Bernie, die de zakelijke kant deed, was de afgelopen twee jaar verloofd geweest met Paula, een verpleegster. 'Ik dacht dat die altijd bij elkaar zouden blijven. Wat is er gebeurd?'
'Paula heeft hem in de steek gelaten. Het bleek dat ze iets had met een orthopedisch chirurg uit het ziekenhuis waar ze werkt. Bernie kon het gewoon niet geloven, hij was compleet geschokt. Maar je weet hoe mannen zijn – hij raakt er al aardig overheen. Verbitterd en knettergek, maar aan de beterende hand. O, daar heb je Suzette! Suze, hier,' brulde Janey, als een waanzinnige zwaaiend. 'Suzette is vorige week bij ons begonnen, ik vind haar te gek,

zelfs al is iedereen dan ook verliefd op haar,' voegde ze eraan toe, toen Suzette bij hen kwam staan. 'God mag weten waarom, want ze is zo lelijk.'
Suzette grinnikte en perste zich tussen hen in. Ze was klein en betoverend mooi om te zien, met haar witblonde krullen en dansende groene ogen.
'Bernie denkt natuurlijk dat hij is doodgegaan en nu in de hemel is.' Janey rolde met haar ogen. 'Waarom komt het nu nooit eens bij compleet gemiddelde, te dikke mannen met heel weinig haar op dat iemand als Suze ze misschien niet onweerstaanbaar vindt?'
'Hoi,' zei Suzette vrolijk. 'Jij moet Nadia zijn. Ik heb al heel veel over je gehoord.'
Nadia mocht haar meteen.
'Hé, hallo daar, meisjes.' Het was Bernie, die hen om de beurt op de schouders sloeg. 'Suze, je ziet er weer fantastisch uit.' Hij wierp een bewonderende blik op Suzettes groene haltertruitje en heupspijkerbroek. 'En Nadia, hoe gaat het met jou? Heeft Janey je al verteld wat er is...'
'Sst,' zei Janey, toen hun collega op het kleine, met schijnwerpers verlichte podium verscheen. 'Ja, ik heb het haar verteld, dus ga zitten en hou je mond. Josh is.'
Bernie plofte naast Nadia neer en zei opgewekt: 'Okido. Maak me wakker als ik in slaap val.'

'Ging het goed?' Josh zat, zoals altijd, wanhopig verlegen om geruststelling.
Nadia omhelsde hem. 'Je was fantastisch. We waren toch niet de enigen die klapten? En bijna niemand riep boe.'
'Is het al voorbij?' Bernie deed alsof hij wakker werd. 'Mag ik alweer praten?'
'Ik weet niet waarom de uitsmijters je binnen hebben gelaten,' zei Josh. 'Ik had ze nog zo gezegd dat ze dat niet moesten doen.'
'Ah, maar ik ben een man met liefdesverdriet. Gedumpt door mijn verloofde. Ik moet opgevrolijkt worden, en waar kan dat beter dan in een comedy club? Trouwens,' vervolgde Bernie openhartig, 'de enige meisjes die me kunnen opvrolijken, zijn ook hier. Dus Nadia, vrolijk me op, vertel me dat je nog steeds vrijgezel bent.'

'Ze is het tegendeel van vrijgezel,' zei Janey gewichtig. 'Ze heeft twee mannen achter haar aan zitten. Haar nieuwe baas, die behoorlijk lekker klinkt. En Laurie, die terug is uit L.A. en weer wat met haar wil.'
'Laurie?' In zijn glas bier proestend, zei Bernie: 'Nadia, zeg dat het niet waar is! Je denkt er toch niet serieus over om weer wat met die klootzak te beginnen?'
Nadia, die binnen sproei-afstand zat, veegde druppels bier van haar spijkerbroek. 'Ik weet nog niet wat ik wil. Trouwens,' ze voelde zich verplicht om Laurie te verdedigen, 'hij is geen klootzak.'
'Pardon! Ben je soms alweer vergeten hoe kapot je ervan was toen hij je had gedumpt?' Bernie dacht duidelijk dat ze haar verstand had verloren. 'Nou, ik weet het verdomme nog wel! Hoe kun je hem nu ooit weer vertrouwen?'
'Maar je moet toegeven dat het een schatje is,' zei Janey, die Laurie heel vaak had ontmoet. 'Grappig en charmant en...'
'In staat om ervandoor te gaan met het eerste het beste leuke meisje waar zijn oog op valt.' Bernie haalde vol afkeer zijn neus op.
'Maar dat heeft hij helemaal niet gedaan,' zei Nadia, die begon te wensen dat ze het ergens anders over hadden.
'Wil je soms beweren dat hij dat niet zou doen als hij de kans kreeg? Als je dat denkt, dan leef je op een roze wolk.'
'Dat Paula jou heeft bedrogen,' zei Nadia tegen hem, 'betekent nog niet dat anderen ook zo zijn.'
'Maar hij wel,' zei Bernie voldaan. 'Hij is er echt het type voor.'
Boos merkte Janey op: 'Dat zeg je alleen maar omdat hij er goed uitziet.'
'Is dat die jongen die model is?' Suzette keek Janey aan. 'Van wie je me die foto in dat tijdschrift hebt laten zien?'
'Kunnen we het alsjeblieft ergens anders over hebben?' vroeg Josh klagerig. 'Kunnen we het niet over... ik weet niet... over mij hebben?'
'Zo is Laurie niet,' moest Nadia Bernie toch nog even vertellen, gewoon om de zaak af te ronden.
'O nee?' Bernie haalde zijn schouders op en zei toen terloops: 'Bewijs dat eerst maar eens.'

Nadia deed het niet om iets aan Bernie Blatt te bewijzen. Bernie zou het zelfs niet eens te weten komen. Ze deed het om het aan zichzelf te bewijzen.
Omdat ze misschien, diep vanbinnen, een bewijs nodig had.
'Gewoon voor je gemoedsrust,' zei Janey, die naast haar in de auto zat. Ze knikte tevreden. 'Je hebt gelijk, klinkt logisch. Hoe laat is het trouwens?'
'Net zeven uur geweest.' Nadia schrok toen haar mobieltje overging, bijna precies op de afgesproken tijd. O god, stel je voor dat dit verschrikkelijk fout was om te doen? Stel je voor dat het allemaal vreselijk misliep? 'Hallo?'
'Hoi, met mij,' zei Suzette. 'Hij is er, hoor. Hij heeft net een fles rode wijn besteld en zit aan de bar. Ik ben even naar buiten gelopen om je te bellen. Ik kan hem door het raam zien.'
'Goed.' Toen Nadia zich Laurie voorstelde die in de San Carlo op haar zat te wachten, ging haar hart sneller slaan. 'Je kunt maar beter weer naar binnen gaan. Blijf in de buurt van de bar.'
Suzette giechelde. 'Ik voel me net iemand van de FBI. Oké, baas, over en sluiten.'
De verbinding werd verbroken. Nadia wachtte minder dan een minuut en toetste toen Lauries nummer in. Hij nam na de tweede keer overgaan op.
'Laurie? Hoi, met mij. Sorry, ik kan niet komen,' zei ze. 'Ik moet het afzeggen. Janey belde net, haar vriendje heeft haar gedumpt en ze is totaal van streek.' Naast haar trok Janey een huilgezicht en deed alsof ze haar polsen doorsneed. 'Ik heb beloofd om naar haar toe te komen, vind je het erg? Het spijt me dat ik je avond verpest, maar je weet hoe Janey is als ze overstuur raakt. Je bent toch nog niet in de San Carlo?'
Ze hoorde Laurie zuchten.
'Het is zeven uur. Je zei dat je hier om zeven uur zou zijn. Natuurlijk ben ik in het restaurant. Ik heb al een fles wijn besteld.'
'O. Nou. Sorry. Maar ik kan Janey echt niet aan haar lot overlaten. Zullen we anders morgenavond uit eten gaan?'
'Perfect,' zei Janey, nadat Nadia het gesprek had beëindigd. 'Ik voel me al behoorlijk suïcidaal.'
'Ik voel me misselijk,' zei Nadia.
'Toe, dit is Laurie, die doet dat heus niet.'

Hopend dat Janey gelijk had, zei Nadia: 'Je krijgt trouwens de groeten van hem.'
'Zei ik het niet?' Janey schonk haar een geruststellend lachje. 'Hij is een schatje.'

'Jij ook?' vroeg Suzette, nadat ze haar glas wijn had leeggedronken.
'Sorry?'
'Ik hoorde je praten. Zo te horen heeft iemand je laten zitten.' Met een spijtig lachje keek ze Laurie aan. 'Ik ook. Mijn vriendin belde net om me te vertellen dat ze moest overwerken.'
Laurie stopte zijn mobieltje weer in zijn jaszak. Het meisje dat hem had aangesproken, was opvallend mooi, met lachende groene ogen en een gewelfde Meg Ryan-mond. Ze droeg een gebleekt spijkerjackje over een eenvoudig wit katoenen jurkje, waarin haar smalle heupen goed uitkwamen, en platte gouden sandaaltjes.
'Die van mij is een vriendin gaan troosten die net is gedumpt,' zei hij droog. 'Niet onze geluksavond dus.'
'Typisch.' Het meisje rolde met haar ogen. 'Daar zit ik dan, uitgehongerd en wel, in een restaurant waar het naar heerlijk eten ruikt... nou ja.' Ze keek op haar horloge, pakte haar lege glas op en zette het weer neer. 'Dat wordt dus lasagne uit de magnetron.'
Laurie keek naar haar, terwijl ze haar drankje afrekende en zich opmaakte om weg te gaan.
'Weet je wat, ik heb hier een hele fles staan. Je zou me kunnen helpen hem op te drinken, als je tenminste geen haast hebt.' Hij hield de fles St. Emilion op en glimlachte haar bemoedigend toe.
'Ik heb trouwens ook best honger. Nu we hier toch zijn, kunnen we net zo goed iets gaan eten. Alleen als je wilt natuurlijk.'
Het meisje keek verbaasd en toen blij. 'Weet je het zeker?'
'Waarom niet?' Hij grinnikte naar haar en gebaarde toen naar de ober om een tweede glas.
'Goed dan. Dank je. Maar we doen samsam,' zei het meisje.
'Prima. Trouwens, ik ben Laurie.'
Ze glimlachte en schudde zijn hand. 'Suze.'

O mijn god, dacht Suzette, het was niet de bedoeling dat dit zou gebeuren, het was helemaal niet de bedoeling dat dit zou gebeuren...

Ze wist niet eens hoe het precies had kunnen gebeuren.
'Hé,' zei Laurie, die zijn hand uitstak om het haar uit haar gezicht te strijken, 'je bent toch niet in slaap gevallen?'
Overspoeld door schaamte hield ze haar ogen dicht. Ze hadden samen gegeten bij San Carlo. Laurie was precies zo charmant en leuk geweest als Janey en Nadia haar hadden voorspeld. Het had getinteld en gezoemd tussen hen onder het eten; wat een fantastische, onweerstaanbare man was dit. Toch had ze geen moment gedacht dat ze echt met hem in bed zou eindigen. Ze had gewoon het spelletje meegespeeld, zich vermaakt, zich afvragend of hij echt dacht wat ze dacht dat hij dacht...
Laurie had erop gestaan om de rekening te betalen. Net zoals hij erop had gestaan om haar naar haar kleine flatje in Redland te rijden. Toen hij had gezegd: 'Je mag me wel vragen of ik zin heb in een kop koffie,' had ze zichzelf er bijna van weten te overtuigen dat hij echt een kop koffie bedoelde. En tegen de tijd dat hij de voordeur zacht achter zich had dichtgedaan en haar in zijn armen had genomen, was het enige dat ze nog had kunnen doen, proberen om niet om te vallen.
Haar wangen vlamden toen ze dacht aan hoe hij haar had gekust, langzaam de rits van haar jurkje had opengemaakt en de rest van haar kleren had uitgetrokken. Ze vroeg zich af of ze zich ooit weleens zo beroerd had gevoeld. Het was nooit de bedoeling geweest dat het zover zou komen. Toen ze Nadia had leren kennen, had ze haar meteen gemogen. En toen Janey voor de grap had gezegd dat, als er iemand was die Lauries trouw op de proef zou kunnen stellen, het Suzette was, en Nadia had gezegd: 'Nou, waarom doen we dat dan niet?' had ze ingestemd met het plan. Als Laurie te ver ging, dan zou ze hem afwijzen, simpel als dat.
Het was geen moment bij haar opgekomen dat ze zou worden meegevoerd op een golf van lust en... o god, ze kon gewoon niet geloven dat ze het echt had gedaan...
'Je slaapt wel,' plaagde Laurie. 'Verdomme, nu voel ik me echt in mijn eer aangetast. Ik had geen idee dat ik zo saai was.'
Gepijnigd door de gedachte dat ze Nadia had verraden – en tegelijkertijd beseffend dat die er nooit mocht achter komen – opende ze haar ogen en ging rechtop zitten, het dekbed voor haar borst klemmend. Laurie keek haar geamuseerd aan. Al hun kleren la-

gen over de vloer van de slaapkamer verspreid. Een blik op de wekker op het nachtkastje leerde haar dat het halftien was. In nog geen drie uur tijd was het haar gelukt om een totaal onbekende man te leren kennen, met hem te eten en in bed met hem te eindigen. Dat alleen zou al genoeg zijn geweest voor de titel van Slettebak van het Jaar. Zelfs als hij niet zo ongeveer het vriendje was geweest van een meisje dat ze echt aardig vond.
'Je moet weg,' flapte ze er uit. 'Nu. Meteen. Trek je kleren aan en ga weg.'
Hij trok een wenkbrauw op. 'Waarom?'
'Hoor eens, ik heb nog nooit zoiets gedaan,' zei ze. 'Zo ben ik niet. Maar mijn vriend kan ieder moment hier zijn. Het dringt nu pas tot me door hoe laat het is. Alsjeblieft,' drong ze gegeneerd aan. 'We kunnen elkaar niet meer zien. Jij hebt een vriendin, ik heb een vriend. Beloof me dat wat er vanavond tussen ons is gebeurd, geheim blijft. Niemand mag het ooit te weten komen.'
Glimlachend hield hij zijn handen omhoog. 'Oké, oké, geen probleem. Ik was niet echt van plan om het van de daken te gaan schreeuwen. Het was gewoon voor de lol.'
'Kleren,' siste ze, met haar vinger naar zijn overhemd en spijkerbroek wijzend. 'Aantrekken die handel. Nu.' Ze had misschien niet echt een vriend, maar ze moest Laurie nog steeds haar huis zien uit te krijgen.
Lachend kleedde hij zich aan. 'Ik wilde je eigenlijk je telefoonnummer vragen, maar dat gaat dus niet door.'
'Dag,' zei ze, niet in staat om hem aan te kijken. 'Ik neem aan dat je er zelf wel uit komt.'
'Maak je niet zo druk.' Laurie pakte zijn autosleuteltjes en liep naar de deur. 'Zo gewonnen, zo geronnen.'

Nadia's mobieltje ging om kwart voor tien over.
'Hoi, ik ben thuis.'
'En?' vroeg Nadia, het toestel zo stevig beetgrijpend dat het een wonder mocht heten dat hij heel bleef.
'Precies zoals je zei. Een echte heer. We hebben gegeten, ieder voor zich betaald, en toen wilde hij me ook nog per se naar huis brengen.'
Nadia heradmede langzaam. Ze had wel gedacht dat Laurie Su-

zette zou uitnodigen om wat met hem te gaan eten – dat was echt typisch zo'n spontane actie à la Laurie. Maar...

'Heeft hij iets gezegd? Gedaan, eh, nou, je weet wel...'

'Helemaal niets,' vertelde Suzette haar vol overtuiging. 'Heeft niet gevraagd of we elkaar weer konden zien, of geprobeerd om mijn telefoonnummer te krijgen. Ik heb zelfs nog geen afscheidskusje op mijn wang gehad. Eerlijk gezegd voelde ik me bijna beledigd! Hij is gewoon echt een aardige man die niet vreemdgaat.'

'Dank je, Suze.' Nadia besefte ineens dat ze een brok in haar keel had. Ze had natuurlijk niet echt gedacht dat Laurie zoiets zou doen, maar het was toch een opluchting om dat bevestigd te krijgen.

'Hoor eens, je gaat hem toch niet vertellen van ons plannetje?' Suzette stelde zich voor dat de hele gore waarheid bekend zou worden. Haar reputatie aan flarden, en niemand van het tuincentrum zou ooit nog een woord met haar willen wisselen. 'Ik bedoel, je gaat het hem toch niet opbiechten uit een soort dankbaarheid? Want dat lijkt me geen goed idee. Mannen houden er niet van om het idee te krijgen dat ze worden gecontroleerd.'

'O god, nee,' riep Nadia blij uit. 'Ik weet dat Laurie niet gauw kwaad is, maar hij wordt woest als hij zou horen dat we dit samen hebben bekokstoofd.'

39

'Goed. Heb ik alles? Hoe laat is het? Niet vergeten dat jullie er om zes uur moeten zijn, anders zijn de deuren dicht en komen jullie er niet meer in.'

'Lieve hemel.' Miriam rolde met haar zwartomrande ogen, 'kan iemand dit kind misschien een gin-tonic geven?'

Het was dinsdagmorgen acht uur en Tilly was in alle staten. Vandaag was haar grote dag. School, gevolgd door de generale repetitie, gevolgd door make-up en voorbereiding, gevolgd door De Show.

Tilly was al vanaf zes uur op. Als een gekooid dier had ze door

de keuken geijsbeerd, steeds opnieuw haar tekst opzeggend.
'Het gaat vast hartstikke goed.' Nadia gaf haar een kneepje. 'Ik heb er zo'n zin in.'
'Jullie komen toch niet te laat, hè?' Tilly's ogen leken enorm in haar bleke gezicht. Tien uur voordat het doek opging en nu al was ze bevangen door plankenkoorts.
'We zullen er zijn. Heel vroeg,' voegde Nadia eraan toe, voordat Tilly haar voor de honderdste keer zou vertellen over de deuren.
'Helemaal klaar?' James kwam de keuken in met zijn weekendtas. Hij zou Tilly afzetten bij school voordat hij naar Sheffield vertrok.
'Klaar.' Tilly sprong geschrokken van haar stoel. 'O god, ik ben de bloemen voor mama's kamer vergeten! Die wilde ik vanochtend plukken.'
'Daar zorg ik wel voor,' zei Nadia streng, bang dat Tilly anders een echte paniekaanval zou krijgen. 'Ik pluk ze zo meteen wel, voordat ik naar mijn werk ga.'
Miriam kuste Tilly. 'Ga nu maar, lieverd. Het spijt me echt dat we er niet bij kunnen zijn. Maar je zult de sensatie van de avond worden, dat weet ik zeker.'
'Ja, vooral als ik mijn tekst vergeet en van het podium val.' Tilly hees haar tas over haar schouder. 'Nou ja. En jij en Edward veel plezier in Venetië.'
Miriam knuffelde haar stevig, geplaagd door haar geweten. Omdat ze aan de angst voor nog meer brieven en telefoontjes had willen ontsnappen, had ze die vakantie geboekt. Ze had Edward ervan weten te overtuigen dat een weekje Venetië heel gezellig zou zijn, terwijl ze in werkelijkheid alleen maar op de vlucht sloeg voor een probleem, net als een kind dat zijn vingers in zijn oren steekt en zijn ogen dichtdoet om de wereld buiten te sluiten.
'We zullen aan je denken,' vertelde ze Tilly.
'Kom, Liza Minelli,' zei James met een blik op zijn horloge.
Tilly keek hem stomverbaasd aan. 'Wie is dat?'
James leek heel ingenomen met zichzelf. 'Je kunt me wel een hopeloze ouwe sukkel vinden, maar zo erg loop ik ook weer niet achter. Liza Minelli was de hoofdrolspeelster in *Grease*.'

Nadia's auto moest naar een garage in Westbury voor de APKkeuring. Om halfnegen zou Miriam achter Nadia aan rijden naar de garage om haar vervolgens een lift naar haar werk te geven. Om drie uur zou Laurie Miriam en Edward naar Heathrow brengen; dankzij wegwerkzaamheden op de M4 was gerekend op een rit van drie uur. Om vijf uur zou Nadia's werk erop zitten. Ze zou zich omkleden in de kleren die ze al had meegenomen, zichzelf een beetje toonbaar maken en dan wachten op Clare, die haar om kwart over vijf zou ophalen om samen naar Tilly's school te rijden.

Het was allemaal als een militaire campagne gepland.

Nadat Nadia haar koffie naar binnen had geklokt, rende ze om twintig over acht de tuin in en plukte armen vol bloemen – zoals haar door Tilly was opgedragen – voor de logeerkamer. De logeerpartij van Leonie, Brian en Tamsin voorbereiden bleek minstens zoveel voeten in aarde te hebben als een bezoekje van de koningin; Tilly had de hele week lopen piekeren over de details, vastbesloten dat alles volmaakt moest zijn.

Terwijl Nadia met tegenzin de steel van een donkerroze pioenroos afknipte – zo zonde, aangezien Leonie niet eens om bloemen gaf – moest ze zichzelf eraan herinneren dat zij degene was geweest die Leonie had gebeld en aangespoord om naar de opvoering te komen.

In de keuken rammelde Miriam met haar autosleuteltjes.

Nadia vulde twee grote vazen met water en verdeelde de bloemen snel, een beetje aan ze frunnikend om ze er te laten uitzien als een artistiek arrangement in plaats van als bossen bloemen die door iemand zonder enig verstand van bloemschikken in een vaas waren geplonsd.

De telefoon ging over toen ze haar handen aan een handdoek droogde. Aangezien Miriam geen aanstalten maakte om op te nemen, pakte Nadia de telefoon op.

'Schat, met mij. Hoor eens, dat gedoe van Tilly is toch vanavond, hè?'

Vermoeid klemde Nadia haar kiezen op elkaar. Typisch Leonie om dat weer niet zeker te weten.

'Ja, natuurlijk is het vanavond. De voorstelling begint om zes uur, maar we moeten er allemaal voor die tijd zijn, anders...'

'Het punt is, schat, dat we toch niet kunnen komen. Dus zou je

dat aan Tilly willen doorgeven en haar veel succes wensen?'
Nadia bevroor. Meende haar moeder dat?
'Dat kun je niet maken,' zei ze. 'Tilly verwacht jullie. Jullie moeten komen.'
'Ach, hou toch op. Doe toch niet altijd zo afkeurend tegen me. We zijn net uitgenodigd voor een feest en het is niet het soort uitnodiging dat je afslaat. Die man heeft nog bij Status Quo gespeeld, schat, onvoorstelbaar toch? Dus natuurlijk wil Tamsin daar ook per se naartoe. Ik weet zeker dat Tilly het wel begrijpt als je haar dat uitlegt.'
'Nee, dat begrijpt ze niet.' Nadia ontdekte de echte betekenis van de uitdrukking 'daar gaat je bloed van koken'. 'Mam, echt, ik zeg je, Tilly zal het niet begrijpen. Je hebt beloofd om te komen.'
'O, maar dat doen we ook! We komen volgend weekend wel even langs,' zei Leonie vrolijk. 'Wat denk je daarvan?'
'Je hebt beloofd om vanavond naar haar optreden te komen kijken! Jullie moeten gewoon komen.' Nadia voelde zich misselijk worden, vooral omdat ze wist dat Leonie toch niet van gedachten zou veranderen. Dat deed ze namelijk nooit.
'Nadia, maak toch niet altijd overal zo'n punt van.' Leonie begon geïrriteerd te klinken. 'Het is verdorie gewoon een schooloptreden. We hebben het hier niet over het London Palladium.'
'Je doet Tilly hier vreselijk verdriet mee.' Nadia zweeg. 'Alweer.'
'O, alsjeblieft, moet je jezelf nou eens horen. Doe toch niet altijd zo dramatisch.'
'Dus je wilt echt dat ik Tilly vertel dat je niet kunt komen omdat jullie liever naar een feestje van een overjarige hippie gaan die zijn beste tijd heeft gehad?'
'Hij heeft zijn beste tijd niet gehad,' wierp Leonie boos tegen. 'Hij heeft vorig jaar nog een heel succesvolle tournee door Japan gemaakt. En hij is ontzettend charmant. Maar goed, als dat je gelukkig maakt...'
Nadia hield haar adem in.
'... zullen we haar niet vertellen waar we naartoe gaan. We verzinnen wel een of andere smoes. Weet je wat,' ging Leonie opgewekt verder, 'we zeggen gewoon dat er wat met de auto is. O nee, dan vindt ze misschien dat we wel met de trein hadden kunnen komen. Ik weet het al. Buikklachten. We hebben allemaal last van

een of ander akelig virus – dat is beter, denk je niet? Daar kan ze toch niet boos om worden?'

'God, wat nu weer?' Clare kreunde en verborg haar hoofd nog dieper onder kussens, maar het akelige geschud ging niet over.
Terwijl ze op haar zij rolde en het dekbed met zich mee probeerde te trekken, mopperde ze: 'Hou op, alsjeblieft – o, ik haat je!'
'Luister.' Het dekbed als een stierenvechter wegtrekkend, sprong Nadia achteruit om een schop van Clare te ontwijken. 'En let goed op, want ik moet naar mijn werk.'
'Hoera,' mompelde Clare.
'Leonie komt vanavond niet. Het komt erop neer dat ze wat beters te doen had. Dus we zijn maar met ons tweeën.'
Clare hield haar ogen dicht. Aangezien Nadia echt ontzettend kwaad klonk, leek dat veiliger. 'Oké.'
'Ik meen het. Het is Tilly's grote avond en wij zijn de enigen die ze heeft. Dus zorg ervoor dat je me niet te laat van mijn werk komt halen.'
'Ik kom niet te laat. Geef me mijn dekbed terug.'
'Je kunt maar beter niet te laat zijn, nee,' beval Nadia. 'Kom maar te vroeg. Ik verwacht je om vijf uur.'

'Jemig, meid, jij hebt ook flink uitgepakt.' Bart liep Nadia tegen het lijf toen ze de nieuwe badkamer uit kwam met haar smerige werkkleren in een plastic tasje. Met haar opgestoken haar, haar make-up, haar rode zomerjurkje en hoge hakken zag ze er niet meer als een tuinman uit, wist ze.
'Dank je, Bart, jij ziet er ook schattig uit.' Ze grinnikte, want Bart was van top tot teen bedekt met steengruis en zweette vrijelijk door zijn smoezelige grijze T-shirt heen.
'Een afspraakje?' Terwijl hij vaardig een shagje rolde, keek hij uit het raam van de overloop en knikte veelbetekenend. 'Aha, zo te zien wel. Beter niets aan Laurie vertellen, hè? Maak je geen zorgen, meid, wij zullen over je geheim waken als een moeder over haar kind.'
Als een moeder over haar kind? Wat betekende dat? Als dat veilig en liefdevol betekende, dacht ze, dan sloeg dat niet op Leonie. Toen ze ook uit het raam keek, omdat ze hoopte dat Clare eraan

kwam, zag ze Jay uit zijn auto stappen. Dus nog steeds geen Clare, maar het was ook pas tien over vijf. Tien minuten te laat was Clares versie van vroeg.
'Ik zit niet op Jay te wachten. We hebben geen afspraakje. Mijn zusje komt me ophalen.'
Bart keek teleurgesteld. Hij hield wel van spannende geheimpjes.
'O, Jay komt zeker naar de inbouwkasten kijken. Ik zal hem even laten zien wat we hebben gedaan, en dan gaan we er ook vandoor. Kevin!' brulde hij naar boven. 'Schiet op met dat stofzuigen. De baas komt eraan.'
Het volgende moment werd de stofzuiger al uitgedaan. Beneden sloeg de voordeur dicht. Zich bewust van het feit dat haar laatste contact met Jay het briefje was geweest dat hij voor haar had achtergelaten op het trouwfeest, waarin hij haar had meegedeeld dat hij niet pet in bed was, verdween Nadia snel de badkamer in. Hij zou vast niet lang blijven.
Om tien voor halfzes gingen de bouwvakkers naar huis. Jay was nog steeds boven. Nadia, die inmiddels in de keuken met haar vingers op het aanrechtblad stond te trommelen, belde naar huis en luisterde naar de telefoon die eindeloos overging. Nou, dat was tenminste wat. Het moest betekenen dat Clare onderweg was.
'Wat doe jij hier? Ik wist niet dat je er nog was.' Jay verscheen in de deuropening van de keuken. 'Ik heb je auto niet zien staan.'
Nadia had de garage al gebeld. Haar auto had nieuwe remschoenen nodig. Ze had de monteur verteld dat zij ook wel nieuwe schoenen kon gebruiken, maar blijkbaar had de Renault ze harder nodig.
'Hij is bij de garage, voor mijn APK. Clare komt me afhalen.'
Behalve dan dat ze te laat is.
'Gaan jullie iets leuks doen?'
'Schoolvoorstelling. Tilly speelt in *Grease*. Neem me niet kwalijk.' Nu toch wel erg zenuwachtig wordend, rommelde ze in haar tas naar haar mobieltje en drukte op de herhaaltoets. Thuis werd nog steeds niet opgenomen.
'Ik kan je wel een lift geven,' bood Jay aan, terwijl ze het nummer van Clares mobieltje intoetste. Het stond doorgeschakeld naar de voicemail.

'Met mij, Clare. Bel me terug. Het is al bijna halfzes,' sprak Nadia in.
'Het is echt geen moeite,' zei Jay.
'Ze kan er elk moment zijn. Ik heb haar nog zo gezegd dat ze niet te laat mocht komen.' Nadia begon zich beroerd te voelen; Clare zou Tilly toch niet teleurstellen? 'Leonie zou ook komen, maar die heeft vanochtend afgebeld. Verdomme,' viel ze uit, 'ik heb Clare nog zo gezegd dat ze hier om vijf uur moest zijn. Niet te geloven gewoon dat ze me dit flikt.'
Om tien over halfzes was Clare nog steeds in geen velden of wegen te bekennen, en geen van beide telefoons werd opgenomen.
'Kom,' zei Jay, terwijl hij Nadia meetrok naar zijn auto.
'Ik vermoord haar.'
'Dat doe je dan maar na de voorstelling.'
Nadia's handen beefden zo dat ze de veiligheidsriem bijna niet dicht kreeg. Ze zag Tilly voor zich, door de gordijnen turend, ongerust wachtend op de komst haar familie.
'Ik heb vijf kaartjes,' foeterde ze, 'voor de eerste rij. En ik ben de enige die er zal zitten.'
'Zou het helpen als ik met je meeging?'
Te opgewonden om erop te letten hoe ze klonk, zuchtte ze diep en zei: 'Nou ja, dat is beter dan niets.'
Zijn mondhoeken gingen iets omhoog. 'Dank je.'

40

Om tien voor zes gonsde het van de drukte in de hal van de school. Clare was er niet. Nadia besloot dat ze haar dit nooit zou vergeven. Toen ze zich een weg hadden gebaand door de menigte en bij de eerste rij waren aanbeland, zagen ze de hun toegewezen plaatsen met Tilly's naam erop. De laatste werd al bezet door Cal, met wie Tilly de afgelopen tijd vriendschap had gesloten.
Terwijl Nadia hem begroette, voelde ze een hand op haar arm. Ze draaide zich om en zag Annie staan, buiten adem, maar met een triomfantelijke blik in haar ogen.

'O, gelukkig.' Nadia omhelsde haar. 'Maar hoe komt het dat je er bent?'
'Je oma had James gebeld. James heeft mij gebeld. Ik heb de winkel om halfzes dichtgedaan en ben hiernaartoe gerend. Arme Tilly, ik weet dat het niet hetzelfde is als haar moeder hier hebben, maar ik kan in elk geval een lege plaats opvullen.'
Annie mocht de winkel helemaal niet eerder sluiten. Als haar baas erachter kwam, zou ze op staande voet worden ontslagen.
'Ik moet het Tilly even gaan vertellen,' zei Nadia, beseffend dat ze Tilly niet haar opkomst kon laten maken in de verwachting dat Leonie, Brian en Tamsin in het publiek zouden zitten.
'Ha, Cal!' zong een hoog stemmetje, en toen Nadia zich omdraaide, zag ze twee meisjes die Cal verrukt begroetten. 'Spannend, hè? Jij hebt geluk dat je op de voorste rij zit. Wij zitten ergens helemaal achteraan.'
Bij Nadia ging een lampje branden toen ze de zwaar opgemaakte ogen van het meisje zag. Tilly had haar in geuren en kleuren verteld over Cals ontmoeting met haar in het park.
'Ben jij Janet?' vroeg Nadia.
'Janice.' De spinachtige wimpers knipperden trots terwijl ze naar haar stille vriendin keek. 'En dat is Erica. We zijn vriendinnen van Cal en Tilly.'
'Wij hebben nog twee plaatsen over. Willen jullie bij ons komen zitten?'
'Hé, gaaf!' Janice liet zich meteen blij op de stoel naast Cal vallen.
Het was vijf voor zes.
'Ik ben zo terug,' zei Nadia tegen Annie en Jay. Ze liep naar het trapje naast het podium.

'Wat doe je hier?' piepte Tilly, die zich stond op te warmen aan de zijkant van het toneel. 'Dat mag helemaal niet!'
Omdat ze geen tijd had om het haar voorzichtig te vertellen, viel Nadia met de deur in huis: 'Tilly, mama is er niet. Ze kon niet komen.'
Het brak haar hart toen ze Tilly's gezicht zag.
'En Tamsin dan? Of Brian?' Het kwam er fluisterend uit.
Nadia schudde haar hoofd. 'Last van hun buik. Ze hebben een

of ander akelig virus. Sorry, liefje, ze vonden het echt heel erg dat ze niet konden komen. Maar de school maakt er een video van, dus die kunnen we hun dan sturen.'
'Ik heb iedereen verteld dat mama zou komen.' Tilly's onderlip begon te trillen.
'Dat weet ik, maar ze kan er toch niets aan doen dat ze ziek is?'
Nadia haatte het om te moeten liegen.
'Wie is dat?' brulde een lerares die over het toneel kwam aanmarcheren en een mollige, beschuldigende vinger naar Nadia uitstak. 'Weg! Weg! Laat de acteurs met rust! Het doek gaat over een minuut op.'
Leraren. Waarom moesten ze altijd zo angstaanjagend zijn? Nadia rende het houten trapje af en nam haar plaats tussen Annie en Jay in.
'Volgens mij heb ik Tilly net aan het huilen gemaakt,' fluisterde ze tegen Annie.
Annie kneep haar troostend in de hand. 'Jij niet.'

Tachtig minuten later viel het doek, en het publiek stond als één man op. Ze klapten en juichten en floten zo hard dat de hele zaal leek te vibreren.
Het applaus ging maar door. Het doek ging weer omhoog, en de spelers stapten naar voren om te buigen. Nadia kreeg een brok in haar keel ter grootte van een ei toen Tilly werd gevraagd om naar voren te komen en het gejuich een climax bereikte. Vanaf het podium keek Tilly stralend naar Nadia en haar medegasten op de voorste rij. De angstaanjagende lerares kwam aanlopen en overhandigde Tilly een enorme mand met bloemen, waar Tilly een rood hoofd van kreeg. Behalve de eerste paar minuten, toen haar ogen rood omrand waren geweest en ze zich een paar keer had versproken, had ze haar rol van Sandy perfect gespeeld. De avond was een triomf geweest.
Nadia, die in haar handen klapte tot het pijn deed, fantaseerde even hoe ze Clare zou vermoorden wanneer ze thuiskwam. Ze zou haar keel kunnen dichtknijpen tot haar hoofd ontplofte.
'Ik was alleen maar meegekomen om een lege stoel op te vullen.' Naast haar moest Jay zijn stem verheffen om zich verstaanbaar te maken. 'Maar ik ben blij dat ik het heb gedaan. Tilly was fan-

tastisch.' Na een korte stilte vervolgde hij: 'Ik voel me net een trotse vader.'
De angstaanjagende lerares, die onder haar stijve, gebloemde rok de benen van een rugbyspeler had, verscheen weer op het podium nadat alle spelers hun applaus in ontvangst hadden genomen om aan te kondigen dat zodra alle stoelen netjes achter in de hal gestapeld waren, de bar open zou gaan. Binnen een minuut waren alle stoelen gestapeld. Ouders die zich als vrijwilligers hadden opgeworpen, begonnen lauwe witte wijn en allerlei soorten frisdrank te serveren. Nadia was blij te merken dat je, na anderhalf uur in een toneel- annex gymzaal te hebben doorgebracht, gewoon gewend was aan de geur van zweet en pubergympjes.
'Je hoeft echt niet te blijven,' fluisterde ze tegen Jay. 'Je vindt dit gedeelte vast niet leuk. Tilly en ik nemen wel een taxi naar huis.'
Hij keek verbaasd. 'Dat meen je niet. Dit is Tilly's grote avond. Daar moet ik bij zijn.'
Tegen de tijd dat Tilly arriveerde, weer in haar gewone kleren en met de enorme bloemenmand aan haar arm, had Jay voor iedereen wat te drinken gehaald. Tot haar grote afschuw moest Janice genoegen nemen met vruchtenbowl. Maar toch kon Jay in haar ogen geen kwaad doen blijkbaar.
'Proost.' Ze tikte met haar plastic bekertje tegen het zijne en keek hem aan als een Lolita. 'Jij bent best tof. Hoe oud ben je?'
Ernstig antwoordde Jay: 'Stokoud.'
'Je was fantastisch.' Nadia draaide een rondje met Tilly. 'De ster van de avond.'
'Ik wou dat mama erbij was geweest. En Tamsin. En waar is Clare gebleven?'
Tja. Nadia kon het niet aan om nog meer leugens te vertellen. 'Ik weet het niet, liefje. Ze is gewoon niet komen opdagen.'
Tilly keek bezorgd. 'Denk je dat ze een ongeluk heeft gehad?'
Nog niet.
'Je was super,' zei Janice enthousiast. 'Echt wreed. Vond je ook niet, Cal?'
'O ja.' Cal lachte zijn spottende lachje naar Tilly. 'Helemaal wreed.'
'En dat vond je lerares zo te zien ook,' bemoeide Annie zich ermee. 'Wat een prachtige bloemen.'

'O, maar die zijn niet van haar.' Tilly trok een gezicht, hield toen de mand omhoog en zei trots: 'Die heb ik van mijn moeder.'
'Wat lief,' zei Annie dapper.
'Ja, hè? Want ze is echt heel ziek, en toch heeft ze die bloemen voor me weten te regelen. Attent van haar, hè?'
Niets zeggen, niets zeggen.
'Fantastisch.' Terwijl Nadia haar mond verschrompelende wijn in één teug naar binnen werkte, wisselde ze een blik met Jay. 'Ik lust nog wel wat.'

'Bedankt voor het wegbrengen,' zei Annie, toen ze haar om halftien bij haar huis afzetten. Ze glimlachte naar Jay, en toen naar Nadia, die ook voorin zat. 'En ook voor vanavond. Ik heb echt genoten.'
'En ik ben blij dat je toch nog kon komen,' zei Nadia. 'Hopelijk word je niet ontslagen.'
'Zo,' zei Jay, terwijl ze Annie nakeken die haar huis binnenging. 'Nog één te gaan. Wil je eerst nog even wat gaan drinken of wil je meteen naar huis?'
Nadia had Tilly twintig pond gegeven om het met haar nieuwe vrienden en mede-acteurs te gaan vieren bij een pizzeria in Gloucester Road. Tilly had haar beloofd om samen met Cal een taxi te nemen en om elf uur thuis te zijn.
'Ik moet Clare spreken.' En haar de haren uit de kop rukken.
'Oké. Dat heb ik nog helemaal niet gevraagd,' zei Jay terloops, terwijl hij de auto keerde op de smalle weg, 'maar waar is Laurie vanavond eigenlijk?'
'In Londen. Hij heeft Miriam en Edward naar Heathrow gebracht en voor daarna iets afgesproken met een oude vriend van het castingbureau. Hij komt pas laat thuis.' Bedenkend dat ze nog niet haar verontschuldigingen had aangeboden voor afgelopen zaterdag, vroeg ze voorzichtig: 'Zie je die... eh... Andrea nog steeds?'
'Ja.' Hij leek geamuseerd. 'Ondanks wat je haar hebt verteld, vindt ze me nog steeds leuk.'
Jammer.
'Het spijt me. Maar ik kreeg de zenuwen van haar.'
'Dat heb ik begrepen.' Hij grijnsde nog steeds.
'Ze beweerde allerlei dingen die helemaal niet klopten. Dat was

echt niet leuk.' Nadia frummelde aan de rode zijden stof van haar jurk.
'Ik haat dat wanneer dat gebeurt. Dat mensen van alles over mij beweren dat niet klopt.'
O jé. Die zat. Terwijl haar bloed sneller begon te stromen, herinnerde ze zich ineens nog iets van zaterdag. Als ze met Jay naar bed wilde, dan kon dat. Ze had Lauries toestemming. Niet dat ze die nodig had, want officieel was ze nog steeds single en dus vrij om te slapen met wie ze maar wilde. Maar als ze besloot om de stap te zetten, dan was vanavond misschien niet eens zo gek. Ze konden naar Jays huis gaan. Laurie zou nog uren wegblijven. En wat het mooiste was, Andrea zou er vreselijk van balen...
'Ik moet naar huis,' zei ze streng.
Het was waar. Sommige dingen waren belangrijker dan iemands nieuwe vriendin een hak zetten. Ze moest Clare eens flink in elkaar timmeren.

'Daar zijn we dan,' verkondigde Jay tien minuten later.
Nadia keek naar de oprit. Clares auto stond er, in een andere hoek geparkeerd dan vanmorgen.
'Ik zou je best binnen willen vragen,' zei ze, 'maar...'
'Ik weet het. Liever niet. Ik kan niet zo goed tegen bloed.'
Beneden in huis was het donker, maar boven brandden nog wat lampen. Terwijl Nadia zichzelf binnen liet, kwam alle woede weer terug en de adrenaline schoot door haar aderen. Als Jay er niet was geweest, had ze de voorstelling zelf misschien ook nog gemist. Had Clare er ook maar een seconde bij stilgestaan hoe het voor Tilly zou zijn geweest als helemaal niemand van haar familie was komen opdagen?
Ze gooide de plastic tas met haar werkkleren in een hoek van de hal en stormde de trap op.
Clares kamer was een puinhoop, maar leeg.
De badkamerdeur was dicht.
Stel je voor dat Clare was uitgegleden in de douche en de afgelopen vijf uur bewusteloos met een hersenschudding op de grond had gelegen?
Met een droge mond probeerde ze de klink. De deur was op slot.
'Clare? Ben je daar binnen?' Stomme vraag. 'Clare! Doe open!'

Niets. O god. Je las weleens over dit soort ongelukken in de krant. Weer aan de klink rukkend, alsof de deur op wonderbaarlijke wijze ineens vanzelf open zou gaan, brulde ze: 'Clare!'
O, godallemachtig, wat als ze echt dood was?

41

Nog meer stilte. Toen...
'Ga weg.'
'Wat!' Nadia staarde ongelovig naar de deur. Haar angst maakte meteen plaats voor kokende woede.
'Laat me met rust.'
'Jij stomme egoïstische rottrut,' brulde Nadia, met haar vuisten op de deur timmerend. 'Waar was je verdomme? Je zou me ophalen van mijn werk, je hebt Tilly's optreden gemist, en je kon verdomme niet eens even de moeite nemen om me te bellen! Je bent echt ongelooflijk, weet je dat? Je interesseert je echt voor niemand. Ik snap niet hoe je met jezelf kunt leven – en je kunt verdomme maar beter de deur opendoen, nu, want ik ga niet weg voordat hij open is.'
Nog meer stilte. Na een tijdje zei Clare langzaam: 'Wie zijn er nog meer?'
'Niemand. Ik ben alleen.' En er heel erg klaar voor om je een lesje te leren dat je nooit meer zult vergeten.
Even later werd de sleutel omgedraaid en ging de deur open. Nadia wilde haar zus net aan haar haren naar buiten sleuren, maar ze stopte bij de treurige aanblik die Clare bood. Ze had haar zusje nog nooit zo gezien, met opgezette ogen, een gepijnigd gezicht en... nou ja, een complete puinhoop dus.
'O ja, hoor, ik weet het al, dit gaat over Piers. Dat moet gewoon,' zei ze honend.
Clare stommelde langs haar heen de badkamer uit, terug naar het heiligdom van haar kamer.
Nadia, goed op dreef nu, volgde haar voordat er weer een deur tussen hen kon worden dichtgeslagen. 'Hij heeft je gedumpt, hè?

Je bent nog nooit door iemand gedumpt, en dus kun je dat niet aan.' Haar stem was beschuldigend, maar er klonk ook iets van tevredenheid doorheen. Nu wist Clare eindelijk ook eens hoe dat voelde. 'Verwend, egoïstisch kreng dat je bent, je had me heus wel kunnen bellen. Piers is lucht, hij is niet belangrijk! Tilly is je zusje! Je zei dat je me om vijf uur zou komen afhalen. Je hebt me beloofd om naar het optreden te komen...' De woorden rolden er nu steeds sneller uit, aangedreven door woede en Clares adembenemende egoïsme. 'Weet je wat? Ik ben blij dat hij je heeft gedumpt! Net goed! Je verdient het om je beroerd...'
'Hou je bek!' gilde Clare, iets kleins naar haar gooiend. Het voorwerp bonsde zonder pijn te veroorzaken tegen Nadia's borst en viel toen op de grond.
Nadia keek ernaar. 'Wat is dat?'
Ze vroeg het, hoewel ze het al wist.
'Wat denk je verdomme dat het is? Ik ben zwanger.' Clare begroef haar gezicht in haar handen en liet zich op bed vallen.
O shit.
Zich vooroverbuigend, pakte Nadia het witte plastic stokjes-ding op. Een blauw streepje. Twee blauwe streepjes. Ze had nog nooit zo'n ding in het echt gezien, alleen op tv. Toen ze het omdraaide in haar hand, merkte ze ineens dat het nat was, en ze legde het snel op het nachtkastje.
'Maak je geen zorgen, ik heb hem afgespoeld,' mompelde Clare. 'Het is niet besmettelijk, hoor.'
Nadia had het gevoel alsof alle lucht uit haar was geslagen. En de woede meteen had meegenomen.
'Weet Piers het al?'
'Natuurlijk weet hij het. Verdomme.' Clare trok een handvol tissues uit de doos die op het nachtkastje stond. Verse tranen rolden over haar wangen. 'Waarom zou ik er anders zo uitzien?'
'Hij is er dus niet blij mee.' Nadia ging naast haar op bed zitten.
'Hij werd woest. Hij gelooft niet eens dat het van hem is.' Wild over haar gezwollen ogen vegend, zei ze hulpeloos: 'Hij denkt dat ik ook met anderen naar bed ben geweest, maar dat is niet zo. En hij denkt ook dat ik het expres heb gedaan, om hem aan me te binden. Maar dat is echt niet zo!'
'Hoe lang weet je het al?'

Met waterige ogen keek Clare op haar Wallace and Gromit-wekker. 'Een uur of zeven? God, niet te geloven dat dit me overkomt. Tussen de middag was ik nog gelukkig. Ik was lekker aan het werk.' Ze gebaarde onbeheerst naar het schilderij dat op de ezel stond. 'Tom had gebeld vanuit de galerie. Er was weer een schilderij van me verkocht. De koper was verzamelaar en leek echt geïnteresseerd in mijn werk. Hij stelde Tom allemaal vragen over me, dus vertelde Tom hem dat hij hem wel aan me wilde voorstellen. En hij belde dus om een afspraak te maken. Voor volgende week of zo. Zo is het gekomen. Toen ik in mijn agenda bladerde, drong ineens tot me door dat ik allang ongesteld had moeten zijn. Nou ja, allang, twee dagen, maar ik ben nooit over tijd. Ik hield mezelf voor dat het kon gebeuren, maar daarna lukte het me niet meer om me te concentreren. Dus besloot ik om naar de apotheek te gaan en zo'n test te kopen, gewoon om mezelf gerust te stellen.' Clare zweeg even, haalde toen haar schouders op en zei moedeloos: 'Maar dat pakte dus anders uit.'

'God.' Nadia pakte de test weer op en bestudeerde hem. Ze kon zich nauwelijks voorstellen hoe Clare zich moest hebben gevoeld, eerst ontdekken dat ze zwanger was, en toen dat nieuws moeten vertellen aan zo'n verachtelijke klootzak als Piers. En dat allemaal op één middag.

'Het spijt me. Het spijt me echt dat ik je niet ben komen ophalen en dat ik niet naar Tilly's optreden ben geweest. En ik weet best dat ik je had moeten bellen. Maar ik kon het gewoon niet.' Clare begon te trillen. 'Ik belde Piers op zijn werk, maar hij was er niet. Ze zeiden dat hij een middagje vrij had genomen, dus toen ben ik naar zijn flat gegaan, maar daar was hij ook niet. En toen ben ik alle kroegen in Clifton afgegaan, net zolang tot ik hem had gevonden.'

'Met een meisje,' raadde Nadia.

'Nee, met die walgelijke vriend van hem, Eddie. Nou ja, er waren natuurlijk ook meisjes,' gaf ze toe. 'Maar niet echt samen met hen. Ze stonden gewoon aan de bar te praten. Piers ziet er goed uit,' vervolgde ze op verdedigende toon, 'dus waar hij ook komt, er zijn altijd wel meisjes die tegen hem beginnen te praten.'

Nadia kon gewoon niet geloven dat Clare hem nog steeds verdedigde. Ze had haar niet verteld van het gesprek dat ze op de brui-

loft had afgeluisterd. Maar het enige dat ze deed, was knikken.
'Oké, ga verder.'
'Ik zei tegen Piers dat ik met hem moest praten. Hij wilde de kroeg niet uit. Ik wilde met hem naar zijn flat, maar hij weigerde gewoon. Uiteindelijk lukte het me om hem zover te krijgen om met me in mijn auto te gaan zitten. En daar heb ik het hem verteld.' Ze haalde diep en beverig adem. 'O god, het was een nachtmerrie. Hij werd echt woest. Hij noemde me een hoer en een leugenaarster en... allemaal van dat soort rotdingen. Hij zei dat hij me nooit meer wilde zien. Ik kon het niet geloven, ik kon gewoon niet geloven dat hij me zo zat uit te schelden. Hij probeerde ook nog een cheque uit te schrijven voor de abortus, en toen ik die verscheurde, noemde hij me een stomme slet. En net toen ik echt helemaal hysterisch werd, begon er een parkeerwachter op mijn raampje te bonzen. Hij zei dat ik dubbel geparkeerd stond en dat ik daar weg moest. Dus dat was dat. Piers stapte uit, vertelde de parkeerwachter dat ik een stapelgekke nymfomane was en verdween weer de kroeg in.'
'Hij is een klootzak.' Nadia schudde haar hoofd. 'Een vieze, vuile, gore klootzak.'
'Ja. Maar misschien was het ook gewoon de schok. Misschien dat hij, nadat hij tijd heeft gehad om erover na te denken, wel van gedachten verandert. Ik bedoel, het moet natuurlijk een vreselijke schok voor hem zijn geweest,' verdedigde Clare hem, 'het kwam als een donderslag bij heldere hemel. Misschien voelt hij zich morgen, wanneer hij wakker wordt, wel een grote...'
'Klootzak,' herhaalde Nadia streng. 'Want dat is wat hij is, en dat weet je best. Echt, die verandert heus niet van gedachten.'
'O god.' Clare begon weer te huilen, hopeloos en hard. 'Wat moet ik nu doen? Ik weet niet wat ik moet dooooeen! Ik wil niet dat me dit overkomt... Ik wil dat het weggaat!'
Nadia sloeg haar armen om haar heen, en Clare klampte zich snikkend en rillend aan haar vast. Hete tranen stroomden over Nadia's borst.
'Sst, rustig maar, het komt wel goed,' fluisterde Nadia. Wanneer had ze dit voor het laatst gedaan, haar radeloze zusje getroost? Ze kon het zich werkelijk niet herinneren; Clare was nooit van het troost-nodig-hebbende type geweest. En behalve dan die keer

dat haar kikker, Eric, was doodgegaan toen ze elf was – per ongeluk doodgemaaid door Miriam – huilde ze ook nooit.
'Hoe kan dit nu goed komen?' Clare snufte en veegde haar neus af aan de voorkant van Nadia's jurk. 'Ik ben zwanger en mijn vriendje heeft me gedumpt. Erger kan niet.'
Nadia negeerde manmoedig de vlek op haar lievelingsjurk. Met al die tranen erop zag ze er sowieso uit alsof ze door de regen had gelopen.
'Luister, we vinden wel een oplossing. Als je de baby niet wilt, dan hoeft dat niet.' Hoewel ze inwendig rilde, probeerde ze zo gewoon mogelijk te klinken. Onder deze omstandigheden was het gewoon het verstandigste wat Clare kon doen.
'Het weg laten halen, bedoel je? Abortus laten plegen?' Langzaam schudde Clare haar hoofd. 'Nee.'
Nee?
Verbaasd vroeg Nadia: 'Je wilt de baby?'
Clare haalde haar vingers door haar verwarde haar, steeds opnieuw. 'Natuurlijk wil ik geen baby. Ik ben verdomme pas drieëntwintig. Maar ik kan het niet weg laten halen, dat kan ik gewoon niet.' Ze snufte weer. 'Zo moeder, zo dochter. Leonie kreeg kinderen die ze niet wilde. En nu ga ik hetzelfde doen. Misschien zit het in de genen.'

Piers opende de deur en vroeg koeltjes: 'Wat moet je?'
'Met je praten.'
Hij rolde met zijn ogen. 'Klinkt saai. Moet het echt?'
Clare wist dat hij niet van gedachten zou veranderen. Als een klein gedeelte van haar nog had gehoopt dat hij haar in zijn armen zou trekken en hartstochtelijk zou zeggen: 'Ik heb gisteren zo lullig tegen je gedaan, het spijt me zo,' dan wist ze, op het moment dat ze hem met zijn ogen zag rollen, dat dat niet zou gebeuren. Gelukkig had het grootste gedeelte van haar dat ook niet verwacht.
Haar vuisten ballend, duwde ze haar nagels expres in haar handpalmen om kalm te blijven. Nadia had gelijk, Piers was een klootzak.
'Misschien is het ook wel saai, maar we moeten toch praten. Ik krijg een kind en jij gaat ervoor betalen.'

Deze keer trok hij een wenkbrauw omhoog à la James Bond. Behalve dan dat James Bond nooit zo'n lul zou zijn geweest. 'Weet je dat wel zeker? Zouden we niet eerst eens het resultaat van de DNA-test afwachten?'
Ze zou niet gaan huilen. Die voldoening gunde ze hem niet.
'Het kind is van jou,' zei ze kalm. 'Ik ben met niemand anders naar bed geweest.'
'Luister eens, je hebt je lol gehad. We weten allebei dat je dit kind niet houdt. Wil je geld voor de kliniek? Prima, dat heb ik gisteren al gezegd, ik betaal wel. Wacht, dan haal ik mijn chequeboekje even.'
Beseffend dat hij de deur in haar gezicht wilde dichtslaan, stak ze gauw haar voet ertussen. 'Mag ik binnenkomen?'
'Of je binnen mag komen?' vroeg hij, haar na-apend. 'Dat lijkt me niet, hè?'
God, wat een verachtelijke zak. Waarom had ze dat niet eerder gezien?
Het bleek zelfs verrassend gemakkelijk te zijn om hem te haten, merkte ze. 'Waarom niet? Is er een meisje bij je?'
'Misschien. Misschien niet.' Hij grijnsde onaangenaam. 'Maar dat gaat jou niets aan.'
Aangezien ze in de auto had zitten wachten tot hij thuiskwam en hem alleen naar binnen had zien gaan, was het niet erg waarschijnlijk dat er iemand bij hem was.
'Weet je?' zei ze. 'Ik heb gewoon medelijden met je. Je bent echt een zielig ventje.'
'Nu begint het werkelijk saai te worden.' Piers deed alsof hij moest gapen, op die relaxte, corpsballerige manier van hem, en keek toen op zijn horloge. 'Weet je wat, ik ga gewoon even die cheque voor je uitschrijven. Is duizend pond genoeg, denk je?'
Clare zei niets. Ze staarde in zijn ogen, die mooie, marineblauwe ogen waarvan ze altijd zo had gehouden.
Het enige dat ze nu nog wilde, was er een scherp voorwerp in steken.
'Geef me twee minuutjes,' zei hij, en deze keer trok ze haar voet weg, zodat hij de deur kon dichtdoen. Ze draaide zich om en liep de trap af.
Laurie deed het autoraampje naar beneden en riep: 'Was dat het?'

'Hij is zijn chequeboek aan het pakken.' Clare vond de duizend pond wel verleidelijk klinken, maar ze was bang dat ze, als ze het geld aannam, in de toekomst geen rechten meer kon doen gelden op een bijdrage in het levensonderhoud van het kind.
'Gaat het?'
Clare knikte. Tot haar eigen verbazing voelde ze zich goed. Ze leunde tegen de auto en vroeg: 'Mag ik ook een slokje?'
Laurie gaf haar zijn blikje fris en kneep haar bemoedigend in de hand. 'Je hebt het heel goed gedaan. Ik dacht dat we een schreeuwpartij zouden krijgen. En je huilt zelfs niet.'
Hij had het nog niet gezegd, of ze voelde een brok als een watje opzwellen in haar keel.
'Ik verkeer denk ik in shock. Zo had ik het me nooit voorgesteld. Ik dacht dat ik eeuwig zou blijven schilderen en feesten en lol hebben. En dan, over een jaar of tien of zo, zou ik een fantastische man leren kennen met wie ik zou trouwen. En we zouden echt van elkaar houden, weet je.' Ze zweeg, haar tranen weg knipperend. 'En dan op een dag, als ik vijfendertig was of zo, dan zou ik op mijn man wachten tot hij van zijn werk thuiskwam en zeggen: "Je raadt het nooit." En dan zou ik hem vertellen dat ik zwanger was en dan zou hij dolgelukkig zijn, omdat we allebei graag een kind wilden, meer dan wat ook ter wereld.' Ze slaakte een beverig zuchtje. 'Nou ja, dat krijg je ervan als je stiekem thuis Doris Day-films zit te kijken, terwijl je eigenlijk op school hoort te zijn. Maar ik dacht echt dat het zo zou gaan. Ik dacht in elk geval niet dat het zo zou gaan als nu.'
'Jij en Piers. Nadia en ik. Moet je zien wat voor puinhoop ik ervan heb gemaakt,' zei Laurie. 'Het gaat nooit zoals we willen.' Hij pakte zijn blikje fris weer terug en knikte naar Piers flat. 'Daar heb je hem.'
Clare draaide zich om, haar handen aan haar spijkerbroek afvegend.
Piers kwam naar hen toe drentelen, met de cheque in zijn hand. Hij bleef voor hen staan en liet zijn blik even over Laurie glijden, voordat hij zijn aandacht weer op Clare richtte. 'Wie is dat? Je nieuwe vriendje?'
'Nee. Dit is Laurie. Nadia's vriend. Hij heeft me gebracht.'
Piers keek naar Edwards grijze Volvo. 'Mooie wagen.'

Clare fantaseerde verlangend over een blik afbijtmiddel dat ze over Piers mooie wagen zou gieten.
'Hier.' Hij stak haar de cheque toe. 'Ik wou dat ik kon zeggen dat je het waard was, maar helaas heb ik betere gehad.'
Het blikje fris weer uit Lauries hand rukkend, smeet ze de bubbelende inhoud in Piers gezicht.
Hij keek haar schamper aan. 'Heel origineel. Ongeveer net zo origineel als je in bed was.'
'Gore smeerlap,' zei Laurie woedend.
'Och hemeltje. Heb ik een gevoelige snaar geraakt? Je wilt me toch niet vertellen dat je het ook met haar doet?' Geamuseerd keek Piers weer naar Clare. 'Is dat zo? Doe je het stiekem met de vriend van je zus? Misschien is hij wel degene die je een cheque moet geven.'
Clare had nog nooit iemand zo snel zien bewegen. Voordat ze ook maar met haar ogen kon knipperen, was Laurie al uit de auto.
Krak, deed Piers neus toen Lauries vuist hem in het gezicht raakte.
Brullend van de pijn strompelde Piers naar achteren, verloor zijn evenwicht en belandde in een onhandig hoopje op de stoep. Zijn bloedende gezicht vastgrijpend, schreeuwde hij: 'Je hebt mijn neus gebroken! Je hebt verdomme mijn neus gebroken!'
'Prima,' zei Laurie. 'Dat was precies de bedoeling.'
'Ik sleep je voor de rechter, jongen,' riep Piers, terwijl het bloed door zijn vingers heen op zijn blauw-wit gestreepte overhemd druppelde.
'Ach man, wees blij.' Clare glimlachte hem zonnig toe. 'Stel je voor dat hij je lul had gebroken.'

42

Nadia was diep onder de indruk. 'Je hebt echt zijn neus gebroken? Fantastisch.'
'Ja,' zei Clare, met haar handen om haar knieën geslagen en naar

Laurie grijnzend, die probeerde bescheiden te blijven kijken. 'Hij was echt een superheld – bam – en het klonk alsof je een oud kippenkarkas uit elkaar scheurt. O, je had Piers gezicht moeten zien. Om maar te zwijgen van al het bloed op zijn overhemd. Ralph Lauren,' voegde ze er tevreden aan toe. 'En nu het mooiste nog, toen we weg wilden gaan, deed die aardige oude vrouw die naast hem woont, haar raam open en riep: "Bravo, bravo," net alsof ze bij de opera was. En toen ze klaar was met klappen, schreeuwde ze: "Ik heb er al jaren op zitten wachten dat iemand dat eindelijk eens zou doen!" '

'Je zult het maar naast je hebben wonen,' merkte Nadia op.

'Hoezo? Ik heb een paar keer met haar gepraat. Ze leek me echt aardig.'

'Niet de buurvrouw.' Nadia trok haar wenkbrauwen op over zoveel stommiteit. 'Ik had het over Piers.'

Clare leek wat te zijn opgevrolijkt, maar Nadia vroeg zich af hoe lang dat zou duren.

Ze kwam er drie uur later achter toen ze een mok thee mee naar boven nam en op Clares deur klopte.

'Ik haat hem, ik haat hem.' Clare zat voor haar ezel het doek aan te vallen met een penseel. Het schilderij was niet iets wat ze ooit nog zou verkopen; het zag eruit alsof het gemaakt was door een dronken aap. Veel zwarte klodders met vegen flessengroen en gentiaanblauw en paars. Zelfs Charles Saatchi zou hier zijn neus waarschijnlijk voor ophalen.

Nou ja, het zou wel louterend werken. En daar kon je geen prijskaartje aan hangen.

'Thee,' zei Nadia. Clare had weer gehuild; aardig wat, aan haar ogen te zien. 'Toe, het komt wel goed. Je verdient veel beter dan Piers.'

'Dat weet ik ook wel. Maar ik voel me zo stom. Hij heeft me zo voor schut gezet. Ik wil hem net zo'n pijn doen als hij mij heeft gedaan,' tierde Clare.

'Dat heeft Laurie toch al voor je gedaan toen hij zijn neus brak?' Clare kwakte een penseel vol rode acrylverf tegen het doek. De verf spatte uiteen alsof het ketchup was.

'Ik zit te fantaseren over zijn hele huis op de kop zetten. Je weet wel, de hele rataplan. Garnalen in de gordijnen. Kattenvoer on-

der de vloerplanken. Graffiti op de muren. En zijn hele cd-collectie breken.'
'Dan word je gearresteerd,' zei Nadia.
'O ja, wat er ook nog bij hoort, zaadjes van waterkers en mosterdplantjes in de vloerbedekking strooien.'
'Die hebben water nodig. Ik denk dat hij het wel merkt als zijn flat in een poedelbad is veranderd. En dan krijg je een advocaat op je dak,' wees Nadia haar erop. 'Je moet voor de rechter verschijnen en een nieuw tapijt vergoeden. Jij verliest, hij wint. Vooruit, neem een slok thee.'
Zuchtend pakte Clare de mok op. Toen ze uit het raam staarde, zag ze licht branden in het huis van Edward en Laurie aan de overkant van de straat. 'Weet je, Laurie was echt fantastisch vanmiddag. Hij wilde alleen maar meekomen om me morele steun te geven. Je hebt echt geluk, weet je dat.'
Geluk dat mijn vriend anderhalf jaar naar Amerika is verdwenen, dacht Nadia. Waar hij god mag weten wat heeft uitgespookt. Oké, ze was misschien niet zwanger, maar wat Clare niet leek te begrijpen was dat, als het al pijn deed om gedumpt te worden door een klootzak als Piers, het vijftig keer zo erg was om aan de kant te worden gezet door iemand van wie iedereen zei dat hij zo aardig was.
'Hij blijft niet eeuwig op je wachten,' vervolgde Clare. 'Als je niet oppast, kaapt iemand anders hem nog voor je neus weg.'
'Hou op met dat gezeur.' Nadia voelde haar maag automatisch ineenkrimpen bij de gedachte dat iemand anders Laurie zou wegkapen. Zoals Jay was weggekaapt door dat roofdier van een Andrea, behalve dan dat ze had gezworen om daar niet aan te denken.
'En dan zul je nog eens spijt hebben,' zei Clare schouderophalend.
'Wegkapen. Je doet net alsof hij een koopje in de uitverkoop is.'
'Maar dat is hij ook. Laurie is het volmaakte Versace-pak in een tweedehandswinkel. Je kunt niet aarzelen en denken dat hij er volgende week nog wel hangt. Want dat is niet zo,' concludeerde Clare botweg. 'Dan heeft iemand anders hem al meegenomen.'
Miriam had uitdrukkelijk geïnstrueerd dat alle post die tijdens

haar afwezigheid werd bezorgd en aan haar was geadresseerd in de bovenste lade van de kast in de hal moest worden gelegd. Nu haalde ze diep adem en trok de la open. Iedereen was weg; ze had het huis voor zich alleen. Aan de overkant laadde Laurie Edwards koffers uit de kofferbak van de Volvo. Ze had een heerlijke vakantie gehad, hoewel Edward er nog steeds op aandrong dat ze met hem moest trouwen. Een paar keer had ze op het punt gestaan om hem alles te vertellen. Maar ze kon zich er niet toe zetten.

Er lag behoorlijk wat post op haar te wachten. Ze liep het stapeltje door, opklarend – voor deze ene keer – bij het zien van elektriciteitsrekeningen, reclamefolders, bankafschriften en brieven van de diverse liefdadigheidsinstellingen die ze ondersteunde. Geen handgeschreven enveloppen echter, en niets uit Edinburgh. Misschien had hij het eindelijk opgegeven.

Maar toen zag ze het, onder de glanzende in cellofaan verpakte autobrochure en een catalogus van La Redoute. Ze voelde zich even duizelig worden toen ze naar de dikke envelop in A3-formaat keek, met haar naam en adres erop in het haar maar al te bekende handschrift. Een bubbeltjesenvelop waar iets in zat dat aanvoelde als een boek. O god, wat nu weer? Hij had haar toch geen bijbel gestuurd met de relevante passages onderstreept?

Het was geen bijbel. Het was zelfs geen boek. Het was een videoband, ontdekte ze nadat ze erin was geslaagd om de envelop open te krijgen.

Ze liet haar koffers in de hal staan, liep naar de huiskamer, stopte de band in de videorecorder en drukte op Play.

Zwart-wit, geen kleur.

Een ouderwetse film, meer dan vijftig jaar geleden opgenomen, en nu overgezet op video.

Miriam keek, bijna ongelovig, naar de film die hortend en stotend scène na scène liet zien. Ze herinnerde zich die dag nog – hoe kon ze hem ooit vergeten – maar de film had ze nooit gezien. Ze kon zich zelfs de naam van degene die de logge filmcamera had bediend niet herinneren. Was het Geoffrey geweest? Gerald? In die tijd was het een noviteit geweest, en ze waren allemaal nieuwsgierig geweest naar het resultaat. Maar Geoffrey of Gerald was vlak daarna opgeroepen voor militaire dienst en uit beeld

verdwenen, dus dat was dat geweest. Ze hadden nooit meer iets van hem gehoord.
En nu, tweeënvijftig jaar later, was hier het resultaat. Aan haar diamanten ring draaiend en moeizaam slikkend keek Miriam naar de dag die zich ontvouwde, onhandig van scène naar scène springend als een iets te snel afgedraaide stomme film. Daar was ze, in een jurk die lichtgrijs leek op de video, maar die in werkelijkheid prachtig citroengeel was geweest. Zorgeloos in de camera lachend. Met verschrikkelijke schoenen aan natuurlijk – tja, dat had je na de oorlog, toen alles op de bon was. En zorgvuldig gestopte kousen onder de smalle rok van haar jurk die net tot over haar knieën kwam.
Maar ze was het onmiskenbaar. De ogen waren nog precies hetzelfde, zelfs al had ze nu dan rimpels. Haar glimlach was meteen te herkennen. Zelfs haar kapsel was onveranderd.
Het was zo'n gelukkige dag geweest, fris en herfstachtig, maar toch warm voor september. Nauwkeurig bekeek ze alle anderen die waren vastgelegd door de camera. Haar aandacht ging vooral uit naar de man die haar de video had gestuurd, de man die haar leven al een keer eerder op de kop had gezet en die nu dreigde om hetzelfde weer te doen.
Natuurlijk vroeg ze zich af hoe de jaren hem hadden behandeld, hoe hij er nu uit zou zien.
Een rilling schoot door haar heen, terwijl ze met heel haar hart hoopte dat ze dat nooit te weten zou komen.

Toen Clare de trap af liep, voelde ze zich als een bokser die zich geestelijk voorbereidt op het gevecht. Miriam was terug, en ze zouden zo gaan eten. Vanavond zou Clare haar aankondiging doen. Ten overstaan van Miriam, haar vader en Tilly. Alles in één mokerslag, met Nadia als steuntje in de rug.
Ze wilde doorlopen naar de tuin waar ze stemmen hoorde, maar toen ze door de openslaande deuren naar buiten keek, draaide ze zich meteen weer om. Ze stormde de keuken binnen, waar Nadia aardappelpuree stond te prakken, en siste: 'Wat moet zij hier?'
'Wie? Annie?' Nadia goot een pakje room bij de puree en ging verder met prakken, zo energiek dat haar kont ervan wiebelde.
'Tilly heeft de video van het optreden bij zich. We moeten er na

het eten allemaal naar kijken. Toen pa en Tilly op weg naar huis de krant gingen kopen, heeft Tilly Annie overgehaald om mee te gaan. Kijk me niet zo aan,' ging ze verder, want Clare trok een gezicht als van een opstandige puber. 'Annie is heel aardig.'
'Ik wilde papa en oma over de baby vertellen. Dat gaat haar niets aan. Waarom kunnen we niet gewoon onder elkaar zijn?'
Nadia zuchtte. Clare was nog steeds op haar hoede bij Annie, onwillig om haar in de familie te verwelkomen. Het was irrationeel en frustrerend, vooral omdat hun vader overduidelijk gelukkig was.
'Wees blij dat ze er is. Dan houdt pa zich misschien een beetje in als je het hem vertelt.'
'Pff. En ze slijmt ook altijd tegen Tilly.'
'Ze is aardig voor Tilly. Wat is daar mis mee?'
'Wat daar mis mee is?' aapte Clare Nadia na. 'Ze is bijna veertig en nog nooit getrouwd geweest. Ik wil niet dat zo iemand zich hier een weg naar binnen likt. Vraag jezelf maar eens wat er mis mee is wanneer papa doodgaat en alles aan haar nalaat in zijn testament.'
Wanneer papa doodgaat. Allemachtig, hij was pas achtenveertig. Nadia schepte de puree in een donkerblauwe serveerschaal, gaf hem aan Clare en schudde bedroefd haar hoofd.
'Hormonen. Je hebt gewoon last van je hormonen. En breng nu die schaal naar de eetkamer en roep iedereen binnen. Ik neem de rest wel mee. En probeer ze het nieuws een beetje voorzichtig te vertellen,' smeekte ze. Ze wist alleen niet goed hoe dit moest, aangezien Clare er een handje van had om ongemakkelijke situaties nog ongemakkelijker te maken. Subtiel zijn was niet echt haar sterkste punt.
'Mens, zeur niet zo.' Clare probeerde geïrriteerd te klinken, maar ze was voornamelijk zenuwachtig. Ze perste er een zwak glimlachje uit. 'Het komt wel goed. Het is tenslotte maar een baby, niet het einde van de wereld.'

43

Nadia serveerde de kip, iedereen schepte broccoli en worteltjes voor zichzelf op en James schonk de wijn in. Het was, oppervlakkig gezien, een normaal, vrolijk, rumoerig samenzijn. Miriam vermaakte hen met verhalen over Venetië en liet trots de antieke amber armband zien die Edward voor haar had gekocht in een klein steegje vlak bij het San Marco-plein.
'Wat heb je met je arm gedaan?' Nadia werd afgeleid door de grote pleister op Miriams gebruinde onderarm.
'O, niets. Geschaafd aan een balk toen ik de koffers terugzette op zolder.'
'Je moet voorzichtig zijn. De volgende keer zet ik ze wel weg.'
Nadia fronste haar voorhoofd, want een wankele vlizotrap op klauteren was niet iets dat een vrouw van zeventig nog zou moeten doen.
Miriam, die de video met het belastende materiaal in de kleinste van de twee koffers had verstopt, zei opgewekt: 'Schat, ik heb voorzichtig gedaan. Ik doe altijd voorzichtig.'
Nadia kromp ineen en keek naar Clare, zich afvragend of ze dit als voorzetje zou gebruiken. ('Over voorzichtig gesproken, wat jammer dat ik dat niet ben geweest!')
'Hij is prachtig.' Annie bewonderde Miriams armband. 'Amber is zo mooi, ik ben er gek op.'
'Maar stel je voor dat het diamanten waren,' zei Clare luchtig, 'dan zou je er vast nog gekker op zijn.'
Alleen Nadia begreep de hint. Ze wierp haar zusje een waarschuwende blik toe.
'Clare, nog wat kip?' James, die zag dat ze haar bord bijna leeg had, schoof de schaal naar haar toe. 'Je hebt vast honger.'
Nadia's tenen krulden zich van schrik. ('Nou ja, dat komt waarschijnlijk omdat ik nu voor twee moet eten!')
'Uitgehongerd.' Clare keek hem stralend aan en schepte nog wat kip op. 'Thomas Harrington belde me vanmiddag. Volgende week opent er een tentoonstelling in zijn galerie en een van de exposanten heeft zich teruggetrokken.' Ze spreidde haar armen op een

ta-ta-ta-da-manier. 'En nu mag ik meedoen! Fantastisch, hè? Twaalf schilderijen en veel publiciteit. Ik weet gewoon dat dit mijn grote doorbraak wordt.'
Nadia ademde langzaam uit. Clare deed blijkbaar de goed-nieuws-slecht-nieuwsshow. Eerst zorgen voor een goede stemming, en dan de genadeslag.
James woelde stralend van trots even met zijn hand door Clares haar en zei: 'We wisten wel dat het je zou lukken.'
Minstens zo opgetogen riep Miriam uit: 'Lieverd, maar dat is heerlijk nieuws.'
Clare wentelde zich in hun bijval, duidelijk gelukkig, en toen zag Nadia haar een keer diep ademhalen.
'En er is nog iets,' begon Clare. Haar stem trilde een beetje.
Nadia had zin om onder tafel te duiken.
'Is het niet fijn allemaal?' jubelde Tilly. 'Eerst mijn optreden, en nu Clare een tentoonstelling! Oma, mogen we meteen na het eten naar de video kijken? Ik ben zo opgewonden, ik kan bijna niet wachten tot jullie hem allemaal zien!'
Clare keek Tilly boos aan.
'Natuurlijk, lieverd,' zei Miriam. 'Zodra we klaar zijn met eten.'
'Ik heb al mijn eigen kopie besteld,' deed Annie enthousiast een duit in het zakje. 'Echt, ze waren allemaal zo goed, zo professioneel. Maar niemand was zo goed als Tilly natuurlijk.'
Clare wierp Annie een blik vol minachting toe. Zacht, maar niet zacht genoeg, mompelde ze: 'Heeft iemand ook een kotszakje voor me?'
Nadia verstijfde. Annie werd vuurrood. James vroeg koeltjes: 'Wat zei je daar?'
'Niets.' Clare klemde haar lippen op elkaar. Blijkbaar had ze door dat het geen slimme actie was geweest.
Maar Tilly werd woedend. 'Jij hebt niet eens de moeite genomen om naar de voorstelling te komen kijken. En nu wil je de video ook nog niet zien. Nou, mij best, dan kijk je maar niet!' schreeuwde ze.
Nadia nam een grote slok wijn. Onder tafel kruipen werd een steeds aantrekkelijker vooruitzicht.
'Ik had het niet over de musical,' zei Clare kortaf. Zich tot Tilly wendend, vervolgde ze: 'Toen ik dat zei, bedoelde ik jou niet.'

'Dan ben je zelfs nog erger dan ik dacht,' zei Tilly luid.
'Ja, Clare,' bemoeide Miriam zich ermee, 'je bent uitermate onbeleefd.'
Met iets sarcastisch in haar stem zei Clare: 'Goh, hoe zou dat nu komen?'
'Ik weet wel waarom.' Tilly keek naar Clare en toen naar Annie. Uiteindelijk wendde ze zich tot Miriam, die aan het hoofd van de tafel zat. 'Het komt omdat ze zwanger is.'
Miriam keek verbaasd toe toen Tilly beschermend haar hand op die van Annie legde. Iedereen aan tafel staarde Annie ongelovig aan.
Zichzelf snel herstellend zei Miriam: 'Nou, dat is... dat is heel mooi nieuws. Gefeli-gefeliciteerd!'
James keek alsof hij van zijn stoel zou vallen.
Net zo verbaasd als iedereen – nog verbaasder waarschijnlijk – flapte Annie er uit: 'Maar ik ben helemaal niet zwanger!'
'Annie niet.' Tilly schudde verwoed haar hoofd, vol wanhoop over de stupiditeit van haar familie. 'Ik bedoelde Annie niet. Ik had het over Clare.'
Een vork kletterde op een bord. Nadia sloeg in één teug haar glas achterover. Als dit *EastEnders* was geweest, dan zou nu de eindtune door de eetkamer klinken. Net als bij Wimbledon bewogen alle hoofden tegelijkertijd Clares kant uit.
'O nee.' Ontmoedigd zei Miriam: 'Zeg me dat het niet waar is.'
Haar lange haar uitdagend naar achteren schuddend keek Clare kwaad naar Tilly. 'Het is waar. Maar hoe weet jij dat, verdomme?'
'Ik hoorde jou en Nadia er gisteren over praten. Jullie waren in de keuken en de deur was niet dicht.'
James wendde zich tot Nadia. 'Dus jij wist ervan?'
Terwijl Nadia ineenkromp, viel Clare uit: 'Ik moest het toch aan iemand kwijt? En ik wilde het jullie vanavond vertellen, maar Grote Mond hier was me voor. Hoe dan ook, jullie weten het nu. Kan iemand me nog even de puree aangeven?'
Haar woorden klonken onverschillig, maar haar blauwe ogen glansden van de ingehouden tranen.
Annie, de onbedoelde katalysator van het hele gedoe, zag er diep ongelukkig uit.

'O Clare, hoe kon je nu zo stom zijn?' verzuchtte Miriam. 'Waar had je je verstand?'
Plomp, deed de opscheplepel toen hij met een klap weer in de puree werd gesmeten.
'O fantastisch, heel erg bedankt,' schreeuwde Clare. 'Toen je dacht dat Annie zwanger was, was het nog heel mooi nieuws! Je hebt haar zelfs gefeliciteerd, verdomme! Maar nu ik het blijk te zijn, is het ineens een ramp.'
Aangezien James duidelijk te geschokt was om een woord te kunnen uitbrengen, zei Miriam: 'Wil je soms beweren dat het geen ramp is? Clare, je kunt nog niet eens voor een kat zorgen, laat staan voor een kind. Trouwens, wie is de vader?'
Zacht antwoordde Clare: 'Piers.'
'Die jongen met de Ferrari?' vroeg Miriam met een blik vol afkeer. 'Ik had het kunnen weten. En hoe blij is hij met dit alles?'
'Niet dus,' zei Clare uitdagend. 'We hebben het uitgemaakt. Ik heb hem trouwens toch niet nodig. Dit was niet de bedoeling, maar gebeurd is gebeurd. En ik red me wel.'
'Dus je houdt het?' wilde James weten.
'Ja.'
'Waarom?'
'Omdat het een kans verdient, daarom. Denk na, pa. Toen Leonie ontdekte dat ze zwanger was van mij, was ze ook vast niet erg blij. Het zou veel eenvoudiger voor haar zijn geweest om het niet door te zetten. Maar dat deed ze wel. En ik ben daar blij om.' In Clares ogen stonden tranen. 'Want ik ben er liever wel dan niet. Zelfs nu,' voegde ze er met trillende stem aan toe, 'terwijl je dit toch niet echt de leukste avond van mijn leven kunt noemen.'
Er viel een lange stilte. Toen zei Miriam zacht: 'O, lieverd.'
Clare barstte in tranen uit.
Terwijl Miriam opstond en haar omhelsde, snikte Clare: 'Het s-spijt me, het was een ongelukje. Ik kan er heus wel voor zorgen, echt.'
'Liefje, niet huilen. Alles komt weer goed. We redden het wel. Sst, zo, het is al goed.'
Zich duidelijk schamend voor haar eerdere uitbarsting zei Tilly botweg: 'Ik heb Piers toch nooit leuk gevonden. Ik ben blij dat Laurie zijn neus heeft gebroken.'

'Laurie?' Over Clares hoofd heen keek Miriam vragend naar Nadia. 'Lieve hemel, wat is er allemaal nog meer gebeurd waar ik niets van weet? Een week weg en de hel breekt los.'
'Piers deed gemeen tegen Clare, dus toen heeft Laurie hem een stomp gegeven.' Tilly haalde haar schouders op. 'Nog iets dat ik hoorde toen ze in de keuken waren. Maar zo te horen had hij het verdiend.'
Annie, die zich niet meer erg op haar gemak voelde, stond op en zei: 'Zal ik maar gaan afruimen?'
'Ik kan gewoon niet geloven dat ik zo stom ben geweest,' snikte Clare. 'Ik hield echt van hem. Ik dacht dat hij van me hield. Ik ben toch zo stom geweest.'
'Iedereen maakt fouten,' zei Miriam troostend. Haar handen masseerden vaardig Clares hangende schouders.
'Kusje!' krijste Harpo, terwijl hij voorzichtig zijn zijwaartse schuifeldans over de gordijnroede deed.
'Jij maakt nooit fouten. Ik wou dat ik wat meer op jou leek.' Clare veegde haar tranen weg.
Je moest eens weten, dacht Miriam.
'En ik zal jullie niet tot last zijn. Echt niet. Ik ga wel verhuizen.'
Iedereen wist dat dit net zo onwaarschijnlijk was als wanneer Rod Stewart aankondigde dat hij homo was.
'Dat zien we later wel weer,' zei James knorrig.
Annie had de borden weggebracht. Vanuit de deuropening vroeg ze aarzelend: 'Eh... zal ik de pudding dan maar naar binnen brengen?'
'Pudding.' Clare slaakte een zucht, er duidelijk van walgend dat iemand op een moment als dit nog aan eten kon denken.
'Nou, leuk!' viel Tilly uit, 'dus nu mogen we ook al niet meer eten van je! We mogen zeker ook niet meer naar de video kijken?'
Een fractie van een seconde dacht Miriam dat ze de video met het belastende materiaal bedoelde die met de post uit Edinburgh was gekomen. Nee, geen paniek, die lag veilig verstopt op zolder.
'Doe niet zo raar,' zei ze kordaat. Ze knikte naar Annie en klopte Clare bemoedigend op de rug. 'Natuurlijk eten we pudding. En daarna gaan we allemaal naar Tilly's video kijken.'
Een vliegtuig dreunde hoog in de lucht over. Naar boven wijzend,

vroeg Clare: 'Moeten we niet wachten totdat Steven Spielberg er is? Hij wordt woest als we zonder hem beginnen.'

44

De tuin begon nu echt vorm te krijgen. Terwijl Nadia rechtop ging staan en haar handen afveegde aan haar spijkerbroek, bekeek ze de border die ze net had beplant met mahonia, nicotiana en reseda. (Ze was dol op die namen; ze klonken als een troep cancan-danseressen van de Moulin Rouge.) De stenen muur daarachter werd bedekt door kamperfoelie. Verder had ze nog potten Hidcote-lavendel staan die de grond in moesten, en ze moest ook hoognodig water geven wanneer ze niet wilde dat de planten meteen zouden bezwijken onder de huidige hittegolf.
Over bezwijken gesproken, ze kon zelf ook wel iets te drinken gebruiken.
'Ziet er goed uit.' Jay, die net was gearriveerd, begroette haar in de keuken.
Zich ervan bewust dat ze heet en zweterig en stoffig was, zei ze: 'Niet echt, ik ben hartstikke goor.'
'Ik bedoelde de tuin.'
Oeps. Eigen schuld, dikke bult.
'Thee?' Hij grinnikte om de klap wat te verzachten. Hij vulde de ketel met water en zette hem aan.
Nadat Nadia haar handen had gewassen bij de gootsteen, droogde ze ze aan een smoezelige handdoek. 'Ik heb nog iets voor je.' Ze greep in haar broekzak. 'Ik vind het een beetje gênant, maar ik heb het Clare beloofd.' Met moeite wist ze de glanzende uitnodiging uit haar zak te peuteren. 'Hier. Sorry dat hij verkreukeld is. Je hoeft echt niet te gaan, hoor, als je niet wilt. Ze zei alleen dat ze het wel leuk zou vinden als je kwam.'
Jay las de uitnodiging.
'En als ik een schilderij zou kopen, bedoelt ze.' Droog voegde hij eraan toe: 'Bij voorkeur eentje van haar deze keer.'
'Dat is aan jou. Hoe dan ook, het schijnt een goede tentoonstel-

ling te worden. Hoi, Robbie.' Ze merkte ineens dat Robbie onzeker in de deuropening was blijven staan. 'Ik was net thee aan het zetten. Wil je ook?'
Robbie knikte. Nog even verlegen en onhandig als altijd communiceerde hij het liefst non-verbaal. Hij wachtte.
Nadia, die inmiddels wist hoe het werkte, vroeg: 'Dus zal ik dan maar drie mokken maken?'
Nog een knikje.
'Donderdag,' zei Jay. 'Ik denk dat ik dan wel kan.'
'Luister, je hoeft je echt niet verplicht te voelen om iets te kopen. En laat je ook niet overhalen door Clare.' Bedrijvig gooide ze theezakjes in de niet al te schone mokken. 'Ze kan zich soms erg laten meeslepen door haar gevoelens.'
'Ach, daar hebben we allemaal weleens last van.' Jay grinnikte. 'Maar maak je niet druk. Ik kan heel goed op mezelf passen. En ik ben niet bang voor je zus.'
Maar jij hebt haar dan ook nog niet bezig gezien sinds ze zwanger is, dacht Nadia. De afgelopen week was Clare veranderd in een menselijke tornado, zichzelf ervan overtuigend dat de enige weg voorwaarts werken was. Als ze meer schilderijen maakte en genoeg verkocht op de tentoonstelling, dan zou ze haar kind kunnen onderhouden.
'Trouwens,' vervolgde Jay, 'je kunt nooit weten. Misschien koop ik wel iets. Ze is heel getalenteerd. Ik vind haar werk mooi.'
'Alsjeblieft, Robbie.' Nadia had de thee gezet, de suiker en melk erin gedaan en de theezakjes herhaaldelijk op zijn bouwvakkers tegen de zijkant van de mokken geslagen voordat ze ze in de vuilnisbak had gegooid. Bijna zwarte thee, zo vonden ze het lekker.
Met een knalrood hoofd waagde Robbie zich verder de keuken in. Jays uitnodiging lag op het aanrecht naast de mokken. Robbie bestudeerde hem nauwkeurig, wendde zich toen tot Nadia – zonder haar echt aan te kijken – en vroeg verlegen: 'Eh... zou ik er ook eentje mogen?'
Het was alsof een non een sekswinkel binnenging en vroeg naar een leren G-string.
Aan Jays gezicht te zien dacht hij hetzelfde.
'Je bedoelt een uitnodiging voor de opening? Nou, het is... eh... de tentoonstelling van mijn zus,' probeerde Nadia tijd te winnen.

Dit was een beetje gênant. Toen Clare haar de uitnodigingen had gegeven, had ze er specifiek bij gezegd dat Nadia ze alleen mocht geven aan rijke, hippe en bij voorkeur hoogst fotogenieke mensen. Niet aan klaplopers, niet aan oninteressante sukkels, had ze bazig opgedragen. En absoluut niet aan verlegen, sociaal gestoorde bouwvakkers, zelfs al waren die dan – behoorlijk verwonderlijk – afgestudeerde natuurkundigen.
'Het punt is,' zei Nadia verontschuldigend, 'dat ik geen uitnodigingen meer heb.'
'Jawel.' Robbie wees. 'Er steekt er nog eentje uit je zak.'
'O!' Nu was het Nadia's beurt om te blozen. Nog steeds tijdrekkend, en in het volle besef dat Jay niet van plan was om haar een handje te helpen – hij lachte, de smeerlap – stamelde ze: 'Ik... ik wist niet dat je belangstelling had voor kunst, Robbie.'
O god, als ze gedwongen werd om hem een uitnodiging te geven, zou hij dan komen opdagen in zijn sjofele werkkleren en schoenen met stalen neuzen?
'Dat heb ik ook niet. Kunst is saai. Maar mijn broer houdt ervan. Hij hangt altijd in galeries rond.'
Robbies broer. Nadia zag hem al voor zich, net zo pijnlijk verlegen als zijn broer, stiekem tussen de feestelijke menigte door glippend en alle gratis hapjes en drankjes naar binnen werkend. En daarna weer tevreden oplossend in het niets. Geen man overboord.
Shit, hoe kon ze hem nu weigeren? Vooral nu hij daar nog steeds naar de uitnodiging die uit haar broekzak stak, stond te staren.
'Oké. Natuurlijk kun je er eentje krijgen.' Vriendelijk glimlachend, uit schuldgevoel, overhandigde ze hem zwierig de uitnodiging. Gelukkig verwachtte ze geen dank-je-wel.
'Goed.' Robbie reikte om haar heen om de drie stomende mokken te pakken en zei weer met zijn oude breedsprakerigheid: 'Tot later.'
'Nou, dat ging bijzonder goed,' zei Jay, nadat Robbie de keuken uit was geschuifeld.
Hij stond haar nog steeds uit te lachen.
'Clare vermoordt me,' kreunde ze. 'Het moet een glamoureus iets worden, vol mooie mensen.'
Jay trok een donkere wenkbrauw op. 'Was dat een compliment?'

'Nou, Clare zei: "Zo mooi mogelijk."' Ze glimlachte hem zonnig toe. 'En anders was stinkend rijk ook goed.'

De combinatie zwanger zijn én single maakte dat je je verschrikkelijk eenzaam voelde. Het hielp ook niet, had Clare gemerkt, dat de rest van de wereld uit paartjes leek te bestaan. Net sokken, dacht ze geërgerd. En raad eens wie de overgebleven sok was? De gastenlijst bekijkend, telde ze de paartjes. Zelfs haar eigen familie deed eraan mee. Miriam kwam samen met Edward. Nadia met Laurie. James had erop gestaan om Annie mee te nemen, wat vervelend was, maar toen ze haar vader had proberen te vertellen dat het misschien niet echt iets voor Annie was, was hij behoorlijk kwaad geworden.

Toen Tilly echter dezelfde truc had willen uithalen, had Clare voet bij stuk gehouden.

'Nee, je mag Cal niet meenemen,' had ze Tilly bot meegedeeld. 'Het is een galerie, geen schooldisco. Hij is vijftien. Hij gaat vast niets kopen, denk je wel? Gewoon zonde van de uitnodiging.'

Tilly was chagrijnig afgedropen. Later, toen Leonie had gebeld, had Clare Tilly horen klagen over hoe oneerlijk het was. Aangezien Leonie toch geen geld voor een schilderij zou overhebben, had Clare niet eens de moeite genomen om haar een uitnodiging te sturen.

Tilly was een paar minuten later de keuken in gekomen en had aangekondigd: 'Mama heeft gevraagd of ik dit weekend naar Brighton kom. Vrijdag heb ik geen school, dus ga ik vast op donderdagmiddag.'

'Mij best.' Moest ze dat soms erg vinden? Clare had haar pen gepakt. 'Dus kom je niet naar de opening.'

'Nee, je kunt me van je lijst schrappen.' Tilly had tevreden geklonken.

Fantastisch. Vrolijk had Clare een streep door Tilly's naam gezet. Ze had haar toch alleen maar uitgenodigd omdat ze familie was. Gepikeerd over Clares opluchting, had Tilly het niet kunnen nalaten om iets gemeens te zeggen. 'En wat gebeurt er als niemand iets van je wil kopen? Als je geen een schilderij verkoopt, wat dan?'

Het andere punt van zwanger zijn was dat het je niet automatisch

in een engelachtig wezen veranderde. De aandrang om Tilly een klap te geven, was net zo groot geweest als anders.
'Dat gaat niet gebeuren. Ik ga heel veel verkopen.' Sarcastisch had ze eraan toegevoegd: 'Maar bedankt voor je steun.'

Donderdagavond. Zeven uur. De Harrington Gallery was helder verlicht en barstte bijna uit zijn voegen. Clare en de andere twee exposanten werden gefotografeerd voor de plaatselijke krant en door verschillende journalisten geïnterviewd.
Met haar glanzende donkere haar los om haar schouders dansend en haar mouwloze, hoog gesloten roze jurkje strak om haar gebruinde lichaam, was Clare veruit de meest fotogenieke van het drietal. Terwijl ze nonchalant met haar haren schudde en een betoverende glimlach naar de camera zond, was het meer dan logisch om haar te benijden en bewonderen om haar talent en haar prachtige uiterlijk.
Nadia, die vanaf een afstandje toekeek, verbaasde zich over de façade die Clare wist op te houden. De afgelopen week thuis was het nu niet wat je noemt allemaal van een leien dakje gegaan. Clare had afmattend hard gewerkt boven. Ze was ook beurtelings chagrijnig, huilerig, gemeen en soms puur irrationeel geweest. Ze had zelfs tegen Laurie geschreeuwd, hem toebrullend dat het zijn schuld was dat Piers geen contact had opgenomen en dat alles allang opgelost zou zijn als hij Piers neus niet had gebroken.
Leunend tegen een witte pilaar achter in de galerie, nipte Nadia van haar drankje en bekeek de elkaar verdringende bezoekers. Zoals verzocht had iedereen zich voor de gelegenheid gekleed. Iedereen leek zich te vermaken, ze babbelden geanimeerd, wisselden begroetingen uit en hielpen zichzelf aan hapjes. Sommigen namen zelfs de moeite om een blik op de schilderijen te werpen. Nadia maakte van de gelegenheid gebruik om Laurie vanuit de verte te bestuderen. Daar was hij dan, slordig aantrekkelijk als altijd in zijn donkere pak, in gesprek met een strenge, nogal alledaagse vrouw van middelbare leeftijd die een van Clares werken stond te bekijken. Toen hij nog iets zei en naar het schilderij gebaarde, keek de vrouw hem aan en begon verrukt te glimlachen. Niemand kon weerstand bieden aan Lauries charme.
Behalve ik, dacht Nadia. Tot nu toe dan. Hem zien had nog steeds

die overweldigende uitwerking op haar, het buitelende-maaggevoel dat gepaard ging met de bekende stoot adrenaline. Maar hoe lang zou ze het nog volhouden, hoe lang kon ze hem nog op een armlengte afstand houden? Zoals Clare al had gezegd, hij zou niet eeuwig op haar wachten. En als ze eindelijk zou toegeven, zou dat iets veranderen? Zou de opwinding van de jacht voor Laurie over zijn? Hoe lang zou het dan nog duren voordat hij zijn belangstelling weer verloor?
Nooit, volgens hem. Maar hoe kon ze dat zeker weten? Wat als hij...
'Heb je hem al gezien?' fluisterde een stem in haar oor.
Ze schrok en morste bijna met haar drankje. Het was Jay, ze had het zo druk gehad met naar Laurie kijken, dat ze hem niet eens had zien binnenkomen.
'Wie gezien?' Allemachtig, wat was het moeilijk om gewoon te klinken als je je niet zo voelde. Het 'ding' dat bijna tussen hen was gebeurd, hing nog steeds in de lucht, onuitgesproken, maar tastbaar als altijd. Als Laurie zich niet weer in haar leven had gestort, met zijn gebruikelijke slechte gevoel voor timing, hoe zou het er dan hebben voor gestaan tussen Jay en haar? Zouden ze een serieuze relatie hebben gehad? Een niet-serieuze relatie? Of zou het bij één nachtje zijn gebleven? God, wat was het frustrerend om dat niet te weten.
'Robbies broer. Ik dacht dat je wel zou opletten of je hem zag.'
'O, die. Ja, dat doe ik ook. Maar tot nu toe niets.' Ze trok een gezicht. 'Ik heb het Clare uiteindelijk moeten vertellen. Ze zei dat, als hij ook maar in de verste verte gênant is, het dan mijn taak is om hem eruit te schoppen. Het komt er dus op neer dat ik vanavond de uitsmijter ben.'
'Misschien is hij wel helemaal niet gênant. Zie je die man daar? Dat kan hem wel zijn.'
Jay wees naar een aantrekkelijke, opvallend chique geklede man van in de veertig.
'Leuk geprobeerd. Behalve dat het Marcus Guillory is, een antiekhandelaar.'
'Oké. Hij dan.'
'Nieuwslezer bij de plaatselijk tv-zender.' Werkelijk, keek hij dan nooit tv?

'Goed, dan die misschien?'
'God, je bent hier echt hopeloos in.' Ze keek hem medelijdend aan. 'Ik kan je zo wel vertellen dat Robbie geen broer heeft die een paars fluwelen pak draagt met een vest van goud lamé eronder.'
Jay liet zich niet ontmoedigen. 'Dan die daar met Miriam praat misschien?'
'Dat is een vrouw.'
'Hoe weet je dat? Misschien is Robbies broer wel een travestiet.'
'Nee, het is de moeder van de antiekhandelaar.' Haar aandacht werd afgeleid door een mooie brunette die een bobbel ter grootte van een voetbal onder haar paarse blouse had. 'Over moeders gesproken, hoe gaat het eigenlijk met Belinda?'
'Redelijk. Ze verlangt ernaar om eindelijk haar eigen voeten weer eens te kunnen zien.' Hij zweeg even. 'Ze mist Anthony natuurlijk.'
'Jij ook, neem ik aan.'
Hij knikte. 'Soms vergeet ik het zelfs. Toen Anthony's voetbalclub afgelopen zaterdag met drie nul werd verslagen, pakte ik zomaar de telefoon om hem te vertellen dat ze een stel mietjes waren.' Met een scheef lachje voegde hij eraan toe: 'Hij zou waarschijnlijk blij zijn geweest dat hij die beschamende vertoning niet heeft hoeven meemaken.'
'Kom,' zei ze, 'dan ga ik nog iets te drinken voor je halen.'
Jay bleef waar hij was. 'Nog één ding. Waarom sta jij hier en staat Laurie daar? Heb je het uitgemaakt?'
Boem, boem, boem ging Nadia's hart. Ze ademde Jays aftershave in, fris met iets van limoen erin.
'Je moet eerst een stelletje zijn, voordat je het kunt uitmaken,' zei ze.
Hij bleef haar aankijken. 'En? Wat ga je doen?'
'Ik weet het niet.' Ze schudde haar hoofd. God, dit was net alsof ze meedeed aan *De zwakste schakel*.
'Wordt het geen tijd dat je eens een beslissing neemt?'
Natuurlijk werd het tijd. Alleen was het niet zo eenvoudig.
'Ik ga nog wat te drinken halen.' Ze maakte zich los van de pilaar. 'Ga je nog een schilderij kopen?'
Stilte.
Toen zei hij: 'Dat weet ik nog niet.'

'Waarom niet?'
'Het punt is, er zijn er een paar die ik mooi vind, en ik kan niet kiezen. Daar.' Met zijn glas wees hij naar de schilderijen die behoorlijk veel belangstelling leken te trekken.
'Kom, dan gaan we samen kijken. Als je te lang treuzelt, koopt iemand anders ze nog, en dan sta je met lege handen. Wat?' vroeg ze, toen hij zich nog steeds niet verroerde.
Een klein glimlachje speelde om zijn mondhoeken. Een droog, alwetend lachje met iets uitdagends erin.
'Precies.'
Verdomme, dacht ze berustend. Daar was ze met open ogen ingestonken.

45

'Dit hier,' zei Annie. 'Dit vind ik echt het mooiste schilderij. Moet je die gezichtsuitdrukkingen zien – dat jongetje dat zich daar onder tafel verstopt, dat is toch prachtig?'
De avond was veel minder intimiderend gebleken dan Annie had gevreesd. Iedereen was vrolijk en vriendelijk, en de schilderijen aan de muur zorgden voor genoeg gespreksstof. Vooral Clares schilderijen, met hun eigen figuren en verhalen. Het over de verborgen betekenissen van abstracte kunst te moeten hebben, zou een mijnenveld zijn geweest, dacht Annie met een rilling, veel te zenuwslopend, en je moest er allerlei moeilijke woorden voor kennen ook. Maar van Clares schilderijen met hun eigenzinnige, komische stijl kon je gewoon genieten.
En alle anderen leken er ook van te genieten. De man met wie ze stond te praten, zei: 'En wat denk je van die baby met die speen in zijn mond? Fantastisch.' Hij keek naar de catalogus in zijn hand. 'Clare Kinsella. Ik moet zeggen, die kan wat.'
'Dat kan ze zeker.' Annie knikte. Toen James terugkwam met een vol glas voor haar, zei ze: 'Dank je, schat.' Meteen bloosde ze, want ze had hem nog nooit eerder schat genoemd. Het was er gewoon uit gefloept.

'Papa, papa.' Clare kwam ook aanlopen en trok James opgewonden aan zijn arm. 'Er zijn al drie schilderijen verkocht, goed, hè? En een agent wil me gaan vertegenwoordigen in New York!'
De man naast Annie raakte haar arm aan en zei: 'Sorry, dat wist ik niet.' Hartelijk voegde hij eraan toe: 'Je zult wel vreselijk trots zijn op je dochter.'
Voordat Annie kon reageren, had Clare zich al omgedraaid. Haar glanzende haar sloeg Annie in het gezicht. 'O, alsjeblieft, zeg,' zei ze ongelovig lachend, 'je denkt toch niet echt dat zij mijn moeder is!'
'Sorry.' De man knipperde met zijn ogen, geschrokken van Clares felle reactie.
'Ik bedoel, lijken we ook maar een beetje op elkaar?' Clare gebaarde naar Annie, met haar golvende roodachtige haar, haar volle figuur en de gekwetste uitdrukking op haar gezicht. 'Ze is niet eens oud genoeg om mijn moeder te kunnen zijn.'
'Clare.' James ontplofte bijna.
Hatelijk vervolgde Clare: 'Ze ziet er alleen maar zo oud uit.'
Annie draaide zich om en vluchtte naar de uitgang en toen de straat op.
Tijdens de geschokte stilte die viel, zei James woedend: 'Deze keer ben je te ver gegaan.'
'Maakt mij het uit.' Clare, slachtoffer van haar hormonen, nam geen woord terug van wat ze had gezegd. 'Ze zit achter je aan, pa. Ze is een klit. Ik wil alleen maar dat ze ons met rust laat.'
De meeste mensen zouden zich gegeneerd hebben teruggetrokken, maar deze man wachtte gretig James' reactie af.
'Jij zat als een klit aan Piers vast,' zei James op ijzige toon. 'Het verschil is alleen dat hij jou niet wilde. Ik laat me door niemand vertellen dat ik niet met Annie mag omgaan. Ze is te allen tijde welkom in ons huis en ik sta niet toe dat je op die toon tegen haar spreekt. Eigenlijk,' concludeerde hij, met een trillende vinger naar zijn onhandelbare dochter wijzend, 'lijkt het me hoog tijd dat jij eens uit huis gaat.' Na die woorden draaide hij zich om en ging Annie achterna.
'Allemachtig zeg.' Clare slaakte een zucht. In elk geval was de rest van de familie geen getuige geweest van het gekibbel.
'Familieperikelen,' merkte de man op die de oorzaak van dit alles was geweest.

Geïrriteerd nam Clare hem op. Hij was ongelooflijk lelijk, met het gezicht en de nek van een pad. En wat hij aanhad, was echt belachelijk, een walgelijk lelijk paars fluwelen pak met een superglanzend goudkleurig vestje eronder. Hij transpireerde ook als een otter en de kraag van zijn smaragdgroene overhemd was vochtig van het zweet. Toen hij haar zijn hand toestak, was haar eerste reactie om hem een papieren servet te geven.
Haar kiezen op elkaar klemmend dwong ze zichzelf om de mollige hand te schudden. Bah, nat.
'Malcolm Carter,' zei de pad. 'Ik vind je werk mooi.'
Dubbel bah, hij wilde haar toch niet versieren? Clare, die weleens vaker lelijke mannen achter zich aan had gehad, zei opgewekt: 'Ik moet me eens gaan mengen.'
Malcolm knipperde met zijn ogen. 'Je kunt je toch met mij mengen?'
Ik snij nog liever mijn eigen tong af, dacht ze. Werkelijk, ze had zoveel moeite gedaan om ervoor te zorgen dat alleen de juiste mensen haar uitnodigingen zouden krijgen; blijkbaar waren de andere twee exposanten minder kieskeurig geweest.
Haar blik gleed rusteloos naar de deur; tot nu toe nog geen teken van haar vader die terugkwam met Annie. Ze nam aan dat ze wel haar verontschuldigingen zou moeten aanbieden of zo, gewoon om de lieve vrede te bewaren.
'Ik sta hier, hoor,' zei Malcolm. Alsof ze dat niet wist.
'Wat? O, sorry. Maar ik moet echt gaan praten met de mensen die een schilderij van me hebben gekocht.'
'Als je een beetje leuk met mij praat, koop ik misschien ook wel iets van je.'
Wat een engerd. Ze vroeg zich af wat een man van middelbare leeftijd bezielde om een paars fluwelen pak aan te trekken en te denken dat het hem stond. En het was niet eens een mooi pak. Waarom zou ze eigenlijk haar tijd verspillen aan zo iemand?
'Hoor eens, ik zou heel graag met je praten, maar ik moet echt even naar die man toe.' Ze gebaarde vaag in de richting van Jay.
'Vijf minuutjes maar.'
'En dan kom je terug?'
'Natuurlijk.' Had je gedacht, Meneer Pad.
'Je zult er geen spijt van krijgen.' Malcolm pakte een kaartje uit

zijn zak en drukte het in haar hand. 'Hier, voor de zekerheid. Niet verliezen. We moeten gauw eens wat afspreken. Misschien een etentje volgende week?'
Jemig, zeg, was die man wel goed wijs? Hoe oud was hij eigenlijk? Minstens vijfenveertig, en dan nog zo grotesk ook. Hij dacht toch niet echt dat hij kans maakte?
'Natuurlijk.' Ze flitste hem haar onoprechtste drukke-kunstenareslachje toe, het lachje waar bijna nog meer tanden aan te pas kwamen dan ze had. 'Nou, tot ziens dan maar. Ik moet nu echt naar... eh... een vriend van me daar. Dag!'
'Nieuw vriendje?' vroeg Jay.
'Heel grappig. Ik moest gewoon bij hem weg zien te komen.' Clare rilde bij de gedachte dat ze gekust zou worden door Meneer Pad en zijn weerzinwekkende padachtige tong. 'Dus, koop je nog een schilderij van me?'
'Niet zo verlegen. Zeg maar gerust wat je denkt.'
'O, toe, alsjeblieft' Ze greep zijn arm beet. 'Toe, je weet dat je het wilt. En ik wil het ook.' Met haar ogen rollend zei ze bedroefd: 'Arme, alleenstaande moedertjes als ik kunnen het geld zo goed gebruiken!'
Ze deed expres luchtig over de situatie, maar Jay voelde de bezorgdheid die erachter schuilging.
'Nadia heeft het me verteld. Hoe voel je je nu?'
Ze aarzelde. Hoe voelde ze zich eigenlijk? Eerlijk gezegd was het vooruitzicht om een kind te krijgen al wat minder angstaanjagend nu de eerste schok wat was weggeëbd. Stiekem – en of dit nu de hormonen waren die van zich deden spreken, wist ze niet – begon ze al anders te denken over de toekomst. Buiten medeweten van haar familie om had ze een boek gekocht dat *Jij en je baby* heette, en ze had zelfs een behoorlijk moederlijk gevoel gekregen bij het zien van foetussen in diverse groeistadia, hoewel de meesten natuurlijk nog het meeste op E.T. leken. Het was allemaal heel nieuw en onbekend, en tegelijkertijd vreemd ontroerend...
Behalve dat dit niet het beeld was dat ze vanavond wilde uitstralen, vooral niet als ze Jay wilde overhalen om geld op tafel te leggen om haar en haar kind in de toekomst uit de goot te houden.
'Behoorlijk rot.' Ze haalde moedig haar schouders op en keek ge-

laten. Toen wees ze op de andere exposanten en zei met een zielig lachje: 'Maar als ik meer zou verkopen dan die twee sukkels, zou ik me al een stuk beter voelen.'

'Ik ga niet meer naar binnen,' zei Annie, 'dus als je me daarvoor achterna bent gekomen, dan kun je je de moeite besparen.'
'Doe niet zo gek.' James had haar eindelijk gevonden, wachtend bij de bushalte tegenover de kerk. Ze had droge ogen, maar rilde over haar hele lichaam en was duidelijk van streek.
'Ze mag me gewoon niet. Nou, dat is best, want ik mag haar ook niet. Het spijt me, James, maar zo zit het. Zwanger of niet, je dochter is een gemene trut. En daar komt mijn bus, dus wil je alsjeblieft mijn arm loslaten...'
'Je gaat niet met de bus. Ik breng je naar huis,' zei hij vastbesloten.
'Dat kan niet. Je moet terug naar de galerie. Ze zullen zich allemaal afvragen waar je bent gebleven.'
'Clare is deze keer echt te ver gegaan. Ik heb haar verteld dat ze maar beter naar andere woonruimte kan uitkijken.'
De bus kwam rollend tot stilstand en de deuren zoefden open.
'Dat kun je niet maken,' zei Annie. 'Ze is je dochter. En ik neem deze bus.'
'Nee, dat doe je niet.'
De chauffeur volgde de woordenwisseling belangstellend. 'Ga je nog mee?'
'Ja,' zei Annie, terwijl ze zich probeerde los te rukken uit James' greep.
'Nee,' zei James.
Ze keken elkaar boos aan.
De buschauffeur, die kleine kinderen had, zei overdreven geduldig: 'Goed, ik tel tot drie. Eén... twee...'
'Laat me gaan,' brieste Annie.
'Ik laat je nooit meer gaan.' Zonder zelfs maar te beseffen wat er zo uit zijn mond zou komen, voegde James eraan toe: 'Ik hou van je.'
'... drie,' eindigde de chauffeur, en de deuren zoefden weer dicht. Terwijl hij optrok, toeterde hij en grijnsde vrolijk naar hen.
'Het heeft geen zin,' zei Annie hulpeloos, in haar tasje zoekend

naar een zakdoekje, terwijl de tranen uit haar ogen begonnen te lekken. 'Het wordt toch niks.'
'Laat Clare nu maar aan mij over. Ze maakt een moeilijke periode door...'
'Zie je wel? Je begint haar nu al te verdedigen! Ze deed al gemeen tegen me voordat ze zwanger was. Ze wil me niet in jouw leven en ze zal niet rusten voordat ze haar zin heeft.'
'Dat gebeurt niet,' zei James. 'Ik zal ervoor zorgen dat dat niet gebeurt. Ik zei toch dat ze uit huis gaat?'
'James, luister naar me. Misschien gaat ze dan uit huis, maar ze blijft je dochter.'
'Sst. Kom.' Aangezien voorbijgangers begonnen te staren en openbare liefdesuitingen niet James' sterkste punt waren, nam hij haar stevig bij de hand en leidde haar terug naar Princess Victoria Street, waar zijn auto stond.
Tien minuten later arriveerden ze bij Annies huis in Kingsweston. De zon ging onder. Annies hangplanten hadden water nodig. De droevige, gelaten uitdrukking op Annies gezicht kneep James' hart samen.
'Ik denk dat het beter is als we elkaar niet meer zien,' zei ze kalm. 'Ik hou van je.'
'Het is te moeilijk, te... ingewikkeld. Het is beter om nu te stoppen, voordat...'
'Nee, luister naar me.' Hij schudde fanatiek zijn hoofd. 'Ik hou echt van je. En ik wil dat we samen zijn, meer dan wat dan ook. Je bent het mooiste wat me is overkomen sinds... God, je bent gewoon het mooiste wat me ooit is overkomen.'
'Hou op, hou alsjeblieft op. O verdorie, nou begin ik alweer.' Ze veegde met het verkreukelde natte zakdoekje langs haar betraande ogen. 'En nu staat mijn nieuwsgierige buurvrouw ook nog uit het raam te gluren. Die heeft de dag van haar leven. Straks weet de hele buurt het.'
'Laten we dan naar binnen gaan.' James stapte uit, nadrukkelijk naar de nieuwsgierige buurvrouw kijkend, terwijl hij naar de voordeur liep. Zodra het Annie was gelukt om haar sleutel in het slot te krijgen, duwde hij haar naar binnen en kuste haar. Hard.
'Je maakt het er niet gemakkelijker op voor me,' protesteerde ze,

toen ze eindelijk weer kon praten. 'Ik probeer alleen maar verstandig te zijn.'

'En ik heb het gehad met verstandig,' verklaarde James, die de afgelopen veertig en nog wat jaar verstandig was geweest en zich nu helemaal niet meer kon voorstellen waarom eigenlijk. 'Ik laat je niet gaan en dat is dat.'

Annie zei niets. Ze kon niet. James had haar net verteld – drie keer – dat hij van haar hield. Ze hadden tot nu toe een belachelijk kuis liefdesavontuur gehad. Aangezien ze allebei vanaf het begin van zichzelf en van elkaar hadden geweten dat ze hopeloos ongeoefend waren, hadden ze tot nu toe alleen maar gekust. Daar was ze tegelijkertijd dankbaar voor en gefrustreerd over. Jonge mensen van tegenwoordig sprongen dan misschien zonder enig probleem bij elkaar in bed, maar zij had dat nooit gekund. Liefde was niet zomaar wat. Het was belangrijk voor haar. Seks met een zo goed als onbekende man, alleen maar voor de lol, was niets voor haar. James ontmoeten en hem echt leren kennen, op de ouderwetse manier, was een zalige ervaring geweest. En nu was ze eraan toe om de volgende stap te zetten, in de wetenschap dat hun relatie er alleen maar hechter door zou worden.

Alleen, wat had het voor zin, als hun relatie toch gedoemd was om te mislukken?

Ze knipperde een paar keer met haar ogen en deed ze toen stijf dicht om niet in huilen uit te barsten.

'James. Alsjeblieft.' Weifelend probeerde ze uit te leggen wat hij maar niet scheen te begrijpen. 'Ik heb dit wel vaker gezien. Mijn neef heeft ook zoiets meegemaakt. Hij leerde een heel aardig meisje kennen. Ze was gescheiden, met twee kinderen. De jongen was geen probleem, dat ging prima, maar het meisje, een tiener, veranderde in een monster. Ze weigerde mijn neef te accepteren en was er vanaf het begin opuit om het te laten mislukken. Hij heeft er alles aan gedaan om haar voor zich proberen te winnen, maar het was hopeloos. En na een jaar gingen ze uit elkaar. Ze konden de spanningen gewoon niet meer aan.' Ze haalde hulpeloos haar schouders op. 'En dat was niet alleen bij hen zo, je hoort het veel vaker. Als de kinderen niet gelukkig zijn, dan is niemand gelukkig. De familie voelt zich verscheurd en iedereen eindigt doodongelukkig.'

'Ik hou van je,' fluisterde James.
De vierde keer! O god, hij meende het echt.
'Ik wil bij je zijn,' vervolgde hij, terwijl hij een streng vochtig, roodblond haar van haar voorhoofd streek.
Ze smolt; hoe was het mogelijk om je tegelijkertijd zo geliefd en zo ongelukkig te voelen? Het was hopeloos. Dit was een situatie die alleen maar verliezers opleverde. En James werkte ook niet echt mee als hij haar schouder zo bleef strelen en haar hals kussen.
Het dunne bandje van haar turkooizen jurk gleed naar beneden en Annie haalde bevend adem. Van iedere kus ging haar huid nog meer gloeien.
Ach, wie probeerde ze eigenlijk voor de gek te houden? Natuurlijk was ze niet ongelukkig. Hoe kon ze op een moment als dit nu ongelukkig zijn?
'Het is niet eerlijk,' fluisterde ze, trillend van verlangen, terwijl het tweede bandje afgleed.
'Ik probeer je alleen maar op te vrolijken.' Hij glimlachte en trok haar dichter tegen zich aan.
Hm, dat lukte hem aardig. Ze gaf het op en kuste hem terug. Ze had nog tijd genoeg om ongelukkig te zijn. En het was ook veel te lang geleden geweest dat ze een beetje was opgevrolijkt.
'Alleen als jij het ook wilt,' voegde hij eraan toe.
Lieve James, zo zachtaardig en verlegen, altijd rekening houdend met haar gevoelens. Hij had echt geen idee hoe aantrekkelijk hij was.
'Ik wil het,' verzekerde ze hem. Terwijl ze zijn hand pakte en hem meetrok naar de trap, voegde ze er ondeugend aan toe: 'Ik sta erop zelfs.'

46

'Waar zijn papa en Annie toch gebleven?' vroeg Nadia zich hardop af. 'Ik zie ze ineens nergens meer. Ik hoop maar dat er niets aan de hand is.'

'Ze verveelden zich waarschijnlijk.' Clare haalde haar schouders op, met samengeknepen ogen een groepje mensen nakijkend dat ook naar buiten liep. 'Net als die daar. God, wat een complete mislukking is deze avond geweest.'
Het was negen uur en iedereen begon weg te gaan.
'Dat moet je niet zeggen. Dat is helemaal niet waar.'
Agressief viel Clare uit: 'Natuurlijk wel. Een ramp gewoon. Ik heb drie schilderijen verkocht, dat is alles. Drie! Allemachtig zeg.' Met een geërgerd vingertje in de richting van de andere twee exposanten wijzend, vervolgde ze: 'Hij daar heeft er zes verkocht, en hij daar acht. God, als dat niet vernederend is! En aan die zogenaamde vriend van je heb ik ook niet veel gehad.'
Ze kneep haar ogen nog wat meer samen toen Jay op hen af kwam lopen.
'Ik kwam even gedag zeggen, ik ga ervandoor,' kondigde Jay vrolijk aan. 'Mooie tentoonstelling.'
'Nou, heel erg bedankt voor je komst,' zei Clare. 'Ik ben zo blij dat je je hebt vermaakt. Al heb je dan geen enkel schilderij gekocht, terwijl je had beloofd van wel. Nou ja, je hebt in elk geval je gratis drank gehad, dat is toch het belangrijkste.'
'Ik heb helemaal niets beloofd,' wees Jay haar terecht. 'Er waren twee schilderijen die ik echt mooi vond, maar die waren allebei al verkocht.'
'Goh, kwam dat even goed uit.'
'Hoor eens, ik ga geen schilderij kopen dat ik niet echt heel mooi vind.' Hij weigerde te happen en vervolgde op redelijke toon: 'Dan wacht ik liever. Misschien kunnen we het eens over een opdracht hebben. Niet nu natuurlijk...' Hij keek op zijn horloge.
Clares lippen krulden zich in een smalend lachje. 'O, nee, nu niet natuurlijk. We hebben het allemaal veel te druk. Ik moet jullie dan ook alleen laten, want ik geloof dat Thomas me wil spreken.'
Ze draaide zich om en beende weg.
'O hemeltje,' zei Jay. 'Die is niet erg blij.'
Nadia trok een gezicht. 'Ze heeft er maar drie verkocht.'
'Nog tijd genoeg. Het is pas de openingsavond.'
'De anderen hebben meer verkocht.'
'Gelukkig maar dat ik dan niets van hen heb gekocht. Hoor eens, ik weet dat ze van streek is, maar ik ga niet iets van haar kopen

alleen maar omdat ik medelijden met haar heb. Dat zou pas echt een belediging zijn.'
Nadia zuchtte. Hij had gelijk. Akelige herinneringen aan de ingezakte scones die ze voor de schoolbazaar had gebakken, kwamen bij haar op. De scones hadden net platgewalste krentenbollen geleken. Toen Miriam wat klasgenootjes van Nadia giechelend over de scones had horen praten, had ze meteen de hele voorraad opgekocht, zodat haar klasgenootjes nog harder hadden gegiecheld, en Nadia wel door de grond had kunnen zakken van schaamte.
Daarbij, Clare vroeg wel wat meer dan vijf cent per stuk voor haar creaties.
'Tot morgen dan maar.' Jay draaide zich om. Over zijn schouder voegde hij er nog aan toe: 'In elk geval is Robbies broer niet komen opdagen.'
Nadia keek hem na tot hij was verdwenen en liep toen naar het bureau waar Thomas Harrington met Clare stond te praten. Naast Thomas wachtte de kleine mollige man in het paars fluwelen pak.
De manier waarop Thomas haar extra joviaal begroette met een 'Nadia, kom erbij!' vertelde haar dat hij steun nodig had. Arme Thomas. Een galerie beheren zou een stuk gemakkelijker zijn als je niet te maken had met temperamentvolle kunstenaars.
'Fantastisch nieuws, fantastisch nieuws,' riep Thomas uit, met een stralende blik op Nadia. 'Clare heeft net nog twee schilderijen verkocht! We hebben hier een verzamelaar met heel goede ogen! Ken je Malcolm Carter al, Nadia? Malcolm, dit is Clares zus.'
Nadia schudde de man de hand en had er meteen spijt van.
'Aangenaam. Clare is zeer getalenteerd. Ik heb haar net uitgenodigd voor een etentje,' vertelde Malcolm aan Nadia. 'Bij mij thuis.'
Clares strakgespannen kaken spraken boekdelen.
'Ik wil het met haar eens over haar plannen voor de toekomst hebben,' vervolgde Malcolm Carter.
Thomas zei enthousiast: 'Dat is een heel goed idee! Vind je ook niet, Nadia?'
Clare deed denken aan een hond die tegen zijn zin naar bad wordt gesleurd. Nadia wist precies wat er door haar heen ging. Het was alsof je werd teruggeworpen in je puberteit, tijdens een school-

feestje, terwijl de slijpmuziek is begonnen en iedereen met iemand danst, behalve jij. En dan komt over de volle dansvloer, met een vastbesloten blik in zijn ogen, de lelijkste jongen van de hele school naar je toe sjokken...

O nee, dat was ik, besefte Nadia. Ze betwijfelde of dat Clare ooit weleens was overkomen.

'Ik heb net twee schilderijen van je gekocht,' wees Malcolm erop.

'Je hebt er nu vijf verkocht!' vleide Thomas.

'Vijf. Phil heeft er zes verkocht en Jethro acht.' Clares lippen krulden verachtelijk toen ze Jethro's naam uitsprak. 'Hij noemt zichzelf alleen maar Jethro omdat hij dat kunstzinniger vindt klinken, weet je. Hij heet eigenlijk Jason.'

'Dus wat denk je van donderdag?' Malcolm kon beslist aanhoudend worden genoemd.

'Donderdag. Uh...'

'Of vrijdag. Of woensdag. Je zegt het maar.'

'Weet je wat ik echt haat?' vroeg Clare. 'Ik haat het dat die twee zakken meer hebben verkocht dan ik. Als je nog een schilderij zou kopen, dan stond ik gelijk aan Phil.' Brutaal keek ze Malcolm aan. 'Dus, wat zeg je ervan? En dan kom ik bij je eten, wanneer je maar wilt.'

Thomas rolde met zijn ogen. Nadia kromp ineen; soms was Clare echt ongelooflijk.

Malcolm blies zijn wangen op en bestudeerde Clare even zwijgend. 'Je maakt het me niet gemakkelijk. Ik hoop dat je het waard bent.'

Clare rilde inwendig, hopelijk bedoelde hij niet wat ze dacht dat hij bedoelde. 'Natuurlijk ben ik het waard. Dus welk schilderij wordt het?'

Hij draaide zich om en wees. 'Die rij voor de bioscoop.'

'Ik ben gek op dat schilderij. Een fantastische keus,' jubelde Thomas, die nauwelijks kon geloven dat Clare haar zin had gekregen.

'Creditcard?' vroeg Clare.

Malcolm Carter gaf zijn creditcard aan Thomas. Toen de transactie was voltooid, schudde hij Clares hand. 'Het was me een genoegen om zaken met je te doen. Dan zie ik je donderdag. Acht uur bij mij thuis.'

Nadia zei hulpvaardig: 'Dan moet ze eerst je adres hebben.'
'Dat heeft ze al. Ik heb haar mijn kaartje gegeven.' Hij zweeg even, de blik op Clares gezicht peilend, en haalde toen een nieuw kaartje uit zijn zak. 'Maar misschien wil ze er nog eentje. Voor het geval dat ze het vorige per ongeluk in een asbak heeft gegooid.'
Dus dat had hij gezien. Clare haalde onverstoorbaar haar schouders op. 'Toen had je nog niets gekocht.'
'Nu heb ik er drie gekocht.'
'En ik zal er donderdag zijn, om acht uur, bij jouw thuis. Voor de goede orde, alleen eten, niets anders.'
Knipperend op zijn langzame bedriegelijk padachtige manier, zei hij: 'Alleen eten.'
Clare glimlachte. 'En je vindt het vast niet erg als ik mijn zus meeneem.'
O fantastisch, dacht Nadia, daar zat ik echt op te wachten. Hoewel ze een geruststellende glinstering in Malcolms ogen zag die in tegenspraak was met zijn uiterlijk.
Malcolm boog zijn hoofd en zei vriendelijk: 'Dat lijkt me heel leuk.' Hij wendde zich tot Nadia. 'Trouwens, volgens mij ken je mijn jongere broer, Robbie.'

'Je maakt het er niet gemakkelijker op voor me,' fluisterde Annie, terwijl ze naar haar kant van het bed rolde. Haar hele lichaam tintelde van levenslust. Het afgelopen uur was, zonder enige twijfel, het volmaaktste uur van haar hele leven geweest.
'Ik laat je niet gaan.' Om het te bewijzen sloeg James zijn armen stevig om haar heen. 'Niets mag tussen ons komen. Dat sta ik gewoon niet toe.'
Het probleem Clare bestond nog steeds. Dat zou niet vanzelf weggaan. Annie wist dat ze het erover moesten hebben.
'We kunnen elkaar wel blijven zien,' zei ze tegen hem, 'maar ik wil Clare niet meer zien. Ik blijf gewoon liever bij haar uit de buurt.'
'Ze gaat het huis uit.' Onder het dekbed streelde hij haar heup.
'Maar toch.' Bij zichzelf vroeg ze zich af of dat ooit zou gebeuren. Als Clare niet wilde vertrekken, dan zou James zijn zwangere dochter toch niet op straat zetten? 'Je kunt toch hiernaartoe

komen?' stelde ze glimlachend voor. 'Dan ben ik je minnares.'
'Getrouwde mannen hebben minnaressen. Ik ben ongetrouwd, jij bent ongetrouwd, we zouden niet stiekem hoeven te doen.'
'Ach, toe, dat is juist leuk. Charles en Camilla hebben er volgens mij ook niet onder geleden.' Speels trok ze aan een van zijn donkere borstharen. 'Stiekem doen houdt het juist spannend, als je het mij vraagt. Het voorkomt dat je je begint te vervelen.'
'Bij jou zal ik me nooit vervelen.' Hij kuste haar. 'Dat beloof ik je. En ik wil echt heel graag dat je gewoon bij me thuis blijft komen.'
'Ik weet het niet. Misschien. Als ik zeker zou weten dat Clare daar niet was.' En het liefst in een ander land.
'Ik hou van je. Heb ik dat al gezegd?'
'Misschien. Ik heb niet zo goed opgelet.' Ze nam zijn lieve gezicht tussen haar handen; hoe had ze ooit kunnen denken, al was het maar voor een seconde, dat James opgeven een optie was? 'Het is bijna tien uur. Ze vragen zich vast af waar je blijft.'
'Laat ze maar.' Terwijl hij haar in zijn armen trok, besefte hij dat hij zich op wonderbaarlijke wijze ineens twintig jaar jonger voelde. 'Ik blijf hier bij jou.'

47

Malcolm Carter woonde in een modern appartement in Capricorn Quay. Zijn huis bevond zich op de tweede verdieping en keek uit over de haven van Bristol. Nadat hij Nadia en Clare had verwelkomd, liet hij hen achter op het balkon met drankjes, terwijl hij in de keuken de laatste hand aan het eten legde.
Clare was niet Nadia's grootste vriendin op dit ogenblik. En haar voortdurende weigering om Annie te accepteren, betekende dat ze ook niet James' grootste vriendin was. De sfeer thuis was nogal onprettig. Nadia, die door Janey en haar andere oud-collega's van het tuincentrum was uitgenodigd om later die avond mee te gaan naar de Comedy Club, vond dat Clare toch op zijn minst blij kon zijn dat ze hier was in plaats van thuis.

'Wees wel een beetje aardig tegen hem,' waarschuwde Nadia haar, want Clare zat nogal ergerlijk te schuiven op haar stoel.
'Ik krijg de zenuwen van hem. En ik heb niet eens honger. We hoeven hier helemaal niet te zijn.' Clare was onbarmhartig. 'Hij heeft de schilderijen toch al gekocht. Te laat om het geld nog terug te boeken.'
Aardig zijn zat er dus niet in.
'Wees dan in elk geval beleefd. Hij is een verzamelaar. Misschien wil hij nog wel meer van je kopen als je niet zo vijandig tegen hem doet.'
'Hij is net een pad. En hij heeft een oogje op me. Brr,' zei Clare rillend van afschuw.
'Het eten is klaar, meisjes.' Malcolm verscheen op het balkon, en Nadia hoopte maar dat hij hen niet had gehoord. 'Als jullie binnen willen komen?'
De glazen eettafel stond vol eten. Aan de muren hing Malcolms kunstcollectie. Nadia was geen kenner, maar ze was toch onder de indruk van de paar grote namen die ze herkende.
'Die zalmmousse is heerlijk.' Nadia at enthousiast, ook om goed te maken dat Clare in haar eten prikte alsof het schapenogen waren. 'En dat schilderij daar vind ik erg mooi.'
'Een echte Beryl Cook. Ik ben vijftien jaar geleden begonnen met haar te verzamelen. Nu is dat schilderij twintig keer zoveel waard.' Malcolm droeg vandaag een citroengeel overhemd en een strakke magentakleurige broek. 'En Andy Buchanan heb ik al ontdekt toen hij nog op de academie zat. Ik heb toen tweehonderd pond per stuk voor zijn olieverfschilderijen betaald. Vorig jaar heb ik er eentje voor dertigduizend verkocht.' Trots voegde hij eraan toe: 'Ik heb er oog voor.'
Voor kunst misschien wel. Nadia vond het jammer dat dat oog zich niet uitstrekte tot zijn garderobe. Toch was ze onder de indruk. Malcolm had er duidelijk verstand van.
'En je denkt dat Clare ook zover zou kunnen komen?' Jemig, dit was hartstikke opwindend, zelfs al leek Clare dat dan niet te vinden.
'Misschien. We zullen moeten afwachten hoe ze zich ontwikkelt. Zoiets gebeurt niet van de ene op de andere dag. Sommige van de schilderijen die ze voor de tentoonstelling had gemaakt, wa-

ren een beetje snel afgeraffeld. Je kunt het publiek niet voor de gek houden met tweederangs werk. Je hebt die schilderijen gewoon aan de lopende band gemaakt, er niet genoeg over nagedacht.' Hij wendde zich tot Clare, die ongeïnteresseerd met de dillesaus op haar bord zat te spelen. 'Daarom verkochten ze niet.'
'Wat aardig van je om me daarop te wijzen,' zei ze verveeld.
Onder tafel gaf Nadia haar een schop. 'Dat is waar. Je hebt die laatste schilderijen afgeraffeld,' zei ze tegen haar.
'Allemaal klaar? Geef me de borden dan maar.' Malcolm stond op. Geduldig zei hij: 'Dat is geen reden om chagrijnig te doen. Ik weet waar ik het over heb. Weet je, een vriend van me verkoopt kunst via internet. Ik zal je straks zijn website laten zien. Dat kan een mooie mogelijkheid zijn om jezelf te lanceren.'
'Bemoeial,' mompelde Clare toen hij naar de keuken was verdwenen.
'Hij probeert je alleen maar te helpen,' siste Nadia.
'Hij probeert me in bed te krijgen, bedoel je. Ik wil hier helemaal niet zijn.'
'Je mag blij zijn dat je hier bent,' fluisterde Nadia woedend. Ze vond dat Clare niet het recht had om Malcolm zo te beledigen. 'Echt, je kunt wel iemand zoals hij gebruiken om je advies te geven. Dat hij er uitziet als een...'
'Daar gaan we dan, ik hoop dat jullie van lamsvlees houden!' Uit de keuken te voorschijn komend met een dampende ovenschaal in zijn in rendiervormige ovenhandschoenen gestoken handen, verklaarde hij: 'Het is een *tajine*. Specialiteit van het huis.'
Clare greep haar maag beet. Ze schudde haar hoofd en zei: 'O god.'
Malcolm keek bezorgd. 'Gaat het wel?'
'Nee, ik voel me beroerd. Sorry, Malcolm, maar ik moet weg. Ik wil naar huis.'
Nadia staarde haar aan. Dit was weer typisch Clare, een en al egoïsme. Als een situatie haar niet beviel, dan was iedere smoes geoorloofd om ervandoor te kunnen gaan. Dat dat voor anderen misschien minder leuk was, kwam niet eens bij haar op. Het feit dat Malcolm uren in de keuken had staan zwoegen, deed er gewoon niet toe.

'Je kunt niet zomaar weggaan,' zei Nadia.
'Ik moet. Ik voel me echt ziek. Sorry.' Clare stond al van tafel op. 'Ik zou echt geen hap door mijn keel kunnen krijgen. Ik ben misselijk. Nadia, je moet me echt naar huis brengen.'
Nadia onderdrukte de aanvechting om de ovenschaal over Clares hoofd uit te storten.
'Het maakt niet uit.' Malcolm knikte naar Nadia. 'Breng haar maar naar huis. Ze kan er niets aan doen dat ze ziek is.'
Nou, dat kan ze heus wel, dacht Nadia woedend. Want ze verzint het waar ze bij staat.
'Maar je eten dan,' zei ze op verontschuldigende toon. 'Nu heb je voor niets al die moeite gedaan.'
'Ik niet. De cateraars. Ik hoop dat je snel weer beter wordt,' riep hij Clare achterna toen ze de flat uit stormde.
Als ik mijn zegje heb gedaan, voelt ze zich nog beroerder, dacht Nadia.
'Het spijt me echt,' zei ze tegen Malcolm.
'Het maakt echt niet uit. Het is niet de eerste keer dat er iemand bij me weg is gelopen.' Een spijtig, padachtig lachje gleed over zijn gezicht. 'Trouwens, je zus had geen gelijk.'
'O? Waarmee niet?'
'Ik heb geen oogje op haar. En ik probeer haar beslist niet in bed te krijgen,' zei hij. 'Ik ben homo.'

'Verdorie,' zei James, nadat hij de hoorn had neergelegd en weer in de keuken verscheen. 'Dat was New York. Ik moet ze wat documenten faxen.'
Annie was bezig de saus te maken voor bij de biefstukken. Ze gooide gehakte knoflook bij de sissende uien. 'Heb je die hier?'
'Nee, op kantoor. Verdomme, ik moet er echt even naartoe. Maar het duurt niet lang.' Hij zweeg even. 'Wat wil jij doen?'
Glimlachend besefte ze dat dit de reden was waarom ze van hem hield. Een van de vele redenen dan. Hij was altijd zo attent.
'Ik red me wel. Ik blijf hier en ga verder met het eten. Hoe lang denk je dat je weg bent?'
'Een halfuurtje. Vast niet langer. Zeker weten?'
Ze kuste hem langzaam op de mond. Omdat iedereen vanavond weg was, had James haar overgehaald om naar zijn huis te ko-

men en samen naar de nieuwste James Bond-film op dvd te kijken die net uit was. Ze waren helemaal veilig, had hij haar verzekerd. Geen Clare.

Annie, die thuis geen dvd-speler had en gek was op James Bond-films, had blij ingestemd. En ze had gelijk gehad dat het spannend was om naar James' huis te komen; het voelde aan alsof ze iets deden dat verboden was.

'Ja, ik weet het zeker. Ga jij nu maar faxen. En doe de groeten aan New York van me. Tegen de tijd dat je terug bent, is het eten klaar.'

Hij knuffelde haar snel even. 'En waag het niet om zonder mij naar die film te gaan kijken.'

'Je bent echt ongelooflijk,' zie Nadia woedend. 'Die arme man. Soms ben je echt een trut, weet je dat?'

'O, hou op. Altijd maar zeuren zeuren zeuren. Trouwens, ik voel me echt beroerd. En ik heb buikpijn.'

'Onzin.' Nadia greep het stuur stevig beet. Clare was altijd al zo geweest, 's werelds grootste hypochonder. Op school had ze zo'n beetje eens per week absentiebriefjes van Miriam vervalst.

'Echt. Het doet pijn.'

'Waarschijnlijk omdat je gisteravond een pond druiven hebt gegeten. Zo, we zijn er.' Terwijl Nadia met gierende banden tot stilstand kwam, wees ze naar links zonder de motor uit te zetten.

'Dag.'

Clare keek haar aan. 'Waar ga jij naartoe?'

'Hoezo, wat heb jij daarmee te maken? Jij bent ziek, weet je nog? Ik ga naar de Comedy Club, lekker bijpraten met Janey en de anderen.'

Aan de manier waarop Clare aarzelde, zag Nadia dat ze op het punt stond om te vragen of ze mee mocht.

'En nee,' zei ze bot, voordat Clare zelfs maar de kans kreeg om haar mond open te doen, 'je mag niet mee. Vergeet het maar. Jij gaat lekker naar bed. Dat doen zieke mensen namelijk.'

Clare stond aan het begin van de oprit en keek de auto na die in een stofwolk verdween. Ze had Nadia willen vragen om bij haar te blijven, maar aangezien Nadia dat toch zou hebben geweigerd, zou het weinig zin hebben gehad.

Wat niet eerlijk was, want ze voelde zich echt niet lekker, hoewel ze de symptomen wel iets had overdreven om uit die enge flat van Malcolm weg te kunnen. De misselijkheid was begonnen toen ze naar het eten had gekeken en zich had voorgesteld dat het liefdevol was bereid door Malcolms dikke, zweterige vingers. Daarna was eten onmogelijk geweest.
En ze had echt buikpijn, meer een soort rommelende kramp dan echte pijn. Ze voelde het weer toen ze naar huis begon te lopen. Wat dan nog dat ze gisteren veel druiven had gegeten? En een hele *charentais* meloen? In het *Jij en je baby*-boek dat ze stiekem aan het lezen was, stond dat hongerbuien gemiddeld zo na zes weken begonnen. En ze had zich idioot trots gevoeld dat haar dat nu ook overkwam. Niet te geloven toch, gisteren had ze haar eerste echte zwangerschapshongeraanval gehad. Als haar lichaam haar opdroeg om druiven naar binnen te werken, dan was het niet haar schuld.
Echt, dacht ze, een snel bezoekje aan de wc en alles zou weer in orde zijn. Wat betekende dat ze best met Nadia mee had kunnen gaan naar de Comedy Club. Waarom moest ze nou uitgerekend zo'n lastige en egoïstische zus hebben?
Toen ze zichzelf binnenliet, verwachtte ze dat er niemand thuis zou zijn. Miriam en Edward waren naar de schouwburg in Bath. Tilly was uit met Cal, haar vriendje van school. En James' donkerblauwe Jaguar stond ook niet op de oprit. Toch rook het naar eten en kwamen er geluiden uit de keuken.
Au, buik. Dat deed echt pijn.
'Ben je de sleutels van kantoor vergeten? O.' Annie bleef abrupt in de deuropening van de keuken staan. Ze droeg een groen-wit gestreept schort en had een garde in haar hand.
Fantastisch, dacht Clare. Precies wat ik nodig heb. Ze keek Annie geringschattend aan. 'Eten aan het koken? Wat gezellig! Ben je hier soms ingetrokken en heeft niemand eraan gedacht om mij dat te vertellen?'
Nadat Annie zich had hersteld van de eerste schok, verklaarde ze kalm: 'Ik ben hier alleen maar omdat je vader me vertelde dat jij er vanavond niet zou zijn.'
'O, echt? Nou, maar ik ben weer terug.' Koppig het nare gevoel in haar buik – alsof haar ingewanden langzaam werden uitge-

knepen – negerend, liep Clare langs haar heen de keuken in. 'Sorry hoor, als dat je niet goed uitkomt, maar ik woon hier nog steeds. Ik weet wat pa heeft gezegd, en ik ben ook heel hard op zoek naar iets anders, maar je kunt vast niet wachten,' voegde ze eraan toe, terwijl ze zichzelf een glas water uit de koelkast inschonk, 'tot ik weg ben, hè? Dan zul je wel meteen gaan proberen om je hier naar binnen te likken.'
Annie keek naar James' jongste dochter die tegen de koelkast hing, slank en elegant in haar mouwloze donkerblauwe topje en lichtgele broek. Een en al zelfvertrouwen en minachting uitstralend. Met haar nagels tegen haar glas tikkend. Waarom moest ze nu terugkomen? Waarom?
'Ik probeer helemaal niets. En je vader moest snel even naar kantoor. Hij zal zo wel terugkomen.' Hoop ik.
'Fijn. Kun je het raam misschien opendoen?' Nadrukkelijk bracht Clare een hand naar haar keel. 'Die geur van rauw vlees is zo weerzinwekkend.'
Ze is zwanger, ze is zwanger, herinnerde Annie zichzelf eraan. Ze kan er niets aan doen dat ze een gevoelige maag heeft.
'Wil je soms mee-eten?'
Zo, er kon niet beweerd worden dat ze het niet had geprobeerd. Clares bovenlip krulde zich neerbuigend. 'O, alsjeblieft, zeg. Wil je soms dat ik ga kotsen?'
Oké, zo kon het wel weer. Annie draaide James' nachtmerrie van een dochter expres de rug toe en begon in de sauspan te roeren die op het fornuis stond. Clare snapte de hint gelukkig en beende met grote passen de keuken uit. Annie beefde een beetje, terwijl ze naar Clares voetstappen op de trap luisterde. Daarna hoorde ze de deur van de badkamer dichtslaan.
Mooi zo.
Annie stopte met roeren. Verdomme. Nu was de hele avond verpest.
Even later gingen al haar nekhaartjes overeind staan toen ze een ijselijke gil van boven hoorde.
Ze bevroor in haar bewegingen. God, wat nu weer?
Toen hoorde ze weer wat, geen gegil, maar meer gekreun. Geschrokken rende ze de hal in en keek naar boven.
Stilte.

Voorzichtig zette ze een voet op de onderste traptrede. Ze schraapte haar keel en riep: 'Alles goed met je?'
Geen reactie. Betekende dat dat Clare op de vloer van de badkamer lag of dat ze gewoon niet de moeite nam om haar vaders minderwaardige vriendin antwoord te geven?
Toen hoorde Annie een laag gegrom, als van een dier dat pijn heeft. Ze rende de trap op en bonkte op de badkamerdeur. 'Clare? Wat heb je?'
Nog steeds niets. Annie, nu echt in paniek, sloeg weer op de deur. 'Clare, alsjeblieft. Kun je me horen?'
Een paar seconden later klonk, tot haar grote opluchting, het geratel van de wc-rolhouder. Daarna werd de wc doorgetrokken. Hoewel ze een stap naar achteren deed terwijl ze het water op volle kracht in de wasbak hoorde stromen, schrok ze toch toen de deur eindelijk van slot werd gedaan.
Zodra ze Clares spookachtig bleke en geschrokken gezicht zag, wist ze meteen wat er was gebeurd.

48

'Ik bloed,' fluisterde Clare, die met haar handen op haar buik schommelend in de deuropening stond. 'O god, niet te geloven. Dit kan niet... zorg dat het ophoudt... ik wil de baby niet kwijtraken...' Overweldigd door angst en verdriet liet ze zich tegen de muur vallen.
Annie ving haar op. 'Oké, kom, laten we je eerst eens in bed zien te krijgen. Wat is jouw kamer?'
Hulpeloos knikte Clare naar een deur aan het eind van de overloop. Samen liepen ze er langzaam naar toe.
Annie veegde snel de kleren en make-up rommeltjes van het dekbed en hielp Clare in bed. 'Zal ik de dokter bellen?'
'Nee.' Clare begon te huilen. 'Ik wil niet dat die ouwe zak in me gaat zitten peuteren. Ik wil alleen dat het bloeden ophoudt. Is dit een miskraam?' Ze keek Annie angstig aan. 'Wat moet ik doen? Kunnen we dit laten stoppen?'

'Ik ga een dokter bellen.' Annie wilde opstaan, maar Clare greep haar pols beet.
'Laat me niet alleen. Laat me alsjeblieft niet alleen. Het spijt me dat ik zo rottig tegen je heb gedaan. Maar... ik ben zo bang. Ik wil mijn baby niet kwijtraken.' Tranen stroomden over haar wangen en haar gezicht betrok. 'Dit is niet eerlijk, het is niet eerlijk. Net nu ik was gewend aan het idee van een kind... Het is alsof ik nu word gestraft omdat ik er eerst niet blij mee was.'
Nadat Annie er eindelijk in was geslaagd om zich los te maken, ging ze de telefoon halen. De voicemail van de huisarts verbond haar door met de avonddienst. Degene die opnam vertelde haar dat Clare in bed moest blijven en in de gaten gehouden moest worden. Morgenvroeg kon ze dan naar haar eigen huisarts gaan. Het kwam erop neer dat er niets kon worden gedaan tegen vroege miskramen. Als het moest gebeuren, dan gebeurde het.
'O god,' kreunde Clare. Wanhopig liet ze zich in haar kussen vallen.
'Doet het erg pijn?' Annie vond het verschrikkelijk dat ze zo machteloos stond.
'Niet echt. Gewoon kramp. Net als wanneer je ongesteld bent. Ik kan het gewoon niet geloven. Drie weken geleden huilde ik nog omdat ik niet zwanger wilde zijn.' Ze veegde met de rand van het donkerblauwe dekbed langs haar ogen. 'En nu huil ik omdat ik het niet wil kwijtraken.'
Medelijden hebben met Clare was iets dat Annie tot vanavond voor godsonmogelijk had gehouden, maar nu nam ze het meisje in haar armen en liet haar snikken.
'Ik moet weer naar de wc,' zei Clare wat later moeizaam slikkend. 'Ik heb... maandverband of zo nodig. Ik heb nu alleen maar wat wc-papier in mijn onderbroek gepropt.'
Annie sprong op. 'Waar heb je het? In de ladenkast daar?'
'Ik heb alleen maar t-tampons.'
'Ik heb altijd reservemaandverband in mijn tas. Ik ga wel even naar beneden om het te pakken.'
Toen Annie terugkwam, keek Clare haar met een beverig lachje aan. 'Dank je. Je bent echt heel aardig.'
Annie glimlachte. 'Het is maar maandverband.'
'Je weet best wat ik bedoel. Ik ben zo'n trut geweest. Ik wilde niet

dat je papa van ons af zou pakken, en ik wilde ook niet dat iemand stiefmoeder over ons zou spelen.'
'Ik was niet echt van plan een van beide te doen,' zei Annie.
'Nou, hoe dan ook, het spijt me.'
Annie kreeg een brok in haar keel.
Alsof ze het voelde, trok Clare een gezicht. 'God, dit lijkt wel een aflevering van de *Waltons*.'
'Ik vond dat een leuke serie.'
Droog zei Clare: 'Behalve dat in de *Waltons* Mary-Beth niet zwanger raakt.'
'Daar zul je je vader hebben.' Annie stond weer op toen ze de voordeur hoorde dichtslaan. 'Ik ga het hem even vertellen.'
Twee minuten later kwam James doodsbleek de slaapkamer in stormen. Clare omhelzend zei hij: 'O lieverd, wat erg.'
'Waarom ik, papa?' Clare was inmiddels weliswaar uitgeput van het huilen, maar over de eerste schok heen. Het gebeurde en ze kon het niet tegenhouden. Ze wilde alleen dat ze de irrationele gedachte van zich af kon zetten dat de baby haar niet als moeder wilde.
'Dit soort dingen gebeurt nu eenmaal. Je hebt niets verkeerds gedaan. Het was blijkbaar gewoon niet de bedoeling.'
'Ik weet het.' Diep vanbinnen wist ze het. 'Papa? Annie is echt heel lief voor me geweest.'
'Ze is ook heel lief.' James streelde zijn dochters verwarde haar.
'Waar is ze nu?'
'In de keuken. Met het eten bezig.'
Clare knikte. 'Als jullie klaar zijn met eten, denk je dan dat ze even bij me wil komen zitten?'
'Natuurlijk wil ze dat.'
Het leek bijna heiligschennis, maar Clare merkte ineens dat ze honger had. Terwijl ze haar kussen goed legde, zei ze: 'En als er wat overblijft, dan lust ik wel een broodje biefstuk.'

Er hing een goede sfeer in de Comedy Club; een paar optredens hadden een storm van enthousiasme ontketend en zelfs Josh was toegejuicht en had verzoeken om meer gekregen. Toch, hoewel Nadia haar vinger er niet op kon leggen, voelde ze een verandering in Suzette. De eerste keer hadden ze het meteen met elkaar

kunnen vinden. Vanavond leek Suzette zich echter op de vlakte te houden, deed ze niet echt mee met de rest. In plaats van te genieten van de avond leek ze op iemand die in de wachtkamer van de tandarts zat te wachten tot ze aan de beurt was om een paar kiezen te laten trekken.
Steeds wanneer Nadia haar blik ving, wendde Suzette snel haar gezicht af. Het was behoorlijk vreemd en ongemakkelijk, alsof ze zich ergens schuldig over voelde. Maar waarover dan in vredesnaam? Als Laurie met haar had geflirt tijdens het etentje, dan had ze hun dat verteld – dat was de hele opzet van die onderneming geweest. En als hij inderdaad met haar had geflirt, wat kon dan de reden zijn dat Suzette dat voor hen verzweeg?
Het sloeg nergens op, dacht Nadia. Ze twijfelde alweer aan Laurie, liet haar fantasie weer met haar op de loop gaan. Toen Josh naar de bar ging, greep ze de kans aan om naast Suzette te gaan zitten. 'Hoi.'
'O, hoi.' Suzette klemde haar glas beet.
'Is er iets?' vroeg Nadia. 'Je lijkt een beetje... ik weet niet... gespannen.'
'Nee, hoor, ik voel me prima.' Haar stem klonk hoog. 'Echt.'
'Hoor eens, heeft het soms met Laurie te maken? Want als er iets is gebeurd waarvan je vindt dat je me het eigenlijk zou moeten vertellen...'
'Nou, eerlijk gezegd voel ik me helemaal niet prima,' flapte Suzette er uit. 'Ik heb vreselijke hoofdpijn en ik voel me verschrikkelijk. Hier.' Ze legde haar hand op haar voorhoofd en sloot even haar ogen. 'Echt, het heeft niets met Laurie te maken. Ik hoopte dat het vanzelf over zou gaan, maar dat is dus niet gebeurd. Ik denk dat ik beter naar huis kan gaan.'
Toen Suzette zenuwachtig opstond, vroeg Nadia: 'Zal ik je soms naar huis brengen of...'
'Nee, nee, ik ben met mijn eigen auto. Nou, dan ga ik maar. Een nachtje goed slapen en dan is het morgen weer over. Dag.'
Janey kwam terug van de wc. 'Waar is Suze?'
'Naar huis. Ze had hoofdpijn,' vertelde Nadia schouder ophalend.
'Hoofdpijn? Zo ineens?'
'Misschien was ze gewoon moe.' Fronsend vervolgde Nadia: 'Heeft ze het met jou nog over Laurie gehad?'

Verbaasd keek Janey haar aan. 'Nee. Hoezo?'
'Nou, ik vraag me af of Laurie soms iets heeft gezegd of gedaan wat ze ons niet heeft verteld.'
'Je bedoelt dat hij tegen haar heeft gezegd dat je een dikke kont had? Au,' giechelde Janey, een bierviltje ontwijkend. 'Toe zeg, niet zo slecht denken over hem. Je hebt hem uitgetest en hij is met vlag en wimpel geslaagd.'
Nadia staarde bedachtzaam naar de deur waardoor Suzette was verdwenen en vroeg zich af waarom ze niet overtuigd was.

49

Het huis in Clarence Gardens was eindelijk af en stond te koop. Binnen hing, na het vertrek van de schilders gisteren, nog de geur van verf. De houten vloeren waren in de was gezet, de ramen glansden en voor het huis stond een officieel bord met: TE KOOP. Andy Chapman, de makelaar, liet er geen gras over groeien.
Jay was binnen aan het controleren of alles in orde was, en Nadia was buiten de tuin aan het sproeien toen Andy tussen de middag met de eerste belangstellenden arriveerde. Nadia was nog druk bezig de tabaksplanten water te geven – arme zielen, ze waren uitgedroogd – toen iedereen op het zonovergoten terras verscheen.
'Dit is enig, zeg.' De vrouw wendde zich tot haar dikke man. 'Vind je niet, Gerald? Ik zie ons hier al helemaal zitten. En weinig onderhoud, perfect. Een tuin als deze kunnen we wel aan.' Tegen Jay vervolgde ze: 'Het is een heel goed ontwerp.'
'Nadia heeft de tuin ontworpen,' legde Jay uit, terwijl Nadia de buitenkraan dichtdraaide.
'Je bedoelt dat je dit helemaal zelf hebt gedaan? En dat voor zo'n mager ding,' riep de echtgenoot uit.
Dat was het leuke aan mannen die minstens honderdtwintig kilo wogen, bedacht Nadia. Wat hen betreft was iedereen onder de vijfenzestig kilo een mager ding.
'U had het daarvoor moeten zien,' vertelde Andy Chapman. 'Een en al rotzooi en onkruid.'

'Is ze bij de prijs inbegrepen?' Hinnikend om zijn eigen grapje richtte Gerald zich weer tot Nadia. 'Weet je, dat is niet eens zo'n gek idee. We kunnen je best hier houden, dan mag je de logeerkamer hebben in ruil voor het op orde houden van de tuin.'
'Zegt u het maar,' grapte Nadia terug. 'Dit is een droomhuis, dus zou ik hier zo willen intrekken.'
Te laat zag ze dat de vrouw haar man verontrust aanstootte, bang dat hij Nadia zonder het te beseffen een baan had aangeboden en dat ze hem eraan zou houden.
'Ik zou graag de keuken nog eens zien,' verkondigde de vrouw tegen Andy, voordat Nadia kon gaan onderhandelen over arbeidsvoorwaarden. Over haar schouder voegde ze eraan toe: 'Een heel mooie tuin, lieverd. Gerald, denk je dat onze grenen tafel bij de tegels in de keuken past? En we moeten ook nog bedenken waar de piano zou kunnen staan.'
'Die leken er wel zin in te hebben,' merkte Andy tien minuten later op, toen hij, na de potentiële kopers uit te hebben gelaten, terugkwam op het terras voor een snelle sigaret. 'Ze hebben net een bod geaccepteerd op hun huis in Frenchay Commons. Dus kan het snel gaan. Veelbelovend. Trouwens,' hij grijnsde naar Nadia, 'ze hebben me gevraagd of ik jou tactvol wilde zeggen dat ze het niet echt meenden van die kamer.'
'Goh, wat een tegenvaller nu,' zei Nadia.
'Zo, de volgende kan ieder moment komen.' Na even op zijn dure horloge te hebben gekeken, nam Andy een paar haastige trekjes van zijn Marlboro om zijn nicotinepeil weer wat op te krikken.
'Daar heb je hem al,' zei Jay, die door de openstaande deuren het terras op kwam lopen met Laurie in zijn kielzog.
Nadia's vingers grepen de tuinslang die ze aan het oprollen was stevig beet. Ze keek naar Laurie, sjofel als altijd met zijn slordige Earl-spijkerbroek, gescheurde grijze T-shirt en karamelkleurtje op zijn gezicht.
'Mr. Welch, precies op tijd. Prachtig,' verklaarde Andy, terwijl hij zijn half opgerookte sigaret op de grond gooide en een stap naar voren deed om enthousiast Lauries hand te schudden.
Het was aan Jays gezicht niet te zien wat hij dacht.
Laurie grinnikte tegen Nadia. 'Je hoeft niet zo geschokt te kijken.

Ik mag het toch wel kopen als ik wil?'
Slechts een milliseconde verbaasd – hij was per slot van rekening makelaar – vroeg Andy: 'O, jullie kennen elkaar?'
'Ik heb Nadia ten huwelijk gevraagd,' vertelde Laurie achteloos. 'En ik probeer haar nu te helpen beslissen.' Hij zweeg even. 'Ik weet dat ze gek is op dit huis.'
Andy kon zijn opgetogenheid nauwelijks verbergen. 'Ja, wie zou dat niet zijn? Het is een klassehuis.' Zich weer tot Nadia wendend, vervolgde hij: 'En zei je daarstraks niet dat je hier zo zou willen intrekken? Nou, je gebeden zijn misschien wel verhoord. Klinkt mij volmaakt in de oren allemaal.'
In Nadia's maag zat een knoop als van een kluwen elastiekjes. Zij en Laurie samen. Het was jarenlang haar droom geweest. Maar ineens wist ze het niet meer zo zeker...
'Nad? Waarom gaan we niet even een kijkje nemen?' Bazig pakte Laurie de tuinslang uit haar hand.
'Je hebt het huis al gezien,' zei ze koeltjes.
'Niet echt goed. Alleen maar toen het nog niet af was. Kom.' Terwijl hij zijn hand naar haar uitstak, merkte ze de afwezigheid van het getintel van elektriciteit dat ze was gaan associëren met zijn aanraking. Het was niet gebeurd.
Jays mobieltje bliepte. Hij keek kort naar het berichtje op het schermpje en sloeg het toen weer dicht. 'Oké, jullie redden je zonder mij ook wel. Ik moet ervandoor.'
'Ik mis je nu al,' mompelde Laurie, op zijn Amerikaans, toen Jay wegliep.

'Je hebt het je dus ter harte genomen.'
Clare, die in de tuin aan het schilderen was, keek over haar schouder naar Nadia en leunde achterover op haar kruk.
'Me wat ter harte genomen?'
'Malcolms raad. Om wat meer aandacht aan details te besteden.'
Nadia zette haar zonnebril af en bestudeerde de kermisscène die gestalte kreeg op het doek. 'Dit is stukken beter.'
Inwendig gloeide Clare, want ze wist zelf ook dat het beter was. Ze voelde zich zelfs beter, meer gefocust en minder paniekerig. Misschien hielp in een aardiger mens veranderen haar ook wel in een betere kunstenaar veranderen. Jemig, ze had gisteren zelfs bij-

na oprecht Annies nieuwe jurk bewonderd. Goed, de jurk was ook weer niet zo fantastisch geweest, maar hij had haar echt wel goed gestaan. En een complimentje krijgen had Annie enorm opgevrolijkt.
'Ik heb gisteren met Thomas gesproken in de galerie. Hij zei dat Malcolm behoorlijk goed staat aangeschreven in de kunstscene,' gaf Clare toe. 'Thomas vindt dat ik maar naar Malcolms raad moet luisteren.'
'Mooi.'
'Hoe dan ook, ik krijg ook niet meer zo de zenuwen als ik aan hem denk. Het helpt natuurlijk dat hij homo is.' Snel voegde ze eraan toe: 'Maar hij ziet er nog steeds uit als een dikke pad,' want je kon natuurlijk ook *te* aardig zijn.
'En hoe voel je je nu?' Nadia ging op het gras zitten, maakte een blikje bier open en gaf het andere aan Clare.
'Prima.' Terwijl Clare het blikje aanpakte, besefte ze dat het waar was. Ze wist dat, als ze onregelmatig ongesteld was geweest, ze niet eens had geweten dat ze zwanger was. Hoewel het niet leuk was om een miskraam te hebben, dacht ze er niet langer aan als een baby kwijtraken. Het was een minuscule verzameling cellen geweest, nauwelijks zichtbaar met het blote oog. En al voelde ze zich vreselijk schuldig dat ze het dacht, de waarheid was dat het misschien niet zo'n tragedie was dat dit was gebeurd.
Clare legde haar penseel neer en opende het blikje Heineken. God, wat was ijskoud bier toch verrukkelijk!
'Ik ben drieëntwintig,' vertelde ze Nadia. 'Ooit wil ik wel kinderen, maar dan liever van iemand die niet zo'n foute klootzak is.'
'Gelijk heb je.' Terwijl Nadia het schuim van haar bovenlip veegde, knikte ze instemmend. 'En een grotere klootzak dan Piers bestaat er niet. Dat is godsonmogelijk.'
'Ik haat hem,' zei Clare een beetje verwonderd. 'Ik kan bijna niet geloven dat hij ermee wegkomt hoe hij is.'
'Wees blij dat je van hem af bent.' Nadia trok haar T-shirt uit en strekte zich op een zonaanbiddersmanier uit in haar citroengele kanten beha en witte korte broek.
'Ik heb nog steeds die cheque die hij me heeft gegeven. Ik vroeg me af wat ik ermee moet doen.' Terwijl Clare weer verder ging met schilderen, zei ze: 'Vind je dat ik hem terug moet sturen? Of

zal ik er een paar echt mooie schoenen van kopen?'
'Ligt eraan. Zou ik ze mogen lenen?' vroeg Nadia.
'Natuurlijk mag je ze lenen.'
'Nou, in dat geval is het duidelijk. Koop er schoenen voor.'
Clare begon te grinniken. 'Soms zeg je toch zulke lieve dingen. Jemig, wat heeft Tilly?' Haar ogen afschermend met haar vrije hand, keek ze naar Tilly, die, met een geschokte uitdrukking op haar gezicht, over het gazon naar hen toe kwam lopen.
Bemoedigend klopte Nadia op het gras naast haar. 'Tilly, ga zitten. Alles goed?'
Tilly kon niet zitten. Ze was in alle staten. Schok wedijverde met verwarring. Ze voelde zich als een figuurtje uit een stripverhaal in een draaikolk van commotie, met spiralen en vraagtekens die aan veertjes van haar hoofd af sprongen.
'Hé.' Clare wapperde met haar natte penseel voor Tilly's bleke gezicht. 'Je kunt het ons wel vertellen. Is het Cal?'
'Wat?' Tilly vond het moeilijk om zich te concentreren.
'Cal. Je weet wel, je... vriend. Wat is er gebeurd?' vroeg Clare plagend. 'Het is niet erg, we zullen niet schrikken. Heeft hij geprobeerd om je beha los te maken?'
'Laat haar met rust.' Nadia zag dat Tilly trilde. 'Tilly? Wie had je aan de telefoon toen ik daarnet door de kamer liep?'
'Mama.'
Typisch. Wat voerde Leonie nu weer in haar schild?
Hardop vroeg ze: 'Ja, en?'
'Ze wil dat ik bij haar in Brighton kom wonen. Bij Brian en Tamsin. Voorgoed.'
Het was niet zozeer de onverwachte uitnodiging waarvan Nadia met haar mond vol tanden stond, als wel de uitdrukking op Tilly's gezicht. Waren dat tranen van afschuw in Tilly's grote blauwe ogen? Of tranen van blijdschap?

'Dit is fantastisch,' zei Nadia zacht toen de veilingmeester de aanwezigen om stilte verzocht. 'Hoe kan iedereen er nu zo kalm uitzien? Wat als ik aan mijn oor krab en dan per ongeluk een huis koop?'
'Gewoon niet aan je oor krabben dus,' mompelde Jay.
'Maar misschien gaat het per ongeluk! Ik voel ineens overal krie-

bels. En krabbels.' Kriebels en krabbels. God, dat klonk als twee stripfiguren.

'Dan heb je waarschijnlijk vlooien,' fluisterde hij. Hij trok Nadia voor zich en hield allebei haar handen stevig langs haar lichaam. Oef, dat was opwindend. Ze voelde zijn adem in haar nek en de warmte van zijn lichaam tegen haar ruggengraat. Nog beter was de wetenschap dat hij eigenlijk geen enkele reden had om haar vast te houden, want ze wisten allebei dat ze heus niet per ongeluk op een huis zou bieden.

De aantrekkingskracht was er dus nog steeds, dacht ze blij. Van beide kanten. En misschien was de tijd aangebroken om er iets mee te doen.

O, daar gaan we...

'En dan nu perceel zeven,' zei de veilingmeester, en Nadia voelde haar hart onhandig op hol slaan, want dit was het huis dat Jay wilde. Ze bevonden zich in de Garden Room van Bristol Zoo, plaats van handeling voor de onroerendgoedveiling van vanavond. Toen Jay haar had gevraagd of ze zin had om mee te gaan, had ze de kans met beide handen aangegrepen. De laatste keer dat ze op een veiling was geweest, was toen ze studeerde. Ze had toen voor zes pond een draagbare zwart-wittelevisie gekocht, de aanval van een medestudent die maar tot vijf pond vijftig had durven gaan, met succes afslaand.

De tv had het dus niet gedaan.

Maar hier kon het per bod wel duizend pond omhooggaan, van vierhonderdduizend tot een half miljoen in nog geen minuut tijd. Alleen de gedachte al aan zoveel geld maakte haar misselijk van opwinding.

'Highcliffe House, vlak bij de Downs in Sneyd Park,' vervolgde de veilingmeester. 'Een vrijstaand huis in Georgian-stijl, dat een opknapbeurt nodig heeft, maar nog veel van zijn originele details heeft behouden. Mogelijkheid tot restauratie. Ik start met tweehonderd... twee-twintig... twee-veertig... twee-zestig...'

Het was alsof ze naar het begin van een paardenrace keek. Overweldigd door de snelheid waarmee werd geboden, schoot haar hoofd van links naar rechts, terwijl ze probeerde te ontdekken wie de andere bieders waren. Ze snapte niet hoe de veilingmeester het voor elkaar kreeg; sommigen van de bieders deden niet

meer dan een centimeter met hun hoofd knikken. Achter haar, wist ze, deed Jay hetzelfde, terwijl de bedragen met twintigduizend pond tegelijk omhoogschoten. Stel je voor, twintigduizend pond per knikje...
'Verkocht,' zei de veilingmeester met een zachte tik van zijn hamer en een knik die de hele ruimte leek te omvatten. 'Voor vijfhonderdenveertigduizend pond.'
'Wie heeft het gekregen?' Nadia draaide zich om; het hart klopte haar in de keel.
'Ik,' antwoordde Jay.
'Echt?'
Zijn mondhoeken gingen omhoog. 'Ik krijg altijd wat ik wil. Nou ja, meestal dan.'
Haar maag deed een opgewonden konijnenhuppeltje.
'Mr. Tiernan?' De veilingmeester trok zijn wenkbrauwen omhoog en gaf met een knikje te kennen dat Jay zich naar het bureau bij de ingang moest begeven om de nodige formaliteiten te vervullen.
'Heb je zin om iets te gaan drinken zodra ik klaar ben?' vroeg hij luchtig.
Iets gaan drinken? Ze kon wel een hele wijngaard op.
'Waarom niet?' Ze glimlachte en voelde zich meteen in de steek gelaten toen hij haar hand losliet.
O jemig, ik sla geloof ik een beetje op hol. Tijd om te bedenken wat je wilt, meisje. Wie weet waar deze avond zou eindigen?

Jay nam haar mee naar Crosby's, een druk, rumoerig café in Whiteladies Road in Clifton. Hij bestelde een fles Veuve Clicquot om het te vieren.
'Jij moet betalen,' zei hij. 'Ik ben nu blut.'
'Niet openmaken,' zei Nadia gauw tegen de barkeeper. 'We nemen wel een paar biertjes.'
Geamuseerd trok Jay zijn portefeuille en rekende de champagne af. 'Op ons nieuwe project,' zei hij, zijn glas ophoudend.
Ze klonk met hem. Klinken was heel plat, had ze geleerd – de glazen hoorden elkaar alleen luchtkusjes te geven – maar wat was daar nu weer de lol van?
'Op mijn volgende tuin.' Haar pols raakte die van Jay, en het kor-

te contact was net zo opwindend als toen hij haar handen had vastgehouden tijdens de veiling. Jay was van plan om Highcliffe House op te delen in vier appartementen en van de grond eromheen een gemeenschappelijke tuin te maken. De tuin was groter dan die ze net had aangelegd, maar veel minder verwaarloosd.
'Vijfhonderdenveertigduizend pond,' zei ze verwonderd. 'Dat is heel veel geld.'
'Ik had tot vijf-tachtig willen gaan.'
Goh. Wanneer het af was, zou hij de appartementen waarschijnlijk voor zo'n driehonderdduizend per stuk verkopen. Speculeren om te vermeerderen noemden ze dat. Je moest wel stalen zenuwen hebben in Jays vak, en het talent om je hoofd koel te houden wanneer alles verschrikkelijk misging. En hij was koel, dacht ze, een aantrekkelijke eigenschap bij een man. En dat lichaam van hem deed hem ook geen kwaad. Of die ogen. Of dat ondeugende lachje dat zo gevaarlijk was dat het eigenlijk bij wet verboden zou moeten worden...
'Wat is er?' vroeg hij. O god, daar ging hij weer.
'Ik vroeg me af waar je dat overhemd had gekocht,' loog ze. Het overhemd was donkergroen, met een fijn rood streepje. 'Mijn vader is binnenkort jarig. Misschien dat hij zoiets wel mooi vindt.'
'Opnieuw.'
'Wat?'
'De waarheid deze keer.'
'Oké, hij zou het waarschijnlijk niet mooi vinden. Maar we willen zijn garderobe graag een beetje opfleuren. Als ik zo'n overhemd als dat van jou zou kopen, zou hij zich misschien verplicht voelen om het een paar keer te dragen en dan geven we hem gewoon steeds complimentjes.'
'Toe, je weet best waar ik het over heb,' zei hij, en ze kreeg een droge mond.
O ja, dat wist ze beslist.
Toen kwam zijn mobieltje tot leven.
Even luisterden ze allebei naar het gebliep.
'Ik haat die dingen,' verzuchtte hij.
Terwijl ze een gulp champagne nam, dacht ze: neem dan niet op.
Twee minuten later dacht ze: shit.

50

Jay stopte het mobieltje terug in zijn zak. 'Dat was Belinda's moeder. De weeën zijn begonnen.'
Nadia knikte. Onder normale omstandigheden zou dit goed nieuws zijn geweest. Maar ze zag dat Jay op zijn horloge keek en ze hoorde dat hij zei: 'Als ik nu wegga, kan ik om tien uur in Dorset zijn.'
Wat eerlijk gezegd niet was wat ze wilde. Dit was wat je noemt zwaar klotenieuws.
Hoewel het voor Belinda natuurlijk zwaarder was, moest ze toegeven.
Nou ja, tijd om een monster gezicht op te zetten. 'Dus je gaat ernaartoe.'
'Dat heb ik Belinda beloofd. Ze heeft het me gevraagd. Het is belangrijk voor haar,' zei hij op vlakke toon. Zijn glimlach was verdwenen, en ze begreep dat hij weer aan de dood van zijn broer dacht. De geboorte van Anthony's kind zou een emotionele, bitterzoete ervaring zijn.
'Maar goed dat je nog maar één glas hebt gedronken.' Ze wees naar de fles op tafel die nog voor twee derde vol was. 'Ga maar. Anders krijgt ze de baby nog voordat jij er bent. Soms floepen ze eruit als champagnekurken.'
'Het spijt me.' Hij trok met zijn mondhoeken. 'Dit lijkt steeds weer te gebeuren, hè? Steeds als we...' Hij zweeg en schudde toen zijn hoofd. 'Nou ja, laat ook maar. Als Anthony nog had geleefd, dan had ik hem wel even aangesproken op zijn gevoel voor timing.'
Maar als Anthony inderdaad nog had geleefd, dan had hij er nu niet halsoverkop vandoor hoeven gaan, toch?
Terwijl hij opstond en in zijn zakken naar zijn autosleuteltjes zocht, merkte Nadia tot haar grote schrik dat ze jaloers was op Belinda. Het was ineens bij haar opgekomen dat het niet ongewoon was voor vrouwen die van de ene broer hadden gehouden om hun liefde over te hevelen op de ander. Brievenrubrieken stonden vol met dit soort gevallen, behalve dan dat de meeste vrou-

wen die schreven niet de moeite namen om te wachten tot de ene broer dood was.
Omdat haar gedachten een steeds belachelijker wending namen, riep ze zichzelf gauw tot de orde. 'Moet jij de navelstreng doorknippen?'
Hij keek angstig. 'O nee. Ik ben er niet bij, hoor. Dat is mij veel te persoonlijk,' zei hij rillend. 'Belinda wil gewoon dat ik in het ziekenhuis ben. Ik hoef de baby pas te zien als hij is gewassen en in een doek gewikkeld.' Met zijn sleuteltjes rammelend, voegde hij eraan toe: 'Dan ga ik maar. Zal ik je eerst even naar huis brengen?'
Het was pas acht uur en buiten was het nog steeds zonnig en warm. Ze schudde haar hoofd; het zou wel lekker zijn om door het park terug te wandelen. 'Dat hoeft niet, ik red me wel.'
'Zeker weten?'
'Absoluut.' Ze deed haar best om normaal te blijven ademen toen hij haar een vluchtige kus op de wang gaf. 'Sterkte.'
Hij pakte zijn zonnebril. 'Ik word oom.'
'Dan moet je het goede voorbeeld geven,' zei ze. 'Alleen maar nette dingen denken en goede daden verrichten.'
'Hoe durf je?' Zijn donkere wimpers wierpen schaduwen op zijn scherpe jukbeenderen toen hij kort naar haar glimlachte. 'Je weet best dat ik in mijn hele leven nog nooit één nette gedachte heb gehad.'
Met spijt zag ze hem weggaan. Weer een kans verkeken. Echt, die egoïstische schoonzusters van tegenwoordig die maar weeën kregen wanneer het hun uitkwam! Een beetje baby's werpen en de levens van volmaakt onschuldige mensen op de kop zetten.

Nadia stond in de bioscoop in de rij voor de popcorn toen iemand haar in de kont kneep. Als door een wesp gestoken draaide ze zich om: 'Bernie!'
Bernie Blatt, die blijkbaar aardig aan het bijkomen was van de recente traumatische breuk met zijn verloofde, grijnsde naar haar en toen naar de papieren popcornemmer ter grootte van een prullenbak die haar over de toonbank werd aangereikt.
'Moet je soms een heel weeshuis te eten geven?' Om zich heen kijkend, vroeg hij: 'Met wie ben je? Met die zak of met je baas?'

'Geen van beiden. Ik ben alleen.' Nadia vond het leuk om in haar eentje naar de bioscoop te gaan. Wat maar goed was ook, aangezien ze niemand kende die dezelfde smaak voor films had als zij. Laurie, die alleen maar hield van *Star Wars*, *Spiderman* en *Dumb and Dumber*, had gekreund toen ze thuis was gekomen van de veiling en de filmladder in de *Evening Post* was gaan bestuderen.
'O god, daar gaat ze weer, nog meer artistiekerige schijtfilms met slechte ondertiteling. Waarom gaan we niet gewoon bowlen?'
'Nee, er is een film die ik echt graag wil zien, en hij draait maar twee dagen.'
Laurie had naar Clare geknipoogd. 'Goh, waarom zou dat nou zijn?'
'Anders gaan jullie mee als jullie willen,' had ze aangeboden, in de veilige wetenschap dat ze dat toch niet zouden doen.
'Hm, effe denken. De kans van mijn leven om een kutfilm te zien waarin niets gebeurt en het maar blijft regenen. En in een vreemde taal, zodat ik er nog niks van begrijp ook. In kleur?' had hij gevraagd. 'Of zwart-wit?'
'Zwart-wit.'
'Dat dacht ik al. In kleur zou het veel te levensecht zijn geweest. Oei, wat een aanbod. Hier moet ik eens diep over nadenken. Clare?'
'Ik eet nog liever een rauwe pad,' had Clare gezegd.
'Je kunt toch niet in je eentje naar de bioscoop,' zei Bernie nu. Hij keek geschokt.
'Jawel, hoor. Dat vind ik fijn. Dan mag je alle popcorn zelf opeten. Trouwens,' zei ze, op de enorme klok aan de muur kijkend, 'de film begint zo.' Ze wilde er niets van missen, zelfs de reclame niet.
'Naar welke ga jij?'
Ze wees op de poster achter hem. 'De nieuwe van Roberto Benigni.'
'Dat meen je niet!' Zijn gezicht klaarde op. 'Ik ook!'
Dit was opzienbarend nieuws. Nadia had hem ingeschat als *Dumb and Dumber*-type, als zo iemand al bestond. In het nauw gebracht zei ze: 'O ja?'
'Ik ben gek op Benigni. Hij is een genie.' Bernie schudde bewon-

derend zijn hoofd en pakte toen zijn portefeuille. 'Wacht even op me, dan ga ik mijn kaartje halen. We kunnen samen kijken. Tenminste, als je dat wilt.'
'Mij best, als je maar voor je eigen popcorn zorgt.' Ze klemde haar emmer bezitterig tegen haar borst. 'Want van mij krijg je niks.'

Twee uur later kwamen ze de bioscoop uit, haalden een pizza en gingen naar Bernies huis in Clifton. Het was een warme avond. Ze zaten op het stenen trappetje dat naar de tuin leidde, verdeelden de pizza en spoelden hem weg met bier uit Bernies ijskast.
'Dat is het mooie aan popcorn,' zei Nadia. 'Je kunt er kilo's van eten, maar je raakt nooit vol. Wat een prachtige film trouwens, hè? Ik hoop echt dat hij weer een Oscar krijgt. Ik heb *La vita è bella* thuis op video en ik huil nog steeds tranen met tuiten als ik hem zie.'
Bernie gooide een stukje korst van de pizza als een boemerang in de taxushaag die zijn tuin van die van de buren scheidde. Buitenlandse films in zwart-wit, met ondertiteling en zonder duidelijke plot, waren helemaal niks voor hem. Zijn lievelingsacteurs waren die goeie ouwe Arnie en Jean-Claude Van Damme. Zulke kerels kon je tenminste snappen. Maar ja, het was nergens voor nodig om Nadia's illusies te verstoren.
'Ik ook.' Snel, voordat ze weer verder kon ratelen over die maffe Italiaanse gozer, vroeg hij: 'Hoe gaat het eigenlijk met jou en Laurie?'
Nadia pulkte een ansjovisje van de pizza en voerde het aan Bernies kat, Titus, die zich spinnend om haar benen draaide. Titus spuugde het meteen weer uit. 'Wel goed. Ik wil alleen niet te hard van stapel lopen. Laurie is zomaar voor meer dan een jaar naar Amerika verdwenen. Nu is het mijn beurt om hem te laten wachten.'
'En die ander? Die vent voor wie je werkt?'
Even vroeg ze zich af van wat voor soort films Jay zou houden. 'Die kan ook wachten. God, jouw kat is ook kieskeurig, zeg,' klaagde ze toen Titus aan een mossel snuffelde, hem afwees en wegliep.
'Jij ook,' wees hij haar terecht. 'Weet je wat ik denk? Ik vind dat

je ze allebei moet laten stikken. Ze zijn niet de enige mannen op aarde, weet je.' Nadat hij zijn keel had geschraapt, mompelde hij: 'Ik heb je altijd erg leuk gevonden.'
Ze proestte van het lachen. Toen begon ze te hoesten, wat helemaal verkeerd was, want nadat Bernie haar een paar keer op de rug had geklopt, slaagde hij er op de een of andere manier in om zijn ene arm om haar schouders te draperen en de andere om haar middel.
'Ik meen het,' zei hij. 'Je zou het slechter kunnen treffen.'
O hemel, tijd om te gaan. Zich losmakend uit zijn inktvissenarmen, zei ze: 'Bernie, dank je, ik voel me erg gevleid, maar we weten allebei dat je het alleen maar zegt omdat het net uit is met Paula.'
'Niet waar.'
'Jawel.' Grinnikend stond ze op, voordat hij kon proberen om haar te kussen – een veelzeggende rimpeling om zijn mond vertelde haar dat hij dat wilde. 'Bernie, we zijn goede vrienden. Laten we dat niet verpesten. En het is al laat,' – ze keek op haar horloge – 'ik moet echt gaan.'
Bernie gaf zich genadig gewonnen. 'Nou ja, ik kon het altijd proberen toch? Wie niet waagt, die niet wint.' Nog een laatste poging wagend, zei hij hoopvol en met opgetrokken wenkbrauwen: 'Ik ben echt een goede vangst, hoor. Weet je zeker dat je niet van gedachten zult veranderen?'
Ernstig zei ze: 'Dat weet ik heel zeker.' Op de drempel aarzelde ze: 'Nog één ding. Die film die we hebben gezien. Vond je die echt mooi?'
Hij glimlachte. 'Ben je gek? Ik heb iedere saaie zwart-witminuut ervan gehaat.'
'O,' zei ze vrolijk, 'dat is dan net goed voor je.'

51

Tilly lag in bed en probeerde haar chaotische gedachtestroom in goede banen te leiden. Het probleem was dat de stroom zelf niet leek te weten welke kant hij uit wilde; ze had zich nog nooit zo verward gevoeld.

Het was elf uur 's ochtends. Buiten haar slaapkamerraam scheen de zon ongenadig; het was weer een prachtige dag. Iedereen was weg, zodat ze de rust en ruimte had om na te denken. Ze draaide zich op haar zij en pakte Colman, haar geliefde gehavende beer. Colman, die een uitgebleekte gelige vacht had, scheve ogen en een wiebelende linkerpoot die nodig weer goed vastgenaaid moest worden, zag er niet uit. Hij was op veel plekken kaal van het jarenlange knuffelen. Tilly had Colman op haar vijfde verjaardag van Leonie gekregen.

Leonie. Mama.

Oké, dacht ze. Daar gaan we weer.

Ze voelde zich compleet verscheurd. Misschien hield ze wel van haar moeder, maar ze wilde niet bij haar wonen. Dit was haar thuis. Ze was gelukkig hier, gelukkig met haar school en haar vrienden – vooral Cal – en haar familie.

Maar was haar familie ook gelukkig met haar? Ten eerste was het niet eens echt haar familie. James en Miriam hadden haar dan wel opgevoed, maar ze waren geen bloedverwanten. En terwijl ze wist dat ze van hen hield, vroeg ze zich ineens af of ze wel zoveel van haar hielden als ze altijd had gedacht. Stel je voor dat ze er stiekem op hoopten dat ze bij haar moeder ging wonen?

Hoe kon ze nu weten of ze niet stiekem dachten, god, wij hebben onze portie wel gedaan, het is tijd dat Leonie eens wat doet?

Ze knipperde haar tranen terug. Natuurlijk hadden ze dat nooit gezegd. Dat zouden ze ook nooit doen. Maar ze hadden ook hun eigen levens. James had nu Annie, en ze waren zo gelukkig samen. En Miriam had al die jaren echt al wel voldoende gedaan. Het moest al moeilijk genoeg voor haar zijn geweest om haar eigen twee kleindochters op te voeden. En dan nog eens opgezadeld te worden met een derde kind... die arme Miriam zou zich vast weleens hebben afgevraagd wat ze had misdaan om zo gestraft te worden.

Terwijl ze het zich voorstelde, druppelden tranen van haar wangen in Colmans versleten vacht. Toen ze haar familie over Leonies voorstel had verteld, had ze verwacht dat ze geschokt en verbijsterd zouden reageren. Ze had erop zitten wachten dat Miriam

op haar gebruikelijke rechtstreekse manier zou verklaren: 'Wat een onzin, zeg! Lieverd, natuurlijk ga je niet in Brighton wonen, je blijft hier bij ons, waar je hoort. Zo, en geef me nu de telefoon eens, dan zullen we dat meteen voor eens en altijd gaan regelen.' Maar zo was het niet gegaan. Miriam had het nieuws kalm opgenomen – te kalm, naar Tilly's smaak – en benadrukt dat Tilly het zelf moest beslissen. Als ze bij haar moeder wilde gaan wonen, dan was dat prima. Niet dat ze haar kwijt wilden, had Miriam er haastig aan toegevoegd, want ze zouden haar natuurlijk allemaal vreselijk missen, maar Leonie was nu eenmaal haar moeder. Ze konden het best begrijpen als ze voor haar koos.
En dat was dat geweest. James had haar omhelsd en ongeveer hetzelfde gezegd. Net als Nadia en Clare, wat nog de grootste schok voor Tilly was geweest.
Ze wreef over haar ogen. Nou, dan was er eigenlijk ook geen dilemma meer. Het kwam erop neer dat ze weinig keus had. Iedereen kon zeggen dat ze dat wel had, maar dat was in feite niet waar.
Of ze nu wilde of niet, ze zou naar Brighton moeten verhuizen en bij Leonie, Brian en Tamsin gaan wonen. Nieuwe school, nieuwe stad, nieuwe mensen. Het was natuurlijk leuk dat haar moeder haar wilde. Maar als ze heel eerlijk was, dan vond ze Tamsin een beetje eng.
Nou ja, langer nadenken hielp toch niet. Ze schoof het dekbed opzij en stapte uit bed. Vanmiddag had ze met Cal afgesproken. Van hem wist ze tenminste dat hij echt niet wilde dat ze ging verhuizen.
Beneden begroette Harpo haar met een krijs en een vriendelijk geflapper van zijn felblauwe vleugels. Terwijl ze hem een stukje van haar toast voerde, zei ze: 'Zelfs jou zal ik missen, Harpo.' Ze voelde haar keel samenknijpen.
'Doe mij maar een gin-tonic,' kakelde Harpo. 'Nee, maak er maar een dubbele van.'
'Beetje vroeg daarvoor.' Ze wist niet eens waarom ze eigenlijk toast maakte, want ze had totaal geen trek.
'Dat was het nieuws, en nu het weer,' snerpte Harpo, die veel te veel televisie keek.
Tilly had pas om halfdrie met Cal afgesproken. Ze moest zich nog

een paar uur zien te vermaken. Morgen kwam Leonie om het met Miriam en James over de verhuizing te hebben en daarna zou ze Tilly een paar dagen meenemen naar Brighton. Aangezien Cal en zij vanavond naar de bioscoop zouden gaan, was het misschien slim om nu alvast te gaan pakken.
Boven propte Tilly spijkerbroeken, gympjes, rolschaatsen, een stel topjes en wat ondergoed in haar sporttas. Als je de spullen niet opvouwde, dan ging inpakken best snel. Nadat ze de tas met moeite had dicht gekregen, maakte ze hem weer open, deed er nog een nachthemdje en een badpak bij in en begon weer met de rits te worstelen.
Haar nachthemdje bleek de druppel te zijn.
'O kut.' Achterover leunend op haar knieën keek ze geschrokken naar de kapotte rits.

Op zolder was het een beetje alsof je terugging in de tijd. Blij dat er tenminste geen Indiana Jones-achtige spinnenwebben hingen, liep Tilly langs haar eigen wieg, die nu onttakeld tegen de watertank stond. James was degene die het niet over zijn hart kon verkrijgen om dingen weg te gooien. Hij had haar oude driewieler hiernaartoe gesleept, en ook de muziekmobile die jaren in haar slaapkamer had gehangen. Er stond zelfs een doos met rollen behang waarvan Tilly zich vaag herinnerde dat het op de muren had gezeten.
Zich een weg banend tussen opgestapelde kratten vol lp's en oude boeken door – jemig, had James nog nooit van het Leger des Heils gehoord – zag ze in de verste hoek Miriams koffers staan. Niet de grote, ze ging niet op wereldreis. Ook niet die groene Samsonite; veel te groot en deftig.
Tilly tuurde langs de Samsonite. Ja, die daar zou mooi zijn. Miriam vond het vast niet erg. Ze strekte haar arm uit naar de kleinere slappe, lichtbruine leren koffer, tilde hem over de andere heen, stond op en liep terug naar het zolderluik.
Weer in haar kamer ritste ze de koffer open en zag wat er zo had gerammeld toen ze de ladder afklom.
Nu pasten al haar spullen er gemakkelijk in en de rits ging zonder protest dicht.
Maar wat gek dat Miriam een videotape in die koffer had be-

waard. Het zou toch geen vieze film zijn?
Natuurlijk niet. Terwijl ze de videoband in haar handen omdraaide, schaamde ze zich voor haar eigen gedachten. Lieve hemel, Miriam zou echt nooit iets te maken willen hebben met dat soort dingen. Haar lievelingsfilm was *Casablanca*.
Waarschijnlijk was dit gewoon een kopie van *Casablanca*.

Behalve dat het dat niet was.
Tilly had toegegeven aan haar nieuwsgierigheid en nu had ze er spijt van. Ze wilde dat ze nooit de zolder op was gegaan.
Ze wilde bijna dat het toch een pornofilm was geweest.
Zelfs een pornofilm was beter geweest dan dit.
Pas toen ze de tranen door de knieën van haar spijkerbroek voelde trekken, drong tot haar door dat ze weer had gehuild. Op en neer wiegend met haar armen stijf om haar middel geslagen, keek ze naar de flikkerende zwart-witbeelden op het scherm en vroeg zich af of ze soms haar verstand had verloren.
Hoe kon ze nu zien wat ze op deze video zag? Het was gewoon bizar, net zo onmogelijk als naar de laatste Harry Potter-film gaan en dan ineens jezelf levensgroot op het scherm zien, spelend in een film waarvan je zeker wist dat je er niet in voorkwam.
Tilly wist hoe Robert Kinsella eruitzag. Hij was Miriams man en James' vader geweest. Overal in huis stonden foto's van hem. Daarom sloeg het ook nergens op. Het sloeg gewoon helemaal nergens op.
Want de man die ze op de video zag, was beslist niet Robert Kinsella.

Jay belde Nadia de volgende ochtend.
'Hoi,' zei ze blij. 'Hoe gaat het?'
'Ik ben kapot. Het is heel zwaar, weet je, zo'n geboorte.'
'Ach, zielepietje. Ik hoop dat ze je wel genoeg pijnstillers hebben gegeven?'
'Gas en zuurstof. Pethidine. De ruggenprik heb ik afgeslagen.'
'Heel goed van je. En?'
'Een jongen. Acht pond en zes ons, kerngezond, blauwe ogen, donker haar.' Hij zweeg. 'En enorme ballen.'
Ze lachte. Ze kon het niet helpen, hij klonk zo verbijsterd. 'Hij

zal er wel in groeien. Hoe heet hij?'
'Daniel Anthony. Hij is om elf uur geboren. Ik heb de hele familie al gebeld.'
'Ik ben blij dat alles goed met hem is. Hoe gaat het met Belinda?'
'Geëmotioneerd. Gelukkig. Ze zweert dat hij precies op Anthony lijkt, maar je weet hoe pasgeboren baby's eruitzien. Allemaal even rood en verkreukeld.'
Behulpzaam zei ze: 'Dat vind je omdat je een man bent.'
'Dat is me verteld. Hoe dan ook, ik ben vanavond denk ik wel weer thuis. Heb je zin om mee uit eten te gaan, als je tenminste niets anders te doen hebt?'
'Graag.' Ze bloosde van plezier.
'Luister, ik weet niet precies hoe laat ik terug ben, dus bel ik je nog,' zei hij. 'Ben je gisteren nog veilig thuisgekomen?'
'Ja, hoor. Geen punt. Ik ben ook nog naar de bioscoop geweest.'
'Nog iets moois gezien?'
'De nieuwe film van Roberto Benigni.'
'Wie is dat?' vroeg hij.
Ze glimlachte bij zichzelf. Tja, je kon niet alles hebben.

52

Leonie kon ieder moment komen. Met het gevoel alsof ze een hond was die zich schrap zette voor een bezoekje aan de dierenarts – wat belachelijk was, dit was verdorie haar eigen moeder – sleepte Tilly haar tas naar beneden.
'Lieverd, die kun je niet meer gebruiken! De rits is kapot,' riep Miriam uit. 'Zal ik even voor je op zolder naar een echte koffer gaan kijken?'
Miriam droeg een witte blouse, een geborduurd hesje en een schuin gesneden zwarte rok. Haar gezicht en haar waren zoals altijd smetteloos, en aan haar vingers schitterden diamanten.
'Het gaat wel zo.' Nadat Tilly haar oma's lichtbruine koffer met de verwarrende videoband erin terug had gebracht naar zolder, had ze al haar spullen weer in haar oude sporttas gepropt en hem

dichtgebonden met een stevige riem. 'Ik vind deze mooi.'
Het was moeilijk om Miriam aan te kijken. Ze had een film gevonden waar ze niets van snapte en ze kon niemand vragen wat het te betekenen had. Wie de man op de video ook was, Tilly was zich er pijnlijk van bewust dat ze niet het recht had om nieuwsgierige vragen te stellen. Het ging haar niets aan. Ze was het koekoeksjong in het Kinsella-nest, een koekoeksjong dat op het punt stond om er zachtjes uit te worden gegooid.
'O schat.' Terwijl Miriam Tilly in haar geurige omhelzing trok, zei ze: 'We zullen je zo missen als je besluit om daar te gaan wonen. Dat weet je toch, hè? Het huis zal niet meer hetzelfde zijn zonder jou.'
Dat was het probleem met Miriam, ze was zo geloofwaardig. Wanneer ze dit soort dingen zei, klonk het alsof ze het echt meende.
'Zo.' Miriam streek haar haar glad en keek uit het raam toen een auto de oprit op kwam knerpen. 'Zo te horen is Leonie er. Wil jij haar gaan begroeten, dan zorg ik vast voor de drankjes. Het is zulk mooi weer, ik had zo gedacht dat we wel in de tuin konden gaan zitten.'

'Ze is er?' In de keuken was Edward al bezig om glazen op een dienblad te zetten en flessen uit de kast te pakken. Gin, wodka en Schotse whisky.
Terwijl Miriam knikte, veegde ze ongeduldig een traan weg. 'Verdomme, Edward. Hoe moet ik dit nu aanpakken? Ik kan de gedachte dat Tilly bij dat akelige mens gaat wonen, gewoon niet verdragen. Als ik mijn zin zou doen, dan zou ik Leonie zeggen dat ze moet opdonderen en zich hier nooit meer laten zien. Maar ze is Tilly's moeder, en als dit is wat Tilly wil... o, verdorie, ik weet dat ik haar niet mag beïnvloeden, maar het is zo moeilijk om te proberen om niet partijdig te zijn. Het liefst zou ik Leonie vermoorden.'
'Ik weet het, ik weet het.' Edward sloeg zijn armen om haar heen. 'Maar Tilly moet zelf beslissen.'
'Maar ze is pas dertien!'
'Nog een reden dat ze waarschijnlijk weg wil. En Leonie vermoorden lost ook niets op. Ik denk niet dat Tilly dat gebaar zal

kunnen waarderen.' Edward had een neuropsychiatrisch gevoel voor humor. Daar kon hij niets aan doen.
Ze haalde diep adem om zichzelf weer onder controle te krijgen.
'Goed, ik neem het blad wel. Kun jij de rest meenemen?'
'De rest. Je bedoelt de ijsblokjes, de frisdrank, de sterkedrank, de wijn en het sinaasappelsap.' Hij rolde met zijn ogen. 'Dus dat zal ik dan allemaal maar dragen?'
Nonchalant zei Miriam: 'O, ik weet zeker dat je dat wel lukt, schat. Het lukt je altijd.'

'De Terugkeer van de Mama,' mompelde Clare, toen Leonie naar hen toe kwam lopen met haar arm om Tilly's tengere schouders geslagen. 'Maak je borst maar nat.'
'Vergeet niet wat ik heb gezegd,' waarschuwde Miriam. 'Geen scheldpartijen. Dat is het laatste dat Tilly kan gebruiken.'
'Jemig.' Naar adem happend keek Nadia in het glas dat Edward voor haar had ingeschonken. 'Zit er ook tonic in deze gin?'
'We hebben een bodempje nodig,' verklaarde Miriam. 'Edward, in de kast ligt nog een ciabatta en wat zachte Italiaanse kaas. En vergeet de olijven niet.'
Edward aarzelde, en een fractie van een seconde dacht Nadia dat hij Miriam zou vertellen dat ze haar eigen klote-olijven kon gaan halen. Maar hij zei alleen maar droog: 'Zeg maar gewoon Jeeves.'
'En neem meteen de cashewnoten mee,' riep Miriam hem na.
'Ja, goed idee.' Clare grinnikte. 'Want we hebben iets nodig om mee naar Leonie te kunnen gooien.'
Nadia gaf haar een schop onder tafel. God, dit drankje was sterk, zeg, als het zo doorging, zou ze stomdronken worden.
'Schatten, daar zijn we dan,' riep Leonie uit, terwijl ze haar beide oudste dochters kuste. 'Gezellig zo met zijn allen, hè? Ik vertelde Tilly net dat Tamsin zo opgewonden is. We kunnen bijna niet wachten tot ze bij ons woont.'
'Als ze besluit dat ze dat wil,' zei Nadia op vlakke toon, want Tilly keek als een konijntje dat in de val zat.
'Ach, onzin, natuurlijk wil ze dat. Hè, schat?' Leonie klopte op Tilly's arm en pakte toen iets uit haar rieten schoudertas. 'Kijk, ik heb wat brochures bij me van Tilly's nieuwe school. Ze komt

bij Tamsin in de klas, wat natuurlijk fantastisch is. James er niet?' vroeg ze, om zich heen kijkend alsof ze nu pas merkte dat haar ex-man er niet was.

'Papa had een vergadering. Hij zou tegen vier uur hier zijn.' Nadia keek op haar horloge; het was nu bijna zo laat.

'Nou ja, we hebben hem er ook niet echt bij nodig.' Stralend schudde Leonie haar haar naar achteren. Zilveren armbanden rinkelden terwijl ze haar vingers door de uitgebleekte punten haalde. Toen ze het tuinhek hoorden open klikken, draaide ze zich om. 'Maar deze verrukkelijke jongen kunnen we natuurlijk niet missen! Laurie, wat heerlijk om je weer te zien!' Ze sprong uit haar stoel om Laurie met haar gebruikelijke enthousiasme te groeten.

'Ik kwam alleen maar even zeggen dat er gebeld is voor pa.' Terwijl Laurie sprak, kwam Edward net aanlopen met een tweede dienblad vol eten. 'Ene professor Spitz uit Boston heeft gebeld. Hij belt je over een uur terug.'

Edward knikte. Ernst Spitz was een oude collega van hem; ze hadden samen verschillende artikelen voor medische tijdschriften geschreven.

'Laurie, maar je laat ons toch niet meteen weer in de steek!' Haar lippen meisjesachtig tuitend trok Leonie hem op de stoel naast haar. 'Blijf even wat drinken. Vertel, hoe behandelt die onnozele dochter van me je? Is ze alweer bij haar positieven gekomen?'

Nadia hoorde het knarsetandend aan. Dat haar moeder Laurie aanbad en niet kon begrijpen dat ze hem niet onmiddellijk had teruggenomen, irriteerde haar mateloos. Omdat ze zelf haar hele leven niets anders had gedaan dan van man naar man fladderen, dacht ze dat dat de normale manier van doen was.

'Er wordt nog aan gewerkt,' zei Laurie grijnzend. 'Ze laat me wachten. Maar ik krijg mijn zin wel.'

Nadia voelde haar schouders verstijven. Lauries zelfvertrouwen was ook behoorlijk ergerniswekkend.

'Ik ga vanavond met iemand anders uit.' Uitdagend nam ze nog een slok gin. 'Uit eten. En misschien daarna een potje hartstochtelijke seks. Dus.' Dat laatste zei ze natuurlijk niet hardop, maar ze dacht het verdorie wel.

'Met Jay? Goed idee.' Laurie draaide de dop van de wodkafles,

schonk een paar centimeter in zijn glas en deed er sinaasappelsap bij. 'Ik heb je toch gezegd dat je dat moest doen? Anders raak je nooit over hem heen.'
'Wie is Jay?' Zich ineens de naam herinnerend, zei Leonie opgewonden: 'O, je bedoelt die met die dode broer!'
'Ja, en met meer streepjes op het behang dan Jack Nicholson,' zei Laurie.
'Ah, maar dat maakt ze nu net zo onweerstaanbaar.' Leonie rilde van genot. 'Er gaat niets boven een slechte man.'
Nadia vroeg zich af waar ze dit aan had verdiend. Oké, ze konden het krijgen, nu ging ze beslist met Jay naar bed vanavond. Hardop vroeg ze: 'Zouden we het niet over Tilly hebben?'
Haar moeder stootte Laurie aan en fluisterde: 'Slechte mannen zijn altijd veel leuker. O ja, nu we het er toch over hebben.' Zich tot Clare wendend vervolgde ze opgewekt: 'Hoe gaat het met die ondeugende jongen van jou? Piers, was het niet?'
Clare verstijfde; Leonie was de enige hier die niets wist van haar korte zwangerschap.
'Eindelijk,' verzuchtte Miriam opgelucht toen ze de voordeur hoorden dichtslaan. 'Daar zul je James hebben.'

Het wordt hartstikke leuk, het komt allemaal goed, hield Tilly zichzelf voor, terwijl ze door de tuin terugliep naar het huis. Haar moeder had het zelf gezegd, ze bleef maar benadrukken dat het allemaal fantastisch zou worden, vooral omdat ze iemand van haar eigen leeftijd kreeg om mee te spelen.
'Precies wat Tilly nodig heeft,' had Leonie aan James uitgelegd. 'Tamsin en zij zullen zo'n leuk stel worden. Je moet ze nu al samen zien, dikke maatjes, die twee boeven!'
De laatste opmerking was, gezien Tamsins talent voor winkeldiefstal, heel grappig, behalve dan dat Tilly er de zenuwen van kreeg. De laatste keer dat ze samen met Tamsin naar een warenhuis was geweest, had ze de cd in haar tas pas thuis opgemerkt. Oké, probeer het van de zonnige kant te bekijken. Of ze het nu wilde of niet, ze zou naar Brighton verhuizen, en sommige dingen zouden misschien best leuk worden. Ze konden in zee zwemmen bijvoorbeeld. Tamsin en zij konden elkaars kleren en schoenen lenen en het samen over tienermeisjesdingen hebben.

Plus, herinnerde Tilly zichzelf eraan, ze zou bij haar moeder wonen, die haar echt wilde. Dat was het fijne aan Leonie; je hoefde je niet af te vragen of ze je alleen maar uit schuldgevoel een dak boven je hoofd aanbood, of uit verplichting, want Leonie voelde zich nooit verplicht. Haar moeder was een schuldeloos gebied.
Goed. IJsklontjes.
Ze was net bezig in de keuken ijsklontjes in een glazen karaf te gooien, toen de bel ging. Nadat ze een gevallen ijsklontje had opgeraapt en in de gootsteen had gegooid, veegde ze haar handen af aan haar korte spijkerbroek en liep naar de voordeur.
Op de stoep stond een man die ze niet kende.
Tenminste, ze dacht dat ze hem niet kende, maar zijn gezicht had wel vaag iets bekends.
De bezoeker moest zo ongeveer van Edwards leeftijd zijn en droeg, ondanks de hitte, een duur uitziend pak, een donkerblauw overhemd en een gestreepte das. Zijn schoenen waren glanzend gepoetst. Ze zag geen bijbel, maar ze vermoedde dat dat wel de reden was waarom hij had aangebeld. Je kon gewoon zien dat deze keurig geklede man op een missie van God was.
Met de karaf ijsklontjes tegen haar borst geklemd, vroeg ze op haar hoede: 'Ja?'
'Hallo. Ik ben op zoek naar Miriam Kinsella. Is ze thuis?'
Geen mormoon dus, die hen de weg naar de Heer wilde wijzen. Tilly vroeg zich af wie hij dan wel was. Ze kon er haar vinger niet op leggen, maar ergens in haar achterhoofd had ze het gevoel dat ze hem kende.
'Ze verwacht me.' Alsof de man haar aarzeling voelde, zei hij charmant: 'Miriam en ik zijn oude vrienden.'
Nog steeds verward, maar zich haar goede manieren herinnerend, zei ze: 'Ze is in de tuin. Als u even wilt wachten, dan ga ik haar halen.' Zelfs terwijl ze het zei, vroeg ze zich af of dit wel de juiste manier was om het aan te pakken. De deur sluiten in het gezicht van een oude vriend van Miriam leek wel heel erg bot. Maar aan de andere kant, stel dat ze hem vroeg om in de hal te wachten en hij bleek een oplichter te zijn die zich een weg naar binnen probeerde te babbelen? Tegen de tijd dat Miriam kwam, was hij misschien al verdwenen met het familiezilver.
Alsof hij haar wilde helpen het dilemma op te lossen, stelde de

man voor: 'Zou het niet eenvoudiger zijn als ik gewoon met je meeliep?'

'Oké.' Opgelucht besloot Tilly dat dat inderdaad het beste was. De afgelopen tijd waren er aardig wat inbraken geweest in de buurt. De man zag er niet onbetrouwbaar uit, maar dat was het punt met oplichters tegenwoordig, zo zagen ze er nooit uit.

Ze ging de man voor door het huis. Bij de openslaande deuren bleef hij even staan. Naast hem zag Tilly dat hij het gebeuren in de tuin bekeek. Het zag er zo ogenschijnlijk als een ontspannen, gezellig samenzijn uit, een vrolijke mix van vrienden en familie die op een mooie zomermiddag in de tuin genoten van hun drankjes. Laurie zei iets wat iedereen aan de ovale tafel aan het lachen maakte. Nadia vulde glazen bij. Leonie, die het schaaltje met olijven op haar schoot had, gooide er eentje naar Laurie.

'Daar is ze,' mompelde de bezoeker, terwijl hij naar Miriam keek. Hij schudde vol bewondering zijn hoofd. 'Geen spatje veranderd.'

Nieuwsgierig vroeg Tilly: 'Wanneer hebt u haar voor het laatst gezien?'

Hij glimlachte naar haar. 'Wanneer ik haar voor het laatst heb gezien? Tweeënvijftig jaar geleden.'

Jemig. Meer dan een halve eeuw. De goeie ouwe zwart-wittijd, dacht ze verwonderd.

En meteen, aangezwengeld door deze gedachte, wist ze weer waar ze hem van kende.

O, lieve hemel.

'Kom,' zei de man, haar een zacht duwtje gevend. 'Tijd om hallo te zeggen.'

53

'Wie heeft Tilly nu dan bij zich?' Nadia hield een hand boven haar ogen en tuurde over het gazon.

'Papa, is dit soms een van je verdwaalde professoren?' vroeg Laurie.

'Ik heb hem nog nooit van mijn leven gezien,' protesteerde Ed-

ward. 'Het zal wel een van die huis-aan-huisverkopers van kassen of zo zijn.'
Miriam keek op en voelde een kilte rond haar ribben neerdalen. O nee, dat kon niet waar zijn, dat kon gewoonweg niet waar zijn. Maar natuurlijk was het wel waar.
Even vroeg Miriam zich af of ze zou flauwvallen. Ze had het gevoel alsof haar hart uit haar lichaam was geknepen en in ijskoud water was geplonsd. Ze had zich maandenlang geestelijk proberen voor te bereiden op dit moment, maar nu het echt zover was, wist ze dat ze daarin volkomen had gefaald.
'Miriam.' De man die voor haar stond, knikte en glimlachte nauwelijks merkbaar.
'Charles.' Zich akelig bewust van de nieuwsgierige blikken om haar heen stak ze haar hand naar hem uit. Hij negeerde het gebaar echter en boog zich voorover om haar op beide wangen te kussen. Terwijl hij weer rechtop ging staan, zei hij: 'Je hoeft niet zo verschrikt te kijken. Ik ben ongewapend.'
Nu werd iedereen pas echt nieuwsgierig. Miriam schoof haar stoel naar achteren en zei: 'Ik denk dat we maar even alleen moeten praten.'
'Ik doe het liever hier.' Charles hield voet bij stuk. 'Open en bloot, zoals ze zeggen. Volgens mij heeft je familie er recht op om het te weten, vind je niet?'
'Waar gaat dit over?' vroeg Edward kortaf.
'Ik wil dat niet.' Miriams gezicht was spierwit, ze had haar vuisten gebald.
'Nee, vast niet,' zei Charles kalm, 'maar ik wel.'
'Je kunt hier niet zomaar ongevraagd binnenvallen en...'
'Ik ben niet komen binnenvallen, deze charmante jongedame heeft me binnen gevraagd.' Hij wees naar Tilly, die nogal angstig keek. 'Bovendien kan het toch niet echt een verrassing voor je zijn. Ik heb je verteld dat ik langs zou komen.' Hij zweeg en trok zijn wenkbrauwen op. 'In mijn laatste brief, weet je nog?'
Miriam herinnerde zich de laatste brief. Ze had hem ongelezen in de afvalbak gegooid. Struisvogelgedrag en compleet zinloos, maar op dat moment had het nodig geleken.
Met gesloten ogen schudde ze haar hoofd.
'Nou,' zei Leonie gretig. 'Ik word nu wel heel nieuwsgierig! Blij-

ven we hier de hele middag zo zitten of is iemand zo aardig om ons te vertellen wat er aan de hand is?'
Stilte.
Met een speelse blik in Charles' richting, vroeg Leonie vleiend: 'Alsjeblieft? Voordat ik uit elkaar barst van nieuwsgierigheid?'
'Och, hou je mond,' verzuchtte Miriam, wensend dat Leonie echt uit elkaar zou barsten.
'Mijn naam is Charles Burgess.' De man bleef staan. 'Miriam en ik zijn in negentienvijftig met elkaar getrouwd.'
James zette zijn glas neer. 'Ma, is dat waar?'
Miriam knikte.
'Nou,' zei James, 'zo erg is dat toch niet?' Hij keek de tafel langs, zich afvragend waarom er zo dramatisch werd gedaan. 'Er zijn wel meer mensen die scheiden.'
'Dat is waar,' beaamde Charles. 'Maar dat is het punt, snap je. We zijn nooit gescheiden.'
James fronste zijn voorhoofd. 'Wacht eens even. Dit slaat nergens op. Mijn ouders zijn getrouwd in negentientweeënvijftig. Ik heb de trouwfoto's gezien. Dat is twee jaar na...'
'Ons huwelijk,' vulde Charles aan. 'En dat is beslist niet in een scheiding geëindigd.'
Niemand reageerde. Een witte distelpluis zweefde langzaam over de verzameling flessen en glazen. Een bij ging op tafel zitten, inspecteerde even het plasje gemorste wijn en vloog toen weer weg. De stilte werd ineens verbroken door een snuivende lach. Nadat Leonie haar rode rok recht had getrokken, wapperde ze met haar handen. 'Sorry, sorry, maar dit is gewoon te grappig voor woorden. Miriam, mijn schoonmoeder, een bigamiste! Ze heeft haar man gedumpt, is er gewoon vandoor gegaan en toen met een ander getrouwd!'
'Leonie.' James wierp haar een waarschuwende blik toe.
'Maar snap je het dan niet?' Leonie had veel te veel lol om te kunnen ophouden. 'Dit is gewoon fantastisch. Ik bedoel, het was vijftig jaar geleden, dus wie kan het nou nog wat schelen? Maar... bigamie! En als je dan bedenkt wat ze mij al die jaren allemaal heeft verweten!'
'Eerlijk gezegd kan het mij wel wat schelen,' zei Charles Burgess.
'Toe zeg.' Leonie keek hem smalend lachend aan. 'We hebben het

over iets dat een halve eeuw geleden is gebeurd.' Toen ze haar schouders ophaalde, gleed een van de bandjes van haar topje met frutsels naar beneden. 'Zo bijzonder is het toch allemaal niet.'
'O, maar ik vind van wel,' zei Charles Burgess langzaam. Miriam zag dat haar handen beefden. Uitdagend pakte ze haar glas en dronk het in één keer leeg.
'Ik ben met Miriam getrouwd, omdat ik van haar hield,' vervolgde Charles. 'Ik dacht dat we van elkaar hielden. In voorspoed en in tegenspoed, tot de dood ons scheidt. Toen ik die woorden zei, meende ik ze.'
Miriam kon hem niet aankijken; zij had ze ook gemeend. Toen ze op haar achttiende Charles Burgess had leren kennen, was dat een grootse gebeurtenis geweest. Hun romance was een wervelwind van hartstocht geweest. Iedereen had Charles gewild, maar hij had haar uitgekozen om mee te trouwen. Het probleem was dat het feit dat hij getrouwd was, de andere meisjes er niet van had weerhouden om achter hem aan te blijven zitten. Vooral Pauline Hammond niet.
Mooie, roofzuchtige Pauline Hammond, Charles' secretaresse en grootste aanbidster. Toen Miriam hen die vrijdagmiddag samen had gezien, was ze vanbinnen gestorven. Natuurlijk waren er daarvoor al roddels geweest, eindeloze hints en waarschuwingen. Ze had haar best gedaan om ze te negeren, in de hoop dat ze dan vanzelf zouden ophouden, maar diep vanbinnen had ze de waarheid geweten, want soms wist je het gewoon. En op dat moment was er iets geknapt. Zo zou het altijd blijven met Charles. Eens een versierder, altijd een versierder, ook al was hij dan getrouwd. Alle oude gevoelens van jaloezie kwamen weer naar boven zetten, zo giftig en pijnlijk dat het leek alsof ze nooit weg waren geweest. Het was meer dan vijftig jaar geleden dat ze zich zo had gevoeld – daarna had ze ervoor gezorgd dat ze nooit meer in de positie zou komen om nog eens zoiets te hoeven meemaken – maar nu kon ze gewoon de metaalachtige bitterheid weer in haar mond proeven. Dit was wat haar had overstroomd toen ze, bijna gek van verdriet, die sombere winterse middag naar huis was gerend en had besloten om te vluchten. En als ze daarbij Charles ook maar een tiende van het verdriet kon laten voelen dat hij haar had aangedaan, des te beter.

In nog geen uur tijd had ze haar spullen gepakt en was ze vertrokken. Sodemieter op met die vent. Ze zou haar huwelijk achter zich laten en ergens anders een nieuw leven beginnen. De enige reden waarom ze de moeite had genomen om een briefje voor hem achter te laten, was omdat de politie zonder dat briefje misschien zou denken dat hij haar had vermoord. Niet dat dat haar wat had kunnen schelen, maar het zou betekenen dat ze alles op alles zouden zetten om haar op te sporen.

'Op een dag kwam ik thuis van mijn werk en toen was ze verdwenen,' zei Charles nu tegen de verzamelde aanwezigen. Langzaam voegde hij eraan toe: 'Samen met aardig wat van ons geld. Dat had je niet moeten doen, Miriam. Dat was een steek onder de gordel.'

'Ha!' schreeuwde Leonie opgetogen. 'Een bigamiste en een dief!'

'Hoezo?' stoof Miriam op. 'Waarom was dat een steek onder de gordel? We waren toch getrouwd? Het was ons geld, niet alleen het jouwe.'

Ze moest echter toegeven dat het voornamelijk Charles' geld was geweest. Ze had bijgedragen wat ze kon, maar hij had zoveel meer verdiend dan zij. Aan de andere kant, kon zij daar wat aan doen soms? Bovendien had ze maar tweeduizend pond meegenomen, hij was heus niet zonder een cent achtergebleven.

'Je hebt mijn leven kapotgemaakt,' ging Charles meedogenloos verder. 'Ik ben altijd naar je blijven zoeken, Miriam, dat heb jij me aangedaan. Waar ik ook was, steeds als ik een glimp opving van een meisje met zwart haar, dan dacht ik dat jij het was. Maar je was het nooit. En steeds als ik dacht dat ik eroverheen was, gebeurde er weer iets waardoor alles terugkwam. Heb je trouwens genoten van de video van de bruiloft?'

Miriam kon geen woord uitbrengen.

Fronsend vroeg James: 'Wat voor video?'

'Die ligt op zolder,' zei Tilly met een klein stemmetje. 'Verstopt in een van de koffers.'

Iedereen behalve Miriam staarde naar Tilly, die in elkaar kromp op haar stoel en haar afgekloven nagels bestudeerde.

'Herinner je je Gerry Barker nog, onze getuige? Hij had zijn filmcamera bij zich en heeft de receptie gefilmd,' legde Charles aan de anderen uit. 'Een week later moest hij in dienst. Hij kwam anderhalf jaar na Miriams verdwijning terug en bracht me de banden. Ik huil niet gauw,' zei hij vlak, 'maar toen ik die film zag, heb ik gehuild.'

Miriam keek hem aan. 'Wat ontroerend. Moest Pauline Hammond ook huilen?'

'Miriam.' Charles schudde zijn hoofd. 'Ik heb nooit iets gehad met dat meisje. Niet voor en niet na je verdwijning. Nooit.'

Woede welde in haar op. 'Ik heb je die vrijdagmiddag gezien. Ik kwam naar je kantoor en toen zag ik jullie. Ik heb door de glazen deur naar jullie staan kijken, Charles.'

'Echt? En wat waren we aan het doen? Hadden we seks op het bureau? Sorry,' verontschuldigde Charles zich tegenover Tilly, 'maar dit is belangrijk.'

'Je had je armen om haar heen,' flapte Miriam er uit. 'Ze hing tegen je aan en jij hield haar vast. Je kuste haar op het hoofd.'

'Dat weet ik. Maar dat was omdat ze net gebeld was door het ziekenhuis met de mededeling dat haar moeder was overleden. Ze was van streek,' zei Charles. 'Haar moeder was aangereden door een auto en op slag dood. Ik heb Pauline nog naar het ziekenhuis gebracht. Toen ik thuiskwam, had ik je dat kunnen vertellen. Behalve dan dat dat niet ging,' eindigde hij zwaarwichtig, 'want toen was je al weg.'

Miriam kon geen ademhalen. Het had er niet als zo'n soort omhelzing uitgezien, vond ze. 'Is dat echt waar?'

'Honderd procent. Ik heb toen nooit tegen je gelogen, en ik lieg nu niet tegen je. De eerste tien jaar ben ik naar je op zoek geweest,' zei hij, 'en al die tijd was jij met een andere man en gaf je mijn geld uit. Je trouwde weer binnen... wat was het? Anderhalf jaar? Snel gedaan, Miriam. En hoe lang woon je hier precies?'

De blik op haar gezicht vertelde hem alles wat hij wilde weten. Hij glimlachte. 'Vijftig jaar dus. Mooi huis.' Hij knikte goedkeurend naar het enorme met klimop begroeide huis. 'Heel mooi. Zal nu toch zo'n... wat zullen we zeggen, drie kwart miljoen waard zijn? Je hebt altijd al een goede smaak gehad.' Hij zweeg. 'Dus dit heb je met mijn geld gedaan?'

Miriam wist dat ze een huurmoordenaar had moeten inschakelen. 'Ben je daarom soms hier, om je geld op te eisen? Gaat het daar dus om?'

Haar hersens draaiden nu op volle toeren; hij bleef van dit huis af. Op de een of andere manier zou ze hem wel terugbetalen. Hoeveel was die tweeduizend pond omgerekend nu eigenlijk waard? Honderdduizend? Lieve hemel, zou Edward haar willen helpen? 'Toe zeg, wat denk je wel van me,' zei Charles. 'Het geld kan me niets schelen. Toen misschien wel, maar nu niet meer. Trouwens,' voegde hij er droog aan toe, 'mijn huis in Edinburgh is twee keer zo groot als dit hier. Ik heb redelijk goed geboerd, kan ik wel zeggen.'
'Wat wil je dan?' Miriam keek hem achterdochtig aan.
'Je hebt mijn leven kapotgemaakt, maar ik ben altijd van je blijven houden. Mijn vrouw is twee jaar geleden overleden,' verklaarde hij. 'Dus dat betekent dat we allebei vrij zijn om het nog eens met elkaar te proberen. Ik wil je terug, Miriam. Je hebt ooit van me gehouden. Ik kan ervoor zorgen dat je weer van me gaat houden.'
Miriams maag draaide zich om. Over de tafel heen zag ze dat Laurie haar met samengeknepen ogen opnam.
'Je vrouw is overleden,' herhaalde ze zijn woorden. Ze was niet goed op de hoogte van hoe die dingen werkten. 'Dus je bent van me gescheiden?'
Hij schudde zijn hoofd. 'Na zeven jaar heb ik je dood laten verklaren.'
Hemeltje, stel je voor, dacht ze. Ik ben officieel dood.
'Hoor eens, je kunt hier niet zomaar naar binnen wandelen en zeggen dat je haar terug wilt,' barstte Laurie ineens uit. 'Dat kan gewoon niet!'
Even had Miriam zin om te zeggen: Waarom niet? Jij hebt exact hetzelfde gedaan.
Maar Laurie stond aan haar kant. Of om precies te zijn, aan zijn vaders kant.
Zich tot Laurie wendend, zei Charles vriendelijk: 'Natuurlijk kan dat wel. We leven in een vrij land.'
'Maar Miriam is niet vrij. Ze heeft al iemand.' Laurie wees naar Edward, die niet reageerde. 'Dat is mijn vader. Miriam en hij zijn... een paar.'
Wat strikt genomen niet waar was, dacht Miriam met een vaag schuldgevoel. Misschien waren ze emotioneel gezien een stel, maar

niet in lichamelijke zin. En Laurie wist dat.
Charles Burgess knikte en zei: 'O ja, dr. Welch, dat is waar, ik heb de foto van Miriam en jou in de krant gezien. Maar jullie zijn niet getrouwd. Als dat wel zo was geweest,' hij wendde zich geruststellend tot Edward, 'was ik niet gekomen.'
'Maar ze zijn samen,' hield Laurie vol. 'Ze zijn al jaren samen.'
'Dan is het nog vreemder dus dat ze niet getrouwd zijn.'
'Dat gaat je helemaal niets aan,' wierp Laurie boos tegen. 'Hoe dan ook, je verdoet je tijd hier. Miriam heeft geen belangstelling.'
'Dat weet je niet. Misschien heeft ze dat wel. Ik wil alleen de kans krijgen om daarachter te komen,' zei Charles. 'Ik zal de komende week in Bristol zijn, in het Swallow Royal. Miriam, ik zou het leuk vinden als je vanavond met me zou willen dineren. Dat ben je me toch op zijn minst wel verschuldigd.'
'En wat als ze nee zegt?' hield Laurie vol, wat hem op een schop onder tafel van Nadia kwam te staan.
'Simpel, dan stap ik naar de politie. Miriam zal worden gearresteerd wegens bigamie en diefstal. Het zal heel vernederend worden,' beloofde hij kalmpjes, 'en de consequenties zullen waarschijnlijk niet prettig zijn. Want geloof me, ik stap naar de rechter. En dan kan Miriam weleens in de gevangenis eindigen.'
Tilly's ogen werden als schoteltjes zo groot.
Charles Burgess keek naar Edward en haalde zijn schouders op.
'Het spijt me, maar Miriam is mijn vrouw. Was mijn vrouw,' verbeterde hij zichzelf. 'Ze was eerst van mij.'
Eindelijk deed Edward zijn mond open. 'Je gaat je gang maar,' zei hij koeltjes, zodat iedereen hem ongelovig aanstaarde. Terwijl hij zijn stoel naar achteren schoof en de voorkant van zijn overhemd gladstreek, stond hij op. 'Je hebt helemaal gelijk. Ik vraag haar al jaren of ze met me wil trouwen, en ze blijft maar nee zeggen. Zo te merken heb ik mijn tijd zitten verdoen.'
'Edward.' Miriam hapte naar adem. 'Dat is niet waar! Je kunt niet...'
'Integendeel, dat kan ik heel goed. Misschien heb je al die tijd op zoiets als dit zitten wachten. Ik weet het niet. En als jullie me nu willen excuseren.'
'Dit is belachelijk!' viel Laurie uit, nadat zijn vader was verdwenen.

Geschokt keek Miriam naar Charles. 'Ik denk dat jij ook beter kunt gaan.'
'Ik kom je om halfacht afhalen,' zei hij.
Iedereen keek naar Miriam, in de verwachting dat ze hem zou vertellen dat hij naar de maan kon lopen.
Maar zo eenvoudig was het niet.
'Goed.' Ze keek hem recht in de ogen, die opvallend weinig veranderd waren in al die jaren. 'Halfacht.'
'Dat is chantage,' mompelde Laurie.
Met een brede glimlach maakte Charles zich op om te vertrekken. 'Misschien. Maar gezien de omstandigheden moet dat kunnen, vind je niet?'
Leonie liep met Charles mee naar de voordeur. Een paar seconden later riep ze over het gazon: 'Het is al in orde. Hij is weg.'
Miriam begon te trillen. Niet in staat om haar familie aan te kijken, zei ze: 'Er moet nog wat gin komen,' en begaf zich naar de keuken.
Leonie zette daar net de waterkoker aan. 'Nou, wat een gedoe, zeg. Hoe was het om hem na al die jaren weer terug te zien?'
'Stomme vraag.' Miriams toon was kortaf en in tegenspraak met de gevoelens die haar bestormden.
'Wie had dat ooit kunnen denken?' Leonies stralende ogen dansten. 'Uitgerekend jij, een bigamiste! En een dief!'
'Leonie, alsjeblieft.'
'Om maar te zwijgen van de rest. Arme Edward, hij heeft nog steeds geen flauw idee waarom je niet met hem wilt trouwen, hè? O god, en zag je hoe hij zijn hand naar zijn borst bracht toen hij opstond? Even dacht ik dat we een herhaling zouden krijgen. Ik bedoel, zou dat ironisch zijn of niet?'
Op het randje van wanhoop viel Miriam uit: 'Wil je alsjeblieft niet zo hard praten?'
'Goed, goed. Ik zeg alleen maar dat het verdomd toevallig zou zijn geweest, meer niet.' Edwards gebaar na-apend, greep ze met een ondeugende grijns naar haar borst 'Ik bedoel, eerst Josephine, dan Edward. Om één lid van de familie Welch te verliezen is stomme pech, maar twee wordt toch echt verdacht.'
'O Leonie, hou je mond.'
'Vooruit, wind je niet zo op. Niet te geloven dat je het Edward

nooit hebt verteld. Ik bedoel, je hebt het toch niet expres gedaan? En welbeschouwd was het net zo goed zijn schuld als de jouwe.'
De keukendeur zwaaide open. In de deuropening stonden Nadia en Laurie. Alle kleur was uit Nadia's gezicht verdwenen.
Kalm vroeg Laurie aan Miriam: 'Ze kan niet geloven dat je Edward wat niet hebt verteld?'

54

Nadia moest erbij gaan zitten. Ze geloofde haar oren gewoon niet. Geholpen en aangezet door Leonie – en ook omdat ze niet veel keus meer had – gooide Miriam het hele verhaal eruit. Het was natuurlijk geen geheim dat het huwelijk van Lauries ouders niet al te gelukkig was geweest, maar geen van allen had ten volle beseft hoe destructief Josephine was geweest. Haar enige levensvreugde had ze ontleend aan Edward ongelukkig maken, terwijl ze zich onderwijl liet voorstaan op het feit dat ze de vrouw was van een eminent neuropsychiater. Vastbesloten om de schijn te redden had ze botweg geweigerd om een scheiding zelfs maar te overwegen. Edward, aan het eind van zijn Latijn, had steun gezocht bij Miriam. Zoals te voorspellen was geweest had hun vriendschap zich tot iets diepers ontwikkeld. Binnen een paar maanden tijd waren ze verliefd geworden en dat was het begin geweest van een discrete relatie.
'Maar niet discreet genoeg,' gaf Miriam berustend toe. 'Ze kwam er natuurlijk achter.' (Tot haar eeuwige schande dankzij een smaragden oorbel die Josephine in Edwards bed had aangetroffen, maar ze kon zich er niet toe brengen om dat nu ook nog op te biechten.) 'En toen belde ze me met het verzoek of ik langs kon komen terwijl Edward op zijn werk was. We waren in de tuin toen ze me vertelde dat ze het wist. Het was vreselijk, ze gilde tegen me en ze kreeg een steeds roder hoofd, terwijl ze maar bleef schreeuwen dat ik haar huwelijk kapotmaakte. Ze maakte me voor van alles en nog wat uit. En omdat ik wist dat ik het verdiende, ging ik niet tegen haar in, wat haar alleen maar nog bozer maakte. En

toen... o god, en toen maakte ze ineens een raar hijgend geluid en greep naar haar borst. Ongeveer een seconde lang, misschien korter. En toen viel ze op de grond en dat was dat.' Miriams donkere ogen vulden zich met tranen. 'Ze was dood. Ik heb haar pols gevoeld. Er was niets meer dat ik nog kon doen.' Ze zweeg, niet in staat om Lauries gespannen blik te beantwoorden. 'En toen kwam Leonie er ineens aan. Ze was op bezoek en wachtte tot Tilly uit school thuis zou komen. Toen ze Josephine hoorde schreeuwen, is ze komen kijken, dus heeft ze de rest ook gehoord. We belden het alarmnummer en ik heb haar laten zweren dat ze nooit verder zou vertellen dat Josephine en ik ruzie hadden gemaakt. Ik wilde niet dat Edward zich nog beroerder zou voelen dan hij al deed. Ik vertelde het ambulancepersoneel dat Josephine me had uitgenodigd om haar tuin te komen bewonderen... Nou ja, toen ze belde dacht ik ook dat dat de bedoeling was...'
Nadia verkeerde in shock. Aan Lauries gezicht viel helemaal niets af te lezen. Na James waren ook Tilly en Clare de keuken in gekomen en ze hadden allemaal even ongelovig naar het relaas geluisterd.
Miriam raapte eindelijk genoeg moed bij elkaar om Laurie aan te kijken: 'Het spijt me.'
Laurie zei niets. Nadia voelde dat ze met haar nagels in haar handpalmen duwde. De stilte in de keuken was onverdraaglijk.
Om de spanning te verbreken zei Leonie opgewekt: 'Maar het was toch niet expres! Zo'n hartaanval kan toch op ieder moment gebeuren. En Miriam heeft zich al die jaren zo schuldig gevoeld – daarom wilde ze niet met Edward trouwen, wat ik persoonlijk belachelijk vind...'
'En dan te bedenken dat ik altijd zo'n respect voor je had,' zei Laurie tegen Miriam. Hij schudde vol afkeer zijn hoofd. 'God, wat kunnen de dingen snel veranderen.'
Beledigd stak Leonie haar arm uit naar Tilly. 'Goed. Kom, schat, dan gaan we.'
'En iemand kan het ook maar beter aan mijn vader gaan vertellen.' Laurie richtte zijn koele blik op Miriam. 'Op de een of andere manier lijkt het niet eerlijk dat hij de laatste is die dit te horen krijgt.' Weer een stilte. 'Of wil je soms dat ik hem vertel hoe zijn vrouw precies is gestorven?'

Miriam sloot haar ogen en schudde haar hoofd. 'Nee, dat doe ik zelf wel.'

'Laten we hier weggaan,' mompelde Laurie, nadat Miriam was verdwenen naar de overkant van de straat en Leonie Tilly had meegenomen naar Brighton.
'Maar dan ben ik helemaal alleen,' protesteerde Clare, toen hij Nadia naar de deur duwde. 'Mag ik niet met jullie mee?'
Laurie deed alsof hij even over haar vraag nadacht en zei toen: 'Hoe kan ik dit netjes zeggen? Nee.'
'Goed, ik ga.' James verscheen weer in de deuropening, opgewonden met zijn autosleuteltjes rammelend. 'Ik ga naar Annie.'
'Nou, sterkte ermee,' zei Clare.
'Hoe bedoel je?'
'Misschien wil ze je wel niet meer wanneer ze hoort dat het huwelijk van je ouders niet rechtsgeldig was.' Ze keek hem ondeugend aan. 'Je bent dus een onecht kind.'
Nadia greep zich vast aan de zitting, terwijl Laurie op hoge snelheid door de smalle lanen reed. Toen ze stopten voor een met blauweregen begroeid hotel aan de rand van Winterbourne zei hij: 'Sorry. Maar ik wil vanavond niet naar huis. Vind je dit goed?'
Ze knikte en kneep in zijn hand. Ze begreep dat hij zich verraden voelde en had intens medelijden met hem.
'Ik had allang een van die huizen moeten kopen.' Hij zuchtte; hij had een bod gedaan op het huis in Clarence Gardens, maar Jay hield vast aan de vraagprijs. 'Het is belachelijk dat ik een hotel moet nemen, alleen maar om ruimte te hebben om na te denken. Ik zie het steeds voor me, weet je.' Hij wierp een sombere blik op Nadia. 'Mijn moeder die ruzie maakt met Miriam. Wanneer iemand doodgaat, dan probeer je je voor te stellen hoe het is gebeurd, en je denkt er voortdurend aan. Nu heb ik het gevoel dat ik dat allemaal nog eens over moet doen.'
'Kom,' zei ze op troostende toon. 'Dan gaan we een kamer voor je nemen.'
Hij keek haar verontrust aan. 'Je laat me toch niet alleen, hè? Ik wil liever dat je blijft. Ik bedoel, we hoeven niet... nou ja, je weet wel... maar ik kan wel wat gezelschap gebruiken.'
Haar hart ging naar hem uit. Hij had het duidelijk moeilijk. Ze

kon hem toch niet in de steek laten op een dag als vandaag? Terwijl ze naar het honingkleurige hotel keek dat baadde in het vroege avondlicht, zei ze: 'Denk je dat ze tandenborstels verkopen?'
'Laten we nu maar gewoon een kamer nemen.' Vermoeid wreef hij over zijn gezicht. 'God, ik ben kapot. Echt, ik wil alleen nog maar slapen.'
Wat, natuurlijk, een grote leugen bleek te zijn. Wat hij echt bedoelde, was dat hij met haar wilde slapen.
En, gezien de omstandigheden, dacht ze een tijdje later toen alles achter de rug was, hoe had ze kunnen weigeren?
Hij moest getroost worden. Opgevrolijkt. Hij had de geruststelling van lichamelijk contact nodig gehad.
En het celibaat was ook niet eenvoudig voor meisjes.
Ze lag op haar rug op adem te komen en keek naar het balkenplafond.
'Zie je wel?' fluisterde hij tegen haar schouder. 'Ik wist wel dat ik me door jou beter zou voelen.'
Toen bedekte zijn mond weer de hare, warm en zoet bekend, en ze gaf zich puur voor het genot gewonnen. Hun lichamen pasten zo goed bij elkaar, net als vroeger. Ze wisten van elkaar wat ze fijn vonden. De liefde bedrijven met Laurie had altijd iets magisch gehad.
'Wat is er?' vroeg ze, toen tot haar doordrong dat hij naar haar staarde.
'Niets.' Zijn groene ogen glinsterden. 'Ben je nu niet blij dat we hiernaartoe zijn gegaan?'
Ze keek hem aan. 'Wil je soms beweren dat je dit zo hebt gepland? Dat je alleen maar hebt gedaan alsof je van streek was?'
'Natuurlijk niet, ik heb helemaal niets gepland, dat zweer ik je.' Hij schudde hevig zijn hoofd en begon toen zonder enig berouw te grijnzen. 'Oké, ik geef het toe, toen ik hier buiten stopte, kwam het wel even bij me op dat dit misschien mijn grote kans was.'
Ze glimlachte ook, want dat was het nu net met Laurie; hij was altijd eerlijk.
'En ik ben er ingetrapt.'
'Toe zeg, je hebt me lang genoeg laten wachten. Ik begon me al zorgen te maken, dat kan ik je wel vertellen. En nu zijn er twee dingen die ik je wil zeggen.'

'Ga je gang.'
'Ik hou van je.' Hij kuste haar opnieuw. Zijn goudblonde haar viel over zijn voorhoofd. 'En ik ben uitgehongerd.'
'Beneden is een restaurant.' Ze kronkelde hulpeloos toen hij aan haar nek begon te snuffelen op de plek waarvan hij wist dat het daar kietelde.
'Saai. Dan moeten we kleren aan. En ik zou tussen de gangen door niet van jou mogen proeven. Volgens mij is het veiliger om eten op de kamer te laten brengen.'
'Minder kans om gearresteerd te worden,' beaamde ze.
Toen Laurie over haar heen reikte om de telefoon te pakken en zijn warme huid de hare streelde, leek het haar inderdaad leuker dat ze zich niet aankleedden.
Nadat hij eten had besteld, keek hij ernstig naar de hoorn in zijn hand. 'Eigenlijk zou ik papa moeten bellen, om te horen hoe het met hem gaat. Maar ik kan het niet. Niet vanavond.'
'Dan doe je het niet.' De telefoon van hem weggrissend toetste ze snel het nummer van haar eigen huis in. 'Ze zijn volwassen. Laat ze hun eigen rotzooi maar oplossen – hoi, met mij. Zijn er al doden gevallen? Oké, prima. Ja, met Laurie is ook alles in orde. We zijn in Hutton Hall. Hij moest even weg van huis. We komen morgen weer terug, goed? Bel me als er iets drastisch gebeurt.'
De hoorn van haar afpakkend voegde Laurie eraan toe: 'Maar alleen als het echt drastisch is. Al met al worden we liever niet gestoord.'
Aan de andere kant van lijn slaakte Clare een gil van plezier. 'Ouwe smeerlap, je bent naakt, hè? Ik kan het aan je stem horen!'
'Dat kun je wel denken,' zei hij zonder een spier te verrekken, 'maar ik kan u die informatie niet verstrekken.'
'Het is je eindelijk gelukt,' brulde Clare. 'Dat werd verdomme tijd ook.'
Hij grinnikte. 'Ik weet het. Gelukkig ben ik de moeite van het wachten waard.'
Wachten, wachten, o shit...
'Hé,' zei Laurie, toen Nadia uit bed probeerde te glippen. 'Waar ga je naartoe?'
Zijn armen sloten zich om haar middel voordat ze kon ontsnappen. Ze had net bedacht dat haar mobieltje in haar tas op de la-

denkast zat en dat Jay had gezegd dat hij nog zou bellen. Als hij op tijd terug was, zouden ze iets afspreken voor het eten. Na alles wat er vanmiddag was gebeurd, was haar dat helemaal ontschoten.
'Ik wilde even mijn mobieltje controleren, kijken of er berichten zijn.' Terwijl ze het zei, wist ze al dat het niet zo was. Ze had haar mobieltje aanstaan en haar tas lag op nog geen twee meter afstand. Als Jay had gebeld, dan had ze het horen overgaan.
Laurie rolde haar om en vroeg speels: 'Van wie verwachtte je dan een telefoontje?'
'Van niemand.' Nou ja, het was maar beter ook dat Jay niet had gebeld, want dan had ze moeten afzeggen. Uit het bed van de ene man springen om naar een ander toe te rennen was vast niet volgens de regels van de etiquette.
'Ben je met hem naar bed geweest?'
'Met wie?' Hoe wist hij nou waar ze aan dacht, vroeg ze zich verwonderd af.
'Kom, je weet best over wie ik het heb. Je baas. Van wie ik zei dat je er misschien maar eens mee naar bed moest gaan.'
Ze schudde haar hoofd; met zijn ogen op haar gericht was het prettig dat ze niet hoefde te aarzelen, zich niet hoefde af te vragen of ze zou liegen of niet.
'Nee.'
'Mooi.' Hij verstrengelde zijn vingers met haar warrige krullen, duwde ze weg uit haar gezicht en kuste haar voorhoofd. 'Daar ben ik blij om.'
Toen haar blik op zijn horloge viel, zei ze: 'Miriam is nu bij Charles Burgess. Ik vraag me af hoe het gaat.'
Terwijl hij haar weer in de kussens duwde, fluisterde hij: 'Laten we ons nu maar niet druk maken om anderen. Ik concentreer me liever op ons.'

Nadia's mobieltje zat niet in haar tas. Clare was in de tuin bezig om de restanten van het drankgelag van die middag op te ruimen en wilde net borden en glazen verzamelen toen ze het bekende vrolijke deuntje hoorde. Ze zag het mobieltje onder tafel liggen. Aangezien alles leuker was dan serveerster spelen – vooral als er niemand bij was om je te overladen met dank – liet ze de glazen

voor wat ze waren en raapte het zilverkleurige mobieltje op. 'Hallo?'
'Eindelijk. Ik probeer je al een uur te bereiken. Waarom reageer je niet op mijn berichtjes?'
Omdat ze de stem herkende, zei ze luchtig: 'Omdat dit Nadia niet is. Je hebt het geluk dat je met haar mooie, veel getalenteerdere zus praat. Niet dat je dat verdient,' vervolgde ze, 'aangezien je nog steeds geen enkele van mijn oogverblindende meesterwerken hebt gekocht, maar ja, gelukkig ben ik ontzettend vergevingsgezind.'
'Toevallig zat ik daar vandaag net aan te denken. Misschien kunnen we wel iets regelen samen.' Jay klonk bijzonder opgewekt.
'Maar mag ik nu Nadia even?'
'Ze is er niet. Er zijn vandaag allemaal maffe dingen gebeurd, je gelooft je oren gewoon niet. Hoe dan ook, Nadia is nu weg met Laurie, ze zitten in een of ander chic hotel. Ze belde net nog vanuit haar kamer, en ik kan je één ding vertellen, die zitten niet samen de bijbel te lezen. Maar over wat voor soort regeling had je het?'
Het bleef even stil. Toen vroeg Jay: 'Wat?'
'Je zei dat we samen misschien iets konden regelen. Dus vertel,' drong ze aan. 'Bedoel je een soort opdracht?'
'Ja, maar...'
'Fantastisch! Ik wist wel dat je smaak had. Luister, ik heb vanavond verder toch niets te doen, dus waarom kom je niet hiernaartoe, dan kunnen we het hebben over wat je precies in gedachten hebt.'
'Nou, eh...'
'Toe,' vleide ze. 'Iedereen is weg en ik haat het om alleen thuis te zijn.' Onschuldig voegde ze eraan toe: 'En als je braaf bent, dan zal ik je alles vertellen over dat Miriam een bigamiste is.'

55

'Dus,' eindigde Clare enige tijd later, nadat ze alles in geuren en kleuren aan Jay Tiernan had verteld. 'Wie had dat ooit gedacht? Miriam Kinsella, Bristols antwoord op Robin Hood! Behalve dan dat Miriam van de rijken heeft gestolen en het aan zichzelf heeft gegeven. En ze zit nu te eten met haar verloren echtgenoot. Ik ben toch zo benieuwd hoe ze dit allemaal oplost. Wil je nog wat drinken?'
'Nee, dank je. Ik moet zo weer gaan.'
Terwijl Jay zijn hoofd schudde, vroeg Clare zich af waarom ze niet eerder had gezien dat hij heel aantrekkelijk was. Nou ja... ze had het natuurlijk wel gezien, maar het was toen gewoon niet belangrijk geweest. Eerst had ze Piers gehad. Toen was ze zwanger geweest. Daarna was er nog Nadia's tweeslachtige houding tegenover Jay, en de regels van het spel schreven voor dat je niets probeerde met iemand op wie je zusje misschien al een oogje had. Tenminste niet als je leven je lief was.
Maar nu Nadia eindelijk had besloten wat ze wilde en voor Laurie had gekozen, golden die regels niet meer. En Clare kwam heel snel tot de slotsom dat dit misschien Niet Eens Zo Gek was. Met die kastanjebruine ogen en die smalle gewelfde lippen was Jay Tiernan echt een stuk. En veel meer haar type dan dat van Nadia.
'Nu is het jouw beurt.' Haar glas bijvullend uit een van de halflege flessen die nog op de tuintafel stonden, wierp ze hem een uitdagend glimlachje toe. 'Over wat voor opdracht had je het?'
Jay leunde achterover en haalde zijn vingers door zijn donkere haar. 'Nou, Nadia vertelde me dat je ook portretten doet.'
'Ja, inderdaad.' Ze knikte trots.
'Ben je goed?'
'Pardon? Natuurlijk ben ik goed!'
'Oké.' Hij glimlachte. 'Nou, ik wil dus een portret laten schilderen. Het is een soort familietraditie. Van Anthony en mij heeft mijn moeder ook portretten laten schilderen toen we baby waren, en ik vroeg me af of jij dat ook kon. Vanochtend is mijn neefje geboren. Het zoontje van mijn broer.'

Clare knikte meelevend. 'Nadia vertelde me dat. Hoe gaat het met Belinda?'

'Redelijk goed, alles in aanmerking genomen. En de baby is een wonder.' Hij zweeg. 'Dus wat denk je? Lukt je dat, van foto's werken? Of zou dat te...'

Omdat ze voelde dat hij het haar niet helemaal toevertrouwde – portretschilderen was per slot van rekening een vak apart – sprong ze overeind. 'Kom, ga mee. Dan zal ik je wat werk laten zien.' Boven in haar kamer pakte ze schetsboeken en duwde ze hem in handen.

'Deze zijn goed,' zei Jay. 'Het enige wat me nog een beetje dwarszit, is dat Belinda het misschien helemaal niet leuk vindt. Ik wil dat het een verrassing is, maar sommige mensen vinden het niks om continu een familieportret in olieverf aan de muur te hebben hangen. Ik bedoel, ik betaal met liefde vijfhonderd pond voor het schilderij, maar ik wil niet dat ze zich verplicht voelt om dat ding dan op te hangen alleen maar omdat het veel geld heeft gekost.' Onder het praten gleed zijn blik naar Clares ezel bij het raam waar het schilderij waaraan ze werkte, stond te drogen. 'Dat is erg mooi.'

Het doek, dat voor drie kwart af was, haar kermisschilderij, was, al zei ze het zelf, een van haar betere werken.

'Het heet *Van een koude kermis thuiskomen*.' Op zakelijke toon vervolgde ze: 'Oké, ik heb een voorstel. Ik zou natuurlijk een portret in olie of gouache voor je kunnen maken voor vijfhonderd pond, maar dat is de moeilijke manier om een echte gelijkenis te krijgen. En aquarel ziet er altijd een beetje druiperig uit.' Door een van haar schetsboeken bladerend, liet ze Jay een gedetailleerde tekening van Tilly op de schommel in de tuin zien. 'Met potlood krijg je een veel beter resultaat,' zei ze op vastbesloten toon. 'Waarom doen we dat niet? En als Belinda dan niet al te enthousiast is, dan hoeft ze zich ook niet schuldig te voelen, want het heeft je geen cent gekost.'

Ze zag dat hij zijn wenkbrauwen fronste. 'Hoezo heeft het me geen cent gekost? Ik zal je er toch voor moeten betalen?'

'Nee, hoor. Ik doe de potloodtekening gratis.' Triomfantelijk voegde ze eraan toe: 'Dan hou je mooi wat geld over om een van mijn prachtige schilderijen te kopen.'

Hij keek haar even geamuseerd aan. 'Dat is letterlijk: "Van een koude kermis thuiskomen."'
'Nee, helemaal niet. Twee voor de prijs van een. Het is juist een koopje.'
Na een tijdje knikte hij. 'Oké, afgesproken.'
'Ik zal je niet teleurstellen.' Ze rilde van plezier toen haar blote arm niet helemaal per ongeluk langs de zijne streek. Nadat ze het schetsboek had dichtgeslagen en op bed had gegooid zei ze uitnodigend: 'Zullen we het vieren met elkaar de kleren van het lijf rukken en ongebreidelde seks hebben?' Nou ja, haar ogen zeiden dat. Haar mond zei, een stuk minder opwindend: 'Zullen we het vieren met nog een drankje?'
'Beter van niet, ik moet maar weer eens gaan.' Jay glimlachte, alsof hij het non-verbale had overwogen en spijtig moest afslaan.
Toen ze bij de voordeur kwamen, bleef Clare staan. Oké, misschien geen seks, maar een kus kon toch wel? Gewoon om het balletje aan het rollen te brengen, zogezegd.
Toen ze de voordeur opende, voelde ze haar korte topje opkruipen, zodat nog meer van haar lichaam ontbloot werd. Ze trok het flink naar beneden om Jay een opwindende blik te gunnen op haar gebruinde decolleté en fuchsia-roze beha. Verontschuldigend grinnikend leunde ze tegen de open deur en glimlachte haar verleidelijkste lachje naar Jay, die zich langs haar heen zou moeten wurmen als hij naar buiten wilde.
'Nou, tot gauw dan maar,' zei Jay. 'Ik kom je eerdaags wel wat foto's brengen.'
'Het was me een genoegen om zaken met u te doen.' Haar hoofd heel iets schuin naar hem ophoudend, gaf ze hem de perfecte gelegenheid om een kus op haar geopende lippen te drukken.
Shit. Hij deed het niet.
'Zeg maar tegen Nadia dat ik haar morgen wel bel.' Hij manoeuvreerde zichzelf behendig langs haar blote middenrif.
Ze haalde haar schouders op. 'Als ik haar zie, zal ik het zeggen. Maar als ze met Laurie in een hotelkamer zit, dan kan het weleens heel lang duren voordat ze terugkomt.'

Het hotelrestaurant was een van die glamoureuze, serene ruimtes waar mensen tegen elkaar fluisterden en ervoor zorgden dat ze

niet met hun bestek over de borden schraapten. De gasten waren ook behoorlijk sereen, elegant gekleed en in rustige overeenstemming met hun omgeving.
Het was niet het soort plek om een scène te maken, en daar was Miriam blij om. Toen ze haar reflectie opving in de met spiegels bedekte wanden, dacht ze dat Charles en zij hier volmaakt leken te passen. Als je hen zo zou zien genieten van hun eten, zou je nooit raden waarom ze eigenlijk hier waren.
'Waarom glimlach je?' vroeg Charles.
'O.' Ze schudde haar hoofd. 'Het zet je wel aan het denken, hè? Als wij er al gewoontjes uitzien – de vrouw die dievegge annex bigamist is en de man bij wie ze vijftig jaar geleden is weggelopen – dan vraag je je af wat voor geheimen de anderen hier met zich meedragen.'
Charles legde zijn vork neer. 'Jij hebt er in je hele leven nog niet gewoontjes uitgezien.' Hij zweeg. 'Vertel me eens over de man met wie je bent getrouwd. Hoe was hij?'
Hoe was Robert Kinsella geweest? Miriam aarzelde geen seconde. 'Het tegenovergestelde van jou. Een goede man. Veilig. Ik wist dat ik hem kon vertrouwen. Ik mocht hem, dus ben ik met hem getrouwd. En toen ben ik langzaam aan van hem gaan houden. Hij was aardig en trouw, een goede echtgenoot. En jij?'
'Ik was ook een goede echtgenoot. Alleen vertrouwde jij me niet.'
Haar mondhoeken krulden iets. Zonder haar familie die haar op de vingers keek, vond ze het veel gemakkelijker om zich te ontspannen. 'Ik bedoelde, hoe was je vrouw?'
'Ah. Het tegenovergestelde van jou. Een goede vrouw, veilig. Ik wist dat ze nooit onze bankrekening zou plunderen en ervandoor gaan.'
Die zat.
'Ben je haar ooit ontrouw geweest?'
Hij schudde zijn hoofd. 'Nooit. En ik zou jou ook nooit ontrouw zijn geweest. Miriam, toen je weg was, had ik het liefst willen sterven. Je had me kapotgemaakt. De enige reden waarom ik geen geweer in mijn mond heb gestoken, was omdat ik bleef hopen dat je terug zou komen. En toen ben ik hertrouwd, maar het was niet hetzelfde. De vonk ontbrak. Mijn vrouw heeft altijd geweten dat ze tweede keus was; arme Emily, ze heeft altijd in angst geleefd

vanwege jou. Ze was doodsbang dat je op een goede dag gewoon op de stoep zou staan, als een donderslag bij heldere hemel, en ons hele leven op de kop zou zetten.'
'Dat is precies wat jij vanmiddag bij mij hebt gedaan,' wees ze hem terecht.
'Ik weet het. Het was niet de bedoeling, maar ik ben blij dat het zo is gegaan, waar je hele familie bij was. Noem het maar het evenwicht herstellen,' zei hij achteloos. 'Je kunt niet doen wat je mij hebt aangedaan en denken dat je er zonder kleerscheuren vanaf komt.'
'Ik denk niet dat Edward het me ooit zal vergeven.'
'Ik weet niet of ik wel wil dat hij dat doet. Wat maakt het nu uit wat hij vindt? Miriam, ik meen het.' Over de tafel heen greep hij haar hand beet. 'Ik weet dat ik tweeënzeventig ben, dat mijn haar grijs wordt en dat mijn gewrichten beginnen op te spelen, maar op dit moment, hier en nu, voel ik me gewoon weer tweeëntwintig. Hier vanbinnen,' hij legde haar handpalm tegen zijn gesteven overhemd, 'is er niets veranderd. Zodra ik je zag, ging mijn hart weer sneller slaan. Dat was toen zo, en dat is nog steeds zo. Je bent niet met Edward getrouwd. Je was met mij getrouwd. Toen je wegliep, heb je een enorm grote fout begaan, en volgens mij weet je dat ook.' Zijn gelaatstrekken verzachtten zich. 'Ik denk ook dat je er spijt van begint te krijgen. Dat zie ik aan die grote bruine ogen van je. Je hebt nooit iets voor me verborgen kunnen houden.'
'Behalve mezelf dan. En aardig wat geld,' herinnerde ze hem eraan, wat hem deed brullen van het lachen en de aandacht afleidde van het feit dat wat hij had gezegd akelig waar was.
Anders dan Robert, haar overleden man, was Edward charmant en goed opgeleid, in alle opzichten een echte heer. Maar hij gaf haar niet het gevoel dat Charles haar nu gaf. Miriam dacht dat ze het aardig goed had weten te verbergen, maar onder het klassieke zwarte zijden jurkje van Jean Muir zoemde haar lichaam als dat van een twintigjarige.
'Nou?' Charles hield nog steeds haar hand vast. Zijn blik was intens. 'Heb ik gelijk of niet?'
Een van de fijnste dingen van zeventig zijn, was dat blozen geen probleem meer was. Ze had al in geen tientallen jaren meer gebloosd.

'Nadat ik was weggegaan, heb ik er alles aan gedaan om je te vergeten,' zei ze langzaam. 'Ik voelde me vreselijk, maar ik hield mezelf voor dat ik beter af was zonder jou. En ik heb geen ongelukkig leven gehad,' ging ze verder. 'Robert was een geweldige man. Ik heb een fantastische familie. Ik weet dat ik het Edward niet gemakkelijk heb gemaakt, maar wij zijn ook gelukkig geweest samen. Echt.'
Nou ja, behalve dan toen zijn vrouw erachter kwam van ons en zo tegen me tekeerging dat ze er dood bij neerviel... en het feit dat ik om mezelf te straffen na die dag Edward nooit meer in mijn bed heb toegelaten.
'Ik wil niet weten hoe gelukkig je bent geweest.' Hij schudde zijn hoofd. 'Ik ben alleen geïnteresseerd in de toekomst. Ik ben tweeënzeventig, Miriam. Wie weet hoe lang we nog hebben? Ik wil de rest van mijn leven met je delen.'
'Lieve hemel, Charles, heb je al niet genoeg geleden?' vroeg ze met een beverig lachje, terwijl in haar ogen tranen verschenen.
Te bedenken dat haar leven zo heel anders had kunnen verlopen. Als ze Robert Kinsella niet had leren kennen, dan zou ze James nooit hebben gekregen...
'Ik ben altijd van je blijven houden,' zei Charles Burgess.
Miriam was weer achttien, haar hart ging als een gek tekeer en de vlinders buitelden en masse door haar buik. Niemand anders had haar ooit dit gevoel gegeven. Hemeltjelief, wat had ze die arme Charles aangedaan? Ze was er zo van overtuigd geweest dat hij een relatie met Pauline Hammond had – gedeeltelijk, dat moest gezegd worden, dankzij Pauline zelf – dat het nooit bij haar was opgekomen dat ze misschien een verschrikkelijke, verschrikkelijke vergissing had begaan.
En wat moest ze nu doen? Nou ja, één ding was zeker, Edward zou nooit meer iets met haar te maken willen hebben. Niet na vandaag.
'Waar denk je aan?' vroeg hij.
Goede vraag, dacht ze. Ze dacht dat ze het Charles misschien was verschuldigd om het opnieuw te proberen, om te kijken of ze iets goed kon maken van het verdriet dat ze hem had aangedaan. En als ze het zouden proberen, dan zou ze haar familie ook de schande en vernedering besparen van het bekend worden

van het feit dat ze een bigamiste was.
O god, maar kon ze het wel?
Haar stem brak van emotie toen ze fluisterde: 'Het is zo fijn om je weer te zien, Charles.'
De lijntjes om zijn ogen verdiepten zich toen hij begon te glimlachen. 'Schat, niet half zo fijn als het is om jou weer te zien.'

56

'Je hebt niets over me te zeggen! Je bent mijn moeder niet!'
'Nou, daar ben ik ook verdomd blij om, verwend kreng dat je er bent, maar ik mag je wel zeggen dat je met je vingers van mijn portemonnee moet afblijven.'
'Ik haat je!'
'Nou, vast niet zoveel als ik jou haat.'
De boosaardige ruzie tussen Leonie en Tamsin was een hele tijd zo doorgegaan. Beledigingen waren met toenemende roekeloosheid door de lucht gevlogen, zodat Tilly bang was geweest dat er klappen zouden gaan vallen. Tot haar grote schrik was ze gedwongen geweest om het gevecht vanaf de zijlijn bij te wonen. Tot Brian eindelijk was thuisgekomen en zijn woedende, knalrode dochter aan armen en benen naar haar kamer had gedragen.
Twintig minuten later was hij weer te voorschijn gekomen met Tamsin en had haar haar verontschuldigingen laten aanbieden aan Leonie. Later, toen Leonie Tilly bij het station had afgezet, had ze gezegd: 'Dat meisje maakt een moeilijke fase door.' Ze had haar armen om haar eigen dochter geslagen en eraan toegevoegd: 'Maak je niet druk, schat, het gaat vast beter zodra jij hier woont. Het zal zo'n verschil maken als jij een oogje in het zeil kunt houden.'
Tilly begreep werkelijk niet hoe dat zou moeten. Tamsin had nog nooit enige aandacht besteed aan wat ze ook te zeggen had. Het was een angstaanjagend vooruitzicht dat haar de hele treinreis op weg naar Bristol bezighield.

Dus nu was het zover. Ze moest haar bezittingen pakken en afscheid nemen van iedereen. Zaterdagmorgen zou Leonie haar en haar spullen ophalen en haar leven in Bristol zou voorbij zijn. Ze vroeg zich af of iemand haar eigenlijk wel zou missen. Waarschijnlijk niet. Ze leken allemaal genoeg aan hun hoofd te hebben op dit moment. Zoals Leonie haar er met iets te veel plezier op had gewezen, konden mensen wel een braaf gezicht opzetten en doen alsof ze volmaakt waren, maar het was nooit waar. Diep vanbinnen had iedereen zijn beschamende geheimen. Zelfs Miriam, tot Leonies grote genoegen.
De trein kwam piepend tot stilstand op Temple Meads station. Terwijl Tilly door het stoffige raampje tuurde, vroeg ze zich af of iemand haar zou komen ophalen. Toen ze gisteravond naar huis had gebeld, had ze Clare expres verteld hoe laat ze zou aankomen. Zo te zien was de hint niet begrepen.
Nou ja.
Met haar sporttas over haar schouder liep ze het station uit en begaf zich naar de rij bushaltes. Het begon te regenen, de grijze wolken aan de hemel pasten precies bij haar stemming. Ze had honger, maar niet genoeg om in de rij te gaan staan voor een oud broodje dat vijf pond zou kosten. Als ze...
'Aahh!' Tilly gilde toen een paar handen haar ogen bedekte. Ze draaide zich om en zag Cal staan grijnzen. Terwijl ze haar armen om zijn nek wierp, riep ze: 'Ik schrok me dood! Hoe wist je dat ik hier was?'
'Ik heb vanochtend naar je huis gebeld. Je zus vertelde me hoe laat je zou aankomen. Ik wilde op het perron op je wachten, maar de bus was te laat. Ik dacht al dat ik je was misgelopen.'
O Cal, lieve Cal. Hem zou ze ook missen. Doodsbang dat ze zou gaan huilen of iets heel gênants zeggen, keek ze hem alleen maar stralend aan. Ter plekke nam ze zich voor dat ze haar laatste dagen in Bristol niet zou gaan zitten chagrijnen, want anders zou zelfs Cal nog blij zijn dat ze wegging.
'Ik heb een echte zuurstok uit Brighton voor je meegenomen!'
'Dat had je niet moeten doen,' zei Cal ernstig, toen ze hem de zuurstok met gepast ceremonieel vertoon overhandigde.
Ze glimlachte. 'Waarom niet? Je bent het waard.'
'Ik bedoelde dat je wel iets beters voor me mee had kunnen ne-

men dan zo'n stomme zuur... Au!' Hij dook lachend weg, toen ze hem ermee op het hoofd sloeg.
'Kom, laten we naar mijn huis gaan. Of heb je nog andere dingen te doen?'
'Ik sta helemaal tot je beschikking,' plaagde hij, en ze moest snel haar blik afwenden voordat er tranen in haar ogen zouden verschijnen. Ze mocht niet, absoluut niet, huilen.

Toen ze bij Latimer Road aankwamen, was iedereen weg. Behalve Harpo natuurlijk, die Tilly met een spottende, schelle lach gevolgd door wolvengehuil begroette.
'Je kijkt te veel naar tekenfilms,' vertelde Tilly hem.
'O, joebiedoe,' kakelde Harpo, liefdevol in haar vingers prikkend, terwijl ze hem een rozijn voerde.
'Hé.' Cal liep naar Tilly toe toen haar gezicht ineens betrok. 'Niet huilen. Hij wilde je geen pijn doen.'
'Het heeft niks met Harpo te maken.' De dam was zonder enige waarschuwing doorgebroken. Tilly liet zich op haar knieën op de bank vallen en begroef haar gezicht in haar handen. 'Het is gewoon... o god... ik wil hier niet weg. Ik hou van iedereen hier. Ik wil niet naar Brighton.'
'Mooie broek.' Slechts vaag nieuwsgierig tuurde Harpo vanaf zijn stok naar beneden. 'Jammer van de kont.'
'Ik hou zelfs van Harpo,' snikte Tilly, 'en die is te stom voor woorden.'
'Natuurlijk. Er is helemaal niks mis met je kont.' Cal was inmiddels naast haar neergehurkt op de grond. Terwijl hij haar vingers van haar betraande gezicht trok, zei hij: 'Toe, niet doen. Er is toch geen reden om te gaan huilen?'
Zo zag je maar weer hoe stom jongens waren, dacht ze hulpeloos, want er was alle reden om te huilen! En om dat te bewijzen, spoten de tranen haar uit de ogen, haar neus begon te lopen en ze maakte allerlei onelegante hu-hu geluiden als een motormaaier die weigerde om aan te slaan.
'Je hoeft toch niet weg als je dat niet wilt. Ze kunnen je niet dwingen. Vertel ze gewoon wat je voelt.' Zacht veegde hij haar dunne blonde haar weg uit haar gezicht voordat het vast zou blijven plakken in het waterige spul dat uit haar neus druppelde. 'Als je

het zo erg vindt, mag je heus wel blijven.'
Hopeloos schudde ze haar hoofd. Het was waar, maar het was niet genoeg. Ze mocht dan misschien wel blijven – natuurlijk, want het waren aardige mensen – maar het bleef een feit dat ze liever hadden dat ze wegging.
Hoe dan ook, haar moeder wilde heel graag dat ze in Brighton kwam wonen. En ze kon Leonie niet teleurstellen.
In haar ogen wrijvend, snufte ze luid en schudde haar hoofd. 'Ik ga gewoon.' Terwijl ze hulpeloos om zich heen keek, viel haar oog ineens op het drankenkabinet. Was dat niet wat grote mensen deden als ze het moeilijk hadden? Jemig, bij het eerste beste teken van spanning greep zo'n beetje iedere volwassene in dit huishouden naar de fles. Misschien zou het haar ook helpen.
'Wat is er?' vroeg Cal, want ze zat als een zombie in de verte te staren.
'Laten we wat te drinken nemen.' Tilly was vastbesloten.
'Ik haal het wel even. Seven-Up of Pepsi?'
'Ik bedoel echte drank.' Ze liet zich van de bank glijden en liep naar de kast met de glazen deurtjes. Er was meer in de keuken, maar om mee te beginnen was dit ook prima. Er was port. En cognac. En whisky en cointreau en Tia Maria. Ze pakte twee glazen van geslepen glas en gaf er een aan Cal. 'Kom, dan zullen we eens zien wat er zo fantastisch is aan dit spul.'
Hij aarzelde. 'Weet je het zeker?'
'Ja! Het is zo'n beetje onze laatste avond samen, maar maak je daar vooral niet druk om.' Roekeloos schonk ze *tawny* port in haar glas. 'Als je niet durft, dan zoek je het zelf maar uit.'

God, whisky was echt goor. Wat een oplichterij. Het brandde in je mond en je moest ervan kokhalzen en het smaakte absoluut smerig. Net als cognac. Hoe kon een normaal mens deze troep nu willen drinken?
De Tia Maria was niet veel beter. Tilly had het al willen opgeven als niet te doen, maar Cal had haar verteld dat zijn moeder het met melk dronk. Dat was een aardige verbetering geweest, het smaakte nu naar een soort medicinale koffiemilkshake. En de port ging ook best, lekker zoet, met de smaak van geconcentreerde rozijnen. Het was nog lekkerder als je er sinaasappelsap bij deed.

En dat gold ook voor de cointreau.
Tegen achten kregen ze de smaak echt te pakken.
'Nu snap ik waarom mensen dit doen.' Tilly giechelde om haar eigen stem, die een beetje sliste, maar tegelijkertijd ook heel precies klonk. 'Ik voel me al een stuk beter. Maar mijn knieën doen wel raar. Doen jouw knieën ook raar?'
'Met mijn knieën is niets aan de hand, maar mijn handen zijn zo maf. Mijn vingers voelen net als... je weet wel, als een tros bananen? Oei, daar ging de fles bijna. Is leeg,' zei hij op bezorgde toon. 'Denk je dat je oma het erg vindt dat we de cointreau hebben opgemaakt?'
'Neeee. Daar is hij toch voor?' Ze schudde heftig haar hoofd. 'Je hebt er ook niks aan als de houdbaarheidsdatum is verstreken, toch? Bovendien stikt ze in de drank. Voelt jouw tong ook gek?'
Hij dacht even na. 'Het voelt alsof het de tong van iemand anders is. En bij jou?'
'Ook. Misschien zijn ze verwisseld toen we even niet opletten. Jij hebt die van mij en ik die van jou. Vind je het goed als ik die van jou meeneem naar Bristol?' Ze wiebelde haar tong op en neer en begon hulpeloos te giechelen. Het ging goed, ze voelde zich al stukken beter, zelfs al had ze dan een vreemde tong in haar mond. Het volgende moment schoten hun hoofden omhoog toen ze het geluid van een auto op het grind hoorden.
'O shit, daar komt iemand thuis!' In haar haast om de lege cointreau-fles te verstoppen, vloog haar halfvolle glas port door de lucht. Geschrokken keek ze naar het gebroken glas en de groter wordende vlek op het tapijt en sprong overeind. 'Ze worden woest... oeps, au...'
'Waar kunnen we ons verstoppen?' Cal keek hulpeloos om zich heen, terwijl Tilly over haar scheen wreef.
'Kuttafels, waarom moeten die van die randen hebben? Nee, nee, ze zien je onder de bank.' Giechelend trok ze hem aan zijn enkels naar achteren. Buiten werden portieren dichtgeslagen en klonk de piep van een elektronisch slot. 'Snel, door de zijdeur... We springen gewoon over de tuinmuur.'
Springen bleek niet het juiste woord, want dat riep beelden op van zonder enige inspanning door de lucht vliegen, als gazelles. Bij hen was het meer stommelen en rommelen en krabbelen tot

ze uiteindelijk met de gratie van een stel nijlpaarden aan de andere kant van de met klimop begroeide muur neerstortten.
Maar in elk geval waren de flessen nog heel.
'Wat is hier verdomme gebeurd?' schreeuwde Nadia, die kennelijk de troep in de woonkamer had ontdekt. Haar stem verheffend, blijkbaar in de veronderstelling dat Tilly boven was, schreeuwde ze vol ongeloof: 'Tilly, heb jij dit gedaan? Kom onmiddellijk naar beneden!'
Tilly en Cal, gehurkt aan de andere kant van de muur, grinnikten en verstopten hun gestolen flessen – Harvey's Bristol Cream sherry en Taylor's tawny port – onder hun T-shirts. Terwijl ze zo dicht mogelijk bij de stoffige grond bleven, holden ze het laantje uit, weg van het huis.
Tegen negen uur was het donker en waren de flessen leeg. Tilly, die begon te rillen, merkte dat ze weer huilde. Zo was het de hele avond al gegaan; het ene moment gierden Cal en zij van het lachen om het een of ander, en het volgende moment werd ze overspoeld door verdriet en wilde ze alleen nog maar dood. Als drinken dit met je deed, was het al met al misschien toch niet zo fantastisch.
'Ze haten me,' snikte ze, terwijl ze de zoom van haar dunne T-shirt – alweer – als zakdoek gebruikte.
Onhandig klopte Cal haar op de hand. 'Tuurlijk haten ze je niet.'
'Ik heb het tapijt verpest. Ze zullen blij zijn als ik eindelijk weg ben.' Ze had zich nog nooit zo eenzaam en ongeliefd gevoeld, als een jong hondje dat in een zak werd gepropt. 'Ik ben ze alleen maar tot last. Waar ga je heen? Moet je weer overgeven?'
'Weet ik niet.' Cal had zichzelf omhooggehesen en liep naar de brugleuning. Hij haalde een paar keer diep adem en zei paniekerig: 'Ik wou dat het eens een beslissing nam.'
'Overgeven of niet overgeven, dat is de vraag,' declameerde Tilly, die zelf helemaal niet misselijk was. Maar haar hoofd draaide wel. Rond en rond en rond en rond, als een ritje in de draaimolen op de kermis. Als ze haar ogen dichtdeed, werd het nog erger. Nou ja, de sherry en port waren toch al op. Wat gedronken, wat geknoeid... hoe dan ook, het was op. Toen ze iets lekkerder wilde gaan zitten, merkte ze ineens dat haar blaas op knappen stond. Dat was het rotte aan spoorwegbruggen, ze deden niet aan wc's.

'Ik kan niet naar huis.' Hete tranen druppelden over haar wangen. 'Dan gaan ze tegen me schreeuwen. Ik wou dat ik dood was.'
'Nee, dat is niet zo, dat mag je niet zeggen.' Cal had inmiddels besloten dat hij niet hoefde over te geven en strompelde weer terug naar Tilly. In het donker struikelde hij over haar uitgestoken been en viel onhandig min of meer op haar schoot. Jammerend en huilend duwde ze hem van zich af; hij deed haar blaas echt geen plezier met die val.
'Ze haten me. Waarschijnlijk gaan ze een feestje geven als ik weg ben, om het te vieren. En als ik nu niet meteen een wc vind, dan plas ik in mijn broek.'
'Daar is de wc.' Plechtig wees hij naar een lage struik. 'Toe maar, ik kijk echt niet.'
Poeh, wat dacht hij, dat ze stom was of zo? Ze krabbelde overeind en liep, de struik negerend, naar het eind van de brug. De helling die naar het spoor leidde, was afgezet met een hek, maar als ze over het hek klom en de helling af, dan kon ze in alle rust plassen, zonder dat Cal haar kon horen of zien.
Veel waardiger.
Ze hees zich over het hek, kwam met een plof aan de andere kant neer en kroop naar de beschutting van de brug.
'Wat doe je?' Cal klonk bezorgd.
'Je weet best wat ik doe. Ik ga op een discrete damesachtige manier piesen, zonder publiek. En je mag ook niet luisteren.' Onhandig maakte ze haar korte broek los en ging op haar hurken zitten, half tegen de brug leunend. Zichzelf in evenwicht houdend zodat, hopelijk, de stroom urine niet over haar voeten zou gaan, stond ze haar spieren toe om zich te ontspannen.
O, wat een genot, wat een zalig genot...
'Alles goed met je?'
'Wil je eindelijk eens je kop houden en me met rust laten?' Werkelijk, bemoeiallen. Hoe kon hij nu denken dat hij haar zo hielp?
'Je mag daar helemaal niet komen,' zweefde Cals stem naar haar toe.
'Zeur niet zo, ik kom alweer naar boven.' Geïrriteerd om zijn bezorgdheid trok ze moeizaam haar broek weer op – een beetje vochtig, nou ja – en zette haar voeten schrap tegen de stenige helling. Haar hoofd draaide nog steeds rondjes, zodat het moeilijk was

om haar evenwicht te bewaren. Een voet gleed uit op een losliggende steen, en ze greep paniekerig naar de zijkant van de brug. Het volgende moment slaakte ze een gil toen ze pijnlijk en onhandig op haar rug belandde. En daarna had ze het niet meer in de hand, ze bleef vallen en vallen. Haar hoofd bonsde keer op keer tegen de rotsbodem, terwijl ze als een lappenpop, schreeuwend van pijn en angst, helemaal naar beneden viel.

57

Als een komeet schoot Nadia door de deuren van de eerste hulp naar binnen. Het telefoontje uit het ziekenhuis had haar de schrik van haar leven bezorgd.
'Mijn zusje moet hier ergens liggen, ze is per ambulance hiernaartoe gebracht, ze hebben haar op het spoor gevonden,' ratelde ze tegen de receptioniste achter de balie. 'Ze heet Tilly Kinsella.'
De naam herkennend zei een verpleegster die net langsliep: 'O, dat meisje van dertien. Ze zijn net haar maag aan het leegpompen. Ga maar even zitten, zo meteen zal er wel iemand naar je toe komen.'
Geschrokken draaide Nadia zich om. 'Haar maag leegpompen? Je bedoelt dat Tilly een overdosis heeft genomen?'
De verpleegster legde geruststellend een hand op Nadia's schouder. 'Ze had behoorlijk veel gedronken. Het was voor de artsen een beetje moeilijk om haar verwondingen te behandelen, ze werkt niet echt mee, om het zo maar te zeggen. Zodra ze klaar zijn met haar, komen ze met je praten.'
'Kan ik nu niet naar haar toe?'
'Nog even geduld hebben.' De verpleegster knikte naar de hoek van de wachtkamer. 'Daar zit haar vriendje, die is met haar meegekomen.'
Nadia draaide zich om. 'Cal.'
'Het spijt me, het spijt me, ik kon er niks aan doen.' Cal kromp ineen toen Nadia voor hem ging staan, hoog boven hem uittore-

nend. Met een wit gezicht, onverzorgd en zo te zien er zelf ook niet al te best aan toe, jammerde hij: 'Ik zei nog dat ze niet over dat hek moest klimmen. En toen is ze gevallen. Op de rails. Ik heb haar eraf getrokken, maar ze had bloed op haar gezicht en ik dacht dat ze dood was. En toen moest ik haar daar laten liggen en naar het dichtstbijzijnde huis rennen om een ambulance te bellen... Ik was zo bang dat ze weer terug zou kruipen op de rails en dat er dan een trein aan zou komen... maar de dokter zei dat het alleen maar schrammen en blauwe plekken zijn, hij zegt dat het wel weer goed komt...'
'Cal, Tilly is dertien. Ze drinkt niet. Hoe kon dit nu gebeuren?' Nadia probeerde niet aan Tilly te denken, kokhalzend en tegenstribbelend terwijl haar maag werd leeggepompt. Het sloeg gewoon nergens op.
'Ik kon er niets aan doen.' Angstig keek hij haar aan. 'Tilly wilde dronken worden. Ze was zo van streek, echt in alle staten. Ze bleef maar huilen en toen opende ze de eerste fles en zei dat drinken misschien zou helpen. Het was niet mijn idee, echt niet.'
Cal zag er verschrikkelijk uit, verfomfaaid en onder de modder. Zijn ogen waren rood. Hij rook naar alcohol en pepermunt met een vleugje kots.
'Van streek? Waarom was ze dan van streek? Waarom moest ze huilen?'
'Omdat ze niet naar Brighton wil verhuizen. Ze wil niet bij haar moeder en Brian en Tamsin wonen. Ze wil hier blijven.' Cal gebaarde dramatisch om zich heen naar de aftandse wachtkamer. 'Bij jullie.'
Verbijsterd vroeg Nadia: 'Weet je dat zeker? Waarom doet ze het dan? Waarom blijft ze niet gewoon? Waarom heeft ze ons er niets over verteld?'
'Omdat ze denkt dat jullie haar kwijt willen.'
'Wat?'
Hij wendde zijn blik af. 'Ze denkt dat ze jullie in de weg loopt. Dat ze jullie alleen maar tot last is. Ze zei dat jullie haar allemaal haatten.' Zichzelf verdedigend voegde hij eraan toe: 'Maar ik heb haar gezegd dat dat niet zo is.'
Nadia voelde zich misselijk. Misselijk en verdoofd.
De verpleegster verscheen en wenkte haar. 'Je kunt nu bij haar.'

Cal, bijna in tranen, zei: 'Ik wacht hier wel.'
Nadia zocht in haar broekzak, vond een paar muntjes van een pond en stopte ze in zijn hand. 'Hier, ga maar wat te drinken halen.' Met een glimlachje knikte ze naar de frisdrankautomaat tegen de muur. 'Misschien gewoon een coke deze keer.'
Toen Nadia Tilly in het door gordijnen afgeschermde hokje op het smalle bed zag liggen, kreeg ze een brok in haar keel. De lakens waren gekreukt, alsof ze woest met de verpleegsters had gevochten. Haar gezicht was net zo wit als het ziekenhuishemd, op de blauwe plekken en de grote snee boven haar linkeroog na. Zich vooroverbuigend drukte ze een kus op Tilly's warme voorhoofd. Tilly opende haar ogen en meteen betrok haar gezicht. 'Het spijt me dat ik het glas heb gebroken... en de vlek in het tapijt.'
'O, alsjeblieft. Niet te geloven gewoon wat er is gebeurd. Hoe voel je je nu?'
Tilly likte haar droge lippen. 'Verschrikkelijk. Ze hebben gewoon een slangetje in mijn keel gestoken. Ik heb een van de dokters geschopt. Ik heb hoofdpijn en mijn rug doet zeer en mijn T-shirt zit onder het bloed en de modder.' Ze zweeg even. 'Je bent vast wel heel boos op me.'
'Doe niet zo raar. Ik ben alleen heel erg geschrokken.' Nadia streelde haar smalle hand. 'Tilly, waarom ben je dronken geworden?'
Tilly's gezicht kreeg een gesloten uitdrukking en ze wendde haar hoofd af. 'Zomaar. Ik wilde weleens weten hoe het voelde.'
'Cal zit buiten. Hij heeft me verteld wat je hebt gezegd. Is dat waar, Tilly?' Nadia schudde zacht aan Tilly's arm. 'Ga je alleen maar naar Brighton omdat je denkt dat wij je hier niet willen?'
Een traan druppelde uit een hoek van Tilly's gesloten ogen.
'Want dat is echt grote onzin,' riep Nadia uit. 'Ik weet niet hoe je dat zelfs maar kunt denken. Tilly, we houden van je! We willen allemaal juist veel liever dat je blijft, weet je dat dan niet?'
De tranen stroomden nu harder en drupten in Tilly's oren. 'Maar niemand heeft dat gezegd. Iedereen leek ge-gewoon vrolijk, alsof het ze n-niets kon schelen. Jullie zeiden allemaal dat ik het zelf moest weten.'
'Hier, veeg je oren droog.' Nadia pakte een tissue uit de doos op het karretje dat achter haar stond. 'Lieverd, dat moesten we zeg-

gen. Miriam had ons dat op het hart gedrukt. Ze zei dat we niet moesten proberen om je over te halen om te blijven, omdat dat niet eerlijk zou zijn tegenover jou. Leonie is je moeder. Als je bij haar wilde zijn, dan moesten we je laten gaan. Miriam wilde niet dat je je schuldig zou voelen.'
'Echt? Is dat echt w-waar?'
'Natuurlijk is het waar! Maar als je toch niet wilt gaan, dan hoeven we ons geen zorgen meer te maken. Dan blijf je hier en zijn we allemaal blij.' Nadia omhelsde haar zo stevig dat Tilly het gevoel kreeg dat ze nog een keer van de rotsige helling af viel. De helft van haar wilde uit elkaar barsten van vreugde omdat ze toch niet ongewenst was.
Maar er was nog een obstakel uit de weg te ruimen. Met een klein stemmetje zei ze: 'Maar mama zal niet blij zijn. Ze wil dat we een echt gezinnetje worden... zij en Brian en Tamsin en ik. Ze zei dat ze me daar nodig had... o god, ik kan haar toch niet in de steek laten?'
Nadia was verbaasd over Tilly's bezorgdheid om haar moeder. Nou ja, dit was iets wat ze wel kon oplossen.
'Maak je daar maar niet druk over. Ik zal haar alles wel uitleggen. Laat Leonie maar aan mij over.'
Een halfuur later arriveerden James en Annie in het ziekenhuis. De arts deelde hun mee dat ze, vanwege de alcoholvergiftiging en het feit dat Tilly korte tijd bewusteloos was geweest na de val, haar een nachtje in het ziekenhuis zouden houden.
Buiten op het parkeerterrein probeerde Nadia Leonie te bellen, maar blijkbaar was het nummer afgesloten.
Terwijl Cal bij haar kwam staan, vroeg hij bezorgd: 'Wat gaat er nu gebeuren?'
'Twee dingen.' Ze stopte het mobieltje terug in haar zak. 'Tilly blijft bij ons in Bristol.'
'Gaaf!' Ondanks zijn kater glom hij van blijdschap. 'En wat is dat andere?'
'Je ouders vragen zich vast af waar je blijft. Ik breng je naar huis.'

Tilly werd overgebracht naar de kinderafdeling, waar haar rode alcohol-ogen en benevelde brein een vreemde tegenstelling vormden met de vrolijke stripfiguren op de muren.

'Dit is voor kinderen,' mompelde ze.
'Goh, dan heb ik nieuws voor je,' zei James, terwijl Annie in haar handtas rommelde. 'Je bent een kind.'
'Kom.' Annie had een borstel gepakt. 'Laat ik eerst die warboel eens op orde brengen.'
Tilly ontspande zich, genietend van de manier waarop Annie geduldig de knopen in haar haar probeerde te ontrafelen. James en Annie waren zo leuk samen, het was net alsof ze al jaren bij elkaar waren.
'Ik heb jullie avond verpest.'
'Je bent dertien.' James ging op de rand van het bed zitten. 'Dat is wat dertienjarigen doen.'
'Weet je zeker dat je het niet erg vindt als ik blijf?'
'Tilly, wil je daar alsjeblieft over ophouden? Ik schrok me dood toen Nadia ons vanavond belde. Je bent familie. Je hoort bij ons.'
'Maar ik ben geen familie. Niet echt. En nu heb je Annie, dus...'
'Je hoort bij me, net zoals Nadia en Clare bij me horen. Helemaal precies hetzelfde,' zei James op vastbesloten toon. 'En je gaat helemaal nergens heen. Bovendien had ik Annie niet eens gehad als jij er niet was geweest. Dat heb je helemaal zelf voor elkaar gekregen.'
Tilly glimlachte tevreden naar Annie. 'Dat is zo, hè?'
'Als jij er niet was geweest,' ging James verder, 'dan zou ik nog steeds iedere avond mijn *Evening Post* kopen en me afvragen wie die mooie vrouw achter de toonbank toch was.'
'Zie je wel?' Annie keek hen allebei grinnikend aan. 'Dus dankzij jou gaat hij daar niet meer naartoe en komt hij nu naar mijn winkel.'

'Sorry, heb ik je wakker gemaakt?'
Nadia wreef in haar ogen; ze had vannacht ongeveer een uur geslapen voordat de deurbel haar had gewekt uit een angstige droom vol custard en treinen en achter een ziekenhuiskarretje hangen terwijl het over gebroken glas reed... Nou ja, gelukkig maar dat het niet echt was.
Jay was wel echt. Het was negen uur 's ochtends en hij stond op de stoep met een bruine envelop in zijn hand.

'Kom binnen, dan zal ik water opzetten. Gaat het over het nieuwe huis?'
'Nou, eigenlijk kwam ik Clare de foto's brengen. Is ze al wakker?'
Meende hij dat? Om negen uur 's ochtends? Tot het middaguur behoorde Clare niet tot het land der levenden.
Nadia zette thee en bewonderde braaf de foto's van de baby. Veel zuigelingen zagen eruit als onduidelijke bobbels, maar Daniel had gelukkig opvallende wenkbrauwen, grote donkere ogen en een zwart bosje haar als van Kuifje. Clare zou hem heel herkenbaar kunnen portretteren.
'Hij is een schatje,' zei Nadia, omdat je dat nu eenmaal altijd moest zeggen over baby's, zelfs al leken ze op een gerimpelde walnoot in een apenpak. Maar deze leek daar toevallig niet op. Daniel was echt schattig, met zijn lange wimpers en tere vingertjes en snoezige puntige kinnetje.
'Dank je. Zelfs al is hij dan niet van mij,' zei Jay. 'Jij ziet er trouwens verschrikkelijk uit.'
'Ik mag er verschrikkelijk uitzien. Ik heb een speciale vrijstelling.' Terwijl ze tegenover hem ging zitten aan de keukentafel, vertelde ze hem over afgelopen nacht. 'Maar het is nu dus opgelost. Nou ja, bijna.' Ze pakte haar mobieltje en toetste Leonies nummer voor de tiende keer in. Nog steeds vertelde de monotone stem haar dat het nummer was afgesloten.
'Problemen?' vroeg Jay.
Nadia wreef over haar gezicht. 'Ik krijg Leonie niet te pakken. Ik moet naar haar toe, haar uitleggen wat er is gebeurd. Je hebt me vandaag toch niet nodig, hè?'
'Ik heb je niet nodig.' Hoorde ze daar een vleugje van een niet al te verborgen betekenis in die woorden doorschemeren? 'Waar is Laurie?' wilde hij weten.
'Die is met zijn vader naar Kent, naar een zus van Edward. Edward wilde een paar dagen weg en Laurie had zijn tante al in geen jaren gezien. God.' Ze rekte zich uit en gaapte luidkeels. 'Het komt ook allemaal tegelijk. Miriam is gisteravond niet thuisgekomen. Ze weet het nog niet eens van Tilly.'
'Je kunt zo niet naar Brighton rijden,' zei hij. 'Moet je zien hoe je eraantoe bent.'

'Dank je. Heel vleiend weer.'
'Ik bedoel alleen maar dat je uitgeput bent.'
'Ik heb geen tijd om uitgeput te zijn. Ik heb Tilly beloofd dat ik dit zou oplossen... o shit.' Ze sprong op toen ze koffie over zich heen gooide. En over de vloer.
'Laat maar,' zei Jay, terwijl ze snel naar het aanrecht liep. 'Ik ruim het wel op. Ga jij je maar douchen en wat anders aantrekken. Als je klaar bent, breng ik je wel naar Brighton.'
Opgelucht zei ze: 'Echt?'
'Moet je zien wat er al gebeurt als je alleen maar een kop koffie wilt optillen.' Hij trok een wenkbrauw omhoog. 'En stel jezelf dan eens achter het stuur voor.'
'Ooit zul je een heel lieve echtgenoot voor iemand zijn,' zei ze grijnzend.
'En trek wat fatsoenlijks aan,' diende hij haar meteen van repliek, 'je ziet eruit alsof je in die kleren hebt geslapen.'
Dat was dus ook zo.
'Brutaaltje,' zei ze.

58

De rit naar Brighton was ontspannend. Het was zalig om niet achter het stuur te hoeven zitten. Nadat ze zich had gedoucht en omgekleed in een kort wit rokje met een klein oranje topje, voelde ze zich geen zwerver meer. Ze had zelfs royaal mascara en oranje-roze lippenstift opgedaan. De Stereophonics blèrden uit de autoradio, ze was in handen van een bekwaam chauffeur en haar haar was opgedroogd in krulletjes, zoals de bedoeling was, en niet ontploft in een pluizenbol.
Het allerbeste was nog dat Jay het, sinds ze waren weggereden, nog niet over Laurie had gehad. Of over Andrea. In plaats daarvan hadden ze over Belinda en de baby gepraat, over Tilly's nadere kennismaking met de rails en Jays voorlopige plannen voor Highcliffe House.
Tegen de tijd dat ze in Brighton arriveerden, was het bijna tussen

de middag. De regen van gisteren was weggetrokken en de zon scheen op volle kracht. Terwijl ze over de drukke boulevard reden, keek Nadia verlangend naar de zee, kobaltblauw en schitterend als diamanten.
'Hier links,' wees ze Jay de weg. 'En nu rechts. Doorrijden tot het einde. In deze straat wonen ze.'
'Ik wacht wel in het Italiaanse restaurant waar we net langskwamen,' zei hij. 'Kom daar maar naartoe wanneer je klaar bent. Sterkte ermee,' voegde hij eraan toe, toen ze uitstapte.
Ze streek de vouwen in haar witte spijkerrokje glad. 'Dat heb ik niet nodig. Ik ben niet bang voor Leonie.'
Toch was ze voorbereid op de enorme vertoning die zou losbarsten zodra Leonie ontdekte waarom ze hier was. Leonie kon er namelijk niet goed tegen als ze niet haar zin kreeg.
Leonie deed de voordeur open. 'Schat, lieve hemel, maar dat is een verrassing!' riep ze verbaasd. Over Nadia's schouder turend, vroeg ze: 'Is Tilly bij je?'
'Nee, we proberen je al de hele tijd te bereiken.'
'O, dat stomme ding is kapot. Je wilt me toch niet vertellen dat je hier helemaal naartoe bent gereden omdat je je zorgen om ons maakte.' Leonies ogen glansden geamuseerd.
'Niet echt, nee.' Nadia haalde diep adem en volgde Leonie naar binnen. 'Ik ben hier omdat Tilly niet bij je komt wonen. Ze wil het niet. We wisten dat niet, omdat ze niets had gezegd. Pas gisteravond, toen ze dronken werd en...'
'Tilly is dronken geworden?'
'Behoorlijk. Het eindigde ermee dat ze van een spoorwegtalud is gevallen en bijna onder een trein is gekomen. Ze ligt in het ziekenhuis,' ratelde Nadia verder, 'maar alles is goed met haar, alleen maar schrammen en blauwe plekken, ze mag vandaag alweer naar huis. Maar ze weet wat ze wil,' eindigde ze vastbesloten.
'Het is niet eerlijk om haar bij ons weg te halen. Het spijt me voor je, maar Tilly is gelukkig waar ze is. Ze is al haar hele leven bij ons en ze wil niet verhuizen. Dus blijft ze bij ons.'
Oef. Dat had ze er toch mooi in één keer uit gekregen. Nu hoefde ze alleen Leonies vertoning uit te zingen en haar ervan te overtuigen dat ze het serieus meende; niemand zou hen van gedachten kunnen doen veranderen.

'Nou.' Leonie leunde tegen de koelkast en schudde haar hoofd. 'Dat komt nogal als een donderslag bij heldere hemel.' Toen begon ze stralend te glimlachen. 'Wat een opluchting.'
Nadia dacht dat ze het niet goed had verstaan. Het was óf dat, óf Leonie had haar niet goed begrepen.
'Wat?'
'Ach kom, laten we een flesje wijn opentrekken! God, na wat ik allemaal heb meegemaakt, heb ik dat wel verdiend.' Vrolijk gulpte ze Rioja in twee glazen. 'Niet te geloven wat hier allemaal is gebeurd nadat ik ben teruggekomen uit Bristol. Ik zou je best mee uit lunchen willen nemen, schat, maar ik moet thuis zijn – er komt vanmiddag iemand langs om de telefoon te repareren. Maar als je honger hebt, wil ik wel even een quiche voor je ontdooien.'
'Ik heb geen honger.' Nog steeds verbijsterd schudde Nadia haar hoofd. 'Waar is Brian? En... eh... Tamsin?'
'Hij is naar Sunderland met dat kleine kreng. Ze heeft haar kans gehad en ze heeft hem verknald. De politie heeft haar gisteren opgepakt – samen met die junkievriendjes van haar vanwege verstoring van de openbare orde. Tamsin was betrapt op winkeldiefstal en in gevecht geraakt met de winkelmanager. Nou ja, dat was dus echt de druppel voor Brian. Hij heeft meteen zijn ex gebeld om haar te vertellen dat ze Tamsin weer terug kon krijgen. Natuurlijk sputterde Marilyn behoorlijk tegen, maar toen hij haar vertelde waar haar lieve dochtertje zich de laatste tijd zoal mee bezig heeft gehouden, besefte ze dat ze haar wel terug moest nemen. Echt, het is gewoon een nachtmerrie geweest, schat. Dat kind is onhandelbaar. Je had haar gisteravond eens moeten horen, ze maakte ons voor van alles en nog wat uit – en toen trok ze de telefoonkabel uit de muur en gooide mijn cd-speler uit het raam! Als je het mij vraagt, verdient ze een goed pak slaag. Die eindigt nog in de gevangenis, neem dat maar van mij aan.'
Als aan de grond genageld vroeg Nadia: 'Maar waarom wilde je dan zo graag dat Tilly hier kwam wonen?' Hoewel ze vermoedde dat ze het antwoord al wist.
'O, dat. Nou, dat was eigenlijk Brians idee. Het is verdomd lastig om continu zo'n rondlummelende tiener om je heen te hebben. Tamsin klaagde aan een stuk door dat ze zich zo verveelde. Dus Brian bedacht dat het misschien een goed idee was om Tilly

hiernaartoe te halen – Tamsin zou dan tenminste gezelschap hebben en bovendien kon Tilly haar op het rechte pad houden. Eerlijk gezegd heb ik van het begin af aan mijn twijfels gehad, maar Tamsin leek er wel oren naar te hebben. Hoe dan ook, ze is weg, dus eind goed, al goed. We hebben Tilly niet meer nodig. Wat denk je, zal ik die quiche nog voor je in de oven doen?'

Jay zat ontspannen aan een van de stalen tafeltjes op het terras van het Italiaanse restaurant een dubbele espresso te drinken en de krant te lezen. Zijn donkere haar glansde in het zonlicht. Hij droeg een zwart overhemd en zijn lange benen, in een crèmekleurige spijkerbroek gestoken, lagen lui voor hem uitgestrekt. Hij zag er fantastisch uit.
'Dat ging snel.' Hij vouwde de krant op en zette zijn zonnebril af toen ze bij hem kwam staan.
'Ik moest daar weg voordat ik mijn moeder zou vermoorden.' Ze liet zich op de stoel tegenover hem vallen, trok een hoek van zijn krant af en begon hem in stukjes te scheuren.
'Dus het ging niet goed?'
'Ze is echt ongelooflijk.' Nadia schudde haar hoofd. 'Ze wilde Tilly sowieso eigenlijk niet. Ze dachten alleen dat ze wel handig zou zijn als een soort... babysitter. O, bah.' Vol afkeer sputterend, merkte ze nu pas dat ze een slokje van Jays espresso zonder suiker had genomen. 'Sorry, dat was niet de bedoeling. Het komt omdat ik er gewoon niet bij kan hoe compleet egoïstisch mijn moeder is. Ze denkt echt alleen maar aan zichzelf.'
'Maar is het nu opgelost?' vroeg hij. 'Tilly blijft in Bristol?'
'Voor altijd. Minstens tot haar vijfentachtigste. En dan mag ze heel misschien van ons op kamers.' Terwijl ze er een moeizaam lachje uit perste, vertelde ze hem hoe het gesprek met Leonie was verlopen.
Toen ze klaar was, wees hij op de menukaart. 'Heb je honger?'
Als hij haar had gevraagd of ze soms zin had in een quiche, dan had ze hem misschien met een vork gestoken.
'Ik kan wel leukere dingen bedenken.' Zodra de woorden eruit waren, kromp ze ineen en schudde haar hoofd. 'Sorry, zo kattig bedoelde ik het niet.'
'Ik raak er inmiddels aan gewend dat je niet op mijn voorstellen

ingaat.' Glimlachend legde hij wat munten op het schoteltje op tafel. 'Zeg het maar, wat had je dan in gedachten?'
Ze bloosde, want ineens herinnerde ze zich dat Brighton zo'n beetje de hoofdstad van de ondeugende weekendjes van Engeland was.
'Het lijkt zo zonde dat we helemaal hiernaartoe zijn gereden,' zei ze hardop, 'zonder pootje te baden in zee.'
Het zou leuk zijn geweest om haar topje en rok uit te trekken en zichzelf in de golven te storten. Ze zag het even voor zich, hoe ze ronddartelde in de branding en er fantastisch uitzag. Behalve dat haar zwarte kanten beha heel duidelijk een beha was en haar onderbroek van Marks and Spencer kauwgomroze was.
Ook bleek het lastig om op blote voeten rond te dartelen op de glibberige kiezelsteentjes. En hoewel het water er sprankelend en uitnodigend uitzag, was het in werkelijkheid bitter koud.
Jay had wijselijk op haar gewacht op het strand. Toen ze nog geen twee minuten later weer bij hem kwam, vroeg hij: 'Genoeg gehad?'
Ze had het idee dat hij haar uitlachte. Nou ja.
'Het is verdomme ijskoud.' Rillend pakte ze haar sandaaltjes. 'En de steentjes doen pijn aan mijn voeten.'
'Tja, dat heb je met de zee,' merkte hij terloops op. 'Die doet zich vaak mooier voor dan hij is.' Hij glimlachte even. 'Maar maak je niet druk, iedereen maakt fouten.'

Op de terugweg naar Bristol voelde ze zich ineens uitgeput. Het slaapgebrek van afgelopen nacht begon zijn tol te eisen. Het was warm in de auto en Jay zette de radio wat zachter.
Tevreden dat ze had gedaan waarvoor ze naar Brighton was gekomen, viel ze in slaap.
'Bereid je maar voor op het ontvangstcomité.' Jay maakte haar wakker met een hand op haar arm, en ze zag Clare en Tilly het huis uit stormen.
'Is alles goed?' vroeg Tilly, toen Nadia uitstapte en haar omhelsde.
'Kan niet beter. Alles is opgelost.'
'Was mama van streek?'
'Teleurgesteld,' loog Nadia met een blik op Jay, 'maar ze begreep het wel. Ze vindt het prima zo. Maar hoe gaat het nu met je?'

'Laat ik het zo zeggen, een kater hebben is het ergste wat er is.' Tilly trok een gezicht. 'Ik snap niet hoe al die oude mensen dat doen – ik drink nooit meer port en sherry en Tia Maria en Cointreau.'
'Bedankt voor de foto's,' zei Clare tegen Jay. 'Ze zijn perfect. En wat een mooie baby! Prachtige wenkbrauwen.' Haar glimlach werd breder. 'Je ziet zo dat hij een Tiernan is – die gaat later heel wat vrouwenharten breken.'
Nadia trok een van haar eigen prachtige wenkbrauwen omhoog; Clare stond beslist te flirten.
'Je gaat toch niet weg?' protesteerde Clare toen Jay weer instapte. 'Waarom eet je niet met ons mee, er is genoeg.'
'Ik moet terug. Ik heb nog van alles te doen,' zei hij.
'Je hebt hem weggejaagd,' merkte Nadia op terwijl de auto wegreed. 'Waar ging dat allemaal over?'
Clare haalde haar schouders op, een beetje beledigd door Jays haastige aftocht. 'Niets, ik wilde gewoon beleefd zijn. Bovendien is hij weer op de markt toch? En jij bent eraf.'
Nadia fronste haar voorhoofd. 'Waar heb je het over?'
'Nou, jij bent nu toch weer met Laurie? Jij bent bezet. Zoals ik Jay al vertelde...'
'Wacht eens even. Je hebt tegen Jay gezegd dat ik weer met Laurie ben?' Nadia had het gevoel alsof ze een stomp in haar maag had gekregen.
'Ja, waarom niet? Je was toch met Laurie, in dat hotel?' Clare klonk gepikeerd. 'Je kunt ze niet allebei hebben, hoor. Het is niet meer zoals toen we klein waren en ik van jou zelfs niet naar Duran Duran op tv mocht kijken omdat Simon Le Bon en John Taylor allebei van jou waren.'
'Maar...'
'Jullie mogen geen ruzie maken,' zei Tilly bazig. 'Jullie moeten aardig zijn tegen elkaar. Want jullie weten wat de dokter heeft gezegd,' herinnerde ze hen er tevreden aan, 'ik heb rust nodig.'

59

De receptionist van het Swallow Royal belde Charles in zijn suite met de mededeling dat er een dr. Welch bij de receptie stond die met Mrs. Kinsella wenste te spreken. Charles leek het wel grappig te vinden.
'Zal ik hem wegsturen, schat?'
Miriam schudde haar hoofd. 'Nee, ik ga wel naar beneden om met hem te praten.'
Toen ze de brede trap afliep, zag ze Edward op haar staan wachten. Lang, met de schouders naar achteren, in zijn bruine tweed pak en ernstiger kijkend dan ze hem ooit had meegemaakt.
Het was een vreemd gevoel om hem weer te zien na... wat? Drie dagen? Zich ervan bewust dat haar hart sneller sloeg, rechtte ze haar eigen schouders toen ze de laatste trede bereikte.
'Edward? Waar gaat dit over?'
Hij kwam meteen ter zake. 'Over ons. Over jou en mij, Miriam. Ik ben gekomen om je te vertellen dat je de grootste fout van je leven begaat als je bij Charles Burgess blijft.'
Lieve hemel, hij meende het. Overvallen door zijn felheid zei ze:
'Hoe weet je dat nu?'
'Ik weet het gewoon. Misschien heeft hij vijftig jaar geleden van je gehouden, maar jullie zijn allebei veranderd. Ik hou nu van je,' zei hij met nadruk, 'en dat is waar het om gaat. Ik zal altijd van je blijven houden. Ik zou je nooit verdriet doen. Miriam, ik geef je niet de schuld van Josephines dood. Als dat de reden was waarom je niet met me wilde trouwen, dan is dat geen bezwaar meer.'
Abrupt veranderde hij van onderwerp. 'Is het opwindend om bij Burgess te zijn? Gaat je hart sneller slaan als je hem ziet? Nou ja, je hoeft daar ook geen antwoord op te geven. Per slot van rekening is het een tijd geleden.'
'Edward...'
'Nee, laat me uitpraten.' Zijn gezicht werd rood en hij drukte een hand op zijn borst. 'Ik wil je alleen maar aan iets helpen herinneren, want misschien ben je het vergeten. Vroeger had ik die uitwerking op je, Miriam, weet je nog? In het laatste jaar voor Jo-

sephines dood gingen onze harten sneller slaan wanneer we elkaar zagen. En daarna heb je je gevoelens weggestopt. Alsof je een doos dichtdoet. Je stond jezelf niet toe om je te herinneren hoe je je voelde bij mij. En nu heb je de nacht met een andere man doorgebracht...'
'Niet waar,' flapte ze er hulpeloos uit. 'Ik heb in zijn suite geslapen, maar niet in zijn bed. Ik heb geen...'
Ze schrok toen er een hand op haar schouder werd gelegd. Het was Charles, vol zelfvertrouwen en blijkbaar erg geamuseerd door Edwards uitbarsting. Luid genoeg om te worden gehoord door de receptionist en een groepje Australische toeristen, vroeg hij: 'Valt deze meneer je lastig, schat? Zal ik de beveiliging bellen om hem eruit te laten zetten?'
Maar Miriam hoorde hem nauwelijks. Zoals altijd, zoals altijd, had Edward gelijk. Ze had van hem gehouden, warmbloedig en hartstochtelijk, tot die vreselijke dag waarop het deksel van de doos met geweld dicht was geslagen. En nu gaf hij nog steeds genoeg om haar om hiernaartoe te komen en haar publiekelijk zijn liefde te verklaren, wat verbazend on-Edwards was.
Naast haar zei Charles tegen Edward: 'Je zet jezelf voor schut, weet je dat? Het is voorbij. Ik ben er nu.'
Edward keek hem recht in de ogen. 'Wil je je hier alsjeblieft niet mee bemoeien? Dit is iets dat Miriam moet beslissen, niet jij.' Zijn gezicht was nog steeds rood. Ondanks zijn deftige manier van doen zag hij eruit alsof hij zo zou ontploffen. Terwijl Miriam zich afvroeg hoe het met zijn bloeddruk zou zijn, merkte ze dat Edwards hand in de zak van zijn jasje gleed; hij had óf een pistool bij zich, óf hij masseerde zijn borst...
In de tuin... Josephine die woedend schreeuwde... en toen naar adem hapte voordat ze op de grond viel...
'O, Edward!' Bij Charles wegspringend, haastte ze zich naar hem toe. 'Je hebt gelijk, je hebt altijd gelijk, het spijt me zo!'
Stilte. De receptionist, de stijve portier, zelfs de Australische toeristen keken vol verwachting toe. 'En dat betekent?' vroeg Edward, die nauwelijks adem durfde te halen.
Toen Miriam eindelijk sprak, vulden haar donkere ogen zich met tranen. 'Jij bent degene met wie ik wil trouwen. Als je zeker weet dat je me nog wilt.'

Door de galmende marmeren lobby heen hoorde ze een van de Australiërs luid fluisteren: 'O, is dat niet schattig? En ze zijn al zo oud!'

Onmerkbaar verstevigden Edwards armen hun greep om haar middel voordat ze over de marmeren vloer naar de starende Australische kon rennen om haar in één klap te vellen.

Dichterbij, achter hen, zei Charles op vlakke toon: 'Miriam, hou hier onmiddellijk mee op. Ga weg bij hem.' Alsof Edward een bom was die elk moment tot ontploffing kon komen.

Ze schudde haar hoofd. 'Ik kan het niet, Charles. Het spijt me, maar ik heb een besluit genomen.'

'Dit is belachelijk.' Charles stem klonk ijzig. 'Je kunt dit niet doen.' Hij zweeg even. 'Het enige wat ik hoef te doen is mijn advocaat bellen.'

Miriam sloot haar ogen. Als hij dat meende... Nou ja, ze kon er toch niets tegen doen. Een rechtszaak zou natuurlijk vreselijk zijn, echt vernederend; haar reputatie zou aan flarden liggen. En misschien zou ze zelfs in de gevangenis belanden; de advocaat die ze in Bedminster had geraadpleegd, had haar gewaarschuwd dat dat een serieuze mogelijkheid was.

Maar Edward zou nog steeds van haar houden, en dat was het enige dat ertoe deed.

'Prima,' zei ze duidelijk. 'Als dat is wat je wilt.'

'O, maak je geen zorgen, het is wat ik zal doen.' Met een verbitterd lachje vervolgde hij wat harder tegen het verzamelde publiek: 'Ze is een bigamiste, moeten jullie weten. En ze is ervandoor gegaan met mijn geld.'

'Ons geld,' verbeterde ze hem.

'Hoeveel?' riep een van de Australiërs, een dikke man in een korte kakikleurige broek.

'Ik geloof dat ik nu wil gaan,' zei Miriam, maar Edward hield haar tegen.

'Omgerekend naar nu? Meer dan honderdduizend,' zei Charles.

'Trouwens, ik ben niet bij mijn zus in Kent geweest,' vertelde Edward achteloos. 'Laurie en ik zijn naar Edinburgh gegaan.'

Miriam keek hem aan. 'O ja?'

'Ja. We hebben daar een paar dagen in de bibliotheek doorgebracht. Weet je, het is echt ongelooflijk, ze bewaren daar alle ou-

de kranten in een kelder. De recentere staan op microfiches, maar de kranten van vijftig jaar geleden hebben ze gewoon nog. Laurie en ik hebben ze eens goed doorgenomen.'
'Waar heeft hij het nu weer over?' vroeg de Australiër klagend.
'Sst,' zei zijn vrouw.
'En wat nu zo interessant is,' Edward richtte zich tot Charles Burgess, 'Miriam heeft me verteld op welke datum ze bij je is weggelopen. Dus hebben we iedere krant van die week doorgespit, maar er werd nergens melding gemaakt van een dodelijk ongeval waarbij Pauline Hammonds moeder om het leven zou zijn gekomen. Zoals Laurie zei,' eindigde Edward schouder ophalend, 'het was net als in *The X Files*. Bijna alsof het helemaal nooit was gebeurd.'
Charles Burgess verbleekte zichtbaar. Miriam, die naar hem keek, begon bijna hardop te lachen.
'D-dat is niet waar,' stamelde hij. 'Je hebt je vergist.'
'O, ik denk dat we allebei heel goed weten wat waar is en wat niet,' zei Edward.
'Dus je hebt al die tijd gelogen.' Miriam staarde naar de stotterende Charles. 'Nou ja, ik had het kunnen weten. Je was daar altijd al erg goed in.'
'Je hoeft niet zo tevreden te kijken,' diende hij haar van repliek nadat hij zich weer van de eerste schok had hersteld. 'Ik sleep je toch wel voor de rechter.'
Miriam, zich zalig bewust van Edwards arm om haar middel, zei: 'Je gaat je gang maar, Charles. Maar nu zal het niet meer alleen mijn naam zijn die wordt bezoedeld, hè? De rechter zal vast willen weten waarom ik bij je ben weggegaan, en dat zal ik hem dan vertellen. Goed, wat ik heb gedaan, was verkeerd. Ik had een scheiding moeten aanvragen, maar ik was toen pas negentien. Ik was onnozel en roekeloos, maar ik was in elk geval niet ontrouw.'
'Geef hem van katoen,' zei de Australische vrouw heftig knikkend.
Charles wierp de vrouw een vernietigende blik toe.
'En je krijgt me heus niet terug door naar de rechter te stappen,' ging Miriam kalm verder. 'Je zult nu zelf toch ook wel beseffen dat ik nooit bij je terugkom? Maar hoe dan ook,' ze keek Charles

vastbesloten aan, 'dat is verder niet aan mij. Ik laat het helemaal aan jou over.'

'... het is net alsof je op vakantie gaat en een week van *Coronation Street* mist,' zei Clare verwonderd. 'Je komt terug en ontdekt dat... god, dat al die dingen zijn gebeurd.'
Bij zichzelf glimlachend sloot Annie de winkel af voor de avond. Clare had gelijk; wie had gisteren kunnen denken dat Miriam zou terugkeren met Edward en de aankondiging dat ze gingen trouwen en in Edwards huis zouden gaan wonen?
Of dat later die avond James haar, Annie, had gevraagd om bij hem in te trekken?
Of, dat was nog het verbazingwekkendste van alles, dat Clare haar armen om haar heen zou slaan en roepen: 'Dat is fantastisch, ik ben zo blij voor jullie,' en het nog echt leek te menen ook?
En nu dit.
'Ik heb het er met papa over gehad,' had Clare verkondigd toen ze tien minuten geleden de winkel was binnengestormd, 'en ik heb besloten om uit huis te gaan. Niet om jou,' had ze er haastig aan toegevoegd toen ze Annies gezicht zag. 'Ik vind gewoon dat het tijd wordt om op eigen benen te staan. Ik ben drieëntwintig. Ik moet de boel eens op een rijtje zetten, leren om me als volwassene te gedragen.'
'Nou, dat is... eh, heel goed.' Annie had zich afgevraagd waarom Clare naar de winkel was gekomen om haar dat te vertellen. 'Wat ga je doen?' vroeg ze nu. 'Iemand zoeken om een flat in Clifton mee te delen?'
'Dat zei papa ook, maar dat vind ik eigenlijk niet zo'n goed idee. Ik heb geen zin om in die Clifton-scene te blijven hangen... je weet wel, eindeloos uitgaan en in bars hangen en met zakken als Piers opgezadeld zitten. Hoe dan ook,' Clare ging Annie voor naar haar auto die ze dubbel geparkeerd had, 'Miriam vroeg aan papa wat je eigenlijk met je huis ging doen, en toen dacht ik, hé, perfect, dat is misschien precies wat ik nodig heb, dus daarom ben ik hier. We kunnen nu meteen een kijkje gaan nemen. Als ik het mooi vind, dan huur ik het van je en dan hoef je ook geen moeite meer te doen om een betrouwbare huurder te vinden!'

Ze stopten voor Annies huis en Clare sprong als betoverd uit de auto.
'Goh, wat schattig! Toen ik je voor het eerst zag, dacht ik dat je wel in iets heel armoedigs zou wonen, maar dat is het helemaal niet!'
Droog zei Annie: 'Dank je.'
Binnen rende Clare opgewonden van kamer naar kamer. Aangezien het echt een heel klein huisje was, nam dat niet veel tijd in beslag.
'Als ik had geweten dat je zou komen, had ik even opgeruimd. Sorry dat het een beetje rommelig is.' Snel wipte Annie een stapel strijkgoed achter de bank en schopte wat tijdschriften uit het zicht.
'Ha, zou je mijn kamer eens moeten zien! Ik kan nog veel meer rommel maken dan dit. En het zal helemaal alleen van mij zijn, dus niemand kan zich eraan storen.' Opgetogen bekeek ze de aanbouw van glas in de huiskamer, net niet groot genoeg om serre te kunnen worden genoemd. 'En daar kan ik mijn ezel neerzetten. Echt, ik begin gewoon helemaal een nieuw leven. Niet meer drinken, geen mannen meer, ik ga me totaal op schilderen concentreren, mijn carrière van de grond zien te krijgen... Kunnen we nu even boven kijken?'
Clare was net een wervelwind; het kostte Annie moeite om haar bij te houden. De badkamer was minuscuul, maar schoon. De tweede slaapkamer was niet veel meer dan een inbouwkast. Maar de grootste slaapkamer kon ermee door, en het uitzicht vanuit de glas-in-loodramen maakte Clare dolenthousiast.
'Fantastisch, ik kan de hele straat afkijken!' Ze gooide het raam open en leunde zover naar buiten dat Annie bijna de neiging kreeg om haar enkels beet te grijpen. 'En zo rustig, net alsof je midden op het platteland zit. Precies wat ik nodig heb,' voegde ze er over haar schouder aan toe. 'Geen afleiding, alleen maar rust en stilte en... wow, wie is dat?'
Annie tuurde langs haar heen om te zien wie Clares aandacht had getrokken. 'O, dat is Danny. Hij woont in een van die grote huizen tegenover het park.'
Danny keek omhoog toen hij langs Annies huis jogde, zijn lange haar danste op zijn schouders en hij begon te grijnzen bij het zien van Clare in haar gevaarlijk laag gesneden rode topje. Zonder

vaart te verminderen stak hij ter begroeting een hand op en jogde verder.
'Danny LeBlanc.' Clare staarde hem ongelovig na. 'De voetballer toch? Speelt bij City.' Zich omdraaiend vroeg ze: 'Is hij single?'
'Hij is zo single dat zijn voordeur net een draaideur is. Hier in de buurt noemen ze zijn huis het warenhuis.' Annie keek Clare met een alsjeblieft-doe-het-nietblik aan. 'Geloof me, Danny is de laatste met wie je iets wilt beginnen. Hij is onmogelijk, haalt allerlei streken uit...'
'En die benen van hem. O ja, ik neem dit huis.'
'Ik dacht dat je je op je werk wilde concentreren en de mannen een tijdje links laten liggen,' zei Annie smekend. Hoewel ze al wist dat het een verloren zaak was.
'Een tijdje, ja. Ik bedoelde niet vijftien jaar of zo.'
'Maar Danny LeBlanc, die kun je echt missen als kiespijn. Hij behandelt al zijn vriendinnen gewoon walgelijk.'
Clare lachte haar oogverblindende, uiterst zelfverzekerde lach.
'Dat is omdat hij mij nog niet kent.'

60

'Ik vind het echt ongelooflijk,' zei Laurie. 'Ik dacht dat alles in orde was. Na... je weet wel, in het hotel, dacht ik dat je een besluit had genomen.'
'Dat had ik ook. Alleen niet het besluit dat je dacht. God, wat is dit moeilijk.' Nadia wreef over haar slapen en wilde dat ze een of ander script kon volgen. 'Het spijt me, maar het wordt nooit wat. We kunnen niet terug naar hoe het was. Alles is veranderd.'
Het had even geduurd, maar ze had nu haar besluit genomen. Alles was echt veranderd, inclusief haar gevoelens voor Laurie. Misschien had het iets te maken met zijn nonchalante houding tegenover werk – aan enige vorm van carrièreplanning doen was blijkbaar te veel voor hem. En toen had Jay haar een krantenknipsel gegeven. Een plaatselijke radiozender was op zoek naar een ervaren tuinman die een wekelijkse vraag- en antwoordru-

briek van een uur kon vullen. Jay had gezegd: 'Je moet solliciteren. Je zou het hartstikke goed kunnen.' Aangemoedigd door Jays woorden had ze het aan Laurie verteld, die had gelachen en gezegd: 'Pas op, Terry Wogan, Nadia aast op je baan,' en daarna grappen was gaan maken over de kleine radiozender en haar had verteld dat ze haar tijd niet aan zoiets moest verdoen.
Kleine dingen, maar ze telden op.
De zon ging onder. De horizon werd fluor-roze. Ze liepen door het park. Heteluchtballonnen die oefenen voor het ophanden zijnde festival stegen op van Ashton Court en dreven over Avon Gorge. Laurie bleef even staan om naar een dertig meter hoge Rupert Bear-ballon te kijken die boven hun hoofden zweefde.
'Ben je met hem naar bed geweest?'
'Met wie?' Ze was blij dat de zon in haar ogen scheen. Ze knipperde, hard.
Laurie deed tut-tut. 'Ewan MacGregor, nou goed? Je weet best wie ik bedoel.'
'O. Nee, ik ben niet met hem naar bed geweest.'
'Zie je wel? Stom. Dat had je wel moeten doen.'
'Misschien, maar in plaats daarvan ben ik met jou naar bed geweest.'
Terwijl hij zijn handen in de zakken van zijn spijkerbroek schoof, glimlachte hij vaag. 'Wil je me soms vertellen dat ik een teleurstelling was?'
Ze schudde haar hoofd. 'Je zei toen dat ik met Jay naar bed moest gaan om over hem heen te komen. Maar dat kon ik niet. Dat voelde niet... goed.'
'Dus ben je met mij naar bed gegaan en nu ben je over mij heen.'
'Het was jouw idee.'
Droog zei hij: 'Help me alsjeblieft herinneren om nooit meer zo'n stom idee te hebben.'
'Het spijt me.' Ze had niet verwacht dat ze zou gaan huilen. Het was behoorlijk zielig eigenlijk; hoe kon ze nu van streek raken, terwijl ze het uitmaakte met iemand met wie ze niet eens echt wat had gehad?
'Ik ook. Ik voel me behoorlijk klote. Nou ja,' hij glimlachte kort, 'eigen schuld, dikke bult, had ik het maar niet moeten uitmaken met je.'

'Misschien.' Terwijl ze haar ogen droogde, perste ze er ook een lachje uit.
'Als ik het toen niet had uitgemaakt, waren we nu misschien al getrouwd.'
'Waarschijnlijk wel.'
'Dus is het allemaal mijn schuld.'
'O ja, beslist.'
'Shit.' Hij zuchtte. 'En je neemt me mee hiernaartoe om me dat te vertellen.' Hij gebaarde naar het park. 'Ik had tenminste nog het fatsoen om je mee te nemen naar Markwick's.'
'Wat ga je nu doen?' vroeg ze.
'Eroverheen komen, neem ik aan. Over vijftig jaar of zo.' Hij wierp haar een tragische blik toe. 'O, maak je maar niet druk om mij, ik ben een stoere jongen. Tegen de tijd dat ik zesenzeventig ben, zal ik wel weer gelukkig zijn.'
Als hij in staat was om er grapjes over te maken, dacht ze opgelucht, dan zou het wel loslopen. Dan konden ze gewoon weer vrienden worden – wat, aangezien haar oma op het punt stond om te trouwen met zijn vader, wel zo goed uitkwam.
'Daar staat een ijscokarretje.' Terwijl ze haar arm vriendschappelijk door de zijne stak, kwam er een enorm huis over het ravijn naar hen toe zweven. 'Kom, dan trakteer ik je op een Magnum.'
'Weet je zeker dat je daar tijd voor hebt? Zit Jay niet op je te wachten?'
'Waarom zou hij?'
Laurie trok zijn wenkbrauwen op. 'Je bedoelt dat hij nog niet eens weet dat hij heeft gewonnen?'
Iets wat akelig veel op paniek leek, verspreidde zich door haar ingewanden. Zou Jay soms net zo reageren als zij ooit had gedaan toen ze had gehoord dat ze een citroengele gehaakte hotpants had gewonnen bij een loterij op school?
Hardop zei ze: 'Misschien wil hij wel niet eens winnen.'
Laurie begon te lachen. 'Dat noem ik nog eens riskant wat je doet. Over een gok nemen gesproken!'
'Jij bent degene geweest die heeft gegokt,' kon ze niet nalaten om hem erop te wijzen.
Zijn ogen glansden geamuseerd en spijtig tegelijk. 'En verloren.'

Andy Chapman van het makelaarskantoor had weer een potentiële koper rondgeleid door Clarence Gardens. Zelfs als Jay haar dat niet door de telefoon had verteld, dan had Nadia het kunnen merken aan de hoeveelheid Armani-aftershave die nog in de lucht hing toen ze zichzelf het huis binnenliet.
Jay had haar gebeld met de vraag of ze de tuin kon sproeien. 'Ik kan hier niet weg,' had hij uitgelegd, toen hij haar vanuit zijn eigen huis had gebeld. Hij had nogal afgemat geklonken. 'Luister, wil je iets voor me doen? Andy heeft wat papieren voor me neergelegd, in een envelop in de keuken, en ik heb die behoorlijk snel nodig. Als je me die zou willen brengen, dan zou ik dat erg fijn vinden.'
Nadia was veertig minuten in de weer geweest met de tuinslang. Ze had de uitgedroogde planten water gegeven en de rand van het gazon met haar grastrimmer bijgewerkt. Nu ze daarmee klaar was, was het tijd om de envelop te pakken en hem naar Jays huis te brengen.
Daar lag hij, op het aanrecht naast de gootsteen, een witte A4-envelop waar... nou ja, wat er dan ook in zat.
Wat was het verschil tussen bemoeizucht en vage nieuwsgierigheid? Nou, een envelop openstomen zou bijvoorbeeld tellen als bemoeizucht.
Gelukkig dan maar dat deze envelop niet was dichtgeplakt.
Terwijl de inhoud op het aanrecht gleed, voelde ze haar nekhaartjes rechtop gaan staan.
Onroerendgoedgegevens. Nou ja, niet echt verbazingwekkend natuurlijk, want de envelop kwam van Andy Chapman. Maar waarom zou Jay in vredesnaam belangstelling hebben voor huizen in en om Manchester?
En ook niet het soort huizen dat gerenoveerd moest worden, zo te zien. Integendeel. Dit waren grote, chique huizen van over de half miljoen pond, met vier of vijf slaapkamers, eerder ouderwets dan modern – eigenlijk niet veel anders dan het huis dat Jay op dit moment in Bristol had.
Oké, nergens voor nodig om overhaaste conclusies te trekken. Dat hij Andy om deze gegevens had gevraagd, hoefde nog niet te betekenen dat ze voor hem waren. Bovendien, waarom zou Jay naar Manchester willen verhuizen?

Zichzelf een hart onder de riem stekend, schoof ze de papieren weer terug in de envelop. Ze deed belachelijk; Jay had net Highcliffe House gekocht nota bene. Dat betekende maanden werk. En hij had haar in dienst genomen om de tuin onder handen te nemen. Het was gewoon onmogelijk dat hij uit Bristol weg zou gaan.
O god, of zou hij toch?
Het was maar een kort ritje naar Canynge Road. Terwijl ze langs de rijen toeristen voor Bristol Zoo reed, kon ze niet dat op-weg-naar-de-tandartsgevoel van zich afzetten. Toen ze linksaf Jays straat insloeg, merkte ze dat haar tenen bijna gaten in haar gympjes klauwden.
En terecht. Misschien hadden haar tenen het, telepathisch, al die tijd al geweten.
Na een hopeloos meisjesachtige parkeeractie zette ze de motor uit en veegde haar zweterige handen af aan haar zwarte spijkerbroek. Ondanks de warmte had ze kippenvel op haar armen. Ze keek naar het bord met: TE KOOP voor Jays huis. Dus het was waar, het ging echt gebeuren.
Misselijk stapte ze uit, met de envelop tegen haar borst geklemd. Pas toen ze aanbelde, bedacht ze dat ze was vergeten om haar gezicht even te controleren in de achteruitkijkspiegel. Ze was van plan geweest om haar haar wat te fatsoeneren, haar glimmende neus te poederen en wat *lipgloss* op te doen. Maar nu zag ze er waarschijnlijk verschrikkelijk uit. Nou ja, het was toch al te laat. Klote Jay, ze kon hem wel vermoorden.
Waar bleef hij trouwens? Waarom deed hij niet open?
Toen hij eindelijk opendeed, ontdekte ze waarom het zo lang had geduurd.
'Sorry, sorry... die plakdingen plakten steeds op de verkeerde plekken... en toen zag ik dat ik hem achterstevoren had omgedaan... kom verder. God, dit is veel zwaarder dan ik dacht.' Uitgeput, maar blij om haar te zien, trok hij haar de hal in. Blijkbaar had hij ook geen tijd gehad om zijn haar te borstelen of wat lipgloss op te doen. De baby, naakt op de wegwerpluier na die aan één voet bungelde, trapte jammerend met zijn beentjes tegen Jays borst. Op de voorkant van Jays spijkeroverhemd zat een verdachte natte plek. Duidelijk vol afschuw over het feit dat hij zich

in de handen van zo'n amateur bevond, gaf Daniel een schop die zijn luier door de lucht deed vliegen.
'Speel je voor Mary Poppins?' Ondanks alles kon ze haar gezicht niet in de plooi houden. In al die tijd dat ze Jay kende, was hij heer en meester over iedere situatie geweest. Niks kon hem van slag brengen.
Behalve, zo bleek nu, het probleem van een baby een wegwerpluier omdoen.
'Laat maar liggen,' verzuchtte hij, toen ze zich vooroverboog om de luier op te rapen. 'Dat stomme ding zit nu toch al helemaal op de verkeerde plekken aan elkaar vastgeplakt. En pas op waar je loopt,' voegde hij eraan toe, terwijl ze de huiskamer in liepen. 'De volle luier is uit elkaar gebarsten toen ik hem afdeed. Al die maffe gel-bolletjes liggen over de vloer verspreid.'
'Geef mij hem maar.' Ze stak haar handen uit naar de baby, en Jay gaf hem haar met onverbloemde opluchting.
'Pas op, hoor. Hij is net de Trevi-fontein. Hij raakte mij bijna in het oog toen ik hem wilde verschonen. Ik wist helemaal niet dat baby's om de paar minuten piesten.'
'Je mag nog van geluk spreken. Baby's plassen niet alleen.' Jaren van babysitten tijdens haar studietijd maakten dat ze er verstand van had; nadat ze Daniel op het plastic aankleedkussen – wit, met blauwe olifantjes erop – had gelegd, deed ze de wriemelende baby behendig een schone luier om. In de tas die op de grond naast het aankleedkussen stond, vond ze een schoon rompertje en trok hem Daniel met ervaren gebaren aan. De drukknopen tussen zijn benen maakten een bevredigend klik-geluid toen ze ze vastmaakte. De baby keek bijna teleurgesteld, alsof ze zijn lolletje nu had verpest. Om zich heen kijkend op zoek naar nieuwe inspiratie, deed hij zijn mond open om te gaan blèren. Nadia pakte snel het flesje water dat ze op de salontafel zag staan en stak het in zijn mond voordat hij ook maar een kik had kunnen geven.
'Is dit water wel gekookt?'
'Natuurlijk is het gekookt. Ik ben niet helemaal hopeloos.' Hij had het nog niet gezegd, of hij schudde berouwvol zijn hoofd. 'Oké, dat ben ik misschien wel. Belinda is bij haar thuis, aan het pakken. Ze gaat weg uit Bristol. Ik heb aangeboden om een paar

uur op Dan te passen.' Hij keek hulpeloos. 'Ik dacht dat hij gewoon zou slapen.'
'Baby's slapen alleen maar als je wilt dat ze wakker zijn. Zo houden ze je bezig. Waar gaat Belinda wonen?'
'In Dorset. Ze huurt voorlopig wat, vlak bij haar ouders.'
Shit, waarom had hij niet Manchester kunnen zeggen?

61

'O ja, daar ligt je envelop.' Met Daniel op haar arm knikte Nadia naar de envelop die ze op tafel had gelegd.
'Dank je.' Jay zweeg even. 'Heb je erin gekeken?'
'Nee!' Ze hoopte maar dat hij niet op zoek zou gaan naar vingerafdrukken.
'Oké.'
Lichtelijk blozend zei ze: 'Maar het viel me wel op dat je een bord met: TE KOOP voor het huis hebt staan. Wat is er aan de hand?'
Hij haalde zijn schouders op en stak zijn handen in zijn zakken.
'Ik heb het huis te koop gezet. Ik wil niet meer in Bristol blijven.'
'Wat is er mis met Bristol?'
'Het begint me hier gewoon te vervelen, geloof ik. Zoveel valt hier nu ook weer niet te beleven.'
Geprikkeld riep ze: 'En dan verhuis je naar Manchester?'
O shit. Ze zag een triomfantelijke blik in zijn bruine ogen.
'Dus jij kunt dwars door enveloppen heen kijken? Knap.'
'Ach, hou op.' Ze keek hem boos aan. 'Ik vind dit niet erg eerlijk. Ik werk voor je. Dus wat houdt dit in, dat ik zonder baan zit?'
'Helemaal niet.' Hij schudde zijn hoofd. 'Ik heb met die vent gesproken die op de veiling ook op Highcliffe House heeft geboden. Hij wil het pand van me overnemen. Ik heb hem laten beloven dat hij jou de tuin laat opknappen. Het is een aardige man, je zult het vast wel leuk vinden om voor hem te werken. Dus voor jou verandert er niets. Jouw werk gaat gewoon door.'
Ze vroeg zich af hoe een zogenaamd intelligente volwassen man zoveel onzin kon uitkramen. Het zou alles veranderen. De nei-

ging om iets naar hem te gooien – niet de baby natuurlijk – was overweldigend.
'Je lijkt niet erg blij,' merkte hij op.
Haar ogen begonnen te prikken. O allemachtig, alsjeblieft, niet huilen.
'Het is gewoon... nou ja, het komt nogal onverwacht.'
'Je redt je wel.' Aan zijn stem was niets te merken. 'Je hebt je leven hier met Laurie. Jij hebt geen reden om wat anders te willen, in een andere stad te gaan wonen, maar ik...'
'Ik ben niet meer met Laurie.' Ze hoorde de woorden uit haar mond stromen. 'We zijn uit elkaar. Hij is naar Londen.'
Zou ze dit eigenlijk wel aan Jay moeten vertellen? Nou ja, het was nu toch al gebeurd. Bovendien was het de waarheid. Een eerlijk zijn was toch goed, of niet soms?
Voor Miriam leek het ook te hebben gewerkt.
Zijn wenkbrauwen gingen omhoog. 'Hij is weg? Wiens beslissing was dat?'
Jemig, wat een brutale vraag.
'Die van mij.' Terwijl ze sprak, voelde ze Daniel vol vertrouwen zijn kleine vuistje om haar wijsvinger krullen, toch zeker een van de fijnste sensaties van de wereld.
'Maar ik dacht... jullie twee...'
'Ik had het al weken geleden moeten uitmaken. Ik geloof dat Laurie wel had verwacht dat het zou gebeuren. Als ik echt verliefd op hem was geweest, dan had ik hem niet zo lang aan het lijntje gehouden.'
'Hij is niet de enige die je aan het lijntje hebt gehouden,' wees hij haar terecht.
Toen ze naar beneden keek, zag ze Daniels lange, donkere wimpers op zijn wangetjes vallen. Hij zoog niet meer aan het flesje. Zachtjes legde ze hem op de bank en zette hem klem met kussens. Meteen had ze er spijt van. Daniel was haar schild geweest. Nu wist ze ineens niet meer waar ze haar handen moest laten.
'Dat plan is ook mislukt,' zei Jay met een spijtig lachje. 'Het idee was dat ik de deur voor je zou opendoen met Dan in mijn armen. Hij hoorde rustig en blij te zijn, zodat jij zwaar onder de indruk zou zijn van mijn vaardigheden. En je had moeten smelten bij de schattige aanblik natuurlijk.'

Waarom, waarom zei hij dit soort dingen?
'Maar je gaat naar Manchester. Hoe lang staat het huis al te koop?'
'Een paar dagen. Maar er is al veel belangstelling voor geweest.'
Hij had verdorie ook nog het lef om tevreden te klinken. Ze voelde zich misselijk. Ze had te lang gewacht.
'Ik snap nog steeds niet goed waarom je eigenlijk weg wilt.' O god, klonk dat niet hopeloos slap en zielig?
Hij haalde zijn schouders op. 'Er is niets dat me aan Bristol bindt. Dus het leek me wel leuk om eens een andere stad uit te proberen.'
Een verschrikkelijke gedachte overviel haar. 'Gaat Andrea met je mee?'
'Toe zeg.' Hij keek haar aan met een doe-normaalblik. 'Ik heb Andrea al in geen weken meer gezien. Er is maar één persoon in wie ik ben geïnteresseerd. Maar die heeft de afgelopen maanden helaas een spelletje met me gespeeld.'
Ze kon geen woord uitbrengen. Bedoelde hij haar? Wat als dat niet zo was? Als ze aannam dat hij haar bedoelde, maar het in werkelijkheid over iemand anders had, dan leek ze helemaal zo'n sukkel.
'Wat is er met je handen?' vroeg hij.
'Niets. Ik weet het niet.' Hulpeloos wapperde ze met haar enorme op hol geslagen handen. 'Ik weet niet waar ik ze moet laten.'
Oeps.
Zijn mondhoeken gingen iets omhoog. 'Ik kan het huis natuurlijk altijd weer uit de verkoop halen, weet je. Ik hoef niet per se weg uit Bristol.'
Op de bank koos Daniel, heel romantisch, dit moment uit om in zijn slaap een vredig scheetje te laten.
Nadia proestte van het lachen. 'Sorry. Maar meen je dat serieus?'
'Ik probeer wel serieus te zijn.' Hij kwam naar haar toe lopen, zodat haar hart op hol sloeg. 'Luister, ik ben niet gewend om dit soort dingen te zeggen. Verdomme, ik ben helemaal niet gewend aan dit soort situaties, maar volgens mij weet je best wat ik voor je voel.'
Dank u, God, dank u, dank u...
'Misschien kun je me nog een aanwijzing geven,' mompelde ze, en hij glimlachte.

En toen kuste hij haar.
O ja, dit was beslist het wachten waard geweest. Terwijl het vuurwerk werd ontstoken en haar lichaam overspoeld raakte door vreugde, wist ze dat dit eraan had ontbroken bij Laurie. Jay kussen voelde zo compleet en totaal goed.
En oké, misschien kreeg ze geen garantiebewijs, maar dat was nu eenmaal het verschil tussen mannen en magnetrons. Soms moest je het er gewoon mee doen en er maar het beste van hopen.
'Jij,' zei Jay, 'hebt het me behoorlijk lastig gemaakt.'
'Maar ik heb nu een nieuwe bladzijde omgeslagen.' Ze beefde toen zijn mond langs haar hals gleed. Zijn handen lagen warm om haar middenrif waar haar T-shirt was opgekropen. Toen het nog iets verder omhoogging – niet helemaal zonder hulp – fluisterde ze: 'Je moet me beloven dat je dit huis weer uit de verkoop haalt.'
'Goed.'
'En je mag Highcliffe House ook niet aan die andere vent verkopen.'
'Wat je wilt,' zei hij.
'Dat is mijn beha die je daar losmaakt.'
'God, is dat zo? Sorry, ik ben ook zo'n amateur.'
In een poging om nog iets van controle te houden, zei ze hijgend: 'We kunnen dit niet doen. Daniel ligt op de bank.'
'Die slaapt. Dit is wat babysitters doen wanneer de aan hen toevertrouwde baby's buiten westen zijn.' Glimlachend vervolgde hij: 'Wist je dat niet? Dat is zo'n beetje standaard.'
'O ja, nu herinner ik het me weer. Stom van me.'
Rrrinngg.
'Allemachtig, wie is dat nu weer?' Jay draaide zich verstoord om toen de deurbel klonk.
Luid.
Op de bank vlogen Daniels oogjes gealarmeerd open. Uit zijn slaap gerukt begon hij te brullen van woede en stompte met zijn kleine vuistjes tegen de kussens ten teken dat hij opgetild wilde worden.
'Na al die maanden zou je denken dat ik toch ook weleens een beetje geluk zou mogen hebben.' Berustend schudde hij zijn hoofd. 'Maar nee hoor, op het moment dat er ook maar in de verste ver-

te iets veelbelovends dreigt te gebeuren, begint een of andere onnadenkende klootzak op mijn bel te drukken. Weet je, als het zo doorgaat, dan zijn we rijp voor het bejaardenhuis voordat we eindelijk eens...'
'Zou je niet eens gaan opendoen?' stelde ze voor, toen het schrille geluid opnieuw klonk.
'Doe jij het maar.' Op zijn kruis wijzend zei hij met een berouwvol lachje: 'Ik ben niet helemaal presentabel. Geef me een minuut om me te herstellen.'
Het aan hem overlatend om zijn woest blèrende neefje op te tillen, liep ze door de gang naar de voordeur. Toen ze opendeed, stond ze oog in oog met een ziedende man van middelbare leeftijd.
'Is Jay er ook?'
'Nou, hij is... druk op dit moment.' Met op de achtergrond het oorverdovende lawaai van babygehuil, vroeg ze zich af of ze ooit gelukkiger was geweest. Vrolijk vroeg ze: 'Misschien kan ik u helpen?'
'Ik ben Maurice MacIntyre. Ik woon aan de overkant. Mijn huis is gisteren te koop gezet.'
'Goh, wat toevallig.' Ze vermoedde dat hij nieuwsgierig was naar de prijs die Jays huis moest opbrengen. Hem een bemoedigend lachje schenkend vroeg ze: 'Ja, en?'
Maurice MacIntyre keek haar aan alsof hij dacht dat ze knettergek was.
'Hoor eens, ik weet niet waar Jay mee bezig is, maar ik zou heel graag mijn bord met: TE KOOP terug hebben.'

WOORD VAN DANK

Grote dank gaat uit naar Jeanette en Mike Groark en Mark Andrews voor hun degelijke juridische adviezen. Ook dank ik Garth Harrison, barbecue-expert, voor het afstaan van zijn prachtige huis. Ik ben eveneens dank verschuldigd aan Anne Evans, Lorraine Wilson en Val Curtis, die mijn verschrikkelijk slordige handschrift hebben weten te ontcijferen en in een race tegen de klok hard hebben gewerkt om mijn gekrabbel om te zetten in een leesbaar, getypt manuscript. (De posterijen die het meteen weer hebben kwijt gemaakt, worden overigens niet bedankt...)
En als laatste dank ik Pearl Harris voor haar uitmuntende speurwerk.

EN DE MINNAAR IS...

Ter nagedachtenis aan mijn geliefde moeder.

I

'*You maaaaake me feeeeel*,' kweelde Lottie Carlyle gevoelig en uit volle borst, '*like a natural womaaaaan*.'
Het heerlijke aan zingen met je oren onder water was dat je veel beter klonk dan in het echt. Niet supergoed natuurlijk, zoals Joss Stone of Barbra Streisand – een koekoek werd nu eenmaal nooit een kanarie – maar ook weer niet zo alarmerend slecht dat kleine kinderen in huilen uitbarstten en zich onder tafel verstopten zodra je je mond opendeed om te zingen. Wat haar op het droge wel eens was overkomen.
Daarom genoot ze nu ook zo, in Hestacombe Lake. Het was een verzengend hete dag in augustus, haar vrije middag, en op haar rug in het water drijvend keek ze naar een wolkeloze kobaltblauwe hemel.
Nou ja, bijna wolkeloos. Wanneer het vier uur 's middags was en je twee kinderen had, dreef er altijd dat ene irritante wolkje aan de horizon: wat eten we vanavond?
Het liefst iets waarvoor ze niet uren in de keuken hoefde te staan, maar dat toch op een echte maaltijd leek. Iets met wat vitaminen hier en daar. Iets waarvan Nat en Ruby zich niet hooghartig zouden afwenden.
Ha.
Pasta misschien?
Maar Nat, die zeven was, wilde alleen pasta met olijven en muntsaus eten, en Lottie wist dat ze geen olijven meer in de koelkast had.
Goed, misschien een risotto met bacon en champignons. Maar Ruby zou de champignons er dan uit plukken en zeggen dat het net slijmerige slakken waren, en ze zou weigeren om de bacon te eten omdat bacon – bah – varken was.
Zou ze wat groenten roerbakken? Nee, nu was ze echt aanbeland in het rijk der fantasie. In de negen jaar van haar leven had Ruby nog nooit bewust groente gegeten. De eerste woordjes van de meeste baby's waren mama of papa, dat van Ruby, nadat ze was geconfronteerd met een roosje broccoli, was 'bah' geweest.
Lottie zuchtte en sloot haar ogen. Terwijl het koele water van het

meer om haar slapen kabbelde, sloeg ze loom een insect weg dat op haar pols was geland. Voor zulke ondankbare gasten koken was echt een ramp. Misschien dat, als ze lang genoeg wegbleef, iemand uiteindelijk de kinderbescherming zou bellen. Een dragonder van een sociaal werkster zou Ruby en Nat dan afvoeren naar een galmend dickensiaans weeshuis waar ze werden gedwongen om lever met de adertjes er nog in en koude koolsoep te eten. Misschien dat ze na een paar weken onder dat regiem eindelijk eens snapten wat een ondankbare rottaak Lottie had om eindeloos te moeten bedenken wat ze haar kieskeurige kinderen zou voorzetten.

Freddie Masterson stond achter het raam in de huiskamer van Hestacombe House. Zoals altijd voelde hij zich vrolijk worden wanneer hij naar het uitzicht keek. Wat hem betreft, was het het mooiste uitzicht van de hele Cotswolds. Aan de overkant van de vallei de heuvels bespikkeld met huizen, schapen en koeien, beneden hem het met riet omzoomde meer dat glinsterde in de middagzon. En dichterbij, zijn eigen tuin die in volle bloei stond. Het pas gemaaide smaragdgroene gazon liep schuin af naar het meer; de fuchsia's wipten op en neer, terwijl hommels zich gretig van de ene tere bloem op de andere stortten. Twee merels die fanatiek in het gras naar wormen stonden te pikken, keken over hun schouder en vlogen geërgerd weg toen een menselijke gedaante over het smalle tuinpad hun richting uit kwam lopen.
Dat was het dan. Terwijl Freddie naar Tyler Klein keek, die bij het zomerhuis even bleef staan om het uitzicht te bewonderen, wist hij dat de Amerikaan onder de indruk was. Hun gesprek was goed verlopen; Tyler had zonder enige twijfel een goed stel hersens, en ze hadden het meteen goed met elkaar kunnen vinden. Hij had het geld om de zaak te kopen. En tot nu toe leek het hem te bevallen wat hij zag.
Hoe kon het ook anders?
Tyler Klein begaf zich nu naar het zijhek dat op het laantje uitkwam. Met zijn donkerblauwe jasje nonchalant over een schouder en zijn lila overhemd open bij de hals, bewoog hij zich soepel, meer als een atleet dan als een zakenman. Clark Gable-haar, dacht Freddie, dat had Tyler Klein, met het meeste ervan achterovergekamd, op die ene donkere lok na die steeds weer voor zijn ogen viel. Of

Errol Flynn. Zijn geliefde vrouw Mary had altijd een zwak gehad voor Clark Gable en Errol Flynn. Spijtig streek Freddie met een hand over zijn eigen spaarzaam bedekte schedel. En dan te bedenken dat die arme schat het uiteindelijk met hem had moeten doen.
Toen hij vanuit zijn ooghoek een felblauwe flits zag, dacht hij heel even dat een ijsvogel over het meer scheerde. Daarna glimlachte hij, want nadat zijn ogen zich hadden scherp gesteld, zag hij dat het Lottie was, in een nieuwe turkooisblauwe bikini, die zich loom omdraaide in het water als een zon zoekende dolfijn. Als hij haar zou vertellen dat hij haar had aangezien voor een ijsvogel, dan zou ze plagend zeggen: 'Freddie, volgens mij is het tijd om je ogen te laten nakijken.'
Hij had haar nog niet verteld dat hij dat al had laten doen.
En de rest ook.

Het laantje dat langs de tuin van Hestacombe House liep was smal, met aan weerszijden hoge bermen vol klaprozen, fluitenkruid en braamstruiken. Als hij linksaf ging, berekende Tyler Klein, kwam hij weer terug in het dorp Hestacombe. Rechtsaf zou hij bij het meer uitkomen. Terwijl hij rechts afsloeg, hoorde hij het geluid van rennende voetjes en gegiechel.
Voorbij de eerste bocht in het laantje zag hij twee kleine kinderen, allebei in korte broek en T-shirt en met een honkbalpetje op, op zo'n twintig, dertig meter afstand over een hek klauteren. De voorste droeg een geel-wit gestreepte handdoek, en zijn vriendje klemde een rommelig bundeltje kleren vast. Toen ze het laantje in keken en Tyler zagen staan, giechelden ze weer en sprongen van het hek af in het korenveld erachter. Tegen de tijd dat hij bij het hek was, waren ze al uit het zicht verdwenen. Ze hadden ongetwijfeld de kortste weg naar huis genomen na hun duik in het meer.
Het laantje kwam uit op een zanderige open plek die afliep naar een klein, kunstmatig aangelegd strandje. Freddie Masterson had het strandje een paar jaar geleden laten opspuiten, voornamelijk voor de gasten van zijn vakantiehuizen aan het meer. Maar er werd ook gebruik van gemaakt door de inwoners van Hestacombe, zoals Tyler net had gezien. Zijn ogen afschermend voor de schittering van de zon in het water, zag hij een meisje in een felblauwe bikini lui op haar rug in het meer drijven. Er klonk een vaag onaards ge-

loei, maar hij kon niet precies horen waarvandaan. Toen stopte het geluid – was het zingen geweest? Even later zag hij dat het meisje zich omdraaide op haar buik en naar de oever begon terug te zwemmen.

Het kon bijna die scène uit *Dr No* zijn, waarin Sean Connery naar Ursula Andress kijkt die als een godin uit een tropische zee oprijst. Behalve dan dat hij niet in de struiken verborgen zat en al zijn eigen haar nog had. En dit meisje had ook geen groot mes aan haar dijbeen gesnoerd.

Ze was ook niet blond. Haar lange donkere haar was een nest slangachtige krullen die aan haar schouders plakten. Haar lichaam was welgevormd en diepgebruind. Onder de indruk – want een ontmoeting als deze was wel het laatste wat hij had verwacht – knikte Tyler haar vriendelijk toe, terwijl ze bleef staan om het water uit haar druipende haren te wringen. Hij vroeg: 'Lekker gezwommen?'

Het meisje keek hem strak aan en liet toen haar blik over het strandje glijden. Uiteindelijk beval ze: 'Geef hier.'

Een beetje overvallen door het verzoek keek Tyler ook om zich heen, hoewel hij geen flauw idee had wat hij zocht. Eén bizar moment lang vroeg hij zich af of ze hier soms had afgesproken met een drugsdealer en daarom in geheimtaal sprak.

'Wat moet ik je geven?'

'Mijn spullen.'

'Wat voor spullen?'

'De gebruikelijke spullen die een mens op het strand laat liggen als hij gaat zwemmen. Kleren. Handdoek. Diamanten oorbellen.'

'Waar had je je spullen dan neergelegd?' vroeg hij.

'Daar, precies waar jij staat. Daar!' herhaalde het meisje, naar zijn gepoetste zwarte schoenen wijzend. Met samengeknepen ogen keek ze hem aan. 'Is dit een grap?'

'Vast wel. Maar niet van mij.' Zich half omdraaiend wees hij op het laantje achter zich. 'Ik kwam net een paar kinderen tegen. Die hadden spullen bij zich.'

Ze had nu haar handen op haar heupen en keek hem met toenemend ongeloof aan. 'En het kwam niet bij je op ze tegen te houden?'

'Ik dacht dat het hun eigen spullen waren.' Dit werd belachelijk.

Hij had het woord 'spullen' nog nooit zo vaak achter elkaar gebruikt. 'Ik dacht dat ze ook in het meer hadden gezwommen.'
'Je dacht dat een roze halterjurkje, maat 40, en zilveren sandaaltjes, maat 39, van hen waren.' Het sarcasme – die speciale Engelse variant van sarcasme – droop van haar stem af.
'De sandalen waren in iets rozigs gewikkeld. Ik kon de maatlabels zo snel niet lezen. Ik stond op dertig meter afstand.'
'Maar je dacht dat ze hadden gezwommen.' Hem aandachtig opnemend, vervolgde ze: 'Vertel eens. Waren ze... nat?'
Shit. De kinderen waren niet nat geweest. Hij zou een slechte detective zijn. Niet van plan om zijn nederlaag te erkennen, zei hij: 'Ze hadden toch kunnen pootjebaden? Maar had je echt diamanten oorbellen bij je kleren laten liggen?'
'Zie ik er zo dom uit? Nee, natuurlijk heb ik die niet op het strand laten liggen. Diamanten lossen namelijk niet op in water.' Ongeduldig schudde ze haar haren naar achteren om hem de glinsterende knopjes in haar oorlelletjes te tonen. 'Goed. Hoe zagen die kinderen eruit?'
'Als kinderen. Weet ik veel.' Tyler haalde zijn schouders op. 'Ze droegen T-shirts, geloof ik. En, eh, korte broeken...'
Het meisje trok haar wenkbrauwen op. 'Ongelooflijk gewoon. Jouw observatievermogen is indrukwekkend. Oké, waren het een jongen en een meisje?'
'Zou kunnen.' Hij was ervan uitgegaan dat het jongens waren, maar de ene had langer haar gehad dan de andere. 'Zoals ik al zei, ik heb ze alleen uit de verte gezien. Ze klommen over een hek.'
'Donker haar? Dun en spichtig?' drong het meisje aan. 'Zagen ze eruit als een stelletje zigeuners?'
'Ja.' Tyler was meteen op zijn hoede; toen Freddie Masterson Hestacombe de hemel in had geprezen, had hij het niet over zigeuners gehad. 'Geven die problemen hier?'
'En of die hier problemen geven. Het zijn mijn kinderen.' De blik vol afschuw op zijn gezicht onderscheppend, begon het meisje ondeugend te glimlachen. 'Wees maar gerust, het zijn geen echte zigeuners, dus je hebt me niet dodelijk beledigd.'
'Nou,' zei hij, 'daar ben ik blij om.'
'Ik heb niks gezien, kleine sodemieters. Ze moeten door de struiken zijn gekropen en mijn spullen hebben gepakt toen ik even niet

keek. Dat krijg je met kinderen die met alle geweld bij het leger willen. Maar dit is echt niet grappig meer.' Ongeduldig vervolgde het meisje: 'Niet te geloven dat ze zoiets stoms hebben gedaan. Ze denken gewoon niet na, hè? Want nu sta ik hier zonder kleren...'
'Je mag mijn jasje wel lenen.'
'En zonder schoenen.'
'Mijn schoenen leen ik je niet,' zei hij. 'Ze zouden je belachelijk staan. Plus dat ik dan niks aan mijn voeten heb.'
'Watje.' Ze dacht even na en zei toen: 'Oké, wil je iets voor me doen? Als je terugloopt naar het dorp, dan is mijn huis het derde aan je rechterhand, voorbij de kroeg. Piper's Cottage. De deurbel is kapot, dus je zult moeten aankloppen. Zeg tegen Ruby en Nat dat ze je mijn kleren moeten geven. En dan breng je ze naar mij. Wat denk je ervan?'
Water droop uit haar haren in haar heldere lichtbruine ogen en glansde op haar gebruinde huid. Ze had prachtige witte tanden en beschikte over veel overtuigingskracht.
Tyler fronste zijn voorhoofd. 'En als de kinderen er niet zijn?'
'Oké, goed, ik weet dat dit niet ideaal is, maar je hebt een eerlijk gezicht, dus ik zal je moeten vertrouwen. Als ze er niet zijn, dan hoef je alleen maar de sleutel van de voordeur onder de pot geraniums naast het stoepje te pakken en dan kun je jezelf binnenlaten. Mijn slaapkamer is boven aan de trap, meteen links. Pak maar iets uit de klerenkast.' Haar mond krulde toen ze vervolgde: 'En niet stiekem tussen mijn ondergoed neuzen, hè? Pak maar gewoon een jurk en een paar schoenen en ga mijn huis weer uit. In tien minuten kun je weer terug zijn.'
'Dat kan ik niet maken.' Hij schudde zijn hoofd. 'Je kent me niet eens. Ik ga echt niet zomaar een vreemd huis in. En als je kinderen er wel zijn... nou, dat is nog erger.'
'Hoi.' Ze pakte zijn hand en schudde hem enthousiast. 'Ik ben Lottie Carlyle. Zo, nu weet je wie ik ben. En zo vreemd is mijn huis ook weer niet. Hooguit een beetje rommelig. En jij bent?'
'Tyler. Tyler Klein. Maar ik doe het echt niet.'
'Nou, je bent een grote hulp. Als ik zo het dorp in moet, loop ik hartstikke voor schut.'
'Ik zei toch dat je mijn jasje mocht lenen?' Aangezien ze kletsnat was, en zijn jasje een zijden voering had en vreselijk duur was ge-

weest, vond hij het een behoorlijk vrijgevig aanbod.
Lottie Carlyle leek echter niet onder de indruk. 'Dan zou ik nog steeds voor schut lopen. Je zou me ook je overhemd kunnen lenen,' probeerde ze hem over te halen. 'Dat zou al beter zijn.'
Tyler was hier voor zaken. Hij was niet van plan om zijn overhemd uit te trekken. Op vastbesloten toon zei hij: 'Dat lijkt me niet. Het is het jasje of niets.'
Beseffend dat ze de slag had verloren, pakte ze het jasje van hem aan en trok het aan. 'Jij geeft niet gauw toe, zeg. Zo, zie ik er compleet belachelijk uit?'
'Ja.'
'Goh, dank je.' Ze keek droevig naar haar blote voeten. 'Mag ik ook op je rug?'
Hij keek haar geamuseerd aan. 'Nu ga je echt te ver.'
'Wil je soms beweren dat ik dik ben?'
'Ik denk alleen maar aan mijn imago.'
Belangstellend vroeg ze: 'Wat doe je hier trouwens? In je mooie grotestadspak en glanzende schoenen?'
Hier in Hestacombe bestond duidelijk weinig reden om een grotestadspak te dragen. Toen ze zich omdraaiden om te gaan, wierp Tyler nog een laatste blik op het water waar regenboogkleurige libellen over het water snelden en een eendenfamilie net in beeld zwom. Op terloopse toon antwoordde hij: 'Gewoon op bezoek.'
Behoedzaam haar weg zoekend over het stenige, oneffen laantje, kromp ze ineen en zei met nadruk: 'Au, mijn voeten.'

Lottie Carlyle trok behoorlijk wat bekijks toen ze door Hestacombe liepen. Tyler vermoedde echter dat ze dat altijd zou doen, ongeacht wat ze droeg. Voorbijrijdende automobilisten grinnikten en toeterden toen ze haar herkenden, dorpsbewoners die in hun tuinen bezig waren, zwaaiden en leverden plagerig commentaar, en op haar beurt vertelde Lottie hun precies wat ze met Ruby en Nat zou doen zodra ze die te pakken kreeg.
Toen ze Piper's Cottage naderden, zagen ze de kinderen in de voortuin spelen met een gieter. Om de beurt draaiden ze er rondjes mee op een armlengte afstand en besproeiden elkaar met water.
'Voor kijkers met een zwakke maag is dit misschien het moment om hun blik af te wenden,' zei Lottie. 'Dit is het moment waarop ik

in de boze moeder verander.' Haar stem verheffend, riep ze: 'Hé, jullie daar. Zet die gieter neer!'

De kinderen keken naar hun moeder, lieten de gieter meteen in de steek en klauterden, onstuimig giechelend, razendsnel in de takken van een appelboom, die over de muur hingen.

'Ik weet wat jullie hebben gedaan.' Bij de tuin aangekomen, keek Lottie omhoog de boom in. 'En geloof me, jullie zijn nog niet klaar met me.'

Uit de diepte van het gebladerte zei een onschuldig stemmetje: 'We hebben alleen maar de bloemen water gegeven. Anders zouden ze doodgaan.'

'Ik heb het over mijn kleren. Dat was niet grappig, Nat. Het is echt niet leuk om er met iemands kleren vandoor te gaan.'

'Dat hebben we niet gedaan,' reageerde Nat meteen.

'Dat waren wij niet,' viel Ruby hem bij.

Tyler keek naar Lottie Carlyle. Misschien had hij zich vergist. Toen ze zijn bezorgde blik opving, rolde ze met haar ogen. 'Trap er alsjeblieft niet in. Dat zeggen ze altijd. Als je Nat betrapt met een mond vol chocolade, dan presteert hij het nog om te zeggen dat hij niets heeft gehad.'

'Maar we waren het echt niet,' herhaalde Nat.

'We hebben het niet gedaan,' zei Ruby, 'en dat is de waarheid.'

'Hoe harder ze protesteren, des te schuldiger zijn ze.' Lottie voelde Tylers ongemakkelijkheid. 'Vorige week speelden ze met een katapult in de badkamer, en toen ging de spiegel kapot. Maar raad eens? Dat hadden ze ook niet gedaan.'

'Mama, deze keer hebben we echt je kleren niet meegenomen,' zei Ruby.

'O, nee? Nou, deze meneer hier zegt van wel. Want hij heeft jullie gezien,' legde Lottie uit, 'en anders dan jullie, liegt hij niet. Dus jullie kunnen nu uit die boom komen en mijn kleren halen. Nu meteen.'

'We weten niet waar ze zijn!' Ruby slaakte een jammerkreet van woede.

Zonder nog een woord te zeggen, verdween Lottie het huis in. Door de open ramen hoorden ze het geknal en gedreun van kastdeuren die werden opengetrokken en dichtgegooid. Toen, triomfantelijk, kwam ze weer tevoorschijn, met in haar handen een

verfrommelde roze jurk, een paar zilverkleurige sandalen en een geel-wit gestreepte badhanddoek.
'Dat hebben wij niet gedaan,' viel Nat uit.
'Goh. Gek dat ze dan toch in de achtertuin lagen, hè?' Onder het praten schudde Lottie het veel te grote jasje van haar schouders, gaf het terug aan Tyler en wurmde zich in haar gekreukte jurk. 'Dat jullie mijn kleren hebben meegenomen, is al erg genoeg, maar erover liegen en het ontkennen is nog veel erger. Dus jullie kunnen het ballonfestival dit weekend wel vergeten, en jullie krijgen ook geen zakgeld.'
'Maar iemand anders heeft het gedaan,' gilde Ruby.
'Deze meneer hier zegt dat jullie het waren. En van jullie drieën is hij raar genoeg degene die ik geloof. Dus kom uit die boom, ga naar binnen en ruim jullie kamers op. Ik meen het,' zei Lottie. 'Nu meteen. Anders krijgen jullie zes weken geen zakgeld.'
Ruby liet zich als eerste uit de boom zakken, gevolgd door Nat. Met hun donkere ogen samengeknepen van afkeer keken ze woedend naar Tyler. Terwijl Ruby langs hem heen beende, mompelde ze: 'Jij bent een vies liegbeest.'
'Ruby. Hou op.'
Nat, met takjes in zijn haren, keek Tyler aan en zei kwaad: 'Ik ga het lekker aan mijn vader vertellen.'
'O, wat wordt hij nu bang.' Lottie schoof hem behendig langs Tyler heen. 'Naar binnen. Nu.'
Nat en Ruby verdwenen naar binnen.
Tyler, die zich inmiddels vreselijk opgelaten voelde, zei: 'Hoor eens, misschien heb ik me wel vergist.'
'Het zijn kinderen, het is hun taak om stoute dingen te doen.' Begrijpend vervolgde ze: 'Ik neem aan dat je zelf geen kinderen hebt?'
Hij schudde zijn hoofd. 'Nee.'
'Luister, ze haten je omdat je ze hebt verraden.' Lotties ogen sprankelden. 'Ze doen hun best om je een rotgevoel te geven. Maar je hoeft ze nooit weer te zien, dus wat maakt het uit?' Terwijl ze dat zei, begon iemand in huis luidruchtig te snikken. 'Dat zal Nat zijn, die vlak bij het raam staat om er zeker van te zijn dat we hem horen. Het verbaast me nog dat hij niet zei dat een arend met mijn kleren is weggevlogen en ze in onze achtertuin heeft laten vallen. Hoe dan ook, ik ga ook maar eens naar binnen. Nog bedankt voor

het jasje. Ik hoop dat het niet al te nat is geworden.' Ze zweeg even, haalde haar vingers door haar natte haren en schonk hem toen een oogverblindende glimlach. 'Toch leuk om je te leren kennen.'
'Waaaaahhhh,' brulde Nat, zo te horen ontroostbaar.
'Ja, ik vond het ook leuk.' Tyler moest zijn stem verheffen om boven het hartverscheurende gejammer uit te komen.
'Oehoe-oehoe-waaaahhhh!'
'Nou, nogmaals bedankt.' Ze zweeg alsof ze ineens iets bedacht. 'Eh... had je me daarstraks ook horen zingen?'
'O, was jij dat?' Hij grinnikte. 'Of laat ik preciezer zijn: was dat zingen?'
Haar donkere ogen glansden ondeugend. 'Onder water klink ik een stuk beter.'
Terwijl een nieuwe ronde van gesnik losbrak in het huis, zei hij: 'Ik zal je op je woord moeten geloven.'

2

Lottie, die zich had omgekleed in een limoenkleurig hemdje en een witte spijkerbroek, liep het brede terras achter Hestacombe House op waar Freddie aan tafel een fles wijn open zat te trekken.
'Daar ben je. Mooi, mooi. Ga zitten,' zei Freddie, terwijl hij haar een glas in de hand duwde, 'en neem een slok. Je zult het nodig hebben.'
'Waarom?' Lottie had zich al afgevraagd waarom hij haar vanavond had uitgenodigd. Hoewel Freddie normaal gesproken niet erg gesloten was, was hij de laatste tijd veel weg geweest zonder haar te vertellen waar hij mee bezig was. Vanavond zag hij er in zijn witte poloshirt en geperste kakibroek gebruind en fit uit, misschien zelfs iets verzorgder dan anders. Zo meteen ging hij haar nog vertellen dat hij eindelijk een vriendin had.
'Proost.' Freddie tikte met zijn glas tegen het hare.
Er was hier beslist sprake van een geheim, een geheim dat op barsten stond.
'Proost. Niks zeggen.' Opgetogen voor haar werkgever stak ze haar vrije hand op om hem tegen te houden. 'Volgens mij weet ik het al!'

'Nou, eerlijk gezegd denk ik van niet.' Toch leunde hij achterover en keek haar glimlachend aan, terwijl hij een sigaar opstak. 'Maar ga je gang. Vertel me maar wat je denkt.'
'Ik deeeenk,' Lottie rekte het woord flink uit, 'dat er liefde in de lucht hangt.' Speels, mysterieus, wapperde ze met haar vingers. 'Ik geloof dat we het woord romance wel in de mond kunnen nemen.'
'Lottie, ik ben veel te oud voor jou.'
Ze trok een gezicht naar hem. 'Ik bedoelde met iemand van je eigen leeftijd. Heb ik het mis dan?'
'Een beetje maar.' Hij pufte aan zijn sigaar. Zijn zegelring glinsterde in het zonlicht.
'Dat zou je wel moeten doen, weet je. Een aardige vrouw zoeken.' Hoewel Freddie na Mary's dood zelfs niet meer naar andere vrouwen had gekeken, wist ze dat hij met de juiste vrouw opnieuw gelukkig zou kunnen zijn. Hij verdiende dat.
'Nou, dat zal niet gebeuren. Drink je dat nog op of laat je het verdampen?'
Gehoorzaam nam ze een paar reusachtige slokken.
'Lekker?' Hij sloeg haar geamuseerd gade.
'Wat is dat nou voor een vraag? Het is rood, warm, heeft geen kurksmaak. Natuurlijk vind ik het lekker.'
'Mooi, want het is natuurlijk wel een Château Margaux uit '88.'
Lottie, die net zoveel verstand had van wijn als een olifant van koorddansen, knikte als een echte kenner en zei: 'Ja, dat dacht ik al.'
Met glinsterende ogen zei Freddie: 'Tweevijftig per fles.'
'Hé, fantastisch. Is dat een van die aanbiedingen voor de halve prijs in de supermarkt?'
'Tweehonderdvijftig pond, proleet.'
'Jezus, dat meen je niet!' Proestend en de rest van haar wijn bijna over haar spijkerbroek gooiend, zette ze het glas met een klap op tafel. Toen ze zag dat hij geen grapje maakte, jammerde ze: 'Waarom geef je me dat dan te drinken? Zoiets stoms heb ik nog nooit meegemaakt!'
'Hoezo?'
'Omdat je weet dat ik een proleet ben, dus dan is het hartstikke zonde!'
'Je zei dat je hem lekker vond,' herinnerde hij haar eraan.

'Ja, maar ik proefde er niet echt van. Ik heb de wijn gewoon naar binnen gegoten alsof het cassis was, omdat jij zei dat ik door moest drinken! Nou, jij mag de rest hebben.' Ze schoof het glas over tafel naar hem toe. 'Want ik drink geen druppel meer.'
'Lieverd, ik heb deze wijn tien jaar geleden gekocht. Hij heeft al die tijd in de kelder liggen wachten op een speciale gelegenheid.'
Wanhopig rolde ze met haar ogen. 'Nou, het is nu beslist een speciale gelegenheid. De dag waarop je assistente Château Margaux of zoiets over je terras heeft gesproeid. Je had hem beter nog tien jaar in je kelder kunnen laten liggen.'
'Misschien wil ik dat wel niet. Hoe dan ook, je hebt me nog niet gevraagd waarom dit een speciale gelegenheid is.'
'Nou, vertel dan.'
Freddie ging weer achteroverzitten en blies geoefend een volmaakt rookkringetje uit. 'Ik verkoop de zaak.'
Geschrokken vroeg ze: 'Is dit wel een grap?'
'Nee.' Hij schudde zijn hoofd.
'Maar waarom?'
'Ik ben vierenzestig. Op die leeftijd gaan wel meer mensen met pensioen toch? Het is tijd om te stoppen en de dingen te gaan doen die ik wil. Plus dat de juiste koper zich toevallig heeft aangediend. Maak je geen zorgen, jij houdt je baan wel.' Met een knipoog vervolgde hij: 'Ik denk dat jullie het uitstekend met elkaar zullen kunnen vinden.'
Aangezien dit Hestacombe was en niet een of andere drukke grote stad, hoefde je geen Einstein te zijn om te weten wie hij bedoelde.
'Die Amerikaan,' zei ze, langzaam uitademend. 'Die man in dat pak.'
'Helemaal.' Freddie knikte en zei sluw: 'En doe maar niet alsof je zijn naam niet meer weet.'
'Tyler Klein.' Freddie had gelijk; wanneer vreemde mannen er zo goed uitzagen, vergat je hun naam niet zomaar. 'We hebben elkaar vanmiddag bij het meer ontmoet.'
'Dat vertelde hij, ja.' Geamuseerd nam hij nog een trekje van zijn sigaar. 'Een interessante ontmoeting zo te horen.'
'Dat kun je wel zeggen. Dus wat gaat er nu precies gebeuren? Koopt hij alles? Ga je verhuizen? O Freddie, ik kan me Hestacombe House niet zonder jou voorstellen.'
Ze meende het. Freddie en Mary Masterson waren tweeëntwintig

jaar geleden in Hestacombe House komen wonen. Freddie had haar betrapt toen ze appels uit zijn boomgaard had gestolen. Ze was toen negen geweest, net zo oud als Ruby nu. Hij hoorde bij het dorp, en iedereen zou hem missen als hij er niet meer was.
Plus dat hij een fantastische baas was.
'Ik verkoop alleen de zaak, niet het huis.'
Opgelucht zei ze: 'O, dan is het niet zo erg. Dus dan blijf je hier. Dan verandert er niet eens zoveel.'
In de loop der jaren was Hestacombe Holiday Cottages door Freddie en Mary tot een succesvol bedrijf uitgebouwd. Van de acht boerenwoningen, die met zorg waren gerenoveerd, lagen de meeste om het meer en een paar, wat afgelegener, in het bos. De gasten, van wie velen regelmatig terugkwamen, konden de betoverend mooie vakantiehuizen huren voor periodes variërend van een paar nachten tot een maand, in de wetenschap dat ze op hun wenken bediend zouden worden, terwijl ze genoten van een zorgeloze vakantie in het hart van de Cotswolds.
'Hier, drink je wijn op.' Freddie schoof het glas over tafel naar haar terug. 'Tyler Klein is een aardige man. Het komt allemaal goed.' Met een glinstering in zijn ogen voegde hij eraan toe: 'Je zult in veilige handen zijn.'
Dat had hij beter niet kunnen zeggen; ze zag het al helemaal voor zich.
Deze keer, meisjesachtig nippend, deed Lottie haar uiterste best om de dure Château Margaux op waarde te schatten. Hij was lekker, natuurlijk wel, maar ze had het echt nooit kunnen proeven.
'En waar gaat hij wonen?'
'In Fox Cottage. We hoeven alleen maar een paar boekingen om te gooien. Zolang de gasten in een beter huis terechtkomen, zullen ze geen bezwaar hebben.'
Fox Cottage, hun recentste aankoop, was in de afgelopen drie maanden uitgebreid gerestaureerd. Door een of ander wonder was het werk eerder klaar geweest dan voorzien. Het was een van hun kleinere huizen, waarvan de eerste verdieping was doorgebroken om één grote slaapkamer te creëren met ramen van vloer tot plafond, die een prachtig uitzicht op het meer boden.
'Niet zo groot.' Op onschuldige toon vroeg ze: 'Zal zijn vrouw het niet een beetje krap vinden?'

Freddie grinnikte. 'Ik denk dat je eigenlijk wilt weten of hij getrouwd is, hè?'
Ze had dus net zo goed niet subtiel kunnen zijn. Haar sandalen uitschoppend en haar voeten onder zich trekkend op de met stof beklede stoel, vroeg ze: 'Nou?'
'Hij is vrijgezel.'
Prachtig, dacht ze blij. Hoewel hij waarschijnlijk niets meer met haar te maken zou willen hebben na zijn ontmoeting met Nat en Ruby. Er was echter nog iets wat ze wilde weten. 'Hoe heb je hem gevonden? Je had mij nog niet eens verteld dat je erover dacht om de zaak te verkopen.'
'Het lot.' Hij haalde zijn schouders op en vulde hun glazen bij. 'Herinner je je Marcia en Walter Klein nog?'
Natuurlijk, het echtpaar Klein uit New York. De afgelopen vijf jaar waren Marcia en Walter Klein elk jaar, zonder mankeren, met Pasen naar Hestacombe gekomen en hadden een van de vakantiehuizen als uitvalsbasis gebruikt terwijl ze met typisch Amerikaans enthousiasme de omgeving verkenden, Stratford-upon-Avon, Bath, Cheltenham – alle gebruikelijke toeristenplekken.
'Dat zijn zijn ouders.' Lottie besefte dat de zoon waar Marcia al die jaren over had lopen opscheppen, Tyler was. 'Maar hij is toch een of andere succesvolle bankier op Wall Street? Waarom zou hij dat willen opgeven en hier komen wonen? Dat is net zoiets als Michael Schumacher die de Formule Een opgeeft om op een melkkar te gaan rondrijden.'
'Tyler is toe aan verandering. Ik weet zeker dat hij je zijn redenen nog wel zal vertellen. Hoe dan ook, Marcia belde een paar weken geleden om hun reservering voor de volgende paasvakantie te regelen, en toen raakten we aan de praat over stoppen met werken,' vertelde Freddie. 'Ik liet me ontvallen dat ik erover dacht om de zaak te verkopen. Twee dagen later belde ze terug en zei dat ze het aan haar zoon had verteld, die belangstelling had. Natuurlijk had hij al over ons gehoord van Marcia en Walter – de schatten, ze hebben ons de hemel in geprezen. Dus toen belde Tyler me. Ik vertelde hem wat ik voor de zaak wilde hebben en heb hem in contact gebracht met mijn accountant om de cijfers door te nemen. Gisteravond is hij op Heathrow geland. Hij wilde alles met eigen ogen bekijken. En twee uur geleden heeft hij me een goed bod gedaan.'

Zo simpel ging dat dus.
'Dat je hebt geaccepteerd,' zei ze.
'Dat ik heb geaccepteerd.'
'Weet je zeker dat je er goed aan doet?' Was het haar verbeelding, of leek Freddie minder gelukkig met de situatie dan hij probeerde te doen voorkomen?
'Absoluut zeker.' Hij knikte.
Tja, oké dan. Hij had ook recht op een beetje lol. 'In dat geval, gefeliciteerd. Op een lang en gelukkig leven als gepensioneerde.' Haar glas heffend en ermee tegen het zijne klinkend, zei ze bemoedigend: 'Je zult het fantastisch vinden. Denk eens aan alle leuke dingen die je kunt gaan doen.' Plagerig, omdat Freddie een pesthekel had aan de sport, voegde ze eraan toe: 'Je zou zelfs kunnen gaan golfen.'
Deze keer kwam Freddies glimlach niet helemaal tot aan zijn ogen.
'Er is nog iets.'
'O god. Niet volksdansen.'
'Eerlijk gezegd is het nog erger dan volksdansen.' Zijn vingers verstevigden hun greep om de steel van zijn glas. 'Ik heb een hersentumor.'

3

Lottie keek hem aan. Dit kon onmogelijk een grap zijn. Maar toch moest het dat zijn. Hoe kon Freddie daar anders gewoon zitten en zoiets zeggen? Ze voelde haar hart luidruchtig gaan bonken, als een trommel. Dit kon gewoon niet waar zijn. 'O, Freddie.'
'Ik weet het, niet echt een gezellig gespreksonderwerp. Sorry.' Zichtbaar opgelucht dat het hoge woord eruit was, voegde hij eraan toe: 'Hoewel ik moet zeggen dat ik nooit had verwacht jou nog eens met je mond vol tanden te zien zitten.'
Terwijl ze haar best deed om zichzelf weer onder controle te krijgen, zei ze: 'Nou ja, het is ook een enorme schok. Maar artsen kunnen tegenwoordig zoveel. Het komt wel goed. Ze kunnen zo'n tumor er tegenwoordig toch gewoon uithalen? Wacht maar af,

binnen de kortste keren ben je weer helemaal de oude.'
Het was wat ze wilde geloven, maar zelfs terwijl de woorden uit haar mond tuimelden, wist ze dat de situatie ernstiger was dan dat. Dit was wat anders dan een kind met een geschaafde knie in je armen nemen, een Disney-pleister op de zere plek plakken en zeggen dat de pijn zo vanzelf over zou gaan.
Dit was niet iets wat ze beter kon kussen.
'Goed, ik vertel dit nu aan jou, maar ik zou het fijn vinden als je het niet verder vertelde,' zei Freddie. 'De tumor is niet te opereren, dus de chirurgen kunnen hem niet weghalen. Van chemo en bestraling zal ik ook niet beter worden; het zal hooguit mijn leven iets verlengen. Nou ja, gek genoeg trok dat idee me niet erg aan, dus heb ik nee, dank u wel gezegd.'
'Maar...'
'Ik zou het prettig vinden als je me niet onderbrak,' zei hij kalm. 'Nu ik ben begonnen, wil ik het graag afmaken ook. Hoe dan ook, ik heb vrijwel meteen besloten dat ik, als ik dan toch niet meer lang te leven heb, het beetje tijd dat me nog rest op mijn eigen voorwaarden wil leven. We weten allebei wat Mary heeft moeten doorstaan.' Hij keek Lottie aan. 'Twee jaar van operaties, eindeloze, vreselijke behandelingen. Al die pijn. Ze heeft zich maandenlang hondsberoerd gevoeld, en waarvoor? Uiteindelijk is ze toch doodgegaan. Dus dat gedeelte sla ik maar liever over. Volgens mijn arts heb ik misschien nog een jaar. Nou, dat is prima. Ik zal er het beste van maken, zien hoe het loopt. Hij waarschuwde me dat de laatste paar maanden misschien niet zo fijn zullen zijn, dus heb ik hem verteld dat ik die dan waarschijnlijk ook maar probeer over te slaan.'
Lottie kon het allemaal niet bevatten. Ze stak haar trillende handen uit naar haar glas en stootte het om. Vijf minuten geleden zou ze zich op de tafel hebben geworpen om de gemorste wijn op te likken, maar nu schonk ze zichzelf simpelweg nog een glas in, helemaal tot aan de rand. 'Mag ik al vragen stellen?'
Freddie knikte hoffelijk. 'Vraag maar raak.'
'Hoelang weet je het al?'
'Twee weken,' antwoordde hij met een scheef glimlachje. 'Natuurlijk was ik eerst geschokt. Maar het is verbazingwekkend hoe snel je aan het idee went.'

'Ik wist niet eens dat je ziek was. Waarom heb je niet eerder wat gezegd?'
'Dat is het nu net, ik voel me niet ziek.' Hij spreidde zijn handen. 'Hoofdpijn, dat was alles. Ik dacht dat ik waarschijnlijk een nieuwe leesbril nodig had, dus ben ik naar mijn opticien gegaan... en toen ze met dat lichtinstrument van haar in mijn ogen keek, zag ze dat ik een probleem had. Voordat ik wist wat er gebeurde, was ik al doorverwezen naar een neuroloog en kreeg ik scans en allerlei andere onderzoeken. En toen, pats-boem, de diagnose. Lottie, als je gaat huilen, kieper ik mijn glas over je heen. Hou daar onmiddellijk mee op.'
Haastig knipperde ze haar tranen weg, snufte luidruchtig en beval zichzelf om kalm te blijven. Freddie nam haar in vertrouwen omdat hij dacht dat ze niet als een zielig hoopje in elkaar zou zakken. Ze was niet zo'n huilebalk.
'Oké. Klaar.' Ze snufte nog een keer, nam een slok wijn en zei ter verdediging van zichzelf: 'Sorry, maar het is gewoon niet eerlijk. Je verdient dit niet.'
'Ik weet het, ik ben fantastisch.' Zijn sigaar uitdrukkend, vervolgde hij: 'Bijna een heilige.'
'Vooral niet na wat er met Mary is gebeurd.' Lottie kreeg een brok in haar keel. Ze kon hier echt niet tegen.
'Lieverd, je hoeft je niet boos te maken voor mij. Mary is er niet meer.' Over de tafel heen pakte hij haar hand en kneep er bemoedigend in. 'Snap je het niet? Dat maakt het juist gemakkelijker. De ontdekking van een tumor in mijn hoofd is niet het allerergste wat ik ooit heb meegemaakt. Het komt er zelfs niet in de buurt. Mary kwijtraken en zonder haar te moeten verder leven, was veel erger.'
Nu dreigden de dammen echt door te breken. 'Dat is het meest romantische wat ik ooit heb gehoord.'
'Romantisch.' Freddie herhaalde het woord en grinnikte. 'Weet je wat ironisch is? Zo kwam ze aan haar bijnaam voor mij. Mary zei altijd dat ik zo romantisch was als een nethemd. O, ze wist best hoeveel ze voor me betekende, maar elkaar plagen ging ons gemakkelijker af. Al dat lievige gedoe met hartjes en bloemen was niks voor ons.'
Lottie wist het nog. Freddie en Mary waren altijd heerlijk gelukkig geweest samen, zo'n huwelijk als het hunne zou iedereen wel willen.

Hun woordenwisselingen waren eindeloos origineel geweest, net zo onderhoudend als die van twee komieken op tv. Freddie moest zijn geliefde vrouw onvoorstelbaar wanhopig hebben gemist.
Dus daarom had Mary hem altijd 'Netje' genoemd.
Opnieuw werd ze geraakt door de oneerlijkheid van alles. 'O, Freddie. Waarom moet jou dit nu overkomen?'
'Je kunt het ook op een andere manier bekijken. Ik kan mezelf voorhouden dat ik geluk heb gehad dat het me niet veertig jaar eerder is overkomen,' zei hij. 'Dan zou ik pas echt kwaad zijn geweest. Maar ik heb de vierenzestig gehaald, en dat is niet eens zo slecht.' Aftellend op zijn vingers vervolgde hij: 'Toen ik zeven was, viel ik uit een boom en brak mijn arm. Ik had ook op mijn hoofd terecht kunnen komen en dood kunnen zijn. Toen ik zestien was, werd ik op mijn fiets door een vrachtwagen geschept en brak een paar ribben. Maar ook toen had ik net zo goed dood kunnen zijn. En dan is er nog die keer dat Mary en ik op vakantie waren in Génève. Op onze laatste avond daar zijn we met een stel vrienden zo straalbezopen geworden dat we onze vlucht naar huis misten. En wat gebeurde er? Het vliegtuig stortte neer.'
Hij liet zich nu een beetje meeslepen door zijn eigen enthousiasme. Lottie had dit verhaal al eerder gehoord. 'Het is niet neergestort,' verbeterde ze hem. 'Een van de banden raakte los, en het vliegtuig kantelde op de startbaan. Er is niemand omgekomen.'
'Maar dat had best kunnen gebeuren. Er zijn mensen gewond geraakt.'
'Bulten en blauwe plekken.' Lottie liet zich niet op andere gedachten brengen; dit was een principekwestie. 'Bulten en blauwe plekken tellen niet.'
'Ligt eraan hoe erg ze zijn.' Freddie nam haar geamuseerd op. 'Zijn we aan het kibbelen?'
'Nee.' Beschaamd bond ze meteen in. Kibbelen met een stervende man. Hoe kon ze zo diep zinken?
Blijkbaar haar gedachten radend, zei Freddie: 'Ja, dat zijn we wel, en waag het niet om nu terug te krabbelen. Als jij niet meer met me wilt kibbelen, vind ik heus wel iemand die dat wel wil. Ik heb je alleen maar verteld wat er aan de hand is, omdat ik erop dacht te kunnen vertrouwen dat je het aan zou kunnen. Ik wil geen fluwelenhandschoenenbehandeling, oké?'

'Jij wilt helemaal geen behandelingen,' diende ze hem verhit van repliek. 'Wie weet, misschien dat bestraling en chemo wel werken!'
'Kibbelen is toegestaan,' zei hij op ferme toon, 'maar zeuren beslist niet. Anders zal ik je moeten ontslaan.'
'Je verkoopt de zaak toch.'
'Ah, maar ik zou je nu kunnen ontslaan. Lieverd, ik ben een volwassen man, ik heb mijn besluit genomen. Als ik nog zes mooie maanden op deze aarde heb, wil ik er het beste van maken, doen wat ik wil doen. En nu kom ik bij jou.' Hij was nu ontspannener, terloops een wesp wegslaand onder het praten. 'Er is iets waarbij ik hulp nodig heb, Lottie. En ik zou graag willen dat jij me helpt.'
Een vreselijk moment lang dacht ze dat hij hulp bedoelde bij zijn sterven, wanneer het zover was. Geschokt vroeg ze: 'In welk opzicht?'
'Allemachtig, niet dat soort hulp.' Alweer kon hij haar gedachten lezen – of wat waarschijnlijker was, de blik vol afschuw op haar gezicht – en hij barstte in lachen uit. 'Ik heb je gezien bij kleiduiven schieten. Het enige wat je wist te raken, was een boom. Als ik me van kant wil laten maken wanneer het zover is, dan vraag ik het wel aan iemand die beter kan richten dan jij.'
'Daar moet je geen grapjes over maken.' Ze keek hem boos aan. 'Het is heus niet leuk.'
'Sorry.' Freddie hield voet bij stuk. 'Maar het idee om door jou met een twaalfkalibergeweer onder schot te worden genomen, is gewoon komisch. Hoor eens, ik doe dit op mijn manier,' vervolgde hij op opbeurende toon. 'We moeten er allemaal een keer aan geloven. Ik kan wel een hartaanval krijgen en morgen dood neervallen. Daarbij vergeleken is een opzegtermijn van een halfjaar gewoon een luxe. En daarom wil ik die tijd niet verspillen.'
Lottie sprak zichzelf moed in. Hij zei dat hij haar hulp nodig had.
'Wat ga je dan doen?'
'Nou, ik heb er veel over nagedacht, en het is eigenlijk veel minder gemakkelijk dan je misschien denkt.' Hij trok een gezicht. 'Ik bedoel, wat zou jij doen? Als geld geen rol zou spelen.'
Dit was surrealistisch. Morbide en surrealistisch. Maar als Freddie het kon, dan kon zij het ook. Ze zei: 'Oké, het is een cliché, maar ik denk dat ik met de kinderen naar Disneyland zou gaan.'
'Precies.' Met een tevreden blik op zijn gezicht, knikte hij verwoed.

'Omdat je weet dat dat is wat zij het liefste willen.'
'Maar ik zou het ook leuk vinden!' verdedigde ze zichzelf.
'Natuurlijk. Maar als de kinderen niet zouden kunnen, zou je dan in je eentje gaan?'
Het kwartje viel. Ze voelde zich weer vreselijk en had zin om hem te omhelzen. In plaats daarvan zei ze: 'Nee, ik denk het niet.' Ze nam nog een slok wijn.
'Zie je wel? Precies wat ik bedoel.' Hij leunde voorover en zette zijn ellebogen op tafel. 'Jaren geleden, voordat Mary ziek werd, droomden we er altijd van om een wereldreis te gaan maken zodra we gepensioneerd zouden zijn. Mary wilde naar de Chinese Muur, naar de Victoria-watervallen en de verdwenen steden in Peru. Boven aan mijn lijst stond twee weken in Palazzo Gritti in Venetië, gevolgd door reisjes naar Nieuw-Zeeland en Polynesië. En daarna kregen we ruzie, want ik zei dan altijd dat we, als we klaar waren met het gereis, een kleine villa in Toscane zouden moeten kopen, maar Mary beweerde dat ze, als ze dan toch ergens anders oud moest worden, dat liever in Parijs deed.'
Hij zweeg, een ogenblik naar de bijna lege fles Château Margaux starend. 'Maar dat is het punt, hè? Het plan was dat we samen oud zouden worden. Nu kan ik me veroorloven om overal naartoe te gaan waar ik maar wil, maar het heeft geen zin meer, want in je eentje of met een stel vreemden is het niet leuk. Ik wilde al die plaatsen alleen maar samen met Mary zien.'
Lottie zag hem voor zich, op de voorgrond van een of ander spectaculair uitzicht met niemand van wie hij hield om het mee te delen. Zo zou zij zich ook voelen, alleen in de achtbaan in Disneyland. Zonder Nat en Ruby zou ze er onmogelijk van kunnen genieten.
'Dus reizen wordt het niet.'
Freddie schudde zijn hoofd. 'En ik heb ook besloten om de gevaarlijke sporten links te laten liggen. Dus geen parachutespringen, abseilen of wildwaterkanoën.' Zijn mond vertrok iets. 'Niet echt mijn soort vermaak.'
Hoe kon hij nu zo vrolijk zijn? Verbijsterd vroeg ze: 'Wat ga je dan doen?'
'Nou, daarom vraag ik je om hulp.' Hij leek erg ingenomen met zichzelf. 'Want weet je, ik heb een plan.'

4

Nat en Ruby waren voor de avond naar hun vaders huis gestuurd. Toen Lottie om negen uur arriveerde om hen op te halen, werd ze bij de deur begroet door Nat die zich in haar armen wierp en zei: 'We hebben zo'n lol gehad.'
'Hoera.' Na de afgelopen paar traumatische uren waarin ze Freddies nieuws had moeten verwerken, moest Lottie hem een extra dikke knuffel geven.
'Au, mam. Kom. Papa heeft ons leren martelen.'
'O ja?' Ze knipperde met haar ogen. Was Mario wel goed bij zijn hoofd?
'Het is hartstikke leuk.' Zich loswurmend en Lottie door de keuken slepend, riep Nat uit: 'Ik ga dat heel heel vaak doen. Martelen is het leukste wat er is.'
'Stomkop, het is niet echt martelen.' Ruby rolde met haar ogen met alle wijsheid van een negenjarige. 'Het heet voodoo.'
'Ik ben geen stomkop. Jij bent zelf een stomkop.'
'Nou, maar martelen is heel wat anders. Bij martelen moet je mensen echt...'
'Dus jullie hebben voodoo geleerd,' kwam Lottie snel tussenbeide. 'Waarom heeft papa dat gedaan?'
'We hadden hem verteld over die rotvent. Hè, papa?' Nat wendde zich gretig tot Mario die de keuken binnen kwam. 'Die man die vanmiddag allemaal leugens over ons heeft verteld. En papa zei dat we wraak moesten nemen en martelen moesten proberen.'
Vanuit de deuropening grinnikte Mario naar Lottie. 'Ik heb de ervaring dat het meestal wel werkt.'
'Voodoo,' zei Lottie met nadruk.
'Voodoo. Dus papa heeft ons geleerd om poppen te maken van mensen die je niet aardig vindt en dan moet je er stokjes insteken. Dus dat hebben we gedaan!' Triomfantelijk rende Nat naar de keukentafel en zwaaide met een poppetje van boetseerklei dat stijf stond van de cocktailprikkers. 'Kijk, dit is die man. En iedere keer dat je een stokje in hem steekt, krijgt hij echt pijn op de plek waar je het in hebt gestoken. Kijk zo,' vervolgde hij verlekkerd, terwijl hij nog een cocktailprikker in het linkerbeen van het poppetje van klei

stak. 'In het echt loopt hij nu te hopsen, en van au, au te doen.'
Lottie keek naar haar ex. 'Hoe oud was je ook alweer?'
'Wind je niet op.' Mario grijnsde breeduit. 'Het is gewoon voor de lol.'
'En deze.' Nat stak het poppetje vrolijk in zijn buik. 'Zo, moet hij maar geen leugens over ons te vertellen.'
Voor de lol. Heerlijk. Lottie vroeg zich wel eens af of Mario ook maar een greintje gezond verstand bezat. Geërgerd zei ze: 'Dat soort dingen mag je ze niet leren. Het is onverantwoordelijk.'
'Nietes, het is hartstikke leuk.' Ruby stond opgewekt met cocktailprikkers in haar eigen voodoopoppetje te prikken. 'Bovendien hadden we jouw kleren niet meegenomen, dus die rotvent verdient het.'
'Die rotvent wordt wel mijn nieuwe baas.' Lottie zuchtte. 'Dus jullie zullen toch aan hem moeten wennen.'
'Zie je wel? Je zegt zelf ook dat het een rotvent is.' Vol belangstelling bestudeerde Nat haar gezicht. 'Heb je daarom soms gehuild?'
'Ik heb niet gehuild. Het is gewoon hooikoorts.' Terwijl ze zich vermande, begreep ze dat het erg moeilijk zou worden om het nieuws over Freddies ziekte voor zich te houden. 'Kom, dan gaan we naar huis.'
'Waarom heb je zo'n haast? Laat ze nog tien minuutjes in de tuin spelen.' Mario joeg de kinderen de achterdeur uit en duwde Lottie daarna zacht op een keukenstoel. 'Je ziet eruit alsof je wel een drankje kunt gebruiken. Ik zal twee biertjes pakken.'
Van Château Margaux naar een blikje Heineken. Ach, waarom ook niet? Haar sandalen uitschoppend en achteroverleunend op de stoel, keek Lottie naar Mario die de blikjes uit de koelkast pakte en glazen uit het kastje boven het aanrecht. Ze vond het heerlijk om gescheiden te zijn van hem, maar het bleef mogelijk om van zijn aantrekkelijke uiterlijk en van nature gespierde lichaam te genieten. Misschien ging dat zelfs wel beter zonder de emotionele banden die bij een huwelijk hoorden, en zonder die eeuwige angst in haar maag dat hij dat lichaam van hem stiekem ook met iemand anders deelde.
Wat, uiteindelijk, ook was gebeurd, hoewel het natuurlijk niet Mario's schuld was geweest.
Want dat was het nooit.
'Zo, proost dan maar.' Nadat Mario de blikjes had leeggeschon-

ken in twee glazen, gaf hij er een aan haar en nam haar toen aandachtig op over de rand van zijn glas. 'Ga je me nog vertellen waarom je hebt gehuild?'
Nee!
Ze schudde haar hoofd. 'Het is niks. Freddie en ik hadden het over Mary. Het werd allemaal een beetje emotioneel, meer niet.' Ze pakte de poppetjes van boetseerklei van tafel en begon de cocktailprikkers eruit te trekken. 'Hij mist haar heel erg. Wij kunnen ons gewoon niet voorstellen hoe dat moet zijn.'
'En ik dacht nog wel dat je van streek was omdat het vandaag onze trouwdag is,' zei hij plagend.
Hemeltje? Was dat zo? Zes augustus. Jemig ja, het was zo. Wat maf om daar niet aan te hebben gedacht. Nog maffer dat Mario dat wel had gedaan.
'We zijn niet meer getrouwd,' zei ze, 'dus dan telt het niet.'
'Ja, maar jij bent bij mij weggegaan. Je hebt mijn hart gebroken.' Hij speelde overtuigend de diepbedroefde echtgenoot.
'Sorry, maar ik ben bij je weggegaan omdat jij een overspelige gluiperd was.'
'Vandaag precies tien jaar geleden.' Bij de herinnering kreeg zijn gezicht een zachte glans. 'Fantastische dag was dat, hè?'
Dat was inderdaad zo. Lottie glimlachte. Ze was twintig geweest – veel te jong eigenlijk – en Mario drieëntwintig. Mario's Italiaanse moeder had een hele rits van haar licht ontvlambare familieleden uit Sicilië uitgenodigd voor de gelegenheid, en Lotties vriendinnen waren allemaal betoverd geweest door de neven met hun smeulende donkere blikken en Godfather-achtige glamour. Iedereen had zich vrolijk gemengd, het was prachtig weer geweest, en het dansen was doorgegaan tot in de vroege uurtjes. Lottie, helemaal in het wit en maar een klein beetje zwanger, had zich afgevraagd of ze ooit gelukkiger zou kunnen worden. Ze had Mario en een baby op komst; het kon echt nooit beter worden. Haar leven was officieel perfect.
En toegegeven, de eerste paar jaar was het ook behoorlijk perfect geweest. Mario was charmant, onweerstaanbaar, nooit saai en nooit verveeld. Hij was ook een fantastische vader die zijn kinderen aanbad en – en dit gedeelte was bijzonder goed – hij vond het nooit erg om luiers te verschonen.

Mario's legendarische charme ging echter gepaard met een neiging tot flirten, en na een tijdje was Lottie de keerzijde gaan ontdekken van getrouwd te zijn met een man die het heerlijk vond in het middelpunt van de belangstelling te staan. En andere meisjes liepen ook maar al te graag te koop met hun belangstelling voor Mario. Lottie, niet op haar mondje gevallen, had Mario verteld dat het geflirt moest ophouden. Maar dat zat gewoon niet in zijn karakter. En toen waren de ruzies begonnen. Het was rampzalig om te beseffen dat je was getrouwd met een man die, in wezen, niet het type was om getrouwd te zijn. In elk geval niet om te getrouwd te zijn en monogaam te blijven. Jaloezie was een zinloze emotie en een waar Lottie nooit last van had gehad. Daar had ze te veel zelfrespect voor. Als Mario haar niet trouw kon blijven, dan verdiende hij haar niet. Ze kon zichzelf niet toestaan bij iemand te blijven die ze niet kon vertrouwen; ze wist dat ze elkaar vroeg of laat zouden gaan haten. Het was óf scheiden, óf het zou ermee zijn geëindigd dat ze hem met iets veel groters had gestoken dan een cocktailprikker.
In Nats en Ruby's belang en voordat de haat en verbittering vat op hen zouden krijgen, verkondigde Lottie aan Mario dat hun huwelijk voorbij was. Mario was er kapot van en deed zijn best om haar op andere gedachten te brengen, maar Lottie hield voet bij stuk. Het was de enige manier om vrienden te kunnen blijven.
'Maar ik hou van je,' protesteerde Mario.
Dat deed hij ook; dat wist ze.
'Ik hou ook van jou.' Het kostte haar meer moeite dan ze liet merken om moedig door te zetten. 'Maar je hebt een verhouding met je receptioniste.'
'Niet waar!' Geschrokken zei hij: 'Dat is geen verhouding. Jennifer? Die betekent helemaal niets voor me.'
Dat laatste was waarschijnlijk nog waar ook.
'Misschien niet, maar je betekent wel alles voor haar. Gisteravond heeft ze me in tranen opgebeld om me te vertellen hoeveel ze wel niet van je houdt. Een uur lang.' Lottie zuchtte. 'En zeg niet dat je je leven zult beteren, want we weten allebei dat dat een grote leugen zou zijn. Het is beter zo, echt. Dus laten we erover praten en beslissen wie waar gaat wonen.'
Gelukkig speelde geld geen rol. Mario was manager van een chique autozaak in Cheltenham en, dat sprak voor zich, een voortref-

felijke verkoper met bijpassend inkomen. Ze kwamen overeen dat Lottie en de kinderen in Piper's Cottage bleven wonen, terwijl Mario een van de nieuwe huizen aan de andere kant van het dorp zou kopen. Het was bij geen van hen beiden opgekomen dat ze niet allebei in Hestacombe zouden blijven. Nat en Ruby konden Mario op deze manier zien wanneer ze maar wilden, en hij kon een echte vader voor hen blijven.
Het had allemaal ongelooflijk goed uitgepakt. Een huwelijk beëindigen ging nooit zonder verdriet en ellende, maar Lottie had die van haar goed verborgen gehouden. En al snel had ze geweten dat ze de juiste beslissing had genomen. Het was alsof je in het ondiepe kwam na veel te lang fanatiek te hebben watergetrappeld. Mario Carlyle mocht dan niet zo'n ideale echtgenoot zijn geweest, een betere ex kon je je niet wensen.
Behalve dan wanneer hij zijn kinderen zonder nadenken leerde om stokjes te steken in popjes van boetseerklei die haar nieuwe baas moesten voorstellen.

5

'Hallo, waar zit je helemaal met je gedachten?' Mario wapperde met zijn hand voor haar gezicht.
'Sorry.' Met een schok weer teruggebracht in het heden, zei Lottie: 'Ik zat er net aan te denken hoeveel leuker het is niet meer met je getrouwd te zijn.'
'Om überhaupt niet meer getrouwd te zijn, bedoel je.' Mario was er dol op om haar ermee te plagen dat ze geen liefdesleven had. 'Je mag wel uitkijken – zo meteen verander je nog in een preutse ouwe vrijster. Vastgeroest in je gewoontes. Over tien jaar zijn de kinderen de deur uit en dan zit je daar, helemaal alleen, in je schommelstoel tegen de tv te schreeuwen, en dan weiger je vast ook om iemand van het gasbedrijf binnen te laten om de meter te lezen, omdat zo iemand wel eens een mán zou kunnen zijn.'
Ze gooide een balletje boetseerklei naar hem. 'Over tien jaar ben ik veertig.'

Totaal niet uit het veld geslagen, vervolgde hij: 'En dan schud je met je wandelstok naar iedere man die het waagt om binnen vijfhonderd meter afstand van je te komen. Je wordt de enge ouwe heks uit de buurt met een huis vol poppen. En dan maak je van die kanten kleertjes voor ze en geeft ze namen en stuurt ze kaartjes op hun verjaardagen.'

'Niet als ik veertig ben. Ik was van plan om daarmee pas te beginnen als ik op zijn minst zesenvijftig ben,' protesteerde ze. 'Hoe dan ook, waarom zou ik me moeten haasten en de eerste beste man bij zijn lurven grijpen? Ik vind het prima alleen. Eerlijk gezegd geniet ik van de rust.' Hem stralend aankijkend, zei ze: 'Je zou het ook eens moeten proberen.'

Aangezien dit net zoiets was als hem voorstellen om de Matterhorn te beklimmen op balletschoenen, negeerde Mario haar opmerking. 'Ik meen het. Sinds we uit elkaar zijn, ben je één keer met een man uit geweest.' Hij stak één vinger op voor het geval ze niet in staat was om de beschamende alleen-heid van het getal te bevatten. 'En dat afspraakje is nog op een ramp uitgelopen ook. Lottie, het is gewoon niet normaal.'

Dat kon zijn, maar ze maakte zich er echt geen zorgen om. Het was veel gemakkelijker om vrij en single te zijn, vond ze, dan jezelf te dwingen tot afspraakjes zoals die ene rampzalige van vorig jaar. Ze had alleen maar ja gezegd op de uitnodiging van Melv de Zenuwpees om samen uit eten te gaan omdat hij het haar al drie keer had gevraagd, en ze het niet over haar hart had kunnen verkrijgen om hem weer af te wijzen. Bovendien was hij een lieve, snel tevreden te stellen man, het soort man dat een vrouw nooit slecht zou behandelen. En het was alleen maar een etentje per slot van rekening. Wat kon er nu misgaan?

Heel veel helaas. Misschien dat Melvyns zenuwen een rol hadden gespeeld, maar het was moeilijk om jezelf te vermaken in het gezelschap van een man – oké, een belastinginspecteur – die een verontrustende zenuwtic had en het eerste uur van het afspraakje een lezing had gegeven over belastingaangiftes. Lottie, die bijna de hele nacht daarvoor had opgezeten met Nat (buikvirus, niet fijn), had bijna haar kaken verrekt bij haar pogingen niet te gapen tijdens Melvyns ingewikkelde uitleg van in wat voor bochten mensen zich allemaal wel niet wrongen om maar geen belasting te hoeven beta-

len. Toen het voorgerecht was afgeruimd, had ze zich, wanhopig verlangend naar een keer echt lekker, uitgebreid gapen, verontschuldigd en was ze naar de wc gevlucht.
Waar ze, door uitputting overmand, prompt in slaap was gevallen. Om wakker te worden in het wc-hokje en te beseffen dat er anderhalf uur was verstreken, was al erg genoeg geweest. Om terug te komen in het restaurant en te ontdekken dat Melvyn had afgerekend en was weggegaan, was nog veel erger geweest. Omdat hij had aangenomen dat ze ervandoor was gegaan omdat hij zo saai was, had hij zelfs geen serveerster gestuurd om bij de wc's te gaan kijken of ze daar nog was.
'Hij bleef maar zeggen dat het zijn eigen schuld was,' had de serveerster haar op familiaire toon verteld, 'omdat hij weer over zijn werk had gepraat. Weet je wat ik denk? Volgens mij is het hem wel vaker overkomen dat meisjes voor hem op de vlucht zijn geslagen. Hij leek er kapot van. Maar ik heb hem recht in zijn gezicht gezegd: een man kan niet verwachten dat hij indruk op een meisje maakt door steeds maar door te zeuren over rentetarieven en btw.'
De vernederingen waren nog niet ten einde geweest. Lottie was tot de ontdekking gekomen dat ze niet genoeg geld bij zich had voor een taxi en was dus genoodzaakt om Mario te bellen en hem te vragen haar in Cheltenham te komen ophalen. Uitgehongerd had ze zelfs toegestaan dat hij voor haar een driedubbele cheeseburger en frietjes bij Burger King kocht om in de auto onderweg naar huis op te eten.
Wat had hij haar uitgelachen die avond.
Nou ja, in elk geval had Melvyn haar niet meer mee uit gevraagd. Soms moest je dankbaar zijn voor de kleine dingen.
'Eén armzalig afspraakje,' herhaalde Mario, nog steeds grijnzend, 'met Melv de Zenuwpees. Niet eens een hele afspraak, meer een halve. Echt, dat wordt niets met jou.'
'Volgens mij komt het omdat ik met jou getrouwd ben geweest. Dat heeft me voor de rest van mijn leven getekend,' zei ze kalm.
'Je bent te kieskeurig, dat is jouw probleem.'
'Anders dan jij. Jij bent het tegenovergestelde van kieskeurig.'
'Nou, dank je wel. Ik zal Amber vertellen dat je dat hebt gezegd. En dat,' Mario draaide zijn hoofd om bij het horen van een auto die de oprit op reed, 'kan ik dan meteen doen.'

'Behalve Amber dan,' zei Lottie. In de drie jaar sinds hun scheiding was er een constante stroom vriendinnen in Mario's leven geweest. Wat Lottie op zich niets kon schelen – het was toegestaan, hij was nu een vrij man – behalve dat ze rekening moesten houden met Nat en Ruby. De meeste van die vriendinnen waren compleet ongeschikt geweest. Lottie wilde niet overkomen als de boze heks of als een of andere jaloerse ex-vrouw die met alle geweld iedere nieuwe relatie die haar ex-man durfde aan te gaan, wilde verbreken, maar ze kon moeilijk doen alsof ze die meisjes allemaal even leuk en aardig vond zolang er de kans bestond dat ze betrokken zouden raken bij het leven van haar kinderen.

Niet dat die meisjes slecht, wreed of expres onaardig waren, helemaal niet. Ze waren gewoon nonchalant, zorgeloos of gewoonweg niet opgewassen tegen de taak. Onveranderlijk deden ze alsof ze Ruby en Nat aanbaden, omdat ze zo graag een goede indruk op Mario wilden maken. Om hun populariteit bij de kinderen te vergroten en hun vriendschap te winnen, kochten ze voortdurend snoep en ijsjes voor hen. Een of ander stom blondje had aangeboden om Ruby's haar een kleurspoeling te geven – tranen met tuiten toen Lottie Ruby snel had meegedeeld dat daar niets van in kwam. Een ander meisje had voor Nat een katapult gekocht met een enorme trekkracht. En vorig jaar, zonder er zelfs maar aan te denken om Lottie of Mario te raadplegen, had een vrolijke brunette die Babs heette, Ruby met de hand op haar hart beloofd dat ze haar op haar negende verjaardag zou meenemen naar Cheltenham voor een navelpiercing.

Daarna was het bye-bye Babs geweest. God mocht weten wat ze als toetje had gepland. Misschien stiekem Nat meenemen naar een tatoeagezaak voor een tatoeage van Action Man.

Amber was echter de vriendin met wie Mario het tot nu toe het langst volhield, en Amber was anders. Ze mocht Mario's kinderen echt graag, en Lottie op haar beurt mocht Amber ook. Als ze iedereens leven kon organiseren – god, zou dat niet fantastisch zijn? – dan zou ze Amber uitkiezen om met Mario te settelen, hem te temmen, met hem te trouwen en de stiefmoeder van Ruby en Nat te worden. Misschien zou ze dan ook moeten regelen dat Mario net als een hond gecastreerd zou worden, maar wat dan nog? Als dat hem op het rechte pad zou houden...

Toch kon ze in elk geval haar steentje bijdragen om de relatie aan te moedigen. Ze had er alles voor over om te voorkomen dat zich een nieuwe Babs zou aandienen om de volgende Mrs. Carlyle te worden.

De voordeur ging open en viel met een klap dicht. Amber kwam de keuken binnen. Blond en tenger als ze was, met een parmantig lachje en een voorliefde voor korte rokken en duizelingwekkend hoge hakken, leek ze niet direct uit het goede hout gesneden voor de ideale stiefmoeder, maar onder de laag uitgesneden topjes klopte een hart van goud. Amber was uitbundig, hardwerkend en verslaafd aan glimmende sieraden. Mario en zij gingen nu zeven maanden met elkaar, en ze was niet het type om geflikflooi van hem te pikken. Tot nu toe had hij zich weten te beheersen. In haar eigen belang kon Lottie alleen maar hopen dat dat zo zou blijven.

'Hoi, allebei. Zijn de monsters in de tuin?'

'Maak je geen zorgen, ik neem ze nu meteen mee naar huis.' Lottie bood Amber het biertje aan dat ze nauwelijks had aangeraakt. 'Dan hebben jullie weer rust. Leuke dag gehad?'

Amber had haar eigen kapsalon in Tetbury. Ze had vier parttime kapsters in dienst en een grote en toegewijde klantenkring opgebouwd.

'Een interessante dag. Ik heb een gratis vakantie in Zuid-Frankrijk aangeboden gekregen.'

'Dat stelt niks voor,' zei Mario. 'Toen ik vanochtend mijn post openmaakte, kreeg ik vijfentwintigduizend en een reis naar Australië aangeboden. Dat heet ongewenste reclame. Je krijgt heus niks voor niks, hoor.'

'Heel grappig weer. Dit is een echt aanbod.' Ambers vele armbanden rinkelden, terwijl ze een greep deed in haar roze, met namaakdiamantjes bestikte rugzak. Ze pakte een reisbrochure en ging op een stoel naast Lottie zitten. 'Kom, ik zal het je laten zien. Een van mijn klanten had twee weken in Saint-Tropez geboekt voor haarzelf en haar vriend, maar ze hebben het vorige week uitgemaakt. Ze heeft mij gevraagd of ik geen zin had om te gaan. Hier is het, bladzijde zevenendertig. Het ziet er prachtig uit, er is een zwembad en alles, en het is maar vijf minuten lopen van de haven waar alle miljonairs hun jachten aanmeren.'

'Wow. Mooi appartement ook.' Lottie tuurde aandachtig naar de

foto's in de brochure. 'En moet je dat uitzicht over de baai eens zien.'
Inmiddels ook geïnteresseerd leunde Mario over de tafel heen om mee te kijken. 'Ik ben nog nooit in Saint-Tropez geweest. Voor wanneer is het?'
'Begin september. Blijkbaar is het razend druk in juli en augustus, dus september is een betere tijd om te gaan.'
'Alle vrouwen liggen topless op het strand.' Lottie wierp Mario een meelevende blik toe. 'Je zou het daar vreselijk vinden.'
'Nou, eigenlijk,' begon Amber, maar Mario had de brochure al naar zich toe getrokken. 'Weet je, het lukt me wel om dan twee weken vrij te krijgen. Ik heb nog drie weken die ik voor kerst moet opmaken. Misschien precies wat we nodig hebben.' Hij keek naar Amber. 'Ik zal mijn Frans wel wat moeten ophalen voordat we gaan. *Voulez vous coucher avec moi, mon ange, ma petite, mon petit chou...*'
'Mon petit chou.' Lottie trok een gezicht. 'Weet je, dat heb ik nooit goed begrepen. Als iemand mij een spruitje noemde, zou ik hem de oren van de kop slaan.'
'Eigenlijk,' onderbrak Amber hen snel, 'heeft ze alleen mij uitgenodigd, niet jou.'
Mario keek verward. 'Maar je zei...'
'Mandy heeft het uitgemaakt met haar vriend, maar ze gaat gewoon op vakantie. Ze vroeg of ik zin had om met haar mee te gaan, in plaats van haar ex.'
'O. Oké.' Teleurgesteld haalde Mario zijn schouders op. 'En ze is alleen maar een klant van je?'
'Nou ja, ze is ook een vriendin. Ze komt al drie jaar lang iedere week in de zaak. Ik heb het altijd hartstikke gezellig met haar. De vakantie is geboekt en betaald, en ze kijkt er al maanden naar uit. Maar ze wil niet in haar eentje gaan en geen van haar andere vriendinnen kon op zo'n korte termijn vrij krijgen. Dus heeft ze mij gevraagd,' vertelde Amber opgewekt. 'En ik dacht, jemig, een gratis vakantie, waarom niet?'
Mario leek verbaasd. 'Dus je hebt al ja gezegd.'
'Ja.' Amber knikte. Haar lange zilveren oorhangers dansten om haar schouders. 'Het zou toch stom zijn om zo'n aanbod af te slaan? Patsy en Liz willen wel extra werken. Er is geen enkele reden om niet te gaan. God, ik verheug me er zo op!'

Lottie was blij voor Amber, die werkte als een paard en wel een vakantie verdiende, maar ze kon één reden bedenken waarom ze niet zou moeten gaan. Als Mario in de steek werd gelaten, twee weken lang aan zijn lot overgelaten, wie weet wat hij dan allemaal zou uitspoken? Zonder het te beseffen kon Amber hiermee haar relatie wel eens op het spel zetten.

Maar hoe graag Lottie ook wilde dat dat niet zou gebeuren, het was niet aan haar om zich ermee te bemoeien. Ze kon Amber moeilijk vertellen dat ze, als ze zeker wilde zijn dat Mario haar trouw bleef, beter haar vakantie kon annuleren. Of ervoor zorgen dat hij werd gearresteerd en twee weken moest brommen – zolang er tenminste geen vrouwelijke bewakers waren.

'Oei, brrr! Monsters!' Amber beschermde zichzelf met de reisbrochure en deed alsof ze ontzettend schrok toen Nat en Ruby de keuken in kwamen denderen. 'Brrr, hou ze bij me uit de buurt. Ze zijn zo eng!'

'Je vindt ons best leuk.' Nat leunde stralend tegen haar stoel. 'Je hebt beloofd dat je een spelletje met ons zou doen als je weer kwam.'

'Ja, dat is zo. Maar helaas neemt jullie moeder jullie nu mee naar huis. Oef, wat een opluchting,' zei Amber. 'Ik bedoel, och hemeltje, wat een tragedie, ik ben zo teleurgesteld.'

'We kunnen het volgende keer wel doen. Heb je snoepjes bij je voor ons?'

'Nee. Van snoepjes gaan je tanden en kiezen rotten en dan vallen ze er allemaal uit.' Amber begon hem in zijn zij te kietelen tot er van Nat alleen nog maar een gillend, giechelend slap hoopje over was. Toen klapte ze in haar handen en zei enthousiast tegen Ruby: 'O, je raadt nooit wie er vandaag in de kapsalon was.'

'Buffy the Vampire Slayer.'

'Bijna goed. In Tetbury zijn niet zoveel vampiers. Nee, deze mevrouw vertelde dat ze lesgaf op de Oaklea Primary School, en ik zei, jeetje, wat zielig voor je, want ik ken een paar monsters die daarop zitten.'

Opgewonden vroeg Ruby: 'Wie was het?'

Op samenzweerderige toon fluisterde Amber: 'Mrs. Ashton.'

'Mrs. Ashton? Dat is mijn juf!'

'Dat weet ik! Ze zei dat ze jouw juf was! Ik heb haar verteld dat je

de hele zomervakantie huiswerk hebt gemaakt en de tafels van vermenigvuldiging hebt geoefend.'
Ruby giechelde. 'Geloofde ze dat?'
'Geen seconde. Ze zei dat ik het vast over een andere Ruby Carlyle had.'
Verrukt vroeg Ruby: 'Wat heb je met haar haren gedaan?'
'Nou, het heeft me tijden gekost om het knalroze te verven. En daarna moest ik er een miljoen witblonde extensions in doen. Sommige daarvan heb ik gekruld, andere gevlochten,' legde Amber uit, 'en aan het eind van de middag zag ze er fantastisch uit, net Christina Aguilera in *Moulin Rouge*. Maar ze heeft voor over twee weken een nieuwe afspraak gemaakt, want het moet er allemaal weer uit voordat de school begint. Wanneer je Mrs. Ashton ziet, is alles weer normaal, kort bruin haar met een pony. Alsof het nooit is gebeurd.'
Ruby en Nat keken elkaar aan, verscheurd tussen opgetogenheid en ongeloof. 'Echt?' vroeg Ruby.
'Wat, geloof je me soms niet?' Amber zette grote ogen op. 'Dat doen alle juffen en meesters. Tijdens het schooljaar moeten ze gewoon juf- en meesterachtig haar hebben, maar in de schoolvakantie, nou, dan laten ze zich helemaal gaan, dat kan ik je wel vertellen.'
'Mr. Overton kan zich niet laten gaan,' wees Nat haar erop. 'Hij heeft geen haar.'
'Ah, maar je zou zijn vakantiepruiken eens moeten zien.'
Terwijl Lottie Amber en haar kinderen zo ongedwongen met elkaar zag kletsen, voelde ze haar hart opzwellen van liefde. Het enige wat ze wilde, was dat haar kinderen gelukkig waren. Als ze dood zou gaan en Ruby en Nat permanent bij Mario moesten wonen, dan kon ze zich geen betere potentiële stiefmoeder wensen dan Amber.
God, laat Mario dit alsjeblieft niet verknallen. Misschien moest ze allebei zijn benen maar breken om hem zo te dwingen de twee weken dat Amber weg was op zijn rug in het gips te blijven liggen.

6

Dit was dé manier om vrienden kwijt te raken en mensen te ergeren, dacht Cressida, terwijl haar huid nu al jeukte van schaamte over wat ze zo meteen misschien zou doen.
Aan de andere kant, ze zou die man er duidelijk mee helpen. Plus dat hij iets had wat maakte dat ze zin had om een gesprekje aan te knopen, al klonk hij op dit moment dan behoorlijk geïrriteerd.
Zolang hij maar niet dacht dat ze een of andere gestoorde gekkin was. Terwijl ze haastig met haar handen over haar onbetrouwbare lichtbruine haar ging – zelfs hier, in de dorpswinkel van Hestacombe, deed het nog een heldhaftige poging alle kanten uit te gaan staan – repeteerde ze in haar hoofd wat ze zou zeggen.
Ted, de eigenaar van de winkel, was bezig met een klant. Hij sloeg bedragen aan op de kassa en bromde vriendelijk wat over de laatste cricketuitslagen. Achter in de winkel stond de man die ze stalkte voor de zoveelste keer tussen de felicitatiekaarten te zoeken, tegen zijn zoon mompelend: 'Het heeft geen zin, er zit niets bij. We zullen naar Stroud moeten rijden voor een fatsoenlijke kaart.'
De jongen keek verontrust. Voor de tweede keer jammerde hij: 'Maar papa, we zouden gaan vissen. Dat had je beloofd!'
'Ik weet het, maar eerst moet dit gebeuren. Oma is morgen jarig, en je weet hoe ze is als het om kaarten gaat.'
De jongen, die ongeveer elf was, zei gefrustreerd: 'Nou, koop die dan.' Hij griste een kaart uit het wankele draairek.
Vanuit haar ooghoeken zag Cressida dat hij een kaart had uitgekozen van een aaibaar dik konijntje dat een bos bloemen tussen zijn voorpootjes klemde.
De vader van de jongen zei op vlakke toon: 'Die zou oma vreselijk vinden. Ze zal nog denken dat we niet de moeite hebben willen nemen om iets fatsoenlijks voor haar uit te kiezen. Hoor eens, als we nu naar Stroud rijden, dan kunnen we tegen de middag weer terug zijn.'
'Nee, dat is niet waar, pap.' De jongen rolde ongelovig met zijn ogen. 'Jij zegt altijd dat iets snel gaat en dan duurt het eeuwen, en dan zeg je dat het niet meer de moeite is om nog te gaan vissen, omdat het al te laat is...'

'Ahum.' Cressida schraapte haar keel en controleerde nog een keer of Ted inderdaad druk bezig was aan de andere kant van de winkel. Toen zei ze zacht: 'Misschien kan ik jullie helpen.'
Dit was het dus. Geen weg meer terug. Ze had net een volslagen onbekende man in het openbaar aangesproken om schaamteloos met haar waren te koop te lopen.
De man en zijn zoontje draaiden zich allebei geschrokken om.
'Pardon?' zei de man.
O hemeltje, een beetje hard. Terwijl Cressida een niet-zo-hard-praten-gezicht trok, ging ze iets dichter bij hen staan. 'Sorry, ik zou dit eigenlijk niet moeten doen, het is een beetje brutaal van me. Maar als jullie willen, kan ik wel een kaart voor jullie maken.'
'Wat?' vroeg de jongen.
Nu dachten ze echt dat ze knettergek was. De deur rinkelde toen de andere klant de winkel verliet. Het zou nu vast Teds achterdocht wekken dat ze hier achter in de zaak stiekem stonden te fluisteren alsof ze een stelletje geheim agenten waren.
'Kaarten maken is mijn beroep.' Een beetje geërgerd over het gedrag van de jongen vervolgde ze: 'Ik woon hier een eindje verderop. Als jullie belangstelling hebben... ik ben hier zo klaar. En anders geen probleem. Er zijn genoeg goede kaartenwinkels in Stroud.'
Bah, nu had ze het beschamende gevoel dat ze Ted verried. Zich ervan bewust dat haar wangen vuurrood waren, pakte ze een flacon afwasmiddel van een schap en liep weg. Nadat ze melk en boter uit de koelvitrine had gepakt, begaf ze zich naar de toonbank.
'Stomme toeristen,' mopperde Ted, toen de deur rinkelend dichtviel achter de man en zijn zoontje. Zijn winkel binnenkomen en dan weer weggaan zonder iets te hebben gekocht, vatte hij altijd op als een persoonlijke belediging.
Cressida herinnerde zichzelf eraan dat het nergens voor nodig was om gebukt te gaan onder schuldgevoel; de man was sowieso niet van plan geweest om een van die treurige kaarten uit het rek te kopen.
Haar geweten liet zich echter niet zo snel sussen. 'Zeg dat wel, vervelend zijn ze, hè? Ik wil ook nog een rolletje fruitella, Ted.'
'En een walnotentaart? Vanochtend vers binnengekregen.' Bemoedigend knikkend, pakte hij al een taartdoos.
'Vooruit dan maar.' Cressida ging meteen door de knieën. Ze was

nooit goed geweest in weerstand bieden aan verkooppraatjes. 'En een walnotentaart.'
Buiten in de zon, op zo'n twintig meter afstand van de winkel, hingen de man en zijn zoon ongemakkelijk rond. Toen Cressida bij hen kwam staan, zei ze: 'Sorry, jullie hebben vast gedacht dat ik een beetje raar was, maar dat ben ik echt niet. Dat is mijn huis daar, tegenover het parkje.'
'Nou, het lijkt wel een spionagefilm.' De man probeerde een grapje te maken, toen Cressida naar links en rechts keek voordat ze haar smaragdgroene voordeur opende.
'Ted kan nogal gevoelig reageren. Ik zou het vreselijk vinden als ik voor de rest van mijn leven verbannen zou worden uit de enige winkel in het dorp. Kom verder, mijn werkruimte is aan het eind van de gang.' Ze nam hen mee de grote, zonnige voormalige eetkamer in, die geel en wit geschilderd was en stampvol dozen stond. Tegen de muur stond een bureau met haar computer erop; dankzij internet was dit de manier waarop ze aan de meeste van haar klanten kwam. Daarnaast bevond zich een drie meter lange tafel met het werk erop waaraan ze net was begonnen.
'Goed, ik zal jullie niet lang ophouden, ik weet dat jullie haast hebben om te gaan vissen.' Ze wierp een blik op de jongen die met zijn voeten over de grond schuifelde, blijkbaar iedere seconde tellend. 'Maar als je me vertelt wat je moeder mooi vindt, dan kan ik meteen een kaart voor je maken. Ik maak ze op bestelling.'
De man liep naar de tafel. De trilling van zijn voetstappen op de houten vloer bracht het computerscherm tot leven. Nadat de man de vellen zwaar karton, de klossen zijdedraad en fluwelen linten en de schalen met gedroogde bloemen, veren en gekleurde glazen kralen had bestudeerd, keek hij op het beeldscherm en las hardop: 'Cressida Forbes Kaarten. Heet je zo?'
'Ja, dat ben ik.' In een poging te doen wat iedere zichzelf respecterende zakenvrouw zou doen, zei ze op iets te vrolijke toon: 'Perfecte kaarten voor iedere gelegenheid!'
De jongen, aan wie ze een behoorlijke hekel begon te krijgen, maakte het soort snuifgeluidje dat zich duidelijk liet vertalen als: wat een malloot!
'Cressida. Mooie naam.' Zijn vader probeerde manmoedig te herstellen wat er te herstellen viel.

'Niet als je jong bent en iedereen op school je Krijserd noemt,' zei ze geëmotioneerd.
Opnieuw bereikte een snuifgeluid hun oren. Met een zelfgenoegzaam lachje zei de jongen: 'Of Crisis.'
'Ja, dat ook. Hoe dan ook...' Ze pakte de muis, klikte vanuit de homepage op een pagina met voorbeelden van kaarten en rolde er snel langs. 'Deze kan ik allemaal maken, en ik kan er dan ook nog een persoonlijk tintje aan geven.'
De jongen keek wanhopig. 'Hoelang gaat dat duren?'
'Niet lang. Want ik ben erg goed. Nog geen halfuur,' zei ze om hem te ergeren.
'Een halfuur!'
'Ik vind die mooi.' De man wees op een lila kaart met een impressionistisch tuinontwerp van lichtgroen iriserend gaas, roze kwartskralen, zilveren lint en getekende metallic groene bomen. Zich tot Cressida wendend, vroeg hij: 'En kun je op de voorkant dan "Mam, een fijne zeventigste verjaardag" zetten?'
'Natuurlijk kan ik dat.' Dacht hij soms dat ze niet kon schrijven?
'Wat je maar wilt.'
'Een halfuur!'
'Hier.' Langs de mopperige jongen heen grijpend, pakte Cressida een al gevouwen kaart op A5-formaat met bijpassende envelop uit een van de stapelbakken op haar bureau. Terwijl ze de kaart opensloeg, gaf ze de vader een zwarte vulpen en zei: 'Schrijf er maar wat in, en zet het adres op de envelop. En daarna kunnen jullie gaan vissen. Ik zal de kaart afmaken en tussen de middag op de post doen.'
'Maar hoe weten we nou of je hem echt verstuurt?'
Die jongen moest echt eens een draai om zijn oren hebben. Met een lief glimlachje antwoordde ze: 'Als je je oma morgen belt om haar te feliciteren, dan zou je haar kunnen vragen of ze de kaart mooi vindt.'
'Donny, gedraag je een beetje. Sorry, hoor.' Nadat de man de kaart had geschreven en de envelop geadresseerd, pakte hij zijn portefeuille. 'Dit is erg aardig. En mijn moeder zal hem prachtig vinden. Zo, hoeveel krijg je van me?'

Cressida keek de man en zijn zoontje na vanuit het raam, terwijl ze High Street afliepen, in hun donkerblauwe Volvo stapten en wegreden. De kaart die Donny's vader had uitgekozen, kostte vier pond, maar omdat ze zich ervoor schaamde dat ze hem zo'n beetje had ontvoerd en met geweld naar haar huis gesleept, had ze maar twee pond gevraagd. En dan moest ze ook nog zelf voor een postzegel zorgen en naar de brievenbus lopen.

Eén ding was zeker, ze hoefde niet bang te zijn dat ze een kaartentycoon zou worden en gedwongen werd tot belastingvlucht.

Toch leek hij haar een aardige man. Al wist ze dan niet hoe hij heette. Het enige wat ze wist, was dat zijn moeder Mrs. E. Turner heette, dat ze in Sussex woonde en morgen zeventig zou worden.

O ja, en dat haar kleinzoon een chagrijnig verwend rotjoch was.

Haar spiegelbeeld in het raam opvangend, zag ze dat haar haren er weer uitzagen alsof ze haar vingers in het stopcontact had gestopt. Ze pakte een paar schildpadkammen uit haar rokzak, draaide haar haren in een knot en zette hem vast. Daarna, de mouwen van haar witte blouse opstropend, ging ze zitten om Mrs. E. Turners kaart te maken. De buslichting mocht ze echt niet missen.

7

De deurbel ging om zeven uur die avond. Cressida, met een dienblad op schoot voor de televisie, halverwege een kip-Madras, nam aan dat het Lottie was die even kwam aanwippen voor een drankje en een babbeltje.

'O!' Zich er vreselijk van bewust dat haar adem naar curry moest ruiken, deed ze verbaasd een stap naar achteren toen ze zag dat het Lottie helemaal niet was.

'Je hebt me vanochtend te weinig laten betalen. En ik heb ook nog niet de kans gehad me voor te stellen.' De zoon van Mrs. Turner stond weer op haar stoep, een beetje verbrand en glimlachend en met een schoon blauw overhemd aan. Hij had ook een bos fresia's bij zich. 'Tom Turner.'

Sinds een traumatische gebeurtenis in haar tienerjaren ('O, wat

mooi, zijn die voor mij?' 'Nee, die zijn voor op het graf van mijn oma.') bezorgde de aanblik van een man met een bos bloemen Cressida altijd een kleine paniekaanval. Blozend zei ze: 'Tom, leuk je weer te zien. Ik ben Cressida Forbes.'
Tom Turner knikte. 'Dat wist ik al.'
'God, ja, natuurlijk, dat was ik vergeten. Eh... ik heb je moeders kaart op de bus gedaan, hoor.'
Hij glimlachte weer. 'Ik wist wel dat je dat zou doen. Je hebt een eerlijk gezicht.'
Of ze een eerlijk gezicht had, wist ze niet. Wel dat ze een rood gezicht had. Terwijl ze wanhopig bleef proberen om niet naar de fresia's te kijken, zei ze: 'Misschien is dit dan niet het juiste moment om je te vertellen dat ik banken beroof.'
'Alsjeblieft.' Eindelijk stak hij haar de verpakte bloemen toe. 'Ik dacht dat je deze misschien wel mooi zou vinden. Mijn manier om je te bedanken voor je hulp van vanochtend.'
'O, gossie!' Alsof ze de fresia's nu pas zag, pakte ze ze aan en snoof enthousiast hun geur op. 'Ze zijn heel mooi. Dank je wel. Dat had je echt niet hoeven doen.'
'Zoals ik al zei, je hebt me te weinig laten betalen. Ik heb de prijzen op je website gezien.' Hij glimlachte. 'En ik wilde me ook verontschuldigen voor Donny's gedrag. Hij was niet op zijn charmantst, moet ik toegeven.'
Dat kon je wel zeggen, ja. Over Toms schouders turend, zei ze: 'Nou ja, dat is de leeftijd. Zit hij in de auto te wachten?'
'Nee, hij is in ons vakantiehuis, fanatiek in de weer met zijn Gameboy.'
Er viel een stilte. Tom leek geen aanstalten te maken om weg te gaan. Zich nog steeds heel erg bewust van haar eventuele curryadem, maar erop gebrand om de ongemakkelijke stilte te vullen, vroeg ze opgewekt: 'En, heb je nog iets gevangen?'
Hij leek verbaasd. 'Pardon?'
O, fijn, nou vond hij haar natuurlijk een bemoeial. 'Jullie gingen toch vissen?' vervolgde ze snel.
'Ja, ja, het is ons gelukt om...'
'Kom even binnen voor een drankje!' Vanuit haar ooghoeken had Cressida een glimp opgevangen van Ted van de dorpswinkel, die door High Street hun kant op kwam kuieren op weg naar de Flying

Pheasant voor zijn dagelijkse zes glazen Guinness en een lekkere mopperpartij over de toestand van het land, die klote-supermarkten die de hele wereld overnamen en dat stelletje stomme amateurs dat zichzelf het nationale cricketteam noemde.

Tot haar eigen schrik greep ze Tom Turner zonder pardon bij zijn arm, trok hem de gang in en sloeg de voordeur achter hem dicht. Ze had echter de indruk dat hij het niet eens zo erg vond.

Geamuseerd zei hij: 'Ik dacht dat je het nooit zou vragen.'

'Sorry. Ted, van de winkel. Kom verder.' In de keuken gooide ze de ramen open, wierp het plastic bakje waarin de magnetron-Madras had gezeten weg – gelukkig had ze nog wel de moeite genomen om het eten op een bord te scheppen nadat ze het had opgewarmd – en zei: 'Sorry voor de curry-lucht. Zo, dan zal ik deze even ergens inzetten. Thee, koffie, of een glas wijn?'

Tom keek naar de fresia's die ze stond uit te pakken. 'Volgens mij hebben die het liefst water.'

'Oké.' Ze knikte, beseffend dat ze weer had staan kakelen. 'Water voor de bloemen. En dan nemen wij de wijn. Hij is wel goedkoop, hoor.'

Tom glimlachte. 'Verontschuldig je toch niet steeds.'

Ze gingen buiten op de patio zitten, en Cressida kreeg te horen dat Tom en zijn zoontje uit Newcastle kwamen en in een van Freddies vakantiehuizen verbleven. Dit was de derde dag van hun twee weken durende vakantie, en ze waren van plan om nog veel vaker te gaan vissen. Vanmiddag hadden ze zes forellen en vijf baarzen gevangen.

'Donny vrolijkte er behoorlijk van op,' zei Tom. 'Dat was nog een reden waarom ik je weer wilde zien. Om je te laten weten dat Donny niet altijd zo onbeschoft is als vanochtend. Hij is een fijn joch. Maar de afgelopen jaren heeft hij het moeilijk gehad.'

'Je bent gescheiden?' Het was niet moeilijk te raden; vader en zoon alleen op vakantie. Geen trouwring te zien.

Hij knikte. 'Mijn vrouw is ervandoor met een andere man.'

'O god. Wat erg.'

Hij haalde zijn schouders op. 'De klap kwam hard aan voor Donny. Ze is op een ochtend gewoon weggegaan, en dat was dat. Ze had alleen een briefje achtergelaten, zelfs geen afscheid genomen. Ze woont nu in Sussex met haar nieuwe vriend. Arme Donny, we

zijn nu nog maar met ons tweetjes. Ik doe mijn best, en zo sukkelen we door. Maar het is niet hetzelfde, hè?'
'Het is niet hetzelfde.' Cressida knikte begrijpend. Ze schaamde zich dat ze vanochtend had gedacht dat Donny wel eens een draai om zijn oren mocht hebben. Omdat ze medelijden had met de man die tegenover haar zat, zei ze: 'Maar voor jou moet het ook vreselijk zijn geweest.'
'Tja, wat zal ik zeggen?' Hij schudde zijn hoofd. 'Je moet gewoon doorgaan, de scherven oprapen. Ik ben tweeënveertig en een alleenstaande vader. Ik had nooit gedacht dat dat zou gebeuren, maar het is wel zo. God, moet je mij eens horen.' Hij trok een gezicht en glimlachte toen. 'Nu is het mijn beurt om mijn verontschuldigingen aan te bieden. Over vrolijk gesproken! Laten we het ergens anders over hebben. Vertel me eens wat over jezelf.'
In Cressida's buik begon iets te fladderen. Tom was een aardige man met een vriendelijk, open gezicht en een prettige manier van doen. Ze had hem vanochtend zomaar opgepikt in Teds winkel, en nu zat hij hier wijn te drinken op haar patio en vroeg haar om iets over zichzelf te vertellen. Tijdens haar rampzalige ervaringen met mannen hadden die onveranderlijk altijd liever over zichzelf gepraat.

Maar ja, ze had dan ook altijd een extra speciaal talent gehad om iets te beginnen met adembenemend egocentrische exemplaren van het andere geslacht.

Wat jammer dat dit exemplaar in Newcastle-upon-Tyne woonde.
'Nou, ik ben negenendertig. En gescheiden.' O god, ze klonk nu net als een huwelijksadvertentie. Het laatste gedeelte wegwuivend met haar hand, vervolgde ze: 'Maar dat was jaren geleden. En ik vind het heerlijk om in Hestacombe te wonen en mijn eigen bedrijfje te hebben. Het is begonnen als hobby, toen ik nog als juridisch secretaresse werkte, maar ik ben zo stom geweest om een verhouding te beginnen met mijn baas. Natuurlijk eindigde het na een paar maanden allemaal heel onprettig, en daarna voelde ik me behoorlijk ongemakkelijk op het werk.' Behoorlijk ongemakkelijk was nog zacht uitgedrukt, maar ze bespaarde hem liever de details van hoe het voelde wanneer je baas je dumpte om het vervolgens aan te leggen met het negentienjarige kantoorsletje. 'Dus heb ik mijn baan opgezegd en besloten om het te proberen met mijn kaarten. De eerste

paar maanden waren doodeng – ik liep allerlei winkels en bedrijven af om ze te smeken mijn werk in voorraad te nemen – maar langzamerhand begon het te lopen. En nu... nou ja, het gaat fantastisch. Ik zal er nooit rijk mee worden, maar ik kan ervan leven en mijn eigen tijd indelen. Als ik een dag vrij wil nemen om te gaan bungeejumpen, dan kan dat. En een andere keer zit ik tot diep in de nacht vijftig trouwkaarten te maken, of geboortekaartjes. Je weet nooit wat de volgende opdracht zal zijn, en dat vind ik heerlijk.'
Zo, dat klonk opgewekt en positief, toch? Tom kon nu niet meer denken dat ze een droevig geval was. Ze klonk wild en vrij, spontaan en impulsief...
'Bungeejumpen?'
'Waarom niet?' Zich nog steeds wild en vrij voelend – dat had waarschijnlijk met de wijn te maken – schonk ze hem een stralende glimlach en gooide haar haren naar achteren. Tik-tak-tok deden de schildpadhaarkammen die uit haar haren vlogen, tegen de achterkant van haar stoel stuiterden en op de patio belandden.
'Oké.' Ze gaf het op; ze was er duidelijk niet op toegerust om wild en vrij te zijn. 'Misschien geen bungeejumpen. Maar als ik zin heb, kan ik een dagje vrij nemen om te gaan winkelen.'
'Daar is niets mis mee.' Tom knikte instemmend. 'Voor mijn ex was een week zonder nieuwe schoenen een verspilde week.'
'Was ze erg stijlvol en opvallend?' Cressida had altijd al graag stijlvol en opvallend willen zijn, maar ze wist dat dat een droom zou blijven. Echte stijl lag boven haar macht. Hoe vaak ze ook op pad ging, vastbesloten om iets gestroomlijnds en chics te kopen, ze leek zich altijd op onverklaarbare wijze aangetrokken te voelen tot lange zigeunerachtige rokken, opbollende katoenen blouses, versierd met fluweel en kant, en geborduurde jasjes.
'Stijlvol en opvallend? Niet speciaal.' Tom dacht even na. 'Angie vond het gewoon leuk om heel veel van alles in iedere kleur te hebben. Maar ze zag er wel altijd goed uit. Nou ja,' voegde hij eraan toe. 'Ik neem aan dat dat nog steeds zo is.'
Nog iets wat ik nooit zal zijn, dacht Cressida. Een goedgeklede vrouw zijn betekende dat je een stoomstrijkijzer moest kunnen bedienen, en dat kon ze niet. Zou een man die getrouwd was geweest met een goedgeklede vrouw ooit belangstelling kunnen opbrengen voor iemand die geen strijkplank had?

O hemeltjelief, nu liet ze zich echt meeslepen door haar fantasie. Die arme man was alleen maar langsgekomen om haar te bedanken voor haar hulp.

'Niet dat Donny er veel waardering voor had,' vervolgde Tom luchtig. 'Angie wilde hem ook altijd mooie kleren aantrekken, maar het enige wat hij aan wilde, waren truien met gaten erin en camouflagebroeken. Tegenwoordig laat ik hem gewoon aantrekken wat hij mooi vindt. Kinderen hebben zo hun eigen ideeën over hoe ze eruit willen zien, dat zul je toch ook wel hebben gemerkt?'

'Nou, eh...'

'Sorry.' Toen hij zag dat ze verbaasd was, zei hij: 'In de keuken zag ik foto's van jou en je dochter. Daarom wist ik ook dat je het wel zou begrijpen van Donny, omdat je zelf ook een alleenstaande ouder bent.'

Het enige wat ze hoefde te doen, was het weglachen. Idioot genoeg voelde ze echter een opwelling van trots vermengd met droefheid, want het verdriet mocht dan verstopt zijn, helemaal weg ging het nooit. Op de een of andere manier bleven de woorden in haar keel steken, en het enige wat ze kon doen, was nog een slok wijn nemen.

'Hoe heet ze?' vroeg Tom.

Dit kon ze nog wel opbrengen. 'Jojo.'

'Jojo.' Hij knikte. 'En ze is hoe oud, ongeveer van Donny's leeftijd?'

Het stelde niets voor. Ze hoefde hem niet het hele verhaal te vertellen. Jemig, misschien zag ze hem na vanavond wel nooit meer.

'Jojo is twaalf. En ik ben ontzettend gek op haar.' Zichzelf dwingend te glimlachen, zich bewust van de ruwheid van de door de zon verwarmde tegels onder haar blote voeten, zei ze: 'Maar ze is niet mijn dochter. Ik pas alleen heel vaak op haar.'

8

Tyler Klein zag hen toen hij de volgende ochtend Hestacombe binnen reed. Twee kinderen die een modern huis aan de rand van het dorp uit kwamen, gekleed in korte broeken en T-shirts en met

honkbalpetjes op. Hij kon niet echt zweren dat het dezelfde waren, maar daar zou hij snel genoeg achter komen. Hij remde en bracht de auto naast de kinderen tot stilstand.
De hitte sloeg hem in het gezicht toen hij uit de huurauto met airconditioning stapte. De flits van herkenning in hun ogen vertelde Tyler alles wat hij moest weten. Het ene kind had wat langer haar dan het andere, maar zijn vermoeden dat het twee jongens waren, bleek juist te zijn geweest.
'Hallo.' Hij glimlachte vriendelijk naar hen. 'Heb ik jullie niet een paar dagen geleden bij het meer gezien?'
Op hun hoede keken ze hem aan. Uiteindelijk antwoordde de grotere jongen: 'Nee.'
'Zeker weten? Jullie renden toen weg met iemands kleren.'
'Dat waren wij niet.'
'Hoor eens, jullie krijgen hier echt geen moeilijkheden mee, dat beloof ik. Maar ik moet gewoon de waarheid weten.'
De jongere van de twee zei ernstig: 'We hebben geen kleren meegenomen.'
Déjà vu. Alleen wist Tyler deze keer zeker dat hij gelijk had.
'Prima. Er bestaan testen waarmee kan worden uitgezocht wie het dan wel hebben gedaan. DNA,' zei Tyler. 'Vingerafdrukken.'
Achter de jongens verscheen hun moeder in de deuropening van het huis, jong en mollig, met een nog molliger baby op haar heup. Zonder iets te zeggen keek ze toe, terwijl haar jongste zoon er uitflapte: 'Maar we hebben ze niet gestolen, ze heeft ze teruggekregen. We hebben ze over de tuinmuur gegooid.'
'Dat weet ik.' Tyler knikte. 'Maar bedankt dat je het nu hebt bevestigd.'
'Au!' schreeuwde de jongen toen zijn broer hem een harde por tussen de ribben gaf.
'Stomkop, nu heb je het verraden!'
'Dat deed zeer!'
De blik van hun moeder opvangend, zei Tyler: 'Sorry.'
'Nergens voor nodig. Stelletje donderstenen, hier zijn ze nog niet klaar mee. Van wie waren die kleren die ze hebben meegenomen?'
Tyler schudde zijn hoofd. 'Dat doet er niet toe.'
'Voor jou niet misschien, maar voor mij wel. Harry, Ben, naar binnen.' Terwijl de jongens langs hun moeder naar binnen glipten, on-

der de onbewogen blik van de baby, gaf ze hun allebei een harde draai om de oren. De oudste van de twee draaide zich om, met zijn hand op zijn oor, en wierp Tyler een boze blik toe voordat hij de gang in verdween.
Wat betreft de bevolking onder de elf van Hestacombe, besefte Tyler, was hij nu ongetwijfeld Vijand Nummer Eén.
Een mooi begin.

Lottie was hard aan het werk op de computer toen ze het geknerp van autobanden op het grind hoorde dat Tyler Kleins komst aankondigde. Blij dat ze even kon stoppen met het invoeren van reserveringen, pakte ze haar flesje sinas en liep naar buiten om hem te begroeten.
'Geen pak vandaag?' Leunend tegen de openstaande deur van het bijgebouw, aan de andere kant van de oprit van Hestacombe House, keek ze naar Tyler die uitstapte. Hij droeg een roze gestreept overhemd en gebleekte spijkerbroek, en ze kon niet ontkennen dat hij, voor een baas, een echt stuk was.
Wat fantastisch kon zijn, óf kon uitdraaien op een complete ramp. De tijd zou het leren.
'Ik haat pakken. Ik heb ze twaalf jaar lang moeten dragen.' Tyler Kleins donkere ogen schitterden toen hij haar hand schudde. 'Als je me nu nog een keer in een pak ziet, dan weet je dat ik op weg ben naar óf een bruiloft óf een begrafenis.'
Ze kromp even ineen bij het woord begrafenis. Hij kon daar niets aan doen; hij wist niet dat Freddie ziek was. Zijn handdruk was stevig, maar niet knokkelbrekend. En ze rook weer die lekkere aftershave die maakte dat je wilde blijven inademen, zelfs als je longen je vertelden dat het tijd was om uit te ademen.
'Het ziet ernaar uit dat we vandaag samen zullen werken. Freddie is naar Cheltenham, maar hij zei dat je graag wilde meemaken hoe het er hier toegaat.' Ze keek op haar horloge. 'Teacher's Cottage wordt nu schoongemaakt voordat de nieuwe gasten arriveren. Zal ik je laten zien wat we precies doen om zo'n huis op orde te brengen?'
Hij haalde zijn schouders op en knikte. 'Jij bent de baas. Je zegt het maar.'
'Nou, eigenlijk ben jij de baas.' Ze sloot de deur van het kantoor achter zich. 'Het enige wat ik hoop, is dat je me niet zult ontslaan.'

Teacher's Cottage was een vierpersoonsvakantiehuis met een betoverend mooi privétuin. Lottie stelde Tyler voor aan Liz, de schoonmaakster, die net op het punt stond om weg te gaan, en liet hem toen het huis zien.
'We zorgen voor eten in de koelkast. En een zelfgebakken taart op de keukentafel om de nieuwe gasten te verwelkomen. Verse bloemen in de woonkamer en slaapkamers. Tijdschriften en boeken verdwijnen vaak, dus die vervangen we regelmatig.'
'Over verdwijnen gesproken, ik geloof dat ik je mijn verontschuldigingen moet aanbieden.' Tyler trok een gezicht. 'Ik heb ontdekt wie je kleren hebben meegenomen.'
'Maak je niet druk. Uiteindelijk geloofde ik ze wel.' Onder het praten was Lottie druk bezig met het rechthangen van schilderijen aan de muur, het opkloppen van kussens en het rechtzetten van de salontafel. De schilderijen hingen al recht en de kussen waren al opgeklopt, maar het kon geen kwaad om je nieuwe baas te laten merken dat je heel efficiënt en hardwerkend was. 'Wie waren het dan?'
'Twee jongetjes.' Tyler was niet van plan om hun namen te vertellen. 'Ze zullen het niet weer doen.'
'Ben en Harry Jenkins dus.' Geamuseerd door de uitdrukking op zijn gezicht, vervolgde ze: 'Dit is niet New York. Iedereen kent elkaar hier. Hun moeder helpt ons soms met schoonmaken. Mag ik je iets vragen?'
Hij spreidde zijn handen. 'Vraag maar raak.'
'Kom je hier echt wonen? Ga je het bedrijf echt zelf leiden? Of kom je hier om de paar weken binnenwippen om te kijken hoe je investering ervoor staat?'
'Ik kom hier wonen en ga het bedrijf zelf leiden.' Zijn gezicht in de plooi houdend, blijkbaar geamuseerd door de hem onbekende uitdrukking vroeg hij: 'Waar zou ik dan vandaan moeten komen wippen?'
'Weet ik veel. Londen, denk ik. Of New York. Je doet toch iets met geld?' Lottie snapte er nog steeds helemaal niets van. 'Dat lijkt me nogal een ommezwaai. Ik dacht dat je misschien gewoon door zou gaan met je oude baan en dit er in je vrije tijd een beetje bij zou doen.'
'Omdat je denkt dat dit niet iets is wat ik fulltime zou kunnen doen?'

'Omdat het lang niet zo lucratief is als op de beurs werken en handelen in weet ik hoeveel aandelen, en bedrijven opkopen en dat soort dingen.' Zich ervan bewust dat haar kennis van de financiële wereld op zijn zachtst gezegd miniem was, boog ze zich snel voorover om, alweer, de tijdschriften op de salontafel recht te leggen. 'En als je rijk genoeg bent om al deze vakantiehuizen te kopen, is het dan niet een beetje raar om zelf in Fox Cottage te gaan wonen? Ik bedoel, je moet veel beter gewend zijn, een penthouse met uitzicht op Central Park of zo. En hier werken zal ook heel anders zijn dan je bent gewend.' Ze voelde zich verplicht om hem te waarschuwen. 'Wat ga je doen als een gast je om drie uur 's nachts belt met de mededeling dat er een leiding is gesprongen en dat het water door het plafond komt zetten? Of dat de afvoer verstopt is? Of dat ze net een muis in de keuken hebben zien lopen? Snap je wat ik bedoel? Hoe denk je met dat soort dingen om te gaan?'

'Oké, oké.' Hij stak zijn handen op. 'Het punt met een miljoen vragen stellen is dat je af en toe even moet ophouden om mensen de kans te geven om antwoord te geven.'

'Sorry, ik ben gewoon nieuwsgierig. En ik praat te veel.' Om te bewijzen dat ze desondanks een voorbeeldige werkneemster was, frummelde ze wat aan het bloemstuk op tafel; ze rukte wat aan de siererwten en reorganiseerde op kunstzinnige wijze de varens.

'En jij denkt dat ik een of andere sukkel van een zakenman ben die nog geen Engelse sleutel van een gootsteenontstopper kan onderscheiden? En laat die bloemen met rust, Freddie heeft me allang verteld dat je onmisbaar bent.' Voor haar uit naar de keuken lopend, begon hij kordaat de kastjes te inspecteren. 'Maar zo hopeloos ben ik echt niet. En ik ben ook niet bang voor lichamelijk werk. Of voor muizen. Maar als er noodgevallen zijn die ik echt niet zelf kan afhandelen, dan doe ik wat ieder normaal mens zou doen en bel een vakman.'

Had ze hem beledigd door te suggereren dat hij het werk misschien niet zou aankunnen? 'Ik dacht echt niet dat je een verwende sukkel van een kantoormannetje was,' protesteerde ze. 'Ik vroeg me alleen af waarom je niet meer op de beurs wilde werken.'

Nadat hij de keuken grondig had bekeken, leunde hij tegen het granieten aanrecht en stak zijn handen nonchalant in zijn zakken. 'Goed. Ik zal je vertellen hoe het daar is. We hebben het hier over

leven in een snelkookpan. Iedere ochtend om vijf uur op, voor het werk een bezoekje aan de sportschool, en dan twaalf uur op kantoor. Continu vergaderingen, zakelijke rivalen die je een mes in de rug proberen te steken, beslissingen moeten nemen die het leven of de dood kunnen betekenen voor bedrijven – of voor mensen. Je dan afvragen of je wel de juiste beslissing hebt genomen, en als het misgaat de puinhopen zien op te ruimen. Het werk neemt gewoon je leven over, dat kan ik je wel vertellen. Je denkt dat die spanning je goed doet, maar dat is niet zo. Niets is meer belangrijk, alleen de volgende deal, het volgende miljoen. Je verandert in een machine.'
Hij zweeg even en zei toen op vlakke toon: 'En het kan ook je dood worden.'
De blik in zijn ogen was somber. O jezus, dacht Lottie, niet jij ook nog.

9

'Zal ik je vertellen wat er is gebeurd?'
Lottie knikte zwijgend.
'Mijn beste vriend is eraan doodgegaan.'
O. Dan was het goed. Nou ja, niet goed, natuurlijk...
'Hij heette Curtis Segal,' vervolgde Tyler. 'We kenden elkaar al vanaf ons zesde, we zijn in dezelfde straat opgegroeid. We waren als broers voor elkaar. Tijdens onze studie werkten we in onze vakanties op een boerderij in Wyoming. Na ons afstuderen gingen we hetzelfde werk doen. Bij Curtis ging alles van een leien dakje. Hij kreeg promotie na promotie bij het bedrijf waar hij werkte. Hij haalde het geld met bakken tegelijk binnen, en kreeg nooit genoeg slaap. Maar hij was een gezonde jongen. Je denkt nooit dat je iets ergs kan overkomen, hè, als je in de dertig bent? Totdat Curtis op een dag een heel belangrijke presentatie had – niet de grootste die hij ooit had gehouden, maar toch heel belangrijk. En vijf minuten voordat de presentatie zou beginnen, zei hij tegen zijn secretaresse dat hij pijn had in zijn linkerarm. Ze stelde hem voor om de bedrijfsarts te bellen, maar Curtis wilde dat niet, omdat iedereen in

de directiekamer op hem zat te wachten vanwege die o zo belangrijke presentatie.'
Stilte. Tyler stond nog steeds tegen het aanrecht geleund, in gedachten verzonken. Uiteindelijk vervolgde hij: 'Dus ging hij ernaartoe en gaf zijn presentatie. Nou ja, de helft ervan. Toen viel hij om en ging dood, op de vloer van de directiekamer. Het ambulancepersoneel is veertig minuten met hem bezig geweest, maar dat hielp niet. Hij was dood. En raad eens wat er daarna gebeurde?'
'Wat dan?' vroeg ze.
'Zijn bedrijf verloor de klant. Die klant besloot namelijk dat hij geen zaken wilde doen met het soort bank waar topmannen zomaar dood neervallen. En wil je nog wat weten?'
'Wat?'
'Zijn directeur is zelfs niet op de begrafenis verschenen. Hij had iets beters te doen, potentiële klanten fêteren, op Long Island. Heel belangrijke potentiële klanten natuurlijk. Hij zou Curtis' begrafenis echt niet hebben laten lopen voor de eerste de beste klant. En zoals hij zei toen ik hem later sprak, hij had een krans van drieduizend dollar gestuurd.'
Zijn samengeknepen ogen stonden vol afkeer. Lottie had medelijden met hem. Maar aangezien ze moeilijk haar armen om hem heen kon slaan, vroeg ze alleen: 'Wanneer is dat gebeurd?'
'Vijf maanden geleden. En ik besefte toen dat het mij ook had kunnen overkomen. Om preciezer te zijn, dat ik de volgende kon zijn. En toen nam ik mijn beslissing, van het ene op het andere moment...' Hij knipte in zijn vingers. 'De dag na Curtis' begrafenis heb ik ontslag genomen. Iedereen vertelde me dat ik gek was. Maar ik wist dat het de juiste beslissing was, dat het leven meer te bieden had dan zwoegen op Wall Street. Ik vloog naar Wyoming om een bezoekje te brengen aan de boerderij waar we jaren eerder hadden gewerkt, en dacht erover om dat weer te gaan doen. Het is daar ongelooflijk mooi, alleen maar bergen, ruimte en lucht. Maar zonder Curtis was het niet hetzelfde.' Hij zweeg even. 'Toen ging ik op bezoek bij mijn ouders, en die lieten me hun vakantiefoto's zien. Ze zijn zo gek op Engeland, je hebt geen idee.' Hij ontspande zich zichtbaar. 'Mijn moeder bleef maar zeggen dat ik ook eens moest gaan, een lange vakantie nemen en alle bezienswaardigheden bezoeken.'
'En nu ben je niet alleen gekomen, maar heb je ook nog de beziens-

waardigheden gekocht. Trouwens,' voegde ze eraan toe, 'ik vind je ouders erg aardig. Het zijn fantastische mensen.'
Tyler knikte en glimlachte. 'Knettergek, allebei. Of hartverwarmend excentriek, zoals jullie Engelsen zouden zeggen. Maar je hebt gelijk, ik heb de bezienswaardigheden gekocht. Ik wist dat ik het hier leuk zou vinden. Een paar jaar geleden heb ik een tijdje op de Londense afdeling van onze bank gewerkt. Ik had het heel druk, en het was maar voor een halfjaar, maar dat was lang genoeg om te weten dat ik hier gelukkig zou kunnen zijn. En toen ik mijn moeder een paar weken geleden weer sprak, vertelde ze me dat ze voor volgend jaar Pasen weer een van de vakantiehuizen hier had geboekt, en ze liet zich ook ontvallen dat Freddie erover dacht om zijn bedrijf te verkopen. Twee minuten later vroeg ze of het niet leuk zou zijn als ik het kocht, want dan konden zij en mijn vader hier gratis vakantie houden.'
Toen hij geamuseerd zijn hoofd schudde, voelde Lottie dat hij oprecht om zijn moeder gaf. 'Dan mag je nog van geluk spreken dat ze haar zinnen niet op de Taj Mahal had gezet.'
'Dat zei ik ook tegen haar. Ik vroeg haar of ze niet liever wilde dat ik Blenheim Palace kocht.' Hij rolde met zijn ogen. 'Maar die avond heb ik jullie website bekeken, puur uit nieuwsgierigheid, en ineens bedacht ik dat ik het echt kon doen, dat het wel eens precies de verandering kon zijn die ik nodig had. Het is een fantastische plek – dat hadden mijn ouders me al verteld. En als de prijs in orde was, zou ik geen enkel risico lopen. Met dit soort onroerend goed zit je gewoon nooit fout. En toen heb ik de telefoon gepakt en Freddie gebeld.' Hij zweeg en haalde zijn schouders op. 'Dat was nog geen twee weken geleden. En hier sta ik dan. Stukken beter dan op Wall Street.'
Het verbaasde Lottie dat Tyler in staat bleek zomaar een beslissing te nemen die zijn hele leven op zijn kop zette, en er meteen naar te handelen. Hij had acht vakantiehuizen gekocht alsof het niets was. Zij deed er langer over om een nieuwe winterjas uit te kiezen.
Hardop zei ze: 'Zoals jij het vertelt, klinkt het allemaal zo gemakkelijk. Ben je niet ondervraagd door de immigratiedienst?'
'Het Britse consulaat kon bijna niet wachten totdat ze me mijn visum konden geven toen ze eenmaal hoorden hoeveel geld ik hier wilde investeren,' antwoordde hij droog.

Jemig, dan moest hij zwemmen in het geld. En als het hem na een paar jaar begon te vervelen, dan zou hij het bedrijf waarschijnlijk gewoon weer verkopen en iets anders gaan doen. Misschien een Australische schapenboerderij uitproberen.
Nieuwsgierig vroeg ze: 'Weet je zeker dat je je zult redden in Fox Cottage?'
'Hé, ik ben echt niet zo'n verwende sukkel van een kantoormannetje, hoor.' Hij vond het blijkbaar erg komisch dat ze hem zo had genoemd. 'Bovendien is het maar voor een paar maanden. Dat red ik echt wel.'
Een paar maanden dus. Een gevoel van teleurstelling daalde over Lottie neer, als een doek over een papegaaienkooi. Ze riep zichzelf tot de orde. 'En daarna?'
'Heeft Freddie je dat niet verteld? Hij is van plan om na de kerst weg te gaan uit Hestacombe House. Als ik wil, kan ik het van hem kopen.'
Nu draaide Lotties hart zich om. De gedachte dat Freddie stervende was, had ze nog steeds niet verwerkt. Van plan om weg te gaan uit Hestacombe House...
'Je kijkt niet echt blij,' merkte hij op.
'Nee, dat is het niet.' Hij wist het niet, hij wist het niet, en ze kon het hem niet vertellen. 'Ik had alleen niet...'
Ze werd uit de ongemakkelijke situatie gered door het geluid van een auto die buiten stopte. Opgelucht keek ze op haar horloge. 'O, dat zal de familie Harrison zijn.'
Tyler slenterde achter haar aan het huis uit. De portieren van een grote bruine gezinswagen werden opengegooid, en Glynis en Duncan Harrison en hun vijf luidruchtige kinderen stortten zich naar buiten.
'Kijk eens wie ons komt begroeten!' riep Glynis blij uit. De familie Harrison kwam al tien jaar naar Teacher's Cottage. 'Hallo, Lottie, je ziet er goed uit, lieverd!' Ze nam Lottie in een ribbenkneuzende, naar viooltjes geurende omhelzing. 'O, het is zo heerlijk om hier weer te zijn.'
'En het is heerlijk om jullie terug te hebben.' Lottie meende het, voor de meesten van hun gasten had ze een zwak gekregen. 'Goede reis gehad?'
'Wegwerkzaamheden op de M5, en de kinderen probeerden elkaar

op de achterbank te vermoorden, maar daar zijn we inmiddels aan gewend. En wie mag dat dan zijn?' Ze liet Lottie los om een waarderende blik over Tyler te laten glijden en zei toen: 'Heb je eindelijk een nieuwe vriend, lieverd? Heel goed van je.' Gretig stak ze haar hand uit en keek Tyler stralend aan. 'Onderweg zei ik nog tegen Duncan – toch, Duncan? – het is tijd dat Lottie eens een leuke vent vindt.'

Lottie opende haar mond om het uit te leggen, maar Tyler was haar voor. Glynis met een warme handdruk en een ondeugende glimlach begroetend, zei hij: 'Tyler Klein. Leuk om jullie te leren kennen. En wat Lottie betreft ben ik het helemaal met je eens. Het is hoog tijd dat ze de ware vindt.'

10

Cressida liet net haar bad vollopen toen haar mobieltje losbarstte in zijn vrolijke deuntje. Nadat ze het onder een stapel kleren die ze net op bed had gelegd, had gevonden, liep ze terug naar de badkamer om te kiezen welk badschuim ze in het stromende water zou gooien.

'Cressida? Hoi, met Sacha.'

'Hoi, Sacha. Hoe gaat het?' Alsof ze het antwoord op die vraag al niet wist.

'O, druk, druk, druk. Ik werk me uit de naad, zoals gewoonlijk. Wat is dat voor lawaai op de achtergrond?'

'Ik laat het bad vollopen.' Zich naar voren buigend, koos Cressida de fles Florentyna van Marks and Spencer en schudde een dikke klodder onder de kranen. Toen nog een klodder als extraatje.

'Jij wel! Om vijf 's middags een heerlijk ontspannend bad nemen!' riep Sacha uit. 'Ik wou dat ik dat kon. Maar hoor eens, Robert zit vast in een vergadering in Bristol, en ik zit tot aan mijn oren in de klanten. God mag weten hoe laat we allebei weg kunnen. Is het goed dat Jojo naar jou toe komt?'

Het was niet de eerste keer dat Sacha dit vroeg. Zelfs niet de driehonderdste keer. Sacha leek eeuwig rond te dobberen in een zee

van klanten, met alleen de bovenste helft van haar hoofd zichtbaar – hoewel haar keurige blonde kapsel natuurlijk onberispelijk bleef.
'Geen probleem.' Cressida maalde met haar vrije hand door het water om schuim te maken. 'Prima. Ik zal haar iets te eten geven, en daarna kan ze me in de tuin helpen. Hoe laat kom je haar hier ophalen?'
'Nou, het punt is dat ze nogal druk op me hebben uitgeoefend om de nieuwe klanten mee uit eten te nemen, dus ik weet niet precies hoe laat het wordt. En Robert denkt dat hij niet voor middernacht thuis is, dus...'
'En als Jojo dan vannacht bij me blijft slapen? Is dat gemakkelijker voor jullie?' Cressida vroeg zich af wat Sacha zou doen als ze haar vertelde dat Jojo niet kon komen. Op een dag moest ze het gewoon een keer proberen, om te kijken wat er gebeurde. Sacha zou nog liever haar eigen armen afhakken dan de kans mislopen om haar dierbare klanten weer iets in de maag te splitsen.
Ja, het zou best leuk zijn om dat een keer te doen.
'Cress, je bent een topper!' Nu Sacha had gekregen wat ze wilde, sloeg ze weer haar ik-heb-zo'n-haast-toon aan. 'Fantastisch, ik zal Jojo bellen om het haar te zeggen. Nou, het is hier een chaos, dus...'
'Dan kun je maar beter weer naar je klanten gaan,' zei Cressida behulpzaam.
'Ja, ik moet echt ophangen. En jij kunt lekker in bad! *Ciao!*'
Cressida zette haar toestel uit. Lag het alleen aan haar, of werd iedereen knettergek van de manier waarop Sacha aan het eind van elk telefoongesprek 'Ciao!' zong. Wat bezielde een vrouw die was geboren en getogen in Bootle, in vredesnaam om 'ciao!' te zeggen? Misschien was het iets wat ze er bij je in ramden op die cursussen waar je leerde om een superverkoopster van fotokopieerapparaten te worden.
Ach, wat kon het haar eigenlijk schelen? In elk geval had ze Jojo vanavond. Dat maakte alle ciao's goed die Sacha maar in haar oor kon tetteren.
Toen ze in bad lag, liet ze haar hand zacht over het vertrouwde zilveren litteken dat over haar buik liep, glijden. Haar leven zou misschien heel anders zijn verlopen als dat litteken nooit gemaakt had hoeven worden. Ze sloot haar ogen en zag zichzelf voor zich toen ze drieëntwintig was en nog gelukkig getrouwd met Robert. Ze

waren allebei zo opgewonden geweest bij het vooruitzicht dat ze een baby zouden krijgen dat ze, hoewel ze wisten dat het veel te vroeg was, zich niet hadden kunnen beheersen en allerlei babyspulletjes hadden gekocht. Het was de gelukkigste aanval van koopwoede geweest uit Cressida's leven. Moeder zijn was het enige wat ze ooit had gewild.

Weer thuis die avond, omringd door kruippakjes, kleine gebreide mutsjes, een met satijn gevoerde draagmand en een muziekmobile dat wiegeliedjes speelde, had ze de eerste messcherpe steken in haar buik gevoeld. Ze was op handen en voeten naar de telefoon gekropen, verlamd van angst en overvallen door een ijzige paniek, en had geprobeerd om Robert te bereiken die cricket speelde voor het team van zijn werk. Toen dat niet lukte en ze het alarmnummer wilde bellen, was de pijn ineens toegenomen, en daarna was alles zwart geworden om haar heen. Toen Robert die avond om tien uur eindelijk thuiskwam, trof hij haar bewusteloos en bijna niet meer ademend aan op de vloer van de badkamer. Een ambulance had haar naar het ziekenhuis gebracht waar een spoedoperatie werd uitgevoerd om haar leven te redden. Het was een buitenbaarmoederlijke zwangerschap geweest, en haar eileider was gesprongen. De bloeding was zo ernstig geweest dat ook haar hele baarmoeder verwijderd had moeten worden.

Toen Cressida bijkwam en Robert stilletjes huilend naast haar bed aantrof, wist ze dat haar leven voorbij was. Het kind waarnaar ze zo verlangden, was weg, en daarmee ook elke kans op het moederschap.

Het liefst was ze doodgegaan. Ze had het lot getart, en het lot had teruggeslagen. Zou dit ook zijn gebeurd als ze niet al die babyspullen hadden gekocht?

Dat idee was te vreselijk om bij stil te blijven staan. Hoe vaker mensen haar vertelden dat het natuurlijk niet haar schuld was, des te minder geloofde ze hen. Overspoeld door schuldgevoel en verdriet zonk ze in zo'n diepe depressie weg dat het leek alsof alle geluk uit de wereld was gezogen. Ze zat gevangen op de bodem van een put met glibberige, zwarte muren. Niemand kon haar uit die put krijgen, want er was niets waarvoor ze eruit zou willen komen. Bekenden hadden het bemoedigend over adoptie, maar Cressida wilde niet naar hen luisteren. Overal waar ze ging, zag ze zwangere

vrouwen die trots met hun dikke buiken te koop liepen, mensen die op stap waren met hun kinderen, moeders met pasgeboren baby's in hun armen en vaders die rumoerig voetbal speelden met hun zonen.
Soms zag ze uitgeputte moeders die een driftbui kregen en uitvielen tegen hun peuters. Op zulke momenten trok opnieuw een messcherpe pijn door haar buik, en ze moest dan snel weglopen voordat ze iets stoms zou doen.
Maar in elk geval, zo zei iedereen uitentreuren, hadden Robert en zij elkaar nog. Hun huwelijk was stevig als een huis. Samen zouden ze de kracht vinden om erdoorheen te komen.
In werkelijkheid bleek hun huwelijk zo stevig dat elf maanden na de nacht waarin hun leven voorgoed was veranderd, Robert het opnieuw veranderde en vertrok uit het huis dat op het parkje van Hestacombe uitkeek. Hij vertelde Cressida dat hij wilde scheiden, en Cressida zei dat ze het prima vond. Bij het verlies van hun baby stak het verlies van Robert bleekjes af, vond ze. Op de schaal van haar verdriet stond het ergens onderaan. Bovendien, hoe kon ze het hem kwalijk nemen? Waarom zou een normale gezonde man getrouwd willen blijven met een vierentwintigjarige vrouw zonder baarmoeder?
Als ze lichamelijk in staat was geweest tot een scheiding van zichzelf, dan had ze dat ook gedaan.
Wat niet wilde zeggen dat ze niet gekwetst was door Roberts volgende actie. Maar ja, mannen dachten nu eenmaal niet na. Nadat Robert in een huurflat in Cheltenham was getrokken, begon hij een bliksemromance met een bijzonder ambitieuze vertegenwoordigster die Sacha heette en net vanuit Liverpool was overgekomen om bij Roberts bedrijf te gaan werken. De scheiding van Cressida en Robert kwam erdoor, en vier maanden later waren Robert en Sacha getrouwd. Een halfjaar daarna verscheen Robert op Cressida's stoep om haar te vertellen dat Sacha en hij net een bod hadden gedaan op een huis in de nieuwbouwwijk aan de rand van het dorp. Verbaasd vroeg Cressida: 'Dit dorp, bedoel je?'
'Waarom niet?'
'Maar waarom?'
'Cress, mijn flat is te klein. We hebben meer ruimte nodig. Ik vind Hestacombe leuk, en het nieuwe huis is perfect. Oké, we zijn ge-

scheiden.' Robert haalde zijn schouders op en vervolgde op redelijke toon: 'Maar we kunnen ons toch wel beschaafd gedragen tegenover elkaar?'
Met een bezwaard gemoed zei ze: 'Ik geloof van wel. Sorry. Ja, natuurlijk kunnen we dat.' Ze schaamde zich voor zichzelf. Voor Robert was het ook moeilijk geweest. Ze zou blij moeten zijn dat in elk geval een van hen nog in staat was weer een normaal leven op te bouwen.
Robert keek opgelucht. Toen zei hij: 'O ja, ik wou ook nog zeggen dat Sacha zwanger is. Dat is nog een reden om te verhuizen, om meer ruimte te hebben voor de baby en een au pair.'
Cressida voelde zich alsof ze in een ton droog ijs was gegooid. Haar tong plakte aan haar verhemelte, maar het lukte haar om te stamelen: 'G-goh. Ge-gefeliciteerd.'
'Nou, het was niet echt gepland.' Roberts stem had een zielige klank. 'Sacha wilde zich de eerste paar jaar eigenlijk op haar carrière concentreren, maar dit soort dingen gebeurt nu eenmaal. Ik weet zeker dat ze het aankan. Zoals Sacha altijd zegt, vrouwen kunnen tegenwoordig alles hebben wat ze maar willen, hè?'
Het was alsof hij haar doorboorde met een lang glanzend mes, steeds opnieuw. Hoewel het haar moeite kostte om adem te halen, wist ze er een vrolijk lachje uit te persen. 'Absoluut. Alles hebben, daar gaat het om.'
Steek, steek.
Alsof hij ineens besefte dat hij misschien niet al te subtiel was geweest, schoof hij zijn handen in zijn zakken en zei op verdedigende toon: 'Het spijt me, maar je kunt niet van me verwachten dat ik geen kinderen neem om wat jou is overkomen.'
Jou, viel haar op. Niet ons.
'Dat verwacht ik ook niet.'
'Ik heb iemand anders leren kennen. We krijgen een baby. Praat me geen schuldgevoel aan, Cress. Je weet hoe graag ik een echt gezin wilde.'
Ze knikte, wensend dat hij wegging. Ze had het nodig om alleen te zijn. 'Ja. Het is in orde, ik... ik red me wel.'
Opgelucht zei hij: 'Mooi. Dat was het dan. Het leven gaat verder.'
Nu, liggend in haar bad, bestudeerde Cressida haar oranjeroze gelakte teennagels en wriemelde ermee. Het leven was inderdaad ver-

dergegaan. Ze had zich op haar werk als juridisch secretaresse gestort en in haar vrije tijd het hele huis opnieuw behangen en geschilderd, omdat elke vorm van activiteit beter was dan op de bank zitten denken aan het gezin dat ze was kwijtgeraakt.
Vijf maanden later hoorde ze dat Sacha was bevallen van een dochter van zeven pond, een meisje. Dat was een moeilijke dag geweest. Robert en Sacha hadden hun dochtertje Jojo genoemd, en Cressida had hun een zelfgemaakte kaart gestuurd om hen te feliciteren.
Weer een mijlpaal overleefd.
Toen Jojo twee maanden oud was, werd er een au pair in dienst genomen, en Sacha ging weer aan het werk. Astrid, die uit Zweden kwam en veel meer een buitenlucht-fanaat was dan Sacha, kon iedere dag achter de Silver Cross-kinderwagen in het dorp worden aangetroffen. Omdat ze haar Engels graag wilde oefenen, hield Astrid iedereen die ze tegenkwam, staande voor een praatje, en zo zag ook Cressida, op een middag toen ze thuiskwam van haar werk, zich genoodzaakt om over het weer te praten.
'De wolken, in de lucht, zijn net gewichtige witte kussens, vind je niet?' Dit was Astrids standaardopeningszin, want ze had op school geleerd dat Engelsen het heerlijk vonden om het over het weer te hebben.
'Eh, ja. Zwáre witte kussens.' Cressida tilde een plastic tas van de supermarkt uit haar auto.
'Maar ik geloof dat er later regendruppels komen.'
'Régen, ja, waarschijnlijk wel.'
'Ik ben Astrid,' zei het meisje trots. 'Ik werk als kinderjuf voor Robert en Sacha Forbes.'
Cressida, die dat al wist, was zo tactvol om niet te zeggen: 'Hoi, Astrid, ik ben Cressida Forbes, Roberts ex-vrouw.' In plaats daarvan zei ze: 'En ik ben Cressida. Leuk je te leren kennen.'
Astrid keek haar stralend aan, draaide toen de kinderwagen om en zei opgewekt: 'Maar ik moet niet vergeten mijn manieren! Ik moet je ook voorstellen aan Jojo.'
Met ingehouden adem keek Cressida naar de baby in de kinderwagen. Jojo keek met een ondoorgrondelijke uitdrukking op haar gezichtje terug. Terwijl ze wachtte op de vertrouwde steek in haar buik, merkte Cressida opgelucht dat hij uitbleef. Ze was doodsbang geweest dat ze een hekel aan deze baby zou hebben omdat ze

niet van haar was. Maar nu ze haar zag, wist ze dat ze nooit een hekel kon hebben aan een elf weken oude baby.
'Ze is mooi, hè?' Astrid sprak vol trots, terwijl ze zich vooroverboog om Jojo's kinnetje te kietelen.
'Ja, dat is ze.' Cressida's hart zwol op toen, als reactie op het kietelen, een tandeloos glimlachje doorbrak op Jojo's gezicht.
'En zo'n goede baby ook. Ik zal erg leuk vinden om voor haar te zorgen. Ga jij ook kinderen hebben?'
Daar was de stekende pijn weer. Ze wist dat Astrid waarschijnlijk bedoelde te vragen of ze ook kinderen had, maar deze keer verbeterde ze haar niet. Ze klemde haar tas met haar eenzame eenpersoonsmaaltijd, een rol biscuitjes en één pak melk erin, stevig vast en zei: 'Nee, ik ga geen kinderen hebben.'
'Ach, maakt niet uit!' Astrid keek haar weer stralend aan. 'Je bent nog jong, heel veel tijd om lol te maken voor jezelf, hè? Net als ik! Wij kunnen baby's krijgen over een paar jaar, hè? Wanneer we willen!'

Acht maanden lang was Astrid de volmaakte oppas geweest. Cressida dacht vaak dat ze praktisch haar hele relatie met Jojo dankte aan een moment van onoplettendheid van Astrids moeder.
Op een ochtend was Cressida Teds winkel uit gekomen met haar krant en een stout zakje chocoladetoffees toen ze Sacha's bedrijfswagen door High Street op zich af zag komen racen. Nadat Sacha met piepende remmen tot stilstand was gekomen, stak ze haar hoofd uit het zijraampje en vroeg: 'Cressida, kun je mijn leven redden?'
Ze zag er beslist afgemat uit. De paar keer dat ze elkaar kort hadden gezien, was Cressida altijd onder de indruk geweest van Sacha's kalmte en superefficiëntie. Haar kleren waren efficiënt. Zelfs haar kapsel – netjes en kort en vakkundig geverfd – was efficiënt. Vandaag zaten er echter, als een schokkend contrast, melkvlekken op Sacha's trui, en waren haar haren ongekamd. Vastgesnoerd in een babyzitje op de achterbank zat Jojo, in een T-shirtje en met een volle luier, zich de longen uit het lijf te blèren.
'Wat is er?' vroeg Cressida geschrokken. 'Is Jojo ziek?'
'Astrids moeder ligt in het ziekenhuis met meerdere botbreuken. Gisteravond met haar auto tegen een brug aangereden. Astrid is

naar Zweden om haar op te zoeken en ze weet niet wanneer ze terugkomt, want er is niemand die voor haar kleine broertje kan zorgen.' Terwijl de woorden uit Sacha's mond tuimelden, nam het volume van Jojo's gehuil toe. Sacha's knokkels werden spierwit toen ze het stuur wat steviger beetgreep. 'En Robert zit in Edinburgh voor zo'n stomme managementcursus, en over twee uur word ik in Reading verwacht om te proberen de grootste klant uit mijn hele carrière binnen te slepen. Als ik daar niet op tijd ben, weet ik echt niet wat ik moet doen...'

'Waar ga je nu dan naartoe?' onderbrak Cressida haar, want Sacha's stem zat in een opwaartse spiraal richting hysterie.

'Naar het consultatiebureau! Ik dacht dat misschien een van de verpleegsters daar op Jojo zou willen passen als ik ervoor betaal. Tenzij jij iemand kent die kan helpen? Daarom stopte ik ook,' ratelde Sacha onbeheerst verder, 'want jij kent meer mensen in het dorp dan ik. Ik ben vanochtend bij alle huizen in onze straat langs geweest, maar niemand wil haar hebben. Ken jij niet iemand die overdag op een baby kan passen?'

Alsof Jojo de schoolhamster was. Sprakeloos staarde Cressida Sacha met open mond aan.

'Nou?' drong Sacha aan, met toenemende paniek.

'Eh... nou, nee.'

'O, allemachtig zeg.' Sacha zag eruit alsof ze in tranen zou uitbarsten. 'Kut-Astrid. Waar heb ik dit aan verdiend?'

Jojo krijste, en Sacha wist het niet meer.

'Tenzij... misschien kan ik haar wel nemen,' bood Cressida aarzelend aan. 'Als dat zou helpen. Ik bedoel, ik ben er niet voor opgeleid, maar ik heb vroeger heel vaak op kinderen...'

'Jij?' Sacha keek haar met grote ogen aan.

Cressida, die de film *The Hand that Rocks the Cradle* had gezien, begreep het helemaal. 'Nee, sorry, het was maar een idee. Natuurlijk wil je niet...'

'O, mijn god, dat meen je niet! Niet te geloven! Moet je dan niet naar je werk?'

Verbaasd zei Cressida: 'Ik heb vandaag vrij.'

'Maar dat is fantastisch! Waarom heb je dat niet meteen gezegd?' Terwijl Sacha het portier opengooide, gilde ze: 'Snel, stap in.'

En dat was dat. Terug in Sacha's en Roberts huis had Cressida ontdekt dat Jojo alleen maar luidkeels brulde omdat ze vanochtend nog niet had gegeten en ook niet was verschoond. Normaal, legde Sacha uit, was ze een rustige, vrolijke baby. Sacha, na zich in sneltreinvaart gedoucht en verkleed te hebben, liet Cressida achter met de sleutels van het huis en een geschreeuwde belofte over haar schouder dat ze tegen zessen weer thuis zou zijn.

Blijkbaar had ze nooit naar *The Hand that Rocks the Cradle* gekeken.

Maar aan de andere kant, als ze Cressida niet toevallig was tegengekomen, had ze Jojo gewoon gedumpt bij de nietsvermoedende receptioniste van het consultatiebureau.

Wat niets veranderde aan het feit dat Cressida verlamd van schrik was toen ze even stilstond bij de situatie waarin ze door haar eigen schuld was beland. De eerstkomende negen uur was ze verantwoordelijk voor het welzijn van de baby van haar ex-man. Wat als Jojo iets zou overkomen? Wat als ze ziek werd en geen adem meer kreeg? Wat als een vrachtwagen het huis binnen reed? Wat als Jojo per ongeluk chloor dronk of struikelde en een been brak of van de trap viel? Ze verbleekte bij de gedachte. O god, iedereen zou denken dat ze een krankzinnige was die baby's mishandelde. Ze kon dit niet, ze kon dit echt niet.

Behalve dat ze wel moest, want er was niemand anders in de buurt die haar taak kon overnemen.

Cressida keek naar Jojo die op de vloer van de huiskamer ernstig op een droog biscuitje zat te kauwen. Na een paar seconden liet Jojo het biscuitje vallen en begon opgetogen te grijnzen, twee parelwitte ondertandjes ontblotend. Ogenschijnlijk deed het haar niets dat ze alleen in huis was met een haar zo goed als onbekende vrouw, want ze stak haar armpjes naar Cressida uit.

'Wat is er, schatje?' Cressida's hart smolt, en ze ging op haar hurken voor het kind zitten.

Nog steeds grijnzend manoeuvreerde Jojo zich op een ingewikkelde manier in een kruiphouding en begon toen aan Cressida's broekspijp te trekken om zichzelf op haar knieën te hijsen. Toen spreidde ze heerszuchtig haar armen, alsof ze de paus was.

En Cressida tilde haar op.

'Tante Cress? Ik ben het!' De achterdeur die openging en met een klap weer dichtviel, kondigde Jojo's komst aan.
Cressida stond in de keuken een risotto met champignons klaar te maken. Ze riep: 'Ik ben hier, lieverd.' Daarna draaide ze zich om en spreidde haar armen wijd uit. Zo bleef ze staan, terwijl Jojo de keuken in kwam stuiteren en haar een kus gaf.
'Probeer je te vliegen?'
'Ik probeer je te beschermen tegen uien- en knoflookstank.' Cressida wees naar de snijplank en bewoog haar vingers even. 'Leuk gehad vandaag?'
'Gaaf. We hebben gezwommen, getennist en toverkoekjes gebakken. Ik had er wat voor je mee willen nemen, maar we hebben alles opgegeten.' Aangezien Sacha en Robert allebei fulltime werkten, hadden ze Jojo ingeschreven voor een zomerschoolprogramma dat werd georganiseerd door een van de privéscholen in Cheltenham. Terwijl Cressida naar Jojo keek die de koudwaterkraan opendraaide en een glas water naar binnen klokte, werd ze overspoeld door een golf van liefde voor het meisje dat meer geluk in haar leven had gebracht dan enig ander levend wezen. Jojo was nu twaalf. Ze had een mooie bos woest donker haar, haar moeders sierlijke gelaatstrekken en Roberts lange benen. Vandaag droeg ze een korte spijkerbroek, het zeegroene T-shirt dat Cressida haar afgelopen kerst had gegeven, met daaronder een voorgevuld roze behaatje dat ze niet nodig had, maar per se had willen kopen omdat iedereen op school je plaagde als je als twaalfjarige geen beha droeg.
'Komen die uit de tuin?' Jojo's blik viel op de fresia's in een vaas op de keukentafel.
'Nee, die heb ik van iemand gekregen.'
'Oei.' Jojo trok haar wenkbrauwen op. 'Man of vrouw?'
'Toevallig een man.' Cressida liet de gesnipperde uien in de koekenpan glijden en draaide het vuur zo hoog mogelijk.
'Tante Cress! Heb je een nieuwe vriend?'
'Ik heb een kaart voor zijn moeder gemaakt. Hij wilde me bedanken, meer niet.'
'Maar hij heeft je bloemen gebracht. Echte, uit een winkel,' zei Jojo

met nadruk, 'en dat had hij niet hoeven doen, toch? Betekent dat dan dat hij wel je nieuwe vriend zou willen zijn?'
Tijd om van onderwerp te veranderen. Krachtig in de pan roerend, zei Cressida: 'Dat denk ik geen seconde. En ga je me nu nog helpen met die champignons?'
'Dat noem ik nou van onderwerp veranderen.'
'Goed dan, nee, hij wil beslist niet mijn nieuwe vriend worden. En dat is maar goed ook, want hij woont hier driehonderd kilometer vandaan. En deze champignons moeten nog steeds worden gesneden.'
'Maar...'
'Weet je, ik heb me vanmiddag zo vermaakt,' zei Cressida. 'Ik zat terug te denken aan de allereerste keer dat ik op je heb gepast. Je was toen tien maanden en kon nog niet praten.'
'Tien maanden.' Nu was Jojo wel afgeleid; ze vond het heerlijk om over de capriolen te horen die ze als baby had uitgehaald. 'Kon ik al wel lopen?'
'Nee, maar je was een olympische kruiper. Net een treintje. Je ging pas lopen toen je elf maanden was.'
Na die eerste succesvolle dag had Sacha de zwakke plek meteen ontdekt. Nog geen twee weken later had ze Cressida weer gevraagd of ze wilde oppassen, en Cressida had maar al te graag ja gezegd. Een week daarna waren Sacha en Robert uitgenodigd voor een chique bruiloft in Berkshire, en Jojo en Cressida hadden samen een heerlijke dag beleefd, met als hoogtepunt Jojo's eerste aarzelende stapje over de vloer van de huiskamer voordat ze zich triomfantelijk in Cressida's armen had gestort. Die avond, toen Sacha en Robert Jojo kwamen ophalen, had Cressida opgemerkt dat ze heel actief was geweest. Met een zelfvoldaan lachje had Sacha gezegd: 'O ja, het zal niet lang meer duren voordat ze kan lopen. Ze is heel erg voorlijk.'
Astrid was niet teruggekomen. Ze was vervangen door een hele reeks ongeschikte oppassen en nog ongeschiktere au pairs. Als Sacha Cressida zou hebben gevraagd om haar baan op het advocatenkantoor op te geven en fulltime voor Jojo te gaan zorgen, dan had Cressida dat meteen gedaan. Maar dat was nooit gebeurd. Misschien zou het ook wel te maf zijn geweest. Of misschien had het te maken met het feit dat Jojo Cressida per ongeluk een keertje

mama had genoemd. Hoe dan ook, Cressida bleef op Jojo passen wanneer haar dat werd gevraagd en hielp bij noodgevallen. En iedereen was tevreden met deze situatie.
'Wat is het ergste wat ik ooit heb gedaan toen ik klein was?' Eindelijk was Jojo de champignons aan het snijden.
'Het meest gênante, bedoel je? Waarschijnlijk die keer dat je midden in de supermarkt je luier afdeed en hem bij de rijst en pasta liet liggen.' Cressida zweeg even en zei toen: 'En het was geen schone luier.'
'Bah!' Lachend haar hoofd schuddend, zei Jojo: 'Vertel eens wat het beste is wat ik ooit heb gedaan.'
Cressida trok een gezicht. 'Ik kan niks bedenken.'
'Dat is niet waar! Vertel!'
'Och, lieverd. Het beste?' De sissende uien aan hun lot overlatend, sloeg Cressida haar armen om Jojo heen. 'Dat zou ik echt niet weten. Het zijn te veel dingen om op te noemen.'

12

Toen Tyler zijn auto voor Piper's Cottage tot stilstand bracht, kletste er een blubberige witte klodder op de voorruit van zijn huurauto. Een grote vogel, waarschijnlijk tevreden grijnzend over zijn voltreffer, vloog over de daken van de huizen aan de overkant weg. De klodder was enorm en natuurlijk net beland in het stoffige waaiervormige gedeelte waar de ruitenwissers niet kwamen.
Was dit een voorteken?
Lottie deed open. Ze zag er rozig en buiten adem uit. 'O, hoi!'
'Ik stoor toch niet?' Tyler glimlachte een beetje. Ze droeg een mouwloos wit topje en een spijkerbroek, dus hij dacht niet dat hij iets al te opwindends had verstoord. 'Als het soms slecht uitkomt...'
Met een schampere blik in haar ogen deed ze de deur iets verder open zodat hij de stofzuiger achter haar kon zien staan. 'Weinig kans. Ik ben net bezig om zes weken huishoudelijk werk in een halfuur proberen te proppen. De kinderen hebben hun namen in het stof op de tv geschreven.' Langs haar voorhoofd vegend, zei ze:

'Sorry, kom verder. Pas op dat je niet over het snoer struikelt. Gaat dit over het werk?'
Ze was adembenemend. Mooi, slim en barstend van vitaliteit. Hij keek naar haar, terwijl ze een spuitbus Lemon Pledge, een stofdoek en een fles Cif oppakte, en zei toen: 'Ik kwam eigenlijk langs om te vragen of je zin had om vanavond met me uit eten te gaan.'
'O.' Ze leek verbaasd.
'Als je kunt, natuurlijk.'
'Nou, ik kan Mario vragen of hij de kinderen kan hebben. Dat is vast geen probleem.' Blijkbaar onzeker over de aard van de uitnodiging, vroeg ze: 'Is het omdat je het met me over het werk wilt hebben?'
'Als je wilt, kunnen we het over het werk hebben. We kunnen het over allerlei dingen hebben.' Hij glimlachte. 'Zal ik je om een uur of acht komen afhalen?'
'Oké. Prima.' Met stralende ogen zei ze: 'Hoewel ik beter eerst even Mario kan vragen of hij wel kan. Geef me twee minuutjes.' Ze verdween naar de keuken om te bellen.
Aangezien hij het echt niet kon maken om een telefoongesprek tussen Lottie en haar ex-man af te luisteren, wachtte Tyler in de huiskamer. Zijn blik viel op een grijs verkreukeld lapje dat ze blijkbaar bij het schoonmaken had gebruikt en was vergeten op te rapen. Hij pakte het van de vensterbank en liep de nog steeds openstaande voordeur uit.
Het was vuilnisophaaldag in het dorp. Iedereen had zijn zwarte afvalcontainer bij het voorhek staan. Nadat Tyler de vogeluitwerpselen van zijn vooruit had geveegd, gooide hij het lapje in Lotties container en ging weer naar binnen.
'O, daar ben je,' zei Lottie. 'Ik dacht dat je ertussenuit was geknepen, omdat je niet meer durfde.'
'Ik heb alleen maar even...' Zijn mobieltje ging. 'Verdorie, sorry.' Verontschuldigend trok hij het uit zijn overhemdzakje.
'Geen probleem. Mario neemt de kinderen vanavond. Dan zie ik je om acht uur.' Omdat ze dolgraag haar halfuurtje schoonmaken wilde hervatten, duwde ze hem de deur uit.
Terwijl Tyler zijn telefoon opnam, hoorde hij de stofzuiger in de huiskamer alweer aangaan. Hij glimlachte bij zichzelf, zich verheugend op vanavond. In een paar dagen tijd was zijn leven onher-

kenbaar veranderd, en hij had Lottie Carlyle leren kennen, die sexy was en mooi en heel anders dan alle andere meisjes die hij ooit had ontmoet.
O ja, zijn leven zat echt weer in de lift.

Tyler hoorde het lawaai nog voordat hij om vijf voor acht die avond uit zijn auto stapte. Een onaards gejammer steeg uit het huis op. Lichtelijk gealarmeerd – dat kon Lottie toch niet zijn? – liep hij het pad naar de voordeur op en belde aan.
'Hoi, jij moet Tyler zijn.' Een lange man met een berustende blik in zijn ogen deed open en schudde hem de hand. 'Mario. Sorry voor het gedoe, maar we hebben een beetje een crisis.'
Dus dit was de ex-man. Over de drempel stappend, volgde Tyler Mario naar de huiskamer waar een enorme doos lego in het midden van de vloer was leeggekieperd.
Lottie, die er afgepeigerd uitzag en nog steeds haar witte topje en spijkerbroek droeg, zat in een van de leunstoelen met haar zoontje op schoot. Nat zat hartverscheurend te snikken, en te zien aan de doorweekte staat van Lotties topje was hij daar al een tijdje mee bezig. Toen hij Tyler zag, verdubbelde hij het volume van zijn gebrul en begroef zijn gezicht in Lotties hals. Aan de andere kant van de kamer ritste Mario bankkussens open en zocht erin.
'Wat is er gebeurd?' Tyler vroeg zich af of er iemand was doodgegaan.
Vanaf de bovenverdieping gilde Ruby naar beneden: 'Hij ligt ook niet in de strijkkast.'
'Nat is zijn nana kwijt.' Lottie probeerde het haar van haar zoontje uit haar ogen te vegen en kromp ineen toen het droevige gebrul, als reactie op haar woorden, ongekende hoogten bereikte. 'Sst, sst, liefje, het komt wel goed.' Ze wiegde hem geduldig en wreef over zijn rug. 'We vinden hem wel, maak je maar geen zorgen. Hij moet hier ergens zijn.'
Verward vroeg Tyler: 'Wat is een nana?'
'Een soort troostdekentje. Nat heeft hem al sinds hij een baby was. Hij kan niet slapen zonder zijn nana.' Ze keek op haar horloge en trok een gezicht. 'God, sorry hoor. En ik heb nog niet eens tijd gehad om me te verkleden. Luister, we vinden nana zo wel, en dan kan ik in vijf minuten klaar zijn, echt.'

Ruby's stem zweefde naar beneden. 'En hij ligt ook niet in de badkamer.'
'Ach, geen probleem.' Tyler stak zijn handen op. Hij wist dat hij hier nog wat goed te maken had, en dit was zijn kans. 'Ik help jullie wel zoeken. Een troostdekentje, zeg je. Nou, dat heeft geen benen, dus het kan niet weggelopen zijn, hè?'
'We weten dat het ergens in huis moet zijn.' Lottie knikte verwoed en wierp hem een dankbare glimlach toe. 'Nana komt uiteindelijk altijd weer boven water. Nat heeft hem gewoon op een veilig plekje verstopt, maar dat plekje blijkt nu iets te veilig te zijn.'
Oké, een troostdekentje. Zich een blauw kasjmieren babydekentje met satijnen randjes voorstellend, zei hij vriendelijk maar doelgericht: 'Nou, Nat, laten we dan maar beginnen met zoeken, hè? En het zou fijn zijn als je ons wat aanwijzingen kon geven. Zoals, waar heb je het voor het laatst gezien?'
Nats borstkas ging heftig op en neer, en zielig snikkend antwoordde hij: 'Op d-de v-v-vensterbank, d-d-daar!' Hij wees door de kamer.
O, verdomme.
O, shit.
Nee, hè?
Een beetje misselijk – jezus, hij was nooit misselijk – vroeg hij: 'En... en wat voor kleur heeft het dekentje?'
Lottie, die nog steeds probeerde om haar verdrietige zoontje te troosten, haalde haar schouders op. 'Geen kleur eigenlijk.'
'Hij h-heeft geen k-k-kleur,' jammerde Nat. 'Hij is mijn nana.'
O, heel erg shit.
'Hier niet in.' Mario was klaar met het doorzoeken van alle bankkussens. 'Het is een oud lapje van stretchkatoen,' legde hij Tyler uit, 'van een trappelzak van Nat. Ongeveer dertig bij dertig, grijsachtig en nogal smoezelig om te zien.'
'Hij is niet smoezelig!' brulde Nat. 'Hij is mijn nana!'
Tyler hoopte dat zijn gezicht niets zou verraden. Als student had hij vaak genoeg gepokerd, maar dit was van een heel andere orde. Hij voelde dat zijn handpalmen begonnen te zweten en...
'Jij was hier vanmiddag,' zei Lottie ineens. 'Je hebt het toen toevallig niet op de vensterbank zien liggen?' Haar ogen keken hem hoopvol aan.

Het had geen zin, hij kon het niet ontkennen. Hij kon niet tegen haar liegen. Maar hij kon het ook niet opbrengen om haar de waarheid te vertellen waar Nat bij was. Met droge mond knikte hij naar de deur van de huiskamer, aangevend dat ze hem moest volgen. Lottie liet Nat als een zielig hoopje achter op de leunstoel en kwam bij Tyler in de gang staan. 'Hoor eens, het spijt me echt. Je maakt je vast zorgen om de reservering in het restaurant, maar ik kan echt niet...'
'Ik was het. Ik heb de nana meegenomen.' De woorden – woorden waarvan hij nooit had kunnen denken dat hij die ooit zou zeggen – buitelden eruit.
'Wat?'
'Ik dacht dat het een oude poetslap was. Je zei dat je had schoongemaakt vanochtend, en dat lapje zag eruit alsof je was vergeten hem op te ruimen.'
'Waar is hij?' Aan haar gezicht was te zien dat ze al niet meer hoopte op een goede afloop.
'Ik heb hem gebruikt om vogelp... om troep van een vogel van mijn voorruit te vegen,' zei hij zacht. 'Hij was nogal goor. Je container stond buiten, dus toen heb ik hem daar ingegooid.'
'O nee.' Kreunend verborg ze haar gezicht in haar handen. 'Niet te geloven. En de containers zijn al geleegd. O god, wat moeten we nu doen?'
'Het spijt me, het spijt me echt, het was een ongelukje.' Hij probeerde het haar uitleggen. 'Maar hoe kon ik nou weten dat het geen poetslap was?'
'Maar je hebt hem gewoon meegenomen!' Een beetje geïrriteerd schudde ze haar hoofd. 'Als je het me eerst had gevraagd, had ik je kunnen tegenhouden. Of als je het later had verteld, dan had ik hem nog uit de afvalcontainer kunnen pakken.'
'Ik wilde het je ook vertellen. Maar toen ging mijn mobieltje, en jij wilde verder met stofzuigen. Hoor eens, ik snap dat Nat nu van streek is, maar hij is zeven. Misschien is het tijd dat hij eens stopt met dat troostdekentjes-gedoe. Ik bedoel, daar kan hij toch niet eeuwig mee doorgaan? Misschien is dit de kans voor jou om met die gewoonte te breken.'
'O god,' verzuchtte ze. 'Je hebt echt helemaal geen ervaring met kinderen, hè?'

'Maar...'
'Je hebt Nats nana gestolen!' krijste een stem boven hun hoofden, en de moed zonk Tyler nog verder in de schoenen. Even later kwam Ruby de trap al af denderen en wees met een beschuldigende vinger naar zijn borstkas. 'Jij hebt Nats nana gestolen en hem weggegooid! Nat, het was die man, de man die al die leugens vertelde!'
Behendig Lotties uitgestrekte arm ontwijkend, schoot ze de huiskamer in en gilde: 'Hij zegt dat je sowieso te groot bent voor je nana, je bent al zeven, en alleen baby's hebben nana's, en nu is hij weg en zul je hem nooit meer zien!'
Lottie, die Ruby meteen was nagelopen, riep: 'Nat, dat heeft hij niet gezegd. Het was een ongelukje, oké?'
Hoewel het heel aanlokkelijk was om de voordeur uit te lopen, in zijn auto te stappen en weg te rijden, volgde Tyler Lottie de huiskamer in. Hij had gedacht dat er niets erger kon zijn dan het geluid van Nats gesnik, maar de verbijsterde stilte die hem nu begroette, won het er glansrijk van.
Het kleine jongetje, met z'n lijkbleke gezicht en trillend van de schok, zag eruit alsof hij was vergeten hoe hij moest ademhalen. Ongelovig staarde hij Tyler aan en fluisterde: 'Heb je hem weggegooid?' Tyler knikte en blies langzaam zijn adem uit. 'Ik vind het heel erg.'
'In de afvalcontainer!' Ruby ontleende duidelijk plezier aan haar woorden.
'Hij heeft het niet expres gedaan,' zei Lottie.
'Maar hij is er niet per ongeluk ingevallen, hè?' Terwijl haar ogen zo groot als schoteltjes werden, flapte Ruby er hartstochtelijk uit: 'En wat moet Nat nu zonder zijn nana? Hij gaat dood!'
'Hij gaat niet dood,' zei Mario op vlakke toon, terwijl Lottie Nat weer optilde en probeerde te troosten.
Nog terwijl Tyler het zei, wist hij dat het de verkeerde woorden waren. 'Kun je geen andere... eh... nana maken? Een mooiere misschien?' stelde hij voorzichtig voor.
Iedereen keek hem geschokt en ongelovig aan, alsof hij net had gezegd dat ze zichzelf allemaal konden opvrolijken door mee te doen aan een jonge-katjeswerpwedstrijd.
'Nou ja, misschien ook niet.' Zijn hand bewoog naar zijn portefeuille. 'Kan ik dan op zijn minst niet iets geven om het goed te maken? Je zou iets kunnen kopen wat...'

'Nee, dat hoeft echt niet,' onderbrak Mario hem. 'Echt. We komen er wel uit. Vooruit, Nat, laat mama nu los, ze moet zich nog verkleden, anders kan ze niet weg.'
'Ze mag niet weg. Niet met hem!' Nats lichaam verstijfde en zijn stem schoot omhoog. 'Mama, niet weggaan met die man, ik wil dat je bij mij blijft. Ik wil mijn nana terug!'
Lottie voelde zich zichtbaar verscheurd.
'Ik denk dat je beter thuis kunt blijven,' zei Tyler. 'We gaan wel een ander keertje uit eten. Ik wou dat ik iets kon doen om alles weer in orde te maken, maar dat gaat niet. Dan laat ik jullie nu maar alleen, oké?' Hij wist dat het, zoals de zaken er nu voorstonden, toch al niet zo'n leuke avond meer zou worden. Hij liep naar de deur, want hij had haast om weg te komen. 'En Nat, het spijt me echt heel erg. Als er iets is wat ik kan doen...'
'G-ga weg,' snikte Nat, met zijn betraande gezicht tegen Lotties schouder begraven. 'Je m-moet te-terug naar Amerika en je m-mag n-nooit meer te-terugkomen.'

13

'Computers zijn prachtapparaten,' zei Freddie.
'Ja.' Lottie knikte.
'Maar ik haat het om ermee te werken.'
'Dat weet ik. Dat komt omdat je te lui bent om te leren hoe het moet,' herinnerde ze hem eraan. 'Laat me het je nou gewoon leren, dan...'
'Nee, dank je.'
'Maar het is zo...'
'Ho, stop, niet verder.' Zijn handen opstekend en zijn hoofd schuddend, zei hij op ferme toon: 'Ik heb mijn hele leven al een pesthekel gehad aan technische dingen. Aan alle soorten apparaten. Ik weet niet hoe mijn auto werkt en ik weet niet hoe vliegtuigen in de lucht blijven. Maar dat geeft niks, want daar hebben we monteurs en piloten voor. Hetzelfde geldt voor computers,' vervolgde hij voordat Lottie hem weer kon onderbreken. 'Als ik nog

maar een halfjaar te leven heb, dan is vissen op internet wel het laatste waar ik mijn tijd aan wil verspillen.'
'Surfen op internet.'
'Ik wil ook niet leren surfen. Of waterskiën. Ik ben verdomme James Bond niet.'
'Ik bedoelde...'
'Nee, laat het me uitleggen,' onderbrak hij haar weer, zodat Lottie zich afvroeg of hij haar ooit nog een zin zou laten afmaken. 'Ik wil die computernonsens niet leren en ik ga het niet leren, want jij kunt die kant voor me doen. Ik stel de vragen, jij vindt de antwoorden voor me. Heel simpel.'
'Prima. Ik zal mijn best doen. Wat voor soort vragen?' De avond waarop Freddie haar had verteld dat hij niet meer lang te leven had, had hij ook gezegd dat hij een plan had, maar hij had er verder niet over willen uitweiden. Waarschijnlijk had dit ermee te maken.
Als antwoord pakte hij een vel papier uit zijn jaszak en vouwde het open. 'Ik wil deze mensen vinden.'
Er stonden vijf namen op het papier geschreven in Freddies opvallende krabbelhandschrift. Lottie had nauwelijks de tijd gehad om een blik op de eerste naam te werpen toen hij het vel alweer uit haar handen griste.
Uiteindelijk zei ze: 'Mag ik wel vragen waarom?'
'Omdat ik ze nog een keer wil zien.'
'Wie zijn het?'
'Mensen die belangrijk voor me zijn geweest. Mensen die ik aardig vond.' Met een half glimlachje vervolgde hij: 'Mensen die me op de een of andere manier hebben gevormd. God, klinkt dat misselijkmakend of niet soms?'
'Een beetje. Het doet me denken aan die sentimentele huilfilms die alleen in de week voor kerst overdag op tv worden uitgezonden.' Stiekem was ze gek op dat soort films.
'Nou, misschien is het een troost voor je om te weten dat ik hen dan wel graag wil terugzien,' zei Freddie, 'maar dat het niet gegarandeerd is dat het omgekeerd ook zo is.'
'En krijg ik nog een achtergrondverhaal? Ga je me nog vertellen waarom die mensen zo belangrijk voor je waren?'
'Nog niet.' Freddie leek het allemaal wel komisch te vinden. 'Daar

wilde ik mee wachten tot je ze had gevonden. Zo weet ik tenminste zeker dat je je uiterste best zult doen.'

Ze trok een gezicht; ze was ongeneeslijk nieuwsgierig, en hij wist dat. 'Maar ik heb wel meer gegevens nodig. Hoe oud ze zijn, waar ze vroeger hebben gewoond, wat voor werk ze deden.'

'Ik zal je alle informatie geven die ik heb.'

'Toch is het nog steeds niet gezegd dat we ze kunnen vinden.'

'Dat zien we dan wel weer, goed?'

'Als je me niet wilt vertellen wie het zijn,' zei Lottie terloops, 'dan zal ik het moeten raden.'

Freddie grinnikte. 'Je raadt maar raak, schat van me. Toch zul je de waarheid pas horen nadat je ze voor me hebt opgespoord. Kop op, misschien gaat het wel heel gemakkelijk.'

Gefrustreerd zei ze: 'Of misschien gaat het wel heel moeilijk.'

'Nou, dan kunnen we maar beter beginnen. Hoe eerder hoe beter.' Geamuseerd stak hij een sigaar op. 'En je moet maar hopen dat ik niet dood neerval voordat je klaar bent.'

De eerste mysterieuze persoon op de lijst bleek belachelijk gemakkelijk op te sporen. Het kostte Lottie nog geen vijf minuten. Hij heette Jeff Barrowcliffe en was de eigenaar van een motorreparatiewerkplaats in Exmouth.

'Dat moet hem zijn,' zei Freddie vol vertrouwen, terwijl hij over Lotties schouder naar het computerscherm tuurde. 'Jeff was altijd geobsedeerd door motoren.'

Om het te verifiëren, stuurde Lottie een e-mail:

> Beste Mr. Barrowcliff,
> Namens een vriend van me die iemand met uw naam probeert op te sporen, zou ik graag van u willen weten of uw geboortedatum 26 december 1940 is en of u, langgeleden, in Oxford heeft gewoond.
> Met vriendelijke groet,
> L. Carlyle

Alsof het toveren was, verscheen zijn antwoord anderhalve minuut later in haar inbox:

> Ja, dat ben ik. Hoezo?

'Die ouwe Jeff kan zomaar met een computer overweg en weet hoe hij mailtjes moet versturen,' zei Freddie verbaasd. 'Wie had dat ooit kunnen denken?'
'Wie had ooit kunnen denken dat jij dat niet zou kunnen?' diende ze hem van repliek. 'Grote domkop.' Ze strekte haar vingers als een pianist uit boven de toetsen. 'Moet ik het hem zeggen?'
'Nee, ik bel hem wel.' Freddie had het telefoonnummer van de reparatiewerkplaats al opgeschreven. Terwijl hij het kantoor uit liep, voegde hij eraan toe: 'Privé.'
'Denk je dat hij het leuk zal vinden om van je te horen?'
Freddie wapperde met zijn telefoon. 'Dat zal ik zo meteen ontdekken.' Vijf minuten later was hij weer terug, met een gekmakend ondoorgrondelijke uitdrukking op zijn gezicht.
Terwijl ze hem een vooruit-met-de-geit-blik toewierp, zei ze: 'Nou?'
'Nou wat?'
'Jeff Barrowcliffe. Dat zou je me vertellen, weet je nog? Heb je een afspraak met hem gemaakt?'
Hij knikte. 'Dit weekend ga ik naar Exmouth.'
'Zie je wel?' Ze klapte opgetogen in haar handen. 'Dus hij vond het leuk om van je te horen! Waarom dacht je dat het niet zo zou zijn?'
'Omdat ik een keer zijn motor heb meegenomen,' zei Freddie. 'Zijn grote trots.'
'Nou en?'
'En in puin gereden. Compleet afgeschreven.'
'Oei.'
'Zijn vriendin zat bij me achterop. De vriendin met wie hij zou gaan trouwen.'
'Freddie! O god, ze is toch niet...'
'Nee, Giselle is niet omgekomen. Wat schrammen en blauwe plekken, meer niet. Verdomd veel geluk gehad.'
Opgelucht zei ze: 'Nou, dan is het goed.'
'Dat dacht Jeff ook. Totdat ik haar van hem afpakte.' Met een scheef glimlachje keek hij naar haar verbaasde gezicht. 'Dus nu weet je het. En jij dacht altijd nog wel dat ik zo'n aardige man was. Zo zie je maar weer, hè? Zoiets kun je nooit zeker weten.'

In de achtertuin van de Flying Pheasant was een spelletje jeu de

boules aan de gang. Toen Lottie onder de boog van kamperfoelie door liep, zag ze dat Mario op de baan een meisje stond te helpen met haar werptechniek.
Ze bleef even naar hen staan kijken. De ijsklontjes tinkelden in haar glas jus d'orange. Omdat Mario op weg van zijn werk naar huis even bij de kroeg was langsgegaan, droeg hij nog een mooi wit overhemd waarvan het bovenste knoopje los was, en zijn donkerblauwe broek. Op een tafeltje in de buurt lagen zijn autosleuteltjes naast een glas Guinness, en zijn jasje hing over een stoel. Het meisje dat hij op dit moment stond te helpen – slank en donker, met haar zonnebril in haar haren geschoven – knipperde verleidelijk met haar opgemaakte ogen en giechelde als een zeventienjarige, terwijl Mario haar precies uitlegde hoe ze de zilverkleurige ballen moest gooien. Een beetje staan giechelen als een zeventienjarige nota bene, dacht Lottie, hoewel ze toch minstens dertig moest zijn.
Werkelijk, wat was dat toch met Mario? Zou het zij-is-een-vrouw-dus-ik-moet-flirten-gedeelte van zijn hersens dan nooit eens uitgeschakeld staan?
Nou ja, het zat hem waarschijnlijk niet in zijn hersens. Terwijl Lottie een slokje van haar drankje nam en de jaloerse blikken van de andere meisjes uit het groepje jeu de boules-spelers zag, liep ze naar hen toe.
'Ha, Lottie.' Mario ging rechtop staan en begroette haar met een vrolijke grijns.
Het donkerharige meisje draaide zich om om haar aan te kijken, en Lottie voelde dat ze meteen als mededingster naar Mario's gunsten werd beschouwd.
Voor de lol, en ook om de blik op het gezicht van het meisje te zien, gaf ze Mario een kus op de wang en zei luchtig: 'Ha, schat. Zal ik zo ook een keertje met je spelen? Je weet dat je het heerlijk vindt als ik je versla.'
Mario lachte; hij snapte precies waar ze mee bezig was.
Het meisje zei humeurig: 'Wie is dat? Je vriendin?'
'Nou,' zei Lottie, 'eigenlijk ben ik zijn vrouw.'
'Mijn ex-vrouw.' Mario rolde met zijn ogen. 'Hoewel ze het nog steeds leuk vindt om zich met mijn leven te bemoeien.'
'Iemand moet dat toch doen?' Lottie merkte dat het hoofd van het

donkerharige meisje tussen hen heen en weer schoot alsof ze een umpire op Wimbledon was. 'Waar is Amber?'

'Op trektocht door de Himalaya, waar dacht je dan? Ze is in de kapsalon,' antwoordde hij. 'Een of ander noodgeval, en ze is niet voor acht uur klaar. Daarom ben ik hier even binnengewipt voor een glas bier. Als dat van jou mag tenminste.'

'Wie is Amber?' Het meisje knipperde niet langer verleidelijk met haar ogen.

Lottie keek Mario aan, die zuchtte en zei: 'Mijn vriendin.'

'Vaste vriendin,' voegde Lottie er hulpvaardig aan toe.

'Je wordt weer bedankt,' zei Mario, toen het meisje en haar vriendinnen, allemaal als pony's met hun lange steile haar schuddend, de boulesbaan verlieten en de kroeg in gingen.

Opgewekt zei Lottie: 'Graag gedaan. Ik wil ook wel met je spelen, hoor. Tenzij je bang bent voor je verlies.' Ze had het prettige gevoel dat ze al gewonnen nu ze het donkerharige meisje had verdreven.

'Te warm.' Hij pakte zijn glas bier. 'Bovendien ga ik na deze weg.'

'Maar goed dat ik langskwam. Wat zou er met dat meisje zijn gebeurd als ik er niet was geweest?'

'Niets.' Hij keek beledigd. 'Ze wist niet hoe ze moest gooien, dat was alles. Ik deed haar voor hoe het moest.'

'Wat zie ik daar?' Ze wees naar zijn gezicht. 'O, ik zie het al. Je neus wordt langer...'

Hij schudde zijn hoofd. 'Weet je wat ik niet begrijp? Je zeurde nooit over dit soort dingen toen we nog getrouwd waren. Maar nu we niet meer getrouwd zijn, maak je er ik weet niet wat van. Waar zijn de kinderen trouwens?'

'Karateles tot zeven uur. En probeer niet van onderwerp te veranderen,' beval ze hem. 'Zij zijn de reden dat ik zeur. Amber is geen doetje, weet je. Je snapt niet dat je je handen mag dichtknijpen met haar. Als je haar bedriegt, maakt ze het meteen uit. Ik meen het, hoor,' hield ze vol, want Mario's mondhoeken krulden omhoog. 'Zo onweerstaanbaar ben je nu ook weer niet.'

'Vroeger vond je van wel.' Zijn ogen hadden die vertrouwde ondeugende glans.

'Nou ja, toen was ik jong en onnozel. En nu zijn we gescheiden,' zei ze. 'Zegt dat je niets?'

'Ja, dat je niet meer zo jong bent, behoorlijk oud al zelfs – au, laat

dat.' Hij wreef over zijn schouder. 'Ik heb haar niet bedrogen, oké? Ter informatie, ik ben Amber altijd trouw geweest.'
Tot nu toe, waren de onuitgesproken woorden die in de lucht hingen.
'Nou, zorg dan maar dat dat zo blijft. Want Nat en Ruby zijn er ook nog,' zei ze, 'en als jij en Amber uit elkaar gaan omdat ze ontdekt dat je vreemdgaat, dan heb je meer om je druk over te maken dan alleen een stomp op je schouder. Je moet ook rekening met de kinderen houden en –'
'Ik hou ook rekening met ze.' Mario keek gekwetst, hoewel Lottie vermoedde dat hem vragen te stoppen met flirten zoiets was als een jachtluipaard vragen om in plaats van vlees alleen nog maar worteltjes en broccoli te eten. 'Ik hou continu rekening met ze,' vervolgde hij. 'En als je nu eindelijk eens ophoudt met me af te katten, zodat ik ook iets kan zeggen, dan zou ik graag willen weten hoe het nu met Nat gaat.'
Nat en de nana. De nana die, helaas, was heengegaan.
'Beter.' Ze zuchtte, want de afgelopen paar dagen waren niet gemakkelijk geweest. De eerste nacht was helemaal traumatisch verlopen; Nat was om het uur wakker geschrokken en vervolgens in hartverscheurend gesnik losgebarsten. 'Vandaag was hij al wat vrolijker. Ik heb hem verteld dat Arnold Schwarzenegger zijn nana ook is kwijtgeraakt toen hij zeven was.' Ze trok een gezicht. 'Nu wil hij hem een brief schrijven, omdat Arnie begrijpt hoe hij zich voelt.'
Mario kreeg een vertederde blik in zijn ogen. 'Het komt wel goed met hem. Geef hem een paar weken de tijd, dan raakt hij er vanzelf overheen.'
'Mijn god, een paar weken,' zei ze, denkend aan haar verstoorde nachtrust.
'Hé, kop op. Je nieuwe baas voelt zich vast vreselijk.'
'Hij is vanochtend teruggevlogen naar de Verenigde Staten, moest nog wat laatste dingen regelen. Hij komt pas volgende week weer terug.'
Mario keek op zijn horloge en stond op, zijn halfvolle glas latend voor wat het was. 'Wat zou je ervan zeggen als de kinderen vannacht bij mij sliepen? Dan haal ik ze op van karateles. We kunnen een pizza eten en op de X-Box spelen. Nou, wat denk je ervan?'

Ontroerd zei ze: 'Dat je toch zo kwaad nog niet bent.'
'Ik heb zo mijn momenten.' Hij knipoogde en rammelde met zijn autosleuteltjes. 'Dan ga ik nu meteen, dan kan ik nog even naar karate kijken. En geen vreemde mannen oppikken, hè? Ga maar eens lekker vroeg naar bed.'
Hij kon fantastisch zijn als hij wilde. Gekmakend irritant op andere momenten, maar vrijgevig en attent wanneer je dat het meest nodig had. Heel even wou ze dat ze hem in vertrouwen kon nemen over Freddies vreselijke ziekte, maar ze wist dat ze dat niet moest doen, hoewel ze nu al opzag tegen het moment waarop alles bekend zou worden en iedereen haar ongelovig zou aanstaren en schreeuwen: 'Maar waarom heb je hem niet gedwongen om zich te laten behandelen? Wat dacht je nou? Je kunt toch niet achteroverleunen en iemand gewoon maar dood laten gaan!'
Hoe dan ook, ze kon het Mario niet vertellen. Freddie had duidelijk te kennen gegeven dat hij niet wilde dat iemand het wist zolang het niet absoluut noodzakelijk was, en tot dusverre waren er nog geen uiterlijke tekenen die erop wezen dat er iets met hem aan de hand was. Het vooruitzicht Jeff Barrowcliffe zaterdag te zien had hem zelfs reuze opgevrolijkt; hij was...
'Alles goed met je?' Mario klonk bezorgd, en Lottie besefte dat ze zonder iets te zien naar de jeu de boules-baan had zitten staren, waar het but in het zand lag, met op verschillende afstanden eromheen de vijf zilverkleurige ballen. Ze riep zichzelf tot de orde. 'Prima. Druk op het werk, meer niet.'
'Oké, op naar de karateclub. Pas goed op jezelf.' Zich over de houten tafel heen buigend, plantte hij een kus op haar wang. 'Ik ga ervandoor.'

14

Het was zaterdag tussen de middag, en Jojo lag te zonnebaden in de achtertuin van tante Cress, terwijl ze het laatste nummer van *Phew!* las en luisterde naar Avril Lavigne op haar discman. Haar ouders gaven vanmiddag een barbecue, en hun huis en tuin werden overspoeld door cateraars, want dit was niet het soort fuif waarbij je al je vrienden en buren uitnodigde en gewoon lol had, met als hoogtepunt de polonaise door de straat. Zoals gewoonlijk was het feestje van haar ouders bedoeld om te netwerken en belangrijke nieuwe zakelijke contacten op te doen. Indruk maken op potentiële klanten, daar zou het vandaag om gaan; gewoon plezier maken – god verhoede! – stond eenvoudigweg niet op de agenda. Toen Jojo had voorgesteld om maar naar tante Cress te gaan, had haar moeder zichtbaar een zucht van opluchting geslaakt en gezegd: 'Dat is een heel goed idee, schat. Voor jou valt hier niet veel te beleven.'

Jojo was blij geweest dat ze weg kon, en tante Cress was dolblij geweest om haar te zien. De zon scheen, en Jojo had zich op de ligstoel geïnstalleerd in haar lichtblauwe korte topje en zachtpaarse gestreepte korte broek. Cressida was snel even naar de supermarkt om de voorraad in huis aan te vullen. Ze zou om twee uur weer thuis zijn, had ze beloofd, met citroenijs en chocoladepopcorn en meer frambozenijslolly's dan twee mensen in een week naar binnen konden werken. Hoewel, hun staat van dienst in aanmerking genomen, konden de ijsjes vanavond allemaal wel eens op zijn.

Jojo had het artikel over het meisje dat verliefd was op haar natuurkundeleraar, uit. Avril Lavigne begon zich te herhalen, en de rest van haar cd's zat in haar tas in de keuken. Ze gooide het tijdschrift neer en liep het huis in, maar pas toen ze de oordopjes uit haar oren haalde, hoorde ze dat de bel ging.

Tegen de tijd dat ze de voordeur opendeed, hadden de bellers het alweer opgegeven. Een man en een jongen liepen weg. Jojo, die hen vanuit de deuropening nakeek, vroeg zich af of ze hen misschien moest roepen. Alsof hij haar aanwezigheid voelde, draaide de man zich om. Toen hij haar zag staan, zei hij iets tegen de jongen en kwam daarna haastig teruglopen, net op het moment dat Jojo zich herinnerde dat ze een streep witte sunblock op haar neus had. Ze probeerde hem snel af te vegen, maar dat had alleen tot gevolg dat ze het plakkerige goedje over haar handpalmen uitsmeerde.

'Hallo,' zei de man op vriendelijke toon. 'We dachten dat er niemand thuis was. Ik heb eeuwen op de bel staan drukken.'

'Sorry, ik was in de tuin.' Jojo wees behulpzaam naar haar oren. 'Discman.'

'O ja. Mijn zoon heeft ook zo'n geval.' De man gebaarde naar de

jongen achter zich, die bij het hek was blijven staan. 'Maar hij hoeft dat ding niet eens aan te hebben om me niet te horen. Adam Ant.'
Wat? Verbaasd vroeg Jojo: 'Heet hij zo?'
'Nee, nee. Ik bedoelde dat je net Adam Ant lijkt met die witte streep op je gezicht.' De man schudde zijn hoofd. 'Sorry, je weet waarschijnlijk niet eens wie dat is. Ver voor je tijd. Hoe dan ook, jij moet Jojo zijn. Is je... eh, is Cressida er ook?'
'Ze is boodschappen doen.' Aangezien tante Cressida nu niet bepaald hordes vreemde mannen aan de deur kreeg, had Jojo wel een idee wie deze man kon zijn. Met hernieuwde belangstelling vroeg ze: 'Ben jij de bloemenman?'
Nu was het zijn beurt om verbaasd te kijken. 'De bloemenman?'
'De man die een kaart heeft gekocht en tante Cress de volgende dag bloemen heeft gebracht om haar te bedanken.'
'O ja, natuurlijk.' Zijn gezicht klaarde op. 'Ja, dat ben ik. Dus hoe laat denk je dat ze terug is?'
'Rond tweeën.' Omdat ze graag wilde helpen, vroeg ze: 'Wil je nog een kaart kopen?'
'Nou, nee, niet precies.'
'Wat dan? Ik wil wel een boodschap doorgeven als ze terug is – wacht, er ligt een blocnote bij de telefoon.' Ze pakte de blocnote en een paarse viltstift van het tafeltje in de hal, sloeg een lege bladzijde op en stond als een serveerster voor hem. Vol verwachting zei ze: 'Zeg het maar.'
'Eh... misschien bel ik haar straks wel.' De man werd een beetje rood, en Jojo besefte dat hij verlegen was. Terwijl de man op zijn voeten stond te schuifelen, begreep ze ineens dat hij was gekomen om tante Cress mee uit te vragen. Jemig, ze had haar wel geplaagd na dat gedoe met de bloemen, maar ze had het nog bij het rechte eind gehad ook! Aangevuurd door haar ontdekking – en door de brievenpagina in *Phew!* die ze net had gelezen, waarin een meisje had geschreven dat ze wel eens wilde weten waarom jongens altijd zeiden dat ze je belden, maar het vervolgens nooit deden – wist Jojo dat wat er ook gebeurde, ze deze man niet mocht laten lopen.
'Ik kan ook jouw nummer opschrijven, dan kan tante Cress jou bellen,' zei ze kordaat, terwijl ze de superefficiënte toon aansloeg die haar moeder altijd aan de telefoon gebruikte wanneer ze vastbesloten was om een grote klant binnen te halen.

'Eh...'
'Of we kunnen nu meteen een afspraak maken. Ik weet dat tante Cress vanavond vrij is.'
'Nou...'
Omdat ze hem per se niet wilde laten ontsnappen – hij keek alsof hij niet meer durfde en overwoog om naar het hek te rennen – gooide ze de blocnote en viltstift naar hem toe en flapte eruit: 'Hier, schrijf nou maar je naam en telefoonnummer op, dan zal ze...'
'Sorry.' De zoon van de man, die nog steeds tegen het voorhek geleund stond met zijn honkbalpetje diep over zijn ogen getrokken, vroeg lijzig: 'Doe je altijd zo bazig?'
Jojo zette al haar stekels op.
Zijn vader draaide zich om en zei: 'Donny, er is geen enkele reden om zo onbeleefd te zijn.'
'Ik ben niet onbeleefd.' Donny haalde nukkig zijn schouders op. 'Ik stelde alleen maar een redelijke vraag.'
'En ik ben niet bazig,' zei Jojo met strakke kaken.
De jongen trok zijn wenkbrauwen op. 'Weet je dat zeker? Heb je jezelf wel bezig gehoord?'
'Donny!'
Zijn vader negerend, zei Donny: 'Mijn vader is hier om je tante mee uit te vragen.'
'Dat snap ik ook wel,' diende ze hem meteen van repliek. 'En ik wilde alleen maar helpen.'
'Helpen? Je hebt hem de stuipen op het lijf gejaagd. Alsof hij het al niet eng genoeg vindt.'
Verbaasd keek de vader van de jongen naar Jojo. 'Je wist het? Hoe kon je dat nou weten?'
'Hoor eens.' Jojo richtte zich verhit tot de jongen bij het hek. 'Ik kan er niks aan doen dat tante Cress niet thuis is. Maar wat als je vader zegt dat hij later wel belt en het dan niet doet? Ik probeerde alleen maar iets te regelen, zodat hij zich niet kon bedenken.'
'Zo is mijn vader niet, oké?'
'Nou, ik zag toch duidelijk dat hij wilde weglopen,' wees Jojo hem erop.
'Omdat jij hem aan een kruisverhoor onderwierp.'
'Zo kan het wel weer.' De vader van de jongen herstelde zich en klapte in zijn handen. 'Ophouden, jullie allebei.'

'Zij is begonnen,' mompelde Donny zacht.
'Donny, alsjeblieft. Zo, laten we opnieuw beginnen.' Jojo aankijkend met een blik die eerder vastbesloten dan paniekerig was, zei de man: 'Ja, ik kwam om je tante Cress te vragen of ze zin had om met me uit eten te gaan, maar...'
'Vanavond?'
'Wanneer het haar het beste uitkomt. Maar aangezien ze er niet is, probeer ik het straks nog wel een keer. Dat beloof ik je.'
'Vanavond kan ze wel.' Nog steeds van plan om zaken te doen vervolgde Jojo: 'Vanavond zou zelfs perfect zijn. Ken je hier in de buurt een leuk restaurant?'
Verbijsterd zei de man: 'Nou, ik zou...'
'Bij de Red Lion is het eten hartstikke lekker,' ratelde Jojo verder. 'In Gresham. Dat is maar een paar kilometer rijden. Ik ben er laatst met mijn ouders geweest. Te gekke caramelpudding. Zullen we afspreken dat je tante Cress om zeven uur komt ophalen?'
'Maar ik heb haar nog niet eens gevraagd,' reageerde de man stomverbaasd. 'Misschien wil ze wel niet eens met me uit eten gaan.'
'Jawel hoor.' Jojo wist het honderd procent zeker. 'Tante Cress is al in geen tijden met iemand uit geweest. Ze heeft niet veel geluk met mannen.'
Een glimlachje gleed over het gezicht van de man. 'Nou, ze zal het vast heel fijn vinden om te horen dat je dat hebt gezegd.'
'Het is de waarheid.' Jojo besloot dat ze de man aardig vond. 'Ze valt altijd op het verkeerde soort. Goed, zeven uur dus. Ik zal ervoor zorgen dat ze op tijd klaar is.'
Nu keek hij oprecht geamuseerd. 'En hoe zit het met jou?'
'Ik? O, ik val op geen enkel soort. Ik ben pas twaalf,' antwoordde ze op nonchalante toon. 'Eigenlijk zijn alle jongens sukkels.'
Bij het hek haalde Donny zijn neus op.
'Ik bedoelde of jij plannen voor vanavond had, of heb je zin om met ons mee te gaan?' De man knikte kort naar Donny, die nu druk bezig was stukjes mos uit de tuinmuur te peuteren. 'Dan hebben we een mooi even getal. Ik weet zeker dat Donny het leuk vindt om met iemand van zijn eigen leeftijd te kunnen praten.'
Donny keek alsof hij dat net zo leuk zou vinden als de vogeltjesdans opvoeren tijdens een schoolfeest, zag Jojo. Aan de andere kant, ze was twaalf, wat betekende dat volwassenen nogal raar

konden doen over je langer dan een paar uurtjes alleen laten. Wat als tante Cress niet met Donny's vader uit eten wilde, omdat ze haar niet alleen wilde laten? Het alternatief zou zijn om naar huis te gaan en die stomme barbecue te moeten meemaken.
Ze had dus geen keus.
'Oké, hartstikke leuk. Dank je wel.' Terwijl Jojo de man stralend aankeek, hoorde ze Donny weer schamper snuiven. 'Dan zijn wij jullie chaperonnes.'
'Dat is dan afgesproken.' Een stuk opgewekter vervolgde Donny's vader: 'Ik zal een tafel reserveren voor halfacht.' Vrolijk voegde hij eraan toe: 'En als toetje nemen we allemaal karamelpudding.'
'Ja vast,' mompelde Donny, terwijl hij met zijn gympen over de stoep schuifelde. 'Caramelpudding is voor meiden!'

'Wat heb je gedaan?' Cressida zette de plastic tassen op de keukentafel en keek Jojo met open mond aan.
'Ik heb een afspraakje voor je geregeld.' Jojo leek ongelooflijk in haar sas met zichzelf.
Grr. 'Met wie?'
'Met de man die je bloemen heeft gegeven.'
'Wat?'
'Ha, wie anders? Alsof ze voor je in de rij staan.' Grinnikend zei Jojo: 'Je weet best wie ik bedoel. En je gaat vanavond met hem uit eten in de Red Lion in Gresham.'
'Vanavond?' Zich ervan bewust dat ze als een papegaai begon te klinken – en dat haar bloed leek te denken dat haar lichaam een Grand Prix-circuit was, liet ze zich op een keukenstoel zakken. 'Maar... hoe moet dat dan met jou? Ik kan je niet zomaar alleen laten.'
'Hoeft ook niet. Ik ga mee.' Jojo begon de tassen uit te pakken en stopte zakken maïs en rösti in de vriezer.
'O, is dat zo?' vroeg Cressida zwakjes.
'Ja, Donny en ik. Dat chagrijnige snertjoch, weet je nog? We gaan mee om jullie een beetje in de gaten te houden, ervoor te zorgen dat jullie je een beetje gedragen. Want zelfs oude mensen kunnen stoute dingen doen, weet je.' Jojo zei het zo luchtig dat het duidelijk was dat ze zich geen moment kon voorstellen dat dat wel eens waar kon zijn. 'Hoe dan ook, dat gaan we vanavond doen. Leuk, hè? Ik

zei toch dat hij een oogje op je had? Mag ik wat van dit ijs?'
Cressida knikte. Haar gedachten buitelden over elkaar heen. Het was maar een afspraak om samen te gaan eten, in hemelsnaam, en dan nog met zijn viertjes ook. Toch huppelde haar stomme ouwe hart als Bambi in haar borstkas rond. De afgelopen paar dagen had ze veel vaker aan Tom Turner gedacht dan goed voor haar was.
'O god, wat zal ik aantrekken?' riep ze ineens, beseffend dat hoe ouder je werd en hoe minder oefening je had, hoe langer het duurde om je klaar te maken voor een afspraakje. 'Ik moet mijn wenkbrauwen epileren, en mijn haar is een puinhoop. Als ik nu zelfbruinende crème op mijn benen smeer, denk je dat ze dan op tijd bruin zullen zijn?'
'Vroeger smeerden vrouwen schoensmeer op hun benen, omdat ze geen geld hadden voor nylons. Dat hebben we op school geleerd.'
Belangstellend vroeg Jojo: 'Heb jij dat ook gedaan?'
'Dat was in de oorlog, gemeen kind. En het was vast een smerige kliederboel. Als ik met een man uitga,' protesteerde Cressida, 'wil ik niet naar schoensmeer stinken. Verdomme, op mijn witte blouse zit een spaghettivlek aan de voorkant.'
Jojo was inmiddels gestopt met uitpakken en stond geleund tegen de koelkast met een theelepeltje rechtstreeks uit de doos citroenijs te eten. 'Tante Cress, hij is ook niet echt Johnny Depp. Het komt wel goed.'
'Dat weet ik.' Cressida haalde haar handen door haar haren die nodig eens geknipt moesten worden. 'Maar ik wil ook weer niet dat hij gillend wegrent.'
'Hij verwacht echt geen supermodel,' zei Jojo op redelijke toon. 'Doe nu maar gewoon je best.'
Zo jong, zo wreed. Zo waar.
'Oké,' zei Cressida.
'Hoe dan ook, geen paniek. Ik weet precies wat je nodig hebt.' Jojo leek erg tevreden met zichzelf. 'Je mag mijn *Phew!* lenen!'

15

Jojo's tijdschrift bevatte een artikel dat een dubbele pagina besloeg onder de titel: Top Twintig Supertips voor je Opwindendste Date ooit!!! Na het vlijtig te hebben gelezen – met Jojo's hete adem in haar nek – wist Cressida dat ze voor haar afspraakje met Tom een brutaal kort T-shirtje moest aantrekken om haar platte buik te showen (als je het hebt, laat het zien!!!), dat ze haar gympen de dag ervoor in de wasmachine had moeten gooien (want niemand houdt van gore gympen!!!) en dat ze hem geen zuigzoen moest geven. (Bah, totaal niet cool!!!) Ze kreeg ook strenge instructies om zijn vrienden niet te bekritiseren, om niet te veel lipgloss op te doen (want geen enkele jongen wil een meisje zoenen als hij het risico loopt om aan haar vast te plakken!!!) en om tijdens het afspraakje geen sms'jes te sturen naar andere leuke jongens.

Verder moest ze natuurlijk: altijd om zijn grapjes lachen, maar niet te hard (je wilt toch niet dat hij denkt dat je een hyena bent!!!), ervoor zorgen dat ze extra tampons veilig onder in haar tas bewaarde (zodat ze er niet per ongeluk uit kunnen vallen en over de vloer rollen – ai!!!), en als laatste: voorzichtig met de cola – wat je ook doet, boer niet in zijn gezicht!!!

Nou, dacht Cressida, het is maar goed dat er tienerbladen bestaan. Wat een verschrikkelijke flaters had ze wel niet kunnen slaan als *Phew!* er niet was geweest.

'Goed, wat drinken.' In de bar van de Red Lion wreef Tom in zijn handen en wendde zich tot Cressida. 'Wat wil jij?'
'Een cola graag,' antwoordde Cressida onschuldig. Ineens zag ze dat Jojo naar haar keek en wanhopig haar hoofd schudde. 'O nee, toch maar niet. Weet je, ik heb liever een glas witte wijn.'
Ze zag dat Jojo zich weer ontspande.
'Goed idee. Donny?'
'Cola.'
'Jojo?'
'Ja, lekker.' Jojo keek hem stralend aan. 'Doe mij ook maar een cola.'

'Waarom deed je dat nou?' Donny fronste zijn voorhoofd. 'Het is saai buiten.'
Jojo rolde met haar ogen en vroeg zich af hoe hij zo stom kon zijn. Zodra hun drankjes waren gearriveerd, had ze Donny per se mee naar de tuin van het restaurant willen slepen. 'Binnen is het ook saai. Maar ik was gewoon subtiel. Als we bij hen zitten, dan vraagt je vader me of ik het leuk vind op school en wat mijn favoriete vakken zijn, bla, bla bla, en tante Cress probeert het dan met jou over je hobby's te hebben en wat je wilt gaan doen na school, omdat ze zich verplicht voelen om een beleefd gesprek te voeren. Dat doen volwassenen altijd als er kinderen in de buurt zijn. Maar het enige wat ze echt willen, is met elkaar praten, dus waarom zouden we ze voor de voeten lopen? Hier buiten kunnen we doen waar we zin in hebben.'
'En we hoeven ook niet een hele zooi stomme vragen te beantwoorden.' Donny knikte, met tegenzin erkennend dat het logisch klonk was ze zei. Toen keek hij haar aan vanonder de klep van zijn honkbalpetje. 'Maar er valt hier niks te beleven.' Met iets van sarcasme in zijn stem voegde hij eraan toe: 'Of je moet op het klimrek willen klauteren.'
'Nee, dank je. Zo meteen val je eraf en dan begin je te blèren.' Jojo nam een slok cola. 'We kunnen altijd nog met elkaar praten.'
Hij keek haar kwaad aan. 'Waarover dan?'
'Weet ik veel. Maar je gaat er echt niet aan dood als je een poging waagt, hoor.' Haar geduld verliezend zei ze: 'Ik bedoel, je woont in Newcastle. Weinig kans dat een van je vrienden ineens opduikt en je met een meisje ziet praten.'
'Ik durf heus wel met meiden te praten.'
'Nou, daar is anders niet veel van te merken.'
Hij trok zijn lippen omlaag. 'Misschien ligt dat aan het meisje in kwestie.'
Jojo had erg veel zin om de rest van haar cola naar binnen te klokken en hem recht in zijn gezicht te boeren. God, was het een wonder dat ze geen belangstelling had voor jongens als ze zo waren?
'Luister,' zei ze boos, 'ik probeer je echt niet te versieren. Ik val niet op je. Het leek me alleen een goed idee om jouw vader en mijn tante even alleen te laten, meer niet.'

'Ja, ja.' Donny blies luidruchtig zijn adem uit. 'Maar zeg eens eerlijk, wat heeft dat nou voor zin? We zijn hier op vakantie. Volgende week zitten we weer in Newcastle.'
'Nou en? Ze vinden elkaar leuk. Wat is daar mis mee?' Geïrriteerd door zijn houding vroeg ze: 'Heb je nog nooit gehoord van een vakantieliefde?'
Bij het horen van het L-woord kromp Donny ineen. Vol afschuw wendde hij zijn blik af alsof ze hem net in het gezicht had gespuugd. Wat een heel aanlokkelijk idee was op dit moment.
'Luister,' probeerde ze weer. 'Ik weet ook wel dat het niks wordt omdat jullie zo ver weg wonen, maar daarom kunnen ze toch wel een paar keer met elkaar uitgaan? Beschouw het als oefening. Tante Cress heeft echt veel pech met mannen, dus het is al heel wat om haar voor de verandering eens met een aardige man te zien. En je vader heeft waarschijnlijk ook niet veel oefening gehad.' Ze zweeg even en vroeg toen: 'Of is dat het soms? Wil je niet dat je vader een vriendin krijgt?'
Donny staarde naar zijn gympen. Uiteindelijk zei hij: 'Dat is het niet alleen. Het voelt alleen een beetje maf, meer niet. Mijn moeder is twee jaar geleden bij ons weggelopen.'
'Dat weet ik. Dat heeft tante Cress me verteld.'
'En ik weet dat hij waarschijnlijk wel een keer gaat hertrouwen, maar wat als hij iemand kiest die ik haat? Ik bedoel, hij vraagt me dan vast niet om mijn mening. De ouders van een vriend van me zijn gescheiden en allebei hertrouwd, en Greg heeft een pesthekel aan zowel zijn stiefmoeder als zijn stiefvader.'
Jojo kreeg medelijden met hem. 'Maar misschien trouwt je vader wel met iemand die je aardig vindt. Het hoeft toch niet per se fout te gaan? Ik weet dat het net andersom is, maar mijn vader was vroeger getrouwd met tante Cress en ik ben gek op haar.'
'Is jouw vader met haar getrouwd geweest? Wanneer, voordat jij was geboren?' Fronsend probeerde Donny het te begrijpen. 'Dat is maf.'
'Dat is niet maf. Ze is fantastisch. Ik heb geluk met haar,' vond Jojo.
Donny peuterde aan de losse draadjes rond een scheur in zijn wijde spijkerbroek. 'Zoveel geluk heb ik vast niet. Ik heb nooit...'
'Lachen!'

'Wat?' Toen hij opkeek, zag hij dat Jojo als een gek naar hem zat te grijnzen.
'Kijk alsof je lol hebt,' instrueerde Jojo hem, nog steeds met die brede grijns om haar mond. 'Tante Cress kijkt uit het raam. Ze wil zien of we ons wel vermaken.'
'Waarom?'
'Man, wat ben jij onnozel! Omdat ze zich dan kunnen ontspannen en genieten zonder zich druk te hoeven maken om ons.'
'Jezus, ik wou dat ik mijn Gameboy bij me had,' mopperde Donny, hoewel hij wel iets op zijn gezicht probeerde te toveren dat er uit de verte als een grijns kon uitzien. 'Jij bent echt gestoord.'

'Ze vermaken zich prima. Ze zitten te lachen en te praten alsof ze elkaar al tijden kennen,' deelde Cressida vrolijk mee.
'Echt?' Tom keek opgelucht.
'De beste maatjes. Kijk zelf maar. Zie je wel? We maken ons zorgen om niets. Het is voor hen waarschijnlijk veel leuker om samen buiten te zijn dan om hierbinnen opgescheept te zitten met twee oude knarren. Niet dat je een oude knar bent,' zei ze snel, toen Tom zijn wenkbrauwen optrok.
Hij glimlachte. 'Jij ook niet.'
'Hoewel ik zeker weet dat Donny en Jojo dat wel vinden.'
'Tuurlijk, dat spreekt voor zich. Voor hen is iedereen boven de vijfentwintig rijp voor het bejaardenhuis.'
Cressida beschouwde zichzelf niet als een oude knar, nog niet helemaal, maar het was toch veel leuker om binnen te zitten aan een mooie tafel in het restaurantgedeelte waar het licht gedempt was en wat flatterender voor haar huid. De flakkerende kaarsen op tafel wierpen een romantische gloed op hen. Terwijl ze ontspannen achteroverleunde, voelde ze dezelfde warme gloed in haar maag van de wijn. Tom zag er ook mooi ongerimpeld uit. Nee, hij zag er helemaal mooi uit. En van de etensgeuren die uit de keuken opstegen, ging ze watertanden.
'Nou, ik ben blij dat we hiernaartoe zijn gegaan. Een goede keus van je,' zei ze vrolijk.
'Bedank Jojo maar. Het was helemaal haar idee.' Hij grinnikte. 'Die is niet op haar mondje gevallen, zeg. Ze heeft me gezegd hoe laat ik je moest komen afhalen en waar ik je mee naartoe moest ne-

men. Ik heb alleen maar gedaan wat ze zei.'
'Dan ben ik daar ook blij om. Tenzij jij het allemaal even verschrikkelijk vindt.'
'Waarom zou ik? Ik geniet meer van deze vakantie dan ik ooit had kunnen denken.' Zich naar haar toe buigend, vervolgde hij op vertrouwelijke toon: 'En dan te bedenken dat we elkaar nooit zouden hebben leren kennen als mijn moeder deze week niet jarig was geweest.'
Met een verrukkelijk roekeloos en ietsepietsie aangeschoten gevoel hief ze haar glas en belandde bijna met de kanten mouw van haar blouse in de flakkerende rode kaars. 'In dat geval, op je moeder.'
'Op mijn moeder.' Terwijl hij zijn glas tegen het hare tikte, zei hij warm: 'En op jou.'
'Op mij.' Ze proostte nog een keer. 'En op jou.' En toen ze in zijn ogen staarde, wenste ze met heel haar hart dat hij niet zo ver weg woonde. Toen vertelde ze zichzelf dat ze echt niet nog meer wijn op haar lege maag moest drinken, want dit was beslist een van die gelegenheden waarbij je jezelf niet voor schut wilde zetten. 'Denk je ook niet dat we maar eens wat te eten moesten bestellen? En daarna kun je me alles over Newcastle vertellen.'
Hij keek haar geamuseerd aan. 'Zo exotisch is het daar niet, hoor.'
Jij woont er, dacht ze, met het soort kronkelige gevoel van opwinding dat ze sinds haar tienerjaren niet meer had gehad. Voor mij is dat exotisch genoeg.

'Daar heb je haar,' zei Jojo, toen tante Cress in de tuin verscheen, haar ogen afschermend tegen de ondergaande zon en ter begroeting met een paar menukaarten zwaaiend.
'Eindelijk,' mompelde Donny. 'Ik sterf van de honger. We zitten hier al een uur!'
'Hou op met dat gezeur en lach!' Ze gaf hem een schop onder de houten tafel en kreeg onmiddellijk een nog hardere terug. 'Hoi, tante Cress. Hoe gaat het?'
'O, prima, lieverd, prima.' Hen stralend aankijkend, overhandigde tante Cress hun elk een menukaart. 'We gaan zo bestellen. Vermaken jullie je ook een beetje?'
'Fantastisch!' Omdat Jojo al eerder in de Red Lion had gegeten, zei

ze meteen: 'Ik neem de Mexicaanse kip. En de caramelpudding. En jij, Donny?'
Met de snelheid van het licht liet hij zijn ogen over de kaart glijden.
'Hamburger met friet, graag.'
'Moet je niet doen,' zei Jojo. 'Dat is saai. Je moet ook Mexicaanse kip nemen.'
'Ik vind hamburger met friet lekker. Ik mag toch wel nemen wat ik wil, of niet soms?'
'Natuurlijk mag je dat.' Tante Cress boog zich voorover en vertrouwde hem toe: 'Let maar niet op Jojo, die denkt altijd dat ze het beter weet. En wat voor toetje wil je? Ook caramelpudding?'
'Eh...' Donny wierp een blik op Jojo die demonstratief haar mond dichtritste. Toen zuchtte hij en zei: 'Oké.'
'En mogen we buiten eten?' vroeg Jojo. 'Kijk, dat doen meer mensen. Maar jullie mogen wel binnen blijven, hoor.'
'Dat is een heel goed idee! Ik zal de ober vertellen om jullie eten hiernaartoe te brengen als het klaar is. Het is zo leuk,' vervolgde tante Cress opgewekt, 'om te zien dat jullie het zo goed met elkaar kunnen vinden.' Ze keek Donny aan. 'Weet je, je vader zei dat we misschien morgen met ons viertjes naar Longleat konden gaan! Hoe vind je dat?'
Jojo slaakte een kreet van vreugde. Donny, naast haar, trok een lang gezicht, knikte toen en perste er een glimlachje uit.
Zichtbaar opgetogen zei tante Cress: 'Dat is dan geregeld! Goed, dan ga ik nu maar weer naar binnen om de bestellingen door te geven.'
'Daar zat ik nou echt op te wachten,' mopperde Donny toen ze weer alleen waren. 'Gelukkig gezinnetje spelen.'
'Beter dan ongelukkig gezinnetje spelen,' vond Jojo. Toen stootte ze hem aan. 'Toe, kop op. Het wordt vast wel leuk.'
'Een safaripark.' Donny kreunde. 'De hele dag. Met jou!'
'Longleat is hartstikke mooi.' Omdat ze het leuk vond om hem te plagen – nee, om hem te ergeren – zei ze: 'En de leeuwen vinden het heerlijk als lastige jongens per ongeluk vlak voor hen uit de auto worden geduwd.' Ze stak haar armen hoog in de lucht en spreidde haar vingers als klauwen. 'Gggrrrrr!'
Donny keek haar uitdrukkingsloos aan. Toen liet hij zijn hoofd naar voren vallen en bonsde er drie keer langzaam mee op de houten tafel. 'O, god.'

16

Freddie reed op zondagochtend na het ontbijt de M5 op. Als het verkeer een beetje meezat, kon hij over een paar uur in Exmouth zijn. Hij liet het zijraampje naar beneden zakken en stak een sigaar op, vastbesloten de doffe aanhoudende hoofdpijn negerend die zijn hoofd tegenwoordig iedere ochtend als een loden helm omklemde. Het hem omringende landschap was gehuld in mist, en de zon deed haar best om erdoorheen te breken. Hij zag ernaar uit om Jeff weer te zien, maar maakte zich ook een beetje zorgen. Jeff was zwijgzaam geweest aan de telefoon, duidelijk geschrokken een stem uit het verleden te horen – en dan nog een stem waar hij niet echt op zat te wachten.

Nou ja, dat was begrijpelijk. Maar Freddie hoopte dat ze het ongemakkelijke gevoel gauw van zich af konden zetten, de slechte gedeeltes vergeten en in elk geval iets van hun jeugdvriendschap hervinden. Hun band had vroeger onverbrekelijk geleken. Dat ze de rest van hun leven geen vrienden zouden zijn, was ondenkbaar geweest. Maar één noodlottige avond was voldoende geweest om die band kapot te maken, en daarna waren hun levens voorgoed veranderd. Jeff had toen ongetwijfeld geleden. Maar was hij de afgelopen veertig jaar blijven lijden? Freddie wist het antwoord niet en had de vraag ook niet gesteld tijdens hun korte telefoongesprek.

Toen hij in de verte een benzinestation zag, overwoog hij even om te stoppen voor een kop koffie en nog een paar Ibuprofen. Nee, toch maar niet, hij wilde verder, hij wilde naar Exmouth en Jeff weerzien. Hij had de allerbelangrijkste vraag niet gesteld, maar hij stond op het punt om het antwoord te krijgen.

Natuurlijk was Jeff altijd een heethoofd geweest. Misschien zou hij het antwoord niet op de gemakkelijkste manier krijgen.

Aan de andere kant, dacht hij, misschien verdien ik dat wel.

'Hij is dronken.' Giselle had vol afkeer naar hem gewezen. 'Echt stomdronken. Hij kan niet eens lopen, laat staan vanavond nog op die motor naar huis rijden. Maar hij heeft hem morgen nodig voor zijn werk, en als Derek Jeff een lift geeft, dan blijft de motor hier staan, en weet ik ook niet hoe ik thuis moet komen. Het is twaalf kilometer,' was ze wanhopig geëindigd.

Arme Giselle, ze was aan het eind van haar Latijn en wie kon haar dat kwalijk nemen? Freddie wist maar al te goed dat dit niet de eerste keer was dat Jeff zich lam had gezopen en daarmee problemen had veroorzaakt. Ze waren als buurjongens opgegroeid in Oxford en waren elkaars beste vrienden, maar Jeff bewees zichzelf geen dienst wanneer hij zonder enige waarschuwing aan een van zijn periodieke slemppartijen begon.

Vanavond waren ze allemaal naar een feest in Abingdon gekomen, dat werd gehouden in een kroeg waarvan bekend was dat er na sluitingstijd stevig werd doorgedronken. Freddie had een lift gekregen van Derek, vijf stuks van hen opeengepakt in Dereks zwarte Morris Minor. Jeff en Giselle waren op Jeffs motor gekomen, zijn gekoesterde Norton 350.

En nu was Jeff niet in staat om erop naar huis te rijden.

Freddie keek naar Giselle, in haar kersenrode truitje en wijde rode rok met witte stippen. Ze had haar donkere haar in een staart en keek bezorgd, wat nauwelijks verbazing wekte, want hij wist dat ook zij morgenochtend weer moest werken. Bovendien was het al na middernacht, en haar ouders waren van het ongeruste soort. Ze gingen niet naar bed voordat hun geliefde achttienjarige dochter weer thuis was. En niemand van hen had geld voor een taxi.

Gelukkig hadden ze geen taxi nodig.

'Jeff kan met Derek en de anderen terugrijden. Ik neem zijn motor en zet je onderweg thuis af. Hoe lijkt je dat?'

'Wil je dat doen?' Giselles ogen lichtten op van opluchting. 'O, Freddie, dat is fantastisch. Mijn moeder wordt gek als ik te laat thuiskom. Je bent mijn reddende engel.'

Beroemde laatste woorden.

Jeff werd prompt de kroeg uit gedragen en op de voorbank van Dereks auto gedropt.

'En waag het niet om in mijn auto te kotsen,' beval Derek hem, toen Jeffs hoofd slap tegen de hoofdsteun aan viel.

'Waarom doet hij dat nou?' vroeg Giselle hulpeloos, terwijl de achterlichten van de auto uit zicht verdwenen. 'De rest van de tijd is hij zo'n schat. Als hij niet drinkt, is hij volmaakt. Maar om de paar

maanden drinkt hij zich een stuk in de kraag. Het is zo stom en zinloos.'
Dat was het ook, maar Freddie kon het niet over zijn hart verkrijgen om dat hardop toe te geven. Jeff was Jeff, en hij wilde zijn beste vriend niet afvallen. Dus zei hij met gespeelde vrolijkheid: 'Morgen is alles weer in orde. Iedereen drinkt wel eens een paar biertjes te veel. Kom, dan breng ik je naar huis.'
Ze reden over de verlaten A34 terug naar Oxford, toen een vos voor hen de weg op sprong. Terwijl Freddie woest remde en aan het stuur rukte om het dier te ontwijken, voelde hij het achterwiel van de krachtige Norton slippen. Daarna leek alles in slowmotion te gaan. Giselles armen grepen krampachtig zijn middel beet, hij hoorde haar gil toen hij de macht over de motor verloor, en het volgende dat hij wist, was dat ze op hoge snelheid op een muurtje af denderden.
De klap was plotseling, lawaaiig en meedogenloos. Giselle, die van de motor af werd geslingerd, landde met een misselijkmakende bons aan de andere kant van het muurtje. Als door een wonder werd Freddie op zijn zij in de berm van gras gegooid. Een heftige pijn schoot door zijn hele lichaam, maar hij hield zichzelf voor dat hij in elk geval nog pijn kon voelen, wat beter was dan helemaal niets voelen. Nadat hij moeizaam overeind was gekrabbeld, strompelde hij versuft naar de stenen muur en riep schor: 'Giselle? Alles goed?'
Niets. Slechts een angstaanjagende stilte, onderbroken door het gesis van stoom die uit de motor van de Norton ontsnapte. Op de een of andere manier lukte het Freddie om in het pikdonker over het muurtje te klauteren en de akker te bereiken waar ze lag. Hij hoorde haar naar adem happen, gevolgd door het geruis van haar gesteven tafzijden petticoat toen ze probeerde rechtop te gaan zitten.
'Giselle! O god...'
'Ik heb niks, geloof ik. Ik ben op een paar stenen terechtgekomen. Mijn been doet zeer,' fluisterde ze. De adem bleef haar even in de keel steken. 'En mijn rug.'
Toen Freddie haar arm aanraakte, merkte hij dat ze bloedde, en zijn hart sloeg over. Hij had bijna het meisje vermoord van wie hij hield, het meisje dat verloofd was met zijn beste vriend. Hij pakte

haar hand beet en kneep erin. De kleine verlovingsring duwde tegen zijn klamme handpalm. 'O god, wat heb ik gedaan?'
'Jeffs motor afgeschreven, zo te horen,' mompelde Giselle moeizaam, terwijl het gesis onheilspellend toenam. 'Hij zal je vermoorden.'
Vlak daarna wist Freddie een passerende automobilist aan te houden die hen allebei naar de Eerste Hulp in Radcliffe bracht. Terwijl ze op een dokter zaten te wachten, verzekerde Giselle Freddie er keer op keer van dat het niet zijn schuld was, hij had niets verkeerds gedaan.
Met tranen in zijn ogen schudde Freddie zijn hoofd en zei: 'Ik zou het niet kunnen verdragen als jou iets overkwam.'
Het volgende dat hij wist, was dat Giselle, in haar kersenrode, kapotte en met modder besmeurde truitje, hem kuste, midden op de Eerste Hulp, terwijl het bloed over haar armen liep. Daarna nam ze zijn gezicht teder tussen haar handen, zag de verborgen waarheid in zijn ogen en fluisterde: 'O Freddie, zie je het niet? Er is me al iets overkomen.'
Daarna arriveerden Giselles verontruste ouders, en ze stelde Freddie aan hen voor, uitleggend dat hij een vos had proberen te ontwijken en dat het zijn schuld niet was. Giselles vader, die Freddie een paar seconden bars aankeek, vroeg kortaf: 'En waar is onze goede vriend?'
'Hij is met Derek meegereden,' antwoordde Giselle op kalme toon.
'Je bedoelt dat hij weer straalbezopen was.'
'Ja. En ik ga ook niet meer met hem trouwen.' Met een blik op de met bloed bevlekte verzameling diamantschilfertjes aan haar linkerhand, verklaarde ze: 'De verloving is bij deze verbroken.'
Haar moeder begon te huilen van opluchting.
'Nou, godzijdank,' zei haar vader. 'Ik heb hem nooit goed genoeg gevonden voor jou.'
Giselle keek Freddie aan.
Zijn hart zwol van liefde. Hij voelde de aanvechting om haar voorgoed te beschermen tegen idioten als Jeff.
Toen, zich omdraaiend naar haar vader, liet Giselle haar hand in die van Freddie glijden en zei eenvoudigweg: 'Nee, dat was hij ook niet. Maar ik ken een man die dat wel is.'
Zo was het gebeurd. Van de ene op de andere dag was Freddies le-

ven veranderd. Na zijn ware gevoelens voor Giselle acht maanden lang zo fantastisch verborgen te hebben gehouden, werd hij nu geconfronteerd met het vooruitzicht om ze aan de wereld in het algemeen en aan Jeff in het bijzonder te moeten openbaren. Toen ze om halfvier die ochtend de Eerste Hulp verlieten, gehecht en verbonden als twee mummies, zei Giselle: 'Ik ga het Jeff vandaag vertellen, oké? Dat het uit is tussen ons en dat ik nu met jou ben.'
Freddie wilde liever niet stilstaan bij de gedachte of hij een man of een muis was, maar hij hoorde zichzelf zeggen: 'Misschien kunnen we daar beter nog even mee wachten.'
'Waarom?'
'Nou, je weet wel.' Hij gebaarde onhandig. 'Om Jeffs gevoelens te ontzien.' Plus vanwege het feit dat Jeff befaamd was om zijn opvliegende karakter.
'Het is zijn eigen schuld. Hij zal er gewoon mee moeten leren leven.' Giselle had duidelijk haar besluit genomen. 'Ik ga niet tegen hem liegen, Freddie. Zo ben ik niet.'
'Goed dan.' Freddie knikte en slikte moeizaam. Morgen zou Jeff ontdekken dat zijn verloofde hem aan de kant had gezet en dat zijn geliefde Norton Model 50 350 uit 1959 afgeschreven kon worden. Hij zou ook ontdekken voor wie Giselle hem had verlaten.
Freddie sliep die nacht niet zo best.

Uit zijn mijmeringen opgeschrikt door het naderende blauwe bord dat aankondigde dat hij de volgende afslag moest nemen, gaf Freddie links aan en voegde in achter een slingerende caravan. Exeter, dan Exmouth, en dan Jeffs huis aan de weg naar Sandy Bay. Hij zou er over een halfuur zijn.
Freddie raakte zijn neus aan, zich afvragend of Jeff nog steeds over een bottenbrekende linkse zou beschikken.

17

Lottie genoot met volle teugen in de supermarkt. Er was airconditioning, en ze kon haar wagentje volgooien met allerlei verleidelij-

ke etenswaren. De rit van een kwartier vanuit Hestacombe was warm en plakkerig geweest, maar hier was het zalig koel. Het mooiste van alles was nog dat ze een lege maag had en uitgehongerd was – ze had vanochtend het ontbijt overgeslagen om nog snel een uurtje wat papierwerk op kantoor af te handelen voordat ze boodschappen zou gaan doen – want nu zag praktisch alles in de winkel er aantrekkelijk uit.
Nou ja, behalve het kattenvoer dan.
Terwijl ze kwijlend bladen met versgebakken croissants en *pains au chocolat* stond te bekijken, zich afvragend hoeveel van ieder ze zou kopen – zou een stuk of vijf genoeg zijn? – zag ze ineens vanuit haar ooghoeken dat er iemand naar haar keek. Toen ze zich omdraaide, ontdekte ze dat een man haar openlijk geamuseerd opnam. Hij was lang en mager, droeg een gebleekt spijkeroverhemd op zijn wijde korte kakibroek en leunde tegen een leeg wagentje. Zijn haren waren surfersblond, zijn tanden wit, en hij had zijn blote voeten in een paar versleten blauwe teenslippers gestoken, maar het horloge aan zijn gebruinde pols was onmiskenbaar duur.
Wat waarschijnlijk betekende dat hij een straatrover was.
Ze draaide zich weer om, inwendig genietend van de aandacht, pakte twee zakken en hielp zichzelf aan drie croissants en drie... nee, vier... oké, vijf pains au chocolat. Het was een hele verandering om eens zo'n aantrekkelijke man tegen te komen op de broodafdeling van de supermarkt om kwart over elf op een zondagochtend. Zou hij nog steeds naar haar staan te kijken? Waarom was zijn winkelwagentje leeg? Stond hij op zijn vrouw en kinderen te wachten die om de hoek op de groenteafdeling waren?
Blij dat ze haar roze jurkje met smalle bandjes droeg en de moeite had genomen om haar haren vanochtend te borstelen, legde Lottie de broodjes in haar wagentje en draaide het toen supernonchalant om, zodat ze nog een keer de blik kon vangen van de aantrekkelijke blonde man en misschien zijn belangstelling voor haar kon beantwoorden met een kort, supernonchalant glimlachje.
Alleen stond hij er niet meer. Hij en zijn wagentje waren helemaal nergens te bekennen. Ze waren allebei verdwenen, wat niet echt vleiend was. Ze had zich weer blij gemaakt om niks.
Shit.
Twintig minuten later stond ze op de drankafdeling de etiketten

van de speciale aanbiedingen te bestuderen. Het probleem was dat de etiketten allemaal doorwauwelden over fruitige ondertonen dit en verfrissend smaakvol dat, terwijl ze eigenlijk gewoon op zoek was naar eentje die zei: Oké, ik weet dat ik nog geen drie pond kost, maar ik beloof je dat ik niet bitter ben of goor en ook niet het glazuur van je tanden afbijt.

Aangezien echter geen van de etiketten dat zei, was Lottie bezig via andere methodes een schifting te maken. De fles in haar linkerhand beweerde dat hij kruidig, pittig en rood was, terwijl die in haar rechterhand beweerde dat hij fris, zomers en wit was. De laatste zou het waarschijnlijk winnen, want de fles was kobaltblauw en had een mooi zilveren etiket, plus dat de prijs verleidelijk was, anderhalf pond maar, terwijl die andere...

'Niet doen,' zei een stem achter haar, en Lottie liet bijna allebei de flessen vallen. Ze wist meteen van wie die stem was.

Toen ze zich omdraaide, schudde hij zijn hoofd. 'Je verdient beter dan dat.'

'Dat weet ik.' Ze probeerde niet te snel te ademen, maar dat was niet eenvoudig wanneer je hart zo tekeerging. 'Het probleem is alleen dat mijn bankdirecteur het daar waarschijnlijk niet mee eens is.'

'Goedkope wijn is valse zuinigheid. Beter één goede fles dan drie smerige.'

'Ik zal eraan denken wanneer ik de loterij heb gewonnen.' Ze zette de blauwe fles met het zilveren etiket in haar wagentje en de andere terug op het schap.

De man reikte langs haar heen en ruilde ze weer om. 'En je moet nooit een wijn kopen omdat de fles zo mooi is.' Hij had een gepijnigde uitdrukking op zijn gezicht. 'Dan weet je zeker dat het bocht is.'

'Je bent je wagentje kwijt,' wees ze hem erop, toen ze zag dat hij helemaal alleen was.

'Hij is slecht afgericht. Ik zou hem eigenlijk aan een riem moeten houden.' Hij stak zijn vingers in zijn mond en floot.

De andere klanten die in de buurt stonden, keken verschrikt op.

Geamuseerd vroeg ze: 'Luistert hij wel?'

'O, dat lijkt me wel. Vroeg of laat, wanneer hij klaar is met achter de andere wagentjes aan zitten... ah, zie je wel?' Hij hield zijn hoofd schuin, terwijl een wagentje de hoek van het gangpad om

kwam zetten, bestuurd door een magere, kakkineuze blondine in een frisse blauwe blouse met opstaande kraag, keurig gestreken spijkerbroek, en vlekkeloos opgemaakt.
Ah. Nog een keer shit.
'Seb, daar ben je,' zei de blondine op berispende toon. 'We hebben dit pad al gehad. Nu alleen nog de cocktailprikkers en dan zijn we klaar. Ik heb mama beloofd dat we om twaalf uur weer terug zouden zijn.'
Lottie deed haar best om niet met open mond naar het wagentje van de blondine te staren. Er moesten minstens zestig flessen champagne in staan. En op die flessen lagen pakjes en pakjes gerookte zalm en parmaham, dozen kwarteleitjes en een stuk of vijf pakken vers geperste jus d'orange te wankelen.
'En dit is verdomd zwaar,' kweelde het meisje, terwijl ze het wagentje naar Seb schoof. 'Waarom duw jij niet?'
'Feestje,' vertelde Seb, Lotties open mond opmerkend. 'Tiffany is vandaag jarig.'
Automatisch zei Lottie: 'Gefeliciteerd, ik hoop dat je een leuke dag hebt.'
Tiffany slaakte een geïrriteerde zucht. 'Dat zal vast wel lukken, zodra we eenmaal uit deze klotewinkel weg zijn.'
'Het is een *Breakfast at Tiffany's*-feest,' vervolgde Seb, wijzend op de inhoud van het wagentje. 'Alleen begint het pas om drie uur, dus wordt het een middagontbijt.'
'Ach, waarom niet?' Lottie wierp hun allebei een stralende glimlach toe en wilde doorlopen.
Seb stak zijn hand uit om haar tegen te houden. 'Hé, waarom kom je ook niet? Als je niks anders te doen hebt vanmiddag, zouden we het leuk vinden...'
'Dank je wel, maar ik heb het druk.' Dat was waar, ze zou in het meer gaan zwemmen met Ruby en Nat, maar de gealarmeerde blik in Tiffany's perfect opgemaakte ogen was haar ook niet ontgaan. Kordaat haar wagentje omkerend en wensend dat hij niet vol zat met blikken bonen, figuurtjesmacaroni in tomatensaus en een megapak wc-rollen, zei ze: 'Maar veel plezier jullie. Dag.'
Ze liep naar de kassa's alsof het voor haar de gewoonste zaak ter wereld was om in de supermarkt door een onbekende man te worden uitgenodigd voor een glamoureus feest.

'Werkelijk, Seb, je denkt verdomme altijd alleen maar aan jezelf.' Tiffany's stem achter haar klonk hoog en geërgerd en veel te luid.
'Het is mijn feest, oké? Je kunt niet zomaar allerlei mensen uitnodigen. Ik bedoel, wie is ze?'
Lottie ging wat langzamer lopen, ze kon er niets aan doen.
'Geen flauw idee,' zei Seb onverstoorbaar, 'maar ze heeft een fantastisch kontje.'
Zoals altijd slaagde Lottie erin om de kassa uit te kiezen die eruitzag als de snelste, maar vervolgens de langzaamste bleek te zijn. Ze stond haar pakken Sponge Bob-macaroni en rollen biscuitjes nog in plastic tassen te pakken toen ze opkeek en Seb en Tiffany de winkel al zag verlaten, want stelletjes als zij kozen natuurlijk altijd als door een wonder de goede rij uit. Pff, waarschijnlijk stond er buiten ook nog een limousine met chauffeur op hen te wachten om hen naar huis te rijden.
'Heeft u een klantenkaart?' vroeg de verveelde kassajuffrouw.
'Wacht even, ja, daar heb ik hem al.' Lottie durfde te wedden dat mensen als Seb en Tiffany zich ook niet druk maakten om dingen als klantenkaarten. Als je zo chic was, dan redde je je prima met een platinum creditcard.
Vijf minuten later stond ze op het parkeerterrein haar wagentje uit te laden toen achter haar een auto stopte.
'Hoi.'
Ze ging snel rechtop staan, bedenkend dat Seb net een ongeëvenaarde blik op haar fantastische kontje had kunnen werpen. Toen ze zich omdraaide, zag ze hem achter het stuur van een smerige Volkswagen Golf zitten met Tiffany naast hem.
Geen limousine dus.
'Hoi.' Lottie vroeg zich af of hij haar wilde overhalen om toch naar het feestje te komen. Haar blik gleed naar Tiffany's linkerhand om te kijken of er ook veelzeggende ringen te zien waren.
Haar blik onderscheppend zei Seb: 'Ze is mijn zus.'
'Zielig voor me, hè?' Tiffany rolde met haar ogen.
Voor jou misschien wel, dacht Lottie, vanbinnen bruisend van verwachting. Het sloeg nergens op, want ze kon nog steeds niet naar het feest, maar dat hij was gestopt, betekende dat hij echt in haar was geïnteresseerd. Als hij haar om haar telefoonnummer zou vragen, kon ze het met een van Ruby's viltstiften op de rug van zijn

hand krabbelen en dan kon hij haar bellen en...
'Hier. Dat rode bocht moet je niet drinken.' Haar opgewonden gedachten onderbrekend, duwde Seb haar een fles Veuve Cliquot door het zijraampje van de Golf toe. 'Drink voor de verandering eens een keer iets fatsoenlijks.'
Verrast – en omdat hij de fles gevaarlijk tussen twee vingers liet bungelen – greep ze hem beet voordat hij op de grond kon vallen.
'Waarom?'
'Omdat je mooie ogen hebt.'
'En een mooi kontje.'
Hij lachte. 'Dat ook.'
'Nou, dank je wel.' Ze wachtte tot hij haar nummer zou vragen.
'Graag gedaan. Geniet er maar van. Dag.'
Verbijsterd keek ze de Golf na die het parkeerterrein af reed. Hij was weggegaan. Weg! Zo hoorde dat helemaal niet te gaan, tenzij...
Koortsachtig begon ze de fles te bestuderen, zichzelf voorhoudend dat hij zijn telefoonnummer natuurlijk ergens op het etiket had geschreven, zodat ze hem kon bellen om hem nog een keer te bedanken. Maar tot haar grote ongeloof had hij dat niet gedaan. Er stond helemaal nergens wat. Hij had haar gewoon een fles redelijke dure champagne gegeven en was weggereden, zonder haar de mogelijkheid te geven contact met hem op te nemen of zelfs maar te ontdekken wie hij was.
Waarom? Waarom zou hij dat hebben gedaan?
Om preciezer te zijn: shit!

18

Jeff Barrowcliffe woonde in een bungalow uit de jaren dertig die hemelsblauw was geschilderd en opgesierd met vrolijke hangmanden en bloembakken vol bloemen. Toen Freddie het hek aan de voorkant openmaakte, zag hij Jeff op de oprit naast de bungalow aan een motor prutsen. Het zou belachelijk zijn om te zeggen dat hij geen spat veranderd was, maar hij was nog steeds meteen te herkennen, hoewel hij wat kaler, magerder en gerimpelder was geworden.

Jeff ging staan, veegde zijn handen af aan een vettige poetsdoek en wachtte tot Freddie bij hem was. Ze hadden elkaar nog nooit omhelsd – in de jaren vijftig werd je dan als mietjes beschouwd – en Freddie wist niet goed of hij het nu wel zou durven. Gelukkig zorgde Jeff, door de vettige poetsdoek voor zich te houden, ervoor dat het niet eens een optie was.

'Jeff, goed je weer te zien.'

'Ja, jou ook. Ik was nogal verbaasd toen ik ineens weer van je hoorde.' Terwijl Jeff met een vuile hand over zijn gebruinde hoofd streek, vervolgde hij: 'Ik weet nog steeds niet waarom je belde.'

'Uit nieuwsgierigheid, geloof ik. We worden allemaal een jaartje ouder.' Freddie haalde zijn schouders op. 'En we hebben geen van allen het eeuwige leven. Ik wilde gewoon een aantal mensen van vroeger opzoeken, horen hoe het mijn oude vrienden is vergaan.'

Droog zei Jeff: 'Je bent er zeker behoorlijk wat uit het oog verloren, hè?'

Aangezien hij die steek onder water verdiende, knikte Freddie alleen maar. 'Ja.' Toen zei hij: 'De andere reden waarom ik hier ben, is om je mijn verontschuldigingen aan te bieden.'

'De laatste keer dat ik je zag, lag je languit op je rug en stroomde het bloed je over het gezicht. En ik had blauwe knokkels.' Iets van een glimlach gleed over Jeffs gezicht toen hij aan het voorval terugdacht. 'Moet ik nu ook mijn verontschuldigingen aanbieden?'

'Nee, ik verdiende het toen.' De herinnering aan die dag stond onuitwisbaar in zijn geheugen gegrift. Giselle had Jeff verteld over het ongeluk van de nacht daarvoor en had vervolgens verklaard dat ze niet meer verloofd waren en dat ze nu met Freddie was. Freddie, kettingrokend in zijn slaapkamer, had ruziegeluiden uit het huis van de buren horen komen. Even later stond Jeff op zijn voordeur te bonken. Hij wilde hem spreken en dreigde hem verrot te slaan, en Freddie was naar beneden gegaan om hem te woord te staan. Gezien de omstandigheden was dat toch wel het minste wat hij kon doen.

Dat was de laatste keer dat ze Jeff hadden gezien. Jeff had een rugzak gepakt, Oxford nog diezelfde avond verlaten en was in het leger gegaan.

In zekere zin was het een opluchting geweest.
'Wil je even binnenkomen voor een kop thee?' vroeg Jeff nu.
'Graag.' Freddie knikte. Ze hadden zoveel in te halen dat hij nauwelijks wist waar hij moest beginnen. Vanwege de overvloed aan bloemen vroeg hij: 'Ben je getrouwd?'
'O ja. Al drieëndertig jaar, we hebben twee dochters en vier kleinkinderen. Mijn vrouw is er vandaag niet.' Terwijl Jeff voor Freddie uit de bungalow in liep, zei hij over zijn schouder: 'Het leek me het beste om haar niet in de buurt te hebben zolang jij er bent. Ik wil niet dat je er met haar vandoor gaat.'
Freddie zag dat hij een grapje maakte en ontspande zich wat. 'Die tijden zijn voorbij.'
'En hoe zit het met jou?' In de nette, pas geschilderde groen met witte keuken begon Jeff een ouderwetse pot thee te zetten. 'Ben jij uiteindelijk ook getrouwd?'
'Ja.' Freddie knikte en voegde er toen droogjes aan toe: 'Maar niet met Giselle.'
'Dus die gebroken neus heb je voor niks gehad.'
'We pasten gewoon niet bij elkaar. Nou ja, we waren nog kinderen eigenlijk. Twintig jaar – iedereen maakt fouten. Dank je.' Freddie pakte de kop thee aan van Jeff en stak zijn hand uit naar de suikerpot.
'Zo is het maar net.' Jeff knikte instemmend en stak een sigaret op.
'En nu maken onze kinderen weer hun eigen fouten. Maar ja, we kunnen ze niet tegenhouden, hè? Zo is het leven.'
'Wij hebben nooit kinderen gekregen. Het is gewoon nooit gebeurd.' Freddie merkte dat hij Jeff benijdde om zijn kinderen, hij wilde dat hij ze kon leren kennen. 'Maar ik ben met een fantastische vrouw getrouwd geweest. We waren zo gelukkig.' Hij kreeg een brok in zijn keel en dwong zichzelf om kalm te blijven. 'Ja, ik heb geluk gehad. Bijna veertig jaar getrouwd geweest voordat ze stierf. Ik had me geen betere vrouw kunnen wensen.'
'Dus we zijn allebei uiteindelijk met de ware getrouwd,' zei Jeff.
'Rot voor je dat je vrouw is gestorven. Hoelang geleden?'
'Vier jaar.'
'Je hebt nog steeds je eigen haar en je eigen tanden en kiezen. Misschien leer je nog wel iemand anders kennen.'
'Nee, dat zal niet gebeuren.' Freddie was niet van plan om Jeff over

zijn ziekte te vertellen, want het laatste wat hij wilde, was medelijden. Toch had over Mary praten hem meer aangegrepen dan hij had verwacht. Verdomme, hij werd nog sentimenteel op zijn oude dag.

Jeff, die blijkbaar had gemerkt dat Freddie moeite had zijn gevoelens onder controle te houden, zei: 'Wat denk je van een scheutje cognac in de thee?'

Freddie knikte. 'Sorry. Soms overvalt het je gewoon. Belachelijk.' Langzaam uitademend keek hij naar Jeff die een fles cognac uit een van de keukenkastjes pakte en een fikse scheut in zijn kopje schonk. 'Neem jij niet?'

Jeff zette de fles terug in de kast en ging weer zitten. 'Nee, ik drink niet meer.'

'Allemachtig.' Freddie was meteen afgeleid van zijn eigen zorgen; hij kon zich niet voorstellen dat hij de drank ooit op zou geven. 'Echt? Sinds wanneer?'

'Twee jaar nadat ik jou voor het laatst had gezien. Natuurlijk had ik in die twee jaar wel voor twintig jaar aan drank naar binnen gewerkt.' Jeff sprak met de voor hem karakteristieke directheid. 'Maar dat was omdat ik moest verwerken dat Giselle me voor jou had verlaten, en omdat ze had gezegd dat ik te veel dronk. Ha, dacht ik, vind je dit veel? Het kan nog veel erger.'

'In het leger?'

'Verdomme man, vooral in het leger. En toen kreeg ik een nieuwe vriendin die me uiteindelijk ook weer verliet. Ze zei dat ik een dronken nietsnut was. Gek genoeg zei degene die na haar kwam dat ook, en die daarna ook weer.' Hij pauzeerde even om een slok thee te nemen en een haal van zijn sigaret, en zei toen: 'En op een ochtend drong ineens tot me door dat ze wel eens gelijk konden hebben. Dat kan ook te maken hebben met het feit dat ik wakker was geworden in een heg in iemands tuin en dat hun hond tegen mijn beste jas aan stond te pissen.'

'En toen stopte je? Zo gemakkelijk ging dat?'

'Ja, zo gemakkelijk ging dat. Dus ironisch genoeg weet ik niet eens wat mijn laatste alcoholische drankje precies was of waar ik het heb gedronken. Maar ik besefte dat ik de veertig waarschijnlijk niet zou halen als ik op de oude voet zou doorgaan. Dus hield ik me aan mijn voornemen en slaagde erin om weer op te krabbelen. Het

was natuurlijk niet echt zo eenvoudig als ik nu doe voorkomen, maar het is me gelukt. En het leven is goed voor me geweest. Ik ben er nog steeds en ik ben gelukkig. Meer kan een mens niet verlangen, hè?'
'En al die jaren heb ik me afgevraagd of ik jouw leven niet voorgoed had verknald.' Voor Freddie was de opluchting enorm.
'Een tijd lang kon ik je wel schieten, en dat is nog zacht uitgedrukt. Maar dat is nu allemaal verleden tijd,' zei Jeff.
'Mooi. Je weet niet half hoe blij ik ben om dat te horen.' Dit was de afsluiting waar hij zo naar had verlangd, besefte Freddie. Met een beter gevoel dan hij sinds weken had gehad, glimlachte hij over tafel naar de vriend die hij zoveel jaren niet had gezien. 'Zo, en nu hoop ik dat ik je op een lunch mag trakteren.'

'Het is een heerlijke dag geweest.' Vermoeid maar gelukkig had Freddie het niet kunnen laten om die avond op weg naar huis even bij Piper's Cottage langs te gaan. Lottie, die net Nat en Ruby naar bed had gebracht, omhelsde hem en maakte de fles Veuve Cliquot open. Er verbaasd naar kijkend, zei Freddie: 'Moet je dat eens zien. Heb je weer proletarisch gewinkeld, schat?'
Werkelijk, en dat alleen maar omdat ze een keer zonder te betalen uit Top Shop was weggelopen met een beha en slip in paars-zwarte zebraprint, die aan de achterkant van haar trui waren blijven haken. Ze waren zelfs niet haar maat geweest, maar dat had Mario er niet van weerhouden haar Ondeugende Slipjes-dief te noemen en iedereen in Hestacombe vrolijk te waarschuwen dat ze goed op hun portemonnees moesten passen.
'Flirterig gewinkeld, om je de waarheid te zeggen. Ik kwam een enorm stuk tegen in de supermarkt. En later kwam hij op het parkeerterrein naar me toe, en ik dacht dat hij een afspraakje wilde maken.' Gefrustreerd vervolgde ze: 'Maar dat deed hij helemaal niet! Hij gaf me deze fles en toen... vroem!... reed hij gewoon weg.'
'Jammer voor hem dan, schat. Maar wij hebben die fles. Hoe dan ook, laat me je over Jeff vertellen.'
Freddie was te zeer in de ban van zijn eigen dag om ook maar de geringste belangstelling te kunnen opbrengen voor haar met champagne zwaaiende bewonderaar. Hij begon vol vuur te vertellen over hoe hij en Jeff samen waren gaan lunchen en onafgebroken

over van alles en nog wat hadden gekletst en elkaar helemaal hadden bijgepraat over hun levens. Lottie hoorde over Jeffs alcoholisme, over zijn geliefde kleinkinderen en – meer dan haar lief was eerlijk gezegd – over zijn motorreparatiewerkplaats. Al met al was de reünie een overweldigend succes geweest, en de verandering die het bezoek bij Freddie teweeg had gebracht, was hartverwarmend om te zien.

Toen de champagne op was, zei ze: 'Dus wie gaan we nu opsporen?'

Freddies ogen fonkelden. 'Moet je dat nog vragen?'

'Giselle?'

Hij knikte. 'Giselle.'

Barstend van nieuwsgierigheid – nou ja, pure bemoeizucht – was er nog iets wat ze wanhopig graag wilde weten. 'Je was verliefd op haar. Maar toch heb je het uitgemaakt. Waarom?'

'Tja. Nou. Er gebeurde iets,' zei Freddie.

Ja, dat was wel duidelijk.

'Wat gebeurde er dan?'

Freddie stond op, pakte zijn autosleuteltjes en boog zich voorover om haar wang te kussen. 'Ik was stout geweest. Alweer.'

'Als je het me niet vertelt,' zei ze, 'dan ga ik haar niet voor je opsporen.'

Hij glimlachte. 'Ik heb Giselles hart gebroken. Ze dacht dat ik haar een huwelijksaanzoek wilde doen, maar in plaats daarvan maakte ik het uit.'

'Waarom?'

Hij draaide zich om in de deuropening. 'Omdat ik tot over mijn oren verliefd was geworden op iemand anders.'

19

Het was 1 september en Amber zou straks naar Saint-Tropez vertrekken met haar vriendin Mandy. Mario, die meteen na zijn werk naar Tetbury was gereden, zat op haar bed in de kleine flat boven de kapsalon en keek naar haar terwijl ze haar koffer inpakte.

'Oké.' De spullen aftikkend op haar vingers, zei Amber: 'Bikini's. Pareo's. Zilveren teenslippers. Roze sandaaltjes. Haarspul, zonnebrandspul, muggenspul, witte broek, boeken, hoed.'
'Vergeet de condooms niet,' zei Mario.
'Die heb ik al ingepakt.'
'Beter van niet.' Hij pakte Ambers pols beet en trok haar op schoot. 'Jullie moeten je wel een beetje gedragen, hoor. Niet verliefd worden op slijmerige Franse miljonairs met van die grote klotejachten.'
Ze sloeg haar armen om zijn nek en kuste hem. 'Jij ook niet.'
'Het is een hele tijd geleden dat er een groot klotejacht Hestacombe binnen is komen zeilen.'
'Je weet best wat ik bedoel. Meteen toen ik je leerde kennen, wist ik al wat voor vlees ik in de kuip had.'
'Ik ben veranderd.' Hij schonk haar een blik van gewonde onschuld. 'Ik ben je nooit ontrouw geweest.'
'Nee, maar ik wil graag dat dat zo blijft. Zelfs als ik weg ben. Want als je me ooit ontrouw zou zijn,' ze boorde haar ogen in de zijne, 'dan is het over en uit voor mij. Dan zou ik niet meer bij je willen zijn.'
'Ik zal heus niks doen,' protesteerde hij.
'Mooi zo.' Een kus op het puntje van zijn neus drukkend, klauterde ze van zijn schoot af. 'De preek is afgelopen. Wat denk je, heb ik genoeg topjes ingepakt?'
Hij keek naar haar, terwijl ze ze telde en er toen nog een paar extra in de koffer stopte. Hij vertrouwde Amber onvoorwaardelijk, maar nog steeds wou hij dat ze niet zonder hem naar Frankrijk ging. Hij zou haar missen. En Nat en Ruby ook. Misschien moesten ze het maar eens hebben over samenwonen wanneer ze weer terug was.
Hij keek op zijn horloge. 'Het is kwart over zeven. Hoe laat moet je weg?'
'Om negen uur. Ik heb Mandy gezegd dat ik haar om kwart over negen oppik.' Amber had zijn aanbod om haar naar Bristol Airport te brengen van de hand gewezen. Ze had uitgelegd dat het gemakkelijker was haar eigen auto op het terrein voor lang parkeren te zetten, vanwege de terugreis. 'Hoezo? Heb je honger? Ik kan wel even wat gaan halen.'

Mario liet zich van bed glijden, trok haar naar zich toe en kuste haar weer. 'Ga jij nu maar verder met al die meisjesdingen inpakken. Ik zal wel wat te eten gaan halen. En na het eten is er nog één ding dat we moeten doen.'
'O ja?' Haar zilveren met turquoise oorbellen zwaaiden, terwijl ze speels vroeg: 'En wat kan dat dan wel zijn? Stofzuigen of afwassen?'
Ze was slim en sprankelend, en hij zou haar meer missen dan ze besefte. Terwijl hij zijn handen over de reep blote huid tussen haar rokje en korte oranje hemdje liet glijden, mompelde hij: 'We gaan afscheid nemen zoals het hoort. In bed.'

Het was donderdagochtend en Lottie zat in kantoor een berg post door te nemen toen Tyler, terug uit New York, binnenkwam.
God, wat was het fantastisch om hem weer te zien. In zijn witte poloshirt en Levi's zag hij er gebruind en aantrekkelijk uit, en in de verste verte niet alsof hij een jetlag had. Er was geen twijfel mogelijk, een baas die een lust voor het oog was, was gewoon een bonus. Hoewel ze dat misschien beter niet tegen Freddie kon zeggen. Hoe lief hij ook was, van Freddie had ze nooit een droge mond gekregen of een hart dat beng! deed.
'Hoi.' Tyler knikte naar de stapel post. 'Zo te zien heb je het druk.'
'Jij bent mijn nieuwe baas,' zei ze. 'Het is mijn werk om je te laten denken dat ik het druk heb.'
Hij grinnikte. 'Weet je wat? Ik heb je gemist.'
Hemeltje, hoe moest ze daar nu weer op reageren? Als hij soms dacht dat ze zou zeggen dat ze hem ook had gemist, dan kon hij lang wachten. 'En nu ben je weer terug,' zei ze opgewekt, zich afvragend wat er in de glanzende donkerblauwe plastic tas zat die bij zijn voeten stond.
'O ja.' Haar blik volgend, bukte hij zich en begon in de tas te graaien. 'Bijna vergeten. Freddie waarschuwde me dat je tegenwoordig alleen nog maar praat met mannen die je een fles champagne geven.'
Werkelijk, mannen. Was ze al niet genoeg vernederd? Snapte Freddie dan echt niet dat ze liever niet wilde dat algemeen bekend werd dat ze had verwacht te zullen worden uitgenodigd door een stuk om vervolgens niet uitgenodigd te worden?

Aan de andere kant, als Tyler het gevoel had dat hij de concurrentie moest aangaan, dan kon dat alleen maar een goed teken zijn.
'O,' begon ze, 'dat had je echt niet...'
'Helaas vertelde hij me dat vijf minuten geleden pas,' vervolgde hij. 'Dus ik zal wat moeten improviseren.' Hij hield een blikje cola op. 'Een beetje lauw, vrees ik. Maar ik hoop dat je er toch blij mee bent.'
'Dank je.' Hoffelijk pakte ze het blikje van hem aan en zette het op haar bureau. 'Van superieure kwaliteit, neem ik aan?'
'Absoluut. Het heeft de afgelopen zes dagen in het handschoenenvakje van mijn auto gelegen, dus ik denk dat hij nu aardig gerijpt is.'
'Perfect. Ik zal hem bewaren voor een speciale gelegenheid.'
'Ik ben ook bij FAO Schwarz binnengelopen toen ik in New York was. Ik heb iets voor Nat gekocht, om goed te maken wat er vorige week is gebeurd.' Tyler pakte twee uitbundig ingepakte vierkante pakjes uit de plastic tas. 'Maar toen bedacht ik dat ik niet iets voor Nat kon kopen zonder ook iets voor Ruby mee te nemen.'
Diep ontroerd zei ze: 'O, dat had je echt niet hoeven doen. Maar ze zullen het hartstikke leuk vinden.'
'Je kunt het ook omkoperij noemen.' Hij leek geamuseerd. 'Maar als dat ervoor nodig is om weer in een goed blaadje bij hen te komen staan, vind ik het best.'
Dat van wéér in een goed blaadje komen staan, wist ze zo net nog niet; hij was er zelfs nog nooit maar in de buurt geweest. Maar misschien was dit het keerpunt dat ze allemaal konden gebruiken.
'Nou, toch is het heel aardig van je.' Haar hand uitstekend naar de tas, vroeg ze: 'Zal ik het hun vanavond geven?'
'Eigenlijk vroeg ik me af of je vanavond iets te doen had. Misschien kunnen we anders samen uit eten gaan. En als ik je dan kom ophalen, kan ik Nat en Ruby zelf hun cadeautjes geven.'
Ze dacht een nanoseconde na en knikte toen. 'Dat zou leuk zijn.'
Het was zelfs dubbel leuk, want als Mario op de kinderen paste, dan kon hij ergens anders geen stoute dingen uithalen, wat alleen maar goed was.
'Afgesproken dan.' Tyler keek blij. 'Zullen we zeggen halfacht?'
Terwijl ze een warme gloed door haar buik voelde trekken, besefte ze dat ze blij was dat die ontmoeting met Seb op niets was uitgelopen. Wanneer een man je leuk vond, dan vroeg hij je mee uit eten

en maakte een afspraak. En het leek erop dat Tyler Klein haar echt leuk vond, want hij liet er helemaal geen gras over groeien. Wat fantastisch was, aangezien ze hem ook echt leuk vond.

'Mama, ik haat die man. Je moet niet met hem uitgaan,' smeekte Nat, toen hij ontdekte met wie Lottie die avond uit eten zou gaan.
'Lieverd, ik heb je al verteld dat hij echt heel aardig is.' Lottie jongleerde met mascara, lippenstift, poeder en parfum in één hand, terwijl ze zich voor de spiegel in de badkamer concentreerde op het opmaken van haar gezicht.
'Hij is niet aardig, hij is gemeen!'
'Oké.' Ze zuchtte. 'Ik wilde het je eigenlijk niet vertellen, maar Tyler heeft een cadeautje voor je gekocht. Vind je hem nu al wat aardiger?'
Omkoopbaar? Haar zoon?
Nats hele gezicht klaarde op. 'Wat voor cadeau?'
'Dat weet ik niet. Hij neemt het vanavond mee. Maar als je zo'n hekel aan hem hebt, zou je dat cadeau misschien niet...'
'Dus Nat krijgt een cadeautje van die man?' Ruby had op de rand van het bad zitten experimenteren met Lotties paarse oogschaduw zonder behulp van een spiegel. Woedend over de oneerlijkheid van deze onthulling, zei ze verontwaardigd: 'Maar wij zijn degenen die met Nats gejank zaten opgescheept!'
'Dat weet Tyler.' Lottie pakte snel haar oogschaduw terug voordat hij op was. 'En daarom heeft hij voor jou ook iets gekocht.'
Omkoopbaar? Haar dochter?
'Echt?' Buiten zichzelf van vreugde tuimelde Ruby bijna achterover in het bad. 'Wat dan?'
'Geen idee. Hij heeft me alleen maar verteld dat hij naar een winkel in New York was geweest die Schwarz heet en...'
'Schwarz? FAO Schwarz?' Ruby sprong op, haar ogen wagenwijd open van opwinding.
Ze draaide zich om naar Nat, die naar adem happend piepte: 'FAO Schwarz op Fifth Avenue?'
Verbijsterd vroeg Lottie: 'Hoe weten jullie dat?'
'Mam! Het is de allerbeste speelgoedwinkel van de hele wereld!' snaterde Nat. 'We hebben er een programma over gezien op kindertelevisie, het is daar hartstikke mooi.'

'Nog beter dan Disneyland,' viel Ruby hem bij, 'en je kunt er alles kopen wat je wilt. Hij is nog groter dan Buckingham Palace, en ze verkopen er alles...'
Sterretjes spatten bijna uit hun ogen. Zich ervan bewust dat haar kinderen zich voorstelden dat Tyler in een of andere vrachtwagen met aanhanger versierd met feestelijke linten en tjokvol cadeau's zou komen voorrijden, zei Lottie snel: 'Hoor eens, jullie krijgen ieder één cadeautje. Maar, zoals ik al zei, als jullie Tyler echt zo vreselijk vinden, dan vraag ik me af of jullie dat wel verdienen.'
'Als hij voor ons helemaal uit New York cadeaus heeft meegenomen, denk ik dat we ze maar moeten accepteren,' zei Ruby. 'Anders voelt hij zich misschien wel beledigd.'
'En als hij ze bij FAO Schwarz heeft gekocht,' voegde Nat er ernstig aan toe, 'dan moeten het wel hele mooie cadeaus zijn die heel veel geld hebben gekost.'
Omkoopbaar? Haar kinderen?
'Dus ik mag van jullie wel met hem uit eten gaan?' vroeg ze.
'Ja, ik vind dat je dat moet doen.' Ruby knikte, en Nat viel haar bij.
'Nou, ik hang de vlag vast uit. En denk eraan,' waarschuwde ze, 'manieren! Wat hij ook voor jullie heeft gekocht, zorg ervoor dat jullie echt blij kijken en...'
Met hun ogen rollend zeiden ze in koor: 'Hem bedanken.'

20

De omkoopbaren hingen uit Nats slaapkamerraam toen Tyler zijn auto voor Lotties huis tot stilstand bracht. Bij de voordeur fluisterde hij tegen Lottie: 'Ik denk dat we de goede kant uit gaan. Nat en Ruby hebben net naar me gezwaaid. Ze hebben me niet uitgejoeld of stenen naar me gegooid.'
Lotties buikspieren stonden strak van verlangen; ze wilde zo graag dat haar kinderen zich over hun antipathie tegen Tyler heen zouden zetten. Dat ze elkaar echt goed zouden leren kennen en aardig vinden betekende veel voor haar.
Met een beetje geluk zouden de cadeautjes daarvoor zorgen.

'Ha!' begroette Tyler hen vriendelijk toen Nat en Ruby, met gepast engelachtige gezichten, bovenaan de trap verschenen. 'Hoe gaat het met jullie?'
'Goed.' Nats ogen waren zo groot als schoteltjes, terwijl hij zijn best deed om niet naar de cadeaus in Tylers handen te kijken.
'Heel erg goed, dank je.' Ruby was ultrabeleefd. 'Heb je het fijn gehad in Amerika?'
Zichtbaar opgelucht door de transformatie, antwoordde Tyler: 'Ja, ik heb het fijn gehad, maar het is nog fijner om weer terug te zijn. En raad eens? Ik heb voor jullie allebei een kleinigheid meegebracht.'
Lottie verborg een glimlachje toen Nat en Ruby allebei probeerden te doen alsof ze de glimmende, uitbundig verpakte cadeaus nu pas zagen.
'Deze is voor jou.' Tyler stak het cadeau in zijn rechterhand uit naar Ruby. 'En deze voor jou.' Hij hield het andere op voor Nat.
Samen klepperden ze de trap af, namen hun cadeaus in ontvangst en zeiden hoffelijk: 'Dank je wel, Tyler.'
'Graag gedaan.' Tyler keek opgetogen alsof hij net een Oscar had gewonnen.
Lottie ging iedereen voor naar de huiskamer en kruiste haar vingers achter haar rug, terwijl Ruby en Nat aan het papier begonnen te rukken. Dit ging allemaal zoveel beter dan ze zich een week geleden had kunnen voorstellen, het zou zo'n verschil maken als...
O nee.
O god.
'Natuurlijk had ik geen flauw idee wat ik voor jullie moest kopen,' zei Tyler tegen Ruby, 'maar er was een heel aardige winkeljuffrouw, en die zei dat dit perfect was.'
Speel toneel, smeekte Lottie haar dochtertje in stilte, speel toneel zoals je nog nooit toneel hebt gespeeld. Ze probeerde haar gedachten door te seinen, terwijl Ruby, ogenschijnlijk bevroren, naar de plastic doos staarde met daarin een porseleinen pop met roze wangetjes, gekleed in barokke victoriaanse kleren.
Sommige negenjarige meisjes waren dol op poppen, misschien vonden sommigen zelfs het soort dat in een plastic doos zat en waarmee je niet kon spelen, wel leuk, maar de enige poppen waarvoor Ruby ooit ook maar enige belangstelling had getoond, waren de voodoopoppetjes geweest.

'Heel mooi,' zei Ruby manmoedig. Haar kin trilde van de inspanning die het haar kostte om haar teleurstelling te verbergen. 'Kijk, haar ogen gaan open en dicht als je haar beweegt. Dank je wel, Tyler.'
'Ik ben blij dat je haar mooi vindt,' zei Tyler, zalig onwetend van het feit dat hij geen slechter cadeau had kunnen uitkiezen.
'Ze is prachtig,' flapte Lottie er gauw uit voordat zich een onaangename stilte zou kunnen ontwikkelen. 'Moet je haar haren eens zien! En die schoentjes! Ruby, wat een bofkont ben je ook! Zo, en hoe gaat het met Nat?' Zich tot haar zoontje wendend die wat meer moeite had met het stevig ingepakte cadeau, vroeg ze vrolijk: 'Wat heb jij daar?'
De laatste laag papier scheurde eindelijk los, en Lotties moed zakte haar in de schoenen.
'Warhammer,' zei Nat uitdrukkingsloos. 'Dank je wel, Tyler.'
Warhammer, o god. Daar had je superconcentratie, vaardige vingers en eindeloos veel geduld voor nodig – eigenschappen die de arme Nat allemaal niet bezat.
'De winkeljuffrouw vertelde me dat ze er iedere week vrachtladingen vol van verkopen. Alle kinderen zijn er stapelgek op,' verkondigde Tyler trots. 'Ze zijn uren bezig om de modellen in elkaar te zetten en vast te plakken en te beschilderen. Ze zei dat je er wel weken druk mee zou zijn.'
Nat keek alsof hij elk moment in huilen kon uitbarsten. Snel zei Lottie: 'Is dat niet fantastisch? Je zult het hartstikke leuk vinden om al die modellen te bouwen, hè?'
Nat knikte. Hij streelde het deksel van de doos om te laten zien hoe leuk hij het cadeau wel niet vond. Met een trillend stemmetje antwoordde hij: 'Ja.'
'Hoi, ik ben er.' De voordeur zwaaide open, en Mario kondigde zijn komst aan. 'Sorry dat ik een beetje laat ben, Amber belde net. Ze heeft het heel erg naar haar zin en doet jullie allemaal de groeten. Jemig, wat is hier aan de hand?' Bij de aanblik van Nat en Ruby die allebei met een ongelukkig gezicht hun cadeaus tussen hun armen klemden, bleef hij in de deuropening staan. 'Ik wist niet dat het al kerst was.'
'Dat is het ook niet.' Haar cadeau wegleggend, stortte Ruby zich in haar vaders armen. 'Pap, mogen we vanavond boompje klimmen?'

'En op slangenjacht gaan?' bedelde Nat.
'Goed, dan gaan wij maar eens.' Blij dat ze weg kon zolang er nog vrede heerste, kuste Lottie haar kinderen gedag. 'Veel plezier.'
'Jij ook,' zei Mario met een knipoog. 'En niet te laat thuiskomen, hè?'
Bang dat hij er iets aan toe zou voegen als: Gedraag je een beetje, of iets anders onbeschofts, trok Lottie Tyler gauw mee het huis uit.

Het was een fantastische avond. Het chique restaurant in Painswick was een heel goede keuze geweest. Onder het eten leerde Lottie Tyler een stuk beter kennen, en ze vond hem steeds leuker worden. Hoewel ze de laatste tijd beschamend weinig ervaring had gehad met afspraakjes, voelde ze zich zelfs geen enkele keer nerveus.
Rond elven reden ze terug naar Hestacombe. Nat en Ruby zouden slapen als rozen, Mario kon weggaan, en zij kon Tyler binnen vragen voor een kopje koffie.
Gewoon koffie, meer niet. Hij was haar nieuwe baas, en ze wilde niet dat hij dacht dat ze sletterig was. Nou ja, misschien kon een kus geen kwaad, maar beslist niet meer dan dat.
Toen vloog de voordeur open, licht en kinderen de tuin in werpend, en dat was het eind van dat idee. Maar goed dat ze niets sletterigs in gedachten had gehad, dacht ze met een spijtig glimlachje. Als je een natuurlijk voorbehoedmiddel zocht, dan was er niets beters te verzinnen dan Ruby en Nat.
Ze wierp een verontschuldigende blik op Tyler. 'Ze hadden al in bed moeten liggen.'
'Geen probleem. Zo te zien hebben ze zich aardig vermaakt,' zei hij toegeeflijk. 'Misschien hebben ze al een paar Warhammer-modellen beschilderd en willen ze me die laten zien.'
Hm, en misschien was hun nieuwe lievelingseten spruitjes met mosterd.
Terwijl ze uit de auto stapte, riep Lottie: 'Het is al laat! Waarom liggen jullie niet in bed?'
'Papa zei dat dat niet hoefde omdat we pas volgende week weer naar school moeten. We hebben het hartstikke leuk gehad vanavond,' ratelde Nat, terwijl hij zijn armen om haar middel sloeg en op en neer sprong van opwinding. 'Mam, raad eens wat er is gebeurd? Je raadt het nooit!'

Lottie vond het altijd zo heerlijk wanneer Nat enthousiast was dat ze niet boos kon zijn op Mario omdat hij ze nog niet naar bed had gebracht. 'Nou, vertel het dan maar.'
'Nee, je moet het raden!'
'Je hebt je tanden gepoetst zonder dat iemand het je heeft gevraagd.'
Nat keek haar ongelovig aan. 'Nee!'
'Oké, ik geef het op.' Terwijl Nat haar het huis probeerde in te trekken – het was alsof ze werd voortgesleurd door een kleine vastbesloten tractor – riep Lottie over haar schouder naar Tyler: 'Wil je nog even binnenkomen?' Snel voegde ze eraan toe: 'Voor een kop koffie, bedoel ik.'
'Probeer me maar eens tegen te houden.' Hij sloot de auto af en volgde hen het tuinpad op. 'Ik wil weten wat er is gebeurd.'
'Twee dingen,' bemoeide Ruby zich er vrolijk mee, in Lotties arm knijpend. 'Er zijn twee dingen gebeurd vanavond.'
'Mijn god, het leven moet niet veel opwindender worden.' Haar twee kinderen voor zich uit het huis in duwend, fluisterde Lottie: 'Sorry hiervoor.'
'Nergens voor nodig.' Tylers donkere ogen boorden zich in de hare. 'Ik vind het leuk. Ik zou het voor geen goud willen missen.'
'Goed,' verkondigde Nat gewichtig toen ze allemaal in de huiskamer waren. 'De telefoon ging en papa nam op, en ze zeiden dat het een internationaal gesprek uit Amerika was.'
'Hemeltje.' Lottie keek naar Mario die op de bank zat.
'En toen gaf papa de telefoon aan mij en zei dat een speciaal iemand me wilde spreken, dus pakte ik de telefoon en zei hallo en die man zei: "Ha, kleine man, spreek ik met Nat Carlyle?" en zijn stem klonk heel raar, niet echt Engels, en ik zei: "Ja, wat moet je?"'
Lottie keek Mario met opgetrokken wenkbrauwen aan, maar hij haalde slechts zijn schouders op.
'En toen vroeg hij: "Weet je wie ik ben, kleine man?" en ik zei: "Je praat net als Arnold Schwarzenegger."' Bijna uit elkaar barstend van opwinding riep Nat: 'En toen zei hij: "Ha, ha, dat komt dan goed uit, want ik bén Arnold Schwarzenegger." En hij was het echt!' Nat was helemaal rood geworden van vreugde. 'En ik vroeg: "Hoe weet je mijn telefoonnummer?" en hij zei: "Nou, Nat, mijn secretaresse liet me een e-mail lezen, van iemand die me schreef dat jij je nana was kwijtgeraakt, en dat je dat heel erg vond, en dat een

telefoontje van mij je misschien zou opvrolijken, dat je je dan misschien weer wat beter zou voelen." '
'Wow, dat is... ongelooflijk.' Lottie keek naar Mario, op zoek naar tekens dat ze Nat niet serieus moest nemen, maar Mario schudde alleen maar zijn hoofd.
'En hij was het echt.' Ruby knikte fanatiek. 'Want ik heb meegeluisterd, en het was echt zijn stem, precies zoals in de films!'
Wie hadden er nog meer geweten van haar verzinsel dat ze Nat over Arnold Schwarzenegger had verteld? Vol ongeloof richtte ze haar blik op Tyler die naast haar stond. Had hij een imitator gevraagd om Nat te bellen? Of – oké, ze wist dat dit ondenkbaar was – had hij echt geregeld dat Arnold Nat belde, omdat hij zich schuldig voelde over het verdriet dat hij Nat had bezorgd?
'Heb jij dit geregeld?' vroeg ze met open mond, overspoeld door bewondering en dankbaarheid.
'Sst, je moet hem niet onderbreken.' Tyler keek haar niet eens aan, hij knikte alleen maar naar Nat. 'Hij is nog niet klaar. Ga verder, Nat, wat zei hij toen?'
Nat haalde nog een keer diep adem, klaar om verder te gaan. Als je hem vroeg om de tafel van vier op te zeggen, was je met kerst nog niet klaar, maar als het om iets belangrijks ging, dan had Nat een geheugen als een olifant. Nat kon niet alleen eindeloze stukken van *The Simpsons* uit zijn hoofd opzeggen, hij was ook in staat om woord voor woord het telefoongesprek met Arnold te herhalen.
Trots vertelde hij: 'Hij zei dat hij precies wist hoe ik me voelde, omdat hij vroeger ook een nana had gehad, en toen hij zeven was, gooide een slechte man die weg, en hij heeft zijn nana nooit weergezien. Hij zei: "O, Nat, als je eens wist hoeveel verdriet ik had. Ik hield zoveel van mijn nana. Ik moest iedere nacht huilen en vroeg me af waar mijn nana nu was. En toen, op een dag, dacht ik bij mezelf, nee, ik moet een moedige jongen zijn, sterk en krachtig als Superman, en ik moet leren leven zonder mijn nana, en ik moet groot worden en mijn spieren ontwikkelen zodat niemand ooit nog iets van me kan afpakken." ' Met glanzende ogen vervolgde Nat: 'En toen zei hij dat ik ook moedig en sterk moest zijn, en ik moest hem dat beloven, en ook om niet meer te huilen. Dus dat beloofde ik hem, en daarna zei hij dat hij het heel druk had en moest ophangen, en toen zei hij gedag en hing op.'

'Nou.' Stomverbaasd en diep onder de indruk – of Tyler Arnie zelf had geregeld of een getalenteerde imitator had ingehuurd, deed er nauwelijks iets toe – tilde Lottie Nat op en overlaadde hem met kussen. 'Dat is fantastisch. Je bent een kleine bofkont, besef je dat wel? Om zomaar een telefoontje te krijgen van Arnold Schwarzenegger!'
'Dat weet ik,' zei Nat verrukt. 'En hij weet hoe ik heet!'
Over Nats verwarde haardos heen keek Lottie naar Tyler en bedankte hem zwijgend. Wat attent van hem. Ze wisselden een heimelijk glimlachje uit, en ze voelde haar hart opzwellen als een ballon. Dit was het soort man op wie ze...
'Mama, dat is niet het enige wat er is gebeurd!' Nu stond Ruby aan haar arm te trekken, haar aandeel van de aandacht opeisend. 'Er is nog wat!'

21

'Wat dan, lieverd?' Stralend streelde Lottie de wang van haar opgewonden dochtertje. God, dit kon van alles zijn. Had Tyler geregeld dat Beyoncé vanavond even was langsgewipt? Zat Orlando Bloom in de achtertuin te wachten?
'Het is nog een verrassing,' ratelde Ruby. 'In de keuken.'
O, zou dat niet verrukkelijk zijn, Orlando Bloom in de keuken. Of nog beter, Orlando Bloom die de afwas deed. 'Ik kan niet meer tegen de spanning,' riep Lottie uit. 'Dus ga je het me nog laten zien of...'
'Jezus!' schreeuwde Tyler. Zijn been schoot de lucht in.
Geschrokken knipperde Lottie met haar ogen. Ze zag iets donkers door haar blikveld vliegen. Voordat iemand kon reageren, kwakte het voorwerp tegen de tegenoverliggende muur met een geluid dat het midden hield tussen een tik en een plof.
Sneller dan met de snelheid van het licht greep Tyler Ruby en Nat beet en duwde hen naar de deur. 'De kamer uit. Doe de deur dicht en ga naar boven.'
'Wat was het?' riep Lottie, omdat wat het dan ook was, inmiddels

over de muur naar beneden was gegleden en verdwenen achter de boekenkast.
'O shit,' verzuchtte Mario, terwijl hij zijn handen door zijn haar haalde. Hij liep naar de boekenkast.
'Papa, papa, was dat Bernard?' Ruby, die onder Tylers arm door dook, vroeg het met een stemmetje dat trilde van angst. Ze rende naar Mario toe en begon woest boeken van de planken te smijten. 'Bernard, waar ben je? Toe maar, kom maar, het is alweer goed.'
'Niet te geloven,' mompelde Tyler.
Lottie zag dat hij lijkbleek was onder zijn bruine kleurtje. In de war, maar met een akelig voorgevoel, vroeg ze: 'Wie is Bernard?'
'Mijn verrassing.' Ruby was te druk bezig met de boekenkast overhoophalen om op te kijken. 'Ik wilde je hem net laten zien. We hebben hem vanavond in het bos gevonden, en papa zei dat ik hem mocht houden... O, waarom komt hij niet tevoorschijn? Bernard, waar ben je? Kom maar, je hoeft niet bang te zijn.'
'Wil iemand me alsjeblieft vertellen wie Bernard is?' eiste Lottie.
'Een slang.' Tyler schudde zijn hoofd. 'Ik voelde iets op mijn voet en toen ik naar beneden keek, zag ik een slang. Die schop was een reflex, ik moest hem daar gewoon weg zien te krijgen. Vroeger ben ik vaak in Wyoming geweest – als je wordt gebeten door een ratelslang, kun je doodgaan.'
'Er zijn hier geen ratelslangen,' zei Mario kalm. 'Bernard is een hazelworm. Hazelwormen zijn onschuldig,' vervolgde hij. 'Ze bijten niet. Het zijn ook geen echte slangen, het zijn hagedissen zonder pootjes, die leven in... ah.'
Lottie hoefde niet te vragen wat dat 'ah' betekende. Ze wist het al. Ongelovig drukte ze Nat tegen zich aan, terwijl Mario vanachter de onderste plank van de boekenkast langzaam Bernard tevoorschijn haalde. De hazelworm, groenachtig bruin en vijftig centimeter lang, was duidelijk dood. Ruby knielde op de vloer naast haar vader neer, met tranen in haar donkere ogen. Een kreet van smart ontsnapte aan haar lippen. Ze pakte Bernard op en nam hem op haar schoot.
'O shit,' mompelde Tyler, nu asgrauw. 'Niet weer.'
Lottie kon er niet meer tegen. Net als ze dacht dat alles goed zou komen, gebeurde er weer zoiets. Was ze behekst of zo?
'Hoor eens, het spijt me.' Tyler slaakte een zucht. 'Maar toen ik

naar beneden keek, verwachtte ik niet een slang op mijn voet te zullen zien zitten.'
'Hij had niet op je voet horen te zitten,' verklaarde Lottie. 'Hij hoorde in de keuken te zijn. Waarom was de keukendeur niet dicht?'
'We hadden hem in een kartonnen doos met stro erin gestopt.' Nats onderlip trilde. 'Hij hoorde er niet uit te klimmen. Ik had het deksel alleen maar een klein stukje opengedaan zodat hij lucht kon krijgen.'
'Ruby, het spijt me,' probeerde Tyler weer. 'Ik wilde hem niet doodmaken.' Wanhopig vervolgde hij: 'Verkopen ze in dit land in dierenwinkels ook slangen? Hoor eens, ik zal een andere voor je kopen. Welke je maar wilt.'
Tranen drupten van het puntje van Ruby's neus op de dode hazelworm op haar schoot. Luid snuffend draaide ze zich om om Tyler aan te kijken. 'Ik wil geen andere slang van jou. Je zou vast een hele lelijke kopen met een porseleinen kop en een kanten mutsje op en ouderwetse kleren aan. Zelfs als je een echte python voor me zou kopen, zou ik hem nog niet willen, want ik haat je, en ik haat die stomme pop die je me hebt gegeven, en je hebt Bernard vermoord! Dus ik wil niet meer dat je nog bij ons komt. Nooit meer!'
Tyler dacht even na. Toen knikte hij. 'Weet je wat, ik geloof dat ik dat ook niet meer wil.' Zich omdraaiend mompelde hij tegen Lottie: 'Ik zie je morgen op het werk.'
Verslagen knikte ze.
'En ik wil niet dat je nog een keer met mijn mama uitgaat,' riep Ruby hem na.
Tyler reageerde niet.
'En Nat vond zijn Warhammer-modellen ook stom,' schreeuwde ze hem achterna toen hij naar de deur liep. 'Maar dat geeft niks, want papa zegt dat we ze altijd nog op eBay kunnen verkopen.'
Lottie nam niet de moeite om Tyler achterna te gaan. Vanavond was waarschijnlijk niet het juiste moment voor die zo belangrijke eerste kus.

Op Ruby's aandringen werd Bernard in de achtertuin begraven. Mario groef een heel langwerpig, heel smal graf, en de korte, maar emotioneel beladen en met kaarsen verlichte ceremonie werd door

Ruby zelf uitgevoerd. Als de buren uit hun slaapkamerramen hadden gekeken, hadden ze zich vast afgevraagd wat daar in hemelsnaam gebeurde. Aan de andere kant, ze hadden al jaren oefening in naast de familie Carlyle wonen. De begrafenis van een hazelworm om middernacht viel niet eens uit de toon bij wat zich er verder dagelijks afspeelde.

Uiteindelijk werden Nat en Ruby naar bed gebracht. Al binnen een paar seconden sliepen ze. Het was tijd voor Mario om naar huis te gaan.

Maar, omdat Mario nu eenmaal Mario was, kon hij het niet nalaten om Lottie eerst nog wat te plagen.

'Weet je zeker dat je voor die vent wilt werken?'

Lottie stoof op. 'Waarom zou ik dat niet willen?'

'Och, toe zeg, je hebt toch ook wel gemerkt dat er bij hem gevaarlijk veel misgaat.' Zijn ogen hadden een geamuseerde glans. 'Stel dat de telefoon gaat op kantoor als jullie daar allebei zijn. Jij maakt een beweging om op te nemen. Onze John Wayne denkt dat je je wapen trekt en met zijn supersnelle reflexen pakt hij het zijne en schiet je gauw neer. Nou, één ding kan ik je vertellen, als dat gebeurt, dan mag hij zelf je graf graven, want je zult een heel wat grotere nodig hebben dan Bernard.'

'Het was een ongeluk,' zei ze ongeduldig. Omdat ze zich verplicht voelde om Tyler te verdedigen, vervolgde ze: 'Hij dacht dat het een slang was, en Amerikanen zijn gewend dat slangen gevaarlijk zijn. Maar het was aardig van hem om dat telefoontje te regelen.'

'Van Arnie?' Mario's grijns werd nog breder. 'Je denkt toch niet dat het echt Arnie was aan de andere kant van de lijn?'

'Nee, natuurlijk was hij dat niet. Dat weet ik ook wel.' Haastig wiste ze die paar ogenblikken uit waarop haar ongeloof als bij toverslag was weggenomen. 'Maar toch was het aardig van hem om zoiets te regelen, vind je niet? En je kunt niet beweren dat Nat er niet van opgevrolijkt is.'

'O, dat is beslist zo.' Instemmend knikkend pakte hij zijn autosleuteltjes.

'Dus waarom wil je dan niet toegeven dat het aardig was van Tyler om dat te doen?'

'Omdat ik dat gewoon niet kan, oké?'

'Precies!' Triomfantelijk zei ze: 'Omdat je te trots, te koppig en te verdomde Italiaans bent om het idee aan te kunnen dat er nog een man ten tonele is verschenen die met jouw kinderen kan opschieten.'

Eén wenkbrauw ging omhoog. 'Met ze opschieten? Is dat wat hij doet?'

Gefrustreerd antwoordde ze: 'Hij zou echt met ze kunnen opschieten als er niet steeds iets misging. Hij doet zijn best. En daar gaat het toch om? Dat betekent veel voor me.'

'Ja, dat snappen we allemaal,' zei hij langzaam. Hij opende de voordeur om zichzelf uit te laten, bleef toen even op de drempel staan en draaide zich naar haar om. 'O, nog één ding. Waarom ben je er zo zeker van dat het Tyler was die dat telefoontje heeft geregeld?'

Lotties nagels groeven zich in haar handpalmen. Verdomme, ze kende Mario al elf jaar en wist dus precies wat dat toontje van hem betekende. Shit! Misschien keek hij op dit moment niet al te voldaan, maar ze wist zeker dat hij zich wel zo voelde. Hoe kon ze zo stom zijn geweest? Waarom had ze meteen de conclusie getrokken dat het Tyler was geweest? Alleen maar omdat het telefoontje zogenaamd uit Amerika was gekomen, en Tyler net terug was uit New York. Over goedgelovig gesproken.

En ze wist dat ze er haar hele leven aan herinnerd zou worden.

'Eamonn, die nieuwe jongen bij ons op het werk,' zei Mario. 'Hij is heel goed in stemmen imiteren. Hij kan iedereen nadoen. Ik heb hem gevraagd om Nat te bellen.' Met een uitgestreken gezicht vroeg hij: 'Was dat niet aardig van me? Ga je me nu niet vertellen hoe attent ik ben en hoe fantastisch ik mijn best doe?'

God, hij genoot zich echt een ongeluk.

'Het zijn jouw kinderen,' zei ze op vlakke toon. 'Je bent hun vader. Je hoort dat soort dingen te doen. Dat maakt nog geen held van je.'

'Je vond wel dat het een held van Tyler Klein maakte.'

'Hij is hun vader niet!'

'Gelukkig niet, nee,' zei Mario meteen. 'Geef nu maar toe, hij is een risicofactor.'

Ze herinnerde zich nog iets van Mario wat haar gek maakte: hij vond het heerlijk om een discussie te winnen, waarover dan ook. Wat erger was, hij was duidelijk niet van plan om op te houden totdat ze hem gelijk had gegeven. 'Maar ik vind hem leuk.'

'Dat weet ik.' Zijn gezicht verzachtte wat. 'En dat is het probleem. Sinds we uit elkaar zijn, heb je nog geen enkele vriend gehad. En nu komt deze man toevallig voorbij, hij ziet er niet slecht uit...'
'Pardon. Hij ziet er erg goed uit.' Ze kon dit niet zomaar laten passeren.
'Hij is stinkend rijk...'
'Dat is niet de reden waarom ik hem leuk vind!'
'Maar je kunt niet ontkennen dat het helpt. Toe, wees eens eerlijk,' drong hij aan. 'Geld of geen geld – we zouden allemaal wel weten waarvoor we zouden kiezen. En hij toont belangstelling voor je, wat natuurlijk vleiend is, maar wat ik wil zeggen is dat je je niet meteen het hoofd op hol moet laten brengen. Vanavond was je eerste echte afspraakje sinds jaren. Je hebt zelf niet door dat je het misschien wel helemaal bent verleerd.'
'Brutale zak.' Nu had ze echt zin hem te slaan. 'Dus wat ik al die tijd eigenlijk had moeten doen, was de hort op gaan, met iedereen het bed induiken, of ze nu geschikt waren of niet. Zoals jij hebt gedaan dus!'
'Dat zeg ik niet. Trouwens, jij bent niet het type om met iedereen het bed in te duiken. Wat een compliment is,' voegde hij eraan toe, zich voorbereidend om weg te duiken. 'Ik vind alleen dat je je niet halsoverkop in een relatie moet storten zodra zich iemand aandient die een beetje aandacht aan je besteedt. Ik weet dat het vleiend is, maar dat maakt hem nog niet tot de man die je leven zal veranderen. Plus dat je rekening moet houden met de kinderen. Hoe zullen zij zich voelen als...'
'Oké.' Ze had er nu schoon genoeg van. 'Hou die preken verder maar voor je. Ik weiger verder nog naar je te luisteren.' Aangezien ze deze discussie niet kon winnen, en haar ex neersteken alleen maar zou eindigen in gevangenschap en saaie bezoekjes van advocaten, sloeg ze de voordeur dicht in Mario's gezicht.
Door de gesloten deur heen kon ze hem horen lachen. Terwijl ze de veiligheidsketting vastmaakte, riep Mario: 'Dat betekent dat je weet dat ik gelijk heb.'

22

Cressida was de dag waarop ze haar eerste Valentijnskaart had ontvangen, nooit vergeten. Ze was elf jaar geweest en had in de eerste klas van de middelbare school gezeten. De post was gekomen, terwijl ze zich door haar kom havermout heen werkte, en haar moeder die de brievenbus had gehoord, had gezegd: 'Wil je de post even gaan halen, kindje?'
In de hal had ze een tenenkrullende rilling van vreugde gevoeld, vermengd met ongeloof, toen ze zag dat bij de post een kaart in een rode envelop zat die aan haar geadresseerd was. Op de achterkant van de envelop stonden drie kruisjes. Met trillende vingers had ze hem opengescheurd, terwijl haar moeder vanuit de keuken had geroepen: 'Zit er iets leuks bij?'
Op de voorkant van de kaart had een plaatje van een jong katje gestaan dat verlegen glimlachte en een groot rood hart tussen zijn pootjes klemde. Binnenin, onder de voorbedrukte tekst 'Jij bent mijn snoezepoes van een Valentijn', stond geschreven: 'Voor Cressida. Ik hou van je, wil je mijn Valentijn zijn? Liefs van...? xxx.'
O, de onvoorstelbare opwinding die ze had gevoeld toen ze die woorden had gelezen! Snel had ze de kaart teruggestopt in de envelop en hem onder de tailleband van haar schoolrok gestoken, haar trui naar beneden trekkend om hem te verbergen. Met rode wangen was ze de keuken weer in gelopen om haar moeder de rest van de post te geven.
'Alleen maar rekeningen,' had haar moeder verzucht. 'Dus geen Valentijnskaart voor mij van Engelbert Humperdinck?'
'Nee,' had Cressida gemompeld. Ze had haar laatste beetje havermoutpap naar binnen gepropt en haar glas bessensap leeggedronken. 'Goed, ik ga, ik wil de bus niet missen.'
Het was een heerlijke ochtend geweest. Nee, een heerlijke week en misschien wel het begin van een prachtig nieuw leven. Ze had urenlang over haar Valentijnskaart gebogen gezeten, hem vastklemmend als het mooiste geheim ter wereld. Ze had aan de inkt geroken, was met haar vingers over de woorden gegleden en had eindeloos gefantaseerd over wie hem haar kon hebben gestuurd. Want iemand hield van haar, hield écht van haar en wilde dat ze

zijn Valentijn was. In zekere zin was het frustrerend dat de kaart niet was ondertekend, want als iemand wilde dat je zijn Valentijn was, zou het helpen om te weten wie die iemand was. Aan de andere kant kon ze haar fantasie de vrije loop laten, juist omdat ze het niet wist. Hij kon wel van iedereen zijn, wat een stuk opwindender was dan te moeten ontdekken dat hij was gestuurd door de puistige, slungelige Wayne Trapp die in de schoolbus altijd naar haar zat te staren.

Soms was het gewoon beter om het niet te weten.

Hemeltjelief, dat was bijna dertig jaar geleden. Als ze haar ogen dichtdeed, ontdekte ze, zag ze alle details van die kaart weer voor zich. Kon iedere vrouw dat, of alleen zij? Ach, waarom ook niet, dacht ze toegeeflijk. De kaart was een belangrijk onderdeel van haar leven geweest, een bijzonder moment. Zelfs al had ze dan nooit ontdekt wie hem haar had gestuurd en vermoedde ze al een hele tijd dat hij eigenlijk door haar moeder was gestuurd.

En nu gebeurde het allemaal opnieuw, maar deze keer wist ze bijna zeker dat haar moeder niet de dader was. Ten eerste was ze dood. Bovendien was Cressida er redelijk zeker van dat zelfs in het hiernamaals haar moeder nooit zoiets als het verzenden van een e-mail onder de knie had kunnen krijgen.

Tom had haar echter wel een e-mail gestuurd. En haar tenen krulden van plezier, net zoals ze dertig jaar geleden hadden gekruld toen ze die opzichtige Valentijnskaart had opengemaakt. Ze las het mailtje al voor de vierde keer, en het was nog pas een paar minuten geleden gekomen.

> Hoi Cressida,
> Even een kort berichtje om je te laten weten dat mijn moeder de kaart erg mooi vond. Ze laat hem aan iedereen zien, en hij staat nu op een prominente plaats op de schoorsteenmantel. Dus nogmaals bedankt voor je reddingsactie.
> Het was leuk om je vorige week te leren kennen en ik heb echt genoten van de tijd die we samen hebben doorgebracht. Ik weet zeker dat dat ook voor Donny geldt, maar natuurlijk zou hij nog liever zijn eigen voeten afhakken dan dat te moeten toegeven. Of zichzelf voor de

leeuwen werpen misschien? Ik hoop dat jij en Jojo net zo
hebben genoten van ons uitstapje naar Longleat als wij.
En nu zit ik weer op mijn werk en wou dat het niet zo was.
Dat is de pest met vakanties, hè? Om het nog erger te
maken, regent het hier in Newcastle. Misschien moet ik
maar contact opnemen met Freddie in Hestacombe House
om te zien of het huis de komende twee weken vrij is!

(Toen ze dit gedeelte had gelezen, had Cressida's hart heel onnozel een hoopvol sprongetje gemaakt.)

Nee, even serieus, ik hoop dat we het volgend jaar Pasen
een week kunnen huren.

(Cressida's hart was weer neergedaald; volgend jaar Pasen was pas over bijna acht maanden.)

Mocht het lukken, dan hoop ik dat we elkaar weer kunnen
zien.
Ik kan maar beter stoppen, de plicht roept.
Het beste,
Tom Turner.

Toen ze haar spiegelbeeld in het computerscherm opving, zag Cressida dat ze grijnsde als een idioot. Het was zo leuk om wat van Tom te horen; de afgelopen week was gewoon voorbij gekropen nu hij er niet meer was. En hij was begonnen met 'Even een kort berichtje', maar daar was het niet bij gebleven. Voor een korte e-mail was hij zelfs behoorlijk lang geworden. En hij had niet eens hoeven schrijven om haar te bedanken voor zijn moeders kaart, want dat had hij al in levenden lijve gedaan.
Dus al met al, vond ze, was het een veelbelovend teken, dat aangaf dat Tom contact met haar wilde houden en misschien...
'Tante Cress, iemand wil trouwkaarten bestellen!'
Cressida vloog een kilometer de lucht in toen de deur open werd gegooid en Jojo binnenkwam met de draadloze telefoon in haar hand. Hemeltje, ze was zo opgegaan in Toms e-mail dat ze de telefoon in de keuken zelfs niet had horen overgaan. Gehaast, schuld-

bewust, klikte ze zijn woorden van het scherm, pakte de telefoon aan van Jojo en dwong zichzelf om zich te concentreren op de trouwplannen van een overdreven opgewonden toekomstige bruid in Bournemouth.

Toen het gesprek was beëindigd – en met Jojo veilig terug in de keuken – klikte ze Toms e-mail weer aan en las hem nog een keer. De gedachte dat ze het bericht kwijt zou kunnen raken, was zo alarmerend dat ze haar printer aanzette en een afdruk maakte. Zo, dat was beter, nu was het een echte brief, op echt papier. Ze zou natuurlijk terugschrijven, maar niet meteen. Binnen enkele minuten na ontvangst reageren op een terloops vriendelijk mailtje zou veel te gretig overkomen. Bovendien was het beter om even te wachten, want dan had ze de tijd om haar uiterste best te doen net zo'n terloops en vriendelijk antwoord op te stellen.

Dat ze dan vanavond kon versturen.

De deur ging weer open en Jojo, deze keer met bloem op haar neus en in haar pony, stak haar hoofd om de hoek. 'Goed nieuws?'

'Fantastisch nieuws,' antwoordde Cressida vrolijk.

'Hoeveel?'

'Hoeveel wat?'

'Trouwkaarten!'

'O! Eh... twintig.'

Jojo fronste haar voorhoofd. 'Dat is niet veel.'

'Ik weet het, maar ze willen een kleine, intieme bruiloft.'

'Waarom is dat dan fantastisch nieuws?'

'Omdat kleine bruiloften zo romantisch zijn.' Cressida liet Toms uitgeprinte e-mail in een la glijden. 'En... omdat ze zo gelukkig klonk!'

'Eerder dronken, zou ik zo zeggen.' Jojo keek haar bevreemd aan. 'Is er iets?'

'Nee hoor, helemaal niets aan de hand.' God, wat was het moeilijk om je te concentreren als je in je hoofd een terloops vriendelijk mailtje probeerde op te stellen. 'Hoe gaat het met je toverkoekjes?'

'Die liggen al in de oven. Nog negen minuten. Als ik het glazuur erop heb gedaan, wat wil je er dan bovenop, hagelslag of gekonfijte kersjes?'

Hoi Tom, wat leuk om wat van je te horen! En wat betreft die reservering van een van Freddies huizen, waarom kom je komend

weekend niet gewoon bij mij logeren? Donny kan in de logeerkamer en jij mag bij mij slapen. Dat lijkt me toch een aanbod dat je niet...'
'Tante Cress?'
'O, eh...' Zichzelf wakker schuddend uit haar fantasieën, antwoordde Cressida roekeloos: 'Wat denk je van allebei?'

Toen Merry Watkins twee jaar geleden de Flying Pheasant in Hestacombe had overgenomen, was ze vastbesloten geweest om de onderneming tot een daverend succes te maken. Met een helder beeld voor ogen van hoe een plattelandskroeg zou moeten zijn, had ze vol energie de metamorfose ter hand genomen. En tot opluchting van de plaatselijke bevolking was ze in haar opzet geslaagd, grotendeels dankzij haar charme en ondernemingslust. Iedere klant van de kroeg werd verwelkomd als een verloren gewaande vriend. De opnieuw ingerichte, maar nog steeds traditionele kroeg was een veilige oase, ver van de gewone wereld, het bier van de tap was uitstekend, en de achtertuin kindvriendelijk. De slimste zet van Merry was geweest om de ruimte voor de kroeg van een rommelig parkeerterreintje te veranderen in een prachtig terras, met kuipen vol planten en bloemen, ruw houten tafels en comfortabele stoelen, en verborgen spotjes die de buitenkant van de kroeg verlichtten, zodat het leek alsof de mensen die buiten zaten te drinken, zich op een toneel bevonden waarnaar de voorbijgangers konden kijken.
Schaamteloos zorgde Merry er altijd voor dat de aantrekkelijkste klanten deze plekken innamen. Minder glamoureuze wandeltypes, van het soort met wollige baarden en rugzakken, kregen hun drankjes aan de bar en werden dan ten sterkste gestimuleerd om die mee te nemen naar de achtertuin. De plaatselijke boeren zaten sowieso liever binnen, in hun eigen donkere hoekje. Iedereen die goedgekleed was en een aantrekkelijk uiterlijk had – dat wilde zeggen diegenen die Merry de 'lekkere dingen' noemde – werden naar het door haar gekoesterde terras gedirigeerd om klanten te lokken en de chique uitstraling van de Flying Pheasant te verhogen. En het werkte. Merry had haar eigen versie van de vipruimte gecreëerd, en veel mensen vonden het leuk om naar Hestacombe te rijden en gezien te worden op het begerenswaardige, mooi verlichte terras voor de kroeg.

Terwijl Mario zijn glas en wisselgeld pakte, zei hij: 'Ik loop even door naar de achtertuin.'
'Geen sprake van.' Merry was geen vrouw die met zich liet spotten.
'Jij gaat nu onmiddellijk op het terras zitten, lekkertje, om me te helpen wat meer klandizie te trekken.'
Mario liep naar buiten, onderweg mensen begroetend en met sommigen even een praatje makend, nam plaats op een stoel aan het laatste vrije tafeltje en pakte zijn mobieltje. Hij belde Ambers nummer, kreeg haar voicemail en hing op. Het was halfnegen; Amber en Mandy zaten waarschijnlijk in een restaurant waar niet gebeld mocht worden. Hij zou het later nog een keer proberen.
Eén week achter de rug, nog één te gaan. Terwijl hij zijn mobieltje opborg, besefte hij dat hij Amber erg miste. Het was net als stoppen met roken en ineens niet weten waar je je handen moest laten. Maar hij was braaf geweest. Hij had zich keurig gedragen. Toen Jerry en de jongens van werk hadden aangekondigd dat ze een avondje gingen stappen in Cheltenham, hadden ze hem gevraagd om mee te gaan, maar hij had nee gezegd, wat hem op goedhartig gejoel was komen te staan en opmerkingen over dat hij binnenkort nog een schortje zou dragen.
Hij had zich echter niet op andere gedachten laten brengen, voornamelijk niet omdat zijn collega's echt een slechte invloed op hem hadden, en Mario niet wist of hij, wanneer hij serieus had gedronken, toch niet voor de verleiding zou vallen, mocht die zich toevallig aandienen. Omdat hij zichzelf kende, had hij voor de veilige weg gekozen en nee gezegd.
Een stem links van hem vroeg aarzelend: 'Neem me niet kwalijk, maar zijn die stoelen vrij?'
Toen Mario opkeek, zag hij een tengere brunette staan in een zeegroen zomerjurkje, vergezeld door een chique oudere vrouw die haar moeder moest zijn. Veiliger kon het niet.
Terwijl hij zijn zonnebril afzette en naar de lege stoelen gebaarde, schonk hij hun allebei een vlotte glimlach. 'Ga je gang.'

'Twee drankjes maar deze keer?' informeerde Merry vermanend. Het was halfelf, en al de derde keer dat Mario naar binnen kwam om een rondje te bestellen.

'Ja, twee maar,' beaamde Mario. 'Ze zitten in een van de vakantiehuizen. De moeder is moe, dus die wilde vroeg naar bed. Als je het niet erg vindt, Merry?'
Ze keek hem aan. 'Ik vind het prima, schat. Geld in het laatje. Maar ik vraag me af of Amber het niet erg vindt.'
Dorpsleven, was het niet heerlijk? 'Dat weet ik niet. Zal ik haar even bellen om toestemming te vragen?' Terwijl hij het wisselgeld in zijn zak stak en de glazen oppakte, zei hij: 'Trouwens, ik doe niks verkeerds. We zitten hier in het volle zicht. Ze heet Karen, ze heeft haar verloving verbroken en is de laatste tijd een beetje depri. Daarom heeft haar moeder een weekje vakantie geboekt, om haar gedachten wat te verzetten.'
'Hm.' Het was een betekenisvolle 'hm'.
'Ze zijn nog niet eerder in deze streek geweest,' vervolgde Mario kalm. 'Vandaag zijn ze wezen winkelen in Bath, wat de reden is dat Marilyn, de moeder, zo uitgeput is. Karen is niet uitgeput, dus heeft ze besloten om nog even te blijven. We hebben geen seks daarbuiten, Merry.'
'Fijn om te horen,' zei Merry. 'Aangezien we geen vergunning voor dat soort dingen hebben.'
'We zitten gewoon te praten. Heel onschuldig. Dat is wat mensen in kroegen doen. Zij waren trouwens degenen die een gesprek aanknoopten, niet ik.'
'Ze is heel aantrekkelijk.'
'Ja.' Geërgerd zei hij: 'Maar dat hebben we toch aan jou te danken? Van jou mogen er toch geen lelijkerds op het terras komen?'
'Behalve dan die ene in die oranje broek die net een paard lijkt.' Merry grijnsde over de bar naar hem. 'Maar ze hoort bij dat Ballantyne-groepje, dus ik kon haar niet tegenhouden.'
'Je glijdt af.'
Gevat zei ze: 'Jij ook.'
'Ik doe alleen maar aardig! Mag ik soms mijn huis niet meer uitkomen nu Amber weg is? Misschien moet ik mezelf vastbinden aan de bank?' Hij trok een wenkbrauw op. 'En dan twee weken lang naar stomme programma's kijken? Overleven op Cup-a-soups en beter maar geen patat halen, voor het geval ik per ongeluk ineens verliefd word op het meisje achter de toonbank?'
'Misschien moet je dat toch eens overwegen,' zei ze.

'Nou, dat ben ik niet van plan. Ik ben hier, ik gedraag me keurig, en ik heb jou niet nodig als oppas.'
'Nou, ga dan maar gauw weer naar haar toe, voordat ze zich afvraagt waar je blijft. Je zei dat heel mooi trouwens,' riep ze hem na. Geamuseerd voegde ze eraan toe: 'Bijna alsof je het meende.'

23

Marilyn en Karen Crane verbleven in Pound Cottage, aan het meer. Lottie, die om tien uur 's ochtends bij het vakantiehuis kwam aanzetten met een verse voorraad handdoeken, trof moeder en dochter aan bij hun ontbijt op de veranda, gekleed in dure zijden kamerjassen. Karen gooide stukjes croissant naar de eenden en nipte van vers geperste jus d'orange. Marilyn zat in de laatste uitgave van *Cotswold Life* te bladeren. De zon scheen op volle kracht, en door de openstaande ramen zweefde elegant klassieke muziek naar buiten. Het was als een advertentie voor Ralph Lauren.
Lottie, die het warm en druk had en zich helemaal niet Ralph Lauren-erig voelde, pakte de schone handdoeken uit de auto en klom de paar treetjes naar de veranda op. Als ontbijt had ze het laatste restje van Ruby's aardbeiendrank en Nats overgebleven broodkorsten gehad. Eigenlijk verschilde ze niet veel van een eend. Nee, dan de dames.
Opgewekt zei ze: 'Ik heb jullie handdoeken bij me.'
'O, fijn. Wil je ze even naar binnen brengen?' Marilyn begroette haar met een warme glimlach en klopte toen op de lege stoel naast zich. 'En kom daarna even zitten. We zijn van plan om vandaag naar Stratford te gaan en we willen graag van je horen wat de moeite waard is om te gaan bekijken. Op de winkels na dan!'
Nadat Lottie de handdoeken in de badkamer had neergelegd, voegde ze zich bij hen.
'Koffie?' Marilyn pakte al een extra kopje.
'Graag.' Echte koffie; hij rook hemels. Lottie vroeg zich even af of ze haar misschien ook de laatste gesmeerde croissant zouden aanbieden, maar die hoop werd meteen de grond in geboord toen Kar-

en hem in vlokkerige stukjes scheurde en naar de om aandacht bedelende eenden begon te gooien. Misschien kon ze opspringen en een stukje uit de lucht opvangen, recht in haar mond?

'Ik heb in mijn reisgids gekeken, maar we willen geen tijd verspillen aan saaie dingen. En op de terugweg zouden we ook graag nog een bezoekje brengen aan Stow-on-the-Wold.' Marilyn haalde haar fabelachtig gemanicuurde nagels door haar fabelachtig gekapte donkerbruine haren. 'En we willen ook graag weten waar we kunnen gaan eten. Iets speciaals.' Ze keek verwachtingsvol. 'Het liefst met Michelin-sterren.'

Het ontging Lottie niet dat ze sterren zei, en niet ster. Haar hersens pijnigend, zei ze: 'Nou, je hebt Le Manoir aux Quat' Saisons, net buiten Oxford. Maar wat ik jullie echt kan aanbevelen, is een restaurant in Painswick. Ze zijn niet open voor de lunch, maar ik heb er vorige week...'

'Iets in Stratford liefst. Voor de lunch, niet voor het diner.' Karen, die voor het eerst haar mond opendeed, voegde eraan toe: 'Ik ga vanavond al uit.'

'Goed, ik wil wel even voor jullie op internet opzoeken, kijken wat wel goed klinkt in Stratford en dan een...'

'Hallo?' Lottie weer midden in haar zin onderbrekend, had Karen haar rinkelende mobieltje opgenomen. 'O hoi, Bea. Ja, fantastisch. Ik ben net de eenden aan het voeren. Nee, het is niet zo erg als ik dacht, het huisje is echt heel schattig. En ik heb van mama al heel veel cadeautjes gekregen om me op te vrolijken.'

Fluisterend vervolgde Lottie tegen Marilyn: 'Dan zal ik een lijstje voor jullie maken. Als jullie dan voordat jullie weggaan even bij het kantoor langskomen, kan ik jullie dat geven.'

Marilyn keek teleurgesteld. 'Je kunt persoonlijk niet iets aanbevelen?'

'Nee.' Lottie had zin om haar eraan te herinneren dat ze een hartstikke drukke baan had en eerlijk gezegd geen tijd om een beetje door Engeland te banjeren en persoonlijk alle restaurants uit te proberen.

'O. Het is alleen dat ik altijd denk dat die vijfsterren-recensies door de restauranteigenaren zelf zijn geplaatst. Je kunt ze niet vertrouwen.' Marilyn trok een gezicht en klaagde: 'We zijn een keer naar een restaurant in Knightsbridge geweest dat zogenaamd

spectaculair moest zijn, maar hun ananassap was niet eens vers geperst!'
Het moest niet mogen. Lottie dronk haar koffie op en bewonderde Marilyns nagels. Duidelijk niet echt, maar heel mooi gedaan.
'... en je raadt het nooit, ik heb voor vanavond een afspraakje!' Terwijl Karen haar blote benen onder zich trok en haar arm om haar knieën legde, bleef ze doorkwekken in de telefoon. 'Ja, niet te geloven toch? Ik heb hem gisteravond pas leren kennen! Mama en ik raakten met hem in gesprek op het terras van de plaatselijke kroeg, en toen werd mama moe en is ze teruggegaan naar het huis, en wij zijn nog een paar uur gebleven. Ik bedoel, ik weet dat ik kapot ben van verdriet over Jonty – de klootzak – maar deze man was gewoon zo leuk. Zelfs mama vond hem charmant, en je weet hoe ze is, ze heeft zo'n beetje een hekel aan iedereen!'
Nadat Lottie haar koffie had opgedronken, kwam ze half overeind en zei: 'Nou, dan moet ik maar weer eens...'
'En moet je horen, hij heet Mario,' kwinkeleerde Karen in de telefoon.
Lottie liep zich abrupt weer op de stoel zakken.
'Ik weet het, is het niet om te gillen? Ik heb hem gevraagd of hij Cornetto's verkocht!'
Met het gevoel alsof ze een stomp in haar maag had gekregen, pakte Lottie haar kopje op en slikte een mondvol bitter, lauw koffiedik door.
'Nee, hij verkoopt geen Cornetto's! Hij is manager van een autozaak. En hij is ook geen gladde boerenpummel,' zei Karen giechelend. 'Hoor eens, ik bel je morgen wel om alles te vertellen. En mocht je Jonty zien, zeg hem dan maar dat ik hem geen seconde mis. Zeg maar dat ik iemand heb gevonden die veel beter is dan hij. En zeg hem meteen dat ik mijn cd-speler terug wil. Oké, ik spreek je nog, dag honnepon.'
Lottie kon Mario wel een klap voor zijn kop verkopen. Dankzij hem had ze gore koffieprut aan haar tanden en kiezen plakken die ze nergens kon uitspugen. Langzaam, met tegenzin, liet ze haar tong langs de binnenkant van haar mond glijden en slikte de bittere korreltjes door. Waarom verbaasde het haar eigenlijk dat Mario zijn versierkunsten weer van stal had gehaald?
En wat kon ze doen om hem tegen te houden?

Zich ervan bewust dat het nu of nooit was – nu ze haar koffie ophad, had ze geen enkele reden meer om nog op hun veranda te blijven zitten – schraapte ze haar keel. Getver, dat smerige koffiedik. Langs haar neus weg zei ze: 'Dus vanavond ga je uit met Mario.'
Karen leefde meteen op. 'O, ken je hem?'
Lottie knikte. 'Heel goed zelfs.'
'Natuurlijk. Hij woont hier in het dorp. En jij waarschijnlijk ook.'
Toen Lottie weer knikte, zei Marilyn voor de grap: 'Je gaat ons toch niet vertellen dat hij een psychopaat is!'
'Nou, neeeee...' Lottie rekte het woord flink uit om te laten merken dat dat niet het probleem was.
Marilyn, die snel van begrip was, trok een wenkbrauw op. 'Wat dan? Is hij getrouwd?'
Dit was niet het moment om het over haar eigen relatie met Mario te hebben; die was nu niet relevant. 'Hij is niet getrouwd,' zei Lottie aarzelend, 'maar hij heeft wel een vriendin.'
'Wonen ze samen?' wilde Karen weten.
'Nou, nee, niet echt, maar...'
'Dan is het in orde.' Karen ontspande zich alweer. 'Oef, je maakte me even aan het schrikken.'
Omdat Lottie wilde dat haar boodschap goed overkwam, zei ze: 'Maar het is ook geen los-vaste relatie. Ze zijn al acht maanden samen. Ze heet Amber en ze is echt heel aardig.'
Karen haalde echter haar schouders op, volledig onbezorgd. 'Als het serieus was, zouden ze wel samenwonen. En dat is niet het geval.'
'Maar ze zijn een stel. Ze...'
'Geen echt stel.' Karen rolde met haar ogen. 'Ik ga me heus niet schuldig voelen omdat hij een vriendinnetje heeft. Jezus, het is al moeilijk genoeg om een man te vinden die niet getrouwd is of samenwoont. Hoe dan ook, we kunnen ons maar beter gaan aankleden als we nog naar Stratford willen.' Nadat ze de laatste snippertjes croissant naar de kwakende, kibbelende eenden had gegooid, stond ze op en liep naar binnen.
Lottie keek haar na.
Marilyn klopte op haar hand en zei troostend: 'Je bedoelde het vast goed. Maak je geen zorgen, het is gewoon een onschuldig avondje uit. Karen redt zich wel.'

Zij wel misschien, dacht Lottie. Maar wat als Amber het ontdekt? Hoe kon Mario nu zo stom zijn?
Terug op kantoor belde ze hem meteen. 'Hoi, met mij. Wat doe je vanavond?'
'Breek me de bek niet open. Een of andere saaie zakelijke afspraak.'
Verdomme, hij was echt goed. De woorden rolden hem zo gemakkelijk over de lippen dat het gewoon eng was. Hij was volkomen geloofwaardig. 'Leugenaar.' Ze vroeg zich af hoeveel leugens hij haar door de jaren heen had verkocht. 'Je hebt een afspraak met Karen Crane.'
'Zoals ik al zei, een saaie zakelijke afspraak.' Monter vervolgde hij: 'Ze heeft belangstelling voor de nieuwe Audi Quattro.'
'Ja, en ik ben de paus. We weten allebei waar Karen belangstelling voor heeft.' Achter haar bureau gezeten krabbelde ze een stekelige, boze egel op haar notitieblokje. 'En jij hebt je verstand verloren. Jemig zeg, wil je soms dat Amber je dumpt?'
Mario zuchtte. 'Dit is stom. Ik neem aan dat je Merry hebt gesproken.'
'Nee, maar dat ga ik zo wel doen.'
'Hoor eens, we raakten gisteravond in gesprek. Ik was gewoon vriendelijk. En nee, ik heb haar niet gekust. En ik ben dat ook niet van plan.'
'Maar je hebt wel een afspraakje voor vanavond gemaakt.'
'Ik niet. Ze heeft mij gevraagd. Ze wil gewoon een beetje gezelschap,' protesteerde hij. 'Iemand om mee te praten. Dus heb ik ja gezegd. Is dat nu zo vreselijk?'
Met samengeknepen ogen vroeg ze: 'Waar neem je haar mee naartoe?'
'We hebben afgesproken in de Pheasant. Heel keurig allemaal.'
'En daarna?'
'Misschien dat we pizza gaan eten in Cheltenham. Misschien ook niet. God, Lottie, heb een beetje vertrouwen in me. Het stelt niets voor. En dat allemaal omdat ze toevallig een vrouw is.' zei hij. 'Als het om een man ging, zou je niet zo moeilijk doen.'
Goh, wat was hij toch altijd redelijk.
'Nee, dat denk ik ook niet. Maar je loog wel toen ik je vroeg wat je vanavond ging doen.'

'Dat is omdat ik wist dat je zou gaan zeuren. Hoor eens, ik moet ophangen – Jerry probeert een Mazda MX-5 aan een of ander dametje van een jaar of negentig te verkopen. We spreken elkaar gauw weer, oké? En ik beloof je dat ik me vanavond netjes zal gedragen.'
Ze geloofde hem geen seconde – hij was als een meisje dat verlekkerd naar een schaal donuts keek en zei: 'Nee, ik moet het niet doen, echt niet, serieus, ik ben op dieet... nou, vooruit, eentje dan.'
'Geloof me,' vervolgde hij toen ze niets zei. 'Ik zal me echt keurig gedragen.'
Hm. Terwijl ze een harpoen krabbelde die dreigend op de egel af schoot, zei ze: 'Als je dat maar niet vergeet.'

24

Tyler, die zich inmiddels had geïnstalleerd in Fox Cottage, was aan het telefoneren toen Lottie langskwam met de berekeningen voor de boekingen van volgend jaar. Haar gebarend om even te wachten, bleef hij verder praten met zijn accountant, wat Lottie de gelegenheid gaf om de huiskamer te bestuderen. Ze bekeek zijn cd- en dvd-verzamelingen, en stelde opgelucht vast dat hij geen enthousiaste fan van countrymuziek en sciencefictionfilms was. Tenzij hij daar zo gek op was dat hij die veilig apart bewaarde in een doos boven.
O, laat dat alsjeblieft niet zo zijn.
Aangezien de huiskamer snel was bekeken – Tyler hield duidelijk niet van rommel – liep ze de tuin in. Bijen vlogen zoemend van bloem naar bloem, vlinders stoven rond als discomeisjes op een feest, en de geur van kamperfoelie hing zwaar in de lucht. Het kleine gazon was bezaaid met boterbloemen en madeliefjes, en een paar vinken hopsten rond op zoek naar eten. Toen ze haar neus in de bloem van een stokroos begroef, ademde ze bijna een wesp in, en ze sprong achteruit. Terwijl ze naar de wesp sloeg, raakte ze de stokroos die als een boksbal terugsprong en de voorkant van haar blouse met felgeel stuifmeel besproeide.

Haar lichtroze blouse vanzelfsprekend. Fijn, die natuur.
'Problemen?' Tyler, die zijn telefoongesprek had beëindigd, kwam de tuin in lopen.
'Ik was aan het vechten met een gemene plant.'
Op ernstige toon zei hij: 'Zo te zien heb je verloren.'
'Wacht maar tot ik een machete in mijn handen krijg, dan zal ik het hem betaald zetten.' Verwoed begon ze over haar blouse te boenen, met als enig resultaat dat ze het stuifmeel nog dieper in het dunne katoen smeerde. 'Ik zal me thuis moeten gaan omkleden. Het dossier met de boekingen ligt op tafel.'
'Dank je wel. Blijf nog even.' Hij stak zijn hand uit om haar tegen te houden. 'Hoor eens, ik weet dat het tot nu toe niet al te best is verlopen tussen ons, maar wat ga je vanavond doen? Ik dacht dat we misschien naar Bath konden rijden en naar een...'
'Ik kan niet,' onderbrak ze hem. 'Ik moet vanavond iets doen.'
'Oké.' Hij zweeg even. 'Is dat een beleefde manier om me te vertellen dat ik de pot op kan?'
'Nee. Nee! Maar ik heb echt iets anders te doen.'
'Want ik begrijp dat het niet gemakkelijk voor je is nu je kinderen me zo haten, maar ik dacht dat het misschien zou helpen als ik een poosje bij hen uit de buurt blijf,' zei hij met een scheef glimlachje. 'Eerlijk gezegd lijkt het me het beste om ze voorlopig helemaal maar niet meer te zien. Met een beetje geluk wennen ze dan aan de situatie en kunnen we het na een tijdje opnieuw proberen. Hoe denk je daarover?'
Het was als bepaalde soorten voedsel uit je dieet bannen, dacht ze, om ze daarna weer te introduceren en dan te ontdekken dat je er allergisch voor was. Het probleem was dat het menselijke lichaam niet per se een vriendelijk wezen was. Het was onwaarschijnlijk dat het medelijden met je kreeg en besloot van gedachten te veranderen over je allergische reactie op rode wijn en chocolade, alleen maar omdat het wist dat je er zo van hield.
En Nat en Ruby waren precies hetzelfde.
Ze had echter niet het hart om hem dat te vertellen, dus knikte ze en zei: 'Dat klinkt... goed.'
'Zeker weten?' Hij trok een wenkbrauw op.
'Zeker weten.'
'Zullen we dan morgenavond uitgaan?'

God, wat zou ze dat leuk vinden, echt. 'Eh... kunnen we niet een paar dagen wachten?' Met een droge mond en zichzelf dwingend om sterk te blijven, voegde ze eraan toe: 'Ik zit namelijk aardig vol de rest van deze week.'
Zo, over edelmoedig gesproken. Het was alsof je een fantastische vijfsterren-vakantie op Mauritius afwees voor een week in een lekkende caravan in Cleethorpes. Of alsof je zei: 'O nee, neem jij de biefstuk en friet maar, ik neem de koude pap wel.' Het was alsof je mocht kiezen tussen een splinternieuwe Porsche en een vieze ouwe brommer...
'Als je probeert te doen alsof je moeilijk te krijgen bent,' merkte hij op, 'dan lukt dat aardig.'
'Dat doe ik niet.' Bijna had ze er uitgeflapt dat ze, als het om hem ging, idioot en beschamend gemakkelijk te krijgen zou zijn. Met een opwelling van verlangen zei ze: 'Volgende week zou hartstikke leuk zijn.'
'Oké, als je maar geen spelletje met me speelt.' Zijn glimlach had iets uitdagends. 'Volgende week maandag dan maar?'
Een gevoel van opluchting overstroomde haar. Ze knikte fanatiek. 'Volgende week maandag.'
'Kom eens hier, je hebt stuifmeel op je neus.'
Gehoorzaam naar hem toe lopend, stond ze toe dat hij het wegveegde.
'En hier ook.' Zacht wreef hij over haar linkerwenkbrauw, en haar buik trok zich samen van genot.
'En hier nog een beetje,' vervolgde hij, terwijl hij haar rechterjukbeen streelde.
Deze keer begonnen haar tenen te tintelen. Hemeltje, wat zou het volgende plekje zijn? 'Is alles nu weg?' fluisterde ze.
'Nog niet helemaal. Hier nog...' Hij raakte haar mond aan en volgde licht de omtrek van haar lippen. Toen, de kleine afstand tussen hen overbruggend, haalde hij zijn vingers weg en kuste haar. Zacht en opwindend.
Oef. Terwijl ze haar ogen sloot, voelde ze zijn handen naar haar achterhoofd glijden. Haar eigen armen vonden hun weg om zijn nek. Het was jaren, jaren geleden dat ze zo was gekust. Ze was vergeten hoe heerlijk het kon zijn.
'Zo, dat is beter.' Hij maakte zich van haar los om haar gezicht te

bestuderen. Zijn mondhoeken vertrokken iets. 'Nou, het is in elk geval een begin.'
Ze knikte, terwijl ze probeerde haar ademhaling weer onder controle te krijgen. Het was een fantastisch begin. Achter zich hoorde ze takken zwiepen toen eekhoorns speels van boom naar boom sprongen. Boven hun hoofden zongen vogels, en een paar vlinders draaiden samen een pirouette boven het gras. Plotseling bevond ze zich midden in een Disney-film; elk moment konden bloemknoppen openbarsten en een konijnenfamilie uitbreken in een jubelend gezang.
'Dit heb ik al weken willen doen,' zei Tyler.
'Ik ook.' Haar hart bonsde tegen haar ribbenkast.
'En ik kan niks leukers bedenken dan ermee doorgaan.' Zijn grijze ogen glansden. 'Maar ik denk dat we moeten proberen om hier professioneel mee om te gaan.'
Ze knikte verwoed, zichzelf wakker schuddend uit de verdoving die haar had omhuld als een dekbed van ganzenveren. 'Absoluut. Professioneel. Verstandig.' Ze raakte de draad kwijt; welk woord zocht ze nu precies? O ja. 'Zakelijk.'
'Ik zal mezelf moeten gedragen,' zei hij. 'Tot maandag.'
'Volgende week maandag.' Ze kon bijna niet wachten totdat hij zich zou misdragen.
'Geen Ruby, geen Nat. Alleen jij en ik.'
'Ja.' Oeps, nu zat er ook een felgele stuifmeelvlek op de voorkant van zijn overhemd waar ze tegen hem aan had gestaan. Terwijl ze er zinloos overheen wreef, zei ze: 'Moet je eens zien wat ik bij je heb gedaan.'
Geamuseerd trok hij zijn wenkbrauwen op. 'Dat is nog wel het minste wat je bij me hebt gedaan. Maar misschien kan ik beter even een ander overhemd gaan aantrekken. We willen onszelf niet meteen verraden, hè?'
Het dekbed van ganzenveren gleed weg. Schaamde hij zich voor haar? 'Wil je niet dat iemand het weet?'
'Oei, wat gevoelig.' Hij klonk geamuseerd. 'Dat is het helemaal niet. Ik dacht alleen dat je misschien liever had dat Nat en Ruby het niet wisten. Want dan zullen ze het je knap lastig gaan maken, denk ik.'
Ze slikte van opluchting. Toen knikte ze. 'Dat is waar.'

In huis begon Tylers telefoon te rinkelen. 'Ik kan maar beter gaan opnemen.'
'En trek dan meteen een ander overhemd aan. Ik ga ook naar huis om even wat anders aan te doen.'
Hij kneep even in haar hand en verdween toen naar binnen.
Bij zichzelf glimlachend liep ze het tuinpad af. Ze hadden elkaar net voor het eerst gekust.
Kom maar op, maandagavond.
Toen ze uit zicht was verdwenen, trilden de takken van de plataan opnieuw. De broertjes Jenkins, Ben en Harry, stootten elkaar aan en gniffelden. Soms, wanneer ze zich in bomen verstopten, gebeurde er helemaal niks opwindends en vermaakten ze zich door vieze woordjes in de stam te kerven, of door takjes, bladeren en insecten op de hoofden van ongelukkige voorbijgangers te laten vallen.
Maar dit was fantastisch. Grote mensen zien kussen was een miljoen keer beter dan kevers op nietsvermoedende hoofden gooien. En niet zomaar grote mensen. Nee. Dit was die nieuwe vent uit Amerika, ha, samen met de moeder van Nat en Ruby Carlyle, ha ha!
Na nog een keer te hebben gecontroleerd of de kust veilig was, lieten Ben en Harry zich uit de boom vallen als mini-ninja's en renden weg door het struikgewas. Toen ze veilig hun hol hadden bereikt, stompten ze elkaar en lieten zich op de zanderige grond vallen.
'Ze waren aan het zoenen!'
'Jakkes, zoenen!'
'Als we ons hier maandagavond verstoppen, kunnen we misschien wel zien dat ze het doen!'
'Wat doen?'
'Hét, idioot.' Harry draaide met zijn heupen om het voor te doen.
'O, dat.' Dansen, begreep Ben. Hij mocht dan wel pas zeven zijn, maar hij wist best dat meisjes jongens kusten als ze met hen dansten.
'Dit is fantastisch.' Harry, wiens levensmissie het was om rivalen af te troeven, stak triomfantelijk een vuist in de lucht. 'Wacht maar totdat Nat en Ruby dit horen.'

25

'Hoi!' Zwaaiend baande Lottie zich een weg naar Mario en Karen die aan een hoektafeltje zaten.
Mario, meteen op zijn hoede, vroeg: 'Wat doe jij hier?'
'Nou, dat is nog eens een warm welkom. Maar goed dat ik zelf al een drankje heb gehaald!' Vrolijk met haar vingers naar Karen wapperend, pakte Lottie de derde stoel en ging zitten. 'Je vindt het toch niet erg als ik erbij kom zitten, hè? Hoe was het trouwens in Stratford? Nog iets leuks gekocht?'
'Eh, nou... jawel.' Duidelijk verbijsterd over deze inbreuk op hun privacy, keek Karen naar Mario.
'Waar zijn de kinderen?' wilde Mario weten.
'Opgesloten in een politiecel.' Lottie trok een gezicht naar hem en vervolgde toen stralend: 'Cressida past op. Ik had gewoon zo'n zin in een avondje uit.'
Haar taxerend opnemend zei hij: 'Ja, vast.'
'Nou, waarom niet? Het is een heerlijke avond.' Ze nam een slokje, ging ontspannen zitten en slaakte een tevreden zucht. 'Wat kan nu leuker zijn dan met zijn drietjes een beetje buiten zitten?'
'Wacht eens even. Sorry.' Met kaarsrechte schouders vroeg Karen op hoge toon: 'Ben jij Mario's vriendin?'
'Vriendin? Jeetje, nee, ik ben zijn vrouw.'
Karens ogen vielen bijna uit hun kassen.
'Ex-vrouw,' verbeterde Mario haar vermoeid.
'Ex-vrouw en moeder van zijn kinderen. Maar we kunnen het nog steeds heel goed met elkaar vinden, hè?' Lottie gaf Mario een vriendschappelijke stomp. 'Niet op díe manier natuurlijk, maar gewoon op een goede-vriendenmanier. Net zoals ik goed kan opschieten met Amber, zijn vriendin. Ze is op het ogenblik op vakantie, maar ze is hartstikke leuk. Als je haar kende, zou je haar ook aardig vinden.'
'Oké.' Mario stak zijn handen op. 'Je bent duidelijk genoeg geweest, je hebt gezegd wat je wilde zeggen. Maar het is echt niet nodig. Ik heb je al verteld dat ik helemaal niks verkeerds doe. Karen en ik zijn gewoon vrienden.'
Lottie, zich afvragend hoe erg hij haar op dit moment precies haat-

te, knikte enthousiast: 'Dat weet ik! En dat vind ik fantastisch! Daarom leek het me zo leuk om ook te komen, zodat we samen als vrienden een gezellige avond kunnen hebben!'

Ze was hem te slim af geweest. Beseffend dat geen ontsnappen aan was, haalde Mario goedmoedig zijn schouders op en zei: 'Prima. Dan doen we dat.'

'Leuk.' Lotties glimlach was oogverblindend. 'Karen? Je vindt het toch niet erg, hè?'

Karen keek alsof Lottie haar net had voorgesteld om een snorretje boven haar mond te laten tatoeëren, maar aangezien Mario al had ingestemd, was ze genoodzaakt haar hoofd te schudden en te zeggen: 'Nee, natuurlijk vind ik het niet erg.'

Ze loog natuurlijk dat het gedrukt stond, maar Lottie liet haar plezier er niet door vergallen. Warm zei ze: 'Dat is fantastisch!'

'O!' Alsof ze zich net had herinnerd dat ze nog een Uit de Gevangenis-kaart had, flapte Karen eruit: 'Maar we kunnen niet lang blijven, hoor.' Ze deed alsof ze teleurgesteld keek. 'We gaan naar Cheltenham.'

'Om iets te eten.' Lottie knikte weer enthousiast. 'Ik weet het, daar had Mario het over. Je zult Trigiani fantastisch vinden, ze hebben ontzettend lekkere spaghetti marinara. Daarom heb ik expres ook nog niks gegeten!'

Werkelijk, voor een meisje dat alleen maar op zoek was naar gezelschap en een goed gesprek, kon je niet zeggen dat Karen echt haar best had gedaan op dat gebied. Na het eten bij Trigiani verliep de autorit terug naar Hestacombe nogal stilletjes. Toen ze bij Piper's Cottage aankwamen en Mario afremde, boog Lottie zich vanaf de achterbank naar voren en zei: 'Zullen we Karen eerst even afzetten?'

'We zijn nu al hier.' In de achteruitkijkspiegel ving Mario's blik de hare. 'Plus dat ik Karen graag even onder vier ogen wil spreken.'

Quelle surprise.

'En ik wil jou graag even onder vier ogen spreken,' zei Lottie. 'Over Ruby en Nat. Je vindt het toch niet erg om als eerste naar huis te worden gebracht, Karen?'

Karen, die het inmiddels helemaal had gehad en niets liever wilde dan aan Lottie ontsnappen, gebaarde met haar Chanel-enveloptas-

je – anders dan alle andere Chanel-tassen die Lottie ooit had gezien, was dit een echte en geen namaak – en zei: 'Nee, hoor, doe maar. Wat je wilt.'
Lottie was dol op die uitdrukking. Hij betekende: Jij hebt gewonnen, ik geef het op.
Wat je wilt.
Om te gillen.

'Goed gedaan,' zei Mario, terwijl hij voor de tweede keer voor Piper's Cottage stopte.
Lotties glimlach was sereen. 'Voor jou doe ik alles.'
'Tevreden met jezelf?'
'Ontzettend.'
'Het was nergens voor nodig, weet je. Ik had heus geen chaperonne nodig.'
'Natuurlijk niet.' Ze klopte op zijn arm. 'Je zou Amber nooit bedriegen.'
'Dus waarom heb je het dan toch gedaan?'
'Voor de zekerheid. Zet de motor uit.'
Hij rolde met zijn ogen. 'Waarom?'
'Omdat je vanavond hier blijft. Bij ons.'
'Wil je wat met me?'
'Nee, maar ik ken een meisje dat dat wel wil,' antwoordde ze.
'Die is hier niet meer.'
'Nee, maar misschien belt ze je wel en haalt ze je, tegen beter weten in natuurlijk, over om weer ergens af te spreken. Als jouw chaperonne is het mijn plicht om je te beschermen tegen slechte, lichtzinnige vrouwen. Eigenlijk vind ik dat je de rest van de week bij ons zou moeten logeren. De kinderen zouden het hartstikke leuk vinden.'
'En?'
'En als Amber me dan vraagt of je je netjes hebt gedragen, kan ik zeggen dat dat zo is.'
Hij schudde zijn hoofd, half glimlachend om de blik op haar gezicht. 'Betekent het echt zoveel voor je?'
'Ik wil dat mijn kinderen gelukkig zijn. Dat is voor mij het allerbelangrijkste. En ze zijn zo gek op Amber. Dat jullie samen zijn, maakt ze gelukkig. Ik wil niet dat dat verpest wordt.'

'Oké, oké, als het zo belangrijk is, blijf ik de rest van de week wel hier.'
Hoera, victorie! Ze sprong uit de auto en danste naar de bestuurderskant. Toen Mario uitstapte, lang en slank in zijn donkerblauwe overhemd en gebleekte spijkerbroek, stak ze haar arm door de zijne en plantte een dankbare kus op zijn wang. Gearmd liepen ze het tuinpad op. Het was pas tien uur, wat betekende dat de kinderen nog op waren en dat Mario en zij ongetwijfeld met geweld zouden worden gedwongen tot een marathonzitting monopoly.
'Nog één ding.' Mario bleef staan voordat ze de voordeur had opengemaakt.
'Wat dan?'
'Die mooie preek van je over dat ik bij Amber moet blijven omdat de kinderen gek op haar zijn, en dat ik hun levens zou verwoesten en ze in lijmsnuivende crimineeltjes zou veranderen als ik een andere vriendin nam.'
'Ja?' Als ze monopoly gingen spelen, dan wilde Lottie de racewagen zijn. Ze won altijd als ze de racewagen was.
Mario keek haar peinzend aan. 'Waarom mag jij dan wel met Tyler Klein uit?'

Mario was aan het werk toen een bewonderend fluitje door de showroom met airconditioning klonk. Hij keek op en zag wat de oorzaak was; Amber kwam door de automatische deuren naar binnen.
'Je bent maar een bofkont.' Jerry, de veroorzaker van het gefluit, streek over zijn zorgvuldig gecultiveerde stoppels en bestudeerde Amber met het gezicht van een moeilijk onder de indruk te krijgen trainer op een paardenveiling. 'Mocht je ooit genoeg van haar krijgen, dan wil ik haar wel van je overnemen.'
'Mocht je willen,' zei Mario, want Jerry woog ruim honderd kilo en probeerde zijn grijzende haar te verbergen met een ruimhartige toepassing van Just for Men.
Bovendien was Mario helemaal niet van plan om Amber aan wie dan ook over te doen. Hij keek naar haar, terwijl ze door de showroom liep. Ze zag er fantastisch uit in haar zonnebloem-gele zijden topje en wapperende witte rokje. Haar haar was blonder en

haar teint bruiner dan ooit. Ze gloeide van levenslust. Gelukkig waren er geen klanten in de buurt.

'Je bent terug.' Hoewel het op het moment irritant was geweest, was hij nu blij dat Lottie zichzelf had opgeworpen als zijn chaperonne. Hij had een zuiver geweten; hij had niets verkeerds gedaan, en dat voelde fantastisch. Amber omhelzend, de verrukkelijke geur van haar huid inademend, kuste hij haar. 'Ik heb je gemist.'

'Echt?' Zich tot zijn collega's wendend, vroeg ze speels: 'Is dat zo?'

'Helemaal niet.' Jerry, altijd even behulpzaam, zei: 'Ik zou hem aan de kant zetten als ik jou was. Wil je niet liever een keertje met mij uitgaan?'

'Ziet ze er zo wanhopig uit?' Mario pakte haar hand en zei: 'Laten we even een rustig plekje opzoeken.'

'Wacht even. Jerry, heeft mijn vriend zich netjes gedragen?'

'Absoluut. Hij was beleefd tegen alle paaldanseressen en hij heeft netjes om toestemming gevraagd voordat hij briefjes van twintig in hun g-string stopte.' Bulderend om zijn eigen grapje, vervolgde Jerry: 'En hij verwarmde steeds zijn handen voordat...'

'Hij zijn personeel ontsloeg,' maakte Mario de zin voor hem af.

'Misschien heb ik het aan de verkeerde gevraagd,' zei Amber met een spijtig lachje.

Mario kneep zacht in haar hand. 'Kom, dan praten we buiten verder.' Op het parkeerterrein achter de showroom kuste hij haar nog een keer. 'Hoe laat ben je teruggekomen? Ik dacht dat ik je pas vanavond zou zien.'

'Het vliegtuig landde om één uur, en we waren om halfdrie thuis. Maar vanavond heb ik geen tijd voor je. Een van mijn vaste klanten heeft, omdat ik er niet was, in haar wanhoop zelf haar haren proberen te verven. Blijkbaar ziet ze er nu uit alsof ze haar vingers in het stopcontact heeft gestoken, en ze weigert om nog een stap buiten de deur te zetten totdat ik haar heb geholpen. Daarom ben ik nu even hier.'

'Maar... je zou bij ons komen.' Mario kon zijn oren niet geloven. De afgelopen week had hij de uren zo'n beetje op zijn vingers afgeteld. 'We hebben van alles in huis voor een barbecue. En de kinderen verheugden zich er zo op om je te zien.'

Onderzoekend keek ze hem aan. 'En jij dan?'

'Ik ook.' Hoe kon ze die vraag zelfs maar stellen?

'Nou, mooi. Maar Maisy's haar is groen. Het zal uren kosten om het weer goed te krijgen, en ik weet nu al dat ik vanavond kapot zal zijn. Dus dan zie ik jullie morgen wel.' Ze maakte de kofferbak van haar blauwe Fiat open en pakte er een doos uit. 'En dit mag je vast aan Nat en Ruby geven, dat zal ze wel opvrolijken.'
Anders dan Tyler Klein was Amber heel goed in cadeautjes uitkiezen en wist ze altijd precies de goede te vinden. Terwijl de doos in zijn armen werd geduwd, zei Mario: 'Ze zouden het leuker vinden als je zelf kwam.'
'Ik kom ook. Morgen.' Ze keek op haar horloge, boog zich naar hem toe en gaf hem een snelle kus op de wang. 'Ik kan maar beter gaan. Ik heb zoveel in te halen. Dag, schat. En vergeet niet om de monsters een dikke, sappige kus van me te geven.'
Mario bleef de Fiat staan nakijken toen hij het parkeerterrein af reed en de weg op denderde. Als hij niet beter wist, zou hij zich nog gaan afvragen of ze op vakantie misschien iemand anders had leren kennen.
Nee. Dat was belachelijk. Amber zou dat nooit doen.
Toch was ze anders dan anders geweest, en dat was behoorlijk verontrustend. Zijn teleurstelling wegslikkend – en vastberaden het ongemakkelijke gevoel in zijn borstkas negerend – liep hij de showroom weer in.
Hij had zich voor niets op vanavond verheugd.
'Hé!' kraaide Jerry. 'Daar heb je hem weer, terug van zijn vluggertje op het parkeerterrein. En dames en heren, één minuut en drieënveertig seconden kun je wel vlug noemen...'
Mario reageerde op Jerry's kinderachtige poging tot humor met de minachting die hij verdiende. Jezus, was het echt pas vier uur? En de uren aftellen tot Ambers terugkomst was dus ook voor niks geweest.

26

'*Tonight's the night*... da da, di-da da.' Lottie zong zachtjes zodat niemand haar kon horen, terwijl ze zichzelf in kapspiegel bekeek.

Haar jurk was donkerrood en glanzend, net als haar mond. Haar haren, die ze vanavond los had, waren een grote massa zwarte krulletjes, en haar ogen straalden. De zwarte zijden beha en het bijpassende slipje die ze onder haar jurk droeg, waren van het soort waarvan je heel erg hoopte dat iemand ze zou zien. Onder haar jurk ging ook haar hart tekeer als een hamster in een tredmolen, terwijl ze de mascara pakte en de laatste hand aan haar ogen legde. Over tien minuten zouden Mario en Amber de kinderen komen ophalen. Nat en Ruby zouden bij Mario blijven slapen... O ja, dit zou beslist een gedenkwaardige avond worden. Zich half omdraaiend voor de spiegel, bestudeerde ze kritisch haar figuur. Toen ze het zachte geklepper van slippers op de trap hoorde, riep ze: 'Ruby? Kom eens kijken? Heb ik een dikke kont in deze jurk?'
Ruby verscheen in de deuropening van de slaapkamer. 'Ja.'
'Mooi.' Lottie gaf een tevreden klopje op haar welgevormde achterste. Al zei ze het zelf, het was een van haar grootste pluspunten. Toen zag ze de uitdrukking op Ruby's gezicht. 'Ruby? Wat is er?'
'Nat heeft buikpijn. Hij heeft overgegeven en nu huilt hij.'
'Overgegeven!' Gealarmeerd rende Lottie naar de deur. 'Waar?'
'Niet op het tapijt. In de wc-pot. Hij zegt dat zijn buik echt heel erg pijn doet.'
Samen haastten ze zich de trap af. Nat lag op de bank in de huiskamer. Hij had zijn buik vast en jammerde van de pijn.
Lottie knielde naast hem neer om zijn gezicht te strelen. 'Och, lieverd, wanneer is het begonnen?'
'Net. Bij het eten voelde ik me al een beetje ziek, maar nu is het erger geworden.' Nat vertrok zijn gezicht en klemde zijn kaken op elkaar. 'Mama, het doet zo'n pijn.'
Lottie, die zijn voorhoofd streelde, vroeg ineens verbaasd: 'Hoe komt het dat je zo nat bent?'
'Ik heb mijn gezicht gewassen na het overgeven. En ik heb de wc ook doorgetrokken.'
'Je hebt je gezicht gewassen én eraan gedacht om door te trekken?'
Om te kijken of ze hem aan het lachen kon krijgen, zei ze: 'Dat is een dubbel wonder!'
Nat begroef echter zijn gezicht in haar hals en jammerde: 'Hou me vast, mama, je moet me beter maken. O, ik moet weer overgeven...'

Lottie voelde even iets van ergernis, en daar was ze beslist niet trots op. Nat was ziek; hij was altijd veel vatbaarder geweest voor buikklachten dan Ruby. Ze had hem in de loop der jaren door heel wat overgeefsessies heen geholpen, en onveranderlijk was hij de volgende dag altijd weer helemaal beter geweest.

Maar vanavond was dé avond, háár avond, en ze wilde niet dat dit nu gebeurde. Ze had zich mooi aangekleed, haar haren gedaan, haar benen geschoren. Tyler verwachtte haar over nog geen halfuur bij hem thuis. Behalve van de trap vallen en allebei haar benen breken had ze zich niet kunnen voorstellen dat iets haar ervan zou weerhouden om te gaan.

Stom genoeg was ze vergeten dat ze een moeder was.

'Ik heb de afwasbak gehaald,' verkondigde Ruby, 'dan kan hij daarin overgeven als het ineens heel snel gaat.'

'Dank je wel.' Terwijl Nat zich met handen en voeten aan haar vastklampte, begreep Lottie dat dit het gevoel was dat je zou hebben wanneer je vaste lottonummers wonnen, maar je net die week vergeten was om loten te kopen. 'Maar het was handiger geweest als je de afwas er eerst uit had gehaald.'

'Waar is Amber?' wilde Ruby weten toen Mario een paar minuten later arriveerde.

'Ze kan vanavond niet. Ze heeft het druk.' Verontrust keek Mario naar Nat en het afwasteiltje. 'Wat heeft hij?'

Nat schonk hem een zielige blik. 'Ik ben echt ziek.'

Mario deinsde zichtbaar achteruit alsof hij bang was dat Nat ineens op de kots-stand zou overschakelen.

'Het is niet gezegd dat hij weer zal overgeven,' zei Lottie op smekende toon. 'Hij heeft alleen maar buikpijn.' Wanhopig bleef ze Nats gezicht strelen en zei: 'Misschien moet je maar gewoon gaan slapen, lieverd.'

'Neeeee.' Nat schudde zijn hoofd en verstevigde zijn greep op haar.

'Arme mama.' Ruby keek haar vol medelijden aan. 'Nu mist ze een belangrijke vergadering in Bath.'

'Een vergadering?' Met een blik op Lotties strakke, glanzende jurk trok Mario sceptisch een wenkbrauw op.

'Iets van de vvv. Een vergadering, met na afloop een diner.' Lottie, die de hele dag geoefend had op de leugen, probeerde zichzelf te verdedigen. 'In de Pump Rooms. Iedereen gaat op chic.'

Niet dat het nog wat uitmaakte. Ze wisten allemaal dat ze toch niet meer zou gaan. Tenzij door een of ander wonder... 'Nat, papa kan toch ook voor je zorgen? Hm? Hij...'
'Neeeee!' Zichzelf opnieuw op haar werpend, dreinde hij: 'Ik voel me naar. Niet weggaan, mama. Je moet bij me blijven.'

'Ga je alweer uit?' Ruby keek geschokt.
'Hoe bedoel je, alweer?' Druk bezig de ontbijttafel af te ruimen, trok Lottie wraakzuchtig haar wenkbrauwen op. 'Ik ben nog helemaal niet uit geweest!'
Het was de volgende ochtend, en Nat was verdacht snel hersteld van zijn buikklachten. Zijn zogenaamde buikklachten. Na in sneltreinvaart een hele berg Choco Pops naar binnen te hebben gewerkt, was hij weer naar boven gerend om zich aan te kleden voor school, en ze hoorde hem nu de trap weer af komen denderen, terwijl hij luidkeels de nieuwe single van Avril Lavigne brulde.
Ruby, die aan tafel haar eigen kom cornflakes met noten zat weg te werken – wat altijd een eeuwigheid duurde, omdat ze weigerde er melk bij te doen – keek Nat aan toen hij de keuken in kwam stormen en zei veelbetekenend: 'Ze gaat weer uit.'
Nat stopte meteen met zingen. 'Waarom?'
'Omdat jullie bij jullie vader gaan barbecuen, en ik heb besloten om een avondcursus te gaan volgen in Cheltenham.' Terwijl ze zichzelf een kop sterke koffie inschonk, vervolgde ze: 'Als dat van jullie mag tenminste.'
'Wat voor cursus?'
Tja, wat? Macramé? Russisch voor beginners? Brei je eigen kuisheidsgordel?
'Linedansen,' antwoordde ze vastberaden.
Ze staarden haar ongelovig aan. 'Wat?'
'Dat is leuk.'
'Is dat waarbij je cowboyhoeden en puntlaarzen aan moet? En dan allemaal op een rijtje dansen?' Nat sloeg zijn hand voor zijn mond om een giechel te onderdrukken. 'Dat is zielig, zeg.'
'Je hoeft niet per se een hoed en laarzen aan te trekken.'
'Toch is het zielig. Megazielig. Alleen hele saaie sufkoppen doen dat.'
Omdat ze het gevoel had dat ze linedansers moest verdedigen – ze

had het zelf weliswaar nooit geprobeerd, maar het zag er altijd zo vrolijk uit – zei ze: 'Maar ik ga het ook doen, en ik ben geen saaie sufkop.' Als extraatje voegde ze eraan toe: 'En Arnold Schwarzenegger ook niet, en hij doet al jaren aan linedansen.'
'Dat is gelogen!' Woedend schreeuwde Nat: 'Dat doet hij niet!'
'Het is allemaal gelogen,' zei Ruby geringschattend. 'Ze gaat helemaal niet naar een cursus. Ze zegt dat alleen maar zodat ze dan die man weer kan zien.'
Nate keek Lottie aan. 'Is dat zo?'
De moed zonk Lottie in de schoenen. Waarom moest het leven zo ingewikkeld zijn? 'Oké, ik was echt van plan om naar linedansen te gaan.' Ze sprak snel, want liegen was één ding, betrapt worden op liegen een tweede. 'Maar voor daarna heb ik met Tyler afgesproken.'
Ruby schoof haar kom cornflakes opzij. 'Zie je wel?'
'Nee.' Nat schudde zijn hoofd. 'Mama, dat mag niet.'
'Nat, voor jou maakt het niets uit. Jij hoeft hem toch niet te zien? Hij is een aardige man,' zei Lottie hulpeloos.
Hij stak zijn onderlip naar voren. 'Je bedoelt dat jij hem aardig vindt.'
'Ja, ik vind hem aardig.' Ze zette haar kopje neer. 'Lieverd, het is gewoon een avondje uit. Met een vriend.'
'En dan nog een avondje uit en nog één en nog één,' zong Ruby, 'en hij is niet een vriend, hij is jé vriend.' Ze spuugde het laatste er uit alsof het een geval van botulisme was. 'Mama, ga alsjeblieft niet met die man uit. Hij haat ons!'
'Hij haat jullie niet! Hoe kom je daar nu bij? Oké.' Lottie stak haar handen op toen ze allebei hun mond openden. 'We hebben hier nu geen tijd voor. Het is al halfnegen. We praten er na school nog wel over.'
'Vast,' zei Ruby met een norse blik. Ze schoof haar stoel achteruit, terwijl Lottie naar haar autosleuteltjes begon te zoeken. 'Dat betekent dat je toch met hem uitgaat vanavond.'
Was er echt een reden te bedenken waarom ze dat niet zou doen? Met het gevoel dat ze haar onterecht aanvielen, pakte Lottie de cornflakeskom op en zei: 'Ja, dat doe ik ook. En ik verheug me er op. En nu tandenpoetsen jullie.'

Aan de periode van mooi weer kwam die middag een abrupt einde. Houtskoolgrijze wolken kwamen vanuit het westen opzetten, en de eerste dikke regendruppels, groot als muntstukken, vielen op de voorruit van Lotties auto toen ze naar Oaklea School reed om Ruby en Nat op te halen. Zoals ze had kunnen verwachten, was het gespetter tegen de tijd dat ze een parkeerplek had gevonden, veranderd in een regelrechte plensbui. En zoals ook te verwachten viel, had ze geen jas bij zich. Zichzelf geestelijk voorbereidend op een sprintje naar school, sprong ze atletisch uit de auto en hoorde een onheilspellende krrrak toen het bescheiden splitje aan de voorkant van haar rok in een beslist onbescheiden split veranderde die bijna tot aan haar onderbroek kwam.

Nou ja, dan zou ze gewoon achteraan op het schoolplein moeten blijven rondhangen, haar aanwezigheid uit de verte kenbaar maken aan Nat en Ruby, en er dan weer snel vandoorgaan. Ze pakte de split stevig vast, maar toen ze merkte dat ze op die manier alleen maar kon dribbelen als een geisha, gaf ze het op en probeerde de split met haar handen te bedekken. Nu leek het alsof ze heel nodig moest plassen.

Nou ja, ze was er bijna. Verdomme, waarom moest het altijd net gaan regenen als de school uitging? Toen ze naar beneden keek om te controleren of ze qua rok in elk geval nog semidecent was, hapte ze naar adem bij de volgende ontdekking: haar witte blouse was zeiknat en plakte aan haar als huishoudfolie, trots haar kanten rode beha onthullend.

27

Lottie voelde zich net een vieze oude man – hoewel ze, als ze echt een vieze oude man was geweest, vast wel de luxe van een regenjas had gehad – toen ze, verborgen tussen de bomen achteraan het schoolplein, naar Nat en Ruby zwaaide die hun klaslokalen uit kwamen buitelen. Tegen de tijd dat ze naar haar toe renden, was ze al op weg naar het hek. 'Kom, laten we gaan, moeten jullie eens zien wat ik met mijn rok heb gedaan.' De kinderen voor zich uit

duwend, gebruikte ze Ruby als een soort menselijk schild. 'Nat? Opschieten, lieverd, het regent.'
'We kunnen nog niet weg. Miss Batson wil je spreken.'
Lottie bleef abrupt staan. Bestonden er ook andere woorden die in het hart van een moeder een groter gevoel van naderend onheil teweeg konden brengen? Ze was geen watje, maar Nats juf was echt angstaanjagend. Miss Batson – niemand kende haar voornaam, waarschijnlijk zelfs haar moeder niet – was achterin de vijftig. Haar staalgrijze haar paste bij haar kleren, die op hun beurt weer pasten bij haar manier van doen. Wanneer zij een gesprek verlangde met een of andere arme, nietsvermoedende ouder, dan wist je dat het tijd was om bang te zijn.
'Goed, ik zal haar wel bellen voor een afspraak.' Een facelift zonder verdoving was te prefereren, maar er was geen ontsnappen aan. Het karwei moest worden geklaard.
'Nee. Nu!' drong Nat aan.
'Lieverd, het regent. En mijn rok is gescheurd. Ik kan haar vandaag niet spreken.' Lottie probeerde hem in beweging te krijgen, maar hij zette zijn hakken in het zand.
'Het moet. Ze zei nu!'
Haar maag draaide zich om. 'Waarom? Wat heb je gedaan?'
'Niets.' Met hangend hoofd schopte hij tegen een steen.
'Waarom moet het dan per se nu?'
Hij mompelde: 'Gewoon.'
Over de speelplaats wijzend, zei Ruby: 'Ze staat al te wachten.'
O god, dat was inderdaad zo. Lottie voelde zich misselijk worden toen ze miss Batson in de deuropening van het klaslokaal zag staan. Zelfs van deze afstand zag ze er bars uit. En eng. En helemaal niet alsof ze elk moment kon uitbarsten in het opwekkende refrein van 'My Favourite Things'.
Waarschijnlijk was een van haar favoriete dingen het kauwen op en uitspugen van ongelukkige ouders als ontbijt.
Met Nats hand in de hare liep Lottie over het schoolplein. De laatste keer dat ze was ontboden door miss Batson was toen een van Nats klasgenootjes hem met een stomp potlood in zijn been had gestoken en Nat wraak had genomen door terug te steken met een scherp potlood. Lottie was toen onderworpen aan een lange preek over dat Geweld Niet Werd Getolereerd op Oaklea, en ze had het

gevoel gekregen dat ze een Erg Slechte Ouder was, omdat ze een kind had opgevoed met zulke antisociale neigingen. Aan het eind van de preek had ze alleen nog maar kunnen denken dat ze nu heel graag zelf een scherp potlood in de hand had gehad.

En nu, natter dan ooit, knipperde ze het regenwater weg uit haar ogen, haalde een paar keer diep adem en zei: 'Hallo, miss Batson. U wilde me spreken?'

'Miss Carlyle. Goedemiddag. Ja, inderdaad.'

'Mrs.,' verbeterde Lottie haar. Ze haatte het om aangesproken te worden met 'mzz', dat klonk als een wesp die tot moes werd geslagen.

Haar opmerking negerend, duwde miss Batson Nat en Ruby door het klaslokaal heen naar de deur. 'Jullie kunnen op ons wachten in de gang. Ga maar even voor het kantoor van de secretaresse zitten. Mzz. Carlyle?' Met een scherp knikje van haar Brillo-hoofd, dirigeerde ze Lottie naar een van de stoelen voor haar eigen tafel. 'Maakt u het zich gemakkelijk.'

Dat was vast een grap. De uit plastic gegoten grijze stoel was ontworpen voor mensen van kinderformaat. Lotties knieën kwamen hoger dan haar achterste, haar achterste was breder dan de stoel, en hoe strak ze haar benen ook tegen elkaar perste, dankzij de split tot aan haar kruis, kon miss Batson ongetwijfeld haar gestreepte roze onderbroek zien.

Plus dat ze regenwater op de vloer drupte, en de cups van haar rode beha als twee verkeerslichten door haar natte witte blouse heen gloeiden.

'Let u maar niet op mijn rok.' Op zo opgewekt mogelijke toon legde Lottie uit: 'De split scheurde uit toen ik uit de auto stapte. Dat heb ik weer!'

'Hm. We zijn hier om het over Nat te hebben.' Miss Batsons toon was bedoeld om Lottie het gevoel te geven dat ze dom en lichtzinnig was. 'Ik moet u zeggen, miss Carlyle, dat ik me grote zorgen om hem maak.'

Met droge mond vroeg Lottie: 'Wat heeft hij gedaan?'

'Hij heeft vanochtend een liniaal geleend van Charlotte West en weigerde daarna om hem terug te geven.'

'Oké. Een liniaal.' Opluchting stroomde als alcohol door haar heen. 'Nou, zo vreselijk is dat toch niet?' De vermanende blik in

miss Batsons ogen opvangend, voegde ze er snel aan toe: 'Nou ja, het is natuurlijk wel vreselijk, maar ik zal met hem praten, hem uitleggen dat hij...'
'Toen ik hem uiteindelijk de liniaal had afgepakt, weigerde hij om zijn verontschuldigingen aan te bieden. En toen ik hem voor straf in de hoek liet staan, gebruikte hij een krijtje dat hij in zijn zak had om iets mee op de muur te schrijven.'
'O. En wat heeft hij opgeschreven?'
'Hij schreef "Ik haat",' meldde miss Batson ijzig, 'voordat ik hem het krijtje afpakte. En daarna, toen ik hem een standje gaf omdat hij schooleigendommen had beklad, begon hij te huilen.'
'Goed. Oké, daar zal ik het dan ook met hem over hebben.'
'Tijdens de lunchpauze heb ik onder vier ogen met Nat gesproken, omdat ik wilde weten waarom hij zo vernielzuchtig was. Hij is een erg ongelukkig klein jongetje, miss Carlyle. Hij heeft me alles verteld, het hele verhaal. En ik moet zeggen dat ik het erg verontrustend vind. Heel erg verontrustend.'
Verlamd en ongelovig vroeg Lottie: 'Welk hele verhaal?'
'Uw zoontje is het slachtoffer van de scheiding van zijn ouders, miss Carlyle. Een scheiding is voor elk jong kind een traumatische ervaring. Maar nu heeft u, als alleenstaande moeder, een relatie aangeknoopt met een andere man. Een man aan wie Nat een hekel heeft,' zei miss Batson op ferme toon.
'Maar...'
'En dat heeft een rampzalige uitwerking op Nat,' vervolgde de oudere vrouw met een strakke mond van afkeuring. 'Hij voelt zich machteloos. Hij heeft zijn gevoelens vaak genoeg aan u kenbaar gemaakt, maar u heeft er blijkbaar voor gekozen om zijn verdriet te negeren.'
'Maar ik...'
'U heeft juist de, eerlijk gezegd, buitengewoon vreemde beslissing genomen om deze ongeschikte relatie voort te zetten, zonder rekening te houden met de geestelijke toestand van uw zoontje. Wat me nogal schokt, moet ik zeggen. Een moeder die haar eigen geluk verkiest boven dat van haar kinderen, toont een gebrek aan inlevingsvermogen en een overmaat aan egoïsme.'
Met stomheid geslagen keek Lottie langs miss Batson heen naar de kaart van Afrika die achter haar aan de muur hing. Toen begon

Afrika te vervagen, en ze besefte tot haar eigen afgrijzen dat ze tranen in haar ogen had.

'U zult serieus moeten nadenken over wie belangrijker voor u is, miss Carlyle. Die man of uw zoontje?' Miss Batson zweeg even, zodat de boodschap goed tot Lottie kon doordringen. 'Van wie houdt u meer?'

Lottie had zich nog nooit van haar leven zo klein gevoeld. Schaamte welde in haar op, en een traan gleed eenzaam over haar wang. Miss Batson vond haar een schande, een moeder van niks, en ongetwijfeld ook nog een slet, met haar hoge hakken en rok met een split tot aan het kruis en haar kijk-naar-me-beha.

'Nou?' Miss Batson tikte met haar vingers op tafel, wachtend op een antwoord.

'Ik hou meer van mijn zoon.' Het kwam eruit als een fluistering.

'Fijn. Ik ben blij dat te horen. Dus dan neem ik aan dat we dit niet nodig hebben?'

'Wat is dat?' Lottie keek naar het kaartje waar een telefoonnummer op stond geschreven.

'Het contactnummer van de kinderbescherming.'

'Wat!'

'Nat heeft me alles verteld,' herhaalde miss Batson koeltjes. 'Over de geestelijke wreedheid die uw zogenaamde vriend uitoefent op hem en zijn zusje. De dingen die hij in de loop van de afgelopen weken heeft gezegd en gedaan – nou, ik kan u verzekeren dat het niet aangenaam was om te moeten horen. Als u op zoek bent naar een potentiële stiefvader voor uw kinderen, miss Carlyle, dan zult u ook rekening moeten houden met hun gevoelens. Zij zijn degenen om wie het gaat. Goed dan, we zullen dit opbergen. Voorlopig.' Ze vouwde het kaartje dubbel en stopte het in de tafella.

'Wacht eens even.' Het bloed steeg Lottie naar de wangen toen tot haar doordrong wat miss Batson impliceerde. 'Er is geen enkele sprake geweest van geestelijke wreedheid! Tyler is geen monster! Hij doet zijn uiterste best om met ze op te schieten, hij heeft ze nooit expres kwaad willen berokkenen! Als ze hem maar de kans gaven om...'

'Misschien hebben we dit nummer toch nog nodig.' Miss Batsons benige vingers schoten terug naar de lade.

'Nee, dat hebben we niet!' Nu wilde Lottie haar echt met een scherp potlood steken. 'Dat hebben we niet, oké? Ik probeer u alleen maar uit te leggen dat het allemaal veel erger wordt gemaakt dan het is!'

'En ik probeer u uit te leggen,' legde miss Batson kalm uit, 'dat ik mijn lunchpauze heb opgeofferd om naar een huilend klein jongetje te luisteren, een jongetje dat me heeft toevertrouwd dat hij het vreselijk vindt dat deze man ongevraagd in zijn leven is verschenen.'

'Maar...'

'Dat is alles, miss Carlyle.' Terwijl ze opstond, keek miss Batson op haar horloge. 'Ik hoef u waarschijnlijk niet te vertellen dat we Nat en Ruby de komende weken en maanden goed in de gaten zullen houden. Voor het personeel hier op Oaklea staat het geluk en welzijn van onze leerlingen voorop.'

'Voor mij ook,' zei Lottie beledigd.

'Mooi. Ik ben ervan overtuigd dat we, zodra deze vriend van u uit beeld is verdwenen, een opmerkelijke verbetering zullen zien in Nats en Ruby's geestelijke welzijn. Dank u voor uw tijd.'

Toen miss Batson de deur naar de gang opende waar Ruby en Nat zaten te wachten, hoorde Lottie zichzelf verbouwereerd zeggen: 'Dank u wel.'

28

Hoi Tom,
Als ik veel fouten maak dan komt dat omdat ik dit met plakkerige vingers schrijf – de afgelopen vier uur heb ik kleine witte boaveertjes op kerstkaarten zitten plakken om pas toen ik klaar was te ontdekken dat mijn aceton op is en ik mijn vingers dus niet kan schoonmaken! Ik kom om in het werk deze week. Veel nabestellingen, wat fantastisch is, behalve dat ik nu geen tijd heb gehad om het onkruid uit de tuin te halen, dus daar is het ook een puinhoop. (Hoewel ik op de een of andere manier wel tijd heb om chocola te eten!)

Went Donny alweer een beetje op school? Jojo krijgt dit jaar voor het eerst Russisch en ze was hier net om me te vragen of ik haar met het huiswerk kon helpen, maar dat was echt te veel voor mijn arme versleten hersens.
Heb je gisteravond die detective op ITV gezien? Ik wist zo zeker dat de dominee de slechterik was. Ik probeerde de hele tijd te bedenken in welke serie die actrice die zijn vrouw speelde, verder nog zat. Ik ben er nog steeds niet uit, en dat is heel irritant. Toen ik...

Cressida schrok op van de deurbel. Sinds Toms eerste vormelijke berichtje schreven ze elkaar nu dagelijks op ontspannen toon. Steeds als ze haar e-mail aanklikte, vroeg ze zich vol verwachting af of er een bericht van hem bij zou zijn. Wat ze schaamteloos aanmoedigde door altijd een paar vragen te stellen, zodat Tom een reden had om te antwoorden. En als dat vals spelen heette, dan kon het haar niet schelen. Tot nu werkte het perfect.
'Hoi!' Toen ze de voordeur opende, zag ze tot haar vreugde een verdronken rat op de stoep staan met twee flessen wijn. Terwijl ze de flessen aanpakte, zei ze: 'Voor mij? Dank je wel. Dag!'
'Niet zo snel.' Lottie had haar voet al tussen de deur gestoken. Cressida grijnsde. 'Kom binnen. Je ziet er verschrikkelijk uit.'
'Dank je. Dat zou jij ook doen als je zo'n dag als ik achter de rug had. Kurkentrekker,' beval Lottie, die meteen doorliep naar de keuken. 'Glazen. Jouw persoonlijke aandacht en heel, heel veel medelijden. Meer vraag ik niet van je.'
'Och, arm kind. Ik kom zo bij je.' Cressida haastte zich naar haar werkruimte, ging achter de computer zitten en typte razendsnel: 'Moet nu stoppen. Mijn vriendin Lottie is er, en ze heeft een crisis. De rode wijn wordt al geopend, terwijl ik dit schrijf. Liefs, Cress xxxx'.
Toen drukte ze op Verzenden en rende terug naar de keuken waar Lottie, te ongeduldig om in de kasten naar echte wijnglazen te zoeken, de inktrode Merlot in mokken stond te schenken.

'Dus wat had ik anders kunnen doen?' Er was een halfuur verstreken, en van de eerste fles raakte de bodem al in zicht. Lottie had de hele vernederende preek van miss Batson bijna woord voor woord

herhaald. 'Toen we thuiskwamen, heb ik eens goed met Ruby en Nat gepraat. Het blijkt dat Ben en Harry Jenkins me laatst hebben zien staan kussen met Tyler. We hadden een intiem moment voor zijn huis. Nee, zo intiem ook weer niet,' voegde ze er snel aan toe toen Cressida's wenkbrauwen omhoogschoten. 'Gewoon een kus. Maar die stomme Ben en Harry zaten in een boom verstopt, en ze hoorden Tyler zoiets zeggen als dat hij Nat en Ruby niet meer wilde zien, nou ja, en dat was dat. Hoe dan ook, ik heb de kinderen om zeven uur naar Mario gebracht en daarna Tyler gebeld om hem te zeggen dat we elkaar niet meer kunnen zien. Nou ja, behalve op het werk dan. Logisch. Dus dat was het. Over en uit. Deze wijn is niet al te slecht, hè?' Nadat ze de laatste wijn in hun mokken had gegoten, zei ze: 'Hoe meer je ervan drinkt, hoe lekkerder hij wordt.'
Dat wist Cressida niet precies, maar ze kreeg er wel een stijf gevoel van in haar schouders. 'Wat zei Tyler toen je het hem vertelde?'
'Wat kon hij zeggen? Hij viel niet op zijn knieën om me te smeken van gedachten te veranderen. Nou ja, we waren aan de telefoon, dus dat van die knieën weet ik niet.' Lottie slaakte een diepe zucht. 'Maar hij smeekte niet. Hij zei alleen dat het jammer was en dat het hem speet dat het zo moest lopen, maar hij was het met me eens dat de kinderen op de eerste plaats kwamen.'
'Daar heeft hij denk ik wel gelijk in. Ik bedoel, het is het enige wat je kunt doen.' Cressida leefde met haar mee. 'Maar het lijkt zo oneerlijk, hè? Als je vijftien bent, en je gaat uit met een jongen van achttien, dan verwacht je niet anders dan dat je ouders je dat zullen verbieden. Maar het komt nooit bij je op dat je eigen kinderen jaren later misschien hetzelfde zullen doen.'
'Het is ook nooit bij me opgekomen dat ik kinderen als Ruby en Nat zou krijgen.' Lotties ogen vulden zich plotseling met tranen. 'O god, ik hou zoveel van ze. Ze zijn mijn hele leven. Ik haat die ouwe heks van een miss Batson, maar in zekere zin heeft ze gelijk. Ik besefte gewoon niet wat ik ze aandeed, dat zweer ik. Pinda's.'
'Wat?'
'Pinda's. En chocola. Dat zal ons opvrolijken. Niet dat jij eruitziet alsof je opgevrolijkt moet worden,' riep Lottie, terwijl Cressida de keuken in ging om de kast met lekkers te plunderen. 'Je ziet er zelfs behoorlijk vrolijk en sprankelend uit.'

'Nietes.'
'Welles.'
'Nietes!'
'O, jawel!' Lottie schudde met een beschuldigende vinger naar haar. 'Helemaal vrolijk en sprankelend en flitsend, alsof je een fantastisch geheim hebt. En ik wil weten wat dat is, dat is beter voor mijn gezondheid.'
Cressida, die altijd heel slecht geheimen kon bewaren, werd rood en voelde haar ogen in de richting van de werkkamer glijden waar misschien op dit moment wel een nieuwe e-mail van Tom op haar wachtte, smekend om gelezen te worden.
'Je hebt een vriend,' kraaide Lottie die de blik in Cressida's ogen niet was ontgaan. Van opwinding stootte ze bijna haar wijn om. 'En je hebt hem in je werkkamer verstopt! Jij losbandige lellebel! Is hij naakt? Is het wilde seks of echte liefde?'
'Het is Tom Turner,' flapte Cressida er uit, 'en hij heeft zich niet in mijn werkkamer verstopt. We mailen alleen maar met elkaar.' Na een korte stilte voegde ze eraan toe: 'Elke dag.'
'Tom Turner! Dat is fantastisch!' Lottie klapte in haar handen. 'Dus het kan wel liefde worden?'
Liefde. Er kronkelde iets verontrustends door Cressida's buik.
O god. Liefde.

Had ze nu wel? Of had ze niet?
Het was elf uur. Lottie was net vertrokken, en Cressida zat alweer achter haar computer, niet in staat om het zeurende angstgevoel nog een minuut langer te negeren. Het was exact hetzelfde gevoel als na haar eindexamen wiskunde, toen iedereen had geklaagd dat het zo moeilijk was geweest om alle vijf onderdelen van de laatste vraag te beantwoorden, en Cressida tot haar afgrijzen had beseft dat ze in de veronderstelling had verkeerd dat ze maar een van de vijf had hoeven beantwoorden.
Behalve dat dat een geval was geweest van niet goed te hebben gelezen. Deze keer had ze het tenen krullende vermoeden dat ze iets verkeerd had opgeschreven.
Zakelijke e-mails waren geen punt. Die sloot ze af met 'bij voorbaat dank' of 'met vriendelijke groet'.
In haar mailtjes aan Tom had ze nauwkeurig zijn voorbeeld ge-

volgd en ondertekend met 'Het beste'.
Wanneer ze echter reageerde op de grappige, lieve mailtjes die Jojo haar bijna dagelijks stuurde, eindigde ze onveranderlijk met 'liefs, Cress xxxx'.
En nu had ze het akelige vermoeden dat ze, in die paar seconden na Lotties komst, toen ze gehaast haar mailtje aan Tom had afgeraffeld, zonder erbij na te denken... o god... 'liefs, Cress xxxx' had geschreven.
Omdat ze geen kopie van haar mailtje had bewaard, kon ze het niet controleren.
Met knalrode wangen logde ze zich snel in en trommelde met haar vingers op tafel, terwijl ze afwachtte of Tom al had gereageerd.
Dat had hij niet. Ze nam een grote slok wijn. Ze kon met geen mogelijkheid weten of het feit dat hij nog niet had gereageerd, betekende dat hij het nog niet had gelezen of dat hij dat wel had gedaan en zo geschrokken was van haar brutale woorden dat hij niet wist wat hij moest doen.
Misschien zat hij wel bij zichzelf grinniken. Of was hij zich dood geschrokken. 'Het beste' was heel, heel ver verwijderd van 'liefs' en een rijtje kusjes.
Allemachtig, wat moest ze doen om de boel te redden?
Het was duidelijk dat ze hem iets moest schrijven.

> Beste Tom,
> Ik weet niet zeker of ik dit wel moet schrijven (beetje aangeschoten), maar het spijt me echt als ik 'liefs' aan het eind van mijn laatste mailtje heb geschreven. Ik wilde 'Het beste' schrijven, maar raakte in de war – zoals zo vaak – en dacht dat jij Jojo was. Nee, ik bedoel, ik dacht dat ik een mailtje aan Jojo ondertekende, en niet eentje aan jou, want dan zou ik natuurlijk niet 'liefs' hebben geschreven plus een rijtje kusjes erbij.

Haar hoofd iets achterovergooiend, dronk ze haar glas leeg en veegde de gemorste druppels wijn van haar kin. Oké, ga door, maak het karwei af.

Niet dat ik je niet aardig vind natuurlijk. Je bent een erg aardige man en ik verheug me altijd erg op je mailtjes, en daarom hoop ik ook dat je je niet laat afschrikken door mijn laatste berichtje. Hoewel, als ik geen 'liefs' heb geschreven, dan is er geen reden om te schrikken. Hoe dan ook, ik wilde het je even uitleggen. Nogmaals sorry. Schrijf alsjeblieft snel terug om me te laten weten dat je me echt niet gillend gek vindt. Tenzij je dat wel vindt natuurlijk, want dan is het beter dat ik dat niet weet.
Het beste.
Cress.
Zie je wel? Geen kusjes.
(Nog niet.)

Zou het zo goed zijn? Vriendelijk en informeel. Een luchthartige uitleg. O ja, zo kon het wel. Prima. Tom kon zich onmogelijk beledigd voelen. Hij zou haar er waarschijnlijk alleen maar mee plagen, en dan zou het een vast grapje tussen hen worden waar ze later samen steeds om zouden moeten lachen.
Hij zou het wel begrijpen.
Al een stuk opgewekter drukte ze op Verzenden.
Zo, klaar.
Tijd om naar bed te gaan.

29

Was er soms iets met Amber?
Het was Lotties vrije ochtend, en ze was in de kapsalon voor een knipbeurt en om wat donkerrode highlights in haar haren te laten aanbrengen. Ze hoopte er niet alleen van op te vrolijken, maar er ook het vooruitzicht van het eeuwige oudevrijsterschap mee af te wenden. Gewoonlijk vond ze het heerlijk om naar de kapsalon te komen met zijn troostende kappersgeuren en gezellige geroddel, maar vandaag hadden de andere meisjes vrij, wat betekende dat ze alleen was met Amber. En voor het eerst sinds ze Amber kende, le-

ken ze elkaar niets te vertellen te hebben.
De stiltes tussen haar pogingen om een gesprek aan te knopen, werden steeds ongemakkelijker.
Na een kwartier te hebben aangemodderd, vroeg ze op de man af: 'Amber, is er iets?'
Achter haar, in de spiegel, haalde Amber haar schouders op. 'Ik weet het niet. Zeg jij het maar.'
Er was echt iets. Lottie schudde haar hoofd, en de stukjes folie om haar slapen flapperden als de oren van een spaniël. 'Wat moet ik zeggen?'
Amber legde het platte penseel neer waarmee ze de lokken haar had geverfd. 'Wat er met Mario is.'
'Met Mario? Niks. Alles in orde. Echt.' Lottie vroeg zich af of Amber soms had gehoord van Mario's korte flirt met Karen.
'Dat weet ik.' In de spiegel keek Amber haar recht aan. 'Maar ik wilde weten of hij soms iemand anders heeft.'
Lottie schoof op haar stoel heen en weer, haar vingers verstrengelend onder de donkerblauwe cape om haar schouders. Zo overtuigend mogelijk zei ze: 'Nee, echt niet.'
'Volgens mij wel.'
'Wie dan?'
Weer een stilte. Toen antwoordde Amber: 'Jij.'
Lottie was zo opgelucht dat ze in lachen uitbarstte. 'Gaat het daar allemaal om?' vroeg ze uiteindelijk. 'Je denkt dat Mario en ik iets hebben? Amber, als dat zo zou zijn, zou ik het je vertellen. Maar het is niet zo. Ik zou het niet eens willen, nog in geen duizend jaar! Dat zweer ik je.'
Amber ademde langzaam uit. Toen knikte ze. Haar roze-met-zilveren oorhangers rinkelden toen ze een nieuw stukje folie pakte. 'Oké. Sorry. Ik geloof je. Het kwam alleen... Gisteren kwam ik in de winkel, en Ted was echt verbaasd om me te zien.'
'Nou, dat is omdat je een paar weken weg bent geweest.'
'Dat dacht ik eerst ook. Maar toen zei hij dat hij dacht dat jij en Mario weer bij elkaar waren. En een oude dame die er ook was, bemoeide zich ermee en zei: "Dat dacht ik ook, want hij slaapt iedere nacht in Piper's Cottage." '
Dorpsroddels. Kon je ze maar aan elkaar vastbinden en in het meer gooien!

'Hij heeft op de bank geslapen,' legde Lottie uit. Daarna verschoof ze weer, al radend wat er zou komen.
'De bank.' Amber knikte. 'Dat is prima. Maar wat ik eigenlijk zou willen weten,' vervolgde ze langzaam, 'is wiens idee het eigenlijk was dat Mario bij jou kwam logeren.'
'Nou, de kinderen vonden het hartstikke leuk dat hij er was,' begon Lottie opgewekt, maar met één blik legde Amber haar het zwijgen op.
'Het was jouw idee, hè? Jij wilde dat Mario iedere nacht bij jou op de bank sliep. Omdat je wist dat hij niet te vertrouwen was, en dit was jouw manier om hem in de gaten te kunnen houden, om er zeker van te zijn dat hij niets zou uithalen, terwijl ik weg was.'
Amber was niet op haar achterhoofd gevallen. Lottie haalde haar schouders op, haar nederlaag erkennend. 'Oké, ik dacht dat het geen kwaad zou kunnen. Je weet hoe mannen zijn, ze hebben hun hersens in hun broek zitten. Mario zou nooit expres iets uithalen, maar zeg nou zelf, hij ziet er goed uit, en sommige vrouwen zijn echt schaamteloos. Het leek me gewoon veiliger als hij bij ons was, in plaats van dat hij zou uitgaan met zijn collega's en...'
'En zou vergeten dat hij al een vriendin had,' zei Amber plompverloren. 'Uit het oog, uit het hart. Of misschien: wat niet weet, wat niet deert.'
'Het spijt me. Ik dacht dat het een goed idee was.' Lottie keek in de spiegel naar Amber die behendig het laatste pakje folie op een stapeltje legde en haar handen afveegde aan een doek. 'Had ik hem beter met rust kunnen laten?'
Amber zuchtte en streek haar door de zon gebleekte pony uit haar ogen. 'O god, weet ik veel. Waarom heb je het eigenlijk gedaan?'
'Omdat ik wil dat jij en Mario gelukkig zijn en altijd bij elkaar blijven. Ik vind jullie hartstikke goed bij elkaar passen,' antwoordde Lottie. 'En ik wil niet dat jullie relatie in gevaar komt.'
'Vanwege de monsters,' zei Amber op droge toon. 'Omdat zij me aardig vinden.'
'Ze houden van je! En dat is belangrijk,' gaf Lottie toe. 'Natuurlijk is dat belangrijk. Ik wil dat ze gelukkig zijn. Ik wilde alleen maar helpen.'
Amber keek haar aan. 'En hoe zit het met mij? Wil je dat ik ook gelukkig ben?'

'Ja! Daar gaat het nu net om!'
'Nee, dat is niet waar.' Er een kruk op wieltjes bij trekkend, zei Amber kalm: 'Waar het om gaat, is of ik ooit echt gelukkig zou kunnen zijn met Mario. Met iemand van wie ik niet weet of ik hem ooit kan vertrouwen.'
Lottie schrok. 'Maar jullie zijn al, hoelang, acht maanden bij elkaar. Je hebt altijd geweten hoe hij was. Mario is een charmeur en een flirt, maar dat heb je altijd voor lief genomen...'
'Nee, dat is niet zo.' Amber schudde haar hoofd. 'Ik ben eraan begonnen zoals miljoenen andere meisjes dat de hele tijd doen. Diep vanbinnen dacht ik dat ik degene was die hem kon veranderen. Ik maakte mezelf wijs dat het deze keer anders was, dat hij had geleerd van zijn fouten en begreep dat wat wij hadden te bijzonder was om op het spel te zetten.' Ze zweeg even en vroeg toen met opgetrokken wenkbrauwen aan Lottie: 'Dat heb jij ook vast gedacht, hè? Toen je met hem trouwde.'
Ja. Nou. Lottie wist dat dat zo was, natuurlijk. Maar ze was pas negentien geweest. Als je negentien was, kwam het niet bij je op om te denken dat iemand misschien wel helemaal niet veranderd kon worden. Ze knikte, haalde toen haar schouders op en zei: 'Maar hij is je niet ontrouw geweest.'
'Omdat jij en de kinderen hem huisarrest hebben gegeven,' zei Amber met een klein lachje.
'Hij houdt van je.'
'Dat weet ik. Maar houdt hij genoeg van me?'
'En wat gebeurt er nu?' Lottie voelde een steek van angst.
'Dat weet ik niet. Ik heb nog geen besluit genomen.'
'Maar Nat en Ruby...'
'Lottie, ik ben gek op die twee.' Amber pakte een vierkantje ongebruikte folie en begon het in stukjes te scheuren. 'Dat weet je. Maar je kunt niet van me verwachten dat ik bij een man blijf die me ongelukkig zal maken, alleen maar om zijn kinderen een plezier te doen.'
'En zijn ex-vrouw,' herinnerde Lottie haar eraan. 'Je zou haar er ook een plezier mee doen.'
Ambers mond vertrok iets. 'Je bent echt schaamteloos.'
'Was ik maar rijk en schaamteloos.' Op spijtige toon vervolgde Lottie: 'Als ik bakken met geld had, dan zou ik je omkopen om bij

Mario te blijven.'
'Dan is het maar goed dat je niet rijk bent. Zo, laten we even kijken hoe het ervoor staat.' Dichterbij schuivend op haar kruk, begon Amber een stukje folie bij Lotties nek uit te vouwen. Nadat ze de inhoud zorgvuldig had bestudeerd, zei ze: 'Nog niet klaar. Koffie?'
'Graag.' Lottie knikte, opgelucht dat de spanning tussen hen weer was geweken. Nu het probleem hardop was uitgesproken, konden ze het misschien samen oplossen. Een gezicht trekkend, zei ze: 'Mannen, hè? Waarom kunnen ze niet gewoon blij zijn met wat ze hebben?'
Amber was bezig oploskoffie in mokken te scheppen. 'Sommigen kunnen dat wel.'
'Dat zal wel. Toch komt het vaker voor dat de man vreemdgaat, hè? Of denkt dat het gras bij de buren groener is.' Lottie gebaarde vaag in de richting van waar het groenere gras dan ook mocht zijn. 'Ik bedoel, als ik een echt leuke man had, zou ik er nooit over peinzen om hem te bedriegen of voor te liegen. Jij ook niet. Dus waarom doen...'
'Ik heb dat wel gedaan.'
'Echt?' Gefascineerd vroeg Lottie: 'Heb jij wel eens een vriend van je bedrogen? Wie was dat?'
Amber schonk voorzichtig heet water in de mokken, deed er melk bij en roerde. 'Mario.'
Lottie was stomverbaasd; dit was wel het laatste wat ze had verwacht. 'Meen je dat?'
'O ja. Suiker?'
'Twee. Mijn god, wanneer is dat gebeurd?'
'Tijdens mijn vakantie,' vertelde Amber.
'Niet te geloven! Je hebt in Frankrijk iemand leren kennen! O, mijn god!'
'Nee, zo zat het niet.' Alsof er niets aan de hand was, gaf Amber Lottie haar koffie, ging weer zitten met haar eigen mok in haar handen, en zei: 'We zijn samen naar Frankrijk geweest.'
Lotties hoofd duizelde. Het was alsof ze in een draaimolen zat en er niet meer af kon. 'Maar... je zei...'
'Ik weet het. Ik heb verteld dat ik op vakantie ging met mijn vriendin Mandy.' Vrolijk voegde ze eraan toe: 'En nee, ik ben niet lesbisch. Ik ben niet met Mandy gegaan. Dat was gelogen.'

Jemig. Lottie moest haar mok neerzetten voordat ze haar benen verbrandde. 'Met wie dan?'
'Hij heet Quentin.'
Gossie. Quentin?
'Oké, ik weet wat je denkt. Bij die naam denk je niet meteen aan een enorm stuk. Mannen die Quentin heten, zien er meestal niet uit als een filmster en hebben geen gespierde bovenarmen.' Droog vervolgde ze: 'En deze heeft dat ook allemaal niet. Hij is heel gewoon. Aardig, normaal en gewoon. Een paar jaar geleden hebben we een tijdje verkering gehad. Het ging allemaal heel ontspannen. Quentin belde wanneer hij zei dat hij zou bellen. Hij kwam langs wanneer hij zei dat hij zou langskomen. Hij was een schat van een vriend. Kocht bloemen voor me. Zorgde voor me wanneer ik de griep had. Hij heeft zelfs een keer de hele nacht in de rij gestaan om kaartjes voor een concert van Elton John voor mijn verjaardag te kopen.'
'Wow. Dat noem ik inderdaad een schat.' Lottie stak haar jaloezie niet onder stoelen of banken. Ze zou haar eigen arm nog hebben afgehakt voor de kans om Elton John te zien optreden. 'Maar toch ging het uit. Dus wat is er gebeurd?'
Amber haalde haar schouders op. 'Ik geloof dat ik me een beetje begon te vervelen. Wanneer iemand zo attent is, ga je het allemaal heel vanzelfsprekend vinden. Die adrenalinestoot ontbrak, snap je wat ik bedoel? Ik dacht dat ik meer opwinding wilde, iemand van wie mijn hart op hol zou slaan en mijn knieën gaan knikken zodra ik hem zag. Dus vertelde ik Quentin dat ik niet dacht dat het wat kon worden tussen ons, dat hij te goed voor me was.' Met een spottende blik vervolgde ze: 'En Quentin zei: "Dus je wilt iemand die slecht voor je is?" Maar omdat hij zo aardig was, oefende hij verder geen druk op me uit om me op andere gedachten te brengen. Hij zei dat hij hoopte dat ik zou vinden wat ik zocht, dat ik het verdiende om gelukkig te zijn. En voordat ik wist wat er gebeurde, had hij zijn baan opgezegd en was hij naar Londen verhuisd.'
'En nu is hij terug.' Lottie was tegelijkertijd geschokt en opgetogen. Ze wist dat ze zich niet zo moest laten meeslepen, maar ze kon het niet helpen.
'Ja.' Amber knikte. 'Hij kwam hier zes weken geleden even binnenwippen, maar ik had het zo druk dat ik een afspraak met hem

maakte om na het werk samen een kop koffie te gaan drinken. Gewoon om bij te praten. Het was leuk om hem weer te zien, maar meer ook niet. Quentin vertelde me over zijn werk en wat hij zoal had gedaan. Ik vertelde hem over Mario. Hij vroeg me of Mario slecht genoeg voor me was en of ik dacht dat ik de ware had gevonden. Ik zei dat ik dat niet wist, maar dat ik me prima vermaakte. En dat was dat. Twintig minuten in het café een eindje verderop in de straat.' Ze speelde even met haar oorhangers en vervolgde toen: 'Die avond gingen Mario en ik naar een feestje, en de hele avond was er een meisje met hem aan het flirten. We waren er als stelletje, maar ze negeerde mij volkomen. Ik voelde me net Harry Potter als hij die cape aan heeft waarin hij onzichtbaar is. En Mario babbelde gezellig met haar alsof er geen vuiltje aan de lucht was. Hij leek echt niet te merken waar ze mee bezig was. En dat maakte me razend. En het zette me aan het denken. Dus toen Quentin de volgende avond bij me op de stoep stond, vroeg ik hem binnen voor een drankje.'
'Alleen een drankje?' Lotties toon was ondeugend.
'Ja. Hij had een bosje fresia's bij zich. En toen vertelde hij me dat hij nog steeds van me hield. En het drong ineens tot me door dat er ergere dingen zijn dan een oprecht aardige man die van je houdt.'
Lottie steigerde van verontwaardiging. Ze moest haar ex-man gewoon verdedigen. 'Mario is ook een oprecht aardige man.'
'Ja, dat weet ik. Maar zal hij me echt gelukkig maken? Of zal hij mijn hart breken?' Amber haalde haar schouders op. 'Want dat is wel belangrijk. En ik kan je vertellen dat Quentin dat nooit zou doen.'
'En hoe serieus is het nu eigenlijk tussen jullie?' Lotties nek begon te prikken van bezorgdheid.
'Ik ben niet met hem naar bed geweest, als je dat soms bedoelt.' Met heldere ogen voegde ze eraan toe: 'Deze keer nog niet tenminste.'
'Maar... maar jullie zijn net samen op vakantie geweest! Twee hele weken!'
'Aparte slaapkamers. De vakantie was Quentins idee. Hij wist hoe verscheurd ik me voelde. Ik moest een tijdje weg bij Mario, voordat ik een beslissing zou kunnen nemen.' In gedachten verzonken zweeg ze even. 'Dus technisch gezien ben ik hem niet ontrouw geweest. Telt het als je met een andere man op vakantie gaat, maar niet met hem slaapt?'

Woest van ongeduld vroeg Lottie: 'En nu? Heb je al een beslissing genomen?'
'Bijna,' antwoordde Amber.
'Bijna? Vertel!' gilde Lottie.
'Nee, dat zou niet eerlijk zijn. Ik moet het hun eerst vertellen.' Amber inspecteerde Lotties rode highlights nog een keer. 'Je bent klaar. Kom mee naar de wasbak.'
Terwijl de wasbak zich vulde met stukken folie, en warm water over haar haren stroomde, zei Lottie: 'Ik kan nog steeds niet geloven dat je dat hebt gedaan. Je bent bang dat Mario je bedriegt, dus ga je zelf twee weken op vakantie met een andere man. Is dat niet een beetje... oneerlijk?'
'Waarschijnlijk wel.' Energiek begon Amber een naar amandelen geurende shampoo door Lotties haren te masseren. 'Maar als Mario mij had bedrogen, dan had hij het gedaan omdat hij zich gevleid voelde of zich verveelde, of stomweg zin had. Ik ben met Quentin op vakantie gegaan omdat ik een beslissing moet nemen die van belang is voor de rest van mijn leven.'
'Dus je bent niet met Quentin naar bed geweest. Heb je hem wel gekust?'
'Ja.' Amber, die achter Lottie stond, klonk alsof ze glimlachte. 'Heel vaak. En ik weet wat je denkt. Je vindt me een hypocriete trut. Maar ik heb het niet alleen maar voor de lol gedaan. Ik heb een heel goede reden om een hypocriete trut te zijn.'

30

Het was elf uur 's ochtends. Cressida kromp ineen en greep haar zere hoofd beet toen ze zag dat er een nieuw mailtje van Tom was. Dit was allemaal Lotties schuld, die gisteravond was langsgekomen met twee flessen wijn en haar dronken had gevoerd. En daarna was ze verdwenen in de nacht en had haar alleen achtergelaten in een huis met een computer die was aangesloten op het wereldwijde web.
Dat was trouwens nog zoiets. Ze had de hele wereld gehad om uit

te kiezen, ze had gênante mailtjes kunnen sturen naar mensen in Alabama of Fiji of Tiblisi of Tokio, en dat zouden complete onbekenden zijn geweest, zodat het helemaal niets had uitgemaakt wat voor gekkigheid ze had gespuid.
Maar zo was het niet gegaan. Nee. Ze had geen mailtje gestuurd aan een van de andere vijftigbiljoenmiljard internetgebruikers op deze planeet – o nee, dat zou veel te verstandig zijn geweest. Zij had haar schaamteloze stroom gezwam gestuurd naar de man die ze het leukste ter wereld vond, de man op wie ze het allergraagst een goede indruk wilde maken, en de man van wie ze het minst wilde dat hij haar een compleet drankorgel zou vinden.
Ze zette zich geestelijk schrap. Voor spijt was het nu te laat. En bovendien, wat was nu het ergste wat kon gebeuren? Tom kon haar terugschrijven dat ze een zielige mislukkeling was en dat hij haar dankbaar zou zijn als ze zijn inbox nooit meer zou bevuilen.
Daarna kon ze zich stilletjes gaan verdrinken in Hestacombe Lake.
Oké. Klik.

Hoi, Cress.
Het is pas negen uur 's ochtends, maar je hebt mijn dag nu al goedgemaakt. Je mailtje was fantastisch. Je schreef dat je je altijd zo verheugt op mijn mailtjes, maar ik kan je verzekeren dat ik me nog meer verheug op de jouwe. Je hoeft je echt niet te verontschuldigen voor dat 'Liefs' (wat je overigens inderdaad had geschreven, gevolgd door een paar kusjes). Ik voel me gevleid. Niets om je voor te schamen.

O, godzijdank. Cressida ademde langzaam uit, duizelig van opluchting. Dus ze hoefde zichzelf toch niet te gaan verdrinken.
En er volgde nog meer...

En nu een voorstel. Donny had het gisteravond over Jojo. Hoewel hij zich heel onverschillig voordoet, denk ik dat hij haar behoorlijk leuk vindt. Toen ik hem vroeg of hij haar nog wel eens zou willen zien, mompelde hij wat en zei: weet ik veel, wat voor een jongen van dertien aardig positief is. (Als ik hem had gevraagd of hij Keira Knightley voor zijn

verjaardag zou willen hebben, zou hij ook iets mompelen en weet ik veel zeggen.)
Dus zat ik me af te vragen of jij en Jojo het leuk zouden vinden om volgend weekend naar Newcastle te komen. Ik zou je de bezienswaardigheden kunnen laten zien, en er is ook genoeg te doen voor de kinderen. Donny gaat altijd alleen maar met jongens om, en volgens mij is het goed voor hem om contact te houden met Jojo. Ze is zo gemakkelijk in de omgang, en ik vind haar echt een aardige meid.
Hoe dan ook, het is maar een voorstel. Ik weet dat het een lange reis is, maar als jij en Jojo volgend weekend kunnen en zin hebben, zouden we het heel leuk vinden om jullie weer te zien. Laat me weten wat je ervan vindt.
Liefs.
Tom xxxxxx

Of ze hem wilde laten weten wat ze ervan vond? Het scheelde niet veel of ze had een huppelpasje gemaakt, het raam opengegooid en heel hard: 'Yesss!' geroepen. Zo moesten voetballers zich ook voelen wanneer ze het winnende doelpunt hadden gemaakt in de Cup Final. Tom had haar mailtje leuk gevonden! Hij was niet in een angststuip geschoten van haar eerste faux pas en het daaropvolgende dronken gezwam. Hij had zelfs ondertekend met Liefs en... hoeveel kusjes? Zes!
En hij nodigde hen uit om volgend weekend naar Newcastle te komen – wat kon nu nog fantastischer zijn? Ze zag het al helemaal voor zich, Jojo en zij in de trein naar Newcastle, waar ze op het station werden afgehaald door Tom en Donny, en dan zouden ze twee dagen met elkaar doorbrengen, in een werveling van pret en gelach, en misschien zelfs wel liefs en kusjes...
Oké, ze liep nu een beetje op de zaken vooruit, schaamteloze slet die ze was. Maar het zou toch een heerlijk weekend zijn en Jojo zou het ook leuk vinden; die was altijd in voor een uitstapje.
Ze zou nu meteen een berichtje achterlaten op Jojo's mobieltje, nog voordat ze de dienstregeling van de trein ging bekijken.
Volgend weekend. Bruisend van opwinding pakte ze de telefoon.
Volgend weekend zou ze Tom weer zien. Yes!

Een halfuur later stuurde Jojo haar antwoord: 'Klinkt goed. Kan haast niet wachten. Vrijdagavond vertrekken? Liefs, Jojo xxxx'.
Cressida kuste haar mobieltje. Ze wist wel dat Jojo haar niet zou teleurstellen.
O, yes!

De rest van haar leven verliep dan misschien niet helemaal volgens plan, maar Lottie vond het leuk om voor privédetective te spelen. Het was haar niet gelukt om de tweede naam op Freddies lijst, Giselle Johnston, op te sporen, maar aangezien Johnston haar meisjesnaam was en ze nu tweeënzestig was, kwam dit nauwelijks als een verrassing. Ze had meer geluk met de daaropvolgende naam op de lijst. Fenella McEvoy.
'Ik heb haar,' vertelde Lottie aan Freddie, terwijl ze de huiskamer van Hestacombe House binnen stormde, triomfantelijk met een vel papier wapperend. 'Nu moet je me wel vertellen wie ze is.' Toen hij zijn hand uitstak naar het papier, trok ze het snel weg. 'Eerder krijg je dit niet.'
Fenella. Freddie stak een sigaar op en glimlachte bij zichzelf. Dit zou interessant worden. 'Maar eerst moet je mij vertellen hoe je haar hebt gevonden.'
'Nou, ik heb naar het adres geschreven dat je me had gegeven, en de man die daar nu woont, belde me. Zijn vrouw en hij hebben het huis twintig jaar geleden van de McEvoys gekocht. De McEvoys verhuisden toen naar Spanje. Maar een paar jaar geleden hoorde hij via via dat Fenella weer terug was in Oxford, en vorig jaar zomer wandelde ze langs zijn huis terwijl hij in de tuin bezig was, en toen raakten ze in gesprek. Ze vertelde hem dat ze in Hutton Court woonde, in een appartementencomplex met uitzicht op de rivier, en dat ze twee keer gescheiden was sinds haar vertrek uit Carlton Avenue. Dus,' vertelde Lottie vrolijk, 'heb ik Hutton Court op Google opgezocht en een webdesigner gevonden die daar ook woont en vanuit huis werkt. Ik heb hem gebeld om te vragen of hij een Fenella kende, en hij zei: "O, je bedoelt Fenella Britton, ze woont op de bovenste verdieping." Weet je, ik ben echt briljant.'
Lottie keek gepast bescheiden. 'Al zeg ik het zelf, ik zou een fantastische internationale spion zijn.'
'En nu heeft ze teruggeschreven.' Freddies blik was gericht op de

brief waar Lottie verleidelijk mee wapperde, buiten zijn bereik.
'Ja. Jouw beurt,' drong ze aan.
'Sommige mensen beleven één ogenblik van gekte.' Op zijn sigaar puffend en zich Fenella voorstellend zoals ze er al die jaren geleden had uitgezien, maakte hij het zich gemakkelijk in zijn leren leunstoel. 'Bij mij duurde het een maand. Ik was met Giselle. Fenella was getrouwd. Ik kon er niks aan doen,' vervolgde hij. 'Ik was gewoon verslaafd aan haar. We hadden een verhouding.'
'En ik dacht nog wel dat de jeugd in die tijd nog over enige moraal beschikte.' Lottie mompelde afkeurend, terwijl ze hem de brief gaf.
'Weet je wat, Freddie? Je was een kleine stouterd. Wie heeft wie gedumpt?'
'Zij heeft mij gedumpt. Zoals de jeugd van tegenwoordig dat zo mooi zegt.' Hij glimlachte bij de herinnering aan hoe kapot hij ervan was geweest. Terwijl hij de as van zijn sigaar tikte, vervolgde hij: 'Fenella stelde nogal hoge eisen aan het leven. Ze had al een succesvolle man. Het kwam erop neer dat ik gewoon niet rijk genoeg voor haar was.'

Anders dan Jeff Barrowcliffe die in het begin op zijn hoede was geweest, was Fenella buiten zichzelf van vreugde toen ze van hem hoorde.
'Een stem uit het verleden!' riep ze opgetogen uit toen hij haar belde. 'Freddie, wat heerlijk, natuurlijk vind ik het leuk om je weer te zien! Waar woon je nu? In de buurt van Cheltenham? Dat is helemaal niet ver weg! Wil je hiernaartoe komen of zal ik naar jou toe komen?'
Zo gemakkelijk ging het.
Toen hij de telefoon een paar minuten later neerlegde, vroeg Freddie zich af waarom het achtendertig jaar geleden niet zo gemakkelijk had kunnen gaan.
De eerste keer dat hij Fenella McEvoy had gezien, was in een lederwarenwinkel in het centrum van Oxford geweest waar ze handschoenen stond te passen. Freddie, die even binnen was gewipt om een gerepareerd horlogebandje op te halen, had toegekeken, terwijl ze een soepele duifgrijze geitenleren handschoen en een lichtroze met satijn gevoerde probeerde. Zich bewust van zijn blik, had ze zich naar hem omgedraaid, met haar vingers gewriemeld en ge-

vraagd: 'Welke moet ik volgens jou nemen? Voor bij een wit pakje?'
Ze was een echte schoonheid, donker en elegant als Audrey Hepburn. Ze ademde zelfvertrouwen uit als een Frans parfum.
'De roze,' antwoordde hij meteen, en ze had hem een betoverende glimlach geschonken voordat ze zich weer tot de winkeljuffrouw achter de toonbank wendde.
'Een heer met smaak. Ik neem ze.'
Freddie was al verkocht.
Op de een of andere manier hadden ze de winkel samen verlaten. Toen het buiten begon te regenen, zei Fenella: 'Natuurlijk had ik beter meteen een paraplu kunnen kopen. Ik krijg nu nooit een taxi natuurlijk.'
'Mijn auto staat daar.' Freddie wees naar de overkant van de straat. 'Waar moet je naartoe?'
'Niet alleen een heer met smaak.' Vrolijk liep ze naar de auto. 'Maar ook nog een reddende engel. En wat een mooie auto.'
'Niet die.' Een beetje beschaamd duwde hij haar weg van de glanzende Bentley en maakte de portieren van zijn eigen veel minder glanzende Austin 7 open, die erachter stond geparkeerd. 'Wil je nog steeds een lift?'
Fenella moest lachen om de steek onder water. 'Het is beter dan een fiets.'
Hij zette haar af voor haar huis, een imposante Edwardiaanse villa aan de lommerrijke, dure Carlton Avenue. Inmiddels wist hij dat ze was getrouwd met Cyril die vijftien jaar ouder was dan zij. Cyril, had ze verteld, deed iets belangrijks in textiel.
'We geven aankomende zaterdag een cocktailparty.' Fenella's katachtige glimlach was hypnotiserend, haar toon vertrouwelijk. 'Om zeven uur. Heb je zin om te komen?'
Freddie slikte. Hij had nog nooit van zijn leven een cocktailparty bijgewoond.
Maar hij wilde het nu meer dan ooit een keer meemaken.
'Eh... ik eh... heb een vriendin.'
Fenella's glimlach werd breder. 'Fijn voor je. Hoe heet ze?'
'Giselle.'
'Mooi.'
'Ja, dat is ze.'

'Ik bedoelde haar naam.'
'O. Sorry.'
'Maar ik geloof onmiddellijk dat ze ook heel mooi is. Ik kan me jou niet met een lelijke vriendin voorstellen.' Zijn mouw aanrakend zei ze: 'Kom op het feestje, Freddie. En neem Giselle mee, als je dat wilt. Ik zou het leuk vinden om haar te leren kennen.'
Die zaterdagavond waren Freddie en Giselle naar de cocktailparty van de McEvoys gegaan en ze hadden zich de hele avond ongemakkelijk gevoeld. De andere gasten, allemaal ouder dan zij en zo rijk dat Freddie en Giselle zich er een beetje door geïntimideerd voelden, waren weliswaar beleefd geweest, maar hadden geen enkele poging gedaan om een praatje aan te knopen met het jonge stel dat zich zo overduidelijk niet op zijn plaats voelde.
'Wat doen we hier?' fluisterde Giselle.
'Dat weet ik niet,' mompelde Freddie.
Hij ontdekte het twintig minuten later toen hij, op de terugweg van de badkamer, Fenella op de trap tegenkwam.
'Ze is niet goed voor je.'
'Sorry?' Hoewel Freddie schrok, was hij zich tegelijkertijd bewust van de nabijheid van haar lichaam.
'Zoiets zie ik altijd. Wat doe je woensdagavond?'
'Dan ben ik bij Giselle.'
'Verzin een smoes en kom naar mij toe. Cyril is er niet.'
Freddie begon te zweten. 'Dat kan ik niet maken.'
'Natuurlijk wel. Acht uur. O, kop op, Freddie.' Fenella keek hem geamuseerd aan. 'Kijk niet zo geschokt. Je weet dat je het wilt.'
En hoewel hij zichzelf erom haatte, wist hij dat ze gelijk had. Aangezien hij had gedacht dat Giselle de liefde van zijn leven was, was de onstuimige komst van Fenella in zijn leven een schok voor hem. Giselle voelde zich schuldig over seks voor het huwelijk, en de zeldzame keren dat ze met elkaar naar bed gingen, werden daardoor bedorven. Fenella, als getrouwde vrouw, had daarentegen geen last van dit soort scrupules. De seks met haar was fantastisch. Gelukkig was Cyril vaak op zakenreis. Financieel zorgde hij goed voor zijn vrouw, kreeg Freddie te horen, maar in bed was hij nogal een sof.
Anders dan Freddie.
'Je werkt te hard,' klaagde Giselle vier weken later toen hij haar

vertelde dat hij, alweer, niet kon komen die avond.
'Dat weet ik, maar de baas wil dat ik deze deal sluit. Het is maar tijdelijk,' beloofde Freddie. Maar hij wist dat dat niet zo was. Hij en Fenella hoorden bij elkaar. Hij kon zich geen leven zonder haar voorstellen. Een paar uur later, in bed, vertelde hij haar dat en vroeg haar om bij Cyril weg te gaan.
'Schat, wat lief.' Fenella gleed speels met haar tenen langs zijn blote been. 'Maar waarom zou ik dat in vredesnaam doen?'
'Omdat ik van je hou!' Zelf totaal betoverd schrok hij ervan dat ze niet begreep wat eraan de hand was. 'We kunnen niet zo doorgaan. Ik zal het uitmaken met Giselle. Jij mag Cyril over ons vertellen.'
Fenella giechelde. 'Wat?'
'Je moet je van hem laten scheiden.'
'Hemeltje, hij zal woedend zijn!'
'Dit gaat niet om hem,' zei hij vol overtuiging. 'Het gaat om ons. Ik wil met je trouwen.'
'En zul je ervoor zorgen dat mijn levensstandaard dezelfde blijft?' Ze gebaarde om zich heen naar de grote smaakvol ingerichte slaapkamer en de kleerkasten die uitpuilden van de dure kleren en schoenen. 'Freddie, serieus, hoeveel verdien je eigenlijk?'
Het was alsof hij in een vat ijs werd gegooid. Met strakke kaken zei hij: 'Ik dacht dat je van me hield.'
'O, Freddie, ik mag je graag.' Ze streelde zijn gezicht. 'Heel graag zelfs. We hebben het leuk gehad samen, toch? Maar meer dan dat is nooit de bedoeling geweest.'
Hij merkte dat ze al in de verleden tijd sprak. En hij besefte ook dat ze dit eerder had gedaan en dat ze, hoewel ze niet van Cyril hield, absoluut niet van plan was om bij hem weg te gaan.
'Dan ga ik maar.' Freddie, die zich verpletterd, stom en ongelukkig voelde, glipte uit bed en ging op zoek naar zijn haastig uitgetrokken kleren.
Fenella knikte vol medeleven. 'Dat is waarschijnlijk het beste. Het spijt me, schat.'
Hem speet het ook. Hij had Giselle, die echt van hem hield, verraden, en nu had hij zichzelf ook nog eens compleet voor schut gezet. Toen hij eindelijk was aangekleed, draaide hij zich nog even om in de deuropening en zei: 'Ik kom er zelf wel uit. Nog een prettig leven verder.'

'Dat zal wel lukken.' Genesteld in de sneeuwwitte kussens blies ze hem een kusje toe en wuifde. 'Jij ook,' voegde ze er een beetje aan de late kant aan toe.
Freddie zat in zijn auto. Het was voorbij. Omdat hij zich haar niet kon veroorloven.
Hij was gewoon niet rijk genoeg.

31

Cressida liet zich met een plof op een van de keukenstoelen vallen. Dit hoorde gewoonweg niet te gebeuren. Het was alsof je een prachtig verpakt cadeau openmaakte en dan een dooie rat aantrof.
'Nee, dat gaat niet,' herhaalde Sacha Forbes kordaat. 'We zijn er niet. Een van Roberts districtmanagers gaat trouwen in Kent, en we zijn daar het hele weekend.'
Dat Cressida Sacha en Robert had gebeld om te informeren of ze het goed vonden dat ze Jojo dit weekend meenam naar Newcastle, was puur een formaliteit geweest. Ze hadden nog nooit nee gezegd, en daarom was het ook geen seconde bij haar opgekomen dat dat nu wel eens het geval zou kunnen zijn.
'En gaat Jojo met jullie mee?' Cressida deed haar best om niet paniekerig te klinken. 'Ik vraag het maar, want ze heeft helemaal niks over een bruiloft gezegd.'
'Nou, ik weet zeker dat ik het haar heb verteld. Ach, je weet hoe die jonge meisjes zijn,' zei Sacha op zorgeloze toon. 'Ze luisteren nooit.'
'Maar als het de bruiloft van een collega is,' waagde Cressida het uit pure wanhoop op te merken, 'dan kent ze er vast niemand. Weet je zeker dat het voor jullie niet prettiger is om haar bij mij te laten? Dan kunnen jullie echt genieten zonder...'
'Nee nee, dat gaat niet meer. Roberts baas neemt die luidruchtige snotapen van hem ook mee, en we hebben hem beloofd dat Jojo op ze zou passen. Anders zetten ze de hele boel op stelten.'
De oneerlijkheid ervan maakte Cressida sprakeloos. 'Maar...'
'Cressida, ze gaat met ons mee. We gaan als gezin naar die bruiloft.

En als je het niet erg vindt, hang ik op, want ik heb nog een paar belangrijke telefoontjes te plegen.' Zonder er doekjes om te winden dat Cressida al meer dan genoeg van haar kostbare tijd in beslag had genomen, eindigde ze ongeduldig: 'Vergeet niet dat Jojo onze dochter is en niet de jouwe.'

De verbinding werd verbroken, maar Sacha's laatste opmerking sneed als een vlijmscherp stanleymes door Cressida heen, vooral omdat Sacha gelijk had.

Haar ogen vulden zich met tranen toen ze besefte dat ze zich zou moeten verontschuldigen bij Sacha en Robert. Zich verontschuldigen en in het stof kruipen. Ze moest Sacha en Robert niet tegen zich in het harnas jagen. Als ze zouden besluiten dat ze niet meer wilden dat Jojo bij haar kwam, dan hadden ze daar het volste recht toe.

Twee sterke koppen koffie later liet Cressida een nieuw berichtje achter op Jojo's mobieltje om haar uit te leggen over de bruiloft.

Daarna stuurde ze een mailtje naar Tom om hem te vertellen dat ze dit weekend toch niet konden komen. Dat zij wel kon, deed er niet toe; hij had hen allebei uitgenodigd zodat Jojo Donny gezelschap kon houden. De hele bedoeling van het uitstapje was geweest om de kinderen een leuk weekend te bezorgen. Ze kon het niet maken om in haar eentje te gaan; voor Donny zou dat zoiets zijn als meegesleept worden naar een bouwmarkt nadat hem Disneyland was beloofd.

Ze vreesde dat komend weekend in Hestacombe blijven veel zou lijken op een eindeloze zoektocht langs de schappen en rekken van een bouwmarkt.

Wat jammer, mailde Tom twintig minuten later terug vanaf zijn werk. Donny zou zo teleurgesteld zijn. Natuurlijk, voegde hij er (haastig? beleefd?) aan toe, was hij dat ook. Het weekend daarna deed Donny mee aan een voetbaltoernooi, maar wat dacht ze van het weekend daarop?

Toen Cressida in haar agenda keek, ontdekte ze dat ze zich voor dat weekend had opgegeven als vrijwilligster bij de jaarlijkse herfstbazaar van het plaatselijke ziekenhuis; 's ochtends zou ze de tombola doen en 's middags het boekenstalletje. Goede daden werden dus niet altijd beloond.

Cressida kon wel janken. Het was maar goed dat ze geen kat had, anders had ze hem vast een schop verkocht.

Fenella slaakte een kreetje van blijdschap en stak haar armen naar Freddie uit. 'Schat, moet je jou eens zien – zilvergrijs en chic en aantrekkelijker dan ooit! O, het is zo fijn om je weer te zien!'
Freddie had barstende koppijn; het was alsof zijn hersens tussen een bankschroef werden fijn geplet, maar als er iets was dat hem zijn pijn kon doen vergeten, was het de aanblik van Fenella in een roze-gele zomerjurk en fladderend bijpassend sjaaltje. Haar donkere ogen gloeiden. Ze droeg haar haren nog steeds in een meisjesachtig Audrey Hepburn-kapsel, en haar benen waren nog net zo slank en spectaculair als vroeger. Ze was drieënzestig, herinnerde Freddie zichzelf eraan. Als hij het niet had geweten, zou hij haar op midden vijftig hebben geschat.
'En het is ook heerlijk om jou te zien.' Zijn hoofd vooroverbuigend en de frisse bloemengeur van haar parfum opsnuivend, kuste hij Fenella op haar bepoederde wangen. 'Fijn dat je bent gekomen. Nee, laat mij maar,' voegde hij eraan toe, toen ze de gesp van haar handtas openmaakte en een portemonnee pakte.
Hij betaalde de taxichauffeur, gaf hem tien pond fooi en zei tegen Fenella: 'Als ik had geweten dat je met de trein was, had ik je kunnen ophalen.'
'Misschien was ik wel bang dat je me zou komen afhalen in die vreselijke oude Austin 7 van je.' Fenella's ondeugende blik gleed over de glanzende bordeauxrode Daimler die op de oprit stond. 'Is die echt van jou? Zo te zien heb je goed geboerd, schat. Ik ben heel blij voor je.'
Freddie wist dat hij zich gedroeg als een achtjarig jongetje dat was geplaagd door zijn vriendjes en dat, na met kerst een splinternieuwe fiets te hebben gekregen, het niet kon laten om er de straat mee op en neer te rijden om hem te showen. Veertig jaar geleden had Fenella hem niet serieus genomen vanwege zijn geldgebrek. Hij had sindsdien inderdaad goed geboerd, maar haar minachting van toen was altijd als een jeukplek onder zijn huid blijven etteren. Het was alsof de cirkel rond was nu hij haar weerzag en kon tonen wat ze was misgelopen. Hij was als een vierenzestigjarige man die de straat op en neer peddelde, met zijn fietsbel belde en riep: 'Kijk mij eens op mijn nieuwe fiets!'
Ze gebruikten de lunch in de serre en praatten elkaar bij over hun levens. Fenella was vol bewondering voor het huis, en Freddie ver-

telde haar over zijn bedrijf. Op zijn beurt hoorde hij dat Fenella en Cyril na drieëntwintig jaar huwelijk waren gescheiden.
'Hij ging vervroegd met pensioen, en we verhuisden naar Puerto Banus. Als je getrouwd bent met een man die altijd maar aan het werk is, heb je tenminste een beetje tijd voor jezelf,' vertrouwde ze hem toe. 'Maar zodra Cyril met pensioen was, had ik geen seconde meer voor mezelf. Ik werd er knettergek van. Allemachtig, hij wilde zelfs niet gaan golfen of het flink op een drinken zetten! Nou, ik kon er niet tegen. Dus zijn we uit elkaar gegaan en kreeg ik wat met Jeremy Britton.'
Freddie vroeg zich af of het misschien niet net andersom was geweest.
'Die heel veel golfde en bijna in zijn eentje alle bars in Puerto Banus in bedrijf hield,' vervolgde ze droog. 'Maar ik had enorme lol met hem, en hij maakte dat ik me jong en begeerlijk voelde. Na drieëntwintig jaar huwelijk met Cyril betekende dat heel veel voor me, dat kan ik je wel vertellen.'
'En toen ben je met hem getrouwd. Was hij rijk?' kon Freddie niet nalaten om te vragen.
Fenella glimlachte droevig en zei: 'O ja. Ik mocht dan al achter in de veertig zijn, maar ik had mijn lesje nog steeds niet geleerd. Jerry smeet met geld en ik vond het heerlijk als hij ermee smeet om spullen voor mij te kopen. Financiële zekerheid was voor mij nu eenmaal altijd heel belangrijk. Ik was een onnozele, oppervlakkige vrouw, dat zie ik achteraf ook wel. Jerry bleek natuurlijk een verschrikkelijke klootzak te zijn. Ik had me nog nooit zo ongelukkig gevoeld. Hij had links en rechts vriendinnen, begon me in het bijzijn van zijn vrienden te kleineren... Het was een grote nachtmerrie.' Terwijl ze haar mes en vork neerlegde, eindigde ze op droevige toon: 'Het punt was dat ik diep vanbinnen vond dat ik het verdiende. Dat het mijn straf was voor het feit dat ik altijd zo oppervlakkig en geldbelust was geweest. Het was mijn verdiende loon, vond ik.'
'Je moet niet zo hard over jezelf oordelen. In elk geval was je eerlijk tegen jezelf,' zei hij.
'O schat, en moet je zien waar me dat heeft gebracht.' Ze schudde haar hoofd. 'En weet je wat pas echt ironisch is... Nee, laat ook maar.' Ze wuifde haar woorden weg.
'Wat is dan zo ironisch?' drong hij aan.

Fenella pakte haar glas chablis en zei: 'Oké, maar ik waarschuw je, het klinkt absoluut pathetisch.' Ze zweeg even om een slokje wijn te nemen. Toen keek ze hem diep in de ogen. 'Ik miste jou, Freddie. Ik hield van je. Ik weet dat ik je dat toen nooit heb verteld, maar dat was omdat het niet kon. Mijn bedje was gespreid en ik moest erin blijven liggen. Maar ik ben jou nooit vergeten. Ik ben andere mannen altijd met jou blijven vergelijken en wilde altijd dat ze wat meer op je leken.'
'Maar dan een stuk rijker,' zei Freddie droog.
'Nee, op jou als persoon!' benadrukte ze. 'Hoor eens, het heeft een tijd geduurd, maar uiteindelijk snapte ik het. Toen ik me van Jerry liet scheiden, had ik voor een hoge alimentatie kunnen vechten, maar dat heb ik niet gedaan. Ik ben zonder een stuiver teruggekeerd naar Engeland, vastbesloten om een beter mens te worden. Ik zou mijn leven niet meer laten regeren door geld. Als ik een oprecht aardige man zou tegenkomen die arm maar eerlijk was, dan zou ik met hem trouwen, nam ik me voor, omdat ik eindelijk snapte dat geluk niets heeft te maken met de hoogte van iemands bankrekening.'
Freddie was diep onder de indruk. 'En is dat gebeurd?'
'Heel kort maar.' Fenella kreeg een droevige blik in haar ogen. 'Ik heb inderdaad een schat van een man leren kennen. Hij heette Douglas en werkte in een tuincentrum. Hij had geen geld, maar dat maakte niet uit. We konden het vreselijk goed met elkaar vinden. Ik voelde gewoon dat we samen een mooi leven zouden krijgen. Maar twee maanden na onze kennismaking stierf hij plotseling aan een hartaanval.'
'Wat erg voor je.'
'Ja, het was een vreselijke tijd, vreselijk gewoon. Het was alsof ik werd gestraft voor alle slechte dingen die ik in het verleden had gedaan. Zoveel geluk dat me ineens werd afgenomen. Dat was acht jaar geleden.' Ze pakte een zakdoekje uit haar tas en depte de tranen uit haar ogen. 'Daarna is er niemand meer geweest. Ik had dat best gewild, maar het is gewoon niet gebeurd. Och hemel, ik weet dat dit belachelijk klinkt, maar snap je nu waarom ik zo opgewonden was toen ik die brief openmaakte van je vriendin Lottie? Ik voelde me net een tienermeisje toen ik las dat je me zocht en me weer wilde zien! Dit was mijn kans om me te veront-

schuldigen voor de vreselijke manier waarop ik je heb behandeld... en, een niet minder egoïstische gedachte, misschien mijn kans om weer gelukkig te zijn met mijn eerste liefde. Ik mag dat toen dan niet hebben durven toegeven, maar het is de waarheid. Jij was mijn eerste liefde.' Ze schonk hem een breekbaar lachje. 'En hier zit ik dan, en alles is weer verkeerd gegaan. Volgens mij ben ik behekst.'
Verbaasd vroeg hij: 'Waarom dan?'
'Omdat het juist de bedoeling was hiernaartoe te komen en jou te spreken en... wat dan ook...' weer een wegwerpgebaar met haar linkerhand, 'en je dan te bewijzen dat ik echt was veranderd! Maar nu kan dat niet, want je bent niet meer arm. Je hebt dit allemaal!'
Hij glimlachte. 'Het spijt me.'
'Het kan je niet half zoveel spijten als het mij spijt, dat kan ik je wel vertellen.' Ze leunde naar achteren in haar stoel en duwde een lok donker haar achter haar oor. 'Toen ik je adres las, nam ik aan dat Hestacombe House een flatgebouw was. Ik verwachtte dat je een gewone niet al te rijke man zou zijn die een gewoon niet al te rijk leven leidde. En ik wilde je laten zien dat dat me niets kon schelen. Toen de taxichauffeur hier stopte, viel ik bijna flauw. Ik had nooit kunnen denken dat je in zo'n soort huis zou wonen. En het betekent ook dat ik niet met je kan flirten, want dan zou je nog denken dat ik alleen maar op je geld uit ben.'
'Ik weet niet wat ik moet zeggen.' Hij zweeg even en besloot toen dat hij ook schoon schip wilde maken. 'Goed, als ik heel eerlijk ben, dat is een van de redenen waarom ik je weer wilde zien. Om je te bewijzen dat ik een succesvol man ben geworden, tegen alle verwachtingen in en ondanks het feit dat je mijn hart had gebroken.'
Fenella's hand vloog naar haar mond. 'Heb ik je hart gebroken? Echt?'
'O, ja.'
'Ik dacht dat je gewoon weer terug was gegaan naar dat aardige vriendinnetje van je... hoe heette ze ook alweer?'
'Giselle.' Er trok even een scheut door zijn hart.
'Precies. Zo'n schatje. Wat is er gebeurd?'
'Ik heb het verknald. Allemaal mijn eigen schuld. Nadat jij het had uitgemaakt, was ik niet aangenaam voor mijn omgeving. Giselle had helemaal niets verkeerd gedaan en ze begreep dan ook niet

waarom ik zo afstandelijk deed. Het was geen gemakkelijke tijd.'
'O god, dat spijt me zo,' riep ze uit. 'Ik voel me vreselijk.'
'Zulke dingen gebeuren. Noem het het lot. Hoe dan ook, we sukkelden door, maar we waren allebei ongelukkig,' vertelde hij. 'En toen ontmoette ik iemand anders. En dat was dat, ik maakte het uit met Giselle en begon iets met dat andere meisje.'
'Hoe heette ze?'
'Mary. Nog geen halfjaar later waren we getrouwd. Ze is vier jaar geleden gestorven.'
'O Freddie. En waren jullie gelukkig samen? Natuurlijk waren jullie dat,' riep ze uit. 'Dat zie ik aan de blik in je ogen. Wat heerlijk voor je. Ik ben zo blij dat je uiteindelijk toch nog de ware hebt gevonden.'
Overmand door emoties knikte hij slechts.
'Arme schat.' Ze pakte zijn hand over tafel beet. 'Je zult haar wel vreselijk missen. Het is de eenzaamheid, hè? Niemand te hebben om je leven mee te delen. O, het breekt mijn hart als ik bedenk hoe bedroefd je je moet voelen.'
'Verdriet is de prijs die je betaalt voor de liefde,' zei hij simpelweg. Zich vermannend schonk hij haar glas bij. 'Niet echt een vrolijk onderwerp, hè? Je hebt er vast al spijt van dat je bent gekomen.'
'Freddie, het is gewoon zalig om je weer te zien. Ik vind het alleen zo'n naar idee dat je alleen bent. Je bent nog steeds heel aantrekkelijk, weet je.' Terwijl er een glimlach doorbrak op haar gezicht, vervolgde ze: 'Wie weet wat er had kunnen gebeuren als je niet zo vervloekt rijk was geweest? Misschien hadden wij... O hemeltje, let maar niet op me, ik ben gewoon een onnozele oude vrouw...'
Terwijl haar stem wegstierf, begreep Freddie dat van hem werd verwacht dat hij haar, als een echte heer, zou tegenspreken. Zijn hoofd bonkte nog steeds, en hij had zijn volgende dosis Finimal nodig. Maar eerst moest hij Fenella uitleggen dat een gezamenlijke toekomst, op wat voor manier dan ook, er niet in zat.
'Natuurlijk ben je niet onnozel. Of oud,' voegde hij er haastig aan toe. 'Maar ik ben niet op zoek naar een relatie. Dat is niet de reden waarom ik je wilde weerzien.'
Geschrokken zei ze: 'O.'
'Sorry als ik je de verkeerde indruk heb gegeven.' Hij voelde zich schuldig, want het was wel duidelijk dat dat het geval was. 'Ik wil-

de alleen graag weten hoe het met je ging en of het leven een beetje goed voor je was geweest.'
'O, nou.' Een moedig lachje te voorschijn toverend, zei ze: 'Dat weet je nu dan. Wil je dat ik meteen wegga, nu je weer helemaal op de hoogte bent?'
'Nee. Nee.' Hij schudde verwoed zijn hoofd, wat zijn hoofdpijn geen goed deed. 'Fenella, ik wil alleen maar eerlijk zijn, je vertellen hoe de zaken ervoor staan. Ik ben niet op zoek naar een liefdesrelatie. Dat moet je gewoon weten. Maar ik wil niet dat je weggaat. We kunnen samen toch nog steeds een leuke dag hebben?'
'Aantrekkelijk en vol overtuigingskracht. Hoe zou ik kunnen weigeren?' Met een wat zachtere blik in haar ogen schoof ze haar bord opzij en boog zich naar hem toe. 'En nu wil ik alles over je fantastische vrouw weten.'

32

Er bestond geen grotere kwelling, ontdekte Lottie, dan te werken voor iemand naar wie je verlangde, maar naar wie je niet mocht verlangen. Het begon haar behoorlijk op de zenuwen te werken dat ze wel naar hem mocht kijken, maar hem niet mocht aanraken. Tyler was al op kantoor toen ze om negen uur arriveerde. Zoals gewoonlijk zag hij er adembenemend uit in zijn marineblauwe polohemd en gebleekte spijkerbroek, en haar hart maakte dan ook meteen een sprongetje. Hij haalde haar hormonen echt vreselijk overhoop. Zoals steeds zoemde er maar één vraag door haar hoofd, een vraag die ze bijna niet meer voor zich kon houden, en die was: hoe ben je in bed?
Toen hij opkeek van de computer en naar haar grijnsde – o, jemig, haar arme hart – vroeg ze zich paniekerig af of ze de woorden soms per ongeluk hardop had gezegd.
'Hoi. Alles goed met de kinderen?'
Dat vroeg hij altijd. Het was de enige toespeling die hij maakte op hun alweer-voorbij-voordat-hij-was-begonnen-relatie. Hij probeerde haar nooit te kussen of op andere gedachten te brengen.

Ze gooide haar zonnebril en autosleuteltjes op haar bureau en pakte de post. 'Ja hoor. Het gaat goed op school.'
'Dat is fijn.'
Ze knikte. Dat was inderdaad fijn. Het zou vreselijk zijn als ze zich voor niets had opgeofferd.
'We hebben een aanvraag voor Walnut Cottage.' Hij tikte tegen zijn computerscherm. 'Voor de tweede week van december. Ze willen hem voor hun huwelijksreis.'
'Geen probleem. O, het zijn Zach en Jenny!' Terwijl ze vooroverleunde om het mailtje te lezen, vertelde ze: 'Die waren hier vorig jaar met een groep vrienden. Het is een heel leuk stel, maar Jenny dacht dat ze Zach nooit in het huwelijksbootje zou kunnen krijgen, omdat zijn ouders op een heel akelige manier waren gescheiden toen hij nog klein was, en hij bezwoer haar altijd dat hij nooit zou trouwen.' Ze kreeg ineens een brok in haar keel. 'En nu gaan ze toch trouwen. Fantastisch, hè? Eind goed, al goed bestaat dus toch nog.'
'Tenzij hij niet weet dat hij gaat trouwen, en ze het allemaal in het geheim organiseert,' zei Tyler. 'Ik heb altijd zo'n medelijden met die mannen. Ze denken dat ze naar de bruiloft van iemand anders gaan en dan pats-boem! ontdekken ze dat de ex door wie ze al tijden worden gestalkt, de verschrikkelijkste verrassing aller tijden voor hen heeft georganiseerd.'
'Alleen een man kan zo denken.' Ze sloeg hem op zijn schouder met haar handjevol brieven. 'Zo cynisch.'
'Geloof me, als het je overkomt, is het echt niet grappig.'
Haar mond viel open. 'Is het jou dan overkomen?'
Hij knipoogde. 'Ach, wat is ze ook goedgelovig.'
'In elk geval ben ik tenminste nog romantisch.' Ze gaf hem nog een mep met het stapeltje post. 'Terwijl jij verbitterd en verknipt en...'
'Dat is oneerlijk.' Behendig haar pols beetgrijpend, zei hij: 'Ik kan best romantisch zijn als ik wil. Dat hangt allemaal van het meisje in kwestie af.'
O o, gevaarlijk terrein. Terwijl de adrenaline vrolijk door haar lichaam joeg, besefte ze dat ze te ver was gegaan. Tijd voor een hergroepering en terugtrekking.
Alleen wilde ze dat helemaal niet.
Hou op met flirten en stap weg bij die man, beval een strenge stem

die akelig veel aan die van miss Batson deed denken. Weg bij die man!
Ze deed een stap naar achteren en haalde een keer diep adem.
'Nou, goed. Freddie is gek op een gelukkig einde. Ik ga hem meteen vertellen van Zach en Jenny. Hij zal zo blij zijn. En nog geen mailtje terugsturen, hoor,' voegde ze er over haar schouder aan toe.
'Dat doe ik wel als ik terug ben. Over vijf minuutjes ben ik er weer.'

Lottie liet zichzelf binnen via de keuken zoals ze bijna iedere ochtend deed. Gewoonlijk zat Freddie aan de keukentafel, verdiept in de krant, te genieten van een ontspannen ontbijt, maar vandaag was de keuken leeg.
Ze drentelde door de gelambriseerde gang en zag dat de deur van de studeerkamer openstond. Toen ze vaag het geluid hoorde van een lade die werd opengetrokken, begreep ze dat Freddie daar moest zijn.
Naderhand vroeg ze zich af waarom ze hem niet had geroepen, zoals ze meestal deed. Deze keer liep ze echter zonder iets te zeggen naar de deur van de studeerkamer en zag een slanke, donkerharige vrouw, gekleed in een te grote badjas, met de rug naar haar toe staan voor Freddies bureau. Terwijl Lottie door de kier in de deur keek, legde de vrouw de papieren die ze blijkbaar net had gelezen weer in de rechterla. Daarna schoof ze de lade dicht, opende voorzichtig de linkerla, bekeek de inhoud, pakte er een paar brieven uit en las ze snel door.
Lottie was niet van plan geweest om de werkzaamheden te onderbreken, maar ineens kraakte een plank onder haar voet, en de vrouw draaide zich als door een wesp gestoken om. Dus dit was Fenella Britton.
'Ik zou kunnen vragen wat je aan het doen bent,' zei Lottie kalm, 'maar dat zou een onnozele vraag zijn.'
Hemeltje, miss Batson zou trots op haar zijn. Misschien kon ze oefenen in een enge ouwe schooljuf-vrijster worden en beginnen met het dragen van tweedrokken en Birkenstocks.
'Je hebt me bijna een hartaanval bezorgd!' Met haar hand op haar borst schudde Fenella haar hoofd. 'Sorry, ik weet hoe dit eruit moet zien. Maar het gaat om Freddie. Ik maak me zo'n zorgen om hem.'

Lottie maakte zich al weken zorgen om Freddie. Overspoeld door angst vroeg ze zich af of hij vannacht soms ziek was geworden. 'Hoezo? Waar is hij? Wat is er gebeurd?'
'Er is niets gebeurd.' Fenella speelde met de revers van de olijfgroene badjas. 'Maar hij heeft wel wat, hè? Ik heb al die pijnstillers in het medicijnkastje in de badkamer zien liggen, dozen en dozen vol ervan. En sommige zijn alleen op recept verkrijgbaar.' Wijzend op de bovenste brief op het bureau vervolgde ze: 'En deze hier is van een neuroloog. Hij gaat over de uitslagen van de laatste scan, en de prognose is somber... O god, ik vind dit onverdraaglijk! Ik heb hem net teruggevonden na al die jaren, en nu raak ik hem alweer kwijt. Mijn Freddie gaat dood!'
De tranen stroomden Fenella Britton over de wangen. Het leek alsof ze elk moment kon flauwvallen. Ze sloeg haar armen om haar magere lichaam, liet zich tegen het bureau vallen en duwde de lade dicht.
'Je kunt maar beter gaan zitten,' zei Lottie. 'Waar is Freddie?'
'Boven. In b-bad. Sorry. Ik ben Fenella Britton.' Fenella stak een tengere, trillende hand uit. 'En jij moet Lottie zijn. Freddie heeft me al alles over je verteld.'
Lottie zei niet dat ze ook alles over Fenella had gehoord. Dit was de vrouw die Freddie had gedumpt omdat hij niet rijk genoeg naar haar zin was geweest. En nu, na te hebben ontdekt dat hij tegenwoordig erg rijk was, stond ze hier in Freddies persoonlijke paperassen te snuffelen. Bovendien had ze hier vannacht blijkbaar geslapen.
'Zou het niet beleefder zijn geweest om hem gewoon te vragen of er iets met hem aan de hand was?' Ondanks de overvloedige tranen kon Lottie geen enkele sympathie voor de vrouw opbrengen.
'Als hij het me had willen vertellen, dan had hij dat allang kunnen doen. Maar hij heeft er met geen woord van gerept. Typisch Freddie,' zei Fenella, over haar ogen vegend. 'Hij wilde me natuurlijk niet laten schrikken. Hij is altijd zo attent en voorkomend.'
'Nou, je kunt hem ernaar vragen als hij beneden komt. Vertrek je vanochtend?' Lottie keek op haar horloge. 'Want ik kan je wel even naar het station brengen als je...'
'Vertrekken? Hoe kan ik nu weggaan nu ik de waarheid weet?' Fenella schudde verwoed haar hoofd. 'O nee, ik heb Freddie al een

keer in de steek gelaten. Dat doe ik niet nog een keer. Hij is helemaal alleen. Hij heeft me nodig.'
'Je hebt hem pas gisteren voor het eerst weer gezien,' zei Lottie. Ongeloof vermengde zich met achterdocht. Was Fenella echt van plan om in Hestacombe House te trekken?
'Ik heb veertig jaar van hem gehouden,' zei Fenella eenvoudig. 'Freddie heeft geen familie. Hij mag op een moment als dit niet alleen zijn.'
Lottie vroeg zich af of die opmerking over het ontbreken van familie soms ook op een andere manier van belang was. Of was ze echt een heel slecht mens om zoiets te denken?
Hardop zei ze: 'Hij is niet alleen.' Toen ze de fonkeling in de ogen van de oudere vrouw zag, wist ze meteen dat ze het bij het rechte eind had gehad.
'Je wilt me hier niet hebben, hè? Je wilt Freddie nog liever de steun ontzeggen van iemand die om hem geeft. Waarom is dat eigenlijk precies?' Fenella stem was zacht als boter, maar wat ze bedoelde was zonneklaar.
'Dat weet ik niet precies. Lagen er toevallig ook bankafschriften in die lade?'
'Nee, die lagen er niet.' Fenella hield haar hoofd schuin. 'Maar dat is wel waar je je zorgen om maakt, hè? Freddie heeft niemand om zijn geld aan na te laten. En je hoopte dat jij het allemaal zou krijgen.'
'Hou op,' klonk Freddies stem achter hen. 'Wat is hier aan de hand?'
'Ik heb haar betrapt toen ze in je bureauladen snuffelde,' vertelde Lottie. 'Ze heeft de brieven van je artsen gelezen en god mag weten wat nog meer.'
'Omdat ik me zorgen om je maakte!' Fenella haastte zich met uitgestrekte armen langs Lottie heen, wierp zich in Freddies armen en liet een verse tranenstroom vloeien. 'En nu weet ik de waarheid. O, mijn arme schat, ik kan het niet verdragen! Hoe kan het leven nu zo wreed zijn?'
Freddie keek nog opgelucht ook. Lottie zag de spanning uit hem wegebben, terwijl hij Fenella's hartvormige gezicht tussen zijn handen nam. 'Rustig maar. Sst, niet huilen. Het spijt me.'
Je moet haar niet troosten, wilde Lottie schreeuwen. Schiet haar dood!

'O, Freddie, mijn Freddie.' Fenella snikte tegen de voorkant van zijn bruin-wit geruite overhemd.
Wacht even, dan haal ik het geweer!
'Nu weet je meteen waarom ik niet op zoek ben naar een nieuwe relatie.' Freddies stem brak van ontroering. 'Dat kan ik iemand toch niet aandoen? Dat zou oneerlijk zijn.'
'O schat, snap je het dan niet? Het is al te laat,' fluisterde Fenella. 'Je hebt niet in de hand wat je voor een ander voelt.'
Ik heb zeker niet in de hand wat ik voor jou voel, dacht Lottie.
'Het is al gebeurd,' vervolgde Fenella. 'Of we het nu willen of niet. En misschien is het niet de gemakkelijkste weg en misschien is het niet verstandig, maar we zullen het samen aangaan. Jij en ik, hoelang het ook mag duren.' Liefdevol streelde ze Freddies gezicht. 'Want ik zal voor je zorgen. Tot het einde toe.'
We hebben altijd het meer nog, peinsde Lottie verlangend. We zouden haar kunnen vastbinden en in het meer gooien.
Zich zichtbaar beheersend, zei Fenella: 'Schat, is het goed als ik nu mijn bad neem?'
'Ga je gang.' Freddie streek over haar haren. 'Neem er rustig de tijd voor.'
Met een beverig glimlachje zei ze: 'Dat zal ik doen. En dan kun jij even met Lottie praten. Haar uitleggen dat ik geen boze heks ben.'
Lottie fleurde op. Heksen, dat was een idee. Werden heksen vroeger niet op de brandstapel gegooid?
Fenella verdween naar boven voor haar bad. In de keuken zette Lottie koffie en luisterde naar Freddies relaas over de gebeurtenissen van gisteren. Ze genoot vooral van het gedeelte waarin Fenella zogenaamd haar eigen fouten had ingezien en was geschrokken van het feit dat Freddie nu multimiljonair was, want ze had hem zo graag willen bewijzen dat ze tegenwoordig helemaal niet meer geldbelust was en alleen nog maar op arme sloebers viel.
En nee, ze waren niet met elkaar naar bed geweest. Ze hadden gewoon zo lang zitten praten en lachen dat Fenella de laatste trein naar huis had gemist.
Nadat ze veel meer had gehoord dan ze wilde horen, zei Lottie: 'Ik weet dat het me niets aangaat, Freddie, maar ik vertrouw haar nog steeds niet. Ze zat tussen je persoonlijke spullen te rommelen.'

Hij schoot meteen in de verdediging. 'Maar ze heeft toch uitgelegd waarom. En ik had haar gezegd dat ze moest doen alsof ze thuis was.'
Dit zou niet gemakkelijk worden. 'Ze beschuldigde me ervan dat ik me door haar bedreigd voelde omdat ik wil dat je alles aan mij nalaat. Wat niet zo is, hoor,' voegde ze er snel aan toe.
Freddie haalde zijn schouders op. 'Zeg jij.'
'Freddie! Echt niet!'
'Dat weet ik toch.' Hij keek geamuseerd. 'Maar Fenella weet dat nog niet, omdat ze je niet kent. Net zoals jij haar niet kent.'
Het liefst had ze gebruld: Ik weet dat ik gelijk heb!, maar ze wist zich te beheersen. Hem kalm aankijkend zei ze: 'Oké, die zit. Ik wil alleen maar dat je gelukkig bent. Want dat verdien je. Maar... doe alsjeblieft niets overhaasts, hè?'
'Zoals naar het gemeentehuis snellen?' Eén wenkbrauw ging omhoog. 'Of mijn testament veranderen en alles aan Fenella nalaten?'
Precies. Precies!
Hardop zei ze: 'Zoiets.'
'Schat, het is lief dat je bezorgd om me bent,' zei hij op troostende toon. 'Dat waardeer ik. Maar ik ben geen smoorverliefde tiener. En ik ben ook niet seniel. Ik geloof dat ik er wel op kan vertrouwen dat ik me niet het hoofd op hol zal laten brengen.'
Lottie, die beter wist, zei niets. Natuurlijk kon hij zichzelf niet vertrouwen; hij was een man.

'Dat was een lange vijf minuten,' merkte Tyler op toen Lottie weer op kantoor verscheen.
'Sorry. Ik werk tussen de middag wel door.' Ze ging zitten en begon een lijstje te maken van de dingen die moesten gebeuren.
'Je werkt altijd door tussen de middag.'
'Nou, dan zul je me moeten ontslaan. O, klotepen!' Toen ze ontdekte dat haar pen het niet deed, gooide ze hem met zo'n kracht door het kantoor dat de wieltjes van haar stoel achteruit schoten. De pen stuiterde tegen de muur, en Lottie knalde met haar hoofd tegen de plank achter haar bureau. 'Au. Shit.'
'Goed, ik heb een voorstel. Ik zal je niet ontslaan, als jij belooft dat je me niet zult aanklagen wegens verwondingen opgelopen tijdens het werk. Het is helemaal mijn schuld dat die pen zonder inkt zit.'

Terwijl Tyler manmoedig zijn best deed om niet te lachen, vroeg hij: 'Lottie, wat is er?'
'Behalve dat ik een hersenschudding heb, bedoel je?' Ze wreef over haar achterhoofd. 'Ik heb net Freddies vriendin ontmoet.'
'Zijn oude vlam uit Oxford?' vroeg hij geïnteresseerd. 'Hij vertelde me over haar. Hoe is ze?'
'In één woord? Geldbelust.'
'Nou ja, dat hoort erbij.' Met een en-wat-dan-nog-schouderophalen vroeg hij: 'Vindt Freddie dat erg?'
Ze staarde hem ongelovig aan. 'Wat?'
'Nou, jij vindt het duidelijk wel erg.'
'Omdat ze een oplichtster is! Ze doet alsof ze van Freddie houdt omdat ze op zijn geld uit is!'
'Volgens jou dan.'
'Maar dat is echt zo!'
'Misschien vindt ze hem wel gewoon aardig,' zei hij op redelijke toon, 'en is het feit dat hij rijk is, alleen maar een extra bonus.'
Ze vond het ongelooflijk dat hij niet haar kant koos. Het was schandalig zelfs. Als er nog een pen op haar bureau had gelegen, had ze hem die naar het hoofd gegooid.
'Toe zeg, geef ze een kans. Gun Freddie zijn lol.' Tyler spreidde zijn armen. 'Als ze echt fout is, dan komt hij daar vroeg of laat vanzelf wel achter. Maar aan de andere kant,' vervolgde hij, 'je kunt het ook mis hebben. Misschien passen ze wel perfect bij elkaar. Misschien zijn ze nog wel dertig jaar dolgelukkig met elkaar.'
'Nee, dat kan niet,' flapte ze er uit. 'Daar gaat het juist om, hij...'
'Wat?' Tyler trok zijn wenkbrauwen op, toen ze abrupt haar mond hield.
Lottie schudde haar hoofd, beschaamd dat ze bijna Freddies geheim had verraden. 'Niets. Dat gaat alleen niet gebeuren. Meer niet.'

33

De temperatuur was weer opgelopen tot tegen de dertig graden, en Lottie lag op het strand haar kleurtje op te peppen toen er een schaduw over haar gezicht viel.
Haar maag trok zich meteen samen. Tyler?
Ze opende haar ogen en zag dat het niet Tyler was, maar Mario. Hij keek zo nors dat ze meteen wist wat er was gebeurd. Haar ogen afschermend tegen de zon, steunde ze op haar ellebogen en vroeg: 'Wat is er?'
Mario wierp een blik op Nat en Ruby die in het ondiepe water aan het spelen waren met de golden retriever van het gezin uit Beekeeper's Cottage. Toen hij zag dat ze buiten gehoorsafstand waren, zei hij: 'Amber heeft me gedumpt.'
'O nee.' Lottie trok een geschokt gezicht. 'Niet te geloven! Waarom?'
'Blijkbaar heeft ze iemand anders.' Mario keek toe, terwijl Nat een stok in het water gooide en Ruby en de hond zich tegelijkertijd in het meer stortten om hem op te halen.
'Nee! Echt?'
Mario knikte en zwaaide terug toen Ruby, die het gevecht om de stok had verloren, naar hem zwaaide. 'Ja, echt. Waarom zijn vrouwen zulke liegbeesten?'
'Hoelang is dat al gaande?' Zweet druppelde in haar decolleté terwijl ze haar schouderbandjes rechttrok.
'En daar hoor jij ook bij,' vervolgde hij kalm. 'Want je liegt als je doet alsof je verbaasd bent. Amber zei dat ze je het vorige week al had verteld.'
Dank je wel, Amber.
'O, nou ja.' Ze liet zich echt geen schuldgevoel aanpraten. 'Dat is gewoon vrouwelijke solidariteit. Het was discreet van me. Kun je niet een eindje opschuiven? Je staat in mijn zon.'
Zuchtend ging hij op het strandlaken naast haar zitten. 'Ik dacht dat je medelijden met me zou hebben.'
'Hoeveel medelijden verdien je, denk je? Ik ben je ex-vrouw, vergeet dat niet. Jij rotzooide met meisjes en dat is de reden dat we zijn gescheiden. En nu heeft Amber ook besloten dat ze niet bij je wil

blijven omdat ze je niet kan vertrouwen, dus heeft ze iemand gevonden die ze wel kan vertrouwen.' Ze pakte haar flesje zonnebrandolie, maakte de dop los en kneep een kwak op haar maag. 'Als ik het type was om me te verkneukelen, dan zou ik zeggen: boontje komt om zijn loontje.'
Zijn ogen glansden. 'Nou, dank je wel. Hoewel ik Amber niet ontrouw ben geweest, geen enkele keer.'
'Natuurlijk niet. Zelfs niet toen ze in Frankrijk was,' herinnerde ze hem er nadrukkelijk aan. 'Dankzij mij.'
'En dat is nog zoiets. Het was pas nadat ze had ontdekt dat jij je de hele tijd als een menselijke kuisheidsgordel had opgeworpen, dat ze bedacht dat ze niet meer met me kon doorgaan.' Ongelovig sloeg hij met zijn hand door de lucht. 'Als jij je er niet mee had bemoeid, zouden we nog samen zijn.'
'O nee, waag het niet om mij de schuld in de schoenen te schuiven! Amber was in Frankrijk met een andere man, terwijl ik hier verdomme voor kuisheidsgordel speelde!'
'Dus je bent blij dat het is gebeurd.' Zijn stem ging omhoog. 'Je vindt het net goed voor me!'
'Natuurlijk ben ik niet blij dat het is gebeurd,' blèrde ze terug. 'Ik wilde juist niet dat het zou gebeuren, daarom wierp ik me ook op als kuisheidsgordel! Iiieeee!' Ze deinsde achteruit toen de golden retriever het water uit stoof, recht op hen af rende, zichzelf uitschudde en haar besproeide met koud water.
Nat, in het kielzog van de hond, vroeg: 'Waarom schreeuw je tegen papa?'
'Omdat papa tegen mij schreeuwde.'
'O. Wat is een kuisheidsgordel?'
'Dat is iets wat je bij Marks and Spencer kunt kopen om je buik plat te maken.' Ze keek op haar horloge. 'Ik geloof dat we maar eens naar huis gaan.'
Dit had het gewenste resultaat. 'Nee!' protesteerde Nat. Hij racete terug naar de waterkant, met de hond op zijn hielen.
'Je weet best dat ik niet wilde dat jij en Amber uit elkaar zouden gaan,' zei Lottie op weer normale toon, terwijl ze Mario's pols vastpakte.
Hij knikte, terwijl hij naar Ruby en Nat keek, die steentjes over het glinsterende oppervlak van het water keilden. 'Dat weet ik. Maar

ik kan het gewoon niet bevatten. Ik dacht dat we gelukkig waren samen.'
Ze had vreselijk medelijden met hem. Hij was duidelijk erger van streek dan hij wilde laten merken. Mario had altijd een beetje onkwetsbaar geleken; hij was gemakkelijk in de omgang en vrolijk, en iedereen was altijd dol op hem.
'O god, en ik zal het Ruby en Nat ook moeten vertellen.' Zijn kaken verstrakten. 'Die zullen er ook wel van balen.'
Dat was nog zacht uitgedrukt. Lottie wist dat ze het verschrikkelijk zouden vinden. Zo erg als ze Tyler haatten, zoveel hielden ze van Amber, het enige verschil was dat ze deze keer geen invloed konden uitoefenen op de uitkomst.
'Ik vind het echt rot voor je,' zei ze zacht.
'Ik ook.' Hij aarzelde en slikte moeizaam. 'Ik hou van haar. Ik wist niet dat het zo'n pijn zou doen. Ik zie steeds voor me dat ze met iemand anders is.'
Nu weet je hoe ik me voelde toen je het mij aandeed. De woorden schoten door haar hoofd, maar ze hield ze voor zich. In plaats daarvan sloeg ze haar armen om hem heen en hield hem stevig vast. Mario mocht dan niet meer haar man zijn, ze gaf nog steeds om hem, en hij had op dit moment troost nodig. Ze vond het naar om hem zo verslagen te zien.
Nat, die hen verstrengeld zag zitten, kraaide: 'O, sexy!' Ineens verschoof zijn blik echter, en de grijns verdween meteen van zijn gezicht.
Toen Lottie zich omdraaide om te kijken wat zijn blik had gevangen, zag ze Tyler over het laantje lopen dat bij de vakantiehuizen uitkwam. Verdorie, wat zou hij nu weer denken?
Ach, wat kon het haar ook schelen. Ze mochten allebei doen waar ze zin in hadden. Als ze onstuimige seks met Mario wilde hebben, dan kon dat.
Nou ja, misschien niet op het strand in aanwezigheid van de kinderen.
Tyler verdween uit zicht, en de hond draafde weg. Ruby en Nat kwamen bij Lottie en Mario in het zand zitten.
'Waarom knuffelde mama je?' wilde Nat van Mario weten. 'Is dat omdat je zo sexy bent?'
Mario aarzelde.

Lottie besloot meteen door de zure appel heen te bijten. 'Papa is een beetje bedroefd, meer niet. Amber en hij hebben het uitgemaakt.'
Ruby en Nat staarden haar aan, en daarna Mario. 'Waarom?'
'Zulke dingen gebeuren nu eenmaal.' Mario haalde zijn schouders op, maar zijn gezicht stond strak.
Ruby's hand gleed in de zijne. 'Vind je haar niet meer leuk?'
'O, jawel.'
'Maar ze vindt jou niet meer leuk.' Nats onderlip begon te trillen.
'En ons ook niet,' fluisterde Ruby.
'Toe zeg, jullie weten best dat dat niet zo is,' riep Lottie uit. 'Amber is gek op jullie allebei!'
'Maar nu zullen we haar nooit meer zien. Dat is niet eerlijk.' Ruby keek naar Mario. 'Wat heb je gedaan? Waarom vindt ze je niet meer leuk?'
'Ik heb niets gedaan,' antwoordde Mario.
'Je moet iets hebben gedaan!'
'Nou, dat heb ik niet, oké? Ze heeft gewoon iemand anders gevonden.'
Verontwaardigd vroeg Nat: 'Iemand die ze leuker vindt dan jou? Waar heeft ze die dan gevonden?'
'Dat doet er niet toe.'
Nat was stomverbaasd. 'Is hij dan leuker dan jij?'
'Natuurlijk niet.' Glimlachend trok Mario hem op schoot. 'Hoe kan iemand nu leuker zijn dan ik? Amber heeft gewoon een rare smaak in mannen.'
'Net als mama,' bemoeide Ruby zich ermee, 'met die stomme Tyler.'
Lottie hoopte dat die stomme Tyler zich niet in de struiken had verstopt en Ruby dit hoorde zeggen. Hoewel het geen nieuws voor hem was natuurlijk.
'Misschien bedenkt Amber zich nog wel,' zei Nat hoopvol. 'Denk je dat ze zich bedenkt en dan weer terugkomt?'
'Eerlijk gezegd denk ik van niet.' Mario schudde zijn hoofd. 'Zo is Amber niet. Als ze eenmaal een besluit heeft genomen, houdt ze zich eraan.'
'Hoe heet haar nieuwe vriend?' wilde Ruby weten.
'Quentin,' vertelde Lottie.

'Quentin? Wat een stomme naam!'
Nats ogen glinsterden. 'Bijna net zo stom als Tyler.' Opeens klaarde hij op. 'Zullen we een pop van Quentin maken en er spelden insteken? Hoe heette dat ook alweer?'
Smalend zei Ruby: 'Voodoo, stomkop. Jij onthoudt ook niks.'
'Ik heb honger.' Lottie, die in haar hoofd naging wat er in de koelkast lag, vroeg zich af wat ze in vredesnaam voor creatiefs kon doen met een half pakje bacon, een potje muntsaus en twee gigantische zakken pastinaak.
Pastinaak. In godsnaam. Twee-voor-de-prijs-van-één-acties hadden heel wat op hun geweten.
Mario, die de wanhopige blik in haar ogen wel kende, schoot hen, precies zoals ze allemaal hadden gehoopt, te hulp. 'Kom.' Hij schoof Nat van schoot, stond op en stak zijn hand uit naar Lottie. 'Laten we naar Pizza Hut gaan. Ik trakteer.'

Ergens beneden kraakte een deur, en Mario werd wakker.
Hij wist waar hij was zonder zijn ogen te hoeven openen. Zoveel had hij nu ook weer niet gedronken gisteravond; zijn geheugen was kristalhelder.
Toch deed hij zijn ogen open en keek de slaapkamer rond, met de roze gordijnen, de blauw gekalkte muren, het blauw-roze kleed op de vloer. De meeste van zijn kleren waren op een rotanstoel gegooid. Zijn overhemd en leren riem lagen op de grond onder het raam.
Hij kon niet op zijn horloge kijken, maar aan het licht dat door de gordijnen de kamer binnenstroomde te zien, schatte hij dat het rond zevenen was. Hij moest naar huis, douchen en zich omkleden. Om halfnegen werd hij op zijn werk verwacht.
Waarom had de deur beneden eigenlijk gekraakt?
Het antwoord op die vraag kreeg hij een paar seconden later toen de slaapkamerdeur zacht werd opengeduwd en een zwart-witte kat de kamer in drentelde. Hij bleef staan toen hij Mario zag en knipperde raadselachtig met zijn ogen. Toen sprong hij op bed en begon met zijn witte pootjes aan het lichtroze dekbed te krabben.
Mario was allergisch voor katten; hij moest er altijd van niezen.
Hij niesde.
De kat wierp hem een minachtende blik toe alsof hij wilde zeggen: ben je soms allergisch? Voor mij? Watje!

Naast hem bewoog de figuur onder het dekbed en rekte zich uit. Toen ze haar hoofd verschoof, kon Mario zijn linkerarm terugtrekken, wat prettig was, want nu kon hij tenminste op zijn horloge kijken. Minder prettig was dat hij nu ook met het meisje met wie hij de nacht had doorgebracht, moest praten.
Het was vijf over zeven.
'Hoi,' mompelde Gemma slaperig. Ze kwam met verwarde haren en een domme grijns onder het dekbed vandaan.
Mario voelde zich diepongelukkig. Waarom had hij het gedaan? Waarom, waarom?
Hij wist het antwoord op die vraag natuurlijk wel. Hij had het gedaan om Amber te straffen, om ervoor te zorgen dat ze spijt zou krijgen, om haar te laten zien dat zij hem dan misschien niet meer wilde, maar dat andere meisjes stonden te trappelen.
'Hoi,' zei hij. Hij had medelijden met Gemma, maar nog meer medelijden met zichzelf. Terwijl hij weer op zijn horloge keek – nog steeds vijf over zeven – vervolgde hij: 'O, verdorie, ik kom nog te laat op mijn werk.'
'Je hoeft toch nog niet weg?' Omdat Gemma niet wist dat de restanten van haar make-up onder haar ogen uitgesmeerd waren, dacht ze waarschijnlijk dat ze er charmant uitzag toen ze hem met getuite lippen vroeg: 'Hallo, schat. Hoe gaat het met mijn mooie jongen?'
Haar woorden bleken godzijdank gericht tot de kat die nog steeds op een paar centimeter afstand van Mario's gezicht gefixeerd naar hem zat te kijken.
'Dit is Binky,' zei Gemma. 'Is het geen snoepie? Binky, zeg eens hallo tegen Mario.'
Gelukkig deed Binky dat niet. Dat zou al te bizar zijn geweest. Mario zei: 'Ik ben allergisch voor katten.'
En voor jou.
'O, dat kan niet! Hij is mijn engel! Binky is mijn beste vriend,' protesteerde Gemma. 'Hè, schat van me?'
'Nou, oké. Maar ik moet echt weg. Hoor eens, vannacht was fantastisch, maar...'
'Ja, hè?' Vrolijk riep ze uit: 'Ik zou het zelfs de beste nacht van mijn leven noemen! Echt, je hebt geen idee... Ik val al jaren op je!'
Ontmoedigd keek hij haar aan. Dit veranderde in een nachtmerrie.

Gisteravond, na het eten met Lottie en de kinderen bij Pizza Hut, had hij hen afgezet bij Piper's Cottage en was doorgereden naar zijn eigen huis. Pas toen hij zijn auto op de oprit tot stilstand bracht, was ineens tot hem doorgedrongen dat hij de leegte niet zou aankunnen. Hij moest ergens naartoe, mensen zien, om het kille, eenzame gevoel te verjagen dat bezit van hem had genomen sinds Amber hem aan de kant had gezet.

Hij was naar de Three Feathers in Cheltenham gegaan, een populaire kroeg om de hoek bij zijn werk, en zoals hij wel had verwacht, had hij er Jerry en zijn andere collega's aangetroffen die er een biertje dronken, als-kerels-onder-elkaar grapten en luidruchtig biljartten. Mario was er vaak geweest, hoewel hij geen stamgast was zoals Jerry. Hij herinnerde zich vaag dat het barmeisje Gemma heette, en omdat hij met de auto was, bestelde hij een cola.

Twee uur later had Jerry hem in zijn zij gepord en gezegd: 'Die kun je zo hebben, als je wilt. Ze kan haar ogen niet van je afhouden.'

Op dat moment begreep Mario dat hij haar inderdaad kon hebben, als hij wilde. En waarom niet? Er was niets meer wat hem tegenhield. Hij was begonnen aan de bar een beetje met haar te flirten, gewoon voor de lol.

Het duurde niet lang voordat Jerry, misschien jaloers, bij hen kwam staan en op jongensachtige manier tegen Gemma fluisterde, maar wel zo hard dat Mario het kon horen: 'Pas maar op met hem. Hij heeft een vriendin.'

'Niet waar,' zei Mario.

Jerry grinnikte en porde hem nog een keer joviaal in zijn zij.

'Heb je echt een vriendin?' vroeg Gemma met een bezorgd gezicht.

Mario schudde zijn hoofd. 'Nee.'

Om elf uur riep de kroegbaas dat het tijd was voor de laatste ronde. Mario vroeg zich af wat Amber nu aan het doen was, en kwam tot de meest voor de hand liggende conclusie. Het beeld dat voor zijn geestesoog verscheen, van Amber in bed met Quentin liet zich niet verjagen, hoewel Mario geen idee had hoe Quentin eruitzag. In zijn fantasie was hij schriel als een gevild konijn en had hij een bleke, bijna blauwachtige huid en lompe leren sandalen aan zijn benige – maar verrassend harige – voeten.

Om Amber te straffen vroeg Mario: 'Hoe kom jij thuis?' en zag dat Gemma bloosde van blijdschap.

'Ik woon maar een paar straten verderop.'
'Oké.' Hij haalde zijn schouders op om te laten merken dat het niet uitmaakte. 'Ik had je een lift willen geven.'
Haar met mascara omrande ogen begonnen te stralen en ademloos zei ze: 'Dat kan nog steeds.'
Daarna was alles verlopen zoals te verwachten viel. Jerry en de jongens hadden hun glazen leeggedronken en waren weggegaan, met een knipoog naar Mario en hem eraan herinnerend dat hij morgen wel moest werken. De kroeg liep leeg, Gemma ruimde op, en om tien over halftwaalf vertrokken ze samen.
Net als Bill Clinton sliep Mario met haar omdat het kon. Hij voelde zich er geen steek beter door, maar tegen de tijd dat hij dat ontdekte, was het al te laat. Het kwaad – of beter gezegd, de daad – was reeds geschied.
Hij was niet trots op zichzelf. En nu kwam het naarste gedeelte.
Terwijl ze op een elleboog steunde, zei Gemma gretig: 'Vanavond is mijn vrije avond. Heb je zin om hiernaartoe te komen na je werk?'
Mario wou bijna dat hij een verschrikkelijke kater had, dan had hij tenminste iets anders om zich mee bezig te houden. En hij wou ook dat die stomme kat eens ophield met zo naar hem te staren.
'Ik geloof dat ik niet kan.'
'O. Nou, en morgen dan? Ik kan doen alsof ik de griep heb en...'
'Gemma, ik kan niet. Het zou niet eerlijk tegenover je zijn. Je bent een schat van een meid, maar ik heb het gisteren net uitgemaakt met mijn vriendin.'
'Nou en? Je hebt mij nu toch?'
Mario vond de hoopvolle blik in haar ogen onverdraaglijk. Zichzelf hatend schudde hij zijn hoofd. 'Sorry, maar ik ben nog niet aan een nieuwe relatie toe. Ik dacht dat je dat wel zou begrijpen.'
Gemma's gezicht werd vlekkerig. 'Bedoel je dat je me nooit meer wilt zien?'
'Nou, ik zeg niet nooit.' In een poging om haar gevoelens te sparen, zei hij: 'Ik maak nu alleen een moeilijke periode door. Wie weet, over een jaar of twee...'
'Niet te geloven!' schreeuwde ze, en de kat draaide meteen zijn kop naar haar om. 'Je hebt seks met me gehad en nu laat je me gewoon barsten!'

'Je hebt ook seks met mij gehad,' wees hij haar erop.
'Klootzak! Ik heb seks met je gehad omdat ik wilde dat we elkaar vaker zouden zien!'
'Schat, het spijt me.' Hij had het helemaal verkeerd aangepakt. En het was tien voor halfacht.
'Gggrrrr!' Toen ze zag dat hij op zijn horloge keek, gooide ze haar kant van het dekbed opzij en sprong woedend uit bed.
De kat, die ineens in duisternis was gehuld, slaakte een oorverdovende krijs en krabde fanatiek aan het dekbed om te kunnen ontsnappen. Nog geen seconde later kwam hij tevoorschijn aan het hoofdeinde, wierp één blik op Mario en haalde razendsnel uit naar zijn gezicht.
Die heb je verdiend, siste de kat. Schoft, smerige vuilak, hoe durf je de reputatie van mijn bazinnetje te bezoedelen? En nu we toch bezig zijn, maak dat je uit mijn bed wegkomt!
'Jezus.' Mario hapte naar adem toen de pijn van de krassen op zijn gezicht langzaam tot hem doordrong. Tot overmaat van ramp moest hij opnieuw niezen.
De kat sprong van bed en schoot de kamer uit als een moordenaar op de vlucht.
'Net goed!' gilde de naakte Gemma, die worstelde met haar witte badjas. 'Ik hoop dat het flink veel pijn doet!'

34

Het was twee uur 's middags, en Gemma zou het leuk hebben gevonden om te weten dat in elk geval een van haar wensen was uitgekomen. De drie evenwijdige krassen op Mario's jukbeen waren niet diep, maar wel verrassend pijnlijk. Ze hadden ook voor een ongekend plezier onder zijn personeel gezorgd dat hem er de hele ochtend mee had geplaagd. Het was een opluchting toen ze tussen de middag naar het café een eindje verderop waren verdwenen voor de lunch.
Toen Mario opkeek van het papierwerk op zijn bureau, zag hij Amber de showroom in komen lopen. Zijn hersens begonnen op

volle toeren te draaien. Amber was hier, ze had haar fout ingezien en was van gedachten veranderd, en in de doos die ze bij zich had, zat een of andere verrassing – misschien een glanzende heliumballon met de woorden *Het spijt me*, en *Ik hou van je* erop – waarmee ze hem hoopte terug te krijgen.

'Hoi.' Amber verscheen in de deuropening van zijn kantoor. 'Wat is er met je gezicht gebeurd?'

'Ik heb gevochten met een tijger.' Hij wist niet of hij al die adrenaline wel aankon.

Ze glimlachte. 'Nee, wat is er echt gebeurd? Ziet er pijnlijk uit.'

'Ik ben door een kat gekrabd.'

'Je kent niemand met een kat.'

Mis, dacht hij, ik wou dat ik niemand met een kat kende. Hij haalde zijn schouders op. 'Het was een straatkat, een klein, mager ding. Ik vond hem vanochtend achter in de werkplaats. Ik wilde hem naar het asiel brengen, maar daar had hij blijkbaar geen zin in.'

Tja, wat had hij anders moet zeggen?

'Je kunt maar beter een tetanusprik gaan halen. Hoe dan ook,' zei Amber, op de doos wijzend, 'ik kwam je wat spullen brengen.'

Geen heliumballon dus. Mario, die er niet echt van opkeek, vroeg: 'Wat zit erin?'

'Cd's, dvd's. Een paar kleren. Die mooie paarse lamswollen trui – ik dacht dat je die wel terug zou willen hebben.'

'Ik wil jou terug.' De woorden waren eruit. Misschien was het niet stoer om te bedelen, maar hij kon zich niet beheersen.

'Mario.' Amber beet op haar lip. 'Niet doen. Dit is voor mij ook niet gemakkelijk, hoor.'

'Kom dan terug.'

'Dat kan ik niet.'

'Dat kun je wel. Ik hou van je.'

Even aarzelde ze, terwijl ze aan haar armbanden frunnikte. Toen schudde ze haar hoofd. 'Misschien is dat wel zo, maar toch kom ik niet bij je terug. Verdomme, dit is precies waarom ik je je spullen hier kom brengen en niet bij je thuis. Ik dacht dat dit gemakkelijker zou zijn.'

Hij pakte een van de cd's uit de doos. Guns N'Roses – die waren ze al maanden kwijt. 'Waar heb je die gevonden?'

'Achter de bank. Wat heb je gisteravond gedaan?'

Het barmeisje van de Three Feathers geneukt, als je het per se wilt weten. Hoezo, wat heb jij gedaan?
Misschien beter om dat niet te zeggen.
'Ik ben met de kinderen naar de Pizza Hut geweest,' zei hij. Zo, dat klonk beter.
'Dus je hebt het Nat en Ruby verteld. Wat vonden ze ervan?'
'Wat denk je?'
Tranen glansden in haar ogen. 'Sorry.'
'Ze houden van je. Ze zijn van streek. Nat zei...'
'Ha, daar zit hij!'
Mario keek op toen de schuifdeuren van de showroom opengleden, de terugkeer van Jerry en de anderen aankondigend. Vanuit die hoek konden ze alleen hem zien, en niet Amber.
'Je bent een stoute jongen geweest, hè? We zijn niet gaan lunchen, we zijn even naar de Feathers geweest. Miauw!'
Het bloed trok weg uit Mario's gezicht. Als hij de deur van het kantoor zou dichtslaan, zou Amber weten waarom; ze keek hem nu al raar aan.
'Ik heb eens even fijn met Gemma gebabbeld,' vervolgde Jerry, opgetogen over wat hij had ontdekt. 'O man, wat is die meid kwaad op je. Ze noemde je een vieze vuile leugenaar en een ramp in bed! Ha, ik wou dat ze het op video had opgenomen toen die kat van haar op bed naar je uithaalde. Man, wat een lol hadden we kunnen hebben als we dat naar *De leukste thuis* hadden gestuurd!'
Mario durfde Amber niet aan te kijken. Hij had het gevoel dat alle zuurstof uit het kantoor werd gezogen.
'Dag, Mario,' zei Amber zacht, er vanuit de deuropening met nauwelijks verholen minachting aan toevoegend: 'Je gaat erop achteruit. Je was bij mij nooit een ramp in bed.'

De webdesigner heette Phil Micklewhite.
'Hoi,' zei Lottie toen hij de telefoon na vier keer overgaan opnam.
'Ik weet niet of je nog weet wie ik ben, maar we...'
'Ik vergeet nooit een stem,' vertelde Phil Micklewhite opgewekt. 'Jij bent dat meisje dat vorige week over Fenella Britton belde.'
'Inderdaad. Goed, het punt is, je klonk toen als een vriendelijke man, aardig en eerlijk en volkomen betrouwbaar...'
'En nu moet je steeds aan me denken,' onderbrak hij haar. 'Ik ach-

tervolg je zelfs in je dromen. Je wilt me leren kennen en dan een woeste, hartstochtelijke relatie met me beginnen. Ik weet het, ik weet het, dit overkomt me de hele tijd, maar voordat je ineens op mijn stoep verschijnt, kan ik je beter meteen maar bekennen dat ik vijftig ben, veel te dik en zo lelijk dat zelfs mijn goudvis er steeds weer van schrikt.'

Lottie ontspande zich. Hij was nog leuker dan ze al had gedacht.

'Nou, eigenlijk wilde ik je nog wat over Fenella vragen, als je het niet erg vindt.'

'Mij best. Maar ik weet niet of ik je wel kan helpen. Zo goed ken ik haar niet.' Hij zweeg even. 'Mag ik ook weten waarom?'

'Kan ik erop vertrouwen dat je het niet verder zult vertellen?' vroeg ze.

'Vanzelfsprekend.'

Lottie bracht hem in het kort op de hoogte van de situatie. 'Dus het komt erop neer dat ik me afvroeg of je soms iets wist waaruit blijkt dat ik gelijk heb. Of juist niet. Bijvoorbeeld als je me zou vertellen dat Fenella een chique hoer was,' zei ze hoopvol, 'en dat er dag en nacht mannen bij haar aanbellen, dan zou me dat erg helpen.'

'Dat snap ik.' Hij klonk geamuseerd. 'Maar ik heb nooit mannen bij haar op de stoep zien staan. Het is vrij rustig hier in Hutton Court. Er zijn acht flats, en de meeste andere bewoners zijn gepensioneerd. Maar ze zijn allemaal erg aardig. We groeten elkaar en nemen dan de dag even door, en het echtpaar Ramsay uit Flat Drie zorgt voor mijn goudvis als ik weg ben, maar dat is alles. Ik ben niet iemand die graag bij anderen op de thee gaat. En de enige keer dat ze bij mij aanbellen, is als ze internet willen gebruiken.'

Lottie wist dat ze zich aan een strohalm vastklampte, maar toch vroeg ze: 'Waarom doen ze dat?'

'Ik ben de enige in het gebouw met een computer. Het echtpaar Ramsay wil af en toe een mailtje aan hun zoon in Oregon sturen. Het echtpaar Barker is verslaafd aan cryptogrammen. Eric uit Flat Een koopt graag oude camera's. Dus om de zoveel tijd komt er eens eentje aanwippen. Maar dat vind ik niet erg,' vervolgde hij. 'Zo blijven ze van me houden en klagen ze ook niet over de staat van mijn plantenbakken.'

'Gebruikt Fenella jouw computer wel eens?'

'Nauwelijks. Maar vorige week toevallig wel.'

'Om een mailtje te versturen?'
'Neee!' Hij klonk geamuseerd. 'Ze zou niet eens weten hoe dat moest. Ze vroeg me hoe ze iets over iemand zou kunnen opzoeken. Ik heb Google voor haar aangeklikt en haar uitgelegd hoe ze verder kon zoeken.'
Hoewel Lottie nergens op durfde te hopen, vroeg ze toch: 'Wanneer vorige week?'
Na een korte stilte antwoordde Phil langzaam: 'Waarschijnlijk de dag nadat je mij had gebeld.'
Nu was ze ineens een stuk hoopvoller gestemd. 'Kun je ook nagaan wat ze zocht?'
'Geef me een paar seconden.'
Ze hoorde het geratel van toetsen, terwijl Phil vakkundig in zijn bestanden zocht. Even later kwam hij weer aan de telefoon. 'Ik weet niet precies wat ze in Google heeft getypt, maar ze is uitgekomen bij een website die Hestacombe Holiday Cottages heet.'
Bingo.
'En het was inderdaad de dag nadat je mij had gebeld,' voegde hij eraan toe.
Dus de dag nadat ze een brief aan Fenella had gestuurd, een brief waarin stond dat Freddie Masterson haar graag nog eens zou willen ontmoeten. Nadat Lottie snel Freddies naam op Google had ingetypt, zag ze de vele links die naar Hestacombe Holiday Cottages leidden, op het beeldscherm verschijnen.
In de tekst, die ze zelf had geschreven, werd Freddie de hemel in geprezen en uiteengezet hoe hij het bedrijf in de loop der jaren heen had opgebouwd. De tekst ging vergezeld van vele foto's van elk van de vakantiehuizen, plus een paar van Hestacombe House zelf, dat er prachtig bij lag in al zijn herfstpracht en in de verste verte niet op een flatgebouw leek.
'Heb je er wat aan?' vroeg Phil.
'Het is precies wat ik nodig heb.' Ze knikte tevreden; als hij hier was geweest, had ze hem gekust. 'Het is perfect.'

Fenella verstarde. Ze keek Freddie aan. 'Is dit een grap?'
Ze bevonden zich buiten op het terras.
'Nee.' Freddie schudde zijn hoofd. 'En als het een grap was, zou het geen erg grappige zijn, vind je wel?'

'Je wilt dat ik vertrek,' herhaalde ze zijn woorden. 'Omdat ik je heb opgezocht op internet.'
'Omdat je niet eerlijk tegen me bent geweest,' verbeterde hij haar.
Ze schudde ongelovig haar hoofd. 'Het is die stomme meid, hè? Die heeft haar neus in zaken gestoken waar ze zich buiten had moeten houden. En jij laat haar gewoon winnen! Ik hou van je, Freddie. Jij houdt van mij. We kunnen elkaar gelukkig maken!'
Drie dagen geleden was Fenella als een bominslag zijn leven binnengekomen. Twee dagen geleden waren ze naar Oxford gereden en teruggekomen met drie koffers vol kleren. Gisteren had Lottie hem even apart genomen en hem verteld over haar gesprek met Phil Micklewhite.
En nu deed hij wat moest gebeuren.
'Je hebt nog nooit eerder tegen me gelogen,' zei hij. 'Ik dacht dat ik je kon vertrouwen.'
'Dat kun je ook,' zei ze op smekende toon.
'Waarom zou je bij iemand willen blijven die stervende is?'
'Omdat ik de gedachte dat ik niet bij je ben, onverdraaglijk vind!'
'Goed dan.' Hij glimlachte. 'Je mag blijven.'
Fenella's donkere ogen sperden zich wijdopen van blijdschap. Ze sprong op van tafel en sloeg haar armen om hem heen. Terwijl haar parfum zijn neusgaten vulde, riep ze uit: 'Schat! Echt? O, je zult er geen spijt van krijgen!'
'Ik hoop dat jij er ook geen spijt van zult krijgen.'
'O, Freddie...'
'Luister naar wat ik je te vertellen heb.' Freddie bereidde zichzelf geestelijk voor op wat komen ging. 'Je moet weten dat ik met mijn notaris heb gesproken. Mijn testament is al gemaakt, en ik zal het niet veranderen. Wat er ook gebeurt, jij zult niets krijgen na mijn dood. Geen huis, geen geld, niets.' Hij zweeg even om haar de kans te geven de informatie tot zich door te laten dringen. 'Dus dat is het. Ik zal er begrip voor hebben als je nu van gedachten verandert.'
Hij wist al wat haar reactie zou zijn nog voordat hij was uitgesproken. Haar schouders hadden zich gespannen bij het woord 'notaris'. De adem was haar in de keel gestokt. Tegen de tijd dat hij bij 'geen huis, geen geld, niets' was aangekomen, waren haar vingers van zijn schouders gegleden, millimeter voor millimeter zakkend samen met, zo leek het, de temperatuur op het terras.

Zacht maakte hij zich los uit haar slappe greep.
Eindelijk deed Fenella haar mond open. 'Wie krijgt het dan allemaal? Je kunt het niet met je meenemen, weet je.'
Het met zich meenemen. Freddie dacht even over haar woorden na. Als hij zijn geld omzette in dure diamanten en die allemaal inslikte, zou dat dan tellen als met zich meenemen?
Toen hij niet reageerde, zei ze geïrriteerd: 'Je gaat me toch niet vertellen dat je alles nalaat aan een of ander waardeloos dierenasiel?'
Hij schudde zijn hoofd. 'Het is allemaal al geregeld.'
'Nou, ik denk dat je een vergissing begaat. We hadden gelukkig kunnen zijn.'
'Dat denk ik niet,' zei hij. 'Niet echt.'
Ze keek hem kalm aan. 'Toen ik die brief kreeg, dacht ik dat je was teruggekomen in mijn leven om me te redden.'
Hij liet zich geen schuldgevoel aanpraten. 'Het spijt me.'
Ze deed een stap naar achteren, draaide zich om om naar het wonderschone uitzicht op Hestacombe Lake te kijken en probeerde zichzelf zichtbaar weer onder controle te krijgen. 'Mij spijt het ook. Ik ga mijn spullen pakken. Wil je me nog wel naar het station brengen?'
Hij glimlachte flauw en knikte. 'Natuurlijk.'

35

Dat mensen geld inzamelden voor een goed doel viel natuurlijk altijd te prijzen. Dat je daarvoor een lezing moest aanhoren over de grote noodzaak om meer onderzoek te doen naar een akelige medische aandoening was saai, maar begrijpelijk. Iedereen in de zaal had zijn serieuze gezicht opgezet en luisterde braaf. Lottie, met een glas bubbeltjeswater in haar hand, vroeg zich echter af of de anderen allemaal net zo'n grote moeite hadden als zij om hun O-god-dit-is-goor-gezicht in toom te houden.
Echt, als het zo doorging, moest ze misschien nog kotsen.
Het was de openingsavond van Jumee, een chic nieuw restaurant in de dure Montpellier-wijk van Cheltenham. Lottie, diep onder de

indruk van de uitnodigingskaart, een zilverkleurig 3D-hologram gedrukt op Middellandse Zee-blauw plexiglas, had maar al te graag gehoor gegeven aan de uitnodiging. Bovendien kon ze zo ten bate van toekomstige gasten van de vakantiehuizen de glamour zelf aan een onderzoek onderwerpen. En het eten natuurlijk. Ze had zichzelf voor de feestelijke gelegenheid zelfs getrakteerd op een strak zwart-gouden jurkje.
Tot zover niets aan de hand.
Behalve dan dat ze er niet op had gerekend te moeten luisteren naar een ernstige vrouwelijke arts met grijs haar, in een reebruin hooggesloten vest en ruw uitziende tweedrok, die maar door en door en door emmerde, in misselijkmakend kleurrijke details, over de verschrikkingen van...
Eczeem.
Een halfuur geleden had Lotties maag nog vrolijk geknord, zich verheugend op de avond die komen ging. De etensgeuren die vanuit de keuken de zaal in zweefden, waren verrukkelijk geweest. Ze had expres niets meer gegeten na haar KitKat van tussen de middag. Maar nu was haar maag abrupt van gedachten veranderd; in plaats van er lustig op los te knorren, had hij zich in een strakke, harde knoop gewikkeld, haar stuurs uitdagend – als een recalcitrante puber – om het te wagen hem eten te geven.
Het was duidelijk geen ideaal scenario. Lottie had medelijden met het jonge stel dat al hun geld in deze nieuwe onderneming had gestoken. Toen ze eerder die avond even met Robbie en Michelle had gesproken, had ze te horen gekregen dat het altijd al hun droom was geweest om een restaurant te hebben. Nadat ze daarvoor hun huis hadden verkocht en al hun spaarrekeningen geplunderd, waren ze tot de vervelende ontdekking gekomen dat ze nog steeds niet genoeg hadden om een zaak te openen. Toen was Michelles oom Bill ten tonele verschenen, een enorm rijke man die vrijgevig had aangeboden om tachtigduizend pond in het restaurant te steken. Opgelucht en dankbaar hadden ze het aanbod geaccepteerd, en het werk aan Jumee kon worden afgemaakt.
Toen oom Bill had voorgesteld om de openingsavond aan te grijpen om geld in te zamelen voor zijn favoriete goede doel, konden ze dat uit beleefdheid niet weigeren. Hoewel ze wisten dat zijn favoriete doel Clearaway UK was, een organisatie die zich bezighield

met de bestrijding van huidproblemen. Oom Bills geliefde zoon Marcus had zo'n last van chronisch eczeem dat hij soms maanden achtereen in een ziekenhuis moest verblijven. Zijn leven was verwoest door de pijnlijke en ontsierende ziekte. Oom Bill had het tot zijn missie gemaakt alles te doen wat menselijkerwijs maar mogelijk was om de ziekte uit te roeien.

Wat edelmoedig en bewonderenswaardig was en bewees dat hij een ontzettend goed mens was. Maar toch moest gezegd dat Dr. Elspeth Murray van het Clearaway Research Institute uitnodigen om te spreken tijdens de openingsavond misschien niet het slimste idee was dat oom Bill ooit had gehad.

'... wanneer de huid gebarsten en rood is, wanneer het hele lichaam één massa opgezwollen etterende wonden is, wanneer mensen zich vol afkeer afwenden van een gezicht dat zo verschrikkelijk mismaakt is dat het nauwelijks herkenbaar is, wordt het leven van de patiënt ondraaglijk,' verklaarde Dr. Murray. 'En het is onze taak alles te doen wat in onze macht ligt dat lijden te verlichten.'

Robbie en Michelle, op het podium achter haar, keken alsof ook zij ondraaglijk leden. Van de tafel naast haar pakte Dr. Murray een grote bruine map, nam er een stapel foto's op A3-formaat uit en hield de eerste op.

'Ik vraag u allen hier goed naar te kijken. Dit is wat er is gebeurd met een drieënzeventigjarige patiënt van me bij wie het eczeem zich over het hele lichaam heeft verspreid, dat toen helaas geïnfecteerd is geraakt. Niet uw blik afwenden!' blafte Dr. Murray toen een aantal mensen op de voorste rijen ineenkrompen, naar adem hapten en een hand voor hun mond sloegen van afschuw. 'Ik wil dat u allemaal naar deze foto's kijkt, zodat u beseft hoeveel geluk u heeft dat u hier niet aan lijdt.'

Geïntimideerd keek het hele publiek gehoorzaam en verschrikt naar de eerste kleurenfoto. Je kon een speld horen vallen. Er heerste een absolute stilte. Nors en zonder iets te zeggen hield Dr. Murray een tweede foto op, deze keer een close-up van de benen van...

'Hiiikkkk!'

Het was een van die gulpende, achterstevoren geblaften hikken, misschien wel de hardste die Lottie ooit had gehoord. Iedereen in de zaal draaide zich om om naar de onverlaat te kijken die schuin links voor haar stond. Hij was lang, mannelijk en slank gebouwd en droeg een slobberig roze overhemd, een gebleekte spijkerbroek en een honkbalpetje.

Zichtbaar woedend om de onderbreking keek Dr. Murray hem aan.

'Hiiikkkk!'

De hikker maakte geen aanstalten om de zaal te verlaten. Het zou ook niet eenvoudig zijn geweest, want hij was omringd door mensen die allemaal veel te bang voor Dr. Murray waren om ruimte voor hem te maken.

'Hiiikkkk!' gulpte de man. Zijn schouders schokten mee op de maat van het oorverdovende lawaai. 'Hiiikkkk!'

Dr. Murray sidderde inmiddels van verontwaardiging. Puur intuïtief handelend, perste Lottie zich langs de dikke vrouw links van haar heen en slaagde erin om achter 's werelds luidste hikker terecht te komen.

'Hiii – shit!' De man slaakte een schreeuw en sprong in de lucht alsof hij geëlektrocuteerd werd. Toen hij zich omdraaide, worstelend om de achterkant van zijn overhemd los te rukken, kwam hij oog in oog te staan met Lottie. Hij barstte in lachen uit. 'Niet te geloven. Het meisje met het mooie kontje!'

'Hoe durft u!' bulderde Dr. Murray.

De mensen in de zaal begonnen te fluisteren en giechelen.

De man grijnsde naar Lottie, zich ervan bewust dat alle aandacht op hen was gericht. Toen het hem eindelijk lukte om zijn overhemd los te trekken, vielen de ijsblokjes die Lottie in zijn kraag had gegooid, op de grond en schoten als jonge poesjes alle kanten uit over de geboende houten vloer.

'Hiiikkkk!'

'Eruit!' schreeuwde Dr. Murray door het restaurant, waarmee ze meteen het gniffelende publiek het zwijgen weer oplegde.

Seb-uit-de-supermarkt greep Lotties hand beet en trok haar met zich mee. Deze keer opende de menigte zich op wonderbaarlijke wijze, als de Rode Zee. Alle ogen waren op hen gericht – de meeste openlijk jaloers – terwijl ze haastig de zaak uit vluchtten.

Toen ze veilig buiten op de stoep stonden, hield hij haar op een armlengte afstand en vroeg op serieuze toon: 'Hoe staat het ermee?'

Hun onverwachte ontmoeting deed Lottie een beetje duizelen. Verbluft vroeg ze zich af of hij wilde weten hoe het ervoor stond met de fles Veuve Cliquot die hij haar op het parkeerterrein van de supermarkt had gegeven voordat hij in een stofwolk was verdwenen.
'Ik kijk zelf wel even.' Hij draaide haar langzaam om en knikte goedkeurend. 'O ja. Nog even perfect.'
Het was waarschijnlijk heel erg vrouwonvriendelijk, maar qua vleiende complimentjes was horen dat je een perfect kontje had, onovertroffen. Bijna had ze even met haar perfecte kontje gewiebeld om te vieren dat ze uit het restaurant weg was, maar ze wist zich te beheersen. 'Sorry voor die ijsblokjes,' zei ze. 'Ik wist niet dat jij het was, ik probeerde alleen dat gehik te laten stoppen.'
'En dat is je gelukt.' Hij spreidde verbaasd zijn handen. 'Zie je wel? Het is gewoon een wonder. Helemaal over.'
'Tja, wat kan ik zeggen?' Ze haalde bescheiden haar schouders op. 'Ik ben goed in wat ik doe.'
'Dit moet gevierd worden.' Om zijn ogen verschenen lachrimpeltjes terwijl hij zijn honkbalpetje afnam en met zijn vingers door zijn slordige blonde haardos woelde. 'De vorige keer heb je mijn hart gebroken. Ik moest de hele tijd aan je denken. Maar nu heeft het lot ons weer samengebracht en ons een nieuwe kans gegeven.'
'Het lot had ons een stuk eerder weer kunnen samenbrengen als je me om mijn telefoonnummer had gevraagd,' kon ze niet nalaten hem erop te wijzen.
Hij lachte. 'Je hebt me ook niet om het mijne gevraagd.'
'Ik kreeg de kans niet, je ging er gewoon vandoor!'
'Anders zou je het hebben gevraagd? Hé, dat is fantastisch.' Met een tevreden blik vervolgde hij: 'Ik hou wel van meisjes die weten wat ze willen. Dus wat gaan we nu doen? Heb je honger?'
Eczeem. Etterende wonden. Geel pus dat door strakgespannen huid barstte...
'Gek genoeg niet, nee.'
'Mooi. Ik ook niet.' Hij sloeg even zacht op haar perfecte kontje. 'Kom, dan praten we onder het genot van een drankje verder over onze nieuwe onderneming.'

'Goed, het Dr. Murray-dieet,' verkondigde Seb verlekkerd. 'Het wordt nog succesvoller dan Atkins. Het enige wat we nodig heb-

ben, is een cd waarop Dr. Murray een van haar befaamde lezingen houdt. Zodra degene die op dieet is de aanvechting voelt om te gaan snaaien, hoeft hij of zij alleen maar de cd in zijn of haar discman te stoppen en bingo! Instante misselijkheid. Klinkt goed, vind je ook niet?'
'Briljant gewoon.' Lottie pakte het glas wodka met cranberrysap op dat hij voor haar had besteld, hoewel ze geen blaasontsteking had. 'Goedkoop. Simpel. En dan noemen we het het Luister en Huiver-dieet.'
Hij grinnikte. 'Ik denk wel dat het goede doel een deel van de winst zal willen opstrijken. Die lui zijn altijd zo inhalig. We kunnen beter een of andere gewiekste advocaat een contract laten opstellen. Twee procent van de nette opbrengsten voor hen, achtennegentig procent voor ons.'
'Goh, de wereld zal er een stuk magerder op worden,' zei ze vrolijk.
'En wij zullen stinkend rijk zijn. Ik heb altijd al een privévliegtuig willen hebben.'
'We zijn een topteam.' Hij tikte met zijn glas tegen het hare en leunde achterover, haar met onverholen plezier opnemend. 'En eigenlijk denk ik dat nu het tijdstip is aangebroken dat je me iets vertelt.'
Wat was het precies dat hem zo aantrekkelijk maakte? Als betoverd boog ze zich naar hem toe. 'Wat moet ik je vertellen?'
'Om te beginnen je naam. En andere ter zake doende details,' zei hij. 'Zoals waar je woont.'
'Lottie Carlyle. Hestacombe.'
'Getrouwd?'
'Gescheiden.'
'Kinderen?'
'Twee. Van negen en elf.' O god, zou dat hem niet afschrikken?
'En je bent...'
'Nog steeds Lottie Carlyle.'
Hij glimlachte. 'Hoe oud?'
'O, sorry. Drieënzestig.'
'Nou, dan zie je er fantastisch uit voor je leeftijd.' Hij liet zich van zijn barkruk glijden, pakte haar vrije hand en kuste hem. Daarna goot hij zijn wodka met cranberrysap in een teug achterover. 'Dus, Lottie Carlyle. Ik zie daar een barman staan die zich verveelt. Zullen we hem uit zijn lijden verlossen door nog wat te bestellen?'

36

'Er is iets wat ik je moet vertellen,' kondigde Lottie aan toen de taxi voor Piper's Cottage stopte.
'O ja, en wat is dat?'
'Jij bent een slechte man.' Ze gaf Sebastian Gill, naast haar op de achterbank, een stomp en keek op haar horloge. 'Een heel slechte man zelfs. Het is één uur 's nachts, en de afgelopen vijf uur heb je niets anders gedaan dan een slechte invloed op een onschuldige drieënzestigjarige uitoefenen. En als je soms denkt dat je mag binnenkomen voor een slaapmutsje, dan heb je het mis.'
'Jij bent een heel wrede vrouw.' Seb schudde bedroefd zijn hoofd. 'Maar ik respecteer je omdat je nog maagd bent. Wat heel aardig van me is, aangezien deze taxi me uiteindelijk zo'n vijftig pond zal gaan kosten. Mag ik wel uitstappen om je als een heer goedenacht te kussen, of ga ik dan te ver? Ik mag dan wel zevenentachtig zijn, maar ik vind het nog steeds fijn om blijk te geven van mijn waardering...'
'Dat mag.' Terwijl ze naar de handgreep zocht, verbaasde ze zich erover dat hij nog in staat bleek om zulke grote woorden te vinden. Ze had vanavond meer gedronken dan in de hele afgelopen maand bij elkaar, en haar hoofd tolde als een bord op een stok. Met een beetje geluk zou het niet plotsklaps ophouden met tollen, gaan wiebelen en er afvallen.
Maar wat een avond was het geweest. Ze had pijn in haar zij van het lachen. Seb en zij hadden zich enorm vermaakt en hoe meer ze over hem te weten kwam, hoe perfecter hij werd. Voluit heette hij Sebastian Aloysius Gill (toegegeven, dat was maf, maar je kon iemand zijn tweede naam niet kwalijk nemen). Hij was zevenentachtig jaar oud, maar een administratieve fout met zijn geboortedatum op zijn rijbewijs maakte dat hij tweeëndertig was. Hij woonde in Kingston Ash, halverwege Cheltenham en Tetbury, en was net als zij al een paar jaar gescheiden. Het mooiste van alles was dat hij een achtjarige dochter had, wat betekende dat hij zich op zijn gemak voelde bij kinderen en minder gauw iets verkeerds zou doen of zeggen dan sommige andere mensen die Lottie kende.
Goed, misschien liet ze zich iets te veel meeslepen in haar fanta-

sieën over gezamenlijke middagen gevuld met plezier en idyllische picknicks op het strand. Ze kende Seb pas vijf uur. Maar het was een veelbelovend begin.

'Heb je hulp nodig, schat?' De taxichauffeur stak een sigaret op, terwijl Lottie van de achterbank klauterde en aarzelend voor het tuinhek bleef staan. 'Weet je zeker dat dit je huis is?'

Werkelijk, wat dacht die man wel niet van haar?

'Het gaat wel, het gaat wel.' Ze rommelde in haar tas. 'Ik zoek alleen mijn – oeps.'

'Olifant? Lippenstift? Geweer?' opperde Seb behulpzaam. 'Negerzoenen? Toe, geef ons een hint. Hoeveel lettergrepen?'

'Stomme voordeursleutel,' jammerde ze. Ze liet zich op haar knieën vallen en begon blindelings in het donker rond te tasten.

'God, zes lettergrepen. Die zijn altijd het moeilijkst.' Seb stapte ook uit en knielde naast haar neer. 'Waar heb je hem laten vallen?'

'Als ik dat wist, zou ik hem wel kunnen vinden.' Ze giechelde toen zijn hand langs haar enkel streek. 'De sleutelring bleef ergens aan haken in mijn tas, en toen ik hem los probeerde te trekken, vloog de hele bos uit mijn hand.'

'God, ik haat het als dat gebeurt,' zei hij.

'Oké, laten we ons concentreren. Dit is een ernstige zaak. De sleutels kunnen op straat liggen of op de stoep of in de tuin of... of... waar dan ook.'

'Als je aanbelt,' stelde Seb behulpzaam voor, 'doet de butler dan niet open?'

'Helaas is het zijn vrije avond. Een zaklamp zou handig zijn.' Ze schrok toen haar zoekende handen een slak op de stoep tegenkwamen. 'Ik heb wel een zaklamp in de keuken liggen...'

'Stomme butlers, waar zijn ze als je ze nodig hebt?' Iets overeindkomend, vroeg hij aan de taxichauffeur: 'U heeft er zeker ook niet eentje bij u, hè?'

'Wat, een butler? Nee, jongen.' De taxichauffeur grijnsde breeduit en nam een trekje van zijn sigaret. 'Daar heb je meer last dan gemak van.'

Seb sloeg met zijn hand tegen zijn borstkas. 'Een zaklamp, een zaklamp, mijn koninkrijk voor een zaklamp.'

'Gedver, nog een slak.' Een gil onderdrukkend tuimelde Lottie bijna in de goot.

'Ja, maar weet hij ook hoe hij een voordeur open moet maken? Zou hij misschien onder de deur door kunnen glippen en hem vanaf de binnenkant van slot doen? Je ziet er trouwens erg schattig uit zo op je handen en knieën.' Zijn tanden lichtten wit op in de duisternis toen hij er vrolijk aan toevoegde: 'Net een speelse hond.'

'Hoor eens, dit is allemaal erg grappig,' zei de taxichauffeur gapend, 'maar het ziet er niet naar uit dat jullie die verdomde sleutels binnenkort zullen vinden, hè?'

'Dat komt omdat het midden in de nacht is.' Lottie keek hem hooghartig aan vanuit haar speelsehondpositie aan de stoeprand. 'Natuurlijk kunnen we de sleutels niet vinden, aangezien niemand van ons een zaklamp heeft.'

De taxichauffeur slaakte een zucht en zette zijn auto in zijn achteruit. 'Goed, pas op dat ik niet over jullie heen rijd. Ik zet mijn wagen iets naar achteren zodat ik met de koplampen op de stoep kan schijnen.'

'Dat is een prima idee.' Lottie knikte goedkeurend. 'Echt briljant gewoon. Waarom heb ik daar niet aan gedacht?'

'Omdat jullie allebei straalbezopen zijn.' De taxichauffeur gooide zijn peuk uit het raampje. 'Vooruit, aan de kant. En denk eraan, mijn meter loopt nog steeds,' voegde hij eraan toe, terwijl hij trefzeker een bocht van negentig graden maakte. 'Dus ik hoop maar dat je je het kunt veroorloven.'

Het moest hun natuurlijk weer overkomen dat meteen nadat de taxi achteruit over de weg draaide om Lotties voortuin te verlichten, een andere auto kwam aanrijden die er niet langs kon.

Lottie, die op handen en voeten rondkroop, hopend dat de sleutels niet in het putje waren gevallen, hoorde de auto stoppen en daarna hun taxichauffeur roepen: 'Sorry, jongen, een paar klanten van me zijn hun verstand verloren. Een ogenblikje, hè?'

'Nog meer koplampen,' zei Seb verheugd. 'Fantastisch.'

Toen bereikte een bekende stem Lotties oren, en ze keek op, veel te snel natuurlijk, zodat haar hoofd weer begon te tollen.

'Wat zijn ze verloren?'

Lottie bevroor in haar bewegingen als een konijn in... nou ja, in het licht van koplampen, en zei toen op uitdagende toon: 'Onze taxichauffeur denkt dat hij grappig is. Ik heb alleen maar mijn sleutels laten vallen. De situatie...' goh, moeilijk woord om te zeggen als je moe was, sjitwasjie '... is totaal onder controle.'

'Fijn te horen,' zei Tyler op lijzige toon. 'Trouwens, er zit een slak op je jurk.'

Lottie slaakte een gedempte gil en sloeg naar de slak die driemaal over de kop vloog en vervolgens tussen de struiken belandde. Verblind door de koplampen hield ze een hand boven haar ogen en zei ongeduldig: 'Je zou ons best even kunnen helpen, weet je. Want het is wel jouw schuld dat ik mijn huis niet in kan.'

Eén wenkbrauw ging omhoog. 'O ja? Hoezo?'

'Omdat ik me al jaren heb gered door altijd een reservesleutel onder de geraniumpot naast de voordeur te bewaren. Totdat jij ten tonele verscheen,' ze wees met een beschuldigende vinger naar hem, 'en me vertelde dat het belachelijk was om daar een sleutel te verstoppen, dat ik er om vroeg dat er ingebroken zou worden. Dus heb ik de sleutel daar weggehaald, en nu ligt hij in de bestekla in de keuken, en dat is iets wat ík belachelijk noem, wat ook de reden is dat ik vind dat je...'

'Hebbes!' riep Seb.

'Echt?' Nog steeds op haar knieën draaide Lottie zich opgelucht om.

Hij grijnsde. 'Grapje.'

'O god!'

'Maar een fractie van een seconde voelde je je wel beter, hè?'

'Ja, en nu voel ik me slechter!' jammerde ze. 'En ik wil naar bed, maar dat kan niet, want niemand helpt me met naar die stomme klotesleutels zoeken!'

'Goh, wat ben je mooi als je boos bent.' Een autoportier werd geopend en weer met een klap dichtgeslagen, en Seb wendde zich tot Tyler. 'Vind je ook niet dat ze er mooi uitziet zo, met haar haren voor haar gezicht en die vlammende ogen? Net een eigenwijze cockerspaniël.'

Tyler keek hem bevreemd aan.

Lottie besloot dat ze er genoeg van had om steeds met een hond te worden vergeleken. Voorzichtig, om haar evenwicht niet te verliezen, duwde ze zichzelf omhoog en... oeps, verloor haar evenwicht. Heel even maar. Oké, leun tegen de muur en doe nonchalant. Nee, nog beter, doe nuchter. Zag ze er echt uit als een cockerspaniël? En

wat deed Tyler eigenlijk op dit tijdstip nog op straat? Het was laat!
'Goed.' Tyler stond nu op de stoep, met zijn handen in zijn heupen.
'Als je niet weet waar je je sleutel hebt laten vallen, wat duidelijk het geval is,' wees hij haar erop, 'dan kun je maar beter tot morgenochtend wachten. Laat je vriend naar huis gaan in zijn taxi. Jij kunt vannacht bij mij logeren, dan gaan we morgen de sleutels wel zoeken. Hoe klinkt dat?'
Ze moest een giechel onderdrukken. Hoe dat klonk? Dat klonk alsof hij niet wilde dat Seb hier nog een minuut langer dan noodzakelijk bleef rondhangen.
Seb, die blijkbaar hetzelfde dacht, nam Tyler geamuseerd op. 'Ben jij haar man?'
'Hij is mijn baas.' Lottie vroeg zich af of Tylers voorstel om vannacht bij hem te slapen betekende dat hij meer in gedachten had dan een werkrelatie.
'Die mopperkont, die zich de hele tijd over je werk beklaagt? Aan wie je zo'n hekel hebt?'
'Hij maakt een grapje,' zei ze snel. 'Dat heb ik helemaal niet gezegd.'
Uiteindelijk was het haar overvolle blaas die de beslissing voor haar nam. Lottie wuifde Seb na die in de taxi wegreed, deze keer in de veilige wetenschap dat ze elkaars telefoonnummers in hun mobieltjes hadden opgeslagen. (Als ze tenminste niet zo stom waren geweest om in hun dronkenschap hun eigen nummers in hun eigen toestellen te toetsen – zou dat niet om te gillen zijn?)
'Je zult morgen wel een verschrikkelijke kater hebben,' merkte Tyler op, terwijl hij haar in zijn auto hielp.
'Fijn dat je me daar even op wijst. Daar was ik zelf nooit op gekomen. We hebben zo'n lol gehad.' Ze worstelde zonder succes met haar veiligheidsriem, gaf het toen op en stond toe dat hij hem voor haar vastmaakte. Het voelde alsof ze weer zes was. 'Ik mag toch wel lol hebben?'
'Tuurlijk. Ik zal je niet tegenhouden.'
In het donker glimlachte ze. 'Zeker weten?'
'Ach, je weet best wat ik bedoel. Ik heb natuurlijk liever dat je niet met een volslagen idioot omgaat.' Uit zijn stem viel op te maken dat dit zijn mening over Seb was.
'Ik vind het hem leuk. Verpest het niet voor me.' Haar hoofd begon

weer te draaien toen de auto de scherpe bocht na de kroeg nam.
'Waar ben jij vanavond trouwens geweest? Wie zegt dat jij niet stiekem uit bent geweest met een of ander mallotige vrouw?'
'De Andersons uit Walnut Cottage zijn om acht uur vanavond vertrokken om terug te vliegen naar Zweden. Om tien uur kreeg ik een panisch telefoontje van hen vanaf Heathrow,' legde hij uit. 'Ze hadden hun paspoorten in de koektrommel in de keuken laten liggen.'
Lottie merkte dat ze blij was dat hij niet met een mallotige vrouw was uit geweest. Hardop zei ze: 'Dus je bent er helemaal naartoe gereden. Heel aardig van je.'
'Voor je klanten moet je wat overhebben. Ze waren heel blij.' Hij zweeg even. 'Waar zijn Nat en Ruby vanavond?'
'Bij Mario.' Lotties blaas knapte bijna uit elkaar. 'Ze mogen niet weten dat ik bij jou slaap. Dan houden ze nooit meer op met zeuren.'
'Gelukkig spreken wij niet meer met elkaar,' zei hij luchtig, 'dus van mij zullen ze niks te weten komen.'
Ze waren er nu bijna. Ze reden over het smalle pad langs het meer dat naar Fox Cottage leidde. Verdomme, wat een hobbelweg. Uit alle macht haar blaas samenknijpend, zei ze: 'We zouden met elkaar naar bed kunnen gaan zonder dat ze het wisten. Komisch, hè? Maar ik geloof niet dat we dat moeten doen. Dat zou niet eerlijk zijn. Niet tegenover onszelf, en niet tegenover hen.'
Hemeltje, hoe kwam ze daar nu weer bij? Ze had zelfs niet geweten dat die woorden eruit zouden tuimelen. Was het hoerig om er zelfs maar aan te denken dat ze met Tyler naar bed kon? O, maar er was nog steeds die verlokkende, onafgemaakte... zaak tussen hen, en het was ook niet zo dat Seb en zij samen echt iets hadden; eigenlijk kende ze hem pas echt sinds vanavond.
'Precies.' Tyler knikte. 'Plus dat ik als regel niet naar bed ga met vrouwen die te veel hebben gedronken.'
Ze schoot in de verdediging. 'Omdat ze dan de volgende ochtend wanneer ze wakker worden misschien geschokt zijn door wat ze hebben gedaan? Ben je bang dat ze misschien een aanklacht tegen je zullen indienen?'
'Helemaal niet.' Terwijl hij zijn auto tot stilstand bracht voor Fox Cottage zei hij op effen toon: 'Ik ben meestal bang dat ze zullen snurken.'

Hoe durfde hij! Alsof ze ooit zoiets niet damesachtigs zou doen. Lottie, die nu echt op springen stond, vloog de auto uit en hopste van de ene voet op de andere, terwijl Tyler de voordeur probeerde open te maken. 'Doe je dat expres?'
Hij stopte en vroeg verbaasd. 'Wat?'
'Dat slot zo superlangzaam openmaken!'
'O, dat.' Hij grijnsde. 'Ja.'
'Ik haat je.' Ze griste de sleutel uit zijn hand en stak er manisch mee naar het slot. Pas bij de tiende poging lukte het haar hem erin te steken en de deur te openen. Meteen racete ze de trap op naar de badkamer.
O, wat een opluchting, wat een zalige, zalige opluchting... Nu kon ze zich eindelijk weer op iets anders concentreren dan op al haar spieren samenknijpen als een klem.
Het was twee uur 's nachts, en ze was in Tylers huis. Goed, misschien was ze een beetje aangeschoten, maar dat was niet haar schuld. Een beetje beledigd waste ze haar handen en bestudeerde haar gezicht in de spiegel boven de wasbak. Waarom wilde Tyler niet met haar naar bed? Ze zag er fantastisch uit! Iedere rechtgeaarde man zou deze kans toch met beide handen aangrijpen? Zelfs al had ze dan gezegd dat het gezien de omstandigheden niet zo'n goed idee zou zijn. Nu ze hier eenmaal was, zou het zonde zijn om geen gebruik te maken van de gelegenheid.
O, wat was dat voor hemelse geur?
Bacon!

37

'Ik snurk niet,' verklaarde Lottie vanuit de deuropening in de keuken.
Tyler stond met zijn rug naar haar toe. Toen hij zich omdraaide, gooide ze haar haren naar achteren en verblindde hem met haar verleidelijkste Lauren Bacall-glimlach.
'Sorry?'

'Ik snurk niet. Echt niet. Au!' Het verleidingsmoment werd ietwat bedorven toen de keukendeur achter haar dichtviel en haar vingers ertussen kwamen.
'Nou, dat is fijn om te horen.' Tyler draaide de sissende plakken bacon vakkundig om in de koekenpan.
God, voor die onderarmen van hem zou je gewoon een moord plegen. 'En ik ben van gedachten veranderd over vannacht.' Onopvallend op haar geplette vingers zuigend – jemig, wat deed dat zeer – vervolgde ze: 'Dit kon wel eens onze enige kans zijn. Ik vind dat we hem moeten grijpen.'
'Vind je?'
'Nou ja, het lijkt zonde om het niet te doen. We weten allebei dat we het willen, toch?'
'Eh, wacht even...'
'O, alsjeblieft! Doe nu niet alsof het niet zo is!' Ze spreidde haar armen en haalde haar schouders op. 'Dus waarom niet?'
Tyler dacht er even over na. Toen zei hij: 'Omdat je dronken bent en ik het liever zou doen als je nuchter was?'
'Pardon!' zei ze verontwaardigd. 'Dat is heel gemeen. Wil je soms beweren dat ik het niet kan als ik dronken ben? Want ik kan je wel vertellen dat ik in bed altijd fantastisch ben, of ik nou gedronken heb of niet!'
'Maar...'
'Dat is zo!' riep ze uit, toen ze voelde dat ze hem nog niet had overtuigd. 'Vraag maar aan Mario! Nou ja, niet nu meteen natuurlijk. Maar morgen. Ik hou van knapperig trouwens.'
Nu lette hij ineens wel op. Met de spatel in de lucht vroeg hij: 'Wat?'
'De bacon.' Ze knikte naar de pan waar vijf plakken in lagen. 'Ik hou van knapperig. Zijn dat er twee voor jou en drie voor mij?'
'Het zijn er vijf voor mij,' antwoordde hij langzaam. 'Jij bent vanavond naar een restaurant geweest, weet je nog?'
'Maar we hebben niets gegeten. We... zijn nogal overhaast vertrokken. Dat is waar ik Seb weer heb ontmoet.' Ze straalde. 'Snap je, hij had enorm de hik en ik probeerde hem te stoppen, en toen hebben we een fantastisch dieet bedacht waar we miljoenen mee gaan verdienen – nou ja, het is een lang verhaal.' Ondanks haar enthousiasme leek Tyler niet erg geïnteresseerd; ze hoopte maar dat

hij niet zo egoïstisch zou zijn om te proberen haar af te schepen met slechts twee zielige plakken bacon. 'Dus snap je, daarom heb ik zo'n honger. Ik ben echt uitgehongerd zelfs.' Ze sloop door de keuken, sloeg haar armen sexy om Tylers middel en fluisterde: 'En we kunnen allebei wel wat energie gebruiken, hè? We willen ons niet slapjes voelen of hongerklop hebben als we...'
'Lottie.' Hij draaide zich om, terwijl ze zijn schouderbladen kuste. Nadat hij zich had losgemaakt uit haar greep, keek hij haar diep in de ogen. 'Ik kan niet koken als je me steeds zo afleidt. Je hebt helemaal gelijk, we kunnen allebei wel wat voedzaams gebruiken. Dus waarom ga je niet lekker op de bank in de huiskamer zitten, en als het eten dan klaar is, kom ik je het brengen. Hoe klinkt dat?'
'Dat klinkt als een heel goed idee.' Ze grinnikte, want hij had gelijk, het was de volmaakte oplossing. 'Kunnen we er ook geroosterd brood en champignons en tomaten bij krijgen?'
'Wat je maar wilt,' beloofde hij.
Ze kon gewoon geen weerstand bieden aan de manier waarop zijn mondhoeken zich krulden. Ze ging op haar tenen staan en kuste hem. Had hij maar niet zo'n lekker mondje moeten hebben. 'Je bent zo'n stuk.' Terwijl ze de vage stoppeltjes op zijn kaak streelde, vervolgde ze: 'We zullen het fantastisch hebben. Dit is een avond die we nooit zullen vergeten.'
'Dat denk ik ook,' beaamde hij. Nog steeds glimlachend joeg hij haar weg. 'Hopsa, weg jij. Hoe eerder je me met rust laat, des te eerder is het eten klaar.'
En des te eerder ik van je verrukkelijke lichaam kan proeven, dacht ze vrolijk, terwijl ze erin slaagde om tegelijkertijd de keukendeur te vinden en flirterig met haar geplette vingers naar Tyler te zwaaien. Hij grijnsde en zwaaide met zijn eigen ongeplette vingers terug.
Oké, huiskamer.
Bank.
Verleidelijke muziek, o ja. Ze moesten verleidelijke muziek hebben. In zijn cd-verzameling vond ze er eentje van Alicia Keys en zette hem op. Toen draaide ze de cd om en zette hem nog een keer op, zodat er ook geluid uit kwam.
O ja, volmaakt.
Nu terug naar de bank. Ze schopte haar schoenen uit en drapeerde zichzelf verleidelijk tegen de fluwelen kussens, erop lettend dat

haar jurk niet omhoogschoof. Nou ja, niet al te erg omhoogschoof, een discreet stukje omhoogschuiven was toegestaan. Zo, als Tyler nu de kamerdeur opendeed, zou hij haar elegant, ontspannen en compleet onweerstaanbaar zien liggen...

'Lottie.'
'Pleister.'
'Lottie, wakker worden.'
Iemand rammelde haar door elkaar. Waarschijnlijk dezelfde persoon die haar ogen had vastgelijmd. Toen het rammelen erger werd, draaide ze zich op haar zij, ineenkrimpend toen iets zwaars als op een tandem met haar mee rolde en in haar hoofd dreunde. Jakkes, haar hersens.
Langzaam deed ze haar ogen open. Oef, zonlicht.
En Tyler. Die hoogst geamuseerd keek.
'Dus je bent niet echt een ochtendmens.'
O god. De gebeurtenissen van gisteravond kwamen met een klap terug, ongewenst. Ze had het liefst haar hoofd onder de deken verstopt, maar die had ze niet. Hij had haar de hele nacht op de bank laten liggen zonder zelfs maar een theedoek om haar warm te houden. 'Hoe laat is het?'
'Zeven uur. Tijd om op te staan.'
Hij was duidelijk niet van plan om ook maar een greintje medelijden met haar te hebben. Nou ja, dat kon ze hem moeilijk kwalijk nemen. Ze zag voor zich hoe hij zich had staan uitsloven achter het hete fornuis en toen eindelijk, triomfantelijk, de huiskamer was binnen gestormd met twee borden vol bacon, worstjes, geroosterd brood en champignons, en vervolgens had ontdekt dat ze op de bank in slaap was gevallen. Helemaal uitgeteld, en dat na al zijn gezwoeg.
Om maar te zwijgen van wat ze hem had beloofd.
Hm, daar kon ze het maar beter helemaal niet over hebben. Geen wonder dat hij weinig medelijden voor haar kon opbrengen op deze zonnige ochtend.
En jemig, wat was het zonnig.
'Ik heb een beetje... hoofdpijn.' Haar ogen afschermend keek ze hem hoopvol aan. 'Heb je misschien een aspirientje voor me?'
'Nee, het spijt me voor je.' Hij klonk anders niet alsof het hem

speet. 'Je kunt er straks wel wat bij de apotheker kopen. Wat is dat trouwens met die pleister?'
'Pardon?'
'Je sliep. Ik riep je naam en je zei pleister.'
'O.' Ze herinnerde het zich weer. 'Ik droomde. Ik had een banaan afgepeld die niet afgepeld mocht worden, dus probeerde ik hem weer dicht te maken. Maar toen was het plakband op, dus...'
'Hm.' Hij trok een expressieve wenkbrauw op.
Hevig blozend zei ze: 'Goed, ik sta op. En het spijt me echt heel erg dat ik in slaap ben gevallen, terwijl jij eten voor me stond klaar te maken. Als je het niet hebt weggegooid, wil ik het best nu nog wel opeten.'
'Dat meen je niet.' Zijn donkergrijze ogen schitterden ongelovig.
'Natuurlijk! Ik ben uitgehongerd!' Het was tegennatuurlijk, maar waar; hoe groot haar kater ook was, haar eetlust bleef altijd net zo onstuimig als een labradorpup op het strand.
'Ik bedoelde eigenlijk te zeggen dat ik het ongelovig vind dat je denkt dat ik vannacht voor jou heb staan koken.' Zichtbaar genietend van de blik op haar gezicht vervolgde hij: 'Ik heb een baconsandwich voor mezelf gemaakt. En hij was heerlijk. Vijf plakken bacon helemaal voor mij alleen. En raad eens? Ze waren echt lekker knapperig.'
'Dus je vond het niet erg dat ik in slaap was gevallen voordat...' Ze kon zich er niet toe zetten om de zin af te maken.
'Of ik het erg vond? Ben je gek, in jouw toestand? Ik had eerlijk gezegd niet anders verwacht.'
'O.'
'Avontuurtjes voor één nacht zijn niets voor mij,' zei hij.
'Oké.' Ze voelde zich heel klein en heel goedkoop. Vannacht had ze nog zo'n beetje verkondigd dat ze hem suf zou neuken, en ze was er helemaal van uitgegaan dat dat ook was wat hij wilde.
'Vooral niet als we samen moeten werken.'
'Natuurlijk. Sorry.' Nu wist ze hoe het voelde om beschouwd te worden als – hoe noemden ze dat ook alweer? – woonwagenvolk. Eigenlijk was ze nog erger dan woonwagenvolk. Ze had niet eens een woonwagen.
'Je hoeft je echt niet te verontschuldigen,' zei hij. 'Laten we maar gewoon vergeten wat er is gebeurd.'

O ja, alsof ze dat ooit zou kunnen.
'Goed, ik zal snel even een kop thee voor je zetten.' Hij liep naar de deur. 'En als je wilt, kun je de badkamer gebruiken. Er staat een extra tandenborstel op het schapje naast de wasbak.'
De extra tandenborstel die daar expres was neergelegd voor gasten die bleven slapen wanneer ze te dronken waren om naar huis te rijden. Zichzelf van de bank omhooghijsend, vroeg ze: 'Heb ik echt gesnurkt als een buffel?'
Hij keek haar een paar seconden ernstig aan. Toen zei hij: 'Dat is iets wat alleen ik en mijn hamsandwich weten.'

Als Tyler een klein, mager, slungelig ventje was geweest, had ze natuurlijk een overhemd en spijkerbroek van hem kunnen lenen. Maar zo'n ventje was hij niet, en bovendien zou hij haar waarschijnlijk toch niets willen lenen.
'Zeg nog eens waar je ze precies hebt laten vallen?' beval hij haar nu.
Ze zuchtte. 'Ik heb ze niet laten vallen. De sleutelring bleef haken aan de rits van mijn make-uptasje en toen ik mijn make-uptasje uit de tas trok, vloog de sleutelbos gewoon weg. Als een soort katapult.'
'Goed.' Hij slaagde erin om het te laten klinken als typisch-weer-iets-stoms-van-vrouwen. 'Dan zullen we moeten blijven zoeken tot we ze vinden.'
Lottie, die zich compleet voor schut voelde staan in haar zwart-gouden glitterjurkje en zwarte satijnen stilettohakken, deed haar best om haar kater te negeren en zich te richten op de taak die nu voor haar lag. Ze kon zich pas verkleden als ze haar huis binnen kon. En als ze haar sleutels eindelijk hadden gevonden, moesten ze ook nog naar Cheltenham rijden om haar auto op te halen die, zonder parkeerbiljet, geparkeerd stond op een plek in Montpellier waar betaald parkeren gold. Als hij tenminste niet al een wielklem had gekregen en was weggesleept.
Afgelopen nacht hadden Seb en zij op deze zelfde stoep in het donker naar haar sleutels gezocht toen Tyler langs was komen rijden en de boel alleen maar ingewikkelder had gemaakt.
Deze keer was het nog erger.
Een auto remde af en een stem riep: 'Pas op dat de mieren niet weglo-

pen. Bied ze wat geld, misschien willen ze dan wel blijven en vriendjes met je worden.'
O, heel fijn weer. Lottie slikte een opmerking in, veegde haar haren uit haar gezicht en hurkte op haar zwarte satijnen hoge hakken.
'Mama! Wat ben je aan het doen?' Nat stak zijn hoofd uit het zijraampje en keek haar verwachtingsvol aan. 'Ben je echt op mierenjacht?'
'Jij bent ook zo stom.' Ruby, op de achterbank, was vol minachting voor haar broertje. 'Natuurlijk niet. Mama, waarom heb je nog steeds die jurk van gisteravond aan?'
Mario grinnikte. 'Goede vraag. Dat vroeg ik me ook al af.'
Het was halfacht en de kinderen, keurig in hun blauw-grijze schooluniformen, waren op weg naar school.
'Ik heb mijn sleutels laten vallen, meer niet,' zei Lottie. 'Ik zie jullie straks wel, oké? Jullie willen toch niet te laat op school komen?'
'Ik wel,' riep Nat gretig.
Maar Ruby zat Tyler al met samengeknepen ogen aan te kijken. 'Wat doet hij hier? En waar is je auto?' Als een minimoeder-overste vroeg ze op ijzige toon: 'Waar heb je vannacht geslapen?'
O, hemeltje. Blozend flapte Lottie er uit: 'Hier natuurlijk!'
'Waarom heb je die jurk dan nog aan?'
'Omdat... nou ja, omdat ik hem mooi vind! En gisteravond zeiden ook heel veel mensen dat ze hem mooi vonden, dus ik dacht, ik doe hem vandaag weer aan.'
Ruby's mond was samengeknepen als het poepgaatje van een kat. 'En je auto?'
Ze zou nog eens een fantastische strafpleiter worden.
'Eh... eh...' Lottie was vreselijk aan het stuntelen, met die kater van haar kon ze haar eigen woorden niet meer volgen. 'Nou...'
'Lottie, we hebben niet de hele dag de tijd,' bemoeide Tyler zich ermee. Zich omdraaiend zei hij tegen Nat en Ruby: 'Je moeder heeft gisteravond wat gedronken en vond het verstandiger om haar auto in Cheltenham te laten staan. Ze belde me vanochtend om te vragen of ik haar een lift wilde geven. Dus tien minuten geleden ben ik hiernaartoe gekomen, en toen ze door het tuinhek kwam, liet ze haar sleutelbos vallen. Wat betekent dat we allemaal te laat op ons werk zullen komen.'
Nat en Ruby keken niet naar Tyler, terwijl hij dit vertelde; ze deden

alsof hij lucht was. Ze waren er zelfs zo op gebrand om zijn bestaan te negeren dat hun ogen alle kanten uit dwaalden behalve de zijne.
'Dus nu weten jullie het.' Lottie ademde opgelucht uit toen hij was uitgesproken. 'Tevreden?'
'Dat weet ik niet.' Vanaf de achterbank mompelde Ruby somber: 'Is het de waarheid of gewoon weer een stinkleugen?'
'Ruby...'
'Zijn dat ze?' Nat leunde gevaarlijk ver uit het raampje en wees op een rozenstruik naast de voorgevel.
Lottie volgde de richting van zijn vinger en zag dat hij gelijk had. Daar, glinsterend in het zonlicht, hingen haar sleutels vrolijk te bungelen aan een van de onderste takken.
'Gelukkig.' Snel liep ze naar de struik toe om de bos te pakken.
'Krijg ik nu een beloning?' vroeg Nat hoopvol.
'Straks misschien. Nu moeten jullie naar school. En ik moet mijn auto ophalen.' Haastig gaf ze hun allebei een kus, tikte toen op haar horloge en zei tegen Mario: 'Miss Batson lust je rauw als ze te laat komen.'
'Miss Batson is gek op me.' Mario's vrolijkheid grensde aan zelfvoldaanheid. 'Ze vindt me fantastisch. Bovendien kan ik altijd nog zeggen dat we wel op tijd waren gekomen als jij met je dronken kop je sleutels niet was verloren.'
'Goh, wat ben je toch ook een schat. Weet je, zeg dat vooral tegen haar, dan word ik uit de ouderlijke macht ontzet, en mag jij in je eentje voor de kinderen zorgen,' zei ze. 'Net goed.'

38

Nog steeds lachend reed Mario weg om de kinderen naar school te brengen. Lottie liet zichzelf binnen, trok haar stomme glitterjurk uit, deed een witte broek en grijs topje aan en pakte een fles koud water uit de koelkast.
'Kun je je nog herinneren waar je je auto hebt neergezet?' vroeg Tyler toen ze wat later Cheltenham in reden.

'Natuurlijk herinner ik me dat!' Ze voelde zich beledigd. Misschien kon ze zich niet herinneren waar ze haar auto exact had neergezet, maar ze wist heus nog wel op welk parkeerterrein.
'Goed. Ik wilde het alleen even weten. Daar is een drogist.' Hij knikte. 'Wil je nog pijnstillers kopen?'
Lottie, die thuis al drie paracetamolletjes en een groot glas water naar binnen had gewerkt, zei heldhaftig: 'Nee, dank je, ik voel me prima.'
Wat, eerlijk gezegd, belachelijk was. Ze had verklaard haar baas de nacht van zijn leven te zullen bezorgen, was beleefd afgewimpeld zonder dat ze het zelfs maar in de gaten had gehad en als klap op de vuurpijl was ze stomdronken in slaap gevallen op zijn bank.
Zeg nou eerlijk, wat kon minder prima zijn dan dat?
'Je mobieltje,' wees Tyler haar erop toen een gedempt geluid opsteeg uit de handtas aan haar voeten.
'Goedemorgen, schoonheid!' Het was Seb die walgelijk opgewekt klonk.
'Goedemorgen.' Ze glimlachte. Hoewel ze zich op dit moment niet echt een schoonheid voelde, was ze blij van hem te horen.
'Heb je de nacht doorgebracht bij die enge baas van je?'
'Ik had weinig keus.'
'Ik hoop dat hij zich heeft gedragen. Dat hij geen misbruik heeft proberen te maken van de situatie, je gedwongen heeft...'
'Nee, nee, helemaal niet.' Snel drukte ze het toestel stevig tegen haar oor, bang dat Tyler alles kon horen.
'Maar heeft hij wel een oogje op je? Hij is per slot van rekening je baas,' zei Seb, 'en jij hebt nu eenmaal een perfect kontje. Het kan niet gemakkelijk voor hem zijn om te moeten samenwerken met...'
'Hij zit naast me,' flapte ze er uit.
Seb lachte. 'Boft hij even. Hoe dan ook, ik bel je omdat ik je vanavond weer wil zien.'
Vanavond! Jemig. Gevleid, maar niet goed wetend of ze Mario kon overhalen om Nat en Ruby vanavond alweer te nemen, trok ze een gezicht en zei: 'Het punt is dat ik dan eerst een oppas moet zien te vinden.'
'Je zou de kinderen ook kunnen meenemen.' Seb liet zich niet van

zijn stuk brengen. 'Er is kermis op de Ambleside Common. Denk je dat ze daar zin in zouden hebben?'
Of ze zin zouden hebben om naar de kermis te gaan? Maakte hij een grapje of zo?
'Dat zouden ze hartstikke leuk vinden. Als jij ook zeker weet dat je het niet erg vindt.' Lottie merkte ineens dat Tyler was gestopt bij een kruispunt en op aanwijzingen wachtte. Zenuwachtig zei ze: 'Sorry. Linksaf, en dan de tweede rechts, daar bij dat blauwe bestelbusje. Eh, hoor eens, ik bel je straks wel terug. We zijn mijn auto aan het ophalen.'
Na een korte pauze vroeg Seb: 'Die baas van je. Ben je met hem naar bed geweest?'
'Nee!'
'Heeft hij dat gehoord?'
'Ja,' antwoordde Tyler. 'Hij heeft het gehoord.'
'Ik spreek je later.' Snel beëindigde ze het gesprek voordat Seb nog meer schade kon aanrichten. 'Weer links na de bloemenzaak. We zijn er nu bijna.'
'Zo te horen heb je een afspraakje voor vanavond.' Tylers toon was uitdrukkingsloos.
Kon het hem wat schelen? Echt schelen? Een golf van spijt trok door haar heen, want als ze de keus had, zou ze niet voor Seb kiezen. Maar ze had geen keus. Ze was een moeder, en haar kinderen hadden de keus al voor haar gemaakt. Een rilling van opwinding vermengde zich in haar maag met een gevoel van angst bij het vooruitzicht Seb te moeten voorstellen aan Nat en Ruby. Stel je voor dat ze net zo'n hekel aan hem zouden hebben als aan Tyler? Hardop zei ze terloops: 'Zo te horen wel.'

'Nee. Geen sprake van. Dat doe ik niet,' verklaarde Seb vastberaden. 'Ik wil alles doen, maar dat niet.'
'Je moet.' Hulpeloos giechelend sleurde Ruby hem langs de kraam met ringwerpen. 'Je moet er van mij in.'
Seb zette zijn hakken in het zand als een hond. 'Ik doe het niet!'
'Waarom niet?'
'Wil je weten waarom niet? Goed, dan zal ik je dat vertellen.' Op zijn vingers aftellend, somde hij op: 'Reden nummer één: omdat ik ga gillen als een meisje. Reden nummer twee: omdat ik ga huilen

als een meisje. En reden nummer drie: omdat ik misselijk word.'
Nat was druk bezig hem aan zijn andere arm mee te trekken. 'Nietes. Je moet met ons mee. Mama, zeg het.'
'Je moet,' zei Lottie tegen Seb, 'want één van ons moet hier blijven om op de pluchen beesten te passen, en op pluchen beesten passen is niet echt werk voor volwassen mannen.'
Braaf liet Seb zich meeslepen naar het spookhuis, en Lottie ging op het gras op hen zitten wachten. Terwijl de lichtjes en kleuren van de kermis om haar heen flitsten en draaiden, ademde ze de indringende geuren van hotdogs, gebakken uien, caramelappels en diesel in. Het was moeilijk voor te stellen dat Seb, in nog geen twee uur tijd, allebei haar kinderen totaal en zonder enige moeite voor zich had gewonnen. Hoewel hij het in werkelijkheid in twee minuten had klaargespeeld. Op de een of andere manier was er die magische vonk geweest toen ze hem aan Ruby en Nat had voorgesteld. Hij voelde zich op zijn gemak bij hen, was ontspannen en grappig, en geïnteresseerd in wat ze te melden hadden. Hij genoot zichtbaar van hun gezelschap zonder de fout te maken dat hij al te erg zijn best deed.
En het had gewerkt. Het had al haar stoutste verwachtingen overtroffen. De afgelopen paar uur waren een openbaring voor haar geweest. Ze had niet geweten dat haar kinderen zoveel oprechte, ongecompliceerde lol konden hebben met een man die niet hun vader was.
Een felgroene pluchen dinosaurus viel tegen haar knie aan. Ze zette hem weer stevig rechtop naast de pluizige fluorescerend oranje spin en het reusachtige paarse varken dat ze bij de schiettent hadden gewonnen. Nat en Ruby hadden gestraald toen Seb zijn portefeuille had getrokken en elk van hen een tientje had gegeven. Toen ze had geprotesteerd, had hij van geen wijken willen weten. 'Anders zou het niet eerlijk zijn,' had hij uitgelegd. 'Want ik stop niet voordat ik dat paarse varken heb gewonnen.'
En hij was ook niet gestopt. Wat Seb betreft, was mislukken geen optie, al had dat goedkope, schele varken hem dan uiteindelijk bijna vijftig pond gekost. Toen de man van de schiettent het varken eindelijk had overhandigd, had Nat gevraagd: 'Hoe ga je hem noemen?' en Seb had geantwoord: 'Nou, ik heb een zusje dat Tiffany heet...'

'O god, dat doe ik nooit weer,' kreunde Seb, toen hij weer opdook, met Nat en Ruby in zijn kielzog. 'Dat was doodeng. Er waren echte spoken daarbinnen.'
'Hij was bang,' zei Nat trots. 'Ik niet.'
'Oké, nu gaan we weer een ritje maken. In die daar.' Seb wees naar de attractie waar Lottie het meest tegenop had gezien, het supersnelle over-de-kop-draaiing.
'Ik zou graag meegaan,' zei ze, terwijl ze op de pluchen beesten klopte, 'maar iemand moet op deze hier passen. Gaan jullie maar. Ik kijk wel.'
Seb trok een gezicht naar Ruby en Nat. 'Jullie moeder is bang.'
'Echt niet,' zei Lottie. 'Ik ben gek op van die draaidingen die over de kop gaan, maar ik...'
'Ik was ook bang voor het spookhuis,' merkte Seb geduldig op, 'maar ik heb me over mijn angst heen gezet.'
'Maar ik...'
'Ik heb gewoon medelijden met de kinderen.' Hoofdschuddend wendde hij zich tot Ruby en Nat. 'Kinderen, ik heb medelijden met jullie. Vreselijk moet het zijn om een moeder te hebben die zo'n schijtebroek is.'
'Ik zei toch dat er iemand op de spullen moet passen die we gewonnen hebben,' protesteerde Lottie.
'Precies. Iemand.' Seb pakte de pluizige spin, de felgekleurde dinosaurus en het paarse varken en marcheerde ermee naar het supersnelle over-de-kop-draaiing, waar hij ontwapenend glimlachte naar twee jonge tienermeisjes, een paar woorden met hen wisselde en hun de speelgoeddieren overhandigde. Toen hij terugkwam, zei hij: 'Maar die iemand hoef jij niet per se te zijn.'
Na het over-de-kop-draaiing kwamen de rups, de octopus en de botsautootjes. Tegen tien uur hadden ze alle attracties op de kermis gehad, nog veel meer pluchen beesten gewonnen en veel te veel caramelappels, suikerspinnen en patat met kerriesaus gegeten.
'Dat was hartstikke leuk.' Ruby slaakte een diepe zucht, terwijl ze over het terrein terugliepen naar de auto. 'Dank je wel, Seb.'
'Ik moet jullie juist bedanken,' zei Seb ernstig, 'omdat jullie zo goed op me hebben gepast in het spookhuis.'
'Gaan we gauw weer iets leuks doen?' Nat keek hem gretig aan.
Lottie kromp ineen in het donker; zevenjarigen konden alarme-

rend direct zijn. Al was dit dan een vraag waarop ze zelf ook graag het antwoord wilde horen.
'Het punt is, ik weet niet of je moeder dat wel wil,' zei Seb.
'Waarom niet? Dat wil ze best!'
'Misschien vindt ze me wel niet aardig genoeg.'
Nat kon zijn oren niet geloven. 'Tuurlijk wel! Ze vindt je wel aardig, hè, mama?'
'Zie je wel?' zei Seb toen Lottie aarzelde, zoekend naar een antwoord. 'Ze wil beleefd zijn omdat ze me geen verdriet wil doen, maar volgens mij is ze stiekem verliefd op een andere man.'
'Wie dan?' Ruby's ogen waren als schoteltjes zo groot.
Fluisterend antwoordde Seb: 'Tyson, heet hij niet zo? Haar baas.'
'Neeee!' brulde Nat vol minachting. 'Die vindt ze niet leuk. Dat mag niet van ons.'
'Hij heet Tyler,' viel Ruby hem met veel plezier bij. 'En we haten hem.'
'Ruby,' protesteerde Lottie.
'Nou, dat is toch zo?'
'Misschien vindt jullie moeder me wel niet aardig,' zei Seb. 'Dat weten we nog steeds niet, hè? Ik bedoel, heeft ze soms iets tegen jullie gezegd?'
Met stralende ogen antwoordde Ruby behulpzaam: 'Toen we haar vroegen hoe je was, zei ze: heel aardig.'
'Nou, dat is een begin.'
'En aantrekkelijk.'
O, fantastisch, dacht Lottie.
'Ik voel me gevleid.' Seb woelde door Ruby's haar. 'Maar het kan nog steeds zo zijn dat ze me stiekem haat.'
'Nee, dat is niet zo. Mama,' beval Nat, 'vertel Seb dat je van hem houdt.'
'Nat, nee!' Gelukkig was het donker.
'Waarom niet?'
Allemachtig. 'Omdat... omdat volwassenen zoiets nu eenmaal niet zomaar zeggen.'
'Maar we kunnen toch nog wel een keer iets leuks gaan doen met Seb?'
Lotties huid prikte van schaamte. En Seb stond haar uit te lachen, de smeerlap. 'Als hij het ook wil, dan vind ik het goed.'

'Yés!' kraaide Seb, terwijl hij zijn vuist balde en in de lucht stootte.
'Mag ik op je rug?' Nat sprong omhoog, en Seb ving hem vakkundig op zijn rug op en rende met een van opwinding gillende Nat het terrein over.
'Hij is grappig,' zei Ruby, terwijl ze met haar blik Seb en Nat volgde die na een groot rondje terug kwamen galopperen. 'Ik vind hem echt heel leuk.'
'Mm, dat merk ik.' Lotties knikje was vrijblijvend, maar vanbinnen gloeide ze.
'Nu ik,' krijste Ruby toen Nat op de grond was gezet.
Seb nam haar behendig op zijn rug en ging er weer vandoor.
'Ik vind Seb leuk,' vertrouwde Nat Lottie toe, terwijl hij een warm, groezelig handje in de hare legde. 'Hij is aardig. Bijna net zo aardig als papa.'
'Ja.' Lottie kreeg een brok in haar keel. Misschien hadden ze deze keer allemaal de man van hun dromen gevonden.

39

De volgende avond deed Nat iets waarvan Lotties hart zich geschrokken samenkneep. Ruby en hij lagen languit op hun buik in de huiskamer fanatiek Uno te spelen toen Nat, even pauzerend om zijn kaarten te bekijken, afwezig achter zijn linkeroor krabde.
Lottie verstijfde. Ze besefte ineens dat dit niet de eerste keer was dat ze hem dat vanavond had zien doen, maar pas nu drong de verschrikkelijk betekenis ervan tot haar door.
'Au, mam, laat me los.' Nat probeerde zich los te wurmen toen ze zich op de grond liet zakken en zijn hoofd tussen haar handen nam. 'Ik ben aan het winnen.'
Ze negeerde zijn protesten. Met droge mond begon ze koortsachtig tussen zijn donkere haar te zoeken, hopend dat het gekrab niet betekende wat ze dacht dat het...
Shit.
'Mama!' Opgetogen riep Nat: 'Dat mag je niet zeggen!'
'Sorry, sorry, ik dacht dat ik het alleen in mijn hoofd had gezegd.'

Nog steeds geknield, leunde ze achterover op haar hakken en slaakte een kreet van ergernis. 'O Nat, je hebt luizen.'
Nat haalde zijn schouders op, zich concentrerend op zijn kaarten. 'Dat dacht ik al.'
Lottie verbleekte. 'Dat dacht je al? Waarom heb je niets gezegd!'
Weer een schouderophalen. 'Vergeten. Sommige kinderen in mijn klas hebben luizen. We hebben er vorige week een brief over gekregen.'
'Vorige week! Je hebt me helemaal geen brief gegeven!'
Nat was gepikeerd. 'Ik vond die geplette tor op het schoolplein, weet je nog? Dus toen moest ik die brief gebruiken om hem in te stoppen en te verbranden.'
'Heb ik ook luizen?' Bang dat ze zou worden buitengesloten, kroop Ruby over het tapijt naar Lottie toe en legde haar hoofd op haar schoot. Deze keer kostte het Lottie minder dan vijf seconden om tot de ergst mogelijke conclusie te komen.
'Ja.' Lottie vroeg zich af of in tranen uitbarsten zou helpen.
'Gaaf! Betekent dat dat ik dan niet naar school hoef?'
'Nee, het betekent alleen maar urenlang haren kammen.'
Behulpzaam zei Nat: 'Mama, misschien heb jij ook wel luizen.'
O, god.
Lottie sprong overeind en rende de trap op. De oude metalen luizenkam lag achter in het medicijnkastje in de badkamer. Tien spannende minuten later was ze gerustgesteld: in haar eigen haar zaten geen ongenode gasten. Toch was ze niet echt gerustgesteld, want ze moest nog steeds rekening houden met de mogelijkheid dat Seb ongewild een gastheer was.
Eigenlijk was dat eerder een waarschijnlijkheid dan een mogelijkheid. Lottie deed even haar ogen dicht, terwijl ze dacht aan gisteren op de kermis. Toen ze op elkaar gepakt op de bankjes in de verschillende attracties had gezeten. Toen Seb bij de schiettent naast Nat was neergehurkt om hem voor te doen hoe hij moest richten. Toen hij Ruby op zijn rug had genomen, en Ruby zich, gillend van pret, had vastgeklampt aan zijn nek, met haar lange haar over zijn voorhoofd wapperend.
Ze kromp ineen. Ze moest het Seb vertellen. O shit, hoe zou hij reageren? Hij was een man, en nog een heel aantrekkelijke ook. Hij zou vol afschuw en walging terugdeinzen, haar en haar van luizen

vergeven kinderen smerig vinden. Misschien wilde hij haar wel nooit meer zien. En wie zou hem dat eigenlijk kwalijk kunnen nemen?

Twee uur, drie baden en een gezinsverpakking shampoo later, had ze Ruby's en Nats haar zo uitputtend gekamd dat ze het gevoel had dat haar armen elk moment van haar lijf konden vallen. Maar vannacht waren ze in elk geval luizenvrij. Hoewel Nat de gevangen luizen per se in een lucifersdoosje had willen bewaren.

Nu, met de kinderen veilig in bed met schone lakens en kussenslopen, kwam het gedeelte waar ze het meest tegen opzag. Het noodzakelijke kwaad, dacht ze, met een vaag misselijk gevoel, maar vastbesloten om door te zetten. Nadat ze de ceintuur van haar badjas strakker had aangetrokken en zich op de bank had genesteld, belde ze Seb op zijn mobieltje.

Zo, daar gaan we dan.

'Hallo?'

De lijn kraakte en was niet erg helder, maar de stem was beslist die van een vrouw. Een fractie van een seconde vroeg Lottie zich af of Seb tegen haar had gelogen en getrouwd was. Toen de vrouw echter afwezig: 'Hallo, hallo, met wie spreek ik?' tjilpte, wist ze ineens wie had opgenomen.

'O hoi, kan ik Seb even spreken?'

'Hij kan nu niet aan de telefoon komen. Ben jij Lottie?'

'Ja.' Ze voelde zich belachelijk gevleid dat Sebs zusje haar naam kende.

'Hoi Lottie, je spreekt met Tiffany! Is het urgent?'

'Nou ja, nogal. Eh...'

'Het punt is, we zitten op de M5 en Seb rijdt. Hij mag van mij niet telefoneren als hij achter het stuur zit, snap je. Anders rijdt hij ons nog dood. Dus vertel het maar gewoon aan mij, Lottie, dan geef ik het wel door.'

Tiffany klonk als een jongere, pietluttigere uitvoering van miss Batson, en Lottie verbleekte bij het vooruitzicht haar te moeten vertellen wat er aan de hand was.

'Nee, laat maar, het komt later wel.' Ze slaagde erin om haar stem koelbloedig te laten klinken. 'Zeg maar tegen Seb dat ik hem later nog wel bel, oké? Dag.'

Toen de verbinding was verbroken, begroef ze haar knalrode ge-

zicht in haar handen. Typisch dat haar dit weer moest overkomen. Na drie jaar te hebben drooggestaan, had ze eindelijk een man ontmoet die ze aardig vond, en die niet alleen haar ook aardig leek te vinden, maar bovendien, als door een wonder, fantastisch met Ruby en Nat kon opschieten. Gisteravond hadden ze samen een gedenkwaardige avond beleefd op de kermis, en Seb had hen overladen met geld en aandacht.
En wat hadden ze hem ervoor teruggegeven?
Luizen.
De telefoon ging.
'Hoi, weer met mij. Seb zegt dat je hem niet zo in spanning mag houden. Je weet hoe ongeduldig hij is. Hij zegt dat hij nu meteen wil weten wat er zo belangrijk is.'
Met de beste wil ter wereld kon Lottie geen overtuigende leugen bedenken, een smoes waarom ze hem zo nodig moest spreken. Nou ja, misschien was het zelfs wel gemakkelijker het aan een tussenpersoon te vertellen, een soort van 'mijn vriend vindt je leuk, hij wil weten of je een keertje met hem wilt uitgaan'-scenario.
'Hallo, hallo? Ben je daar nog?' kweelde Tiffany.
'Ja, ik ben er nog.' Lottie haalde een keer diep adem en sprong toen in het diepe. 'Het punt is, het spijt me echt, maar mijn kinderen hebben luizen. Dus het kan zijn dat Seb ze ook heeft, dus hij zal... eh... dat moeten controleren.'
'Sorry? Wacht even, we reden net onder een brug door. Wat zei je?'
'Luizen,' zei Lottie.
'Wat? Ik begrijp niet wat je bedoelt.' Tiffany klonk verbaasd, alsof ze nog nooit van luizen had gehoord. Te chic natuurlijk. Veel te welopgevoed om ooit last te hebben gehad van zulke ongewenste accessoires.
'Hoofdluis,' legde Lottie met tegenzin uit.
'Wat? Meen je dat? O, mijn god, wat walgelijk!' blafte Tiffany. Haar woorden gingen vergezeld van een soort klopgeluid alsof ze het mobieltje uitschudde voor het geval dat er op dit moment hordes hoofdluizen uit het mondstuk kropen. 'Gatverdamme, hoe kun je dat nu doen? Als Seb ze van jou heeft, betekent dat dat ik ze dan van hem heb?'
Op de achtergrond hoorde Lottie Seb verbaasd vragen: 'Wat? Wat is er?'

'Geef me alsjeblieft Seb even,' zei ze.
'Nee, ik geef je hem niet!' schreeuwde Tiffany. 'Ik zei toch dat hij achter het stuur zit! O god, ik word misselijk, ik voel me zo vies, ik kan er niet tegen...'
'Lottie?' Het was Sebs stem. 'Wat is er verdomme aan de hand? Tiff probeert zo'n beetje de auto uit te klauteren. Wat heb je haar in godsnaam gezegd?'
'Bah, bah, bah,' jammerde Tiffany op de achtergrond.
'Tiff,' zei Seb op scherpe toon, 'hou je kop.'
Lottie beefde. Voelde het soms zo als je een nieuw vriendje moest vertellen dat je hem per ongeluk syfilis had bezorgd? Of genitale herpes? Of aids? 'Hoor eens,' flapte ze er uit, 'ik heb al gezegd dat het me spijt, maar Ruby en Nat hebben luizen, wat betekent dat jij ze misschien ook hebt.'
'Luizen?' vroeg Seb.
'Hoofdluis!' brulde Tiffany.
Lottie voelde zich verschrikkelijk. Gauw zei ze: 'Zo'n ramp is het ook weer niet, je moet alleen...'
'Hoofdluis?' echode Seb ongelovig. 'Allemachtig zeg.'
Dat was het dan. Lottie, met natte handpalmen van schaamte, stamelde: 'Ik heb het net ontdekt, anders had ik ze nooit in je buurt laten komen.'
'Niet te geloven. Al die heisa om een paar luizen? Tiff, stel je niet zo aan. Dit is niet iets wat ik een ramp zou noemen.'
Lottie hield haar adem in, terwijl ze de irritatie in Sebs stem hoorde en daarna het gejammer van Tiffany op de achtergrond. 'Maar ik voel me zo vies!'
'Lottie?' Hij was weer terug aan de lijn. 'Sorry voor mijn zus. Hoe laat ga je naar bed?'

Seb arriveerde om halftwaalf, nadat hij eerst Tiffany naar huis had gebracht. Lottie deed de voordeur open en daar stond hij, in een zeegroen linnen overhemd en spijkerbroek, met fonkelende ogen naar haar te grijnzen.
'Ha, schoonheid, ik was toevallig in de buurt en vroeg me af of ik ook een luizenkam van je kon lenen.'
Ze had hem wel kunnen kussen. 'Ik vind het zo erg.'
'Doe niet zo raar. Zulke dingen gebeuren.' Terwijl hij doorliep

naar de huiskamer zei hij: 'Ik heb al eens luizen gehad, weet je. En Tiffany trouwens ook. Ze is er zo door getraumatiseerd dat ze het heeft verdrongen.'

'Waarom is ze getraumatiseerd?' Ze liet hem plaatsnemen op de stoel midden in de kamer en sloeg een witte handdoek om zijn schouders.

'Omdat ik haar er nog ongeveer een jaar mee heb geplaagd. En het al haar vriendinnen heb verteld.'

'Dat was gemeen.' Aandachtig verdeelde ze zijn surfersblonde haren in lokken en begon elke lok zorgvuldig te kammen.

'Ik was tien. Bovendien zat ze altijd zo op de kast. En daar ben je toch broer voor?'

Ze glimlachte. 'Ik dacht dat je me nooit meer zou willen zien.'

'Hé.' Hij legde speels een hand om haar middel. 'Er zijn meer dan een paar enge kruipbeestjes voor nodig om mij te verjagen, hoor. Heb je al wat gevonden?'

'Tot nu toe zie ik niks.'

'Weet je, ik vind dit wel lekker. Net alsof je me roskamt.'

Lottie, die het ook lekker vond, deed een stap naar achteren en zei: 'En het is net alsof je mij betast.'

'Dat is dan waarschijnlijk de reden waarom ik het zo lekker vind.' Hij trok haar weer naar zich toe en nam haar op schoot. 'Weet je wel dat ik je nog niet eens heb gekust?'

Een heerlijk siddering trok door haar heen; grappig genoeg was dat kleine detail ook niet aan haar aandacht ontsnapt.

Hardop zei ze: 'Dat komt omdat je luizen hebt. Bah.'

'Echt?'

'Ik heb niets gevonden.' Ze wapperde met de luizenkam. 'Maar voor de zekerheid kun je er beter zelf ook eentje kopen. Je moet...'

'Blijven kammen. Ik weet het.' Hoofdschuddend zei hij: 'Eerst gooi je ijsklontjes in mijn overhemd. Dan geven je kinderen me hoofdluis. En nog steeds geen kus. Ik moet zeggen, dit is de meest onconventionele relatie die ik ooit heb gehad.'

'En is dat erg?' Ze kon haar ogen niet van zijn mond houden; hij had echt een superbetoverende glimlach.

'Nee, ik vind het wel leuk eigenlijk. Niemand zal jou ooit doorsnee kunnen noemen. Maar er is één ding dat ik graag zou willen doen...'

Hij kuste net zo goed als Lottie had verwacht. Terwijl ze haar ar-

men om zijn nek sloeg, met de luizenkam nog steeds in haar hand, kuste ze hem terug. O ja, dit begon erop te lijken. Misschien kreeg ze niet die verrukkelijke adrenalinestoot die ze bij Tyler had gevoeld, maar zoiets kon je ook niet van iedere kus verwachten, toch? En in elk geval waren ze nu alleen, anders dan die keer toen Tyler en zij elkaar voor Fox Cottage hadden staan kussen, heerlijk onwetend van het feit dat ze werden bespioneerd door twee kleine Jenkins-jongetjes die in een boom vlakbij zaten...
En wat voor opschudding had dat niet veroorzaakt.
'Je bent zo mooi.' Terwijl Seb de woorden fluisterde, begon zijn linkerhand te dwalen.
Lottie pakte hem beet vlak voordat hij onder haar limoengroene sweatshirt verdween.
'Nee?' Hij keek haar vragend aan.
'Niet nu.'
'Waarom niet?'
Ze vroeg zich af of ze hem nu kwijt was. Was hij boos? Was hij ervan uitgegaan dat hij zou blijven, dat ze in was voor een nacht vol hete hartstocht?
Nou, jammer dan.
Hardop zei ze: 'De kinderen kunnen wakker worden.'
Seb deed dat Roger Moore-ding met een van zijn wenkbrauwen. 'Is dat een echt excuus of ben je te beleefd om me te vertellen dat je me net zo aantrekkelijk vindt als een emmer kots?'
Glimlachend streek ze zijn streperige blonde haar van zijn voorhoofd en kuste hem weer. 'Mijn kinderen zijn niet gewend om vreemde mannen in mijn bed aan te treffen. Ik wil ze niet... laten schrikken. En ik zou me ook niet kunnen ontspannen.'
'Dus geen seks. Alleen maar luizen.' Droevig schudde hij zijn hoofd. 'Dat overkomt Mick Jagger nou nooit.'
'Sorry.' Ze hoopte dat hij haar niet op andere gedachten zou proberen te brengen.
'Geeft niks.' Hij begon te glimlachen. 'We doen het langzaam aan, eerst de kinderen laten wennen aan het idee dat ik er ben.'
Toen ze hem op de stoep stond uit te wuiven, dansten zijn woorden door haar hoofd. Het langzaam aan doen en de kinderen laten wennen aan het idee dat Sebastian Gill er was.
Dat klonk serieus.

40

Het was een warme, zonnige vrijdagochtend eind september, maar voor Cressida voelde het als kerst. Haar maag danste van opwinding. Deze keer zou er niets misgaan. Robert en Sacha hadden maar al te graag toestemming gegeven om Jojo een weekendje met haar mee laten gaan. Over een uur zou Jojo uit school komen, en daarna zouden ze samen over de M5 naar het noorden karren. Ze had zelfs de bandenspanning gecontroleerd en een speciaal sachet wasmiddel voor in de ruitensproeier gekocht om het te vieren. Mocht Tom een beetje teleurgesteld zijn over haar uiterlijk, dan kon hij tenminste onder de indruk raken van haar glanzend schone voorruit.

Alleen het vooruitzicht al Tom weer te zien, was voldoende om aangename trillingen in haar borstkas te veroorzaken. Met toenemende opwinding keek ze voor de vijftiende keer in tien minuten tijd op haar horloge, bestudeerde haar reflectie in de kaptafelspiegel en frummelde aan de kanten mouwen van haar witte blouse. Lievelingsblouse, nieuwe romigroze lippenstift, nieuw roze fluwelen vest. Het was stout, maar ze had zich niet kunnen beheersen. En wie weet, misschien was Tom op dit moment in Newcastle wel allerlei winkels aan het af rennen, koortsachtig op zoek naar een nieuwe trui waarmee hij een goede indruk op haar kon maken. Of een mooi, nieuw paar schoenen.

Deden mannen dat soort dingen eigenlijk?

Hoe dan ook, concentreer je. Dingen te doen. Nadat ze haar weekendtas had dichtgeritst en de trap af gezeuld, zette ze hem in de smalle gang neer en raadpleegde haar beproefde lijstje. Ze moest nog een bestelling kaarten inpakken en naar het postkantoor brengen. De planten moesten water. En Jojo en zij zouden een aantal cd's voor onderweg moeten meenemen, net als een paar pakjes fruitella's voor de broodnodige energie.

Maar eerst moest het geconcentreerde wasmiddel voor de ruitensproeier gemengd worden met water en daarna in het tankje onder de motorkap worden geschonken. In de keuken vulde ze een plastic beker met water en knipte toen voorzichtig het hoekje van het sachet af. Nog voorzichtiger goot ze de helderblauwe vloeistof in

de beker water en roerde erin met een lepel. Van dit soort dingen was Robert altijd knettergek geworden toen ze nog getrouwd waren – als hij hier nu was, zou hij ongelovig met zijn ogen rollen bij de gedachte dat iemand zo stom kon zijn om eerst zijn mooiste kleren aan te trekken en dan pas aan een potentieel smerig karweitje te beginnen.
Maar hij was er nu niet – ha! – dus het maakte helemaal niets uit. Tevreden pakte ze de beker met beide handen beet en liep ermee naar de deur.
De klap kwam onverwacht als een pistoolschot en was bijna net zo luid. Met een enorme dreun knalde er iets tegen het keukenraam, en in een reflex slaakte Cressida een kreet van schrik. Haar armen schokten, en haar hersens kwamen met een sprong in actie. 'Niet op de kleren, niet op de kleren,' gilden ze, zo hard dat de beker meteen wegviel van haar lichaam.
Blauw water klotste uit de buitelende beker en stroomde over de keukentafel. Haar handen naar voren gooiend in een wanhopige poging om hem op de een of andere manier te vangen, riep ze: 'Nee!' en zag het allemaal in een nachtmerrie-achtige slowmotion voor haar ogen afspelen. De witte doos met de kaarten erin kreeg de volle laag. Het deksel zat nog niet op de doos omdat ze de rekening die meegestuurd moest worden met de bestelling nog niet had uitgeprint. De bestelling die absoluut vanmiddag nog op de bus moest.
De gevolgen waren zo vreselijk dat ze het allemaal niet meteen kon verwerken. Toen ze diep geschokt naar haar kleren keek, zag ze dat er nog geen spatje blauw water op terecht was gekomen.
Maar de kaarten... o, de kaarten... waren verwoest. Allemaal. Met hevig trillende handen schoof ze haar mouwen omhoog en pakte het eerste keurige stapeltje. Op iedere kaart stonden, in zilveren letters, de woorden: Ze is er, Emily-Jane! Lichtroze boaveertjes, zilveren kraaltjes, regenboogkleurige lovertjes en met glittertjes bestrooid gaas waren zorgvuldig op hun plaats geplakt. Op de voorgrond van elke kaart had ze een wieg getekend, en alle randen waren afgezet met roze fluwelen lint.
Het waren de ingewikkeldste kaarten waarvoor ze ooit opdracht had gekregen. Aan iedere kaart had ze een halfuur werk gehad, en in totaal waren het er tachtig.

Maar dat was nog niet alles. Het was niet alleen de lucratiefste opdracht die ze ooit had aangenomen, o nee. Deze bestelling was geplaatst door de eigenaar van een grote keten van kaartenwinkels in Groot-Brittannië, een man die het beslist niet zou pikken als ze hun afspraak niet nakwam. Zijn vrouw had, op tweeënveertigjarige leeftijd en na vele hartverscheurende ivf-behandelingen, het leven geschonken aan hun eerste kind, en Cressida was zowel gevleid als opgetogen geweest toen ze haar hadden uitverkoren om de geboortekaarten voor Emily-Jane's veilige aankomst in de wereld te maken.

Het was dus van cruciaal belang dat ze een goede indruk op haar opdrachtgever maakte, want ze wist honderd procent zeker dat hij, mocht ze deze bestelling verknallen, nooit meer een kaart van haar op voorraad zou willen hebben.

Wat een onmiddellijk en dramatisch verlies van inkomsten, en mogelijkerwijs ook van knieschijven, tot gevolg zou hebben.

Nog steeds in de war, weliswaar beseffend wat dit betekende, maar nog niet in staat om het te verwerken, liet ze de druppelende tafel voor wat hij was en liep de achtertuin in om te kijken wat de oorzaak was geweest van die enorme knal waardoor ze de beker had laten vallen.

Op het stenen tuinpaadje lag een spreeuw, behoorlijk dood. Zijn oogjes stonden open, zijn kopje was in een nare hoek gebogen. Terwijl hij vrolijk had rondgevlogen, was hij tegen het keukenraam opgeknald en onmiddellijk dood geweest. De ene minuut was je nek niet gebroken, de volgende wel. Pats-boem, dood.

Ze bukte zich om het slappe, nog warme lichaampje op te rapen. De vogel bezorgde haar zoveel moeilijkheden dat ze eigenlijk een hekel aan hem moest hebben. Aan de andere kant, als hij nog had kunnen denken, zou hij ongetwijfeld een hekel aan haar hebben omdat ze zijn dood had veroorzaakt. Per slot van rekening had ze tussen de middag voor het eerst sinds een jaar een uur besteed aan het lappen van haar ramen. De spreeuw, gefopt door het gebrek aan vuil, had simpelweg niet beseft dat er een ruit was.

Ze was een vogelmoordenaar en had een dure les geleerd. Ramen schoonmaken – of het nu die van huizen of van auto's waren – was vragen om moeilijkheden.

Hete tranen persten zich uit haar ogen naar buiten toen ze met het

zachte lichaampje in haar handen stond.
Pats-boem, daar ging haar weekend.
Alweer.

Tom zei meteen: 'Zullen we dan naar jou toekomen?'
'Dat heeft geen zin. Ik ben het hele weekend kwijt aan nieuwe kaarten maken. Ik zal continu aan het werk zijn.' Hoofdschuddend vervolgde ze: 'Ik heb de man die de bestelling had geplaatst moeten bellen om te zeggen dat hij ze niet voor maandag zou krijgen, en hij was daar niet erg blij mee, dat kan ik je wel vertellen.'
'Maar als wij naar Hestacombe komen, kunnen we je dan niet helpen met de kaarten?' Tom klonk hoopvol. 'Dat scheelt je de helft van de tijd.'
O god, het was zo aardig van hem om dat aan te bieden, maar ze wist dat ze geen ja kon zeggen. Iedereen dacht altijd dat het zo gemakkelijk was om wat dingetjes op een kaart te plakken. Dat je er geen enkele vaardigheid voor nodig had. Toch was het vervaardigen van een kaart die er niet uitzag alsof hij door een vierjarige was gemaakt, veel moeilijker dan ze beseften. Steeds als Jojo aanbood om haar te helpen met een bestelling, moest Cressida doen alsof ze blij was met het resultaat om dan alles na Jojo's vertrek in de prullenmand te gooien. Maar Tom was geen twaalf en hem kon ze niet voor de gek houden.
'Tom, dat is heel aardig van je, maar dat wordt niks. We moeten het maar gewoon vergeten. Het spijt me.'
'Geeft niks.' Door de telefoon klonk hij afstandelijk en koel, maar dat was waarschijnlijk omdat ze hem op zijn werk had gebeld. 'Geen probleem. Een ander keertje misschien.'
'We hadden ons er zo op verheugd om jullie weer te zien.' Ze hoopte dat hij begreep dat ze het meende.
'Ja, nou.' Hij schraapte zijn keel en zei: 'Wij ook.'
Weer die terloopse toon. Was hij boos op haar omdat ze roet in het eten gooide? Met een diepongelukkig gevoel besefte ze dat ze, ondanks al haar kinderachtige fantasieën, Tom Turner gewoon niet goed genoeg kende om te weten wat hij dacht.

'Tante Cress? Met mij. Sorry dat ik je stoor, terwijl je het zo druk hebt.'

Cressida ging iets naar achteren zitten om haar zere rug te ontlasten. Het was halftien vrijdagavond en ze had tot nu toe acht kaarten gemaakt. Nog maar tweeënzeventig te gaan.
'Het geeft niet, schat. Waar ben je?'
'Boven, op mijn kamer. Mama en papa hebben vrienden te eten. Nou ja, geen echte vrienden,' verbeterde ze zichzelf. 'Mensen van hun werk. Je kent het soort wel.'
Arme Jojo, naar haar kamer gestuurd, terwijl de volwassenen beneden ernstig over verkoopcijfers zaten te praten. Robert had beslist geïrriteerd geklonken toen Cressida had gebeld om hem te laten weten dat zij en Jojo dit weekend toch niet weg zouden gaan.
'Heb je wel wat gegeten?' Ze wist dat het belachelijk was om zich daar druk over te maken, maar Robert en Sacha konden soms zo onnadenkend zijn.
'Er was niet genoeg avondeten, dus heb ik hierboven een pizza gegeten. Veel beter dan wat zij hadden,' zei Jojo vrolijk. 'Hoe dan ook, ik wilde je vertellen dat Tom zich een beetje zorgen maakte voor het geval dat je dat met die verpeste kaarten had verzonnen, maar het is nu weer in orde, want hij weet dat het echt zo is.'
Cressida was stomverbaasd. 'Wat?'
'Hij dacht dat je misschien een smoes had verzonnen, zoals, sorry dat ik vanavond niet kan, maar ik moet mijn haar wassen, dat soort smoes. Dat je geen zin had om helemaal naar Newcastle te rijden omdat je een beter aanbod had gekregen of zo. Mannen kunnen soms zo raar doen, hè?'
'Wacht eens even,' flapte Cressida er uit. 'Hoe weet je dit allemaal?'
'Dat staat in mijn nieuwe *Phew!*. Ik heb een artikel gelezen over dat jongens helemaal zenuwachtig worden als...'
'Nee, nee, ik bedoel, hoe weet je wat Tom dacht?'
'O, dat heeft Donny me verteld.'
Verbijsterd vroeg ze: 'Heeft hij je gebeld?'
'Ge-sms't. Op zijn eigen mopperige manier.' Jojo klonk geamuseerd, als een moeder die gewend was om zich toegeeflijk op te stellen tegenover haar lastige puberzoon. 'Hij zei dat het zijn zaak niet was, maar of het klopte dat de kaarten verpest waren. Dus heb ik teruggeschreven dat het natuurlijk waar was, en of hij jou soms een leugenaar noemde, en hij zei nee, maar zijn vader was gewoon zwaar teleurgesteld en vroeg zich af wat er werkelijk aan de hand

was. Dus ik zei dat jij ook behoorlijk baalde, en dat je had gehuild toen ik na school bij je kwam...'
'O Jojo, dat heb je toch niet echt gezegd!' Iedere spier in Cressida's lichaam kneep zich samen als een slak die met citroensap werd besprenkeld.
'Waarom niet? Het is toch zo? Je had gehuild!'
Stond in dat stomme blad van Jojo niet ergens dat het niet slim was om de leden van het andere geslacht te laten weten dat je om hen huilde? Dat je hulpeloos zat te snikken bij de gedachte dat je ze niet zou zien?
'Ik had gehuild omdat de spreeuw dood was,' hakkelde ze.
'Tante Cress, je weet dat dat niet waar is. En je hoeft je geen zorgen te maken, want Donny's vader was heel blij toen Donny het hem vertelde. Dus dat is allemaal weer rechtgezet,' zei Jojo kordaat, 'en we hebben het al over een nieuwe datum gehad. Volgend weekend moet Donny op een saai schoolreisje naar België, maar het weekend daarna kunnen ze wel.'
'Eh... goed,' zei Cressida zwakjes.
'Nou, ik hang op, dan kun je weer verder met je kaarten. O, trouwens,' Jojo herinnerde zich ineens wat, 'we dachten dat ze deze keer misschien naar ons toe zouden kunnen komen. Misschien is dat gemakkelijker. Ik heb gezegd dat je ruimte zat had.'

41

Het was begin oktober. De herfst was begonnen. Het was beduidend koeler, er woei een stormachtige wind en het grote terras lag vol kastanjes die uit de bomen waren gevallen.
Freddie, die achter het huiskamerraam van Hestacombe House stond, keek naar de tuin waar Nat en Ruby over het met dode bladeren bezaaide gazon renden en een wedstrijdje hielden in wie de meeste kastanjes kon verzamelen. Hij glimlachte om hun tomeloze enthousiasme, verwarde haren en rode wangen.
'Waar denk je aan?' Lottie kwam de kamer binnen met een dienblad met thee in haar handen.

'Aan hoeveel geluk ik heb.' Hij draaide zich om en liep naar de leren bank. 'Ik heb net mijn laatste zomer meegemaakt. Weet je, ik zou het vreselijk hebben gevonden om zomaar dood neer te vallen, zonder enige waarschuwing. Ik vind het fijn om te weten dat ik iets voor de laatste keer meemaak. Dan kan ik het tenminste waarderen.'

Ze hadden inmiddels zoveel gesprekken gevoerd dat Lottie zich niet meer ongemakkelijk voelde wanneer hij het over de toekomst had. Of zijn gebrek eraan.

'Misschien is het wel niet je laatste keer. Tumoren kunnen stoppen met groeien.'

'Misschien, maar die van mij is niet gestopt. Er is gisteren weer een scan gemaakt.' Terwijl hij het kopje thee oppakte dat ze voor hem had ingeschonken, vervolgde hij: 'Mijn arts heeft gezegd dat ik er vanaf nu rekening mee moet houden dat het mis kan gaan. Hij zei dat ik verdomd veel geluk had gehad dat ik al zover was gekomen zonder nog meer kwalen en symptomen. Wat ikzelf ook al had bedacht. Vooral nadat ik gisteren in die wachtkamer op mijn scan heb zitten wachten.'

Ze keek hem aan. 'Ik wil het niet horen, maar je gaat het me toch vast wel vertellen.'

'Er zat nog een man, met zijn vrouw. Hij heet Tim en heeft dezelfde tumor als ik,' vertelde Freddie. 'Hij zit in een rolstoel omdat hij het gevoel in de rechterkant van zijn lichaam is kwijtgeraakt. Hij praat ook heel moeilijk. En hij is incontinent.' Hij zweeg even. 'Bovendien is hij pas tweeëndertig en heeft hij twee kinderen, eentje van twee en eentje van vier. Daarom zei ik dat ik vond dat ik geluk had.'

'O Freddie, het leven is zo oneerlijk.' Hoofdschuddend flapte ze er uit: 'Waarom heb je me niet verteld dat er nog een scan gemaakt zou worden? Dan had ik met je mee kunnen gaan.'

'Maar die tumor zou daar niet van weggaan, hè?' Wat zachter ging hij verder: 'Je kunt geen toverspreuk opzeggen om hem te laten verdwijnen. Bovendien kun je niet steeds vrij nemen. En er is iets anders wat je voor me kunt doen.'

'Zeg het maar,' reageerde ze meteen. Ze zat kaarsrecht.

Freddie voelde dat als hij haar zou vragen om het Kanaal over te zwemmen of de Mount Everest te beklimmen, ze dat nog voor hem

zou proberen ook. 'Ik wil dat je nog een keer probeert om Giselle voor me te vinden.' Toen hij het zei, kreeg hij een brok in zijn keel. Hij had weinig tijd meer. Dat was hem gisteren nog eens goed ingepeperd. Maar het verlangen om zijn verleden af te sluiten, was gebleven.
'Goed, ik zal het proberen. Maar volgens mij kunnen we beter een echt detectivebureau inschakelen. Zulke lui kunnen haar vast wel vinden, ze hebben daar allerlei slimme manieren voor...'
'Kan zijn, kan zijn. Maar probeer het eerst zelf nog een keer.' Hij wist dat hij irrationeel was, maar hij had het bijgelovige idee dat het Lottie moest zijn die Giselle voor hem vond. 'Luister, ik heb met Tyler gesproken, en die vindt het goed dat ik je morgen van hem leen. Wil je voor mij naar Oxford gaan en kijken of je aanknopingspunten kunt vinden?'
'Natuurlijk wil ik dat.' Ze sprong op toen Nat tegen het raam tikte, schoof het raam omhoog en hielp eerst hem en toen Ruby over de vensterbank de huiskamer in.
'Jij hebt hartstikke veel kastanjes!' vertelde Nat opgewonden aan Freddie. 'We hebben er wel honderd!' Hij rommelde in de plastic tas die hij bij zich had en pakte er een dikke uit. 'Hier, deze mag jij wel hebben.'
'Nou, dank je wel. Heel aardig van je.' Freddie nam de glanzende kastanje van hem aan en woog hem in zijn hand. 'Is dit de mooiste?'
'Nee,' antwoordde Nat. 'De mooiste bewaar ik in mijn broekzak.'
'Heel verstandig.' Geamuseerd door Nats eerlijkheid zei Freddie: 'Ik bewaar de mooiste ook altijd in mijn zak.' Hij gaf hun ieder een muntstuk van een pond.
'Freddie,' berispte Lottie hem. 'Ze zijn al zo verwend.'
'Nietes,' fluisterde Nat.
'Pak een pen,' droeg Freddie Lottie op. 'Ik zal je zo veel informatie over Giselle geven als ik me nog kan herinneren.'
Altijd even nieuwsgierig vroeg Ruby: 'Wie is Giselle?'
'Toen ik jong was, was ze mijn vriendin.'
'Hield je van haar?'
'Ja.'
'Heb je haar gekust?' vroeg Ruby belangstellend.
'Vaak zelfs.'

'Romantisch. Waar woont ze?'
Freddie haalde zijn schouders op. 'Dat weet ik niet. We hopen dat we haar weer kunnen vinden.'
'Net als mijn voetbal.' Nat knikte wijs. 'Die heb ik over de schutting geschopt en nooit weer gezien. Volgens mij heeft iemand hem gestolen.'
'Freddie heeft zijn vriendin niet over de schutting geschopt, stommerd. En niemand heeft haar gestolen.' Met een bedachtzame blik wendde Ruby zich weer tot Freddie. 'Zoek je haar omdat je wilt dat ze weer je vriendin wordt?'
Freddie en Lottie keken elkaar even aan. 'Nee, helemaal niet.' Freddie deed zijn best om niet te glimlachen. 'Ik wil haar gewoon graag nog een keer zien, kijken hoe het met haar gaat.'
'Zie je wel, jij bent zelf een stommerd,' zei Nat triomfantelijk tegen Ruby. 'Freddie is veel te oud voor een vriendin. En ze heeft ook vast al een andere vriend.'

Het waaide, het regende, en het was alsof Giselle Johnston en haar familie waren opgestraald door buitenaardse wezens en afgevoerd naar een andere planeet. Dat was het verschil tussen steden en dorpen, ontdekte Lottie, terwijl ze door de straten van Oxford sjokte, in een gevecht gewikkeld met haar paraplu die steeds binnenstebuiten geblazen dreigde te worden. Als iemand over veertig jaar naar Hestacombe kwam om naar haar te informeren, dan zouden de mensen precies kunnen vertellen waar ze woonde en wat ze zoal had gedaan. Dat wisten ze gewoon.
Maar hier lag het anders. Giselle en haar ouders hadden in een doorsnee victoriaans rijtjeshuis in Cardigan Street gewoond, in het noorden van de stad. De afgelopen jaren was de buurt duidelijk in de vaart der volkeren opgestoten en waren alle huizen onherkenbaar opgetut door yuppen en projectontwikkelaars. Lottie, die de afgelopen twee uur op glanzende voordeuren had staan kloppen, was te woord gestaan door vele moeders met jonge kinderen, die opgestoten waren in de vaart der volkeren en door nog veel meer kinderjuffen en au pairs in dienst van moeders die opgestoten waren in de vaart der volkeren en nu aan het werk waren. Buren kenden elkaar niet, laat staan dat ze een gezin kenden dat veertig jaar geleden in de straat had gewoond.

Na eerst door het voorraam van nummer 274 naar binnen te hebben getuurd, klopte Lottie aan en wachtte zonder hoop op een reactie. Degene die hier woonde, was niet thuis, en ze had bovendien het gevoel dat iemand die zijn huiskamer in zwart en zilver inrichtte zo duidelijk een liefhebber van de stadse chic-look was dat hij of zij de familie Johnston vast niet had gekend.
Ze draaide zich om, zich schrap zettend tegen een nieuwe regenvlaag die onder haar paraplu dreigde te zwiepen. Een kleine ronde gedaante in een staalblauwe plastic regenjas, met een zwarte vuilniszak in de hand, kwam kordaat over straat haar kant uit lopen. Lottie, die verwachtte dat de vrouw het hek voorbij zou lopen, was verbaasd toen ze zag dat ze bleef staan, het hek opende en zich het tuinpaadje van nummer 274 op haastte.
'Goedemiddag,' begroette de vrouw haar vriendelijk. 'Kan ik je ergens mee helpen?'
Ze moest rond de zeventig zijn. Veerkrachtig grijs haar, oranje lippenstift en een nieuwsgierige blik in haar ogen.
'Woont u hier?' Lottie keek naar de sleutel in de hand van de vrouw.
'Hemeltjelief, ben je helemaal betoeterd! Heb je al door dat raam gekeken?' De wenkbrauwen van de vrouw schoten omhoog tot aan de haargrens. 'Het is verdorie net een ruimteschip. Zie ik eruit als iemand die in een ruimteschip zou willen wonen?'
'Nou, nee...'
'Toe, kijk dan!'
'Dat heb ik al gedaan,' bekende Lottie.
'Wat moet je hier trouwens? Kom je iets verkopen?'
'Ik zoek iemand.'
'Sorry, schat, maar Mr. Carter is op zijn werk.'
'Niet Mr. Carter. Ik zoek iemand die veertig jaar geleden in deze straat heeft gewoond. Ze heette Giselle Johnston.'
De vrouw stak de sleutel in het slot en maakte de deur open. 'Giselle? O ja, die herinner ik me nog wel. Je ziet eruit als een verdronken kat, m'n kind. Wil je even binnenkomen voor een lekkere kop thee?'
De vrouw heette Phyllis en woonde drie straten verderop. Ze had haar hele leven drie straten verderop gewoond. Hoewel ze inmiddels oma was, maakte ze nog twee dagen per week huizen schoon.

'Weet u zeker dat Mr. Carter dat niet erg vindt?' Lottie merkte dat ze regenwater drupte op de smetteloze keukenvloer.
'Wat niet weet, wat niet deert. Kom, geef me je jas. Hemeltjelief, je bent helemaal doorweekt!'
Dat had Phyllis goed gezien. Bovendien had ze haar blauwe plastic regenjas uitgetrokken en haar citroengele twinsetje van acryl was kurkdroog.
Zo wist je dat je een dagje ouder werd, dacht Lottie. Wanneer je begon te beseffen dat een plastic regenjas in feite Een Erg Nuttig Kledingstuk was, hoewel Niet Erg Charmant.
'Hij werkt bij een reclamebureau,' vervolgde Phyllis. 'Gaat iedere dag om halfacht 's ochtends de deur uit en is niet voor zessen terug. Ik kom hier wanneer ik een paar uur tijd heb, een beetje schoonmaken, en dan ga ik weer. Mooie baan. Handje contantje. Vorig jaar hebben mijn man en ik een cruise op de Middellandse Zee gemaakt.'
'En u doet ook zijn was,' zei Lottie, terwijl Phyllis de inhoud van de vuilniszak in Mr. Carters wasdroger begon te laden.
'Nee, schat. Ik gebruik dit ding alleen maar om mijn eigen kleren te drogen. Mr. Carter is heel aardig, hij vindt dat vast niet erg.' Phyllis bevroor in haar bewegingen en vroeg achterdochtig: 'Je bent toch niet van de belastingdienst?'
'Nou moet ik vragen of ú helemaal betoeterd bent.' Lottie was oprecht beledigd. 'Zie ik eruit alsof ik bij de belasting werk?'
'Ga dan maar zitten. Ik zal even thee zetten.' Nadat Phyllis de wasdroger had aangezet, vulde ze een gestroomlijnde zwarte waterkoker met water. 'Waarom ben je eigenlijk op zoek naar Giselle?'
Eindelijk.
'Een vriend van me kende Giselle toen ze nog jong was. Hij wil haar graag nog eens zien. Freddie Masterson,' zei Lottie, ineens beseffend dat Phyllis zo misschien wel op haar dij zou slaan en uitroepen: 'Freddie Masterson? Wel heb ik ooit! Hoe gaat het met die ouwe Freddie?'
Er werd echter niet op dijen geslagen. In plaats daarvan kneep Phyllis haar oranje mondje samen en zei: 'O, die. Nou, geen wonder dat hij jou stuurt om het vuile werk voor hem op te knappen.'
Oeps. 'Hoezo?'
'Omdat ze hem vast niet met open armen zal ontvangen, mocht hij haar vinden, neem dat maar van mij aan. Ik herinner me Freddie

nog wel. Hij heeft haar hart gebroken. Arme meid, ze had dat nergens aan verdiend. Hoeveel klontjes?'
'Twee.' Lottie knipperde opgewonden regendruppels van haar wimpers. 'En daar heeft hij heel veel spijt van. Woont ze hier nog in de buurt?' Jemig, dit was fantastisch; misschien zou ze Giselle vanmiddag nog kunnen ontmoeten, haar overhalen om met haar mee te gaan naar Hesta...
'Nee, kindje. Naar Amerika vertrokken. Melk?'
Amerika. Shit. Lottie knikte. 'Heeft u nog contact met haar?'
Phyllis schudde haar hoofd. 'We spreken over veertig jaar geleden, snoes. Tuurlijk kenden we elkaar, maar om nou te zeggen dat we vriendinnen waren, nee. Ze leerde een Amerikaan kennen met een rare naam en verloofde zich met hem. Dat is het laatste wat ik over haar heb gehoord. En toen zijn haar ouders ook verhuisd – maar die zullen inmiddels wel dood zijn.'
Nou ja, iets was beter dan niets. Terwijl Lottie een notitieboekje en pen uit haar doorweekte handtas pakte, vroeg ze: 'Wat was de rare naam van die Amerikaan?'
'Pff, je bent ook niet veeleisend, hè? Iets Pools. Begon met een K. Eindigde op offski. En dan daartussen allemaal van die maffe lettergrepen. Kiddlyiddlyoffski, zoiets. Heb je daar wat aan?'
Soms was iets toch niet beter dan niets, zo bleek maar weer. Om Phyllis niet te beledigen schreef Lottie Kiddlyiddlyoffski in haar notitieboekje.
'Kunt u zich zijn voornaam ook nog herinneren?'
'Geen idee, schat. Tom, Ted, Dan, zoiets. Ik heb hem zelf nooit ontmoet. Zo, drink maar lekker op. Wil je er een biscuitje bij?'
'Lekker.' Lottie pakte een chocoladevolkorenbiscuitje. 'Enig idee waar ze precies naartoe zijn gegaan in Amerika?'
Phyllis fronste haar voorhoofd, alsof ze haar best deed om een antwoord uit haar hersens te persen. 'Was het misschien... Toronto?'
Zo te merken waren haar hersens verstopt.
'Woont hier misschien nog iemand anders in de buurt die het kan weten?' Lottie vroeg zich af of het soms al te laat was om nog op een wonder te hopen.
'Sorry, kindje, ik zou niemand kunnen bedenken. Het verandert hier steeds, weet je. Er is niemand meer van vroeger. O, het is tijd voor mijn programma.' Met een blik op de futuristische klok aan

de muur pakte Phyllis de afstandsbediening uit de stalen fruitschaal en zette de draagbare tv aan.

'Nou, in elk geval bedankt. U heeft me... echt geholpen.' Lottie dronk haar kop thee leeg en slikte haar laatste mondvol biscuit weg. Nadat ze het notitieboekje in haar tas had opgeborgen, stopte ze haar armen in haar zeiknatte jas. Geen wonder dus. Als dit een film was geweest, dan had Phyllis op het allerlaatste moment nog gezegd: 'O, wat stom van me dat ik er niet eerder aan heb gedacht, maar natuurlijk weet ik hoe we erachter kunnen komen waar ze is!'

Maar het was geen film, en Phyllis de werkster, knabbelend op haar derde chocoladevolkorenbiscuitje, was al helemaal verdiept in een aflevering van *Quincy*.

'Dan ga ik maar,' zei Lottie.

'Tuurlijk, kindje. Leuk dat je er was. En als je Freddie Masterson ziet, dan kun je hem namens mij vertellen dat hij een smerige klootzak is. En als het hem niet lukt om Giselle Johnston te vinden, dan is dat net goed voor hem.'

42

'Je bent een smerige klootzak, en het is net goed voor je.'

Freddie grinnikte, hoewel zijn ogen een droeve glans hadden. 'Dat is denk ik ook zo. Die Phyllis, ze wond er nooit doekjes om.' Hij zat aan het glanzende eikenhouten bureau in zijn werkkamer, omringd door papieren.

Lottie stak hem een uitgeprint A4'tje toe. 'We vinden Giselle nog wel. Ik heb mijn best gedaan, maar het is tijd de hulp van professionals in te roepen. Dit is een lijst van bureaus die vermiste personen opsporen. Als je er daar eentje van in de arm neemt, is ze zo gevonden. Maar bedenk wel dat Giselle misschien al veertig jaar zit te wachten tot ze je een drankje in je gezicht kan smijten.'

'Eerder om met een stoomwals over me heen te rijden. Ben je teleurgesteld dat je haar zelf niet hebt kunnen vinden?' vroeg hij, achteroverleunend in zijn draaistoel.

'Dat weet je best. We wilden allebei dat het me zou lukken.'
'Maakt niet uit. Ik heb er nog eentje die je mag proberen te vinden. Deze keer zal het een stuk gemakkelijker gaan.' Zijn mondhoeken gingen geamuseerd omhoog toen Lottie gretig haar oude vertrouwde notitieboekje pakte. 'Ze heet Amy Painter.'
'Toch niet weer een vroegere vriendin? Werkelijk, wie denk je wel dat je bent?' Lottie was druk bezig de naam op te schrijven. 'Jack Nicholson?'
'Ze is ongeveer van jouw leeftijd.'
'Freddie! Je denkt echt dat je Jack Nicholson bent!'
'Amy is geen vroegere vriendin.' Toen Lottie haar ogen opensperde, voegde hij er snel aan toe: 'En ze is ook niet mijn dochter.'
'O.' Lottie wapperde zichzelf fanatiek koelte toe. 'Gelukkig maar. Je maakte me even aan het schrikken.'
'Ik denk dat je Amy wel aardig zult vinden. Iedereen vindt haar aardig. Misschien herken je haar zelfs wel,' zei hij. 'Ik weet bijna zeker dat jullie elkaar al eens hebben ontmoet.'
Toen Lottie tien minuten later weg wilde gaan, zei Freddie: 'Dat heb ik nog niet eens gevraagd. Hoe gaat het met die nieuwe vriend van je?'
'Fantastisch.' Ze bloosde een beetje, want afgelopen nacht was Seb voor het eerst in Piper's Cottage blijven slapen, en ze hadden twee keer de liefde bedreven.
'Ik wil hem toch wel graag eens ontmoeten, om met eigen ogen te zien of hij jou wel waard is.'
'O, echt wel. De vraag is of ik hem wel waard ben.' De oprechte bezorgdheid in zijn ogen ontroerde haar, en de gedachte dat hij misschien niet meer al te lang bij hen zou zijn, was weer onverdraaglijk. 'Hij gaat morgen voor drie weken weg, een polotoernooi organiseren in Dubai. Maar zodra hij terug is, zal ik hem meenemen, dat beloof ik je.'

'Als we naar Blenheim Palace gaan, kunnen we dan wel kennismaken met de hertog en hertogin van Blenheim?'
Lottie ontweek expres Tylers blik – hij zat tegenover haar in het kantoor. Het echtpaar Mahoney uit Minnesota was voor de eerste keer op vakantie in Engeland en had er zijn zinnen op gezet om aan iemand van adel te worden voorgesteld. Ze hadden Windsor Castle

al bezocht, en waren diep teleurgesteld geweest dat ze bij het hek niet persoonlijk welkom waren geheten door koningin Elizabeth en prins Philip. Blijkbaar waren ze inmiddels bereid met minder genoegen te nemen.

'Volgens mij hebben die het behoorlijk druk.' Lottie deed haar best om het tactvol te brengen. 'Maar het is nog steeds een prachtig paleis om te bezichtigen. Je kunt er...'

'En Highgrove Castle?' Maura Mahoney bladerde door haar reisgids. 'Zou Charlie thuis zijn?'

'Highgrove House is niet geopend voor het publiek.' Lottie was zich ervan bewust dat Tyler haar met opgetrokken wenkbrauwen aankeek. Als haar benen zestig centimeter langer waren geweest, had ze hem een schop gegeven. Een harde.

'Highgrove House? Hij is de prins van Engeland en woont niet eens in een kasteel? Jullie zouden echt beter voor jullie koninklijke familie moeten zorgen, hoor,' zei Maura op bestraffende toon.

'Oké, en Gatcombe Palace dan? Zou prinses Anne ons een handtekening willen geven als we gewoon even langsgaan om haar gedag te zeggen?'

Eerder een opgeheven middelvinger, dacht Lottie, terwijl ze uit alle macht een bevredigende oplossing probeerde te verzinnen. 'Het punt is dat de koninklijke familie niet echt in is voor... voor...' Ze hakkelde toen de deur werd opengegooid, en Seb het kantoor binnen zeilde. 'Voor... eh... handtekeningen.'

'Wie wil mijn handtekening?' vroeg Seb met een ondeugende grijns. Hij stak zijn hand op naar Tyler en zei toen tegen Lottie: 'Heb je even? Ik ben op weg naar het vliegveld.'

Lotties hand vloog naar haar borst; met zijn gladde rijkeluis blonde haar en superfitte lichaam deed Seb, wanneer ze hem onverwacht zag, haar hart nog steeds overslaan. 'Ik heb het nogal druk nu. Kun je even wachten?'

Maura Mahoney nam gretig alle details van Sebs spectaculaire, een meter negentig lange gestalte in zich op. Haar blik bleef haken aan het blauw-witte poloshirt met het embleem van de Beaufort Polo Club erop. 'Mag ik u misschien iets vragen? Speelt u soms polo?'

'Ja, inderdaad.' Op zijn beurt Maura's plompe lichaam, stevige rondingen en Burberry-broek maat 48 of zo opnemend, vroeg hij ernstig: 'U ook?'

'Bent u gek? Voor dat soort dingen ben ik veel te oud!' Maura bloosde en knipperde met haar muizige wimpers. 'Maar u ziet er op en top uit als een polospeler! Ik neem aan dat u niet met de prinsen speelt?'

Seb knikte. 'Regelmatig. We zijn goede vrienden. Hoezo?'

'O, mijn god! Niet te geloven.' Zichzelf fanatiek koelte toewuivend met haar reisgids, rebbelde ze: 'Mijn vakantie kan niet meer stuk! En u praat ook net als zij! Zou u me een heel groot plezier willen doen? Mag ik een foto van u maken? Of nee, nog beter...' Ze wurgde zichzelf bijna toen ze de riem van de Canon-tas over haar hoofd probeerde te halen. Nadat ze de camera in Lotties handen had geduwd, zei ze: 'Zou jij een paar foto's van ons samen willen maken, lieverd?'

Lottie nam hen mee het kantoor uit en maakte plechtig een serie foto's van Maura, barstend van trots, en Seb.

Nadat Maura met haar opvlieger weer was weggestuurd, nam Seb Lottie in zijn armen en vroeg: 'Jezus, zijn alle Amerikanen zo goedgelovig?'

'Sst.' Lottie knikte veelbetekenend naar de deur, die zich per slot van rekening op nog geen twee meter afstand bevond.

'Wat? O.' Geamuseerd slenterde hij ernaartoe en stak zijn hoofd om de hoek. 'Sorry, hoor.'

Tyler, die klonk alsof zijn kiezen over elkaar knarsten, zei beleefd: 'Geeft niks.'

'Het is net als bij bussen. Zo zie je in geen tijden een Yank en dan komen er ineens twee achter elkaar.' Seb dacht even na. 'Niet dat ik ooit een bus heb genomen.'

Snel zei Lottie: 'Ik wist niet dat je polo speelde met de prinsen.'

'God ja, al jaren.' Zijn ogen glansden ondeugend. 'Met Gavin Prince en Steve Prince.'

Teleurgestelder dan ze wilde toegeven, zei Lottie: 'Dat zal ik maar niet aan Maura vertellen.'

'Och, ben je nu teleurgesteld? Ik ken de andere prinsen ook, maar alleen van gedag zeggen.' Hij sloeg zijn armen van achteren om haar heen en trok haar tegen zich aan. 'Betekent dit dat je me niet zult missen als ik weg ben? Wat denk je van een vluggertje, gewoon om je eraan te herinneren wat je zult missen?'

Goed, dit werd nu echt een beetje gênant. Tyler zat in het kantoor

en kon ieder woord horen, of hij nu wilde of niet. Toen Lottie Seb weg probeerde te trekken bij de deur en daarbij op verzet stuitte, begreep ze ineens dat hij het expres deed.
'Ik zal je missen.' Ze probeerde het in zijn oor te fluisteren, maar daar wilde hij niets van weten.
'Laat me eens zien hoeveel je me zult missen?' vroeg hij plagend.
'Nee. Ik moet aan het werk, en jij moet een vliegtuig halen.'
'Je bedoelt dat je me het best wilt laten zien, maar dat je je schaamt omdat we niet alleen zijn. Je baas hoort ons. Weet je wat, laat dat vluggertje maar. Ik zal je gewoon heel zacht kussen, en jij moet ook proberen om zachtjes te doen. Geen slobbergeluiden, geen gehijg en beslist geen extatisch gekreun. Denk je dat je dat lukt?'
Twee minuten later reed de modderig groene Golf ronkend weg, en liep Lottie weer het kantoor in. 'Hij maakte alleen maar een grapje, hoor. Het was gewoon voor de lol.' Dat was absoluut waar, maar ze wist dat ze klonk alsof ze zich wilde verdedigen.
'Het zijn mijn zaken niet.' Tyler, die op de computer werkte, keek zelfs niet op. 'Zolang je je werk maar doet.'
'Hij zei het alleen maar om me bij jou voor schut te zetten. We waren elkaar niet eens aan het kussen, ik...'
'Lottie, je hoeft echt niets uit te leggen. Je bent een volwassen vrouw, oud genoeg om zelf te mogen bepalen met wie je omgaat.' Uit zijn toon was overduidelijk op te maken wat hij van haar keus vond. 'En kunnen we nu weer aan het werk gaan?'
Hij was beslist kwaad. Seb had gewoon te duidelijk laten merken dat hij ervan genoot om Tyler op stang te jagen. Ze wist nu al dat die twee nooit boezemvrienden zouden worden.
'Toch heeft hij Maura's dag goed gemaakt.' Ze kon het niet helpen; elke verholen kritiek op Seb voelde als kritiek op haar vermogen om een vriend uit te kiezen.
'Vast.' Tyler knikte kortaf, terwijl de telefoon begon te rinkelen. 'Neem jij hem of zal ik het doen?'

Vier dagen later, toen Lottie terugkwam nadat ze nieuwe gasten in Beekeeper's Cottage had geïnstalleerd, werd Tyler in het kantoor geïnterviewd door een journaliste van een reisblad. De vrouw, die van middelbare leeftijd was en beter zou moeten weten, was overdreven met Tyler aan het flirten. De spichtige fotograaf zat op de rand van Lotties bureau een appel te eten en zijn horoscoop te lezen in de krant van gisteren, terwijl hij zijn beurt afwachtte.

'Nou, dat lijkt me wel zo'n beetje alles.' Koket naar Tyler lachend, deed de journaliste haar benen van elkaar en boog zich naar voren om haar cassetterecorder uit te zetten. 'Dat was fantastisch, heel erg bedankt. Davey, jouw beurt.'

Davey gaapte, legde zijn appel neer en pakte zijn toestel. Hij kon niet koket lachen al zou hij het willen.

'Op dit punt aanbeland, vragen we mensen meestal of ze even in de spiegel willen kijken, om te zien of hun haar goed zit,' kwetterde de journaliste verder, 'maar ik kan je verzekeren dat dat bij jou niet nodig is.'

'Dit is trouwens Lottie, mijn assistente,' zei Tyler.

'Leuk. Goed, waar zullen we je nemen? Bij wijze van spreken dan! Zullen we hier beginnen en dan naar een van de vakantiehuizen gaan?'

'Hoe zit het met Lottie?' vroeg Tyler. 'Wil je haar ook op de foto?'

Lottie verkneukelde zich al; misschien was het onbescheiden om toe te geven, maar ze vond het heerlijk om gefotografeerd te worden. Toen het bedrijf nog van Freddie was geweest, had hij er altijd voor gezorgd dat zij ook op de foto's kwam te staan.

'Dat lijkt me niet.' De journaliste gaf de fotograaf niet eens de tijd om iets te zeggen. 'Ik zou me liever helemaal op jou concentreren.'

Heks. Lelijke heks met haar ongeschoren benen! De haartjes staken nota bene gewoon door haar huidkleurige panty heen! Lottie had zin om dat mens te vragen of ze misschien een grasmaaier wilde lenen.

'Mij best.' Tyler haalde zijn schouders op. Hem maakte het niets uit, en hij had blijkbaar geen idee dat dat het verkeerde antwoord was.

Lottie kon haar oren niet geloven. Had hij niet door dat ze gewoon aan de kant werd gezet? Hoe kon hij nu zo blind zijn? Door het kantoor heen keek ze hem kwaad aan.

'Wat is er?' vroeg hij verbaasd.

Geïrriteerd aapte ze zijn schouderophalen na. 'Niets.'

'Mooi.' Hij wendde zich tot de fotograaf. 'Zeg het eens, hoe wil je me?'

'O!' riep de journaliste onnozel grijnzend uit. 'Zoiets moet je niet vragen!'
Compleet zielige trut van een harige heks. Lottie kon zich nu echt niet meer beheersen. Kribbig zei ze: 'Zo te horen vermaken jullie je samen wel. Dan zal ik jullie verder maar alleen laten...'
'O, trouwens,' riep Tyler haar achterna, 'je vriendje belde daarstraks. Hij zei dat hij nog wel terugbelt en dat hij hoopt dat je je een beetje gedraagt.'
Dat was weer een van Sebs grapjes. Als hij had gewild, had hij haar best op haar mobieltje kunnen bellen, maar omdat hij Seb was, vond hij het leuker om de boodschap door te geven aan Tyler.
'Vertrouwt hij haar dan niet?' hoorde Lottie Harige Benen vertrouwelijk vragen, terwijl ze het kantoor verliet. 'Nou, ik moet zeggen dat het me niets verbaast. Ze lijkt me een behoorlijk lastige tante.'

43

'Mama? Telefoon!'
Lottie, die in bad lag te luisteren naar de storm die buiten raasde, hoorde Nat de trap op galopperen.
De badkamerdeur vloog open en Nat stormde naar binnen met haar mobieltje in zijn hand. 'Gatverdamme, mama, ik kan je dikke tieten zien.'
'Sst. Geef hier.' Nat had nog steeds niet door dat hij, ook als hij zelf niet in de telefoon sprak, toch gehoord kon worden. Terwijl ze het toestel van hem aanpakte, kon ze zich Sebs spottende reactie al helemaal voorstellen. 'Hoi, sorry... O, wacht even, ik heb shampoo in mijn oor... zo, het kan.'
'Ik ben het.'
Toen ze Tylers stem hoorde, liet ze bijna het toestel in bad vallen.
'Sorry dat ik je lastigval, ik hoor dat je bezig bent, maar ik zit met een probleem en ik vroeg me af of je me kon helpen,' vervolgde hij. Hm, lukte het hem soms niet om van Mrs. Harige Benen af te komen? Sloeg ze ze op dit moment vastbesloten om zijn middel en smeekte ze hem om samen baby's te maken?

Op haar hoede vroeg ze: 'Waarmee?'
'Ik ben in Harper's Barn. Ik heb je hulp nodig.'
Zijn stem had een scherpe klank die ze niet eerder bij hem had gehoord. Ze voelde meteen dat, wat het ook was waarvoor hij haar hulp nodig had, het zou betekenen dat ze haar heerlijke warme bad uit moest. Baddus interruptus. Het had bijna iets pijnlijks om vroegtijdig uit bad te moeten.
'Heb je iemand vermoord en moet ik je helpen het lichaam te verplaatsen?' Als het Harige Benen was, zou ze het doen.
'Dora heeft het huis vanmiddag schoongemaakt na het vertrek van de gasten,' zei Tyler. 'Herinner je je Trish Avery's parfum nog?'
'God, bewaar me.' Of ze zich het herinnerde? Ze kon het zo'n beetje nog op haar tong proeven. Het was het meest overweldigende parfum ter wereld, met bepaalde hoge tonen waarvan je ogen gingen tranen, en de lage ondertonen van een stinkdier.
'Nou, ik denk dat ze in de grote slaapkamer een fles heeft laten vallen. Dora vertelde me dat het verschrikkelijk stonk toen ze de kamer in kwam. Wat ze me vergeten is te vertellen, is dat ze alle ramen open heeft laten staan om de stank te verdrijven.'
'Alle ramen? Ook die van de slaapkamers boven?' De moed zonk haar in de schoenen.
'Precies. En de Thompsons arriveren om tien uur.'
'Ik lig in bad, hoor.'
'Zoveel had ik begrepen,' zei hij. 'Nou?'
'Oké, oké, ik kom al. O god.' Ze kromp ineen toen Nat de badkamer kwam binnen dansen, nadat hij zijn schooloverhemd had uitgetrokken.
'Wat is er nu weer?' wilde Tyler weten.
'Ta-da!' Heen en weer paraderend als Mick Jagger gilde Nat opgewonden: 'Kijk eens mama, ik heb je beha aan!'

Alle lampen waren aan in Harper's Barn. Toen Lottie uit haar auto stapte, werd ze bijna omvergeblazen door de gierende storm die over het meer kwam jagen en de stortregen die neerkletterde. Het was alsof ze voor de tweede keer uit bad stapte. Ze haalde een keer diep adem, klemde de tassen met schoon beddengoed onder haar armen en rende over het modderige pad naar de voordeur die Tyler al voor haar openhield.

'Fijn dat je bent gekomen.' Hij sloot de deur en nam de zware plastic tassen van haar over.
'Graag gedaan. Hoort allemaal bij de service. Hoewel ik wel een loonsverhoging verwacht natuurlijk.' Hijgend veegde ze de regen uit haar ogen en bukte zich toen om haar roze rubberlaarzen met witte stippen uit te trekken. Haar korte grijze rokje plakte aan haar dijen, maar dat zou snel genoeg drogen. Hetzelfde gold voor haar roze fleece trui. Ze zou echt eens moeten investeren in een plastic regenjas. Gelukkig was de verwarming aan en was het aangenaam in huis.
'We moeten de bedden verschonen, de houten vloeren dweilen en proberen de kleden droog te krijgen. Ik heb de badkamer al gedaan,' zei Tyler, terwijl ze achter hem aan de trap op liep. 'En ik heb geprobeerd om Dora te pakken te krijgen, maar ze was niet thuis.' Op verbaasde toon vervolgde hij: 'Volgens haar man was ze naar een... dingo-avond?'
'Bingo.' Tenzij Dora een nieuw spel had uitgevonden waar Australische wilde honden aan te pas kwamen.
'Sorry, maar jij bent wel de laatste die mij kan uitlachen. Wie had er ook alweer een zoon die een beha draagt?'
'Ja, ja. Laten we maar aan het werk gaan.' Lottie pakte een van de wasserijpakketten en begon het plastic los te scheuren. De ramen waren inmiddels dicht, maar ze zouden nog genoeg werk hebben aan het drogen van de kleden.
'Ik voel me net een kamermeisje,' zei Tyler toen ze bezig waren het derde bed op te maken.
'Je bent nu zeker wel blij dat je het bedrijf hebt overgenomen, hè?' Hoewel ze dat nooit hardop zou zeggen, vond ze het eerlijk gezegd wel een sexy gezicht om een man een bed te zien opmaken. Haar blik afwendend van zijn vaardige handen die de kingsize donkerblauwe lakens van Egyptisch katoen gladstreken, vroeg ze plagend: 'En voor wanneer heb je een afspraakje met die journaliste?'
'Hou alsjeblieft op.' Tyler keek geamuseerd. 'Ze heeft vaak genoeg laten merken dat ze daar wel voor voelde. Maar ze is niet mijn type.'
'O nee? Met die benen van haar zou je het 's nachts anders nooit meer koud hebben.'
'Wat zijn we weer kattig.'

'Ze is zelf begonnen.' Lottie stopte een kussen in een kussensloop.
'Ik mocht niet eens op de foto van haar.'
'Had je dat gewild dan? Dat had je moeten zeggen.'
'Daar gaat het niet om. En ze noemde me een lastige tante.'
Tyler pakte een ander kussen. 'Je bent ook een lastige tante.'
Verontwaardigd zei ze: 'Dat ben ik niet!'
'Soms wel. Maar dat is niet per se negatief.'
'Brutaaltje!' Over het bed heen sloeg ze met het kussen naar hem. Op het moment dat ze hem aanraakte, werd alles donker om hen heen.
Shit.
Tylers lichaamloze stem vroeg: 'Deed jij dat?'
'Alleen als jij een stoppenkast bent.' Ze legde het kussen neer en liep voorzichtig naar het raam. Vanuit de slaapkamer kon je normaal gesproken het meer en de huizen eromheen zien, maar nu zag ze niets dan een onverbiddelijke duisternis. 'Verdorie, dat kunnen we nu net gebruiken.'
'Dus dat betekent dat het hele dorp zonder stroom zit.' Tylers stem, onverwacht dichtbij, maakte haar aan het schrikken. 'Enig idee hoelang zoiets kan duren?'
'Daar valt niets van te zeggen. Soms duurt het maar een paar minuten. Andere keren uren.' Ze draaide zich om, niet precies wetend waar hij stond, en wachtte tot haar ogen voldoende aan het donker waren gewend om vormen te kunnen onderscheiden. 'Oeps, sorry.' Haar uitgestrekte hand streek langs warme huid.
'Dat geeft niks.'
Zijn stem was vreemd troostend. Ze voelde zijn adem langs haar hals strijken, en er trok iets van een... jemig, iets wat ze niet hoorde te voelen door haar heen.
'Redden de kinderen zich wel?' wilde hij weten.
'Ja hoor. Ze zijn niet alleen thuis, als je dat soms denkt. Ik heb ze naar Mario gebracht.'
'Oké. Mooi.' Hij zweeg even. 'En die nieuwe vriend van je, die... Sebastian, vinden ze hem aardig?'
'Ze vinden hem fantastisch.' Toen ze het zei, hoorde ze hem uitademen.
'Tja, ieder zijn meug.'
'Vind je hem gewoon niet aardig, of ben je alleen maar jaloers?' Ze

wist dat ze deze vraag nooit had durven stellen als de lampen aan waren geweest. Een paar seconden was er niets anders te horen dan de razende storm buiten, de wind die door de bomen floot en de regen die zich als handenvol grind tegen de krakende ramen stortte.
'Ik vind hem niet goed genoeg voor je,' zei hij uiteindelijk.
'En?'
'En ik snap niet wat je in hem ziet.'
'En?'
'En... ja, ik ben waarschijnlijk een beetje jaloers, als je dat per se wilt weten.'
O, daar was dat verrukkelijke gevoel weer. Trillend van genot deed ze met ingehouden adem een stap in zijn richting. Het was stout, en ze zou het eigenlijk niet mogen denken, maar als Tyler haar nu zou kussen, dan wist ze zeker dat ze hem terug zou kussen. Dat wilde zeggen, als ze elkaars monden konden vinden in deze inktzwarte duisternis.
'Maar volgens mij wist je dat al,' vervolgde hij langzaam.
Rillingen flitsten over haar rug. O hemeltje, dit mocht haar helemaal niet overkomen – Seb en zij waren nu een echt stel. Hoe vaak had ze Mario niet de les gelezen, hem voorgehouden dat het slecht was om je partner te bedriegen? En nu veranderde ze in hem. Ze was niets anders dan een slettenbak die zich diep zou moeten schamen. Het punt was dat haar geweten het kunstje blijkbaar goed van Mario had afgekeken en even op vakantie was gegaan. Seb was hartstikke leuk, maar ze kon niet ontkennen dat haar gevoelens voor Tyler sterker waren en dat ze op dit moment niets liever wilde dan...
Ding-die-diddel-die-dong, tjirpte haar mobieltje. Het moment was meteen verbrijzeld. Een beetje in de war rommelde ze in de zak van haar fleece trui om het te pakken.
'Mam? We hebben een stroomstoring!' Het was Nat, die opgewonden klonk.
'Ik weet het, lieverd. Wij ook.'
'Alle lampen zijn uitgegaan! En de televisie! En zelfs Playstation doet het niet meer!'
Ze glimlachte. 'Daarom heet het ook een stroomstoring.'
'En het broodrooster doet het ook niet meer! Maar papa zegt dat we brood aan een vork in de open haard kunnen houden en dat het dan ook toast wordt, dus dat gaan we zo doen. Gaaf, hè?'

'Gaaf.' Ze knikte bevestigend, terwijl Tyler bij haar wegliep. Bij het kleine beetje licht van het schermpje van haar mobieltje kon ze nog net de afstandelijke blik in zijn ogen zien. Ze praatte met haar zoon, en Tyler nam meteen geestelijk en lichamelijk afstand van haar.
Nat koos uitgerekend dit moment uit om dreigend te vragen: 'Wat doen jullie, als het daar ook donker is?'
Goede vraag. Ik stond op het punt om me hoerig in de armen van jouw minst favoriete persoon ter wereld te werpen, dacht ze, maar hardop zei ze: 'Nou, we moeten nog ontzettend veel water opdweilen. Dus ik denk dat we wat kaarsen zullen moeten zoeken zodat we door kunnen gaan met – o.'
De lampen flakkerden en gingen weer aan. Er was weer stroom. De slaapkamer leek oogverblindend licht.
'O nee!' riep Nat radeloos uit. 'Er is weer stroom! Nu hoeven we geen brood te roosteren in het vuur – dat leek me nou net zo leuk!'
'Zo,' zei Lottie, nadat ze had opgehangen. 'In elk geval hebben we weer stroom.' Heel even voelde ze een Nat-achtige aanvechting om de stroom weer uit te schakelen, zodat ze weer in duisternis zouden worden gedompeld. Maar dat had geen zin, het moment was al voorbij. De werkelijkheid was tussenbeide gekomen en had hen weer met beide voeten op de grond gebracht. De lampen in de slaapkamer waren als een emmer ijskoud water. Een beetje beschaamd besefte ze dat ze nog net niet met de tong uit haar mond had staan hijgen als een hondje, maar ze was er dicht in de buurt geweest.
Tyler, die haar aandachtig had staan opnemen, boog zich voorover en pakte een hoek van het dekbed beet. 'Maar beter ook. Er moet nog heel wat gebeuren.'

44

Voor de dorpswinkel liep Lottie Cressida tegen het lijf. Toen ze een blik wierp in Cressida's boodschappenmand, trok ze een wenkbrauw omhoog. 'Ik had je altijd meer voor een degelijk damesbladtype gehouden. Kun je me de buitenspelregel ook uitleggen?'

Cressida bloosde. 'Tom en Donny komen dit weekend.'
'En je wilt ze uitnodigen voor een potje voetbal?'
'Doe niet zo flauw. Ze slapen in de logeerkamer,' legde Cressida uit. 'Ik heb de bedden net verschoond en de kamer zo gezellig mogelijk gemaakt, maar er was weinig voor Donny. Als hij vroeg wakker wordt, wil hij misschien iets te lezen hebben. En hij houdt van voetbal.'
'Hij is dertien,' zei Lottie. 'Ik denk dat hij liever de *Playboy* leest.'
'O ja, alsof ik zomaar Teds winkel binnen zou marcheren om een *Playboy* te kopen.' Cressida trok een gezicht. 'Trouwens, Donny is jong voor zijn leeftijd. Hij doet zulke dingen niet.'
Lottie kon het niet over haar hart verkrijgen om Cressida's illusies de grond in te boren. 'Het was maar een grapje. Jullie zullen het vast hartstikke leuk hebben. Komen ze vrijdagavond?'
'Ja.' Nauwelijks in staat om haar opwinding te verbergen, vertelde Cressida: 'Ik kan haast niet wachten. Deze keer mag er niets misgaan. Ik weet dat het stom is, maar ik kan nauwelijks geloven dat ik Tom weerzie. Ik heb me in geen jaren zo opgewonden gevoeld! Het is net alsof ik weer op school zit en in alle staten ben over de kerstdisco.'
'Zorg alleen dat je deze keer niet dronken wordt van de cider en onder de zuigzoenvlekken komt te zitten.'
Cressida was geschokt. 'Is dat bij jou gebeurd? Werd er op jouw schoolfeesten dan alcohol geschonken?'
Lottie genoot altijd enorm van Cressida's braafheid. 'Natuurlijk werd er geen alcohol geschonken, maar we brachten onze eigen drankjes mee en dronken die stiekem op in de kleedkamers. Anders hadden we toch nooit tongzoenwedstrijdjes met de jongens durven houden?'
'Over tongzoenwedstrijdjes gesproken,' zei Cressida speels, terwijl ze met haar blik een naderende auto volgde. 'Hoe gaat het op je werk?'
Lottie draaide haar hoofd om toen Tyler langsreed, in het voorbijgaan even een hand opstekend. Hij was op weg naar Cheltenham voor een Business Awards Lunch en had ter ere van de gelegenheid zelfs zijn donkerblauwe pak opgediept. Verdomme, wat zag hij er goed uit. Afwezig vroeg ze: 'Wat?'
'Dat beantwoordt mijn vraag al.' Cressida knikte tevreden. 'Ik zou

het ook moeilijk vinden om me te concentreren als ik de hele dag zo iemand om me heen had. Het moet net zoiets zijn als in een bonbonwinkel werken terwijl je op dieet bent.'

Lottie knikte droevig. 'Wel een beetje.'

'Je hebt vast af en toe heel erg zin om een hapje te nemen.' Cressida's fantasie werkte nu op volle toeren. 'Of om hem beet te grijpen en het papiertje eraf te rukken!'

'Nu laat je je een beetje te veel meeslepen. Bovendien heb ik Seb.' Het leek Lottie wel zo eerlijk om haar vriendin daarop te wijzen.

'En? Mag ik ook vragen hoe het ervoor staat?'

'Alles gaat prima.'

Plagend vroeg Cressida: 'Alles?'

Ze doelde op seks natuurlijk. Wat niet verboden was, alleen moest Lottie, als ze eerlijk was, toegeven dat naar bed gaan met Seb een minder opwindende, adembenemende ervaring was dan ze had gehoopt. Het was eerder prettig dan spectaculair, eerder toereikend dan zinsbegoochelend. Nou ja, misschien moesten ze gewoon nog wat oefenen. Hoe dan ook, ze kon dit niet aan Cressida vertellen; dat zou niet eerlijk zijn tegenover Seb. Dus glimlachte ze en zei kordaat: 'Het gaat allemaal even fantastisch.'

'En,' vervolgde Cressida, 'wie vindt je leuker?'

'Eerlijk? Op een schaal van tien? Een zeven voor Seb, een negen voor Tyler.' Lottie zweeg even, zich afvragend of Tyler eigenlijk geen tien was. 'Maar het doet er niet toe wie ik leuker vind. Nat en Ruby aanbidden Seb. Ze kunnen Tyler niet luchten of zien.' Schouderophalend voegde ze eraan toe: 'Dus zij hebben de beslissing voor me genomen. Ik heb geen keus.'

'En dat vind je niet erg?' Cressida leek bezorgd.

'Hé, het is niet zo dat ze me dwingen om uit te gaan met een of andere lelijke dikzak. Je kent Seb nog niet. Wacht maar tot je hem ziet,' zei Lottie, 'hij is echt een stuk.'

Lottie was de adressen van potentiële klanten die brochures via de website hadden aangevraagd, aan het downloaden toen Kate Moss het kantoor binnen kwam lopen.

Niet echt Kate Moss natuurlijk, maar iemand die zo op haar leek dat je meteen aan haar moest denken. Dit meisje had lang, golvend lichtbruin haar, een fijn hartvormig gezicht en ongelooflijke jukbeenderen. Ze droeg een glanzende olijfgroene jurk, laarzen met hoge hakken en een wijde crèmekleurige wollen jas met een voering van donkeroranje zijde.

Lottie, die zich afvroeg of er zo ook een filmcrew, een stylist en een grimeur binnen zouden komen stormen, vroeg: 'Hallo, kan ik iets voor je doen?'

'Dat hoop ik. Ik ben op zoek naar Tyler?' Het meisje sprak aarzelend en Amerikaans; ze had het gezicht van Kate Moss en de stem van Jennifer Aniston. God, wat oneerlijk!

'Hij is er niet. Hij heeft een lunch annex prijsuitreiking in Cheltenham.' Lottie schoof iets weg van de computer en pakte een pen. 'Kan ik een boodschap noteren? Of kan ik je misschien helpen?'

Het meisje schudde charmant haar hoofd. 'Nee, dat hoeft niet. Heb je enig idee wanneer hij weer terug is?'

'Ergens in de middag. Ik kan niet precies zeggen hoe laat. Als je me je naam geeft,' zei Lottie efficiënt, 'dan zal ik hem vertellen dat je bent geweest.'

Goed, niet efficiënt. Nieuwsgierig.

Tot haar frustratie schudde het meisje weer haar hoofd. Glimlachend pakte ze een van de kleurenbrochures die Lottie nog moest verzenden. 'Nergens voor nodig. Ik wil je niet tot last zijn. Ik spreek hem later wel. Mag ik er eentje meenemen?' Haar tanden waren perfect als pareltjes, en ze had een Audrey Hepburn-glimlach.

Lottie, die zich steeds meer als Hagrid voelde, zei: 'Ga je gang.'

'Dank je wel. Dag.' Het meisje schonk haar nog een flitsende glimlach en verliet toen elegant het kantoor.

Even later hoorde Lottie een auto starten en wegrijden. Meteen wierp ze zich over het bureau, pakte de telefoon en toetste Tylers nummer in.

Zijn toestel stond uit. Begrijpelijk, aangezien hij bij een prijsuitreiking zat. Hm, wel of geen bericht inspreken? Hoi Tyler, met Hagrid. Hoor eens, ik weet niet of je het wilt weten, maar er was hier net een oogverblindend Amerikaans meisje dat naar je vroeg. Wat? Of ze mooier is dan ik? Jemig, stukken mooier!

Lottie trok een gezicht naar haar spiegelbeeld in de monitor. Toch maar niet.

Was het onvolwassen van haar? Nou ja, hij zou snel genoeg terugkomen, en dan zou ze vanzelf te horen krijgen wie dat meisje was.

Twee uur later kwam Ginny Thompsett uit Harper's Barn het kantoor binnen lopen om het flesje superlijm terug te brengen dat ze had geleend om de afgeknapte hak van haar schoen mee te repareren.
'Weer helemaal gemaakt. Bedankt. Het zijn mijn lievelingsschoenen,' legde Ginny uit. 'En natuurlijk is Michael ook dolblij, want nu hoeft hij zijn creditcard niet te trekken voor een nieuw paar.'
'Je moet hem zeggen dat je een nieuwe jurk nodig hebt voor bij je schoenen,' stelde Lottie voor. 'Om te vieren dat je zoveel geld hebt uitgespaard op die schoenen.'
Ginny lachte. 'Je bent een vrouw naar mijn hart. Hoor eens, we geven vanavond een klein feestje om Michaels veertigste verjaardag te vieren. Zijn hele familie komt over uit Dursley, en ze zijn ontzettend leuk. Heb je zin om ook te komen, als je niks anders te doen hebt tenminste?'
Lottie had Ginny en Michael Thompsett meteen gemogen, wat mede te danken was aan het feit dat ze, vorige week bij hun aankomst, niet hadden gejammerd over de nog steeds natte vloerkleden in Harper's Barn en ook sportief hadden gereageerd op Trish Avery's penetrante parfumlucht die in het huis had gehangen.
'Leuk.' Het kwam Lottie zelfs heel goed uit, want Mario trakteerde de kinderen vanavond op een of andere afschuwelijke sciencefictionfilm. Blij dat ze niet mee hoefde en in plaats daarvan naar een feestje kon, zei ze: 'Ik breng een fles wijn mee. Hoe laat word ik verwacht?'
'Rond achten. We wilden Tyler ook vragen,' voegde Ginny er vrolijk aan toe.
'Dat is... prima!' Dat was ook echt zo, maakte Lottie zichzelf gauw wijs. Nat en Ruby tolereerden het dat ze met Tyler samenwerkte, want dat moesten ze wel, maar ze zouden het niet leuk vinden als ze wisten dat Lottie hem na het werk ook nog zag. Dus kwam het extra goed uit dat ze vanavond met Mario uitgingen.
'Mag ik ook vragen of Tyler en jij samen iets hebben?' Ginny hield haar hoofd scheef en had een vragende fonkeling in haar ogen.
'We werken alleen samen.' Hoe meer Lottie haar best deed om niet te blozen, hoe roder haar wangen werden.
'Ik wil me nergens mee bemoeien, maar ik had echt de indruk dat er meer aan de hand was.'

Verdomme, was het zo duidelijk? Lottie probeerde als een heldin uit een roman van Jane Austen te klinken, toen ze preuts zei: 'Ik heb al een vriend.'
'O, sorry, dat wist ik niet. Neem hem vanavond maar mee dan.'
'Hij zit in Dubai.'
'Oké, dan niet.' Schalks vroeg Ginny: 'Zal ik Tyler vragen, of wil jij het doen?'
Dat preutse was dus niet erg overgekomen. 'Het is jullie feest, jij mag hem uitnodigen.' Lottie gaf het op; eerst Cressida, nu Ginny Thompsett. Werkelijk, Hestacombe werd gewoon overspoeld door bemoeizuchtige vrouwen.
'Ik stop wel een briefje bij hem in de brievenbus.' Ginny zweeg even. 'Trouwens, weet jij wie dat meisje is dat voor zijn huis zit te wachten?'
Voor Tylers huis? Met een somber voorgevoel vroeg Lottie: 'Is ze mooi?'
'Heel erg mooi. En ze heeft een prachtige crèmekleurige jas aan.' Ginny wapperde enthousiast met haar handen. 'Op weg hiernaartoe kwam ik langs Fox Cottage en toen zag ik haar in haar auto zitten. Maar ik weet dat Tyler op dit moment geen vriendin heeft, want dat heb ik hem pas geleden nog gevraagd. Dat was trouwens ook het moment waarop ik bedacht dat jullie goed bij elkaar zouden passen.'
Lottie glimlachte geroerd. Toen zei ze droog: 'Ze kwam hier net naar Tyler vragen.'
'Ik moet eerst even snel naar de winkel voor een pakje sigaretten, maar als je wilt,' bood Ginny aan, 'wil ik haar op de terugweg wel vragen wat ze daar moet.'
'Heel aardig van je, maar het is wel in orde.' Terwijl ze het zei, voelde Lottie al dat het helemaal niet in orde was, tenminste niet vanuit haar gezichtspunt. 'Ik loop er zelf wel even heen.'

45

De woeste stormen van afgelopen week waren gaan liggen, en de vallei van Hestacombe zag er weer uit zoals een vallei in de Cotswolds er midden in de herfst hoorde uit te zien. De bomen waren een uitbundige kleurenpracht, en de droge bladeren knisperden onder Lotties voeten, terwijl ze door het smalle laantje liep, kastanjes ontwijkend die, glanzend en wasachtig, uit hun stekelige bolsters vielen. Voor haar schoot een vos de weg over. Zijn roodbruine staart sleepte over de grond, terwijl hij het geurspoor van een gemakkelijke prooi onder de struiken volgde. In de verte kraste een roek. De klaaglijke kreet echode over het glazige oppervlak van het meer. Lottie, met haar handen in de zakken van haar rode jas, merkte dat ze haar adem inhield toen ze de bocht om sloeg waarachter Fox Cottage lag. Het mooiste zou zijn als Kate Moss genoeg had gekregen van het wachten en weer was weggegaan. Het allermooiste zou zijn als ze genoeg had gekregen van het wachten en weer was teruggegaan naar Amerika.

Maar nee. De allermooiste dingen hadden er een handje van om expres niet te gebeuren wanneer je het graag wilde. De auto, een onopvallende grijze Audi, stond er nog. Het meisje, zo on-onopvallend als lichamelijkerwijs maar mogelijk was, zat achter het stuur.

Ze drukte op een knop om het zijraampje naar beneden te doen toen Lottie kwam aanlopen. En glimlachte. 'Oké, ik weet wat je waarschijnlijk denkt, maar echt, ik ben geen maffe stalker.'

Dit was precies waar Lottie bang voor was geweest. Van maffe stalkers kwam je gemakkelijk af. Je belde de politie, ze werden afgevoerd en aangeklaagd voor maf stalken. Je kon de politie echter moeilijk vragen om een compleet normaal meisje te arresteren omdat ze te mooi was.

'Ik ben Liana.' Het meisje stak Lottie een slanke hand toe, met verfijnde en Barbie-achtige vingers. 'Ik ben een goede vriendin van Tyler.'

Ook daar was Lottie al bang voor geweest. Ze was er niet trots op, maar ze kon het niet helpen. Bij Liana zou zelfs Halle Berry zich nog een beetje dikkig en gewoontjes voelen.

Somber vroeg Lottie: 'Verwacht hij je?'
'Nee, ik wilde hem verrassen. Hoewel hij me al heel vaak heeft uitgenodigd,' voegde Liana er snel aan toe, 'dus hopelijk is het een leuke verrassing!'
De brochure lag naast haar op de voorbank, opengeslagen op de bladzijde met de plattegrond van het terrein. Zo had ze Fox Cottage gevonden, besefte Lottie. Gezien de omstandigheden kon ze het meisje moeilijk van het terrein afsturen, hoe verleidelijk het...
'Hé, misschien is dat hem wel.' Liana's ogen lichtten op toen ze een auto hoorde komen aanrijden. 'O, wow, ik hou het niet meer! Is hij dat? O, mijn god, hij is het!'
Lottie werd als een soort tekenfilmfiguurtje tegen de zijkant van de auto geplet, toen Liana het portier opengooide en uitstapte. Zichzelf figuurlijk gesproken weer bijeenrapend, keek Lottie Liana na die naar Tyler toe rende. Zijn reactie was heel belangrijk; als hij geschrokken keek en zichzelf in zijn auto probeerde op te sluiten, dan zou dat betekenen dat ze minder welkom was dan ze dacht. Maar als hij...
'Je bent er! Hé, niet te geloven gewoon. Dit is ongelooflijk!' Tyler strekte zijn armen uit, omhelsde Liana en draaide een rondje met haar. 'Wat heerlijk om je weer te zien! Waarom heb je niet verteld dat je kwam? Mijn god, laat me eens naar je kijken. Mooier dan ooit.'
'Sst, je maakt me nog aan het blozen.' Liana drukte lachend een perfecte Barbie-achtige vinger op zijn mond. 'En bovendien zijn we niet alleen. Je moet andere mensen niet in verlegenheid brengen.'
'Geloof me, Lottie valt niet in verlegenheid te brengen.'
Met een stom gevoel, omdat Tyler het nooit over Liana had gehad, terwijl hij dat duidelijk wel had moeten doen, zei Lottie: 'Nou, dan ga ik maar. Eh... Ginny Thompsett heeft je uitgenodigd voor een feestje vanavond in Harper's Barn.'
'Ik ga niet,' zei Tyler. 'Niet nu Lee er is.' Hij keek naar Liana. 'Hoelang blijf je?'
'Zolang je wilt. Ik ben een gemakkelijk type.' Liana kneep zacht in zijn hand. 'Mijn koffers liggen in de kofferbak.'
Lottie wist wanneer ze verslagen was. Wie Liana ook mocht zijn, ze was er nu. Misschien was het maar goed ook dat ze niets met Tyler was begonnen als vriendinnen van dit kaliber zomaar uit de

lucht konden komen vallen. Terwijl ze aanstalten maakte om weg te gaan, zei ze: 'Ik zal Ginny zeggen dat je niet kunt.'
'Goed.' Zichtbaar afgeleid vroeg hij: 'Ben jij ook uitgenodigd?'
'Ik? Ja.' Lottie keek naar Liana die de kofferbak opende waarin vier enorme kobaltblauwe koffers lagen.
'Veel plezier dan maar,' zei Tyler kalm.
'O, dat zal wel lukken.'
'Ja, veel plezier op het feest,' viel Liana hem bij, vrolijk naar Lottie zwaaiend. 'Leuk je te hebben ontmoet. Ik zie je nog wel!'

'Ik weet niet hoe ik je dit moet vertellen.'
'Wat precies?' Zoals altijd wanneer ze Toms stem door de telefoon hoorde, sloeg Cressida's hart een keer over. Ze glimlachte, ervan overtuigd dat hij haar plaagde. Het was vrijdagochtend en ze stond in de keuken een *shepherd's pie* te maken voor vanavond wanneer Tom en Donny kwamen.
'Mijn moeder is gevallen en heeft haar heup gebroken,' zei Tom.
Deze keer sloeg haar hart een paar keer over, maar niet op een vrolijke manier. 'Is dat een grapje?'
'Was het maar waar. Ze is naar het ziekenhuis gebracht en wordt morgen geopereerd. Maar ze is helemaal over haar toeren,' vervolgde hij vermoeid. 'Ze wil dat ik kom. En dan kan ik moeilijk weigeren, hè?'
'Ze is je moeder. Natuurlijk moet je naar haar toe.' Tranen van teleurstelling en frustratie biggelden over haar wangen. Geschokt door haar complete egoïsme veegde ze ze snel weg. 'Arm mens, ze zal wel heel erg geschrokken zijn. Maak je over ons maar niet druk, ga maar gewoon naar je moeder toe. Ik zal gauw een speciale beterschapskaart voor haar maken.'
'Het spijt me,' zei hij.
Arme man, hij klonk echt ellendig. 'Mij spijt het ook. Maar dat doet er niet toe.' Troostend vervolgde ze: 'Tegen de tijd dat we negentig zijn, moet het ons vast wel een keer lukken om elkaar te zien.'
Nadat ze had opgehangen, koelde ze haar woede op een zak aardappelen die op tafel lag. Aardappel na aardappel knalde tegen de muur.
'Waarom ik?' brulde ze, wegduikend toen een aardappel terugstui-

terde via het plafond en haar gezicht dreigde te raken. 'Waarom ik!' Het was alsof je op de kermis als een krankzinnige naar blikken gooide zonder enige kans om iets te winnen. De volgende aardappel raakte haar lievelingsmok die in de gootsteen viel. Dat was de druppel. Nu was haar lievelingsmok ook nog kapot. Ze pakte alle aardappelen uit de zak en begon ze alle kanten uit te gooien, als een dolgedraaide cricketspeler. 'Ggrr, waarom iiiikkk, waaaarom iiikkkk, waaaarom verdomme.... kut nog aan toe... iiikkk?'
O jezus, hoelang werd er al aangebeld?
Hijgend als een in het nauw gedreven dier bevroor ze in haar bewegingen. De deurbel ging weer. Wie het ook was, hij of zij moest haar hebben gehoord. Ze kon niet doen alsof ze niet thuis was. Snel veegde ze de tranen van haar gezicht, haalde haar vingers door haar haren en dwong zichzelf een paar keer diep adem te halen. Goed, gewoon normaal doen. Misschien was ze niet zo luidruchtig geweest als ze dacht en had niemand haar gehoord.
Ted van de dorpswinkel stond op de stoep.
'Heb je een zenuwinstorting?' Ted sneed het onderwerp met zijn gebruikelijke tact aan.
'Nee Ted, niets aan de hand.'
'Nou, zo klonk het anders niet. Je jammerde als een gek.'
Ze deed haar best om hooghartig te kijken. 'Sorry, ik was... een beetje van streek. Maar nu is alles weer in orde. Wat kan ik voor je doen?'
Ted depte zijn voorhoofd met een grote zakdoek. 'Je vroeg vandaag in de winkel naar een walnotentaart en toen zei ik dat de bestelwagen nog niet was geweest. Nou, inmiddels is hij wel geweest. Dus als je nog een taart wilt, dan kun je er eentje komen halen.'
Waarom keek hij toch steeds langs haar heen? Toen Cressida zich omdraaide, zag ze dat de loper in de gang bezaaid was met aardappelen. 'Dat is heel aardig van je, Ted. Maar ik verwachtte bezoek, en dat gaat niet door, dus die taart heb ik ook niet meer nodig.'
Wat moest hij wel niet van haar denken? Ze hoefde niet lang te wachten op het antwoord op die vraag.
'Goed.'
'Sorry dat je de hele reis voor niets hebt gemaakt.' Als je een wandeling over High Street tenminste een reis kon noemen.
'Ik zou niet zeggen voor niets. Ik ben blij dat ik ben gekomen.' Ted

zweeg, schudde zijn hoofd en zei toen ernstig: 'Je ziet er niet slecht uit, weet je, ik heb al een tijdje een oogje op je.'
Jakkes! 'O... eh...'
'Jij bent alleen, ik ben alleen,' vervolgde hij. 'Eerlijk gezegd dacht ik dat het wel wat kon worden tussen ons. Ik wilde je zelfs vragen of je zin had om een keertje wat met me te gaan drinken.' Hij wachtte weer, zwaar door zijn neus ademend. 'Maar nu ik heb gehoord wat voor taal je uitslaat, moet ik bekennen dat je het helemaal bij me hebt verbruid. Ik zal je toch maar niet mee uit vragen.'
'Oké.' Met een gepast ingetogen blik sloot ze de voordeur. Ze liep terug naar de keuken, verzamelde een paar losse aardappelen en zei: 'Dat noem ik verdomme nog eens geluk hebben.'

46

Lottie was al bijna twee uur aan het werk toen Tyler de volgende ochtend op kantoor arriveerde. Ze keek naar de klok aan de muur – tien voor elf – en wist zichzelf er heldhaftig van te weerhouden om goedemiddag te zeggen.
Want dat zou kinderachtig zijn.
'Alles in orde?' Tyler trok zijn jasje uit.
Dat weet ik niet. Zeg jij het maar. Heb je de hele nacht liggen seksen met Liana?
Dat zei ze ook niet. In plaats daarvan zei ze luchtig: 'Prima. Dat was zeker een leuke verrassing voor je gisteren, dat Liana ineens voor je neus stond.'
Hij keek haar aan met een blik van mij-hou-je-niet-voor-de-gek.
'Het is nogal een lastige situatie. Liana is een vriendin.'
'Een heel goede vriendin zelfs, zo te zien.'
Hij ging op de rand van haar bureau zitten. Hij zag er bedachtzaam uit. 'Ik had je toch verteld waarom ik hiernaartoe ben gekomen? Waarom ik mijn baan in New York heb opgezegd?'
'Je beste vriend was gestorven.' Lottie was zich superbewust van zijn nabijheid, van zijn in denim gestoken dijbeen.

'Curtis.' Hij knikte. 'Mijn beste vriend, al sinds mijn jeugd.' Weer een korte stilte. 'Hij en Liana waren verloofd.'
Verloofd. Opluchting overspoelde haar als een golf op een strand. Liana was Curtis' verloofde geweest. Dat was alles. Dus Tyler en zij waren echt alleen maar goede vrienden.
Behalve dan... dat dat niet echt klopte, volgens haar. Er zat meer achter.
'Dus als het iets was geworden tussen ons,' zei ze langzaam, 'dan was ze ook op bezoek gekomen?'
'Nee.' Hij schudde zijn hoofd, pakte een potlood en tikte ermee op het bureau. 'Daarom wil ik je ook uitleggen wat er aan de hand is. Ik heb altijd contact gehouden met Liana, en toen ze me vroeg of ik een vriendin had, heb ik nee gezegd. Want dat is ook zo.'
'Oké.' Ze knikte. Dankzij Nat en Ruby was dat inderdaad ook zo.
'Liana is een schat van een meid. Curtis heeft haar twee jaar geleden op een feest leren kennen, en het was van beide kanten liefde op het eerste gezicht. En toen hij me aan haar voorstelde, snapte ik meteen waarom. Ze pasten perfect bij elkaar.'
'Was je jaloers?' vroeg ze. 'Wilde je dat jij haar eerder had ontmoet?'
'O nee, helemaal niet.' Hij schudde ferm zijn hoofd. 'Ik was gewoon blij dat Curtis een vriendin had gevonden met wie ik goed kon opschieten. Ik was niet stiekem verliefd op haar. Ze was Curtis' vriendin... Ik zou nooit op die manier aan haar hebben gedacht zelfs. En Liana ook niet,' vervolgde hij, voordat Lottie nog een vraag kon stellen die van slechte smaak getuigde. 'We mochten elkaar graag, genoten van elkaars gezelschap. Dat was alles. Toen Curtis me vertelde dat ze gingen trouwen, was ik hartstikke blij voor hen. Hij vroeg of ik zijn getuige wilde zijn. En als ze kinderen hadden gekregen, zou ik peetvader zijn geworden.' Hij zweeg.
'Maar zover is het nooit gekomen,' merkte ze op.
'Nee,' beaamde hij, 'want Curtis ging vijftig jaar te vroeg dood. Je kunt je wel voorstellen wat dat voor Liana betekende.'
'En voor jou.'
'Voor haar was het erger. Curtis was haar leven. Ze was er vreselijk aan toe.' Hij tikte steeds sneller met het potlood. 'We hadden intensief contact. Ik heb gedaan wat ik kon om haar te helpen door die eerste maanden heen te komen. Met mij kon ze over Curtis pra-

ten, ze wist dat ik haar zou begrijpen. Maar we waren vrienden, meer niet. Het was puur platonisch.'

Ze keek naar zijn wiebelende voet. 'Tot...'

'Tot op een avond, vier maanden na Curtis' dood. Onverwacht vroeg Liana me of ik dacht dat ze ooit weer een relatie zou krijgen, of ze ooit weer gelukkig zou kunnen worden. Ik zei dat het me logisch leek dat dat zou gebeuren, dat ze een mooie vrouw was die veel te bieden had. Toen begon ze te huilen, en ik veegde haar tranen weg,' vertelde hij. 'En toen begon ze me te kussen.'

Het was vreselijk om te moeten horen. Hoewel ze geen enkel recht had om er iets van te vinden, werd ze misselijk van jaloezie. 'En je kuste haar terug.'

'Het was zo'n bizarre situatie, iets waar je totaal niet op rekent.' Tyler staarde uit het raam. 'We lieten ons een beetje meeslepen. Voor die avond had ik echt nog niet op die manier aan Liana gedacht, want voor mij hoorde ze bij Curtis.'

Lottie wist dat ze het niet zou moeten vragen, maar haar mond houden was nooit haar sterkste punt geweest. 'Je bent met haar naar bed geweest.'

Hij knikte, met strakke kaken. 'Ja. We zijn niet gestopt om onszelf af te vragen of het wel of geen goed idee was. Natuurlijk wist ik de volgende ochtend dat het verkeerd was geweest. Liana rouwde nog steeds om Curtis. Het laatste wat ze kon gebruiken, was zich halsoverkop in een nieuwe relatie storten. We waren vrienden, en het zou stom zijn om dat op het spel te zetten omdat ze troost zocht. Zoiets zou alleen maar op tranen uitlopen. Het was te vroeg om alweer aan iets serieus te denken.'

Het potlood waarmee hij speelde, vloog abrupt over het bureau en raakte Lottie net onder haar linkertepel. Au.

Tyler glimlachte kort. 'Sorry. Hoe dan ook, we hebben erover gepraat, en Liana was het met me eens. We wilden geen van beiden onze vriendschap op het spel zetten. Dus dat was dat. We spraken af het er niet meer over te hebben en deden verder alsof die nacht nooit was gebeurd. En dat was de juiste beslissing.' Hij haalde zijn schouders op. 'Want het werkte. We zijn nog steeds vrienden.'

Ja, en zij ziet er nog steeds uit als Kate Moss, wilde Lottie tegen hem schreeuwen. Het beviel haar niets, het was allemaal veel te romantisch naar haar smaak. Liana was voor onbepaalde tijd geko-

men en logeerde bij Tyler in Fox Cottage dat, let wel, slechts over één slaapkamer beschikte.
Bovendien leek Liana, acht maanden na de dood van haar verloofde, niet echt meer kapot van verdriet.

Jojo was bij het meer de zwanen aan het fotograferen toen ze voetstappen achter zich hoorde.
'Let maar niet op mij,' zei Freddie, toen ze zich omdraaide. 'Ga maar gewoon door met foto's maken.'
Jojo mocht Freddie graag. 'Het is voor school, voor mijn aardrijkskundeproject. Ik moet hun migratieroute van het Russische poolgebied tot hier in kaart brengen. Papa heeft me zijn digitale camera geleend. Die is fantastisch, je kunt zoveel foto's nemen als je wilt en je komt nooit zonder filmpje te zitten.'
Haar zak met broodkorstjes lag op de grond naast haar voeten. De zwanen, met een gretige blik op de zak, zwommen heen en weer als beroemdheden die haast niet kunnen wachten tot ze door paparazzi worden gekiekt.
'Zal ik een foto van jou nemen, terwijl je ze voert?' stelde Freddie voor.
Toen hij klaar was, pakte ze de camera van hem af. 'Oké, nu ben ik aan de beurt. Ga maar op die steen zitten, dan maak ik een foto van u met het meer op de achtergrond. Nee, op die steen,' herhaalde ze, toen Freddie een paar passen de verkeerde kant uit deed en zonder iets te zien langs haar heen staarde. 'Nou, goed, als u liever staat, zal ik – o!'
Zonder een geluid te maken, was Freddie op de grond gevallen.
Jojo slaakte een jammerkreet van angst en rende naar hem toe. Zijn ogen waren halfopen, zijn lippen grijs, en zijn ademhaling was moeizaam. Bang dat hij dood zou gaan, liet ze zich op haar knieën vallen en schreeuwde: 'Help!' Toen pakte ze zijn tweedjasje beet en sjorde hem op zijn zij, want ze wist dat dat beter was.
Er was niemand in de buurt, en ze had haar mobieltje niet bij zich. 'Mr. Masterson,' piepte ze, terwijl ze zijn hoofd tussen haar handen nam en hoopte dat ze geen mond-op-mondbeademing zou hoeven toepassen. 'Kunt u me horen? O nee, alstublieft... Help!'
Een druppel speeksel gleed uit Freddies mondhoek. Hij maakte nu

robotachtige kauwbewegingen. Met bonzend hart verjoeg Jojo de zwanen die uit het water waren gewaggeld en kwaakten om aandacht. Ze tuurden naar Freddie, zich blijkbaar afvragend wanneer ze eindelijk eens gevoerd werden. O god, zou ze bij hem moeten blijven of gaan rennen en hulp halen? Wat als hij doodging terwijl ze weg was? Wat als hij doodging als ze geen hulp ging halen?
Nog nooit was het geluid van rennende voetstappen haar zo welkom geweest. De eerste paniek ebde weg, en ze werd bijna slap van opluchting toen ze zag dat er een volwassene aan kwam lopen om het van haar over te nemen. Tyler Klein, in spijkerbroek en met zijn blauwe overhemd open, zodat ze zijn blote borstkas zag, stopte slippend naast haar en vroeg: 'Ik hoorde je om hulp schreeuwen. Wat is er gebeurd?'
'Hij... hij deed ineens een beetje raar,' stamelde ze. 'En toen viel hij op de grond. Ik heb hem op zijn zij gelegd, en hij maakte rare geluiden met zijn mond. En het was net of hij niet meer diep kon inademen...'
'Je hebt het heel goed gedaan.' Tyler voelde Freddies pols en controleerde of zijn luchtwegen vrij waren. 'Zo te zien komt hij alweer bij.'
O, gelukkig. 'Zal ik naar het dorp rennen en een ambulance bellen?'
'Wacht, ik heb mijn mobieltje bij me.'
'Geen ambulance bellen,' mompelde Freddie. Hij ging op zijn rug liggen en deed zijn ogen open. Terwijl hij probeerde om Tyler aan te kijken, zei hij zwak: 'Niets aan de hand. Dit is al eerder gebeurd. Ik hoef niet naar het ziekenhuis. Ik red het verder wel.'
'Nou, we laten je hier in elk geval niet liggen,' zei Tyler tegen hem. 'Je kunt niet zomaar flauwvallen en dan van ons verwachten dat we doen alsof er niets is gebeurd.'
'Help me dan eerst maar eens overeind. Ik geloof dat het tijd is dat ik open kaart speel.' Berouwvol vervolgde hij: 'Het moest vroeg of laat een keer gebeuren.' Toen wendde hij zich tot Jojo. 'Sorry, lieverd. Je bent vast heel erg geschrokken. Is je fototoestel nog heel?'
'Ja.' Jojo glimlachte. Pas nu merkte ze dat ze trilde. 'Ik ben zo blij dat alles weer goed is met u. Ik dacht dat u doodging.'

Freddie klopte haar op de arm en wendde zich toen weer tot Tyler. 'Je mag me wel naar huis helpen.'

Lottie zat op maandagochtend de post door te nemen toen Tyler het kantoor binnen kwam.
Hij viel meteen met de deur in huis. 'Ik weet van Freddies ziekte.'
'O ja?' Lottie ging verder met het opensnijden van de enveloppen in volgorde van aantrekkelijkheid, waarbij ze de saaiste het eerst afhandelde. Misschien blufte Tyler wel, dus het leek haar raadzamer om niet als eerste haar kaarten op tafel te leggen.
Was het maar zoiets simpels als een kaartspelletje.
'Hij is gistermiddag flauwgevallen bij het meer. Ik heb hem naar huis gebracht. Hij heeft me verteld over zijn hersentumor.'
'O.' Ze keek op, met een brok in haar keel. Op de een of andere manier leek het allemaal echter nu Freddie het ook aan iemand anders had verteld.
'En ook hoeveel tijd de artsen hem nog hebben gegeven.' Tyler schudde zijn hoofd. 'Hij zou zich moeten laten behandelen. Ik weet waarom hij ervoor heeft gekozen om dat niet te doen, en ik kan zijn manier van denken ook wel een beetje volgen, maar het is moeilijk te begrijpen dat hij dit echt wil.'
'Ja. Maar Freddie heeft een besluit genomen, en wij moeten dat accepteren. Hoe zat dat trouwens met dat flauwvallen?' vroeg ze bezorgd.
'Het was een soort lichte epileptische aanval. Blijkbaar al de derde. Zijn dokter heeft hem nu medicijnen voorgeschreven die zulke aanvallen mogelijk kunnen voorkomen.' Na een korte stilte vervolgde hij: 'Dus nu weet ik ook waarom hij me heeft gezegd dat ik Hestacombe House na kerst wel kon kopen. Je kunt je wel voorstellen hoe ik me nu voel.'
'Tja, het leven gaat door.' Schouderophalend maakte Lottie de volgende brief open. 'Als Liana er dan nog is, zal ze wel blij zijn. Dan zitten jullie in elk geval niet meer zo op elkaars lip.'
'Wat fijn dat je zo met ons meeleeft.' Aan zijn blik was te zien dat hij zich niet voor de gek liet houden door haar luchthartige houding. 'Maar ik maak me zorgen om Freddie, alleen in dat huis. Wat als hij weer flauwvalt? Of als er iets anders misgaat? Wat moet hij dan doen?'

'Daar wordt aan gewerkt. Freddie weet precies wat hij wil. Het is allemaal onder controle,' zei ze, terwijl ze het adres boven aan de brief las die ze net uit de envelop had gehaald. 'Dit is...' Snel nam ze hem door.
'Wat is er?' Hij nam haar verontrust op. 'Wat is er aan de hand?' Geschrokken van wat ze had gelezen, schoof ze onhandig de draaistoel naar achteren en stond op. 'Sorry, zo te zien is toch niet alles onder controle. Als je het niet erg vindt, ga ik nu meteen even naar Freddie toe. Ik moet hem iets vertellen.'

47

Freddie was zeer te spreken geweest over de verpleegsters die zijn geliefde vrouw Mary tijdens haar verblijf in het hospice hadden verzorgd. Ze waren allemaal even opgewekt en efficiënt geweest. Maar Amy Painter was speciaal, Mary en hij hadden er zelfs steeds naar uitgekeken om haar weer te zien.
Wanneer ze dienst had, klaarde de hele zaal op van haar betoverende glimlach. Ze stond altijd klaar met een luisterend oor of een ondeugend grapje, al naar gelang de situatie. Haar geblondeerde haar was kortgeknipt, haar blauwe ogen waren om de beurt fonkelend en vol medeleven, en Freddie werd altijd vrolijk van haar. Als Mary en hij gezegend zouden zijn geweest met een dochter, dan hadden ze een dochter als Amy willen hebben. Ze was het volmaakste, grappigste, vrijgevigste en liefste drieëntwintigjarige meisje dat er bestond.
Freddie had de brief die ze hem na Mary's dood had gestuurd, altijd bewaard. Ze was ook op de begrafenis geweest en had gehuild tot haar ogen rood en opgezwollen waren. En vier maanden later had ze hem een ansichtkaart gestuurd uit Lanzarote, gewoon een paar opgewekte zinnetjes om hem te vertellen dat ze weg was uit Cheltenham en van een vakantie in de zon genoot voordat ze aan haar nieuwe baan in een ziekenhuis in Londen zou beginnen. Het bericht was geëindigd met de woorden: 'Liefste Freddie, ik denk nog vaak aan je. Als ik later groot ben, wil ik net zo'n gelukkig huwelijk hebben als jij en Mary hadden. Liefs, Amy.'

De ansichtkaart had hij ook bewaard; hij had veel voor hem betekend. En toen hij van dokter Willis te horen had gekregen wat hem scheelde en dat het noodzakelijk was om over zijn toekomst na te denken, of wat er dan nog van over was, had hij meteen geweten wie hij zou vragen om hem tijdens zijn laatste dagen te verzorgen.
Het idee was niet alleen ingegeven door egoïsme; hij was zich ervan bewust dat Amy haar eigen leven had en dat het nogal wat was om van haar te vragen om dat leven tijdelijk op zijn kop te zetten. Maar dat was nu het heerlijke aan geld hebben. Ze kon haar prijs noemen, en hij zou met liefde betalen.
Toen hij echter naar Lotties gezicht keek, zag hij dat het niet volgens plan verliep.
'Ik heb iemand gesproken die met Amy heeft samengewerkt in het hospice,' zei Lottie. 'Officieel mogen ze geen persoonlijke gegevens verstrekken, maar ik heb uitgelegd dat je haar weer wilde zien, en toen heeft ze me het adres van Amy's moeder gegeven. Die heet Barbara en woont in Londen. Dus heb ik haar geschreven.' Zwijgend stak ze Freddie de brief toe die ze op kantoor had geopend. 'En nu heeft ze me teruggeschreven.' Aarzelend vervolgde ze: 'Ik vind het heel erg om te moeten zeggen, Freddie, maar Amy is dood.'
Dood? Hoe kon iemand als Amy nu dood zijn? De adem bleef hem in de keel steken, terwijl hij over tafel heen de brief aanpakte.

> Beste Lottie,
> Dank je wel voor je aardige brief over mijn dochter. Tot mijn grote verdriet moet ik je meedelen dat Amy drie jaar geleden is omgekomen bij een auto-ongeluk. Ze werkte als vrijwilligster in een kinderziekenhuis in Uganda en genoot daar erg van. Bij het ongeluk is Amy uit een jeep geslingerd die over de kop vloog. Ze hebben me verteld dat ze onmiddellijk dood was, wat een troost voor me was – hoewel je vast wel zult snappen dat de afgelopen drie jaar heel moeilijk voor me zijn geweest. Amy was alles voor me, en het kost me nog steeds moeite om te geloven dat ze er echt niet meer is.
> Ik hoop dat je vriend niet al te erg zal schrikken van dit nieuws. Je zei dat hij Freddie Masterson heet, en dat zijn

vrouw Mary heette. Ik herinner me dat Amy het wel eens over hen had. Ze was erg gesteld op hen allebei en benijdde hen hun lange en gelukkige huwelijk. Mijn mooie dochter kreeg na een paar maanden altijd genoeg van haar vriendjes en dumpte ze dan, dus ze was eeuwig op zoek naar iemand die haar niet op de zenuwen werkte of dood verveelde!
Hoe dan ook, ik merk dat ik begin te zwetsen. Het spijt me dat ik je zulk slecht nieuws moet vertellen. Nogmaals dank voor je brief – het is fijn om te weten dat Amy niet vergeten is, dat er mensen zijn die goede herinneringen aan haar bewaren. Dat betekent heel veel voor me.
Met vriendelijke groet,
Barbara Painter

De huurflat bevond zich op de negende verdieping van een modern flatgebouw in Hounslow. Nu Freddie niet meer zelf mocht rijden, had hij voor een dag een auto met chauffeur gehuurd. Bij het uitstappen zei hij tegen de chauffeur dat hij over twee uur moest terugkomen.
Toen betrad hij het gebouw en nam de met graffiti bekladde lift naar de negende verdieping.
'Dit voelt heel raar,' zei Barbara Painter, 'maar tegelijkertijd ook heel fijn. Niet te geloven dat je hier nu bent. Ik heb het gevoel alsof ik je al ken.'
'Ik ook.' Freddie glimlachte en keek naar haar, terwijl ze de theekopjes inschonk. De flat, vanbuiten niet om over naar huis te schrijven, bleek vanbinnen warm, opgeruimd en gezellig. In de huiskamer lagen vrolijk gekleurde kussens, er hingen kleurige schilderijen en overal bevonden zich ingelijste foto's van Amy in elk stadium van haar leven.
Barbara zag hem ernaar kijken. 'Sommige mensen zeggen dat ik mijn huis in een heiligdom heb veranderd, maar die foto's zijn er altijd geweest. Ik heb ze niet plotseling na haar dood tevoorschijn gehaald. Haar vader is nog voor haar geboorte weggelopen, dus we zijn altijd met ons tweetjes geweest. Waarom zou ik geen foto's om me heen mogen hebben van degene van wie ik het allermeeste ter wereld heb gehouden?'
'Precies.' Freddie begreep niet hoe Barbara Painter het had over-

leefd. Hij vond het allemaal zo oneerlijk. Waarom zou een meisje als Amy moeten doodgaan, terwijl het stikte van de overvallers en verkrachters en massamoordenaars?
Barbara, die zag wat hij dacht, zei: 'Je leeft gewoon van dag tot dag. Je dwingt jezelf iedere ochtend om op te staan. Je moet proberen iets te hebben om naar uit te kijken, hoe klein en onbeduidend ook. O god, moet je mij horen, ik begin al net als een therapeut te praten.'
'Ben je in therapie geweest?'
Ze trok een gezicht. 'Heel kort. Ik heb alle papieren van haar bureau geveegd en gezegd dat ze wat mij betreft de boom in kon met haar therapie.'
'Nou ja, als je je daardoor beter voelde,' zei hij grijnzend.
Barbara was een mollige, moederlijke vrouw van in de vijftig met donkerblond haar, heldere ogen en een ondermijnend gevoel voor humor. Sinds hij een uur geleden was gearriveerd, hadden ze het over Amy en Mary gehad, over zijn hersentumor, en inmiddels voelden ze zich behoorlijk op hun gemak bij elkaar.
'En toen kroop ze op handen en voeten over de grond om alle papieren zelf op te rapen,' vervolgde Barbara. 'En ze zei dat het helemaal niet erg was! Mijn god, ik vond het echt ongelooflijk – ik was net de Prinses op de Erwt! Ik had met een viltstift haar hele gezicht vol kunnen krassen, en dan had ze het nog niet erg gevonden. Zou dat niet om te gillen zijn geweest? Volgens mij was ik overal mee weggekomen bij haar. O, je hebt je thee op. Denk je dat je nog een kop op kunt?'
'Lekker.' Toen hij op zijn horloge keek, zag hij dat het tijd was voor zijn middagdosis medicijnen. Hij pakte het flesje uit zijn binnenzak, worstelde even met de kindveilige dop en schudde toen een carbamazepinetabletje in zijn handpalm. Omdat hij barstende koppijn had, voegde hij er een paar pijnstillers aan toe.
'Dat was nogal tactloos van me,' zei ze, 'om het te hebben over dingen om naar uit te kijken. Hoelang zeiden de artsen dat je waarschijnlijk nog hebt?'
'Een jaar. Ongeveer.' Hij kon haar recht voor zijn raap-houding wel waarderen. 'Nou ja, dat was deze zomer, dus nu nog ongeveer acht, negen maanden.'
'Amy zou zich zo gevleid hebben gevoeld bij de gedachte dat je

graag zou willen dat zij voor je zorgde. Maar wat ga je nu doen?'
Hij haalde zijn schouders op en nam de pillen een voor een in. 'Een advertentie zetten, denk ik. Sollicitatiegesprekken voeren, kijken of ik iemand kan vinden die ik om me heen kan verdragen. Ik vermoed echter dat ik niet de allergemakkelijkste patiënt zal zijn.'
'Je bedoelt dat je een lastpak bent. Nou, die heb ik in mijn tijd ook genoeg meegemaakt, dat kan ik je wel vertellen.' Ze keek geamuseerd. 'Toen Amy voor je vrouw zorgde, heeft ze jullie toen wel eens verteld wat ik voor de kost deed?'
'Ik kan me dat niet herinneren.' Hoofdschuddend vroeg hij: 'Hoezo? Wat was je dan? Een uitsmijter bij een nachtclub?'
'Jij durft! Kijk maar eens naar die foto daar op het prikbord.' Gehoorzaam stond hij op en liep naar het kurken prikbord waarop een paar oningelijste foto's tussen visitekaartjes van taxibedrijven en briefjes met geheugensteuntjes en telefoonnummers hingen. Een van de foto's was van Barbara en Amy samen, allebei in verpleegsteruniform, terwijl ze lachend met een stethoscoop elkaars borstkas beluisterden.
'Ben jij ook verpleegster?'
'Ja.' Ze knikte.
'Waar werk je?'
'Nergens. Ik ben in maart met pensioen gegaan.' Ze zweeg even en vervolgde toen: 'En sinds die tijd verveel ik me een ongeluk.'
Freddie durfde de vraag bijna niet te stellen. 'Zou je in overweging willen nemen om een paar maanden voor een lastpak te zorgen voordat hij de pijp uitgaat?'
'Als je tegen me schreeuwt, mag ik dan terugschreeuwen?'
'Ik zou me beledigd voelen als je dat niet deed,' zei hij.
'Laten we het dan maar proberen. Je wilde Amy, maar omdat zij niet kon, krijg je mij in haar plaats.' Barbara Painters ogen glansden toen ze trots glimlachend naar de foto van haar en Amy op het prikbord keek. 'Weet je? Volgens mij zou ze er behoorlijk mee in haar sas zijn.'

48

Lotties mobieltje ging, en vijfhonderd paar ogen boorden zich in haar. 'Sorry, sorry' mompelend tegen iedereen, sprong ze op van haar stoel en rende naar de uitgang.
Het was Seb.
'Hé, schoonheid, hoe gaat het?'
'Slecht. Ik schaam me dood. Ik was vergeten mijn toestel uit te zetten, en nu kijkt iedereen naar me.'
'Godallemachtig, je wilt toch niet beweren dat je in de kerk zit.'
'Nog erger,' zei ze somber. 'Bij een schaaktoernooi.'
'Wat?' Seb vond het blijkbaar vreselijk grappig. 'Meen je dat? Ik wist niet eens dat je schaakte.'
'Dat doe ik ook niet, maar Nat zit nu op een schaakclub van school. Zijn schaakleraar heeft alle kinderen ingeschreven voor dit Superbekertoernooi, en door een of andere stomme mazzel is het hem gelukt om de tweede ronde te bereiken van 's werelds op drie na grootste schaakevenement. Daarom zit ik me dan ook op zondag, om tien uur 's ochtends, op Etloe Park School,' zei ze, 'zo'n beetje dood te vervelen. Behalve dat ik me niet mag dood vervelen, want ik moet de komende zes uur doen alsof ik een enthousiaste moeder ben.' Terwijl ze dit zei, kwam een van de organisatoren van het evenement onverwacht de hoek om zetten. Met een van afkeuring trillende grote krulbaard beende hij langs haar heen.
'Nou, dat is niet precies wat ik wilde horen,' zei Seb langzaam. 'Het is niet de bedoeling dat je al plannen hebt voor vandaag, terwijl ik een dag vroeger terug ben gevlogen omdat ik je zo miste.'
Haar maag maakte een konijnachtig huppeltje. 'Echt?'
'Zeker weten. Ik rij nu over de M4. Ik wilde meteen doorrijden naar je huis om je te verslinden.'
'Sorry. Je mag anders best doorrijden naar mijn huis en dan Mario verslinden, als je wilt. Hij is Ruby's kamer aan het behangen.' O nee, er kwam alweer een organisator van het toernooi langs benen. Waarom waren die lui zo nieuwsgierig?
En waarom hadden ze allemaal van die opmerkelijke baarden?
'Nou nee, dank je. Vanavond dan maar?'
'Goed, vanavond.' Ze wist dat de komende zes uur nu nog oneindi-

ger zouden lijken. Dat die baardmannen nu uitgerekend deze zondag hadden moeten uitkiezen om hun stomme schaaktoernooi te houden!

Nadat ze haar mobieltje kordaat had uitgezet, sloop ze weer de zaal in en deed net alsof ze de afkeurende blikken die als puntige pijlen op haar werden gericht, niet zag. Ze ging weer zitten en pakte een rolletje fruitella uit haar tas. Nog meer boze blikken. Werkelijk, je zou denken dat het een gettoblaster was. De aandrang onderdrukkend om haar tong uit te steken naar de bozeblikkenwerpers, deed ze maar helemaal geen poging meer om het papiertje van het snoepje te wikkelen. Ze stopte het rolletje terug en zette de tas onder haar stoel.

De tijd leek altijd langzamer te gaan wanneer er een enorme klok aan de muur hing. Lottie keek ernaar totdat ze scheel zag. Het tiktak, tiktak was bijna hypnotiserend. O nee, ik mag niet in slaap vallen.

De tweede partij was elf minuten aan de gang. In de reusachtige gewelfde aula was het stil op het muisachtige geklik van de schaakstukken die werden verplaatst en de schaakklokken die werden ingedrukt, na. Over de hele breedte van de zaal waren rijen genummerde tafels opgesteld, en de kinderen zaten tegenover elkaar over hun schaakborden gebogen, verdiept in de strijd. De meeste ouders, inclusief Lottie, zaten er in een kring omheen, op een veilige afstand van waar het allemaal gebeurde, maar toch nog vrij veel ambitieuze vaders, niet in staat om te blijven zitten, slopen tussen de tafels door terwijl ze met argusogen de zetten van hun geniale kroost in de gaten hielden en de tegenstanders probeerden te intimideren. Het was een parade van grijnzen, kinnen strelen en sluw knikken. Vanwaar Lottie zat, kon ze zien dat Nat een schaakstuk verschoof en toen snel weer terugzette in zijn uitgangspositie. De vader van Nats tegenstander ging op zijn hielen staan en wisselde een tevreden grijns uit met zijn studieuze zoon. Als ze een katapult bij zich had gehad, zou ze een fruitella naar de vader hebben geschoten, of dat nou lawaai maakte of niet. In stilte spoorde ze Nat aan om door te zetten.

Tiktak, tiktak.

Eindelijk zat de tweede partij erop. Nat schudde de hand van zijn grijnzende tegenstander, schoof zijn stoel naar achteren en kwam

naar Lottie toe lopen die bij de uitgang rondhing. Aan zijn mond zag ze dat hij zijn best deed om zich groot te houden.
'Ik heb niet gewonnen.' Nats toon was gespeeld nonchalant, en ze had medelijden met hem. De eerste partij had hij ook al verloren. Terwijl ze hem een knuffel gaf, fluisterde ze: 'Ach, lieverd, dat geeft niks. Vergeet niet dat veel van deze kinderen al schaken sinds ze in de wieg lagen. Jij hebt het pas een paar weken geleden geleerd.'
Nat veegde stiekem een eenzame traan weg. 'Ik hoop dat ik de volgende keer win.'
Dat hoopte Lottie ook, maar de voortekenen waren niet bemoedigend. Ze pakte haar rolletje fruitella, gaf een rode aan Nat en zei: 'Ach, het is maar een stom spelletje.'
'Maar ik haat verliezen. Dan lijk ik zo dom!'
'Je lijkt niet dom.' Ze gaf hem nog een knuffel en een kus. 'Weet je wat, laten we gewoon weggaan. We zijn niet verplicht hier bij al die studiehoofden te blijven. We kunnen naar huis gaan en gewoon doen wat wij leuk vinden!'
Een van de organisatoren kwam langslopen. Hij had een klembord in zijn hand en wierp haar een smerige blik toe.
'Nee.' Hartverscheurend vastbesloten schudde Nat zijn hoofd. 'Ik blijf. Ik moet nog zes partijen spelen, dus een paar zal ik er vast wel winnen.'
'Kom, dan gaan we naar de kantine.' Ze keek op haar horloge; ze hadden nog twintig minuten voordat de volgende partij zou beginnen, en overal om hen heen zaten ambitieuze vaders gewapend met magnetische minischaakborden hun zonen ernstig uit te leggen wat ze tijdens de laatste partij verkeerd hadden gedaan. 'We gaan even een donut eten en een cola drinken.'
Toen het lunchpauze was, had Nat vier partijen gespeeld en vier verloren. In de gang was een groot bord opgehangen waarop de voortgang van iedere deelnemer met een reeks gouden sterren en zwarte kruisen werd bijgehouden. Een paar ambitieuze vaders legde de kaart op video vast, terwijl hun kroost trots naar de vier gouden sterren achter hun namen wees.
'Ik ben de enige die vier kruisen heeft,' zei Nat met een klein stemmetje.
Lottie kreeg bijna geen woord over haar lippen; er zat een brok ter grootte van een pingpongballetje in haar keel. 'Maar het was al

heel goed van je om zo ver te komen,' bracht ze uiteindelijk met moeite uit. 'Dit is het Superbekertoernooi! Denk eens aan de duizenden kinderen die niet goed genoeg waren om mee te doen. Jij bent een stuk beter dan zij, en dat is fantastisch!'
Nat stopte zijn hand in de hare. 'Maar ik wil niet dat ik aan het eind van de middag alleen maar kruisjes heb. Ik wil zo graag één partij winnen.'
Vals spelen was totaal afkeurenswaardig, en Lottie betreurde dat. Hoewel ze nog nooit van haar leven ergens vals mee had gespeeld, zou ze nu met liefde Nats volgende tegenstander – mocht ze al kunnen ontdekken wie dat was – een groot geldbedrag aanbieden om Nat de partij te laten winnen.
Alleen ging dat niet. Omdat ze Nat wanhopig graag wilde helpen, zei ze: 'Zal ik straks bij je tafel komen staan kijken?'
'Nee mama, dat leidt me alleen maar af. En je zou me toch niet kunnen helpen,' zei hij gelaten. 'We weten allebei dat je er niks van kunt.'
De bel ging om iedereen naar binnen te roepen voor de vijfde partij van het toernooi. Lottie gaf Nat een bemoedigende knuffel en keek hem na terwijl hij naar de tafel met zijn nummer erop liep. In zijn wijde sweatshirt en slobberige broek zag hij er heel klein en kwetsbaar uit. En, o god, hij moest spelen tegen een verwaand uitziend joch met een Harry Potter-brilletje op, die zijn vader bij zich had. Nat en Lottie hadden hen in de kantine zien zitten, verdiept in een schaakboek, en Lottie had de vader dingen horen zeggen als: 'Kijk, daar had je en passant moeten slaan, Timothy. Zoals in de partij Polonowski tegen Kasparov.'
De surveillant kondigde aan dat de vijfde partij van de dag zou beginnen. Lottie ging op haar stoel zitten en zond onzichtbare haatstralen uit naar Timothy's vader, die al op een expres intimiderende manier om de tafel heen slenterde. Het enige wat Nat wilde, was één miezerige partij winnen. Was dat nou zoveel gevraagd? Verdomme, Timothy had al een pion te pakken.
Tiktak, tiktak.
Toen de partij dertien minuten aan de gang was, gingen de dubbele deuren aan het eind van de aula open en dicht. Inmiddels volleerd in de kunst van geen geluid te maken en geen spier te vertrekken, draaide Lottie zich niet om. Maar Nat, die opkeek van zijn partij,

begon breeduit te grijnzen en stak stiekem zijn hand op ter begroeting, voordat hij Lottie met een knikje te kennen gaf dat ze moest kijken wie er was.

Het was Seb. Hij stond vlak voor de deuren Nat stralend aan te kijken, en werd op zijn beurt boos aangekeken door een van de organisatoren, die de deur bewaakte.

Een opgetogen vleermuiskreetje vol ongeloof slakend, gebaarde ze hem om naar haar toe te komen. Seb trok een gezicht en gebaarde haar om naar hem toe te komen. Lottie stond op, nog meer golven van afkeuring oogstend, en baande zich tussen de andere ouders door een weg naar de deur.

Zodra ze veilig buiten in de gang stonden, zei Seb: 'Je had gelijk. Het is daar dodelijk saai. Allemachtig, het is net een lijkenhuis.'

'Niet te geloven dat je hier bent!' Ze stroomde over van vreugde.

'Ik wilde je zo graag zien, ik kon niet meer wachten.' Zijn blauwe ogen fonkelden toen hij haar tegen de muur duwde en kuste. 'Hm, dat is al beter. Nou ja, het is een begin. Zullen we anders even naar buiten glippen? Dan kan ik je laten zien hoe erg ik je heb gemist.'

'Hou op,' zei ze hijgend, terwijl zijn warme handen over haar achterste gleden.

'Spelbreekster. Ik wil alleen even controleren of je kontje nog net zo perfect is.'

'Dat is het echt wel, geloof me maar.' Ze maakte zijn linkerhand los. 'En we kunnen niet wegglippen, want Nats partij is zo afgelopen. Tot nu toe heeft hij al zijn partijen verloren.'

'Dat is iets om dankbaar voor te zijn,' merkte hij droog op. 'Als hij het leuk gaat vinden, wordt hij later misschien wel organisator van schaaktoernooien. En een baard zal hem belachelijk staan.'

De partij zat erop, en kinderen en ouders stroomden de aula uit. Lottie, op het ergste voorbereid, durfde bijna niet te kijken, terwijl ze in de deuropening op Nat ging staan wachten.

Hij gooide zich als een kanonskogel in haar armen. 'Mama! Ik heb gewonnen!'

'Nee!' Ze schrok zo dat ze hem bijna liet vallen. 'Echt?'

'Ja! Ik heb echt gewonnen! Ik was aan het verliezen, en toen kwam Seb en toen begon ik ineens te winnen!' Een kreet van vreugde slakend, wisselde hij een highfive uit met Seb.

Met tranen van blijdschap in haar ogen keek Lottie naar Timothy en zijn vader die langsliepen, de vader met een gezicht als een oorwurm.

Nat wierp zich nu op Seb en gilde opgewonden: 'Ik kan bijna niet geloven dat het me is gelukt!'

Seb tilde hem hoog op in de lucht. 'Je bent een kanjer.'

'Jij ook! We hebben je zo gemist!' riep Nat uit. 'Kom, dan gaan we kijken als ze de gouden sterren op het bord plakken. En mama, bij de volgende partij kun je beter niet meer komen kijken, hoor. Want iedere keer dat je in de aula zat, heb ik verloren, maar zodra je weg was, won ik.' Hij keek haar ernstig aan. 'Dus het is beter dat je buiten wacht, want waarschijnlijk kwam het door jou dat het niet ging.'

'Je hebt nu geen smoes meer,' fluisterde Seb, toen in de aula de organisator de volgende partij aankondigde. 'We hebben minstens twintig minuten kwaliteitstijd voor ons samen, zonder kans op onderbrekingen.'

'Je bent echt verschrikkelijk.' Ze onderdrukte een glimlach, terwijl wat andere ouders die ook uit de aula waren verbannen, langs hen heen liepen. 'Ik heb mezelf al genoeg voor schut gezet. Dit is een keurige school.'

'Bah, doe niet zo volwassen. Trouwens, ik heb hulp nodig bij kaartlezen.' Hij pakte haar hand beet, trok haar de gang door, sloeg aan het eind links af en toen nog een keer links af. Bij een deur aan hun rechterhand bleef hij staan, duwde Lottie ertegenaan en kuste haar. Daarna deed hij de deur open en duwde haar naar binnen.

Ze bevonden zich in een verlaten klaslokaal met landkaarten aan de muren. De jaloezieën voor de ramen waren neergelaten.

Met een ondeugende blik in zijn ogen nam hij haar mee naar de lerarentafel voor in de klas. 'Heb je het al eens in een draaistoel gedaan?'

'Ik heb sterk het vermoeden dat jij hier eerder bent geweest,' zei ze. 'Ik kan je zelfs vertellen dat ik mijn aardrijkskundelerares in dit lokaal heb verleid.' Grinnikend stopte hij zijn warme handen speels onder haar roze blouse.

'Heb je hier op school gezeten? Dat heb je me helemaal niet verteld toen je belde.' Het kwam niet als een echte verrassing; Etloe Park was de meest exclusieve particuliere school in de buurt.

'Het leek me leuk om je te verrassen toen je me vertelde waar je was. Ik kon het niet laten. Maak je niet druk, niemand weet dat we hier zijn.'

Hoe leuk ze het ook vond om hem weer te zien, ze maakte zich wel druk; sommige mensen – goed, Seb – vonden het idee van stiekeme seks in een klaslokaal misschien opwindend, maar bij haar werkte het niet. Zijn vingers speelden nu met de rits van haar spijkerbroek. Ze duwde zijn handen weg, legde ze om haar middel en kuste hem op de neus. 'Ik geloof er niks van dat je je aardrijkskundelerares hebt verleid.'

'Toch is het zo. Ze heette miss Wallis. Ik was zestien, zij achtentwintig.'

'Maar dat is toch schandalig,' zei ze. 'Ze hadden haar moeten ontslaan.'

'Je moet haar niet de schuld geven, ik was behoorlijk onweerstaanbaar.' Hij tilde haar op tafel en trok haar iets dichter tegen zich aan. 'Iedere woensdagmiddag moest ik van haar nablijven. Het was de ultieme schooljongensfantasie. En we zijn nooit betrapt. Zeker weten dat je het niet wilt proberen?'

'Niet hier, niet nu.' Ze sloeg haar armen om zijn nek en glimlachte, terwijl ze in zijn ogen keek. 'Straks misschien.'

'Dus je bent wel blij om me te zien?'

Ze dacht aan Tyler en Liana en trok hem naar zich toe, naar de rand van de tafel schuivend, zodat zijn harde in denim geklede dijen haar benen omklemden. 'O ja, ik ben heel erg blij...'

De deur werd opengegooid, en een van de organisatoren van het schaaktoernooi stormde het lokaal in.

Lottie schrok en probeerde Seb weg te duwen, maar haar benen zaten vast tussen de zijne. Schuldbewust streek ze haar verwarde haren glad, knoopte haar blouse dicht – god, hoe was dat nu weer gebeurd? – en veegde de uitgelopen lippenstift van haar mond.

'Waar zijn jullie in vredesnaam mee bezig?' wilde de organisator op ijzige toon weten.

'Sorry... we...'

'Ik liet Lottie mijn favoriete lokaal zien,' antwoordde Seb. 'We bewonderden net de... de...'

'Ik geloof dat we allemaal wel weten wat jullie stonden te bewonderen. Weg hier. Vooruit. Kst.' Breed gebarend gaf de organisator te kennen dat ze, schaamteloze beesten die ze waren, moesten maken dat ze hier wegkwamen.

'Kst?' Seb trok geamuseerd een wenkbrauw op. 'Dat heeft nog nooit iemand tegen me gezegd.'

'Voor alles is een eerste keer. Er is mij gevraagd om u het gebouw uit te begeleiden.'

Hen het gebouw uit te begeleiden? Vol afschuw riep Lottie: 'Maar ik kan niet weg! Mijn zoon doet mee aan het schaaktoernooi!'

Aan de blik op het gezicht van de organisator zag ze dat hij dat heel goed wist. 'Dan kunt u misschien beter teruggaan naar de aula, waar de andere ouders ook zitten.' Zich tot Seb wendend voegde hij er koeltjes aan toe: 'En u kunt gaan.'

'Mij best.' Seb gaf Lottie een kus, maakte zich van haar los en zei: 'Tot straks. Zullen we afspreken dat je rond acht uur naar mijn huis komt?'

'Oké.' Het kostte Lottie moeite om haar gezicht in de plooi te houden, want ze had net ontdekt dat het hem was gelukt om haar beha met één hand los te maken.

'Nog één ding,' zei Seb op weg naar de deur tegen de afkeurend kijkende organisator. 'Hoe wist u dat we hier waren?'

De man knikte naar een hoek van het lokaal. 'Videobewaking.'

'God, je kunt tegenwoordig ook niets meer uithalen.' Verbaasd zijn hoofd schuddend, vervolgde Seb: 'Maar goed dat ze hier geen verborgen camera's hadden toen ik zestien was.' Hij zweeg, dacht even na en grinnikte toen bij zichzelf. 'Of misschien hadden ze die ook wel.'

49

'Mam, ik doe echt mijn best om aardig te zijn tegen Ruby, maar ze wil niet ophouden met zingen!' beklaagde Nat zich, 'en dat werkt me op de zenuwen!'

'Ik weet het, lieverd. Maar ze is gewoon opgewonden.' Lottie knuffelde hem even, terwijl de keukendeur openvloog en Ruby dansend binnenkwam.

'Ik ben tien, ik ben tien, ik ben tien tien tien.'
Nat rolde vol afkeer met zijn ogen. 'Hoor je nou?'
Het was donderdag, maar veel belangrijker was dat het Ruby's tiende verjaardag was, en ze zorgde er wel voor dat niemand dat vergat. Aangezien het partijtje waarvoor al haar schoolvriendinnetjes waren uitgenodigd, voor zaterdag was gepland, zou Mario vanavond rechtstreeks uit zijn werk hiernaartoe komen en zouden ze met zijn vieren naar Pizza Hut gaan.
En hoorde ze daar – oef, wat een opluchting – geen auto stoppen voor het huis?
'Zo te horen is papa er,' zei Lottie.
Nat en Ruby stootten vreugdekreten uit en vlogen tegen elkaar op toen ze door de gang naar de voordeur renden.
Lottie keek op haar horloge; het was tien voor zes. Mario was zeker vroeger van zijn werk...
'Hoi!' Het geschreeuw in de gang klonk zo enthousiast dat Lottie maar eens een kijkje ging nemen.
Het was Amber, die op haar knieën zat, met aan elke kant een kind tegen haar heup geklemd en omringd door cadeaus.
'Je bent er!' riep Ruby opgetogen. 'Ik dacht dat we je nooit meer zouden zien, maar je bent het niet vergeten!'
'O, monster van me, hoe zou ik jouw verjaardag nou kunnen vergeten?' De kinderen om de beurt een kus gevend, vervolgde Amber: 'Maar ik had toch beloofd dat ik zou komen? Toen ik belde?'
Ruby kreeg meteen een schaapachtige uitdrukking op haar gezicht en keek over haar schouder om te zien of Lottie het had gehoord.
Lottie, die het inderdaad had gehoord, vroeg: 'Waarom weet ik dat niet?'
'God, sorry.' Amber trok een gezicht. 'Ik heb dinsdagavond gebeld, en Ruby zei dat je in bad zat. Ik wilde alleen even weten of het goed was dat ik vanavond langskwam, en ze zei dat dat prima was. Ik dacht dat ze de boodschap wel zou hebben doorgegeven.'
'Dat ben ik vergeten,' zei Ruby snel.
Lottie wist onmiddellijk dat ze loog. 'Ik vind het best.' Ze keek naar Amber. 'Maar Mario komt zo ook. We gaan in Cheltenham uit eten.'
'Nou, ik kan toch niet lang blijven. Waarschijnlijk ben ik alweer weg voordat hij er is.'

Uit haar woorden kon Lottie opmaken dat Amber erop had gerekend dat Mario net zoals iedere donderdag late dienst had.
'Je kunt toch met ons mee naar Pizza Hut?' Ruby wendde zich hoopvol tot Lottie. 'Dat kan best, hè, mam? Dat zou hartstikke leuk zijn.'
Lottie en Amber keken elkaar even aan, allebei beseffend dat dit Ruby's Grote Plan was.
'Liefje, dat is heel aardig van je, maar ik kan niet,' zei Amber voorzichtig. 'Er zit buiten een vriend op me te wachten. Mijn auto heeft het gisteren begeven, dus hij heeft me een lift gegeven.'
Ruby's gezicht betrok. 'Wat voor vriend?'
'Nou... mijn nieuwe vriend.'
'Wil hij niet even binnenkomen?' vroeg Lottie.
'Dat hoeft niet.' Amber schudde haar hoofd. 'Echt niet. Hij heeft zijn laptop bij zich en heeft genoeg werk te doen.'
'Is hij aardig?' vroeg Nat.
'O ja, heel erg aardig.'
'Papa heeft geen nieuwe vriendin.'
'O nee? Nou, ik weet zeker dat hij er binnenkort wel eentje zal vinden.'
Nat pruilde. 'Hij zegt dat hij op Keira Knightley wacht.'
'Boft zij even. Hoe dan ook,' vervolgde Amber opgewekt, 'er is iemand jarig, en ik ben hier nog een uur, dus zullen we dan maar een feestje gaan bouwen?'
'Ja.' Ruby legde haar hoofd op Ambers schouder. 'Wil jij mijn haar vlechten?'
'Natuurlijk. Kan je moeder dat nog steeds niet?'
'Nee, echt niet.'
'Nou, dank je wel,' zei Lottie, terwijl ze de verspreide cadeautjes verzamelde. 'Ik denk dat ik deze dan zelf maar uitpak.'

Toen Mario bij Piper's Cottage arriveerde, moest hij zijn auto achter een erg schone koningsblauwe Ford Focus parkeren. Bij het uitstappen zag hij een man achter het stuur zitten, die even opkeek en beleefd naar Mario knikte voordat hij zijn aandacht weer op de laptop op zijn schoot richtte.
Door het smalle kiertje in het zijraampje vroeg Mario: 'Alles in orde? Ben je soms verdwaald?'

De man keek weer op en glimlachte vriendelijk. 'Niks aan de hand. Ik zit op iemand te wachten.'
Gasten uit een van de vakantiehuizen, dacht Mario bij zichzelf. Of misschien had Lottie een van de kinderen uit Ruby's klas een lift naar huis gegeven.
'Papa, daar ben je! Raad eens wie er ook is?' Nat sleurde Mario mee de gang door.
'Ik hoop Keira Knightley.'
'Nee, nog veel beter!'
Ruby zat met een stralend gezicht en gekruiste benen op een stoel midden in de kamer, terwijl haar haren behendig werden gevlochten door Amber.
Mario kreeg een droge mond, meteen beseffend wie de man in de Ford Focus was. Verdomme nog aan toe, wat moest Amber met een man die eruitzag als een aardrijkskundeleraar?
'Papa, ik ben jarig!' Zonder haar hoofd te bewegen lachte Ruby naar hem, zwaaiend met beide handen. 'Kijk eens wat ik van Amber heb gekregen! Mooi, hè?'
Het kostte Mario enige moeite om te knikken en het glinsterende groene truitje dat Ruby aanhad, te bewonderen, en tegelijkertijd te doen alsof Amber niet in de kamer was. Hoeveel weken was het nu geleden dat hij haar voor het laatst had gezien? Ze zag er fantastisch uit in haar abrikooskleurige korte vestje, gestreepte beige-oranje broek en beige, met namaakdiamanten beslagen cowboylaarzen. In haar oren droeg ze reusachtige gouden ringen. Hij was altijd zo gek geweest op haar buitenissige kledingstijl. God, wat had hij haar gemist!
'En ik heb een elektrische spin van haar gekregen, omdat ze het zielig voor me vond dat ik niet jarig ben.'
'Ik heb haar mijn kamer laten zien.' Ruby was enorm trots op haar nieuw behangen slaapkamer. 'Ze wou dat ze ook roze glitterbehang had.'
Mario probeerde een grapje te maken. 'Je zegt het maar, ik sta zo met mijn behangtafel bij je op de stoep.'
Amber glimlachte, bond de uiteinden van Ruby's vlechten vast met roze elastiekjes en zei: 'Klaar. Je ziet er nu echt uit als een prinsesje.'
En hoe zie ik eruit, had Mario het liefst willen vragen. Net zo klote als ik me voel? Ik ben met niemand anders naar bed geweest, weet

je. Dat wil ik gewoon niet. Op mijn werk noemen ze me tegenwoordig Cliff Richard, omdat ik net zo celibatair ben.
'O, dat was ik nog vergeten te vertellen, ik heb een oorkonde gewonnen!' riep Nat uit. 'Omdat ik heb meegedaan aan schaken! Ik zal hem even voor je gaan halen.' Hij verdween naar zijn slaapkamer om de oorkonde van zijn behang af te peuteren.
Amber keek Lottie met grote ogen aan. 'Schaken? Lieve hemel, straks gaat hij zich nog verdiepen in de kwantummechanica!'
'Het was een regelrechte nachtmerrie. Een hele zondag op Etloe Park School, honderden jongetjes die meededen aan het Superbekertoernooi.' De herinnering eraan deed Lottie opnieuw rillen.
'Etloe Park? O ja, dat heb ik gehoord! Een van Quentins vrienden zat in de organisatie.'
Mario hield zijn gezicht in de plooi; Lottie had hem in geuren en kleuren over de baardmannen verteld.
'Heb je gehoord wat er is gebeurd?' Amber keek Lottie verwachtingsvol aan. 'Je weet wel, dat gedoe?'
'Nee.' Lottie was op handen en knieën druk bezig om stukjes zilverkleurig lint en vellen gekreukeld turquoiseblauw pakpapier te verzamelen. 'Wat voor gedoe?'
Ruby was nog steeds in de kamer, wat Amber enigszins belemmerde in haar uitleg. Met een schuin hoofd zei ze op een toon die tegelijkertijd vaag en veelbetekenend was: 'Een vriend van Quentin heeft een stelletje betrapt in een klaslokaal. Blijkbaar waren ze bezig met je-weet-wel. Bij een schaaktoernooi nota bene!'
Lotties gezicht ging schuil achter haar haren, maar ze bleef druk bezig met flarden papier oprapen. Steeds kleinere stukken, merkte Mario, en steeds langzamer.
'Daar heb ik niks over gehoord.' Lottie klonk alsof ze er niet helemaal met haar hoofd bij was.
'Nou ja, ze wilden het waarschijnlijk niet aan de grote klok hangen! Maar onvoorstelbaar toch? En dan nog betrapt worden ook?' Zich tot Mario wendend, vervolgde Amber vrolijk: 'Het is eigenlijk precies iets wat jij had kunnen doen.'
'Helemaal niet.' Sinds zijn slecht afgelopen ontmoeting met Gemma het barmeisje en haar humeurige kat, had Mario helemaal niets meer gedaan, maar aangezien Amber hem toch niet zou geloven, hield hij zijn mond. Bovendien had hij nu meer belangstelling voor

de reden waarom Lottie nog steeds over de vloer rondkroop om papiersnippertjes op te rapen die zo minuscuul waren dat het niet lang meer kon duren tot ze zich genoodzaakt zou zien om over te gaan tot atoomsplitsing.
'Kijk, dit is mijn oorkonde!' Nat kwam de kamer weer in stormen en liet hem trots aan Amber zien, die hem knuffelde en zei dat hij een genie was.
'Ik heb één partij gewonnen en een gouden ster gekregen.' Nat wurmde zich op haar schoot. 'En Seb kwam me aanmoedigen, behalve dat dat niet mocht, want iedereen moest heel stil zijn. Maar het leek net toveren – toen Seb er was, begon ik te winnen!'
'Dat is fantastisch, lieverd.' Amber streelde zijn warrige haardos. 'Ik heb al veel over hem gehoord, maar ik heb hem nog niet ontmoet. Dus je vindt Seb wel aardig?'
'Hij is hartstikke leuk. Heel grappig. En aardig.'
'Hij is de beste vriend die mama ooit heeft gehad,' bemoeide Ruby zich ermee.
'Nou, dat is fijn om te horen.' Amber wendde zich tot Lottie. 'En wat een opluchting voor je, na de laatste.'
Lottie was gelukkig met Seb. Amber was gelukkig met Quentin. Mario vond het bijna onverdraaglijk; de afgelopen paar weken waren de beroerdste uit zijn leven geweest.
Amber, met een blik op haar horloge, trok een gezicht. 'Goh, ik wist niet dat ik hier al zo lang was. Arme Quentin, hij zal zich wel afvragen of ik ooit nog kom.'
Quentin. Hoe kon ze in vredesnaam de liefde bedrijven met een man die Quentin heette? Mario keek uit het raam en zei: 'Hij is weg. Waarschijnlijk had hij geen zin meer om nog langer op je te moeten wachten.'
Tot zijn ergernis sprong Amber niet op om uit het raam te kijken of hij er nog was. In plaats daarvan verzamelde ze haar spullen en merkte kalm op: 'Quentin zou dat nooit doen. Zo is hij niet.'
Haar toon mocht dan kalm zijn, onder het praten wierp ze hem een bepaalde blik toe. Wat had die nu weer te betekenen? Verontwaardigd zei Mario: 'Ik ook niet. Ik zou ook nooit zomaar weggaan en jou laten stikken.'
'Nee, dat misschien niet.' Amber glimlachte even naar hem. 'Maar dikke kans dat je onder het wachten zou gaan flirten met een leuk

meisje dat toevallig voorbijkomt.'
'Niet waar.' De beschuldiging was als een klap in zijn gezicht. 'Dat zou ik echt niet doen,' verdedigde hij zichzelf.
Ruby keek hem vol medelijden aan. 'Wel waar, papa, dat zou je wel doen.'

50

'Dit is nog enger dan het Spookhuis.' Seb deed een stap naar achteren om zijn handwerk te bestuderen. 'Ik durf bijna niet naar jullie te kijken.'
'Gggrrr,' brulde Nat, die nauwelijks te herkennen was onder de groene en rode verf op zijn gezicht.
'Ik ga kwijlen van mijn tanden.' Onbeheerst giechelend slurpte Ruby speeksel naar binnen en duwde haar vampiertanden wat steviger op hun plaats.
'Pap, jij moet je ook verkleden,' beval Maya, die zelf een schokkend paars gezicht had met diepe, donkere kringen onder haar ogen. 'Jij en Lottie moeten er ook eng uitzien.'
'Mama mag die bruine en rotte tanden in,' bemoeide Ruby zich ermee. 'En Seb kan een spook zijn.'
'Nee, dat is zielig. Lottie hoeft die lelijke tanden niet in. Mijn vader mag ze hebben. Kom, dan gaan we ze beschilderen.'
Lottie zat achterover, terwijl Ruby en Maya bezig waren met haar gezicht. Naast haar op de bank werd dat van Seb onder handen genomen door Nat. Glimlachend om de geconcentreerde blikken van de kinderen, besefte ze dat dit een moment van onverdund geluk was, het soort herinnering dat je in een doosje bewaart en eeuwig zult blijven koesteren.
Het was Halloween, en ze zouden zo meteen met zijn vijven op snoepjacht gaan, want Maya was uit Londen gekomen om het weekend bij Seb door te brengen. Lottie was een beetje bezorgd geweest dat Nat en Ruby het misschien niet zouden kunnen vinden met Sebs achtjarige dochtertje, maar haar angst was al in de eerste paar minuten weggenomen. Maya, sprankelend, blond en barstend

van zelfvertrouwen, was totaal niet geïntimideerd door het vooruitzicht kennis te moeten maken met Ruby en Nat. Binnen de kortste keren hadden ze vriendschap gesloten, waren ze een trio geworden. De zondagse lunch hadden ze gebruikt in het huis in Kingston Ash dat Seb deelde met zijn zus Tiffany sinds hun ouders in Zuid-Frankrijk woonden. 's Middags hadden ze naar een nieuwe Harry Pottervideo gekeken, tot hees wordens toe liedjes gezongen en bedacht hoe ze zich het beste konden verkleden om onschuldige dorpsbewoners op hun eigen stoep de stuipen op het lijf te jagen.

'Zo, klaar,' verklaarde Ruby trots. Ze deed een stap naar achteren, zodat Maya de spiegel kon ophouden.

Lottie bestudeerde haar spiegelbeeld. Ze had zwarte lippen, fluorescerend oranje oogschaduw en groene mascara op, en grote bruine moedervlekken over haar hele gezicht. Ze keek naar Seb, die een gekkeprofessorpruik droeg en een wrattige namaakneus. Zijn gezicht was donkergrijs, en hij had misselijkmakend rotte tanden in zijn mond.

'O, misj Carlyle, wat bent u mooi.' Worstelend met zijn tanden nam Seb plechtig haar hand in de zijne en probeerde hem met een smerig slobbergeluid te kussen.

'Mr. Gill.' Lottie knipperde met haar groene wimpers naar hem. 'Eindelijk ontmoet ik de man van mijn dromen.'

'Lelijk,' oordeelde Maya, 'maar nog niet lelijk genoeg.' Vrolijk pakte ze de donkerrode make-upstick. 'Stilzitten, pap, ik ga nog even wat extra puisten maken.'

Vorig jaar had het geregend op Halloween, alle make-up was uitgelopen, en Ruby's heksenhoed was uit elkaar gevallen. Vanavond was het ideaal weer. Door de dikke mistflarden leken alle lampen spookachtig te glimmen, en geluiden klonken gedempt of vervormd. Het was acht uur, en ze waren al een uur terug in Hestacombe, waar ze bij vrienden en bekenden hadden aangebeld en rivaliserende groepjes monsters de stuipen op het lijf hadden proberen te jagen. Ze hadden High Street gehad en liepen nu in de richting van de vakantiehuizen. Terwijl de kinderen opgewonden voor hen uit zigzagden door het laantje, nam Seb in het donker zijn tanden uit en kuste Lottie.

'We moeten om negen uur weg,' mompelde hij tussen een paar

kussen door. 'Ik breng Maya vanavond terug naar Londen.'
'Het was leuk.' Lottie hoopte maar dat zijn donkerrode puisten niet afgaven op haar kin; ze had zelf al genoeg moedervlekken.
'Het wordt nog leuker als we bij je baas aanbellen.'
'O nee, geen sprake van.'
'Waarom niet? Hij woont hier toch ergens?' Zonder de afgrijselijke valse tanden blonk zijn gebit wit in het donker. 'We kunnen hem niet overslaan.'
'Nat en Ruby willen het vast niet,' protesteerde ze.
'Hé, hij is Amerikaan. Die lui doen toch zo fanatiek aan Halloween? Trouwens, de kinderen zullen het juist leuk vinden hem bang te maken.'
Aangemoedigd door Seb zouden ze dat waarschijnlijk inderdaad nog leuk vinden ook. Lottie slaakte een zucht van verlichting toen ze bij Fox Cottage aankwamen en ze zag dat alle lampen uit waren.
'Ze zijn niet thuis.'
'Of ze zijn bang. Zitten te bibberen in het donker. Of liggen al in bed,' voegde hij er met een knipoog aan toe. 'Ga maar aanbellen, jongens.'
'Ik niet,' zei Ruby.
'Ik ook niet,' zei Nat.
'Dan doe ik het wel.' Maya rende het tuinpad op en drukte uit alle macht op de bel. Twintig seconden later haalde ze teleurgesteld haar schouders op. 'Nee, niemand thuis.'
Oef, dacht Lottie.
'Zal ik een plastic spin door hun brievenbus gooien?' stelde Maya op verlangende toon voor.
'Ja,' reageerde Nat enthousiast. 'Laten we heel veel spinnen door hun brievenbus gooien.'
'Sst.' Ruby stak een hand op. 'Wat was dat?'
'Je hand,' antwoordde Maya onschuldig.
'Nee, dat geluid. Er komt iemand door het laantje aan lopen.'
Toen ze even stil bleven staan luisteren, hoorden ze het door de mist gedempte geluid van stemmen.
'Dat zijn vast Ben en Harry Jenkins.' Nats ogen glansden bij het vooruitzicht dat ze zo hun grootste rivalen zouden tegenkomen. 'Ze zeiden dat ze vanavond ook de straat op gingen. Laten we ze bang maken!'

'Oké, allemaal verstoppen,' beval Seb.
Iedereen verstopte zich, oplossend in het donker achter bomen en struiken. Lottie en Ruby doken uit zicht achter de tuinmuur van Fox Cottage. Boven hen dreven bleke wolken langs een bijna volle maan. Vlak aan de grond waren de mistflarden als ijs, zo dicht en ondoordringbaar dat Lottie zelfs haar eigen voeten niet kon zien.
Ze hoorden gelach en naderende voetstappen.
Lottie fluisterde: 'Dat klinkt niet als Ben en Harry.'
'Mam, sst.'
Lottie deed wat haar was opgedragen. Een paar seconden later hoorde ze een stem die beslist niet van Ben of Harry Jenkins was, deels omdat hij een paar octaven lager was dan de jongens ooit voor elkaar zouden kunnen krijgen, maar voornamelijk omdat ze de stem herkende.
'Gggrrraaaarrrggg!' brulden Seb, Maya, Ruby en Nat, terwijl ze tegelijkertijd uit hun schuilplaatsen te voorschijn sprongen, woest met hun armen zwaaiend op een engemonstermanier.
'Jezus christus!' jammerde Liana. Ze deinsde verschrikt achteruit en botste tegen Tyler op.
'Snoep of ik schiet!'
'Ik ben me doodgeschrokken.' Met haar hand op haar borst zei Liana korzelig: 'Ik heb niks bij me.'
'Dan schiet ik!' Vrolijk vuurde Maya haar waterpistool op Liana af.
Liana slaakte een hoge gil toen iets donkers de voorkant van haar crèmekleurige jas besproeide. 'Mijn god, ben je helemaal gek geworden? Dat kun je niet maken!'
'Het is niet erg.' Maya rolde met haar ogen vanwege de overdreven reactie. 'Het is verdwijninkt. Binnen twee minuten is hij weg.'
Achter de tuinmuur kromp Lottie kreunend ineen. Ze had niet eens geweten dat Maya een pistool met verdwijninkt bij zich had. En Seb, die het ongetwijfeld wel wist, was maar een man, dus hij zou nooit begrijpen dat de donkerblauwe kleur misschien binnen een paar minuten verdwenen was, maar dat er dikke kans bestond dat er een soort vetvlek achterbleef die eeuwig zichtbaar zou blijven op die jas.
'Deze jas heeft me duizenden dollars gekost.' Liana schudde vol afschuw en ongeloof haar hoofd.

'Hallo, het is Halloween, hoor,' protesteerde Seb. 'We maken gewoon een geintje.'
Toen Lottie over de muur heen tuurde, zag ze dat Tyler niet erg geamuseerd keek. Nu pas beseffend wie hij voor zich had onder die dikke laag make-up, liet hij zijn blik zwijgend over Nat en Ruby glijden en richtte toen het woord tot Seb. 'Weet Lottie wat je haar kinderen laat doen?'
Ruby en Nat keken Tyler vol haat aan.
Seb sloeg beschermend zijn armen om hun schouders en antwoordde: 'Dat weet ik niet, zullen we het haar even vragen?' Zijn stem verheffend, draaide hij zich om naar de muur en imiteerde Tylers woorden: 'Lottie? Weet jij wat ik je kinderen laat doen?'
O god, dit was vreselijk. Langzaam kwam Lottie overeind, zich akelig bewust van haar zwarte lippen, de getekende rimpels en de grote heksige moedervlekken over haar hele gezicht.
'Goed, luister.' Tyler klonk berustend. 'Ik wil echt geen spelbreker zijn, maar dit gaat te ver. Als jullie zo onverwacht uit de mist opduiken, bezorgen jullie iemand nog een keer een hartaanval. Zo meteen gaat er een van onze gasten dood.'
'Ach, het zijn maar kinderen.' Met opgetrokken wenkbrauwen knikte Seb naar Maya, Ruby en Nat. 'En ik weet dat ik mezelf herhaal, maar het is Halloween. Bovendien hoorden we jullie stemmen,' voegde hij er terloops aan toe, 'dus we wisten wie jullie waren.'
Dus hij had het wel geweten. Lottie wist niet of ze moest lachen of huilen.
Liana, duidelijk van streek, vroeg: 'En als mijn jas naar de haaien is?'
'Dan vergoeden wij hem natuurlijk. Kom, jongens.' Seb duwde de kinderen met een beschermend gebaar langs Tyler en Liana heen. 'Jullie zullen jullie zakgeld moeten gaan opsparen. Dankzij een paar mensen zonder gevoel voor humor kunnen jullie wel eens een dikke rekening gepresenteerd krijgen.'

Maandagochtend. Lottie was één bonk koppigheid en schuldgevoel. Gewoonlijk was ze altijd de eerste om haar verontschuldigingen aan te bieden, maar ze merkte dat ze dat nu onmogelijk kon. Gisteravond hadden Tyler en Liana blijk gegeven van hun minach-

ting voor haar en haar kinderen. Vanochtend had Liana haar peperdure jas naar een stomerij in Cheltenham gebracht om te kijken of de vlek eruit zou gaan. Ze beschouwden Nat en Ruby duidelijk als een stelletje wilden, en haar als een onverantwoordelijke moeder. Maar als ze zou zeggen dat het Maya was geweest met het waterpistool, dan leek het alsof ze zich van Seb en zijn dochter probeerde te distantiëren. En gezien de omstandigheden kon ze dat gewoon niet over haar hart verkrijgen.
O alsjeblieft, lieve god, laat die vlek eruit gaan.
'Het was echt een heel stom geintje dat jullie hebben uitgehaald,' herhaalde Tyler. 'Dat moet je toch toegeven.'
Het was ook een stom geintje geweest, maar Lottie verdomde het om dat toe te geven. In plaats daarvan zei ze verhit: 'Misschien dat je het snapt als je zelf kinderen hebt... Dat je dan niet meer zo kinderachtig en stijf reageert. De kinderen hadden de tijd van hun leven. Ze hebben weken uitgekeken naar Halloween.'
'Dat is allemaal heel leuk en aardig,' hij stak zijn handen op, 'en dat is heel fijn voor ze. Maar ze zouden niet...'
'Mogen genieten? Een beetje ondeugend mogen zijn? Weet je, we zijn gisteravond het hele dorp door geweest, en iedereen was even aardig. Ze speelden het spelletje allemaal mee. Niemand anders heeft gedreigd ons voor de rechter te slepen.'
'Kom niet met die onzin aan. Dat hebben wij ook niet gedaan. Ik heb je er alleen op gewezen dat een verontschuldiging misschien op zijn plaats is. Misschien moet je eens een hartig woordje met je... je jongere troepen spreken en ze duidelijk maken dat ze hun verontschuldigingen moeten aanbieden. Niet aan mij,' vervolgde hij koeltjes, 'maar aan Liana.'
'Maya woont in Londen. Nat en Ruby wisten niet eens dat ze een waterpistool had, laat staan dat er inkt in zat.' Dat was gelogen; het was gebleken dat Maya Nat en Ruby van tevoren had ingelicht, maar Lottie vond dat er nu niet toe doen. 'Geen van mijn kinderen heeft de trekker overgehaald. Ik zie niet in waarom zij zich zouden moeten verontschuldigen.'
'In dat geval kan je vriend het misschien uit zijn dochters naam doen.'
O ja, alsof dat ooit zou gebeuren. Terwijl ze buiten een auto hoorde stoppen, probeerde ze haar ademhaling weer onder controle te krij-

gen. 'Goed, dat zal ik hem zeggen. Weet je wat, we zullen samen onze verontschuldigingen aanbieden. Is het genoeg als we knielen, of wil je dat we languit voor je op de grond neervallen?'
'Lottie...'
'Zoals ik al zei, misschien dat je het snapt als je zelf ooit kinderen hebt. En ik hoop voor hen dat je dan wat toleranter en minder pissig zult zijn.'
Woedend keken ze elkaar door het kantoor heen aan. De deur ging open. Mocht er een gast zijn binnengekomen, dan was de vijandige stemming overduidelijk geweest.
Gelukkig was het geen gast. Het was Liana maar.
'O nee, jullie hebben toch geen ruzie gemaakt, hè? Ik voel me verschrikkelijk! Lottie, het spijt me zo van gisteravond. Kun je me vergeven dat ik zo'n mopperkont was?'
Fantastisch, wat moest ze nu weer doen? Met een rood gezicht toverde Lottie haar verontschuldigende stem tevoorschijn en zei: 'Wij moeten ons bij jou verontschuldigen. We hadden je jas niet mogen... bekliederen.'
Waarom moest Tyler hier nu bij zijn, waarom moest hij nu horen wat ze zei? Ze zag heus wel dat hij iets wat gevaarlijk veel op een grijns leek om zijn mond kreeg.
'Nee, nee, je hoeft je echt niet te verontschuldigen. Ik had niet zo flauw moeten reageren. Ik vind het zo'n naar idee dat ik je kinderen misschien aan het schrikken heb gemaakt.' Liana, die er betoverend uitzag in babyroze kasjmier en Earl-spijkerbroek, vervolgde: 'Als ik ze weerzie, zal ik het goedmaken, dat beloof ik je. Hier, ik heb al wat snoep voor ze gekocht. Noem het maar een verlate Halloweentraktatie. Wil je het aan ze geven en ze zeggen dat het me spijt?'
Het werd almaar erger. Met een ellendig gevoel pakte Lottie de dure zakken snoep aan die Liana bij Thornstons had gekocht. 'Wat aardig. Natuurlijk zal ik het ze zeggen. Maar je had dit echt niet hoeven doen.'
'Jawel. Bij de stomerij zeiden ze dat het met mijn jas weer helemaal in orde komt. Ze hebben wel vaker dat soort vlekken behandeld.'
'Gelukkig. Laat mij dan de stomerij betalen...'
'Geen sprake van. Daar wil ik niets van weten!' protesteerde Liana. Ze wapperde Lotties woorden weg met haar mooie handen en

keek toen op haar horloge. 'Ik moet opschieten. Ik word bij mijn aromatherapeut verwacht.' Ze blies Tyler een kusje toe. 'Tot straks, schat. Ik heb een tafeltje voor ons gereserveerd bij Le Petit Blanc.'
Lottie keek haar na, zich afvragend hoe het zou voelen als er een aromatherapeut op je wachtte om je te... aromatherapiseren. Ook vroeg ze zich af hoe het zou voelen om kusjes te blazen naar Tyler en hem schat te noemen. Als dat Liana's koosnaampje voor hem was, dan was het wel zeker dat ze met elkaar sliepen.
'Nog één ding,' onderbrak Tyler haar verwarde gedachten.
'Wat?'
'Dat gedoe met die inkt gisteravond. Je kunt me tegenspreken totdat je een ons weegt, maar zodra het gebeurde, wist je dat jullie fout zaten.'
Ze keek hem aan en vroeg kalm: 'O ja?'
Tyler glimlachte zijn ik-win-glimlach en schoot door het kantoor heen een elastiekje op haar af. 'Iedereen kwam tevoorschijn, maar jij bleef achter de muur zitten.'

51

'Tante Cress? Met mij.'
Alleen Jojo noemde haar zo, anders had Cressida de stem aan de andere kant van de lijn niet herkend. De woorden klonken alsof ze over grof schuurpapier werden geschraapt.
'Jojo, lieverd, wat is er? O nee, het is toch niet wat ik denk dat het is, hè?'
'Ik voel me niet zo lekker,' zei Jojo schor, 'maar je hoeft je echt niet druk te maken, hoor. Mijn leraras heeft net papa gebeld, en hij is al onderweg om me op te halen. Ik denk dat het de griep is.'
Cressida knipperde met haar ogen. Natuurlijk was het de griep. Wat zou anders hun plannen voor het weekend zo vakkundig om zeep kunnen helpen? Het was vrijdagmiddag, 5 november, Guy Fawkes Day, en ze was zich te buiten gegaan aan twee EasyJet-retourtickets van Bristol naar Newcastle. Op zijn beurt had Tom vier

kaartjes gekocht voor het grootste vuurwerkspektakel dat Newcastle te bieden had. Ze had kunnen raden dat er zoiets als dit zou gebeuren. Het was pas een wonder als alles volgens plan zou verlopen.
'Och, lieverd, arme jij.' Arme ik, dacht ze, ontzet over haar eigen egoïsme.
'Ik voelde me vanochtend steeds zieker worden. Maar jij kunt toch ook wel zonder mij naar Newcastle?'
Kon ze dat doen? Hemeltje, zou ze dat echt kunnen doen? Al iets vrolijker gestemd zei ze automatisch: 'Lieverd, dat zou niet hetzelfde zijn. Echt, maak je daar nu maar niet druk...'
'Tante Cress, ik moet ophangen. Papa is er.' Jojo hoestte en proestte een paar seconden en vervolgde toen hees: 'Ik vind echt dat je het niet moet afzeggen. Ik weet dat het niet hetzelfde zal zijn zonder mij, maar het kan toch nog steeds leuk worden?'
Hoewel Cressida zich vreselijk en onbeschaamd en schuldbewust opgewonden als een tiener voelde, belde ze Tom op zijn werk om uit te leggen dat Jojo ziek was. Toen zweeg ze.
Tom klonk gelukkig teleurgesteld. 'We moeten in onze vorige levens iets heel ergs hebben gedaan om nu zoveel pech te hebben.'
Deed ze nu iets heel ergs? Ze haalde diep adem en zei: 'Ik kan natuurlijk ook in mijn eentje komen.'
Op haar aanbod volgde een zenuwslopende stilte. Toen vroeg Tom: 'Zou je dat willen?' Zijn stem had onmiskenbaar een opgetogen klank.
Ze voelde zich echt een brutale slet toen ze antwoordde: 'Natuurlijk wil ik dat. Ik bedoel, we kunnen toch nog steeds naar het vuurwerk gaan kijken? Misschien is het minder leuk voor Donny, maar...'
'Maak je maar niet druk om Donny, die vermaakt zich wel. Dus zal ik je dan maar gewoon zoals afgesproken afhalen van het vliegveld? Minus je chaperonne dan.'
'Minus mijn chaperonne.' Cressida legde een hand op haar onstuimig bonkende hart en voelde zich ondeugender dan ooit tevoren. Het was nu officieel, ze was een egoïstische en egotistische vrouw. O, dit kon wel eens veranderen in een weekend waarop ze in haar stoutste dromen niet had durven hopen.
'Ik kan haast niet wachten.' Tom klonk blij en opgelucht.

Volgens een artikel in de *Phew!* van vorige week, was je benen scheren heel erg iets uit de vorige eeuw. Blijkbaar was dé methode om je benen tegenwoordig glad als zijde te krijgen: Veet. Jojo, die de traumatische wereld van overtollig haar nog moest betreden, maar al wel hevig geïnteresseerd was in het onderwerp, had Cressida fronsend gevraagd: 'Tante Cress, wat is volgens jou de beste methode?'
Het was tot Cressida doorgedrongen dat ze in al die jaren nog geen enkele andere ontharingsmethode had uitgeprobeerd dan scheren met haar vertrouwde ladyshave. Zou dat een of ander wereldrecord zijn? Ze had zich altijd geschoren. Waxen deed vast pijn. En epileren was gewoon belachelijk – één been alleen al zou gelijk staan aan vijfhonderd wenkbrauwen aan pijn. En wat betreft het oplossen van de haartjes met een crème, toen ze veertien was, had iemand een keer een tube Immac mee naar school genomen, en ze hadden allemaal wat op hun onderarmen gesmeerd, hun neuzen optrekkend vanwege de rare geur en verklarend dat ze er misselijk van werden.
Maar dat was inmiddels meer dan vijfentwintig jaar geleden, en Immac was geen Immac meer, het was Veet geworden. Dikke kans dat het niet meer raar rook. Zich verheugend op het weekend en besluitend dat de tijd was gekomen om het geijkte pad te verlaten en het avontuur op te zoeken, had ze zichzelf getrakteerd op een spuitbus Veet-mousse. Op de verpakking stond zelfs dat hij aangenaam geurde. En dat bleek nog waar te zijn ook.
Ze zat op de rand van het bad met haar benen onder de witte schuim – net twee baarden van de kerstman eigenlijk – toen de bel ging.
Werkelijk, hingen er soms verborgen camera's in dit huis? Deden mensen dat expres? Als het Ted uit de winkel was die haar een nieuwe kans wilde geven, dan zou ze zich misschien genoodzaakt voelen om zijn baard te lijf te gaan met de aangenaam geurende Veet.
Aangezien ze er geestelijk echter niet toe in staat was om niet te reageren op de deurbel, stond ze op van de badrand en trok voorzichtig haar enkellange ochtendjas aan om degene die op de stoep stond niet meteen te verjagen.
'Cressida.' Mocht haar ex-man er al van schrikken dat ze om drie uur 's middags een ochtendjas droeg, dan liet hij dat niet merken.

Haar recht in de ogen kijkend zei hij: 'Ik wil je om een gunst vragen.'
Hij vroeg het op een toon die Cressida maar al te goed kende; hij ging er al van uit dat de gunst hem zou worden verleend. 'Robert, ik...'
'Sacha en ik hebben een belangrijke vergadering in Parijs. En ik bedoel echt belangrijk. Kun jij Jojo nemen?'
Ze greep de revers van haar badstoffen ochtendjas beet. 'Robert, het spijt me, ik kan niet. Ik...'
'Hoor eens, je hebt ons zelf gevraagd of je Jojo dit weekend kon meenemen. Wij zijn zo aardig geweest om toestemming te geven. En hebben toen zelf plannen gemaakt. Dat Jojo nu toevallig ziek is, geeft je nog niet het recht om van gedachten te veranderen en te zeggen dat je haar ineens niet meer kunt nemen. Er komen speciaal mensen naar Parijs toe vliegen voor die vergadering in het Georges Cinq. Snap je niet hoe belangrijk dit is?'
'Maar...'
'Cressida, geloof me, we kunnen die vergadering echt niet zomaar afzeggen.'
Woede welde op in haar keel. Al jaren behandelden Robert en Sacha Jojo als een lastig huisdier. Nou, deze keer waren ze te ver gegaan. 'Nee, het spijt me, maar het kan niet,' zei ze moedig. 'Jojo is jullie dochter. Ze is ziek en heeft jullie nodig. Trouwens, ik heb andere... andere...' Haar stem stierf weg toen ze iets zag bewegen op de achterbank van Roberts auto, een krijtwit gezicht en een bos verwarde haren. 'Wie is dat?'
'Wie denk je?' Robert keek haar aan alsof ze zwakzinnig was. 'Jojo natuurlijk.'
'Wat doet ze in de auto als ze ziek is?' Ze wist het antwoord al nog voordat de vraag helemaal uit haar mond was. Het was Roberts versie van een voldongen feit.
'Ik heb haar gebracht. Wat had ik dan moeten doen, haar zelf laten lopen?'
'Hoe ziek is ze?' vroeg Cressida met een blik op Jojo op de achterbank. Ze zag er hologig en ellendig uit.
'Volgens de dokter is het de griep. Ze voelt zich behoorlijk beroerd.' Zich volslagen onbewust van de ironie van zijn woorden, vervolgde hij: 'Ze heeft alleen maar een beetje liefde en aandacht nodig.'

O, wat had ze zin om hem een klap in dat walgelijke, verwaande gezicht van hem te geven. Maar Jojo keek naar hen, en Robert was duidelijk niet van plan om het op te geven. Stel je voor dat je twee volwassenen ruzie zag maken omdat ze je geen van beiden wilden hebben? Overmand door schaamte en wroeging zei ze: 'Breng haar dan maar gauw naar binnen. Je kunt haar daar niet laten zitten.'
'Het spijt me zo,' fluisterde Jojo tegen Cressida nadat Robert haar, gewikkeld in een blauw-wit gebloemd dekbed, naar binnen had gedragen.
Hij liep meteen weer weg om haar weekendtas uit de kofferbak te halen.
'Doe niet zo gek. Je kunt er toch niets aan doen dat je ziek bent?' Naast haar neerknielend bij de bank, streek Cressida Jojo's met zweet doorweekte pony van haar voorhoofd.
'Maar nu heb ik alles verpest. Anders had je naar Newcastle kunnen gaan en leuke dingen doen met Tom en Donny.' Jojo begon weer hulpeloos te hoesten. Haar schouders schokten en haar armen trilden van de inspanning. 'Het is zo zonde van de vliegtickets.'
Robert verscheen weer in de huiskamer. Hij liet Jojo's tas bij de deur op de grond vallen. 'Allemachtig, wat is er met jou gebeurd?' vroeg hij, naar Cressida starend.
Cressida was de Veet helemaal vergeten. Wit schuim druppelde naar haar enkels en vormde een plasje op de vloer.
'Dat is een ontharingsmiddel,' zei Jojo schor, terwijl ze over de rand van de bank tuurde.
Robert snoof verachtelijk. 'Toen je nog met mij getrouwd was, schoor je je benen altijd. Ik herinner me je stoppeltjes nog.'
'En ik die van jou,' diende ze hem beledigd van repliek.
Nadat Robert was vertrokken, zei Jojo zwakjes: 'Het spijt me echt, tante Cress.'
'Ach, je moet hem gewoon negeren. Dat doe ik ook. Mannen zeggen soms zulke botte dingen.'
'Dat bedoel ik niet. Ik bedoel het uitstapje naar Newcastle.' Rillend onder haar dekbed, legde Jojo haar warme hoofd op Cressida's arm. 'En dat vuurwerkspektakel. Daar had Tom toch al kaartjes voor gekocht? Wat een stom moment om ziek te worden.'
'Dat moet je niet zeggen. Ik was heus niet zonder jou gegaan.' Ter-

wijl ze Jojo's gloeiend hete voorhoofd streelde, besefte Cressida dat ze stiekem naar boven zou moeten sluipen om Tom te bellen als ze niet wilde dat Jojo haar kon horen. 'Wat kan ons zo'n stom vuurwerk nou schelen?'

52

Freddie zat voor het haardvuur toen Lottie de huiskamer van Hestacombe House binnenstormde en hem begroette met een kus op de wang.
Het was alsof hij werd besnuffeld door een grote, onstuimige hond.
'Je bent koud,' protesteerde hij.
'Dat komt omdat het vriest!' Met een roze neus en stralende ogen trok ze haar handschoenen uit en deed de gebreide blauwe glitterdas van haar hals. 'Er ligt ijs op de plassen. Als we vanavond naar het strand gaan, wordt het een grote glibber- en glijpartij. Weet je echt zeker dat je niet mee wilt?'
'Ik zou bijna zin krijgen, als ik jou zo hoor,' zei hij droog. 'Allemachtig, twee gebroken benen. Dat kan ik er nog net bij hebben.'
'We zouden je er in je rolstoel naartoe kunnen rijden, stomkop.'
'Nee, dank je.' Nu zijn evenwichtsgevoel onbetrouwbaar werd en zijn linkerbeen steeds zwakker, had Freddie een rolstoel aangeschaft voor uitstapjes, maar het uitstapje van vanavond liet hij met liefde over aan de wat meer onverschrokkenen. 'Wij blijven lekker warm binnen en kijken wel uit het raam.'
Het vreugdevuur en vuurwerkspektakel bij het meer was een jaarlijks terugkerend evenement in het dorp. Mary en hij waren twintig jaar geleden met de traditie begonnen. Ach, ze waren hier zo gelukkig geweest...
'Waar denk je aan?' Lottie keek hem onderzoekend aan.
'Ik vroeg me af hoe het volgend jaar zou zijn. Of Tyler de traditie zal voortzetten.'
'Natuurlijk. Ik zeg hem wel dat dat moet.'
Hij glimlachte; daar twijfelde hij geen seconde aan. 'Je kunt nooit

weten, misschien ben jij hier dan ook wel niet meer. Misschien heeft Seb jou en de kinderen dan wel uit Hestacombe ontvoerd en wonen jullie in Dubai of zo.'

Uit de blik die ze hem schonk, maakte hij op dat het vooruitzicht haar niet erg lokte. 'Dat weet ik niet, hoor. Ik kan me niet voorstellen dat ik hier niet zou wonen.' Toen ontspande ze zich. 'Maar ik ben blij dat je Seb aardig vindt.'

'Natuurlijk vind ik hem aardig.' Lottie had Seb vorige week een avondje meegenomen. Hij leek een redelijk aardige vent, misschien een beetje oppervlakkig, maar enorm charmant. En Lottie was duidelijk gek op hem. Freddie zou er zijn geld niet om durven verwedden dat de relatie een en-ze-leefden-nog-lang-en-gelukkig-einde zou kennen, maar ja, wie kon dat soort voorspellingen nu met zekerheid doen? Zijn eigen verleden was ook nogal onstuimig geweest. Wat relaties betreft kon je wel over een belabberde staat van dienst spreken. Iemand die hem veertig jaar geleden had gekend, zou nog geen stuiver hebben durven inzetten op de kans dat zijn huwelijk met Mary stand zou houden.

Zo zag je maar weer, je wist het nooit van tevoren. Liefde was een loterij. Misschien zag hij het wel verkeerd en zou Lottie vreselijk gelukkig worden met Sebastian Gill. Net zoals Tyler misschien vreselijk gelukkig zou worden met Liana. Goed, het was dan niet gelopen zoals hij stiekem had gehoopt, namelijk dat Lottie en Tyler...

'Lottie, schat, zou je die tafel iets daarnaartoe kunnen schuiven?' Barbara kwam uit de keuken. Ze droeg een dienblad met whisky en warme gesmeerde krentenbroodjes erop. 'Brr, jullie zullen het vanavond bij het meer aardig koud hebben.'

Freddie keek toe, terwijl Lottie opsprong om te helpen. Net zoals Lottie zijn goedkeuring van Seb nodig had gehad, had hij wanhopig graag gewild dat Lottie het met Barbara zou kunnen vinden, toen die bij hem in was getrokken om voor hem te zorgen. Tot zijn opluchting was het goed gegaan. Lottie en Barbara hadden elkaar meteen gemogen. Deze keer geen argusogen, niets van het wantrouwen dat er tussen Lottie en Fenella had geheerst.

'Vanaf hier hebben jullie een prachtig uitzicht op het vuurwerk,' merkte Lottie op. 'Het hele meer wordt verlicht. En als onze voeten vastvriezen, mogen jullie ons morgenvroeg losbikken.'

'Drink even een glas whisky mee voordat je gaat,' drong Barbara

aan. 'Dan word je lekker door en door warm. Het is gewoon maar van die goedkope troep van Freddie, hoor.'
Freddie vond het heerlijk als ze zo oneerbiedig deed; het ging hier om een fles Glenfarclas, een dertig jaar oude Speyside-malt.
'Nou ja, in dat geval. Snel even dan.' De staande klok in de hal sloeg zeven, Lottie eraan herinnerend dat ze eigenlijk weg moest.
'Ik kwam vooral even langs om te zeggen dat ik die vent van dat privédetectivebureau te pakken heb gekregen. Maar er zit nog geen schot in de zaak.'
Freddie was teleurgesteld, maar niet verbaasd. Als het de man wel zou zijn gelukt om Giselle op te sporen, dan had hij allang aan de telefoon gehangen.
'Waarom proberen jullie geen ander bureau?' Barbara wilde graag helpen. 'Misschien hebben die meer geluk.'
'Deze man doet wat hij kan,' zei Lottie. 'Maar dit soort dingen, nou ja...'
'Ze kosten tijd,' vulde Freddie de ontbrekende woorden aan. 'Zeg dat maar gerust, hoor.'
'Ik heb hem gezegd dat hij zijn best moet blijven doen. Hij weet dat we snel resultaat willen.' Ze sloeg de whisky in één teug achterover, hapte toen naar adem en greep naar haar keel. 'Jemig, het is alsof je een slok benzine binnenkrijgt.'
'Lieverd.' Freddie schudde vertederd zijn hoofd. 'Wat ben je ook een proleet.'

Beneden bij het meer knetterde het vreugdevuur er lustig op los en was het feest in volle gang. Freddie en Barbara hadden het schuifraam in de huiskamer op een kier gezet om het gegil van de kinderen en de oh's en ah's die elke nieuwe ontploffing vergezelden, te kunnen horen, en zaten nu samen te kijken naar de vuurwerkshow die de sterrenhemel verlichtte.
'Misschien is dit wel het laatste vuurwerk dat ik meemaak.' Freddie voelde zich aangenaam ontspannen, dankzij de whisky waar hij meer van had gedronken dan goed voor hem was. Ach, als hij van plan was geweest om de negentig te halen, dan had hij heus niet zoveel gedronken. Maar nu maakte het geen donder uit. Hij kon die hele fles leegdrinken als hij wilde.
'Is het niet prachtig?' Barbara had haar voeten omhoog en hield

hem gezelschap met een glas Tia Maria. 'Weet je, ik heb een keer een verhaal gehoord over een man die gecremeerd wilde worden na zijn dood. En hij had het zo geregeld dat zijn as werd verpakt tot een soort reusachtige vuurpijl die op zijn lievelingsplek de lucht moest worden in geschoten.'

'Kan lastig zijn als je lievelingsplek toevallig Marks and Spencer is,' zei Freddie.

'Ik vond het een prachtig verhaal. Ik zou heel graag in een vuurpijl eindigen en dan boven Regent's Park tot ontploffing worden gebracht. Zoiets als dat.' Ze gebaarde met haar vrije hand naar een reeks uitbarstingen van roze en paarse chrysantbommen, die de lucht vulden. 'Zou dat niet fantastisch zijn? Hartstikke leuk!'

Freddie nam nog een lekker slokje Glenfarclas. 'Ik laat die van mij gewoon verstrooien op het meer, als je het niet erg vindt.'

'Jij bent de baas.' Met haar hoofd schuin keek ze hem glimlachend aan. 'Klaar voor je volgende lading pillen?'

'Klotedingen. Nou ja, het moet maar.' Dat hij wist dat de pillen hem hielpen, betekende nog niet dat hij ze graag innam. 'Weet je, toen de diagnose net was gesteld, en de arts me vertelde dat ik met een beetje geluk nog een jaar te leven had, heb ik erover gedacht om zelfmoord te plegen. Niet meteen op dat moment,' voegde hij eraan toe, want hij wilde dat ze hem begreep, 'maar als... nou ja, je weet wel, als het zover zou zijn. Ik zocht uit wat ik kon verwachten en besloot dat ik liever dood zou zijn voordat ik die staat bereikte. Het leek een verstandige beslissing. Denken veel mensen dat?'

Barbara dacht even over de vraag na. Uiteindelijk antwoordde ze: 'Ik denk van wel.'

'Ik ook.' Hij knikte. 'Maar de vraag is, doen ze het ook, als het zover is? Zetten ze echt door en plegen ze zelfmoord?'

Ze schudde haar hoofd en zei vriendelijk: 'Nee, ik denk dat de meesten dat niet doen.'

'Dat dacht ik al. Ik wilde het eerst ook, maar nu kan ik het niet meer. En ik geloof niet dat het een kwestie is van moedig of laf zijn, maar ik kan me gewoon niet meer voorstellen dat ik het doe.' Berustend zette hij zijn whiskyglas neer en legde zijn hoofd tegen de rugleuning van zijn stoel. 'Het is knap irritant, dat kan ik je wel vertellen. Waarom moet dat zo gaan?'

'Ik denk dat het de wil om te leven is,' zei ze meelevend. 'Onze overlevingsdrang gaat zich ermee bemoeien.'
'Maar dat wilde ik niet! Ik dacht dat ik de laatste paar maanden kon overslaan, want een beetje verstandig mens wil die toch niet meemaken? Alleen lijkt het er nu op dat ik er toch mee opgescheept zit. Ik wil morgenvroeg wakker worden, overmorgen en de dag daarna, zolang het lichamelijk maar mogelijk is. Ik wil dat die nutteloze privédetective Giselle voor me vindt. Ik wil kerst meemaken, ik wil je laten zien hoe de tuin er volgend voorjaar uitziet, ik wil... o, shit.'
'Hier.' Ze duwde hem een papieren zakdoekje in de hand.
'Sorry. Sorry.'
'O, Freddie, dat mag best, hoor.'
Nadat Freddie zijn tranen had weggeveegd, schraapte hij zijn keel en keek zonder iets te zien uit het raam. Plotsklaps werd hij overmand door verdriet en woede, omdat hij niet wilde sterven, maar het ook niet kon tegenhouden. Had hij het misschien te snel opgegeven, nadat de diagnose was gesteld? Als hij zich wel had laten behandelen, zou het genezingsproces dan nu misschien al zijn ingezet? Zou zijn arts dan nu verwonderd zijn hoofd schudden en verklaren: 'Ik moet zeggen dat dit een veel beter resultaat is dan waarop we durfden te hopen, Freddie. De tumor is bijna helemaal verdwenen!'
Wat als? Nou, hij zou dat nooit weten. Het leven had hem toen zo somber toegeschenen dat het einde ervan hem niet had afgeschrikt. Maar dat was voordat hij Barbara had leren kennen. Hij had de afgelopen weken zo van haar gezelschap genoten dat dat een reden was geworden om verder te willen gaan. Barbara, wist hij, was een vrouw van wie hij had kunnen houden. Als hij haar een halfjaar eerder had leren kennen...
En als hij geen hersentumor had gekregen...
Maar ja, als hij geen hersentumor had gekregen, had hij Barbara überhaupt niet leren kennen.
Dit was vast een levensles, dacht hij. Maar dan eentje waar hij geen moer van snapte.
'Alles goed?' Barbara kneep bemoedigend in zijn hand.
'Ja hoor.' Hij knikte en glimlachte even. De woede lag alweer achter hem.

Beng, beng, beng ging het vuurwerk. Watervallen van karmozijnrood en helder lichtblauw licht stroomden uit de hemel en ontmoetten hun reflecties in het zilverzwarte water van het meer.
'Nee, laat Regent's Park ook maar. Toen Amy zestien was, zijn we een lang weekend naar Parijs geweest. Ben jij daar wel eens geweest?'
'O ja, met Mary.' Freddie bewaarde betoverende herinneringen aan hun tijd samen in Parijs.
Terwijl een spectaculair spervuur van felpaarse en smaragdgroene chrysantbommen zich knetterend langs de hemel verspreidde, zei Barbara tevreden: 'Ik geloof dat ik het liefst van de Eiffeltoren word af geschoten.'

53

'O. Hallo. Ik dacht dat Tyler hier zou zijn.'
Lottie klikte het spelletje patience uit dat ze stiekem op de computer had zitten spelen en keek naar Liana die in de deuropening van het kantoor stond. Behalve dat ze er aanbiddelijk uitzag en klonk als een engel, rook ze er ook nog eens naar. Hoe kon dat nu weer?
'Hij is aan het werk in Pelham House.' Omdat ze haar nieuwsgierigheid niet kon bedwingen, vroeg ze: 'Wat is dat voor parfum dat je ophebt?'
Met stralende ogen zei Liana: 'O, dit? Het heeft niet echt een naam! Ik ben naar een parfumeur in Knightsbridge geweest, en hij heeft het voor me samengesteld... Je weet wel, als een soort aanvulling op mijn feromonen of zoiets?'
Natuurlijk. Stomme vraag. De heerlijkste geur ter wereld was speciaal gemaakt voor het heerlijkste wezen ter wereld. Lottie wou echt dat ze er niet naar had gevraagd. Als zij naar een parfumeur stapte, zou hij waarschijnlijk wat padden en brandnetels in een blender gooien en er een klodder tomatenketchup bij doen.
'Wat lief van je dat je het meteen merkt,' riep Liana uit. 'Denk je trouwens dat Tyler lang wegblijft? Wat doet hij daar?'
'Hij repareert het hemelbed. Het is de Carringtons gelukt om twee

horizontale latten te breken, en toen is het baldakijn naar beneden gekomen.'
'Meen je niet! Hoe hebben ze dat voor elkaar gekregen?'
'God mag het weten.' Lottie grijnsde, want de Carringtons waren eind zestig en zagen er helemaal niet uit als mensen die aan zoiets onsmakelijks als seks deden. Het viel eerder te verwachten dat ze identieke windjacks in bed droegen dan dat ze vogelnestjes maakten aan het baldakijn. Tenzij ze – jakkes – allebei tegelijk deden.
'Ik weet wat je denkt,' zei Liana plagend.
'Ik wil het niet denken.' Lottie nam een slok Evian. Er liep natuurlijk water over haar kin, en ze veegde het snel weg. Allemachtig, kon ze dan zelfs geen water drinken zonder zichzelf voor schut te zetten? 'Maar de Carringtons zijn al vertrokken, dus als je wilt, kun je best naar Tyler toe gaan.'
'Als ik dat doe, kom ik misschien in de verleiding om hem op dat hemelbed te gooien en me op hem te storten.' Liana's ogen glommen ondeugend. 'Nee, ik zie hem straks wel. Ik wilde het alleen even met hem hebben over onze plannen voor Thanksgiving.'
Dus nu wist ze het; ze gingen beslist met elkaar naar bed.
En Thanksgiving? Dat was pas over een paar weken. Hoelang wilde Liana hier eigenlijk blijven?
'Ik zei toevallig vanochtend nog tegen Tyler dat we echt eens een keer samen iets moeten gaan doen,' vervolgde Liana.
O? Wat bedoelde ze daar nu weer mee?
'Jij en Seb moeten een keertje bij ons komen eten.'
Lieve hemel, was ze gek geworden? Terwijl Lottie druk aan een elastiekje trok dat om haar vingers zat, zei ze bot: 'Ik denk niet dat Tyler dat zo leuk zou vinden.'
'Ach, ik weet best dat hij niet echt dol is op je vriend. Maar dat lijkt me juist een goede reden om ze de kans te geven elkaar wat beter te leren kennen! Ik bedoel, het zou toch veel fijner zijn als we allemaal vrienden waren?'
Fijner? Fijner? Was Liana nou echt zo'n heilig boontje? Lottie bromde wat onduidelijks en hoopte met heel haar hart dat ze weg zou gaan.
Wat natuurlijk niet gebeurde. Inmiddels op de rand van Lotties bureau gezeten, kletste Liana vrolijk verder. 'Weet je, het is gewoon ongelooflijk, maar het heeft me zo goed gedaan om hier te zijn. Je

had me eens moeten zien vlak nadat Curtis was gestorven. En ik heb het allemaal aan Tyler te danken. Hij heeft mijn wereld veranderd.'
'Hm.' Lottie knikte. Ze werd een beetje misselijk.
'Ik had nooit gedacht dat ik weer verliefd zou kunnen worden,' vervolgde Liana. 'Laat staan dat ik weer een seksleven zou hebben! Maar als je bij iemand als Tyler bent... nou ja... hij is gewoon zo...'
Stop. Te veel informatie.
'Hoe dan ook, ik zou niet meer weten wat ik zonder hem moest.' Ze hield haar hoofd schuin. 'Gek hè, hoe de dingen kunnen lopen? Je denkt dat je leven op rolletjes loopt, en dan verandert ineens alles. Je kunt nooit echt weten wat de toekomst voor je in petto heeft, hè?'

Met Freddie ging het opeens slechter. Zijn huisarts werd ontboden, en hij deed sombere voorspellingen over zijn ziekte. Hij had niet veel tijd meer; misschien was het ogenblik aangebroken om naar een hospice te gaan?
'Nee.' Tegen de kussens steunend, schudde Freddie vermoeid zijn hoofd. 'Ik zal niet van mening veranderen. Ik blijf hier.'
'Goed.' De dokter accepteerde zijn besluit meteen. 'Ik zal het met Barbara over je pijnbestrijding hebben.' Goedkeurend knikkend voegde hij eraan toe: 'Je hebt een goeie aan haar.'
'Als je maar van haar afblijft. Je hebt thuis al een vrouw,' zei Freddie.
De dokter glimlachte en schreef een paar recepten uit. 'Zorg nu maar dat je het rustig aan doet en veel rust neemt.'
Ha. 'Moet ik met rugby stoppen, bedoel je? Man, het enige wat ik doe, is in bed liggen en rusten.'
'En het mooiste uitzicht van Engeland bewonderen.' Zich omdraaiend, wees de dokter naar het meer, de heuvels erachter en de zon net boven de bomen, die de wolken in een granaatappelrode gloed zette. 'Ik kan me ergere dingen voorstellen.'
'God, ik ben zo moe.' Terwijl hij gaapte, besefte Freddie dat hij weer begon te lispelen. En het was al een week geleden dat hij voor het laatst had gedronken.
'Dan ga ik maar,' mompelde de dokter. Freddie sliep al nog voordat hij de slaapkamerdeur achter zich had dichtgetrokken.

De telefoon ging net over toen Lottie zichzelf Hestacombe House binnenliet. Barbara, die de potten basilicum en koriander op de vensterbank aan het water geven was, nam op. 'Hallo?'
Lottie wachtte totdat Barbara het gesprek had beëindigd.
'Het punt is dat Freddie nu niet aan de telefoon kan komen. Ik zal uw naam en telefoonnummer noteren, dan kan hij u later terugbellen.' Terwijl ze tegen Lottie fluisterde dat Freddie sliep, pakte ze een pen uit de fruitschaal op het dressoir.
Lottie schoof haar behulpzaam een envelop toe, zodat ze op de achterkant kon schrijven.
Nadat Barbara een minuut aandachtig had geluisterd, schreef ze een naam op, keek naar Lottie en zei: 'Mr. Barrowcliffe, heeft u een ogenblikje? Ik moet even iets overleggen.'
'Barrowcliffe? Jeff Barrowcliffe?' Verbaasd trok Lottie haar wenkbrauwen op.
Barbara knikte en legde haar hand op de hoorn. 'Ja. Freddie heeft me over hem verteld. Hij belt om Freddie uit te nodigen voor een feest in december.'
Met een brok in haar keel pakte Lottie de telefoon aan. 'Ik doe het wel.'
Freddie had de taak om anderen in te lichten over zijn ziekte aan Lottie en Barbara overgedragen. Nadat Lottie zichzelf had voorgesteld aan Jeff Barrowcliffe, legde ze hem uit dat Freddie ziek was en niet naar het feest zou kunnen komen.
Jeff was duidelijk van zijn stuk gebracht. 'Maar het is pas over vijf weken. Dan is hij misschien wel weer beter.'
Vriendelijk zei Lottie: 'Het spijt me, maar dat denk ik niet. Freddie is erg ziek.'
Stilte. Toen: 'Wat heeft hij dan?'
'Hij heeft een hersentumor.' Lottie haatte het dat te moeten zeggen.
'O god, wat verschrikkelijk.' Jeff was hoorbaar geschokt. 'Hij leek zo goed toen hij hier was.'
'Om u de waarheid te zeggen, hij had het vlak daarvoor te horen gekregen. Dat is ook de reden dat hij contact met u zocht, omdat hij wist dat hij niet meer lang te leven had.'
'Daar heeft hij me niets over gezegd.' Lottie hoorde de ontzetting in Jeff Barrowcliffes stem. 'Ik had geen flauw idee.'

'Hij wilde dat graag zo. Maar nu kunnen we het niet langer meer stilhouden. Ik zal hem zeggen dat u heeft gebeld,' zei ze, 'en als hij het aankan, belt hij u morgen misschien terug, maar ik moet u waarschuwen dat hij een beetje lispelt. Hij is niet altijd even goed te verstaan door de telefoon.'
'Goed, goed... ja, zeg hem maar dat ik heb gebeld,' vervolgde Jeff gehaast. 'En doe hem de groeten. Het was fijn om hem weer te hebben gezien afgelopen zomer.' Hij zweeg weer en schraapte zijn keel. 'Is... is hij heel erg ziek?'
Terwijl ze langzaam knikte, antwoordde ze: 'Ja, ja, hij is heel erg ziek.' Ze voelde Barbara's hand, warm en troostend, op haar schouder.
'Zeg hem maar dat ik het heel erg voor hem vind,' zei Jeff.

De volgende ochtend keek Freddie naar Barbara die in zijn slaapkamer aan het redderen was. Ze verschoof een glazen vaas met witte winterrozen op de vensterbank en stofte de zilveren fotolijstjes af.
'Weet je, ik voel me vandaag iets beter.' Voorzichtig bewoog hij zijn hoofd van links naar rechts om te kijken hoe erg de pijn was. Beslist minder dan gisteren.
'Misschien omdat je meer morfine krijgt.'
'O. Goed.' Hij was waarschijnlijk zo stoned als een garnaal zonder het te beseffen. 'Lispel ik?'
Ze glimlachte. 'Een beetje.'
'Zullen we een glas champagne nemen?' Hij keek haar hoopvol aan.
'Het is elf uur 's ochtends. Ik zet wel een kop thee voor je, wat denk je daarvan?'
'Ik denk dat dat een hele slechte vervanging is. Wie is dat?' Ze hoorden buiten allebei een auto stoppen.
Barbara wierp een blik uit het slaapkamerraam. 'Geen idee. Nieuwe gasten, denk ik. Lottie staat ze al te woord. Heb je zin in een kipsandwich?'
'Ik heb geen honger.'
'Toch zou je iets moeten eten.'
'Ik heb genoeg aan een zeurende verpleegster.' Wijzend op de stoel naast bed, zei hij: 'Hou op met die heisa, mens, en help me met die

verdomde kruiswoordpuzzel. Vroeger had ik die altijd binnen tien minuten af.'
'Ik zal je kussens even goed leggen. Alles ligt scheef.' Barbara hielp hem naar voren en klopte met haar vrije hand behendig de donzen kussens op. 'Zo, dat voelt vast beter. Waar heb je je pen gelaten?'
'Die heb ik laten vallen,' zei hij.
De deur werd opengegooid toen Barbara op handen en knieën onder bed naar de pen aan het zoeken was. Lottie, die er vijftig procent geschokt uitzag en vijftig procent alsof ze net de kerstman had gezien, zei met een raar stemmetje: 'Freddie, je hebt bezoek.'
Typisch weer. Net nu hij en Barbara aan de puzzel zouden beginnen. Freddie fronste zijn wenkbrauwen, bedenkend dat hij niet in de stemming was voor bezoek. 'Wie is het?'
Lottie hijgde een beetje. Ze wachtte tot Barbara de pen had gevonden en onder het bed vandaan was gekropen en zei toen: 'Giselle.'

54

Freddie had het gevoel dat de klok in de kamer was blijven stilstaan. Hoe kon Giselle hier nu zijn, terwijl het privédetectivebureau nog niet eens had gebeld om te zeggen dat ze haar hadden gevonden? Tenzij ze dat wel hadden gedaan, en dit Lotties idee van een verrassing was. Hoewel ze zich beslist niet als een medeplichtige gedroeg.
Verwonderd vroeg hij: 'Hebben ze haar gevonden?'
Lottie schudde haar hoofd. 'Nee.'
Even vroeg hij zich af of hij soms hallucineerde door de verhoogde dosering medicijnen. Of misschien sliep hij wel en droomde hij dit allemaal. Hoewel het heel echt voelde.
En nu kwam Lottie naar hem toe lopen om zijn haar te strelen en een beetje aan de kraag van zijn pyjamajasje te frutselen. Ze pakte zijn flesje Penhaligon-eau de cologne en spatte wat op zijn wangen. Daarna trok ze de deken recht en deed een stap naar achteren. 'Zo kun je er wel mee door.'
Freddie nam aan dat hij nog blij mocht zijn dat ze de punt van haar

zakdoek niet met spuug had natgemaakt om zijn mond mee af te vegen. Hij voelde zich net een slonzig vijfjarig jochie. Zich ervan bewust dat hij moeizaam praatte, vroeg hij: 'Zal ze schrikken als ze me ziet?'

Op dat moment kraakte een vloerplank, en verscheen er een gestalte in de deuropening.

'Nee, Freddie.' Giselle stapte de slaapkamer binnen. 'Ik zal niet schrikken.'

Als dit een droom was, dan beklaagde Freddie zich niet.

Lottie sloot discreet de deur, nadat ze met Barbara de kamer had verlaten.

'Je bent het echt.' Het was belachelijk om te zeggen, maar hij kon het niet helpen. Giselles golvende haar dat haar lieve ronde gezicht omlijstte, had nog dezelfde warme bruine gloed die hij zich herinnerde. Haar ogen waren onveranderd, haar glimlach aarzelend. Ze droeg een mooie crèmekleurige broek en een lichtbruine angoratrui over een ivoorkleurige blouse. Een stukje van haar kraag stak iets omhoog, zodat Freddie bedacht dat het toch geen droom was, want dit was niet het soort detail dat zijn hersens ooit zouden kunnen hebben verzinnen.

'O Freddie, het is zo fijn om je weer te zien.' Hij zag de tegenstrijdige gevoelens op haar gezicht – oprechte blijdschap vermengd met medelijden vanwege zijn toestand. Voorzichtig legde ze haar handen op zijn schouders en kuste hem op elke wang. Ze rook naar gardenia's.

Freddie gebaarde naar de stoel. Hij wilde haar aankijken, zich fatsoenlijk bij haar verontschuldigen en horen hoe haar leven was verlopen. 'Ik snap niet hoe je hier kunt zijn,' begon hij voorzichtig, terwijl Giselle ging zitten. 'We hebben je gezocht.'

'Dat hoorde ik. Nou ja, ik bedoel, ik wist het eigenlijk wel.' Ze pakte zijn hand beet. 'Maar Lottie heeft me net verteld dat ze naar Oxford is geweest, waar ze Phyllis Mason heeft gesproken.'

'Een grote hulp was dat,' mopperde hij. 'Ze kon zich niet eens de naam herinneren van de kerel met wie je was getrouwd.'

Ze glimlachte. 'Nou, het is eerlijk gezegd ook heel lang geleden. En het was ook niet zo'n gemakkelijke naam. Kasprzykowski.'

'Allemachtig, dan moet het wel echte liefde zijn geweest!' Hij barstte bijna uit elkaar van alle vragen die hij haar wilde stellen.

'Vertel me eerst eens hoe het komt dat je er nu bent. Ik snap het nog steeds niet.'
'Je bedoelt dat ik voor het eerst in mijn leven een voorsprong op je heb?' Met glanzende ogen vervolgde ze plagend: 'Daar moet ik dan eigenlijk maar eens flink gebruik van maken, hè?'
'Dat heb ik verdiend.' Freddie was alleen maar blij dat ze er was. 'Mag ik zeggen dat het me spijt? Ik weet dat ik je veel verdriet heb gedaan, en dat verdiende je niet. Ik heb me vreselijk slecht gedragen, en daar ben ik me altijd rot over blijven voelen.'
'Dat is wel duidelijk.' De rug van zijn hand strelend zei ze: 'Anders zou je niet zoveel moeite hebben gedaan om me op te sporen.'
'Een slecht geweten.' Hij schudde zijn hoofd. 'Dat is iets verschrikkelijks.'
'Je moet niet zo streng zijn voor jezelf. Je hield niet meer van me, je was van iemand anders gaan houden. We hebben het uitgemaakt. Zulke dingen gebeuren. In elk geval zijn jij en Mary bij elkaar gebleven.' Haar ogen fonkelden. 'En misschien helpt het je om te weten dat ik uiteindelijk ook de juiste keuze heb gemaakt.'
Er viel een enorme last van Freddies schouders. Terwijl hij naar haar woorden luisterde, was het bijna alsof hij lichamelijk lichter werd. 'Dus je bent nog steeds Mrs. Kasprzy... nog wat.'
'Ja.' Ze knikte. 'O ja, ik ben nog steeds Mrs. Kasprzykowski.' Ze zweeg even. 'Officieel tenminste.'
'Wat bedoel je daarmee?'
'Peter heeft me meegenomen naar Amerika. We trouwden. Zijn ouders haatten me omdat ik niet Pools was. En niet katholiek. We woonden bij hen in huis, in Wisconsin.' Ze schudde nuchter haar hoofd. 'Ik had er zo'n spijt van dat ik met hem was meegegaan, dat is gewoon niet na te vertellen. Peter was een mama's kindje, en aartslui, veel te lui om het langer dan een maand bij een baas uit te houden. Ik heb me erdoorheen geslagen door twee jaar in een ijzerwinkel te werken en iedere week een paar dollar opzij te leggen tot ik genoeg had om de boot terug naar Engeland te nemen. Peter had me steeds gewaarschuwd dat ik er spijt van zou krijgen als ik hem ooit zou verlaten. Dus ben ik op een avond weggelopen en terug naar huis gegaan. En ik heb nooit meer contact met hem opgenomen.'
'Allemaal mijn schuld.' Wat moest ze ongelukkig zijn geweest; hij kon zich er nauwelijks een voorstelling van maken.

'Ach, zulke ervaringen maken een mens alleen maar sterker. In elk geval hadden Peter en ik geen kinderen. Hoe dan ook,' vervolgde ze, terwijl ze haar benen weer over elkaar sloeg en naar voren leunde: 'Ik kreeg een baan als kinderjuf bij een familie in Berkshire. Toen ik een keer een weekend vrij had, besloot ik om een oude schoolvriendin van me in Oxford te gaan opzoeken. Ik nam de trein. Stapte uit op het station. En toen zag ik hem op het perron, hij stond op zijn trein te wachten. Ik kon mijn ogen niet geloven. Hij zag me ook en kwam naar me toe. We begonnen te praten en dat was dat. Ik ben niet meer naar mijn oude schoolvriendin gegaan.'
'Wie was hij?'
'De man die me de afgelopen zesendertig jaar gelukkig heeft gemaakt,' antwoordde ze eenvoudig. 'De vader van mijn kinderen. De man van wie ik zal houden tot aan mijn dood, zelfs al heeft hij dan zijn fouten.'
Freddie stelde zich de scène op het perron voor, twee volslagen vreemden die elkaar aankijken en instinctief weten dat Dit Het Is. Net zoals het bij Mary en hem was gegaan.
'Liefde op het eerste gezicht.' Hij kneep in Giselles hand. 'Hoe heet hij?'
'Je kunt het nauwelijks liefde op het eerste gezicht noemen,' sprak ze hem geamuseerd tegen. 'En hij heet Jeff Barrowcliffe.'

Beneden in de keuken zat Jeff in zijn thee te roeren, terwijl hij probeerde uit te leggen waarom hij Freddie niet meteen de waarheid had verteld.
'Ik was jaloers, zo simpel lag het. Freddie was zogenaamd mijn beste vriend, en hij had mijn meisje gestolen. Dat wil niet zeggen dat ik het, zoals ik toen was, niet verdiende, maar ik was Giselle al één keer aan hem kwijtgeraakt en was niet van plan dat nog een keer te laten gebeuren.'
'Dat snap ik,' zei Lottie.
Barbara knikte. 'Ik ook.'
'We hadden Freddie veertig jaar niet gezien,' verdedigde Jeff zichzelf. 'En toen kreeg ik ineens die e-mail van jou. Ik was best benieuwd naar hem, maar ik wist niet wat hij wilde. Ik vertrouwde hem niet. Dus heb ik de familiefoto's uit de kamer verwijderd en Giselle voor een dagje naar onze oudste dochter gestuurd. Toen

Freddie kwam, vertelde hij dat hij ook op zoek was naar Giselle, maar hij zei niet waarom. Het enige wat ik zag, was een oude rivaal, aantrekkelijk, goedgekleed, nog even charmant als altijd. Hij zei niet dat hij ziek was.'
Lottie begreep iets niet. 'Maar gisteren belde je om hem uit te nodigen voor een feest.'
'Ja.' Een beetje beschaamd zei Jeff: 'Het heeft even geduurd, maar uiteindelijk heeft Giselle me tot inkeer gebracht. Het punt is, het was... fantastisch om Freddie weer te zien. Over vroeger praten, luisteren naar zijn levensverhaal. Het zette ons aan het denken toen hij weer weg was. We besloten om zelf ook wat oude vrienden op te sporen en nog voor kerst een grote reünie te organiseren. En Giselle zei dat ik Freddie ook moest uitnodigen. Ze beloofde me dat ze er niet met hem vandoor zou zijn. En natuurlijk wist ik dat ze gelijk had. Op dat feest mocht Freddie niet ontbreken.' Hij zweeg, nam een slokje thee en zette het kopje voorzichtig terug op het schoteltje. 'Hoewel het er nu naar uitziet dat Freddie er toch niet bij zal kunnen zijn. Ik voelde me vreselijk nadat ik je gisteren had gesproken. En zodra ik het Giselle had verteld, zei ze dat we hiernaartoe moesten gaan.'
'Dus ze is niet je vrouw,' merkte Lottie op. 'Ze is nog steeds Mrs. Kiddly-Iddly-Offski.'
'Haar man zou in die tijd nooit hebben toegestemd in een scheiding. Het waren vrome katholieken. We hebben de afgelopen zesendertig jaar gewoon samengewoond. In zonde,' voegde hij eraan toe. 'Hoewel iedereen haar Mrs. Barrowcliffe noemt.'
'Dus daarom kon die privédetective haar niet vinden.'
Jeff grinnikte. 'Een privédetective? Jemig, jullie hebben het wel heel serieus aangepakt, zeg. Dat zal Giselle leuk vinden om te horen, dat ze is geschaduwd door een privédetective in de achterbuurten van Exmouth.'
'Ze is niet geschaduwd,' zei Lottie. 'Hij heeft haar helemaal nergens kunnen vinden. Als je het mij vraagt, is het een privédetective van niks.'

Langs haar ogen vegend kwam Giselle de keuken in en zei: 'Hij wordt weer moe. Jeff, hij wil jou nog even zien voordat hij gaat slapen.'

Jeff was meteen in de benen. 'Hoe ziet hij eruit?'
'Precies zoals altijd. Alleen vreselijk ziek.' Giselle rommelde in haar zak op zoek naar een schone zakdoek. 'Ik wou dat we eerder waren gekomen.'
'Dat is niet meer belangrijk,' zei Lottie, terwijl Barbara nog een keer thee ging zetten. 'Jullie zijn er nu.'

Dus dat was dat. Eindelijk had hij Giselle gevonden. Nou ja, niet echt, maar ze waren er hoe dan ook in geslaagd om elkaar te vinden. Het leek een beetje op je leesbril kwijt zijn en het hele huis op de kop zetten, om dan te ontdekken dat hij al die tijd in de zak van je jasje had gezeten.
Freddie deed zijn ogen open. Het was inmiddels donker buiten, wat betekende dat hij een aardige tijd moest hebben geslapen. De inktzwarte lucht was bezaaid met sterren, en de bijna volle maan werd weerspiegeld in het kalme, glasachtige oppervlak van het meer. Was de dokter nog langs geweest? Freddie herinnerde zich vaag dat hij hem iets tegen Barbara had horen mompelen, terwijl hij lag te soezen. Zijn hoofd deed geen pijn, maar hij vermoedde dat het wel pijn zou doen als hij probeerde om zich te bewegen. Maar dat maakte niet uit, hij lag best lekker. En meer kon hij niet wensen gezien de omstandigheden.
'Freddie? Ben je wakker?' Het was Barbara's stem, laag en zacht; dus hij was toch niet alleen. Ze zat op de stoel die tot vlak naast bed was getrokken. Haar warme hand rustte nu op zijn arm. 'Heb je iets nodig? Kan ik iets voor je doen?'
Omdat hij voelde dat het er allemaal verkeerd uit zou komen als hij zou proberen te praten, bewoog hij zijn hoofd bijna onmerkbaar van links naar rechts. Hij had niets nodig. Giselle en Jeff hadden hem vergeven. Hij voelde zich weer slaperig worden. Slapen was veel gemakkelijker dan proberen wakker te blijven. En wanneer hij sliep, kon hij over Mary dromen. Terwijl hij wachtte totdat hij weer in slaap zou doezelen, keerde hij terug naar een van zijn fijnste herinneringen – en de gedachte dat het voor hetzelfde geld ook niet had kunnen gebeuren, deed hem huiveren. Maar dat was het lot. Dat was serendipiteit. De allerkleinste beslissingen konden je hele leven veranderen...

Het was een prachtige zonnige ochtend in juni geweest, en Freddie was op weg naar een afspraak met zijn bankdirecteur. Omdat hij een halfuur te vroeg was, overlegde hij met zichzelf of hij ergens een kop koffie zou gaan drinken of even zou doorlopen naar de autoshowroom aan het eind van Britton Road om een onschuldige, maar begerige blik te werpen op de auto's die hij zich niet kon veroorloven.

De auto's wonnen het, en Freddie sloeg rechts af in plaats van links af. Een paar seconden later liep hij een meisje tegen het lijf dat op de stoep stond te rammelen met een collectebus. Toen hij in zijn broekzak zocht, vond hij slechts een paar koperen muntjes. Zich bewust van de blik van het meisje liep Freddie naar haar toe en deed zijn best om te verhullen dat hij maar een miezerig bedrag in de bus stopte.

Helaas beschikte hij niet over de vaardigheid van een goochelaar. Het meisje keek hem recht in de ogen en vroeg bot: 'Is dat alles?'

Freddie raakte geïrriteerd. Hij had toch zijn best gedaan om iets te geven? Andere mensen liepen gewoon door. Niet goed wetend of hij zich moest verontschuldigen – want normaal gesproken was hij niet zo vrekkig – of boos worden, zei hij: 'Meer kleingeld heb ik niet.'

En toen gebeurde het. De mondhoeken van het meisjes krulden iets omhoog, en het was alsof zich tegelijkertijd een fluwelen handschoen om zijn hart vouwde. Op speelse toon zei ze: 'Ik weet zeker dat je beter kunt als je maar je best doet.'

Met een raar ademloos gevoel keerde Freddie zijn beide broekzakken binnenstebuiten om haar te laten zien dat ze echt leeg waren. Daarna draaide hij zich om en vervolgde zijn weg over Britton Road, zich tintelend bewust van haar ogen in zijn rug.

De auto's in de showroom konden hem niet bekoren. Hij ging naar de sigarettenzaak aan de overkant en kocht een doosje lucifers.

'Dat is een hele verbetering.' Het meisje kreeg kuiltjes in haar wangen toen hij een stel zilveren munten in haar collectebus liet vallen. Ze had helderblauwe ogen, lang, steil korenblond haar en droeg een kort paars hemdjurkje. Ze had prachtige benen.

'Mooi zo,' zei Freddie. Deze keer liep hij bijna honderd meter de andere kant uit, voordat hij weer terugliep en nog een handvol twee shilling-munten in haar bus liet glijden.

'Je begint het te snappen,' zei het meisje.
Hij keek haar aan. 'Hoe heet je?'
Speels glimlachend rammelde ze met haar collectebus.
Deze keer pakte hij een briefje van een pond uit zijn portefeuille, rolde het op en stopte het in de gleuf.
'Mary.'
'Mary, je kost me handenvol geld.'
'Ja, maar het is voor een goed doel.'
Als hij koffie was gaan drinken, hadden ze nooit elkaars pad gekruist. Hij controleerde nog een keer of ze geen trouwring droeg.
'Ik heb nu een afspraak met de bank. Sta je hier nog als ik terugkom?'
Ze trok een wenkbrauw op. 'Misschien wel, misschien niet.'
Nog een briefje van een pond in de bus. 'En nu?'
Haar ogen dansten. 'Oké, goed dan.'
'En als ik terug ben, wil je dan een kopje koffie met me gaan drinken?'
'Sorry, nee.'
Hij raakte in paniek. 'Waarom niet?'
'Er is een probleem.'
'Wat dan?'
'Ik drink geen koffie, ik lust alleen thee.'
Zijn huid tintelde van opluchting. 'Wil je dan een kop thee met me gaan drinken?'
Op Mary's gezicht verscheen een brede glimlach. 'Ik dacht dat je het nooit zou vragen.'

Freddies ogen waren weer dicht. Elk moment van die zomerochtend stond in zijn hart gegrift. Hij en Mary waren thee gaan drinken – het was een wonder dat hij zich dat nog had kunnen veroorloven met al het geld dat hij in die verdomde collectebus van haar had gegooid – en dat was dat. Er was geen weg meer terug geweest. Ze hadden allebei geweten dat ze voor de rest van hun leven bij elkaar hoorden.
En ze waren bij elkaar gebleven, vierendertig jaar lang. De laatste vierenhalf jaar zonder Mary waren een kwelling geweest, maar ze leek nu weer heel dichtbij. Hij had het gevoel alsof hij alleen maar zijn gedachten los hoefde te laten om weer bij haar te zijn... en ja,

daar was ze al, met die lieve glimlach van haar. Ze stak haar hand naar hem uit...
Vol van een onbeschrijflijke vreugde ontspande hij zich en ging naar haar toe.

55

Toen Lottie de volgende ochtend de oprijlaan van Hestacombe op reed en Tyler buiten voor kantoor zag staan, wist ze het meteen.
'Freddie is dood. Hij is vannacht gestorven,' zei Tyler zacht toen ze uitstapte.
Het was niet onverwacht. Het was onvermijdelijk. Toch was het niet het nieuws dat je graag wilde horen. Ze sloeg een hand voor haar mond.
'Barbara zei dat het heel vredig is gegaan. Hij is in zijn slaap overleden.'
Freddie had geen pijn gehad. Hij had het goedgemaakt met Giselle en hij was tot op het laatst bij zijn volle verstand geweest. Wat had ze zich nog meer kunnen wensen?
'O, Freddie.' Het kwam eruit als een fluistering.
'Kom.' Tyler sloeg zijn armen om haar heen, en Lottie merkte dat de tranen haar over de wangen stroomden.
Met haar gezicht tegen het zachte, veelvuldig gewassen katoen van zijn overhemd, een beetje beschaamd over het feit dat zijn handen op haar schouders echt een troostend gevoel gaven, mompelde ze: 'Ik ben egoïstisch. Maar ik zal hem zo missen.'
'Sst, het is al goed.' Zijn stem, troostend en beheerst, brak door haar verdedigingsmuur heen, en stille tranen maakten plaats voor een luidruchtig, ongecontroleerd, heftig gesnik.
Na lange tijd, toen ze zich als een uitgewrongen dweil voelde en er ongetwijfeld ook zo uitzag, kwam er een eind aan haar uitbarsting.
'Sorry.'
'Nergens voor nodig.'
Natuurlijk was hij gewend om rouwende vrouwen te troosten. Hij had maanden oefening gehad met Liana. Behalve dat Liana er na

zo'n huilbui vast niet zo uitzag, met uitpuilende ogen en mascara over haar hele gezicht gesmeerd.
'Barbara is bij hem,' zei hij. 'En de dokter is onderweg.'
'Arme Barbara. Ze zal ook wel van streek zijn.'
'Ze zegt dat je wel naar boven kunt komen als je hem wilt zien.' Hij gebaarde naar Freddies slaapkamerraam dat schitterde in het zonlicht.
Lottie veegde met een kapot papieren zakdoekje over haar gezicht en hoopte maar dat Freddie het niet erg zou vinden dat ze er als een vogelverschrikker uitzag. Ze knikte en haalde diep adem. 'Dat wil ik wel graag.'

'Hoe gaat het met je? Kan ik je ergens mee helpen?'
Zenuwachtig en geëmotioneerd keek Lottie op. Tyler stond in de deuropening van de keuken en nam haar bezorgd op.
'Eh, nou, de glazen moeten worden ingeschonken en iemand moet ijs in de ijsemmers doen, en ik ben bang dat we niet genoeg glazen hebben...'
'Ho! Geen paniek, laat mij het maar doen. En je hebt maar de helft van mijn vragen beantwoord.' Hij begon flessen wijn te ontkurken. 'Ik vroeg hoe het met je ging.'
'Ik doe mijn best, maar het gaat niet echt goed,' gaf ze toe. 'Ik dacht dat het handig zou zijn om cateraars in te huren, maar twee van de serveersters zijn niet komen opdagen, en degenen die er wel zijn, kunnen er niets van, dus is de paniek toegeslagen, en heb ik het gevoel dat ik Freddie teleurstel.'
'Nou, het is nergens voor nodig om in paniek te raken, en Freddie stel je heus niet teleur.' Hij stopte haar een glas ijskoude witte wijn in de hand. 'En nu mond houden en drinken. Langzaam,' voegde hij eraan toe, voordat ze het in één teug achterover zou gooien.
Ze knikte en nam gehoorzaam een slokje. Ze had het gevoel alsof ze een marathon had gelopen. De dienst in het Cheltenham Crematorium had haar emotioneel uitgeput, en ze voelde zich niet opgewassen tegen de taak om de vele treurende gasten die Hestacombe House bevolkten, te onderhouden. Het was alsof je een enorm feest probeerde te geven terwijl je de griep had. Bijna iedereen uit het dorp was er, bereid om Freddie het soort gedenkwaardige af-

scheid te geven dat hij verdiende, maar het enige wat Lottie wilde, was naar bed gaan.

'Is Seb er niet?' vroeg Tyler. 'Ik dacht dat hij misschien ook wel zou komen.'

'Nee. Hij heeft Freddie maar één keer ontmoet.'

'Maar hij had toch kunnen komen om jou te steunen? Had je het niet fijner gevonden als hij er was?'

Ze nam nog een slokje wijn. Ja, dat zou ze fijner hebben gevonden, maar Seb had haar verteld dat hij vandaag een belangrijke afspraak had met potentiële sponsoren voor het volgende polotoernooi, en toen ze hem net had proberen te bellen, had zijn mobieltje uit gestaan.

Maar dat ging ze Tyler niet aan zijn neus hangen.

'Niemand hoeft mijn hand vast te houden. Ik ben oud genoeg om in mijn eentje naar een crematie te gaan. Bovendien, ik ben toch niet alleen?' Om zich heen gebarend vervolgde ze: 'Ik ken bijna iedereen hier. De helft van de mensen hier kennen me al sinds mijn geboorte.'

'Je hoeft niet meteen in de verdediging te schieten. Ik vroeg je alleen maar waar je vriend was.'

'Hij heeft een belangrijke vergadering. En die wijnglazen moeten ingeschonken worden.' Ze sprong op. 'O god, en de bruschetta's moeten ook in de oven.'

'Geef me een halve minuut,' zei hij. 'Ik ben zo weer terug.'

Dat was hij inderdaad, met een stuk of tien dorpsbewoners in zijn kielzog, onder wie Cressida.

'Stomkop, een beetje in paniek raken en denken dat je het allemaal wel in je eentje kunt.' Cressida griste de theedoek uit Lotties handen en omhelsde haar even. 'Wij zijn er toch? Samen zullen we iedereen binnen de kortste keren eten en drinken hebben voorgezet.'

'Vooral drinken,' zei Merry Watkins met een grijns. 'Freddie zou het ons niet vergeven als we daar zuinig mee waren.'

Tyler duwde Lottie de keuken uit. 'Kom, volgens mij kun je het verder wel aan hen overlaten.'

Opgelucht mompelde ze: 'Dank je wel.'

'Graag gedaan.'

'O, moet je jou eens zien! Je haar is helemaal ingezakt!' Liana haastte zich naar haar toe. 'En je oogschaduw is in de hoeken helemaal uitgelopen... Je ziet er doodmoe uit!'

Ze bedoelde vreselijk. Wat ongetwijfeld waar was, maar niet wat Lottie wilde horen. Toen Curtis was gestorven, had Liana er op de begrafenis natuurlijk prachtig uitgezien en waren zelfs alle wimpertjes op hun plaats blijven zitten.
'Sorry, dat was niet erg tactvol van me.' Liana had meteen spijt van haar woorden. 'Na Curtis' begrafenis was ik een compleet wrak. Als ik Tyler niet had gehad om voor me te zorgen, dan weet ik niet hoe ik het had moeten overleven.' Terwijl ze om zich heen keek, vroeg ze: 'Is Seb er niet?'
Hadden ze dat afgesproken of zo? Was dit een soort samenzwering om Seb af te katten? Lottie schrok toen een stem achter haar zei: 'Nee, hij is er niet, maar ik ben er wel. En ik ben heel goed in meisjes opvrolijken.'
Lottie draaide zich om, schonk Mario een dankbare glimlach en kneep even in zijn arm.
'Oei, nog erger dan ik dacht!' Toen hij haar aangekoekte oogschaduw en roodomrande ogen zag, deinsde hij met gespeelde afschuw achteruit.
'Oké, ik heb het al begrepen.' Ze veranderde het vriendelijke kneepje in een zeer pijnlijke kneep. 'Ik ga me wel even opnieuw opmaken.'
Boven in de enorme blauw-witte badkamer boende ze de oude make-up van haar gezicht en bracht een nieuw laagje aan. Beneden nam het feest een aanvang met de typische opgewonden sfeer van na crematies en begrafenissen. Lottie pakte haar mobieltje en probeerde Sebs nummer nog een keer. Tevergeefs. Nou ja, dat had je met vergaderingen. Aangezien het geen zin had om een berichtje in te spreken, liet ze haar toestel weer in haar tas vallen, spoot wat Vetyver van Jo Malone in haar hals en probeerde haar moed te verzamelen, voordat ze weer naar beneden ging om zich onder de mensen te begeven. 'O!'
'Sorry, ik wilde je niet laten schrikken.' Fenella, die blijkbaar had staan wachten tot ze de badkamer uit zou komen, liet haar blik over de vers aangebrachte make-up en vastgezette haarkammen glijden en knikte goedkeurend. 'Dat ziet er een stuk beter uit. Je leek net een vogelverschrikker daarnet.'
'Je bent niet de eerste die dat zegt.' Een beetje geschrokken, omdat ze niet eens had geweten dat Fenella er was, nam ze het als vanouds

chique kapsel, de glanzende ogen en het smetteloze zwarte mantelpakje in zich op. 'Wist je dan dat Freddie...'
Hoewel dat natuurlijk wel duidelijk was, anders zou ze hier niet zijn.
'Ik zag de advertentie in de *Telegraph*.' Fenella zweeg en schraapte zacht haar keel. 'Nou ja, ik had een beetje opgelet. Niet dat ik er echt naar uitkeek natuurlijk, maar ik wist dat hij vroeg of laat toch moest verschijnen.'
Lottie knikte. Ze voelde zich verlegen met de situatie. Was ze nu verplicht om Fenella's hand te schudden en haar beleefd te bedanken voor haar komst? Wat ze eigenlijk wilde weten, was wat Fenella hier deed. Hoopte ze misschien nog steeds dat Freddie haar wat had nagelaten?
'Nee.' Fenella zag wat ze dacht. 'Ik verwacht echt geen erfenis. Ik wilde gewoon mijn respect betuigen. Freddie was dan wel niet mijn grote liefde, maar ik ben altijd dol op hem geweest.'
'Dat waren we allemaal.'
'Wie krijgt zijn geld?' Fenella's ogen glansden. 'Jij?'
'Nee.' Lottie schudde haar hoofd. 'Ik niet.'
'Pech voor je. Hoe dan ook, ik wilde je nog even gedag zeggen voordat ik wegga. Het is altijd lastig als je naar een crematie gaat en niemand kent behalve degene in de kist.' Na een korte stilte voegde ze eraan toe: 'Tenzij je denkt dat het de moeite waard is om nog even te blijven. Mochten er begerenswaardige mannen zijn van wie je denkt dat ik die wel zou willen leren kennen, aarzel dan vooral niet om me hun kant uit te wijzen.'
Ted van de dorpswinkel? Met het beeld van Fenella en Ted samen voor ogen, zei ze: 'Ik kan zo snel niet iemand bedenken.'
'Zelfs niet die aantrekkelijke Amerikaan? Tyler?'
'Dan zou je denk ik dertig jaar jonger moeten zijn.'
'Dat denk ik ook.' Fenella leek de steek onder water zelfs wel amusant te vinden. 'Maar jij niet. Wie is dat mooie meisje bij hem?'
Ze deed het expres. De heks. 'Een vriendin,' antwoordde Lottie.
'Jammer voor jou.'
'Helemaal niet. Ik heb een veel leukere vriend. Hij organiseert polotoernooien. Hij ziet er fantastisch uit en is ook heel grappig,' schepte ze op. Ze voelde zich net vijftien.
Gelukkig was ze niet de enige die kinderachtig kon doen. Fenella

trok haar potlooddunne wenkbrauwen op en vroeg: 'O ja? Wat moet hij dan met jou?'
Ze keken elkaar even aan. Lottie was de eerste die glimlachte. 'Dank je. Ik voel me ineens een stuk beter.'
'Graag gedaan.' Fenella beantwoordde haar glimlach. Toen ze een auto hoorde komen aanrijden, keek ze uit het raam op de overloop. 'Ah, daar heb je mijn taxi.'
'Kom, dan loop ik even met je mee naar beneden.' Lottie stak Fenella haar arm toe. 'Trouwens, Freddie was blij dat hij je weer had gezien. Hij had er geen spijt van.'
Gearmd daalden ze de trap af.
'Is het hem eigenlijk nog gelukt Giselle op te sporen?' vroeg Fenella.
'Ja.' Een beetje te laat bedacht Lottie dat Fenella en Giselle elkaar een keertje hadden ontmoet.
'Echt?' Fenella liet haar blik belangstellend over de gasten dwalen die opeengepropt in de hal beneden stonden. 'Wat fascinerend. Is ze er nu ook?'
Lottie aarzelde een fractie van een seconde. 'Nee.'
Lachend zei Fenella: 'Ja, dus. Misschien moet ik haar maar even gaan begroeten.'
'En misschien ook niet.' Lottie nam haar snel mee de laatste paar treden af en duwde haar in de richting van de voordeur. 'Vergeet niet dat je taxi staat te wachten. Bedankt voor je komst. Dag.'
Fenella lachte. Met een vriendelijke blik boog ze zich naar voren en kuste Lottie op haar wangen. 'Schat, ik mag dan wel een op geld beluste trut zijn, maar zo gemeen ben ik ook weer niet.'
Nadat de taxi in een werveling van bladeren in technicolorkleuren was weggestoven, liep Lottie weer naar binnen. Het geluidsniveau was inmiddels een paar streepjes omhooggeschroefd, terwijl de gasten vrolijk herinneringen ophaalden aan Freddie en zich ontspanden bij hun tweede of derde drankje.
Lottie trof Giselle en Jeff aan in de huiskamer, waar ze met Barbara zaten te praten. Jeffs donkere pak zag eruit alsof het verbaasd was voor het eerst sinds twintig jaar zijn donkere klerenkast te hebben moeten verlaten.
'Daar heb je Lottie.' Giselle keek op toen Lottie kwam aanlopen en gaf haar een foto van het stapeltje dat ze aan Barbara had laten

zien. 'Jeff en ik hebben gisteren onze oude fotoalbums zitten bekijken. Moet je deze eens zien. Dat is Freddie, links van Jeff.'
Glimlachend keek Lottie naar het kiekje van Freddie en Jeff, met meer haar op hun hoofd dan ze in jaren hadden gehad, en waarop ze geintjes uithaalden voor iemands huis. Ze besproeiden elkaar met geschudde flesjes bier, terwijl een groepje meisjes giechelend toekeek, met hun armen omhoog om hun kapsels te beschermen.
'Dat ben jij!' Lottie wees naar een brunette met een lief gezicht, gekleed in een feloranje jurk en witte laklaarzen.
'Toen was ik een stuk slanker.' Giselle knikte. 'Dat was een leuke tijd.' Toen tikte ze Jeff op zijn arm en voegde eraan toe: 'Behalve dat jij dronk als een tempelier.'
'Ja, en moet je zien wat er gebeurde toen ik stopte.' Jeff gleed met zijn hand over zijn hoofd. 'Ik werd kaal.'
'O ja, dat wilde ik nog vragen.' Giselle keek Lottie aan. 'Wie was die vrouw van wie je net afscheid nam bij de taxi? Ik weet dat het stom klinkt, maar ik weet zeker dat ik haar ergens van ken.'
Ja, van veertig jaar geleden, dacht Lottie, maar ze zei niets. Freddie en jij zijn toen naar een feestje geweest van die vrouw en haar man. Freddie bedroog je met haar, maar hij was niet rijk genoeg, dus dumpte ze hem en kwam hij weer terug bij jou.
Ze schudde haar hoofd. 'God, ik ben zo slecht in namen. Ik weet het nu al niet meer. Ik geloof dat ze een oude vriendin van de familie was.'
'O, dan heb ik me zeker vergist.' Giselle haalde haar schouders op, maar ze keek nog steeds nadenkend.
'Misschien heb je haar wel eens op tv gezien en denk je daarom dat je haar ergens van kent,' stelde Barbara haar gerust. 'Ik was een keer aan het winkelen op Camden Market, en toen heb ik een meisje gegroet dat ik dacht te kennen. Later bleek het Kate Winslett te zijn.'
'Je kon wel eens gelijk hebben.' Terwijl Giselle knikte, zei ze: 'Ze leek precies op die operazangeres die we laatst op tv zagen.'
Oef.
'Alleen ouder,' zei Jeff.
Lottie hield haar gezicht in de plooi. Als Fenella hier was geweest, had ze zijn hoofd er afgerukt.
Maar goed dat ze weg was dus.

Later, toen Lottie zich mengde onder de gasten die Freddie hadden gekend en van hem hadden gehouden, hoorde ze Merry Watkins opgewekt tegen Tyler zeggen: 'Weet je wat het perfecte tegengif voor een crematie is? Een mooie romantische bruiloft! Als jij en die mooie vriendin van je nu eens aankondigen dat jullie gaan trouwen, dan worden we allemaal weer vrolijk!'

56

Twee weken na de crematie gingen Lottie en Barbara met het roeibootje het meer op. Barbara liet haar blik dwalen over de met rijp bedekte heuvels om hen heen, de zwanen die kalmpjes over het water gleden en de daken van Hestacombe die tussen de bomen door schemerden, en zei: 'Er zijn slechtere plekken om verstrooid te worden. Hoewel ik zelf nog steeds de voorkeur geef aan de Eiffeltoren.'
'Als we niet opschieten, eindigt Freddie nog in de buik van een zwaan.' Terwijl Lottie het deksel van de luchtdicht afgesloten urn met een 'pfft' losmaakte, zag ze dat de zwanen hun oren spitsten – metaforisch gesproken dan – en abrupt van koers veranderden. In een statig konvooi kwamen ze naar de boot toe zwemmen, in de gretige veronderstelling dat het voedertijd was.
'Heb ik je al eens verteld dat ik bang ben voor zwanen?' vroeg Barbara.
'Schijterd. Ze doen je echt niks.'
'Een zwaan heeft een keer mijn arm gebroken.'
Lotties maag kneep zich samen van schrik. 'Echt?'
'Nou nee, maar ik weet dat het technisch gesproken kan. Vertel me nog eens wat ik hier ook alweer doe?'
'We zijn hier omdat Freddie wilde dat zijn as hier verstrooid zou worden.'
Barbara trok een gezicht. 'Hadden we dat niet gewoon vanaf de oever kunnen doen?'
'Op het meer is beter. Dan kan de as zich alle kanten uit verspreiden. Oké, zullen we dan maar?' Voorzichtig tilde Lottie de urn op,

kantelde hem met de vereiste eerbiedigheid en liet de as in het water vallen. O... pff, tpff...'
'Stop!' riep Barbara. 'Het waait in je haar!'
'Het waait in mijn mond.' Hoestend en proestend liet Lottie bijna de urn in haar schoot vallen. Door een onverwachte windvlaag was grijze, stoffige as in haar ogen, neus en mond terechtgekomen.
'O god, daar heb je de zwanen... Weg jullie!' gilde Barbara. Ze sprong op, en de roeiboot schommelde woest heen en weer.
Een van de mannetjeszwanen, geschrokken door Barbara's danstechniek, hief zich op uit het water en begon met zijn vleugels te slaan.
Barbara raakte in paniek en struikelde over een dol. De roeispaan gleed in het water.
'Pak hem, pak hem!' Nog steeds as proevend en blindelings in haar ogen wrijvend, voelde Lottie de urn wankelen op haar schoot. Snel probeerde ze hem vast te pakken.
'Die klotezwanen eten Freddies as op!' jammerde Barbara. 'O, mijn god, jaag ze weg, ze proberen al op de boot te klauteren... aarrgh...'
De boot sloeg sierlijk als een speelgoedbootje om, en Barbara en Lottie werden even sierlijk in het water gekieperd.
De plotselinge val in het ijskoude water benam Lottie de adem, en al haar spieren verkrampten van afschuw. Het kostte haar een paar seconden om zich te herstellen. De watertemperatuur was niet wat je noemde tropisch. Maar in elk geval werd nu wel de as uit haar haren en ogen gespoeld, dacht ze opgelucht. Toen ze bovenkwam, bevond ze zich recht tegenover Barbara, die dan misschien bang voor zwanen mocht zijn, maar gelukkig wel kon zwemmen.
En de zwanen waren weg. Ontsteld over de plotse beroering en het gebrek aan aanvaardbaar voedsel, hadden ze zich wrokkig teruggetrokken aan de andere kant van het meer.
Watertrappelend knipperde Barbara met haar ogen en zei: 'Weet je zeker dat dit een verwarmd zwembad is?'
'Volgens mij zijn ze vergeten de gasrekening te betalen.'
'Sorry. Ik raakte in paniek. Arme Freddie, het was niet de bedoeling dat het zo zou lopen.'
'Hij wilde het meer. Hij heeft het meer ge-gekregen,' zei Lottie klappertandend. 'K-kom, wie het eerst bij het strand is.'

Tyler stond hen aan de waterkant hoofdschuddend op te wachten. 'Ik zag de boot omslaan. Ik had echt wel het water in willen duiken om jullie te redden, hoor.' Hij boog zich naar voren, stak een warme hand uit en hielp eerst Lottie en toen Barbara uit het water.
'Maar uiteindelijk vond ik het water toch te koud.'
'Watje,' schold Barbara hem vrolijk uit.
'Misschien. Maar jullie zijn nat en ik ben droog.' Zijn donkere ogen fonkelden geamuseerd. 'O ja, ik heb nog een tip voor jullie. Het is altijd het beste om te controleren waar de wind vandaan komt, voordat je as gaat verstrooien.'
'Maar het is in elk geval gebeurd.' Misschien niet helemaal volgens plan, maar toch. De urn lag op de bodem van het meer en de inhoud kon je met recht verstrooid noemen. Lottie, rillend en druipend, zei: 'Weet je, een echte heer zou zijn trui aanbieden.'
'Ben je gek, hij is van kasjmier. Kom,' spoorde hij hen vriendelijk aan, terwijl Lottie haar hoofd uitschudde en probeerde hem met water te besproeien. 'Dan gaan we gauw naar mijn huis.'
Hestacombe House, niet Fox Cottage. Lottie moest nog steeds wennen aan het idee dat dat nu Tylers huis was. Er was zoveel veranderd in twee weken tijd. Een week na de crematie, toen Tyler had aangekondigd dat hij de volgende dag naar Hestacombe House zou verhuizen, had ze verontwaardigd gezegd: 'Zou je niet moeten wachten tot het echt van jou is?'
Tyler had haar toen uitgelegd dat het huis al van hem was, dat hij het drie maanden geleden van Freddie had gekocht.
Nadat Lottie zich had gedoucht en een te grote witte badjas van Tyler had aangetrokken, ging ze weer naar beneden.
Tyler stond in de keuken thee in mokken te schenken en nam onderwijl een hap van een tosti. 'Barbara's trein gaat om halfdrie. Dat betekent dat we hier over...' Hij keek op zijn horloge. 'Over vijf minuten weg moeten. Als je eerst nog naar huis wilt om je te verkleden, ben je nooit op tijd terug om gedag te zeggen.'
'Dat weet ik.' Ze pakte haar mok met hete thee en nam een slokje.
'Ik wacht hier wel tot jullie gaan. Als dat mag.'
'Natuurlijk mag dat.' Hij gaf haar de helft van zijn tosti. 'Je wilt haar natuurlijk gedag zeggen.'
Barbara ging weg, terug naar Londen. Lottie schudde haar hoofd, ze wist dat ze haar ontzettend zou missen. Toen Freddies testament

was voorgelezen, had Barbara tot haar grote ontroering en verbazing te horen gekregen dat Freddie bijna de helft van zijn geld aan het kinderziekenhuis in Uganda, waar Amy had gewerkt, had nagelaten. Barbara was nu van plan om naar Uganda af te reizen om het ziekenhuis te bezoeken en adviezen te geven over hoe het geld het beste konden worden besteed ter nagedachtenis aan Amy.

De andere helft van Freddies geld was naar het hospice aan de rand van Cheltenham gegaan, waar Amy Mary tijdens de laatste maanden van haar leven had verpleegd.

De rest van de nalatenschap had bestaan uit een aantal persoonlijke legaten die Lottie een brok in haar keel hadden bezorgd.

Voor Jeff Barrowcliffe, tienduizend pond, te besteden aan een motor naar keuze, als compensatie voor de Norton 350 die Freddie al die jaren geleden in de prak had gereden.

Voor Giselle, tienduizend pond, als compensatie voor alles wat Freddie haar had aangedaan.

Voor de dorpsbewoners van Hestacombe, vijfduizend pond, om de bloemetjes van buiten te zetten tijdens een daverend feest in de Flying Pheasant.

En voor Lottie Carlyle, vijfduizend pond, te besteden aan een nog daverender familie-uitstapje naar Disneyland, Parijs.

Lotties ogen vulden zich weer met tranen toen ze dacht aan haar gesprek met Freddie afgelopen zomer, toen hij had gevraagd waar ze naartoe zou gaan als geld geen bezwaar was. Dat was de dag geweest waarop hij haar had verteld dat hij een hersentumor had, maar toch had hij haar antwoord onthouden.

'Hier.' Tyler gaf haar een papieren zakdoekje, iets wat hij de afgelopen weken al heel vaak had gedaan.

'Sorry, ik stel me aan.' Ze veegde over haar ogen, snoot luidruchtig haar neus en dwong zichzelf op te houden. 'Het komt omdat ik aan Disneyland dacht, dan moet ik steeds huilen.'

'Ach, jullie zullen het daar hartstikke leuk hebben. Gaat Seb mee?'

'Misschien. Ik heb zelfs nog niet over een datum nagedacht.' De waarheid was dat ze zich verscheurd voelde. Seb zou fantastisch gezelschap zijn en van elke minuut genieten, en Ruby en Nat zouden het ook heerlijk vinden als hij meeging. Maar een deel van haar voelde, heel belachelijk, dat dat niet Freddies bedoeling was geweest. Er was nooit over gesproken, maar op de een of andere

vreemde manier voelde ze dat hij teleurgesteld zou zijn als ze met Seb ging.
'Stilzitten. Je hebt iets in je haar.'
Lottie verroerde zich niet, terwijl Tyler haar natte krullen voorzichtig uit elkaar haalde om iets te pakken wat ze er blijkbaar niet uit had weten te wassen onder de douche. 'Wat is het?' Ze vond dat hij er behoorlijk lang over deed.
'Niets.'
'Een dood blad?'
Hij keek haar aan. 'Nee, een dode tor.'
'Echt waar?'
Hij liet haar het smerige insect zien, een glanzend donkerbruin lijkje dat een paar pootjes miste.
'Nou ja, het had nog veel erger kunnen zijn.' Ze haalde een hand over haar haren. 'Een dode rat bijvoorbeeld.'
Toen draaide haar maag zich ineens om als een wastrommel, want Tyler glimlachte niet om haar flauwe grapje. Hij keek alsof hij haar wilde kussen.
Heel erg graag wilde kussen.
Oeps. Ze staarde hulpeloos terug, met een bonkend hart. Alle verstandige gedachten werden uit haar hoofd gevaagd. Zou hij het doen? Wachtte hij totdat zij het deed? Zou ze...
'Hallo? Tyler, zou je zo lief willen zijn om mijn koffers naar beneden te dragen?' Het was Barbara's stem die van de overloop kwam. 'Dan kunnen we meteen gaan. Ik wil de trein niet missen!'

Dat was dat. Ze hadden afscheid genomen, en Barbara vertrok. Lottie wuifde haar na totdat de auto uit zicht was verdwenen, sloot de zware voordeur en liep naar de huiskamer. Ze moest eigenlijk naar huis om droge kleren aan te trekken, maar nog niet meteen.
Tegenover het raam stond een grijsgroene fluwelen bank vol kussens. Lottie nestelde zich in een hoek ervan, boog haar hoofd en snufte aan de badstoffen revers van Tylers badjas om te ruiken of zijn geur erin zat. Ja, vaag... O god, had hij echt net op het punt gestaan om haar te kussen of had ze zich dat verbeeld? Dacht ze dat alleen maar omdat ze het zelf zo graag wilde? Veranderde ze in een zielige ouwe vrijster die fantaseerde dat mannen een oogje op haar hadden, terwijl dat helemaal niet zo was? En hoe zat het met Seb,

die echt een oogje op haar had, en het helemaal niet verdiende dat ze zwijmelde over een andere man?
Verdomme, waarom moest het leven zo ingewikkeld zijn?

'Tja, waar doet dit me nou aan denken?'
Lottie schrok wakker. Het was Liana die had gesproken.
'O ja, ik weet het al.' Liana knipte in haar vingers. 'Goudlokje en de drie beren.'
Lottie hoopte dat ze niet had gekwijld in haar slaap. Het was al erg genoeg dat de voorkant van de badjas wijd open was gevallen, zodat duidelijk te zien was dat ze er niets onder droeg.
'Doe alsof je thuis bent.' Liana glimlachte haar gebruikelijke engelachtige lachje, maar haar stem had vaag een scherpe klank. Terwijl ze Lottie vragend met een schuin hoofd aankeek, vervolgde ze: 'En vergeef me mijn onbeschaamdheid, maar mag ik misschien weten wat je hier doet, alleen in huis, met Tylers badjas aan?'
Liana was naar de kapper geweest. Haar golvende haar was vers en kunstig gehighlight in dure tinten amber, nootmuskaat en honing. Ze droeg een duifgrijze coltrui, maatje 36 – hooguit – een grijze wollen broek, met een brede zilveren riem om haar supersmalle heupen. God mocht weten wat ze dacht. Maar eerlijk gezegd kon Lottie het haar niet kwalijk nemen. Als Tylers vriendin had ze het recht om nijdig te zijn. Lottie, die zich behoorlijk beschaamd voelde – en niet te vergeten dik – trok de zoom van de badjas over haar blote benen en ging rechtop zitten.
'Sorry, ik ben per ongeluk in slaap gevallen. Barbara is weg. Tyler is haar naar het station aan het brengen.'
Liana fronste haar voorhoofd, nog steeds verbaasd. 'En jij wacht tot hij terug is?'
'Nee, nee, helemaal niet! Barbara en ik zijn met de roeiboot het meer op gegaan om Freddies as te verstrooien.' Lottie hoorde zichzelf ratelen. 'Maar de zwanen kwamen ons achterna, en Barbara raakte in paniek en, nou ja, de rest kun je wel raden. De boot sloeg om, en wij vielen in het water. Tyler wilde per se dat we met hem meegingen... Nou ja, logisch, Barbara logeerde hier... en we moesten ons douchen en iets droogs aantrekken. Mijn natte kleren zitten in een vuilniszak. Die ligt in de keuken. Ik neem ze meteen mee.' Toen ze haastig in de benen kwam – haar dikke, blote benen

– ontdekte ze dat haar natte haren een reusachtige vochtige plek hadden achtergelaten op een groen zijden kussen. 'Ik was niet van plan om in slaap te vallen, maar er is de afgelopen weken zoveel gebeurd. Ik geloof dat het me ineens allemaal te veel werd.'
'Och, arm kind.' Liana keek haar nu vol medelijden aan. 'Sorry, ik had niet aan je mogen twijfelen. Natuurlijk kon je er niets aan doen. Ik weet hoe het voelt – ik was precies hetzelfde na Curtis' dood. Je doet dagenlang geen oog dicht, en dan ineens overvalt de slaap je zonder enige waarschuwing, en zonder dat je er iets aan kunt doen, raak je compleet van de wereld.'
Lottie knikte, zich er akelig van bewust dat ze vlak voordat ze in slaap was gesluimerd, had gefantaseerd dat ze werd gekust door...
'Tyler,' zei Liana. 'Hij is degene die me erdoorheen heeft gesleept. Door hem besefte ik dat mijn leven nog niet voorbij was.' Ze schonk Lottie een warme glimlach. 'En jij hebt Seb om je te helpen. Wat een bofkonten zijn we, hè? Hoor eens, als je soms naar boven wilt om nog een tijdje door te slapen, dan vind ik dat prima. Ik zal het Tyler wel vertellen als hij terugkomt. Hij begrijpt het wel.'
'Nee, dat is niet nodig. Ik ga snel naar huis om me te verkleden en kom dan weer terug naar kantoor. Per slot van rekening word ik betaald om te werken.' Terwijl Lottie zich in Tylers badjas naar de deur haastte, schaamde ze zich vreselijk. Was er iemand op aarde die vergevingsgezinder, mooier en vrijgeviger was dan Liana? Was er iemand die je een groter schuldgevoel kon aanpraten?

57

Cressida was druk bezig de laatste hand te leggen aan een opdracht voor trouwkaarten toen – over toeval gesproken – ze uit het raam keek en de auto van haar ex-man voor haar huis zag stoppen.
Heel ongewoon, want het was woensdagochtend tien uur. Wat nog ongewoner was, was dat Robert Sacha bij zich had. Voelend dat er iets was – o, wat zou het heerlijk zijn als ze een skivakantie hadden geboekt en nu kwamen vragen of ze Jojo de week voor

kerst wilde hebben – legde Cressida haar lijmpistool neer en haastte zich naar de voordeur.

Vijf minuten later was de opgewekte rilling van voorpret in haar buik veranderd in een loden gewicht van ontzetting. 'Je bedoelt... jullie gaan echt naar Singapore verhuizen?' Cressida vroeg zich af of ze het misschien verkeerd had begrepen. 'Verhuizen jullie allemaal naar Singapore?'

'Het is zo'n fantastische kans! Daar gingen al die belangrijke vergaderingen over, en daarom moesten we ook halsoverkop naar Parijs, en we mochten helemaal niets zeggen!' Sacha's ogen straalden triomfantelijk. 'Echt, het was net alsof we geheim agenten waren! Als je geheadhunt wordt, gaat het er allemaal zo stiekem aan toe, je hebt geen idee! Nou ja, natuurlijk heb je daar geen idee van, want ik neem aan dat er in de kaartenmaakwereld niet geheadhunt wordt! Je hebt trouwens glittertjes op je trui zitten.' Zelf altijd even keurig en netjes, wees ze Cressida de storende plek op haar gele trui aan, zodat ze de glittertjes kon afvegen.

Cressida's hart ging als een boksbal tekeer in haar borst. 'Maar... Jojo dan?'

'Die gaat natuurlijk met ons mee. O, ze is vast binnen de kortste keren gewend. Singapore is een fantastische stad om te wonen, het heeft alles wat een kind zich maar kan wensen.'

Maar ik dan? Hoe zit het met wat ik wil? Niet in staat om een woord uit te brengen, luisterde Cressida naar het gezoem in haar oren en vroeg zich af of ze zo soms zou flauwvallen. Hoe konden Sacha en Robert Jojo van haar afpakken? Hoe konden ze nu weten of Jojo zou wennen aan een vreemd land? Jojo was bleek en sproetig... ze zou verbranden... o, alsjeblieft, dit kon gewoon niet waar zijn.

'Nou ja, we dachten, we gaan even langs om je het nieuws te vertellen.' Robert glom helemaal, hij was erg tevreden met zichzelf. 'Het is allemaal knap opwindend, hè? En de salarissen die ze ons gaan betalen... Je gelooft je oren niet als je hoort wat voor deal we eruit hebben weten te slepen.' Hij stootte Sacha aan, terwijl ze allebei opstonden. 'Je kreeg er zelfs tranen van in je ogen, hè, schat?'

Sacha streek haar haren naar achteren en zei zelfvoldaan: 'Dat bewijst maar weer hoe graag ze ons wilden hebben.'

Cressida jankte schaamteloos nadat ze waren vertrokken. Ze had het gevoel alsof haar hart uit haar borst was gerukt en iemand erop had staan stampen. Ze zou Jojo kwijtraken en dat was zo verschrikkelijk dat ze niet wist of ze het wel zou overleven. Jojo was haar surrogaatkind. Het was net alsof ze opnieuw haar eigen baby verloor.

Om vier uur werd aan de deur gebeld. Bedenkend dat het misschien Jojo was, haalde Cressida diep adem en controleerde haar gezicht in de spiegel voordat ze opendeed.
Het was niet Jojo die op de stoep stond. Het waren weer Robert en Sacha. Het was zo'n anticlimax dat Cressida teleurgesteld haar schouders liet zakken. Wat moesten ze nu weer van haar?
'Goed, we zullen meteen ter zake komen,' verkondigde Robert. 'Eén vraag. Als Jojo hier zou willen blijven in plaats van met ons mee te gaan naar Singapore, zou jij dan haar wettige voogd willen worden?'
Wat? Wat? 'Ik... eh... ik...' stamelde Cressida.
'Ja of nee,' zei Sacha bot. 'Meer hoeven we niet te horen. En we oefenen geen enkele druk uit. Het is helemaal aan jou.'
Ja of nee? Kreeg zij echt de keus? Haastig, voordat ze van gedachten konden veranderen en hun aanbod zouden intrekken, flapte ze er uit: 'Ja... ja... ja, natuurlijk!'
Sacha glimlachte en knikte tevreden. 'Zeker weten?'
'Ja... Mijn god...' Ze begon te trillen. Ze was zo overweldigd dat ze hun wel had kunnen zoenen. Nou ja, dat misschien ook weer niet. 'Ik kan het gewoon niet geloven. Dank jullie wel...'
'Fantastisch. Dat is dan geregeld.' Robert wreef in zijn handen, net als hij altijd deed nadat hij een succesvolle deal had gesloten. 'Je zult wel begrijpen dat ons hoofd op dit moment omloopt, we moeten zoveel organiseren. Het zou ons enorm helpen als jij Jojo de komende dagen kon nemen, dan kunnen wij alvast wat dingen gaan regelen.'
'Waar is ze?' Cressida kon geen seconde meer wachten. 'Thuis? Ga haar meteen halen!'
Robert en Sacha vertrokken. Nog geen twintig minuten later kwam Sacha terug met Jojo.
'Tante Cress!' Jojo klauterde van de voorbank, terwijl Cressida op haar pantoffels over het tuinpad rende. 'Je hebt ja gezegd!'

Cressida's hart barstte bijna uit elkaar van liefde. Terwijl ze haar armen om Jojo heen sloeg, zei ze: 'Natuurlijk heb ik ja gezegd. Ik ben zo blij, ik weet gewoon niet wat ik moet doen!'
'Nou, dan ga ik maar weer.' Uit Sacha's toon was op te maken dat ze, anders dan sommige mensen die blijkbaar niets beters te doen hadden dan buiten op hun pantoffels rond te dansen, haar tijd wel voor belangrijkere zaken kon gebruiken.
'Dag, mam. En bedankt, hè?'
'Dag, schat. Succes met het schoolconcert.' Sacha zette de motor alweer aan. 'Hoe laat begint het?'
Het begon om halfacht; Cressida had het weken geleden al op de kalender in de keuken geschreven. Verbaasd over Sacha's plotselinge belangstelling, vroeg ze: 'Gaat je moeder mee naar het concert?'
Met haar armen liefdevol om Cressida's middel geslagen, rolde Jojo met haar ogen. 'Wat dacht je? In acht jaar tijd is ze nog bij geen enkel schoolconcert van me geweest. Ik kan me echt niet voorstellen dat ze daar nu nog mee begint, jij wel?'
Toen ze binnen waren, kreeg Cressida tot haar verbijstering te horen dat Sacha en Robert het nieuws van de verhuizing naar Singapore pas gisteravond aan Jojo hadden verteld.
'Ik dacht dat ik gek werd.' Jojo vertelde wat er was gebeurd. 'Nou ja, niet gek – daar ben ik niet echt het type voor, hè – maar ik heb ze meteen verteld dat ik niet mee wilde. Ik bedoel, kun je je mij in Singapore voorstellen? Terwijl mama en papa dag en nacht aan het werk zijn voor hun nieuwe baas? Ik bedoel, ik vind het niet erg om in de schoolvakanties bij ze op bezoek te gaan, maar ik vind het veel te leuk om in Engeland te wonen. Al mijn vriendinnen wonen hier. Jij woont hier. Op school gaat het hartstikke goed. Ik heb ze gesmeekt om jou te vragen of ik bij jou mocht wonen, maar ze waren bang dat je nee zou zeggen. Ik wilde je gisteravond bellen, maar dat mocht niet. Mama zei dat je een heel goede oppas was, maar dat het misschien te veel gevraagd zou zijn om je met de volledige verantwoordelijkheid op te zadelen.'
Na Jojo's uiteenzetting begreep Cressida dat het bezoekje vanochtend van Robert en Sacha expres bedoeld was om haar te laten schrikken, waarna ze haar de rest van de dag de tijd hadden gegeven om te beseffen dat ze Jojo vreselijk zou gaan missen. Op die manier wisten ze dat de kans veel groter was dat Cressida ja zou

zeggen, wanneer ze later die dag weer bij haar op de stoep verschenen met hun graag-of-niet-aanbod.
Behalve dan dat ze niet zo ingewikkeld hadden hoeven doen, want ze zou sowieso ja hebben gezegd. Cressida vroeg zich af of het mogelijk was dat ze zich ooit gelukkiger zou voelen dan nu. Terwijl ze Jojo over de kin streelde zei ze vrolijk: 'O lieverd, ik ben blij dat je dacht dat je gek werd.'
Jojo verdween naar boven om de modder van het hockey van eerder die middag van zich af te spoelen en al haar vrienden een sms'je te sturen met het grote nieuws.
Cressida, blij dat ze geen achterstallig werk meer had liggen, maakte snel de laatste trouwkaarten af en stopte ze bij elkaar in een pakketje om op de post te doen. Nadat ze in de keuken de inhoud van het groentemandje had gecontroleerd, begon ze aan Jojo's lievelingseten, een groentetaart.
Jojo, die de trap af kwam vliegen toen Cressida winterpeen stond te schrapen en snijden, vroeg: 'Wat doe je?'
'Ik ben aan het jongleren, terwijl ik op een eenwieler rondrijd.' Cressida gooide een wortel van de ene hand in de andere. 'Wat denk je? Ik ben een groentetaart aan het maken.'
'Leg die wortel neer. We eten niet thuis. Ik heb besloten,' verklaarde Jojo op gewichtige toon en met een zwierig gebaar, 'om je mee uit eten te nemen om te vieren dat je mijn wettige voogd wordt. Ik trakteer. Hoewel ik geen geld bij me heb, dus jij zult het moeten voorschieten, en dan betaal ik je later wel terug.' Ze haalde haar schouders op. 'Dat spijt me, maar het gaat om het idee.'
'Absoluut.' Cressida was ontroerd. 'Dat klinkt heel leuk. Waar gaan we het vieren?'
'Bij Burger King.'
O.
'Heerlijk.' Cressida zei het heel vriendelijk. Wat maakte het uit waar Jojo en zij aten? Het ging erom dat ze samen waren. En het was beslist leuker om samen met Jojo bij Burger King een bordje patat te eten dan samen met Robert en Sacha bij Le Manoir aux Quat' Saisons aan tafel te moeten zitten.
'Vooruit, ga je omkleden. Het heeft geen zin om hier te blijven rondhangen.' Bazig trok Jojo de wortel uit haar hand. 'Ik sterf van de honger, jij niet?'

Cressida deed wat haar was opgedragen en verdween naar boven om haar baljurk aan te trekken en haar tiara op te zetten. Nou ja, een schone blauwe fleece trui en een spijkerbroek dan. Ze haalde een borstel door haar haren, deed wat oogschaduw en lippenstift op en dacht er op het laatste moment nog aan om haar deodorant te verversen door de deodorantstick onder haar witte T-shirt te manoeuvreren.

'Klaar?' riep Jojo naar boven. 'Kom, dan gaan we.'

Cressida keek op haar horloge. Het was tien over vijf en ze gingen uit eten. Als het op dit tempo doorging, zouden ze om zes uur weer thuis zijn.

'Nee, niet deze afslag,' beval Jojo toen ze Cheltenham in reden en Cressida links aangaf. 'Er is een nieuwe Burger King geopend. Gewoon rechtdoor rijden.'

'Een nieuwe?' Gehoorzaam deed Cressida de richtingaanwijzer uit en bleef op de grote weg.

'Dat is mijn verrassing. Hij is groter,' verkondigde Jojo trots, 'en beter. Iedereen zegt dat het er fantastisch is.'

Cressida glimlachte om haar enthousiasme. 'Ik kan haast niet wachten.' Een paar kilometer verderop zei ze: 'Er komt een rotonde. Welke kant moet ik uit?'

'Wacht even tot we wat dichterbij zijn.' Jojo tuurde door de voorruit naar het enorme richtingbord dat uit de duisternis opdoemde. 'Je moet rechtsaf.'

'Lieverd, dat is voor de autoweg. Bedoel je soms rechtdoor?'

'Nee, echt rechtsaf. We gaan even de autoweg op en dan meteen de volgende afslag er weer af. Sorry,' verontschuldigde Jojo zich. 'Had ik dat nog niet gezegd? Maar het is echt de moeite waard, dat beloof ik je. Al mijn vrienden zeggen dat het de allerbeste Burger King van de wereld is.'

Gelukkig maar dan dat ze genoeg benzine hadden. Terwijl Cressida diep inademde toen ze werden ingehaald door een enorme vrachtwagen met aanhanger, zette ze zich schrap en draaide de oprit van de M5 op. Gewoonlijk had ze wat tijd nodig om zichzelf erop voor te bereiden dat ze de autoweg op moest.

Zodra ze eenmaal op de grote weg zaten en gestaag (maar een beetje schijterig) tachtig kilometer per uur reden, pakte Jojo een rolletje

fruitella uit haar tas en bood Cressida er eentje aan. 'Trouwens, ik heb gelogen over die volgende afslag.'
'Wat?'
'De volgende afslag,' herhaalde Jojo geduldig, 'die nemen we niet.' Stomverbaasd vroeg Cressida: 'Gaan we dan niet naar Burger King?'
'O, jawel. Maar we gaan naar die in Chesterfield.'
'Wat? Maar dat is...'
'Halverwege Newcastle en hier,' vulde Jojo vrolijk aan. 'Precies halverwege zelfs. En we hebben daar een afspraak met Tom en Donny.'

58

Het mocht een wonder heten dat Cressida niet hard op de rem trapte. Verward zei ze: 'Nee, dat hebben we niet.'
Jojo straalde. 'Jawel, hoor. Het is allemaal geregeld.'
Cressida wou echt dat Jojo haar dit nieuwtje niet had verteld terwijl ze over de M5 reden. 'Maar het kan helemaal niet geregeld zijn! Je moet morgen naar school. Je kunt niet zomaar wegblijven!'
'O, tante Cress, natuurlijk kan dat wel. Dat heet spijbelen. Schoolziek zijn. Het enige wat je hoeft te doen, is ze morgenvroeg bellen om te zeggen dat ik weer griep heb. Het is donderdag. Ik zal het schoolconcert morgenavond mislopen – nou, hoera, want wie kan zo'n stom concert nou wat schelen? En vrijdag is de laatste dag voor de kerstvakantie, dus dan voeren we toch niets uit. En daarna is het vakantie, dus beter kan gewoon niet.'
Cressida was zo stomverbaasd over deze handige uitleg dat ze bijna geen lucht meer kreeg. 'Wanneer heb je dit allemaal bekokstoofd?'
'O, ongeveer een uurtje geleden. Meteen nadat mama weer weg was gereden. Het is een verrassing,' legde ze enthousiast uit, 'om te vieren wat er vandaag allemaal is gebeurd. Ik dacht dat je het hartstikke leuk zou vinden. We hebben zo vaak plannetjes gemaakt met Tom en Donny, en die zijn allemaal de mist in gegaan. Dat zeg-

gen ze ook in *Phew!*, dat je de baas over je eigen leven moet worden, ervoor zorgen dat de dingen gebeuren zoals jij het wilt. Dus dat heb ik maar gedaan. Wil je nou nog een fruitella of niet?'
'Dat weet ik niet.' Zwakjes vroeg Cressida: 'Vindt *Phew!* dat ik er eentje moet nemen?'
'*Phew!* zegt dat je er beslist eentje moet nemen.' Glimlachend gaf Jojo haar een rode fruitella.
'Weet Tom hiervan?'
'Natuurlijk! Anders zou er niemand zijn als we in Chesterfield aankomen.'
Cressida's hart sloeg op hol bij het ongelooflijke vooruitzicht Tom echt... eindelijk weer te zien. In Chesterfield, waar dat dan ook mocht zijn. 'Maar hoe... hoe heb je...'
'Ik heb Donny gebeld. We sturen elkaar de hele tijd sms'jes en mailtjes. Ik heb hem het plan uitgelegd, en we besloten om er werk van te maken,' zei Jojo op ontspannen toon. 'Hij heeft zijn vader gezegd dat wij al onderweg waren, dus toen moest hij wel meteen in de auto stappen om op tijd te zijn voor onze afspraak. We hebben besloten dat Donny morgen keelontsteking heeft. Ik weet niet wat Tom zal hebben. Misschien voedselvergiftiging.'
Cressida kon het allemaal niet verwerken. 'Nemen zij ook een dag vrij?'
'Ja, dat zal wel moeten. Maar dat maakt niks uit, want we zorgen ervoor dat er eindelijk iets gebeurt, en soms is het juist goed om spontaan te zijn en een paar dagen vrij te nemen.'
Was dat soms ook een wijze raad van *Phew!*?
'En waar slapen we?' vroeg Cressida.
'O, voor vannacht vinden we wel een hotel in Chesterfield. En dan rijden we morgen naar Newcastle.' Jojo had er alle vertrouwen in.
'Ik dacht zo dat we wel een week konden blijven.'
En ze was ook pas dertien.
'Ik heb geen kleren bij me.' Terwijl Cressida Jojo hierop wees, bespeurde ze de eerste tekenen van paniek bij zichzelf. 'Geen schoon ondergoed, geen tandenborstel, niets. En jij ook niet.'
'Daarom is het ook zo'n avontuur.'
'En ik heb mijn werk...'
'Je bent helemaal bij met je opdrachten. Bovendien heb je wel eens een paar vrije dagen verdiend.'

O god. 'Maar ik heb de trouwkaarten die ik vanmiddag heb afgemaakt, nog niet eens op de bus gedaan. Dat wilde ik morgenvroeg doen.'
'Lottie heeft een reservesleutel. Vraag maar of zij het wil doen.' Jojo zweeg even. 'Maar we kunnen natuurlijk ook naar huis gaan, als je dat liever wilt. Ik dacht dat je blij zou zijn dat ik dit had georganiseerd, maar als je Tom en Donny niet weer wilt zien...'
'O lieverd, daar gaat het niet om!' Beseffend dat ze Jojo kwetste – uitgerekend vanavond – riep ze: 'Ik ben ook blij! Eerlijk gezegd ben ik gewoon in paniek, juist omdat ik ze zo graag weer wil zien.' Ze werden opnieuw ingehaald door een vrachtwagen toen ze Jojo's hand pakte en er dankbaar in kneep. 'Ik verzin al die stomme smoesjes omdat ik zo zenuwachtig ben. En we stoppen gewoon bij het volgende benzinestation, want daar verkopen ze vast wel tandenborstels en... zo.'
'Schone onderbroeken,' vulde Jojo haar zin behulpzaam aan, terwijl haar mobieltje begon te piepen om aan te geven dat ze een nieuw bericht had. 'Van Donny, hij wil weten waar we zijn.'
Een bord zoefde voorbij. 'Knooppunt 9 komt eraan. Afslag Tewkesbury.'
'Zij zitten bij knooppunt 59 op de M1. Darlington.' Jojo keek lachend op. 'En hij zegt dat zijn vader ook zenuwachtig is, omdat hij jou straks weerziet.'
'Wat schrijf je?' wilde Cressida weten toen Jojo een antwoord intoetste.
Stralend hield Jojo haar toestel voor haar op. Op het verlichte schermpje stond: 'Zijn oude mensen niet schattig? Die van mij ook!'

Het was bijna negen uur 's avonds. Na drieënhalf uur rijden en een korte stop bij een benzinestation, waren ze aangekomen in Chesterfield. Jojo had het wegenboek open op haar knieën en belde met Donny, terwijl ze ieder afzonderlijk hun weg zochten naar het Taplow Road-filiaal van Burger King. Tot dusverre had Cressida drie keer moeten stoppen om de weg te vragen.
En nu, eindelijk, hadden ze het gevonden. Het vertrouwde logo van het felverlichte restaurant doemde uit de duisternis voor hen op. Terwijl Cressida ademloos het drukke parkeerterrein op reed,

voelde ze zich heerlijk onverschrokken, net Indiana Jones die eindelijk de Heilige Graal ontdekt. Jammer alleen dat ze geen Indiana Jones-hoed had om haar slappe haar mee te bedekken.
O god. Een nieuwe zwerm vlinders brak los in haar buik. Waarom had ze niet wat flatterenders aan? Was de verdwaalde lippenstift die ze onder in haar tas had gevonden niet te fel? Ze had verdorie niet eens foundation op. Als Tom haar zo meteen zag, zou hij nog gillend het parkeerterrein afrennen.
'Doe niet zo moeilijk,' zei Jojo, nadat Cressida haar auto zenuwachtig tussen een vieze groene bestelwagen en een glanzende Audi had geparkeerd. 'Je ziet er prima uit.'
'Niet waar! Ik zie er vreselijk uit!' Koortsachtig in het achteruitkijkspiegeltje turend, probeerde ze haar pony zo goed mogelijk te fatsoeneren. Haar vingers trilden terwijl ze meedogenloos in haar wangen kneep – au! – om er wat kleur op te brengen.
'Oké, luister naar me. Donny en ik sms'en elkaar al weken. Als iemand het weet, dan is hij het wel. Tante Cress, Donny's vader wil jou net zo graag weerzien als jij hem. Het maakt hem niet uit of je dure schoenen draagt of make-up op hebt. Zelfs al zou je een kabouterpak dragen, dan zou hij nog blij zijn.'
Daar was Cressida niet zo zeker van. Zij zou beslist niet in de lucht springen van blijdschap als Tom in een kabouterpak verscheen.
Biep, biep, ging Jojo's mobieltje. Nadat ze het bericht had gelezen, deed ze het portier aan haar kant open. 'Oké, Donny en ik gaan vast een hamburger eten. Jullie kunnen binnenkomen als jullie er klaar voor zijn.'
Als verlamd knikte Cressida. Het was negen uur 's avonds op een verder normale woensdag en ze was in Chesterfield! 'Dank je wel.'
Half uit de auto stopte Jojo even. 'Was dat sarcastisch bedoeld?'
'Nee, lieverd.' Och, wat hield ze veel van Jojo. 'Het was echt bedoeld. Je hebt voor een fantastische verrassing gezorgd.'
'Nou, Donny heeft ook geholpen. We hebben het samen gedaan.'
Ineens kreeg Cressida een idee. 'Zijn Donny en jij...'
'Bah, doe normaal, zeg!' Jojo keek haar ongelovig aan. 'Ik zou echt helemaal nooit op Donny vallen. Hij is een vriend, meer niet. In *Phew!* zeggen ze ook altijd dat het heel belangrijk is om jongens als vrienden te hebben, want dan kun je met ze praten en ontdekken hoe het andere geslacht over dingen denkt. Nou, en zo is het ook

met Donny en mij. We zijn gewoon vrienden die met elkaar praten.'
'Dat is fijn.' Terwijl Cressida naar Jojo glimlachte, bedacht ze dat *Phew!* het soms bij het rechte eind had.
Jojo liep het restaurant in, op zoek naar Donny.
Cressida keek haar na, haalde toen een keer diep adem en stapte zelf ook uit. Brr, wat was het koud. Nu zou ze Tom ook nog moeten begroeten met waterige oogjes en een rode neus, zodat hij echt...
'Hoi, Cress.'
Toen ze zich omdraaide, zag ze hem op zo'n zes meter afstand staan, met een groene wollen das twee keer om zijn hals geslagen en de kraag van zijn jas opgetrokken tot aan zijn oren. Hij had zijn handen in zijn zakken gestoken, en zijn adem hing in witte wolkjes voor zijn gezicht.
'Dat ik je nu uitgerekend hier moet treffen,' zei ze.
'Verdorie.' Hij liep naar haar toe. 'Ik wilde je net vragen of je hier vaker kwam.'
'Sorry.'
'Nergens voor nodig. Je bent er.'
Toen hij zijn handen uit zijn zakken haalde en haar begroette met een kus op iedere wang, voelde ze dat hij ijskoud was. Ze was helemaal vergeten hoe gek ze was op die rimpeltjes die uit zijn ooghoeken leken te waaieren.
'Wat hebben de kinderen ons aangedaan, hè?' Hij schudde zijn hoofd.
'Tja. Waarschijnlijk was het wel het laatste waar je vanmiddag zin in had.'
'Het laatste waar ik zin in had?' Zijn lachrimpeltjes verdiepten zich. 'Het was het mooiste wat ik in tijden had gehoord. Ik heb mijn baas al gebeld en gezegd dat ik een paar dagen vrij neem. Het enige probleem is...'
'Wat?' Haar fantasie draaide meteen op volle toeren. Hij had een vriendin. Hij was homo. Hij had een vakantie naar Mexico geboekt. 'Zeg dan,' spoorde ze hem angstig aan.
'Oké. Nou, Donny heeft me er een beetje mee overvallen.' Over zijn achterhoofd wrijvend, zichtbaar verlegen met de situatie, zei hij: 'Morgen komen jullie bij ons logeren, dus het punt is... Ik moet

je waarschuwen dat het niet erg netjes is. Eerlijk gezegd is het een behoorlijke puinhoop.'
Ze knipperde met haar ogen. 'En dat is het probleem?'
'Het is behoorlijk gênant, hoor,' zei Tom. 'Je zult vast denken dat ik een enorme viespeuk ben. Als we thuiskomen, dan zul je het wel zien. De afwas moet zelfs nog gedaan worden.'
'Ik heb ook nog afwas staan,' zei ze.
'En het tapijt in de huiskamer moet gezogen worden.'
'Bij mij ook.'
'Er ligt een grote stapel wasgoed die nog gestreken moet worden.'
'Stelt niets voor.'
'Kom hier.' Opgelucht trok hij haar tegen zich aan tot hun mistige adem zich vermengde en samensmolt. 'We kunnen maar beter naar Jojo en Donny gaan. Maar eerst wil ik je zeggen dat ik me enorm verheug op komende week.' Hij kuste haar.
Cressida stopte met zich zorgen maken over haar slordige haar en gebrek aan make-up. Terwijl klanten die het restaurant hadden verlieten, langs hen heen liepen naar hun auto's, kuste ze hem terug en fluisterde blij: 'Ik ook.'

59

Mario verheugde zich niet op de komende week. Of de week erna. Hij was van plan geweest om gewoon stilletjes door te werken, maar Jerry had daar een stokje voor gestoken. Dikke, stoppelige Jerry was onverdraaglijk tevreden met zichzelf sinds hij een magere, perzikhuidige vriendin had. Terwijl hij gisteren de vakantieplanner aan de muur van het kantoor had bestudeerd, had hij over zijn schouder gezegd: 'Allemachtig, je hebt nog twaalf vrije dagen die je moet opmaken voor het eind van het jaar. Dat zou ik maar eens gauw gaan doen, jongen. Je mag ze niet meenemen.'
Mario, met zijn blik op het computerscherm, had terloops gezegd: 'Maakt mij niet uit. Jerry, heb je de verkoopcijfers van afgelopen maand...'
'Ho eens even! Laat de teugels eens even vieren, cowboy.' Jerry's

nieuwe vriendin was een fanatiek beoefenaarster van linedansen, en ze sleepte Jerry mee naar al haar lessen.
'Jerry, ik kan me echt niet druk maken om een paar vrije dagen.'
'Dat is het zieligste wat ik ooit heb gehoord.' Jerry kon zijn oren niet geloven. 'Jij en Amber zijn al maanden uit elkaar. Ik snap niet waarom je nog niet over haar heen bent en een vervangster hebt gevonden. Ik bedoel, kijk eens naar mij en Pam! Ze heeft mijn leven veranderd!'
Ze had in elk geval een irritant vrolijk mens van hem gemaakt. Mario vroeg zich af of dat voldoende reden was om iemand te kunnen ontslaan.
'Je moet gewoon een nieuw mokkel zoeken,' zei Jerry op vertrouwelijke toon.
Mokkel, bah.
'Dan komt alles weer goed,' vervolgde hij. 'En welke sukkel gaat nou werken als dat helemaal niet hoeft?'
'Wat moet ik thuis dan doen? Modelvliegtuigjes bouwen?' Mario gebaarde door het raam naar de grijze lucht en de dik ingepakte voorbijgangers met mutsen op en dassen om. 'Het is verdomme toch te koud om ze op te laten!'
'Je bent depressief, dat is het. Je kunt zelfs niet meer logisch denken.' Met zijn korte, dikke wijsvinger naar hem wijzend, zei Jerry: 'Kom op, man! Je hoeft toch niet thuis te blijven! Je kunt een ticket kopen en ergens naartoe vliegen waar je ballen er niet afvriezen. Ga ergens naartoe waar wat te beleven valt en waar genoeg wijven in bikini's rondlopen. Trakteer jezelf op twee weken probleemloze seks, man. Tenerife, dat is precies wat je nodig hebt.'
'Nee, dank je.' Mario voelde zich opeens ongelooflijk moe. Hij wilde geen vakantie en twee weken probleemloze seks. Hij wilde Amber.

Amber droeg een donkerblauwe fluwelen jurk die tot op haar kuiten kwam, nette schoenen en onopvallende parelknopjes in haar oren. Ze zag eruit alsof ze op weg was naar de kerk.
Ze zag er ook behoorlijk geschrokken uit.
'Sorry,' zei Mario. 'Misschien had ik eerst moeten bellen, maar ik wilde je spreken. Mag ik binnenkomen?'
Het was zeven uur 's avonds, en Jerry's woorden hadden de hele

middag door zijn hoofd gespeeld. Uiteindelijk had hij een besluit genomen en was naar Tetbury gereden.

Aan Ambers gezicht zag hij dat ze liever had gehad dat hij dat niet had gedaan.

'Mario. Eigenlijk sta ik net op het punt om weg te gaan.'

'Vijf minuutjes maar. Het is belangrijk.' God, ze had geen idee hoe belangrijk.

'Quentin komt over vijf minuten.'

'Waar neemt hij je mee naartoe? Naar een bijeenkomst van de conservatieve partij?' Zodra hij het zei, wist hij dat hij een enorme vergissing had begaan.

Haar ogen spogen vuur. 'Als je het per se wilt weten, hij gaat me aan zijn ouders voorstellen. Ze zijn behoorlijk op leeftijd, en ik wil een goede indruk maken.'

Mario haatte het dat een goede indruk maken op Quentins ouders belangrijk voor haar was. 'Dat hoeft niet. Je weet wat ik voor je voel. Ik hou van je. Waarom ga je niet met me mee op vakantie?' Terwijl hij haar hand beetpakte, vervolgde hij: 'Ik heb twee weken vrij, ingaande vandaag. Laten we ergens naartoe gaan waar het mooi is. We zullen de tijd van ons leven hebben, dat beloof ik je.'

'Mario, ben je gek geworden?' zei ze. 'Ik ga niet met jou op vakantie.'

'Alsjeblieft.'

'Ik bedoel, al het andere daar gelaten, het is december!' Ze sprak de naam van de maand met nadruk uit, alsof hij dat misschien nog niet wist. 'Het is hartstikke druk in de kapsalon.'

'De andere meisjes kunnen het wel van je overnemen. Ik zal ze ervoor betalen.' Hij had hier al over nagedacht. 'Ik zal ze twee keer zoveel betalen als ze anders krijgen.'

Zijn aanbod negerend, trok ze een wenkbrauw op. 'En wat zou ik tegen Quentin moeten zeggen?'

Roekeloos zei hij: 'O, weet ik veel. Waarom vertel je hem niet dat je op vakantie gaat met je vriendin Mandy? Zo pak je het toch meestal aan?'

Beng. Mocht het grapje over haar kleren al misplaatst zijn geweest, dit was nog vele malen erger. Een storm stak op. Ambers kaken verstrakten, en op dat moment wist hij dat hij haar kwijt was.

'Je had niet moeten komen, Mario. Quentin kan er nu elk moment zijn. Hij gaat me voorstellen aan zijn ouders en...'

'Heb je je daarom soms verkleed als Margaret Thatcher?'
'Wat ik wel of niet aantrek, gaat je niks aan,' beet ze hem toe.
'Je ziet er niet eens als jezelf uit.' Hij wees naar de ingetogen make-up, het strakke knotje. 'Heb je *The Stepford Wives* wel eens gezien?'
'Ik ga geen ruzie met je maken. Jij hebt jouw leven,' zei ze, 'en ik het mijne, oké? En ga nu alsjeblieft weg.'
'Wacht. Het spijt me.' Hij begon in paniek te raken. 'Ik zeg het alleen maar omdat ik van je hou.'
'Jij houdt van iedereen. Dat is jouw probleem.' Ze begon de deur dicht te doen. 'Maak je niet druk, je vindt vast wel iemand anders die met je mee wil op vakantie. Veel plezier in elk geval. Dag.'

Toen Mario de volgende ochtend wakker werd, kreunde hij. Deze keer had hij het echt verknald. Trouwens, waar was hij in vredesnaam? Hij knipperde met zijn ogen, draaide zich om in het tweepersoonsbed en staarde met waterige oogjes naar het roze-beige gebloemde behang, de bijpassende gordijnen met ruches, en het frambozenroze dekbed dat op de grond was gegleden. Hopelijk niet terwijl hij en wie het dan ook was iets seksueels atletisch hadden gedaan.
Iemand was in de keuken aan het scharrelen. Hij hoorde water koken en het geluid van thee zetten. Shit, hij kon gewoon niet geloven dat hij weer in deze situatie verzeild was geraakt. Hoe kon hij nou zo...
'Jezus!' riep hij, toen de slaapkamerdeur openging en een verschrikkelijke verschijning opdoemde.
Jerry, schitterend gekleed in een Bart Simpson-boxershort en met een mok thee in zijn hand, zei meteen: 'Alsof je er zelf zo mooi uitziet.'
Mario dacht razendsnel na. Zijn laatste herinnering aan gisteravond was dat hij Jerry had gebeld en had afgesproken hem en zijn cowgirl Pam na afloop van hun dansles te treffen. Verbaasd haalde hij een hand door zijn haar. 'Waar ben ik?'
'In de logeerkamer.'
'Wat? Jouw logeerkamer?' De laatste keer dat Mario hier had geslapen, waren de muren kaal geweest en hadden er alleen een nooit gebruikte hometrainer en een oude strijkplank gestaan.

Jerry keek een beetje beteuterd. 'Het was hier vroeger een beetje een puinhoop. Pam wilde graag dat ik er wat aan deed. Zij heeft het behang en zo uitgekozen.'
De logeerkamer leek nu op een reusachtige oudewijvenpofbroek met veel tierelantijntjes. De volgende keer dat Jerry hem zielig noemde, had hij tenminste iets om hem mee terug te pakken. Terwijl Mario zijn hand uitstak naar de mok thee, vroeg hij: 'Heb ik veel gedronken?'
'Laat ik het zo zeggen: de fles whisky die ik als kerstcadeau voor mijn vader had gekocht, is nu een lege fles whisky. En ik heb je mobieltje in beslag moeten nemen.'
Hm, dat deed vaag een belletje rinkelen. Mario herinnerde zich dat hij er tevergeefs voor had gevochten om het te mogen houden. 'Nou, toe dan. Zeg maar waarom.'
'Omdat je Amber steeds bleef bellen. Nou ja, dat probeerde je. Na de eerste keer had ze haar toestel uitgezet.' Grinnikend krabde Jerry over zijn forse pens. 'Maar je hebt wel wat berichtjes ingesproken, iets over dat je hoopte dat ze het naar haar zin had op de bijeenkomst van de conservatieve partij.'
'O god.'
'Dat was nog maar het begin. Je hebt ook nog wat opmerkingen over Quentin gemaakt. En over zijn ouders. O ja, en je hebt Amber verteld dat je in al die maanden met niemand anders seks hebt gehad en dat je van haar houdt, en dat ze de grootste fout van haar leven begaat als ze bij die saaie ouwe zak blijft die...'
'Hou op, hou op! Meer hoef ik niet te weten.'
Jerry leek erg ingenomen met zichzelf. 'Daarom hebben we je je mobieltje afgepakt.'
'O shit.' Mario hield zijn hoofd tussen zijn handen. 'Shit, shit, shit.'
Bescheiden zei Jerry: 'Je mag me wel bedanken, als je wilt.'

'Goed! Prima! En wanneer wilt u gaan?'
De reisbureaumedewerkster droeg een zurig gele blouse en had een veel te opgewekte glimlach. Ze sprak in uitroeptekens, wat een beetje te veel van het goede was om halftien 's ochtends, vooral wanneer je ook nog een koppijn had ter grootte van het gemeentehuis van Cheltenham.
'Vandaag,' antwoordde Mario.

'Vandaag! O, wat opwindend! En waar ergens op Tenerife? Vast niet op een rustig plekje, hè!'
'Als u eerst even kijkt wat er nog beschikbaar is, zal ik daarna wel beslissen.' Hij knikte naar haar computerscherm.
'Natuurlijk! Laten we dat doen! Zo, met hoevelen van u bent u?' Mario probeerde het met een grapje af te doen. 'Met hoevelen van mij? Slechts één. Ik ben de enige ik met wie ik ben.'
'U bedoelt... O, het spijt me.' De reisbureaumedewerkster leek even verbaasd. 'U gaat echt alleen op vakantie?'
'Ja, inderdaad.'
Snel herstelde ze zich. 'Nou, dat is fantastisch!'
'Niet echt. Mijn vriendin en ik zijn uit elkaar.' Waarom zei hij dat nu weer?
'Ach, wat zielig voor u!' Met een flirterige blik vervolgde ze: 'Ik ben ook alleen. Dus als u ooit om gezelschap verlegen zit wanneer u terug bent uit Tenerife, dan weet u waar u me kunt vinden!'
Mario was niet van plan om om haar gezelschap verlegen te zitten wanneer hij terugkwam, maar hij dwong zichzelf te glimlachen. 'Bedankt voor het aanbod. Kunt u nu misschien...'
'Zeg maar gewoon Trina, hoor!'
'Oké. Eerlijk gezegd heb ik nogal haast, Trina. Dus zou je alsjeblieft een reis voor me kunnen boeken?'

'Dus dat is het,' eindigde Mario, terwijl Lottie gepofte aardappels uit de oven op een rijtje borden schudde. 'Ik vlieg vanavond. Alles is geboekt. Ik had het eerst aan jou moeten vragen, sorry, ik heb niet nagedacht. Maar toen ik Amber gisteravond zag, raakte ik gewoon helemaal van de kaart. Ik heb toch geen plannen van jou in het honderd gestuurd?'
'Doe nu maar niet alsof je onmisbaar bent. We redden ons wel.' Ze sneed de gepofte aardappels in tweeën en brandde voor de zoveelste keer haar vingers. 'En de kinderen zullen het ook wel snappen. Je bent aan vakantie toe. Wie weet,' voegde ze er opgewekt aan toe, 'misschien ontmoet je wel de vrouw van je dromen!'
Hij schonk haar een flauw lachje, een beetje als een ziekenhuispatiënt die beleefd probeert te zijn wanneer hij hoort dat er voor de lunch lamsstoofpot op het menu staat. Terwijl hij een opgevouwen vel papier uit zijn jaszak haalde, samen met zijn mobieltje, zei hij:

'Ik heb alles voor je opgeschreven. Als je me nodig hebt, dan kun je dit nummer...'
'Kan ik niet gewoon naar je mobieltje bellen?'
'Dat laat ik hier.' Hij schoof het over de keukentafel naar haar toe. 'Jij mag er voor me oppassen. Als ik het hier laat, kan ik mezelf tenminste niet voor schut zetten wanneer wat ik gedronken heb en besluit om Amber te bellen. Nou ja, niet erger voor schut dan ik al heb gedaan,' zei hij droog.
'Oké.' Lottie knikte. Ze schepte tonijn en maïs in een schaal en zure room met chilipoeder in een andere. Nadat ze de schaal met zure room had neergezet, liep ze om tafel heen en knuffelde Mario even, want ze vond het vreselijk dat hij zo somber was.
'Is het eten al klaar? Bah, ze knuffelen. Niet doen, dat is sexy,' beval Nat.
'Ik besef net,' zei Mario onder het eten, 'dat ik jullie kerstopvoeringen nu niet kan zien.'
'Maakt mij niet uit.' Nat haalde zijn schouders op. 'Ik ben maar een schaap. Ik moet in de kribbe kijken en "Kijk, daar ligt het baby'tje Jezus, bèèèè" zeggen.'
'Je kunt ook niet naar mijn opvoering.' Ruby, die de leeftijd van kerstspelen al achter zich had gelaten, trad op in een veel vrolijker kerstvoorstelling. 'Ik moet zingen en dansen en zo.'
'O, Rubes, dat spijt me.' Verslagen pakte Mario haar hand beet.
'Maar wij komen je wel toejuichen,' bemoeide Lottie zich er snel mee. 'Nat en ik. En we zullen heel veel foto's maken.'
Met grote donkere ogen vroeg Ruby: 'Komt Seb ook? Dat zou ik leuk vinden.'
'We zullen het hem vragen.' Lottie kreeg een warm gevoel in haar buik, want in de ogen van haar kinderen kon Seb niets verkeerd doen; sinds zijn terugkeer uit Dubai was hun relatie van hoogtepunt naar hoogtepunt gegaan. 'Als hij niet hoeft te werken, zal hij vast wel willen komen kijken.'
Ruby kneep Mario troostend in zijn hand. 'Dan is dat ook in orde. Maak je geen zorgen, pap, we hebben Seb. Hebben ze ezels op Tenerife?'
Opgelucht antwoordde Mario: 'Vast wel.'
'Dus dan kun je op het strand ezeltje rijden, net als Nat en ik, toen we in Weston waren.'

'Misschien vind je daar wel een vriendin,' vulde Nat behulpzaam aan. 'Dan ben je niet zo alleen.'
Met een mond vol tonijn en aardappel zei Ruby: 'O papa, wat als je eenzaam bent? Als we niet naar school moesten, zouden we met je mee kunnen gaan.'
'En dan had je mijn Gameboy mogen lenen.' Nat, altijd even praktisch, schudde spijtig zijn hoofd. 'Maar niet voor twee hele weken.'

60

Mario was net op tijd weg. Van de ene op de andere dag kelderde de temperatuur, en Ruby en Nat raakten door het dolle heen toen de eerste sneeuw van de winter viel.
Hun opwinding nam nog meer toe toen Seb op zaterdag tussen de middag arriveerde in zijn nieuwe fourwheeldrive met twee sleeën in de kofferbak.
Ruby liet haar hand liefdevol over de gestroomlijnde plastic rode slee glijden. 'Vroeger deden we het altijd met dienbladen.'
'Arme verwaarloosde kinderen. Vooruit, jassen aan,' beval Seb. 'We gaan deze twee schatjes uitproberen op Beggarbush Hill.'
Nu gleden Nat en Ruby, gillend als speenvarkens, op hun sleetjes de heuvel af, samen met een groepje andere kinderen, allemaal dik ingepakt tegen de kou. Beggarbush was dé plek om naartoe te komen als je met de snelheid van het licht over de sneeuw wilde racen.
'Straks hebben ze geen tanden meer in hun mond,' zei Lottie toen Nat, zijn rubberlaarzen als remmen gebruikend, zich van de slee afwierp, een paar seconden voordat hij in botsing zou komen met een grotere jongen die al met zijn armen en benen wijd uitgespreid in de sneeuw lag.
'Kinderen kunnen wel tegen een stootje. Ze stuiteren terug. Maar wat doe jij? Blijf je daar staan als een labbekakkerige schijtlaars of ga je het ook een keertje proberen?' Seb droeg een idiote rood-gele narrenmuts en een fluorescerend oranje ski-jack dat al onder de sneeuw zat.
Beggarbush Hill was vreselijk steil, en Nat en Ruby waren in een

flits beneden geweest. Een fractie van een seconde aarzelde Lottie. 'Ik heb nog nooit op zo'n snelle slee gezeten. Ze zijn behoorlijk... aerodynamisch, hè?'
'Angsthaas.' Seb maakte met plezier misbruik van haar aarzeling. 'Typisch het zwakke geslacht. Lafbek.'
Lottie haatte het om lafbek genoemd te worden. Ze liet zich er altijd op voorstaan dat ze alles een keertje uitprobeerde. 'Ik heb niet gezegd dat ik het niet zou doen. Ik wees je er alleen maar op dat ik nog nooit op zo'n...'
'Ach, je bent er waarschijnlijk toch te oud voor,' onderbrak hij haar. 'Te zwak, te laf en simpelweg te oud. Misschien kun je je maar beter bij breien houden.'
'Mam, deze sleeën zijn gaaf, zeg.' Ruby was weer terug op de top van de heuvel, met rode wangen en buiten adem. 'Heb je gezien hoe snel we gingen?'
'Sst.' Seb zwaaide met zijn vinger. 'Je mag het woord snel niet gebruiken. Daar houdt je moeder niet van. Eerlijk gezegd geloof ik dat kegelen meer iets voor haar is.'
'Hou op. Hier dat ding.' Geprikkeld door Sebs woorden pakte Lottie Ruby's slee. Hoe snel kon het nu nog gaan?
'Ja!' Ruby klapte in haar in wanten gestoken handen. 'Mama gaat ook een keer!'
'Maar verwacht niet dat ze harder gaat dan een paar kilometer per uur,' merkte Seb op. 'Ze is per slot van rekening maar een zwak en lafhartig vrouwtje.'
Goed, zo kon het wel weer. Lottie gooide de slee met een zwierig gebaar op de grond en ging zitten, met aan iedere kant een voet op de glijder. Onverschrokken gebaarde ze naar Seb. 'Duwen maar.'
Ruby maakte haar fietshelm los. 'Mama, wil je mijn...'
'Nee!' Ha, helmen waren voor watjes! 'Vooruit, duwen, zo hard als je kunt... iiieeeehhh!'
Het had niets meer te maken met op een ouderwetse houten slee zitten. Deze slee was van gegoten plastic met snelheid verhogende roestvrijstalen ijzers eronder. En de snelheid werd inderdaad verhoogd, ontdekte Lottie. Bah, haar ogen begonnen te tranen, de ijskoude lucht floot in haar oren en haar haren sloegen haar in het gezicht. Zich uit alle macht vastgrijpend aan het stuurtouw, raasde ze hotsend en botsend over een stuk hobbelige grond en flitste langs

een labrador die tegen een boom stond te pissen. Dit was net een doodeng ritje in een kermisattractie, maar dan zonder de veiligheidsgrendel over je schoot. Ze zoefde zo snel langs mensen heen dat ze niet meer dan vage vlekken waren... Oké, dit was Beggarbush Hill maar, dus ze kon nu ieder moment het wat vlakkere stuk bereiken waar je langzaam vaart minderde voordat je beneden tot...
Boink! De slee raakte een steen die uit de sneeuw stak. Lottie, die door de lucht werd geslingerd, ontdekte hoe het voelde om uit een kanon te worden af geschoten. Wild met haar armen en benen zwaaiend, slaakte ze een gil die door de hele vallei echode, een gil die abrupt stopte toen ze landde, en alle lucht uit haar longen werd geslagen. Zoef.
Het was echter alleen de gil die stopte; Lottie bleef gewoon doorvliegen. De wereld om haar heen maakte duizelingwekkende radslagen voor haar ogen tot ze met een laatste bons op de grond landde – en bleef liggen, met haar gezicht in de sneeuw.
'O shit.' Ze kreunde, sneeuw en bloed uit haar mond spugend en misselijk van de pijn. Alles deed zo vreselijk zeer dat ze niet eens kon zeggen waar precies.
'Mama! Gaat het?' Nat was als eerste bij haar. Naast haar neerknielend, vroeg hij: 'Heb je pijn?'
'Een beetje.' De pijn in haar onderrug was ondraaglijk. Terwijl ze haar hoofd iets draaide om zwakjes naar Nat te glimlachen, vroeg ze: 'Komt Seb al naar beneden?'
'Ja, hij komt eraan, samen met Ruby.' Nat streelde een lok nat haar uit Lotties oog, een gebaar waarvan ze een brok in haar keel kreeg. 'Arme mama, je had een helm moeten opzetten.'
Ze knikte. Ironisch genoeg was het enige gedeelte van haar lichaam dat het niet uitschreeuwde van de pijn, haar hoofd.
'Mama!' Ruby kwam aan glijden, met haar hand in die van Seb. 'Je vloog helemaal door de lucht!'
Lottie kromp ineen. 'Vertel mij wat.'
'Over aandacht trekken gesproken.' Seb ging op zijn hurken naast haar zitten en zei vrolijk: 'Volgens mij hoopt jullie moeder dat iemand het op video heeft opgenomen, zodat ze het kan verkopen aan zo'n tv-programma.' Hij gaf Lottie een hartelijke klap op de rug. 'Alles weer in orde? Zal ik je even omhoogtrekken?'
Omhoogtrekken?

'Hoe erg ik het ook vind om als een zwak vrouwtje te klinken,' zei ze, 'ik geloof toch echt dat je een ambulance zult moeten bellen.'

Tegen de tijd dat Lottie geïnstalleerd was in haar ziekenhuisbed, en de arts was weggegaan om zijn bevindingen te noteren, was het al zes uur 's avonds. Seb en de kinderen, die eindelijk toestemming hadden gekregen om de zaal op te komen, bleven op een kluitje in hun sneeuwkleren en rubberlaarzen staan.

Nat en Ruby, met een blik op het infuus en het gips, behandelden Lottie met een hernieuwd respect.

De pijn die uit Lotties rug straalde, was nog steeds intens, maar de pijnstillers op ziekenhuissterkte begonnen het scherpe randje ervan af te nemen. Ze gaf Ruby en Nat een kus en keek toen naar Seb. 'De dokter heeft net gezegd dat ik hier waarschijnlijk een week zal moeten blijven. Uit het onderzoek is gebleken dat ik een bloeduitstorting op een van mijn nieren heb. Een soort blauwe plek of bloeding of zo. Hoe dan ook, ik moet in bed blijven totdat die weg is.'

Seb leek verbaasd. 'Een week. Allemachtig.'

Dat kon hij wel zeggen. Eén ritje op een slee en daar lag ze, in Cheltenham General, met een gebroken voet, een ernstig verstuikte rechterpols, een paar gekneusde ribben en een beschadigde nier.

Kortom, een hele waslijst.

'Het probleem is, wat moet ik met de kinderen?' Lottie had aan niets anders kunnen denken sinds ze wist dat ze in het ziekenhuis zou moeten blijven. 'Mario zit op Tenerife. Cressida is in Newcastle, dus die kan ook niet oppassen. Als je voor mij thuis het telefoonnummer wilt gaan halen dat Mario heeft achtergelaten, dan kan ik hem bellen en vragen om terug te komen, maar wat er vanavond moet gebeuren, geen flauw idee.'

'Geen paniek.' Seb ging op de rand van het bed zitten. 'Er is vast wel iemand anders die je kunt vragen.'

'Ik had altijd een paar nummers in een agenda staan die ik in mijn tas had.' Ze vervloekte haar eigen slordigheid. 'Maar mijn tas is vorig jaar gestolen, en daarna heb ik die nummers nooit meer opnieuw opgeschreven. Ik had nooit gedacht dat dit zou gebeuren... O god, wat heeft Mario een onhandig moment uitgekozen om weg te gaan.'

'Oké, geen probleem, ik neem ze wel.'
'Wat?' Haar hart maakte een sprongetje – Seb had haar eerder die dag gezegd dat hij vanavond een belangrijk zakendiner had, daarom had ze het hem ook niet durven vragen. 'Maar hoe moet dat met...'
'Dat zal ik moeten afzeggen. Deze twee hier gaan met mij mee.' Hij woelde door Nats haar en grinnikte. 'Hoe lijkt jullie dat? Hebben jullie daar wel zin in? Of willen jullie de nacht liever doorbrengen in een of ander oud bushokje?'
'We gaan wel met jou mee,' zei Nat blij. 'Gaan we monopoly spelen?'
'Misschien. Ruby, wat vind jij ervan?'
Hoopvol vroeg Ruby: 'Scrabble?'
O, wat een opluchting. Terwijl ze het gewicht van de verantwoordelijkheid van zich af voelde vallen, glimlachte Lottie naar Seb en fluisterde: 'Dank je wel.' Haar aandacht weer op Nat en Ruby richtend, vervolgde ze: 'En jullie moeten beloven dat jullie je gedragen.'
Nat reageerde beledigd. 'Dat doen we altijd.'
'Goed. Je hebt mijn huissleutel nodig.' Ze wees naar het kastje naast bed waarin haar tas lag. 'En zou je even langs Hestacombe House kunnen rijden om Tyler te vertellen wat er is gebeurd? En Mario's telefoonnummer staat op een papier dat ergens in de keuken ligt. Ik geloof op de ladenkast.'
'Ik bel hem wel,' zei Seb. 'Rust jij nu maar wat. We komen morgenvroeg weer langs.'
'Ik zou niet weten wat ik zonder jou moest.' Ze probeerde niet ineen te krimpen toen hij zich vooroverboog om haar te kussen en zijn hand langs haar zwaargekneusde schouder gleed.
Hij knipoogde. 'Ik weet het. Ik ben een heilige.'

Niemand kon beweren dat hij zijn plicht niet deed. Terwijl Seb terugreed naar Kingston Ash, piekerde hij over zijn probleem. Het kwam erop neer dat dit verdomd slecht uitkwam. Lottie was natuurlijk fantastisch, en hij was bijzonder gek op haar kinderen, maar dat dit uitgerekend vandaag moest gebeuren, was knap lastig. Karina – hemelse Karina – was voor het weekend overgekomen uit Dubai, en hij had Lottie al een smoes verteld, namelijk dat hij vanavond een zakendiner had met mogelijke sponsoren van het volgende polotoernooi.

En nu had hij haar weer verteld dat hij het etentje zou afzeggen om op Nat en Ruby te passen. Nou ja, wat had hij onder deze omstandigheden anders kunnen doen? De kinderbescherming bellen en vragen of zij dit weekend de kinderen onder hun hoede konden nemen?

Bovendien was hij degene geweest die met die sleeën op de proppen was gekomen en Lottie had aangespoord om het ook een keer te proberen. Hij kon niet ontkennen dat hij zich een beetje verantwoordelijk voelde.

Op dat moment begon zich een plannetje in zijn brein te ontvouwen. Hij tikte met zijn vingers op het stuur en glimlachte bij zichzelf; misschien zou de avond toch niet helemaal op een fiasco uitdraaien.

'Seb?' Naast hem in de auto zei Nat opgewonden: 'Dit is echt een avontuur, hè? Zou het niet hartstikke leuk zijn als Maya ook kon komen logeren?'

'Ja, dat zou leuk zijn, maar ze is in Londen bij haar moeder. Misschien de volgende keer,' zei Seb, terwijl hij de besneeuwde oprit op draaide. 'Zo, we zijn er. Vergeet jullie tassen niet.'

'Seb?' Nat wisselde een hoopvolle blik uit met Ruby. 'Moeten we bij jou thuis ook onze tanden poetsen?'

Seb grinnikte, want Maya was precies hetzelfde. 'Doe niet zo raar. Natuurlijk hoeven jullie je tanden niet te poetsen.'

Nat en Ruby waren in de huiskamer het monopolybord aan het opzetten en zorgvuldig het geld aan het uitzoeken. Nadat Seb de keukendeur goed achter zich had dichtgetrokken, belde hij Karina's nummer. Ze nam bij de derde keer overgaan op.

'Kleine verandering van plannen,' viel hij met de deur in huis, waarna hij in het kort uitlegde wat er was gebeurd.

'O allemachtig, zeg!' jammerde Karina. 'Ben ik daarvoor helemaal uit...'

'Hé, hé,' onderbrak hij haar op sussende toon. 'Niet meteen zo doordraaien.'

'Makkelijk gezegd, klootzak. Ik ben me verdomme al helemaal op vanavond aan het voorbereiden, ik lig in bad...'

'Luister.' Hij schudde zijn hoofd. 'Wat had ik anders kunnen doen? Er was verder niemand die op ze kon passen.'
'Ik dacht dat de kinderbescherming voor dat soort dingen was?'
'Het zijn hartstikke leuke kinderen. We gaan zo een potje monopoly spelen.'
'Hoera!'
'En daarna breng ik ze naar bed.' Hij zweeg even en vervolgde toen op veelbetekenende toon: 'De logeerkamer is op de zolderverdieping, en ze gaan om... ongeveer negen uur naar bed, schat ik.'
Karina leefde meteen op. 'En kom je dan naar het hotel?'
Hij schudde geamuseerd zijn hoofd. 'Allemachtig, schat, ik kan wel merken dat je geen kinderen hebt. Weet je dat je gearresteerd kunt worden als je kinderen alleen thuis laat? Maar zoals ik al zei, om halftien zijn ze vast diep in slaap. En dan is er niets meer wat je ervan kan weerhouden om in een taxi te stappen en hiernaartoe te komen.'
Karina klonk alsof ze glimlachte: 'Je weet het altijd leuk te brengen, schat.'
'Het is de moeite waard.'
'Heb je het spul?'
Hij grinnikte; hij was gisteren nog bij zijn dealer geweest. 'Wat heb ik nu net gezegd, liefje? Ik zei dat het de moeite waard zou zijn.'

61

Ruby kon niet slapen. Het was hartstikke leuk geweest om monopoly met Nat en Seb te spelen, vooral omdat ze had gewonnen van Seb, maar prompt om negen uur had hij hen naar bed gebracht op zolder, en nu had ze een beetje raar gevoel. Ten eerste omdat ze onder dekens en een laken lag, en niet onder een dekbed zoals ze was gewend. En bovendien had Seb gezegd dat hij ook naar bed zou gaan, maar dat was niet zo; er was net een auto voor het huis gestopt, en nu hoorde ze geluiden en stemmen beneden die niet van de tv waren.
Het was kwart over tien. In het bed naast haar lag Nat diep in

slaap. Deels gedreven door dorst, deels door nieuwsgierigheid, liet ze zich uit bed glijden en deed stilletjes de slaapkamerdeur open. Op weg naar beneden bedacht ze dat Maya misschien was gekomen, dat Seb hen had willen verrassen door Maya ook uit te nodigen voor het weekend.

De vloer in de hal voelde koud aan aan haar voeten. De kamerdeur was stevig dicht, maar er was beslist iemand bij Seb in de kamer. In haar blauwe pyjama liep ze op haar tenen naar de deur, hurkte en gluurde door het sleutelgat.

O nee, dat kon niet waar zijn. Ze deinsde vol afschuw achteruit, maar keek toen voor de zekerheid gauw nog een keer. Seb zat op de bank met een vrouw, en de vrouw was in haar ondergoed, en Seb, die zijn overhemd had uitgetrokken, boog zich naar voren over de salontafel met iets wat op een rietje leek in zijn neus.

Dat waren drugs, Ruby wist het bijna zeker. Ze had mensen dat snuifgedoe wel eens op tv zien doen. Ineens bevror ze geschrokken in haar bewegingen, want een vloerplank had gekraakt toen ze haar gewicht had verschoven.

In de kamer vroeg de vrouw: 'Wat was dat voor geluid?'

Ruby verstopte zich met bonzend hart in de donkere ruimte onder de trap. Even later hoorde ze de kamerdeur opengaan en Seb zeggen: 'Het is in orde, er is niemand.'

De vrouw giechelde. 'Als het die kinderen zijn, moet je ze gewoon in de kelder opsluiten.'

'Maak je niet druk. Die slapen allang. Anders dan ik...' Seb gromde zacht voordat hij de deur weer sloot.

Vanuit haar schuilplaats zag Ruby op het tafeltje met de dunne poten, aan de andere kant van de gang, Sebs mobieltje liggen. Ze stoof ernaartoe, griste het van tafel en rende de trap op.

'Mama, mama...' Veilig terug in de zolderkamer, met knikkende knieën, lukte het haar om Lotties naam in de lijst favorieten te vinden. Ze belde het nummer. 'Neem nou op, o, alsjeblieft, neem op...'

Ze kreeg echter de voicemail, en haar ogen vulden zich met hete tranen. Met het mobieltje stevig in haar hand geklemd, wachtte ze op de piep en fluisterde toen: 'Mama? Ben je daar? Ik wilde... Het is alleen....' Ze stopte, veegde haar wang droog met de rug van haar hand en zei met een bibberend stemmetje: 'Ik wil naar huis.'

Lottie wist niet precies of ze lag te soezen of echt droomde toen ze een vrouwenstem hoorde zeggen: 'Hij wil pas weggaan als hij jou heeft gesproken.'
Lottie opende haar ogen en zag de verpleegster naast bed staan. 'Sorry?'
'Je baas. Tyler, heet hij zo? Ik heb hem verteld dat het bezoekuur afgelopen is, maar hij weigert weg te gaan. Ik heb hem gezegd dat hij vijf minuutjes bij je mag, als jij het goed vindt.' De verpleegster wierp haar een heimelijke blik toe, om aan te geven dat ze regels overschreed.
'Zie ik er heel verschrikkelijk uit?' vroeg Lottie.
'Wil je het eerlijk weten? Ja.'
'O, nou. Goed, stuur hem maar naar binnen.'
Toen Tyler de zaal op kwam lopen, begreep Lottie meteen waarom hij de verpleegster over had weten te halen om de regels te overschrijden. Hij droeg een smokingjasje met een oogverblindend wit overhemd eronder, en uit zijn borstzakje hing een strik.
'Je ziet er vreselijk uit,' verklaarde hij.
Nog steeds even charmant.
'Dank je, jij ook. Je werkt nog steeds als uitsmijter bij een nachtclub, zie ik.'
'We zijn pas een halfuur geleden thuisgekomen,' legde hij fluisterend uit om de andere patiënten niet te storen. Hij trok een stoel bij bed. 'Ik vond een briefje in de brievenbus, maar daar stond alleen op dat je een ongeluk had gehad en in het ziekenhuis lag en een paar weken niet zou kunnen werken. Ik dacht dat ik gek werd, want er stond niet bij in welk ziekenhuis je lag of wat je precies had...' Hij zweeg even. 'Wat heb je precies?'
Ze vertelde het hem, geroerd door zijn bezorgdheid en de moeite die hij had genomen om haar op te sporen. Het was troostend om hem te zien. Nou ja, meer dan troostend, maar sommige dingen konden beter niet gezegd worden.
'En waar zijn Ruby en Nat nu?' wilde hij weten toen ze uitgepraat was.
'Bij Seb, in Kingston Ash. Hij is fantastisch geweest. Trouwens, misschien heeft hij wel een berichtje voor me ingesproken, want hij zou proberen Mario te bellen.' Met haar infuus-vrije hand wijzend, zei ze: 'Mijn mobieltje ligt in het kastje, maar we mogen hem

hier niet aanzetten. Zou je buiten even willen luisteren of er iets is ingesproken door Seb of Mario?'

Met Lottie viel het dus allemaal wel mee. Opgeluchter dan hij liet merken, liep Tyler de zaal uit. Buiten in de ijskoude nachtlucht zag hij dat er alleen een berichtje van Seb was.
Alleen was het niet van Seb.
Zwijgend luisterde hij naar Ruby's door tranen verstikte stem en stamelende woorden. En hij wist meteen dat hij Lottie hier niks van kon vertellen.
Zonder enige aarzeling belde hij Sebs nummer. Bij de vijfde keer overgaan werd opgenomen. Ruby, die blijkbaar had gezien van wie het telefoontje was, fluisterde met een hartverscheurende trilling in haar stem: 'Mama?'
'Ha, Ruby, je moeder mag niet bellen vanaf de zaal. Je spreekt met Tyler.' Hij zei het zo vriendelijk mogelijk, alsof ze het al niet had gehoord zodra hij zijn mond had opengedaan. 'Alles goed met je? Je klonk nogal van streek toen je je berichtje insprak. Als er problemen zijn, zeg het dan, want dan kom ik jou en Nat meteen halen.'
De stilte hing tussen hen in. Hij was De Vijand. Dat wist hij maar al te goed, en Ruby wist het ook. Uiteindelijk zei ze met een stijf stemmetje: 'Nee, niets aan de hand,' en hing op.
Tyler bleef onder de buitenlamp staan en probeerde te bedenken wat hij moest doen. Hij kon het niet aan Lottie vertellen, zoveel was zeker. Ze zou gek worden van bezorgdheid. Maar aan Ruby's stem was te horen geweest dat ze niet alleen maar heimwee naar haar moeder had. En waarom nam Seb zijn eigen telefoon eigenlijk niet op? Zou hij de politie bellen of...
De telefoon ging weer. Het hart klopte hem in de keel toen hij opnam.
'Ja,' fluisterde Ruby. Haar stem beefde.
Een paar sneeuwvlokken dwarrelden naar beneden. 'Wil je dat ik jullie kom ophalen?' vroeg hij.
'Ja. Duurt het lang?'
Opgelucht herademde hij. 'Maak je niet druk, lieverd, ik ben al onderweg. Hoor eens, ik weet dat jullie in Kingston Ash zijn, maar ik weet niet waar precies. Ligt het huis aan de weg die door het dorp loopt?'

'Ja, we slapen op de zolderkamer. Ik kan de weg vanuit het raam zien.'
'Dat is prachtig. Goed, geef me tien minuten de tijd, en zodra je dan een auto ziet, moet je de lamp in de slaapkamer aan- en uitdoen, dan weet ik waar jullie zijn. Snap je dat?'
'Ja.'
'Goed zo. Is Nat bij je?'
'Ja.'
'En Seb? Is hij thuis?'
'Ja.' Ruby's stem beefde weer. 'Hij is beneden met... met iemand.'
Met strakke kaken zei hij: 'Oké, jullie moeten nog even geduld hebben. Ik ben onderweg. Maak je maar geen zorgen.'
'Oké. Dag.'
Terug op zaal zag hij dat Lottie weer lag te soezen. Haar donkere haar lag als een waaier op het kussen, haar lip met de snee erin was opgezwollen, en de blauwe plekken op haar armen waren nu al spectaculair. Het tijdelijke gips om haar linkerbeen stak onder het beddengoed uit, en haar rechterarm, dik in het verband, rustte op haar maag. Zoals altijd wanneer hij haar zag, leek iets in hem op hol te slaan.
'Geen berichten,' zei hij zacht, zodat ze haar ogen naar hem opsloeg. 'Mario zal morgenvroeg wel bellen. Oké, dan ga ik weer. Ik kan je mobieltje net zo goed meenemen.'
'Mij best.' Ze glimlachte naar hem. 'Bedankt dat je bent gekomen. Sorry van het werk.'
Hij had nog nooit zo graag iemand willen kussen, en hij schaamde zich dat hij die gedachte überhaupt toestond. Op dit moment had hij belangrijker dingen te doen. 'Maak je over het werk maar niet druk. Zorg eerst maar eens dat je beter wordt. Alles komt in orde,' zei hij.
Hoopte hij.

Het begon weer echt te sneeuwen toen hij Kingston Ash naderde. Voorzichtig stuurde hij de auto over de gladde weg, voortdurend oplettend of hij ergens op een zolder een lamp zag knipperen.
Toen hij na het hek voor de kerk een bocht omsloeg, zag hij wat hij zocht. Voor het huis, een van de grootste in het dorp, stond een glanzende fourwheeldrive geparkeerd. Maar belangrijker was dat

in een van de zolderkamers een lamp aan- en uitging, twee kleine gestalten in het raam onthullend.
Hij liep naar de voordeur en belde aan.
Niets.
Hij belde nog een keer.
Eindelijk hoorde hij voetstappen en het gerammel van sleutels. De deur ging een paar centimeter open en daar stond Seb, blootsvoets en met verwarde haren, slechts gekleed in een spijkerbroek.
'Hoi. Lottie vroeg me om de kinderen op te halen.'
Seb lachte. 'Wat?'
'Je hoeft niet meer op te passen.' Tyler merkte meteen dat Seb ergens ontzettend high van was. 'Ik kom je ontlasten zogezegd.'
'Ze slapen. En... tja, hoe zal ik het zeggen... ze kunnen je niet luchten of zien. Tot ziens.' Seb, nog steeds onbeheerst lachend, probeerde de deur dicht te gooien, maar Tyler had zijn voet er al tussen gezet, en de deur ketste terug. Totaal overrompeld wankelde Seb opzij.
De deuren naar de keuken en eetkamer stonden open, zag Tyler. Hij beende langs Seb heen naar de enige deur die dicht was.
'Jezus christus, wie ben je?' gilde een blond meisje dat naakt was, op het mannenoverhemd na dat ze voor haar borsten hield. 'Rot op! Ik bel de politie!'
'Prima.' In één blik nam hij het witte poeder op het glazen tafelblad en de bijpassende witte kringen om haar neusgaten in zich op. Vriendelijk vervolgde hij: 'Zeg dan meteen dat ze hun speurhonden moeten meenemen – die zullen nog denken dat het al kerst is.' Terwijl het meisje hem nog met open mond aanstaarde, deed hij de deur weer dicht en draaide zich om. Boven aan de trap zag hij Nat en Ruby staan, dicht tegen elkaar aan gekropen. Hun gebarend om beneden te komen, zei hij: 'Kom, dan gaan we.'
'Klootzak,' siste Seb, 'mijn leven een beetje overhoop komen halen. Ik weet wel waarom je dit doet, het komt omdat je...'
'Waag het niet,' waarschuwde Tyler hem.
De waarschuwing negerend wierp Seb zich met gebalde vuisten op hem.
Tyler pakte eerst Sebs ene en toen zijn andere vuist beet, draaide ze op zijn rug, zodat Seb jankte als een hond, en duwde hem de voordeur uit, de tuin in. Slechts één mooie stomp op zijn kaak was no-

dig om Seb in het met sneeuw bedekte bloemperk te doen belanden, waar hij kreunend bleef liggen, terwijl Tyler Nat en Ruby langs hem heen mee naar de auto nam.

Daarna liep hij terug en boog zich over Seb heen, nog steeds kokend van woede, maar zichzelf dwingend om hem niet tot een bloederige moes te slaan. 'Je neemt geen contact meer op met Lottie. Waag het niet om haar zelfs maar te bellen. En mocht ze je ooit tegenkomen,' zei hij, 'dan raad ik je aan om voor je leven te rennen. Ze heeft je verdorie haar kinderen toevertrouwd!'

'Oké, oké. Jezus, het is hier ijskoud op de grond.' Seb lag nog steeds met ontbloot bovenlichaam plat op zijn rug in de sneeuw. Vermoeid vervolgde hij: 'Je hebt wat je wou. Ik hoop dat je er gelukkig van wordt.' Hij stak een hand uit. 'Trek me even omhoog, alsjeblieft. Voordat ik doodvries?'

Tyler keek hem vol afschuw aan. 'Dat dacht ik niet. Sta zelf maar op. Of nog beter, vries maar dood.'

62

Toen ze Kingston Ash achter zich hadden gelaten, stopte Tyler en draaide zich om naar Nat en Ruby op de achterbank. Het was ook het moment waarop tot hem doordrong dat hij, mocht hij ook maar een greintje dankbaarheid hebben verwacht, dat op zijn buik kon schrijven.

Gelukkig had hij niets verwacht.

'Oké, ik neem jullie mee naar mijn huis. Hestacombe House,' verduidelijkte hij, voor het geval dat ze dachten dat hij Fox Cottage bedoelde.

'Ik wil naar mama,' zei Ruby.

'Dat weet ik, maar ze slaapt nu. En ze laten jullie toch niet bij haar. Dus we kunnen niet...'

'Ik wil niet bij jou logeren,' zei Nat op vastbesloten toon, terwijl hij stug uit het zijraampje staarde.

Langzaam ademhalen. Geduld. 'Liana is er ook.'

Nat sloeg zijn armen over elkaar. 'Toch wil ik het niet.'

'Nou, je hebt weinig keus,' wees Tyler hem erop. 'Je bent pas zeven. Ruby, zeg het hem.'
Ruby's donkere ogen keken hem uitdrukkingsloos aan. 'Ik wil ook niet bij jou logeren. Breng ons maar naar het ziekenhuis, dan gaan we wel in de wachtkamer zitten totdat mama wakker wordt.'
O, allemachtig nog aan toe.
'Luister naar me. Ik heb jullie niet ontvoerd,' zei hij, 'jij hebt mij gebeld, weet je nog? Je hebt me zelf gevraagd om jullie te komen halen.'
'Ik niet,' zei Nat meteen. 'Ik wilde niet opgehaald worden. Ik sliep totdat zíj me wakker maakte.'
'Hou je handen thuis.' Ruby gaf Nat een por terug.
'Wat willen jullie nu dat ik doe? Zal ik omdraaien en jullie terugbrengen?'
Stilte.
'Geef antwoord,' drong Tyler aan. 'Ik wil het graag weten. Willen jullie echt terug?'
Na een tijdje mompelde Ruby zacht: 'Nee.'
'Maar we willen ook niet bij jou logeren,' herhaalde Nat koppig.
'Oké, maar ik moet jullie waarschuwen dat jullie behoorlijk weinig keus hebben. Jullie vader zit op Tenerife. En Lottie heeft me verteld dat haar vriendin Cressida er ook niet is. Dus wat willen jullie? Moet ik Ben en Harry Jenkins moeder bellen en vragen of jullie bij hen in het stapelbed mogen? Of zouden jullie liever bij Ted van de winkel logeren? Of, wacht eens even, hoe heet die juffrouw ook alweer, voor wie jullie moeder zo bang is? Miss Bat-en-nogwat. Zou zij voor jullie willen zorgen?'
Nog meer stilte.
'We blijven wel in het ziekenhuis,' zei Nat.
'Nee, dat doen jullie niet, want dan belt er vast iemand de politie en dan worden jullie allebei opgepakt.' Tyler zuchtte, terwijl de sneeuw in hevigheid toenam en de voorruit helemaal bedekt raakte. 'Goed, dit is mijn laatste aanbod. Morgen verzinnen we een betere oplossing, maar vanavond slapen jullie bij mij.'
Ruby rommelde wat in haar broekzak en toverde een sleutel te voorschijn. Triomfantelijk zei ze: 'We slapen in ons eigen huis.'
'Niet alleen.'
'Je durft de politie toch niet te bellen.'

'O nee?' Met iets van een glimlach voegde hij eraan toe: 'En dan worden jullie een hele week in de gevangenis gestopt.'
Ruby kon er niet om lachen. Ze keek hem even boos aan en haalde toen haar schouders op. 'Nou, als je maar niet denkt dat je in mama's bed mag slapen. Neem jij de bank in de kamer maar.'

Over surrealistisch gesproken. Lottie begon zich af te vragen of ze toch niet op haar hoofd was gevallen. Het ene moment dacht ze dat ze zich beter voelde, maar het volgende wist ze zeker dat ze hallucineerde, want Nat en Ruby kwamen de zaal in lopen met – o, wat maf, zeg – Tyler in hun kielzog.
Wat nog maffer was, hij bleek het echt te zijn.
'Wat is er gebeurd?' Lottie probeerde langs hen heen te kijken. 'Waar is Seb?'
'Hoi, mama. Alles is goed met ons.' Nadat ze Lottie hadden gekust, liepen Nat en Ruby weer van het bed weg.
'Ze komen over tien minuten terug,' zei Tyler, terwijl ze de zaal uit renden. 'En je ziet dat alles in orde is. Ik moet alleen...'
'Wat is er gebeurd?' Lottie zag meteen beelden van een ongeluk voor zich, Seb die in de sneeuw de macht over het stuur verloor, het ambulancepersoneel dat Ruby en Nat uit de auto wist te halen, maar Seb niet meer kon redden, omdat de auto in brand vloog. Misselijk van angst vroeg ze: 'O god, zeg me dat hij niks heeft!'
Tien minuten later had Tyler haar alles verteld. Verstijfd van afschuw en ongeloof had Lottie zwijgend geluisterd. Tegen de tijd dat hij aan het einde van zijn verhaal was gekomen, stond ze op het punt om het infuus uit haar arm te rukken en zich als het Monster van Frankenstein uit bed te werpen – behalve dat ze niet eens kon lopen.
'Het spijt me. Hier.' Pas toen Tyler haar een handvol papieren zakdoekjes gaf, merkte ze dat de tranen over haar gezicht rolden. 'Niet huilen. Ik weet dat het een schok is, maar je verdient beter dan Seb.'
Ze veegde onhandig haar tranen weg met haar linkerhand die niet in het verband zat. 'Denk je echt dat ik daarom huil? Omdat die smeerlap me heeft bedrogen? Mijn god, waar zie je me eigenlijk voor aan!'
'Waarom huil je dan?' vroeg hij.
'Omdat ik zo opgelucht ben dat met mijn kinderen alles in orde is!'

Witheet – hoe kon hij zo onnozel zijn? – gooide ze een doorweekte zakdoek naar hem. 'Omdat ik nauwelijks kan geloven dat ik zo stom ben geweest!' Nog een zakdoek. 'Omdat ik mijn kinderen aan iemand heb toevertrouwd die niet te vertrouwen bleek! Omdat ik het helemaal mis had en omdat ik geen mensenkennis heb en... O god, er had van alles kunnen gebeuren met ze.'
'Maar dat is niet zo. Er is helemaal niets gebeurd.' Zijn toon was sussend. 'Bovendien, hoe had je het nu kunnen weten?'
'Gewoon.' Luidruchtig snoot ze haar neus. Hij had natuurlijk vreselijke zin om 'zie je wel dat ik gelijk had?' te zeggen. Want hij had Seb nooit gemogen.
'Wist je dat hij cocaïne gebruikte?'
'Nee!' Hoewel het achteraf natuurlijk wel allerlei dingen verklaarde. Sebs overdreven enthousiasme, zijn hyperactieve buien, de manier waarop hij soms een beetje al te lang lachte om iets wat helemaal niet zo ontzettend grappig was. Zijn hyperactieve enthousiasme was een van de redenen geweest waarom Nat en Ruby zo van zijn gezelschap hadden genoten. God, wat was ze stom geweest! 'Jij wel?' vroeg ze.
'Het is wel eens bij me opgekomen.' Hij gaf haar een schone zakdoek. 'Maar vergeet niet dat ik op Wall Street heb gewerkt. Daar komt dat soort dingen vaker voor dan jij hier in Hestacombe gewend bent.'
Zijn woorden troostten haar niet. Ze wilde Sebastian Gill nog steeds met blote handen verscheuren. Terwijl hij high was geweest van de coke en in zijn huiskamer had liggen rollebollen met een of andere slettenbak, was Ruby boven zo bang geweest dat ze gedwongen was om uitgerekend Tylers hulp in te roepen.
'Sorry dat ik met die zakdoekjes naar je heb gegooid.'
'Ach, dat geeft niks.' Hij klonk geamuseerd. 'Ik ben een man. Doorweekte zakdoekjes kan ik wel aan.'
'En bedankt dat je Ruby en Nat daar hebt weggehaald.' Ze moest hem nog zoveel vertellen. 'Betekent dit dat ze geen hekel meer aan je hebben?'
'Zou dat niet fijn zijn?' vroeg hij met een ironische blik. 'Helaas zit het er niet in dat dat ooit zal gebeuren. Je kinderen hebben nog net zo'n grote hekel aan me als altijd.'
'O.' Teleurgesteld vroeg ze: 'Is Mario al onderweg naar huis?'

'We hebben hem nog niet te pakken gekregen.'
'Verdomme.' Geërgerd schudde ze haar hoofd. 'Waar is hij nu weer mee bezig?'
'Dat is het niet. We kunnen het papier met zijn telefoonnummer erop niet vinden. We hebben de hele keuken overhoopgehaald, overal gezocht.' Hij haalde zijn schouders op. 'Het is weg. Kun je je de naam van het hotel niet meer herinneren?'
Ze keek hem uitdrukkingsloos aan. 'Nee.'
'We zijn terug,' kondigde Nat aan.
'O, lieverd.' Terwijl ze bijna opnieuw in huilen uitbarstte, stak ze haar goede arm uit. 'Kom eens bij me.'
Nat, haar arm vakkundig ontwijkend, zei: 'Bah, niet als je gaat huilen.'
'Arme mama, je moet lief voor haar zijn.' Ruby streelde Lotties schouder.
Lottie probeerde haar tranen in te slikken. 'Het spijt me zo van gisteravond, lieverd,' fluisterde ze. 'Weet je zeker dat alles in orde is?'
Ruby knikte. Toen keek ze naar Tyler. 'Behalve dat hij nu op ons past.'
Lottie schaamde zich dood. 'O Ruby, dat moet je niet zeggen. Hij heeft zoveel voor jullie gedaan...'
'Toch vind ik hem niet aardig,' zei Ruby nuchter. 'En papa komt toch gauw naar huis.'
'Niet als we hem niet te pakken kunnen krijgen. Denk nou eens goed na,' spoorde ze haar kinderen aan. 'De naam van het hotel en het telefoonnummer stonden op een geel vel papier. Vrijdag lag het nog op de ladenkast. Het kan toch niet zomaar zijn verdwenen.'
Nog terwijl ze het zei, zag ze Nat met zijn ogen knipperen. 'Nat? Enig idee?'
'Nee!' Hij klonk verontwaardigd.
'Want als er soms een ongelukje is gebeurd, dan geeft dat niks,' nam Tyler het op terloopse toon van Lottie over. 'Maar als het papier er nog wel is, dan moeten we blijven zoeken tot we het vinden.'
Nat keek steels om zich heen en zei toen snel: 'Ik had er bessensap op geknoeid, en de inkt was helemaal uitgelopen. Dus heb ik het weggegooid.'
'Stommerd,' jammerde Ruby ongelovig.

'Nou, dat is geen probleem.' Tyler leek opgelucht. 'Nu hoeven we alleen maar in de afvalbak te kijken.'
Hij wilde wel heel graag van de zorg voor Ruby en Nat verlost worden, dacht Lottie bij zichzelf, zo graag dat hij zelfs bereid was om in stinkend afval tussen lege bonenblikken, aardappelschillen en oude kippenbotten te zoeken.
'Ik wilde niet dat iemand zou merken wat ik had gedaan,' mompelde Nat, 'dus heb ik het in de wc gegooid en toen doorgetrokken.'
Lottie en Tyler keken elkaar aan.
Op verdedigende toon zei Nat: 'Het was per ongeluk.'
Ruby rolde met haar ogen. 'En het is ook zo'n beetje de eerste keer in je hele leven dat je de wc hebt doorgetrokken.'
Hoewel dat waar was, kon niemand erom lachen. En nu was er geen enkele mogelijkheid om contact op te nemen met Mario. Een verpleegster die voorbijliep naar zich toe roepend, vroeg Lottie hoopvol: 'Als ik beloof dat ik in bed blijf, mag ik dan naar huis?'
De verpleegster rolde precies zo met haar ogen als Ruby net had gedaan. 'Nee.'
O.
'Ik heb een idee,' zei Ruby ineens. 'Amber!'
'Ja, Amber, die kan wel op ons passen.' Nats gezicht klaarde op, terwijl hij Lotties arm beetpakte. 'Dat mag wel, hè, mam? We vinden Amber leuk.'
'Bel haar maar,' zei Lottie tegen Tyler. 'Haar nummer staat in mijn mobieltje. Laten we hopen dat ze kan.'
Tyler bleef dik een kwartier weg van de zaal. Toen hij terugkwam, keek hij niet bepaald duizelig van opluchting. 'Ze kan niet.'
'O nee.' Lottie had er al haar hoop op gevestigd dat Amber haar te hulp zou schieten.
'Dat is niet eerlijk!' jammerde Nat. 'Waarom niet?'
'Ze heeft het te druk, ze komt om in het werk. Iedereen wil nog voor de kerst zijn haar laten doen,' legde Tyler uit. 'En 's avonds gaat ze zelfs mensen nog thuis knippen.'
'Kunnen we dan vandaag niet voor één dagje naar haar toe?' smeekte Ruby. 'Het is zondag. Amber werkt nooit op zondag.'
'Dat kan ook niet.' Tyler wond er geen doekjes om. Terwijl hij zijn vingers door zijn haar haalde, legde hij uit: 'Ze gaat met Quentin naar een tante van hem in Oxford.'

Dus dat was dat. Amber was hun laatste hoop geweest.
'Het heeft geen zin om mij zo boos aan te kijken,' zei Tyler tegen Nat. 'Ik heb hier ook niet om gevraagd. Maar aangezien het ernaar uitziet dat we de komende dagen met elkaar opgescheept zullen zitten, kunnen we er maar beter het beste van maken.'
'Dat kan niet. We willen niet dat jij op ons past,' verklaarde Nat.
'Ja, het is ook mijn grootste nachtmerrie,' diende Tyler hem meteen van repliek. 'Dus dan staan we mooi quitte.'
'Al dat gekibbel is niet goed voor me, hoor,' zei Lottie.
Tyler trok een wenkbrauw op. 'Hou er dan mee op.'
God, ze waren alle drie even erg. Nu wist ze hoe de leerkrachten op Oaklea zich voelden als ze een ruzie op de speelplaats moesten sussen.
Een van de verpleegsters kwam bedrijvig aan lopen. 'Lottie, de verpleeghulpen zijn hier om je naar beneden te rijden voor je nierbekkenfoto.'
'Nou, dan gaan we maar,' zei Tyler.
Ruby keek hem achterdochtig aan. 'Wat ga je met ons doen?'
'Ik ga jullie opsluiten in de garage.'
Toen ze de zaal verlieten, zei de verpleegster met een toegeeflijk glimlachje: 'Mama ligt in het ziekenhuis, en papa weet niet wat hem overkomt. De meeste mannen hebben geen flauw idee wat ze moeten doen als ze ineens voor hun kinderen moeten zorgen, hè?'
'Hij is hun vader niet,' zei Lottie. 'Hij is mijn baas.'
'Echt? Hemeltje, wat een bofkont ben je!' Vertederd vervolgde de verpleegster: 'En wat aardig van hem dat hij op je kinderen past!'
De verpleeghulpen arriveerden om haar bed naar beneden te brengen. Zichzelf voorbereidend op het gehots en gebots zei Lottie vermoeid: 'Geloof me, hij had weinig keus.'

63

'Wat zit hierin? Hij weegt een ton.' Stomme vraag. Tyler pakte Nats schooltas op, ritste hem open en zag dat hij gevuld was met – hoe kon het anders? – stenen.

'Het zijn stenen. Mag ik soms geen stenen verzamelen?' Nat zat demonstratief de zwarte korstjes van zijn Marks and Spencer-lasagne af te peuteren.
'Natuurlijk wel. Mag ik ook vragen waarom?'
'Soldaten in het leger doen het ook. Daar worden ze sterk van. Dit is echt aangebrand.'
Tyler trok zich de kritiek op zijn kookkunsten niet aan. 'Ik noem het geschroeid oftewel gegrild.'
'Ik noem het aangebrand.'
'Zo eten soldaten het ook.' Toen Tyler tussen de modderige stenen rommelde, vond hij een gehavend, modderig vel blauw papier. 'Wat is dit?'
'Een brief van school,' mompelde Nat.
'Hoelang zit die er al in?'
'Weet ik niet. Dit is zo vies aangebrand.'
Tyler begon de gefotokopieerde brief te lezen. Hij was door de directrice aan alle leerlingen verstrekt en klonk zo vrolijk dat de woorden hem in eerste instantie een vals gevoel van veiligheid gaven.
Het duurde een paar seconden voordat hij doorhad wat er van hem werd verlangd.
'Het is halfnegen maandagavond,' zei hij langzaam, 'en hier staat dat alle kinderen op dinsdagochtend koekjes mee moeten nemen naar school voor de koekjeskraam.' Hij keek eerst naar Ruby en toen naar Nat. 'Maar we hebben niets in huis, en alle winkels zijn dicht.'
'Je mag ze niet in de winkel kopen,' zei Nat. 'Je moet ze zelf bakken.'
O, fijn. 'Ruby, heb jij ook zo'n brief?'
'Nee.'
Tyler herademde. 'Nou, dat is tenminste iets.'
'Ik geloof dat ik die van mij ben verloren,' deelde Ruby hem behulpzaam mee.
'En wat gebeurt er als jullie morgen op school verschijnen zonder zelfgebakken koekjes?'
Ze keken hem geshockeerd aan. 'We moeten koekjes meenemen. Anders komen we in de problemen.'
Tyler las verder. Van iedereen, verkondigde de brief opgewekt,

werd verwacht dat hij op dinsdagavond de Kerstboom en Koekjes Bazaar zou bijwonen. De avond zou worden opgeluisterd door in feestelijke victoriaanse kleding uitgedoste leerlingen uit de vijfde klas, die kerstliedjes ten gehore zouden brengen.
Hij wendde zich tot Ruby. 'In welke klas zit jij?'
Ze keek hem vernietigend aan. 'De vijfde.'
Dit was beslist een leermoment. 'Moet je morgenavond kerstliedjes zingen?'
'Maakt niet uit. Ik zeg wel dat ik niet kan.'
'En de feestelijke victoriaanse kleding? Waar komt die vandaan?'
'Dat moet je aan mama vragen, die maakt ze altijd zelf. Maar ze ligt in het ziekenhuis,' zei Ruby, 'dus we gaan sowieso niet naar de Bazaar. Dus maak je maar niet zo druk.'
Tyler keek haar aan. Dit was een gigantisch leermoment.
'En probeer ook maar geen koekjes te bakken,' voegde Nat eraan toe. 'Want die laat je toch verbranden.'

'Wat heb je gisteravond gedaan?'
'Vierentwintig koekjes gebakken.'
'Maar waarom? O, mijn god! De Kerstboom en Koekjes Bazaar. Die was ik helemaal vergeten.' Lottie kon nauwelijks geloven dat het haar was ontschoten. 'En Ruby zou... Nou ja, ze redden het ook wel zonder haar.'
'Dat hoeft niet, we gaan wel. Ik weet over de feestelijke victoriaanse kleren,' zei hij droog. 'En ik heb een zaak in Cheltenham gevonden die kostuums verhuurt.'
'Dat hoef je echt niet te doen,' protesteerde ze.
'Maar we moeten het doen zoals het hoort.'
'We hebben het hier over Oaklea Junior School, niet over het London Palladium. Ze kan wel als een straatschoffie gaan,' legde Lottie uit. 'Een oude broek, afgeknipt onder de knie, zodat hij er rafelig uitziet. Een of andere blouse verkeerd dichtgeknoopt, haren in de war, vegen vuil op haar gezicht.'
Opgelucht zei hij: 'Oké.'
'En vergeet niet om een fototoestel mee te nemen.'
'Nee.'
'O, en ik had aangeboden om te helpen met de verkoop van de kerstbomen.'

'Dat neem ik dan wel van je over.'
'Dan moet je wel tuinhandschoenen meenemen.'
'Hoezo, voor het geval Nat me bijt?'
'Ze haten je toch niet nog steeds, hè?'
'Meer dan ooit. Maar dat is niet erg, ik kan ze wel aan.'
'En Liana?'
'Die haat me niet.'
'Ze zal er toch zo langzamerhand wel genoeg van krijgen.' Lottie deed haar best om bezorgd te klinken.
'Niks aan te doen.' Abrupt van onderwerp veranderend, pakte hij de verkreukelde brief van school uit zijn jaszak. 'En morgenavond moet Nat optreden.'
'Het kerstspel. Hij speelt een van de schapen. Dat is ook eenvoudig,' zei ze. 'Gewoon het schapenvel om hem heen binden met een paar riemen.'
'Hij is gepromoveerd. Charlie Johnson heeft de griep, dus Nat is nu de belangrijkste herder. Ik heb al navraag gedaan bij een van de moeders toen ik ze vanochtend naar school bracht.' Tyler leek erg ingenomen met zichzelf. 'Theedoek om het hoofd. Groot overhemd, blote voeten, wandelstok. Geen probleem.'
Lottie voelde tranen achter haar ogen prikken. Ze zou er niet bij kunnen zijn.
'Maak je geen zorgen, de directrice neemt het op op video,' zei Tyler. 'Ik mag ook niet komen.'
'Ga je niet kijken?' Ze vond het een onverdraaglijke gedachte.
'Het is me verboden door Nat. Ik moet buiten in de hal wachten.' Na een korte stilte voegde hij eraan toe: 'Natuurlijk ga ik kijken. Hij weet dat alleen niet.'

Toen ze bij Piper's Cottage arriveerden, lag er post op de deurmat. Ruby pakte de ansichtkaart op en zei: 'Op school hebben we een project over Australië gedaan. Dit is de Sydney Harbour Bridge.'
Tyler keek over haar schouder. 'Nee hoor.'
'Welles.'
'Nietes.'
'Welles!'
'Draai maar eens om. Kijk maar wat er op de achterkant staat.'
Ruby draaide de kaart om.

'Zie je wel?' Tyler wees op de tekst onderaan de kaart. 'Tyne Bridge, Newcastle-upon-Tyne.'
Geërgerd vroeg ze: 'Hoe wist je dat?'
'Omdat ik heel slim ben.' Hij glimlachte. 'Maar zo gek was het niet wat jij dacht. Die bruggen lijken erg veel op elkaar.'
'Het is niet eerlijk.' Ruby slaakte een diepe zucht. 'Ik wou dat ik alles wist. Ik kan bijna niet wachten tot ik groot ben en altijd gelijk heb.'
Tyler dacht aan Lottie en Liana en de gebeurtenissen van de afgelopen maanden. 'Geloof me,' zei hij vol overtuiging tegen Ruby, 'als je groot bent, heb je echt niet altijd gelijk.'
'Doe jij wel eens wat verkeerd?' Nat keek opgetogen.
Was dat een grapje? 'O ja, ik doe heus wel eens wat verkeerd en ik vergis me ook vaak. Zoals die keer toen ik dacht dat jullie de kleren van jullie moeder hadden gestolen, terwijl zij aan het zwemmen was in het meer.'
'Dat hadden wij niet gedaan,' zei Nat.
'Natuurlijk niet. Dat weet ik nu ook. Maar toen dacht ik het echt, en dat was dus een vergissing.'
'En toen je mijn nana weggooide.'
'Dat was ook verkeerd.' Tyler knikte. 'En ik heb gezegd dat het me speet.'
'Nana's zijn toch voor baby's.' Nat was tegenwoordig trots op zijn nana-loze staat.
'Je hebt Bernard doodgemaakt,' vulde Ruby aan voordat het erop zou gaan lijken dat ze hem alles hadden vergeven. 'En dat was moord,' eindigde ze cru.
'Dat weet ik. Maar ik wilde hem niet doodmaken. Het was een ongeluk.' Tyler schudde zijn hoofd. 'Ik zei toch dat grote mensen ook nog wel eens fouten maken?'
'Oké.' Resoluut van onderwerp veranderend, hield Ruby de ansichtkaart op. 'Hij is voor mama, van Cressida. Zal ik hem lezen?'
'Eigenlijk mag je post voor andere mensen niet lezen,' legde Tyler haar uit.
'Het is maar een ansichtkaart. Iedereen leest die.'
Dat was waar. 'Nou, vooruit dan maar.'
Ruby schraapte gewichtig haar keel en las hardop: 'Newcastle is

perfect. Net als Tom. Ik ben nog nooit zo gelukkig geweest. Het uitzicht vanaf mijn roze wolk is zo spectaculair dat ik misschien wel nooit meer naar beneden wil komen! Liefs Cress. Psss, hopelijk gaat alles goed tussen jou en Seb. Ha, wacht maar totdat ze dat verhaal hoort!'
'Dus die Tom wordt Cress' nieuwe vriend. Dan gaan ze natuurlijk de hele tijd aan elkaar zitten.' Nat rolde met zijn ogen.
Zij wel, dacht Tyler jaloers.
'Als Cress niet bij hem op bezoek was gegaan, dan had zij nu op ons kunnen passen in plaats van jij,' vervolgde Nat.
Het kostte Tyler moeite om zijn gezicht in de plooi te houden. 'Heeft zij even geboft! Zo, gaat een van jullie me nog helpen met eten maken?'
Nat keek hem ontzet aan. 'Mijn lievelingsprogramma begint zo.'
'Hoe meer hulp ik krijg, hoe minder kans op aanbranden.'
Nu was het Ruby's beurt om een zucht te slaken. 'Nou, dan zal ik je wel moeten helpen. Maar niet lang, hoor.'
'Dank je.' Het was een kleine overwinning, maar het voelde... god, het voelde fantastisch. Nadat Nat was weggerend om tv te gaan kijken, knikte Tyler naar de ansichtkaart in Ruby's hand en zei vriendelijk: 'Trouwens, dat aan het eind. Dat heet PS, niet Psss.'
Ruby stoof op. 'Dat weet ik ook wel.'
'Natuurlijk weet je dat.' Ze leek zo vreselijk veel op Lottie wanneer ze zich gepikeerd voelde. 'Ik vind Psss eigenlijk veel mooier,' zei hij. 'Het klinkt net alsof je iemand een geheimpje influistert. Veel beter dan dat saaie PS.'
Bijna, bijna glimlachte Ruby. 'Vind ik ook.'

Ruby sprong de treetjes af, rende over het schoolplein naar de plek waar de kerstbomen werden verkocht, aarzelde even en flapte er toen uit: 'Heb je me gezien?' Haar adem hing in mistige wolkjes in de ijskoude avondlucht, en ze droeg haar straatschoffiekleren.
'Ja, ik heb je gezien. En gehoord. Wij allemaal.' Tyler gebaarde naar de andere vrijwilligers en maakte toen de blauwe trui los die om zijn middel hing. 'Je was heel goed. Toe, trek deze aan voordat je een longontsteking krijgt.'

'Maar hij is van jou!' Gealarmeerd keek ze naar de trui, alsof hij er haar eentje had aangeboden die versierd was met levende kakkerlakken.
'Maar je hebt je jas toch thuisgelaten? En nu heb je het koud. Nee, je wilt hem echt niet? Goed, hang hem dan maar over dat muurtje daar.'
Drie minuten later vroeg Ruby: 'Heb je mijn solo ook gehoord, O Come All Ye Faithfull?'
'Ben je gek? Natuurlijk heb ik die gehoord! Ik was degene die het hardst klapte en floot.' Hij zweeg even. 'Maar dat kun je misschien beter niet aan Lottie vertellen. Met je vingers in je mond fluiten vindt ze vast iets lomps wat alleen een stomme Amerikaan kan doen.'
Een beetje jaloers zei Ruby: 'Ik kan niet zo fluiten. Op mijn vingers.'
'O, dat kan ik je wel leren. Ik heb het zelf geleerd toen ik op een ranch in Wyoming werkte.' Iemand koos net dat moment uit om een van de kerstbomen te kopen. Tegen de tijd dat Tyler klaar was met de klant, was Ruby naar haar vriendinnetjes bij het warmechocolademelkstalletje gedrenteld. In zijn trui.
Een kleine concessie, maar misschien... heel misschien... een begin.

'Ik krijg die stomme theedoek niet goed! Hij glijdt steeds voor mijn ogen!'
'Oké, oké, geen paniek. Ik doe hem wel weer goed.'
'Ik kom te laat!' Nats stem schoot omhoog. 'Het begint al!'
'Dan kun je maar beter even stil blijven staan.' Voor hem neerhurkend op het parkeerterrein trok Tyler de theedoek van Nats hoofd en begon hem er opnieuw omheen te wikkelen, terwijl Nat ongeduldig van de ene voet op de andere wipte. Na hun bezoek aan Lottie in het ziekenhuis, hadden ze in principe tijd genoeg gehad voor het ritje naar school, maar ze hadden geen rekening gehouden met een gekantelde vrachtwagen op de A46, waardoor ze twintig minuten vertraging hadden opgelopen, en dat had voor zoveel opwinding bij Nat had gezorgd dat het een wonder mocht heten dat hij niet dwars door het autodak heen was geschoten.
'Snel, snel!'
'Zo, klaar. Je ziet er prachtig uit.' Tyler klopte hem op de schou-

der. 'Naar binnen jij, het optreden begint.'
Nat keek hem aan. 'Waar ga jij dan naartoe?'
'Maak je geen zorgen, ik wacht wel in de auto.'
Na een korte aarzeling vroeg Nat: 'Is het waar dat je op een ranch hebt gewerkt, als een echte cowboy?'
'Natuurlijk is dat waar.' Dus Ruby had hem dat verteld. 'Ik heb zelfs leren lasso werpen.'
'En heel hard fluiten met je vingers in je mond.' Nat knipperde met zijn ogen. 'Je mag wel komen kijken, als je wilt.'
Tyler was zo verstandig om niets te laten merken. Maar vanbinnen verbaasde hij zich erover dat Nats uitnodiging om naar het kerstspel te komen kijken, kon aanvoelen alsof hij de loterij had gewonnen. Hardop vroeg hij: 'Echt? Weet je zeker dat je dat niet erg vindt?'
Nat haalde zijn schouders op, hunkerend om naar binnen te gaan. 'Als je wilt.'
'Graag.' Toen Nat zich omdraaide en wegliep, riep Tyler hem na: 'Als het een mooie voorstelling is, mag ik aan het eind dan fluiten?'
Het was te donker om het met zekerheid te kunnen zeggen, maar hij was er bijna van overtuigd dat Nat glimlachte toen hij terugschreeuwde: 'Als je wilt.'

Lottie kreeg bijna ter plekke een hartverzakking toen haar bezoekers op vrijdagmiddag de zaal op kwamen en ze zag dat Nat Tylers hand vasthield.
Toen Nat grijnsde en naar haar zwaaide, kreeg ze er bijna nog eentje. 'O, mijn god, ik wist niet eens dat je tand loszat!'
'Dat waf ook niet fo. Ik ben in de paufe gevallen op het choolplein en toen if mijn tand doormidden gebroken.' Hij stak zijn tong door het gat tussen zijn tanden, met een ontzettend trotse blik. 'En het deed heel erg pijn, en toen heeft mif Bafon je mobieltje gebeld en Tyler nam op en heeft me opgehaald en naar de tandarf gebracht. En de tandarf heeft me een hele grote fuit gegeven, en dat deed echt heel erg pijn en toen heeft hij mijn tand getrokken. En ik bloedde ook heel erg.'
'O Nat!' Lottie knuffelde hem en liet toen snel haar blik over zijn gezicht glijden, op zoek naar tekenen van emotioneel leed. 'En ik was er niet eens bij!'

'Mam, ik tik. En daarna had ik helemaal geen gevoel meer in mijn mond en allef deed raar. Heel gaaf! En toen ben ik teruggegaan naar chool, terwijl ik nog bloed op mijn trui had.' Dat was duidelijk een ereteken geweest. 'En Tyler heeft me een pond gegeven, omdat ik zo moedig waf bij de tandarf. En hij neemt onf morgen mee chaafen, op een chaafbaan in Briffol.'

'Tjongejonge.' Lottie was druk bezig Ruby te kussen en haar over het haar te strelen.

'En ik hoorde miss Batson met Tyler praten, toen we Nat vanmiddag gingen ophalen,' merkte Ruby op. 'Ze lachte en zei dat hij heel goed op ons paste.'

Tjongejonge!

Nat grinnikte naar Tyler. 'Dat heb ik ook gefien. Het waf net alfof fe je wilde kuffen.'

Lottie knipperde met haar ogen; dit ging haar verstand bijna te boven.

'Als miss Batson ook maar bij me in de buurt waagt te komen,' waarschuwde Tyler, 'dan stop ik mijn vingers in m'n mond en fluit ik zo hard dat haar trommelvliezen uit elkaar knappen.'

'Dat ga ik ook doen alf de meifjef me proberen te kuffen,' verklaarde Nat.

'Je moet mama dat andere ook nog vertellen,' spoorde Ruby Tyler aan.

'Welk andere?' Lottie begon zich een beetje licht in het hoofd te voelen.

Tylers donkere ogen glansden geamuseerd. 'Oké. Miss Batson zei dat ze het zo fijn vond dat je kinderen nu gelukkig waren, aangezien je nog niet zo lang geleden iets met een man had die allerlei problemen veroorzaakte.' Bescheiden voegde hij eraan toe: 'Ze zei dat je gelukkig tot inkeer was gekomen en dat ik duidelijk een betere keus was. Wat ik natuurlijk vol overtuiging heb beaamd.'

'En toen heb ik haar verteld,' lispelde Nat enthousiast, 'dat Tyler die man waf die we fo haatten omdat hij fo gemeen tegen onf waf geweeft!'

Voor het eerst was Lottie blij dat ze het bed moest houden. Zich het angstaanjagende gezicht van miss Batson voor de geest halend, mompelde ze zwakjes: 'En toen?'

'Miss Batson boog zich naar me toe,' antwoordde Tyler, 'en fluisterde in mijn oor: "Als ik geen schooljuf was, zou ik aanraden om ze in de hete olie te gooien." '

De wereld werd met de minuut surrealistischer. Het was al bizar genoeg dat Nat en Ruby normaal met Tyler omgingen, maar het idee dat miss Batson menselijke trekjes had...

'O ja, en papa heeft gifteravond gebeld.' Voor Nat was dit nieuws blijkbaar veel minder belangrijk dan zijn getrokken voortand.

'Echt? Eindelijk!' Lottie slaakte een zucht van verlichting. 'Komt hij meteen terug?'

Ruby schudde haar hoofd. 'Hij heeft het wel aangeboden, maar wij hebben gezegd dat het nergens voor nodig was. We redden ons best zonder hem, toch?'

Ze redden zich zonder Mario. Ze redden zich met Tyler. Lottie verwerkte het in stilte. Een paar maanden geleden had ze zelfs in haar stoutste dromen niet op deze ommekeer bij Nat en Ruby durven hopen.

Maar dat was geweest voordat Liana was gekomen om zich in Tylers leven te installeren.

'Lieverd, ik mag heel gauw weer naar huis. Het ziekenhuis leent me een rolstoel, maar ik zal nog niet veel kunnen thuis. Ik moet overal mee geholpen worden.'

'Maar we hebben tegen papa gefegd dat hij niet naar huif hoeft te komen.' Nat, die zich als een sprinkhanenplaag een weg door haar druiven knabbelde, zei: 'Wij hebben nu toch vakanfie. Wij helpen je wel.'

'Dank je, schat, dat weet ik.' Terwijl ze zijn in de knoop geraakte krullen streelde, vroeg ze zich af of ze het wel zou redden in die rolstoel. Piper's Cottage had smalle deuropeningen, en de badkamer was zo klein dat...

'Vreetzak!' jammerde Ruby ineens. Ze sloeg met de bruine papieren zak tegen Nats borst. 'Er zijn alleen nog maar takjes over. Je hebt alle druiven opgegeten!'

'Niet gooien! Ik mag fe opeten omdat ik naar de tandarf ben geweeft.'

De kinderen met een uitgestoken arm uit elkaar halend, zei Tyler kalm: 'Schaatsen. Ja of nee?'

Nat en Ruby keken elkaar even aan en lieten zich toen weer rustig op bed zakken.

'Weet je, ik begin het echt in de vingers te krijgen,' zei Tyler.
Hij zag er zo tevreden uit dat Lottie ontroerd zei: 'Dat heb je als een echte professional opgelost.'
Nat stompte Ruby in haar zij. 'Maar bij het koken laat hij nog feef allef aanbranden.'

64

'Daar ligt ze,' zong de verpleegster. 'Lottie, nog meer bezoek.'
Het was vrijdagavond, en Lottie was verdiept in een tijdschriftartikel over een vrouw die in haar badkamer het leven had geschonken aan een tweeling, terwijl ze niet eens had geweten dat ze zwanger was.
Toen ze opkeek en Liana aan het voeteneinde van haar bed zag staan, begreep ze precies wat de vrouw uit het artikel had doorgemaakt.
'Je ziet er vreselijk uit.' Liana keek naar de gelige blauwe plekken, het haar dat nodig gewassen moest worden, de pols in het verband en de voet in het gips. 'Hoe gaat het met je?'
'O, eh... beter, dank je.' Lottie legde het tijdschrift neer.
'En tevreden met jezelf, denk ik zo.' Liana glimlachte, maar de lach bereikte niet echt haar ogen.
'Sorry?'
'Ja, je kunt nu wel sorry zeggen, maar het spijt je blijkbaar niet erg genoeg om er een eind aan te maken.'
'Waar een eind aan maken?' Lottie had echter al geraden waar het over ging; het was duidelijk dat Liana er schoon genoeg van had dat ze Tyler de afgelopen zes dagen nauwelijks had gezien. En wie kon haar dat kwalijk nemen?
'Je weet best wat ik bedoel,' zei Liana.
'Ja, maar wat kon ik eraan doen?' Lottie deed haar best om redelijk te klinken. 'Ik kan hier niet weg, en iemand moest toch voor Ruby en Nat zorgen?'
'En wie bleek die iemand te zijn? Mijn vriend.'
Oei. 'Nou, het spijt me. Maar de artsen denken dat ik maandag

naar huis kan, dus dan heb je geen last meer van ons.'
'En waar wil je naartoe? Naar dat petieterige huisje van je?' Liana was een dame, dus snoof ze niet – ze zou nooit snuiven! – maar ze kwam er nu dicht in de buurt.
Hoe durfde ze! Lottie, die verknocht was aan haar huis, zei meteen: 'Er zijn zat mensen die zich weten te redden in petieterige huisjes en...'
'Dus Tyler heeft het je nog niet verteld? Dat hij wil dat je in Hestacombe House komt logeren?'
'Wat! Nee!'
Met witte knokkels greep Liana de ijzeren stang aan het voeteneinde beet. 'We hebben er gisteravond een gigantische ruzie over gehad. Hij wilde van geen wijken weten, had het er steeds over dat de deuropeningen breed genoeg waren voor je rolstoel en dat hij de huiskamer kon omtoveren tot ziekenkamer – nou ja, elke smoes die hij maar kon bedenken dus. Zolang hij jou maar onder zijn dak heeft. Hoe dan ook, ik heb hem gezegd dat ik er genoeg van had. Ik heb gezegd dat ik, als jij kwam logeren, weg zou gaan. En raad eens? Ik ga weg.'
Lottie was met stomheid geslagen. Gelukkig hoefde ze ook niets te zeggen, want Liana had zich blijkbaar voorgenomen om eens flink haar hart te luchten.
'Dus dat is het. Zo te merken heb je gewonnen.' Met haar hoofd schuin vervolgde ze: 'Moeilijk te geloven zeker, hè? Want één ding kan ik je wel vertellen, ík snap er geen snars van. Want weet je, ik ben degene die hem verdient. Ik ben mooi, dat zegt iedereen. Een perfect maatje 34. Ik ben intelligent en altijd aardig tegen mensen. Iedereen mag me. En mijn verloofde is gestorven, wat betekent dat ik al genoeg heb geleden. Als iemand het verdient om gelukkig te zijn, dan ben ik het.'
Haar woorden klonken scherp, als droge takjes die knapten. Liana kon het gewoonweg niet bevatten dat ze was afgewezen, dat ze had verloren van iemand die wel twintig kilo zwaarder was dan zij.
Tenzij – de weinig opbouwende gedachte kwam even bij Lottie op – ze misschien niet van haar had verloren. Misschien gebruikte Tyler haar simpelweg wel als een handig excuus om van Liana af te komen.
Lottie rilde. God, stel je voor dat ze zich in zijn armen had gewor-

pen, omdat ze niet aan die mogelijkheid had gedacht.
'Ik bedoel, moet je jou nou eens zien.' Alsof ze haar woorden wilde onderstrepen, wees Liana naar Lottie in haar rode kamerjas met de met glittertjes bezaaide Beterschap-button erop die ze gisteravond van Ruby had gekregen. 'Je haar ziet er niet uit. Je propt je vol met koolhydraten alsof je bang bent dat ze binnenkort uit de mode raken.'
Lottie kon zich niet inhouden. 'Ik dacht dat die al uit de mode waren.'
Liana's gevoel voor humor was echter nooit haar sterkste punt geweest. Ze schudde haar hoofd en zei botweg: 'Ik wil niet onbeleefd zijn of zo, maar ik begrijp het gewoon echt niet. Ik zorg voor mezelf, zo simpel is het. Ik geef handenvol geld uit om mijn lichaam in topvorm te houden – en dan bedoel ik echt absolute topvorm. En jij doet dat niet.'
'Nee, dat doe ik niet,' beaamde Lottie.
'Mag ik je een persoonlijke vraag stellen? Ben je ooit wel eens bij een pedicure geweest?'
Lottie keek naar haar teennagels die gisteravond liefdevol, maar misschien niet al te nauwkeurig, door Ruby fluorescerend roze waren gelakt. 'Nee, nooit.'
'En dan je kleren. Je hebt soms de raarste dingen bij elkaar aan. Je zoekt nooit ergens passende accessoires bij...'
'Sorry.' Lottie hield haar gezicht in de plooi.
'Maar niemand lijkt dat erg te vinden! Dat is wat me zo stoort! Je bent een alleenstaande moeder met twee kleine kinderen... Ik bedoel, dat zou toch iedere man moeten afschrikken. En je laatste vriend was een junk, wat genoeg zegt over je mensenkennis.'
'Wacht eens even, dat is niet eerlijk.' Lottie voelde zich beledigd. 'Ik wist niet dat...'
'Sorry, ik wil je niet beledigen.' Liana stak haar handen op. 'Snap je het dan niet? Jij hoeft je niet eens te verdedigen, want het lijkt niks uit te maken als je iets fout doet. Iedereen vergeeft het je sowieso wel.' Ze zweeg even. 'Terwijl ik nooit een fout maak, goed voor mezelf zorg, meer geld uitgeef aan één paar schoenen dan jij aan al je kleren in een heel jaar tijd, maar wanneer het erop aankomt, dan willen ze om de een of andere reden toch jou.'

Het was fantastisch om Amber weer te zien, en nog fantastischer om te merken dat ze haar kappersschaar had meegenomen. Sinds Lottie drie dagen geleden uit het ziekenhuis was ontslagen, was ze eraan gewend geraakt om haar rolstoel over de benedenverdieping van Hestacombe House te manoeuvreren, maar toen ze dat een beetje al te nonchalant aan Amber wilde showen, schuurde ze de knokkels van haar linkerhand bij het binnendraaien van de zonnige huiskamer.

'Je hebt rijles nodig. Ik kan nauwelijks geloven wat er de afgelopen tien dagen allemaal is gebeurd.' Zodra de rolstoel op de rem was gezet, maakte Amber een handdoek vast om Lotties schouders en pakte haar kam en schaar. 'Jij in het ziekenhuis, Tyler die op Ruby en Nat heeft gepast. Weet je, ze stonden me beneden bij de oprijlaan op te wachten, en toen viel me op dat ze een beetje een Amerikaans accent hebben gekregen.' Glimlachend begon ze Lotties verwaarloosde haren te knippen. 'Imitatie is de puurste vorm van vleierij. Als ze hem nadoen, dan betekent dat dat hij ze voor zich heeft gewonnen.'

'Dat is ook zo. En Liana is terug naar Amerika.' Lottie keek naar de kerstboom, terwijl ze luisterde naar het vertrouwde geluid van de schaar. Een andere reden waarom ze zo blij was om Amber te zien, was dat ze heel hard een vriendin nodig had die ze in vertrouwen kon nemen.

'Dus het is nu alle remmen los! Jij en Tyler eindelijk samen! Zo'n centimeter of vijftien of iets meer?'

Lottie schrok zich wild. Jemig, Amber wond er geen doekjes om. 'Eh, ik heb nog geen...'

'Ik bedoel vijftien centimeter wanneer het krullerig is. Als ik eraan trek, is het meer dan dat.' Amber pakte een lok van Lotties haar beet. 'Kijk. Net een springveer! Het is zo snel gegroeid dat er volgens mij minstens zo'n stuk af moet.'

'Prima, ga je gang.' Lottie trok een vies gezicht. 'Sorry, ik dacht dat je het ergens anders over had, maar dat wil je niet eens weten.'

'Ik weet precies wat je dacht, sloerie. En nu je het er toch over hebt, dat is mijn volgende vraag.'

'Je mag vragen wat je wilt, maar ik kan je geen antwoord geven.'

'Spelbreekster!' Amber pakte een handvol haar beet. 'Wacht even, dan knip ik deze enorme pluk...'

'Ik ben geen spelbreekster,' zei Lottie snel. 'Tyler en ik zijn niet op die manier bij elkaar.'
'O, sorry. Doktersvoorschrift zeker, hè? Als je net uit het ziekenhuis komt, kun je niet meteen...'
'Ik bedoel dat Tyler en ik niets hebben samen. Hij is mijn baas. Ik ben zijn werkneemster.' Lottie knipperde met haar ogen toen een paar afgeknipte haren op haar wimpers vielen. 'Meer niet.'
Amber stopte met knippen en liep om de rolstoel heen om Lottie aan te kijken. 'Echt?'
'Echt.'
Ambers gezicht was om in te lijsten. 'Maar... waarom niet?'
'Dat weet ik niet!'
'Heeft hij iets gezegd?'
'Nee!' jammerde Lottie.
'Heb je het hem gevraagd?'
'Nee!'
'Wil je dat ik het voor je vraag?'
'Nee!'
'Oké, oké, denk een beetje aan mijn trommelvliezen.' Amber fronste haar voorhoofd. 'Maar ik dacht dat hij zo gek op je was.'
'Dat dacht ik ook!'
'En de enige reden waarom jullie niets met elkaar zijn begonnen, was omdat Nat en Ruby hem haatten, alleen haten ze hem nu niet meer. En Liana en Seb tellen ook niet meer mee, dus... nou ja, alle remmen los, zoals ik al zei.'
'Precies.'
'Dus waarom gebeurt dat niet?'
'Wil je echt weten wat ik denk?' Lottie vond het vreselijk om het hardop te moeten zeggen. 'Volgens mij is hij van gedachten veranderd.'
'Waarom denk je dat?'
'Omdat Tyler geen type is dat geheimzinnig doet. Als hij iets had willen zeggen, dan had hij dat allang gedaan. Hij heeft een miljoen keer de kans gehad, maar hij heeft niks gezegd. Hij behandelt me alsof we broer en zus zijn. Hij helpt mij door ons hier te laten logeren, maar er zit verder niets achter.' Lottie frummelde aan de pleisters die het verband om haar pols op zijn plaats hielden. 'Ik denk dat hij gek op me is geweest, maar dat was maanden geleden, en nu

zijn die gevoelens gesleten. Het is net zoiets als de mooiste broek ter wereld kopen. Je denkt dat je hem nooit meer uit wilt trekken, maar na een paar weken ontdek je ineens dat hij je helemaal niet staat.'

'Nou, ik vind het ongelooflijk dat je hem er nog niet op hebt aangesproken,' zei Amber energiek.

Lottie vond het ook ongelooflijk. Het was helemaal niets voor haar. Maar er stond zoveel op het spel dat ze doodsbang was om iets verkeerd te doen. 'Ik kan het gewoon niet. Bovendien, moet je mij hier zien zitten.' Ze gebaarde naar het gips om haar voet, de pols die spectaculair blauw, groen en geel was, en de rolstoel. 'Ik kan me toch moeilijk op hem werpen, hem op de grond gooien en hem dwingen om van gedachten te veranderen? En zolang ik niks zeg, heb ik tenminste nog iets van mijn trots over.'

'Hoelang blijf je hier?' Amber ging verder met knippen.

'Nog maar een paar dagen. Zodra mijn pols beter is, kan ik op krukken lopen. En dan kunnen we naar huis. Hoe dan ook, genoeg over mij,' zei ze met een gebaar van haar hand. Omdat ze geen zin meer had om het erover te hebben, veranderde ze van onderwerp. 'Hoe gaat het met jou en Quentin?'

'O, prima! Hartstikke goed! Ik heb het ontzettend druk op de zaak, maar hij klaagt nooit.' Op vertederde toon vervolgde Amber: 'Gisteravond kwam ik pas om tien uur thuis, en toen bleek hij een heerlijk braadstuk te hebben klaargemaakt. Niet te geloven toch?'

'Mario zou dat nooit hebben gedaan,' zei Lottie.

'Dat weet ik. Dat is het verschil tussen hen.' Ambers turkoois met zilveren oorringen zwaaiden heen en weer toen ze haar hoofd schudde. 'Quentin is zo attent. En betrouwbaar. Hij is zo... zorgzaam. Snap je wat ik bedoel? Het enige wat hij wil, is mij gelukkig maken.'

'Ja, maar maakt hij je ook aan het lachen?' vroeg Lottie.

'Als je zo begint,' zei Amber, terwijl ze met de punt van de schaar naar haar wees, 'loop ik naar kantoor om Tyler te vragen waarom hij je nog steeds niet heeft proberen te versieren. Dan vertel ik hem dat je verliefd op hem bent en dat je...'

'Ik begin helemaal niks!' Lottie stak gauw haar handen op om te laten zien dat ze zich overgaf.

'Beloofd?'

'Beloofd.'
'Mooi zo.'
'Er is alleen één klein dingetje dat ik nog wil zeggen, als het mag.'
Wantrouwend kneep Amber haar ogen tot spleetjes. 'Wat dan?'
'Mario belde me gisteren. Hij is tijdens de hele vakantie met niemand naar bed geweest. Helemaal niemand. Hij had er gewoon geen zin in,' zei Lottie.
'Dat zegt hij.'
'Maar het is waar, want tegen mij hoeft hij toch niet te liegen? Eerlijk gezegd,' wees Lottie Amber erop, 'zou ik blijer zijn geweest als hij wel met iemand naar bed was geweest, met zoveel meisjes als hij maar wilde, want ik begin me zorgen om hem te maken. Mario is nog nooit celibatair geweest. Weet je, ik denk echt dat je...'
'Waag het niet!' Amber tikte haar op het hoofd, behoorlijk hard zelfs, met de metalen kam. 'Het kan me niet schelen wat je denkt. Ik heb Quentin, en hij maakt me gelukkig, dank je wel, alsjeblieft.'
'Wil je daarmee ophouden? Ik ben een invalide.' Terwijl Lottie over haar hoofd wreef, herinnerde ze zich ineens weer de gulden regel: nooit je kapster ergeren als ze je aan het knippen is.
Misschien vond Amber het niet erg dat Quentin haar niet aan het lachen maakte.

65

Bij iedere nieuwe vertraging die was aangekondigd, waren de passagiers dubbel zo chagrijnig geworden, maar nu ze dan eindelijk thuis waren verbeterde de algehele stemming meteen. Het vliegtuig was negen uur later dan verwacht geland, maar ze waren gelukkig terug in Bristol.
De uitzondering was Mario, die het allemaal niks kon schelen. Wat hem betreft, was een luchthaven een van de vele plekken waar je je tijd kon doorkomen. Op Nat en Ruby na had hij toch niets om naar uit te kijken.
Helemaal niets.
Nou ja. Hij tilde zijn koffer van de bagageband, rolde hem door de

krioelende menigte en ging op weg naar de douane. Nu je zoveel mocht meenemen als je maar wilde, had je zelfs niet meer de lol van flessen sterke drank in je bagage proberen mee te smokkelen. Stomme EU.

De glazen deuren gleden open, en Mario bevond zich in de aankomsthal die vol hing met kerstversieringen en waar het nog steeds druk was, hoewel het al na middernacht was. Een paar nonnen zaten aan een cafétafeltje thee te drinken uit een thermoskan, groepjes terugkerende reizigers werden met kreten van vreugde begroet door vrienden en familie, en op een bank lag een meisje met een wollen muts op te slapen. Toen Mario het meisje zag liggen, trok er een heftige scheut van herkenning door hem heen, want onder de wollen muts had ze blond haar, net als Amber. Hij begon echter al te wennen aan deze scheuten. Op vakantie was het hem wel een paar keer per dag overkomen dat hij in de verte iemand had gezien en één adembenemend moment lang had gedacht dat het Amber was.

Dit meisje droeg Amberachtige kleren. Dat was ook wat zijn aandacht had getrokken: een kort paars plooirokje, een roze glittertrui en een regenboogkleurige muts en das. Ze had roze cowboylaarzen aan, zag Mario, toen hij naar de bank liep. Hoewel hij heel goed wist dat ze het niet was, had hij het toch nodig om dat met eigen ogen te zien.

Het was haar wel.

O god, het was Amber echt.

Hij vergat te ademen. Hij keek naar Amber, die vredig lag te slapen met haar hoofd op één arm en haar met lovertjes bestikte tasje tegen haar borst geklemd.

Wat deed ze hier? Als ze op die klote Quentin wachtte, dan... nou ja, dan... O, jezus, gebeurde dit echt of sliep hij nog steeds in de vertrekhal in Palma?

Hij stak zijn hand uit en schudde zacht aan haar schouder. Toen Ambers ogen opengingen, trok hij zijn hand geschrokken terug alsof ze een grommende pitbull was.

Fantastisch. Heel mannelijk. En wat moest hij eigenlijk zeggen nu hij haar wakker had gemaakt?

'Ga je op vakantie?' Hij kon zijn oren nauwelijks geloven. Wat een pathetische vraag.

Ze keek hem aan. 'Nee.'
'O.'
'Hoe laat is het?'
Hij wierp een blik op zijn horloge. 'Halféén.'
'Dat je van alle vliegtuigen ter wereld uitgerekend in deze moest zitten.'
Mario durfde geen hoop te koesteren. 'Hij had vertraging. We hadden hier al negen uur geleden moeten zijn. Er was iets met een van de motoren, en toen ze dachten dat hij gemaakt was, bleek dat toch niet zo te zijn. Uiteindelijk werd hij wel gemaakt, maar toen kregen we geen toestemming om op te stijgen.'
'Typisch iets voor jou,' zei ze.
Hoewel hij nog steeds geen hoop durfde te koesteren, maar zich gedwongen voelde om de vraag te stellen, zei hij: 'Zit je hier al vanaf drie uur vanmiddag te wachten?'
'Nee.' Amber ging rechtop zitten en trok haar muts af. Ze zweeg een paar seconden en voegde er toen aan toe: 'Ik zit hier al vanaf zes uur vanochtend te wachten.'
'Waarom?' vroeg hij, zich voorbereidend op slecht nieuws.
'Waarom? Omdat Lottie natuurlijk weer niet wist hoe laat je terug zou komen, dus moest ik ervoor zorgen om hier zo vroeg te zijn dat ik geen enkel vliegtuig zou missen.' Geërgerd vervolgde ze: 'Maar ja, wat gebeurt er? Ik val verdomme in slaap op zo'n stomme metalen bank! Je had zo langs me heen kunnen lopen zonder te merken dat ik er was. Dan had ik al die tijd voor niks zitten wachten!'
Mario blies langzaam zijn adem uit. 'Ik geloof niet dat ik ooit zomaar langs je heen had kunnen lopen zonder te merken dat je er was. Dat kan gewoon niet. En je moet me overigens nog wel vertellen wat er aan de hand is. Want op dit moment zit ik een beetje verlegen om...'
'Worstenbroodjes?' Ze trok haar wenkbrauwen op, toen hij een hulpeloos gebaar maakte. 'Obligaties? Meubelwas?'
'Dat is het! Meubelwas.'
'Je weet heel goed wat er aan de hand is. En ik kan je ook vertellen dat het allemaal door je bemoeizuchtige ex komt.' Ze zweeg even. 'Hoe was je vakantie trouwens?'
'Vreselijk.'

Ze glimlachte. 'Dan ben ik blij dat ik niet met je ben meegegaan.'
'Als je was meegegaan, zou hij niet vreselijk zijn geweest.' Hij trok haar overeind. 'Waar is Quentin?'
'Dat is voorbij. Ik heb het Quentin gisteren verteld.'
'Hij heeft het vast goed opgevat,' zei hij. 'Want hij is zo'n door en door fatsoenlijke kerel.'
'Ja.' Ze knikte. 'Hij is echt een door en door fatsoenlijke kerel.'
'Maar?'
'Hij was niet genoeg. Verdomme, hij was jou niet!'
Dat waren de woorden die hij wilde horen. Zijn hart zwol op, terwijl hij vroeg: 'Betekent dat dat ik onfatsoenlijk ben?'
'Je hoeft je niet zo te verkneukelen. O god,' kreunde ze. 'Ik vraag me echt af of ik hier geen spijt van krijg.'
Hij hield zoveel van haar. 'Je krijgt geen spijt. Dat beloof ik je.'
Ze wierp hem een waarschuwende blik toe. 'Je kunt je maar beter aan die belofte houden. Want ik kan je één ding vertellen, als je me ooit bedriegt, dan...'
'Ik heb je nooit bedrogen,' onderbrak hij haar, want dat nachtmerrieachtige avontuurtje van een nacht met Gemma telde natuurlijk niet – dat was gebeurd nadat Amber hem aan de kant had gezet. 'En dat zal ik ook nooit doen. En sorry dat ik erover begin, maar jij bent degene die stiekem op vakantie is gegaan met een andere man. Om een testrit met hem te maken voordat je zou besluiten wie je koos. En als klap op de vuurpijl heette hij nog Quentin ook.'
'Je hebt gelijk. En het spijt me, dat had ik niet moeten doen.' Ze schudde haar hoofd. 'En ik zweer je dat ik ook nooit meer zoiets zal doen.'
Hij legde een hand op haar gezicht, even niet in staat om een woord uit te brengen. Als hij eerlijk was, kon hij het haar niet kwalijk nemen dat ze het had gedaan. Om op de harde manier te moeten ontdekken hoe het voelde om bedrogen en gedumpt te worden, had hem met de neus op de feiten gedrukt. En als je echt klef wilde doen, dan kon je zelfs zeggen dat hij er een beter mens door was geworden.
Maar dat ging hij haar niet vertellen. Hij was niet helemaal gek.
'Kom, dan gaan we naar huis. Ik moet alleen nog even een parkeerautomaat vinden.'

'Ben je met je auto?' Amber keek teleurgesteld. 'Dat wist ik niet. Ik ben ook met de auto.'
Hij nam haar in zijn armen en kuste haar innig. 'Sst, je weet gewoon niet hoe erg ik je heb gemist.'
'Eerlijk gezegd denk ik dat ik dat wel weet.' Met een rood gezicht en licht hijgend, zei ze: 'Gedraag je een beetje. Daar zitten nonnetjes.'
Mario had sowieso al opgezien tegen de vijfenzeventig kilometer lange rit naar Hestacombe. 'In dat geval kunnen we beter een hotelkamer nemen.'

66

'O, verdorie, shit!' piepte Lottie toen ze haar evenwicht verloor, op haar zij viel en met één veeg het kersttableau vernielde waar ze al twintig minuten mee bezig was.
De deur ging open, en Tyler verscheen. 'Gaat het?'
'O, fantastisch! Echt, kan gewoon niet beter.' Ze gebaarde naar de vloer, waarop hulsttakken, slingers van bontbladige klimop en dennenappels lagen. 'De open haard was echt een plaatje, zo uit een tijdschrift, en nu is alles verpest!'
'Hier.' Hij stak zijn hand uit om haar op de been te krijgen – nou ja, op – en zette haar met een klap weer in de rolstoel, zodat ze zich net een lastige peuter voelde. Ze wees op de besjes die over het tapijt waren gerold. 'En die hulst is gewoon troep. Alle besjes zijn er afgevallen! Hoe kan ik nu een open haard versieren met kale hulsttakken? Dat ziet er hartstikke stom uit!' O, hemeltje, nu begon ze ook nog te klinken als een lastige peuter. Het was geen wonder dat Tyler haar ook zo behandelde.
'Zal ik buiten nog wat takken voor je afknippen?'
'Jij hebt er helemaal geen verstand van. Aan die nutteloze troep heb ik niks.'
'Ook goed.' Hij verliet abrupt de kamer.
Zichzelf en haar hormonen vervloekend, gooide ze een dennenappel naar de open haard. Het was de zondag voor kerst, en zeggen dat het moeizaam tussen hen ging, was nog zacht uitgedrukt. Rol-

stoel of geen rolstoel, ze kon echt geen minuut langer in Hestacombe House blijven.
Het was tijd om naar huis te gaan.
De deur zwaaide weer open, en Tyler gooide haar zwarte trui en beige bodywarmer van namaakbont naar haar toe. 'Trek aan. Het is koud buiten.'
'Goh.' Met een gespeeld verbaasde blik keek ze uit het raam naar de tuin die glinsterde van de rijp. 'En ik dacht nog wel dat ik misschien mijn bikini kon aantrekken.'
'Nog meer praatjes en dan moet je dat ook.'
'En ik kan deze twee dingen niet bij elkaar aan. Dat bont verhaart als een gek.'
Inmiddels al bezig om haar in sneltreinvaart de hal in te rijden, pakte hij zonder iets te zeggen het aanstootgevende jack uit haar hand en gooide het op de grond.
'Nou, fijn dan! Nu is hij helemaal vies!'
'Hou op met dat geklaag. Wil je hulst of niet?'
Ze kwamen piepend tot stilstand op de glanzende parketvloer. Lottie trok moeizaam haar zwarte lamswollen trui over haar korte T-shirt aan. Toen haar hoofd door de halsopening stak, zei ze kribbig: 'Nou, waar wacht je nog op? Rijen maar.'
De zon moest de rijp van afgelopen nacht nog wegnemen. Terwijl de rolstoel over het pad naar het meer schommelde, vormde Lotties adem ondoorzichtige wolkjes die even bleven hangen, om daarna achter haar te verdwijnen. Hoewel ze zin had zich te beklagen over het geschommel, hield ze haar mond, want ze had geen zin om uit de stoel gegooid te worden en op de harde grond te sterven aan onderkoeling.
'Die niet. Daar waren de vorige takken ook van.' De inferieure exemplaren links van hen afwijzend, wees ze naar een hulstboom wat dichter bij de waterkant. 'Laten we die proberen.'
Zwijgend stuurde hij haar naar het strandje. De zwanen gleden over het water naar hen toe, maar toen ze merkten dat ze niks voor hen hadden meegebracht, verloren ze meteen hun belangstelling.
Net zoals Tyler zijn belangstelling voor mij heeft verloren, dacht Lottie, terwijl hij zijn hand uitstak naar de eerste tak.
Hm, was dat een snoeischaar in zijn zak of was hij alleen maar blij om haar te zien?

Nee, het was een snoeischaar. Ze zag hem de tak afknippen en eraan schudden om te controleren of de bessen stevig genoeg vast zaten, voordat hij hem aan haar overhandigde.

Ze keek naar de hulst met zijn glanzende bladeren, nog steeds glinsterend van de rijp. 'Ach, laat ook maar. Ik ga liever naar huis.'

Ongelovig schudde hij zijn hoofd. 'Niet zo slap. We zijn in vijf minuten klaar.'

'Ik bedoel dat het geen zin heeft dat ik de kamer versier. Ik wil terug naar mijn eigen huis.'

En uitademen. Zo, ze had het gezegd. Eindelijk.

Hij keek haar kalm aan. 'Waarom?'

'Omdat we je lang genoeg tot last zijn geweest. Het is bijna Kerstmis. Na twee weken met Nat en Ruby zul je toch ook wel naar een beetje rust verlangen.'

'Is dat de echte reden?'

Nee, wilde ze tegen hem schreeuwen, natuurlijk niet! Maar ik kan je moeilijk vertellen wat wel de echte reden is, hè?

Of wel? O god.

Tyler keek haar nog steeds aan.

Tot haar grote afschuw hoorde ze zichzelf zeggen: 'Ik ben gewoon een beetje in de war. Het punt is, ik weet niet of je het je zelfs nog maar kunt herinneren, maar in de zomer leek je me heel leuk te vinden, en het leek ook wel wat te worden... Totdat Nat en Ruby roet in het eten gooiden, en we besloten om elkaar niet meer te zien.'

'Ga verder,' zei hij.

Verdergaan? Hemeltje, had ze nog niet genoeg gezegd? O nee, daar kwam nog wat. Het borrelde gewoon naar boven en kwam haar mond uit alsof iemand haar een waarheidsserum had toegediend.

'Maar dat was prima, we zijn volwassen mensen, we wisten dat we geen keus hadden,' ratelde ze verder. 'En toen leerde ik iemand anders kennen, en niet lang daarna dook Liana ineens op, maar diep vanbinnen was ik nog steeds gek op je, en misschien is het stom, maar ik geloof dat ik hoopte dat je ook nog steeds gek op mij was.'

Hij trok vragend een wenkbrauw op. 'En?'

'En?' Haar stem schoot omhoog toen ze getergd zei: 'Zij zijn nu allebei van het toneel verdwenen, en het is je zelfs gelukt om Nat en Ruby voor je in te nemen, wat toch een soort wonder is, maar dat betekent ook dat er geen redenen meer zijn waarom we niet... waarom we niet... eh...'

'Waarom we niet wat?' Hij klonk vaag belangstellend.

Dit was vreselijk, meer dan vreselijk. Met een rood hoofd van schaamte flapte ze er uit: 'Hoor eens, het enige wat ik zeg, is dat het, als je iemand niet meer moet, wel zo beleefd is om ze dat te vertellen, zodat ze zich niet de hele tijd hoeven blijven afvragen of je ze nog leuk vindt.'

Hij knikte, terwijl hij deze verklaring op zich in liet werken. Uiteindelijk zei hij: 'Je hebt helemaal gelijk. Goed, dat zal ik doen.'

Ze wachtte. Haar handen grepen de armsteunen van de rolstoel beet.

En ze wachtte.

Toen, duizelig van het wachten – en van het vergeten te ademen – bracht ze moeizaam uit: 'Je zegt niks.'

'Dat weet ik.' Hij haalde zijn schouders op, en eindelijk meende ze iets van een glimlach om zijn mond te zien. 'Dat is waarschijnlijk omdat ik je altijd leuk ben blijven vinden.'

Het was maar goed dat ze al zat. 'Dus je wilt nog steeds wel...'

'O ja.' Hij knikte weer, deze keer met onverholen plezier. 'Ik wil beslist nog steeds...' Hij wachtte. 'Toe dan, jij bent aan de beurt. Wil jij ook nog steeds wel...'

'Smeerlap!' Ze gooide de hulsttak die op haar schoot lag, opzij. 'Vieze vuile smeerlap! Je weet best dat ik het wil!'

'Dat dacht ik al. Ik hoopte het. Maar ik wist het niet zeker,' wees hij haar erop. 'Je hebt me helemaal geen hints gegeven.'

'Dat is omdat jij niks zei!' Ze was nu uit de rolstoel opgestaan en hopste woedend op één been rond. 'Jij hebt mij geen hints gegeven!' schreeuwde ze. 'Ik dacht dat je geen belangstelling meer voor me had, dus waarom zou ik mezelf voor schut zetten?' Onder het praten verloor ze haar evenwicht in het zand, wankelde een paar seconden woest heen en weer op één voet en viel toen bijna op de grond. Alweer.

Tyler ving haar precies op tijd op. Zoals ze, diep in haar hart, ook had gehoopt.

'En dat kunnen we niet hebben, hè? Dat je jezelf voor schut zet? Dat is niets voor jou.'

Hij rook heerlijk, precies zoals ze zich herinnerde. Zijn lichaamswarmte trok haar als een magneet aan, maar er waren nog steeds vragen die gesteld moesten worden.

'Was je eigenlijk van plan om ooit iets te ondernemen?' Haar ogen vonkten met een mengeling van verontwaardiging en lust. 'Ik bedoel, als ik dit vandaag niet had gezegd, zouden we dan gewoon op de oude voet zijn doorgegaan?'

'Nee.' Hij schudde bedachtzaam zijn hoofd. 'Natuurlijk zou ik uiteindelijk wel iets hebben gezegd. Maar ik wilde niet op de zaken vooruitlopen.'

Op de zaken vooruitlopen?

'Ben je gek of zo?' flapte ze eruit. 'Ik wilde zo graag dat je op de zaken vooruit zou lopen dat ik bijna uit elkaar barstte van al het wachten!'

'Dat kan zijn, maar het gaat niet alleen om jou, hè?' Hij schonk haar weer die gekmakende blik.

'O nee?' Haar maag kneep geschokt samen. 'Om wie gaat het dan nog meer?' Als hij haar vertelde dat Liana weer terugkwam...

'Er zijn mensen met wie we rekening moeten houden. Twee behoorlijk belangrijke mensen.'

Oef. 'Nat en Ruby? Maar die zijn nu toch gek op je?'

'Ze zijn negen dagen gek op me geweest, misschien negenenhalf.' Hij haalde zijn schouders op. 'Maar daarvoor haatten ze me hartstochtelijk. Wie zegt dat ze morgen niet weer van mening zullen veranderen?'

'Dat doen ze echt niet. Je hebt ze helemaal voor je ingenomen.' Vrolijk riep ze uit: 'We kunnen samen zijn!'

'Ik hoop het. Maar volgens mij is het beter om eerst aan hen te vragen wat ze ervan vinden voordat we ze voor een voldongen feit plaatsen.'

'Wat attent van je. En je hebt helemaal gelijk. We zullen het ze vragen zodra ze terug zijn.' Nat en Ruby waren kerstinkopen aan het doen in Cheltenham met Mario en Amber. Terwijl Lottie op haar horloge keek, vervolgde ze: 'Het duurt nog een paar uur voordat ze thuis zijn.' Ze fronste haar voorhoofd. 'Goh, wat kunnen we nu eens gaan doen om de tijd door te komen?'

'Hou op. Niet voordat we het weten.' Hij verwijderde haar dwalende handen van de voorkant van zijn overhemd voordat ze de kans had om ook maar één knoopje los te maken.

Spelbreker.
'Het zijn mijn kinderen,' protesteerde ze. 'Echt, geloof me, ze zullen het prima vinden.'
'Maar toch.' Hij pakte zijn mobieltje uit zijn jaszak. 'Bel Mario nou maar even.'
'Mario?'
'Zeg tegen hem: heb je het al aan ze gevraagd?'
'Bedoel je dat je...'
'Doe nou maar,' spoorde hij haar aan.
Een beetje overdonderd toetste ze Mario's nummer in. Toen hij opnam, zei ze: 'Ik moest van Tyler vragen of je het hun al had gevraagd.'
Even later zei ze: 'Oké, bedankt.' Ze zette het toestel uit.
'Nou?'
'Hij heeft het hun gevraagd. Ze zeiden dat het cool was.'
Een langzame glimlach spreidde zich uit van Tylers mond naar zijn ogen. 'Cool. Nou, dat is een hele opluchting. Cool is meer dan waar ik op had durven hopen.'
'Zie je wel? Ik wist wel dat ze het prima zouden vinden.' Triomfantelijk sloeg ze haar armen om zijn nek en kuste hem. 'Ik heb altijd gelijk.'
Hij kuste haar terug, totdat ze over haar hele lichaam tintelde. 'Al die problemen, opgelost door één woordje.' Toen Lottie zich van hem losmaakte en op één been achteruit begon te hopsen, vroeg hij: 'Wat doe je?'
'Je brengt me terug naar huis.' Terwijl ze zich in de rolstoel liet zakken, zei ze: 'Het is hier buiten veel te koud voor wat ik in gedachten heb.'
'Echt? Nou, in dat geval...' Hij draaide de rolstoel in de richting van het huis. 'Cool!'

Woord van dank

Ik heb deze bladzijde nog nooit gebruikt om mijn agente en uitgever te bedanken, omdat het me altijd iets leek wat alleen het lievelingetje van de juf zou doen. Maar na zoveel boeken is het moment aangebroken om Jane Judd, mijn agente, en Marion Donaldson, mijn uitgever, te bedanken voor al hun fantastische hulp en raadgevingen, en voor de bergen werk die ze voor mij hebben verzet. En nu ik toch bezig ben, ook dank aan alle anderen bij Headline. Jullie zijn allemaal geweldig en het is een genot om met jullie samen te werken. Dus nogmaals bedankt; jullie hebben mijn leven veranderd.